中國古代散文發展史新編

刘振东 著

上

图书在版编目(CIP)数据

中国古代散文发展史新编 / 刘振东著. —上海：
上海古籍出版社，2020.10
ISBN 978-7-5325-9782-6

Ⅰ.①中… Ⅱ.①刘… Ⅲ.①古典散文－文学史－研
究－中国 Ⅳ.①I207.62

中国版本图书馆 CIP 数据核字(2020)第 197791 号

中国古代散文发展史新编
(全三册)
刘振东　著

上海古籍出版社出版发行
(上海瑞金二路 272 号　邮政编码 200020)
(1)网址：www.guji.com.cn
(2)E-mail：guji1@guji.com.cn
(3)易文网网址：www.ewen.co
上海惠敦印务科技有限公司印刷
开本 890×1240　1/32　印张 54.125　插页 9　字数 1,309,000
2020 年 10 月第 1 版　2020 年 10 月第 1 次印刷
印数：1—1,300
ISBN 978-7-5325-9782-6
Ⅰ·3522　定价：198.00 元
如有质量问题,请与承印公司联系

目　录

第一编　为实用求审美时期
——先秦两汉的散文

第二编　自觉追求形式美的时期
——魏晋南北朝的散文

第三编　实用与审美并重的时期（上）
　　——隋唐五代的散文

第三编　实用与审美并重的时期(下)
　　——宋、辽、金的散文

第四编　总结创作规范与进一步审美化时期
——元、明、清的散文

绪　论

一　关于"古代散文"

　　从事中国古代散文史研究,面临的首要前提,是确定研究的对象与范围,即"古代散文"的本质特性及其内涵与外延。如果这一点都做不到,研究工作根本无从措手。而恰恰在这个最根本的问题上,长期以来,研究者们却处于"聚讼纷纭"的"尴尬"状态。有的学者指出:"中国古典散文的研究对象是迄今为止没有解决的重要问题。""任何一家散文史似乎都难以提供一种公认的结论,甚至不过是每一个研究者心目中的散文史而已。""如果历史成了一个人人都可以打扮的对象,那么,我们撰写历史的目的又是什么呢?"①其中所提出的问题,当前仍然存在。

　　造成这种状况的症结在哪里? 在于现代研究者所运用的"散文"概念与中国古代文学遗产的客观实际并不对位。这里存在一个词语概念的转化问题。"散文"一词,源出于中国的古典文献,据

---

　　① 董乃斌、陈伯海、刘扬忠主编:《中国文学史学史》,河北人民出版社,2003年,164页。

学者们考订,它当初的含义,只是指与"骈辞俪语"相对立的"只句单行"的行文形式,并不具有文体性质的意义。而近现代以来,西方的文学观念流入中国并被广泛接受,西方文学的文体分类,如诗歌、小说、戏剧,也就自然地被同样接受,作家们并按这样的体式进行创作。除了诗歌、小说、戏剧之外,作家们还创作了大量不讲究韵律,不具备完整情节,自由地抒发感情、描绘形象、反映现实的文学作品,有些作者如冰心、朱自清等还以此成为名家。据研究者考察,当时有的人将这类作品称之为"文学的散文",有的人称之为"美文",有的人称之为"纯散文",郁达夫在《中国新文学大系·散文二集·导言》中总结说:"中国向来没有'散文'这一个名字。若我的臆断不错的话,则我们现在所用的'散文'两字,还是西方文化东渐后的产品,或者简直是翻译也说不定。"他说"中国向来没有'散文'这一个名字",是不对的,但说"现在所用的'散文'两字,还是西方文化东渐后的产品",却符合实际。这样,在现代的文学观念中,在文学这一大的门类之下,诗歌、小说、戏剧、散文,就作为四种基本的文学品类被认定下来。而此时作为文体分类用的"散文",已经与古典文献中所谓的"散文",概念含义完全不同。

与此同时,现代的中国文学研究者,也按这样的分类方式对中国的古典文学遗产进行对应式的观照。在整个思想文化领域,西方的与中国的发展流变过程,有各自不同的特色。因而,在既有传统中,中国对古代历史文献的分类,也与西方的分类方式不同,两者不存在恰如其分的对应性。如中国自刘歆将所有的历史文献分为"七略",班固又在"略"中分为若干家,至南朝开始又归纳为四部,最终在《隋书·经籍志》中确定为"经、史、子、集"四部。而西学东渐后,现代的学者,对中国古代文化遗产进行研究整理时,开始按西方的科目,如哲学、政治、经济、军事、文化等进行分类,这就必须打破"四部"的界线,进行剥离式的重新组合。在文学领域,以现代的文学观念对中国的古典文学遗产进行观照和研究时，也同样面临着需要重新对位的情形。就"诗歌"来说，中国从《诗经》《楚辞》、汉乐府，到唐诗、宋词、元曲有一个完整的系统，且文体特征明显，与西方或现代的观念容易对应；"小说"，虽然被班固侧列于诸子九家之外，称为"小道"，但被借用过来后，由于在情节与形象的虚构性上，与西方的"小说"有着类似之点，再辅之以虽被排斥在"四部"之外但广泛流行于民间的，大量被称为"话本""说部"的作品，对应起来也顺理成章；至于"戏曲"，在正规的古典文献中是不入流的，但鉴于它流行的广泛和固有特性，与西方作为文学的最早体裁形式之一的悲剧、喜剧，对应起来也没有什么龃龉；至于说到"散文"，问题就大了。

众所周知，在中国古代，"文"的概念极其复杂而广泛。大而化之地说，举凡天地万物、政教礼乐，作为其外在表征，皆可以"文"称之。班固在《汉书》中将所有的前代文献汇总整理，名之为《艺文志》，可见"文"所涵盖的范围之大。至于由孔子所谓"言之无文，行而不远"和晋叔向所谓"辞之不可以已"中的"文""辞"组成的"辞章"或"文章"，虽然范围已大大缩小，但仍然囊括极广，试看刘勰的《文心雕龙》，从"经""骚""诗"到"史传""诸子"等等，无不包括在内。可见"文"，在当时人的心目中，乃是远远高出于所有文学体式之上的总概念。正因为如此，如果拿在现代文学观念中排在四大文体之末的"散文"，与古典文学遗产中的"文"或"文章"相对应，即使将"诗赋"排除在外，也是方枘圆凿，对不上口径。这就是多年以来，在古代散文研究领域，概念范畴上始终纠结不清的根本原因，也是在古典文学研究领域，关于散文的研究相对处于滞后状态，引起大家不满的原因。

面对这种古今不对位的情况，人们采取什么样的态度呢？大体有三种：一种是坚持以现代文学观念中关于散文的定性来衡量古代文学遗产,主张凡是合于这种定性者,才可以称为文学散文,归于文学的范围,不符合者则应毫不客气地将它们从文学史中"调整"出去。这种态度自二十世纪二十年代提出,至八十年代末仍有人公开坚持。因为它不符合中国古典文学遗产的实际,对其中的大量珍品采取了轻率的否定态度,自然遭到广大读者和研究者的反对。一种是采取调和折中的态度,提出"狭义的散文"和"广义的散文",或"纯散文"与"泛散文"的概念。这种观点实际上是仍然肯定现代文学观念中对"散文"的定性,只不过为了适应古代遗产需要,而用"广"或"泛"将这定性中容纳不了的作品涵盖进去。但由于它并没有找出今天称之为"古代散文"这类作品的质的规定性,到底"广"和"泛"到什么程度,也就没有确定的界线。再一种是,主张不必纠缠于概念和定义,只"从汉语文章的实际"出发,展开研究论述。这看起来似乎客观着实,但实际上是一种回避问题的态度,因为任何作者在"从实际出发"之前和之际,不管意识还是没有意识到,必定有自己对研究对象和范畴在概念上的判定。如果在这一点上没有明确而一致的认识,结果仍然会是每个人写出的都是自己的散文史,免不了主观随意性。

解决问题的关键在哪里?那就是跳出既有的思维定式,不执着于今古概念上的对位,站在当代的理论高度,针对古代遗产的客观实际,准确地找出我们名之为"古代散文"者固有的特质,以此为出发点,展开研究与写作。

任何时代的任何研究者,在对前代的遗产进行研究整理时,都要处于事情的两端,一是运用当代的理论或思想观念,一是面对前代遗产固有的客观存在。这是一种必然。

既然我们现代的文学观念中将文体分为四大品类,散文是其中之一,在面对中国古代文学遗产时,依据同样的观念,也将其分为四大品类,将诗歌、小说、戏剧之外的作品,称之为"古代散文",

这无可厚非，而且相沿成俗。不但目前几部已出的古代分体文学史是这样做的，一般的文学通史的具体论述中也是这样做的，已出的两部"文学史学史"（前引《中国文学史学史》及黄霖主编的《20世纪中国古代文学研究史》）也是按这样的体例编撰的。但是如上所述，既然现代"散文"的概念与"古代散文"中的作品实际，存在枘凿不合的矛盾，所以我们只有抛开对现代"散文"概念的执着，依据古代遗产的实际，应用当代的理论观念，对"古代散文"的性质与范畴作重新的估定。

这样做，姑且可以采用前面所说的"剥离法"。第一步，是从现已保留下来的书面文献中将已确定或可认定为诗歌、小说、戏剧的作品剥离出去，且打破经、史、子、集的区界，然后对剩下的作品进行总体的观照，归纳出它们的一些基本的共同特质。

这时，我们首先可以看到，这些作品都是以书面形式的语言存在，即使当初可能是口头的演述与表达，而只有著录于文字，才能穿越时空而被存留下来。其次，与诗歌等其他文体系统比较起来，这些作品都具有直接实用性，这是它们"质"的根本性特征。在这里我们特别指出其"直接"实用性，是因为广义地说，任何文学作品都离不开与现实的关系，有其社会功能，古今中外的形式主义、唯美主义学派所主张的完全超现实、超功利，仅仅表现纯粹形式美、自由美的文学作品，只是一种虚构。尤其是在古代中国，由于传统文化的影响，往往把"经夫妇、成孝敬、厚人伦、美教化、移风俗"设定为诗歌创作的首要目的；小说作家也以"醒世""警世""喻世"自命。但不管人们的客观评论和作家的主观追求如何，诗歌、小说、戏剧实现其社会功能必须通过审美的中介：诗人抒发感情反映现实，必须通过比兴寄托，借助形象的描绘、意境的创造；小说和戏剧的作者，则必须通过虚构和想象，借助于情节的安排、典型人物的塑造。于是在实际的创作过程中，这些审美中介的完成和实现，往往反而转化成了诗人作家兴趣之所在,成了他们全力以赴要达到的直接目标,而社会功能、社会效用,却作为客观效果而间接呈现出来。这种情况就构成了这些文学样式的基本特征。而上述那些从诗歌、小说、戏剧中剥离出来的作品,却与这些文体不同,它们具有工具性的意义,作为人们交流思想、表达感情、描绘事物的手段,直接参与到各种社会实践活动之中,成为社会实践和社会生活之不可分割的一部分。当然,这类作品在社会演进发展的不同阶段以及它们不同的具体品类中,其应用范围和实用性强弱是有等差的。那些用以表达政治、哲学、道德、伦理、宗教观点的论说文字和记载政治军事外交斗争的记事文字,所占比重最大,直接实用性和社会功利意义最为明显。汉代以后出现的,在一般的人与人之间进行思想感情交流,用以表达训诫、劝勉、怀念、哀悼之类的文章,社会功利意义有所降低,但它们同样以直接实用性为显著特色。再后,当这类作品进入个体生活领域后,或写个人的一段经历,或写对客观外物的某种印象,或写对人生哲理的体悟以至读书观画的心得等,虽立足于主体思想观点、感情、印象的表达,无明显社会功利目的,但也是一种实用,只是范围更小、更具体的实用。

要做的第二步,是对这一大类作品再进行一次剥离。因为我们从事的是对古典文学遗产的研究,就必须根据研究的目的设定一个界线,只有在这条界线之内的作品,才能收入我们的视野,纳入我们的研究范围。这条界线是什么?就是与诗歌、小说、戏剧所共有的特性,一般称为文学性。何谓文学性?二十世纪八十年代,理论界曾有过不同观点的争论。如果抛开概念上的纷争,只从客观效应上来说,包括诗歌、小说、戏剧在内的一切文学作品,必须能给人带来精神上的愉悦、美的享受,即必须具备审美的价值,或称为审美性。那么,经过第二次剥离剩下的作品,就必须是具备审美性特征的作品,不具备这一基本特征的,即使有再强的直接的社会实用价值,也不应属于我们的研究范围。

经过这两步剥离筛选,总括起来说,在古典文学遗产中,除了诗歌、小说、戏剧之外的这一大类作品,就可确定为:既具有直接实用性(可简称为实用性)又具有审美性的书面语言作品。既然我们习惯于以现代文学观念中四大文体分类相对应地将古代文学作品也分类为诗歌、小说、戏剧、散文,也就自然可以将这类作品称之为"古代散文"。反过来,"古代散文"也就是:古典文献中,那些既具有实用性又具有审美性的书面语言作品。它既与现代文学分类中的"散文"概念有所不同,又与古代的所谓"文"与"文章"的概念有所不同。这个论断,可视为我们对"古代散文"的基本定性。这不是我们主观的设定,是依据当代的理论观念对古代作品的实际所作的总体概括,虽不能算是严格的定义,但大体可以作为我们研究古代散文和写作古代散文史的出发点。

针对上述特点,是否可以把古代散文称之为"杂"文学呢?不可以。

首先,从类比上来说。在大的范围上,文学属于艺术的一个品种,在艺术中,在与文学并列的绘画、雕塑、音乐、舞蹈之外,还有建筑。无论是古典的和现代的艺术理论,从来没有把建筑排除在艺术之外,将之称为"杂"艺术。而建筑最典型的特征,就是实用与审美的结合与统一。再如,我们中国特有的一个艺术品种——"书法",亦是典型的实用与审美的结合与统一,也向来没有人将之称为"杂艺术"。无论建筑与书法,皆与我们所说的古代散文的特征完全一致。既然建筑和书法不被排除在艺术之外,古代散文当然也不应被排除在文学之外,将之称为"杂"文学。

其次,如前所述,我们现代的文学观念和理论是从西方输入而来。不错,在西方,从亚里士多德到黑格尔的传统美学中,一直是把"诗"(即文学)与"散文"(包括哲学、历史、政治性的演说等)作为两个对立的范畴,严格加以区分。但是在现代,随着应用艺术和应用美学的发展,这种传统观念早已被打破。在这里,我们引用现代符号主义学派的代表作家苏珊·朗格的一段话以供参考,她说:

> 有一种重要的文学现象还须注意:非小说类文学作品。
>
> 这一范畴包括了评论性散文,它是用来陈述人的观点,解释他的态度;哲学,它是对概念的分析;历史,它用因果的统一展示了实际过去中可考查的事实;此外还包括陈述个人历史的传记和报告以及各种类型的评论。
>
> 所有这些种类的作品都具备一个共同的特点,这就是它们与现实的关系。作者没有把已知的事件、情况、设想和理论去创造一些人和一些事,而是从生活中汲取每一点那怕是最小的细节。这种写作本质上不是诗(所有的诗都是想象性的,"非想象"自然是"非诗")。但是,无论什么时候,只要它写得好,那它就符合一个本质上是文学的标准,亦即:艺术的标准。①

这段话不是针对中国古代散文而发,但却完全适用于我们对中国古代散文的认识。

再者,从更深的层次说。人类从诞生以来,与动物的一大不同,就是除了物质的需求以外,还有精神的需求,而精神需求的一个主要内容就是审美愉悦的满足。考古资料证实,即使在原始的狩猎时代,人们在艰苦的劳作之余,还要在岩洞中涂绘出岩画;在石器时期,人们将石块打造成生产工具的同时,也已不自觉地追求最粗简的形制美;在开始发明陶器用以贮物的同时,就已经注意形

---

① 〔美〕苏珊·朗格著:《情感与形式》,中国社会科学出版社,1986年,349页。

制的美感而附加上简单的花纹。后来,随着社会生活的发展,审美追求和审美表现虽然发展成一个个独立的系统,而实用与审美始终存在着紧密的联系,众所周知,在希腊,艺术一词,就是由实用性的"技艺"转化而来。

所以,实用与审美的双重性质,不仅不足以否定古代散文的文学价值,而且这种认定,对于古代散文的研究与散文史的写作,是不可或缺的。首先,它使我们可以明确地确定古代散文的研究对象与范围,而不必再制造"狭义的""广义的""纯的""泛的""文学的""非文学的"散文等复杂概念。其次,它是我们论述和解决许多基本问题的关键性依据。下面可以从两大方面分别加以说明。

(一)关于实用性

所谓实用性,是指古代散文在反映现实生活方式上与其他文学作品不同,它具有直接的工具性意义,是人们针对当时社会现实和由之所产生的思想和观念,如历史、哲学、政治、经济、道德伦理等,以及人们对现实生活的体验、感受、情感等,可以作直接地表达,而不必采用另外的审美中介作侧面地、间接地反映或表现。明确这一点,对古代散文的研究,有很重要的意义。

其一,它可以解开古代散文研究中所遇到的"文史哲不分"的纠结。我们强调古代散文具有"直接实用性",就是指明它是荷载"史学""哲学"等的工具,从而使我们明确,我们研究对象的目标和范围,主要是"工具"本身的特点、性质与价值,而不是工具所荷载的东西本身。即使涉及所荷载的内容,也不是对这些内容进行具体阐释,而是从审美的角度去观照和衡量它们对荷载者的影响。这样,就可以使我们的研究与哲学、政治、历史等学科有了明确的区界。

其二,关于文体的分类,历代的研究者与写作者都非常重视。从《尚书》中的典、谟、诰、誓,《左传》《国语》中的箴、铭、诔、书等,都被论定为不同的文体；后来，曹丕的《典论·论文》论及不同文体的特点，将其概括为八类，陆机的《文赋》则概括为十类，刘勰的《文心雕龙》、萧统的《文选》又扩大为三十几类；沿传到明代，吴讷的《文章辨体》将文体分为五十九类，徐师曾的《文体明辨》又细分为一百三十六类：可谓"治丝愈棼"。这些分类中，虽包括诗赋，主要的还是对散文的分类。如此纷繁的文体是怎么形成的？有审美追求的因素，但主要是由古代散文的实用性决定的。由于在生活实践的不同时段和范围，针对不同的对象，人们进行思想情感交流时，对语言文字的运用和表达的方式，必有不同的要求。或者因为是相沿成俗，或者干脆是人为的制定，于是在篇章的组织上形成了不同的程式，选词用语上显示出不同的风格特点。这些方面逐渐固定下来，就定型为某种文体。随着社会的发展，人类的社会实践和生活范围不断扩大，人际关系不断丰富变化，风俗习惯不断地更新和演化，于是新文体也就不断地产生，旧的文体既可能被更新，也可能被淘汰。可以说人的生活多繁富，文体的变化和形成就可能多繁富，要想把文体整理规定为多少固定的类，是根本不可能的。所以在我们的研究中，对文体的问题既不能回避，也不必执着于琐细地罗列，只需顺着史的流程，对那些重要的、有代表性的文体的产生及作家在其运用中的创造性，给以应有的阐述就可算是尽到责任。

其三，实用性的内容，即古代散文作为工具所荷载的对象，在不同的时期有所不同。如先秦时期，主要是史事和不同学派关于社会理想的不同理论体系；到了两汉，记史以外，主要是对时政的论议；魏晋唐宋以下，多了个人思想、观点、情感的抒发。把握住这些特点，就有利于看出古代散文发展的历史轨迹。

这里有一个问题必须澄清，它对理解与研究整个古代散文至关重要。这就是中国古代散文直接实用性特征是怎么来的，为什么会在散文的发展过程中,一直贯穿到底? 这一点,与中国古代思想文化传统的独有特点直接相关。中国社会发展到了春秋战国时代,原有的分封制走向瓦解,开始了向中央集权的君主制转变,呈现出所谓"礼崩乐坏"的局面。就在这时,出现了以老子和孔子为代表的思想家,试图对前此累积起来的思想文化遗产作汇总整理,对未来的社会发展作出规划。稍后的诸子都可以说是他们的追随者。这是人类文明发展中,不同民族普遍都会遇到的关键时期,它承前启后,起着奠定一个民族思想文化发展基本走向的重大作用。近代德国的理论家雅斯贝尔斯将其称为"轴心时代"。与孔、老差不多的时期,在古希腊,也出现了以苏格拉底、柏拉图、亚里士多德为代表的一批思想家,他们也从事着类似的工作,承担着类似任务。但在其后的延展中,中国与西方所形成的传统却大有不同。苏格拉底们当初也曾直接参与社会政治实践,但达不到目的后,就退居于"学园",进行专门的著述与讲学。这样的传统沿传下来,就产生了不直接参与社会政治实践的专门的哲学家、史学家、文学家、经济学家等。像康德和黑格尔,就一生以讲学或著述为业,几乎完全不涉入政界。而中国则不同,以孔子为代表的思想家们,也从事于古典遗产的汇总整理,也收徒讲学,但汲汲于"拨乱世反诸正"的"救世""治世"活动,并以"学而优则仕"为指归。除老、庄外,诸子们几乎没有一个不热心于奔走干谒,急切地想参与政治实践。秦汉以后,没有了战国的局面,但属于思想文化领域的"士"人们,传统观念依然未改,而历代的统治者,也乐于把他们网罗进来为自己服务。汉代有选拔"贤良文学"的察举制度,魏晋以"九品中正制"为上层文人开启了从政之门,隋唐以后则用科举把"士"人们尽皆纳入彀中。于是,一旦具有了一定文化修养的文人,除少数以外,非要弄个一官半职,才算实现了理想。所以"士"就与"大夫"结合起来,成为"士大夫"。于是在古代中国,除了后期的部分下层小说、戏曲作者，也就没有了专业作家。这样，处于文学与政治两栖状态的作者，所写的大部分散文作品，也就免不掉与政治、经济、道德、伦理合为一体的性质。这就是形成中国古代散文直接实用性特征的根本原因。不注意这一点，也就无法理解和认识中国的古代散文。

（二）关于审美性

所谓审美性，与艺术性不是等同的概念。审美性或审美价值，是指文学作品具有的效用，即它能给人带来精神的愉悦、美的享受，而艺术性则指能达致这种效用的手段。二者既有联系又有区别。当我们欣赏一篇文章或阅读一部作品之时或之后，往往可能进入一种精神状态：或感到如沐春风、如饮醇醪般的怡悦，或陷入如痴如醉的沉迷，或产生醍醐灌顶般的兴奋，或获得豁然开朗的畅快，或有一种宣泄过哀伤恐惧的轻松，或形成一种"三月不知肉味"的赞叹。这就是我们所说的审美效用，它是文学艺术作品审美性或审美价值的具体体现。艺术性则是我们在分析评论作品时，对其能够达致审美效用所运用的方式、技巧、手段的指称。但它又不仅仅是方式与技巧的问题，其背后反映的是作家对客观对象的审美感受和主体自身的审美体验水平及相应的审美表现能力。

因为审美性的发展程度实际上标志着整个古代散文的发展程度，对一个作家或一件作品来说，审美性的强弱又标志着其艺术水平的高低，所以，明确审美性的含义及其构成因素，对古代散文的研究与散文史的写作都有重要意义。审美性由多重因素构成，在作品中是总体性呈现出来的，就像有机体一样，对它很难作切割式的分析。但为了研究的需要，在对古代散文的总体观照中，可大体地指出几个主要的方面。每个方面既有与其他文学作品的相同或相通之处，也显现着本身自有的特点。

首先是语言美。我们前面讲过，古代散文是书面语言作品。

语言运用的高度艺术化，是构成古代散文审美性的第一要素。语言是人类所创造的最高级的信息符号，汉语是汉民族的伟大创造，汉字是汉语的书面表达形式。一般地讲，语言和文字有双重工具性意义：就其普遍功能来说，它是在社会生活中人们交流思想、传达感情、描绘事物的工具；就其特殊功能来说，它是作为艺术门类之一的文学所使用的工具。黑格尔说："诗人的想象和其他一切艺术家的创作方式的区别"，"在于诗人必须把他的意象（腹稿）体现于文字而用语言传达出去"①。在文学作品中，语言所以超出一般的应用，获得高度审美价值，主要在于作家在其所营造的语境中，使其产生了特殊的张力，取得普通运用中所没有的效果。如在语词的运用上，一个极普通的词，用在文学作品中，往往能表达出远远超出其实指性意义之外的意蕴、意象、意境。诗词不说，古代散文中，也不乏这样的例据，如张岱的《湖心亭看雪》写西湖雪景："天与云、与山、与水，上下一白，湖上影子，惟长堤一痕、湖心亭一点，与余舟一芥、舟中人两三粒而已。""痕""点""芥""粒"本来是普通名词、量词，用到这里就有了特别的韵味，形成了它的实指性所没有的美感。这是典型意义上的点铁成金。至于由语词组织成文句，更是变化万端，其妙无穷。抛开诗词中的格、律、声、色不说，在古代散文中，除了如刘知幾赞扬《左传》时所说的，能够"睹一事于句中，反三隅于字外"，在表达上，无论用于论说、叙事、抒情，都能做到或平直、或曲折，或从容舒缓、或严峻急切，或累迭排列以成势，或要约斩截而生色，不但以辞达意尽为指归，而且有巧匠运斤之妙趣。优秀作家语言运用上魔术师般的变化能力、创造能力，可谓无处不在。

其次是形式美。从早期到晚期，在整个古代散文的发展过程

---

① ［德］黑格尔著：《美学》第三卷下册，商务印书馆，1982年，63页。以下所引此书皆出于此版本。

中，都表现了自觉不自觉的对形式美的追求。诸如对称、均衡、节奏、旋律、变化、整一、错落、和谐等形式美的规则，在自然界和社会生活中有大量而普遍的存在，而人们一旦发现和体验到这些规则，自觉不自觉地运用到自己的创作中去时，就能给人带来美感。形式美的规则是有限的，其具体运用中的变化则是无穷的，作家如果在创作中，不只是依顺这些规则，而能发挥自己的艺术天才，纵横自如地掌握支配这些规则，穷极变化而唯己意之所适，更会给人带来高层次的审美享受。中国古代散文发展的早期，从甲骨刻辞到秦汉文章已经在句法组织、章法布局、整体结构上体现了对形式美规则有意识的追求。南朝的骈文，则把形式美在文章中的运用推到极致。到了后期，这种运用则达到了曲尽其变、自然天成的程度。苏轼尝说，其为文"大略如行云流水，初无定质，但常行于所当行，常止于所不可不止"。前者讲，写作时并不考虑任何规则；后者则讲，虽不作考虑，然而写起来无不自然合于规则。康德论艺术创作的无目的的合目的性时曾说：

> 美的艺术作品的合目的性，尽管它是有意图的，却须像是无意图的，这就是说，美的艺术须被看做是自然，尽管人们知道它是艺术。但艺术的作品像是自然，是由于下列情况：固然这一切作品能成功的条件，使我们在它身上可以见到它完全符合一切规则，却不见有一切死板固执的地方，这就是说，不露一点人工的痕迹来，使人看到这些规则曾经悬在作者的心眼前，束缚了他的心灵活力。①

这段话，像是苏轼写作体会的注脚。

---

① ［德］康德著：《判断力批判》上卷，商务印书馆，1987 年，152 页。

第三是形象美。形象(包括想象),指的是对客观事物(人、事、景)进行感性的直观性描摹。它是诗歌、小说、戏剧必用的手段,也是散文作品能够进入文学行列的必备条件。古代散文对感性直观性的追求和利用,不但具有一贯性,还具有普遍性。在叙事方面,无论早期史传作品对人物的刻画、事件的展现、场面的铺陈渲染,还是后期作品对客观外物的动态描摹,富有神韵的意境创造,所达到的水平完全可以与其他文学样式媲美,这为人所共知。在议论辩说文字中,对形象的运用,尤见特色。过去人们提到这一点,常常着重于作者善于设譬取喻,用生动的寓言、虚构的故事说明抽象的道理,似乎形象的运用只是一种附加的手段。其实,在古代说理文字中,对感性直观性的运用,有着丰富多层次的意义和作用,与议论辩说已融为一个有机的整体。有的作品,往往以感性直观的形象描绘,直接取代逻辑、概念的论证,作为说明体现理性观念的手段,这以《庄子》为最杰出的代表。有的作品,形象描写渗透在逻辑论辩之中,直接成为展示论点或构成论据的组成部分。孟子宣扬理想的王道社会,老子鼓吹小国寡民的世界,都是用富有诱惑力的直观感性画面,来展现其理论主张。韩愈《柳子厚墓志铭》论"士穷乃见节义",用一段对世态人情的摹画作反证:"今天下居里巷相慕悦,酒食游戏相征逐,诩诩强笑语以取下,握手出肺肝相示,指天日涕泣,誓生死不相背负,真若可信。一旦临小利害,仅如毛发比,反眼若不相识,落陷阱,不一引手救,反挤之又下石焉者,皆是也。"谁也无法分清这是描写还是议论。还有的作品,直接引进一个形象,并不指明它的意义,而靠了它的象征性,体现出多重意蕴,如《论语·子罕》中的一章,只记了一句话,子曰:"岁寒,然后知松柏之后凋也。"细加体味,它几乎蕴含了当代某名人所写散文《松树的风格》的全部内容。如此种种,就使得议论说理的文字,不仅诉诸读者的理性,也诉诸读者的感性,在取得说服力的同时,也取得感染力，在达到实用目的的同时，也形成其审美价值。

第四是情感美。情感是人的精神世界和心理世界的一个基本方面。人由认知而获得的理性，只有通过情感的中转，才能化为实践行为的驱动力。西方古典哲学是崇尚理性而否定情感的，柏拉图曾有一个形象的比喻，说哲学家一直在和诗人（文学家）吵架，并因为"诗"是表达和渲染感情的，在《理想国》中，主张将诗人驱逐出去。黑格尔直接将美定义为"美就是理念的感性显现"①。整部《美学》中完全忽视情感的价值和作用。但也有哲学家重视情感的作用。亚里士多德在《诗学》中，认为悲剧的作用就是让人的怜悯和恐惧之情得以宣泄，在《修辞学》中主张政治性的演说要善于煽动和利用听众的感情。后来康德、席勒、叔本华都将情感与艺术在本质上联系在一起。托尔斯泰《艺术论》（参见张昕畅、刘岩、赵雪予译，中国人民大学出版社 2010 年版）的核心，就是强调：传达感情是艺术的本质。与西方不同，中国的哲学和伦理学，自古就是重情的。古代文学作品也不例外，诗词的抒情性自不必说，富有情感美，也是古代散文的显著特色，只不过不同类型的作品，抒发感情的方式和所表达感情的性质与色彩的浓淡有着等差。中国古代没有专业散文作家，作者大多同时是思想家、理论家、政治活动的积极参与者，但他们在论及宇宙、人生、社会、历史时，很少像西方哲人那样作不动声色的、冷静的纯理性思辨，总有一种强烈的投入意识，因而在表达理论观点和记载历史事变的时候，就总是渗透、融会、寄托着个人的意向、追求、理想、愿望，在论辩是非的时候，总是附着着明显的爱憎褒贬。这类作品不立足于个人情感的抒发，却贯穿流荡着主体的激情，存在着作者没有明确自觉而作品中却客观存在的抒情因素。另有一类作品，内容也属于社会政治范围，但

① 《美学》第一卷，142 页。

写作中有着个人的情感、抱负、追求、理想的正面吐露，意旨不在抒情，而抒情色彩明显增强。再一类是家人亲朋间的交往文字，其中虽也有论说、述事，但往往以之惜别离，寄相思，表劝勉，寓感慨，充满浓厚的人情味，抒情成分更重。至于专门为了寄哀思、表褒美、坦肺腑、吐衷肠而写的文章，除了语言形式的差别，与抒情诗已无二致。此外，还有各色各样的文章，挟带各种不同的情感色彩，如移檄总夹杂着抨击、责骂、嘲讽，答难多隐含着幽怨、感愤、不平。要之，人的情感复杂而微妙，在不同情景下，为不同目的，发而为文，所表达的情感也就有层次，有等差，有区界，而从总体上说，古代散文无不有抒情因素在。所以刘勰早就说："缀文者情动而辞发，观文者披文以入情。"（参见《文心雕龙·知音》）而清人刘熙载谓："作者情生文，斯读者文生情。""使情不称文，岂惟人之难感，在己先不诚无物矣。"（参见《艺概·文概》）中国古代散文正是以其客观呈现或主观吐露的情感，冲激、涤荡、感染着读者，使他们产生心灵的共振，也体验到审美的愉悦。

第五是精神气质美。精神是作品所荷载内容中作者主体意识的体现，气质是与其人生观紧密相关的，作者个性化的性格特色。二者都是内在的东西，但在作品中必有外显。所以，韩愈曾说："夫所谓文者，必有诸其中，是故君子慎其实。实之美恶，其发也不掩。"（参见《答尉迟生书》）还说："气，水也；言，浮物也；水大而物之浮者大小毕浮。气之与言犹是也，气盛则言之短长与声之高下者皆宜。"（参见《答李翊书》）韩愈将"有诸其中"者，称之为"实"，又称之为"气"，比之为"水"。如果我们将他所持的观点普泛开来，就会看到，在所有古代散文中，都体现着一种"有诸其中"的主体精神，这就是所谓的"气"。"气盛"就是这种主体精神的强烈性，其来源在于对自己人格尊严、理想追求、理论原则、观点主张的坚强自信。先秦时期，孔、墨、庄、孟、荀、韩等无不强烈地表现出这种坚强自信的主体精神。它在孟子那里被自认为是一种"至大至刚、充塞于天地之间"的"浩然之气"。这种"气"贯穿于文字写作之中，就会形成一种高屋建瓴、无可阻遏、荡胸涤怀、酣畅淋漓的冲击力量。先秦以后，贾谊、邹阳、司马迁的作品都有这样的特点。主体精神与不同作者的个性气质结合起来，就会形成不同的风格。如庄子的超迈，韩非的犀利，陶渊明的真淳，韩愈的硬挺，柳宗元的峻洁，欧阳修的纡徐委备，苏轼的纵横自如，等等。作品中所透露的作家的精神和气质，显然是构成古代散文审美因素的不可或缺的成分。

第六是创造美。创造和革新，是文学作品获得其生命力的来源。尼采说："上帝死了！"不是信仰的问题，而是对人们固守传统的否定。他的《查拉图斯特拉如是说》，核心内容就是对创造和创造力的呼唤。创造和革新不是靠了灵感和天才（当然灵感与天才也有其作用），而是在掌握了前代所累积起来的遗产基础后的更上一层楼，为山九仞中的最后一篑。在古代散文的发展中也是如此，凡是在其中留下地位的作品作家，都具备这样的特点。举个小例子：据说王勃写《滕王阁序》的时候，开始周围的人们并不以为意，主持者洪州都督尤其不满，但当他写到"落霞与孤鹜齐飞，秋水共长天一色"时，此公"矍然而起曰：'此真天才，当永垂不朽矣。'"而后代学者考定，类似句法已见于庾信的《马射赋》："落霞与芝盖齐飞，野水共春旗一色。"徐陵《玉台新咏序》中亦有"金星将婺女争华，麝月与嫦娥竞爽"。因之有人指其为剽窃。其实，王勃此句，写此时此际的洞庭秋色，自然天成，情韵具备，且等于全篇的题眼。这正是在前人基础上的更新与创造，所以连当时力倡古文的韩愈亦"壮其文辞"，其后，它果然作为经典名句流誉至今。人们在阅读文学作品时，凡见到有新意者，未免眼前一亮，而对于有标志意义的创造性的作家与作品，则会永志不忘。没有创造就没有美，对古代散文来说，同样如此。

以上只是我们对构成古代散文的审美因素，勉强进行切割式分析所拈出的几点。赋予作品以审美性者，远不只这几点，还有与山川田园相联系的自然美，与崇高相关的壮美，与婉柔相关的秀美等。重要的是，这些在具体作品中，是作为水乳交融的有机的整体呈现出来的。所以面对具体的作品，对其审美效用，可以通过咀嚼似的欣赏，找出其美点之所在，而作为理论史的研究，我们必须记住，具有审美性，是古代散文的基本特征，不具备此条件者，则无资格列入古代散文的范畴。

总起来说，实用性与审美性，是古代散文的两大基本特征。这两大基本特征之间是对立统一的关系，没有审美性，实用价值再强的作品，也进入不了文学领域；过分追求审美性，又会影响其社会功能。在其发展流程中，有时候彼强此弱，有时候彼弱此强，正是两者在对立统一中的消长变化，足以显示出古代散文发展演进的大体轮廓。如果离开这两大侧面，很难找到勾勒出古代散文自身演进轨迹的更好的依据。

赋，作为一种文体，西方是没有的，在现代文学观念的四大文体分类中，也没有它的地位。但在中国古代文学中，它赫然构成了一个庞大的帝国，从荀卿的赋篇，到屈、宋的骚体赋，到汉大赋，发展到后来，咏物、抒情、写志、述行、赞颂、论议，无不可以赋出之。由于在文体上无所归属，当代学者有的也就将它归于古代散文的研究范围。我们认为，赋乃是中国古代文学在其发展中所产生的一种介于诗文之间，非诗非文又亦诗亦文的独立文学样式，它有源有流，有自己的演变线索。不过相对于其他文体，赋有其不稳定性，在它演变发展的不同阶段所形成的小的品类，往往有着和诗或文相接近的倾向和不易区界的模糊性。故作为赋的专题发展史，可以而且应该将赋的各类变种都包容在内，而作为其他文体的专题史，亦可将与之相近的赋的别体，纳入自己的研究范围，如写中国诗歌史，就绝不能摒除属于骚体赋的楚辞。准此，我们这部发展史，只涉及唐代以来散体化的文赋，而不及其余。

二　关于"发展"：所受外部制约和影响

中国古代散文，从最初的萌芽，到"五四"新文学运动因白话取代文言而终结，几千年间，走过了由发生、发展、兴盛到衰落的长长的历史行程。这个行程不是简单的、直线的前进，其间有起伏，有曲折，有内容和形式、体裁和风格的错综复杂的演变。我们的任务就是大体理出这个演变的线索和基本规律。像其他文学艺术现象一样，古代散文的发展不是完全封闭的自律性运动，它作为整个社会精神文化现象的一个小小分支，且具有直接实用性的特征，因而与社会生活联系更为紧密，所以它的发展，必然受着本体以外的各种外部因素的支配和影响。刘勰有一句名言："文变染乎世情，兴废系乎时序。""世情"和"时序"，即社会的政治、思想、文化及其历史变化，"染"和"系"即制约和影响。用现代观点分析，这些外部因素大约包括以下几个方面。

第一，社会物质文明的发展程度。

由于古代散文是书面语言运用形式，它的发展就直接受到书写工具的制约，而书写工具的改进又与物质生产的发展水平密切相关。从把文字刻契、书写在甲骨上，到在竹简上、丝帛上，到后来发明了纸张，有了雕板印刷、活字印刷，这不但影响着内容的表达，而且影响着文章体制和风格的形成。

第二，社会生活的发展程度。

由于古代散文的实用性特征，使它已经直接介入到社会实践，那么，社会生活的发展程度也就对散文的诸多方面造成制约和影响。关于体裁品类方面所受影响，前面讲实用性特征时已经论及。

至于题材内容,也明显受着社会生活发展程度的制约。随着社会分工的日益精细,人们社会实践和精神生活范围的日益拓展,散文所表达的题材内容也就日益丰富、充实、多样化。可以看到,中国最早保留下来的成篇的散文多是官方文书、历史记事;后来,由统治阶层中分裂出一个思想家集团,于是有了专门阐述社会政治、道德、伦理及宇宙人生哲理的私家著述;后来,又产生出一个主要从事政治外交活动的"策士"阶层,于是有了纵横家之文;再后,随着中央集权的君主制的确立,思想家和"士"相融合,转化为一个进可以仕宦,退可以自处,既参与政治,又致力于诗文写作的士大夫阶层,而且他们的社会和精神生活日益多层次、多侧面化,于是他们用以反映现实,表达个人思想、观点、生活情趣、审美理想的作品也就日益丰富多彩,在内容题材上也就呈现出无所不包、绚烂多姿的特色。

第三,社会变革。

社会变革对古代散文的盛衰及发展趋向影响尤为显著。一方面,社会变革期间,往往斗争激烈,生活动荡,思想活跃,必然刺激着直接参与其中的散文创作的繁荣。另一方面,社会变革发生的前后,往往对社会思想、社会文化客观上提出不同的要求,自然会对散文的发展形成不同的导向。再一方面,不同的社会形态和社会制度一旦确立以后,往往实行不同的思想文化政策,造成散文发展的不同时代环境,这不但影响着散文的盛衰,也影响着散文创作内容和风格的发展趋向。

第四,不同的时代文化精神和社会思潮。

这方面与散文发展演变的关联至为重要。散文本来就是社会思潮和时代文化精神的存在和表露方式,自身的发展必然受到它们的制约。如殷代占主导地位的是巫卜文化,所以早期萌芽状态的散文,往往以卜辞和卦爻辞的形式呈现。周代占主导地位的是礼制文化和史官文化,于是就产生了典谟诰命这样的作品。春秋战国时期,有一个蓬勃的人道思潮兴起,出现百家争鸣的局面,这就不但带来了散文发展的第一个黄金季节,而且赋予这时期散文一种特有的纵横恣肆、卓厉风发的风格。西汉初期是总结历史经验和再次汇总思想文化遗产的朝代,就产生了陆贾、贾谊这样的作家和《史记》这样的鸿篇巨制。东汉时占主导地位的是经学文化,在它的影响下,散文也就朝着平实、细密,缺波澜、少声色的方向发展。魏晋南北朝有了个体生命意识的强烈自觉,且玄学、佛学炽盛,于是为散文创作开辟了新局面,带来新特色。唐宋期间,在释、道、儒合流基础上重新肯定儒学传统,并且"士文化"高度发达,导致了古文运动的发生,引发了散文创作第二个高潮的到来。明代个性解放的思潮抬头,推动了以"抒张性灵"为特色的公安派创作和小品文写作的兴盛。这些都是散文发展受社会思潮和文化精神制约的显证。

第五,其他艺术形态和其他文学样式的发展。

这两方面对散文发展的影响也是显而易见的。随着时代的进步,诸如工艺、建筑、音乐、绘画、书法等艺术形态不断成熟,它们不但成为散文的题材内容,还诱发出一些散文的体裁门类,并在表现方法与审美趣味上,显然对散文有所熏陶。至于其他文学样式与散文之间的关系,是双向的,彼此互相交织渗透的。如果单从接收者的角度来说,早期诗歌对散文形式上的影响,在卜辞、铭文、《易传》及其他说理、记事作品中,皆有灼然、凿然的表现。汉代辞赋对骈文的形成有着直接的哺育作用。魏晋时期是文学自觉的时代,文学的自觉明显促进了散文创作风貌和审美追求的转变。魏晋以后的作家,大多诗文兼擅,诗歌作品在语言锤炼、意象运用、意境创造等方面,无不对散文有着滋养,对推动散文的艺术化、审美化起了很大作用。

第六,人的主体发展程度。

从原始时期到现代,人类的发展不只表现为劳动生产力的进步,社会组织形式及物质和精神文明高级化,作为主体的人,在生理、心理、意识能力等方面也必有演进和发展。虽然从时间的尺度上说,进入文明期以来的历史太短,不容易看到前后的差距,但终究有程度的变化。仅从与我们相关的方面来说,在对客体的认识上,现代思维科学表明,人无论是种系的还是个体的思维,都有一个从无序到有序、从直观到抽象、从经验感受到逻辑思辨、从具体个别到综合概括的进展梯级,这个梯级明显地制约着古代散文从形式结构,到论证方式、记事能力、思辨水平的演进。在对感性形象的体验与表达上,也有不自觉到自觉、粗疏到细致、外在到内在、狭窄到广阔的提高过程,古代散文审美因素的形成与发展,无疑受着这种主体审美意识发展程度的制约。西方学者卡西尔说:"艺术家的眼光不是被动地接受和记录事物的印象,而是构造性的,并且只有靠着构造活动,我们才能发现自然事物的美。美感就是对各种形式的动态生命力的敏感,而这种生命力只有靠我们自身中的一种相应的动态过程才能把握。"①他所谓在"我们自身中""相应的动态过程",就是主体审美意识的发展过程。不管这个过程背后的动力来源是什么,古代散文审美因素的加强,审美视野的扩大,审美表现力的提高,显然与它直接相关。

上述诸点之外,某些时代的社会风习,语言本身的演化等,也影响和支配着散文的发展,前者如汉代树碑著铭之风与碑传文的发达,后者如南朝时汉语四声的发现与文章进一步的骈化都有极大关系。

这方面还有一点不能不提及:每个作家都是个体性的存在。

---

① [德]卡西尔著:《人论》,上海译文出版社,1985 年,192 页。

世界是个大宇宙，人是一个小宇宙。因此，每个作家都有天赋气质、家庭身世、文化教养、生活经历、环境遭遇等等方面的不同，这些个性化的东西，更直接地决定着其作品的内容和形式。这是文学上的通例，散文自然也不例外。

以上诸方面，从不同层次、不同向度，构成了一个合力，既作为外在的动力来源，又作为外在的制约力量，影响、支配、推动着古代散文走过了几千年的历程。

三 关于"发展"：线索、规律与分期

散文作为中国古典文学的一种形态，是一个相对独立的系统，它本体内部又有着自己的运行机制和运行规律，外在的制约只在于促进其内部的发展演变，并且只有通过内部的演变才能显示出来。

散文内部的发展演变是极其错综复杂的：

从总体的文体系统来说，它本身是一个很复杂的动态结构，气象万千的世界。其中有着无穷数量的作家、作品的累积，有过种种思潮的产生，各色各样创作倾向的出现，各具特征的创作流派的存在。这些思潮、倾向、流派，在其发展过程中，往往呈现为既互补、又对立的关系，且彼此间又有着鼎革承传。

从具体作品的角度说，如果加以解析，每件作品大体包括体裁形式、题材内容、组织结构、表现方法、语言、风格特色等基本要素。由这些要素总合而成的作品，一代一代地叠加，就呈现为史的进程。在整体演进中，如果对作品的每一要素作纵向考察，就会看到它们都有自己的演变线索。例如：关于体裁形式，其由少到多、由简单到复杂的发展，前已有所论及。关于题材内容，则呈现为由大到小、由窄到宽、由内到外的一种轨迹。在先秦西汉时期，作品的题材主要集中在有关国家、社会等属于大的群体方面的内容上；东汉以后，才日益深入普遍地扩展到日常生活、普通人际交往、个人经历和个人情感世界领域。这在题材的重大性上是减弱和缩小，在对生活面的反映上却是深化与扩大。先秦两汉以前，散文作品的内容，主要集中在社会生活范围以内，而魏晋以后，日益广泛地扩大到外在的自然界，则属由内到外的变化。关于形式构造，也有一个由散到整、由整到变，最后达到高度自然化的演变。先秦到六朝，人们在散文的写作中，虽然也讲究章法结构的变化，但主导倾向是一步步地追求形式构造的完整和完美；进入唐代后，在章法布局、组织经营上，则以苦心孤诣地出新求变为突出特征；而发展到宋代，杰出作家的作品，则能做到于无法度处见法度，虽然变化至奇至精，而让人觉察不到心法手眼之所从来，进入自然天成的境界。此外，在语言方面，从佶屈聱牙的"殷盘""周诰"，到张岱、郑板桥之几近于完全的白话，其中也有客观的发展进程在。诸如此类，可以看到多条线索齐头并进的状态，而且这些线索还有回环倒错、联结交叉。这是散文发展演变复杂性的又一表现。

面对如此复杂的情况，进行散文史的研究，要想总体上勾勒出其演进的线索，探寻出其内部规律，做到历史性与逻辑性的统一，着实非常困难。对此，可以采取什么样的办法？一种是：依循朝代更迭、政治和思想变革的"时序"，对先后次第出现的作家、作品，进行思想艺术价值的点评，提示出其前后的传承关系。这样做，时序的线索是清晰的，但对散文这一文体系统发展的内在规律，很难有完整清楚的揭示，且有着把散文视为政治附庸的嫌疑。再一种是：从总体上，把散文的发展分为发生、发展、鼎盛、衰落等不同的阶段，然后对同一阶段中的作家和作品，进行思想艺术价值的评述，并对其在"史"的发展中的地位与作用进行评论与估定。这样做，是把散文作为一个独立系统来对待的，呈现出来的线索也是明晰的。但从性质上来说，仍属于现象的描述，同样不能清楚地揭示出现象后面的本质性规律。

我们的观点是：尽管散文本体内部有丰富的内涵、错综复杂的现象、纷纭万端的头绪，但它们的千变万化，最终都与散文的实用性和审美性特征相关联。散文的这两个基本侧面是对立统一的关系，正是它们彼此间的消长，标志着古代散文的大的走向。从这一点出发，再结合以时序和现象性描述，就有可能勾勒出大体符合实际的古代散文发展演变的总体规律。

立足于实用和审美两个基本点，从宏观上把握，就可以看出古代散文发展是在实用中审美因素日益强化的过程。按这个线索判断，古代散文总体的发展，基本上经历了四个阶段：为实用求审美的阶段，自觉追求形式美的阶段，实用与审美高度统一的阶段，总结创作规范与向审美化偏移的阶段。

第一个阶段大体由先秦延续到两汉。在这个阶段，散文的写作主要以实用为目的，人们也追求表现方法与表达技巧的提高，但尚未形成自觉的审美意识、独立的审美追求，审美表现的努力目的是为了增强实用效果。《左传·襄公二十五年》载：郑国的子产向当时的霸主晋国报告伐陈的胜利，晋国责问他何以要以大侵小？子产引经据典，依理陈辞，表达极其有力，使晋国的主政者不得不承认"其辞顺；犯顺，不祥"。对此，孔子感慨说："《志》有之：'言以足志，文以足言。'不言，谁知其志？言之无文，行而不远。晋为伯，郑入陈，非文辞不为功。慎辞哉！"襄公三十一年（前542），子产奉郑简公入朝于晋，因晋国接待不周而毁宾馆墙垣，受到晋国的责备，子产再次靠了极富雄辩力量的回答，使晋人不得不认错谢过，又引起叔向的一番感慨："辞之不可以已也如是夫！子产有辞，诸侯赖之，若之何其释辞也？"这都说明，正是在当时的政治外交斗争中，使人们认识到语言运用艺术的重要，而之所以重要，正是因为靠了它才能实现政治外交目的。这两个实例，典型地表明了当时人的文章观：实用第一，为实用而必须讲求文辞。从上引实例看，所谓的"文""辞"，主要是指语言运用中的逻辑力与表现力。还有一种情形，就是作者为了宣传某种理论主张，而有意地在论述方式或论述过程中，添加审美性因素，从而增加吸引力和说服力。先秦时期，诸子的著述，史家的载籍，纵横家的立说，都是这样做的，但他们一般并未自觉揭明这一特点。而西方的一位古典哲学家却对此有过直接而明确的说明，可借来用作参考。公元前一世纪的卢克莱修，用诗的形式写了一部论著，宣扬他的原子论宇宙观，我国译为《物性论》，其中对为何要用诗的形式讲哲学，这样说：

> 关于这样晦涩的主题，
> 我却唱出了如此明彻的歌声，
> 把一切全都染以诗神的魅力
> ——这，应该说并不是没有理由的：
> 而是正如医生企图把讨厌的苦艾
> 拿给小孩子去吃的时候，
> 就先在杯口四周涂满了
> 甜汁和黄色的蜜糖，
> 使年轻而无思虑的孩童的嘴受了骗，
> 同时就吞下苦艾的苦汁，这样
> 孩子虽然被逗弄，却不是全然受欺害，
> 反而因此恢复健康并重新长得强壮；
> 由于我的论说对从来未尝过它的人
> 看来一般地是有些太苦严，
> 大家总是厌恶地避开它，
> 所以现在我也愿望用歌声

来把我的哲学向你阐述，

用女神柔和的语声，

正好像是把它涂上诗的蜜汁

——如果用这个方法我幸而能够

把你的心神留住在我的诗句上，

直到你看透了万有事物的本性，

以及那交织成的结构是怎么样。①

他的话恰切地道出了这一时期我国散文作家们写作的特点。所以在这一时期，虽然散文表现技巧的提高取得了辉煌成就，而作家的主观指导思想和客观写作实践的基本立足点（即实用第一）始终未变。两汉时期，文章的艺术表现更为成熟，作家的审美追求更高，但为实用而求审美的主导倾向也并未根本改变。

第二个阶段是魏晋南北朝时期。这阶段散文的发展出现了质的转变。作家的写作有了自觉的审美追求，但这种追求的主导倾向着重于文章的形式美，突出表现是骈文的成熟与广泛流行。人们一般公认鲁迅先生的论断：这时期是文学自觉的时代。所谓"文学自觉"，首先是意识到文学独立的存在价值，不再仅仅把它视为依属于社会政治的附属品。典型地体现出这一点的是，曹丕在《典论·论文》中第一次明确提出："盖文章，经国之大业，不朽之盛事。"《左传·襄公二十四》，鲁国的叔孙豹曾提出著名的"三不朽"说："'太上有立德，其次有立功，其次有立言。'虽久不废，此之为不朽。"其中所谓"立言"，所指主要是圣贤之"言"。而曹丕所说的"不朽之盛事"，重点已从"立言"转向文章自身的价值。其次，"文学自觉"更重要的体现是有了对文学审美价值的自觉，人们欣赏文章

---

① ［古罗马］卢克莱修著，方书春译：《物性论》，商务印书馆，2007年，50页。

时，不只看重其社会功用，更重视其审美效用。"建安文学"在文学史上有很重要的地位，出现了以三曹七子为代表的邺下文人集团。这与当时实际处于掌权地位的曹氏父子"雅爱辞章"有很大关系。"雅爱辞章"的原因固然很多，而辞章能给人带来审美的愉悦，应是重要原因之一。据说曹操读了陈琳讨伐自己的檄文，不但不以为忤，反而赞赏其文才，还曾说，读阮瑀的文书可治愈自己的头痛。正因为文学独立地位的提高，承曹丕之后，晋初陆机写了全面探讨文学创作的《文赋》，刘宋和萧齐时代的刘勰写了更全面的理论著作《文心雕龙》，他们谈到文章写作时，都不只将其看作适应政治需要的社会行为，同时也将之视为通过审美创造获取审美享受的过程。如《文赋》中就极明确地说："伊兹事之可乐，固圣贤之所钦。"到了梁代，萧统编出了中国第一部《文选》，在"序"中，他论列了各种文体之后，给出的结论是："譬陶匏异器，并为入耳之娱；黼黻不同，俱为悦目之玩。"在确定编选标准时，明确指出，诸子著作因"以立意为宗，不以能文为本"，纵横家言因"事异篇章"，史家著述因"方之篇翰，亦已不同"，皆不收录。只有"赞论之综辑辞采，序述之错比文华，事出于沉思，义归乎翰藻"者，才"与夫篇什，杂而集之"。明确地表现出对审美标准的重视。但是人们的审美自觉也像其他事物的发展一样，有一个由浅入深、由低到高、由片面到全面的进程，往往先意识到作品的形式美，再意识到其内容美，先看到其华采美，才体验到其质实美。这个时期是审美自觉刚刚形成的时代，因而作家的创作和评论家的评论，首先措意于作品的形式美。本来，自先秦时期纵横家的说辞，到汉代的政论，就已经大量地运用排比与铺张、俪辞与偶句，但还是与只句单行的陈述交错并行。由西晋开始，无论记事或说理，人们的审美追求越来越向语言形式方面集中，降及宋、齐，特别是发现了汉语的四声，沈约提出了诗歌创作的"四声八病"以后，散文的写作中，追求语句的整饬、辞藻的华丽、节奏音响的顿挫谐调便成为普遍的潮流。而骈体文恰恰是适应这种审美追求的理想形式，于是操觚为文者纷纷归趋，不管在什么场合一律拿来应用，写作骈文成为覆盖性时尚。时人评论作家、作品，所用的赞语，大多也是"辞藻艳丽""烂若披锦""雕绘满眼""铺锦列绣""错彩镂金"之类。这种情况，与上时期之仅仅为实用求审美、缺乏独立自觉的审美追求相比，是一种质的前进，一种否定性的提高与进步。但由于它集中于形式美的片面性，发展到极端，必然影响到散文的实用效果，流为格调上的空浮、单调、僵化、死板。

第三个阶段包括隋、唐、五代、宋、辽、金。在散文的发展上是实用与审美高度统一的时期，突出的标志是中唐兴起的古文运动和北宋的诗文革新运动。这个阶段是对魏晋南北朝时期单纯追求形式美倾向的否定之否定。从北朝末到隋及初、盛唐，对单纯追求形式美倾向的批判越来越尖锐，终于导致了一场与骈文相对立的古文运动。当时和后代，人们所称的"古文"，所指为先秦两汉时期的文章形式。提倡写作古文，表面看起来是对秦汉时期"实用第一"传统的回归，实际并非如此。这时期的否定，具有两重含义：第一，反对单纯地追求形式美，要求散文写作必须具有内在的精神美，达到内在美与形式美的统一，使散文作品具有更完整全面的审美性；第二，文章的内在美体现在其思想内容之中，而思想内容与现实的政治时事密不可分，所以主张不能因追求文章的审美价值而忽视其实用价值，应做到实用与审美的高度统一。因而总起来说，对前一时期的否定，并不是倒退与回归，而是对文章之审美与实用意义更全面深入的追求和更高层次的自觉与认识。

"文以明道"是古文运动的主要口号，"文"与"道"的关系是这一时期作家们理论探讨和创作实践中共同关注的核心问题，我们可以通过对它的解析来印证上述论断。第一，"道"的提出与当时的社会思潮有关,对它的内涵和范畴,尽管各个作家的理解有差别,但是从其性质来说,都关涉到文章与社会现实的关系,也就是关涉到文章的实用性问题。作家们之所以反复强调"文"以"明道""贯道""载道",都是针对单纯追求形式美而造成的忽视内容和削弱实用价值的片面创作倾向而言,这显然是对散文实用性的重申和再认定。第二,从"文以明道"的提法上来看,似乎是把"道"放在第一位,把"文"放在功用性的从属地位。韩愈甚至特别强调,"愈之所以志于古者,不惟其辞之好,好其道焉尔"(《答李秀才书》);"愈之志在古道,又好其言辞"(《答陈生书》)。柳宗元也说过,"吾每为文章,未尝敢以轻心掉之","怠心易之","昏气出之","矜心作之","此吾所以羽翼夫道也"(《答韦中立论师道书》)。但他们的实践表现与理论态度并不一致,为"文"实际是其毕生志趣之所在的自觉追求。韩愈、欧阳修都曾明确表白过对"文"的喜好及为了"文"所付出的艰辛、经历的曲折。他们虽然在政治上,或思想上都有所成就,而在当世和后世,毕竟还是主要以能"文"而立名,如韩愈就曾自我感慨:"愈也道不加修而文日益有名。"(《与陈给事书》)拿他们和他们以之为榜样的先秦两汉作家相比,后者绝没有这样的表现和追求。第三,他们既然如此"专笃"于"文",酷于为"文",为什么又反反复复地强调"道",极力申明"为文"必须用以"明道"呢?我们换一个角度思考,就可以明白其中的奥妙。所谓换一个角度思考,是指进一步追究一下,这些话是在什么环境下,针对谁说的,为什么说的?如此一来,情况就有了变化。明显的,这些话都是在答问。答谁的问?是李翊、韦中立等后学青年之问。那么,这些后学者为什么要向韩愈他们请教,请教什么问题?显然,韩愈们当时都是以一代文宗而知名的,尉迟生们是慕其名而向他们请教如何为文、如何才能写出好的文章的。他们在这里,是以"如何才能写出好文章"为讨论的目的和宗旨,后学者就此请教,指导者就此作答。所以,同样是上面那些话,逻辑上所得出的结论就反了卦,成为:只有以"文"明"道",才能写出好文章。根据这个结论,因果关系就倒了过来:为"文"成了目的,重"道"成了实现目的的必要条件,重"道"是为了为"文";"文"是第一位的,"道"是从属于"文"的。这是藏在唐宋作家们那些话背后的另一底蕴。我们这样说是否歪曲了他们的本意呢? 没有。试看韩愈《答李翊书》中现身说法式的一段话:

> 愈之所为,不自知其至犹未也,学之二十余年矣。始者非三代两汉之书不敢观,非圣人之志不敢存,处若忘,行若遗,俨乎其若思,茫乎其若迷。当其取于心而注于手也,惟陈言之务去,戛戛乎其难哉。其观于人,不知其非笑之为非笑也。如是者亦有年,犹不改,然后识古书之正伪,与虽正而不至焉者,昭昭然白黑分矣,而务去之,乃徐有得也,当其取于心而注于手也,汩汩然来矣。其观于人也,笑之则以为喜,誉之则以为忧,以其犹有人之说者存也。如是者亦有年,然后浩乎其沛然矣。吾又惧其杂也,迎而距之,平心而察之,其皆醇也,然后肆焉。①

这究竟是教人学"道",还是教人为"文"? 从其所谓"始者",到"乃徐有得也",到"其皆醇也,然后肆焉",所讲的显然是后者。柳宗元《答韦中立论师道书》中也有类似的话。一般人往往只看到他们话中对"道"的重视,而到了宋代道学家眼里,才勘破了其真意之所在。所以,陆九渊批评韩愈是"因学文而知道"(《象山先生全集》卷三十四)。朱熹说韩愈"只是要作好文章,令人称赏而已"(《晦庵先

---

① 马其昶校点,马茂元整理:《韩昌黎文集校注》,上海古籍出版社,1987年,169页。以下所引此书皆出于此版本。

生朱文公文集》卷七十四)；"韩文公第一义是去学文字，第二义方去穷究道理"(《朱子语类》卷一百三十七)。

综合以上三点，我们可以看到，唐宋时期的作家，围绕"文""道"问题对散文创作原则的探讨，实质上是针对前一时期仅仅追求形式美的偏向，强调内容美与形式美的统一，实用性与审美性的统一，反映了比前一阶段更全面、更深入、更高层次的自觉追求。正因为如此，才使这一时期的散文创作，内容上更充实，题材和体裁形式上不断丰富与开拓，表现手段和语言运用上不断创新和变化，从而使古代散文达到高度的完美和成熟，成为后人无法逾越的高峰。

第四个阶段是元、明、清时期。这个阶段散文的发展出现了两种并行甚至对立的倾向。从现象上看，占主流地位的倾向是：企图对整个散文的发展进行回顾与总结，从而寻找出某种可遵循的规范。从本质上看，虽不占主流地位却显示着新进展的倾向是：企图突破实用性的束缚，追求散文创作的进一步审美化。前一种倾向的产生，是由于古代散文创作的高峰期已过，过去时代作家所铸造的伟大成就，经时间的磨洗，愈益闪射出灿烂的光辉，吸引得人们对之倾心向往，甚至顶礼膜拜；同时由于时代历史因素和文学体裁发展的普遍规律，古代散文这一文体样式，已没有了更多发展余地。所以这个时代大多数作家，于对前代作家作品衷心叹赏之际，开始或运用评点，或通过选文，爬罗剔抉，品味咀嚼，试图从中寻找出散文创作的规矩和范式，用来指导自己的实践，以达到追踪前人步伐的目的。自"前、后七子"的模拟秦汉，到"唐宋派"之在八大家文中寻找"首尾开阖经纬错综之法"，到"桐城派"之提出"义法说"，讲究"义理、书卷、经济"，归纳出"神、理、气、味、格、律、声、色"八大要素，都体现了这一倾向。清代中后期有所谓骈文的中兴和宗法魏晋的主张，基本上也属于同一精神。这些作家虽然也写出了一些有水平的作品,个别篇章甚至可以与前人相颉颃,但总体上再也没有了前一时期的辉煌。模拟,于既定规矩中找创作门径,本身就是向后看,是丧失创造精神,因而也就是走向衰落的表现。另一种倾向的发展线索为:自明代中期李贽、徐渭主张抒张个性,到公安派提出"独抒性灵,不拘格套",竟陵派追求"幽情单绪,孤行静寄",至晚明形成以张岱、王思任等为代表的小品文创作高潮,延续到清代袁枚、郑板桥的作品。这一类作家所写的作品,个性突出,形式多变,日益贴近生活本色,总体上显示了实用性的削弱,审美性的增强,是这个时期甚至整个古代散文发展中出现的新因素。清末,梁启超开创的"新文体",既标志着"古代散文"的终结,又透露出向现代散文转化的倾向。

以上四个阶段的划分,依据的只是该时期散文发展中占主导地位的倾向,在每一相应的历史时期,同时还可能存在着与主导倾向相偏离、相补充,甚至相冲突、相对立的其他现象,对这些非主导地位的现象,我们在对中国古代散文发展历程作全面考察的时候,自然也应当给予应有的注意。

总之,古代散文是有着实用与审美双重价值的书面语言作品。它受着种种主客观因素的制约,又有着自身的发展轨迹。准确地把握住古代散文的本质特点,充分重视外在的制约影响,客观全面地描绘出其发展演变的进程,是我们这部古代散文发展史面临的任务。

第一编
为实用求审美时期
——先秦两汉的散文

通　说

　　自殷代中期到东汉,是古代散文发展的第一个大的历史阶段。这个阶段的时间跨度很长,大约从公元前十四世纪到公元三世纪初。在这个漫长的时期中,社会生产力有巨大的进步,社会形态发生重大转变。殷和西周还是建立在氏族基础上的稳固的封土建国制社会,进入东周以后,这个制度逐渐动摇瓦解,以秦统一六国为标志,一种高度集权的君主专制制度开始确立。由西汉到东汉,这种新的社会制度逐步稳固并完成了其早期发展。这是中国社会进入文明期以来,第一个也是最重大的社会变革,对社会生活的影响极其深刻而广泛。在其转变过程中,不但有一系列尖锐复杂的政治、军事斗争,而且导致人们的思想观念和社会文化形态的种种变化。由于这个时期对整个中国社会的发展具有确定社会结构的基本形态,奠定发展基础的意义,所以对此后中国的社会意识形态、文化历史精神、民族心理结构的形成,也就同样有着确定基本导向、奠定发展基础的作用。

　　这个时期,思想文化的发展上,呈现出以下特点:

　　第一,走出了一条与西方欧洲不同的发展路线。

　　在原始时代,神话是综合的意识形态存在形式,神话中的神既有庄严的神秘性,又具有亲切的人性,原始人类把自己对自然和社会的认识,自己的情感、愿望都融合在神话之中。这是世界各民族共有的现象。

进入私有制产生的时代以后,情况就有了区别。在古代希腊,以雅典为代表,社会结构方面,经过梭伦和克里斯提尼改革,打破了以血缘为基础的部落联盟,建立了以公民会议为形式的民主制,相应地有一种朴素的人文主义思潮兴起,神话中的神被进一步的人化,造成了文化学术的发达,形成了文学艺术的繁荣。而在中国,从现存文献看,殷、周时期的社会基本结构,却是建立在以血缘关系为纽带的氏族基础上的、由宗法等级构成的君主制。

殷王朝相当于部落联盟的宗主,国王既是宗主国的领袖,又是居于宗主地位的氏族首脑。相应地在人们的观念中,人与神开始分离,神话中的神,被抽象为与人相对立的,具有绝对权威的宗教一元神,成了人间统治者的影像,君主则借以作为巩固自己地位的工具。《尚书·吕刑》中有"绝地天通"的记载,《国语·楚语下》中解释说:"及少昊之衰也,九黎乱德,民神杂糅,不可方物。颛顼受之,乃命南正重司天以属神,命火正黎司地以属民,使复旧常,无相侵渎,是谓绝地天通。"就是对这种变化的侧面反映。因此,《礼记·表记》说:"殷人尊神,率民以事神,先鬼而后礼。"《尚书·西伯戡黎》载,纣王死到临头还说:"我生不有命在天?"这样,就造成了神权崇拜下巫卜文化的弥漫,而没有出现人文主义思潮和文化学术的繁荣。

由殷到周,以氏族为基础的宗法等级制度并没有改变。但由于政权更迭造成的社会斗争激化,引起了思想文化的重大转变。因为天命、上帝究竟是虚设的东西,是精神和心理现象的产物,而解决社会经济政治问题,终究要靠人事的努力。周初的统治者虽然把政权的鼎革称之为天命的变革,而天命又因何而变革呢?于是他们在总结历史经验的基础上,提出了一个超出天命之上、实际可以支配和决定天命的观念,这就是"德",《召诰》中记载召公大声疾呼地警告周王要"疾敬德"。"德"的内涵很丰富,但着重点在人事活动的努力上。重视人事就是重视现实的实践,重视现实实践必然重视历史——既往化、凝定化了的现实实践及其经验的总结。如《尚书·多士》所说,殷人已"有册有典",有了"史"的萌芽,而至周人,对"史"的重视更有了质的提升。如《尚书》所载周初诸《诰》,基本都是从殷所以灭、周所以兴的经验教训立论,《召诰》中更明确地提出:"我不可不监于有夏,亦不可不监于有殷。"于是原来的"巫"就向"史"转化,"史"成了重要的文化形态的代表。据《周礼》载,史官就有太史、小史、内史、外史、左史、右史之设。同时,周初的统治者,在正视现实实践活动的基础上,出于维护氏族宗法等级制度的需要,把原来的巫卜礼仪改造成一整套具有法制规范和道德规范性质的礼法制度。世传周公"制礼作乐"(《逸周书·明堂解》),指的就是周初以来逐步形成的这些规范与制度。孔子称:"周监于二代,郁郁乎文哉!吾从周。"(《论语·八佾》)"郁郁乎文",即指周代繁缛严密的礼法,《仪礼》就是对它的反映。所以西周的思想文化的又一主导形态,是礼治文化。于是史官文化和礼治文化,就成为西周的思想文化的主导形态。这里有一点应特别注意:礼乐制度具有文化表征的性质,因之后人就将整个周代的政治、思想、文化特点概括为一个"文"字,这说明在传统文化的导源中,已奠定了"文"的至高地位。

从春秋至战国,中国的社会形态转变进入关键时期,社会矛盾更加尖锐、激烈、复杂。随着以氏族为基础的宗法等级制度的解体,礼治文化也开始瓦解,出现了"礼崩乐坏"的局面。这时,由于现实斗争的刺激和文化发展的积累,在中国的思想文化发展史上,出现了与古代希腊朴素的人文主义类似的人道思潮之勃兴。公元前524年,郑国的子产明确提出"天道远,人道迩"的观点。此后,随着人道思潮的深入发展，带来了文化学术空前的兴盛繁荣。首先是出现了一个思想家集团，其最早的杰出的代表是老子和孔子。尤其是孔子，他承担了时代赋予的一个伟大使命：一方面对前此中国文明所创造的思想文化遗产，进行了第一次大的汇总整理，并加以宣扬推广，其成果就是后来被称为"六艺"或"六经"的《诗》《书》《礼》《乐》《易》《春秋》。另一方面是在此基础上，构造未来社会发展的理想。延续到战国，又出现了作为老、孔继承者的诸子。他们专门对治世的原则、处世的态度、历史的教训、未来的蓝图作哲学思考、理论设计和具体阐述。另外，战国后期，还产生了一个非常活跃的"策士""游士"群体，他们不是思想家、理论家，而是从事政治外交实践的活动家，奔走于各国之间，以其奇谋异智，为时君画一时之权，筹一事之策，其活动与言论，也对当时思想文化起了很大影响。在思想家集团出现与形成的同时，史官文化传统也进一步发扬。周王朝所分封的各诸侯国，不但都有史官与史籍，而且世袭的史官们都有很受尊重的地位，许多对当时重要事件的权威评论，往往是由他们发出的，如周王朝的内史兴、内史过，晋国的史墨、史苏，虢国的史嚚，鲁国的史克，楚国的倚相等。这些史官也有极强的使命感和责任心，像晋国的董狐、齐国的太史和南史即是突出代表。正是靠了他们，才保留了流传至今的许多既有历史价值又有文学价值的珍贵遗产。自西周以来的史官文化，留给我们民族的，不只是文献材料，更重要的是深植于民族心灵中浓厚的历史意识。相对于欧洲来说，希腊罗马时期，也有著名的历史学家及历史著作，如希罗多德、修昔尼德、普鲁塔克及其著作，但他们在社会文化及人们意识中的地位，远不能和神话传说相比。直到今天，在西方的文学艺术作品及风俗习惯中，所流行的典故成语，极大多数来自神话，而在中国，除少数例外，几乎全都取自历史。更不用说，西方绝没有中国的官方修史的传统与"二十四史"这样完整系统的史籍。

秦汉以来，随着皇权至上的大一统的中央集权政治结构的形成，思想文化的发展出现新的趋向。首先是在社会大变革基本结束以后，由检讨秦朝覆灭的教训开始，然后在政治、历史、学术方面进行全面的总结，先秦时期互相对立的各种学说体系逐渐相互渗透融合。其次是春秋战国以来的人道思潮消退，天命神权观念重新抬头，以"天人合一""阴阳五行"学说的形式融合在新的思想体系之中。再次是吸取了其他学派中有利于维护中央集权制度因素的儒家思想体系，作为官方文化被定于一尊，成为社会的统治思想。最后是在西汉后期和整个东汉期间，作为儒家思想载体的经学及充满神学迷信色彩的谶纬学说在思想文化领域占据了统治地位，造成了思想文化发展之单调、贫乏、缺少生气的趋向。

这样，在这一大的历史阶段，中国思想文化在否定之否定的发展过程中，完成了一个大的周期，走过了与西方显然不同的历史行程。

第二，人的自我意识逐渐觉醒并形成了一种具有悲剧二重性的特殊文化人格。

在原始时期，人类尚未把自己从自然界中分离出来，在他们的自我意识中，认为人是自然的一部分，自然也是人的一部分。进入由部落联盟演化而来的宗法等级社会以后，由于出现了对天命神权的崇拜，人成了神的奴隶，即使帝王自认为是上天之子，也不过以奴隶总管的身份自居。此时人没有意识到自身的存在价值。到了西周，开始以礼治文化取代巫卜文化。礼治文化的实质是不再单凭神权观念、上帝的意志，而主要用人为的礼法来维护宗法等级制度，这反映了人的族类存在自觉的萌芽。人道思潮兴起之后，人们日益重视社会关系中政治、道德、伦理规范的研究与探讨，极力强调民的重要，贤能之士的重要，各家各派学说的宗旨，大多在于维护符合他们所设想的某种社会结构,实即由某种结构组成的群体关系。更明显地表现了类存在的自觉。

自从有了一个相对独立的思想家集团,在类存在的自觉中开始形成了个体人格意识的自觉。因为这些思想家是社会思想文化的代表,意识领域走在时代前面的人,所以视野广阔,思想敏锐,知识丰富,有理论素养,其职能就是从超验的高度上对社会存在形态、社会发展历史、社会前进动向,作理论上的概括、归纳、说明、阐释。他们在实现其社会职能的过程中,逐渐产生了对个体存在价值的自信,形成了个体人格的自尊。孔子说:"天生德于予。"(《论语·述而》)"文王既没,斯文不在兹乎?"(《论语·子罕》)"苟有用我者,期月而已可也,三年有成。"(《论语·子路》)"三军可夺帅也,匹夫不可夺志也。"(《论语·子罕》)孟子说:"如欲平治天下,当今之世,舍我其谁也?"(《孟子·公孙丑上》)"志士不忘在沟壑,勇士不忘丧其元。"(《孟子·万章下》)"说大人,则藐之,勿视其巍巍然。"(《孟子·尽心下》)都是个体人格意识的典型表现。

但是,这时的个体人格意识有个特点:不是在抒张个性的要求上肯定自我,而是在群体发展中的地位和价值上肯定自我。而由当时的社会历史发展水平及中国特有的社会环境所限,这些思想家们所设计的最理想化的关于社会群体关系的结构方案,也没有超出天子到庶人的严格宗法等级制度(相对于古希腊民主制的奴隶制背景下,柏拉图的《理想国》则提出过关于哲学王的设想)。因而在他们自己所设计的方案中就规定了他们自己必须依附于明主贤君的从属地位,并且这种方案本身就是他们为理想的执政者所设计,注定了必须依赖执政者才能推行。这就造成了他们人格意识的悲剧二重性:一方面有先知先觉者的自信与自尊;一方面又不得不把实现自己人格价值的希望寄托在哪怕并不理想的执政者身上。孔子周游列国,孟子游说于齐、梁、宋、滕,原因皆出于此。

这是在当时历史条件下所产生的一种特殊的文化人格。这种文化人格在春秋战国时期形成，为后代的士大夫所继承，其影响至深至巨。中国历代文人的行为表现、苦恼愤懑无不是这种文化人格不同侧面、不同形态的表现。

第三，人的思维水平和审美意识逐次发展并显示出某些特色。

原始人的思维是感性的、直观的，缺乏严格的逻辑性和有序性。从现有的文献资料看，殷代已从无序状态进入有序状态，西周以后，人们在对社会实践进行观察、思考、总结、反映时，已经能够对经验性材料进行综合性概括，做出逻辑性的推理和判断。春秋战国时期思维水平有一个大的飞跃，不但概括力在时间、空间的幅度上有极大提高，而且形而上的抽象思辨能力大大增强；辨析事理时，不仅能熟练自如地运用形式逻辑，而且能从发展变化的观点，捕捉住对立面的矛盾性，进行辩证的论证和思考。西汉时期，在总结历史，审视现实时，已善于透过现象捕捉本质，见微知著，预断未来，从现实经验中提炼出规律性的结论。东汉时，受经学观念的束缚和禁锢，思维能力表现得比较贫弱，除条理性、细密性上有所进展外，思维水平没有显示出更大的提高。

在这个时期，思维水平向前发展时，产生了两种不同特色的思维方式：在由感性上升到理性的认识过程中，一种是更重视实证、逻辑与经验，因而更富现实实践性；一种是更重视直观、感悟与体验，因而更富哲学的玄秘性。前者是因依着礼治文化、史官文化的线索逐渐形成的，后者则是对原始文化巫卜文化思维特点的进一步升华。两种思维方式都对后世思想文化（也包括散文）的发展有重大影响。

在审美意识方面：早期，人们首先感受到的主要是形式美，在建筑、工艺、音乐、舞蹈、诗歌以及文字的创造和运用中自觉或不自觉地体现出来。其次，逐渐感受到社会生活的美，包括人的性格、品质、思想、情感的美。不过这些方面虽有独立表现，尚缺乏自觉的认识，突出特点是美和善不分，往往把美附着于善上，从社会功利意义上判断人和事的善恶，也同时认定它们的美丑。再次，对于自然界的美，如日月星辰的运行，风霜阴晴的变化，山川河流的景观，花卉草木的荣衰，鳞虫羽介的形态，皆有了一种不自觉的审美感受，但在多数情况下，这种审美感受只是处于审美意识的边缘，附着于对社会生活的体验体现出来，没有形成独立的正面的审美观照。到了汉代，才有了对外在自然美正面的审视与表现。

以上三条是思想文化发展上的主要表现。与此密切相关，在这个历史阶段，文学艺术的发展显示出以下特征：第一，诗歌创作最为发达。从原始歌谣到《诗经》《楚辞》、汉代乐府诗、文人五言诗，构成一个完整的系统和明确的线索。其中值得注意的是，《诗经》虽然是从民间到士人自发的抒情言志之作，但被纳入官方的礼治文化中，特别是被抬高到"经"的地位以后，却被异化，用来作为"兴、观、群、怨"的教化工具和政治外交的工具。第二，缺乏像古代西方那样以虚构幻想为主要特色的戏剧、史诗、拟史诗、小说等以审美性为外在标志的叙事作品，但作为纯叙事性文学作品之前阶，记事性质的史传作品相对的兴盛繁荣。第三，具有强烈实用性的论说性散文特别发达，与诗歌、史传相并列，成为文学发展的主流之一。第四，从战国末期到西汉，由诗歌和散文共同培育出来的一个特殊文学品种——赋的创作高度隆盛，成为汉代最有代表性的文学形式。这几种文学样式虽然各有其本体特征，但在题材、形式、内在精神、表现方法等方面，互相交融，共同推进了这一时期和后代中国文学的发展。

在上述诸方面主客观因素的影响、制约和推动之下，这一大的历史阶段中，古代散文走过了由始生、到奠定全面发展的基础、到出现第一个高潮的历程。总体特色是：为了实用目的而写作，在实用中，努力追求表达技巧和表现方法的提高，自觉或不自觉地渗

透进审美因素,形成作品不同程度、不同性质的审美意义和审美价值。其大体演变情形是:

总体看,殷至周初,是古代散文的萌生期,作品由简单稚拙到初步成形;西周到东周初期得到初步发展,有了一定规模;春秋战国出现了古代散文发展的第一个高潮,记事和论说作品蓬勃发展,呈现出绚丽多彩的面貌和风格,从内容到形式都为整个中国古代散文奠定了基础;西汉前期,是春秋战国散文发展势头的延续,在审美表现上显示出更高的追求;西汉后期到东汉的散文,没有多少创新,开始呈现出向下一个大阶段转变的趋势。

关于体式:就大的类型来说,叙事和说理已逐步形成明确分野,抒情在先秦时主要融会在叙事论说之中,汉代才有了正面抒情之作。已经定型化、规范化的文体尚不太多,许多文体还在形成和转化之中,章学诚所谓"至战国而后世文体备"(《文史通义·诗教上》),刘熙载所谓"西汉文无体不备"(《艺概·文概》),刘师培所谓"文章各体,至东汉而大备"(《中国中古文学史讲义·第三课》),都是相对性说法。

关于题材:这一时期基本集中于与国家、社会、人生有关的历史、政治、道德、伦理、思想、学术等重大主题,在表现这些重大主题的同时,展现出作家主体及人物对象的精神美和人格美;到了汉代才开始向普通的人际交往和日常生活领域拓展;表现和描述自然美的作品,东汉时期才有萌芽。

关于形式构造:主导倾向是散中求整,变中求整,先是语句的整,然后是单元构造的整,然后是整体构造的整。所谓整就是形式构造的完整和完美。由散到整是必然的发展,而变与整是互相交错的两条线索。此时期的作家在求整的过程中也在求变,特别是诸子和西汉作家,在文章的结构组织上,很讲究章法的变化、技巧的运用,如刘熙载谓:"文如云龙雾豹,出没隐现,变化无方,此《庄》

《骚》《太史》所同。"(《艺概·文概》)但在这个大阶段,从宏观上看,变中求整仍是占主导地位的发展倾向。

关于表现方法:线索很繁复,如果理其大要,就记事作品说,叙事上,经历了由简单记下事情的经过,到具备完整的情节,到善于安排情节的曲折变化、捕捉典型细节的过程;写人上,经历了由概括勾勒,到写出其突出性格特点,到塑造出比较完整的具有多种性格侧面的人物形象的过程;场面的描绘上,经历了由平直陈述,到形象化的概括,到创造出某种气势氛围的过程。就论说作品说,早期往往直白地表达出自己的思想观点;后来则能在经验材料中总结提炼出具有普遍意义的论断;再往后则能用事实材料对提出的论断作逻辑论证;再往后则注重论据的充分丰富和论证方法的多种变化,并能对同一论题从不同侧面进行多角度的阐述或对同一问题的正反方面作辩证的剖析。此外,在议论中形象因素的运用也显示出由单纯到丰富、由简单到复杂的进展过程。

关于语言运用:在始生期,人们一般只能在较简单的语词组合中,就实词的固有含义、虚词的结构作用直接加以运用,语言功能的发挥局限于其实指性。至春秋战国,语言运用能力大大提高,形成两种基本趋向:一是在语言的组合中提高语言的张力,使语词产生实指意义以外的多重含义,甚至表达出与原义相反的意蕴,造成"睹一事于句中,反三隅于字外"的效果;二是向着追求语言的繁富化方向发展,靠大量意义相近的词语的累叠、排列来增强表达效果。此外,由于汉语的词多是单音节组成,在词的组合上存在双声叠韵的形式,汉字是音形义相统一的单位,所以在组成语句篇章时,人们往往利用这些特点来追求音响上的节奏感、韵律感,形式上的整饬性。这本来是诗歌艺术的特征,而处于萌芽状态的散文作品,已经开始不同程度的融会吸收了这些特点,到了汉代,因受辞赋影响,这种追求节奏感、整饬性的倾向就更加显著。

第一章　散文的萌芽与初步发展

　　散文是与文字并生的。中国的文字究竟产生在什么时候，无法确考。近年的考古发掘发现，龙山文化时期出土的陶片上已有了象形文字，还有的学者发现，北方的大汶口文化中已有骨刻文产生，南方的良渚文化中已有象形文字出现，说明在传说中的夏代已有文字的萌芽。而1898年开始发现的甲骨文，经不断积累，现在统计出已有五千多字，常用字有一千多，说明当时文字已相当发达。这证明中国的文字大约形成于夏商之际。从理论上说，有文字就该有文章，但现在夏商时期尚无实证的材料可考，目前可以看到的、足以显示出萌芽状态的散文面貌的材料，都产生于殷和西周。这些材料可分两大类：一类是地下出土的原始实证材料，即甲骨刻辞和铜器铭文；一类是上古流传下来的文献资料，如《易经》中的卦爻辞和《尚书》中接近原始面貌的篇章。这两类材料都有其局限性，甲骨刻辞、铜器铭文虽真确可靠，但都仅仅是应用于特定目的，并且在制作上受到物质条件的限制，难以显示出当时散文发展的全貌；文献资料则在长期流传过程中免不了后人的损益加工，原始面貌可能受到破坏。不过根据这两类材料，还是可以大体推断出中国古代散文始生期的状态，及萌芽以后的初步发展。

第一节　散　文　的　萌　芽

一　甲骨刻辞

　　甲骨刻辞长期埋藏于地下,十九世纪末(1898—1899)在河南安阳小屯村的殷墟开始发现,因为殷墟是盘庚所迁的都城,因此可以判定为殷代后期的作品。其中有占卜和非占卜刻辞两类,而以前者为主。殷人迷信鬼神,认为人世间的一切都由上天的意志所定,所以事事都要通过占卜向上天请示,占卜的方式之一是在经过加工的龟甲或兽骨上钻孔、烤灼,由其呈现出的裂纹形状,判断吉凶,预测未来。当时可能有一种习惯,在占卜之后即将占卜的时间、过程、原因、结果用文字刻契在用以占卜的龟甲兽骨之上,有时过一段时间,还要把事情的发展也刻记下来,以证实占卜的效验。因此,卜辞一般有固定的格式:占卜的时间及主持者(称为占辞);占卜内容(命辞);占卜结果(占辞);事情在事后的发展(验辞)。如:

　　　　癸酉卜,贞:旬无祸? 王占曰:乃兹亦有祟,若称。甲午,王往逐兕,小臣古车马硪(触碰)王车,子央(人名)亦队(坠)。(罗振玉《殷墟书契菁华》第 3 片)

非占卜刻辞数量较少,属于颂功记荣性质,略近于后代的铭文,如殷纣时的一块虎骨刻辞:

　　　　辛酉,王田(畋)于鸡(山名)录(麓),支(获)虎。在十月,唯王三祀。劦日(祭祀名)。(许进雄《怀特氏等收藏甲骨文集》第 1915 片)

甲骨刻辞是为了特殊的目的(占卜)用特殊的书写手段(刻于甲骨)而作的记载,并不足以全面表现殷代的语言文字的表达水平。因为考古学家在发掘出甲骨刻辞的同时,发现有些甲骨上存在只用朱或墨书写而并未刻契的文字,说明当时已有别的书写形式存在,并且从卜辞的内容中知道,当时已有了被称作"令""制令""告""闻"等文书形式。这些书写更为方便的文字记录,可能篇幅更大,内容更丰富,表达水平更高,只是由于没有实物保存下来,我们无法见到原始的实证。例如《尚书》中属于《商书》的《盘庚》,就可能是当时用别的手段记载下来的盘庚讲话记录,通过文献而流传下来。

虽然如此,我们亦可将刻辞视作古代散文稚拙的萌芽,在其粗简的形式中,发现构成后代散文长足发展的某些基本要素。

首先,从中可以看出,当时人们在思考、观察、记载事物时,已经有了明确的时空观念。比较完整的甲骨刻辞,都有准确的记时,许多卜辞中都涉及东西南北等方位概念。这样,时间空间就构成了一个坐标,使人们在思考和记载事情时,能在坐标轴上定点、排列,划出轨迹,取得条理清楚、眉目清晰的效果。其次,卜辞中显示殷人已有了推断性思维和对照性思维。占卜本身就是一种对未来的推断,有推断就要有结论,有结论就要有验证。思维的系列记载下来就是叙事的系列,这种系列就形成了叙事的有序性。卜辞中前面的占辞和后面的验辞就是前后对照。另外,卜辞中有大量的"对贞"形式,所谓对贞是对同一问题从反正两方面贞卜,如:"贞:吏(使)人(祭祀时杀人以为牲)于岳? 贞:勿吏人于岳?"(罗振玉《殷虚书契》第 1·50·6 片)这则是反正对照的思维。前后对照是用事实证明论断正确性的论证方式的萌芽,反正对照是对同一问题从正反两方面论证方式的萌芽,而且后者还是对比和对偶句式的滥觞。其三,有些比较完整的刻辞,已能用简要的文字记载说明一件事情发生发展的完整过程,有的还有一定的情节性。时间、地点、人物、事件等记叙文章的基本要素皆已具备。其四,刻辞中基本上是朴素地运用语词的实指性意义,但也表现出追求用语的准确性和注意变换的倾向。如同是说杀死动物作祭牲,在不同的情况下,就分别使用"沉""删""燎""埋""卯(刘)"等不同的动词。有一条卜辞写"亦有出虹,自北饮于河",描绘一条彩虹,从北面升起,一端落入黄河,已颇有韵味。其五,已呈现出对朴素的形式美的追求。反正对贞,体现了对称的美,叙事的首尾完整体现了整一美,有时候把相近的占卜内容,用同样的记录形式,在同一骨片上依次排列,就构成了有规则的节奏美与旋律美,如:

> 癸亥卜,出贞:旬无祸?
> 癸酉卜,出贞:旬无祸?
> 癸未卜,出贞:旬无祸?
> 癸丑卜,出贞:旬无祸?
> (罗振玉《殷虚书契后编》上第 1709 片)

很近似后世的排句。

> 癸卯卜:今日雨?其自西来雨?其自东来雨?其自北来雨?其自南来雨?
> (郭沫若《卜辞通纂》第 375 片)

有人拿它和乐府民歌"江南可采莲,莲叶何田田?鱼戏莲叶间。鱼戏莲叶东,鱼戏莲叶西,鱼戏莲叶南,鱼戏莲叶北"作对比,称赞它充满诗趣。谁能谓其不然?

二 《易经》卦爻辞

占卜,除了龟卜,还有另一种方法,即筮卜。它是由占卜者用蓍草,通过复杂的过程,组成卦象来判断吉凶。卦是由爻组成的,**一**,这样的一条横线称为阳爻,在卦中叫作"九";**- -**,这样一条中间断开的线称为阴爻,在卦中叫作"六"。由阳爻和阴爻,自下而上排列为三行,因二者位置的不同,就组成八种形式,叫"八卦"。八卦再分别互相重合,就组成六十四卦。每卦中,上卦和下卦共由六爻组成,每卦中阴爻和阳爻的位置各不相同,这种不同所显示出来的样子,就叫作卦象,人们就是依据卦象来判断所卜事情的吉凶。六十四卦各有一个卦名,每卦后面有总的说明,叫"卦辞",每卦的每一个爻后面也有一个说明,叫"爻辞"。传说八卦最初由伏羲发明,周文王又将之演为六十四卦,现代学者一般根据卦爻辞的内容,判断它们约定型于殷、周之际。

《易经》先秦时称之为《易》,是古代流传下来的包括卦象和卦爻辞的一部筮书。后来,人们传说孔子对《易经》作过解读说明,称之为《易传》,现代学者判断它可能不是由孔子所作,而是产生于战国时期。后人将经与传合称为《周易》。

《易经》的卦爻辞都极为散碎,称不上散文,但作为早期的历史文献,在散文发展上有很重要的意义。

首先,卦爻辞和甲骨卜辞不同,卜辞是对某一次龟卜过程、内容和结果的记录,具有纪实性;而卦爻辞则是对筮卜所得的卦象、爻象,用自然或生活中某种事物的存在或变化状态,作暗示性的说明,具有象征性。这种象征性显示了另一种思维和表达的方式,即:在具体的形象或意象中体现出某种抽象的、普遍的哲理。《易传·系辞上》说:"书不尽言,言不尽意",故"圣人立象以尽意,设卦以尽情伪,系辞焉以尽其言,变而通之以尽利,鼓之舞之以尽神"①。意思是说,世上万事万物的变化太复杂了,非言语所能表达,故圣人只有设卦立象再补充上简要的文辞来让人心领神会。"设卦立象"就是指把筮卜的结果抽象归纳为六十四卦的图式(包括三百八十四个爻位),靠卦形的组合和变化,把世间万事万物的变化显示出来;卦爻辞就是借形象或意象对卦象作提示。例如,《坤·初六》的爻辞是:"履霜,坚冰至。"②描述的是一个具体的意象:脚下踩霜,就知道冰天雪地的季节即将到来。而人们从这个具体的意象中,可以体悟出更为深刻普遍的道理。《易传·象》解此爻曰:"'履霜坚冰',阴始凝也。驯致其道,至'坚冰'也。"就是从中悟出阴阳变化的规律。而《易传·文言》则从社会道德伦理的角度去解释它:"积善之家必有余庆,积不善之家必有余殃。臣弑其君,子弑其父,非一朝一夕之故,其所由来者渐矣,由辨之不早辨也。《易》曰'履霜,坚冰至',盖言顺也。"再如,《中孚·九二》的爻辞是:"鸣鹤在阴,其子和之;我有好爵,吾与尔靡之。"是两个有比兴意义的具体形象,而《易传·系辞上》却作出了超出具象以上的理解:"君子居其室,出其言善,行发乎迩,见于远。言行,君子之枢机,枢机之发,荣辱主之。言行,君子所以动天地也,可不慎乎!"诸如此类,《易经》的卦爻辞,或取材于对天象、自然或取于人事、日常生活的观察,从中撷取一些感性的、直观的物象、事象、意象,让人借以感悟、体验、抽象出具有普遍意义的关于事物变化的可能性,进而以之推断未来的吉凶祸福。这样就使具象与抽象、个别与一般、感性直观与理性思辨统一起来,创造出一种由感性直观的具体形象直接抽象升华出普遍哲理的思维和表达方式。《易传·系辞下》称赞《易经》"其称名也小,其取类也大","其言曲而

---

① 高亨著:《周易大传今注》,齐鲁书社,1979 年。以下所引《易传》皆出此版本。

② 高亨著:《周易古经今注》,齐鲁书社,1970 年。以下所引《易经》皆出此版本。

中，其事肆而隐"，指的就是这个特点。这种思维方式和表达方式是原始时代思维表达方式的继承，又是后代散文中那种以直观、感悟、体验为特色的思维和表达方式的基础。

其次，既然卦爻辞有以上特色，所以在形象描写上取得了很大成就。它很善于用凝练含蓄的语言，对特定情境下人物的动作、神态作生动传神的描绘。如："虎视眈眈，其欲逐逐。"（《颐·六四》）"乘马班如，泣血涟如。"（《屯·上六》）特别是《贲·初九》的爻辞："贲其趾，舍车而徒。"贲，是文饰的意思，此处写一个人，因脚趾上加了美丽的文饰，竟然有车不坐，而宁愿徒步行走。把人物爱好虚荣的心理神态都写活了。有的卦爻辞，则用形象的组合，写一个富有神韵的故事、场景，或写一个具有意境氛围的社会生活镜头，再现出某种具有强烈感性色彩的生活画面。如《中孚·六三》："得敌，或鼓或罢，或泣或歌。"《大壮·上六》："羝羊触藩，不能退，不能进。"《萃·初六》："有孚（罚）不终，乃乱乃萃（悴），若（而）号，一握（通屋）为笑。"写一个人受到处罚，头发散乱，面容憔悴地哭叫，引得一屋人对之嘲笑，极具生活情趣。卦爻辞还常常运用比兴以加强表现力，如："枯杨生稊，老夫得其女妻。"（《大过·九二》）"枯杨生华，老妻得其士夫。"（《大过·九五》）"舆脱辐，夫妻反目。"（《小过·九三》）"眇能（而）视，跛能履，履虎尾，咥人凶，武人为于大君。"连用三个比喻，说明武人做大君（国君）之不能胜任。

再次，卦爻辞更明显地受到民间歌谣的影响，不但自身构成鲜明的节奏，而且同一卦象下各爻的爻辞，往往用同样的结构递次排列，构成一组完整的节奏旋律，如《渐》卦六爻，首句分别是"鸿渐于干"，"鸿渐于磐"，"鸿渐于陆"，"鸿渐于木"，"鸿渐于陵"，"鸿渐于阿"。

这几方面都表现了比卜辞更强的审美性。由于《易经》是古代文人必习的经典，无形之中，必然对他们的思维方式和审美能力有所滋养。

第二节 散文的初步发展

如果说,通过有特殊用途的甲骨刻辞和卦爻辞,显示了殷、周之际散文萌芽状态的一些特点。则通过另一些地下实物和文献,可以反映出在殷和西周至东周初期,散文已有了初步的发展。

一 铜器铭文

铭文是铸造在作为祭器和礼器的青铜器物上的文字,《左传》中已有记载,宋代已有爱好者收集,近当代的考古发掘中更有大量发现。

根据现有的材料看,古人所以要在铜器上铸造铭文,目的是为了颂功记荣。当人们获得了某项荣誉或做成了一件自以为荣耀的事情时,为了上报祖先神灵,下传后代子孙,表达对赐予光荣者的颂扬,就把它记载下来,又为了传之久远,便铸造在能够长期保存的青铜器物上。这种风气殷代便已产生,一直沿传到战国后期。而这种做法,恰好为研究早期散文的状貌,保存了信实可靠的材料。

殷代的铭文比较简单,西周时期的铭文则显示出散文发展较大的进展。首先,因为铸造的目的是为了显荣颂功,而当时使人产生荣耀感的事情是多种多样的:或是获得了职位(如《颂壶铭》),或是得到某种奖赏(如《利簋铭》),或是因立战功受到表彰(如《多友鼎铭》),或是打赢了一场官司(如《曶鼎铭》),甚至是做成了一笔得意的交易(如《卫盉铭》)。铭文中对这些因由都作了具体的记载,因此在题材内容上就大为丰富广泛。其次,因内容的丰富多样,也就造成了体裁性质比较明显的区分。作铭时,侧重记过程,就呈现为叙事为主的文体;侧重于记载接受任命或奖赏时国王、上司的训诰，就形成偏重于论说训诫的文体；侧重于颂扬功德，就形成近于赞颂的文体。每种文体类型与卜辞和卦爻辞比较起来，都显示出表达上不同程度的进步与发展。

关于叙事：首先是记一个事情的过程，能够做到具体、清晰、完整。如《颂壶铭》：

> 唯三年五月既死霸，甲戌，王在周康邵宫。旦，王各（格）太室，即位。宰弘佑颂，入门，立中庭。尹氏授王命书。王呼史虢生册命颂（下载命辞，略）。颂拜稽首，受命册，佩以出。反，入纳瑾璋。[1]

这段铭文，把当时周王册命大臣的仪式，描绘得清晰如画。写时间、地点、仪式程序、人物活动，井井有条，无一赘语。其次是叙述的容量大为扩展，不再是粗线条的勾勒，而变得详琐具体。如《散氏盘铭》，篇幅达 357 字，记载因矢氏侵占了散氏领地，经有关部门裁定矢氏赔偿散氏一块田地事。铭文不但记载了赔偿的原因，而且记述了交割田地时，双方有哪些人员参加，如何测定土地的四至，一一勘定界限，树立界标以及定界后订立誓约的全部情形，琐细清晰的程度，令人吃惊。再次，铭文中的叙事作品，有的已具备故事性、趣味性。《令鼎铭》写周王在藉田、飨礼、会射后回宫，一时兴发，让令和奋两人骑马比赛，说："令暨奋，乃克至，余其舍（赐）汝臣（奴隶）卅家！"令获得了胜利，却谦虚地说："小臣乃学。"[2]人物的神态、口吻隐然可见。

关于论说：有的铭文主要记载训告之辞，呈现出说理论证特

---

① 洪家义编著：《金文选注绎》，江苏教育出版社，1988 年，500 页。以下所引此书皆出于此版本。

② 同上，114 页。

色。这是刻辞和卦爻辞所没有的。《大盂鼎铭》记康王对被任命为宗周令的盂的训诫。中间一段讲不要酗酒，说："酒无敢酖……故天翼临子，德保先王，口有四方，我闻殷坠命，唯殷边侯甸与殷正百辟率肆于酒，故丧师（民众）。"①这就是明显的说理论证。论点是不要纵酒，论据是历史教训，论证方式是反正对照。《毛公鼎铭》长达 497 字，纯记周王对毛公的训诰，洋洋洒洒，宏篇大论，在训诫、嘱托、勉励中，隐含很强说理因素，表现了典型的诰命风格。而且意繁文细，段落清晰，句法富于变化，语气真切感人，完全可与《尚书·周书》中的诰命文相匹敌。

关于颂扬：铭文中侧重颂扬的文字，在表现力、概括性上显示了相当高的水平。1976 年出土的《墙盘铭》，前半部分颂扬历代周王的品德，每个都给予一个各不相同而又恰如其分的赞词，如称文王是"戻和"（安定平和），武王是"盈圉"（迅奋刚勇），成王是"宪圣"（典范圣明），康王是"渊哲"（博大明智），昭王是"弘鲁"（宏伟嘉美），穆王是"祇耿"（庄肃光朗）。还对每个国王的功业建树作了简明的概述。无论是形容性的赞辞，还是功业的概述，都从每个国王一生的业绩与行为中提炼、概括出来。能做到如此准确恰当、言简意赅，的确令人叹赏。在此文中，褒美的辞藻，功业的赞述，贯穿起来还形成一种夸张的语势、弘丽的境界、虔敬的热情，把颂扬的感情表达得更为浓重②。这种颂扬性的文体，在铭文中得到了突出的发展，成为后世"颂""赞"之祖。

关于语言形式：铭文中对语言文字形式美的追求，很可能受到早期诗歌的影响。代表性作品是《虢季子白盘铭》，此铭通篇押韵，而且大量使用整齐的四字句。铭文的常规是记事要记下具体

---

① 《金文选注绎》，74 页。
② 同上，203 页。

过程,国王命辞要原话照录,而此文对虢季子白的战功,采取了舍弃具体情节作概括叙述的方式,甚至"折首五百,执讯(俘虏敌人)五十",也是舍去零头,只取约数,国王的命辞也改照录为概述[①]。这一切都是为了适应形式整饬,形成节奏的需要。这说明在铭文制作中审美意识有了加强。可以看出,后世的勒石铭、墓志铭,都是沿着这种倾向发展而逐渐定型的。

铭文也是为特定用途而产生的,并且受着更严重的物质条件的限制,故同样可以推知,在西周可能有比铭文应用范围更广、表达水平更高的散文形式存在。

二 《尚书》附:《逸周书》

《尚书》在先秦文献中,称之为《书》,或分称之为《虞书》《夏书》《商书》《周书》,什么时候集在一起,不可考。至汉代始称《尚书》,"尚"通"上",为"上古之书"意。后成为儒家传习的基本经典,又称《书经》。两千多年来,它有一段非常曲折的流传史,据学者考定,保存到今天的,真正属先秦时期的作品,只有二十八篇。它是上古时期的一部文献资料汇编,包含的时间跨度很长,最早的一篇《尧典》讲的是尧舜时候的事情,最后一篇《秦誓》则为春秋时秦穆公在崤之战后的誓词。但各篇的写定时间与其反映的时代并不一致。专家们判断,根据文字风格及其内容,只有《商书》中的《盘庚》及《周书》中的周初作品,属于或接近于原始资料,其余的多属战国人依据传说材料整理而成。

《尚书》的情况虽然如此复杂,但依据判定为较早的接近于原始资料的作品,亦可看出早期散文在表达上和审美上的水平与特点。

---

① 《金文选注绎》,411页。

班固说:"《书》者,古之号令。"说明《尚书》总的特征是政治性、现实性强。这为古代散文一直以政论为主干的传统之形成,奠定了最初的基础。

就其中的论说成分来说,最突出的显示出两个特点:首先,是思维的定向性极明确。这体现在两个方面:一是论题的明确与集中,二是围绕论题筛选和组织材料,在阐述论题时,或昭示天命所在,或引用历史教训,或列举生活事例,或援引格言警语,涉及的意念虽相当复杂,基本上都能维系于论证的中心点上。如《盘庚》三篇,是盘庚为迁都而向其臣民发表的谈话。据专家考证,盘庚迁殷在公元前1298年,而此文是作于前1285至前1282之间,百姓因思念盘庚的追记之作。上篇是迁都前告诫大臣宗戚,不要煽动百姓的不满,否则要受到严重的惩罚;中篇则是告诫百姓,迁都是为了你们生活得更好;下篇则是既迁之后,勉励臣民一心一意,建设好新的家园。公元前十三世纪,已有这样的文字,说明散文的发展已达到相当高的水平。周初诸诰,亦有同样的表现。如经常为大家称赏的《无逸》,是周公告诫成王的话。意思是作为君王,一定要像农民种庄稼一样知道治国的艰难,切不可贪图安逸享受。开头以"呜呼!君子所其无逸"始,末了以"呜呼!嗣王其监于兹"终。中间的论述极其亲切有力。今天看,也是一篇不错的作品。其次,从早期到后期的作品,呈现出由具体性向概括性的发展。早期作品,多是就特定时空界限、特定生活领域的具体问题而发,思维的幅度较窄。如《盘庚》讲迁都,《大诰》谈东征,《立政》论用人,《酒诰》说戒酒。而晚期产生的作品,则显示出概括能力的提高,思维幅度的拓展。如《禹贡》,在不长的篇幅中,清晰、简洁地描述出当时整个华夏版图中的地貌、物产、习俗、贡品,其概括面之广,令人震惊。《洪范》,对当时政治统治的经验作全面总结,综括为九个大的范畴,每个范畴又要言不繁地依次指出其要点所在,虽近于纲目的罗列,而思维幅度之广,抽象能力之高,同样令人叹为观止。

《尚书》中的叙事内容较少,但其中有的作品,亦展示出很高的水平和显著特点。如《顾命》中写成王死后,康王登位的过程与场面:

> 二人雀弁,执惠,立于毕门之内;四人綦弁,执戈上刃,夹两阶戺。一人冕,执刘,立于东堂。一人冕,执钺,立于西堂。一人冕,执戣,立于东垂。一人冕,执瞿,立于西垂。一人冕,执锐,立于侧阶。
>
> 王麻冕黼裳,由宾阶隮。卿士、邦君麻冕蚁裳,入,即位。太保、太史、太宗皆麻冕彤裳。太保承介圭,上宗奉同、瑁,由阼阶隮。太史秉书,由宾阶隮,御王,册命,曰:"……"王再拜,兴,答曰:"……"乃受同、瑁。王三宿,三祭,三咤。上宗曰:"飨!"太保受同,降,盥,以异同秉璋以酢,授宗人同,拜。王答拜。太保受同,祭哜宅,授宗人同,拜。王答拜。太保降,收。诸侯出庙门俟。[①]

全用白描式的叙写,没任何形容性描绘,但由于保证了时间、空间、次序上的有条不紊,依然取得了逼真如画的效果。令人不由想到韩愈《画记》中所用的技法。

《尚书》的审美因素,首先体现在对形式美的追求上。早期作品,虽然各个部分内容不平衡,组织方式不够统一,但整合起来,已具有一种粗疏自然的整一形态;晚期作品,亦以具有整饬性为特色,如《禹贡》写九州,每一段都用完全相同的结构形式,让人读起

---

① 李民、王健撰:《尚书译注》,上海古籍出版社,2010 年。以下所引《尚书》皆出于此版本。

来感到明晰、流畅。《牧誓》中有曰：

> 今日之事，不愆于六步、七步，乃止，齐焉；夫子勖哉！
> 不愆于四伐、五伐、六伐、七伐，乃止，齐焉！勖哉夫子！
> 尚桓桓，如虎、如貔、如熊、如罴，于商郊，弗迓克奔，以役
> 西土；勖哉夫子！

节奏明显，已具有一种音乐美。其次是，在语句和局部的构造上越来越多地注重对称形式的运用。《盘庚》中已有"用罪伐厥死，用德彰厥善。邦之臧，惟汝众；邦之不臧，惟予一人有佚罚"这类的句子。《尧典》中，尧命羲和一段，讲"分命羲仲"，"申命羲叔"，"分命和仲"，"申命和叔"，由两两对称，发展为四方对称的图案式结构。

《尚书》中渗透了形象美的因素。如《盘庚》中以"若颠木之有由蘖，天其永我命于兹新邑"，说明迁都乃是为了更好的发展；以"若网在纲，有条而不紊。若农服田，力穑乃亦有秋"，说明做事必须有事先的计划，并付出艰苦的努力。以"若火之燎于原，不可向迩，其犹可扑灭"，说明煽动性言论的危害。皆是用切近于生活和生产的形象比喻说明道理，极有感染力。周初的诸《诰》也都有类似的精彩比喻。在叙事作品中，大多应用白描，也有了形象描绘的萌芽。《禹贡》之"厥草维繇，厥木维条"，"草木渐包"，"厥草维夭，厥木维乔"，已能用简洁凝练的词语，描绘出草木日益壮盛的勃勃生机。

《尚书》的作者不主于抒情，但在表达思想、观点、意志、愿望时，随目的对象不同也流露出各不相同的感情情绪。如《大诰》是东征的宣言书，在语调上、态度上，处处显示出雍容宏大的威严感。《康诰》《酒诰》《无逸》等，意在嘱告劝勉，则情辞恳切，语重心长，谆谆之意，拳拳之心，溢于言表。《多方》居高临下，态度强硬而严厉；

《君奭》披心吐胆，亲切而诚挚。誓词则庄重、严肃、激越、慷慨。总之，大部分作品都有一种朴素、自然、真淳的感情在。这是构成《尚书》审美价值的重要因素之一。

《逸周书》

《汉书·艺文志》称之为《周书》七十一篇，许慎《说文解字》始称之为《逸周书》。今实存四十五篇。是战国时人编集的一部上古文献资料集。据专家考证，除少部分篇目，如《世俘解》《克殷解》等确为周初作品，其余内容相当芜杂，多为战国时人对《尚书》训、诰、谟之模拟，多为说理性质。有些篇全用四字韵语构成排句，其中有的全由格言警句组成，如《周祝解》，陈逢衡曾赞赏说："通篇悉为韵语，似箴，似铭，盖开老氏《道德》之先，匪特荀子《成相》之祖。"[①]也有少数记事作品，如《克殷解》，记武王伐纣克殷的全过程，完整、清晰、简明，表现了很高的叙事水平。从现有的作品中，可以看出影响后代散文的蛛丝马迹，如《本典解》记成王向周公旦垂询云："呜呼！朕闻武考，不知乃问，不得乃学，俾资不肖永无惑矣。今朕不知明德所则，政教所行，字民之道，礼乐所出，非不念而知，故问伯父。"然后记周公的答辞，很像后代制策之滥觞。

---

① 引陈逢衡语。黄怀信等撰：《逸周书汇校集注·序言》，上海古籍出版社，2007年。以下所引《逸周书》皆出于此版本。

第二章　散文发展第一个高潮的逐步形成

到了春秋战国,随着社会历史及思想文化的发展,中国散文的发展逐步进入第一个高潮。形成中国散文发展第一个高潮的原因,首先是社会斗争的尖锐、激烈和复杂化;其次是思想文化领域,人道思潮的发展带来了学术文化的兴盛;再次是社会生活及人的主体意识的发展,经长期积累,达到一个新阶段;同时,书写方式的改进也为语言文字的运用提供了新的物质条件。

散文发展进入第一个高潮时期的表征是:产生了数量众多、语言风格不同的作品;除官方文献和有特定用途的文字材料外,有了内容广泛的私家著述,它们成了代表散文发展水平的标志;散文的形式构造逐渐定型,散文的体裁、题材和表现方法取得了长足的进展;作者的审美意识明显增强,作品的客观审美价值日益提高。

散文第一个高潮的出现有一个过程,其初步的表现是春秋晚期和战国初期的作品。

第一节　《国语》

《国语》现存二十一卷,分周语、鲁语、齐语、晋语、郑语、楚语、吴语、越语八部分。上限起自周穆王,下限止于晋三家灭智伯(前

453）。司马迁有"左丘失明，厥有《国语》"之说，班固《汉书·艺文志》亦谓"左丘明著"。据此，旧时认为它与《左传》出于同一作者，因而有人称《左传》为《春秋内传》，《国语》为《春秋外传》。其实，此书非成于一时，出于一手，大概编定于春秋之末，战国之初，作者难以确考。

此书传统上归于史部，现在有人仍将其称为"国别史"。虽然它包含丰富史料，但性质上与严格的"史书"并不相同。《国语·楚语上》载，楚庄王曾问及如何教育太子，申叔时回答时，除提到"教之《春秋》"，"教之《故志》"等外，还提到"教之《语》，使明其德，而知先王之务用明德于民也"。韦昭注："《语》，治国之善语。"①《大戴礼记·保傅》说："（天子）答远方诸侯不知文雅之辞，应群臣左右不知已诺之正，简闻小诵不传不习，凡此其属少师之任也。"清人王聘珍《大戴礼记解诂》谓："简闻，谓所闻于简者。小诵，谓年小时所诵者。""传，述也。习，谓温习。"②这说明古时之"傅"及"瞽史"对天子诸侯及贵族子弟的"教诲"，包括"闻于简策"的"治国之善语"，其目的是借之既学习治国的原则道理，又学习文辞的应用。《国语》可能就是对这类"语"及类似材料的汇集整理。这就决定了《国语》的重点不在记史事，而是记载时人对史事的评论中体现的"善语"，即有经验教训价值的言论。但记这样的言论，必须间以叙事，有时叙事甚至占相当比重。这就造成了《国语》在记言叙事上与一般史书和论说文章的不同。

《国语》写作上的突出特点是一事一议或夹叙夹议。首先是，以议论作为结构篇章、组织材料的重心。先提起一件事情，然后记载某人对这件事情的议论，最后用事情发展的结局证明议论的正

---

① 《国语》，上海古籍出版社，1982年。以下所引《国语》皆出于此版本。
② 王聘珍撰：《大戴礼记解诂》，中华书局，1983年，57页。

确,这是《国语》的主要结构模式。其次是,议论不像专门的史书如《左传》那样,因着史事的发生,随机而发,而是预设性的。这样就使得论题更突出,论旨更明确。如《周语上》第一条由穆王伐犬戎导入"耀德不观兵",第三条由厉王弭谤导入邵公纳谏,第四条由厉王悦荣夷公导入国君不可"专利",第六条由宣王不藉千亩导入重农。要之,它的实质不是由历史引出教训,而是借历史说明道理,不是由个别抽出一般,而是用个别证明一般。这是由史向论的过渡形态。再次是,由于《国语》是汇集性的作品,各部分的内容分量和表达特点都有所不同。如《晋语》的篇幅最大,有九篇之多,而《齐语》仅一篇,只记管仲辅佐齐桓公称霸一事,《郑语》亦仅一篇,只记郑桓公与史伯的对话。《吴语》与《越语》则记事成分较多,但总倾向还是以记议论为主。

《国语》中的论说成分,有的比较简明扼要,但总体上,显示着向繁富化发展的趋向。在对由具体史实引发出来的观点和原则进行阐述时,涉及许多概念,对这些概念还要层层推演,反复论证。如《左传·文公五年》有一段记载:"晋阳处父聘于卫,反(返)过宁,宁嬴从之,及温而还。其妻问之。"宁嬴的回答是:

> 以刚。《商书》曰:"沈渐刚克,高明柔克。"夫子壹之,其不没乎!天为刚德,犹不干时,况在人乎?且华而不实,怨之所聚也。犯而聚怨,不可以定身。余惧不获其利而离(罹)其难,是以去之。[1]

对阳处父的评论比较简要。《国语·晋语五》对这件事也有记载,所引宁嬴的话则是:

---

[1] 杨伯峻注:《春秋左传注》,中华书局,1981年。以下所引《左传》皆出于此版本。

吾见其貌而欲之，闻其言而恶之。夫貌，情之华也；言，貌之机也。身为情，成于中。言，身之文也。言文而发之，合而后行，离则有衅。今阳子之貌济，其言匮，非其实也。若中不济，而外强之，其卒将复，中以外易矣。若内外类，而言反之，渎其信也。夫言以昭信，奉之如机，历时而发之，胡可渎也！今阳子之情谵（韦昭注：辩察也）矣，以济盖也。且刚而主能，不本而犯，怨之所聚也。吾惧未获其利而及其难，是故去之。

谈论同一问题，所用的语言与表达方式就明显不同。还有更多的篇章，如《周语上》内史兴之论晋文公，《周语下》单襄公之论晋悼公，《楚语下》观仪父之论天地不通等等，涉及的概念更为繁复，推演论证更为富赡，语言上爱用大量铺排。这在语言运用上是一种向前推进的积极倾向。不过抽象概念过多的堆砌、罗列，排句的大量累叠，又造成繁冗、拥塞之感，给人板滞、单调的印象。而且有时候不分什么场合，都用同样的语调，甚至《晋语一》写骊姬向晋献公吹枕边风，也是滔滔不绝的长篇大论，更失去了个性化色彩。另外，《国语》中有些篇章的铺陈方法、文辞辩风，显示出向战国文章过渡的痕迹。

从叙事角度说。首先，在基本的结构形式上，它以事件为基本的结构单元。如《左传》中对秦晋的韩原之战，晋楚的城濮之战、鄢陵之战，齐晋的鞍之战等，都有连续而完整的记载，而在《国语》中都被切割成许多独立的小单元，每个单元各自成为一个小的完整情节。这对后代的历史故事、笔记小说及刘向的《说苑》《新序》等作品有影响。情节的独立化，使对社会生活的反映，开始朝细微化方向发展，形成了一些有生活气息或趣味性的小故事。如《鲁语下》对公父文伯之母（敬姜）一则记载：

公父文伯饮南宫敬叔酒，以露睹父为客。羞鳖焉，小。睹父怒，相延食鳖，辞曰："将使鳖长而后食之。"遂出。文伯之母闻之，怒曰："吾闻之先子曰：'祭养尸，飨养上宾。'鳖于何有？而使夫人怒也！"遂逐之。

很有趣味性。《晋语九》载：

董叔将娶于范氏，叔向曰："范氏富，盍已乎！"曰："欲为系援焉。"他日，董祁愬于范献子曰："不吾敬也。"献子执而纺于庭之槐，叔向过之，曰："子盍为我请乎？"叔向曰："求系，既系矣；求援，既援矣。欲而得之，又何请焉？"

讽刺味很强。其次，《国语》有些部分叙事相当细腻，如《晋语》之一、二，写骊姬陷害申生的过程，就比《左传》细微充分。《吴语》《越语》叙事成分所占比重大，情节曲折，故事性强，对人物的刻画描写也较为鲜明。《勾践栖会稽》是历来传诵的名篇。《吴语》写黄池之会，对吴军宵夜布阵的场面描绘极富声色。

第二节　《春秋》附：《穀梁传》《公羊传》

不仅周王朝设史官，各诸侯国亦设史官。《左传》和《国语》都载有鲁国曹刿的话，"君举必书"，所以有史官必有史书。墨子曾提到宋之《春秋》、周之《春秋》、燕之《春秋》及"百国《春秋》"，可见，《春秋》可能是当时史书的通名。孟子又曾谓："晋之《乘》，楚之《梼杌》，鲁之《春秋》，一也。其事则齐桓、晋文，其文则史。"(《孟子·离娄下》)晋代发现的汲冢竹书中亦有魏国的纪年史书，后人称之为《竹书纪年》。但至今保留下来的春秋时期唯一完整的史书，就是现在我们所称的《春秋》。

《春秋》的性质和作者,从古至今争议很大(详见杨伯峻:《春秋左传注·前言》)。现在学者一般认为,《春秋》本是鲁国国史,经过孔子的加工润色,或取作对弟子的教材,后代则被奉为儒家基本的经典。该书按鲁国十二个国君的顺序,逐年逐月记载了从隐公元年(前722)到哀公十四年(前481),共二百四十二年发生在鲁国和各国的主要史事和自然灾变(《左传》中则延长至哀公十六年)。

《春秋》在中国散文史的发展上,有重要意义。首先,它是迄今所保存下来的,中国历史上第一部系统而完整全面的记事史书。它依年代,用极概括的语言,把在历史上曾发生的事件,清晰地记载了下来。我们可以随便选一个例子,如《僖公》:

> 三十有三年。
>
> 春王二月,秦人入滑。齐侯使国归父来聘。
>
> 夏四月辛巳,晋人及姜戎败秦师于殽。癸巳,葬晋文公。狄侵齐。公伐邾,取訾娄。
>
> 秋,公子遂帅师伐邾。晋人败狄于箕。
>
> 冬十月,公如齐。十有二月,公至自齐。乙巳,公薨于小寝。陨霜不杀草。晋人、陈人、郑人伐许。

这虽然仅像今天的新闻标题或大事记,但充分发挥了语言的记事功能,为了解这段历史提供了翔实可贵的资料。

其次,它表现了在语言运用上极其慎重的态度,韩愈将之概括为“谨严”。我们看上引例句,几乎字字不可易。《史记·孔子世家》曾说:孔子著《春秋》,笔则笔,削则削,子夏之徒不能赞一辞。也足以说明这一点。这种“谨严”的态度,是后代优秀散文作家锤字炼句的典范。

再次，后代的经学家从《春秋》的字缝里寻求"微言大义"的做法固不可取，但在《春秋》中，通过用字的斟酌，来表达是非观念和是非判断的情况，肯定是一种确实的存在。如臣杀其君这样的事，不能写作"杀"或"诛"，只能记为"弑"，就体现了当时的伦理观念，是当时写史者必须坚持的。如《左传·宣公二年》所载晋国的史官董狐，坚持要写上"赵盾弑其君"；《左传·襄公二十五年》载，齐崔杼杀掉齐庄公、齐国的太史兄弟三人，为了写上一个"弑"字不惜牺牲了生命，另有一位南史又要前仆后继地赶来补写。这种一字之褒贬，在《春秋》中当然不是个别的存在。所以《左传》的作者赞扬说："《春秋》之称，微而显，志而晦，婉而成章，尽而不污，惩恶而劝善。"这种传统，对后世散文作家之使用"曲笔"或"隐笔"自然有很大影响。

另外，司马迁在《史记·太史公自序》中曾引用孔子的一句话："我欲载之空言，不如见之行事之深切著明也。"这表明当时人已意识到，通过客观事实的记载来表达观点，比抽象的理论说教要有力得多；而这一点正是叙事文学作品得以产生的基础，《春秋》虽以最粗简的方式体现了这一点，却反映了叙事文学创作原则最早的萌芽。

《春秋》产生后，解释它的"传"有多家，至今流传下来的有三种：《左氏传》《公羊传》《穀梁传》。《左氏传》下节专论。

《公羊传》

据传最初为子夏所作，经过五传，为先秦人公羊高所定，但到了汉初，才由公羊寿及弟子胡母子都"著于书帛"，也就是由口耳相传录于文字。因此严格说来，它不能算是先秦时期的散文作品。

它的内容不偏重于记事，主要篇幅是用来阐述《春秋》中所含的"微言大义"，且多附会之说。它在后世经学的发展上虽然影响大而深远，而在散文方面没有多少可肯定的意义。有的学者曾根据现有材料,认为其少数的记事,较《左传》细微、完整。如《僖公二年》晋假道于虞而伐虢,写荀息为献公设谋一段,就比《左传》故事性、趣味性强。笔者也曾同意这种看法。现在看来,这些地方并不足以说明《公羊》的优长,反倒可能是后人利用《左传》的原始材料作了润色。

《穀梁传》

相传为先秦人穀梁喜(或曰赤)所作,原来也是口头传授,现在一般学者皆判定,同样是汉初才著于书帛。所以也不能算是真正的先秦散文作品。

它也是以解释《春秋》的"义理"为主要内容,一般认为文字较《公羊》清通。也曾被认为,其中某些记事文字较《左传》有声色,如《左传·宣公十七年》载:

> 晋侯使郤克征会于齐。齐顷公帷妇人,使观之。郤子登,妇人笑于房。献子(郤克)怒,出而誓曰:"所不此报,无能涉河!"

郤克所以怒,因为自己是个跛子,而被妇女窃观嘲笑。《穀梁传》则于《成公元年》载此事曰:

> 季孙行父秃,晋郤克眇,卫孙良夫跛,曹公子手偻,同时而聘于齐。齐使秃者御秃者,使眇者御眇者,使跛者御跛者,使偻者御偻者。萧同叔子处台上而笑之,闻于客。客不说(悦)而去,相与立胥闾而语,移日不解。[①]

---

① 杜预等注:《春秋三传》,上海古籍出版社,1987年。

这样漫画式的画面倒饶有趣味。但当时还是相当重视礼法的时代，齐国也是很有地位的大国，郤克乃晋国重臣，正式来应会，齐让人偷窥是可能的，应当不会也不敢以捉弄嘲戏的态度对待各国使者。这显然不会是原始的笔墨。

第三节　《左传》

《左传》是《春秋左氏传》的省称，又名《左氏春秋》，是《春秋》后的一部编年史书，记事同样用鲁国纪年，起自隐公元年，止于哀公二十七年(前 468)，最后附鲁悼公四年(前 463)事一条。司马迁说，孔子次《春秋》，"七十子之徒口受其传指"，"鲁君子左丘明惧弟子人人异端，各安其意，失其真，故因孔子史记具论其语，成《左氏春秋》"(《史记·十二诸侯年表序》)。班固认为《左传》的作者是"鲁太史"左丘明。后世认为两家的说法不可靠，提出过种种推断，比较持重的看法是：《左传》大体成书于春秋战国之交，后人又有增益，可能不是成于一人之手，具体作者难以确考。

从思想文化背景上说，《左传》应是传统的"礼治文化""史官文化"及当时"人道思潮"相结合的产物。周王朝和各诸侯国都要把重大的事件书之于策，目的在于吸取历史教训作资政参考，同时还要用来作为教育子弟、培育人才的教材。《国语·周语上》记邵公谏弭谤，有"天子听政"，"史为书"，"瞽史教诲"之说。同书《晋语·七》载，司马侯向晋悼公推荐叔向"习于《春秋》"，悼公"乃召叔向使傅太子彪"。同书《楚语上》载申叔时论教育太子的方法，有"教之《春秋》，而为之耸善而抑恶焉，以劝诫其心"；"教之故《志》，使知废兴者而戒惧焉"。韦昭注谓："以天时纪人事，谓之《春秋》。""故《志》，谓所记前世成败之书。"那么，"瞽史"和太子之"傅"，在进行"教诲"时，恐怕不能只念诵书策的原文，而必须充实以具体内容，加以阐释,甚至将内容故事化、情节化。《左传》大概就是在这些故事化的历史材料基础上加工编纂而成。唐代的啖助,推断《左传》的成书情况说:"左氏得此数国(指周、晋、齐、宋、楚、郑等)之史,以授门人,义则口传,未行竹帛。后代学者,乃演而诵之,总而合之,编次年月,以为传记,又广采当时文籍,故兼子产、晏子及诸国卿佐家传,并卜书及杂占书,纵横家小说讽谏等杂在其中。"(《春秋啖赵集传纂例》卷一)看来有一定的道理。前代和后人,皆有《左传》不传《春秋》之说,但《左传》与《春秋》确实存在密不可分的关系,西汉末的桓谭曾说:"《左氏传》于《经》,犹衣之表里相待而成。《经》而无《传》,使圣人闭门思之,十年不能知也。"

在中国,上古时期往往把艺术的因素、审美的因素锁扣在历史著作之中。《左传》是一部囊括了春秋时期二百五十多年各诸侯国内部及彼此之间复杂的军事、政治、外交斗争的史书。但透过它,可以看到,古代散文艺术因素、审美因素的发展有了质的飞跃,显示了各个方面巨大的进步。

一 关于叙事

比起《春秋》来,《左传》叙事的具体性、丰富性,有了划时代的发展,对发生在这么长时段里的众多大大小小的事件,不仅能交代出其来龙去脉,背景缘由,而且能详细再现出其发展过程、曲折变化。虽题材内容集中在军国大事上,但对一些细微的情节、场面,及各色各样人物的言行事迹,也作了相当具体生动的记载描述。

第一,《左传》对客观材料的处理,表现了极强的概括力和很高的艺术技巧。

首先,《左传》善于用概括的笔墨写大规模的军事、政治、外交斗争。

春秋是五霸争长的时期,彼此间的斗争大多是集团性的,有许多大大小小的国家卷入。斗争最激烈的形式是战争，战前战后及战争中，都交织着复杂的外交活动；而且每次战争，从酝酿、准备到进行到结束，往往经历很长的时间跨度。《左传》最突出的成就，就是能从宏观的角度，以精炼的笔墨，在不长的篇幅中，条理井然地记载描述出大规模军事政治斗争的完整过程，清晰地交代出各种复杂的关系，写出各种曲折变化。

其中尤以写战争见长。最著名的如城濮之战，是晋、楚间决定霸主地位的战役，双方都有许多与国。文章对晋楚双方交叉叙写：先从战争的酝酿写起，楚国治兵，晋国教民以义、以信、以礼。后由晋伐曹拉开序幕，晋方设计定谋，开展外交活动，意在必战；楚成王有心避让，却左右不了形势。战役爆发后，作者以简括有力的笔墨描绘了战争的进程。最后写践土之盟和双方的战后处置。用笔从容裕如，有条不紊，且起伏跌宕，声色雄壮。但同类战争的写法，却又不千篇一律，而各有特色。如《宣公十二年》的邲之战，主要写楚、晋双方对战争的态度不同：楚庄王一方只想适可而止，并不准备与晋方进行大的决战；而晋方三军统率，各自的观点、主张、动机不一，彼此争执不休。结果谁也控制不了局势，于是发生了一场类似遭遇战性质的大战，以晋方的大败告终。《成公二年》的齐晋鞍之战，则对战争的酝酿、准备着墨不多，战斗过程却写得酣畅淋漓，委婉曲折。

除战争外，写外交活动，如《襄公二十七年》宋向戌之平楚晋，合诸侯，亦能从宏观处，把极盛大极纷繁的聚会写得条理井然。写一般的政治事务，如《襄公九年》宋乐喜及《昭公十八年》郑子产之处理火灾事故，情况类似，亦写得章法细致，眉目至为清晰。

其次，它突破了编年体的局限，用追叙、补叙的方法，把很长时限中的事情集中在一起来写，造成了情节的集中性和篇章的完整性。

如"郑伯克段于鄢"发生在隐公元年(前722),但它却回溯三十五年,从郑庄公出生时惊姜氏写起。秦晋之间的韩原之战,发生在僖公十五年(前645),为了说明战争发生的原因,也从僖公九年(前651)晋惠公返国写起。《僖公二十三年》,更用了很多篇幅追述回顾了晋文公重耳在外流亡十九年的历程。这种写法为《左传》所首创,也是其最常用的手段。

与此相关,在叙述一个相对独立的事件时,确立一个主轴,围绕它来筛选材料,剪除枝叶,使得中心突出,线索清楚,结构完整。如《庄公十年》写齐鲁长勺之战,以突出曹刿超然的识见和强烈的自信为目的,既不写战争的准备、部署,也不写战争的具体进程,还舍弃了双方参战的将佐,通篇以曹刿一人的言行为轴线,叙事简约清晰。《宣公二年》的"晋灵公不君",围绕灵公和赵盾的矛盾写出许多曲折变化。

再次,《左传》写大小事件,在其自然发展过程中,往往注重意外的转折,突出矛盾的复杂性、错综性,造成波澜起伏、委婉有致的效果。《僖公十五年》的韩原之战,至晋惠公被俘本已告终,作者却续写晋大夫的"反首拔舍"以从,秦穆姬的登台履薪相要挟,郤乞返国立公子圉发动国人,瑕吕饴甥与秦穆公外柔内刚的应对,使事变的发展余波袅袅,摇曳多姿。

最后,还有一点特别难得,《左传》作为一部史书,竟然极善于写上层统治集团及重大战争中的细节场面,而且数量众多,随时插入,用笔细腻。如《襄公二十一年》写了一个蒍子冯装病的故事:

> 楚子使蒍子冯为令尹。访于申叔豫,叔豫曰:"国多宠而王弱,国不可为也。"遂以疾辞。方暑,阙地,下冰而床焉。重茧衣裘,鲜食而寝。楚子使医视之,复曰:"瘠则甚矣,而血气未动。"乃使子南为令尹。

《昭公元年》写了一个选婿的场面：

> 郑徐吾犯之妹美，公孙楚聘之矣，公孙黑又使强委禽焉。犯惧，告子产。子产曰："是国无政，非子之患也。唯所欲与。"犯请于二子，请使女择焉。皆许之。子皙（公孙黑）盛饰入，布币而出。子南（公孙楚）戎服入，左右射，超乘而出。女自房观之，曰："子皙信美矣，抑子南，夫也。夫夫妇妇，所谓顺也。"适子南氏。

《宣公十二年》的邲之战，晋军溃败，在逃跑时：

> 晋人或以广（兵车）队（坠，陷泥中）不能进，楚人惎（教）之脱扃。少进，马还（旋），又惎之拔旆投衡，乃出。顾曰："吾不如大国之数奔也。"

别人教自己逃跑，反过来还要嘲笑对方善逃。《襄公二十四年》记因郑国引起晋楚之间的对垒，晋国的张骼、辅跞致（试探性挑战）楚师，郑国派宛射犬为之御车，张骼、辅跞轻视宛，吃饭都让他蹲在帐外，而宛亦不服。于是发生了下面的一幕：

> （张骼、辅跞）使御广车而行，己皆乘乘车。将及楚师，而后从之乘，皆踞转而鼓琴。近，不告而驰之。皆取胄于橐而胄，入垒，皆下，搏人以投，收禽挟囚。弗待而出。皆超乘，抽弓而射。既免，复踞转而鼓琴，曰："公孙！同乘，兄弟也。胡再不谋？"对曰："曩者志入而已，今则怵也。"皆笑曰："公孙之亟也。"

这样的小故事，皆写得很有情致，富有艺术魅力，有强烈的审美效果。

第二，《左传》善于对现实性人物作形象描写和性格刻画，并创造了富有民族特色的描写人物和刻画性格的手段。

《左传》写人物有两种情况。一种是在历史上活动时间不长或所占地位不甚重要，属于在历史的流程中瞬现瞬逝的人物。对他们，作者往往能抓住其性格的某一侧面，某一突出特点，予以集中的表现，给人留下强烈深刻的印象。如宋子罕之廉洁（《襄公十五年》），晋灵公之残暴（《宣公二年》），楚伯州犁之善谄（《襄公二十六年》），费无极之险诈（《昭公二十七年》），以及陬人纥、秦堇父之勇（《襄公十年》），郑师慧之智（《襄公十五年》）。另一种是在历史上占有重要地位，活动面极广的人物，作者虽在较长的时限内，分散记述他们不同的事迹言行，但总合起来，往往构成一个较完整的形象，如晋文公、郑子产、鲁昭公、楚申公巫臣等，皆属此类。有些人物，《左传》的作者已能展现出他们由不同侧面组成的比较复杂的性格结构。最突出的是楚灵王，作者从他几十年的生活历程中，写出了其非常鲜明的复杂性格。他有极强的野心，少年时因占卜能否当国王，不吉，就"投龟，诟天而呼"；他又极残忍，亲自缢死其兄子麇而篡位为王；他好大喜功，不但争当盟主，还想问鼎于周；他爱好奢华，修章华之台，穿着华丽；他刚愎自用，不听劝谏；他草菅人命，用蔡国太子祭山。但另一方面，有时又宽宏大度，对曾经触犯过他的穿封戍不记旧怨，对闯入他的宫殿追捕逃犯并当面指责他为窝主的无宇毫不介怀；他还有着非常深的亲子之爱，听说儿子被杀后，难过得"自投于车下"，且哀痛地说："人之爱其子也，亦如余乎？"《左传》在人物塑造上的这些成就，都是前所未有的。

《左传》描绘人物形象的手段多种多样，最基本的是对人物的言行事迹进行白描，通过人物在复杂的历史斗争中的具体作为和言语行动的外在表现,写出其性格特质和内在心理活动,收到刘知几所说的"望表而知里,扪毛而辨骨"(《史通·叙事》)的效果。做到这一点的关键,是必须捕捉住那些最足以显现出人物内在性格、内心活动的外在表征,而《左传》于此最为擅长。如《宣公十四年》载,楚王让申舟使于齐,过宋而不必假道,申舟怕因此被杀,楚王说:"杀女,我伐之!"结果,宋人果然杀死申舟。《传》中写:"楚子闻之,投袂而起,屦及于窒皇,剑及于寝门之外,车及于蒲胥之市。"其盛怒之情,历历如见。《襄公二十六年》,写卫献公流亡多年后得以返国:"大夫逆于境者,执其手与之言;道逆者,自车揖之;逆于门者,颔之而已。"三种态度,活现出卫献公心胸的狭隘和为人的浅薄。

《左传》也极善于以人物的言辞口吻显现人物性格。《文公元年》记楚成王立商臣为太子,后因其残戾又欲黜之:

> 商臣闻之而未察,告其师潘崇曰:"若之何而察之?"崇曰:"享江芈(楚成王之妹)而勿敬也。"从之。江芈怒曰:"呼!役夫!宜君王之欲杀女而立职也。"告潘崇曰:"信矣。"潘崇曰:"能事之乎?"曰:"不能。""能行大事乎?"曰:"能。"

从师徒间的对话,足以见出商臣的刚戾。

《左传》用这种方式描写人物,刻画性格,是由它历史著作的性质决定的,因为历史要求真实性,不允许对人物的心理情绪、内心世界的变化作虚拟悬想式的剖析与描绘。由于《左传》是叙事性作品的奠基之作,所以它所开创的这种描写人物的方式,也就被衍传承袭,发展成带民族特色的传统。

二 关于议论辩说

《左传》是史书,既记事,必不可免地也要记载时人对时事发表的言论、表达的观点态度,而且《左传》的作者还经常以"君子曰"的口吻插入自己对史事的评论,因此书中也就包括了数量相当大的议论辩说。这些成分有长有短,除了作者随机插入的评论,近似于后世"传论",其余都是史事中的一部分。其中,有直接与史事相关的论说,如《僖公三十年》之"烛之武退秦师",《成公十三年》之"吕相绝秦",《襄公二十二年》子产之应对晋人的征朝;有因史事引发出来的相应的议论,如《隐公五年》臧僖伯谏观鱼,《僖公二十四年》富辰谏周襄王勿以狄人伐郑;有因某一史事引发的关于专门问题的论述,如《桓公二年》师服之论"命名",《襄公十四年》师旷之论"君",《昭公二十年》晏婴之论"和"与"同",《昭公三十二年》史墨之论"君臣无常位"等。

这些论说的特点:首先是,论题相当集中明确,但又不限于就事论事,多半是把具体问题纳入某种观念性的理论原则中,称引《诗》《书》,列古论今,旁涉博物典故,加以充分论述。那些专题式的论说,这一特点更为突出。其次是,注重事实根据,理顺而气盛,形成很强的说服力。在那些应对性的辩说中表现更多。如《文公十七年》晋国合诸侯于扈,"晋侯不见郑伯",表示出对郑的不满,且含威胁意。于是郑子家写信给赵宣子,逐年陈述郑国为晋所做的贡献,然后总结说:

> 虽我小国,则蔑以过之矣。今大国曰:"尔未逞吾志。"敝邑有亡,无以加焉。
> 古人有言曰:"畏首畏尾,身其余几?"又曰:"鹿死不择音。"小国之事大国也,德,则其人也;不德,则其鹿也,铤而走险,急何能择? 命之罔极,亦知亡矣。将悉敝赋以待于鯈,唯执事命之。

情实理足,外柔内刚。所以晋人不得不与之"行成"而去。再次是,这些议论辩说，大多逻辑性强，条理清晰，气势充畅，而且极讲究语句的修饰。

总之，《左传》的论说，比前代作品有了明显的提高，显示出向诸子著述和纵横家言的过渡倾向。

三 关于语言运用

《左传》在语言运用上有两大突出特色：一是力求质简，在发挥语言的张力上有长足的发展；二是展示了当时所创造的极富艺术魅力的外交辞令。

关于第一点。《左传》所叙之事极其纷繁，而用语则极质实简括。它运用各种手段，在语言的组合中，充分地发挥了语言能有的张力，取得了令人难以想象的效果。《桓公元年》载："宋华父督见孔父之妻于路，目逆而送之，曰：'美而艳。'""目逆而送之"仅五字，组合在一起，"逆"，写其被美色所吸引，不由迎面注目而视，"送"，则写其目不转睛，随人而移，一直到身影远去不见为止。把一个遇美色而丧魂失魄者的神态形象活画出来。《宣公二年》邲之战，写晋军溃败仓皇奔命，为渡河，"中军下军争舟，舟中之指可掬"。以被砍下手指之多，写争抢之激烈，比任何具体叙说描写都有力。《庄公十二年》，写宋南宫万，弑其君闵公后，由宋奔陈，二百六十里间，"以乘车辇其母，一日而至"。后宋国以贿赂手段，让陈人把南宫万送回，"陈人使妇人饮之酒，而以犀革裹之。比及宋，手足皆见"。没用任何形容，就写出了南宫万之多力。这些皆如刘知幾所说"言近而旨远，辞浅而义深，虽发语已殚，而含义未尽"，收到"睹一事于句中，反三隅于字外"的效果。还有，在《成公十六年》晋楚鄢陵之战中，有一段记载：

楚子登巢车，以望晋军。子重使太宰伯州犁侍于王后。

王曰："骋而左右，何也?"曰："召军吏也。""皆聚于中军矣。"曰："合谋也。""张幕矣。"曰："虔卜于先君也。""彻幕矣。"曰："将发命也。""甚嚣，且尘上矣。"曰："将塞井夷灶而为行也。""皆乘矣，左右执兵而下矣。"曰："听誓也。""战乎?"曰："未可知也。""乘而左右皆下矣。"曰："战祷也。"

这简直是奇笔，只用对话，把对方军事行动的情景全部展现在读者眼前。这些手法的实质，是用最简约的语言，提供最有特征的具象，启发读者展开想象，获得语言并未直接表达出来的意蕴。读者不但理解了作者所交代的内容，而且在玩味之中，还能体验到一种美的享受。凡此种种，表明《左传》对语言的运用，达到了前所未有的高度。

关于第二点。指《左传》所传达的用在特殊场合下，具有特殊魅力的一种语言。春秋时期，除了《史记·十二诸侯年表》所列之外，还有大大小小十余个国家，它们之间为了自己的利益，在军事斗争之外和之中，用以调节关系的最重要手段就是外交活动，外交，离不开辞令。刘知几称赞《左传》的外交辞令"其文典而美，其语奥而博"（《史通·申左》）。具体说来，其特点，一是典雅，二是文饰，三是委婉，四是表面言辞下另藏或强硬、或柔软的意蕴。如：《昭公三年》载，晋君原来娶齐君之女为妻，后病逝，晏婴奉命到晋国要求再娶齐女为继室。面对晋君，晏婴所说的话是：

寡君使婴曰："寡人愿事君朝夕不倦，将奉质币以无失时，则国家多难，是以不获。不腆先君之适（嫡）以备内宫，焜耀寡人之望，则又无禄，早世殒命，寡人失望。君若不忘先君之好，惠顾齐国，辱收寡人，徼福于大公、丁公，照临敝邑，镇抚其社稷，则犹有先君之适及遗姑姊妹若而人。君若不弃敝邑，而辱使董振择之，以备嫔嫱，寡人之望也。"

遣词用语极考究。而订婚后，晏婴和晋叔向私下谈论两国政局，就随便而自然多了。再如，《僖公十五年》秦晋韩原之战后，晋惠公被俘，晋之阴饴甥和秦穆公的对话，借托晋国君子、小人的两种心理态度，一方面表明，希望并且相信秦国会友好地对待惠公和晋国，一方面暗示，如若不然，晋国会不惜一切代价与秦国周旋到底。用语既谦恭委婉，又不亢不卑。《宣公十二年》，楚国攻破郑国，郑襄公肉袒牵羊以请罪，曰：

> 孤不天，不能事君，使君怀怒以及敝邑，孤之罪也，敢不唯命是听？其俘诸江南以实海滨，亦唯命；其翦以赐诸侯，使臣妾之，亦唯命。若惠顾前好，徼福于厉、宣、桓、武，不泯其社稷，使改事君，夷于九县。君之惠也，孤之愿也，非所敢望也。敢布腹心，君实图之。

最希望达成的目的，以最不敢希望的态度表达出来，委婉巧妙之极。

这种外交辞令，不同于先代文献中的质直，又不同于战国说辞那种铺陈夸张中毫不掩饰的威赫恫吓、赤裸裸的利害计较，是特殊历史文化背景下的产物。当时虽已"礼崩乐坏"，但周天子还表面上维持着其地位，旧的社会结构尚未完全崩溃，礼治文化和固有的伦理观念也保留着表面形式。所以各国在外交活动中，既要清楚地辨明利害，维护自己的利益，又要保持表面的礼仪。这种情形，相应地对外交辞令也就提出了一种特殊要求：在表达上要委婉，符合礼仪规范，给对方留下面子；在内涵上要态度明确，维护自己的利益，不失自己的尊严。《襄公二十六年》载，郑国的印堇父被楚人俘虏,送给了秦国。郑国准备用财货将其赎回。子大叔在起草文书时大概直白地表达了这种意思。子产见到该文书后说:"不获。受楚之功,而取货于郑,不可谓国,秦不其然。若曰:'拜君之勤郑国。微君之惠,楚师其犹在敝邑之城下。'其可。"结果,"弗从,遂行。秦人不予。更币,从子产,而后获之"。此事,典型地说明了不同辞令所取得的不同效果。对外交辞令的这种特殊要求,客观上为语言运用艺术的发展提供了一个契机,造就了中国语言艺术史上别具魅力的一种语言形式,也增强了《左传》的美学色彩。

另外,《左传》的记载中透露,有些散文体裁在当时已经流行,如"箴""盟""赞""祷""吊""诔""书"等,有些则在转化形成之中,如很多谏辞,已类似后代的表章,有些评论已类似后代之专论。"吕相绝秦","烛之武退秦师","蔡声子说子木迎椒举",则为战国说辞之先声。

总之,《左传》各方面的成就,标志着散文的发展即将进入一个更高的时期。

第四节 《论语》附:《老子》《孙子》《墨子》

标志着散文重要发展的还有另一部书:《论语》。

《论语》是以语录体主要记载孔子言行的一部书。并不是孔子本人的著作,据《汉书·艺文志》说,它是"孔子应答弟子时人,及弟子相与言而接闻于夫子之语也。当时弟子各有所记,孔子既卒,门人相与辑而论纂,故谓之《论语》"。可以推断,约成书于春秋之末、战国之初。《论语》在汉代以前有不同的传本,今天保存下来的定本共二十篇,每篇有不等的章,每章是一条独立的内容,章与章不相连贯。每篇取首章首两字为标题。这部书是儒家的重要经典,东汉以来,被列入经书范围,南宋以后,又作为《四书》之一,成为士人学子必读的教科书。它在中国思想史上有重要价值及深远影响。

《论语》在散文史的发展上，具有标志性的意义。在语言艺术运用上，沿着发挥语言张力的方向，显示出极大的进步，获得了很高成就。

第一，《论语》主要记载孔子与弟子和时人的谈话，其中表达了孔子的观念、理想、愿望、为人处世的态度，对弟子们的期望。从这些谈话中，既可看出孔子本人语言运用的水平与特点，亦可看出记述者传达能力之高妙。

首先，孔子极善于用简括的语言，把自己观点、态度直陈出来。如：

> 子曰："道千乘之国，敬事而信，节用而爱人，使民以时。"（《学而》）

> 子曰："学而不思则罔，思而不学则殆。"（《为政》）

> 子曰："朝闻道，夕死可矣。"
> 子曰："君子喻于义，小人喻于利。"
> 子曰："德不孤，必有邻。"（《里仁》）

> 子曰："志于道，据于德，依于仁，游于艺。"
> 子曰："三军可夺帅也，匹夫不可夺志也。"（《子罕》）

> 子曰："人无远虑，必有近忧。"（《卫灵公》）[1]

---

[1] 朱熹撰：《四书章句集注·论语集注》，中华书局，1983年。以下引《论语》皆出此版本。

一句话,就是一个论断,像几何公理一样,无须论证;或表明一种态度,无须说明。但不只孔子的弟子,即使千百年后的今天,也会让人欣然接受。这是为什么?因为它是孔子从普遍的社会生活和实践经验中,直接提炼、概括、升华出来的理性结论。这不仅显示了孔子的智慧,也显示了人的思维和表达能力的提高。

其次,孔子表达自己的思想态度,又不只浅明质简,而是充分发挥语言的潜在功能,灵活自然地运用多种表述方式。有的斩截干脆,如:

宪问耻。子曰:"邦有道,穀;邦无道,穀,耻也。"(《宪问》)

有的以感叹的语调出之,如:

子曰:"巧言令色,鲜矣仁!"(《述而》)

子曰:"礼云礼云,玉帛云乎哉?乐云乐云,钟鼓云乎哉?"(《子张》)

有的不正面表达,只侧面启发,而让人自去领会,如:

季路问事鬼神,子曰:"未能事人,焉能事鬼?""敢问死。"曰:"未知生,焉知死。"(《先进》)

有的借助对人物的评论,如:

子曰:"禹,吾无间然矣。菲饮食而致孝乎鬼神,恶衣服而致美乎黻冕,卑宫室而尽力乎沟洫。禹,吾无间然矣!"(《泰伯》)

子曰："贤哉回也！一箪食，一瓢饮，在陋巷。人不堪其忧，回也不改其乐。贤哉回也！"(《雍也》)

有的用自我抒发的方式引导，如：

子曰："默而识之，学而不厌，诲人不倦，何有于我哉？"
子曰："德之不修，学之不讲，闻义不能徙，不善不能改，是吾忧也。"(《述而》)

有的则对同样的问题用完全不同的方式回答。如《为政》记载了四个人向孔子问孝，对孟懿子，孔子只说了两个字："无违。"即无违于礼。对孟武伯则讲："父母唯其疾之忧。"意谓，真正的孝是好好地做人，除生病外不让父母担忧。对子游说的是："今之孝者是谓能养，至于犬马，皆能有养，不敬，何以别乎？"对子夏，又是一种答法，先正面指出："色难。"这不是答案，而是一种评论，然后举出反面的事实进行启发："有事弟子服其劳；有酒食，先生馔：曾是以为孝乎？"

再其次，《论语》所记孔子的言谈话语，在表达思想观点的同时，还充分运用语调句式的变化，传达出主体自身丰富多样、层次细微的情感状态。如：

子曰："学而时习之，不亦说乎？有朋自远方来，不亦乐乎？人不知而不愠，不亦君子乎？"(《学而》)

带有一种平静、亲切的怡悦情调。

子曰："饭蔬食饮水，曲肱而枕之，乐亦在其中矣。富贵而

不义,于我若浮云。"(《述而》)

显示了清高自洁的悠然自得。

  子在齐闻《韶》,三月不知肉味,曰:"不图为乐之至此也!"
(《述而》)

简直兴奋得有些手舞足蹈的味道。

  伯牛有疾,子问之,自牖执其手,曰:"亡之,命矣夫! 斯人
也而有斯疾也! 斯人也而有斯疾也!"(《雍也》)

悲痛而又感伤。

  子曰:"甚矣吾衰也! 久矣吾不复梦见周公。"(《述而》)

哀叹中带着绝望。

  宰予昼寝。子曰:"朽木不可雕也,粪土之墙不可杇也,于
予与何诛。"(《公冶长》)

不满到极点而又无可奈何。

  子曰:"乡愿,德之贼也!"(《阳货》)

深恶痛绝。

孔子谓季氏："八佾舞于庭,是可忍也,孰不可忍也?"
(《八佾》)

怒不可遏。

子曰："大哉尧之为君也,巍巍乎! 唯天为大,唯尧则之。荡荡乎! 民无能名焉。巍巍乎! 其有成功也;焕乎,其有文章!"(《泰伯》)

像是充满激情的赞歌。诸如此类,在简单的语言形式中表达出了丰富的多方面多层次的感情。

最后,《论语》在取象,用象上也有其独到特点。它不像一般作品那么浅白、直接,而是不着痕迹地融会在叙说、议论、感叹之中,赋予简单凝练的形象以丰富的意蕴。如:

子曰："觚不觚。觚哉! 觚哉!"(《雍也》)

表面是感叹:"觚"不像觚的样子,还算是觚吗? 其所指可作多重理解,大到做国家的君臣,小到个人应有的修养、应尽的职责。又如:

子曰："苗而不秀者有矣夫! 秀而不实者有矣夫!"
(《子罕》)

表面是对自然界事物的评说,实则表达了一种观点:人即使有好的基础,不坚持努力也不能成才。有些地方明显地是在运用比喻,但由于用得自然、巧妙而别有意趣。如:

子谓仲弓曰："犁牛之子骍且角,虽欲勿用,山川其舍诸?"(《雍也》)

子贡曰:"有美玉于斯,韫椟而藏诸? 求善贾(价)而沽诸?"子曰:"沽之哉! 沽之哉! 我待贾者也。"(《子罕》)

皆有意在言外之致。《论语》中借取某种客观形象,有时不只是为了更好地说明抽象道理,还以之形成有感染力的意境。如:

子曰:"为政以德,譬如北辰,居其所而众星共(拱)之。"(《为政》)

就不只是一个简单的比喻,而展现了一种灿烂的繁星围绕明亮的北斗而旋转的辉煌壮丽的境界,从而产生对"为政以德"的令人欣羡向往的吸引力。有时候,所取用的形象虽极平易,却既含哲理,又富诗意,可品味到多重意蕴。如:

子在川上曰:"逝者如斯夫,不舍昼夜。"(《子罕》)

既包含对时光流逝,一去不返的慨叹,也包含对历史、社会、人生、事业都处于永不停息的运动发展状态的体悟;感伤叹息中,也有及时努力的鞭策与自励。凡此,都是《论语》在取象、用象上的孤诣独到之处,我们可感到与《易经》卦爻辞的某些关联。

第二,《论语》以记言为主,也有不少对孔子行迹的陈述描写。这些陈述描写,有的极精炼概括,如:

子之所慎:齐(斋),战,疾。(《述而》)

有的相当传神，如：

> 子之燕居，申申如也，天天如也。（《述而》）

两个叠词，把孔子怡然安然，闲雅自适的形态描摹如现。有的叙述中带有形象性，如：

> 师冕见，及阶，子曰："阶也。"及席，子曰："席也。"皆坐，子曰："某在斯，某在斯。"（《卫灵公》）

传神毕肖地展现出对盲人的体贴与照顾。有些篇章则有了简单的情节与人物刻画，如《微子》篇中的"楚狂接舆歌而过孔子"章，"长沮桀溺耦而耕"章，"子路从而后，遇丈人以杖荷蓧"章。尤其是《先进》篇的"子路、曾皙、冉有、公西华侍坐"章，描绘了师生亲切相处，弟子各抒胸怀抱负的生动场面，孔子的平易，子路的粗率坦直，冉有、公西华的谦虚恭谨，曾皙的出众脱俗，各人的神态口吻，写来一一如画，章法严谨自然，用笔从容洗炼。曾皙的一段话，还饶有诗情画意。是历来为人传诵的篇章。

第三，《论语》还鲜明地展现了孔子一些弟子不同的性格特点，及孔子与弟子之间极为亲密自然的关系。除了上引《侍坐》章外，孔子与子路之间的关系写得最为生动且别有意趣。

在诸弟子中唯子路与孔子的关系最为特殊，这种特殊在于看起来矛盾摩擦最多，而实质最为亲密。从记载中看，子路与孔子接近最多，出力也最多，每次出行，跑腿问路事皆由子路承担。但也唯独子路敢于当面顶撞孔子。子见南子，只有子路公开不满；在"陈绝粮，从者病，莫能兴"。别人没有说什么，是子路出来责问："君子亦有穷乎？"（《卫灵公》）孔子提出为政必以正名为先，子路竟然批评他："有是哉，子之迂也！"（《子路》）这是颜渊等人绝不会说出的话。子路使子羔为费宰，孔子批评他是"贼夫人之子"。子路放肆地反驳说："有民人焉，有社稷焉。何必读书，然后为学？"（《先进》）正因为如此，于诸弟子中，孔子对子路的批评也最直接、最尖锐，如谓："野哉由也！"（《子路》）"是故恶夫佞者。"（《先进》）"久矣哉，由之行诈也！"（《子罕》）但子路又由衷地尊崇孔子，孔子也很赞赏子路，二人之间经常发生一些微妙而有趣的故事。孔子有一次说："道不行，乘桴浮于海，从我者其由与？""子路闻之喜"，但接着孔子却给他的兴头泼了凉水："由也好勇过我，无所取材。"（《公冶长》）又一次，孔子称赞颜回："用之则行，舍之则藏，唯吾与尔有是夫！"子路不由得有些嫉妒，插嘴说："子行三军，则谁与？"孔子则说："暴虎冯河，死而无悔者，吾不与也！"（《述而》）似乎又给子路一个没趣。再一次，孔子不由得赞扬子路："衣敝缊袍与衣狐貉者立，而不耻者，其由也与？"子路认为是莫大的荣幸，"终身诵之"，而孔子又扫他的兴："是道也，何足以臧？"（《子罕》）再一次，孔子批评说："由之瑟，奚为于丘之门？"这是原则性的否定，于是"门人不敬子路"。孔子又赶紧解释说："由也升堂矣，未入于室也。"（《先进》）正是在这样的摩擦、矛盾中，愈显出二者彼此关系的自然、亲切、深厚，富有生活气息。而这一切，都被《论语》的作者，以洗炼笔墨表现得传神毕肖，意趣盎然。在我看来，《论语》中所写孔子与子路相处情形，颇类于《水浒》中宋江与李逵。这种比方或许不伦不类，但细想我们生活实际中，这样的关系不是很常见吗？

第四，《论语》是中国历史上第一部集中写一个人物的书。如果我们不仅仅注目于其中所表达的政治、道德、伦理观点，而从谈话内容、辞气口吻、形迹的描摹之中，可以看到《论语》客观地展现出了孔子丰富饱满的形象，让人们感到，孔子并不像被后人圣化了的头上罩满光环的偶像，而是一个有个性，有血肉，有多重性格侧面,有七情六欲的灵气活现的人物。他有理想,有抱负,勤奋好学,积极进取,宽厚平易,循循善诱于人。有时表现出坚强的自信,自称:

如有用吾者,吾其为东周乎!(《阳货》)

苟有用我者,期月而已可也,三年有成。(《子路》)

有时又很颓丧失望,悲叹:

凤鸟不至,河不出图,吾已矣夫。(《子罕》)

有时自视甚高,称:

天生德于予。(《述而》)

文王既没,文不在兹乎?(《子罕》)

有时又非常谦逊,曰:

若圣与仁则吾岂敢,抑为之不厌,诲人不倦,则可谓之尔已矣。(《述而》)

吾有知乎哉? 无知也。(《子罕》)

有时非常执着:

是知其不可而为之者与!(《宪问》)

有时又因失望而：

欲居九夷。(《子罕》)

乘桴浮于海。(《公冶长》)

有时迂腐得可以：

割不正，不食。席不正，不坐。(《乡党》)

有时却机智风趣：

子贡欲去告朔之饩羊。子曰："赐也，尔爱其羊，我爱其礼。"(《八佾》)

有时高兴得"三月不知肉味"，有时又悲痛得痛心疾首。有时发火：

季氏富于周公，而求也为之聚敛而附益之。子曰："非吾徒也。小子鸣鼓而攻之，可也。"(《先进》)

有时赌咒：

子见南子，子路不说(悦)。夫子矢(誓)之曰："予所否者，天厌之！天厌之！"(《雍也》)

有时甚至骂人、打人：

原壤夷俟。子曰："幼而不孙（逊）弟，长而无述焉，老而不死，是为贼！"以杖叩其胫。（《宪问》）

有时耍点小滑头：

阳货欲见孔子，孔子不见，归孔子豚。孔子时其亡也，而往拜之。（《阳货》）

有时还弄点小手段：

孺悲欲见孔子，孔子辞以疾。将命者出户，取瑟而歌，使之闻之。（《阳货》）

这些都是孔子同于常人的一面。《论语》的作者正是把这些记写下来，才真正把孔子写成一个活生生的长者。但这一切并不足以遮掩孔子的伟大，也不足抹杀弟子们对他高度的崇敬。《子张》篇记述了子贡多处对孔子的赞颂，如：

"他人之贤者，丘陵也，犹可逾也；仲尼，日月也，无得而逾焉。人虽欲自绝，其何伤于日月乎？"

"夫子之不可及也，犹天之不可阶而升也。……其生也荣，其死也哀。如之何其可及也。"

这不只是对孔子的思想学说、品行、人格的颂仰，同时，也是对一位伟人的审美观照与审美评价。

总以上诸方面，可以看出，《论语》在语言运用方面达到的水平,不但是前此作品难以企及的,就是后代作家也属少有。扬雄的《法言》、王通的《文中子》模拟《论语》,针对当时也许有一定的积极意义,但总的看,未免是东施效颦而已。《论语》是当之无愧的中国散文发展史上的一块伟大里程碑。

《老子》

与《论语》产生时代相近,写作水平上有所发展,亦形成自己特色的作品是《老子》。

老子其人及生平事迹不可确考。《史记·老子韩非列传》说他为楚人,或姓李,名耳,字聃,为周守藏室之史,孔子曾向其问礼,后著书“言道德之意五千余言”,出关而隐。前人曾推断《老子》一书,可能产生于战国后期。而于1993年出土的湖北《郭店楚墓竹简》中发现有《老子》残本,存文约相当今本《老子》的五分之二,文字虽有差异,但大体相同。考古学家推断楚墓为战国中后期墓葬,那么墓中竹简必产生得更早,这说明《老子》至晚在战国中期已成书。今传《老子》分“道经”“德经”两部分,共八十一章,五千余字,故又称《道德经》。1973年马王堆汉墓曾出土帛书《老子》,为汉初写本,“德经”在前,“道经”在后,且只分段,不分章。《老子》在散文发展史上的贡献主要有两点。

第一,开创了一种新的思维与表达方式。

首先,《老子》一书,紧紧抓住并突出地强调了事物对立面相互依存与转化的辩证关系。《老子》和《论语》的宗旨都在用世,但在原则与方法上,老子与孔子所选择、确立的道路却有根本不同。老子的立足点,概括说起来,就是“反也者,道之动也;弱也者,道之用也”[1]。所谓“反也者,道之动”,就是观察和处理事物,都要从“反”的角度

---

[1] 高明撰:《帛书老子校注》,中华书局,1996年。以下所引《老子》皆出于此版本。

着眼。"反"的实质,是对矛盾对立面之间依存、转化关系的发现、肯定与利用。一方面,老子从对立面的发生上看到它们的依存关系,如所谓:"天下皆知美之为美,恶已;皆知善,斯不善矣。有无之相生也,难易之相成也,长短之相形也,高下之相盈也,音声之相和也,先后之相随也,恒也。"一方面,从对立面的转化上看到其相反相成的关系,如所谓:"祸,福之所倚;福,祸之所伏,孰知其极。其无正也,正复为奇,善复为妖。"

这种对立的转化依存关系,为什么被称为"反"呢?因为一般人在经验范围内,只看到对立面的存在与斗争,认为这才是正常现象。如孔子致力于政治、道德、伦理、人格规范的确立,而规范就是对社会现实中某些关系和现象的肯定,肯定的同时就是对不合规范的关系和现象的否定。这都容易为常人理解,在老子那里被视之为"正"。那么从相反的角度,着重于从对立的依存和转化关系的另一面看问题,自然被视之为"反"。

在思考对立面的依存和转化关系时,老子超出社会历史范围,转向对宇宙起源的本体论的探讨,认为"天下之物生于有,有生于无"。因为人们一般视"有"为"正",为"阳",那么,它的反面"无",就是"反",是"阴",于是就构成了与"无"相联系的概念系列。与此相对的,就是与"有"相联系的概念系列。老子的基本观念是重"无"而轻"有",要人们重视并善于利用对立面的依存转化关系,来实现自己的生存与发展,求得社会问题的解决,这就是所谓"负阴而抱阳","与物反矣,乃至大顺"。

但是,对立面的存在及"有"的系列的价值和意义,是在人们的经验范围之内容易被感受到的,即使对这方面一些原则和规律的概括,也易于为人们理解和认识。而对立面之间的依存与转化关系和"无"的系列的价值和意义,在认识论上则属于高一级的层次,不是在经验范围之内和具体对象上能够直接感知得到的,必须靠了超验的形而上学的抽象思辨，才能够体验和理解。这样就形成了《老子》与《论语》不相同的思维方式。在《论语》主要是对形而下的实践经验的提炼与归纳，在《老子》则主要是形而上的抽象哲理的思辨与体悟。

其次，思维方式的不同，相应地在表达上也就形成了不同的方式。在《论语》主要是用概括性的语言对经验性的结论作陈述，在《老子》主要是用思辨性的语言对抽象性的哲理体验作表述。后者如：

> 道，可道也，非恒道也。名，可名也，非恒名也。无名，万物之始也；有名，万物之母也。故恒无欲也，以观其妙；恒有欲也，以观其所徼。两者同出，异名同谓，玄之又玄，众妙之门。

这种表述太抽象了，不容易为人理解。为了增加可理解性，有时老子就转而借助形象的描述以传达自己的体验，如：

> 古之善为道者，微妙玄达，深不可识。夫唯不可识，故强为之容。曰：豫呵其若冬涉水。犹呵其若畏四邻。严呵其若客。涣呵其若凌释。敦呵其若朴。混呵其若浊。旷呵其若谷。浊而静之徐清，安以动之徐生。保此道不欲盈，夫唯不欲盈，是以能敝而不成。

有时则借用比喻，如：

> 人之生也柔弱，其死也筋仞（韧）坚强。万物草木之生也柔脆，其死也枯槁。故曰：坚强者死之徒也；柔弱者生之徒也。兵强则不胜，木强则烘。强大居下，柔弱居上。

有时也对具体的理想境界进行形象性的描绘。根据老子的理论，社会只有返回到原始的淳朴状态，才能消除种种弊病，他描绘这种境界为：

> 小国寡民，使有十百人之器而毋用，使民重死而远徙。有舟车无所乘之；有甲兵无所陈之；使民复结绳而用之。甘其食，美其服，乐其俗，安其居，邻邦相望，鸡狗之声相闻，民至老死不相往来。

这样，他就创造了一种高度抽象与生动具象相结合的特殊表达方式。这在中国议论文章的发展中，就开始形成了以客观经验性的陈述与主观体验性的表述为主的两种基本思维表达方式。当然，两者在后代都有发展，前者增加了富实证性的逻辑论证，后者增加了思辨性的辩证推理，而且彼此互有渗透融合，但一种新的富有特色的思维表达方式的开创，终究是自《老子》始。

第二，《老子》创造了用韵语进行论说的语言形式。

《老子》是一部讲哲理的书，同时广泛涉及政治、军事、思想、文化，是纯正的理论性著作，但在表达形式上，却吸收借鉴了诗歌的特点。首先，它把自己要表达的观点、阐述的内容都提炼加工成整饬的文句，使之类似于简明精要的格言；其次，在文句的组织上丰富多变，随文意的发展，或偶或俳，或复叠，或串联，形成自然流畅的节奏；再次，通篇基本用韵，韵脚随句意和节奏而灵动自然地变换，让人读起来感到一种适意和谐、朗朗上口的音乐美；最后，个别地方再融会进形象的描摹，更增加了诗的意趣。如以下显例：

> 众人熙熙，若飨于太牢，而春登台。我泊焉未兆，若婴儿未咳。累呵，如无所归。众人皆有余，我独匮。我愚人之心也，沌沌呵。俗人昭昭，我独若昏呵。俗人察察，我独闷闷呵。

忽呵,其若海,其若无所止。众人皆有以,我独顽以俚。我欲独异于人,而贵食母。

知其雄,守其雌,为天下溪。为天下溪,恒德不离。恒德不离,复归于婴儿。知其荣,守其辱,为天下谷。为天下谷,恒德乃足。恒德乃足,复归于朴。知其白,守其黑,为天下式。为天下式,恒德不忒。恒德不忒,复归于无极。

这种写法为前代论说文字所未有,后代完全因袭者也不多,但对古代散文写作中注重节奏美和音乐感的形成,却有深远影响。

《孙子》

俗称《孙子兵法》,相传为春秋后期军事家齐人孙武所著,也是由后人加工整理而成书,时间在《老子》之前或之后。《孙子》是春秋时期战争经验的理论性总结,其中既讲战略原则,又讲战术问题,今传本共十三篇。

从散文发展史的角度看,它和《论语》的接近之处,在善于以简练、洁净、明确的语言,对具体的实践经验作概括的总结,从中抽取出原则性、规律性的结论。它的概括范围没有《论语》广泛,但论证表达上较《论语》有发展,具体如下:

一、内容比较集中,每一篇有一个大体明确的中心。有的章节相当系统条理,如《九地篇》,先提出:"用兵之法:有散地,有轻地,有争地,有交地,有衢地,有重地,有圮地,有围地,有死地。"[①]然后分论何谓"散地"等九地,再论处于每地时应如何处置。

---

① 杨丙安校理:《十一家注孙子校理》,中华书局,2012年。后所引《孙子》皆出于此版本。

二、大部分篇章虽然也是格言式经验性结论的陈述，如"知彼知己者，百战不殆；不知彼而知己，一胜一负；不知彼，不知己，每战必殆"。但有的篇章已有了简明的推理论证，如《势篇》：

> 凡战者，以正合，以奇胜。故善出奇者，无穷如天地，不竭如江河。终而复始，日月是也；死而复生，四时是也。声不过五，五声之变，不可胜听也；色不过五，五色之变，不可胜观也。味不过五，五味之变，不可胜尝也。战势不过奇正，奇正之变，不可胜穷也。奇正相生，如循环之无端，孰能穷之？

先提出论题，然后展开类比推理，最后再回扣到论题上。

三、在语言运用上，《孙子》不如《论语》那么丰富多变，气韵生动，但在整饬性、节奏感上却超过《论语》而比较接近《老子》，并且能运用一些形象生动、洗炼、精切的比喻，如形容用兵之变曰："其疾如风，其徐如林，侵掠如火，不动如山，难知如阴。""始如处女，敌人开户；后如脱兔，敌不及拒。"

《墨子》

墨子，名翟，鲁或宋人，亦有滕人之说。他所处时代稍晚于孔子，开创了墨家学派。《韩非子·显学》谓："世之显学，儒、墨也。"《孟子·滕文公下》云："圣王不作，诸侯放恣，处士横议，杨朱、墨翟之言盈天下。"这均可证其影响之大。孔子"述而不作"，老子自创理论体系，墨子则谓"吾以为古之善者则述之，今之善者则作之"，是述而又作的。《墨子》一书，是墨家学派的后学编订的，阐述墨家理论学说的著作，成书时间较晚。《汉书·艺文志》载：原书七十一篇，今存五十三篇。据专家考证，此书的内容较杂，多数为墨子弟子及再传弟子记述墨子的理论观点、言论行迹，亦收录有非墨家思想体系的作品或更晚的附会之作。很难断定哪些为墨子本人的原作①。

《墨子》在散文发展史上的意义与价值主要有以下几方面：

第一，在理论论说领域，第一次明确地提出了逻辑学的观念和理论，具有划时代意义。

首先，在其《经》《经说》《大取》《小取》等篇，对当时辩论论说中常用的概念、范畴，作了详细的辨析。如《经上》，就罗列了一百个词语与概念，逐个加以辨析。其情形颇类似于亚里士多德的《范畴篇》和《形而上学》卷五之"词语集释"，虽然二者的理论系统不同，且《经上》在精密程度上不及亚氏，但都反映了人类的认识在达到一定阶段后必然要有的前进。

其次，在理论论说中，《墨子》第一次明确地归纳出了一种基本的方式方法。在《非命》三篇中，都提出了"三表"或"三法"。《非命上》载：

> 言必有三表。何谓三表？子墨子言曰：有本之者，有原之者，有用之者。于何本之？上本之于古者圣王之事。于何原之？下原察百姓耳目之实。于何用之？废（发）以为刑政，观其中国家百姓人民之利。

书中在论述墨子思想的各篇，都成功地运用了"三表法"。

第二，因为墨家学派有比较明确的逻辑观念，所以他们写的大部分篇章，在完整、明晰、条理、顺畅方面较前有很大进步。每篇都有明确的标题作为题旨，围绕题旨层层推进，再掺以举例、驳论，最

----

① 参见吴毓江撰：《墨子校注·附录·墨子各篇真伪考》，中华书局，2006年。以下引《墨子》均出此版本。

后回扣题旨。如《兼爱中》，开始先提出，仁人皆愿兴利除害。那么，天下之大害在哪里？引出国、家、人之间的攻、篡、贼。那么，这种害怎么产生的？论断是："以不相爱生。"于是下面用"察百姓耳目之实"的方法，进行推论：

> 今诸侯独知爱其国，不爱人之国，是以不惮举其国以攻人之国；今家主独知爱其家，而不爱人之家，是以不惮举其家以篡人之家；今人独知爱其身，不爱人之身，是以不惮举其身以贼人之身。是故诸侯不相爱，则必野战；家主不相爱，则必相篡；人与人不相爱，则必相贼；君臣不相爱，则不惠忠；父子不相爱，则不慈孝；兄弟不相爱，则不和调。天下之人皆不相爱，强必执弱，众必劫寡，富必侮贫，贵必敖贱，诈必欺愚。凡天下祸篡怨恨，其所以起者，以不相爱生也，是以仁者非之。

"既以非之，何以易之？"方法是："以兼相爱、交相利之法易之。"怎样才能做到这一点？那就是："视人之国，若视其国；视人之家，若视其家；视人之身，若视其身。"这样推论下去，就产生完全与上面所述相反的结果。但是，有人提出，这样的要求很难做到，于是墨子又用举实例的方法，一一加以反驳。全文的最后结论是："欲天下之治而恶其乱，当兼相爱，交相利。此圣王之法，天下之治道也，不可不务为也。"完全回扣到篇初提出的论题上。

这类文章，由于逻辑、推理上清晰完整，故达意显得明白晓畅，不足之处在于行文缺波澜，少气势。仅个别篇章中靠长句的累叠增加了些声色，以此显示出一定的气势与力量。如《非攻下》讲到攻伐的害处，有云：

> 入其国家边境，芟刈其禾稼，斩其树木，堕其城郭以湮其

沟池，攘杀其牲牷，燔溃其祖庙，劲杀其万民，覆其老弱，迁其重器。

第三，部分篇章，如《耕柱》以下四篇，记墨子对问应答、片断事迹，较为生动活泼。如下例：

> 子墨子曰："季孙绍与孟伯常治鲁国之政，不能相信，而祝于丛社，曰：'苟使我和。'是犹掩其目，而祝于丛社也，曰：'苟使我皆视。'岂不谬哉？"

> 公输子削竹木为鹊，成而飞之，三日不下，公输子自以为至巧。子墨子谓公输子曰："子之为鹊也，不如翟之为车辖，须臾斫三寸之木，而任五十石之重。故所为巧，利于人谓之巧，不利于人谓之拙。"

这些篇章类型上近似于《论语》，较之细致浅白，但不及其质简深厚。

唯《公输》篇，写墨子止公输般为楚造云梯以攻宋，有虚构性质，叙事完整，情节有曲折，人物形象鲜明且能写出其心理活动，语言简明生动，几乎无一赘语。特别是篇末："子墨子归，过宋，天雨，庇其闾中，守闾者不内（纳）也。"突出了墨子的牺牲精神且富有余味。可视为整部《墨子》中叙事性文字的压卷之作。

第三章　散文发展的第一个高潮

在实用中创造审美价值,至战国的中后期,使中国古代散文的发展出现了一个高潮。

这个时期,中国社会政治制度的转换进入了最后的关键时刻。此时,建立在宗法等级制度之上的、作为天下共主周王朝的权威,几乎完全丧失。分封制基础上所形成的诸侯国,经过进一步的兼并,只剩下以七国为首的少数几国,彼此间争取天下统治权的斗争也达到白热化程度。除了军事上的较量,政治制度的设计和外交上的谋略也被重视,相应地那些有文化、富智慧、善谋划的士人阶层的地位也进一步提高,魏文侯的师重儒者,齐威王的设稷下学宫,燕昭王的招纳贤士,都是显例。

在这样的背景下,由孔、老开创的思想家集团进一步扩大,百家争鸣、处士横议的局面空前繁荣。仅从《庄子·天下》篇所胪列,《孟》《荀》《韩》所透露,《史记·老子韩非列传》《史记·孟子荀卿列传》等所展示的情况,足见当时学派之多,学者之众。这些学者,大多数有理想、有抱负、有学统,有自己的世界观、社会观、人生观,有坚强的自信、学养的自豪、人格的自尊,属于思想家者流。他们有的以"王者师"自居,有的傲视王侯,有的则积极投身政治实践,为实现自己的理论设计而献身。但随着社会传统伦理道德观念的崩溃,也出现了"士人"阶层的转化,产生了一批只以追求功名利禄为目的的政治、外交活动家,他们游走于诸侯之间,逞口舌之辩,可以朝秦暮楚,不讲原则,此即所谓策士、谋士者流,下而为依附权贵的"门客""舍人"。虽然孟子鄙视地称他们从事的是"妾妇之道",但这些人富才学,有智慧,善文辞,而且表现了那个时代所激发起来的积极进取精神,其中有些人甚至重义轻生,亦有足以称道之处。这些思想家或纵横家的言论、事迹,或由他们的后学整理编纂、或由他们亲自著论成书。

我们称这时期为中国散文的第一个高潮,不仅在于作者之众,作品之多,而且在于作者身上的人格美、精神美转化为作品中的气势美、纵恣美、章法美、辞采美,大大提高了文章的审美价值和艺术价值,成为后代许多散文作家所赞赏向往的榜样。此时作家作品的繁杂众多,可见于《汉书·艺文志》的著录,除了广泛流传下来的著作之外,有些作品已佚或阙,或曾被后人疑为伪作,而近年来的考古发现,证明了它们确曾存在。时间的磨洗是证明作品价值的试金石,我们从事的是散文史的研究,不是文化史的钩沉,所以仍取那些只在散文的发展上具有标志性的作品作为重点研究对象。

第一节　《孟子》

孟子(约前372—前289),名轲,字子舆,邹(今山东邹城市)人。曾受业于子思之门人,继承并发展了孔子的思想,是儒家学派中仅次于孔子的代表人物,在中国思想史上有重大影响。

据《史记·孟子荀卿列传》,孟子因其思想学说与"所如者不合,退而与万章之徒序《诗》《书》,述仲尼之意,作《孟子》七篇"。今天看,其人时代在墨子之后,其书可能成于《墨子》之前,体现了从《论语》时期主要陈述结论性观点,向专门的论说文章之过渡。七篇中大部分是对孟子言论的记述,少数类似《论语》的语录,多数为对问应答。所记言论,已不只是陈述论断,而以论说为主。篇章有长有短,长者近于专题论文,短者很多亦是完整精彩的短论。七篇的内容不集中于某一论题,但已有所偏重,如《梁惠王》《滕文公》侧重于论"王道"与"仁政",《告子》侧重于论"性善",《万章》侧重于论先圣先贤之言行。

《孟子》对散文的推进及其突出特点,主要有以下方面:

第一,具有激越充畅的气势,明确提出了"养气"说。

其气势,首先体现在对问性的篇章中。如首篇《梁惠王上》第一章:

> 孟子见梁惠王。王曰:"叟不远千里而来,亦将有以利吾国乎?"孟子对曰:"王何必曰利?亦有仁义而已矣。王曰:'何以利吾国?'大夫曰:'何以利吾家?'士庶人曰:'何以利吾身?'上下交征利而国危矣。万乘之国弑其君者,必千乘之家;千乘之国弑其君者,必百乘之家。万取千焉,千取百焉,不为不多矣。苟为后义而先利,不夺不餍。未有仁而遗其亲者也,未有义而后其君者也。王亦曰仁义而已矣,何必曰利?"①

在对"义""利"的辨说中,流宕着一种让人不得不信服的冲击力量,这就是气势。《梁惠王下》第六章,记:

> 孟子谓齐宣王曰:"王之臣有托其妻子于其友,而之楚游者。比其反也,则冻馁其妻子,则如之何?"王曰:"弃之。"曰:

---

① 朱熹撰:《四书章句集注·孟子集注》,中华书局,1983 年。以下所引《孟子》皆据此版本。

"士师不能治士，则如之何？"王曰："已之。"曰："四境之内不治，则如之何？"王顾左右而言他。

一连串的逼问，使齐宣王无以应亦不敢应，充畅的是一种咄咄逼人之气。同篇第七章，论为王用人之道，言：

> 左右皆曰贤，未可也；诸大夫皆曰贤，未可也；国人皆曰贤，然后察之；见贤焉，然后用之。左右皆曰不可，勿听；诸大夫皆曰不可，勿听；国人皆曰不可，然后察之；见不可焉，然后去之。左右皆曰可杀，勿听；诸大夫皆曰可杀，勿听；国人皆曰可杀，然后察之；见可杀焉，然后杀之。故曰，国人杀之也。如此，然后可以为民父母。

用同结构的句型层层排列下来，理在其中，气亦在其中，使人无法不予首肯。《孟子》不只是对问应答，在正面的论述中，亦是如此。如《公孙丑下》：

> 孟子曰："天时不如地利，地利不如人和。三里之城，七里之郭，环而攻之而不胜。夫环而攻之，必有得天时者矣；然而不胜者，是天时不如地利也。城非不高也，池非不深也，兵革非不坚利也，米粟非不多也；委而去之，是地利不如人和也。故曰：域民不以封疆之界，固国不以山溪之险，威天下不以兵革之利。得道者多助，失道者寡助。寡助之至，亲戚畔（叛）之；多助之至，天下顺之。以天下之所顺，攻亲戚之所畔；故君子有不战，战必胜矣。"

一气贯注而下，让人不得不由衷宾服。《孟子》不只是论议，即使对

所景仰人物的赞扬,亦挟势而具鼓动性,如:《公孙丑上》论及孔子,先引子贡的话:"自生民以来,未有夫子也。"再引有若的话:

> 麒麟之于走兽,凤凰之于飞鸟,太山之于丘垤,河海之于行潦,类也。圣人之于民,亦类也。出于其类,拔乎其萃,自生民以来,未有盛于孔子也。

《万章下》首章之言,则出于孟子自己之口:

> 孔子之谓集大成。集大成也者,金声而玉振之也。金声也者,始条理也;玉振之也者,终条理也。

这些话,由"论"变"颂",因裹挟着强烈的感情,故形成了一种激越动人的力量。

自曹丕在《典论·论文》中首倡"文气"说,"气"一直成为作家、文论家热衷谈论的话题。而在中国历史上第一部突出体现了文中之气,及"气"对文章所带来冲击力、感染力的作品,当属《孟子》。苏洵称"其锋不可犯",苏辙说其"宽厚宏博,充乎天地之间",皆是指这一点。

这种气是怎么来的?是由作者的主体精神与所采用的语言表达形式相融合而成,其中首先是主体精神。在《公孙丑上》中孟子说:"我善养吾浩然之气。""其为气也,至大至刚,以直养而无害,则塞于天地之间。""浩然之气"由何而来?来自"志":"夫志,气之帅也;气,体之充也。夫志至焉,气次焉。"那么,孟子之"志"又是什么呢?《尽心上》有一章,专门论"尚志"。"何谓尚志?"孟子的回答是:"仁义而已矣。""居仁由义,大人之事备矣。"所以此处他在讲完其"浩然之气""至大至刚"之后,接着说:"其为气也,配义与道;无是，馁也。"这样看来，孟子之"志"的具体内容和指向，就是"居仁由义"；而我们加以一般性的理解，就是对其所崇尚的理论、观念、原则、信仰的坚定信心和实现它们的坚强意志。"气"不过是这种主体精神在文章中的外化。

"气"在《孟子》中第一次凸显出来不是偶然的。由孟子对其理论、观念坚定不移的信仰，引发出了一系列与主体精神相关的方面，才决定了整个《孟子》特有的气势。

首先，由于这种"坚定不移"，形成了他对自己能力与地位的高度自信。如所自谓："夫天，未欲平治天下也；如欲平治天下，当今之世，舍我其谁也？"(《公孙丑下》)还说，如果按他的理论主张去做，"以齐王，由反手也"，为管仲、晏子远远不及(《公孙丑上》)。在《万章上》中，他引伊尹的话说："天之生此民也，使先知觉后知，使先觉觉后觉也。予，天民之先觉者也；予将以斯道觉斯民也。非予觉之，而谁也？"此话亦是夫子自道。他还以"知言"自命，称："诐辞知其所蔽，淫辞知其所陷，邪辞知其所离，遁辞知其所穷。"在自信力上，他甚至比他极其尊崇的孔子有过之而无不及，孔子还曾有过"甚矣吾衰也""吾老矣，不能用也"之类的感叹，而整部《孟子》没有任何这方面的表示。"在陈绝粮，从者病，莫能兴。"面对子路"君子亦有穷乎"的质难，孔子只是说："君子固穷，小人穷斯滥矣。"而孟子则把遭遇困难看成对人的考验与磨砺，总结出一个重要规律：

　　　　天将降大任于是人也，必先苦其心志，劳其筋骨，饿其体肤，空乏其身，行拂乱其所为，所以动心忍性，曾益其所不能。(《告子下》)

甚至对于他视为圣人之言、经常称引的《诗》《书》，也敢于提出质疑，谓：

> 尽信《书》，则不如无《书》。吾于《武成》，取二三策而已矣。仁人无敌于天下。以至仁伐不仁，而何其血之流杵也？（《尽心下》）

诸子皆有其自信心，而很少像孟子如此之强。

其次，这种高度的自信转化到人格上，就形成了强烈的自尊。他公开宣称：

> 说大人，则藐之，勿视其巍巍然。堂高数仞，榱题数尺，我得志弗为也；食前方丈，侍妾数百人，我得志弗为也；般乐饮酒，驱骋田猎，后车千乘，我得志弗为也。在彼者，皆我所不为也；在我者，皆古之制也，吾何畏彼哉？（《尽心下》）

所以，他见梁襄王后，出而语人："望之不似人君。"毫无忌惮地批评："不仁哉，梁惠王也！仁者以其所爱及其所不爱，不仁者以其所不爱及其所爱。"在有人论及张仪、公孙衍之类的策士时，他鄙夷地称之为"妾妇之道"，谓：

> 居天下之广居，立天下之正位，行天下之大道。得志与民由之，不得志独行其道。富贵不能淫，贫贱不能移，威武不能屈。此之谓大丈夫。（《滕文公下》）

自己以"大丈夫"自居。

再一方面，出于这种高度的自信、强烈的自尊，与其理论观点的内在实质相结合，形成了他强烈的责任心和使命感。《滕文公下》载，有人问孟子："外人皆称夫子好辩，敢问何也？"孟子的回答是："予岂好辩哉？予不得已也。"然后，从远古说起，洋洋洒洒一直

讲到孔子之作《春秋》,讲到当前的时代,说:

> 圣王不作,诸侯放恣,处士横议,杨朱、墨翟之言盈天下。天下之言,不归杨,则归墨。杨氏为我,是无君也;墨氏兼爱,是无父也。无父无君,是禽兽也。公明仪曰:"庖有肥肉,厩有肥马,民有饥色,野有饿莩(殍),此率兽而食人也。"杨墨之道不息,孔子之道不著,是邪说诬民,充塞仁义也。仁义充塞,则率兽食人,人将相食。吾为此惧,闲先圣之道,距杨墨,放淫辞,邪说者不得作。

其后,又复说:"我亦欲正人心,息邪说,距诐行,放淫辞,以承三圣者,岂好辩哉? 予不得已也。"在《告子上》中进一步提出"舍生取义"说。在《尽心上》更上升一步,提出"天下有道,以道殉身;天下无道,以身殉道"的基本人生原则,表明了"以身殉道"的态度。这种态度与苏格拉底宁愿饮毒而死,亦不放弃自己原则的做法是相通的,都体现了思想家坚定不移地为理论原则而献身的精神。

以上三方面的结合,不但使《孟子》形成前所未有的气势,而且决定了它与其他诸子论说不同的特色。其他诸子也有自己的自信,有自己的理论建树,但多是面对某种前在的理论观念作与之不同的自我陈述。他们对已有的理论观念的批判,也多是一种被动性的应对。孟子则不然。一则,他或设论,或应答,皆显示出一种前在式的、既定的、专断式的口吻,是则是,否则否,好像有一种"真理在吾、吾即真理"的无可置疑性。除前引诸例外,如"春秋无义战"(《尽心下》),"五霸者,三王之罪人也;今之诸侯,五霸之罪人也;今之大夫,今之诸侯之罪人也"(《告子下》),"民为贵,社稷次之,君为轻。是故得乎丘民而为天子,得乎天子为诸侯,得乎诸侯为大夫。诸侯危社稷,则变置"(《尽心下》),都是斩截性的论断。

二则，在对问论辩中，显示出一种教导者的姿态。对愿虚心承教者，耐心引导，循循善诱；对对立性的论敌，则采取居高临下、咄咄逼人的教训态度，如对追随农家学派许行的陈相兄弟，其谓：

> 吾闻用夏变夷者，未闻变于夷者也。陈良，楚产也。悦周公、仲尼之道，北学于中国。北方之学者，未能或之先也。彼所谓豪杰之士也。子之兄弟事之数十年，师死而遂倍（背）之。……吾闻出于幽谷迁于乔木者，未闻下乔木而入于幽谷者。（《滕文公上》）

已由训教变为斥责。这类的论辩，不是被动应战，而是主动地进攻。以上这些，都是《孟子》文章独有的特色。

第二，富有雄辩的力量。

孟子不但"好辩"，而且"善辩"。由善辩而使对方心悦诚服或无言以对，成为"雄辩"。在《孟子》中造成雄辩力量的原因是多方面的。

首先，《孟子》一书中，大量地运用了对问应答体。这种体式，不但反映了文章构造的进展，也恰恰适应辩论形势的需要。它可以使对立的观点鲜明化，逐步深入地展现论辩的过程及其中的曲折起伏，还可以传达出论辩者的感情态度、辞气口吻，再点染以简要的神态描摹，不仅增加了表达上的说服力，且可以使论说文章情节化、故事化，增强对读者的吸引力。在古希腊，柏拉图除了《法律篇》以外，其全部作品都是用对话体写成，他之运用对话体，或者受戏剧的启发与影响，而孟子对这种文体的运用，虽与柏拉图有异曲同工之妙，但完全是一种创造。

《孟子》中对这种文体形式的运用极其成熟高妙。有时将之变成引人入彀的方法：在与对方辩论时，开始往往不动声色地从其感兴趣的话题着手,而后按自己预定的逻辑进行引导,等对方不知不觉暴露出破绽时,才正面展开反击,使之无从应付。这在"齐桓晋文之事"章和与农家之徒陈相的辩论中体现得最为明显。这种方法有时又发展为先扬后抑,欲擒故纵。如齐宣王喜好游乐,问孟子:"文王之囿方七十里,有诸?"孟子对曰:"于《传》有之。"这是一种肯定。宣王又问:"若是其大乎?"孟子的回答更进一步:"民犹以为小也。"以至于宣王感到迷惑不解:"寡人之囿方四十里,民犹以为大,何也?"这时孟子才展开论述:

> 文王之囿方七十里,刍荛者往焉,雉兔者往焉,与民同之。民以为小,不亦宜乎? 臣始至于境内,问国之大禁,然后敢入。臣闻郊关之内有囿方四十里,杀其麋鹿者如杀人之罪。则是方四十里,为阱于国中。民以为大,不亦宜乎?(《梁惠王下》)

用这种方法,显然比单纯的说教更有力。

其次,在论辩中,孟子极善于捕捉要害的概念,把目标引导到自己所确定的论题上来。如前引"孟子见梁惠王章",王曰:"叟不远千里而来,亦将有以利吾国乎?"孟子立即了抓住一个"利"字,对曰:"王何必曰利! 亦有仁义而已矣。"接着,大讲言利之害和讲求仁义的好处。《梁惠王上》"齐桓晋文之事"章,在谈论王道是否可行时,孟子尖锐地提出"王之不王,不为也,非不能也",然后围绕"不能"和"不为"两个不同的概念大做文章。这样不仅使论题突出,而且抉发出对立面,为其充分发挥自己的观点创造了条件。在论辩时,孟子还往往抓住要害问题故意加以强调,使观点的对立尖锐化。《告子下》载,齐国的白圭提出:"吾欲二十而取一(征收二十分之一的赋税),何如?"孟子立刻回答说:"子之道,貉道也。"然后对为什么这么说进行了阐述。白圭又夸耀说:"丹(白圭名)之治水也愈于禹。"孟子一针见血地指出："禹以四海为壑,今吾子以邻国为壑。"这样不但使自己观点的表达鲜明,给人的印象强烈,而且造成非常犀利的谈锋。

再一点,孟子之雄辩力量的形成,还靠了对事理的透辟掌握和有力的逻辑论证。前面谈气势问题时,所引诸例都可以看出孟子层层推理的逻辑力量。此外,如齐国的沈同曾使人问孟子："燕可伐欤?"孟子回答说:"可。"齐人果然伐燕。有人责问孟子为什么"劝齐伐燕",孟子回答说:没有。我只是说可以伐燕,并未说齐可以伐燕。并举例说:"今有杀人者,或问之曰:'人可杀欤?'则将应之曰:'可。'彼如曰:'孰可以杀之?'则将应之曰:'为士师,则可以杀之。'今以燕伐燕,何为劝之哉?"(《公孙丑下》)这就是靠了对论题内涵与外延不同的辨析,而显示其雄辩性。任国有人否定礼法原则的必要性,举例说:"以礼食,则饥而死;不以礼食,则得食,必以礼乎? 亲迎,则不得妻;不亲迎,则得妻,必亲迎乎?"看起来似乎蛮有道理。孟子则指出,这是"不揣其本而齐其末"。并举例说:"紾(扭)兄之臂而夺之食,则得食;不紾,则不得食,则将紾之乎?逾东家墙而搂其处子,则得妻;不搂,则不得妻,则将搂之乎?"(《告子下》)这里,利用的是对个别性与一般性、特殊性与原则性的区别与辨析。任人所举的都是极端化的特例,目的以个别否定一般,孟子则指出在正常情况下,绝不能逾越一般性原则。这些都是形成其雄辩力量的重要因素。

第三,论说中自觉而熟练地多方面运用形象因素。

在《尽心下》,孟子曾说:"言近而指远者,善言也。""言近而指远",就是用浅近的话说明深刻的道理。怎么才能做到这一点? 下面解释说:"君子之言也,不下带而道存焉。"所谓"不下带",朱熹的注释是:"古人视不下于带,则带之上,乃目前常见至近之处也。举目前之近事,而至理存焉,所以为言近而指远也。""目前之近事"当然大部分是感性经验中具有形象性的事实。由此可见，对于"形象因素"的运用，在孟子，已经是自觉的追求，这是此前的作家所没有的。因此，《孟子》虽说是论说性的著作，但对形象的运用极其广泛。

首先，他极成功地用形象化的画面展现了自己的社会理想。在"齐桓晋文之事"章中宣扬其王道，说：

> 五亩之宅，树之以桑，五十者可以衣帛矣；鸡豚狗彘之畜，无失其时，七十者可以食肉矣；百亩之田，勿夺其时，数口之家可以无饥矣；谨庠序之教，申之以孝悌之义，颁白者不负戴于道路矣。七十者衣帛食肉，黎民不饥不寒，然而不王者，未之有也。

这俨然就是描绘了一幅王道乐土图。

其次，他有时候在论述中，直接以形象的组合取代逻辑的论证。如《梁惠王下》，劝齐王应该与民同乐，曰：

> 臣请为王言乐：今王鼓乐于此，百姓闻王钟鼓之声，管籥之音，举疾首蹙頞而相告曰："吾王之好鼓乐，夫何使我至于此极也？父子不相见，兄弟妻子离散。"今王田猎于此，百姓闻王车马之音，见羽旄之美，举疾首蹙頞而相告曰："吾王之好田猎，夫何使我至于此极也？父子不相见，兄弟妻子离散。"此无他，不与民同乐也。今王鼓乐于此，百姓闻王钟鼓之声，管籥之音，举欣欣然有喜色而相告曰："吾王庶几无疾病与？何以能鼓乐也？"今王田猎于此，百姓闻王车马之音，见羽旄之美，举欣欣然有喜色而相告曰："吾王庶几无疾病与？何以能田猎也？"此无他，与民同乐也。今王与百姓同乐，则王矣。

其间形象画面的对比,比抽象的说理,显然在表述上要优越得多。

其三,《孟子》中,用比喻的数量超过前代的任何作品,而且随手拈来,运用纯熟、自然、贴切,形象鲜明又意趣横生。如以"挟泰山以超北海"与"为长者折枝"说明何为"不能"与"不为"(《梁惠王上》),精辟至极;用"舍其田而芸人之田"(《尽心下》)形容重于求人,轻于律己,讽刺味十足。有的则比喻组织在论说之中,成为其有机的构成部分,如:"君之视臣如手足,则臣视君如腹心;君之视臣如犬马,则臣视君如国人;君之视臣如土芥,则臣视君如寇仇。"(《离娄下》)有时还直接用比喻性的形象说明道理,如"西子蒙不洁,则人皆掩鼻而过之。虽有恶人,齐(斋)戒沐浴,则可以祀上帝"(《离娄下》)。在此孟子只用两个假设性事象,就表明善恶可以互易。如果借以说明事理的不只一个简单的物象或事象,而是有了一定情节性的故事,比喻就发展成为寓言。《孟子》在形象运用上,正处于比喻向寓言形式的过渡状态。如《万章上》所引一则故事:

> 昔者有馈生鱼于郑子产,子产使校人畜之池。校人烹之,反命曰:"始舍之,围围焉,少则洋洋焉,攸然而逝。"子产曰:"得其所哉!得其所哉!"校人出,曰:"孰谓子产智?予既烹而食之,曰:'得其所哉!得其所哉!'"

然后进一步论证说:"故君子可欺以其方,难罔以非其道。"所用的就是介于比喻与寓言之间的故事。如果虚构更明显或故事性更完整,如《离娄下》之"齐人有一妻一妾"章,就已属纯正的寓言了。

其四,形象的描述已成为《孟子》论说语言的有机组成成分,只要涉及事实的陈述,不论古今,皆离不开形象化的描摹。如述古事,则谓:"当尧之时,天下犹未平,洪水横流,泛滥于天下,草木茂畅,禽兽繁殖,五谷不登,禽兽逼人。兽蹄鸟迹之道,交于中国。"(《滕文公上》)"'汤始征,自葛载',十一征而无敌于天下。东面而征,西夷怨;南面而征,北狄怨,曰:'奚为后我?'民之望之,若大旱之望雨也。归市者弗止,芸者不变,诛其君,吊其民,如时雨降。"(《滕文公下》)讲战争,则曰:"争地以战,杀人盈野;争城以战,杀人盈城。此所谓率土地而食人肉。"(《离娄上》)论酷政,则曰:"庖有肥肉,厩有肥马,民有饥色,野有饿莩(殍),此率兽而食人者也。"(《梁惠王上》)写杨朱,则曰:"拔一毛而利天下,不为也。"论墨子,则曰:"摩顶放踵利天下而为之。"(《尽心上》)写自然景物,谓:"七八月之间旱,则苗槁矣。天油然作云,沛然作雨,则苗勃然兴之矣。"(《梁惠王上》)此外,《孟子》中还随处点染以对人物神态的画龙点睛式的描摹,如齐宣王无言以答时之"顾左右而言他",象害舜未成,见舜时之"忸怩"。

　　除以上三大方面外,整部书在语言运用上,洁净流畅,节奏感强,而句法又富于变化,散、整、骈、排、陈述、感叹、诘问,随意之所之,自由变换,左右逢源。

　　这样,《孟子》一书,在服务于其实用目的中,体现了内在美与形式美、精神美与表达美的统一,将古代散文的艺术水平和审美水平,提高到一个新的层次。

第二节　《庄子》附:《易传》

　　庄子(约前369—前286),名周,宋国蒙人,曾为漆园吏。《庄子》一书,据《汉书·艺文志》,原有五十二篇,今存三十三篇。分"内篇"(七)、"外篇"(十五)、"杂篇"(十一)三部分。今天看,其书为汇集性作品,"内篇"可能为庄子自著,其余为其后学所作;"外篇"之《秋水》等,"杂篇"之《外物》等,内容和风格与庄子较接近,其余有些则可能产生时代较晚,与庄子不类处较多。

庄子的思想体系与孔、墨、孟别是一路,继承并发展了老子的观点。在世界观上,他接受了老子"有生于无""道法自然"的观点,视野远远超出社会人事范围;还接受了老子从对立面依存与转化角度观察问题的辩证思想,看到了万物的多样性与统一性、时空的有限性与无限性之对立与统一,表现了对孔、墨的超越。不过他把问题推向了极端,形成了"齐万物、等生死"的相对主义。在社会观上,出于其哲学思想和对当时纷乱与残酷社会现实的绝望与愤怒,庄子不但没有像孔、墨、孟等提出自己的设计方案,而且否定任何方案所提出的原则与规范。如果说指出了什么出路的话,那就是回到原始的混沌状态。在人生观上,从消极方面说,他主张"保身""全生""尽年";从积极方面说,他追求向往一种"无功""无名""无己"的绝对精神自由,这种自由在现实中无法实现,就改为"安时而处顺","知其不可而安之若命"。其世界观、社会观和人生观中,固然有不可取的一面,但也反映了较其他诸子的超越和超脱,表现了一种崇尚高远、渺视浅陋的高度自信,独立不羁、蔑视利禄的自尊。这种人格精神,与其他诸子不但一致而相通,甚至有过之而无不及。

与其内在精神相适应,在转化为外在的表达形式时,也就形成了《庄子》独有的特点。这些特点不但赋予《庄子》前所未有的艺术魅力,而且为古代散文发展从另一走向上作出伟大贡献。择其要而言,主要有以下几方面:

第一,进一步发展了高度抽象的思辨与丰富具象相结合的思维表达方式。

由于庄子的思想学说建立在对客观世界超验的形而上的体验上,是对事物内在联系的体悟性把握,加之又凭自己的主观需要把这种体验和体悟推向极端,因而他就不像孔、墨、孟那样,靠经验性的事实,在实证的基础上作逻辑推理,而着重于高度抽象的思辨和主观体验的表述。这方面他比老子又有了进一步的发展。如《齐物论》论是非的一段:

> 物无非彼,物无非是。自彼则不见,自知则知之。故曰:彼出于是,是亦因彼。彼是,方生之说也。虽然,方生方死,方死方生;方可方不可,方不可方可;因是因非,因非因是。是以圣人不由,而照之于天,亦因是也。是亦彼也,彼亦是也。彼亦一是非,此亦一是非。果且有彼是乎哉? 果且无彼是乎哉? 彼是莫得其偶,谓之道枢。枢始得其环中,以应无穷。是亦一无穷,非亦一无穷也。故曰:莫若以明。[①]

由事物的相对性,讲到是非的相对性,讲到对待是非的态度——"莫若以明"。其中虽也有逻辑推论,但纯然是在抽象的思辨中进行。另一方面,由于其思辨性的结论是在对客观现象的观照中体悟出来的,所以在表达中,庄子虽不重视经验性的实证,但也不排斥,他大量地使用感性化的形象,借感性形象启发人们领悟他的哲理,或者把哲理体验直接寄寓在感性形象之中。如在庄子的观念中,"道"是主宰万事万物的最高原则,无处不在,但又是只可意会而不可言传的,靠理论概念无法说明,于是他就靠对"道"和体悟了"道"的"古之真人"的描绘,让读者去领悟它:

> 夫道,有情有信,无为无形;可传而不可受,可得而不可见;自本自根,未有天地,自古以固存;神鬼神帝,生天生地;在太极之先而不为高,在六极之下而不为深,先天地生而不为

---

① 郭庆藩撰:《庄子集释》,中华书局,1981 年。以下所引《庄子》皆出此版本。

久,长于上古而不为老。(《大宗师》)

如上文只有"古之真人"能够达到"道"的境界,那么,这样的"真人"又是什么样的? 他说:

> 古之真人,其寝不梦,其觉无忧,其食不甘,其息深深。真人之息以踵,众人之息以喉。……
>
> 古之真人,不知说(悦)生,不知恶死;其出不訢(欣),其入不距(拒);翛然而往,翛然而来而已矣。不忘其所始,不求其所终;受而喜之,忘而复之,是之谓不以心捐道,不以人助天,是之谓真人。若然者,其心志,其容寂,其颡頯;凄然似秋,煖然似春,喜怒通四时,与物有宜而莫知其极。(《大宗师》)

以上都是借形象的描绘来表达用抽象的概念难以表达的意蕴。

第二,大量使用寓言,拓展了想象的空间,提高了描摹能力。

《庄子》对感性化具象的运用不只限于上面所引对抽象观念的说明,更主要地是对故事化寓言的大量使用。这方面,他是自觉地有意而为之。《寓言》篇中说,《庄子》表达上的特点之一是"寓言十九",并解释之所以要用寓言的原因:"借外论之。亲父不为其子媒。亲父誉之,不若非其父者也。"意思是,借客观化的故事来表达自己的观点,比主观性的自我述说更能令人相信。这即使不是庄子自己说的话,也是他学派中的人对其表达方式的说明。"寓言"这一概念和由此转化而成的文体,或者就来源于此。其实,寓言的作用,并不只是"借外论之"可以更令人相信,还在于凭借其故事化、情节化的形象描摹,来取得审美效果,提高其吸引人的艺术魅力。所以有意而大量的使用寓言,也可以说是一种审美追求的自觉。正因如此,在《庄子》中,寓言的运用有其独有的特点。

首先是具有普遍性。寓言几乎构成《庄子》一书的主体。司马迁说："其著书十余万言，大抵率寓言也。"(《史记·老子韩非列传》)这一点，在庄子自著的内七篇及与其接近的后学所著的篇章中表现得尤其明显。有的篇章，基本以一个完整的寓言为主，如《养生主》就是以"庖丁解牛"为主体。有的则通篇由一连串的寓言组成，如《人间世》《德充符》；有的把论说嵌于寓言之中，如《齐物论》；有的边说边论，随时把寓言牵引于其中，如《逍遥游》。有的篇章借寓言表达自己的观点；有的则用以批判浅陋而不自知者，如《秋水》中河伯与北海若的对话，坎井之蛙与东海之鳖的故事；有的用以描绘自己理想中的人物与境界，如《逍遥游》中的藐姑射之山的神人，《大宗师》中的"古之真人"；有的寄托追求的高远和对"小知"之徒的渺视，如《逍遥游》中大鹏与蜩和学鸠的对比；有的则表达自己蔑视世俗利禄的人格，如《秋水》中的"惠子相梁"：

> 惠子相梁，庄子往见之。或谓惠子曰："庄子来，欲代子相。"于是惠子恐，搜于国中三日三夜。庄子往见之，曰："南方有鸟，其名为鹓雏，子知之乎？夫鹓雏，发于南海而飞于北海，非梧桐不止，非练实不食，非醴泉不饮。于是鸱得腐鼠，鹓雏过之，仰而视之曰：'吓！'今子欲以子之梁国而吓我邪！"(《秋水》)

有的更以之对庸俗的势利之徒进行刻骨的讽刺：

> 宋人有曹商者，为宋王使秦。其往也，得车数乘；王说(悦)之，益车百乘。反于宋，见庄子，曰："夫处穷闾阨(隘)巷，困窘织屦，槁项黄馘者，商之所短也；一悟(晤)万乘之主，而从车百乘者，商之所长也。"庄子曰："秦王有病，召医，破痈溃痤者得车一乘，舐痔者得车五乘，所治愈下，得车愈多。子岂治

其痔邪，何得车之多也？子行矣！"（《列御寇》）

可见，在《庄子》中，寓言无所不为其用。这种现象，在其他诸子中是没有的。

其次，《庄子》中的寓言，又以联想丰富，构思奇特，运用巧妙而著称。大至宇宙开辟，细至毛羽麟介，远及上古传说、先圣先贤，近及日常生活，旁及魍魉髑髅，皆可被庄子用来撰造为寓言；其设想极为奇特，往往出人意表，却又能恰如其分地体现出所寄寓的事理。如：

> 南海之帝为倏，北海之帝为忽，中央之帝为浑沌。倏与忽时相与遇于浑沌之地，浑沌待之甚善。倏与忽谋报浑沌之德，曰："人皆有七窍，以视听食息，此独无有，尝试凿之。"日凿一窍，七日而浑沌死。（《应帝王》）

这似神话又非神话，不知庄子怎么想象得出来，但它所表达的，又恰恰符合庄子崇尚原始的浑朴蒙昧、主张绝仁去智的观念和理想。再如：

> 庄子送葬，过惠子之墓，顾谓从者曰："郢人垩慢（墁）其鼻端若蝇翼，使匠石斫之。匠石运斤成风，听而斫之，尽垩而鼻不伤，郢人立不失容。宋元君闻之，召匠石曰：'尝试为寡人为之。'匠石曰：'臣尝能斫之。虽然，臣之质死久矣。'自夫子之死也，吾无以为质矣，吾无与言之矣。"（《徐无鬼》）

极其巧妙恰切地说明了合作者相称与协调的必要，也表现了庄子与惠施之间特殊的关系。

除上引"倏""忽""浑沌",在《知北游》等篇中,还出现了"知"与"无为谓""狂屈","泰清"与"无穷""无为""无始","光耀"与"无有"等的对话。在这些寓言中,抽象的概念和自然现象皆被拟人化,这是《庄子》寓言中独一无二的特点,它与上古神话相通,与古代希腊神话中将自然现象(日、月、海、风等)与日常生活现象(智慧、战争、睡眠、饥饿等)皆人格化相似。凡此,都显示了其联想力的丰富与想象力空前的拓展。

再次,《庄子》的寓言,不只以构思的奇特取胜,还极善于生动的描摹。其中很少只是勾勒一个简单的情节,无论是自然界的事物,还是社会生活中的现象,甚或荒诞古怪的构想,庄子都善于以形象的笔墨作煞有介事的逼真传神的摹写,写出其场面、情势、语气口吻、神态心理。《秋水》篇写河伯与北海若的故事,一开始是:

> 秋水时至,百川灌河,泾流之大,两涘渚崖之间,不辨牛马,于是焉河伯欣然自喜,以天下之美为尽在已。顺流而东行,至于北海,东西而视,不见水端,于是焉河伯始旋其面目,望洋向若而叹曰……(《秋水》)

下面接着是一篇河伯对自己少闻寡见而将"长见笑于大方之家"的感慨。其中写水势极富声色,写河伯的神态、心理、情绪变化惟妙惟肖。同篇,写坎井之蛙:

> 谓东海之鳖曰:"吾乐与!出跳乎井幹之上,入休乎缺甃之崖;赴水则接腋持颐,蹶泥则没足灭跗;还虷、蟹与蝌蚪,莫吾能若也。且夫擅一壑之水,而跨跱坎井之乐,此亦至矣。夫子奚不时来入观乎?"东海之鳖左足未入,而右膝已絷矣,于是逡巡而却,告之海曰……于是坎井之蛙闻之,适适然惊,规规

然自失也。(《秋水》)

井蛙骄然自得的言辞,爽然自失的表情,东海之鳖逡巡而却的动作,皆栩栩然如在人耳目之间。其余,如写任公子钓出大鱼时"白波若山,海水震荡,声侔鬼神,惮赫千里"之声势(《外物》)。写庖丁解牛时"合于《桑林》之舞,乃中《经首》之会"的动作,"砉然已解,如土委地,提刀而立,为之四顾,为之踌躇满志"的心情神态(《养生主》)。还有《至乐》写庄子与髑髅的对话,髑髅听说庄子要让它恢复生命,竟然"深矉蹙頞曰:'吾安能弃南面王乐而复为人间之劳乎?'"凡此种种,或极度夸张,或怪异奇特,或贴近生活,莫不用描摹性、渲染性的笔墨,尽传神肖物之能事,使人既折服其哲理,又沉醉其魅力。

《庄子》的寓言,之所以写得如此奇妙,出于其联想力的高超,想象力的丰富,对方内方外事物的洞彻。而这一切,除了庄子的天赋素质,更与其视野的广阔、眼界的超迈、独立不羁的人格直接相关。《天下》篇中,曾对庄子评价说:"以谬悠之说,荒唐之言,无端崖之辞,时恣纵而不傥,不以觭见之也。以天下为沈浊,不可与庄语,以卮言为曼衍,以重言为真,以寓言为广。独与天地精神往来,而不敖倪(傲睨)于万物。""其书虽瑰玮而连犿(婉转意)无伤也。其辞虽参差而诚诡可观。"指出的正是这一点。

第三,在篇章的组织与语言的运用上,显示出一种纵恣不拘、洸洋瑰玮的特点。

不只是在寓言的运用上,庄子是"恣纵而不傥"的,在篇章的组织与语言运用方面,也同样的如此。

在庄子时代,文章的组织构造,已达到能够有中心、有层次、有条理地表达自己观点的程度,《庄子》中其后学者的作品,如《骈拇》《马蹄》诸篇都做到了这一点。但庄子追求的是主体精神的自由,其思维的方式着重于哲理的体验,其个性又轻"形骸"讲超脱,所以以"内篇"为代表的作品,特点是只重内在意旨的表达,而不讲章法规矩、形式结构。如《逍遥游》主旨讲对精神自由的追求,《齐物论》阐发万物齐一、是非齐一的哲学观,《养生主》谈处世养生之道,《德充符》论精神超越形骸,《大宗师》述说何谓"道"和体道的"真人",如此等等,各有其内在中心,但写法上却不守任何成格,或着手就是寓言,或从人物的对话起笔,或通篇罗列故事,或随意插入论议,"无端而来,无端而去","意出尘外,怪生笔端"。总体上形成"看是胡说乱说,骨里却尽有分数"的特点(参见刘熙载《艺概·文概》)。后人论散文的写作要点在形散而神不散,《庄子》是最好的范例。

在具体的论议和述说中,不仅万事万物都可集拢于笔端,供其任意驱遣,而且随其意之所适,或譬或寓,或庄或谐,或凿空而谈,或造作奇怪,皆形成其横放恣肆的特色。如其描绘理想中的"神人":

> 肌肤若冰雪,绰约若处子,不食五谷,吸风饮露,乘云气,御飞龙,而游乎四海之外。
>
> 大浸稽天而不溺,大旱金石流、土山焦而不热,是其尘垢秕糠,将犹陶铸尧舜者也。(《逍遥游》)

极尽夸张之能事。言天地之无穷:

> 有始也者,有未始有始也者,有未始有夫未始有始也者。有有也者,有无也者,有未始有无也者,有未始有夫未始有无也者。(《齐物论》)

越说越悠远。论自然的变化:

> 天其运乎?地其处乎?日月争于其所乎?孰主张是?孰

维纲是？孰居无事推而行是？意者有机缄而不得已邪？意者其运转而不能自止邪？云者为雨乎？雨者为云乎？孰隆施是？孰居无事淫乐而劝是？风起北方，一西一东，有上彷徨，孰嘘吸是？孰居无事而披拂是？敢问何故？（《天运》）

一气设问下来，似是一篇《天问》。高兴起来，他靠诡辩以胜人：

庄子与惠子游于濠梁之上。庄子曰："儵鱼出游从容，是鱼之乐也。"惠子曰："子非鱼，安知鱼之乐？"庄子曰："子非我，安知我不知鱼之乐？"惠子曰："我非子，固不知子矣；子固非鱼也，子之不知鱼之乐，全矣。"庄子曰："请循其本。子曰'汝安知鱼乐'云者，既已知吾知之而问我，我知之濠上也。"（《秋水》）

随便起来，他"每下愈况"而论道：

东郭子问于庄子曰："所谓道，恶乎在？"庄子曰："无所不在。"东郭子曰："期而后可。"庄子曰："在蝼蚁。"曰："何其下邪？"曰："在稊稗。"曰："何其愈下邪？"曰："在瓦甓。"曰："何其愈甚邪？"曰："在屎溺。"（《知北游》）

似乎愈说愈不像话。总之，如此放恣，如此瑰奇，如此酣畅淋漓而又光怪陆离的文章，在《庄子》之前"绝无"，在《庄子》之后，也属"仅有"。

总合以上三方面来看，《庄子》不但是中国古代散文中的一颗灿烂明珠，而且其想象力的拓展，形象运用的丰富，艺术魅力的增强，审美价值的提高，都将古代散文的发展向前大大推进了一步。这一切都与庄子超迈而又独立不羁的人格精神直接相关，所以它的影响也就不只限于古代散文的范围，有人将庄子的精神视为中国艺术的精神，不是没有道理。

《易传》

又称《周易大传》。性质是对《易经》的解说与发挥，共有十部分：《彖（上、下）》《象（上、下）》《文言》《系辞（上、下）》《说卦》《序卦》《杂卦》，因为是辅助解《经》的，又称之为"十翼"。其中《彖》《象》原本独立成篇，东汉郑玄作注时，将其插入于卦名、卦辞、爻辞之后，《文言》仅插入《乾》卦和《坤》卦之后，其余则独立成篇。旧时认为是孔子所作，现代学者研究，大体可断定成书于战国中后期，非出于一人之手。

如前所论，卦爻辞是卜人对占卜结果简要的判断，《易传》名义上是对《易经》卦爻辞的解说，但并不像现代所谓的注释，而是后人从中体悟出的关于自然、社会、人生的哲理，有借题发挥之嫌。其为文章，多为散碎片段，成篇者亦欠严整。但行文上亦有特点，且对后世为文者影响极大。其值得注意之点有三：

一是，它继承了老、庄关于世界生成、发展的哲理思辨，而又融合以儒家对社会伦理道德原则的概括和提炼，使二者结合起来。如《系辞下》，对《咸》卦"九四"爻辞"憧憧往来，朋从尔思"，作了以下发挥：

> 天下何思何虑？天下同归而殊途，一致而百虑。天下何思何虑？日往则月来，月往则日来，日月相推而明生焉；寒往则暑来，暑往则寒来，寒暑相推而岁成焉。往者屈也，来者信（伸）也，屈信相感而利生焉。尺蠖之屈，以求信也；龙蛇之蛰，以存身也。精义入神，以致用也；利用安身，以崇德也。过此以往，未之或知也。穷神知化，德之盛也。

二是，在语言形式运用上，吸收了《老子》句法整饬，节奏鲜明，音韵协调的特点，而发展得更为自然、浅白、洁净、流畅。如《乾·

文言·九五》：

> 同声相应，同气相求。水流湿，火就燥。云从龙，风从虎。圣人作而万物睹。

《坤·文言》：

> 坤至柔而动也刚，至静而德方。后得主而有常，含万物而化光。坤道其顺乎，承天而时行。积善之家必有余庆，积不善之家必有余殃。

句法的组织极精美，论说文字具有音乐感，形式美规则的运用自然又纯熟。所以后人，如清代的阮元，不但视"此为千古文章之祖"，而且据之断定骈体乃中国文章之正宗。

三是，因为《易传》流行广泛，影响深远，其中有些已经成为被大众普遍接受的格言警语。如《贲》卦《彖》传之："刚柔交错，天文也。文明以止，人文也。观乎天文，以察时变。观乎人文，以化成天下。"《系辞上》之："二人同心，其利断金。同心之言，其臭如兰。"其中有些简短的论断，也被后世文人视为写作的金科玉律，如：《乾·文言》之"修辞立其诚"，《系辞下》之"圣人之情见乎辞"。甚至"桐城派"之方苞，引《艮》卦"六五"爻辞《象》传之"言有序"，《家人》卦《象》传之"君子以言有物"，作为其提出"义法说"之根据。

以上几点，都对后世散文的发展有重大影响。

第三节　《荀子》

荀子（约前313—前238），名况，字卿，荀或称为孙，赵人。《史记·孟子荀卿列传》谓其"年五十始来游学于齐","最为老师","三为祭酒焉。齐人或谗荀卿,荀卿乃适楚,而春申君以为兰陵令。春申君死而荀卿废,因家兰陵","序列著数万言而卒"。《汉书·艺文志》载《孙卿子》三十三篇,今《荀子》一书,共三十二篇。

荀子的思想学说,与孔、墨、孟属同一类型,以设计治世的政治、伦理、道德原则,规划社会构造的蓝图为目的。基本观点属于儒家系统,又有自己的特色与发展:主张隆礼重法,人性恶,法后王;视野有所扩大,涉及天人关系;剖析社会问题更加深入细致,富有哲理色彩;显示着"儒"向"法"的过渡,又带有综括性倾向。

由于荀子是一个学者型的思想家,自觉不自觉地吸收了前代积累的成果,理性思维上达到了一个新的高度,所以在著述论说性散文方面,向前推进了一步,形成了自己的一些显著特点。

第一,在文章的结构形式上,趋于完整定型。

《荀子》全书中,除《大略》《宥坐》等最后六篇为其后学所记,仍属散碎片段的集合,其余皆为论说文章,各篇都能围绕一个明确的题旨组织起来。

这些篇章又有两种类型:一种是围绕同一论题,从不同方面展开述说,每一方面都是一个小论点,论证相当完整,但彼此间缺乏有机联系。这类篇章有局部的完整性,尚无全篇的有机性,《君道》《臣道》《致仕》《强国》等都属此类。

另一种是,不但各个部分均构造完整,而且各部分之间存在有机联系,整篇文章形成一个论题明确,层次清晰,有内在逻辑结构的整体。如《解蔽》,首先提出论题:"蔽于一曲"是社会上存在的通患。接着列举"蔽"的种种具体表现;然后引史例说明帝王、人臣、学者"蔽"与"不蔽"的好坏情况;然后总结出古代圣人所以"不蔽"的原因;然后上升到理论高度,论除"蔽"之要在知"道",知"道"之要在心的"虚一而静";然后引申出去"蔽"的最高楷模是圣王;最后说明，自己所以要对"蔽"进行辩说，目的是有助于治。整篇文章围绕一个"蔽"字展开，层层深入，丝丝入扣，线索清楚，中心突出，意旨明确。《性恶》同样写得完整、清晰、明确。《劝学》分论为学的必要和好处，为学应取的态度、方法、步骤，注意的问题，及最终应达到的目标；《礼论》分论礼之始，礼之本，礼之重，礼之原，有关丧礼、祭礼的具体问题：皆有较强逻辑性。这些篇章在形式体制上，虽称不上完美无缺，但已接近定型。

第二，在论说类型上，出现了专门性的驳论。

前此，《墨子》《孟子》中，在论说中皆已附属有驳论性的章节，至荀子的《正论》，则形成了以驳论为体的专篇。在这篇文章中，荀子集中提出十种他认为错误的观点主张，逐条批驳，而且所用方法多种多样：有的正面讲道理，有的靠推论，有的摆事实，有的抓住要害概念进行辨析，有的从逻辑上揭露对方观点的矛盾与荒谬。有些辩驳相当精彩，如对宋子的批驳，用的已是很典型的归谬法。

第三，论说论证朝着周赡细密化方向发展，显示了与《论语》《孟子》质简、斩截不同的路数。这是最突出的一个特点。

首先，他特别注意概念的辨析，往往在大的类概念下，分出许多小的类概念，并用对概念的区分与界说来表达观点。同是国君，他分之为"圣君""中君""暴君"；同是人臣，他讲"有态臣者，有篡臣者，有功臣者，有圣臣者"；同是儒者，他谓"有俗人者，有俗儒者，有雅儒者，有大儒者"；同是士人，他指出"有通士者，有公士者，有直士者，有悫士者，有小人者"；同是论"勇"，他别其类型为"有狗彘之勇者，有贾盗之勇者，有小人之勇者，有士君子之勇者"。这样注重概念类别的区分，是为了把事情辨析得更为清晰，论述更为透辟，所以他往往直接把概念的界说用于说理和观点的表述。如《修身》篇，在阐述修身的标准时，一气罗列了二十二个概念：

以善先人者谓之教,以善和人者谓之顺;以不善先人者谓之谄,以不善和人者谓之谀。是是非非谓之知,非是是非谓之愚。伤良曰谗,害良曰贼。是谓是,非谓非曰直。窃货曰盗,匿行曰诈,易言曰诞。趣舍无定谓之无常,保利弃义谓之至贼。多闻曰博,少闻曰浅;多见曰闲,少见曰陋。难进曰偍,易忘曰漏。少而理曰治,多而乱曰耗。①

能辨析清楚这些概念,并用之指导自己的行动,修身上就能达到很完美的程度。在《臣道》中,他运用了同样的方法:先论为臣之道,何谓"顺""谄""忠""篡""国贼""谏""争""辅""拂",并举历史上的实例为证,然后总结说:"谏诤辅拂之人,社稷之臣也,国君之宝也,明主之所尊厚也,而暗主惑君以为己贼也。""明主尚贤使能而飨其盛,暗主妒贤畏能而灭其功。"整段论述皆由概念辨析展开。荀子在论及谈说之术时,曾提出"分别以明之"的原则(参见《非相》),上述论证方法就是对这一原则的实践。

其次,对一个论题,只要与之相关的方面都尽量论列,而不是只扣住一两个要点推演论证;对每一侧面所涉及的概念、现象、例据,又尽量充分地陈述,不厌其富,而唯恐其不足。如《富国》中论对百姓的不同态度与效果:

不利而利之,不如利而后利之之利也;不爱而用之,不如爱而后用之之功也。利而后利之,不如利而不利者之利也;爱而后用之,不如爱而不用者之功也。利而不利也,爱而不用也者,取天下矣;利而后利之,爱而后用之者,保社稷也;不利而利之,不爱而用之,危国家也。

---

① 王先谦撰:《荀子集解》,中华书局,1988年。以下所引《荀子》皆出于此版本。

推论一层深入一层，然后又从反面层层对比，从而说明自己的意旨。

再次，对总论题的每一相关方面，又从不同角度，向不同的侧面展开论述，尽量求其详尽周密。如《荣辱》篇，先讲了骄泄、好怒、好斗的害处，然后系统论述"荣辱"之分。其中论"斗"的一段为：

> 斗者，忘其身者也，忘其亲者也，忘其君者也。行其少顷之怒，而丧其终身之躯，然且为之，是忘其身也；室家立残，亲戚不免乎刑戮，然且为之，是忘其亲也；君上之所恶，刑法之所大禁也，然且为之，是忘其君也。忧忘其身，内忘其亲，上忘其君，是刑法之所不赦也，圣王之所不畜也。乳彘不触虎，乳狗不远游，不忘其亲也。小人忧忘其身，内忘其亲，上忘其君，则是人也而曾狗彘之不若也。

总括"斗者"三方面的害处，然后逐方面加以解释说明，总起来加以批判。其后，又从引起"斗"的原因，说明其无必要。再用反复设问的方式表达对"斗"的质疑。可谓面面俱到、不厌其烦。

第四，语言运用重比喻、描摹并体现着繁富化特色。

首先，荀子很少用寓言，也很少引用形象化的故事，但特别喜爱和善于运用比喻。在《非相》篇中，讲到"谈说之术"时，他明确提出的方法之一就是"譬称以喻之"。所以他的文章中比喻的运用博而且富。如《劝学》篇，几乎全文中都贯穿了比喻。开篇就是"青，取之于蓝而青于蓝；冰，水为之而寒于水"，用来说明"学"的好处。最著名的一段，如：

> 积土成山，风雨兴焉；积水成渊，蛟龙生焉；积善成德，而神明自得，圣心备焉。故不积跬步，无以至千里；不积小流，无

以成江海。骐骥一跃,不能十步;驽马十驾,功在不舍。锲而
舍之,朽木不折;锲而不舍,金石可镂。蚓无爪牙之利,筋骨之
强,上食埃土,下饮黄泉,用心一也。蟹六跪而二螯,非蛇鳝之
穴而无可寄托者,用心躁也。

一连串生动的比喻,确实极有助于增强说服力。比喻有时候被组
织在论证的逻辑程序中,成为议论的不可分割的组成部分。如《天
论》中:

> 在天者莫明于日月,在地者莫明于水火,在物者莫明于珠
> 玉,在人者莫明于礼义。故日月不高,则光辉不赫;水火不积,
> 则辉润不博;珠玉不睹乎外,则王公不以为宝;礼义不加于国
> 家,则功名不白。

有时比喻非常精美而富有诗意:如:"玉在山而草木润,渊生珠而
崖不枯。"(参见《劝学》)

其次,荀子也往往大量使用形容性的辞藻对事物进行形象的
描摹,如《非十二子》写他所鄙视的庸俗怪异的学者的形态是:

> 其冠俯,其缨禁缓,其容简连;填填然,狄狄然,莫莫然,瞡
> 瞡然,瞿瞿然,尽尽然,盱盱然;酒食声色之中则瞒瞒然,瞑瞑
> 然;礼节之中则疾疾然,訾訾然;劳苦事业之中则偄偄然,离离
> 然;偷儒而罔,无廉耻而忍謑诟:是学者之嵬(怪异)也。

而在《儒效》中描绘他所赞赏的圣人的形象则是:

> 井井兮其有条理也,严严兮其能敬己也,介介兮其有始有

终也,厌厌兮其能长久也,乐乐兮其执道不殆也,昭昭兮其用知之明也,修修兮其用统类之行也,绥绥兮其有文章也,熙熙兮其乐之臧也,隐隐兮其恐人之不当也,如是则可谓圣人矣!

再次,荀子在语言的运用上很注意节奏感与整饬性,再配合以和谐的音韵,组成整齐的排句,就形成了具有音乐性的句法,如《乐论》中:

> 穷本极变,乐之性也;著诚去伪,礼之经也;墨子非之,几遇刑也;明王已没,莫之正也;愚者学之,危其身也;君子明乐,乃其德也;乱世善恶,不此听也;於乎哀哉,不得成也;弟子免学,无所营也。

大量排句的运用延展开来,就形成铺陈,如《王制》篇中:

> 北海则有走马吠犬焉,然而中国得而畜使之;南海则有羽翮齿革曾青丹干焉,然而中国得而财之;东海则有紫紶鱼盐焉,中国得而衣食之;西海则有皮革文旄焉,然而中国得而用之。故泽人足乎木,山人足乎鱼,农夫不斫削、不陶冶而足械用,工贾不耕田而足菽粟。

句法已颇近于策士之说辞。

以上几点总合起来,就形成《荀子》文章繁缛博富、充畅细密的特色,较之《墨子》有文采,较之《孟子》饱满,较之《老子》舒展,较之《庄子》整饬,近纵横家之铺陈而无其夸张,类说辞之横放而更谨严。当然,由于过于注重概念的罗列,辞藻的堆砌,形容的累叠,排句太多,材料充塞过富,也呈现出繁而不粹,神韵不足的负面效果。

另外,荀子还写有《成相》《赋》和附在《赋》篇中的《佹诗》。《成相》类似后世说唱的弹词或民间的莲花落,似乎是用通俗形式来普及他思想观点的尝试。《赋》篇共收五篇短赋,借咏物的形式,用象征、隐喻的方法表达某种哲理,对"赋"这种文体的形成,具有开创意义。《佹诗》抒发对时代、社会昏暗混乱状态的感愤不平,是后代愤世、刺世之作的滥觞。

第四节　《韩非子》附：李斯

韩非,韩国人,出身贵族。生年不可考,曾与李斯同学于荀卿,公元前233年入秦,受李斯谗害而死。

韩非生活于战国晚期,即中国社会由宗法等级分封制向中央集权君主制转变的关键时期,是法家思想的集中代表。在社会历史发展观上,法家与儒家不同。儒家依据宗法血缘关系基础上的亲亲、尊尊,企图以伦理道德规范限制束缚人的物质利益需求,建立各守等级本分的社会结构,某种程度上体现了抑制人的本能追求的文明化倾向。法家并未否定血缘宗法关系,只不过是瞅准了人本能性的对物质利益的嗜欲,企图用"严刑重赏"的"法",把追求物质利益的力量发挥出来,将宗法等级制度改造成"君权至上"的集权专制制度;在当时兼并斗争激烈的时代,确实有其适用性。

韩非思想学说的核心,是断定人与人之间,包括父母、夫妇、君臣,是纯粹的赤裸裸的利害关系。他说:"好利恶害,夫人之所有也。"(《难二》[①])"父母之于子也,犹用计算之心以相待也,而况无父子之泽乎!"(《六反》)"夫妻者,非有骨肉之恩也,爱则亲,不爱则疏。……丈夫年五十好色未解也,妇人年三十而美色衰矣。以衰

---

① 王先慎撰:《韩非子集解》,中华书局,1998年。以下所引《韩非子》皆出于此。

美之妇人事好色之丈夫，则身死见疏贱，而子疑不为后，此后妃夫人之所以冀其君之死者也。""君臣之交计也：害身而利国，臣弗为也；害国而利臣，君不为也。"（《备内》）故"上下一日百战"（《八经》）。基于这样的观念，他所设计的方案，是纯以利害关系为杠杆的君主集权专制制度，君主全凭法、术、势来统治天下。不讲道德规范、伦理规范，也不讲人格规范，谓"君不仁，臣不忠，则可以霸王矣"（《六反》）；"明主之道，一法而不求智，固术而不慕信"（《五蠹》）。

这样的思想体系，使韩非在思维上形成了以下特点：一是重实际而轻玄想。不作哲理性思考，不侈谈既往化的理想，着眼于现实的政治实践，立足于对历史和当代社会实际的分析，一切以切于实用为目的。二是具有深刻性和尖锐性。以利害的计较、利益的冲突作为思考判断问题的基点，切入人的本能性之一面，往往抹去文饰，撕掉面纱，直接抉发出社会矛盾的要害，尖锐地提出自己的结论。三是具有挑战性和思辨性。因为他观察社会历史现象采取了与其他学派完全不同的角度，对既有的政治、道德、伦理问题，形成完全不同的价值判断，相应地对既有的成说，往往见人所未见，道人所未道，带有挑战性味道。这样的思想体系，使韩非在文化人格上更突出地体现出悲剧的二重性：一方面，他以"智术之士"自居，希望通过辩说来推行自己的主张；另一方面，他所设计的政治主张却是要君主"独断""独行"（《外储说右上》），不"任智"，不"信人"（《备内》），用阴谋谲诈的手段对付臣下，这又是对他自身存在价值的彻底否定。他之被李斯所毒杀，证明他的理论本身决定了自己命运的悲剧性。

《韩非子》今存五十五篇，除少数作品有后人窜乱，基本是韩非自著。在形式构造上较为丰富多样：有大型的综合性或专题性论文，如《五蠹》《显学》《说难》《孤愤》；有比较简短的专题论文，如《主道》《扬权》《八奸》《十过》等，这类作品大多都条理清晰、构造完整；

有对问应答式的结构,如《问辩》《问田》《定法》;有专题性的驳难,如《难一》《难二》《难三》《难势》等;有传疏性的作品,如《解老》《喻老》,在诸子中是首创;有札记性作品,如《说林》《内外储说》,实际是为了向君主进说或写作论文准备的提纲、收集的材料、写下的笔记,亦为诸子中所仅有。还有一种类型,属于双重驳难,仅《难四》一篇,似乎是进行辩驳训练的习作。

与韩非的思维和人格特点相关联,韩非的文章显示出一些新的特色:

第一,论证方法上,特别注重实证。

具体的论证上,韩非也继承了前代传承下来的方式、方法,但很少像《孟》《荀》那样称引《诗》《书》,反而更为突出的是重实证。他所注重的实证,一方面是历史事实,如《十过》,论十种君主不应犯的过错,就是先列明何谓十过,然后逐条举一件历史事实以证之;《说林》共收集了七十条内容,只有二十多条是寓言或带虚构性的生活小故事,其余全取材于历史。另一方面是对实际社会现象的总结与归纳,如《亡征》,一气罗列了四十七种足以显示亡国征兆的社会现象;《难言》一篇,举出了十二种言说者的风格及其遭到的批评;《说难》论进说的难处,摆出了十八种具体情况。在推理时,有时也作纯抽象的逻辑推论,这在《解老》篇中为多,如:"积德而后神静,神静而后和多,和多而后计得,计得而后能御万物,能御万物则战易胜敌,战易胜敌而论必盖世,论必盖世,故曰'无不克'。"但最有特色的还是以实际社会现象为基础,步步推演出原则性结论。如《五蠹》中的一节:

今有不才之子,父母怒之弗为改,乡人谯之弗为动,师长教之弗为变。夫以父母之爱,乡人之行,师长之智,三美加焉而终不动,其胫毛不改;州部之吏,操官兵,推公法,而求索奸人，然后恐惧，变其节，易其行矣。故父母之爱，不足以教子，必待州部之严刑者，民固骄于爱，听于威矣。故十仞之城，楼季弗能逾者，峭也；千仞之山，跛牂易牧者，夷也。故明主峭其法而严其刑也。

先讲的是生活中的事实，然后推出道理，然后插入两个比喻，最后上升到一般原则。这种推理论证最足以显示出韩非作品"切事情"的特点。

第二，有了综括论述倾向，显示了综括论述能力的提高。

以前诸子的文章多是就一个观点、一个论题、一方面的内容作专题论证，也有并包多方面内容的，如《庄子·天下》篇，不过在结构上多属条列性，综括性不明显。而韩非则能够做到将多方面的内容综括起来，融合在一起加以总体性的论述。如《五蠹》，同时对社会上的五种类型的人物总合起来加以批判；对五种人的批判又不仅仅为批判而批判，而是借批判议论时政，阐述自己的治世观点；因此文章总的特色是驳与论、破与立有机结合。正因为如此，虽有具体针对性，却把思路和笔锋拓展到整体的社会观、政治观上，纵论上古、切及时事，在对历史的宏观观照中辨析具体问题，在对具体问题的辩说中阐发一般性原则。如此宏富广博、剀切具体而又组织周密的文章，为《荀子》中亦未尝有。

第三，将驳论提高到一个新的阶段。

首先，如果说荀子的《正论》是专题性驳论的滥觞，韩非则使驳论突出化、系统化、专门化，其四《难》及《难势》，都是纯驳难性文章。这些文章，采取了定型化的统一格式：先陈述历史上的某种事实及人们的相关评价，相当于树立驳难的目标，然后用"或曰"的方式，针锋相对地提出自己的看法并具体地展开论述，阐明固有成说的错误和自己论断之正确。后代的翻案性文章，虽有种种变化，在基本结构形式上,大体不出此种模式。

其次,在驳论的方法上,韩非也有很多创造:除针对对方的观点,直接陈述出自己的看法外,有时是从具体事实出发,抉发出事物和现象的内在矛盾,从而批驳对方。如《显学》批评儒墨为"愚诬之学",做法是:先肯定"世之显学,儒、墨也。儒之所至,孔丘也。墨之所至,墨翟也"。然后指出孔、墨死后两派内部分裂的事实,作出以下论述:

> 孔、墨之后,儒分为八,墨离为三,取舍相反不同,而皆自谓真孔、墨,孔、墨不可复生,将谁使定后世之学乎?孔子、墨子俱道尧舜,而取舍不同,皆自谓真尧舜,尧舜不复生,将谁使定儒墨之诚乎?殷周七百余岁,虞夏二千余岁,而不能定儒墨之真;今故欲审尧舜之道于三千岁之前,意者其不可必乎!无参验而必之者,愚也;弗能必而据之者,诬也。故明据先王,必定尧舜者,非愚则诬也。

这是典型的以子之矛攻子之盾的方法,从扎扎实实的实际出发,剖析切中要害,辩驳非常有力。有时从现象与本质的关系上揭出对方在认识论上的错误,如晏子以"踊贵而屦贱"批评齐景公用刑过多,而韩非指出:"刑当无多,不当无少。无以不当闻,而以太多说,无术之患也。"(《难二》)"多"与"少"是现象,"当"或"不当"是实质。有时驳对方论据之不当,如李兑谓:"无山林泽谷之利而入(征收的赋税)多为窕货(非正常得来之财)。"韩非则指出,决定是否丰收的因素不只"山林泽谷之利"一项,"人事、天功"皆可致丰收而使"入多",不可仅凭"无山林泽谷之利"即谓之"窕货"。这是指出对方立论,只看到一偏,而忽视了全面。凡此等等,都给后代作家很大启发。

第四，促进了寓言和历史故事的相对独立化。

引用寓言或经加工改造的历史故事辅助说理，是诸子散文的传统，韩非不但这样做了，而且为了给论说做准备，搜集了大量的寓言、传说、历史故事，使它们相对集中化。他这样做的目的仍是为了服务于说理论证，不是编辑独立的寓言故事集，但它们作为一个集合体而出现，终究减弱了和论说内容的直接联系，客观地推进了寓言故事的独立化进程。

《韩非子》中的寓言和故事，虽写法上不像《庄子》那样诡奇，不像《孟子》那样善于描摹，大多是简单勾勒，但因情节设想的巧妙和具有典型意义，同样具有很强的魅力。如"守株待兔""自相矛盾""削足适履""秦伯嫁女""卖椟还珠""滥竽充数"等，历来为人们所传诵，成了家喻户晓的典故。

第五，主体抒情因素有所增加。

因为文化人格的悲剧二重性在韩非身上体现得特别尖锐，他却又意识不到这是自己极力宣扬的那种社会制度造成的，这使他常常产生一种牢骚不平的悲愤感，自觉不自觉地在论议谈说之中流露出来，如在《孤愤》中慨叹："明法术而逆主上者，不戮于吏诛，必死于私剑矣。"在《说难》中处处流露出对进说之难的感喟。在《人主》中激愤地说：

> 主有术士，则大臣不得制断，近习不敢卖重，大臣左右权势息，则人主之道明矣。今则不然，其当途之臣得势擅事以环其私，左右近习朋党比周以制疏远，则法术之士奚时得进用，人主奚时得论裁？故有术不必用，而势不两立，法术之士焉得无危？

带有很浓的《悲士不遇赋》味道。

另外,《韩非子》的语言比较质实,不讲夸饰,但受《老》《荀》影响,有时通篇使用流畅的韵语(如《主道》《扬权》等),对散文的骈俪化也起了促进作用。

先秦诸子中务实性和政治性很强的著作,流传至今的还有《管子》《商君书》。这两部著作,在散文史上影响不如其他诸家为大。

李　斯

楚国上蔡人,生年不详,卒于公元前 208 年。曾与韩非俱从学于荀卿。自公元前 247 年入秦,前后四十余年,与秦始皇相始终,由舍人、客卿,至廷尉、丞相,对推动秦统一六国及统一后的法律制度制订,皆起了极大作用,是一个有作为的政治家。从历史资料看,其行事作为,实为韩非思想观点的实践运用。

现存李斯的作品,主要散见于《史记》之《秦始皇本纪》《李斯列传》及《韩非子》之《存韩》篇。值得注意之点有三:

一是写作时间较早的《谏逐客书》。

秦王政当政不久,发现来自韩国的郑国实为韩之间谍,于是秦王听从臣下建议,决定驱逐一切非秦国的客卿,李斯也在被逐之列,他于是上书给秦王,论此做法之非,后人遂将之命名为《谏逐客书》。此文论题突出,构思精巧,论据扎实;论述条畅清晰,层层深入,反复对比而无复沓之感;论断斩截有力,句句切中肯綮;行文气势充沛,多用俪句排语,而无矫饰之病;善于铺陈,而无浮夸之弊。如在陈述了秦国自穆公以来,四世中客卿所起的作用后,曰:

> 今陛下致昆山之玉,有随和之宝,垂明月之珠,服太阿之剑,乘纤离之马,建翠凤之旗,树灵鼍之鼓。此数宝者,秦不生一焉,而陛下说之,何也?必秦国之所生然后可,则是夜光之璧不饰朝廷,犀象之器不为玩好,郑卫之女不充后宫,而骏良

驷騄不实外厩，江南金锡不为用，西蜀丹青不为采。所以饰后宫充下陈娱心意说耳目者，必出于秦而后可，则是宛珠之簪，傅玑之珥，阿缟之衣，锦绣之饰不进于前，而随俗雅化佳冶窈窕赵女不立于侧也。

夫击瓮叩缶弹筝搏髀，而歌呼呜呜快耳者，真秦之声也；郑卫桑间、昭（韶）虞武象者，异国之乐也。今弃击瓮叩缶而就郑卫，退弹筝而取昭虞，若是者何也？快意当前，适观而已矣。

今取人则不然。不问可否，不论曲直，非秦者去，为客者逐。然则是所重者在乎色乐珠玉，而所轻者在乎人民也。此非所以跨海内制诸侯之术也。[1]

足以见出上面所说之一斑。此文作为单篇专题论文，就其精美成熟程度而言，几乎可以说是先秦散文中的压卷之作。其所以能达到如此的高度，突出地显示了将诸子写作的精华与策士说辞的优点，完美地融合到一起，将整个文章的审美水平提到了一个新的层次。

二是在秦统一天下之后，他随皇帝巡狩时，所到之处的刻石辞。

这些刻辞今存六篇，其特点是：用质简而概括的四言韵语，称颂秦始皇的功绩。如《绎山刻石》：

皇帝立国，维初在昔，嗣世称王。讨伐乱逆，威动四极。戎臣奉诏，经时不久，灭六暴强。廿有六年，上荐高庙，孝道显明。既献泰成，乃降溥惠，亲巡远方。登于绎山，群臣从者，咸思攸长。追念乱世，分土建邦，以开争理。功战日作，流血于

---

① 严可均辑：《全上古三代秦汉三国六朝文·全秦文》卷一，中华书局，1958 年。以下所引此书皆出于此版本。

野，自泰古始。世无万数，陁及五帝，莫能禁止。乃今皇帝，一
家天下，兵不复起。灾害灭除，黔首康定，利泽长久。群臣诵
略，刻此乐石，以著经纪。（《全秦文》卷一）

这样的作品，上继金文，下开碑铭，对后来的颂功之作，有很大
影响。

三是受赵高陷构后，在狱中所写上二世皇帝书。

此书以功为罪，以罪表功，正话反说。这种写法，上继晏婴，下
开后世，也有一定价值。此外，他所写的阿顺二世的《论督责书》，
基本承袭韩非观点，无可称道处。

第五节　《战国策》

《战国策》，是刘向校书时，根据战国至秦汉间记载纵横家的活
动与言辞的遗籍，整理编订而成的一部书。据刘向说，原书"或曰
《国策》，或曰《国事》，或曰《短长》，或曰《事语》，或曰《长书》，或曰
《脩书》"，他认为书的内容"为战国游士辅所用之国，为之策谋，宜
为《战国策》"[1]。今天保留下来的《战国策》共三十三卷，分东周、
西周、秦、齐、楚、赵、魏、韩、燕、宋、卫、中山十二部分。

因为《战国策》反映了战国时期的历史情况，传统上将之归入
史部，但它主旨在于记载和宣扬"策士"们的活动与策谋，所以有人
认为应归入子部纵横家类。其实为"史"为"子"，只是根据四部分
类法人为而定，不必过于计较。

战国时期，统治阶级下层中，有一批原来没有地位或丧失了固

---

[1] 《刘向书录》。范祥雍撰：《战国策笺证》，上海古籍出版社，2006 年。以下所引
《战国策》皆出于此版本。

有地位，又具备一定文化修养、机敏政治头脑的人浮现出来，在历史舞台上成为活跃角色。这就是所谓的"士"，主要是"策士"，也包括一部分"侠士"。"士"是个比较复杂的阶层，有群体性的性格特征，不同的士又有不同的性格倾向。总起来说，他们都有比较明显的自我意识，强烈的进取精神，重视人生价值的实现；同时又有很大的依附性，总是把自己追求的目的维系于有权势者，退一步说，也讲究"士为知己者死，女为悦己者容"。他们不是诸子那样深刻的思想家，也不是管仲、子产那样有一定原则的政治家，而是带有明显实用主义特色的活动家。如刘向所说，他们的活动多是"因势而为资，据时而为画"，"扶急持倾，为一切之权"。他们一般不讲求仁义道德，只讲求实际利益，公开宣称："廉不与身俱达，义不与生俱立。仁义者，自完之道也，非进取之术也。"（《燕一·苏代谓燕昭王》）因此可以朝秦暮楚，倾侧反复，其下流者，为获得权、势、禄、位、金、宝，可以谲诡欺诈，无所不用。他们又有较高的文化修养，清醒的政治头脑，丰富的生活经验，因此在复杂的政治外交斗争中，善于判断形势，分析利害，利用矛盾，出奇谋异智，实现自己的目的。他们所从事的主要是外交活动，外交离不开言辞，张仪在楚受掠笞后，谓其妻曰："视吾舌尚在否？"妻曰："舌在。"仪曰："足矣。"（《史记·张仪列传》）典型地说明了这一点。但言辞不只凭口舌，所以他们都很注意表达技巧的钻研与运用，如《秦一·苏秦始将连横》载，苏秦在游说秦惠王失败后，"乃夜发书，陈箧数十，得《太公阴符》之谋，伏而诵之，简练以为揣摩。读书欲睡，引锥自刺其股，血流至足"，就是这种努力的显例。从这个角度说，他们都堪称语言艺术大师。如此看来，《战国策》实际上是为纵横家之类的"士"树碑立传的专题史，供"士"们学习计谋和游说技巧的教科书。与其基本性质直接相关，《战国策》中的文章，为古代散文带来了新特色，大大增强了其审美表现力。

《战国策》主要的篇幅是记载说辞，所表现的论说艺术的提高，体现在以下几方面：

第一，在篇章的组织和文章的结构形式上显示了与诸子同步的发展。

首先，在篇章的组织上，虽然有大量的短章散简，但中心明确、条理清晰、结构完整者已占很大比重，其中相当一部分能够围绕论题，多层次、多角度的展开论述，既回环往复，又气脉贯注，形成宏大的规模，表现了很强的结构组织能力。苏秦、张仪、陈轸、苏代等论述纵横主张的言辞都具备这种特色，如《齐五·苏秦说齐闵王》，围绕"不为天下先""不为人主怨"立论，步步引申，反复阐述，洋洋洒洒近两千五百言，已是相当成熟的大型专论，可与《荀子》《韩非子》中的篇章相映生辉。

其次，在文章的结构形式上，基本是记言，记言中又以对问为主。有的是君臣之间的对答，有的是不同观点之间的驳难。这种方式不但在双方的讨论中将论题步步引向深入，而且可以显示出游士们如何进行辩说的纪实性特征。如《韩二·史疾为韩使楚》：

> 史疾为韩使楚，楚王问曰："客何方所循？"曰："治列子圉寇之言。"曰："何贵？"曰："贵正。"王曰："'正'亦可为国乎？"曰："可。"曰："楚国多盗，'正'可以圉盗乎？"曰："可。"曰："以'正'圉盗，奈何？"顷间，有鹊止于屋上者。曰："请问楚人谓此鸟何？"王曰："谓之鹊。"曰："谓之乌可乎？"曰："不可。"曰："今王之国有柱国、令尹、司马、典令，其任官置吏，必曰廉洁胜任。今盗贼公行，而弗能禁也，此乌不为乌，鹊不为鹊也。"

层层对问中，论证了"正名"的重要，针砭了楚国的时弊，显示了史疾的善于为说。《战国策》中的对问，与诸子异曲同工而有了进一步的发展。

第二，在表现方法上善于铺陈夸张和引进感性形象。

关于铺陈夸张。说客们为了增强其说服力、感染力和煽动力，在阐述自己的主张时，往往从不同角度，不同侧面，层层缕说，征古循今，收集罗列尽可能丰富的论据。行文时对引作论据的材料，爱用繁富的词语、排偶的句法尽情地形容描摹：言地利，则山河关塞，面面说到；论国力，则兵械武备、士民人众、田土物产，无不备述；引史训，则盛衰兴废，恣意陈说。这样就形成了铺陈胪列的特色。为了证成自己的观点，在剖析利害，征引事实时，或极力鼓吹褒扬，或肆意诋诮贬抑，往往随主观意愿之所之，着力渲染而不顾其实，这又形成了虚饰夸张的特色。这些夸张有的属于正常的艺术手段，有的则近于欺诳性的甘言诱人或危言耸听。过分的夸张，易导致事实材料的虚构，这些遭到历史学家的批评，而在文学上却是新的进展。

关于感性形象的引进。一方面是在铺张性的叙说中融入对客观事物或现象的形象化的描绘，如《齐一·苏秦为赵合从说齐宣王》中苏秦的一段话：

> 齐南有太山，东有琅琊，西有清河，北有渤海，此所谓四塞之国也。齐地方二千里，带甲数十万，粟如丘山。齐车之良，五家之兵，疾如锥矢，战如雷电，解如风雨。即有军役，未尝倍太山，绝清河，涉渤海也。临淄之中七万户，臣窃度之，下户三男子，三七二十一万，不待发于远县，而临淄之卒固以二十一万矣。临淄甚富而实，其民无不吹竽鼓瑟，击筑弹琴，斗鸡走犬，六博蹹鞠者。临淄之途，车毂击，人肩摩，连衽成帷，举袂成幕，挥汗成雨，家敦而富，志高而扬。夫以大王之贤与齐之强，天下不能当。今乃西面事秦，窃为大王羞之。

铺陈夸张与形象的描摹相结合,确实增强了鼓动力,从文学角度看,也确实增强了其审美效果。感性化的描绘不只存在于说辞之中,有时也扩大到场面的记述,如《楚一·江乙说于安陵君》写:"楚王游于云梦,结驷千乘,旌旗蔽日,野火之起也若云霓,兕虎嗥之声若雷霆。有狂兕牂车依轮而至,王亲引弓而射,壹发而殪。"已见汉代辞赋之端倪。再一方面是比喻和寓言的使用。《战国策》用比,超出了修辞格的特点,具有了描写性,如《楚四·庄辛说楚襄王》,连续用蜻蜓、黄雀、黄鹄作比,皆具有故事化特色。《齐四·齐人见田骈》载:

> 齐人见田骈,曰:"闻先生高议,设为不宦,而愿为役。"田骈曰:"子何闻之?"对曰:"闻之邻人之女。"田骈曰:"何谓也?"对曰:"臣邻人之女,设为不嫁,行年三十而有七子。不嫁则不嫁,然嫁过毕矣。今先生设为不宦,訾养千钟,徒百人。不宦则然矣,而富过毕也。"田骈辞。

比喻已化为辛辣的讽刺小品。比喻的扩大就成为寓言,《战国策》的寓言,有的取材于日常生活,有的凭虚撰构,如"画蛇添足""狐假虎威""曾子杀人""鹬蚌相争""土偶与木梗相语"之类,皆为人传诵称引。《战国策》大量而成功地运用比喻、寓言,与《庄子》《韩非子》一样,是基于作者生活经验的丰富,反映了人们思维幅度的拓展和想象与联想能力的提高,已能做到从广泛的社会现象和自然现象、日常生活细节和重大社会斗争之间,发现认识其普遍的内在联系,并且有能力借助于虚构的具体形象把它们体现出来,是艺术表现力的巨大进步。

第三,能够对辩证观点加以具体运用。

策士的活动最讲究权变,而所谓"权",就是注重灵活性,具体问题具体对待,就是洞察现象与本质、个别与一般的关联和区别,利用这一切避害趋利,运亡为存,转危为安。这都属于辩证法的范畴。对此,《战国策》中有多方面的体现。如:苏厉以养由基善射之喻劝说白起止取周之兵(《西周》),陈轸引画蛇添足的故事说服昭阳不要移兵攻齐(《齐二》),都运用了物极必反,适可而止的原理。魏魁以虎决蹯逃生为例警告建信君(《赵三》),体现了为全局可牺牲局部利益的道理。夏侯章以毁谤的方式树立孟尝君的声誉(《齐三》),体现了对立事物有相辅相成的一面。《宋卫·卫人迎新妇》中记载了一则有趣故事:

> 卫人迎新妇,妇上车,问:"骖马,谁马也?"御曰:"借之。"新妇谓仆曰:"拊骖,无笞服。"车至门,扶,教送母:"灭灶,将失火。"入室见臼,曰:"徙之牖下,妨往来者。"主人笑之。

作者评论说:"此三言者,皆要言也,然而不免为笑者,蚤(早)晚之时失也。"表明一切事情之当否,皆因时因地而转移。此外,《战国策》中所记的许多小权术、小阴谋,其价值虽不值得称扬,但其文辞也赋予了文章诡谲突奇色彩。

另外,《战国策》中说辞的语言风格也是丰富多彩的。有的纡徐委婉,侧面讽说;有的放言无惮,尖锐犀利;有的气势充畅,辩丽恣肆。大体与"士"的本体性格相对应。

《战国策》的另一重要方面是用了不少笔墨来写人记事,这方面也有其特色和成就。

第一,它不像《国语》《左传》以写世袭的诸侯、卿、佐为主,而是围绕"士"阶层,塑造了丰富多样的人物形象。

除对苏秦、张仪、陈轸等代表人物,写出其能说善辩、长于策谋、积极进取以获取势位的共同性格特征;不同的人还能写出其不同的性格侧面，如苏秦的奋发，张仪的谲诈，颜斶、王斗的以士自贵，冯谖的自傲与多智，聂政的为知己者死等。此外，还有些其他人物，如淳于髡之机辩，孟尝君之爱士，赵威后之识见等，都给人留下深刻印象。

第二，在塑造描绘人物形象的手段上，特别注重情节的构造。

首先，往往以富尖锐性冲击力的情节来写人物。如《齐四·齐宣王见颜斶》：

> 齐宣王见颜斶，曰："斶前！"斶亦曰："王前！"宣王不悦。左右曰："王，人君也。斶，人臣也。王曰'斶前'，亦曰'王前'，可乎？"斶对曰："夫斶前为慕势，王前为趋士。与使斶为趋势，不如使王为趋士。"王忿然作色曰："王者贵乎？士贵乎？"对曰："士贵耳，王者不贵。"王曰："有说乎？"斶曰："有。昔者秦攻齐，令曰：'有敢去柳下季垄五十步而樵采者，死不赦。'令曰：'有能得齐王头者，封万户侯，赐金千镒。'由是观之，生王之头，曾不若死士之垄也。"宣王默然不悦。

在令人震耸的场面中，不只写出了颜斶的强项自傲，也反映了贯穿《战国策》全书的"士贵"观念。

其次，在一些篇章中，已能用完整而曲折起伏的情节来塑造人物。如《齐四·齐人有冯谖者》，从弹铗而歌，到焚券市义，到为孟尝君营三窟，用富有故事性、戏剧性的情节系列，写出了冯谖超出常人的见识和卓荦不群，开《史记》列传之先河，已颇近似后世之小说。

第三，叙事上呈现出层次化、细致化特色。如《赵四·赵太后新用事》，在赵太后坚决拒谏和触龙一定要说服她让长安君赴齐为质的矛盾中，作者写触龙由谈健康，谈饮食入手，引入谈孩子，谈爱子之道,终于使赵太后幡然醒悟。娓娓写来,自然而细密,有很强的生活化色彩,不像一般史传作品那样仅是线条性勾勒。

第四,对人物形象也有了感性化的形态描绘。如《秦一·苏秦始将连横》,写苏秦"说秦王书十上,而说不行。黑貂之裘弊,黄金百斤尽,资用乏绝,去秦而归。嬴縢履蹻,负书担橐,形容枯槁,面目犁黑,状有愧色"。这种笔法为过去所少有。

此外,《战国策》继承并发展了《国语》的叙事方式,割断历史的连续性,每一篇章都构成一个或大或小的独立单元;在叙事中有时用前后对照,侧面烘托的方法;间或还用独白的方式刻画人物的心理活动(如《韩二》中的聂政和其姊)。这些都在叙事作品的发展中有一定意义。

第六节 《吕氏春秋》附:《晏子春秋》

《吕氏春秋》为吕不韦任秦相国时,组织门下士人集体撰写的一部书。据《史记·吕不韦列传》载:"当是时,魏有信陵君,楚有春申君,赵有平原君,齐有孟尝君,皆下士,喜宾客,以相倾。吕不韦以秦之强,羞不如,亦招致士,厚遇之,至食客三千人。是时诸侯多辩士,如荀卿之徒,著书布天下。吕不韦乃使其客人人著所闻,集论以为八览、六论、十二纪,二十余万言。"据书中《季春纪·序意》篇,吕不韦曾与别人论十二纪之意,其时在秦王政八年(前239),故可推知全书大约也成于此时。

全书分十二纪、八览、六论三大部分;每"纪"含五篇短论,每"览"八篇,每"论"六篇,总计由一百六十篇组成。因为第二部分为"览",故书名又称《吕览》。当时已处战国末期,百家各派的思想观点、理论主张基本通过各自的著作已阐述清楚,吕不韦或他委托的总撰著者,应该说有比较宏宽的胸怀、博大的视野,不再囿于学派的界限，认为凡有助于巩固当政者统治需要者皆可取，于是在书中，取儒、墨、名、法、道、阴阳、兵、农诸家观点之要，着重正面陈述而不是此非彼，后世因之称为"杂家"。

这部书在散文发展史上有两点突出意义：第一，它是中国历史上第一部经有意识的组织安排而在结构形式上具有系统性与完整性的理论著作。诸子的文章发展至《荀子》《韩非子》，已具有了篇章的完整性，但作为整部著作，仍属于文集性质，篇章之间为杂乱的汇集，缺乏排列的严整性、结构上的有机性。《吕氏春秋》则不同，它的三大部分各由数目相等的短篇专论组成，形式上匀称而整齐；尤其是十二纪，以"月令"为纲领，内容上也大体依据阴阳家天地四时的运行与人事的兴盛衰杀相感应的观点，作了相对集中的安排。这在文章的构造史上是一明显创举。冯友兰先生早在二十世纪三十年代就指出："《吕氏春秋》为我国最早之有形式系统之私人著述。"与诸子相比，"独《吕氏春秋》乃依预定计划写成"，"纲具目张，条分理顺，此在当时，盖为创举"①。第二，它打破了诸子间不同学说体系的限制，只从其中撷取某些具体观点，专门加以阐述，使之独立成篇。这在散文史中亦属新的现象，有助于单篇专论的形成与发展。

《吕氏春秋》在写作与表达上也有自己的特色。

首先，整部书虽然"沈博绝丽"，"备天地万物古今之事"，在综括性上超过前代任何子书，但每个独立篇章却论题简明集中，结构简洁严整。一般一篇只提出一个问题，阐述一个观点，不横生枝杈，不纵横交叉，紧扣论题，一脉贯穿，达阐明观点之目的即止。如《孟春纪·去私》，开篇就提出："天无私覆也，地无私载也，日月无

---

① 许维遹撰：《吕氏春秋集释·吕氏春秋集释序》，中华书局，2009 年。以下所引《吕氏春秋》皆出于此版本。

私烛也,四时无私行也,行其德而万物得遂长。"接着引证"尧有子十人,不与其子而授舜,舜有子九人,不与其子而授禹,至公也"。再引两个史例:祁黄羊外举不避仇、内举不避亲;墨者腹䵍之子杀人,腹䵍坚持行法。最后以"诛暴而不私,则亦可以为王伯矣"作为结束。全文简洁、集中、明快。

其次,论证浅明、清晰、条畅。《吕氏春秋》在阐明事理时,既不作抽象的思辨,也不作繁衍的概念辨析,也不进行深刻细致的驳难,只是力求明白地把道理说清楚,为此,它采取由浅入深的论说方法,如《功名》论治国必遵循恰当的原则:

> 由其道,功名之不可得逃,犹表之与影,若呼之与响。善钓者,出鱼乎十仞之下,饵香也。善弋者,下鸟乎百仞之上,弓良也。善为君者,蛮夷反舌殊俗异习皆服之,德厚也。水深则鱼鳖归之,树木盛则飞鸟归之,庶草茂则禽兽归之,人主贤则豪杰归之。故圣王不务归之者,而务其所以归。

"其所以归"即"道"。借浅明事物表达深刻道理。有时纯然说理,也很浅白。如《察今》:

> 上胡不法先王之法? 非不贤也,为其不可得而法。先王之法,经乎上世而来者也,人或益之,人或损之,胡可得而法? 虽人弗损益,犹若不可得而法。东夏之命,古今之法,言异而典殊。故古之命多不通乎今之言者,今之法多不合乎古之法者。……
>
> 凡先王之法,有要于时也。时不与法俱在。法虽今而在,犹若不可法。故释先王之成法,而法其所以为法。先王之所以为法者,何也? 先王之所以为法者,人也。而己亦人也,故察己则可以知人,察今则可以知古。古今一也,人与我同耳。

没任何僻奥生涩之处。有时櫽栝诸子的观点，表达上也很简明，如《恃君》从社会本源上论君道：

> 凡人之性，爪牙不足以自守卫，肌肤不足以扞寒暑，筋骨不足以从利避害，勇敢不足以却猛禁悍，然且犹裁万物，制禽兽，服狡虫，寒暑燥湿弗能害，不唯先有其备，而以群聚耶？群之可聚也，相与利之也。利之出于群也，君道立也。故君道立，则利出于群，而人备可完矣。

观点取自《荀子》，论证表达较其所出尤洗炼晓畅。

再次，论述中大量征引历史故事为论据。在先秦子书中，引用史实、传说、寓言数量之丰富，唯《吕氏春秋》可与《韩非子》相抗衡。但《韩非子》往往把它们集纳起来，有备用性质，而《吕氏春秋》则全部应用在论说篇章之中。一百六十篇文章，百分之八十以上包含此类内容，有些甚至构成文章的主体。其运用方法，大体是先提出论点，简单加以阐述，接着引用史实、传说、寓言为实证。也有少数篇章，先讲故事后引申出观点结论。间或也用夹叙夹议方式。有的篇章，讲一个观点，陈述一个故事，如《本味》主要讲伊尹以味说汤，《悔过》主要讲秦、晋崤之战，《具备》主要讲宓子贱治单父等。这类情况，一般叙述较详，带有情节性，如《本味》几乎是关于伊尹的完整传说。有的篇章连续排列几个同类型的故事，以证明同一论点，如《高义》连举四事，《察微》并列五例。有的篇章，只简单提出论题，归纳一个结论，通篇全是事例的陈述，如《异宝》，篇首只用一句话提出论点："古之人非无宝也，其所以宝者异也。"不做任何阐述，直接转入故事的引述，叙孙叔敖、伍子胥、宋子罕事，最后以格言式的论断结束："其知弥精，其所取弥精；其知弥确，其所取弥确。"《吕氏春秋》的故事，大量取自史乘，因作为事例单独抽取出来,就具有了故事性。有些取自传说,有些则是根据日常生活材料加以润色,就转化成了寓言。这些故事因本身含有哲理,再由加工者的巧为润饰,就具有了很强的启发性和趣味性。如《疑似》:

> 梁北有黎丘部,有奇鬼焉,善效人之子侄昆弟之状。邑丈人有之市而醉归者,黎丘之鬼效其子之状,扶而道苦之。丈人归,酒醒而诮其子曰:"吾为汝父也,岂谓不慈哉?我醉,汝道苦我,何故?"其子泣而触地曰:"孽矣,无此事也。昔也往责于东邑,人可问也。"其父信之,曰:"嘻!是必夫奇鬼也,吾固尝闻之矣。"明日端(耑,同专)复饮于市,欲遇而刺杀之。明旦之市而醉,其真子恐其父之不能反也,遂逝迎之。丈人望其真子,拔剑而刺之。

用以说明"疑似之迹,不可不察"非常恰切。《察传》论传言不可轻信:

> 宋之丁氏,家无井而出溉汲,常一人居外。及其家穿井,告人曰:"吾穿井得一人。"有闻而传之者,曰:"丁氏穿井得一人。"国人道之,闻之于宋君。宋君令人问之于丁氏,丁氏对曰:"得一人之使,非得一人于井中也。"……
>
> 子夏之晋,过卫。有读史记者曰:"晋师三豕涉河。"子夏曰:"非也,是己亥也。夫'己'与'三'相近,'豕'与'亥'相似。"至于晋而问之,则曰:"晋师己亥涉河也。"

二例都有故事性,而说理得当。后者以至成为训诂校勘常常运用的熟典。其余如"刻舟求剑""亡斧疑邻""齐人攫金"等,更常常为人引用。

另外，《吕氏春秋》语言运用上，广泛吸收了前代诸作的传统。有偶，有排，有丰富精当的比喻，有铺陈式的罗列，有形容描摹，有大量同型结构，如十二纪之首篇，章、节、句完全采用相同的结构形式。还有的汲取《战国策》的营养，采用赋的笔法，如《本味》写伊尹以味说汤，一一数说胪列"肉之美者""鱼之美者""菜之美者""和之美者""饭之美者""水之美者""果之美者"，写法与汉赋之铺张极为相近。凡此等等，显示出语言运用方式极为丰富。但总体上看，则以浅明晓畅为基本特色，代表了语言运用中趋向通俗浅易的一种倾向。

《晏子春秋》

《晏子春秋》是介于子书、史书、小说之间的一部作品，内容记载春秋后期齐国著名政治家晏婴的言行事迹。取材于有关史乘，附会以民间传说，大约成书于战国后期，后经刘向整理编订。现存八篇，包括《内篇》之《谏（上、下）》《问（上、下）》《杂（上、下）》，《外篇（上、下）》。《四库全书总目提要》认为，此书"虽无传记之名，实传记之祖"。良是。

这部书突出的特点是由关于同一人物的许多互不联系的小故事集合而成，全书共 215 条记事（重章约五十条），每条单独成篇，有些以叙事为主，有些偏重记言，带一事一议性质。总体上看，它在叙事方面有许多新的发展：

首先，它是文学史上第一部全面而集中地记录一个历史人物言行事迹，从而展现出其形象和性格的作品。通过全书 215 条记事，使人们看到一个关心国事、直言敢谏、节俭自处、爱国重士、有政治头脑而又机智幽默、滑稽风趣的人物形象，显示了人物形象描写的丰富性和多侧面性。其中每一个小故事，写人物性格的某一侧面、某一特点，综合起来就呈现为一个有丰富内涵的完整形象。

其次,在题材的选取上,它突破了《左》《国》偏重写军国大事的局限,往往专从日常政务或属于生活领域的小细节着眼和着笔。如从齐景公的饮酒畋猎、见死骸不顾、衣裘不知天寒、登高叹不得长生、爱马死而欲诛圉人、见晏婴妻老色衰而欲妻之以女等情事中,写晏子的态度、言辞和行为表现。反映了作者视野和取材范围的扩大。

再次,作品中明显地增加了虚构成分,很多故事纯是传说性质。如晏子使楚(《杂下》),二桃杀三士(《谏下》)等,就绝非信史①。

以上几方面在推动中国叙事文学发展上都有重要意义。另外,此书在用语上通俗浅白,既无诸子的宏辞高论,又无《左传》的雅言美藻,却不乏令人解颐的诙谐幽默,这也是叙事文章的新特色。

先秦时期的文章,既不属于诸子,又不属于史传的,今天流传下来的,还有《周礼》《仪礼》及《礼记》中的一些篇章。

《仪礼》记载了周代关于冠、丧、祭、饮、朝、聘等方面的仪式礼节,可能是战国后期儒者根据传说加工整理而成,文字繁琐,在散文史上无多大意义和影响。

《周礼》原名《周官》,是记载周代官职设置的书,亦属后人追记,不属散文研究范围。唯其中代替《冬官》部分之《考工记》,详细记载了百工之事,据考定可能为春秋或战国初齐国人所作,甚为后代为文、论文者所欣赏。其特点是记百工之作业详密、质简而有序,全靠用词的准确性与记事的有序性取得传神的效果,对后代素

---

① 吴则虞撰:《晏子春秋集释》,中华书局,1982年。以下所引《晏子春秋》皆出于此版本。

描式的说明文的发展有深远影响。

　　《礼记》是解说《礼》经的著作,为汉人所整理辑录,戴圣所传一般称为《礼记》,流传较广,其叔父戴德所传称《大戴礼记》。二本篇目、内容不同,究竟哪些文字为先秦原始材料,哪些为秦汉人的附益加工,难以判别。其中艺术性较强,在散文史上影响较大的为《礼记》中的《檀弓》篇,其中散记孔子及其弟子体现了儒家思想观念的一些传闻轶事,记事写人清约、凝练而传神,描述和表现水平远在《韩非子》《吕氏春秋》之上。如"孔子过泰山侧","孔子合葬父母于防","孔子覆醢","曾子易箦","饿者不食嗟来之食"等,皆为后人称赏传诵。

第四章　散文发展第一个高潮的延续

从秦统一到西汉前期的汉武帝时期，古代散文又出现了一个有重大影响的高潮，这个高潮无论在内容和形式上，都可以视为战国时期第一个散文创作高潮的延续。

秦皇朝的建立，标志着中国社会由建立在血亲家庭基础上的封建宗法等级制度，向建立在同样基础上的高度中央集权的君主专制制度过渡与转变的完成。这是一个大时代的结束和另一个大时代的开始。自此以后，两千年来，中国社会结构的不断调整，各民族的融合，地区发展的开拓与平衡，都是在这个大框架下进行的。不过，在秦汉之间，曾经历了一段短促而激烈的社会动荡，司马迁说："五年之间，号令三嬗，自生民以来，未始受命若斯之亟也。"（《史记·秦楚之际月表序》）这一段动荡，可以看作是春秋战国几百年间社会转变期的余波。自汉皇朝的建立，经汉初连续几代帝王实行比较恰当的政治、经济政策，到武帝时期，新的中央集权社会制度才算真正得到稳固的确立，并在生产力的发展上显示出巨大优势。

这段时间，思想文化的发展明显地呈现出两大方面的特点：

第一，现实的政治需要给思想文化提出了新的任务。首先，汉政权确立之后，需要从秦皇朝的迅速溃灭中总结历史教训。统一六国后，秦王自命为"始皇帝"，以为"后世以计数，二世三世至于万世，传之无穷"。没想到仅仅十五年，二世未尽，就瓦解覆灭。为了不蹈秦之覆辙，汉之君臣，不得不追究秦之覆亡的原因，以为警诫。其次，为了组织政权和稳固统治，面对种种政治、经济、内政、外患问题，必须拿出并落实解决问题的策略与方案。其三，除了具体的政治、经济政策之外，鉴于秦朝实行"焚书坑儒"之类赤裸裸的文化专制主义的失败，必须寻找和探索出一个有长久性的居统治地位的思想文化体系，以保证其政权的持续稳定。这个任务更为困难，需要对几百年来的思想文化遗产进行汇总性的回顾、归纳、总结，在这样的基础上，再进行适应性的筛选与改造。这时期的许多谋臣策士、文人学者的论说著述都是以这几点为中心的。

　　第二大方面的特点是，自战国以来所形成的思想自由解放的风气，及相伴随而生的人格自主自尊意识和实现自我价值的追求，尚有余绪，未被政治上的集权专制所扼压泯没。自春秋时期所谓"王纲解纽""礼崩乐坏"以来，各诸侯国忙于彼此间军事政治上的角力，思想文化方面，实际上处于无人管控的自由开放状态，思想家们和策谋之士，可以无所顾忌地提出和发表自己的理论主张，各国君主对此甚至采取欢迎态度。这就不但促成了"百家争鸣"的局面，同时也形成了这些代表人物自信自尊、积极进取的主体精神和人格价值观念，这种主体精神和价值观念，是形成他们著述的内在美和表达上形式美的真正根基。秦国靠了务实性的改革和"法、术、势"的强力，实现了统一大业，为了维护新建立的集权统治，便想用"焚书坑儒"的手段箝百家之口，用"以吏为师"方法实行愚民政策。其自身的覆灭，宣告了此路不通。楚汉之争期间除两大阵营外，六国之后有所"复活"，地方势力也形成小的山头，张良、陈平、范增、蒯通、郦食其等智谋之士又开始发挥其作用；汉政权确立后，一度实行政治上的无为而治，并接受秦的教训，提倡学术文化的振兴，战国百家之学有重新抬头的趋向，文人学者承战国之余绪，再度鼓起自主自信的主体精神和自我价值的追求，试图承担起前面所提到的时代任务；同时，适应新制度需要的文化政策和思想学说体系、意识形态模式尚未确立起来，即使武帝时，提出了"罢黜百家，独尊儒术"的基本方针，也尚未得到真正完全的贯彻执行。这种特殊的时代环境和历史土壤，就给汉初思想、文化、学术的发展提供了契机。

由于以上两大方面的原因，给这一时期散文的发展创造了特殊条件，不但使散文创作呈现兴盛状态，而且形成了一些独具的特色。

总起来说，汉初的散文仍然是在社会的政治斗争、思想斗争的推动之下前进的，仍以实用性为第一目的，在实用中开拓了题材，丰富了品种，完善了形式，提高了表现技巧和语言运用水平。

这里有一点应特别提出，即：随着社会文化发展的累积，至汉初，整个社会的审美意识有所提高。例如：汉高祖从下层起家，会唱出《大风歌》；项羽死前，用对虞姬的悲歌倾吐满腔的不平之气；汉武帝也曾创作出颇为苍凉的《秋风辞》；汉武帝之扩大"乐府"，恐怕不只是为了观民风，也有着审美欣赏的需要。更能说明这一点的是汉赋的兴起。此前，宋玉的诸赋已经有了脱离讽谏，偏于审美的倾向，自枚乘的《七发》到司马相如的《子虚赋》，实际上已是用虚构的手段，表达对客观事物的审美观照、审美感受。汉武帝读到《子虚赋》之所以如此叹赏，不在于其讽谏的内容，而是其审美的效果。后人批评汉赋"曲终奏雅"，"劝百讽一"，其实它们的实质原本就不在"讽"，充其量也不过拿"讽"做装饰，当然也就不会有"讽"而只有"劝"的效果。这种时代性的氛围，自然不可避免地浸浔到散文的创作，因而在这一时期的作品中，贯彻实用目的的同时，审美表现水平较前有了明显提高。

这时期的散文作品,从大的体裁分类上来说,大体有三类:论说、叙事、抒情言志之作。

第一节　论说性的著作

这一时期的论说性作品,基本上是围绕时代赋予的任务而写成。因作者的主体精神、价值追求、表达方式、运用体裁形式的不同,又各有特色。

一　陆贾　贾山　贾谊

1. 陆贾

据《史记·郦生陆贾列传》:"陆贾,楚人也。以客从高祖定天下,名为有口辩士。"曾奉命出使南越,说服割据一方的尉他归附于汉。从他对尉他的说辞看,颇有战国纵横家之风。存留下来的作品,主要为《新语》。据其传载:

> 陆生时时前说称《诗》《书》,高帝骂之曰:"乃公居马上而得之,安事《诗》《书》!"陆生曰:"居马上得之,宁可以马上治之乎?……"高祖不怿而有惭色,乃谓陆生曰:"试为我著秦所以失天下,吾所以得之者何,及古成败之国。"陆生乃粗述存亡之征,凡著十二篇。每奏一篇,高帝未尝不称善,左右呼万岁,号其书曰"新语"。

可见《新语》是承皇帝之命,又是写给皇帝看的著作,可视为后世奏疏或对策的滥觞。

今存《新语》十二篇,既有阙佚,又可能有后人润色,但基本保持了原来面目。大旨如本传所述,治天下应依《诗》《书》,行仁义,不过也掺杂了些黄老观点。文章继承了先秦传统,征古论今,多引史事以阐述君主治国应循原则。行文晓畅明快,通篇使用俪辞韵语,且多铺排,如:

> 良马非独骐骥,利剑非惟干将,美女非独西施,忠臣非独吕望。今有马而无王良之御,有剑而无砥砺之功,有女而无芳泽之饰,有士而不遭文王,道术蓄积而不舒,美玉韫匮而深藏。故怀道者须世,抱朴者待工,道为智者设,马为御者良,贤为圣者用,辩为智者通,书为晓者传,事为见者明①。

文风与其辩辞不类,颇有辞赋化倾向。不过《汉书·艺文志》录有《陆贾赋》三篇,说明他为文有向辞赋过渡的痕迹。

2. 贾山

据《汉书·贾邹枚路传》,贾山生活于文帝时期,其上疏曰《至言》,是现存西汉最早一篇精彩的大型政论。

文章以宏阔的历史目光总结秦亡的历史教训,提出治国的根本原则,主张重修先王之道,必须尊贤敬士,虚心纳谏;对汉文帝的治绩给予充分肯定,又对其沉溺于"射猎"进行尖锐批评。

此文以诸子对待战国君主的态度,向已是天下之主的皇帝进谏,仍然有主体的坚强自信和强烈的自我表现意识,敢于放言高论。如文章一开始就曰:"臣闻为人臣者,尽忠竭愚,以直谏主,不避死亡之诛者,臣山是也。"表现了一种高度自负且敢于担当的精神。笔法上,则将策士们铺张性的描摹与诸子式原则性的论断相结合,于秦和尧、舜、先王的反复对比中,切入文帝的现实实际,体现了概括力、思辨力、表现力的统一;同时结构疏放,语言晓畅,节

---

① 王利器校注:《新语校注·术士》,中华书局,1988年。

奏紧凑,形成相当雄健的气势与力量。如写秦亡的教训一段:

> 贵为天子,富有天下,赋敛重数,百姓任罢(疲),赭衣半道,群盗满山,使天下之人戴目而视,倾耳而听。一夫大呼,天下响应者,陈胜是也。秦非徒如此也,起咸阳而西到雍,离宫三百,钟鼓帷帐,不移而具。又为阿房之殿,殿高数十仞,东西五里,南北千步,从车罗骑,四马骛驰,旌旗不桡(挠)。为宫室之丽至于此,使其后世曾不得聚庐而托处焉。[①]

其后,用同样的句法,充分写秦为驰道之丽,为埋葬之侈,从而得出结论:"秦以熊罴之力,虎狼之心,蚕食诸侯,并吞海内,而不笃礼义,故天殃已加矣。"文章除后半部分稍弱外,可称为汉初具有代表性的雄杰之文。

3. 贾谊

贾谊(前200—前168),洛阳人。据《史记·屈原贾生列传》,早年即以"能诵《诗》属书"闻名,后受曾任河南守之吴公推荐,召为博士,甚受文帝称赏,超迁为太中大夫。因遭老臣所嫉,改任长沙王太傅,又改梁怀王太傅,怀王堕马死,谊亦忧伤而死,年仅三十三岁。

贾谊是汉初主要的政论家,也是著名辞赋家。其散文作品,流传下来的有一部《新书》,原五十八篇,今存五十五篇,还有保存在《汉书》中的几篇奏疏。

贾谊最重要的作品是《过秦论》,为贾谊论文的最高代表,也是西汉论说文章的最高代表。意旨在总结秦迅速灭亡的教训,供汉代统治者为鉴,所以又可说是后代史论的始祖。

---

① 严可均辑:《全上古三代秦汉三国六朝文·全汉文》卷十四,中华书局,1958年。以下所引此书皆出于此版本。

文章总揽秦代的盛衰史，居高临下，以大时空范围的视角，捕捉住历史转变的关键环节，论造成转变的决定性因素，高度集中地提炼概括出根本性和原则性结论：秦之灭亡的原因在于"攻守势异，而仁义不施"。既体现了对先秦诸子善于从实践经验中概括出理性原则的继承，又显示了其历史运动透视力、综括力的突出进展与提高。

文章分上、中、下三篇，每篇各讲一个世代，集中于一个论断，最后作出总的归纳。写得最精彩的是上篇。其中，贾谊采用了大开大阖、大起大落、反复对比对照的方法。言秦灭六国之易，先极力夸张六国对付秦国花费气力之大，会聚人才之众，集结士兵之多。然后笔锋一转，谓：

> 秦人开关延敌，九国之师逡巡而不敢进。秦无亡矢遗镞之费，而天下诸侯已困矣。于是从散约解，争割地而赂秦。秦有余力而制其弊，追亡逐北，伏尸百万，流血漂橹；因利乘便，宰割天下，分裂山河，强国请伏，弱国入朝。[①]

述秦国败亡之速，亦复如此，先充分形容秦国威势之盛，后尽力贬抑陈涉之位低力弱，结果却是：

> 然而陈涉，瓮牖绳枢之子，氓隶之人，而迁徙之徒也。材能不及中人，非有仲尼、墨翟之贤，陶朱、猗顿之富。蹑足行伍之间，而崛起阡陌之中，率疲散之卒，将数百之众，转而攻秦。斩木为兵，揭竿为旗，天下云集响应，赢粮而景从，山东豪俊，遂并起而亡秦族矣。

---

① 《贾谊集》，上海人民出版社，1976年。以下所引贾谊文皆出于此版本。

这还不足，再反过来拿六国和陈涉相比照，秦之强大和灭亡之易相比照，逼人们不得不承认他提出的论点。如此精美的构思，巧妙的经营，富有艺术性的章法组织，远远超出了先秦文章的水平。

在语言运用上，他把论证、陈述、描摹结合在一起，多用长的连续排比，间以简洁的俪句，夸张而无矫饰之感，铺陈而无繁芜之弊，用词自然、准确而形象生动，节奏鲜明，整齐而错落有致，在起伏顿挫之中形成充畅而激扬的气势。充分展现了其驾驭语言文字能力之强，显示出语言运用艺术水平之高。这一切在有力地传达出其观点的同时，形成了很强的艺术魅力，大大提高了文章的审美价值。

诸奏疏中，以《陈政事疏》又名《治安策》最为著名。此文较长，涉及论题广泛，《汉书·贾谊传》在引录时有云："谊数上疏陈政事，多所欲匡建，其大略曰……"故有人认为此文实为班固撮括贾谊多篇作品之精要所成。

此文重点不在总结历史经验，而是针对现实政事，不着重于根本理论原则的阐述，而在于剖析具体问题。但所体现的主体精神与《过秦论》有一致之处，即坚强的自信、强烈的使命感和无所拘忌敢说敢道的放宕之气。如文章一开始就提出：

> 臣窃惟事势，可为痛哭者一，可为流涕者二，可为长太息者六，若其他背理而伤道者，难遍以疏举。

文中论及匈奴之患时，又提出：

> 陛下何不试以臣为属国之官以主匈奴？行臣之计，请必系单于之颈而制其命，伏中行说而笞其背，举匈奴之众唯上之令。

这种精神贯穿到文章中，就形成一种激越的气势。这是对先秦文章特点的继承与延续，是西汉初期散文的一大特色。贾谊之前贾山曾有，贾谊之后也多有所表现。此外，在论述上也显出一些新的倾向：第一，条贯性明显。因为就事立论，所以一事一个中心，条分而缕列。此种特点，贾谊此疏首其端，而后成为汉文的基本特色。第二，不是从具体事实中抽取原则，而是立足于理论原则去剖析具体问题。第三，论证具体化、细致化、现实化，多在对具体社会现象作有概括力陈述的同时进行描摹，形成扎实贴切的特点。如文中论"定经制"、修礼义的必要，不再像《过秦论》那样从历史的大视角着眼，而先引秦俗之败的表现：

> 故秦人家富子壮则出分，家贫子壮则出赘。借父耰锄，虑有德色；母取箕帚，立而谇语。抱哺其子，与公并倨；妇姑不相说，则反唇而相稽。其慈子嗜利，不同禽兽者亡几耳。

再以汉代的现实相对比：

> 曩之为秦者，今转而为汉矣。然其遗风余俗，犹尚未改。今世以侈靡相竞，而上亡制度，弃礼谊，捐廉耻，日甚，可谓月异而岁不同矣。逐利不耳，虑非顾行也，今其甚者杀父兄矣。盗者剟寝户之帘，搴两庙之器，白昼大都之中剽吏而夺之金。矫伪者出几十万石粟，赋六百余万钱，乘传而行郡国，此其亡行义之尤至者也。

描述论证皆着实而具体。

贾谊其余诸疏，如《论积贮疏》《谏铸钱疏》《请封建子弟疏》，不如《治安策》之宏伟，亦有与其相同之特点。

总起来说，贾谊的文章不但是西汉政论的典范，而且是内在美与形式美皆达到一个新高度的标志。

二　邹阳　枚乘　司马相如

此三人时代与贾谊相近，文章有与其相通处，又有不同特色。三人起初都曾在汉初所封诸侯国活动，行迹有战国游士之风，为文难免也受纵横家之文的影响。只是后来司马相如成为武帝身边的侍从之臣。

1. 邹阳

邹阳，齐人。景帝时，曾与枚乘一起游吴。吴王刘濞谋反，邹阳曾上书讽谏，不听，于是离吴而为梁孝王客。其间受人谗毁而下狱，于是上书一篇，后人称之为《狱中上梁王书》。

邹阳为人有战国游士风格，此文亦有纵横家风貌，但写得更为成熟老练。其一，它以君臣遇合应"披腹心，见情愫，隳肝胆"，而不听信谗人的毁谤、挑拨为主旨。纵横排宕，反复陈说，随手牵引格言、警语、俗谚，不刻意于章法，不拘守于绳墨，全凭文思所至而浑浩流转，起伏顿挫，显示出高度纯熟的驾驭支配语言文字能力。其二，它大量而广泛地引用史事史例。远自箕子佯狂，比干剖心，文王之用吕望，齐桓之任宁戚；近至荆轲之慕燕丹，李斯之被戮于胡亥。凡君臣关系，或正或反，援举称引四十余事，皆自然恰当，融会无间，首开在文章中大量而自如用典之先例。两者都是对散文写作的推进与发展。试看如下段落：

> 语曰"有白头如新，倾盖如故"。何则？知与不知也。故樊於期逃秦之燕，藉荆轲首以奉丹事；王奢去齐之魏，临城自刭以却齐而存魏。夫王奢、樊於期非新于齐、秦而故于燕、魏也，所以去二国死两君者，行合于志，慕义无穷也。是以苏秦

不信于天下，为燕尾生；白圭战亡六城，为魏取中山。何则？诚有以相知也。

……

至夫秦用商鞅之法，东弱韩、魏，立强天下，卒车裂之。越用大夫种之谋，禽（擒）劲吴而伯中国，遂诛其身。是以孙叔敖三去相而不悔，於陵子仲辞三公为人灌园。今人主诚能去骄傲之心，怀可报之意，披心腹，见情素，堕肝胆，施德厚，终与之穷达，无爱于士，则桀之犬可使吠尧，跖之客可使刺由，何况因万乘之权，假圣王之资乎！

……

臣闻盛饰入朝者不以私污义，底厉名号者不以利伤行。故里名胜母，曾子不入；邑号朝歌，墨子回车。今欲使天下寥廓之士笼于威重之权，协于位势之贵，回面污行，以事谄谀之人，而求亲近于左右，则士有伏死窟穴岩薮之中耳，安有尽忠信而趋阙下者哉！（《全汉文》卷十九）

2. 枚乘

枚乘，字叔，淮阴人，约与邹阳同时，曾与邹同游吴、梁。

枚乘是汉大赋的初创者，《七发》不以赋为名，其实奠定了大赋之雏形。其重要意义在于标志着实用与审美开始分离，朝着强化审美的方向偏转。枚乘的散文作品，不能不受到这种倾向的影响。

枚乘留下的散文，仅《谏吴王书》一篇，世传的另一篇《重谏吴王》，学者多认为是伪作。

《谏吴王书》为枚乘觉察刘濞有谋反意图所写劝谏之文。此文突出特点是：不仅论说中大量引进形象的比喻，且使比喻与论证阐述浑然融为一体，论证中的每一层意思，表达的每一观点，皆以比出之。不但用喻之多势若贯珠，且往往对比喻本身再加以形象的描摹，如谓：

> 夫以一缕之任系千钧之重，上悬无极之高，下垂不测之渊，虽甚愚之人犹知哀其将绝也。马方骇，鼓而惊之；系方绝，又重镇之。系绝于天，不可复结；坠入深渊，难以复出。其出不出，间不容发。……
>
> 人性有畏其景而恶其迹者，却背而走，迹愈多，景愈疾，不知就阴而止，景灭迹绝。欲人勿闻，莫若勿言；欲人勿知，莫若勿为。欲汤之沧，一人炊之，百人扬之，无益也，不如绝薪止火而已。不绝之于彼，而救之于此，譬犹抱薪而救火也。（《全汉文》卷二十）

显示了汉初散文对先秦的发展。

3. 司马相如

司马相如（前179—约前118），字长卿，成都人。曾为汉景帝武骑常侍，因非其所好，与枚乘、邹阳同游梁。梁孝王死，回蜀。武帝读到其所作《子虚赋》，大为叹赏，经同乡人杨得意推荐，召至京师，又写《天子游猎赋》，"天子大悦"，以为郎，后任孝文园令。其间，曾奉命出使西南夷。他一方面"仕宦，未尝肯与公卿国家之事，常称疾闲居，不慕官爵"。另一方面，却又经常侍从武帝，写赋、进谏，死前还专写遗文，歌颂大汉功德，建议武帝行封禅大典。

通观司马相如的为人，有浪漫的一面，如与卓文君富传奇性的爱情故事；从他辞"武骑常侍"及后来之"不慕官爵"，说明他亦有从诸子那里传承下来的自主意识、独立精神。但他与孔、墨、庄、孟等又不同，已不再以社会、国家的蓝图设计者自居，而是对大一统的中央集权及其取得的成就取歌颂赞赏态度。这是从先秦到西汉，时代转换刚刚完成时，属于"士"阶层的文人学者的共同心态。

司马相如是汉大赋的真正开创者，也是创作成就最高的作家。大赋是中国文学艺术发展到一定阶段形成的结晶式产品，其中融汇了先秦诸子、纵横家语言运用、艺术表现手段之精华，文化发展的累积所形成的审美观照、审美体验、审美表现能力，诗歌的音律和节奏，描绘客观外物的丰富词藻。这一切，经作家运用其宏大的想象力，加以综括和升华，从而创造出一种特殊的文学形式。这种形式确立之后，因具有多方面的适应性，不但受到最高统治者，也包括文章之士的欢迎，引起众多作家的追随，成为汉代文学的代表性样式。而且延绵下来，继续丰富发展，历两千余年而不绝。因为在它形成时，吸收了多方面的营养因素，所以在以后的发展演变中，它也反哺了多种文学体裁。如散文中骈体的产生，文赋的出现，就与它有极大的关系。所以司马相如对中国文学的贡献是伟大的、不朽的。

司马相如的散文，现存《谕巴蜀檄》《难蜀父老》《上书谏猎》《封禅文》等。其特点是把辞赋的特点引入到散文的写作中，多藻饰，善铺排。

《谕巴蜀檄》是因唐蒙等通西南夷时，引起蜀民惊恐，武帝让相如所写的劝导性文告，说理中多用铺排句法，如：

> 夫边郡之士，闻烽举燧燔，皆摄弓而驰，荷兵而走，流汗相属，惟恐居后；触白刃，冒流矢，义不反顾，计不旋踵，人怀怒心，如报私仇。彼岂乐死恶生，非编列之民，而与巴蜀异主哉？计深虑远，急国家之难，而乐尽人臣之道也。故有剖符之封，析圭而爵，位为通侯，居列东第。终则遗显号于后世，传土地于子孙，事行甚忠敬，居位甚安逸，名声施于无穷，功烈著而不灭。是以贤人君子，肝脑涂中原，膏液润野草而不辞也。今奉币使至南夷，即自贼杀，或亡逃抵诛，身死无名，谥为至愚，耻

及父母,为天下笑。人之度量相越,岂不远哉!(《全汉文》卷二十二)

《难蜀父老》是因为武帝听从相如之议而决定再通西南夷,而蜀人以为不便。于是他采用赋体之对问形式,著文加以说明。其中先设蜀中父老的质疑,然后加以驳难。其中有云:

盖世必有非常之人,然后有非常之事;有非常之事,然后有非常之功。非常者,固常人之所异也。故曰非常之元,黎民惧焉;及臻厥成,天下晏如也。

然后引历史传说,结合实际说明通西夷之必要:

夫拯民于沉溺,奉至尊之休德,反衰世之陵夷,继周氏之绝业,天子之急务也。百姓虽劳,又恶可已哉?

文中同样多用辞赋句法。

《封禅文》则是以建议封禅而歌颂大汉功德的文章:

大汉之德,逢涌原泉,沕潏曼羡,旁魄四塞,云布雾散,上畅九垓,下溯八埏。怀生之类,沾濡浸润,协气横流,武节焱逝,尔狭游原,迥阔泳末,首恶郁没,暗昧昭晰,昆虫恺怿,回首面内。然后囿驺虞之珍群,徼麋鹿之怪兽,导一茎六穗于庖,牺双觡共抵之兽,获周余入龟于岐,招翠黄乘龙于沼。

开后世颂体文章之先河。

三　晁错　董仲舒

1. 晁错

晁错(约前200—前154),颍川人。文帝时曾任太常掌故,后为太子家令,号"智囊",数次就用兵、守边备塞、劝农力本上疏,因被推举为"贤良文学"而受诏对策。景帝当政后,更受信用,先为内史,后迁御史大夫,力主削藩。受袁盎所谗被杀。

其奏疏及对策中屡言"臣错愚陋,昧死上狂言","臣错草茅臣,亡识知,昧死上愚对","昧死上狂惑草茅之愚",这种态度与语气,不只是谦恭,表明他和同类的士大夫,人格有很大不同,已没有了先秦"士"人的那种自信自尊的精神和锐气,甘愿拜伏在君权的脚下尽心效力。不过,在对待具体的现实问题上,他还是有自己的主见的。

晁错现存作品主要是文帝时的几篇奏疏及《贤良文学对策》。文章没有了纵横恣肆之风,以剖析的深切、逻辑的细密、论证的着实为突出特点。

如其《说文帝令民入粟受爵》,通称《论贵粟疏》,核心观点是重农抑商。论及农民所遭受的困苦时,作了极其细微切实的描述:

> 今农夫五口之家,其服役者不下三人,其能耕者不过百亩,百亩之收不过百石。春耕夏耘,秋获冬藏,伐薪樵,治官府,给徭役;春不得避风尘,夏不得避暑热,秋不得避阴雨,冬不得避寒冻,四时之间,亡日休息;又私自送往迎来,吊死问疾,养孤长幼在其中。勤苦如此,尚复被水旱之灾,急政暴虐,赋敛不时,朝令而暮改。当具,有者半价而卖,亡者取倍称之息,于是有卖田宅,鬻子孙以偿责者矣。(《全汉文》,以下所引晁错文皆出于此)

然后,用同样的笔法,写商人"男不耕耘,女不蚕织,衣必文采,食必粱肉"的情况。最后推论说:

> 今法律贱商人,商人已富贵矣;尊农夫,农夫已贫贱矣。故俗之所贵,主之所贱也;吏之所卑,法之所尊也。上下相反,好恶乖迕,而欲国富法立,不可得也。方今之务,莫若使民务农而已矣。欲民务农,在于贵粟。贵粟之道,在于使民以粟为赏罚。

没有危言高论,没有波澜起伏,只是把农民困苦的生活状况和商人的优越,用致密的语言描述出来,再一步步推理。琐细而不紊乱,平实而具体深入,因其切实性而给人留下深刻而强烈的印象。反映出对社会现象透彻的观察力、分析力和对社会实际问题进行概括描述的表现力。其《守边备塞疏》大略也是同样写法。这是晁错文章特点之所在,也是文章写法的新变化。是先秦文向汉代文过渡转变的表现之一。

晁错的《贤良文学对策》,是保存下来的最早的对策文章,保留了平实细密、条畅清晰的特点,但既没有贾谊那种慷慨激扬,也没有他自己奏疏中的疏直激切,方法上采用了侧面启发、委婉讽谏的方式,格调上呈现出颂美倾向,开董仲舒对策的先声,已见出西汉后期和东汉文章的端倪。

属西汉前期奏疏之类的论说性作品,可重视者还有徐乐《上书言世务》,提出"天下之患,在于土崩,不在于瓦解"。把"民困而主不恤,下怨而上不知,俗已乱而政不修",称之为"土崩",把统治集团内部的矛盾称之为"瓦解",强调了对民心民情的重视。比喻生动,见解深刻,立论别致,特点比较鲜明。

2. 董仲舒

董仲舒（约前179—前104），广川人。治《春秋》公羊学，景帝时曾为博士，据说为学"三年不窥园"，是个学者型人物。

武帝时，举贤良文学之士，董仲舒以贤良对策。在其中提出：

> 《春秋》大一统者，天地之常经，古今之通谊也。今师异道，人异论，百家殊方，指意不同，是以上亡以持一统；法制数变，下不知所守。臣愚以为诸不在六艺之科孔子之术者，皆绝其道，勿使并进。邪辟之说息，然后统纪可一而法度可明，民知所从矣。（《全汉文》卷二十三，以下所引董仲舒文皆出于此）

这是他整个对策中的最后结论，因为适应了汉代确立新的思想文化统治体系之需要，从而被武帝所接受，逐渐形成了另一种形式的文化专制主义。不过董仲舒的学说，并不同于原始儒学，其中强化了天命神权观念，主张天人感应的谴告、祥瑞，掺杂了阴阳五行思想，对此后的汉代文化思想的发展影响甚巨。

董仲舒留下来的散文作品，主要是三篇《贤良对策》，还有一部《春秋繁露》。

《贤良对策》在散文发展上展示出与此前作家作品不同的另一走向。

首先，没有了贾山、贾谊等人那种敢以天下为己任的自信态度和锋芒毕露的自我表现精神。如在对策的开始就表示：

> 陛下发德音、下明诏，求天命与情性，皆非愚臣之所能及也。

在《对策三》中又说：

臣愚不肖，述所闻，诵所学，道师之言，仅能勿失耳。若乃论政事之得失，察天下之息耗，此大臣辅佐之职，三公九卿之任，非臣仲舒所能及也。

这种谦恭态度在晁错的对策中初露端倪，在董仲舒这里得到充分体现，影响到整个文章的行文风格和语言表达方式。

其次，在论述的基本方式上，与汉初诸作有了很大不同。自贾山、贾谊、晁错以来，基本上都着眼于历史和现实的实践经验，或是从中引出理性原则，或是有针对性的就实际问题论证实际问题。董仲舒则是"本经立义"，即以一种先验的思维框架，作为立论的出发点。他认为："道者，所由适于治之路也，仁义礼乐皆其具也。"而体现了"道"的又是《春秋》之义和孔子的观点，所以对汉武帝制册中所提出的种种问题，以及在策论中所涉及的具体社会实际，皆从道的原则和《春秋》之义着手阐述，最后又归结到经义的观点上来。如同是论秦政之失，他的说法是：

臣闻圣王之治天下也，少则习之学，长则材诸位，爵禄以养其德，刑罚以威其恶，故民晓于礼谊而耻犯其上。武王行大谊，平残贼，周公作礼乐以文之，至于成康之隆，囹圄空虚四十余年，此亦教化之渐而仁谊之流，非独伤肌肤之效也。至秦则不然。师申商之法，行韩非之说，憎帝王之道，以贪狼为俗，非有文德以教训于下也。……是以百官皆饰虚辞而不顾实，外有事君之礼，内有背上之心，造伪饰诈，趣利无耻；又好用惨酷之吏，赋敛亡度，竭民财力，百姓散亡，不得从耕织之业，群盗并起。是以刑者甚众，死者相望，而奸不息，俗化使然也。故孔子曰"导之以政，齐之以刑，民免而无耻"，此之谓也。

论述的路数与方式显然与贾谊大不相同。

再次，由于以上原因，董仲舒的文章在表达上，就以条畅明晰、从容沉着，不重波澜起伏为特点。武帝在制册中提出，对策时既要"科别其条，勿猥勿并"，又要阐明帝王之道的"同条共贯"，董仲舒的对策，恰恰体现了这一特色。他行文时也用排偶，也追求顺畅条达，如：

> 《春秋》深探其本，而反自贵始。故为人君者，正心以正朝廷，正朝廷以正百官，正百官以正万民，正万民以正四方。四方正，远近莫敢不壹于正，而亡有邪气奸其间者。是以阴阳调而风雨时，群生和而万民殖，五谷熟而草木茂，天地之间被润泽而大丰美，四海之内闻盛德而皆来臣，诸福之物，可致之祥，莫不毕至，而王道终矣。

但这样的文章，平正顺畅，无起伏跌宕，交叉错落，声色不盛，耸动振奋力量不强，相应地审美价值明显减弱。

《汉书·董仲舒传》载："仲舒所著，皆明经术之意，及上疏条教，凡百二十三篇。而说《春秋》事得失，《闻举》《玉杯》《蕃露》《清明》《竹林》之属，复数十篇，十余万言，皆传于后世。"今有《春秋繁露》一书，共八十二篇，研究者认为："百二十三篇者已佚，疑是后人杂采董书，缀辑成卷，以篇名总全书耳。"[①]其书内容较芜杂，在散文发展史上没有什么意义。

四 《淮南子》《盐铁论》

1.《淮南子》

《淮南子》又称《淮南鸿烈》，为淮南王刘安组织其门下文士集

---

① 苏舆著：《春秋繁露义证》卷一，中华书局，1992 年。

体撰著。

刘安（约前179—前122），为人好书，辩博善为文辞，武帝曾"使为《离骚传》，旦受诏，日食时上"。有研究者认为，其部分内容为司马迁《屈原列传》所吸收。又上过《谏伐南越》书，排宕而切实，有西汉文的雄健充畅之风。他曾招致宾客方术之士数千人，《淮南鸿烈》即为刘安组织他们所作，因后来将其归入子书类，故名以《淮南子》。

其书基本上倾向崇尚道家，但博取旁收，比起《吕氏春秋》，有更自觉地对先秦以来的各家各派进行汇总归纳的意图。其最后一篇《要略》中，回顾了自周初以来，从儒、墨到管、晏，到纵横家，到商鞅之法的发展过程，然后自谓：

> 若刘氏之书，观天地之象，通古今之事，权事而立制，度形而施宜，原道之心，合三王之风，以储与扈冶；玄眇之中，精摇靡览，弃其畛挈，斟其淑静，以统天下，理万物，应变化，通殊类；非循一迹之路，守一隅之指，拘系牵连之物，而不与世推移也；故置之寻常而不塞，布之天下而不窕。[1]

充分说明了作者的自负与写作之衷。今存二十一篇，每篇以"训"为名，"训"字为"训解"意。全书十余万字，显示的特点是：

第一，内容广博而体系性强。

《淮南子》论述的范围之广阔，超出先秦诸子中的任何单独一家，包括宇宙的起源，人类的演化，社会历史的发展，天文、地理、时令、气候变化知识，为君为臣之道，治世处世之术，修身养性的原则，思想学说观点的评价，历史和现实生活实践中提炼出来的格言

---

[1]　刘文典撰：《淮南鸿烈集解》，中华书局，1989年。以下所引《淮南子》皆出于此。

警语。体现了一种牢笼天地，包括宇宙，洪纤靡失，巨细无遗，想把人们关于自然和社会已有知识全部会拢收集起来的倾向。但目的又不是为囊括而囊括，如《要略》所谓："夫作为书论者，所以纪纲道德，经纬人事，上考之天，下揆之地，中通诸理。"即要探寻自然和社会发展的总体性的原则和规律。可以看出，其目标是宏大的。如何才能达到这样的目标？作者认为："总要举凡而语，不剖判纯朴，靡散大宗，惧为人之昏昏然弗能知也，故多为之辞，博为之说。"但是他们又怕这样会使人"离本就末"，"言事而不言道，则无以与化游息"，于是在表达上，就追求"博"与"要"、"事"与"道"的统一，尽量把博杂的内容纳入一个完整的体系之中。所以在二十篇中，先"原道""俶真"，然后"天文""地形""时则"一一论说下来，至第二十篇"泰族"是理论上的总结，增加了第二十一篇"要略"，对每篇的要旨，全书的写作目的、写作纲领做提要性的说明。这样全书就形成了一个相当完整的结构。由于它在内容上杂取诸家而并未能真正使之融会贯通，因而存在拼合痕迹，缺乏体系上的有机性，但它在组织构造上终究比《吕氏春秋》严整，故在散文发展史上也是一个前进和提高。

第二，推进了以经验实证说明抽象哲理的表达方式。

《淮南子》崇尚道家，但是认为"道论至深"，"必须多为之辞以抒其情"，"博为之说以通其意"。这说明，他们意识到《老》《庄》那种对深奥的哲理，仅以感悟体验的方式进行表述，过于玄妙抽象，必须有意地提供一些经验的实证，用浅明语言加以解说。于是在表达阐述理论观念时，继承了诸子的传统，引用大量历史故事，辅以神话传说，还虚构或借用了一些寓言。这样就体现了对抽象哲理感悟体验式的表述与经验实证的推理论说结合统一的倾向，这一点在整部书中都有表现，尤以《览冥训》以下诸篇更为明显。如《道应训》，曾国藩曾云："此篇杂征事实，而证之以老子道德之言。

意以已验之事皆与昔之言道者相应也,故题曰'道应'。每节之末,皆引《老子》语证之,凡引五十二处。"《淮南鸿烈集解》卷十二引其中如:

> 赵简子以襄子为后,董阏于曰:"无恤贱,今以为后,何也?"简子曰:"是为人也,能为社稷忍羞。"异日,知伯与襄子饮而批襄子之首,大夫请杀之,襄子曰:"先君之立我也,曰能为社稷忍羞,岂曰能刺人哉?"处十月,知伯围襄子于晋阳,襄子疏队而击之,大败知伯,破其首以为饮器。故老子曰:"知其雄,守其雌,为天下溪。"

诸如此类,都是用历史故事说明老子的哲理性论断。其余如《人间训》中所引"塞翁失马"之类的寓言性的故事尚多。这一点也是论说散文发展中的新趋向。

第三,集纳了大量格言警句。

格言警句,是人类在生活实践中,凭自己的智慧,对体现了自然和社会规律的哲理所进行的高度提炼与概括,虽然简短,对以后的实践却具有很强的指导意义,在诸子的著作中多有。此书的《说山》《说林》两篇,汇集了大量浅显生动又富有哲理性的格言警语,是对《韩非子》的《说林》《储说》的发展。如:

> 针成幕,蒸成城,事之成败,必由小生。(《说林训》)

> 以天下之大,托于一人之才,譬若悬千钧之重于木之一枝。(《说林训》)

> 太山之高,背而弗见;秋毫之末,视之可察。(《说林训》)

此两篇,可以说是中国最早的格言集。对推动以后"箴""规""铭""连珠"之类体裁的形成与发展有一定的影响。

第四,语言表达运用上明显受辞赋影响。

刘安好文辞,其身边的八公、大山、小山亦善辞赋,有作品传世。所以《淮南子》的语言明显具有追求藻丽的辞赋化倾向。如《本经训》讲到社会上乱之所生在五种流遁,对每种都用排俪的方式作了铺张性的形容。其"遁于金"一节,对钟鼎和铜镜的雕饰,就作了这样的描摹:

> 大钟鼎,美重器,华虫流镂,以相缪绋;寝兕伏虎,蟠龙连组;焜昱错眩,照耀辉煌;偃蹇蓼纠,曲成文章。雕琢之饰,锻锡文镜,乍晦乍明,抑微无瑕,霜文沈居,若篝簜篟,缠绵经冗,似数而疏。此遁于金也。

这在追求辞采美上,与辞赋是一致的。此外,受《老子》的影响,《淮南子》行文还爱用流畅的韵语,如《主术训》论帝王应无为的一段:

> 若欲规之,乃是离之;若欲饰之,乃是贼之。天气为魂,地气为魄;反之玄房,各自其宅。守而勿失,上通太一;太一之精,通于天道。天道玄默,无容无则;大不可极,深不可测;尚与人化,知不能得。

这种追求韵律美、节奏美、文采美的趋向,对后世散文形式美的发展亦有所影响。

2.《盐铁论》

这部书,产生的时代较晚。为汉宣帝时人桓宽(字次公)所著。

武帝时曾任用桑弘羊治理经济,实行盐铁国营,酒类专卖,增加了国家的财政收入,也引起了民间的反对。汉昭帝即位后,于始元六年(前81),召集被推举为贤良、文学的六十余人,与御史大夫桑弘羊、丞相车千秋及他们的下属,进行了一次辩论。辩论虽以盐铁官营为主题,实际上延伸到整个的治国方略和其他政治问题,涉及历史经验、传统学说,对儒家和法家代表人物的评价。双方各抒己见,反复驳难,发言一百多次。二三十年后,桓宽根据会议记录和曾参加过会议的朱子伯的介绍,加工整理,写成了《盐铁论》。采取依次记录对立双方发言的方式,随论题的转换,逐步深入,共分成六十篇。

这是一部在形式构造和内容性质上都很特殊的著作,它在散文史上的意义在于:

第一,开创了一种独特的写作方式。

《盐铁论》不是由作者确定一个论题展开论述,也不是以虚构的方式假设对问,而是如实记载对立双方就一个个论题针锋相对的驳难。当然,所谓"如实",并不是说它只是粗糙的原始记录,实际上是经作者加工润色而成的文章。这丰富了中国散文的构造形式。

第二,体现了论辩技巧的发展,促进了论辩水平的提高。

由于这部书记载描述的是一次大规模的专题论战,所以自始至终,论题都非常集中,对立双方的观点表现得非常尖锐鲜明,而且论辩中双方都善于准确地捕捉住对方理论上、逻辑上的漏洞,征引切实有力的论据,注意表述的有力、用语的锋利。这一切不但成为当时论辩能力所达到高度的一个标志,而且作为一个范本,一个实例,为后代论辩文章的写作提供了丰富的经验,留下深刻影响,对论说散文,尤其是论辩性文章的写作起了很大推动作用(参见王利器校注的《盐铁论校注》)。

五　诏令

汉代，随着君主集权制度的确立，周代的"诰""命"，演化成一种新的文体——"诏令"。"诏令"是皇帝发布给臣下的口头或书面的谕示，虽后代又细分为"玺书""册""谕""敕"等等，性质大体相同。诏令早期多为帝王自出，后代则多数由文学侍从之臣代笔。多数为应用文字，不属散文范围，但也有少数作品，具有一定审美价值，可作为散文看待。

汉初的诏令，一般比较质简，高帝刘邦的诏书，如《求贤诏》《布告天下诏》等，颇有阔大气概。文帝开始稍讲文辞，有些诏令如《贤良文学对策诏》，相当讲究文饰，有些则相当活泼自然，如《却献千里马诏》：

> 鸾旗在前，属车在后，吉行日五十里，师行三十里。朕乘千里之马，独先安之？朕不受献也，其令四方毋来奉献。（《全汉文》，以下所引"诏令"皆出于此版本）

及《玺书答晁错》：

> 皇帝问太子家令。上书言兵体三章，闻之。书言狂夫之言而明主择焉。今则不然，言者不狂，而择者不明。国之大患，故在于此。使夫不明择于不狂，是以万听而万不当也。

写得随便而相当有情趣，颇类后世小品。汉武帝的有些诏令用语雄健，气魄宏放，与西汉文风格特色相一致，如元封五年（前 106）之《求贤诏》：

　　　　盖有非常之功,必待非常之人,故马或奔踶而致千里,
　　士或有负俗之累而立功名。夫泛驾之马,跅弛之士,亦在御
　　之而已。其令州郡吏民有茂材、异等,可为将相及使绝
　　国者。

有论有比,斩截干脆。如元封元年(前110)《临北河遣使者告单于》:

　　　　南越王头已悬北阙下。今单于即能前与汉战,天子自将
　　兵待边;即不能,亟南面而臣于汉。何但远走亡匿于幕北寒苦
　　无水草之地为?

简劲而有迫人的气势。此类作品皆能给人一定审美感受,可作为
散文欣赏。

第二节　《史记》

一　《史记》的成书

　　《史记》是汉武帝时,司马迁继承其父司马谈的遗志而写成的
一部书。

　　据《史记·太史公自序》,司马谈生年不详,卒于前110年,曾
任太史令。写有《论六家要旨》,死前曾嘱司马迁“无忘吾所欲论
著”,而迁表示:“小子不敏,请悉论先人所次论旧闻,弗敢阙。”说明
司马谈不仅有写一部史书的志愿,且可能已写就部分草稿,其后,
由司马迁完成全书。

　　司马迁,字子长,生年有前145和前135两说,卒年不详,约在
前90年,夏阳(陕西韩城)人。或受家学影响,很早即有志于写史。

二十岁左右"南游江、淮,上会稽,探禹穴,窥九嶷,浮于沅、湘;北涉汶、泗,讲业齐鲁之都,观孔子之遗风,乡射邹、峄,厄困鄱、薛、彭城,过梁、楚以归"。后任郎中期间,又曾出使西南地区。所到之处,都收集旧闻,进行实地考察,为写史做了不少准备。前110年,司马谈因病未能随武帝去泰山参加封禅大典,抑郁而死。死前把写一部上继《春秋》的史书,作为遗命,交代给司马迁。三年以后,迁继任太史令,得"绅史记石室金匮之书",阅读了汉代收集保藏的古代典籍和文献资料。前104年,他完成了参与制订"太初历"的工作,至此全力以赴地投身于史书写作。但前99年,发生了李陵投降匈奴的事件,司马迁就此事发表看法,武帝以为攻击了其宠臣贰师将军李广利,将之下狱,第二年被处宫刑。这是奇耻大辱,给司马迁精神上极大打击。但他为了完成史书的写作,"幽于粪土之中而不辞","就极刑而无愠色"。出狱后,被任命为中书令,他更加发愤地写作,约至前90年完成全书。书分"本纪""表""书""世家""列传"五部分,共一百三十篇,五十二万六千五百字。原名《太史公书》或《太史公记》,东汉以来,逐渐被简称为《史记》。

《史记》是特殊时代背景下,有特殊意义的一部伟大著作。

首先,司马迁所处的那个时代为他写作《史记》提供了条件,他又以自己的著作完成了时代赋予的使命。

汉代大一统的政权确立以后,至武帝前期,政治稳定,经济发达,国势兴盛,版图扩大,这使司马迁的漫游、考察历史遗迹有了可能;同时自废除了秦的禁挟书令,提倡学术的复兴,全国性收集图籍,使文献材料集中于中央政府,为司马迁的大量阅读和掌握写作资料提供了条件,这是《史记》得以写成的前提,没这个前提,就没有《史记》的诞生。

司马迁在《报任少卿书》中说过一句极重要的话:"亦欲究天人之际,通古今之变,成一家之言。"这句话表明了写《史记》的目的和宗旨。就"通古今之变"来说，乃是时代的要求，历史的使命。如前所说，在汉代初期，对先秦以来的思想文化遗产进行回顾式的总结、汇集、整理已经成为时代的任务。《淮南子》就是这方面所作的尝试与努力，司马谈的《论六家要旨》，也是在理论体系上试图归纳总结的表现之一。作为总任务的一个分支，在史学领域，写一部继《春秋》之后的能"通古今之变"的史书，也就提到了日程之上。据《自序》，司马谈曾对司马迁说："自获麟以来四百有余岁，而诸侯相兼，史记放绝。今汉兴，海内一统，明主贤君忠臣死义之士，余为太史而弗论载，废天下之史文，余甚惧焉，汝其念哉！"而司马迁，俯首流涕曰："小子不敏，请悉论先人所次旧闻，弗敢阙。"其后，他又对壶遂说："士贤能而不用，有国者之耻；主上明圣而德不布闻，有司之过也。且余尝掌其官，废明圣盛德不载，灭功臣世家贤大夫之业不述，堕先人所言，罪莫大焉。"这说明司马谈父子不但已经自觉意识到时代的要求，而且把这种要求转化为自己应承担的神圣使命，正是这种使命感促使司马迁完成了写作《史记》这一伟业。

其次，《史记》的写作体现了自先秦以来逐渐形成的对生命价值的追求。

"成一家之言"是司马迁写作《史记》的目的之一。"成一家之言"即三不朽之一的"立言"。自春秋后期叔孙豹提出"太上立德，其次立功，其次立言"的三不朽说，就标志着中国思想史上生命价值观的初步形成，此后以孔子为首的诸子及战国的策士们，都是这种价值观的贯彻者，正是这种价值观赋予了他们积极进取的奋斗精神。不过，他们虽然以讲学、著书立说甚或游说为主要活动，却并不只满足于"立言"，往往是以"立德""立功""立言"并许，可实际上，"立德"且不说，"立功"是并未成功的，最终都还是以"立言"而留名。秦、汉君主集权制度确立以后，部分"士"人如贾谊者，尚图"立德""立功""立言"并取，而实际上已无可能，最终也只是以"立言"垂名;部分"士"人如司马相如、枚乘者,则已不再以"立德""立功"为目的,自觉地致力于"立言"。就司马迁来说,所谓"立言",就是要以历史为载体,表达关于"天人之际""古今之变"的认识与观念。他所以如此重视"立言",正是先秦以来形成的生命价值观的进一步的发展。同是在《报任少卿书》中,司马迁在中国历史上第一次明确地提出了最具代表性的关于生命价值观的格言:"人固有一死,或重于泰山,或轻于鸿毛,用之所趋异也。""轻于鸿毛",就是无意义的死去。"重于泰山",就是死也要能为国家社会建功立业,扬名后世。"用之所趋异",就是看你为什么去死,如何而死。具体到司马迁自己,他的态度是宁愿付出生命的代价,也要通过"立言"而让"文采"永垂于后。这种意思,在同《书》中,他说得很明白:

> 夫人情莫不贪生恶死,念父母,顾妻子;至激于义理者不然,乃有所不得已也。……仆虽怯懦,欲苟活,亦颇识去就之分矣,何至自沉溺缧绁之辱哉? 且夫臧获婢妾,由能引决,况仆之不得已乎? 所以隐忍苟活,幽于粪土之中而不辞者,恨私心有所不尽,鄙陋没世,而文采不表于后世也。

此后又说:

> 古者富贵而名摩灭,不可胜记,唯倜傥非常之人称焉。

最后说到自己之著《史记》,特别强调:

> 仆诚以著此书,藏诸名山,传之其人,通邑大都,则仆偿前辱之责,虽万被戮,岂有悔哉!

这充分说明，他之所以把写《史记》看得比生命更重，比忍受宫刑的屈辱更重，正是要借此实现生命的价值，使其不"轻于鸿毛"而"重于泰山"，得以永垂后世。这种生命价值观，代表和反映的是这个大的历史时代知识阶层的共同精神追求。所以总起来看，《史记》应该说是一种具有时代性的生命价值观的产物。

其三，《史记》是人的主体意识自觉和积极进取精神的结晶。

司马迁说，他写《史记》"亦欲究天人之际"。但综观全书，对"天"，他并没有"究"明白。与董仲舒的君权神授及天人感应说完全不同，司马迁对"天命""天道"是感到极其迷惑的。而对"人"的一面，他却是极其重视而肯定的。上面所引过的："古者富贵而名摩灭，不可胜记，唯倜傥非常之人称焉。"足以说明这一点。还有，司马迁是以写一部承继《春秋》的书自任自命的，但他在论及《春秋》时，强调的是"《春秋》以道义"，即"别嫌疑，明是非，定犹豫"等，而谈及自己面临的使命时，所提出的重点却变了，变成了对人的表彰。先则记其父的教诲曰："明主贤君忠臣死义之士，余为太史而弗论载，废天下之史文，余甚惧焉。"后则曰："废明圣盛德不载，灭功臣世家贤大夫之业不述，堕先人所言，罪莫大焉。"再看《史记》的实际内容，确实也贯彻了他的宗旨，一百三十篇中，百分之八十以上，是为"明主贤君忠臣死义之士"树碑立传。最早看出这一点的是梁启超，他在《中国历史研究法》中说："其最异于前史者一事，曰以人物为本位。"何以有这种转变？这与他所写的时代与他所处的时代直接相关。如在本编"通说"中所说，自子产提出"天道远，人道迩"，就有了"人道"思潮的兴起。此后，从以孔、老为代表的思想家阶层，再扩大到诸子，就发展出一种个体人格价值观，表现出对自我存在价值的自信、自尊，这实际上是人的主体意识的觉醒或自觉。正是由于这种自觉，才形成了他们致力于实现自我价值的积极进取精神，以追求"立德""立功""立言"为人生目的。随着社会的发展,这种主体意识的自觉日益扩大和普遍化,由诸子而推及策士、游士、侠士。进一步发展,更下层的门客、舍人如冯谖、毛遂,甚至鸡鸣狗盗之徒,也都想在历史舞台上表演一番。到了秦的集权统治建立,这种精神被压抑了一下,但至楚、汉之间,由于社会波动提供的契机,这种实现自我价值的进取意识,反而更加深入和高扬,成为普泛化的社会意识。不但作为贵族后裔的项羽有"彼可取而代也"的雄心,身为佣工的陈涉亦有"帝王将相宁有种乎"的鸿鹄之志。汉王朝的开国将相名臣,如萧、曹、韩、周,多为下层的小吏平民,但他们却也早就有宏大的抱负:陈平为村社宰肉时,就自信能宰天下;韩信为饿隶时,就为其母营万家坟茔。这都是那个大的历史转变期所产生的时代精神的反映。汉政权稳固以后,没有了自主的自我价值高扬,但崇尚建树非凡功业的精神依然存在,前引汉武帝的诏令有云:"盖有非常之功,必待非常之人。"司马相如《难蜀父老》中亦言:"盖世必有非常之人,然后有非常之事;有非常之事,然后有非常之功。"司马迁作为生活在这个时代的人,及对这个大时代的思想文化进行汇集总结的思想家,在广泛地占有和思考前代文献资料时,当然会深深地感受到这种意识和精神并受其熏陶和感染,不但形成了上述的生命价值观,而且把体现了这种时代精神的种种人物,集拢于其笔端,使一部《史记》成为具有自我主体意识与积极进取精神者之结晶。

其四,《史记》是在时代发展的一个特殊节点产生的有特殊意义的作品。

上述主体意识的自觉与积极进取精神,是在由分封式的社会结构向君主集权制的社会结构转化时期产生的,当时虽然政治军事斗争激烈而纷乱,思想文化的发展则处于自由开放的状态,主体意识与进取精神是与人格的自主自尊结合在一起的。秦汉建立的君主集权,就是君主专制,"朕即国家,国家即朕",予取予夺,决于君主一人。这种制度下，也需要"非常之人"，但前提是要为我所用，也需要"非常之功"，但需要成我之功。其中一条底线，就是不能威胁到君主之"威"之"权"。否则，结果就是"逆我者亡"，或我"疑"者亦亡。"狡兔死，走狗烹；高鸟尽，良弓藏；敌国破，谋臣亡。"这条谚语所揭示的历史规律，春秋时期，只在越国偶见，汉高祖时期则得到充分体现。韩信、陈豨的谋反，明眼人都知是"欲加之罪"。萧何这样的心腹，也不得不广置田产以除疑，张良这样的第一等谋臣，也不得不以辟谷导引而韬晦。这是时代使然，制度使然。景帝时，晁错作为"智囊"，曾被何等信用，而面对七国之反的威胁，袁盎的一席话，就使他错衣朝衣而被斩于东市。这种局面，与个体人格的自主自尊是毫不相容的，二者的冲突是带必然性的"命运"的冲突。司马迁恰恰生活在这个冲突的节点上。他开始并未意识到这一点，还曾天真地"以为戴盆何以望天，故绝宾客之知，亡室家之业，日夜思竭其不肖之才材力，务一心营职，以求亲媚于主上"。然而，只因为替李陵说了几句话，就落了个下蚕室受宫刑的下场，这才使他对专制的淫威，有了彻骨刻髓的体会。但这并没有使他放弃自己的抱负与使命感，反而更强化了他的决心与意志，要以写成《史记》来实现其生命价值，与他所不理解的"命运"相抗争。所以《史记》是司马迁满怀着"郁愤"，混和着血泪所写成的作品，但这种"郁愤"不只是司马迁个人的"郁愤"，而是由先秦所传承下来的主体意识觉醒与积极进取精神、人格价值的自主自尊，和君主集权专制及文化专制相冲突的标志。因而《史记》不是一般的史书，是在特殊时代产生的具有特殊意义的作品。因而整部《史记》也就涂满了撼人心灵的悲壮色彩。

二 《史记》在人物形象塑造上的成就

前面已经说过，在这一大的阶段中，散文作者的基本倾向，是为实用而求审美。反过来说,就是作品的审美价值是被锁扣在实用目的之中的。在论说性的作品中,其审美价值、艺术成就体现在哲学、政治、思想学说的表达之中,在叙事性作品中,则体现在其对历史和现实的人物、事件的记述之中。在《史记》诞生之后,人们首先看到的是它在史学方面的意义。最早的评论见于班彪、班固父子:"自刘向、扬雄博极群书,皆称迁有良史之材,服其善序事理,辨而不华,质而不俚,其文直,其事核,不虚美,不隐恶,故谓'实录'。"(《汉书·司马迁传》)其后,清人赵翼则作出更全面的评价:"司马迁参酌古今,发凡起例,创为全史。本纪以序帝王,世家以记侯国,十表以系时事,八书以详制度,列传以志人物。然后一代君臣政事贤否得失,总汇于一编之中。自此例一定,历代作史者遂不能出其范围,信史家之极则也。"(《廿十二史札记》卷一)这不属于我们研究的范围,不必详论。

然而,对《史记》文学价值、成就与贡献的认识,是有一个逐步深入的过程。至唐宋时期,古文家们才看到它在散文发展史上达到的高度;到明清时期,作家们对之有了更深的认识,视为学习的典范,几乎到了顶礼膜拜的程度;近现代以来,则有了种种更高的评价。现在看来,在当时的叙事类作品中,《史记》的审美价值、艺术水平,已发展到最高程度,完全可以与以虚构为核心特征的后世小说相媲美。如前所说,《史记》的重心在表彰那些"倜傥非常之人",写作上是"以人物为本位",所以它的成就突出地表现在人物形象的塑造上。这又可从两方面来评判,一方面是《史记》所成功塑造的人物,一方面是它如何取得了这样的成功。

关于第一方面。首先,《史记》突破了《左传》式的以历史发展过程为线索和《国语》式的以事件为基本单元记事的模式,用"纪传体"的形式,记载描述了时间长度上,远自五帝近到汉武;等级序列上,高自帝王低至平民;类型广度上,包括君主、将相、谋臣、策士、学者、文人、廉官、酷吏、游侠、刺客、倡优、商贾、医、卜、星、相等等，数以千计的各色人物形象，反映了在英雄史观形式下对人的地位和价值的发现与重视。

其次，《史记》无论是写历史，还是人物，都不只是胪列出其言行事迹，而更注重写出其"为人"。所谓"为人"，就是由人物的内在精神气质所决定形成的基本性格特征。如孔子之汲汲于"拨乱世反诸正"，不得成功而潜心于六艺；屈原的满怀忠君爱国之情，却被谗毁而生忧愤；蔺相如的智勇双全，公而忘私；信陵君的礼贤下士；吕后的刚毅残忍等等。《史记》所写的大部分人物都能以其鲜明的性格特点给人留下深刻强烈的印象。

其三，《史记》不仅能写出人物的性格特征，而且能够围绕人物的性格核心，从不同侧面、不同层次展现出其复杂的性格组合，塑造出立体化的人物形象，如项羽、刘邦、张良、韩信、李广，都有类似特点。钱钟书先生评论项羽的形象曾说："'言语呕呕'与'喑恶叱咤'，'恭敬慈爱'与'慓悍滑贼'，'爱人礼士'与'妒贤嫉能'，'妇人之仁'与'屠坑残灭'，'分食推饮'与'玩印不予'，皆若相反相违，而具在羽一人之身，有似两手分书，一喉异曲，则又莫不同条共贯，科以心学性理，犁然有当。《史记》写人物性格，无复综如此者。谈士每以'虞兮'之歌，谓羽风云之气而兼儿女之情，尚粗浅乎言之也。"（《管锥编》）这是对《史记》善于塑造复杂性格的最好说明。

其四，《史记》还善于写出同类型人物不同的个性特征。如在司马迁的笔下，同是反复倾侧的说客，张仪更多地带有诡诈无赖气息，苏秦则较为质实厚道；同是谋臣策士，张良以善于运筹帷幄引人注目，陈平则以多用阴谋、好出奇制胜为特色；同是忠仆，石奋、石建父子的特点在恭谨，田叔的特点是愚忠。

这样《史记》就为后人构筑了一个多姿多彩的极具艺术魅力的历史人物画廊。

关于第二方面。《史记》在人物形象的塑造上能取得这样高的成就,极其难能可贵。因《史记》毕竟是史书,而史书与史诗、小说、戏剧等之间,有一条不可逾越的界线,这就是必须真实地记载史事,而绝不能虚构,有了虚构,历史就不成为历史。当然,在记事的细微处,也允许有某些踵事增华,但这只能起润色的作用,而不能更改事件的真确与真实。有了这条限制,要塑造出生动的艺术形象来,就像闻一多形容格律对诗人的要求:要戴着镣铐跳舞。司马迁正是在这样的条件下,凭着他多方面的创造才能,取得了塑造人物形象的成功。

　　首先,司马迁发挥了空前的艺术想象力。钱钟书在论及《左传》时有一段话:

> 　　史家叙真人真事,每须遥体人情,悬想事势,设身局中,潜心腔内,忖之度之,以揣以摩,庶几入情合理。盖与小说、院本之臆造人物,虚构境地,不尽相同而可相通,记言特其一端。《韩非子·解老》曰:"人希见生象也,而得死象之骨,案其图以想其生也;故诸人之所以意想者,皆谓之象也。"斯言虽未尽想象之灵奇酣放,然以喻作史者据往事、按陈编而补阙申隐,如肉死象之白骨,俾首尾完足,则至当不可易矣。(《管锥编》第一册,166页)

而《史记》想象力的水平又大大超出了《左传》,对各色各样的历史人物,纷纭庞杂的历史事件,复杂错综的军事、政治、外交斗争,乃至日常生活场面,不但能描摹得传神毕肖,历历如现,而且能渲染出其声势、意境、氛围。其想象力之丰富,再现力之高妙,比起单纯的文学作品,略无逊色。尤其对人物形象塑造之生动,曾使历代的评论家为之倾倒,如日本人斋藤正谦曾谓:

> 子长同叙智者,子房有子房风姿,陈平有陈平风姿;同叙勇者,廉颇有廉颇面目,樊哙有樊哙面目;同叙刺客,豫让之与专诸,聂政之与荆轲,才出一语,乃觉口气各不同。《高祖本纪》见宽仁之气动于纸上,《项羽本纪》觉喑恶叱咤来薄人。读一部《史记》,如直接当时人,亲睹其事,亲闻其语,使人乍喜乍泣,不能自止。(《史记会注考证》)

这种客观效果的形成,正是司马迁丰富艺术想象力的体现。可以说,《史记》在中国散文发展史上,艺术想象力达到了前所未有的高度。

其次,司马迁总是把人物放在广阔的历史背景里,让他们在错综复杂的历史斗争中显现出其性格本色。如战国四公子都以善养士著称。司马迁不只是写他们如何喜士、爱士、重士,还着重写在战国复杂尖锐的政治、军事、外交斗争中,他们如何因重士、爱士而得士之力以取得胜利。写信陵君主要写他在救赵问题上如何得士之助以达目的;写孟尝君主要写他在齐、秦的冲突及在齐国统治集团的内部矛盾中,如何靠士以解危难;写平原君主要突出他在向楚国求援时如何因士的作用而取得成功。项羽、刘邦是楚汉之争的中心人物,因而他们的性格本质及个性特点,也就以这场历史斗争的大画卷为背景而突现出来。吕后以女主而称制,故其个性在统治阶层的内部倾轧及宫闱的残酷斗争中得以展现。这些都不是历史过程的自然姿态的再现,在历史背景与人物形象的表现之间,可以看出作者有意识的经营安排。

再次,司马迁有意识地把历史过程的叙述情节化,在被故事化、戏剧化了的矛盾冲突中刻画和塑造人物形象。如蔺相如的形象就是在"完璧归赵""渑池会""将相和"三个戏剧化的冲突中塑造出来的。《项羽本纪》中的"鸿门宴",更是一个典型的把外交斗争、政治斗争予以故事化、戏剧化的场面,正是在这个被经营得波澜起伏、尖锐激烈、复杂微妙的场面中,司马迁集中展现了项羽、刘邦、范增、樊哙等一系列人物的性格和个性。

其四,司马迁尤善于捕捉足以显示人物内在本质的典型化细节。《左传》之选取细节,主要是以凝练的笔墨写人物性格、心理、气质、个性之一个侧面。而《史记》所选择之细节,往往为透露人物整个性格本质起画龙点睛的作用。如《李斯列传》载:

> 年少时,为郡小吏,见吏舍厕中鼠食不洁,近人犬,数惊恐之。斯入仓,观仓中鼠,食积粟,居大庑之下,不见人犬之忧。于是李斯乃叹曰:"人之贤不肖譬如鼠矣,在所自处耳!"

只此一细事,就写出了李斯的整个人生观,暴露出造成其一生悲剧命运的性格核心——贪恋爵禄,热衷势利。《酷吏列传》写张汤儿时"劾鼠"事,只一细节,亦足以见张汤整个性格的酷烈刻深。此外,诸如陈平、韩信、项羽、刘邦等,都尝见类似写法。

最后,司马迁在刻画人物形象时,还广泛运用了对比、映衬、烘托等多种手法。《魏公子列传》中拿信陵君和平原君对毛公、薛公的不同态度作对比;《廉颇蔺相如列传》中以廉颇与蔺相如作对比;《项羽本纪》中处处以刘邦作对比;在《李将军列传》中,专门插入程不识治兵的方法与李广作对比。正是在对比当中,使人物各自的性格显得更为鲜明。试看《平原君列传》写毛遂的故事,先写平原君对毛遂的不信任:"今先生处胜之门下三年于此矣,左右未有所称诵,胜未有所闻,是先生无所有也。先生不能,先生留。"次写其他人的轻蔑态度:"十九人相与目笑之而未发也。"然后写在与楚王谈判中毛遂挺身而出,挟持楚方歃血为盟:

> 毛遂左手持盘血,而右手招十九人曰:"公相与歃此血于堂下,公等录录,所谓因人成事者也。"

最后又补写:

> 平原君已定从而归,归至于赵,曰:"胜不敢复相士,胜相士多者千人,寡者百数,自以为不失天下之士,今乃于毛先生而失之也。毛先生一至楚,而使赵重于九鼎大吕。毛先生以三寸之舌,强于百万之师。胜不敢复相士!"

这样先抑后扬,前后映照,将毛遂的雄风英姿及卓荦不凡,表现得淋漓尽致。此前的叙事性作品中,尚未见到这种艺术表现方法如此成熟老练的运用。

总之,以上这些方面,使得《史记》在人物形象的塑造上达到了一个前所未有的高度。

三 叙事手段创造性的发展

叙事,是史学的基本要素,以准确、清楚、明白为标准,能达到生动流畅更好。叙事,也是文学的基本要素,但它的要求不同,要有方法手段的创造性,能产生艺术魅力,形成审美效果,《史记》在这方面也有多方面的创造。

首先,除了在"本纪""世家"中按编年的形式组织材料、在"书"中按专题叙述说明外,于人物传记部分,司马迁创造了多种多样的叙述方法:有的围绕一个历史斗争组织故事,如荆轲传,完全集中在燕太子丹与秦王政的矛盾冲突这一条线索上,《田单列传》基本上围绕田单抗燕复齐的过程展开;有的以表现人物性格为中心,连续排列几个相对独立的完整情节,如《廉颇蔺相如列传》之写蔺相如部分；有的记载人物生平始末，如《项羽本纪》《高祖本纪》；有的把几个人的事迹交织在一场矛盾斗争中穿插叙述，如《魏其武安侯列传》；有的主要是细碎情节的累积，如《万石张叔列传》之写石奋、石建；有的直接是数字材料的胪列，如《曹相国世家》《绛侯周勃世家》中缕数战功；有的似乎散漫写来，毫无章法，实际上有着内在筋脉，如《李将军列传》。

其次，在对具体事件的叙述中，《史记》展现了许多前所未有的高超技巧。如《魏公子列传》写信陵君为侯嬴设宴一节。先写"公子于是乃置酒大会宾客"，然后亲自去接侯生，而侯生却偏要枉道去看朱亥。接着写：

> 公子引车入市，侯生下见其客朱亥，俾倪故久立，与其客语，微察公子。公子颜色愈和。当是时，魏将相宗室宾客满堂，待公子举酒。市人皆观公子执辔。从骑皆窃骂侯生。侯生视公子色终不变，乃谢客就车。至家，公子引侯生坐上座，遍赞宾客。宾客皆惊。

这里，用了多视角不同画面的剪接与叠加、时空交错的立体组合。有公子置酒的场面，有迎侯生的过程，有侯生"微察公子"的插叙，有公子"执辔愈恭""颜色愈和"的特写，有"将相宗室宾客满堂，待公子举酒"，"市人皆观公子执辔"，"从骑皆窃骂侯生"等空间的交叉和视角的转换，有"遍赞宾客""宾客皆惊"的镜头。已是典型的"蒙太奇"手法。两千多年前，司马迁就已创造出这样的叙事方法，着实令人震惊。

再次，尤具特色的是，司马迁在叙事中特别喜好选择历史人物特异性事迹，通过艺术加工，把它们组织成起伏跌宕、瑰奇诡异、富有魅力的传奇性故事。在《孙子吴起列传》中，根本没写作为军事家的孙武如何用兵打仗,而是不惜笔墨,详细叙述了其用吴王美人试兵。在同传中,还写吴起关心士卒,"卒有病疽者,起为吮之"。此事件本身就具有超常的性质,而接着写"卒母闻而哭之",使人感到疑惑莫解,有人问:"子卒也,而将军自吮其疽,何哭为?"其母答曰:"非然也。往年吴公吮其父,其父战不旋踵,遂死于敌。吴公今又吮其子,妾知其死所矣。"更增加了事情的特异性。《越王勾践世家》写范蠡离越居陶,而为陶朱公,其中子在楚杀人,长子争着去营救,结果竟"持其弟丧归",情节之曲折,简直就像一篇传奇小说。《淮阴侯列传》写萧何追韩信一节,亦极尽跌宕回还、起伏摇曳之致。起韩信经萧何被推荐给刘邦,而未得重用,于是韩信逃亡。

> 何闻信亡,不及以闻,自追之。人有言上曰:"丞相何亡。"上大怒,如失左右手。居一二日,何来谒上,上且怒且喜,骂何曰:"若亡,何也?"何曰:"臣不敢亡也,臣追亡者。"上曰:"若追者谁何?"曰:"韩信也。"上复骂曰:"诸将亡者以十数,公无所追,追信,诈也。"

这种亡、追、怒、骂的曲折变化,为下文突出韩信的重要,作了铺垫,用的是反宕之笔。接着萧何讲了韩信的不同凡俗,说服刘邦拜信为大将,并谓:

> "王素慢无礼,今拜大将如呼小儿耳,此乃信所以去也。王必欲拜之,择良日,斋戒,设坛场,具礼,乃可耳。"王许之。

这时插了一笔:

> 诸将皆喜,人人各自以为得大将。

是进一步的烘托。最后才揭示出：

> 至拜大将，乃韩信也，一军皆惊。

大概正因为司马迁的叙述如此委婉有致，这段故事才引起后世读者浓厚的兴趣，以至于改编为各种戏曲、传奇，传诵不绝。《史记》中此种笔墨处处皆是，中国后代的叙事性作品，在情节构造上特别注重传奇性，与《史记》留下的影响直接相关。

四　其他方面的推进与贡献

除上述几点之外，《史记》对古代散文的发展，还有多方面的推进与贡献。如在文章的结构体制上，它提到了一个全新的高度。《史记》的内容极其丰富，在时间跨度上，贯通上下三千年，在范围上，不但包揽了无以数计的历史人物、历史事件，而且涉及政治、军事、外交、经济、思想、文化、学术及天文地志等自然科学领域。如此复杂，如此广阔的内容全被囊括在一起，用五种体例组织起来，借刘知幾的话说："纪以包举大端，传以委曲细事，表以谱列年爵，志以总括遗漏；逮于天文地理，国典朝章，显隐必该，洪纤靡失。"（《史通·二体》）而且在"自序"中，还一一条纲列目，举总提要。比起《吕氏春秋》《淮南子》这是一个巨大推进。之外，有更重要的两个方面，特别值得重视：

其一，《史记》在写人叙事中融会贯注了浓厚的抒情因素。

鲁迅先生曾高度概括地称《史记》为"无韵之《离骚》"。对此话可作三层理解：一是《史记》的文学价值、艺术成就可与《离骚》相媲美；二是《史记》像《离骚》一样是一部抒情作品；三是《史记》像《离骚》一样所抒为牢骚郁愤之情。最后一点，与司马迁借其书来通导内心的"郁愤"是相通的。但司马迁所抒之情又不只是"郁愤"，还包括他对历史上那些"倜傥非常之人"的称赞景仰及其悲剧命运的同情。

《史记》在叙事中的抒情，有三种情况。一种可以称之为冷抒情，即只对事实作似乎是纯客观的叙述，而内在地、含蓄地透露出某种感情倾向。如"鸿门宴"中，项羽毫不在意地讲出，刘邦拒关之谋是其左司马曹无伤所泄露，宴后"沛公至军，立诛杀曹无伤"。《酷吏列传》写张汤"自公卿以下，至于庶人，咸指汤。汤尝病，天子至自视病，其隆贵如此"。两处都是作者只摆出事实，不表态度，不加评论，而客观事实的对比之中，对人物的好恶爱憎、臧否褒贬，读者自会有所感受。一种是融会式的抒情，在叙事时毫不掩饰地把感情贯注在笔墨之中，字字句句都是对人物事迹的陈述，又字字句句都饱蘸着自己的感情。如《魏公子列传》，连续用一百四十七个"公子"称代信陵君，叙写其事迹时，亲切的态度，赞佩的意绪，溢于言表。第三种是感情的正面倾吐。有的是在叙事中关闭不住感情的闸门，满腹的悲愤，一腔的不平，借对人物命运遭际的述说，像火山一样猛烈地喷发出来。如《伯夷叔齐列传》，对天道不公的怨愤、责问、感慨，滔滔汩汩，一泻而出，犹似一篇《天问》；《屈原列传》中对楚怀王贤愚不明的感慨，对屈原悲剧命运的痛惜，对屈原高洁品质的赞美，充盈洋溢，深切沉挚，开始还融会在叙述之中，后来不由得化为激越的议论，再后则化为热烈高亢情感的直接倾吐，一篇列传近乎写成一首"吊屈原赋"。还有些传后的论赞，由于感情色彩的浓烈，除了不分行、不协韵外，已接近于抒情诗。如《孔子世家》：

> 《诗》有之："高山仰止，景行行止。"虽不能至，心向往之。余读孔氏书，想见其为人。适鲁，观仲尼庙堂车服礼器，诸生习礼其家，余低回留之不能去云。天下君王至于贤人众矣。当时则荣，没则已焉。孔子布衣，传十世，学者宗之。自天子

王侯,中国言六艺者折中于夫子,可谓至圣矣!

以上所说三点,还只是就表面的粗浅的现象层面而论,还有一个更深刻的涉及美学的根本问题,这里不能详论,但必须指出来,那就是:形象性决定于抒情的需要,情感乃是形象之根。原因就在于人的认识、观念、理论,完全可以不凭形象而加以传达表述,而情感是无法用抽象的概念加以传达和表述的,必须借助于感性化的形象。《史记》的艺术成就、审美价值的获得,从根本上就取决于这一点;后代的史书,之所以不同于《史记》,根本原因也在于此。

其二,叙事中提高了语言文字的表现功能和力度。

鲁迅曾说:司马迁的写作,"不拘于史法,不囿于字句,发于情,肆于心而为文"。道出了《史记》语言文字运用的特点。无论是陈述、摹写、议论、抒情,司马迁从不讲究藻饰、刻意雕琢,全凭客观表达的需要和主体情绪的发展而运笔。有时从容地平实地叙写;有时提、宕、顿、挫,自然地形成节奏;该质简时极其质简,不妄添一词一字,该累叠时,反复累叠,绝不厌其繁复;有时借用古籍,则善于化艰深为浅易;间或引入俗谚,又能不着痕迹而使文章生色;写人物的情态,如蔺相如计诳秦王,"秦王与群臣相视而嘻",只一"嘻"字便神韵全出;写人物之作为,如吕后"断戚夫人手足,去眼,煇(熏)耳,饮暗药,使居厕中,命曰'人彘'",让人读来毛骨悚然。激情澎湃时,可以数十言一气贯注,如"若至近世,操行不轨,专犯忌讳,而终身逸乐富厚,累世不绝;或择地而蹈之,时然后出言,行不由径,非公正不发愤,而遇祸灾者,不可胜数也"(《伯夷叔齐列传》)。从容叙事处,则一句一断,斩截干脆,如述周勃战功:"攻槐里、好畤,最。击赵贲、内史保于咸阳,最。北攻漆。击章平、姚卬军。西定汧。还下郿、频阳。围章邯废丘。破西丞。击盗巴军,破之。攻上邽。东守峣关。转击项籍。攻曲逆,最。还守敖仓,追项籍。籍已死,因东定楚地泗水、东海郡,凡得二十二县。"凡此种种,皆文随意转,纵控自如,表现了语言运用上高超而老到的功力。

但在这方面较前代最明显的发展,还在于叙事时能够在语句的组合中,充分发挥语词的张力,而创造出某种整体的气势、氛围和意境。如《田单列传》写火牛阵一节:

> 田单乃收城中得千余牛,为绛缯衣,画以五彩龙文。束兵刃于其角,而灌脂束苇于尾,烧其端。凿城数十穴,夜纵牛。壮士五千人随其后。牛尾热,怒而奔燕军,燕军大惊。牛尾炬火光明炫耀,燕军视之,皆龙文,所触尽死伤。五千人因衔枚击之,而城中鼓噪从之,老弱皆击铜器为声,声动天地。燕军大骇,败走。齐人遂夷杀其将骑劫。燕军扰乱奔走,齐人追亡逐北,所过城邑,皆叛燕而归。

叙述间以描写,齐人燕军相交叉,有斑斓的色彩,有炫耀的火光,有牛的奔腾,有燕军的惊骇、溃败、死伤,有战士的鼓噪呐喊,有铜器的轰鸣振响,纷错杂沓,如火如荼,渲染出了令人惊心动魄的声势。前此的作品绝无这样的表现力。再如《刺客列传》中写荆轲"易水祖别":

> 太子及宾客知其事者,皆白衣冠以送之。至易水之上,既祖,取道,高渐离击筑,荆轲和而歌,为变徵之声。士皆垂泪涕泣。又前而为歌曰:"风萧萧兮易水寒,壮士一去兮不复还。"复为羽声慷慨,士皆瞋目,发尽上指冠。于是荆轲就车而去,终已不顾。

悲凉之气,动人心魄,刻入骨髓。此外,如项羽钜鹿之战,垓下别姬,皆能创造出字面之外的意境氛围。

总起来说,《左传》的语言凝练而含蓄,《战国策》的语言重夸饰,《史记》与二者不同,主要是靠了在语句的组合中,发挥语词的表现力,从而取得传神肖物、抒情寄意的效果。其特点是坚劲而有力,质实而浑厚。韩愈说司马迁的文章"深雄雅健",柳宗元称"太史公甚峻洁",皆是就此而言。

正是因为司马迁在散文发展史上作出了如此众多方面的贡献,所以《史记》的文章,成为后人追趋的楷模,司马迁也成为历代古文家所遵奉仰慕的一大宗师。

第三节　抒情表志之作

先秦少有正面抒情表志的作品,唯乐毅《报燕惠王书》表白心迹,带有较浓抒情成分。西汉初期,散文发展中出现了一个新现象,开始有以抒发吐露个人情志为主的文章。涉及的仍属关于命运和事业的大主题,政治性强,论说成分相当重,但终究是抒情文章的嚆矢。

一　东方朔

东方朔(约前154—前93),字曼倩,平原厌次人。以滑稽善调笑著名。

其代表作是《答客难》。据《汉书·东方朔传》,朔因应诏上书,得"待诏公车",曾任大中大夫给事中,后降职为郎。他也关心国事,想有所作为,提出过一些认真严肃的意见,但汉武帝一直将之视同倡优,因此他心中苦闷。在这种情况下,他写了《答客难》以抒发自己的牢骚。

文中，他用辞赋中假设对问的形式，先设有客以苏秦、张仪为例，说他们"一当万乘之主，而都卿相之位，泽及后世"，责难东方朔："自以为智能海内无双，则可谓博闻辩智矣。然悉力尽忠以事圣帝，旷日持久，官不过侍郎，位不过执戟，意者尚有遗行邪？"对此，他则以"时异事异"为自己辩解，谓：

> 今则不然，圣帝流德，天下震慑，诸侯宾服，连四海之外以为带，安于覆盂，动犹运之掌，贤不肖何以异哉？
> 遵天之道，顺地之理，物无不得其所。故绥之则安，动之则苦；尊之则为将，卑之则为虏；抗之则在青云之上，抑之则在源泉之下；用之则为虎，不用则为鼠；虽欲尽节效情，安知前后？
> 夫天地之大，士民之众，竭精谈说，并进辐凑者不可胜数。悉力慕之，困于衣食，或失门户。使苏秦、张仪与仆并生于今之世，曾不得掌故，安敢望侍郎乎？（《全汉文》）

接着又讲了一通君子不管遭际如何，不可不修身的道理，责备难者是"以管窥天，以蠡测海"，"譬犹鼱鼩之袭狗，孤豚之咋虎"，"适足以明其不知权变而终惑于大道也"。通篇是正话反说，借强调应该满足于现在处境，抒发抑郁不得志的愤懑。

此文的价值：一在其命意的创新。虽然仍采用议论的形式，但其主旨，不是讨论社会政治问题，不是阐述某种理论主张，而是明确地、直接地谈论个人的命运遭际，实际是假借论说而抒发、吐露生不逢时的感慨，相当于一篇《士不遇赋》。前此，韩非的《孤愤》也述说过类似问题，但不是立足于个人，而是把"智术之士"受到压抑，作为一种客观社会现象来评说。东方朔这种立意的角度，在散文史上实属首创。二在其表现方法、表达方式的创新。明明是自己有满腹牢骚，满腔不平，不但不正面表达，反而拉出一副教训别人的架式，冠冕堂皇地讲一套大道理，说自己的处境已经如何不错，别人的嘲讽如何无知。这种内在真实意蕴和外在表达方式的对立、矛盾、不协调，给文章涂上了一种幽默、诙谐的色调。这是一种语言运用艺术，也是一种表现艺术。这种方法，最早晋国的叔向就曾用以向晋平公进谏（参见《国语·晋语八》），《晏子春秋》亦记载了多则类似的故事。但叔向和晏婴只是把它用在委婉的进谏上，而东方朔却作了新的发展，用来抒发自己的愤懑之情。用这样的方式，既表达了不满情绪，又抹去了锋芒，减弱了刺激性，不致触犯时忌。东方朔之所以选用这种表达方式，与当时君威不可犯的时代环境有极大关系。东方朔"生不逢时""怀才不遇"的心态，代表了士大夫文人由于其文化人格的悲剧二重性所必然形成的普遍心态，东方朔所处的时代环境，代表了古代士大夫文人普遍遭遇的环境，因之《答客难》一出，引起许多古代作家的共鸣，不断有人仿作。但有些作者不悟东方朔以谐谑形式来抒发愤懑情绪之旨，往往认真地以之为自己的处境辩说（如班固之《答宾戏》），也就失去了原有的效果，唯韩愈的《进学解》堪称得其神韵。

东方朔的其他作品，《谏起上林苑疏》是一篇正面进谏的奏疏，无甚特色。《非有先生论》与《答客难》有相类似处，以"谈何容易"来说明臣下向君主纳谏及君主能够听谏之难，而诙谐幽默不及《答客难》。倒是《汉书》本传所引东方朔最初的"应诏上书"，大言不惭的自吹自擂，与其实际可能具有的情形明显不称，显示出诙谐风味，颇有喜剧式的审美色调。

二 司马迁的《报任安书》

《报任安书》是中国散文史上第一篇正面袒露襟怀、抒发怨愤的作品。

此书写于武帝征和二年（前 91）。任安，字少卿，所以此书又称《报任少卿书》。任安因受统治集团内部倾轧牵累被下狱，腰斩。可能其在狱中时，向已任中书令的司马迁写信，请求予以援手，司马迁此书是给他的回信。历史记载中看不出司马迁与任安有多么深厚的交谊，但这封信却非比寻常，真正可谓披肝胆，沥腹心，把自己多少年来积压在心头的痛苦、郁愤、不平，自己的理想、追求、抱负，以及忍辱负重以写作《史记》的艰苦用心，一泻无余地剖露出来。其所以如此，一方面可能因为任安已是待死之人，对任安的遭遇有同病相怜之感，所以对之把心里话说个痛快；但更重要的可能是，司马迁受刑以来，在精神的痛苦煎熬之中，已经完成了《史记》的写作，大愿已了，感觉再没有隐忍苟活的必要，再不必有什么忌讳，因而乘此机会，把自己获罪的缘由，所受冤屈，精神、心理的折磨，锥心镂骨的痛苦，以及忍辱苟活的原因，剖白于天下世人，让千秋万代之下，皆能了解自己的追求、抱负、真正的人格精神。所以这封信，实际上是司马迁对自己一生的总结，混和着血和泪的绝命书。

　　正因如此，在这封信中，虽然有说明，有叙述，有论，有议，但一切都围绕两个中心：吐露和倾诉因受刑所感受到的耻辱，表白所以隐忍苟活的原因。在信的开始，他就表明，写信的目的是"抒愤懑以晓左右"。在回答任安希望他以"推贤进士为务"（实际是替任安辩白）时，不着重说明自己的无能为力，而反复回环地讲处境的可耻、可悲与可怜："若仆大质已亏缺矣，虽才怀随、和，行若由、夷，终不可为荣，适足见笑而自点耳。""今已亏形为扫除之隶，在阘茸之中，乃欲仰首伸眉，论列是非，不亦轻朝廷，羞当世之士耶?"正是这些自相贬抑的话，表明了他耻辱感之深和愤恨情绪之强。在信中，他追往溯远，从早年一片天真的忠恳讲起，详细叙述说了在李陵事件上，如何怀着"拳拳之忠"，"欲广主上之意"，结果竟被论为

"诟上","深幽囹圄之中","偪之蚕室","重为天下观笑"。这种对事出"大谬不然"的回顾中,寄托了自己无穷的委曲、感伤。信中还立足人生价值观的高度,征古引今,纵论人面对生死荣辱应该有的取舍抉择,吐露自己的衷曲:所以"幽于粪土之中而不辞","就极刑而无愠色",乃是因为写成一部伟大著作比生命价值更重要,为之可以不惜承受一切牺牲。这一切,就会聚交织成了中国散文史上第一支深沉、苍凉、悲愤、雄壮的抒情曲。

这封信在艺术上也达到极高的水平:随着感情波涛的起伏而纵横排宕,方法手段丰富多变而又运用自如。单就叙述宫刑给予的心理刺激而言,如:

> 仆闻之:修身者,智之符也;爱施者,仁之端也;取予者,义之表也;耻辱者,勇之决也;立名者,行之极也:士有此五者,然后可以托于世,而列于君子之林矣。故祸莫惨于欲利,悲莫痛于伤心,行莫丑于辱先,诟莫大于宫刑。

这是反正对比。

> 昔卫灵公与雍渠同载,孔子适陈;商鞅因景监见,赵良寒心;同子参乘,袁丝变色:自古而耻之。夫中才之人,事有关宦竖,莫不伤气,而况于慷慨之士乎!

这是循古证今。

> 太上不辱先,其次不辱身,其次不辱理色,其次不辱辞令,其次屈体受辱,其次易服受辱,其次关木索、被棰楚受辱,其次剔毛发、婴金铁受辱,其次毁肌肤、断肢体受辱。最下腐刑,极矣。

这是层层推衍衬托。

> 是以肠一日而九回，居则忽忽若有所亡，出则不知所往。
> 每念斯耻，汗未尝不发背沾衣也。

这是借客观心理生理状态的描述，言造成的痛苦之深。以上种种表达方式结合在一起，就形成了极强的艺术表现力量。

宣帝时，司马迁之外孙杨恽，写有《报孙会宗书》，仿《报任安书》，亦为抒情言志之作。用自我贬抑的方法表达激愤牢骚的情绪，行文颇为疏宕有力，结构大体仿《报任安书》模式，亦多为后人赞赏。但终究没有司马迁的内在精神，艺术成就难以与此书同日而语。

第五章　散文发展趋向的转变

　　西汉后期至东汉时期，在中国散文发展史上，属于声色不大的渐进期，开始出现由第一个大的发展阶段向第二个大的发展阶段过渡的趋向。

　　自汉初君主专制制度确立以后，虽然统治阶级与被统治阶级的矛盾有所发展，统治阶级内部的倾轧斗争不断发生，经历了西汉、东汉之间的农民起义和政权更迭，但基本的社会基础没有大的变动。在思想文化领域，自从董仲舒提出"诸不在六艺之科孔子之术者，皆绝其道，勿使并进"，汉武帝"卓然罢黜百家，表章六经"，实行另一种形式的文化专制主义，至元帝"征用儒生，委之以政"，成帝"壮好经书"，儒家学说成为占统治地位的思想意识形态，经学成为唯一被推重的文化学术内容。本来西汉后期的儒学就因渗透了阴阳五行学说而被神学化，及东汉"光武中兴，爱好经术"，且于中元元年(56)"宣布图谶于天下"，整个东汉期间，与经学结合在一起的神学迷信更加流行。

　　这时期作为人们表达和交流思想感情工具的散文作品，在创作倾向上不能不受到这种社会状态和思想文化氛围的严重影响。但三百多年间，社会基础处于相对稳定状态，社会生活的内容日渐丰富，散文的应用范围也就日渐扩大。同时作为汉代文学主潮的辞赋创作,终西汉之世及东汉期间,流风未减。班固谓"孝成之世,论而录之,盖奏御者千有余篇",此后,扬雄、班固、张衡、王延寿等都有巨作问世。他们追求辞采美、形式美的趋向在汉初已渗透于散文创作之中,随着时间的推移,对散文创作有形和无形的影响愈益深入。汉初散文的创作传统,虽未被后期全部继承,亦有部分的延续与吸收。这些方面总合起来,就形成西汉后期和东汉时期散文发展的基本倾向:

首先,由于新的思想禁锢形成、经学教条束缚、神学迷信弥漫,这时期作家的视野没有先秦和汉初作家那么开阔,缺少了思想、理论上和表达形式上的创造开拓精神,无论论说还是记事,内容上"本经立义",形式上因袭模仿成为主导倾向,虽有但少见像西汉初期的创造性建树。

其次,作为创作主体,由于大部分作家满足于接受儒家维护宗法伦常的既定教条,身份地位上士大夫化,对统治机构的依附性明显增强,丧失了先秦时期诸子及"士"阶层的自主人格意识,因而在作品中也就显示不出那种锋芒毕露的个性,缺乏那种凌驾超越、横放恣肆的气势力量,相应地在表达方式和语言运用上也就表现得拘谨、平缓、缺少变化。

第三,这时期的作家,虽没有了强烈的自我表现意识,但终究要面对现实中的政治、思想、文化、学术问题,为解决这些问题而运用语言表达。因此,他们继承了西汉初期散文中务实性的方面,朝着对实际问题深入、切实、具体、细微地思考分析的方向发展,结合所受辞赋影响,倾向于追求表达的条畅、周严、整饬、细密、典雅。这成了这一时期各类散文作品基本特征。这种特征为散文下一阶段转向对形式美的自觉追求奠定了基础。

第四,随着社会生活和主体审美意识的发展,这一时期的散文创作中,也有许多新的因素出现。它们虽然尚未成为主导倾向,不占主流地位,但在散文的发展上具有开创性意义。

总体看,这时期各种类型的论说文章所占比重最大,其次是以史传为主的叙事文字,再次为其他类型的文章。

第一节　论说性散文

这一时期的论说文章主要有奏疏、诏令、书檄、专论及专著。因时代、作者情况不同,各有一些特点,但总的都体现了本时期散文发展的主导倾向。

一　奏疏

奏疏类作品数量很大,主要是应用性文字,文学性不强。内容都是针对时政而发,表达上的基本特点,一是切实,二是条畅细密,三是语言越来越趋向整饬。

1. 路温舒《尚德缓刑书》

此书写于宣帝即位之初,针对武帝后期的任用酷吏而发。文章引用历史经验,先提出"夫继变化之后,必有异旧之恩",即一个新的继世之主,一定要拿出一种异于前代的新的政治措施。继之,他特别赞扬"文帝永思至德,以承天心,崇仁义,省刑罚,通关梁,一远近,敬贤如大宾,爱民如赤子,内恕情之所安,而施之于海内,是以囹圄空虚,天下太平"。然后正面建议,"陛下初登至尊,与天合符,宜改前政之失"。这时他避开对武帝的批判,而回到秦朝灭亡的教训上:

> 臣闻秦有十失,其一尚存,治狱之吏是也。秦之时,羞文学,好武勇,贱仁义之士,贵治狱之吏;正言者谓之诽谤,遏过者谓之妖言。故盛服先生不用于世,忠良切言皆郁乎胸,誉谀

之声日满于耳；虚美熏心，实祸蔽塞。此乃秦之所以亡天下也。

这种批判与贾山、贾谊的全面总结不同，只集中到自己的论题上。下面接着把笔锋转向现实，明确指出"太平未洽者，狱乱之也"。进而对狱治的黑暗情况作了具体剖析：

> 今治狱吏则不然，上下相驱，以刻为明；深者获公名，平者多后患。故治狱之吏皆欲人死，非憎人也，自安之道在人之死。是以死人之血流离于市，被刑之徒比肩而立，大辟之计岁以万数……夫人情安则乐生，痛则思死，棰楚之下，何求而不得？故囚人不胜痛，则饰辞以视（意同示）之；吏治者利其然，则指导以明之；上奏畏却，则锻炼而周内之。……是以狱吏专为深刻，残贼而亡极，偷为一切，不顾国患，此世之大贼也。

文章最后又回到对宣帝的希望上。整篇论题很集中，不同角度都引导到一个中心——缓刑尚德上。分析贴切中肯，述说质实，用语追求整饬，时用偶排，尚谈不上工丽。

宣帝时还有魏相的《谏伐匈奴书》，赵充国的《陈兵利害书》《上屯田奏》等，这些奏疏，无高言大论，无起伏跌宕的文致、磅礴的气势、绚烂的华彩，但细致、切实的程度，较晁错有过之而无不及。

2. 贾捐之《罢珠厓议》

元、成、哀、平时期的奏议继承了上述基本倾向，不同的作者也有一些不同的特点。元帝时珠厓郡反，发兵击之，连年不定，贾捐之于是有《罢珠厓议》。此文列举历史教训，力论帝王不应以扩张地域为务。语言概括性强，有节奏感，富描摹性，且能形成充畅气势，是当时唯一尚带有汉初特色的作品。如论武帝的一段，指出元

狩六年(前 117)时,尚"太仓之粟,红腐而不可食,都内之钱,贯朽而不可校",可经武帝的一系列拓边战争后:

> 寇贼并起,军旅数发,父战死于前,子斗伤于后,女子乘亭障,孤儿号于道,老母寡妇饮泣巷哭,遥设虚祭,想魂乎万里之外。

此"皆廓地太大,征伐不休之故也"。表达较雄劲而又具形象的感染力。

与此同时还有一些奏疏体现了"本经以立义"的特点,代表者为贡禹及匡衡的作品。贡禹的《上书乞骸骨》《谏除赎罪》《上疏言政治得失》等,论议尚切实具体,语言有一定表现力,匡衡则显得空疏无力。

3. 刘向《谏营昌陵疏》

这时,京房、翼奉、谷永、李寻、刘向等人的奏疏属另一类,好推阴阳,言灾异。如班固所谓"察其所言,仿佛一端,假经设谊,依托象类"。但具体情形亦不相同。

刘向(前 79—前 8),字子政,原名更生,曾任中垒校尉。是学者、辞赋家,著述甚多。成帝时受命校中央所藏秘书,对整理典籍贡献甚大。因是汉宗室,对汉王朝命运甚为关心,屡有上疏。《使外亲上变事》《条灾异封》《极谏用外戚封事》等,虽语涉迷信,多假灾变以言时事,但其中《谏营昌陵疏》写得较为出色,曾被称赞为"西京第一书疏"。

此疏是为汉成帝营建陵墓而发。成帝先是为自己建延陵,未成,改营昌陵,数年不成,又再营延陵,规模极大,浪费了大量人力、物力,给人民造成沉重灾难。刘向在疏中,以儒家经典为据,本着忠孝德义的观点,把劝谏之意融会在对历史回顾陈述之中,征引了圣君贤人不求厚葬的言行,列举了吴王阖闾至秦始皇等讲求厚葬的恶果,尖锐地指出"德弥厚者葬弥薄,知愈深者葬愈微。无德寡知,其葬愈厚,丘陇弥高,宫庙甚丽,发掘必速"。全文论据充实,阐述充分,行文委婉而痛切,用语有一种自然的节奏感、整饬感,不求工丽而常有俪句。如讲秦始皇教训一段:

> 秦始皇帝葬于骊山之阿,下锢三泉,上崇山坟,其高五十余丈,周回五里有余;石椁为游馆,人膏为灯烛,水银为江海,黄金为凫雁。珍宝之藏,机械之变,棺椁之丽,宫馆之盛,不可原胜。又多杀宫人,生埋工匠,计以万数。天下苦其役而反之,骊山之作未成,而周章之师至其下矣。

4. 朱勃《诣阙上书理马援》

东汉的奏疏,没新的发展,惟语言形式更为繁密。朱勃此作,为替马援辩诬。书中累述马援战功,力诉援死后所受诬罔,排章连句,虽略有堆垛之嫌,然言辞激切,气势充畅,颇有感人力量。如讲马援出征西羌一节:

> 援奉诏西使,镇慰边众。乃奋不顾身,间关山谷之中,挥戈先零之野。招集豪杰,晓诱羌众,谋如泉涌,势如转规,遂救倒悬之急,存几亡之城。兵全师进,因粮敌人,陇、冀略平,而独守空郡。兵动有功,师进辄克,诛锄先零,缘入山谷,猛怒力战,飞矢贯胫。[1]

描述相当雄壮。写其所受冤诬一节,虽多排偶之句,亦深切有力。

---

[1]　严可均辑:《全上古三代秦汉三国六朝文·全后汉文》,中华书局,1958 年。以下所引此书皆出于此版本。

5. 冯衍《计说鲍永》

冯衍为西汉末、东汉初人。能辞赋，为文多篇，骈偶倾向明显，但描摹性强，有气势，富声色。其《计说鲍永》写于鲍永尚为更始大将军时，虽非奏疏，亦为劝谏之作，可见其为文特点。如其中言王莽为害一段：

> 伏念天下离（罹）王莽之害久矣。始自东郡之师，继以西海之役，巴、蜀没于南夷，缘边破于北狄。远征万里，暴兵累年，祸孽未解，兵连不息。刑法弥深，赋敛愈重。众强之党，横击于外；百僚之臣，贪残于内。元元无聊，饥寒并臻；父子流亡，夫妇离散；庐落丘墟，田畴芜秽；疾疫大兴，灾异蜂起。于是江湖之上，海岱之滨，风腾波涌，更相骀藉；四垂之人，肝脑涂地，死亡之数，不啻太半。殃咎之毒，痛入骨髓，匹夫僮妇，咸怀怨怒。（《全后汉文》）

东汉后期，左雄的《上疏陈事》，李固的《上疏陈事》，黄琼的《疾笃上疏》，皇甫规的《求自效疏》《上疏自讼》，陈蕃的《理李膺等疏》，刘陶的《上疏陈事》等，大体不出前期作品规模，都有文采不足之感。

二　诏令

此期的诏令向着典雅化、论说化和多样化发展。宣帝之《赐黄霸爵秩诏》语句已很整饬，《令二千石察官属诏》已近短篇论文。元帝时的《敕东平王宇玺书》《赐东平王太后玺书》引经据典，大讲儒理。成帝的《报许皇后》详述天变灾异，简直已是长篇论文。至光武帝刘秀，风格一变，似乎信手写来，洒脱自然，让人能感到其豁达的胸怀，豪宕的风韵。《诏告隗嚣》：

若束手自诣，父子相见，保无他也。高皇帝云："横来，大者王，小者侯。"若遂欲为黥布者，亦自任也。

《原丁邯诏》：

汉中太守妻乃系南郑狱，谁当搔其背者？悬牛头，卖马脯，盗跖行，孔子语。以邯服罪，且邯一妻？冠履勿谢。

事关重大，却以谐谑语出之，简洁之至，似绝佳小品。《下诏让刘尚》：

城降三日，吏人服从，孩儿老母，口以万数，一旦放兵纵火，闻之可为酸鼻。家有敝帚，享之千金。尚宗室子孙，故尝更吏职，何忍行此？仰视天，俯视地，观于放麑啜羹之义，二者孰仁？良失斩将吊人之义也。

此类诏令有其豪纵一面，可供欣赏。但在那个时代，只能出自"天下独尊"的帝王之口，亦反映了语言的运用和文字风格特点受时代和主体地位所决定的一面。

明帝以后的诏书，又恢复了典整儒雅的传统，但风格内容上亦朝着多元化方向发展。有的诏令已成为抒情性文字，如明帝的《手诏东平王国傅》：

辞别之后，独坐不乐。因就车归，伏轼而吟。瞻望永怀，实劳我心。诵及《采菽》，以增叹息。日者问东平王："处家何等最乐？"王言："为善最乐。"其言甚大，副是要腹矣！今送列侯印十九枚，诸王子年五岁已上能趋拜者，皆令带之。

章帝之《报东平宪王哀策》，则已是典型的哀祭文字。

三 移、檄、书

移、檄、书中包含很重的议论成分，此类作品在这一时期与整个散文的发展趋向基本一致，题材内容有所拓展，表达方式有所变化，语言运用愈来愈讲求整饬。

移，本来是用于同级之间的官方文告，此时开始用于私人之间。最著名的是刘歆《移让太常博士书》。

西汉初本来只有今文经被列于学官，设立博士，刘歆提出《左传》《逸礼》《古文尚书》等古文经也应列于学官，汉哀帝令刘歆与五经博士"讲论其义，诸博士或不肯对"。气愤之下，刘歆写了这篇移书。其中扼要地回顾了汉兴以来学术恢复发展的情况，尖锐地批评了今文经学家们的思想僵化，不求进取，和偏狭固执、死守章句的治学态度：

> 往者缀学之士，不思废绝之阙，苟因陋就寡，分文析字。烦言碎辞，学者罢老且不能究其一艺；信口说而背传记，是末师而非往古。至于国家将有大事，若立辟雍、封禅、巡狩之仪，则幽冥而莫知其原。犹欲保残守缺，挟恐见破之私意，而无从善服义之公心；或怀妒嫉，不考情实，雷同相从，随声是非。抑此三学，以《尚书》为备，谓《左氏》为不传《春秋》。岂不哀哉！（《全汉文》，此章节之后所引皆出此版本）

表现了突破思维上、学术上贫困枯萎状态的进取精神。行之论据扎实，辞锋尖锐；从不同角度层层深入地说理，论证非常充分。用语散骈相间，且贯注着一定的激情，是相当有力之作。

檄，是讨伐性的公告文。隗嚣之《移檄告郡国》，为用檄文宣布罪状，暴露过恶，表示声讨之首例。该文以"逆天之大罪""逆地之大罪""逆人之大罪"为纲领,历数王莽种种倒行逆施,剖析形势,号召群众。寓论议于陈述之中,语句典整,节奏短促,气脉贯注,虽略嫌繁碎,颇有激昂奋发的力量。为后世声讨性檄文的发展在风格和体式上初步奠定了基础。

书,原来应用范围极其广泛,后来逐渐偏移向私人间的文字交往。西汉前期主要以之述志抒怀,至此时期用途日益广泛,用于求荐、荐举、致谢、责人,更大量的是规谏劝诫。这些书信,或写得切直、委婉,或动之以情、晓之以理,或反复论议,互相辩难,或广征典实,切引时事。一般文字相当考究,追求工整典丽,体现出时代的普遍风尚。具代表性者如朱浮《与彭宠书》。

东汉光武初,朱浮为幽州牧,彭宠为渔阳太守,彭宠因心怀怨望且与朱浮有隙而反,朱浮因而写此书。书以警句起,"盖闻智者顺时而谋,愚者逆理而动",接着引用京城太叔谋反失败的教训,回顾朝廷对彭宠的重用与厚恩,对其谋反行为正面谴责:

> 岂有身带三绶,职典大邦,而不顾恩义,生心外叛者乎?伯通(彭宠字)与吏民语,何以为颜? 行步拜起,何以为容? 坐卧念之,何以为心? 引镜窥影,何以施眉目? 举措建功,何以为人? 惜乎! 弃休令之嘉名,造鸱枭之逆谋;捐传世之庆祚,招破败之重灾;高论尧舜之道,不忍桀纣之性。生为世笑,死为愚鬼,不亦哀乎!

在批评了彭宠自矜功伐的愚妄态度之后,又剖析形势,晓以利害:

> 今乃愚妄,自比六国。六国之时,其势各盛,扩土数千里,胜兵将百万,故能据国相持,多历年所。今天下几里? 列郡几城? 奈何以区区渔阳,而结怨天子? 此犹河滨之人,捧土以塞

孟津，多见其不知量也！方今天下适定，海内愿安，士无贤不肖，皆乐立名于世，而伯通独长风狂走，自捐盛时，内听骄妇之失计，外信谗邪之谀言，长为群后恶法，永为功臣鉴戒，岂不误哉！

语言典整，辞气充畅，说理透辟，足以见出东汉文的主导风格。

四　专论与专著

这一时期，已经有了单篇的专题性论说文章，如班彪的《王命论》，朱穆的《崇厚论》《绝交论》，延笃的《仁孝论》，刘梁的《辩和同论》等。它们有一些显著特色：

首先，既不像奏疏、上书一样具有直接应用性，也不属于一个完整思想理论体系的某一组成部分，而是就某一社会问题或思想文化问题，独立写作的纯正理论文章。这在中国散文史上也属于新的现象，体现了理论思维对直接经验事实的脱离与升华，标志了专题论文的独立化和定型化。

其次，论题集中，多就某一理论概念立论，结构形式严整，既从实际出发，又有一定思辨色彩。如《仁孝论》，论"仁"与"孝"的区别与联系，颇具辩证观点。

其三，语言形式明显骈俪化，且由引用史训发展成用典的倾向，如朱穆《崇厚论》之后半部分：

故时敦俗美，则小人守正，利不能诱也；时否俗薄，虽君子为邪，义不能止也。何则？先进者既往而不反，后来者复习俗而追之。是以虚华盛而忠信微，刻薄稠而纯笃稀。斯盖《谷风》有弃予之叹，《伐木》有鸟鸣之悲矣。嗟乎！世士诚躬师孔圣之崇则，嘉楚严之美行，希李老之雅诲，思马援之所尚，鄙二宰之失度，美韩棱之抗正，贵丙、张之弘裕，贱时俗之诽谤，则

> 道丰绩盛，名显身荣，载不刊之德，播不灭之声：然后知薄者
> 之不足，厚者之有余也。彼与草木俱朽，此与金石相倾，岂得
> 同年而语，并日而谈哉！

典俪的倾向已非常显著。

与单篇的专题论说文章相比，值得注意的是，这一时期还先后产生了一批长篇论著。它们与诸子之论说相似而不相同，已不是对社会的组织结构、政治制度、道德伦理观念作系统性的设计，而是就社会现实中存在的某些问题，发表评论，提出见解主张。不同的著作各有一定特色，对论说散文的发展，有一定影响。

1. 扬雄与《法言》

扬雄(前53—18)，字子云，成都人。是汉末渊博的学者，辞赋大家，有多篇多种类型的散文作品。其学术著作，《法言》仿《论语》，《太玄》仿《周易》，《方言》属文字学、语言学著作。

《法言》在散文史上有一定的意义和影响。从散文发展的角度看，它表现了与西汉后期主导性潮流相对立的倾向，有明显的缺点，也有值得肯定之处。

《法言》在形式构造上模仿《论语》，主要采用对问应答的语录体。十三篇内容上虽各有一定的重点，但无完整结构，标题也采自句首。在论说文章已经发展到这个时代，仍然机械地仿古模古，不能不说是一种倒退。同时，语句也几乎亦步亦趋地模仿《论语》的辞气口吻，给人矫揉造作之感，且有故求艰深的毛病。《问神》篇载："或问：'圣人之经不可使易知欤？'曰：'不可。天俄而可度，则其覆物也浅矣；地俄而可测，则其载物也薄矣。'"①这是他有意追求简古的指

---

① 扬雄著，汪荣宝注疏：《法言义疏》，中华书局，1987年。以下所引《法言》皆出于此版本。

导思想。其实五经的文字之所以难懂,是时代的不同使然,并不是古人说话有意使人"不可易知"。当然,扬雄这样的追求也有另一方面的原因。《吾子》篇载,"或曰:'女有色,书亦有色乎?'曰:'有。女恶华丹之乱窈窕也,书恶淫辞之汩法度也。'"也就是说,他有意地要和铺张华靡的文风相对抗。这有一定的意义,但矫枉过正也是缺点。

从积极方面说,《法言》确实也继承了一些《论语》的优长。

首先,在表达上极为简要,力求把自己的观点、对社会问题和历史文化现象的评论,用最精炼的语言表达出来,不拖泥带水,铺展夸饰,也不为了整饬、排偶而妄费字词。扬雄这样做,不仅是语言上求古,也反映出在思维和表达的深邃性上向孔子看齐的意图:不作经验现象的陈述、论证,而直接概括出本质性的论断。如:

朋而不心,面朋也;友而不心,面友也。(《学行》)

言,心声也;书,心画也。声画形,君子小人见矣。(《问神》)

或问:"苍蝇红、紫?"曰:"明视。"问:"郑、卫之似?"曰:"聪听。"或曰:"朱、旷不世,如之何?"曰:"亦精之而已矣。"(《吾子》)

他在句法的模仿模拟中,显示出哲理性、综括性。

其次,他在阐述哲理性的体验时,也善于借用形象手段,如:

或曰:"为政先杀后教。"曰:"呜呼! 天先秋而后春乎? 将先春而后秋乎?"(《先知》)

"酷吏"。曰:"虎哉! 虎哉! 角而翼者也。""货殖"。曰:"蚊。"(《渊骞》)

其间用极富概括力的形象表达了抽象的道理和对社会现象的评价与体验。《法言》中的形象与比喻,有的还相当生动有趣,如:

> 螟蛉之子殪,而逢蜾蠃,祝之曰:"类我,类我。"久则肖之矣。速哉! 七十子之肖仲尼也。

其三,在对答中,往往不直接地给出结论,而侧面地、委婉地用启发的方式表达自己的观点,如:

> 或问"明"。曰:"微。"或曰:"微何如其明也?"曰:"微而见之,明其悖乎?"(《问明》)

> 灏灏之海济,楼航之力也。航人无楫,如航何? (《寡见》)

这一点也是对《论语》的继承。

这几方面综合起来,就形成《法言》语言运用上凝练、含蓄、意味深长的特点,其对后代散文作家的影响,主要在于此。

另外,扬雄在《法言》中虽以用语质简为特色,其他文章并没有完全脱离时代的大趋势,如《剧秦美新》《解嘲》《解难》及诸多的箴铭,皆有讲求骈整的表现。

2. 桓谭与《新论》

桓谭,字君山,西汉、东汉间人。主要作品为《新论》。据其自谓:"余为《新论》,述古正今,亦欲兴治也。"其书今已佚。据严可均所辑佚文,可见其内容相当广泛。既引史事,又述切身经历,既总结历史教训,又评论时政,广涉政治、思想、学术、文化及辞赋音乐诸问题。观点多出己见。写法上叙议相间,似随笔、札记;行文无拘束,不讲雕饰,别成一种自然、从容、质朴的风格。如其论王莽酷虐残杀不知为政大体一节：

> 王翁刑杀人，又复加毒害焉。至生烧人，以醯五毒灌死者肌肉，及埋之，复荐覆以荆棘。人既死，与土木等，虽重加创毒，亦何损益？成汤之省网，无补于士民，士民向之者，嘉其有德惠也；齐宣之活牛，无益于贤人，贤人善之者，贵其有仁心也；文王葬枯骨，无益于众庶，众庶悦之者，其恩义动人也。王翁之残死人，观人五脏，无损于生人，生人恶之者，以残酷示之也。维此四事，忽微显著，纤细而犹大，故二圣以兴，一君用称，王翁以亡。知大体与不知者远矣。(《全后汉文》)

虽谈不上凝练，但给人亲切的感受。在本时期的主导倾向之外，别是一种路子，似为王充之先导。

3. 王充与《论衡》

王充(27—97)，字仲壬，会稽上虞人。著述甚丰，今存《论衡》一书，原书八十五篇，佚一篇，共八十四篇。据王充《作对篇》自谓："《论衡》者，所以铨轻重之言，立真伪之平。"[①]《自纪篇》又说："《论衡》者，论之平也。"他写这部书的目的，在《对作篇》有清楚的说明，在《佚文篇》中又加以归结云："《论衡》篇以十数，亦一言也，曰疾虚妄。"所以这部书在经学被神学化，谶纬迷信盛行时代，有匡世济俗方面的积极意义，在思想发展史上独树一帜，有重大深远影响。

从散文史角度看，有以下特点：

其一，对论辩性文章的写作有推动作用。

《论衡》不属于有完整思想体系的立论性著作，而是对于自己

---

① 王充著，黄晖校释：《论衡校释》，中华书局，1990 年。以下所引《论衡》同此版本。

认为错误的社会历史和思想文化现象,进行有挑战色彩的反驳辨析之作,因而对突破传统因袭的思维模式,有启发和示范意义。在受经学教条束缚的时代背景下,能促进人们的独立思考精神,有助于推动论辩性文章的写作。

其二,它特有的求实性对散文的发展有积极与消极的双向影响。

《论衡》在思维特征上具有突出而强烈的求实性。在《知实篇》中说:"凡论事者,违实不引效验,则虽甘义繁说,众不见信。"在《对作篇》中两次强调,对于"虚浮之事,辄立证验"。通观全书,绝大部分篇章,尤其九《虚》三《增》之篇,所运用的基本论证方法就是求实性的验证。这是对先秦以来儒、墨诸派论证方式的进一步发展,对中国古代论说散文重视感性实践经验传统的形成有推动作用。但王充这种论证方法,有狭隘的经验论倾向,往往把建立于想象和联想基础上的艺术表现手法,一概斥之为虚妄和浮夸,这对论说散文的艺术化和审美化发展,不可否认地产生了严重消极影响。

其三,对论说中推理的逻辑细密性有发展。

王充注重推理的逻辑性,往往把经验材料与逻辑推理结合起来,使论证层次细密,增加其说服力。如《论死篇》论人死后无鬼。先提出"以物类验之":

> 人,物也;物,亦物也。物死不为鬼,人死何故独能为鬼?

再从道理上讲:

> 人之所以生者,精气也,死而精气灭;能为精气者,血脉也,人死血脉竭。竭而精气灭,灭而形体朽,朽而成灰土,土何用为鬼?

又作设想：

> 天地开辟，人皇以来，随寿而死，若中年夭亡，以亿万数计；今人之数，不若死者多。如人死辄为鬼，则道路之上，一步一鬼也。人且死见鬼，宜见数百千万，满堂盈庭，填塞巷路，不宜徒见一两人也。

复论断说：

> 夫为鬼者，人谓死人之精神。如审鬼者死人之精神，则人见之，宜徒见裸袒之形，无为见衣带被服也。何则？衣服无精神，人死与形体俱朽，何以得贯穿之乎？

这些今天看来都是极普通的常识，而当时鬼神的存在几乎是不可动摇的观念，因而王充这些逻辑性的辨析相当精辟，在当时也使人们不得不信服。

其四，语言通俗浅白。

王充说："《论衡》者，论之平也。口则务在明言，笔则务在露文。高士之文雅，言无不可晓，指无不可睹。"又说："夫笔著者，欲其易晓而难为，不贵难知而易造。"（《自纪篇》）整部《论衡》，确实体现了他的观点。这对矫正散文发展中盲目拟古摹古，故求艰深的偏向有积极意义。另外，《论衡》中有些文字也不可避免地受到当时主导倾向的影响，带出时代共有的特色，如《自纪篇》，在回答世人责备时说的一段话：

> 夫养实者不育华，调行者不饰辞；丰草多华英，茂林多枯枝；为文欲显白其为，安能令文而无谴毁？救火拯溺，义不得

> 好;辨论是非,言不得巧。入泽随龟,不暇调足;深渊捕蛟,不
> 暇定手。言奸辞简,指趋妙远;语甘文峭,务意浅小;稻谷千
> 钟,糠皮太半;阅钱满亿,穿决出万。大羹必有淡味,至宝必有
> 瑕秽;大简必有大好,良工必有不巧。

就写得相当整饬,骈味十足。

不过,总起来说,《论衡》在散文作品中不属上乘之作,文多芜累且审美因素不强。

4. 王符与《潜夫论》

王符,字节信,安定临泾人。生活于东汉和帝、安帝时期。

据《后汉书·王符传》:"自和、安之后,世务游宦,当途者更相荐引,而符独耿介不同于俗,以此遂不得升进。志意蕴愤,乃隐居著书三十余篇,以讥当时失得,不欲章显其名,故号曰《潜夫论》。其指讦时短,讨谪物情,足以观见当时风政。"由此可见,《潜夫论》是一个在野平民评论时政世风之书,纯正的论说著作。

《潜夫论》体现了东汉议论文章的主导倾向,内容务求切实,形式务求规整,行文声色不壮而表达明晰、条畅、细密。全书三十六篇,广泛涉及政治、经济、思想、文化诸多方面。每篇文章提出一个论题,题旨突出,结构严整,形成独立篇章。每个论题提出后,先从原则上说明论证,然后切引时事,论列现象,进行批评讨责、攻讦指斥,最后作出应有结论。这种结构形式,在整饬性上超过前代作品,论证时逻辑性极强,推理非常细密。如《本政》开始一段:

> 凡人君之治,莫大于和阴阳。阴阳者,以天为本,天心顺
> 则阴阳和,天心逆则阴阳乖。天以民为心,民安乐则天心顺,
> 民愁苦则天心逆。民以君为统,君政善则民和治,君政恶则民
> 冤乱。君以得臣为本,臣忠良则君政善,臣奸枉则君政恶。得

臣以选为本,选举实则忠贤进,选虚伪则邪党贡。选以法令为本,法令正则选举实,法令诈则选虚伪。法以君为主,君信法则法顺行,君欺法则法委弃。君臣法令之功,必效于民。故君臣法令善则民安乐,民安乐则天心慰;天心慰则阴阳和,阴阳和则五谷丰;五谷丰而民眉寿,民眉寿则兴于义;兴于义而无奸行,无奸行则世平而国家宁、社稷安而君尊荣矣。[①]

在接触到实际社会现象时,往往用非常整饬的语式,作极其细微具体的描述分析,如《交际篇》论述世俗之全以权势富贵的高下取人:

故富贵易得宜,贫贱难得适。好服谓之奢僭,恶衣谓之困厄;徐行谓之饥馁,疾行谓之逃责;不候谓之倨慢,数来谓之求食;空造以为无意,奉赞以为欲货;恭谦以为不肖,抗扬以为不德。此处子之羁薄,贫贱之苦酷也。

这种写法,是王符也是东汉论议文章的典型特点。

5. 崔寔与《政论》

崔寔,字子真,一名台,字元始。汉桓帝时人,著《政论》五卷。范晔《后汉书·崔寔传》,称其"言当世理乱,虽晁错之徒不能过也"。其书自北宋时已佚,据严可均所辑佚文,可看出其文笔特点接近王符,但语言形式更加骈偶化,行文中感情比较激切,不似王符那么沉着从容。如论及汉末社会上的兼并现象一节:

暴秦隳坏法度,制人之财,既无纲纪,而乃尊奖并兼之人。

---

① 王符撰,汪继培笺:《潜夫论笺校正》,中华书局,1985年。以下所引本书同此版本。

乌氏以牧竖致财,宠比诸侯;寡妇清以攻丹殖业,礼以国宾。于是巧猾之萌,遂肆其意。上家累巨亿之赀(资),户地侔封君之士;行苴苴以乱执政,养剑客以威黔首。专杀不辜,号无市死之子;生死之奉,多拟人主。故下户崎岖,无所跱足,乃父子低首,奴事富人,躬率妻挐,为之服役。故富者席余而日织,贫者蹑短而岁踣,历代为虏,犹不赡于衣食,生有终身之勤,死有暴骨之忧,岁小不登,流离沟壑,嫁妻卖子。其所以伤心腐脏,失生人之乐者,盖不可胜陈。(《全汉文》)

6. 仲长统与《昌言》

仲长统(180—220),字公理,山阳高平人,生活于汉末。据《后汉书·仲长统传》云:"少好学,博涉书记,赡于文辞。""性俶傥,敢直言,不矜小节,默语无常,时人或谓之狂生。每州郡命召,辄称疾不就。常以为凡游帝王者,欲以立身扬名耳,而名不常存,人生易灭,优游偃仰,可以自娱。欲卜居清旷,以乐其志。"可见他是汉王朝趋于崩溃时期,有了自主人格意识觉醒的人物,比王符的甘愿做"潜夫",又有所发展,所以在为文上也就有了新的特色。

据《后汉书》载:仲长统"每论说古今及时俗行事,恒发愤叹息,因著论名曰《昌言》,凡三十四篇,十余万言"。今全书已佚,保存完整者仅《理乱》《损益》《法诫》三篇。

就中可以看出,《昌言》在结构形式的完整性上不亚于《潜夫论》,而辞采华富,慷慨激越,审美性大大超出王符。语言形式的运用,也体现了向骈文过渡的形态。《理乱》篇从宏阔的视野,论历史发展中治、乱的循环变化,把乱世的出现归因于统治者的滥用权势,豪奢纵欲。其中讲统治者攫取政权之后:

暴风疾霆,不足以方其怒;阳春时雨,不足以喻其泽;周孔数千,无所复角其圣;贲育百万,无所复奋其勇矣。

于是:

  彼后嗣之愚主,见天下莫敢与之违,自谓若天地之不可亡也,乃奔其私嗜,骋其邪欲,君臣宣淫,上下同恶。目极角骶之观,耳穷郑卫之声。入则耽于妇人,出则驰于田猎。荒废庶政,弃亡人物,澶漫弥流,无所底极。信任亲爱者,尽佞谄容说之人也;宠贵隆丰者,尽后妃姬妾之家也。使饿狼安庖厨,饥虎牧牢豚,遂至熬天下之脂膏,斫生人之骨髓。怨毒无聊,祸乱并起,中国扰攘,四夷侵叛,土崩瓦解,一朝而去。昔之为我哺乳之子孙者,今尽是我饮血之寇仇也。(《全后汉文》)

充分体现了仲长统文章的特色,写得这么尖锐犀利、富有声色的作品,在东汉实不多见。

第二节　叙　事　散　文

  西汉后期和东汉时期的记事文章,题材上仍以历史性内容为主;表达上、形式上与整个时代趋向一致,主要表现为对严整性、条理性、细密性、典雅性的追求。同时,开始呈现出历史和文学脱钩,审美和实用分流的苗头,即正史的纯史学化和杂史的虚构因素增加,向着小说形态演化。体裁品种上,碑传文逐渐定型并有了相当炽盛的发展。

一　班固与《汉书》

  正统的史书,这时期产生了班固的《汉书》。

班固(32—92),字孟坚,扶风安陵人,是伟大的历史家,也是东汉前期的辞赋家。

《汉书》是中国第一部断代史,记载了整个西汉约二百二十九年(前206—23)间的史事。主要由班固完成,但凝结了集体劳动的成果,班固之前,其父班彪曾写有《史记》后传数十篇,班固之后,其妹班昭及班昭弟子马续又补足了班固未完成的几篇《表》《志》。《汉书》关于武帝太初以前的内容主要撷取于《史记》,只是作了剪裁整理和文字上的加工。《汉书》体例上因袭《史记》,但取消了《世家》,改《书》为《志》,全书由十二《纪》、八《表》、十《志》、七十《列传》组成,共一百篇,约八十余万字。

《汉书》与《史记》存在着密不可分的关系。据《后汉书·班彪传》,彪起初就因《史记》"自太初以后,阙而不录",而写"后传",班固则"以彪所续前史未详,乃潜精研思,欲就其业"。所以《汉书》前半部分,内容几乎全取自《史记》,书的体例构造,也基本因袭《史记》。因二者都是产生于汉代的著名史书,所以后人常将《史》《汉》并列,比较班、马异同,论其优劣。由此看来,《史记》确实是帮助我们考察《汉书》的最好参照物。下面我们即在比照中,来剖析《汉书》的优长与不足。

(一)关于《汉书》的优点:

首先,《汉书》编写体例更为严整。在组织结构上,《史记》纪传部分,体例上并不十分规范。如鲁仲连与邹阳合传,屈原与贾生合传,皆只取某一方面精神的相似。《李将军列传》与《卫将军骠骑列传》中间插入《匈奴列传》,《司马相如列传》系于《西南夷列传》之后,《循吏列传》与《酷吏列传》之间插以《汲郑》《儒林》二传等,凡此,虽有一定的内在原因,外在形式上殊为紊乱。而《汉书》之列传,则概以时代与世系为序,然后按自己的观点,将类传集中在一起,先《儒林》,次《循吏》《酷吏》《货殖》《游侠》《佞幸》,再《匈奴》等少数民族,再单列《外戚》,条理眉目就明晰得多。篇章标题,《史记》也多不划一,或称名,或称号,或称其职,或称其爵。诸如此类,与作者的感情色彩有关,体例亦显得踌驳,《汉书》则能做到整齐规范。

其次,《汉书》的篇章组织、叙事次第更为谨严周赡。《史记》在这方面,往往"如云龙雾豹,变化无方",无例可循。而《汉书》的谋篇叙事,一般是按过程,分方面,求详,求整,求备。如其《景十三王传》,历叙除武帝外,景帝其余十三个儿子分封立国后的主要事迹行为,及传国继位直至国除嗣绝的全部过程。先排列出总纲,然后由河间献王刘德起,按序列一一展开,叙述其王位的沿袭承传,旁及支庶的事迹和地位变化,交代极为全面,堪称井然有序,周备详密。其他各传虽不见得如此详整,但大体不出这种基本模式。对从《史记》中移取的篇章,有的加以补充,如《贾谊传》补充了《治安策》等奏疏及贾谊参与时政的一些活动。有的加以剪裁、调整,甚至重新组织,如《高后纪》只按年记载朝政大事及发布的诏令,而把《吕后本纪》所载宫闱内部的倾轧及王诸吕以谋篡权诸事,分散于《外戚传》等篇中;将蒯通劝韩信自立为王的内容,从《淮阴侯列传》中割裂出来,单独为蒯通立传。这都更符合体例的统一性。

其三,《汉书》更重视文献资料的收录。《汉书》在许多人的传记中增加了大量有关奏疏、论议、辞赋等文献资料,不但为后代保存了原始材料,也符合历史作品的要求。

其四,《汉书》更重视文字的整饬、典雅。在笔墨的运用上,班固基本上是沉着叙事,从容论议,字斟句酌,考究辞藻。即使有所揄扬,亦不像司马迁那么放纵。如《公孙弘卜式儿宽传赞》历来被人称道,有云:

　　是时,汉兴六十余载,海内艾安,府库充实,而四夷未宾,制度多阙。上方欲用文武,求之如弗及,始以蒲轮迎枚生,见主父而叹息。群士向慕,异人并出。卜式拔于刍牧,弘羊擢于贾竖,卫青奋于奴仆,日䃅出于降虏,斯亦曩时版筑饭牛之朋已。汉之得人,于兹为盛,儒雅则公孙弘、董仲舒、儿宽,笃行则石建、石庆,质直则汲黯、卜式,推贤则韩安国、郑当时,定令则赵禹、张汤,文章则司马迁、相如,滑稽则东方朔、枚皋,应对则严助、朱买臣,历数则唐都、洛下宏,协律则李延年,运筹则桑弘羊,奉使则张骞、苏武,将率则卫青、霍去病,受遗则霍光、金日䃅,其余不可胜记。

既见出其论事论人的求详、求赡,又见出用字下语的斟酌考究及求典、求整的特点。

其五,《汉书》成功塑造了不少历史人物形象,尤以叙次的清晰、细腻见长。如《苏武传》,以动人的情节、传神的对话、细腻的描写、场面气氛的烘托、富有感情的笔墨,塑造了一个威武不能屈,富贵不能淫,贫贱不能移的民族英雄形象;《李陵传》绘声绘形,写李陵以偏师对抗匈奴倾国大军,于势穷力尽处,犹率士卒决死奋战的壮勇精神。皆受后人好评。这样的文章亦有与《史记》不同的特点:一是注重叙次的周密完整;二是感情声色融会于娓娓的叙描之中;三是笔法细腻。如《苏武传》写苏武在单于逼降时:

引佩刀自刺,卫律惊,自抱持武,驰召医。凿地为坎,置煴火,覆武其上,蹈其背以出血。武气绝,半日复息。惠等哭,舆归营。

《史记》中就绝少这样从容细致的笔法。即使传中激越慷慨之处,如李陵劝降:

武曰:"武父子无功德,皆为陛下所成就,位列将,爵通侯,兄弟亲近,常愿肝脑涂地,今得杀身自效,虽蒙斧钺汤镬,诚甘乐之。臣事君,犹如子事父也,子为父死,死无所恨。愿勿复再言。"

陵与武饮数日,复曰:"子卿听陵言。"武曰:"自分已死久矣!王必欲降武,请毕今日之欢,效死于前!"陵见其至诚,喟然叹曰:"嗟呼,义士!陵与卫律之罪上通于天。"因泣下沾襟,与武诀去。

亦有娓娓道来的特色。还有苏武归国前,李陵悲歌诀别一节:

于是李陵置酒贺武曰:"今足下还归,扬名于匈奴,功显于汉室,虽古竹帛所载,丹青所画,何以过子卿!陵虽驽怯,令汉且贳陵罪,全其老母,使得奋大辱之积志,庶几乎曹柯之盟,此陵宿昔之所不忘也。收族陵家,为世大戮,陵尚复何顾乎?已矣!令子卿知吾心耳。异域之人,一别长绝!"陵起舞,歌曰:"径万里兮度沙幕,为君将兮奋匈奴。路穷绝兮矢刃摧,士众灭兮名已隤。老母已死,虽欲报恩将安归!"陵泣下数行,因与武决。

李陵所倾为肺腑之言,场景也极为感人。《李陵传》写李陵苦战一节,虽见不出《项羽本纪》钜鹿之战、东城溃围那种粗放狂宕的千丈豪气,亦能以细致的章法,写出战斗的激烈,气势的雄壮。至如《霍光传》《朱买臣传》《陈万年传》等,更以用细致平缓的细节写人物性格而见长。

综以上诸端,可以见出《汉书》值得称道的特点。用范晔的话说,是"文赡而事详",用刘勰的话说,是"裁密而思靡"。作为史书,确有比《史记》优长之处。

（二）关于《汉书》的不足。

总起来说，《汉书》在文学性、审美性上较《史记》大为削弱。

首先，它在写人上没有像《史记》那样，以强烈的色彩、粗犷的线条突显出其内在之精神，从而也就不能收到如鲁迅所引茅坤形容的效果："读游侠传即欲轻生，读屈原、贾谊传即欲流涕，读庄周、鲁仲连传即欲遗世，读李广传即欲立斗，读石建传即欲俯躬，读信陵、平原君传即欲养士也。"①

其次，在叙事上，《汉书》也不能够像司马迁那样放纵自如，有《伯夷叔齐列传》那种激越慷慨，《田单列传》那种声势喧腾，《魏公子列传》那种重沓复叠，《李将军列传》那种横放斜逸。

其三，在笔墨运用上，它也不像司马迁那样，意到笔随，凭情感意向之所之，或奔扬喷涌，或浑灏流转，或冷峻含蓄，或从容铺展，该提顿的提顿，该累叠的累叠，该挥洒的挥洒，该斩截处绝不多着一字。正因如此，有些《史记》中的文字，被移入《汉书》后，往往为了简整被删削，而失去其神韵。且看《项羽本纪》写钜鹿之战的几处地方。原文为：

> 羽乃悉引兵渡河。皆沉船，破釜甑，烧庐舍，持三日粮，以示士卒必死，无一还心。

而班固之《项籍传》改为：

> 羽乃悉引兵渡河。已渡，皆湛舡，破釜甑，烧庐舍，持三日粮。视士必死，无还心。

---

① 鲁迅撰：《汉文学史纲要（外一种）》，上海古籍出版社，2011 年。

原文为：

> 及楚击秦，诸将皆从壁上观。楚战士无不一以当十，楚兵声动天，诸侯军无不人人惴恐。于是已破秦军，项羽召见诸侯将，入辕门，无不膝行而前，莫敢仰视。

《项籍传》改为：

> 及楚击秦，诸侯皆从壁上观。楚战士无不一当十，呼声动天地。诸侯军人人惴恐。于是楚已破秦军，羽见诸侯将，入辕门，膝行而前，莫敢仰视。

所改处似乎更为简整，效果如何，读后自知。

其四，最重要的是，班固没有司马迁那样的主体精神，因而在写书时，也就没有他那样的内在动力与高远追求。

对于《史》《汉》的种种差别，清人章学诚曾有一个归纳：《史记》是"体圆用神"，《汉书》是"体方用智"（参见《文史通义·书教下》）。圆与神，就是不讲规矩而重传神；方与智，就是讲规矩而重理性。为什么会有这种差别？在于二者写作的动因与目的不同。关于《史记》写作的动因，前面已有详细论说，其核心为两点：一是借历史人物来突显先秦以来至秦汉间所形成的那种人格的自主自尊和积极进取精神，一是通过"立言"来通导内心的"郁愤"并实现生命价值。用鲁迅的话来说，就是"恨为弄臣，寄心楮墨，感身世之戮辱，传畸人于千秋"。而班固的意旨则简单得多，他在《汉书·叙传》中说："固以为唐虞三代，《诗》《书》所及，世有典籍，故虽尧舜之盛，必有典谟之篇，然后扬名于后世，冠德于百王，故曰：'巍巍乎其有成功，焕乎其有文章也！'"意思是必须靠了"典谟之篇"，才能传扬帝王的功德。然后,接着说:"汉绍尧运,以建帝业,至于六世,史臣追述功德,私作本纪,编于百王之末,厕于秦、项之列。太初以后,阙而不录,故探纂前记,缀辑所闻,以述《汉书》。"意思很明显,就是对《史记》的写法与残缺不满,为了更全面记述汉帝的功德而写《汉书》。二者相比,大相径庭。班固既没有司马迁的内在精神,又没有其特有的激情,而这两点,正是形成文章及文学作品审美价值的决定因素,所以《汉书》及其后的史书,比不上《史记》的文学价值和审美意义也就是一种必然。

班固除《汉书》及辞赋外,还写有《答宾戏》《勒燕然山铭》《典引》等较有影响的文章,同样以典整为特点。还因汉明帝曾命其"典校秘书",所以在《汉书》中设《艺文志》,吸收了刘歆《七略》的成果,对汉代以前的典籍作了全面著录,在文献学方面有杰出贡献。

二 杂史杂传

这时期叙事领域,还有一个新现象,杂史杂传开始抬头。所谓"杂"是对"正"来说的,一般地讲,它们不是严肃地记载史实史料,以再现历史面貌为目的,往往为追求趣味性,把历史故事化,传说化,掺杂许多虚构、想象的成分,甚至把神话、传说和历史混糅在一起,起了将历史向小说过渡的作用。流传下来的作品有《吴越春秋》及《越绝书》。

1.《吴越春秋》

赵晔,字长君,会稽山阴人。东汉章帝、和帝时人。据《后汉书·儒林传·赵晔传》,《吴越春秋》为其所著。现存本或有后人增损,共十卷。前五卷记吴国事,称"传"或"内传",后五卷记越国事,概称"外传"。

《吴越春秋》属记载春秋时期吴越两国的杂史。突出的特点是把有关一个地区性国家的所有散碎史料和传说加以系统化,使之纳入一个比较有机的叙事结构之中。

全书把包括《尚书》《诗经》《国语》《左传》《史记》等典籍中,所有涉及吴国和越国的记载都集中起来,并吸收了民间的口头传说、轶闻轶事。写法上以吴越争霸为核心,大体分成吴、越两大部分,每一部分不但集纳了所有史料和传说,而且分别选择一两个人物,作为贯穿组织材料的主要线索。在吴国是吴王阖闾和伍子胥,在越国是越王勾践和范蠡、文种。这样纵横穿插,互相区别又互相交织,构成了叙事的有机性。其中记述了一些生动曲折、传奇色彩很重的情节。人物的行为、对话、形象的记叙描写,都比正规史传委婉细致。

这样的作品形成与出现,反映了叙事散文写作中求"整"倾向的一个侧面,也反映了人们对历史材料的审美趣味化,显示了以历史为题材的长篇叙事故事的萌芽,为后世长篇历史小说的产生奠定了基础。

2.《越绝书》

作者不明,或曰为袁康、吴平著。当为东汉初期作品。全书十五卷,十九篇,亦以叙吴、越两国相争事为主。但内容缺乏系统性,相当散乱、芜杂。有叙,有议,多不经之谈。唯第二卷《越绝外传记吴地传》、第八卷《越绝外传记地传》分别记述吴、越之地方风物,有地志性质。第七卷《越绝内传陈成恒》篇,写子贡游说齐、吴、越、晋各国,较为完整。全书语言不甚艰深,个别章节,骈俪气息较重。对后世影响,不如《吴越春秋》大。

三 用历史材料进行教化的作品

我国自先秦时期,就有利用历史材料,进行政治、伦理、道德教化的传统,如《国语》就是记载"治国之善语"的一部典型著作。在汉代,特别是西汉后期,又出现了一批类似作品,利用更丰富广泛的历史资料,进行符合当时政治、伦理、道德观念的教化与宣传。

这些书,和经籍不同,没有它们的严肃性、郑重性;和史书不同,不以记载史事为目的;亦和子书不同,不是系统地阐述某种理论原则。特点是运用已经比较普遍流行、为人所熟知的历史材料,加以故事化,然后引出供人鉴戒的道理或教训,最后再用《诗》《书》等经典做印证。用语也比较浅白晓畅,具有通俗读物性质。

1.《韩诗外传》

《韩诗外传》为韩婴原著。据《汉书·儒林传》:"韩婴,燕人也。孝文时为博士,景帝时至常山太傅。婴推诗人之意,而作《内》《外传》数万言。"《内传》已佚,现存《韩诗外传》,"据考证已不是原书之旧",内容可能"有一部分经过后人的修改"①。

全书十卷,每卷若干章,一章为一独立单元。大多讲一个历史上的故事以寄寓某种道理,也有相当部分不讲故事,直接陈述某方面的道理,然后引《诗》为证,间或亦有引《易》《书》《论语》等典籍者。作为说《诗》者,此书或有用历史材料解《诗》,普及《诗》的影响之意,或者亦有借解《诗》而提供历史教训之意。其取材极其广泛,包括远古传说、《国语》《左传》《战国策》及诸子书,最近者或有汉初事。有些材料不见于今天尚存载籍,可能为当时流行的传说,或为作者所见而今已佚史料。大部分内容集中,语言通畅。举几例来看,如卷四第十八章:

> 齐桓公问于管仲曰:"王者何贵?"曰:"贵天。"桓公仰而视天。管仲曰:"所谓天,非苍莽之天也。王者以百姓为天。百姓与之则安,辅之则强,非之则危,倍之则亡。"《诗》曰:"民之无良,相怨一方。"民皆居一方,而怨其上,不亡者未之有也。

---

① 参见许维遹集释:《韩诗外传集释》,中华书局,1980 年。以下所引《韩诗外传》,皆出于此版本。

这是生动有趣的小故事。同卷下一章：

> 善御者不忘其马。善射者不忘其弓。善为上者不忘其下。诚爱而利之，四海之内阖若一家。不爱而利之，子或杀父，而况天下乎？《诗》曰："民之无良，相怨一方。"

就是直接讲道理。卷七第二十章：

> 魏文侯之时，子质仕而获罪焉，去而北游，谓简主曰："从今以后，吾不复树德于人矣。"简主曰："何以也？"质曰："吾所树堂上之士半，吾所树朝廷之大夫半，吾所树边境之人亦半。今堂上之士恶我于君，朝廷之大夫恐我以法，边境之人劫我以兵，是以不复树德于人也。"简主曰："噫！子之言过矣。夫春树桃李，夏得阴其下，秋得食其实。春树蒺藜，夏不可采其叶，秋得其刺焉。由此观之，在所树也。今子之所树，非其人也，故君子先择而后种也。"《诗》曰："无将大车，惟尘冥冥。"

讲的是未见史籍所载的故事，且用比颇生动形象。

2.《新序》《说苑》《列女传》

据《汉书·刘向传》载："向睹俗弥奢淫，而赵（赵飞燕）、卫（卫婕好）之属起微贱，逾礼制。向以为王教由内及外，自近者始。故采取《诗》《书》所载贤妃贞妇，兴国显家可法则，及孽嬖乱亡者，序次为《列女传》，凡八篇，以戒天子。及采传记行事，著《新序》《说苑》凡五十篇奏之。"所谓"以戒天子"，从内容看，似乎并不专为给天子看，当是希望天子用它们教育宫闱，近臣并用以作普遍宣教。《新序》今存十篇，《说苑》今存二十篇，《列女传》今存七篇。

这三部书不同于《韩诗外传》为解经之作，但基本性质上大体与之相类，有利用历史材料进行通俗的伦理、道德说教意图。其写人记事的表现手段及语言运用水平，并无超越前人之处。不过因刘向曾典校"中秘书"，掌握文献极丰富，所以在材料的选择与利用上，比起《韩诗外传》更广泛，除先秦典籍外，产生于西汉时期的大量著述，都进入其选材的范围；同时写作目的更为明确和自觉。总体看，有以下特点：

首先，更强化和突出了编著与写作的教化目的。这体现在两大方面：其一是材料的选择与组织。面对数量庞大的原始素材，根据什么来加以筛选和组织？从三部书的篇目上就可以看出，完全是为教化的需要。《新序》十篇，除前五篇题名为《杂事》，后五篇分别是《刺奢》《节士》《义勇》《善谋》；《说苑》二十卷，分别是《君道》《臣术》《建本》《立节》《贵德》等；《列女传》七篇，分别是《母仪》《贤明》《仁智》《贞顺》《节义》等。这不仅是简单的标目，而且是选材归类的标准，正是依据这些标准，从海量的素材中，选出了我们今天看到的内容。其二，刘向对入选的材料，除少数可直接利用者，大都作了剪裁、概括、扩充、润色等加工处理，如此做，都是为了达到他所预定的目的。如《新序·杂事》第一篇第一条，讲大家早已熟知的舜的故事。关于舜的事迹很多，而他上来就说："昔者，舜自耕稼陶渔而躬孝友。"然后，围绕"孝友"加以编辑组织，先讲："孔子曰：'孝弟之至，通于神明，光于四海。'舜之谓也。"把舜的一切都归结到"孝"上。又顺便拓展，谓："孔子在州里，笃行孝道。"最后的结论是："其身正，不令而行。"①亦专指"孝"而言。材料的选择与组织，完全服务于对"孝道"的宣扬。再如《列女传》卷之四"贞顺传"所记"宋恭伯姬"事：

---

① 参见陈新整理：《新序校释》，中华书局，2001年。

伯姬既嫁于恭公十年，恭公卒，伯姬寡。至景公时，伯姬尝遇夜失火，左右曰："夫人少避火。"伯姬曰："妇人之义，保傅不俱，夜不下堂，待保傅来也。"保母至矣，傅母未至也。左右又曰："夫人少避火。"伯姬曰："妇人之义，傅母不至，夜不可下堂。越义求生，不如守义而死。"遂逮于火而死。

然后，评论说：

《春秋》详录其事（指《公羊传》），为贤伯姬，以为妇人以贞为行者也。伯姬之妇道尽矣。……君子曰："礼，妇人不得傅母，夜不下堂，行必以烛，伯姬之谓也。"《诗》云："淑慎尔止，不愆于仪。"伯姬可谓不失仪矣。[①]

直接点明，讲这个故事就是为了说明妇女应当严格"贞"而守"礼"。当然，三部书并不是条条都按上述模式写成。但以上两方面足以说明它们的总倾向。这种写作以教化为目的的观念，是中国文学的一个传统，对作家的影响至深至巨，包括古代的文论也不例外。

其次，对古代著作编写的系统化、条理化起了促进作用。除《吕氏春秋》《淮南子》之类的子书和《史记》这样大型的历史作品外，作为杂著性质的著作，刘向的这三部书，在归纳成类，条理眉目的清晰上，对后代的作家有一定的启发和示范作用。如《世说新语》之分三十六门，不一定不受到它们的影响。

再次，有助于历史故事的独立化。三部书中收集保存的材料，大部分节取自《诗》《书》、史传和子籍，作者在编辑整理时，经过加

---

① 虞思征点校：《列女传补注》，华东师范大学出版社，2012年。以下引《列女传》同此版本。

工，而使之单元化、独立化。每个故事虽然情节并不复杂，人物形象也未展示全貌，篇幅相当简短，有的甚至三言两语，但皆具首尾的完整性。如秦穆公饮食马者以酒事，分别见之《吕氏春秋》《淮南子》《韩诗外传》《史记·秦本纪》，它们或作为历史过程的一个插曲，或以叙述中旁生的枝蔓而出现，《说苑·复恩》则对之作专门记载：

> 秦穆公尝出而亡其骏马，自往求之，见人已杀其马，方共食其肉。穆公谓曰："是吾骏马也。"诸人皆惧而起，穆公曰："吾闻食骏马肉，不饮酒者杀人。"即以次饮之酒。杀马者皆惭而去。居三年，晋攻秦穆公，围之。往时食马肉者相谓曰："可以出死，报食马得酒之恩矣。"遂溃围，穆公卒得以解难，胜晋，获惠公以归。此德出而福反也。①

与其他出处相比，故事完整、简洁、集中。这类情况对后世记载轶人轶事小说的发展有积极影响。

另外，《列女传》是中国历史上第一部集中写女性的作品。虽然其中宣扬了旧的礼法观念，直接提及"三从"，有极大消极影响，但同时也表彰了一些有优秀品质的女性。如丑女无盐（钟离春）的远见卓识，"鲁漆室女"以匹妇而忧国，"鲁义姑姊"之舍己为人。还有"珠崖二义"：

> 二义者，珠崖令之后妻及前妻之女也。女名初，年十三。珠崖多珠，继母连大珠以为系臂。及令死，当送丧。法，内珠入于关者死。继母弃其系臂珠，其子男，年九岁，好而取之，置

---

① 向宗鲁撰：《说苑校证》，中华书局，2009 年。后所引《说苑》同此版本。

之母镜奁中,皆莫之知,遂奉丧归。

到海关,关候士吏搜索,得珠十枚于继母镜奁中,吏曰:"嘻!此值法,无可奈何,谁当坐者?"初在左右,顾心恐母云置镜奁中,乃曰:"初当坐之。"吏曰:"其状何如?"对曰:"君不幸,夫人解系臂弃之。初心惜之,取而置夫人镜奁中,夫人不知也。"继母闻之,遽疾行问初,初曰:"夫人所弃珠,初复取之,置夫人奁中,初当坐之。"母意亦以初为实,然怜之,乃因谓吏曰:"愿且待,幸无劾儿,儿诚不知也。此珠妾之系臂也,君不幸,妾解去之而置奁中。迫奉丧,道远,与弱小俱,忽然忘之,妾当坐之。"初固曰:"实初取之。"继母又曰:"儿但让耳,实妾取之。"因涕泣不能自禁。女亦曰:"夫人哀初之孤,欲强活初身,夫人实不知也。"又因哭泣,泣下交颈,送葬者尽哭,哀动旁人,莫不为酸鼻挥涕。

关吏执笔书劾,不能就一字,关候垂泣,终日不能忍决,乃曰:"母子有义如此,吾宁坐之,不忍加文,且又相让,安知孰是?"遂弃珠遣之。既去,后乃知男独取之也。君子谓二义慈孝。

这样的故事表现了女性的美,亦表现了人性的美。

《列女传》中的许多故事,给后代的文学创作提供了不少题材,如"鲁秋洁妇"据说是《陌上桑》的原型,又演化为后代的戏曲《秋胡戏妻》。

四 碑传文开始兴盛

碑传文在东汉后期兴盛起来。碑传是刻铭颂功与历史传记相融合的产物。自殷周时期就有在铜器上铸铭的习惯。铭文虽有记事内容,也大都为一人而作,但未有给一个人完整立传的情况。后来铸铭发展为刻石,仍属记事兼颂扬功德,不过形成了前有散体记事,后有韵语赞功的格式。传记文作为史书的一部分,开始只是为历史人物立传,很少直接写当世人物。什么时候二者结合起来,以刻石立碑为当世死者立传并颂扬其功业品德,难以确考。今天可以看到的较早的这种碑文是东汉顺帝永建六年(131)的《国三老袁良碑》、稍后的崔瑗《河间相张平子碑》。碑传文的主旨在于颂扬,内容要像列传那样叙述传主身世、生平事迹、品节操行,但不能像史传那样具体,最后还要加上既像论赞又像铭文的颂辞。它的用途本身,就决定了其内容很难真实全面地反映碑主情况。这是一种由于新的实用需要而产生的新文体,约定俗成地形成固定格式,大量作品从内容到形式都缺少审美价值,只有少数作家的少数作品,能体现出他们固有的写作艺术水平。东汉末期的碑传文大家是蔡邕。

蔡邕(130—192),字伯喈,是汉末著名的学者、文学家、书法家,还是音乐家。其散文作品主要是碑传,保存下来的有三十多篇,著名的是《郭泰碑》《胡广碑》等。刘勰曾称赞蔡邕的这些碑文:"其叙事也该而要,其缀采也雅而泽。清词转而不穷,巧义出而卓立。"(《文心雕龙·诔碑》)如其《郭泰碑》的中间部分:

先生诞膺天衷,聪睿明哲,孝友温恭,仁笃慈惠。夫其器量弘深,姿度广大,浩浩焉,汪汪焉,奥乎不可测已。若乃砥节励行,直道正辞,贞固足以干事,隐括足以矫时。退考览六籍,探综图纬,周流华夏,游集帝学,收文武之将坠,拯微言之未绝。于是缨緌之徒,绅佩之士,望形表而景附,聆嘉声而响和者,犹百川之归巨海,鳞介之宗龟蛇也。

尔乃潜隐衡门,收朋勤诲,童蒙赖焉,用祛其蔽。州郡闻德,虚己备礼,莫之能致。群公休之,遂辟司徒掾,又举有道,皆以疾辞。将蹈洪崖之遐迹，绍巢由之绝轨，翔区外以舒翼，超天衢以高峙。禀命不融，享年四十有三，以建宁二年正月乙亥卒。（《全后汉文》）

对照《后汉书·郭泰传》，可以看出，碑文对郭泰品节的评论切实中肯，事迹的陈述简括扼要；用语典雅研炼、质朴浑厚而又富有形象表现力；句法散骈相间，整饬中又有起伏顿挫，形成自然流转的节奏。这既符合碑传文特有的品格要求，又趋同了东汉文日益注重形式美的总体形势。

第三节　散文创作中萌芽性的新因素

西汉后期至东汉时期，散文写作的成就与发展，还有一些值得重视的新因素，表现在题材的扩大，品种的添加，审美性的增强。这类作品，虽然数量不多，但在散文的发展上，具有开拓性和先导性的意义。

一　纯戏谑性的作品

这类作品，与先秦、汉初已存在的倡优和文学侍臣的调谐滑稽之作不同，那一类作品，虽然也有一定的审美趣味性，但多是借嘲谑的手段，达到讽谏的目的，而现在所提及的，则是比较纯粹的文人的游戏笔墨，它们没有可取的思想意义，带有脱离实用功利目的、单纯追求娱乐趣味的倾向。代表性的作品为王褒的《僮约》与《责须髯奴辞》。

王褒，字子渊，宣帝时的著名辞赋作家。他的这两篇作品，以奴仆为嘲戏对象，无积极思想意义。

《僮约》的内容为：

> 蜀郡王子渊，以事到湔，止寡妇杨惠舍。惠有夫时奴，
> 名便了。子渊倩奴行沽酒，便了拽大杖，上夫冢岭曰："大夫
> 买便了时，但要守家，不要为他人男子沽酒。"子渊大怒曰：
> "奴宁欲卖耶？"惠曰："奴大忤人，人无欲者。"子渊即决买券
> 云云。奴复曰："欲使，皆上券，不上券，便了不能为也。"子渊
> 曰："诺。"

于是子渊当即起草了一份契约，其中详细载明：便了从朝至暮，即夜达曙，一年四季，诸凡家庭杂务、田间劳作、采买购置、出外贩贾等必须从事的杂役，以及对便了的种种约束。这些事务即使十个便了也绝难完成，于是"读券文适讫"，便了有以下表现：

> 词穷咋索，仡仡叩头，两手自搏，目泪下落，鼻涕长一尺：
> "审如王大夫言，不如早归黄土陌，丘蚓钻额。早知当尔，为王
> 大夫沽酒，真不敢作恶。"（《全汉文》）

故事有戏剧性，人物有形象描写，叙事全用口语，券文整饬、流畅，罗列了几乎所有当时社会中日常事务的琐细内容。显然是王褒卖弄文才的调侃之作。

《责须髯奴辞》以赋家的笔法，调笑的口吻，嘲讽一个奴仆蓬乱杂污的胡须。也以文辞的流畅、描写的生动具体和写作的不严肃性为特色。

这两篇文章有着嘲笑劳动人民、以文为戏之弊，但却是散文史上少见的纯粹脱离实用目的，又写得通俗华美，让人虽不满意其内容，却欣赏其语言运用艺术的作品。应该说，这是在散文写作中，纯以追求娱乐性和审美情趣为目的的特例，对后代类似作品的产生有一定的影响。

二　以家庭和亲情为主的作品

此前,在散文领域,无论是论说和记事,关涉到的都是国家、社会的重大主题和重要内容,即使有抒情言志之作,吐露的也是关系到整个生命价值观的情感与情绪。至于日常的家庭生活和亲情,只在《诗经》、乐府诗和少数五言诗中有反映,散文中基本无表现。而正是这些方面,才更容易体现出普遍的人性和人情,更能渗入人的心灵深处,引发人的审美观照和共鸣。在本时期的作品中,开始有了表现这方面内容的苗头。

1. 冯衍《与妇弟任武达书》

据《后汉书·冯衍传》:"衍娶北地女任氏为妻,悍忌,不得畜媵妾,儿女常自操井臼,老竟逐之,遂坎壈于时。"这封书或即写于逐其妻之时。

冯衍此书,首次涉及家庭内部生活,是朝其妇弟倾诉妻子悍妒表现,说明自己忍无可忍,决心将其逐出之作。文章通篇用骈体,但辞气激烈,写悍妇形象灼然可见,如:

> 五年以来,日甚岁剧,以白为黑,以非为是,造作端末,妄生首尾,无罪无辜,谗口嗷嗷。……醉饱过差,辄为桀纣,房中调戏,布散海外,张目抵掌,以有为无。痛彻仓天,毒流五脏,愁令人不赖生,忿令人不顾祸。入门著床,继嗣不育,纺绩织纴,了无女工。……缣縠放散,冬衣不补,端坐化乱,一缕不贯。既无妇道,又无母仪,忿见侵犯,恨见狼藉。依倚郑令,如居天上。持质相劫,词语百车。剑戟在门,何暇有让?百弩环舍,何可强复?举宗达人解说,词如循环,口如布谷,悬幡竟天,击鼓动地,心不为恶,身不为摇。

以至于冯衍发狠：

> 不去此妇，则家不宁；不去此妇，则家不靖；不去此妇，则福不生；不去此妇，则事不成。（《全后汉文》）

这封信透露出，散文的题材，已开始渗透于人们的家庭日常生活领域。

2. 马援《诫兄子严敦书》、郑玄《戒子益恩书》

家诫性作品，这一时期逐渐增多。据《汉书·东方朔传》，东方朔已有诫子之语，但只在其传赞中节引数句，此后多见人们死前留给家人的遗诫，内容不外如何处理丧葬云云。对后世影响较大的家诫类作品，当推此二《书》。

马援的《诫兄子严敦书》，以长者的身份，引时人教训，论为人处世之道，语浅而情切，其所谓"刻鹄不成尚类鹜"，"画虎不成反类狗"，已成为后人熟知的警语。

郑玄的《戒子益恩书》，有述志寄望的意思。先回顾自己生平的经历、事业、志趣、追求，然后表明，今后将家事一并交付儿子益恩，自己将"闲居以安性，覃思以终业"，末了表达对益恩的教诫和期望。谆谆之意，拳拳之心，溢于言表。

两书都有很浓的抒情色彩，而马援的文字较疏散，郑玄的则相当骈整。

3. 秦嘉夫妇的书信

现存秦嘉《与妻徐淑书》及徐淑《答夫秦嘉书》各两封。除表明题材的扩大与深入，还反映了抒情成分的加重。

秦嘉，陇西人，桓帝时，仕郡，举上计掾入洛。其妻徐淑，寝疾还家，因有书信往还。秦嘉第一封信，表达了作为郡使，不得不远行的无奈，"趋走风尘，非志所慕，惨惨少乐"的痛苦，及对妻子"想念惝惝，劳心无已"的深情。而徐淑的回信：

自初承问，心愿东还。迫疾惟宜，抱叹而已。日月已尽，行有伴例，想庄严已辨，发迈在近。谁谓宋远，企予望之。室迩人遐，我劳如何？深谷逶迤，而君是涉；高山岩岩，而君是越：斯亦难矣。长路悠悠，而君是践；冰雪惨烈，而君是履。身非形影，何得动而辄俱；体非比目，何得同而不离。于是萱草之喻，消两家之思，割今者之恨，以待将来之欢。(《全后汉文》)

以淡雅文字，述悠悠情思，极淳朴真挚。古代散文中，像秦嘉夫妇这样在书信中叙伉俪之深情者，当属首例。

三 正面描写自然美的作品

前此的散文中，涉及自然界事物，多用于比喻衬托，很少有正面的观照与描述。这一时期，开始有此种文章的萌芽。代表性的作品是马第伯《封禅仪记》。

《封禅仪记》是记述光武帝刘秀，于建武三十二年(56)，至泰山进行封禅仪式整个经过的文章，由后人根据类书辑集而成。其中一部分，为至今所见最早描写泰山自然景观的文字。写山势的雄峻、境界的开阔、景物的险怪及登山时的心理感受，皆凝练、具体，极富形象性。如：

是朝上山骑行，往往道峻悄。下骑，步牵马，乍步乍骑，且相半。至中观留马，去平地二十里，南向极望无不睹。仰望天关，如从谷底仰观抗峰。其为高也，如视浮云；其峻也，石壁窅窕，如无道径。遥望其人，端端如杆升，或以为小白石，或以为冰雪；久之，白者移过树，乃知是人也。……其道，傍山胁，大者广八九尺，狭者五六尺。仰视岩石松树，郁郁苍苍，若在云中；俯视溪谷，碌碌不可见丈尺。遂至天门之下，仰视天门窔辽,如从穴中视天窗矣。直上七里,赖其羊肠逶迤,名曰环道,往往有绳索,可得而登也。两从者相牵,后人见前人履底,前人见后人顶,如画重累人矣。所谓磨胸舁石,扪天之难也。(《全后汉文》)

作品虽不专在写景,但透露了在散文中审美视野扩展到外在自然环境的第一信息,显示出对自然景观已有相当高的审美感受和审美表现能力。

四 表现独立人格追求的作品

自汉武帝确立"独尊儒术"的新文化专制主义以后,西汉后期到东汉时期,思想文化基本上笼罩在经学和谶纬迷信的氛围之下,很少见到先秦汉初那种自主独立人格意识的表现。至汉末,随着汉王朝的崩溃,在少数士人中,又开始有独立自主的人格意识和人生追求的抬头。《后汉书·仲长统传》,载有仲长统的一段表述其志向的文字,有人称之为《乐志论》,其文云:

> 使居有良田广宅,背山临流,沟池环匝,竹木周布,场圃筑前,果园树后。舟车足以代步涉之艰,使令足以息四体之役。养亲有兼珍之膳,妻孥无苦身之劳。良朋萃止,则陈酒肴以娱之;嘉时吉日,则烹羔豚以奉之。踌躇畦苑,游戏平林,濯清水,追凉风,钓游鲤,弋高鸿。讽于舞雩之下,咏归高堂之上。安神闺房,思老氏之玄虚;呼吸精和,求至人之仿佛。与达者数子,论道讲书,俯仰二仪,错综人物。弹《南风》之雅操,发清商之妙曲。逍遥一世之上,睥睨天地之间。不受当时之责,永保性命之期。如是,则可以陵霄汉,出宇宙之外矣。岂羡夫入帝王之门哉?

体现的不是积极进取的入世态度，颇有老庄适怀怡情风调，所蕴含的蔑弃权势利禄的傲世精神，是独立人格追求的一个侧面，反映了时代精神有所转变的趋向。其内涵和行文与陶渊明颇类似，不过没有陶文的素朴真淳，虽没有骈文的华饰，却也透出了骈化的倾向。

五　新出现的文体样式

刘向的叙录，是此时产生的文体新品种。书之有序，先秦时代已经开始，《书序》《诗序》产生的时代难以确考，而《吕氏春秋·季冬纪》后确有《序意》篇。进入汉代，《淮南子》有《要略》，相当于后叙，《史记》有《太史公自序》，有十二年表之"序"，都尚属附属性质。自刘向始，"叙录"才逐渐成为具有自己特点的一种文体。

刘向校书，每成一篇即写一篇"叙录"上奏皇帝，既有对有关情况的说明，又有对内容的评述。这些叙录，保存下来的、影响最大的是《战国策叙录》。其文先讲《战国策》整理编辑的经过，然后以大量篇幅，阐述《战国策》产生的历史背景，最后对《战国策》的思想和艺术价值提出看法。此后，写"叙"渐成风气，而叙文的特点也逐渐确定下来，使"叙录"成为散文的一个门类。

还有一些文体，前代已有，而此期蔚为大观，如"箴""铭"。扬雄写有十二州、二十五官箴，李尤写有八十四条铭，崔瑗、蔡邕亦有不少作品。这些箴、铭，大多用简短而整齐的格言警句寓以规诫之意，诚如扬雄所谓："铭哉！铭哉！有意于慎也。"（《法言·修身》）有些作品，只是教条式的说教，缺少文学价值。但作为一种文体，及其中优秀之作，对后世影响仍较大。

第二编
自觉追求形式美的时期
——魏晋南北朝的散文

通　说

　　魏晋南北朝(包括建安时期),古代散文的发展进入一个新的时期,主导性特色,是作家们不再只是为实用求审美,而有了对形式美的自觉追求。这种变化是在深刻而复杂的社会与思想文化背景下发生的。

　　总的说,这个时期,是汉代的君主集权专制崩溃,社会进入激烈动荡的时代。由秦、汉所确立的君主集权制,有利于大一统的形成,促进了生产力的发展,相当长的一段时间里造就了国家的兴盛繁荣。但其致命的弱点是全部国家权力集中于皇帝一人之手,实质是"定于一尊"的人治。尤其是集权力于一身的君主,必须依从于宗法的世袭和嫡传,继位者即使是孺子、婴儿,依然被奉为国家的最高统治者。这样,在不具备统治能力的帝王在位的情况下,皇权实际上被三种势力所控制:皇帝的妻族——外戚,皇帝的近习腹心——宦官,真心或假意维护宗法伦理制度的官僚。较好时,三种势力之间还可保持一定的平衡;否则,三种势力之间的残酷倾轧,就会造成政权的危机、社会的动乱。东汉后期,顺、冲、质、桓、灵诸帝在位期间,就是由于三种势力反复回环的斗争,导致汉皇朝之渐趋覆亡。此后,自董卓挟汉献帝西迁,至隋灭陈,中国社会就进入另一个新的历史时期。这一整个时期,阶级斗争、统治集团的内部斗争和民族斗争尖锐激烈，局面错综复杂，变动迅速，头绪纷乱。

这个时期大体可分为三个阶段：由献帝西迁，至曹操统一北方，三足鼎立为第一阶段，至此割据势力的混战告一段落；自曹丕代汉，西晋统一，到怀帝、愍帝被俘，为第二阶段，国家短暂统一；自东晋在江东建立政权，到隋代周而灭陈，为第三阶段，由南北对立到全国重新实现统一。贯穿这三个阶段，在政治、经济、思想、文化上，有许多新特点，把握住这些特点，对理解整个时代，理清古代散文的发展脉络极为重要。

第一，由于政局混乱，战乱频仍，广大人民始终陷于极深重的苦难之中。

《三国志·魏书·董卓传》载，卓"遣军到城阳，时适二月社，民各在其社下，悉就断其男子头，驾其车牛，载其妇女财物，以所断头系车辕轴，连轸而还洛，云攻贼大获，称万岁"。曹操诗亦有云："铠甲生虮虱，万姓以死亡。白骨露于野，千里无鸡鸣。生民百遗一，念之断人肠。"《晋书·食货志》亦载："及惠帝之后，政教陵夷，至于永嘉，丧乱弥甚。雍州以东，人多饥乏，更相鬻卖，奔迸流移，不可胜数。幽、并、司、冀、秦、雍六州大蝗，草木牛马毛皆尽。又大疾疫，兼以饥馑，百姓又为寇贼所杀，流尸满河，白骨蔽野。"这还不包括少数民族和汉族及少数民族之间互相的争斗。总之，整个魏晋南北朝，是中国历史上人民遭受苦难最深重的时代之一。

第二，统治阶级内部的倾轧中，凶残性暴露无遗。

在一个集团对另一个集团的斗争中，动辄族灭，株连数百、数千人。《晋书·齐王冏传》写八王之乱的情形："自永熙以来，十有一载，人不见德，惟戮是闻。公族构篡夺之祸，骨肉遭枭夷之刑，群王被囚槛之困，妃主有离绝之哀。历观前代，国家之祸，至亲之乱，未有今日之甚者也。"赵翼《廿二史札记》论及刘宋"子孙屠戮之惨"

曾云："宋武帝九子，四十余孙，六七十曾孙，死于非命者十之七八，且无一有后于世者……孝武、明帝又继以凶忍惨毒，诛夷骨肉，惟恐不尽。兄弟子姓悉草薙而禽狝之，皆诸帝之自为屠戮，非假手于他族也。"因而，在统治阶级内部，从下层士人至上层世家大族，以及帝子王孙，人人无不处在朝不保夕的危机之中。相应地，这一时期的名士和文人，善终者，寥寥无几。

第三，在社会基本结构中，门阀世族崛起。

所谓"门阀"，亦称"阀阅世家"，它们的崛起有一个过程，并形成新的特点。

首先，它们是由"豪强""势族"演变而来的具有文化地位的名门望族。建立起大一统的集权专制后，社会上最尖锐的问题就是豪强兼并，即有地位权势之家，对平民百姓的占有侵掠。这一点，在汉初就有所表现。逮东汉，问题更严重，如赵壹所愤："法禁屈挠于势族，恩泽不逮于单门。""势家多所宜，咳唾自成珠。"进入本时期后，出现的新现象，就是豪强、势族转化成具有文化特色的门阀。这"新特色"的形成，与汉末"清流"之退化有关。如属于"清流"的陈寔，只是个小小的太丘长，以清操著德名扬天下，成为一代人范，而到了他的孙子陈群，则成为以魏篡汉的支持者，位至司空，被封邑赐爵。荀淑、钟皓在汉末皆为一代名士，而至魏晋时期，其后代都发展成世代相继的名门大族。这样，就使得新起的门阀世族，不但有政治上的权、经济上的势，而且成为思想文化上的代表，在"世""势"之上，再抹上"士"的文化色彩。甚至凭着攻劫掠夺而发展起来的权豪势力，出于对名士风流的倾慕，也向着文士化的方向转化靠拢。如石崇，本来操行无检，靠"劫远使客商，致富不赀"，却也会集文士，金谷赋诗，以名士自居。贾谧不过靠了外戚的关系，取得"权过人主"的地位，亦被"以方贾谊"。这些情况总合起来，由汉末，经魏晋，一直延续到南朝，就在统治阶级内部结构上出现了一个庞大的门阀世族阶层。"旧时王谢堂前燕,飞入寻常百姓家"中之"王谢",就是这个阶层突出的代表。

其次,新崛起的门阀世族,对这一历史时期的政局变化和社会历史发展有至关重要的影响。核心是"家"与"国"的关系有了重大变化。"家",即门阀世族,"国",即以帝王为代表的中央政权。门阀世族一般是"家"放在第一位,"国"放在次要位置。《晋书·王衍传》载:"衍虽居宰辅之重,不以经国为念,而思自全之计……乃以弟澄为荆州,族弟敦为青州。因谓澄、敦曰:'荆州有江汉之固,青州有负海之险,卿二人在外,而吾留此,足为三窟矣。'"典型地体现了这种情况。这个后果又引发一系列的问题。首先是形成不了由中央政权控制的国家统一局面,其次是政权更迭迅速而家族地位不变,再是由此为少数民族的入主中原提供了条件。

第四,思想文化思潮朝着多元对立而又互相纠结交融的方向发展。

首先,由汉末至三国,社会处于分裂割据状态,不仅以繁琐章句为特点的经学和以谶纬迷信为特色的神学,在社会斗争中失去其意义,即使传统的伦理规范、道德精神也起不到纲纪天下的作用。于是崇尚强力与权术的法家刑名之学,成为主导性的社会思潮。曹操以"揽申商之法术"著称。刘备留给其子的遗诏亦云:"闲暇历观诸子及《六韬》《商君书》,益人智意。"孙权亦崇尚法治。与此同时,策谋辩说之士活跃,纵横之学亦呈现复兴之势。

其次,在魏晋之交,出现了有深远影响的两大思潮:以何晏、王弼为代表的"玄学",以阮籍、嵇康为代表的反"名教"而崇"自然"。

玄学是对自然现象、社会历史、人伦物理等,作出超验的形而上的思辨。由于经学已经失去了生命力,社会生活及精神现象领域一些新问题被强化出来,学术环境的变化,又打开了人们的眼界，扩大了人们的视野，于是使世族中的文化代表，凭其特殊的地位和固有修养，在既有历史遗产的基础上，面对时代提出的新课题，重新进行哲理性思考，建构了一套新的思想理论体系。因为它继承发展了老、庄超验思维的特点，故被称为玄学。这是对中国哲学史和思想史的新贡献。

但晋代以后，随着门阀世族的腐化，其政治上、文化上的代表人物，不再致力于探讨玄学提出的理论问题，把玄学命题仅只作为谈论的话题，兴趣不在"玄"而在"谈"，不在谈的"内容"而在谈的"形式"，借谈"玄"来显示其素养的高深、风度的高雅、情韵的不俗。于是，玄学被改造成仅仅具有装潢性的文化活动，这就是所谓的"谈玄"或"清谈"。它与"玄学"有质的区别。爱好清谈者大多是掌握国家实权的政要，他们把崇尚"玄虚"与政治实践对立起来，以"不以世务婴心"为高。既要政治上的权势，又鄙弃实际政治活动。这种风气危害极大，与西晋的灭亡直接相关。而直至东晋、南朝，其流毒依然存在。

反名教思潮，是针对传统的伦理道德规范被形式化、虚伪化而产生，代表人物为嵇康和阮籍。这一时期，儒学的内在实质被抛弃，作为其外在形式的"礼法"和忠孝仁义等观念口号并未被淘汰，反而被各种篡夺者用来作为欺骗世人的工具。如曹丕之代汉，明明是篡位，却要用禅让的名义；明明是自己的意旨，却要汉帝三次下诏，群臣九次劝进。司马师废掉魏帝曹芳，用的名义是曹芳"毁人伦之叙，乱男女之节"。司马昭杀死曹髦，反给他加上"图为弑逆""悖逆无道"的罪名。此皆事之昭昭，而所谓的儒学礼法之士，如王肃、贾充、何曾之徒，或亲与其事，或视若无睹，唯以希指为务。事之黑白颠倒如是，还有何"礼法"可言？诸如此类的人和事，皆为嵇、阮等亲见亲历。人生最大的悲哀，莫过于忽然发现，自己曾信仰的东西并不具有原先所想象的价值；更令人痛苦的是，它竟然被人用来作为掩饰其丑恶行径和卑鄙目的的工具。前者产生的是幻灭感，后者产生的则是侮辱感；前者令人痛苦，后者则令人愤怒。嵇康、阮籍本来是认同儒家观念理想的，后来对"礼法"和"礼法之士"之所以痛心疾首，主要原因就在这里。所以他们反名教，实是反"名教"之变成虚伪的形式。"虚伪"的反面是"真淳"，"矫饰"的反面是"任性"。在中国历史上主张"适性任真"的，是老、庄的思想体系，所以他们也就自然而然地"逃归老、庄"，崇尚自然的"放诞任真"。

到了西晋，玄学化为玄谈的同时，嵇、阮的"反名教"也被歪曲为倡导"颓放"。世族阶级的一些代表人物，以脱落名教为由，穷情极欲，以颓废为清高，以放纵为旷达，形成一种颓靡的社会风气。这种风气也被视为"名士风流"的一种表现。与王、何的玄学和嵇、阮的反名教相比，西晋文人的"虚诞"与"颓放"都是遗其精神而只取其形貌，单纯地发展了其消极面。其实质是世族阶级为了满足自己的精神意向和欲望追求，对伦理规范和道德精神的溢出与超脱，对社会的稳定和历史的发展只起到了破坏作用。

再次，这一时期，宗教组织开始兴盛，宗教意识广泛弥漫。

佛教在西汉后期已传入中国，一直未能广泛流行，至此时期，由于人民在动乱的折磨中对现世生活感到绝望，上层统治者亦因祸福的不定而产生信仰危机，于是为鼓吹精神不灭、来世福报的佛教，提供了发展土壤。从东晋、十六国到南北朝，统治者倡之于上，被统治者应之于下，造成了佛教释理的泛滥流行。在上层，最典型者如梁武帝萧衍，晚年亲受佛戒，四次舍身佛寺，多次大设法会，亲自讲说经义。在民间，几乎到了"处处成寺，家家剃落"的程度。当然，佛教的流行，不纯属消极现象，随着佛经的译介和经义的解说，其哲理性内涵及表达形式，逐渐融入固有的思想文化之中，丰富了其内容，成为传统精神财富之重要组成部分。

道教产生于东汉后期，最初是民间性宗教组织，至东西晋之交，随着一些士大夫注重养生，进入社会上层，转化为神仙道教。至南北朝，它有了很大发展，在思想领域，成为与儒、释鼎足而三的势力。不过，道教虽尊老子为始祖，教义中却并没有充分吸收道家的更深刻的文化内蕴，只不过反映了统治阶层不满足于现实的享受而企求长生的精神倾向。

　　综合以上几方面看，这整个历史时期，呈现出多种社会思潮齐发并进的开放性态势，是中国历史上又一个自由解放、思想活跃的时代。不过，与战国时期的"百家争鸣"，存在着质的不同。其一，战国各家都是为未来的社会结构和社会生活方式设计方案，彼此之间是平等竞争。而自从汉代选定了儒家思想体系作为社会的统治思想后，因其对中国的宗法制社会形态的适应性，及其所设定的伦理道德规范，蕴含着远远超出宗法制度之外的普世价值，代表着人类发展进程中约束和抑制动物性本能的文明化倾向，就确立了它不可动摇的地位。所以，这一时期虽然儒学独尊的局面被打破，各种社会思潮都对儒家观念提出了挑战，却又都超不出儒学的张力圈。如曹操被视为法家代表人物，而细看他许多的言论和"教""令"，提出的立论依据，却是儒家经典。玄学是与儒学相对立的思潮，而其用来阐释观点的文本，既有道家的原典，亦有儒家的典籍，如《周易》与《论语》。佛教作为异域文化，浸入华土后，不得不采取对中华传统文化的攀依态度。因而在这时期，儒、道、释虽然互相诋訾，但作为主导方面，却出现了很奇特的三者互相融会合流的现象，如梁武帝写《会三教》诗，沈约在《均圣论》中提出"内圣外圣，义均理一"。释僧佑在《弘明集后序》中，甚至说："寻沙门之修释教，何异孔氏之述唐虞乎？"赞扬"孔修五经，垂范百王"。其二，总起来观察，拿这时期的社会思潮与战国对比：那时是建设性的，此时是承袭性的；那时是以治世为主，此时是以处世为主；那时主要趋向在于进取，此时主要趋向在于自保。

第五，社会文化水平普遍提高。

这主要是指，非世族的所谓"寒门"或"庶族"及他们的子弟，较普遍地获得了不同程度的文化教养。除汉代官方所设太学、庠序，汉末私门教育日益发展，经师讲学及士子游学之风，极为炽盛。《后汉书·儒林列传》之传论有云："其服儒衣，称先王，游庠序，聚横塾者，盖布之于邦域矣。若乃经生所处，不远万里之路，精庐暂建，赢粮动有千百，其著名高义开门受徒者，编牒不下万人，皆专相传祖，莫或讹杂。"这种情况下，即使马融、郑玄之外的经师，收徒动辄千人万人以上。这么庞大数量的诸生、门徒当然不会仅是官僚子弟，除少数例外，也不会都进入中、上层的士大夫之列，因而，使他们受传统的经学教育所造成的结果，必然是整个社会文化层次和文化修养的提高。上述情况至本时期，并未因汉政权的瓦解而消失，反而向着民间化、普遍化、边缘地区的拓展化发展。据《三国志》裴注和《晋书》提供的材料，在汉魏之间，除中原地区，北至辽东，南至岭南，都有不同学派形成的学术中心，它们也都以私门讲学的形式，收徒相授，起到了传播经学，同时也传播文化的作用。不可忽视的是，自东汉蔡伦发明造纸术，书写工具的改进，也为此期文化的普及与提高作出了贡献。

这种长期以来的文化普及，甚至直接影响到了北方的少数民族。对此，赵翼《廿二史札记》卷八"僭伪诸君有文学"一节曾有概述：

> 《晋·载记》诸僭伪之君，虽非中国人，亦多有文学。刘渊少好学，习《毛诗》、京氏《易》、马氏《尚书》，尤好《左氏春秋》、孙吴兵法，《史》《汉》、诸子，无不毕览。尝鄙隋、陆无武，绛、灌无文……刘聪幼而聪悟，博士朱纪大奇之，年十四，究通经史，

兼综百家之言……刘曜读书,志于广览,不精思章句,亦善属文,工草隶。……慕容皝尚经学,善天文……慕容儁亦博观图书。后慕容宝亦善属文,崇儒学。符坚八岁,向其祖洪请师就学,洪曰:"汝氐人,乃求学耶?"及长,博学多才艺……符登长而折节,博览书传。姚兴为太子时,与范勖等讲经籍,不以兵难废业……姚泓博学善谈论,尤好诗咏……

所论"僭伪诸君"即十六国的首领人物。这些情况,不只说明少数民族受汉文化熏陶,也充分说明了经几百年积累,整个社会文化的普及大大超过前代。这种文化的普及,造就了大量的下层士人,他们的存在与活动,对本时期文化和文学发展必然有重要影响。

第六,主体意识发展中,有了个体生命存在意识的强烈自觉。

如果说,先秦时期有了对人的群体性的类存在的自觉和个体人格价值的自觉,西汉时期有了在群体发展和历史演进中生命价值的自觉,此时期,人们开始有了个体生命存在意识的自觉,即清醒地意识到个体生命的有限性。这一点,在汉末的《古诗十九首》中已有突出表现,如"其十三"所谓:"浩浩阴阳移,年命如朝露。人生忽如寄,寿无金石固。万岁更相送,圣贤莫能度。"曹操的《短歌行》:"人生几何,对酒当歌。譬如朝露,去日苦多。"正表达了同样的感慨。这种自觉,给人们的宇宙观、人生观、价值观添加了许多新元素。

首先是,更明确深切地感受到两种矛盾:追求生命价值具有超时空的恒久意义与生命存在有限性的矛盾;占有、享用、维护有限的生命存在与黑暗、动荡的客观现实轻易地否定这有限存在的矛盾。面对这种矛盾,人们在抉择自己的生存方式时,就会表现出多种不同的趋向,形成各自的生活态度。有的是继承发扬积极进取的人生观,如曹操所谓:"老骥伏枥,志在千里。烈士暮年,壮心不已。"有的则抓紧时机,夺取功名利禄,如《古诗十九首》(其四)云:"人生寄一世,奄忽若飙尘。何不策高足,先据要路津。无为守穷贱,坎坷长苦辛。"还有的是,放纵自己,及时行乐,亦如《古诗十九首》(其十三)所云:"昼短苦夜长,何不秉烛游。为乐当及时,何能待来兹。"再有的是,超脱世事,淡泊名利,纵躯委命,既求安身,又求怡性,这就是李康《运命论》和潘尼《安身论》中所表达的观点。有时候以上几种选择,在一个人身上会奇怪地交错存在或迅速转换。总之,这就呈现出人生抉择的多样化发展与表现。

其次,由于这种自觉,使得人们不只注目于"军国"大事,对与自己生命存在相关的人、事、关系更为关切和关注,因而就使各阶层的人物都显示出更普通的人情和人性,并将它们在不同方面,用不同方式表现出来。

还有,对生命存在本身的关注,还使得这一时期对人物的裁断,集中在其"才"与"性"上。所谓"才"是天赋的"才质",所谓"性"是天赋的"情性"。正始时期,"才性四本"已成为玄学的核心论题之一。现实中,不但在赏誉、品藻、题目人物时集中于他们的"才""性",而且人物自身也往往恃才自傲或以任情适性作为行为准则。

第七,在精神生活和文化领域,表现出审美意识与审美追求进一步的发展与提高。

在文学范围以外,表现最突出的是书法。最初人们使用文字时,对其形式构造、线条运用、篇章布局,已有潜在的审美意识在起作用,但尚没有把书写当作艺术。后来,随着历史的发展,审美意识的加强,人们开始注意字的好坏美丑。至东汉,特别是后期,就有了书法名家和专论书法的论著,有了不为任何应用目的,专门致力书法艺术的大家,如张芝。汉魏之间,则名家辈出,即使曹操这样的政治人物,也不但好书而且善书。至两晋,二王出现,书法艺术的发展达到极致,其作品成为人间瑰宝,至今恐怕无人敢说已全面超越。

此时绘画艺术也达到前无古人的高度,顾恺之、宗炳、张僧繇等,皆为绘画史上的里程碑式人物。正是这一时期的画家们,为中国传统绘画的发展奠定了基础。

至于建筑,至此时期,世族文人的台榭别墅,更讲究审美意趣。僧寺道观,亦极其富丽化、园林化。《洛阳伽蓝记》记述描写的佛寺之精工,比起历代的宫殿有过之而无不及。其中写波斯胡人来游中土,见永宁寺而云:"此寺精丽,阎浮所无也。极佛境界,亦未有此。"还记北魏官僚所造胜境:"有若自然。其中重岩复岭,欹崟相属;深溪洞壑,逦递连接。高林巨树,足使日月蔽亏;悬葛垂萝,能令风烟出入。崎岖石路,似壅而通;峥嵘涧道,盘纡复直。是以山情野兴之士,游以忘归。"

以上三类艺术的发展,都是人的审美意识、审美追求进一步提高的客观表现。尤可注意者,是世族阶层对人的品评鉴赏,个性、才情、气质外,已普遍地用审美眼光对其风貌、神韵进行衡量。如《世说新语》"赏誉""品藻""容止"诸篇,对人的形容,动辄比之为"云中白鹤""璞玉浑金""瑶林琼树"。典型者,如有谓:

> 嵇康身长七尺八寸,风姿特秀。见者叹曰:"萧萧肃肃,爽朗清举。"或云:"肃肃如松下风,高而徐引。"山公曰:"嵇叔夜之为人也,岩岩若孤松之独立;其醉也,傀俄若玉山之将崩。"(《世说新语·容止》)

> 王右军见杜弘治,叹曰:"面如凝脂,眼如点漆,此神仙中人。"(《世说新语·容止》)

这些评断,用的是审美语言,形容的是人的风姿美、形貌美。这种对外在美的欣赏，原来集中于女性：《诗经·硕人》、屈原《山鬼》、宋玉笔下之东邻佳人、汉乐府之《陌上桑》，皆有所表现。而此时，对人物外在美的歆仰，则普泛成为一种社会风气。《世说新语·容止》有"看杀卫玠"之说，同篇又载："潘岳妙有姿容，好神情。少时挟弹出洛阳，妇人遇者，莫不连手共萦之。"由此，亦可反映出此时期审美意识发展之一斑。审美意识与审美追求的发展与提高，是文学，包括散文进一步发展的前提，没有这个前提，就没有本时期的成就与进步。

在以上背景下，这个时代，虽然社会紊乱，苦难深重，但在文学发展上，却进入一个前所未有的新时期。

鲁迅曾谓，此时期是"文学自觉"的时代，甚为允当。首先，在观念上，提高了文学的地位和价值。曹丕在《典论·论文》中说："盖文章，经国之大业，不朽之盛事。年寿有时而尽，荣乐止乎其身，二者必至之常期，未若文章之无穷。"前者讲文章的社会作用，后者讲文章对个体生命的意义，与"言之不文，行而不远"，大为不同。至梁代又对文学的本质有了新的认识，萧纲谓："立身先须谨重，文章且须放荡。"萧绎则曰："吟咏风谣，流连哀思者，谓之文。""至如文者，惟须绮縠纷披，宫徵靡曼，唇吻遒会，情灵摇荡。"强调了文学传情达意的作用，而不再重视其教化工具意义。其次，在这种自觉的基础上，作家们不像汉代以写作辞赋、散文为主，大多诗、文、赋兼擅，且从建安到梁陈，每一时段，皆有众多作家呈群体性出现。再次，作品的题材和形式，皆有拓展与扩大。视野从社会生活扩展到山水和田园；体裁多样化，小赋发达，散文产生新品种，诗歌由四言、五言、乐府体，演化发展出讲究"四声八病"的格律诗。又次，随着文学自觉与创作繁荣，总结体裁品类特点，研究剖析作品构成因素，回顾文学演进轨迹，探讨创作规律的著作应运而生，由曹丕的《典论·论文》，陆机的《文赋》，到刘勰体大思精的《文心雕龙》,形成了一个文论高峰。萧统的《文选》则似乎是印证这些理论的中国第一部大型文学作品汇集。

在前述诸因素的影响与制约下,本时期的散文,承续着为实用性服务的传统外,显示出新的特点:

其一,题材内容上,与整个文学发展潮流相一致,在原有基础上,向表述个人情志、反映山水田园等自然美方面拓展与转移;相应地在体裁形式上也有所变化。

其二,在表达方式上,沿着两条轨迹交错前行,最后形成了一个新的主导倾向。一条是由于打破了经学教条束缚而形成的率意、自然、质实的走向。这种走向,从建安至魏晋之际,延展到后来的北朝,南朝亦有其余韵。另一条是自东汉以来形成的求典求雅,注重形式整饬的走向,包括建安以来,绵延未断,至东晋、南朝而愈益显著。在二者的起伏交错中,因时代和社会因素影响,及人们的审美自觉一般是由外到内的普遍规律,最终形成了以骈体之"抽黄对白"为典型代表的、追求形式美的主导倾向。

总的说来,这一大的历史时期,散文的发展,按时序大约可分为以下几个阶段:建安至三国、魏晋之间、两晋、南北朝。在主导倾向下,每个阶段在题材、形式、表现方法、语言运用等方面,各有相对不同的特点。

第一章　率性任情及尚美重文
倾向的初步形成
——建安至魏晋时段散文发展的新特点

　　除了通说中所论及的诸点，要理解本时期的散文发展，还必须注意文学本身内部的相互影响。文学是一个整体，但其中的不同体式、品类所表达的内容、运用的形式又各有不同的侧重点。在其发展中，彼此间又存在渗透和互补。前已论及，先秦的散文和楚辞哺育出了脱离实用、倾向审美的汉赋，而汉赋反过来又促进了散文对辞采美、形式美的考究。在本时期，一开始就出现了另一新现象：富有生命力的民间乐府和下层文人的五言诗促进了诗歌的发展，诗歌的抒情性质又促成了汉大赋向小型抒情赋、咏物赋的转化，二者又共同地影响了具有实用性的散文的写作倾向。当然，影响散文发展的不止于此，但这一点必须予以注意，因为这一时期的作家很少单纯写作散文，大多是诗、赋、文兼长，对同一个作家来说，它们既不能彼此取代，又不可能不互相浸染。

第一节　建安至三国时期的散文
——率性任情与尚文尚美交错并行

建安文学历来受到研究者与评论者的赞赏。因为与东汉后期的贫弱平庸相比,它显示出旺盛的生命力、强大的创造精神,诗、赋、文都有开拓性进展,不但给人耳目一新之感,且对后世文学留下深远影响。

建安至三国的作家以三曹七子为主体,又不只限于三曹七子。他们有共同的特点,但又各有擅长。他们多数不以散文名家,但在散文写作上,又表现出某种共同倾向,这就是率性任情并朝尚文尚美方向转移。其中每个作家又有不同的情况。

一　曹操

曹操(155—220),字孟德,小字阿瞒,沛国谯县(安徽亳州)人,其子曹丕代汉后,被追尊为武帝。在汉末天下分崩,割据势力混战,人民陷于深重苦难的局面下,曹操凭自己的智谋胆略,统一了中原地区,为魏朝的建立打下基础,一定程度地符合人民的愿望,是当时最杰出的军事家、政治家。与其他政治家、军事家不同,他对艺术与文学有强烈爱好。前已提及他极欣赏书法并有很高造诣,而在文学上,曹丕《典论自序》称其"雅好诗书文籍,虽在军旅,手不释卷"。王沈《魏书》称其"登高必赋。及造新诗,被之管弦,皆成乐章"(《三国志·魏书·武帝纪》裴注引)。曹植在与杨修的信中,历赞七子的文学成就后,称:"吾王于是设天网以该之,顿八纮以掩之,今尽集于兹国矣。"[①]极言建安文学的昌盛,这与曹操对文

---

① 严可均辑:《全上古三代秦汉三国六朝文·全三国文》卷十六,中华书局,1958年。以下所引此书皆出于此版本。

学的爱好及倡导有极大关系。曹操的文学成就主要在诗歌,不主要致力于散文创作,但在其政教、表、令中,以其叛逆的性格、人豪的霸气和所受时代精神影响,表现了突破前代成格的新特征:率性而任情。这主要表现在以下三类作品中。

首先是他"挟天子以令诸侯"后,针对各种具体情况所下的简短的"教"或"令"。这些作品,或直抒胸臆,或率意而言,或驳俗见,皆斩截干脆,不拘成格,既见真情,又透出一种居高临下的霸气。如建安七年所下《军谯令》:

> 吾起义兵,为天下除暴乱。旧土人民,死丧略尽,国中终日行,不见所识,使吾凄怆伤怀。其举义兵已来,将士绝无后者,求其亲戚以后之,授土田,官给耕牛,置学师以教之。为存者立庙,使视其先人。魂而有灵,吾百年之后何恨哉![1]

虽为令,而融有浓厚真情。建安十年(205)之《整齐风俗令》:

> 阿党比周,先圣所疾也。闻冀州俗,父子异部,更相毁誉。昔直不疑无兄,世人谓之盗嫂;第五伯鱼三娶孤女,谓之挝妇翁;王凤擅权,谷永比之申伯;王商忠议,张匡谓之左道:此皆以白为黑,欺天罔君者也。吾欲整齐风俗,四者不除,吾以为羞。

简短的指令中,有驳有论,有引有证,有感慨,有态度,可谓坦直。其余如建安八年(203)之《论吏士行能令》,十五年(210)之《求贤令》,十九年(214)之《敕有司取士毋废偏短令》,皆为此类。建安二十一年(216)之《春祠令》表现得更为洒脱,文长不录。有些短令,

---

① 《曹操集》,中华书局,2012 年。以下所引《曹操集》同此版本。

更是率意而言,如《止省东曹令》:

> 日出于东,月盛于东,凡有言方,亦复先东,何以省东曹?

　　其次,是著名的建安十五年所下《让县自明本志令》。文章名为"令",实际等于一篇自叙、自辩。是时,曹操平定袁术、袁绍,进位丞相,位高势重,朝野都怀疑他有篡汉自代的野心,于是他写下此令,以作剖白。

　　文中他回顾了自己生平的经历,说明本来只期望隐居乡里,"秋夏读书,冬春射猎,求低下之地,欲以泥水自蔽,绝宾客往来之望",然而"不能得如意"。为形势所迫,不得不挺身而出,亦只是"意遂更欲为国家讨贼立功,欲望封侯作征西将军,然后题墓道言'汉故征西将军曹侯之墓',此其志也"。可事态的发展,又推动自己不得不继续南征北战,平定天下。至今日,"身为宰相,人臣之贵已极,意望已过矣"。写到这里,他特别强调:"今孤言此,若为自大,欲人言尽,故无讳耳。设使国家无有孤,不知当几人称帝,几人称王。"然后转向正题,毫不隐讳地提出:"或者人见孤强盛,又性不信天命之事,恐私心相评,言有不逊之志,妄相忖度,每用耿耿。"进而引史例谓:"齐桓、晋文所以垂称至今日者,以其兵势广大,犹能奉事周室也。"又引用了乐毅报燕王书及蒙恬给二世胡亥信中表白心迹的话,引申及自身说:

> 　　孤每读此二人书,未尝不怆然流涕也。孤祖父以至孤身,皆当亲重之任,可谓见信者矣,以及子桓兄弟,过于三世矣。
> 　　孤非徒对诸君说此也,常以语妻妾,皆令深知此意。孤谓之言:"顾我万年之后,汝曹皆当出嫁,欲令传道我心,使它人皆知之。"孤此言皆肝鬲之要也。所以勤勤恳恳叙心腹者,见

> 周公有金縢之书以自明，恐人不信之故。

最后，他又反复回环地说明，既然如此，为什么不让出权位呢？那是"诚恐己离兵为人所祸也。既为子孙计，又己败则国家倾危，是以不得慕虚名而处实祸，此所不得为也"。故"不可让位"，而只能辞土让县。

通篇之中，既叙事，又述志，从首至尾都浸渍贯注着似乎浓郁深切的真情，而且所言及的情事，于人于己，皆率然坦然，无所忌讳。仅从文字看，这样的敕令，确乎前无古人，堪称绝作。但如果究其实，是否所言皆为吐自肺腑之"真"呢？恐未必然。文章名曰"自明本志"，核心问题在于：言者谓其"有不逊之志"，他反复表明并无此意。然而，从他事后作为及最终的结果看，恰恰表明了"言者"所谓为"真"，操之所明为"伪"。文章的高明之处，在于他所讲的百分九十以上皆为真话，正是靠了这百分之九十以上的"真"掩盖了其中的一点"假"，使人相信这一点"假"也是"真"的了。而这一点假，恰是文章的核心所在。在今天看来，天下姓曹姓刘并无所谓，不过在仔细揣摩之后，文章在率性任情之中未免藏有英雄欺人之谈。在中国古代，一般被视为大英雄、大豪杰的帝王，如秦皇汉武、唐宗宋祖，大概皆有此通病，我们实不必较真。

第三，为建安二十五年（220）曹操死前所写《遗令》。此文类家常话，絮絮嘱咐身后安排，所言皆极琐细，如：

> 吾婢妾与伎人皆勤苦，使著铜雀台，善待之。于台上安六尺床，施穗帐……月旦十五日，自朝至午，辄向帐中作伎乐。汝等时时登铜雀台，望我西陵墓田。余香可分与诸夫人，不命祭。诸舍中无所为，可学作组履卖也。吾历官所得绶，皆著藏中。吾余衣裘，可别为一藏，不能者兄弟共分之。

语语不言情，语语有情，流露了一个大豪杰、大英雄像普通人一样有生的留恋和死的悲哀。这样的遗嘱，与前代相比，别开生面，体现了散文的新发展。所以与前两项结合起来，鲁迅称曹操为"改造文章的祖师爷"。

但曹操的作品也并不都是如此率性。其为丞相早期的一些表、奏，也表现了对注重典整的沿袭。如建安十三年（208）的《表刘琮令》：

> 青州刺史琮，心高志洁，智深虑广，轻荣重义，薄利厚德，蔑万里之业，忽三军之众，笃中正之体，敦令名之誉，上耀先君之遗尘，下图不朽之余祚；鲍永之弃并州，窦融之离五郡，未足以喻也。

就很讲究骈整与用典。其余如《请增封荀彧表》《请追增郭嘉封邑表》等都有此特点。

二　孔融

孔融（153—208），字文举，鲁国人。曹丕将其归于七子之列，其实年辈与曹操相当。他幼年即以聪慧为李膺赞赏，后又因庇护张俭，兄弟争死而播誉海内，实属汉末"名士"之流。名士的特点之一，就是恃才自负，任性使气，而又尚贤重士，固执地维护正统。正因如此，他才迂腐地自认为与曹操是等辈之人，一度对他抱有期望，多次向其写信荐人，后来发现操别有所图，又敢于以调侃的态度对之嘲戏，终遭致杀身之祸。

孔融创作的成就主要在文，他散文的特点与曹操有相近一面，就是任性使气，又有不同的一面，就是更加重文尚典。

关于前一点，主要表现在对曹操的态度上。当曹操权势日重，露出权倾人主的苗头时，他没有正面抨击，而是用嘲讽的方式故意刁难。如曹丕纳甄氏，他致书曹操谓："武王伐纣，以妲己赐周公。"曹操讨乌桓，他嘲之以："大将军远征，萧条海外。昔肃慎不贡楛矢，丁零盗苏武牛羊，可并案也。"尤其是当曹操为节粮而下令禁酒，他执意反对，在《难曹公表制酒禁书》中，从天有酒星，地有酒泉，历数典实，一路论列下来，提出"酒何负于治者哉"。当曹操答书，强调饮酒之"失"时，他又回书反驳，其中有谓：

> 徐偃王行仁义而亡，今不绝仁义；燕哙以让失社稷，今不禁谦退；鲁因儒而损，今不弃文学；夏商亦以妇人失天下，今不断婚姻。而将酒独急者，疑但惜谷耳，非以亡王为戒也。①

文章仗才使气，写得一脉贯注、辞采飞扬，使你明知意在彼而不在此，属借故刁难，却又难以应对。这样的作品，不同于东方朔的俳谐，又不同于后世的《北山移文》，是孔融在特定时代、针对特定人物的独创，具有一种独特的韵味。

孔融另一类写得郑重的作品，是书信、上疏及论说文章，突出特点是雅丽典则又有较真切的感情。代表作为《上书荐谢该》《荐祢衡疏》《与曹公书论盛孝章》等。其中《荐祢衡疏》几乎全用四字排句，间以四、六对偶。如对祢衡的称扬：

> 淑质贞亮，英才卓跞。初涉艺文，升堂睹奥。目所一见，辄诵于口；耳所暂闻，不忘于心；性与道合，思若有神。……飞辩骋辞，溢气坌涌；解疑释结，临敌有余。昔贾谊求试属国，诡系单于；终军欲以长缨，牵致劲越。弱冠慷慨，前代美之。……衡宜与为比。如得龙跃天衢，振翼云汉，扬声紫微，垂光虹霓，

---

① 吴云主编：《建安七子集校注》，天津古籍出版社，2005年。以下引此书同此版本。

足以昭近署之多士，增四门之穆穆。钧天广乐，必有奇丽之观；帝室皇居，必蓄非常之宝。若衡之辈，不可多得。

孔融的文章，包括前述嘲戏之作，经常引用历史典实，其《肉刑议》后半部分讲肉刑害处，几乎是典实的堆砌：

> 虽忠如鬻拳，信如卞和，智如孙膑，冤如巷伯，才如史迁，达如子政，一罹刀锯，没世不齿。是太甲之思庸，穆公之霸秦，南睢之骨立，卫武之《初筵》，陈汤之都赖，魏尚之守边，无所复施也。

此类作品，既是对东汉以来重典重雅重整传统的延续与发展，又开晋代骈文之先河。

孔融文亦受时代习染，带有尚情色彩。如其《与曹公书论盛孝章》，目的是荐人，而却以叙情开始："岁月不居，时节如流。五十之年，忽焉已至。公为始满，融又过二。海内知识，零落殆尽，惟会稽盛孝章尚存。"其《与王朗书》更是以抒情为主。

三 诸葛亮

诸葛亮(181—234)，字孔明，琅琊(山东临沂)人。是与曹操同时的政治家、军事家。所存留的文章几乎纯为政教、军令，以简约切实为显著特色。唯其前后出师两《表》，虽为政治文献，却全以情深意挚而感人。以《前出师表》为例，前半部分针对刘禅，所谈虽全是关于政务内容，用的则纯为恳切深挚的劝勉语气。至于后半部分：

> 臣本布衣，躬耕于南阳，苟全性命于乱世，不求闻达于诸侯。先帝不以臣卑鄙，猥自枉屈，三顾臣于草庐之中，谘臣以

当世之事，由是感激，遂许先帝以驱驰。后值倾覆，受任于败军之际，奉命于危难之间，尔来二十有一年矣。先帝知臣谨慎，故临崩寄臣以大事也。受命以来，夙夜忧叹，恐付托不效，以伤先帝之明，故五月渡泸，深入不毛。今南方已定，兵甲已足，当奖率三军，北定中原，庶竭驽钝，攘除奸凶，兴复汉室，还于旧都，此臣所以报先帝，而忠陛下之职分也。……愿陛下托臣以讨贼兴复之效；不效，则治臣之罪，以告先帝之灵。若无兴德之言，则责攸之、祎、允等之慢，以彰其咎。陛下亦宜自谋，以谘诹善道，察纳雅言，深追先帝遗诏，臣不胜受恩感激。今当远离，临表涕零，不知所言。[①]

自我剖白，与曹操《让县自明本志令》相类。但全以一个"情"字为核心，其对刘备所表现的感情之深之挚之真，任何人读之皆会直彻肺腑。后世文人乃至一般读者对诸葛亮与曹操的印象、态度绝不相同，除其为人外，恐怕与此表大有关系。至于文字表达之自然、明切、坦直、成熟，亦堪称此期文章之楷则。

四　曹丕

曹丕(187—226)，字子桓，曹操次子，建安二十二年(217)，立为魏太子，延康元年(220)受汉禅为帝，谥称文帝。《三国志·魏书·文帝纪》称他"好文学，以著述为务"；"天资文藻，下笔成章，博闻强识，才艺兼该"。因为其特殊的身份，作为曹操文学侍臣的建安七子，经常围绕在他身边，进行诗赋唱和，所以他在当时具有文坛领袖的性质。

曹丕的文学成就主要在诗，散文方面，情况比较复杂。对推动

---

① 段熙仲、闻旭初编校：《诸葛亮集》，中华书局，2012 年。

散文发展具有积极意义的，主要是其写给友人的书信，内容明显地体现了生活化、人情化的特点。代表作是给吴质的几封信。如其《与吴质书》有云：

> 每念昔日南皮之游，诚不可忘。既妙思六经，逍遥百氏；弹棋间设，终以博弈。高谈娱心，哀筝顺耳；驰骛北场，旅食南馆。浮甘瓜于清泉，沈朱李于寒冰。白日既匿，继以朗月。同乘并载，以游后园。舆轮徐动，宾从无声。清风夜起，悲笳微吟。乐往哀来，怆然伤怀。余顾而言，斯乐难常。足下之徒，咸以为然。今果分别，各在一方。元瑜长逝，化为异物。每一念至，何时可言？方今蕤宾纪时，景风扇物。从者鸣笳以启路，文学托乘于后车。节同时异，物是人非，我劳如何！（胡克家刻李善注本《文选》卷四十二。）

四年后，写的《又与吴质书》表达了同样意蕴。两《书》于清丽的文字中，追昔念旧，感时述怀，悼亡伤逝，殷殷之情，眷眷之意，溢于言表。虽为书信，而浸有诗的韵致，为前代绝无仅有，确属极具审美价值的佳篇。

曹丕另一篇有特色的作品，是其《典论自序》。与前代"书序"仅述家世、道作意、总条目写法大不相同，其间细致地回顾了自己少年以来的经历，描述了学骑善射、击剑胜人的具体情景。虽颇有贵公子的自鸣得意，然而充满真切的生活气息，还时不时插入抒情式的烘托，如："时岁之暮春，句芒司节，和风扇物，弓燥手柔，草浅兽肥。""若驰平原，赴丰草，要狡兽，截轻禽，使弓不虚弯，所中必洞，斯则妙矣！"（《四部丛刊》三编影印《魏文帝集》）这样的写法，别开生面，或与后世"序"体的转化有关。

曹丕在文论上有突出贡献。其《典论·论文》(《文选》卷五十二),对文学创作提出了极有价值的新见。首先,在中国文学史上第一次明确提出:"盖文章,经国之大业,不朽之盛事。"其次,他第一次对文章的不同品类作了基本的区分,并概括出它们应有的特点:"奏议宜雅,书论宜理,铭诔尚实,诗赋欲丽。"既具有总结前代经验,又具有启发后人的意义。尤其是"诗赋欲丽"一句,曾引起鲁迅高度重视,指出:"他说诗赋不必寓教训,反对当时那些寓训勉于诗赋的见解,用近代的文学眼光看来,曹丕的一个时代可说是'文学的自觉时代',或如近代所说是为艺术而艺术的一派。"(《魏晋风度及文学与药及酒的关系》)这正是对把文学异化为教化工具的反驳。再次,他明确地提出"文气说",谓:"文以气为主,气之清浊有体,不可力强而致。"至于"气"到底为何物,他没有界说,但此说对后世的作者及文论家影响甚大。再一点是,他在此文及《又与吴质书》中,还对七子的创作成就与特色,做了颇为准确的概括与评价,对后人理解这些作家很有帮助。

此外,他在禅代之际所写的诸篇让禅的"令""表",虽然引经据典,文辞灿然,甚至指天誓日般地表示"三军可夺帅也,匹夫不可夺志也",全是口不应心的伪饰之作,读之令人作呕,且开后代此类文章之先河,影响甚为恶劣。

五 曹植

曹植(192—232),字子建,曹丕之弟,初封为平原侯,曹丕称帝后,辗转受封,死前定封陈王,死后谥为"思",故世称陈思王。其文学成就主要在诗与赋。其五言诗为当时之冠冕,《洛神赋》写女性美,文字雅丽,辞采飞扬,描摹细致,图写传神,蕴情缠绵而深挚,为类似题材的压卷之作。

曹植的散文以才赡辞富为特征。早期的文章主要是与友人的书信,带有才高气盛的特点。《与杨德祖书》为论文述志之作。评

议时人,讥弹得失,以居高临下的姿态,肆意纵笔,雅辞丽藻,玉润泉涌,而皆得其中。如所云:

> 仆少好词赋,迄至于今,二十有五年矣。然今世作者,可略而言也。昔仲宣独步于汉南,孔璋鹰扬于河朔,伟长擅名于青土,公幹振藻于海隅,德琏发迹于大魏,足下高视于上京。当此之时,人人自谓握灵蛇之珠,家家自谓抱荆山之玉也。……然此数子,犹不能飞翰绝迹,一举千里也。以孔璋之才,不闲于辞赋,而多自谓能与司马长卿同风,画虎不成还为狗者也;前为书嘲之,反作论盛道仆赞其文。夫钟期不失听,于今称之,吾亦不敢妄叹者,畏后之嗤余也。……盖有南威之容,乃可以论于淑媛;有龙渊之利,乃可以议于割断。刘季绪才不逮于作者,而好诋呵文章,掎摭利病……可无叹息乎?人各有所好尚,兰茝荪蕙之芳,众人之所好,而海畔有逐臭之夫;咸池六英之发,众人所共乐,而墨翟有非之之论,岂可同哉?

篇末又以豪迈之气,倾吐自己的雄心壮志,表达了似乎与乃兄正相反的观点:

> 辞赋小道,固未足以揄扬大义,彰示来世也。昔扬子云,先朝执戟之臣耳,犹称壮夫不为也。吾虽薄德,位为藩侯,犹庶几戮力上国,流惠下民,建永世之业,流金石之功,岂徒以翰墨为勋绩,辞赋为君子哉?若吾志不果,吾道不行,亦将采史官之实录,辨时俗之得失,定仁义之衷,成一家之言。虽未能藏之名山,将以传之同好。此要之白首,岂可以今日论乎?其言不作,恃惠子之知我也。(《全三国文》卷十六)

话虽如此说,其实是出于他对自己文学上才力与成就的高度自信,只是要表达一种更高远的追求而已。最终他赖以垂名后世者,还是其似乎不屑为的"辞赋小道"。

另一封《与吴季重书》,则以生动的形容,富赡的排比,表达出相会宴饮之乐与难舍的惜别之情:

> 前日虽因常调,得为密坐,虽燕饮弥日,其于别远会稀,犹如不尽其劳积也。若夫觞酌凌波于前,箫笳发音于后,足下鹰扬其体,凤叹虎视,谓萧曹不足俦,卫霍不足侔也。左顾右盼,谓若无人,岂非吾子壮志哉?过屠门而大嚼,虽不得肉,贵且快意。当斯之时,愿举泰山以为肉,倾东海以为酒,伐云梦之竹以为笛,斩泗滨之梓以为筝;食若填巨壑,饮若灌漏卮;其乐固难量,岂非大丈夫之乐哉?然日不我与,曜灵急节,面有逸景之速,别有参商之阔;思欲抑六龙之首,顿羲和之辔,折若木之华,闭濛汜之谷。天路高邈,良久无缘,怀恋反侧,如何如何!(《全三国文》卷十六)

曹植后期,受到曹丕的抑制,文章虽不如早期的志高气扬,亦仍以充畅的笔墨,表现出不甘沉没的进取精神,如《求自试表》有云:

> 方今天下一统,九州晏如,而顾西有违命之蜀,东有不臣之吴,使边境未得脱甲,谋士未得高枕者,诚欲混同宇内,以致太和也。……
> 若使陛下出不世之诏,效臣锥刀之用,使得西属大将军,当一校之队,若东属大司马,统偏舟之任。必乘危蹈险,骋舟奋骊,突刃触锋,为士卒先。虽未能禽(擒)权馘亮,庶将虏其

雄率,歼其丑类,必效须史之捷,以灭终身之愧。使名挂史笔,事列朝策,虽身分蜀境,首悬吴阙,犹生之年也。如微才弗试,没世无闻,徒荣其躯,而丰其体,生无益于事,死无损于数;虚荷上位,而忝重禄,禽息鸟视,终于白首。此徒圈牢之养物,非臣之所志也。(《全三国文》卷十五)

读来仍让人感到一种逼人的激越之气。

其后之《求问亲戚疏》(亦曰《求通亲亲表》)则是因曹丕限制诸侯王之间的交往通问而作,称颂祈求之中已带有明显的怨愤情绪:

> 每四节之会,块然独处,左右惟仆隶,所对惟妻子。高谈无所与陈,发义无所与展。未尝不闻乐而拊心,临觞而叹息也。伏以犬马之诚不能动人,譬人之诚不能动天。崩城陨霜,臣初信之,以臣心况,徒虚语耳。若葵藿之倾叶,太阳虽不为之回光,然终向之者,诚也。臣窃自比于葵藿,若降天地之施,垂三光之明者,实在陛下。(《全三国文》卷十六)

其余,如《上疏陈审举之义》,与上二"表"大体同一格调。

不管曹植的作品前后在内容情调上有何差异,其表达形式上的藻丽华富、排骈整饬、流泻自如,则是共同特色。这既是对东汉以来追求典整倾向的继承发展与提高,又为晋代文章进一步追求形式美奠定了基础。

六　王粲、陈琳、阮瑀

王粲(177—217),字仲宣,山阳高平(今山东邹城)人。出身世家,曾依刘表,后劝表少子刘琮降曹,位为侍中。其文学成就主要在诗与赋,而且多产生于前期。

王粲不以散文名世，唯在荆州时，代刘表所写的《谏袁谭书》《与袁尚书》及赞扬刘表崇尚文教的《荆州文学记官志》，皆流露出重文饰，尚典骈，将辞赋融入散文的倾向。

陈琳（约160—217），字孔璋，广陵射阳（今江苏淮安）人。曾从何进，后依袁绍，绍败而投曹操，任军谋祭酒，掌记室。

陈琳在七子中主要以散文见长，存留下来的作品，犹以《为袁绍檄豫州》《檄吴将校部曲文》受人称赏。檄文在汉代以后，一般都是替人代作，今天可以替袁绍骂曹操，明天则可以为曹操骂孙权，所以见不出作者本人的真实感情，只足以显示文辞水平。正因如此，当陈琳投降曹操以后，操并不计较他骂过自己的祖宗三代，而陈琳则可以用"矢在弦上，不得不发"作解释。"檄"这种文体是用以讨伐的，有特殊的要求：首先它要用锋利的言辞充分数责被讨伐者的罪状，愈极致愈好；其次它要充分展示讨伐者的正义性和强大的威势，以争取人心和震慑对方；再是它要具有鼓动性和煽惑力，必须形成充畅的气势和作充分的夸饰渲染。此外，它还要用或威胁，或利诱的手段来瓦解对方内部的追随者，争取他们的动摇归顺，这也需要恰当巧妙的言辞。而陈琳在这些方面都表现了自己的才力与偏长。如《为袁绍檄豫州》中，除对曹操的身世攻击外，还指斥他挟持献帝以后：

> 阜侮王室，败法乱纪，坐领三台，专制朝政。爵赏由心，刑戮在口，所爱光五宗，所恶灭三族。群谈者受显诛，腹议者蒙隐戮，百僚钳口，道路以目。尚书记朝会，公卿充员品而已。……身充三公之位，面行桀虏之态，污国虐民，毒施人鬼。加其细政苛惨，科防互设，罾缴充蹊，坑阱塞路，举手挂网罗，动足触机陷，是以兖豫有无聊之民，帝都有吁嗟之怨。

而讲到袁绍方面时,则曰:

> 幕府奉汉威灵,折冲宇宙,长戟百万,胡骑千群,奋中黄、育、获之士,骋良弓劲弩之势,并州越太行,青州涉济漯,大军泛黄河而角其前,荆州下宛叶而掎其后。雷霆虎步,并集虏庭,举炎火以炳飞蓬,覆沧海以沃熛炭,有何不灭者哉?(《全后汉文》卷九十二)

《檄吴将校部曲文》则针对吴地名人、孙权部下有云:

> 闻魏周荣、虞仲翔各绍堂构,能负析薪;及吴诸顾、陆旧族长者,世有高位,当报汉德,显祖扬名;及诸将校,孙权婚亲,皆我国家良宝利器,而并见驱迮。雨绝于天,有斧无柯,何以自济? 相随颠没,不亦哀乎! 盖凤鸣高岗,以远矰罗,贤圣之德也;鸤鸠之鸟,巢于苇苕,苕折子破,下愚之惑也。今江东之地,无异苇苕,诸贤处之,信亦危矣。圣朝开弘旷荡,重惜民命,诛在一人,与众无忌。故设非常之赏,以待非常之功。乃霸夫烈士奋命之良时也,可不勉乎!
>
> 若能翻然大举,建立元勋,以应显禄,福之上也。如其未能,算量大小,以存易亡,亦其次也。夫系蹄在足,则猛虎绝其蹯;虺蛇在手,则壮士断其节。何则? 以其所全者重,以其所弃者轻。若乃乐祸怀宁,迷而忘复,暗大雅之所保,背先贤之去就,忽朝阳之安,甘折苕之末,日忘一日,以至覆没。大兵一到,玉石俱碎,虽欲救之,亦无及已。(《全后汉文》卷九十二)

正是甘言之诱加威势之吓。

陈琳此类作品,不仅为"檄"文典范之作,其辞采与句法,亦对后世散文形式美的发展有推进性影响。此外,陈琳还替曹洪写过一篇《与魏太子书》。曹洪本一介武夫,却偏要向曹丕显示他也能文,于是让陈琳写了这封颇有文采的信。有趣的是,明明是倩人捉刀,却一开始就声明:"欲令陈琳作报,琳顷多事,不能得为。念欲远以为欢,故自竭老夫之思。"末了既吹嘘又掩饰,还倒打一耙:

> 盖闻过高唐者,效王豹之讴;游睢涣者,学藻绘之采。间自入益部,仰司马、扬、王遗风,有子胜斐然之志。故颇奋文辞,异于他日,怪乃轻其"家丘",谓为"倩人",是何言欤?夫绿骥垂耳于林坰,鸿雀戢翼于污池,襄之者固以为园圃之凡鸟,外厩之下乘也。及整兰池,挥劲翮,陵厉清浮,顾盼千里,岂可谓其借翰于晨风,假足于六骏哉?恐犹未信丘言,必大嗟也。(《全后汉文》卷九十二)

让人读来既有诙谐之趣,又不能不佩服陈琳迎合曹洪心理、描摹其语态口吻之高妙,还显示了一个重大问题:当时尚文风气的影响已经何等深入广泛。

阮瑀(? —212),字元瑜,陈留(河南开封)人。亦为曹操军谋祭酒,掌记室。曹丕称赞他"书记翩翩"。与陈琳同以写军国文书著称。当时名声甚大,现今存留作品较少,唯《为曹公作书与孙权》流传较广。

此书为赤壁之战三年后,阮瑀替曹操写给孙权的劝降书。总态度是又拉拢,又威胁。先是叙旧情以示友好:"离绝以来,于今三年,无一日而忘前好,亦犹姻媾之义,恩情已深,违异之恨,中间尚浅也。孤怀此心,君其同哉?"然后辩称,赤壁之战乃"遭罹疫气,烧船自还,以避恶地,非周瑜水军所能抑挫也"。再后逐渐转向威胁:

往年在谯,新造舟船,取足自载,以至九江,贵欲观湖巢之形,定江滨之民耳,非有深入攻战之计。将恐议者大为己荣,自谓策得,长无西患,重以此故,未肯回情。然智者之虑,虑于未形;达者所规,规于未兆。是故子胥知姑苏之有麋鹿,辅果识智伯之为赵擒;穆生谢病,以免楚难;邹阳北游,不同吴祸。此四士者,岂圣人哉?徒通变思深,以微知著耳。以君之明,观孤术数,量君所据,相计土地,岂势少力乏,不能远举,割江之表,宴安而已哉?甚未然也。若恃水战,临江塞要,欲令王师终不得渡,亦未必也。夫水战千里,情巧万端;越为三军,吴曾不御,汉潜夏阳,魏豹不意。江河虽广,其长难卫也。(《全后汉文》卷九十三)

文章不像陈琳"檄"文那么锋利,而是软中有硬,硬中有软。这是曹操的意思,阮瑀的水平正在于能用工丽的文辞,精选的典故,恰如其分地将其完美表达出来,这才是他能在当时和后世饱受称道赞赏的原因。他和陈琳同样都代表了当时此类文章所达到的新高度。

七 刘桢、徐幹、应场

刘桢(? —217),字公幹,东平宁阳(山东宁阳)人。曾任曹操的军谋祭酒、五官中郎将文学、平原侯庶子。

在建安七子中刘桢留下的作品较少。不过从两件事情,可见其个性较为突出。一是"平视甄氏"。据《三国志·魏书·刘桢传》裴注引《典略》云:"太子(曹丕)尝请诸文学,酒酣坐欢,命夫人甄氏出拜。坐中众人咸伏,而桢独平视也。太祖(曹操)闻之,乃收桢,减死输作。"二是他应答曹丕关于"廓落带"的信。同据《典略》云:"文帝尝赐桢廓落带,其后师死,欲借取以为像,因书嘲桢云:'夫物因人为贵。故在贱者之手，不御至尊之侧。今取之，勿嫌其不反之.'"虽是玩笑口吻，却露出贵公子的倨傲。于是刘桢也同样以调笑态度，写信回复：

> 桢闻荆山之璞，曜元后之宝；隋侯之珠，烛众士之好；南垠之金，登窈窕之首；韠貂之尾，缀侍臣之帻。此四宝者，伏朽石之下，潜污泥之中，而扬光千载之上，发彩畴昔之外，亦皆未能初自接于至尊也。夫尊者所服，卑者所修也；贵者所御，贱者所先也。故夏屋初成而大匠先立其下，嘉禾始熟而农夫先尝其粒。恨桢所带，无他妙饰，若实殊异，尚可纳也。(《全后汉文》卷六十五)

表现了渺视贵者以"贵"为"贵"的傲岸态度。通篇全用骈辞俪句，而又似乎随手拈来，流丽自然，毫无矫饰之迹。其水平绝不在陈、阮之下。另外，他还留有《处士国文甫碑》，为文上亦表现出同样的特点。

徐幹(170—217)，字伟长，北海(山东寿光)人。亦曾任曹操军谋祭酒、五官中郎将文学，故归入建安七子。也善诗赋，但他的追求与七子中的其他人不同，曹丕在《与吴质书》中，曾称赞说："观古今文人，类不护细行，鲜能以名节自立。而伟长独怀文抱质，恬淡寡欲，有箕山之志，可谓'彬彬君子'者矣。著《中论》二十余篇，成一家之言，辞义典雅，足传于后，此子为不朽矣。"

徐幹的《中论》二十篇，今存，分上、下两部分，各由十篇短论组成。前十篇着重论个人修养，后十篇着重论处世之道，总体上倡导传统的儒家道德伦理观念，希望人们在乱世中守正，守中。某些篇章有明显的针砭时弊之意，如《谴交》批判汉末宦游之风：

世之衰也。上无明天子，下无贤诸侯，君不识是非，臣不辨黑白。取士不由于乡党，考行不本于阀阅，多助者为贤才，寡助者为不肖。序爵听无证之论，班禄采方国之谣。民见其如此者，知富贵可以从众为也，知名誉可以虚哗获也。乃离其父兄，去其邑里，不修道义，不治德行。讲偶时之说，结比周之党，汲汲皇皇，无日以处。更相叹扬，迭为表里，梼杌生华，憔悴布衣，以欺人主，惑宰相，窃选举，盗荣宠者，不可胜数也。……

桓灵之世，其甚者也。自公卿大夫，州牧郡守，王事不恤，宾客为务，冠盖填门，儒服塞道。饥不暇餐，倦不获已，殷殷沄沄，俾夜作昼。下及小司，列城墨绶，莫不相商以得人，自矜以下士。星言凤驾，送往迎来，亭传常满，吏卒传问，炬火夜行，阍寺不闲。把臂捩腕，扣天矢誓，推托恩好，不较轻重。文书委于官曹，系囚积于图圄，而不遑省也。详察其为也，非欲忧国恤民，谋道讲德也，徒营己治私，求势逐利而已。[①]

行文晓畅自然，不求雕饰，有充畅气势。但形式整齐，多用排辞俪句，表明这种行文方式，已成为一种时代性的基本趋向。

应玚（？—217），字德琏，汝南（河南汝阳）人。曾任司空掾、平原侯庶子、五官中郎将文学。

曹丕在《又与吴质书》中称他"常斐然有述作意，才学足以著书，美志不遂，良可痛惜"。故他可能早逝。应玚流传下来的作品不多，散文仅有《报庞惠恭书》及《文质论》。

《报庞惠恭书》可能已不是全文。《文质论》是单篇论文，在肯定文质不可偏废的前提下，强调"文"的重要作用。两篇文章写作

———————
① 《百子全书》第二册《中论》卷下，浙江人民出版社，1985年。

上的共同特点是：讲究文饰，以骈辞俪句为主，且大量用典，表现出明显的尚文倾向。

此时期的作家，有一种作人物比较论的习尚。有的针对时人，如孔融《汝颍优劣论》，比较中评骘汝南、颍川二地知名人物品节的差别。后来发展到对历史人物的比较，如孔融的《周武王汉高祖论》《圣人优劣论》，曹植的《汉二祖优劣论》。再后来出现了就同一题目而各自为论，如曹丕、曹植、丁仪皆有《周成汉昭论》。这或者起初受许氏兄弟月旦评的影响，其后发展为对历史人物的评论，再发展为各自表达不同看法。此种习尚进一步延展，就出现了不只对历史人物，而就感兴趣的话题，表示不同观点，如阮瑀写《文质论》，应玚亦有同题之作。这种现象的出现，既有时代影响，如月旦评，又有历史渊源，如史书的论赞、《盐铁论》的争辩，也反映了当时思想比较活泼自由，喜好彼此间逞才骋辩的倾向，如阮瑀讲"质"的重要，应玚则反过来强调"文"的价值，其实二人的写作都趋于尚文，争论没有实质性意义。这一点之所以值得注意，是它已透露世族人物清谈好辩习气的苗头。

八　应璩

应璩(？—252)，字休琏，应玚之弟，官至侍中。生活时代较晚，不属七子之列。《三国志·魏书·应玚传》裴注引《文章别录》，称其"博学好属文，善为书记"。他之所以值得重视，是萧统的《文选》，在《书》这一门类中竟连续选中应璩的四篇作品，为选篇最多的作家。而这几篇文章，内容上皆无特别之处：《与满公琰书》《与侍郎曹长思书》不过是叙友情，《与广川长岑文瑜书》据李善注云："广川县时旱，祈雨不得，作书以戏之。"《与从弟君苗君冑书》李善注则曰："此书言欲归田，故报二从弟也。"萧统何以对应璩特别欣赏？关键是他文章的形式美达到很高水平，已非常接近正宗的骈体。一是文辞华美，堪称"翰藻"。如《与满公琰书》写漳渠："西有伯阳之馆，北有旷野之望；高树翳朝云，文禽蔽绿水；沙场夷敞，清风肃穆。"二是大量运用四字、六字的排句、对句，将辞采融入整齐而又错落的节奏之中。如《与从弟君苗君胄书》：

> 间者北游，喜欢无量。登芒济河，旷若发曚。风伯扫途，雨师洒道，案辔清路，周望山野。亦既至止，酌彼春酒；接武茅茨，凉过大厦；扶寸肴修，味逾方丈。逍遥陂塘之上，吟咏菀柳之下；结春芳以崇佩，折若华以翳日；弋下高云之鸟，饵出深渊之鱼。蒲苴赞善，便嬛称妙。何其乐哉！（《全三国文》卷三十）

偶对的精美大大超过前人。三是大量用典。如《与侍郎曹长思书》言及自己的处境及态度：

> 块然独处，有离群之志。汲黯乐在郎署，何武耻为宰相，千载揆之，知其有由也。德非陈平，门无结驷之迹；学非扬雄，堂无好事之客。才劣仲舒，无下帷之思；家贫孟公，无置酒之乐。悲风起于闺闼，红尘蔽于机榻。幸有袁生，时步玉趾；樵苏不爨，清谈而已，有似周党之过闵子。夫皮朽者毛落，川涸者鱼逝；春生者繁华，秋荣者零悴。自然之数，岂有恨哉！（《全三国文》卷三十）

几乎句句用典。有些典故的出处，如"何武耻为宰相"，唐代的李善亦不知所从来。据此看来，应璩的文章可以看作三国文向两晋文过渡的一个标志。

除以上所论诸家、诸作外，此时还有另一现象，就是在叙事文字中,杂史杂传相当兴盛,艺术质量达至相当高度,典型者为《三国志·魏书·武帝纪》裴注中所引《曹瞒传》。所记或非信史,但写曹操形象之复杂多面,远非正史可比,尤其是许多细节及情景的描摹极为生动传神,如:

> 太祖少好飞鹰走狗,游荡无度,其叔父数言之于嵩。太祖患之,后逢叔父于路,乃阳(佯)败面喁口;叔父怪而问其故,太祖曰:"卒中恶风。"叔父以告嵩。惊愕,呼太祖,太祖口貌如故。嵩问曰:"叔父言汝中风,已差(瘥)乎?"太祖曰:"初不中风,但失爱于叔父,故见罔耳。"嵩乃疑焉。自后叔父有所告,嵩终不复信,太祖于是益得肆意矣。
> 太祖为人佻易无威重,好音乐,倡优在侧,常以日达夕。被服轻绡,身自佩小鞶囊,以盛手巾细物,时或冠恰帽以见宾客。每与人谈论,戏弄言诵,尽无所隐,及欢悦大笑,至以头没杯案中,肴膳皆沾污巾帻,其轻易如此。然持法峻刻,诸将有计画胜出己者,随以法诛之,及故人旧怨,亦皆无余。其所刑杀,辄对之垂涕嗟痛之,终无所活。(《全三国文》卷七十五)

不能因其出自吴人之手,且有所增饰,而否定其在形象描写上的独到成就。

第二节　魏晋之际的散文
——率性任情与尚文倾向的进一步发展

魏晋之际,是由三国鼎立向西晋统一过渡的时期。此时蜀汉及孙吴的国势逐渐衰弱,由占据中原的魏、晋来实现统一,已成大势所趋。因而政治斗争的中心转向曹魏与司马氏之间的内争,彼此间的角力日渐酷烈，传统的伦理道德完全成为遮掩赤裸裸杀戮的虚伪面纱。同时，自曹丕实行九品中正制，为新的门阀世族形成奠定了基础，无论是曹氏、司马氏都需要争取他们的支持。

这时的文化中心仍在中原地区。处于上层的士族文人深深感受到残酷现实、政治斗争的威胁，纷纷"逃归老庄"。其中一部分，利用其"有闲"的条件，从学理上对庄、老之学进行深入探讨，发展形成了玄学，代表人物为王弼、何晏；一部分则出于激愤，倡导越"名教"而任自然，代表人物为"竹林七贤"，尤以阮籍、嵇康为最。前者属于哲学领域，后者则在文学上有突出贡献，是所谓"正始文学"的核心。

阮籍、嵇康都是诗、赋、文兼擅的作家，他们散文方面的作品，内容上继承了建安至三国时的率性任真，形式上综括了辞赋化的尚典雅、重整饬并有所发展，代表了此时期创作的主流。另外一些作家、作品，则从不同侧面有所补充。

一　阮籍

阮籍（210—263），字嗣宗，阮瑀之子。曾任曹爽参军、司马昭从事中郎，后求为步兵校尉，故世称阮步兵。《三国志·魏书·阮瑀传》称其"才藻艳逸，而倜傥放荡，行己寡欲，以庄周为模则"。裴注引《魏氏春秋》谓其："尝登广武，观楚汉战处，乃叹曰：'时无英才，使竖子成名乎！'时率意独驾，不由径路，车迹所穷，辄恸哭而反。""口不论人过，而自然高迈，故为礼法之士何曾等深所仇疾。"

阮籍当时名声甚高，又身处司马氏与曹氏政争的夹缝中，亲见统治集团倾轧之凶残、言行之虚伪，内心极端的忧愤痛苦。其《咏怀诗》八十二首，多为在这种痛苦中的抒情述怀之作，对后世影响极大。

阮籍的散文，写于不同时间，针对不同对象，态度、内容各有侧重,篇幅大小亦有差异;但也有大体共有的特点:辞藻典丽,形式整饬,气势充畅。其较短篇章:《为郑冲劝晋王笺》①为不得不代群臣劝司马昭进位之作,整饬的句法中,既有赞颂,又有期望。《辞蒋太尉辟命奏记·又》,乃拒绝蒋济任其为掾而作,态度明确,而辞气雅致委婉。《答伏义书》乃对伏义责其不愿用世的答复,先表明人各有志,后对其人进行讥刺:

> 人力势不能齐,好尚舛异。鸾凤凌云汉以舞翼,鸠鹩悦蓬林以翱翔;蝘浮八滨以濯鳞,鳖娱行潦而群逝:斯用情各从其好,以取乐焉。据此非彼,胡可齐乎?
>
> 观吾子之趋:欲衒倾城之金,求百钱之售;制造天之礼,拟肤寸之检;劳玉躬以役物,守辌秽以自毕;沈牛迹之泛薄,愠河汉之无垠。其陋可愧,其事可悲。

其间对对方的鄙视昭然可见。行文俪整而犀利。

其大型作品,内容上表现了思想的变化及对现实的态度,表达上则才赡思富,不拘一格,显示了描摹融入论议,将诗、辞、赋混一于文的倾向。

《乐论》为其早期作品。用答问的形式,发挥孔子"移风易俗,莫善于乐"的观点。先从理论上正反两面说明乐何以能"移风易俗";然后从音乐本身的效果,引用远古至近代的教训,加以印证。核心观点为:

> 刑、教一体,礼、乐,外、内也。刑弛则教不独行,礼废则乐无所立。尊卑有分,上下有等,谓之礼;人安其生,情意无哀,

---

① 陈伯君校注:《阮籍集校注》,中华书局,2012 年。以下所引阮籍文同此版本。

谓之乐。车服、旌旗、宫室、饮食,礼之具也;钟磬、鞞鼓、琴瑟、歌舞,乐之器也。礼逾其制则尊卑乖,乐失其序则亲疏乱。礼定其象,乐平其心;礼治其外,乐化其内。礼乐正而天下平。

表达的是传统儒家的政治社会理想。

《通易论》,以"通"为宗旨,将《易经》六十四卦的卦、爻辞,与《易传》之《象》《说卦》《序卦》糅合起来,按自己的理解,加以系统解说。大旨不出传统论《易》观点,非如王弼之由《易》而引申出玄学的哲理。

《达庄论》则内容与写法大不相同,用改造了的赋家笔法,描写一超然物外的先生与一群固执俗见的庸儒进行论辩,借以阐述庄子的基本观点。其中对"先生"悠然超然的神态形象与俗儒的拘执浅陋刻画,皆能传出其神韵。如辩论前对"先生"的描写:

> 万物权舆之时,季秋遥夜之月,先生徘徊翱翔,迎风而游……恍然而止,忽然而休,不识囊之所以行,今之所以留;怅然而无乐,愀然而归白素焉。平昼闲居,隐几而弹琴。

形象地绘出其超然物外的悠然。论辩中的主要篇幅,则是用当时流行的表达方式,对《庄子》中抽象艰涩理论加以阐述说明。如:

> 至道之极,混一不分,同为一体,得失无闻。伏羲氏结绳,神农教耕,逆之者死,顺之者生。又安知贪泞之为罚,而贞白之为名乎!使至德之要,无外而已。大均淳固,不贰其纪,清净寂寞,空豁以俟,善恶莫之分,是非无所争,故万物反其所而得其情也。

观点与《乐论》大不同，显示出已"逃归老庄"。整篇文章的写法，似赋实文。特别是论说前后，插入的形象描写，既为前代论说文章所无，又与赋家的单纯假设对问不同。

阮籍最引人注目的作品，为《大人先生传》。据《晋书·阮籍传》："籍尝于苏门山遇孙登，与商略终古及栖神导气之术，登皆不应，籍因长啸而退。至半岭，闻有声若鸾凤之音，响乎岩谷，乃登之啸也。遂归，著《大人先生传》。"这是一篇很奇特的作品。虽名之为《传》，但和一般的"传"绝不相同。文章开始，先描述了一个神奇的"大人先生"：

> 大人先生盖老人也。不知姓字。陈天地之始，言神农、黄帝之事，昭然也。莫知其生平年之数。尝居苏门之山，故世或谓之。问养性延寿，与自然齐光，其视尧舜之所事若手中耳。以万里为一步，以千岁为一朝，行不赴而居不处，求乎大道而无所寓。先生以应变顺和，天地为家，运去势隤，魁然独存，自以为能足与造化推移，故默探道德，不与世同。……遗其书于苏门之山而去，天下莫知其所如往也。

然后写"世俗之儒"，写信给大人先生，对其进行指责。而先生"假云霓而应之"，对俗儒的观点一一批驳，其中最著名的一段为：

> 汝独不见乎虱之处乎裈中，逃乎深缝，匿乎坏絮，自以为吉宅也。行不敢离缝际，动不敢出裈裆，自以为得绳墨也。饥则啮人，自以为无穷食也。然炎丘火流，焦邑灭都，群虱死于裈中而不能出。汝君子之处区内，亦何异夫虱之处裈中乎？悲夫！
>
> ……今汝造音以乱声，作色以诡形；外易其貌，内隐其情；

怀欲以求多，诈伪以要名；君立而虐兴，臣设而贼生。坐制礼法，束缚下民，欺愚诳拙，藏智自神。强者睽眄而凌暴，弱者憔悴而事人；假廉以成贪，内险而外仁；罪至不悔过，幸遇则自矜。驰此以奏除，故循滞而不振。

……汝君子之礼法，诚天下之残贼，乱危死亡之术耳，而乃目以为美行不易之道，不亦为过乎？

是对当代世情形象、尖刻、激烈而彻底的批判。此后曲折辗转、引诗用赋，最后称："若先生者，以天地为卵耳。如小物细人欲论其长短，议其是非，其不哀也哉！"

篇中的"大人先生"实际上是体现了庄子思想观点的拟人化形象，颇似《庄子》一书中的"真人""神人"。阮籍借他表达了自己的寄托，并对世情世风进行了尖锐的嘲讽批判。写法上，将诗、骚、赋、文、散、骈、韵语糅合在一起，率性任情，肆意发挥，充分显示了其才富而辞赡的特点。这种写法，完全是阮籍的独创，对散文的进一步审美化起了推动作用，但尚未做到各种成分之间融合无间、浑若天成的程度。

二 嵇康

嵇康（224—263），字叔夜，谯国铚（河南夏邑）人。曾任中散大夫，故世称嵇中散。《三国志·魏书·阮瑀传》称其："文辞壮丽，好言老、庄，而尚奇任侠。"裴注引《魏氏春秋》曰："康寓居河内之山阳县"，"与陈留阮籍、河内山涛、河南向秀、籍兄子咸、琅邪王戎、沛人刘伶相友善，游于竹林，号为七贤"。康娶曹氏宗室女为妻，司马昭曾想征用，遭其拒绝，后为钟会所谮，被杀。

嵇康与阮籍同为当时反"名教"的代表人物，不过阮籍处世谨慎，"口不臧否人物"，而嵇康则更为刚直，锋芒外露。

嵇康的散文显示着两大倾向：一是更加率性任真，以《与山巨源绝交书》为代表；一是辞繁意富，析理致密，以所著诸论为代表。

据裴注引《魏氏春秋》："大将军（司马昭）尝欲辟康。康既有绝世之言，又从子不善，避之河东，或云避世。及山涛为选曹郎，举康自代，康答书拒绝。"所谓"答书"，即指《与山巨源绝交书》。这封信虽是写给山涛的，实际上等于不趋附于司马氏的宣言；但又不只针对司马氏与山涛，实借此表达了对当时统治集团将伦理道德观念虚伪化，以之掩饰其卑劣凶残的深恶痛绝，并充分显示了自己特有的叛逆性格。写法上突出的特征：一是真实、坦率；二是毫无忌惮地肆意放言；三是有意地和所谓礼法讲究的庄重文雅相对立，专门从似乎不登大雅之堂的庸琐细节写起，还不时插入刺激性的嘲戏之笔。如下面这些文字：

少加孤露，母兄见骄，不涉经学。性复疏懒，筋驽肉缓，头面常一月十五日不洗，不大闷痒，不能沐也。每常小便而忍不起，令胞中略转乃起耳。又纵逸来久，情意傲散，简与礼相背，懒与慢相成，而为侪类见宽，不攻其过。又读《庄》《老》，重增其放，故使荣进之心日颓，任实之情转笃。……

又不识人情，闇于机宜，无万石之慎，而有好尽之累。久与事接，疵衅日兴，虽欲无患，其可得乎？又人伦有礼，朝廷有法，自惟至熟，有必不堪者七，甚不可者二：卧喜晚起，而当关呼之不置：一不堪也。抱琴行吟，弋钓草野，而吏卒守之，不得妄动：二不堪也。危坐一时，痹不得摇，性复多虱，把搔无已，而当裹以章服，揖拜上官：三不堪也。素不便书，又不喜作书，而人间多事，堆案盈机，不相酬答，则犯教伤义，欲自勉强，则不能久：四不堪也。不喜吊丧，而人道以此为重，已为未见恕者所怨，至欲中伤者；虽瞿然自责，然性不可化，欲降心顺俗，则诡故不情，亦终不能获无咎无誉如此：五不堪也。不喜俗人，而当与之共事；或宾客盈坐，鸣声聒耳，嚣尘臭处，千变百伎，在人目前：六不堪也。心不耐烦，而官事鞅掌，机务缠其心，世故繁其虑：七不堪也。又每非汤武而薄周孔，在人间不止，此事会显，世教所不容，此甚不可一也。刚肠疾恶，轻肆直言，遇事便发，此甚不可二也。以促中小心之性，统此九患，不有外难，当有内病，宁可久处人间耶？（《全三国文》卷四十七）

此外，如谓山涛："恐足下羞庖人之独割，引尸祝以自助，手荐鸾刀，漫之膻腥。""不可自见好章甫，强越人以文冕也；己嗜臭腐，养鸳雏以死鼠也。"皆极具嘲讽性。

此种写法，显示出本时期文章"率性任情"的一面，但又和早期的不同，不是由于时代环境的无所拘禁所造成，而是有意对"礼法"拘禁的反叛和对抗。在行文上，看似漫然写来，却于无文采处见文采，于文采中见出素朴和真淳。

嵇康第二类文章，是几篇专论，多有为而发。它们共同的特点是：在内容上，所提出的论题具有创新性，表现了对传统观念的突破，与其"越名教而任自然"的思想相一致，反映了嵇康独立不羁的精神；在表达上，富思辨性，注意概念的辨析、论证的细密；在行文上，具有那个时代共有的句法整饬、气势充溢、多用排偶、常引典故的特征。

如其提出著名的"越名教而任自然"命题的《释私论》，是一篇反虚伪化的宣言。核心是：将"私"与"公"两个概念，不作字面理解，而从行事之前，主观动机上"有措"（即对是非利害进行考量计较）还是"无措"（无此计较），"匿情"（隐瞒意图）还是"任心"（胸怀坦白）作为判断标准。前者为"私"，后者为"公"。而客观上的"是"

与"非",则是另一问题。他的论断是：

> 虽云志道存善，心无凶邪，无所怀而不匿者，不可谓无私。虽欲之伐善，情之违道，无所抱而不显者，不可谓不公。

据此，他进一步指出：

> 事亦有似非而非非，类是而非是者，不可不察也。故变通之机，或有矜以至让，贪以成廉，愚以成智，忍以济仁。然矜吝之时，不可谓无廉；猜忍之形，不可谓无仁：此似非而非非者也。或谲言似信，不可谓有诚；激盗似忠，不可谓无私：此类是而非是也。故乃论其用心，定其所趣；执其辞而准其理，察其情以寻其变；肆乎其始，名其所终。则夫行私之情，不得因乎似非而容其非；淑亮之心，不得蹈乎似是而负其是。故实是以暂非而后显，实非以暂是而后明。公私交显，则行私者无所冀，而淑亮者无所负矣。行私者无所冀，则思改其非；立公者无所忌，则行之无疑。此大治之道也。（《全三国文》卷五十）

这种对人之言行的外在表象与内在实质之间复杂关系的分析，极具现实针对性。辩说行文上，亦极为细致周密。

《难张辽叔自然好学论》亦是有所为而发，表现了强烈的反传统精神，如所谓：

> 六经以抑引为主，人性以从欲为欢。抑引则违其愿，从欲则得自然。然则自然之得，不由抑引之六经；全性之本，不须犯情之礼律。故知仁义务于理伪，非养真之要术；廉让生于争

夺,非自然之所出也。……

今子立六经以为准,仰仁义以为主,以规矩为轩驾,以讲诲为哺乳;由其涂则通,乖其路则滞;游心极视,不睹其外,终年驰骋,思不出位;聚族献议,唯学为贵,执书摘句,俯仰咨嗟,使服膺其言,以为荣华。故吾子谓六经为太阳,不学为长夜耳。今若以学堂为丙舍,以诵讽为鬼语,以六经为芜秽,以仁义为臭腐;睹文籍则目瞧,修揖让则变伛,袭章服则转筋,谈礼典则齿龋;于是兼而弃之,与万物为更始。则吾子虽好学不倦,犹将阙焉;则向之不学,未必为长夜,六经未必为太阳也。(《全三国文》卷五十)

表达上除同样的细致周赡外,还呈现出以排偶俪句形成充畅气势的特点。

此外,《管蔡论》为管叔、蔡叔翻案,亦不否定武王、周公,见解新人耳目。《声无哀乐论》,亦是创新性的命题,针对《诗大序》"治世之音安以乐","亡国之音哀以思"而发。用赋家的对问应答的方式,假设"东野主人"与"秦客"进行辩论。论"音""声"是自然界的产物,人的"喜怒哀乐、爱憎惭惧"是主体的情感变化,二者属于不同范畴的概念。由此生发开去,主客反复辩难,洋洋洒洒,写出三四千字的长文。其析理的精密,前此绝无所见。后来,成为晋代清谈家们经常谈说的题目之一。嵇康此类的文章,既表现打破了经学束缚后,思想的活跃,又反映了论说性文章,朝思辨的精密化深入发展的倾向,还与玄学的兴起一同促进了以后士族阶层谈辩之风的形成。另外,嵇康还写有一篇《太师箴》,全用四字韵语,表达的是传统观点。一篇《家诫》,教育子弟为人处世要谨小慎微,与上述诸作精神风格完全不类。这两篇作品或者表现了其思想的另一侧面。至于文章的表达形式,嵇康的诸论,都没有脱出当时崇文尚辞的大趋势,以上引文,除《与山巨源绝交书》,皆可见出这一点。

三　其他作家作品

此一时期,阮、嵇之外,流传下来比较有名的作品,多是论说性文章。表现了对前代的承绪,在论题的集中与论述的成熟老练上有某种程度的推进与提高。选其有代表性者,以见一斑。

1. 曹冏《六代论》

曹冏,字元首,为魏宗室。有感于曹魏自建国以来,对兄弟藩王不给实权,严加监控而著此论。文章纵览历史,总结夏、商、周、秦、前后汉六代兴亡的教训,论当世不能"建同姓,以明亲亲"之义、以立"藩卫之固"的失当。如所谓:

> 大魏之兴,于今二十有四年矣。观五代之存亡,而不用其长策;睹前车之倾覆,而不改于辙迹。子弟王空虚之地,君有不使之民,宗室窜于阎阎,不闻邦国之政,权均匹夫,势齐凡庶。内无深根不拔之固,外无磐石宗盟之助,非所以安社稷,为万世之业也。(《全三国文》卷二十)

全文紧扣论题,将纵横疏宕的议论、激越充溢的情感,寓于排偶之中,某种程度上继承了贾谊的笔法,为当时少有的气宏势盛之作。

2. 李康《运命论》

李康,字萧远,魏明帝时人。当时社会斗争尖锐,社会生活激烈动荡,不但国家的盛衰兴亡难以预料,个人的生死祸福尤其变幻莫测,人们对这一切难以理解,只好归之于命运。面对无法测知的命运,应如何处世立身? 这就是李康《运命论》的论题。围绕这一论题,李康先根据古来君臣的遇合、国家的兴衰、圣贤的遭际,推出

"治乱,运也;穷达,命也;贵贱,时也"的论断。然后提出中心观点:"圣人之所以为圣者,盖在乐天知命矣。"何谓"乐天知命"? 那就是"遇之而不怨,居之而不疑";"其身可抑,而道不可屈;其位可排,而名不可夺",做到"处穷达如一"。可见,他所谓顺应命运,内涵实际是坚守传统观念。因此,他尖锐地批评了那些:

> 希世苟合之士,蘧除戚施之人,俯仰尊贵之颜,逶迤势利之间。意无是非,赞之如流;言无可否,应之如响。以窥看为精神,以向背为变通。势之所集,从之如归市;势之所去,弃之如脱遗。(《全三国文》卷四十三)

细致地辨析了"若夫立德",无须乎"贵",无须乎"势",无须乎"富"。追逐富贵势利,于"名"、于"实"、于"乐耳娱心意",皆无意义。最后总结说:

> 天地之大德曰生,圣人之大宝曰位。何以守位曰仁,何以正人曰义。故古之王者,盖以一人治天下,不以天下奉一人也。古之仕者,盖以官行其义,不以利冒其官也。古之君子,盖耻得之而弗能治也,不耻能治而弗得也。原乎天人之性,核乎邪正之分,权乎祸福之门,终乎荣辱之算,其昭然矣。故君子舍彼取此。(《全三国文》卷四十三)

整篇文章,骈散相兼,气足辞胜;征古涉今,广引实例;既讲大的原则,又剖析具体问题。虽然铺展得很开,却始终紧扣"乐天知命""穷达如一"的论题。

第二章　骈体文的定型与散文题材体裁的变化与拓展

——两晋时期的散文

公元 263 年,魏灭蜀。265 年,魏禅位于晋。280 年晋灭吴,国家又归于统一。至 316 年,晋愍帝降于汉赵刘曜。自武帝践祚到愍帝出降,史称西晋。317 年晋室南渡,司马睿称帝,是为东晋。北方为少数民族所占,先后建立了十六国。东晋政权延续到 420 年,为刘裕取代,建朝为宋,遂进入南北朝。

从西晋政权建立至灭吴前,政治与社会局面相对稳定。但全国统一后的短暂时期内,统治集团的内争很快爆发,八王之乱的激烈残酷前所未有,造成了国力的削弱,为北方少数民族政权的崛起提供了条件。同时,世族门阀势力兴盛并士族化,其代表人物将玄学虚诞化,将反"名教"思潮流荡为奢靡颓放。这些人虽执掌军国大权,却以不究世务为高,也加速了西晋政权的崩溃。

东晋虽偏安江左,士族化了的门阀世族地位势力却更加巩固,以至有"王与马,共天下"之说。这时期的世族阶层,并未接受西晋灭亡的教训,改变原来的好尚。在思想文化领域,不但存在世族与寒门的对立、坚持济物治世与只求纵情适意的矛盾,而且儒、道、释交织并立,思想上形成了错综复杂的多元发展趋向。

在此背景下,文学也呈现出多元发展的态势:既受士族的思想倾向和审美趣味的影响,亦受由长期历史和文化积淀形成的个体生命意识自觉、审美意识自觉、文学自觉的影响。特点是:没有了建安时期积极进取的生命力和正始时期的叛逆精神,但更加尚文尚典;无论题材和体裁都有了深化与拓展。

散文方面总倾向是:作为自觉追求形式美标志的骈体文基本定型并广泛应用;以个体为中心的抒情性作品进一步发展;题材范围有所拓展。

第一节 骈体文基本定型与广泛流行

骈体文简称骈文,何时定为文体名,难以确考。唯柳宗元《乞巧文》中,有"炫耀为文,琐碎排偶。抽黄对白,啴咺飞走。骈四俪六,锦心绣口"之说。稍后,李商隐又直接将自己所作此类文章,名之为"四六",取由四字句与六字句组成偶对之意。至明、清,"骈文"与"古文"相对,成为人们的习语。

一 骈文的特征

通观后人所指此类文章,骈体是相对于散体而言,基本特点有四:第一,通篇全用或基本用对偶句。据《说文》:"骈,驾二马也。"段玉裁注:"骈之引申,凡二物并曰骈。""骈"又常与"俪"连用,据陆德明《经典释文》,俪,"音丽,偶也"。故骈俪、骈偶,在文章中,皆为偶句之意。因骈文通篇或基本用偶句组成,故称之为"骈体"。第二,用语讲究典雅和华饰。第三,注重节奏与音调的和谐。第四,大量使用典故,或称之为隶事。四点之中,以第一点为根本特征,不过完美的骈文,应四条皆具。

二　骈文的形成过程

在行文中运用骈偶句,古已有之,演变发展成骈体文,有一个漫长的过程。对这一过程,《文心雕龙·丽辞》有所阐述,认为:《尚书》中的"罪疑惟轻,功疑惟重","满招损,谦受益",即"率然对尔"。《易传》中的《文言》《系辞》已较多地用了"俪""偶"。而到了汉代的"扬、马、张、蔡",发展到"丽句与深采并流,偶意共逸韵俱发"。"至魏晋群才,析句弥密,联字合趣,剖毫析厘",相当于骈体达到成熟。近代刘师培《论文杂记》,亦曾较详细地论及骈偶的发展,有谓:"东京以降,论辩诸作,往往以单行之语运排偶之词。""建安之世,七子继兴,偶有撰著,悉以排偶易单行,即有非韵之文,亦用偶文之体,而华靡之作,遂开四六之先。"(人民文学出版社,1959年,116页)观点与刘勰相近。刘勰、刘师培的论断基本正确,但有欠精密之处,即忽视了由汉末到晋初,在散文逐渐骈化的过程中,曾一度出现曲折,即在建安和正始时期,以曹操、曹丕,阮籍、嵇康为代表的率性任真所带来的行文无所拘禁倾向。这种倾向使文章写作散与骈交织并存,在趋于骈化的道路上有所偏离,至魏末晋初,骈体才基本定型。

三　骈文基本定型在作家作品中的表现

1. 西晋时期

西晋时期,出现了一个很大的作家群体,为后世所称者,有所谓"两潘、二陆、三张、一左",此外尚有多人。这些作家大多诗、赋、文兼擅,他们的散文作品,已多属骈体。

张华(232—300),字茂先,官至司空。因其政治地位高,且又好奖掖后进,当时颇似文坛领袖,但其本身文学成就并不突出。存留至今的散文作品,较有名者为《女史箴》,是鉴于后族之盛而写的讽谏之作。全文多用四言偶对,叶韵,多引典实,也插入少数六字对句。如"道罔隆而不杀,物无盛而不衰。日中则仄,月满则亏。崇犹尘积,替若骇机。人咸知饰其容,而莫知饰其性。性之不饰,或愆礼正"①。其余作品,虽短篇书信,亦有用俪语者,如《与褚陶书》:"二陆龙跃于江汉,彦先凤鸣于朝阳。自此以来,常恐南金已尽,而复得之于吾子。故知延州之德不孤,渊岱之宝不匮。"(同上)

潘岳(247—300),字安仁,荥阳中牟(今属郑州)人。为人有热衷势利、攀附权贵之弊,但才华出众,情感丰富,诗、赋俱有名,文章尤以哀诔见长。其为文特点是辞藻富赡,华美灿烂。时人称其文"烂若披锦,无处不善"(《世说新语·赏誉》引孙绰语)。其诔文、吊文,名作甚多,足以见出其藻丽及考究偶对者,如《为任子咸妻作孤女泽兰哀辞》:

> 茫茫造化,爰启英淑;猗猗泽兰,应灵诞育。鬒发蛾眉,巧笑美目;颜耀荣苕,华茂时菊。如金之精,如兰之馥;淑质弥畅,聪惠日新;朝夕顾复,夙夜尽勤。彼苍者天,哀此矜人;胡宁不惠,忍子眇身;俾尔婴孺,微命弗振。(《全晋文》卷九十三)

《吊孟尝君文》:

> 人罔贵贱,士无真伪;延人如归,望宾若企。出掘秦机,入专齐政;右眄而嬴强,左顾而田竞。且以造化为水,天地为舟;乐则齐喜,哀则同忧。岂区区之国,而大邦是谋;琐琐之身,而名利是求。畏首畏尾,东奔西囚;志挠于木偶,命悬于狐裘。(《全晋文》卷九十三)

---

① 严可均辑:《全上古三代秦汉三国六朝文·全晋文》卷五十八,中华书局,1958年。以下所引此书皆出于此版本。

潘尼(约 251—311),字正叔,潘岳从子。亦诗、赋、文兼作,与潘岳并称"两潘"。然为文比较清约,无潘岳之绮丽。散文方面留下比较有名的作品为《安身论》《释奠颂》《乘舆箴》,皆以排偶运笔(《全晋文》卷九十四)。

陆机(261—303),字士衡,吴郡吴县(江苏苏州)人。孙吴名将陆逊之孙,陆抗之子。吴灭,在家读书十年,后与弟陆云一齐入洛,深受张华所赏誉,因卷入统治集团的内争而被杀。

陆机是当时写作体裁最广,著作数量最大,对后世影响最深的作家。当代和后世对他的成就褒贬不一。其《文赋》借赋为论,体现了文学和审美意识的进一步自觉,在中国文论史上极有价值,高于曹丕的《典论·论文》,次于刘勰的《文心雕龙》。诗作体全而量大。

散文方面,品种甚繁,表、笺、箴、铭、连珠、颂、诔、哀、吊、论、赞皆有。行文上,对推动骈体的定型,有标志性意义。如其《演连珠》五十首,在扬雄言约旨微、用以讽谏的《连珠》的基础上,加以整饬化,并注重音韵的协调,已形成典型的四六文体。如其一:

> 臣闻日薄星回,穹天所以纪物;山盈川冲,后土所以播气。五行错而致用,四时违而成岁。是以百官恪居,以赴八音之离;明君执契,以要克谐之会。①

除对仗的用字上不够严格外,已是典型的四六文。其著名的《吊魏武帝文》,"序"之散行中亦多用骈偶,如讲到曹操之死及死前所留遗令:

> 夫以回天倒日之力,而不能振形骸之内;济世夷难之智,

---

① 刘运好校注:《陆士衡文集校注》,凤凰出版社,2007 年。以下所引陆机文同此版本。

而受困魏阙之下。已而格乎上下者,藏于区区之木;光于四表者,翳乎萋尔之土。雄心摧于弱情,壮图终于哀志。长算屈于短日,远迹顿于促路。呜呼! 岂瞽史之异阙景,黔黎之怪颓岸乎? 观其所以顾命冢嗣,贻谋四子,经国之略既远,隆家之训亦弘。

这一段话中除去连接词和感叹词,几乎全是四六偶句。其《谢平原内史表》,亦有下面这样的段落:

> 猥辱大命,显授虎符。使春枯之条,更与秋兰垂芳;陆沉之羽,复与翔鸿抚翼。虽安国免徒,起纡青组;张敞亡命,坐致朱轩;方臣所荷,未足为泰。岂臣蒙垢含吝,所宜忝窃。

不仅用四六偶对,而且辞采绚烂,多用典实。至于其鸿篇巨制《辨亡论》,有意仿贾谊《过秦论》,之所以在纵横排阖、抑扬顿挫上,无《过秦》那样长河奔腾、波澜激荡的气势力量,固然由其整个的识度器量所决定,也与其布局上过于追求条整,行文上一意堆垛排偶密切相关。这些,都从创作实践上说明,陆机是促进骈体文走向定型的关键性人物。

陆云,字士龙,陆机之弟,世人合称"二陆"。流传下来的散文作品,书、启数量相当多,但少名作。行文有散体家常语,亦有骈偶与铺排,如《西园第既成有司启观疏谏不可》《移书太常荐同郡张赡》《答车茂安书》等。

张载,字孟阳;其弟张协,字景阳;弟张亢,字季阳。《晋书·张载传》云:"时人谓载、协、亢,陆机,云曰'二陆三张'。"三张中,散文作品唯张载《剑阁铭》及《榷论》有名而传世。前者据《晋书》本传云:"太康初,至蜀省父,道经剑阁","因蜀人恃险好乱,因著铭以作诚"。全文用四言偶对组成,既写剑阁之险,又强调"兴实由行德,险亦难恃。自古及今,天命不易。凭阻作昏,少不败绩"。后者论"贤人君子"立功成名要靠时势,行文亦多用偶对。如谓:

> 智无所运其筹,勇无所奋其气,则勇怯一也;才无所骋其能,辩无所展其说,则顽慧均也。是以吴榜越船,不能无水而浮;青虬赤螭,不能无云而飞。故和璧之在荆山,随珠之潜重川,非遇其人,焉有连城之价,照车之名乎? 青骹繁霜,絷于笼中,何以效其撮东郭于鞲下也? 白猿玄豹,藏于棂槛,何以知其接垂条于千仞也?(《全晋文》卷八十五)

虽不像陆机那么典型,亦明显属于骈体。

至于"两潘、二陆、三张"以外的作家作品,虽行文风格有多种倾向,如夏侯湛之《昆弟诰》竟用《尚书》中古奥的"诰"体,傅玄的《傅子》论议、述事多用平易的散语,然而多数作家作品,仍以尚骈为主。如:同是夏侯湛,所写的《东方朔画赞》,正文全用四言韵语、偶语不说,"序"亦基本为骈体,如称道东方朔才学的一段:

> 洁其道而秽其迹,清其质而浊其文;弛张而不为邪,进退而不离群。若乃远心旷度,赡智宏才;倜傥博物,触类多能;合变以明算,幽赞以知来。自三坟五典,八索九丘;阴阳图纬之学,百家众流之论;周给敏捷之辩,支离覆逆之数;经脉药石之艺,射御书计之术;乃研精而究其理,不习而尽其功;经目而讽于口,过耳而闇于心。(《全晋文》卷六十九)

已近纯正的骈文。其《张平子碑》亦是如此。孙楚的名文《为石仲容与孙皓书》仿阮瑀《为曹公作书与孙权》,句法更为骈整。刘琨

《为并州刺史到壶关上表》《谢拜大将军都督并州表》《劝进表》《答卢谌书》《与段匹磾盟文》诸作，无论写艰难，抒悃诚，表抗敌的慷慨决心，大多都是运用骈辞俪句。如《谢拜大将军都督并州表》之：

> 陛下略臣大愆，录臣小善；猥蒙天恩，光授殊宠；显以蝉冕之荣，崇以上将之位。伏省诏书，五情飞越。臣闻晋文以郤縠为元帅而定霸功，高祖以韩信为大将而成王业；咸有敦诗阅礼之德，戎昭果毅之威；故能振丰功于荆南，拓洪基于河北。况臣凡陋，拟踪前哲，俯惧折鼎，虑在覆𫗧。昔曹沫三北，而收功于柯盟；冯异垂翅，而奋翼于渑池：皆能因败为成，以功补过。……所以冒承宠命者，实欲没身报国，辄死自效；要以致命寇场，尽其臣节。（《全晋文》卷一百八）

皆是借骈俪以表情达意。与刘琨关系至为密切的卢谌，所写《与司空刘琨书》《理刘司空表》，都是骈体名作。尤其前文，偶对、藻饰、用典，骈体要素几乎无一不备：

> 谌禀性短弱，当世罕任；因其自然，用安静退。在木阙不材之资，处雁乏善鸣之分；卷异蘧子，愚殊宁生；匠者时睬，不免馈宾。尝自思惟：因缘运会，得蒙接事；自奉清尘，于今五稔；谟明之效不著，《候人》之讥以彰。大雅含弘，量苞山薮；加以接待弥优，款眷逾昵；与运筹之谋，厕燕私之欢。绸缪之旨，有同骨肉；其为知己，古人罔喻。昔聂政殉严遂之顾，荆轲慕燕丹之义；意气之间，靡躯不悔。虽微达节，谓之可庶；然苟曰有情，孰能不怀？故委身之日，夷险已之。（《全晋文》卷三十四）

据此可见，骈体的流行，在当时已是大势所趋。

2. 东晋时期

东晋时期作家的散文写作，基本沿着西晋的趋势，骈文相当流行，即使不以写骈文为主的作家，作品中亦往往渗入骈体的因素。比较突出的作者，有孙绰、袁宏、干宝。

孙绰（314—371），字兴公，孙楚之孙。其《游天台山赋》为当时名作，自称"可掷地有金石声"。其"序"基本属于骈体，如起始的一段：

> 天台山者，盖山岳之神秀者也。涉海则有方丈蓬莱，登陆则有四明天台；皆玄圣之所造化，灵仙之所窟宅。夫其峻极之状，嘉祥之美；穷山海之瑰富，尽人神之壮丽矣。所以不列于五岳，阙载于常典者，岂不以所立冥奥，其路幽迥：或倒景于重冥，或匿峰于千岭；始经魑魅之涂，卒践无人之境；举世罕能登陟，王者莫由禋祀。故事绝于常篇，名标于奇纪。（《全晋文》卷六十一）

除首句外，几乎句句皆骈。其悼念母亲的《表哀诗》序，也是如此。至于所写《丞相王导碑》《太尉庾亮碑》《太傅褚褒碑》《司空庾冰碑》，都是纯正的骈文。甚至其论政的表疏，如《谏移都洛阳疏》，宣扬佛道的作品，如《喻道论》，亦皆渗入大量骈体因素。如《喻道论》之开篇：

> 或有疑至道者。喻之曰：夫六合遐邈，庶类殷充；千变万化，浑然无端。是以有方之识，各期所见：鳞介之物，不达皋壤之事；毛羽之族，不识流浪之势。自得于窗井者，则怪游溟之量；翻蓊于数仞者，则疑冲天之力。缠束世教之内，肆观周

孔之迹；谓至德穷于尧舜，微言尽乎老易。焉复睹方外之妙趣，寰中之玄照乎？（《全晋文》卷六十二）

宣扬的是佛道，用的是骈句。

袁宏，字彦伯，是历史家，著有《后汉纪》《正始名士传》《竹林名士传》等，亦写赋。其《三国名臣序赞》，历论三国名臣，行文皆用骈语，如关于诸葛亮一节：

> 孔明盘桓，俟时而动；遐想管乐，远明风流。治国以礼，人无怨声；刑罚不滥，没有余泣。虽古之遗爱，何以加兹。及其临终顾托，受遗作相；刘后授之无疑心，武侯受之无惧色；继体纳之无贰情，百姓信之无异辞。君臣之际，良可咏矣。（《全晋文》卷五十七）

所论共二十一人，都是如此写法。

干宝，字令升，是早期志怪小说《搜神记》的作者，同时也是历史家。所写《晋纪总论》为名作，宏篇大论，基本上以骈体行文，如所谓：

> 其创基立本，异于先代者也。又加之以朝寡纯德之士，乡乏不二之老；风俗淫僻，耻尚失所。学者以庄老为宗而黜六经，谈者以虚薄为辩而贱名检；行身者以放浊为通而狭节信，进仕者以苟得为贵而鄙居正，当官者以望空为高而笑勤恪。是以目三公以萧杌之称，标上议以虚谈之名。刘颂屡言治道，傅咸每纠邪正，皆谓之俗吏；其倚杖虚旷，依阿无心者，皆名重海内。若夫文王日昃不暇食，仲山甫夙夜匪懈，盖共嗤点，以为灰尘，而相诟病矣。由是毁誉乱于善恶之实，情愿奔于货欲

之涂;选者为人择官,官者为身择利。而秉钧当轴之士,身兼官以十数;大极其尊,小录其要;机事之失,十恒八九。而世族贵戚之子弟,陵迈超越,不拘资次。悠悠风尘,皆奔竞之士;列官千百,无让贤之举。……民风国势如此,虽以中庸之才,守文之主治之,辛有必见之于祭祀,季札必得之于声乐;范燮必为之请死,贾谊必为之痛哭。又况我惠帝以荡荡之德临之哉!(《全晋文》卷一百二十七)

他在阐述自己的观点时,正是靠了骈排而形成一定的语势。

此外,桓温属于枭雄一类人物,其所写的《荐谯元彦表》,用的也是不折不扣的骈文。殷仲堪、殷仲文都是东晋政坛上的重要人物,前者所写《致谢玄书》,后者所写《罪衅解尚书表》,亦皆属骈体,皆为被收入《文选》的名文。

总之,在这一时期,从作家创作实践看,虽尚不如南朝的精美,但骈体文已基本定型,且被广泛运用。

四 骈体的产生并在此时期趋于定型的原因

骈文何以会产生并在此时期基本定型,这有着复杂而深刻的原因,细究非此处可及。但可以指出几个要点:一是形式美的要求;二是审美自觉与文学自觉的结果;三是实用性的制约;四是时代因素的影响。

首先,对形式美的追求是骈文产生的基础。

对形式美的喜爱与追求,是人类的天性。无论是在社会生活或是精神文化(包括音乐、舞蹈、建筑、绘画、工艺、文学等)领域,从远古至当代,人们无不自觉或不自觉地依顺和追求着符合形式美的规律,这已被考古学和艺术发展史所证实。

而在形式美的规律中,作为基础的首先是对称和平衡(非对称事物之间的协调），其次是在它们基础上由变化和错综所形成的和谐与整一。对称和平衡，是世界上万事万物（包括生命在内）存在与发展的基础，所以反映在人的审美意识上，它就构成了形式美的第一要件。数学家们发现的黄金分割律，就是对这种无处不在的审美规则高度抽象的产物。形式美的规则运用在固化了的事物上（如建筑和雕塑）表现为对称和平衡；运用在流动的事物上（如音乐和舞蹈），就表现为节奏和旋律；运用在色彩上，就表现为原色和间色的对比和互补。

文学是语言的艺术，语言要靠声音来传达，就和音乐有了亲缘关系，所以语言要动听，就必须讲究音韵声调的协调，有一定的节奏与旋律。文字是固化了的语言形态，为了求得形式的美，就必然要讲究对称和平衡，还要讲究色彩的对比与互补。如杜甫的诗句"两个黄鹂鸣翠柳，一行白鹭上青天"就是追求这种形式美的典型。而骈文就是把这种对形式美的追求运用到散文的写作之中。刘勰在《文心雕龙·丽辞》中说："造化赋形，支体必双；神理为用，事不孤立。夫心生文辞，运裁百虑，高下相须，自然相对。"就是对上述情况的总结。

其次，审美意识的自觉与文学的自觉是骈体文形成与发展的前提。

审美意识的存在与审美意识的自觉、文学的产生与文学的自觉，是两码事。

原始歌谣与《诗经》，是早期人类不自觉的审美意识与纯朴情感的自然流露，但《诗经》后来异化为政治教化工具，忽视和淹没了其审美意义。屈原创作的楚辞，运用语言的形式美以抒发其情感与情绪，有高度审美价值，但并不是自觉地追求审美。诸子的文章附加有审美因素，但只是作为说理论政的辅助手段，并不以追求审美价值为目的。

至楚国末期的宋玉,尤其是汉代的枚乘、司马相如、扬雄、班固、张衡的赋作,运用虚构的手段、丰富的想象、华丽的辞藻、图案式的布局,描摹再现了帝王贵族游乐、畋猎的生活场景,苑囿宫殿的富丽辉煌,均有了明显的审美意趣,满足了欣赏对象的审美需要,开始体现出脱离实用目的的自觉审美追求。实际是有了审美的自觉。刘勰在《文心雕龙·诠赋》中评论这些作品说:

　　　　原夫登高之旨,盖睹物兴情。情以物兴,故义必明雅;物以情观,故词必巧丽。丽词雅义,符采相胜,如组织之品朱紫,画绘之著玄黄。文虽新而有质,色虽糅而有本。此立赋之大体也。然逐末之俦,蔑弃其本,虽读千赋,愈惑体要;遂使繁华损枝,膏腴害骨,无贵风轨,莫益劝诫。此扬子所以追悔于雕虫,贻诮于雾縠者也。①

他所谓的“情”,实际上指的是审美之“情”,“物以情观”,正说明了作者们是以审美观照的眼光来看待客观对象。正因如此,才使这些赋作取得了“写物图貌,蔚似雕画”的效果。这些见解和评价都是正确的。但在这段话的后半部分中,他认为司马相如等的初创之作,原是有“质”有“本”的,而所谓“质”与“本”,即“贵风轨”“益劝诫”,只是“逐末之俦”,才“弃其本”“惑体要”,则并非的见。其实,无论马、扬,还是班、张,在篇中所附加的讽谏,都是为了迎合传统教化观而涂上的一层保护色,整个作品的基调乃是满足作者、读者的审美需求,所以在效果上必然就只能“劝百讽一”。
　　此后,屈、贾的骚体赋与马、扬的大赋相融会,出现了大赋、小

---

　　① 范文澜注:《文心雕龙注》,人民文学出版社,1978 年。以下所引《文心雕龙》均同此版本。

赋齐驾并行的局面。于是万物品汇的图写,人们命运遭际及其情绪、情感的种种变化,无不进入赋作的选裁范围,表现了审美视野和表现的扩大。

到了东汉后期,随着个体生命意识的觉醒及审美意识普遍的提高,承载着民间乐府诗的影响,以下层文人为创作主体的五言诗闪烁出其光芒。这些作品以更为严整的形式美,加以比兴寄托,意境营造,对作者自身的命运遭际,作审美的表现,显示了自然形成的极高的审美价值。

在此基础上,从建安到魏晋之际,就出现了人们对审美意识与文学的全面自觉。这在创作上表现为:挣脱了经学教条的束缚,重新发现了《诗经》的美学内涵,汲取了乐府的营养,创作了以五言为主体,也包括四言、六言、七言、杂言在内的,内在美与形式美兼具,数量极丰富的诗歌作品,形成了仅次于唐诗的诗歌创作高潮。在接受欣赏方面,则表现出不着重计较作品(包括军国文书)的实用目的,而主要看重其审美愉悦价值的现象。在理论上则表现为,有了专门探讨文学创作的论著。曹丕不但首次断定,文章乃"经国之大业,不朽之盛事",而且在对文学品类特征的论述中,强调"诗赋欲丽","丽"即"美",实即认为"诗赋"的特征,就在求"美"。陆机的《文赋》对文学创作的论述更为全面,有所谓"游文章之林府,嘉丽藻之彬彬","伊兹事之可乐,固圣贤之所钦",明确肯定了文学创作的审美目的。并指示出在创作中,必须充分重视对形式美规则的恰当妥帖的运用:"其会意也尚巧,其遣言也贵妍。暨音声之迭代,若五色之相宣。""谬玄黄之秩序,故淟涊而不鲜。"这些,都显示出明确的审美意识的自觉和文学的自觉。有了这两种自觉,才为骈文的定型提供了前提。

第三,实用性的制约促使散文向骈化发展。

在这个时期,虽然整个文学领域已有了自觉的审美意识与审美追求,而在散文范围内却不能将其全面落实。原因就在于散文的基本特性之一是其实用性。实用性决定了文章的写作必有外在目的,而且先秦以来,将文章作为表达政治、思想观点,记载历史事实,进行教化宣传的工具,已形成了相当稳固的传统。此时,这种传统虽有所突破,而实用性特征并没有改变。在这种情况下,刚刚获得的审美自觉,就诱使散文作者们,把审美追求集中于作品的形式美方面,写作时除满足实用目的外,尽力显示出:句法的对称,节奏的变化,辞藻的华美,音声的协调,色彩的绚烂,以之满足自己的审美趣味,取得最大的审美效果。而这些,正是构成骈文的最基本的要素。这种情况,也就成为恰恰在这一时期骈文基本定型并广泛流行的重要原因。

这里还应指出,赋是中国文学中最早显示出独立审美意识的文体,因而由审美自觉而促成的骈文之形成,与赋的关系也最大。前已论及:"赋",是吸收了先秦纵横家言之铺陈夸张、排比偶对,又糅合了诗、骚的音律节奏,而形成的非诗非文、亦诗亦文的文体。它既然是吸收了诗、文的营养而形成,反过来也对诗、文产生影响。赋与散文最为接近。刘勰对汉赋曾给以很高评价,称它"体国经野,义尚光大",这一点与散文是一致的,先秦以来的散文,向来以服务于国家社会的需要为目的。但赋的基本特点,是通过"写物图貌,蔚似雕画",即用繁缛华美辞藻对客观对象之外在形貌作图案式累叠式的渲染描摹,来实现其"体国经野"之精神的。所以,赋对散文的影响,主要在形式美方面。这种影响,先从与赋最接近的文体,如箴、铭、赞、颂等开始,使其形式更为规整,音韵更加谐和,规模更加扩大;其后则一步步浸润到书、论、表、奏等实用性更强的文章,使其在本时期皆逐渐地演化为骈体。

第四,骈文的形成,还与时代因素——这个特定时期士族文化风气的影响直接相关。

门阀士族阶层炫示自己文化层次及文化修养之高，有种种方面，其中有两点，一是夸耀知识的博富，二是讲究吐属的雅丽，都与骈文的形成有关。

骈文的特征之一，是讲究用典，而且随着骈体的发展，用典愈来愈繁密，愈来愈偏僻。从远处说，用典与中国文化独有的特征有联系。前面说过，中国人的历史意识特别浓重，因此在散文作品中，引用历史事实和现象以表达自己的思想、观点，已是固有传统。在早期作品中，人们引用历史故实时，往往用简短的语言，对其作一定的介绍、说明；后来，随着时代的发展，史料的丰富，再这样做，越来越成为累赘，于是便利用联想功能，只提及与史迹相关联的人、事、物，甚至片言只语，以启发读者联想到有关史迹的意蕴和内涵，这便是用"典"。"典故"不但是史实的压缩，而且是对人们想象力的巧妙运用。所以从东汉至魏晋之间，文章写作中，用典日益成为风气。但用典的前提是作者、读者都必须有丰富的历史文化知识，而要能用典繁密，就需要更高的才，与更博的学。刘勰在《文心雕龙·事类》中曾说"属意立文，心与笔谋，才为盟主，学为辅佐，主佐合德，文采必霸，才学偏狭，虽美少功"。而士族化的门阀世族，特别爱讲的就是"才性"。"才性"之"才"，既指天赋素质的聪睿机敏，又指学识的渊博丰富。所以在写作中能否大量而恰切地用典，也就成为衡量才性的标准之一。这样看来，骈文之越来越重视用典，显然与士族阶层的风习有关。

骈文之讲究辞藻的华美，也与士族文人在言词吐属上崇尚才性，追求更高层次的审美意趣密不可分。《世说新语·言语》载：谢安集儿女讲论文义，"俄而雪骤，公欣然曰：'白雪纷纷何所似？'兄子胡儿（谢朗）曰：'撒盐空中差可拟。'兄女（谢道韫）曰：'未若柳絮因风起。'"于是大受称赏。又载：桓温治江陵城甚丽，出江津望之，谓宾僚"若能目此城者有赏"。顾恺之对曰："遥望层城，丹楼如霞。"即被赏以二婢。说出一个佳句即换来两个丫鬟,虽出自小说家言,亦可看出当时风气。同书《排谐》篇载:陆云、荀隐(字鸣鹤)俱在张华处,张以二人并有大才,让其勿用常语对话,"陆举手曰:'云间陆士龙。'荀答曰:'日下荀鸣鹤。'"以其应对之工,传为佳话。这种情况,对散文的骈化自有影响。

所以,总体来说,骈体文在这个时期趋于定型并广泛流行,绝非偶然。正是社会的历史、文学的历史、人的审美意识的发展,再加上士族文化的推波助澜所产生的必然结果。是在散文的发展进程中,达到自觉追求形式美——整饬美、音乐美、文采美的标志性体现。

第二节　内容的个体化、生活化、抒情化进一步加深

两晋时期,在个体生命意识自觉的基础上,散文作品中,对与个体有关的生活与情感的表达与抒发有了进一步加深。

与个体生命意识自觉直接相关的,是对生命与死亡的重视,生存状态、生存方向的选择,涉及个体生活领域的人与事等方面的关注,以及由此引发的思考、感触、情感情绪的变化。这些,在不同体裁、不同作家的散文作品中,都有了更普遍而深入的表现。

一　哀吊文特别发达

诔、吊、哀、祭,古已有之,《左传·哀公十六年》所载鲁哀公诔孔子文,是今天所见最早的诔文,内容很简单。后来代有间作,而至此时期,这类文章的写作蔚然成风,不但诔别人,而且祭自己,不但哀时人,而且吊古人,成了抒发死亡所引起的悲哀、感慨的主要形式。

最突出的是潘岳的诔、吊诸作。其《哀永逝文》,应该说是中国文学史上第一篇借哀悼而写夫妇深情的作品。据《文选》潘岳《思旧赋》李善注,潘娶晋荆州刺史杨肇之女为妻,可能不久而亡,潘岳先写有《悼亡诗》三首,此文写送葬过程中的哀伤之情,缠绵沉挚,凄婉欲绝。其中插入对往日的回忆:"逝日长兮生年浅,忧患众兮欢乐少。彼遥思兮离居,叹河广兮宋远。今奈何兮一举,邈终天兮不反。"又写送葬途中:

> 去华辇兮初迈,马回首兮旋旆;风泠泠兮入帷,云霏霏兮承盖。鸟俯翼兮忘林,鱼仰沫兮失濑。怅怅兮迟迟,遵吉路兮凶归。思其人兮已灭,览余迹兮未夷。昔同涂兮今异世,忆旧欢兮增新悲。谓原隰兮无畔,谓川流兮无岸;望山兮寥廓,临水兮浩汗;视天日兮苍茫,面邑里兮萧散。匪外物兮或改,固欢哀兮情换。(《全晋文》卷九十三)

写哀痛之深,以至于感到山川为之改容,天日为之变色。

诔文略近似今日的悼词,以之追述死者的事迹、赞颂死者的功绩,表达对死者的崇敬与怀念,往往把哀伤之情寄托于陈述和评述之中。潘岳所写诔文甚多,特点是主观感情色彩很重,往往插入与被诔者交往的回忆和正面抒发对逝者的深情。如《杨仲武诔》,乃为其内侄杨绥所写。有云:

> 呜呼仲武,痛哉奈何! 德宫之艰(指其妻之丧事),因次外寝。惟我与尔,对筵接枕。自时迄今,曾未盈稔。姑侄继殒,何痛斯甚。呜呼哀哉! 披帙散书,屡睹遗文;有造有写,或草或真。执玩周复,想见其人。纸劳于手,涕沾于巾。(《全晋文》卷九十二)

其《马汧督诔》，悼念为国立功却受冤而死的汧城督守马敦。正文前先写了一长篇序文，以散骈相间的文字，叙述赞扬了马敦如何以"十雉之城"，壮烈地抗击了氐人的围攻；立下赫赫战功，却被上官屈枉而死。然后以诔文的形式，对其进行追悼，除赞颂其事迹外，还表达了自己的敬佩景仰之情，称："我虽末学，闻之前典；十世宥能，表墓旌善。思人爱树，甘棠不翦；矧乃吾子，功深疑浅。"并表达了对"猾哉部司，其心反侧，斫善害能，丑正恶直"的愤慨（《全晋文》卷九十二）。这在潘岳的作品中是少见的。其他还有前曾引及的《为任子咸妻作孤女泽兰哀辞》《阳城刘氏妹哀辞》等。这些哀诔之作，都显示了抒情的深切化、生活化特点。

陆机的《吊魏武帝文》，是此类文字中的名作。据其"序"，此文是陆机"以台郎，出补著作，游乎秘阁，而见魏武帝《遗令》，慨然叹息"而作。

全篇以曹操的《遗令》为中心展开，感情的表达极为婉转。上来先追述了曹操所建立的不凡功业，赞其："丕大德以宏覆，援日月而齐晖。济元功于九有，固举世之所推。"然后，笔锋一转，指出任何伟大的人物也逾越不了生死的大限，曹操"当建安之三八，实大命之所艰；虽光昭于曩载，将税驾于此年"。不仅如此，即使像他这样的英雄，临终之前，也免不了像常人一样有生的留恋："抚四子以深念，循肤体而颓叹。迨营魄之未离，假余息乎音翰。执姬女以嚬瘁，指季豹而漼焉。气冲襟以呜咽，涕垂睫而汍澜。"还念念不忘地嘱咐身后琐事："纡广念于履组，尘清虑于余香。""陈法服于帷座，陪窈窕于玉房。宣备物于虚器，发哀音于旧倡。"对此，陆机寄以自己的感慨："苟形声之翳没，虽音景其必藏。徽清弦而独奏，进脯糒而谁尝？""登雀台而群悲，伫美目其何望？""彼裘绂于何有？贻尘谤于后王！"末了又反过来对曹操的做法表示理解与同情："嗟大恋之所存，故虽哲而不忘。览遗籍以慷慨，献兹文而凄伤！"

这篇吊文的主旨，实际上是借对曹操这样的人物，表明虽然从道理上说，"始终者，万物之大归；死生者，性命之区域"，人不应该"系情累于外物"，但死亡究竟是令人感伤的，对于人生之"大恋"，即便是伟大的哲人也在所难免。这种思想、这种感情，正是在个体生命意识自觉的背景下才能产生。《吊魏武帝文》这类作品，不但说明了魏晋时期散文中抒情成分加浓的根由，也表现了抒情性质转化趋向之所在。

二 表、奏、书、论中个体的和抒情的成分加重

表、奏、书、论等，传统上一般是用来表达关于政治、经济、军事、思想、文化等方面的重大主题。汉代以来开始显示出作者主观的情感因素，不过仍以前者为主体，或者与之有密切的关联。进入本阶段以来，开始较多地加入个体的抒情因素。两晋时期，这类文章仍然沿袭着传统的重大主题，而关于个体的、抒情的成分更为加重。

在表奏中陈情，汉公孙弘的《上疏乞骸骨》已有萌芽，诸葛亮的《出师表》抒情因素已很强，进入晋代，最具标志性和典型性的，是李密的《陈情表》。

李密（224—287），字令伯。原仕蜀，入晋后，武帝征其为太子洗马，李密写《表》以辞。《表》中提出不能应征的原因，主要是祖母年老病弱，需要侍奉。其中写道：

> 臣以险衅，夙遭闵凶。生孩六月，慈父见背；行年四岁，舅夺母志。祖母刘愍臣孤弱，躬亲抚养。臣少多疾病，九岁不行；零丁孤苦，至于成立；既无伯叔，终鲜兄弟；门衰祚薄，

晚有儿息。外无期功强近之亲，内无应门五尺之僮；茕茕独立，形影相吊。而刘夙婴疾病，常在床褥；臣侍汤药，未曾废离。

……今臣亡国贱俘，至微至陋，过蒙拔擢，宠命优渥，岂敢盘桓，有所希冀？但以刘日薄西山，气息奄奄，人命危浅，朝不虑夕。臣无祖母，无以至今日；祖母无臣，无以终余年。母孙二人，更相为命，是以区区不能废远。（《全晋文》卷七十）

其中对自己孤苦伶仃的家世、祖孙相依为命的情形的陈述描绘，读之令人酸鼻。涉及的纯是个人的因素，感情深切，表达诚挚有力。此后，类似的作品不断产生。如羊祜《让开府表》，陶侃《上表逊位》，虽不像李密那样全诉私情，而间及国事，涉及个体的情感成分显然有所加重。

庾亮（289—340），字元规，其文《上疏乞骸骨》亦为此类作品。所不同的是，在陈情的同时，以自责悔罪为主。文中先是坦言，自己所以权高位重"岂云德授，盖以亲也"，也就是靠了外戚的身份。后面则着重表达悔罪之情，称自己：

才下位高，知进忘退，乘宠骄盈，渐不自觉。进不能抚宁外内，退不能推贤宗长，遂使四海侧心，谤议沸腾。祖约、苏峻不堪其愤，纵肆凶逆，事由臣发。社稷倾覆，宗庙虚废，先后以忧逼登遐，陛下旰食逾年，四海哀惶，肝脑涂地，臣之招也，臣之罪也。朝廷寸斩之，屠戮之，不足以谢祖宗七庙之灵，臣灰身灭族，不足以塞四海之责。臣负国家，其罪莫大，实天所不覆，地所不载；陛下矜而不诛，有司纵而不戮。自古及今，岂有不忠不孝如臣之甚！不能伏剑北阙，偷存视息，虽生之日，亦犹死之年，朝廷复何理齿臣于人次，臣亦何颜自次于人理！

（《全晋文》卷三十六）

这些话皆出之于衷，并非虚饰，所以颇为感人。这样的表奏，亦前所不多见。

谢玄（327—388），字幼度，谢安之侄，淝水之战的主将之一。其《疾笃上疏》亦为感情沉挚之作，为移镇东阳城途中，病重而写。文中先表明因"遗黎涂炭，六合未朗"，而希望"宇宙宁一"，"致天下太平之化"的志愿，然后讲到：

> 不谓臣愆咎夙积，罪钟中年，上延亡叔臣安，亡兄臣靖，数月之间，相系殂背，下逮稚子，寻复夭昏。哀毒兼缠，痛百常情。臣不胜祸酷暴集，每一恸殆毙。所以含哀忍悲，期之必存者，虽哲辅倾落，圣明方融，伊周嗣作，人怀自厉，犹欲申臣本志，隆国保家，故能豁其情滞，同之无心耳。……陛下体臣疾重，使还藩淮侧。甫欲休兵静众，绥怀善抚，兼苦自疗，冀日月渐瘳，缮甲俟会，思更奋迅。而所患沈顿，有增无损。今者惄惄，救命朝夕。臣之平日，率其常矩，加以匪懈，犹不能令政理弘宣，况今内外天隔，永不复接，宁可卧居重任，以招患虑？
>
> 追导前事，可为寒心。臣之微身，复何足惜，区区血诚，忧国实深。……伏愿陛下垂天地之仁，拯将绝之气，时遣军司镇慰荒杂，听臣所乞，尽医药消息，归诚道门，冀神祇之佑。若此而不差，修短命也。使臣得及视息，瞻睹坟柏，以此之尽，公私真无恨矣。伏枕悲慨，不觉流涕。（《全晋文》卷八十三）

其中既诉个人悲情，又表对国家的血诚，与李密的作品有同又有不同。接着所写的《病久不差又上疏》，情惨意切，更为感人。

还有一些表奏,虽然关涉的是军国大事,但述及具体内容时,则充溢着强烈的主观感情。如刘琨的《为并州刺史到壶关上表》,有云:

> 臣自涉州疆,目睹困乏。流移四散,十不存二;携老扶幼,不绝于路。及其在者,鬻卖妻子,生相捐弃;死亡委危,白骨横野;哀呼之声,感伤和气。群胡数万,周匝四山,动足遇掠,开目睹寇。(《全晋文》卷一百八十)

对人民所遭受的苦难,他表露了痛彻肺腑的同情。在第二篇《谢拜大将军都督并州表》中,他除表达感恩之情外,更表达了无论处境多么艰难,也要誓死抗敌为国的决心:

> 自东北八州,勒灭其七,先朝所授,存者唯臣。是以勒朝夕谋虑,以图臣为计,窥伺间隙,寇抄相寻;戎士不得解甲,百姓不得在野。天网恢张,灵泽未及,唯臣子然,与寇为伍。自守则稽聪之诛,进讨则勒袭其后;进退维谷,首尾狼狈。徒怀愤踊,力不从愿,惭怖征营,痛心疾首,形留所在,神驰寇庭。秋谷即登,胡马已肥,前锋诸军并有至者;臣当首启戎行,身先士卒。臣与二虏,势不并立;聪、勒不枭,臣无归志。庶凭威灵,使微意获展,然后陨首谢国,没而无恨。(《全晋文》卷一百八十)

悲凉慷慨之情,跃然纸上。

书,是容纳内容极广的体裁,古代散文中的个人抒情成分最早就是从书中展现出来。建安以来,友人之间的书信,抒情因素更为浓重,生活化的倾向更明显。两晋期间的书作,保持其题材广泛性的同时,此种倾向继续延伸。

如刘琨、卢谌,在西晋末抗击异族的战争中关系密切,诗书往还,皆富深情。前一节曾引卢谌致刘琨书,现在可看刘琨的《答卢谌书》:

> 损书及诗,备辛酸之苦言,畅经通之远旨。执玩反覆,不能释手。慨然以悲,欢然以喜。昔在少壮,未尝检括。远慕老庄之齐物,近嘉阮生之放旷;怪厚薄何从而生,哀乐何由而至。自顷辀张,困于逆乱。国破家亡,亲友凋残。负杖行吟,则百忧俱至;块然独坐,则哀愤两集。时复相与,举觞对膝,破涕为笑。排终身之积惨,求数刻之暂欢,譬由疾疢弥年,而欲以一丸销之,其可得乎? ……分析之日,不能不怅恨耳! 然后知聃周之为虚诞,嗣宗之为妄作也。昔騄骥倚辀于吴坂,长鸣于良乐,知与不知也;百里奚愚于虞,而智于秦,遇与不遇也。今君遇之矣,勖之而已。(《全晋文》卷一百八十)

书中抚今追昔,忆旧勖新,可谓患难之交的倾心吐腑之作。

现今保存下来的陆云的作品中,有不少亲朋之间的言情书信。如其《与杨彦明书》中的一篇:

> 省示累纸,重存往会,益以增叹。年时可喜,何速之甚。昔年少时,见五十公,去此甚远;今日冉冉,已近之已。耳顺之年,行复为忧叹也。柯生而多悦,乐春未厌;秋风行戒,已悲落叶矣。人道多故,欢乐恒乏;敖游此世,当复几时? 各尔永畼,良会每阑。怀相亲爱,寤寐无忘,书无所悉。(《全晋文》卷一百三十)

感叹人生易逝,欢少会短,只有彼此间的相爱之情,最可珍贵。其《与陆典书》,可能是写给同宗中的长辈,其中一篇有云:

日月运迈，何一流连。衔哀经变，系思愈深。亡灵处彼，黄塘幽旷，在远之忆，心常怆裂。含痛靡及，悠悠奈何？想时时复一省视，思至心破，无所厉情。叔父一兄，故尚未达，想不久至耳。深忧徒际，公私哀罔；旷离山墓，永适异国；四时灵寂，桑梓靡循。且念亲各尔分析，情感复结，悲叹而已，知大人每垂恤逮也。临表悲猥，绝笔余哀，不知所次。（《全晋文》卷一百三十）

此信可能写于离吴赴洛后的不久。其中对逝去亲人、桑梓故地的怀恋，背井离乡的无奈，不得重返家园的怆痛，可谓表达得淋漓尽致。前此尚未见到过此类作品。

　　论，运用范围更广，而且一般都用于重大的主题，而此时期开始将之用在阐述如何才能维护个体的生命存在上。这方面最典型者是潘尼的《安身论》。

　　文章一开始提出的论题"盖崇德莫大乎安身"，将"安身"放在了"崇德"之首，就与传统观点不同，表现了鲜明的时代特点。然后全文围绕如何才能"安身"展开。最后得出结论是：

　　今之学者，诚能释自私之心，塞有欲之求，杜交争之原，去矜伐之态。动则行乎至通之路，静则入乎大顺之门；泰则翔乎寥廓之宇，否则潞乎浑冥之泉。邪气不能干其度，外物不能扰其神；哀乐不能荡其守，死生不能易其真。而以造化为工匠，天地为陶钧，名位为糟粕，势利为埃尘。治其内而不饰其外，求诸己而不假诸人。忠敬以事上，爱敬以事亲。可以即一体，可以牧万民，可以为富贵，可以成贱贫。经盛衰而不改，则庶几乎能安身矣！（《全晋文》卷九十五）

虽然其中既有儒家观念,亦渗透老庄的影响,但最终落实到"安身",即维护个体的生存上。

三　王羲之的作品

王羲之(303—379),字逸少,琅琊(今山东临沂)人,曾任右军将军,故世称"王右军"。

他在由应用性工具演变而成纯审美对象的书法艺术上,达到登峰造极的高度,被后世目为"书圣",足以说明其所具有的审美修养程度。《世说新语·雅量》所载"坦腹东床"的故事,表明了他的率性任情;同书《言语》所载与谢安语:"夏禹勤王,手足胼胝;文王旰食,日不暇给。今四郊多垒,宜人人自效。而虚谈废务,浮文妨要,恐非当今所宜。"又见出其系心国事。凡此,足以显示其独有的性格特征。

王羲之存世作品不多,但恰可反映出当时散文作品诸方面的综合特点。

首先,可从他最著名的《三月三日兰亭集序》说起。其文云:

> 永和九年,岁在癸丑,暮春之初,会于会稽山阴之兰亭,修禊事也。群贤毕至,少长咸集。此地有崇山峻岭,茂林修竹,又有清流激湍,映带左右,引以为流觞曲水,列坐其次。虽无丝竹管弦之盛,一觞一咏,亦足以畅叙幽情。

> 是日也,天朗气清,惠风和畅,仰观宇宙之大,俯察品类之盛,所以游目骋怀,足以极视听之娱,信可乐也。夫人之相与,俯仰一世,或取诸怀抱,悟言一室之内;或因寄所托,放浪形骸之外。虽趣舍万殊,静躁不同,当其欣于所遇,暂得于己,快然自足,不知老之将至。

> 及其所之既倦,情随事迁,感慨系之矣。向之所欣,俯仰之间,已为陈迹,犹不能不以之兴怀。况修短随化,终期于尽。

古人云,死生亦大矣,岂不痛哉! 每览昔人兴感之由,若合一契,未尝不临文嗟悼,不能喻之于怀。固知一死生为虚诞,齐彭殇为妄作,后之视今,亦犹今之视昔,悲夫!

　故列叙时人,录其所述,虽世殊事异,所以兴怀,其致一也。后之览者,亦将有感于斯文。(《全晋文》卷二十六)

据说,此文为即兴之作,文不加点,一气呵成。行文散骈相间,节奏随思绪而起伏顿挫,言辞寓优美于真淳之中,无任何矫饰之感,充满自然天成之趣。其审美水平之高,远非曾被称为"一代文宗"的陆机所比。

前半部分,充分表现了对自然美已有极高的审美感受与表现力,还体现了超然物外、顺情适性,将生活审美化而乐于沉浸其中的倾向。后半部分则转向人生短暂、"死生亦大"的感叹,这是那个时代文人共有的对生命有限性的觉醒。但王羲之的高处在于感叹而并不流入悲伤。这也正是他对生活取前半部分所表现倾向的原因。所以这篇作品,足以代表那个时代士族文人在思想水平和审美水平上所达到的高度。

王羲之的其他作品,反映了他人生取向的两个方面:超然物外、顺情适性和关心国事与民生。前者,可见于《与谢万书》,其中有云:

　顷东游还,修植桑果,今盛敷荣。率诸子,抱弱孙,游观其间,有一味之甘,割而分之以娱目前。虽植德无殊邈,犹欲教养子孙以敦厚退让,戒以轻薄,庶令举策数马,仿佛万石之风。君谓此何如? 此遇重熙,去当与安石东游山海,并行田尽地利。颐养闲暇,衣食之余,欲与亲知时其欢然。虽不能兴言高咏,衔杯引满;语田里所行,故以为抚掌之资,其为得意,可胜

言邪?(《全晋文》卷二十二)

这种情怀,与《兰亭集序》的前半部分是一致的。其《与会稽王笺》则表现了对重大国事的关心。当时会稽王司马道子主政,殷浩在准备不足的情况下即想北伐,羲之上此笺,就中云:

> 夫庙算决胜,必宜量彼我,万全而后动。功就之日,便当因其众而即其实。今功未可期,而遗黎歼尽,万不余一。且千里馈粮,自古为难,况今转运供继,西输许洛,北入黄河。虽秦政之弊,未至于此,而十室之忧,便以交至。今运无还期,征求日重,以区区吴越经纬天下十分之九,不亡何待?而不度德量力,不弊不已,此封内所痛心叹悼而莫敢吐诚。……地浅而言深,岂不知其未易。然古人处闾阎行阵之间,尚或干时谋国,评裁者不以为讥,况厕大臣末行,岂可默而不言哉?存亡所系,决在行之,不可复持疑后机,不定之于此,后欲悔之,亦无及也。(《全晋文》卷二十二)

羲之的建议未被重视,殷浩北伐,果然败北。浩还图再举,羲之又直接给殷浩写信劝止并予以谴责。见其《又遗殷浩书》所云:

> 自寇乱以来,处内外之任者,未有深谋远虑,括囊至计,而疲竭根本,各从所志,竟无一功可论,一事可记,忠言嘉谋弃而莫用,遂令天下将有土崩之势,何能不痛心悲慨也!任其事者,岂得辞四海之责?(《全晋文》卷二十二)

王羲之不但关心军国大事,而且同情民生疾苦,当时赋役繁重,他亲自写信给谢安,提出具体建议,见其《遗谢安书》,文多不引。谢万任豫州都督，而自命清高，不体恤士卒，羲之也写信加以劝诫：

> 以君迈往不屑之韵，而俯同群辟，诚难为意也。然所谓通识，正自当随事行藏，乃为远耳。愿君每与士之下者同，则尽善矣。食不二味，居不重席，此复何有？而古人以为美谈。济否所由，实在积小以致高大，君其存之。（《全晋文·又遗谢万书》）

谢万不听，果致战败。

王羲之还写有《为会稽内史称疾去郡于父墓前自誓文》，其中表示：

> 止足之分，定之于今日。谨以今月吉辰，肆筵设席，稽颡归诚，告誓先灵：自今之后，敢渝变此心，贪冒苟进，是有无尊之心而不子也。子而不子，天地所不覆载也，名教所不得容也。信誓之诚，有如皎日。（《全晋文》卷二十六）

自誓"去郡"，即从今以后，再不涉足官场。誓墓的原因，据《晋书》云，与王述有关。"王述少有名誉，与羲之齐名，而羲之甚轻之，由是情好不协。"羲之任会稽内史后，对王述甚不礼重，"述深以为恨"。后王述任扬州刺史，管辖会稽，特意去监察，"羲之深耻之，遂称病去郡"，并于父母墓前自誓。羲之何以会对王述"甚轻之"？并非出于名人间的意气之争，《晋书·王述传》载："初，述家贫，求试宛陵令，颇受赠遗，而修家具，为州司所检，有一千三百条。"实即因其贪污受贿。这大概是羲之轻视王述的原因。如今让这样的人作顶头上司，并要受其监察，当然要感到极大的耻辱。所以，王羲之为此而誓墓，乃是出于高度的人格自尊，这是当时文人中少有的性格侧面。因此,其《誓墓文》也就有特别的意义。

另外,王羲之作为著名书法家,留下了大量的杂帖。虽皆为散简短章,亦可看出其为文的生活化人情化的特点。如以下几例:

> 延期、官奴小女,并得暴疾,遂至不救。愍痛心,奈何! 吾以西夕,至情所寄,唯在此等以禁慰余年。何意旬日之中,二孙天命,日夕左右,事在心目,痛之缠心,无复一至于此。可复如何? 临纸咽塞。(《全晋文》卷二十三)

> 笃不喜见客,笃不堪烦事,此自死不可化,而人理所重如此。都郡江东所聚,自非复弱干所堪,足下未知之耳。给领与卿同,殊为过差,交人士因开门勉待之。无所复言。(《全晋文》卷二十三)

> 月半。念足下,穷思深至,不可居忍。雨湿,体气各何如? 参军得针灸力不? 甚悬情。当深宽割,晴通省苦。遣不具。王羲之白。
> 百姓之命□倒悬,吾夙夜忧此。时既不能开仓庾赈之,因断酒以救民命,有何不可? 而刑犹至此,使人叹息。(《全晋文》卷二十六)

有这样生活化、人情化的情感世界,为诗为文,才有生活化、人情化的流露与表现。这正是此时期文人为人的特点。

第三节　题材的拓展与体裁形式的变化

两晋时期,散文在内容的个体化、生活化、抒情化进一步加深的同时,题材的其他方面亦有拓展,突出的是写山水、田园之自然美的作品由滥觞而进入初步发展。

这也与时代背景有关。由于前已说过的三种"自觉"及崇尚老庄的思想潮流影响,此时期士族文人的人生态度,大体有两种基本趋向:一是达则"兼善",也就是积极出世,参与国政军务;一是退则不求"独善",而追求顺情适性的"归隐"。关于"归隐",前代有所谓"大隐"隐于市朝之说,为晋人所不取,他们选择的或是山林,或是田园。这种具有时代特点的取向,反映在文学中,就是这两方面题材的开拓。

一 山水题材的初步发展

山林田园与季节物候的变化,是人类生活不可脱离的外在自然环境。自有人类以来,就不可能对它们没有感受,但在早期的文学作品如《诗经》《楚辞》中,虽有所表现,但缺乏明确的自觉,只处于审美意识的边缘。到了宋、枚、马的赋中,因为有了对外在环境的正面审美观照,才有了正面的描绘图写。今天所见最早在散文中唯一写自然美的作品,仅是附加在马第伯《封禅仪记》中一段登泰山的描述。

进入本阶段已来,在诗、赋中正面描写自然美的作品日益增多,而正面写山水田园的散文,则只处于滥觞状态。个中的原因仍在于实用性的制约。因为在实用性作品中,很难专门去描绘山水田园风光。

这种滥觞,较早见之于赵至(字景真)写给嵇蕃(字茂齐)的信及后者的回信。据嵇康之子嵇绍《叙赵至》(参见《全晋文》卷六十五),此人是嵇康狂热的崇拜者,曾受嵇康称赏,且怀有大志,后赴辽东任从事,因与嵇蕃同年,于是写《与嵇茂齐书》,抒发壮志未酬的愤慨,并述及辽东艰险地势:

乘高远眺,则山川悠隔。或乃回飙狂厉,白日寝光;崎岖交错,陵隰相望。徘徊九皋之内,慷慨重阜之巅。进无所依,退无所据。涉泽求溪,披榛觅路。啸咏沟渠,良不可度。(《文选》卷四十三)

而嵇蕃则写《答赵景真书》予以安慰:

登山远望,睹峥嵘以成愤;策杖广泽,瞻长波以增悲。游眄春圃,情有秋林之悴;濯足夏流,心怀冬冰之惨。对荣宴而不乐,临清觞而无欢。……幸吾子思弘远理,舍道自荣。将与足下交伯成于穷野,结箕山乎蓬屋。侣范生于海滨,俦黄绮于商岳。凭轻云以绝驰,游旷荡以自足。虽不齐足下之所乐,亦吾心之所愿也。(《全晋文》卷六十五)

大旨是不必为壮志雄心未果而悲愤,完全可以走归隐的道路,享受山水田园之乐。二书都渗有自然风物的描写。再者是陆云的《答车茂安书》。车茂安名永,茂安为其字。车永之甥石季甫被任命为鄮令,家人担心地方不好,让车永写信给陆云,希望了解鄮的情况。陆云复信,对鄮县作了详细的介绍,其中不乏对自然环境、田园风光的描写:

直东而出,水陆并通。西有大湖,广纵千顷;北有名山,南有林泽,东临巨海,往往无涯。泛船长驱,一举千里。北接青徐,东洞交广,海物惟错,不可称名。遏长川以为陂,燔茂草以为田。火耕水种,不烦人力。决泄任意,高下在心。举锸成云,下锸成雨。既浸既润,随时代序也。……季冬之月,□牧既毕,严霜陨而兼葭萎,林鸟祭而罻罗设。因民所欲,顺时游

猎。结罝绕堭,密网弥山;放鹰走犬,弓弩乱发。鸟不得飞,狩不得逸。真光赫之观,盘戏之至乐也。(《全晋文》卷一百三十)

等于把赋中的风物描绘,挪移到散文中来。这些,尚只是实用性文章的附属部分,非独立性存在。此后,表现山水及自然风光之美的作品有了初步的发展。前引王羲之《兰亭集序》写景抒情已极具审美趣味。至桓玄的《南游衡山诗序》则已全篇写山林风光,颇近短小游记:

岁次降娄,夹钟之初,理楫将游于衡岭。涉湘千里,林阜相属;清川穷澄映之流,涯涘无纤埃之秽。修涂逾迈,未见其极,穷日所经,莫非奇趣。姑洗之旬,始暨于衡岳。于是假足轻舆,宵言载驰,轩涂三百,山径彻通。或垂柯跨谷,侠献交荫;或曲溪如塞,已绝复开。或乘步长岭,邈眺遥旷;或憩舆素石,映濯水湄。所以欣然奔悦,求路忘疲者,触事而至也。(《全晋文》卷一百十九)

虽略嫌矫饰滞涩,当是今天所见最早的正面描叙山林风光的作品。其后,《庐山诸道人游石门山诗序》则是篇幅更大,内容更集中的记游之作。先介绍石门曰:

石门在精舍南十余里,一名障山。基连大岭,体绝众阜。辟三泉之会,并立而开流。倾岩玄映其上,蒙形表于自然。故因而以为名。此虽庐山之一隅,实斯地之奇观。

然后,写释法师于仲春之月,率徒众三十余人游山经过:

拂衣晨征，怅然增兴。虽林壑幽邃，而开涂竞进。虽乘危履石，并以所悦为安。既至，则援木寻葛，历险穷崖，猿臂相引，仅乃造极。于是拥胜倚岩，详观其下，始知七岭之美，蕴奇于此。双阙对峙其前，重岩映带其后；峦阜周回以为障，崇岩四营而开宇。其中则有石台、石池、宫馆之象，触类之形，致可乐也。清泉分流而合注，绿渊镜净于天池。文石发采，焕若披面；柽松芳草，蔚然光目。其为神丽，亦已备矣。（《全晋文》卷一百六十七）

游观之中，写山林的幽奇、景色的变幻、心情的怡悦，相当生动传神，表达的已是纯审美性体验，与后世的游记相差无几。

此期还存一篇脱离诗序影响而写山林之美的作品，即慧远的《庐山记》。此文是专门为记载其晚年隐居之地而作，因而也是今存第一篇为写山而写山的作品。其中有不少以赞美的笔调对山势景物的形容描写。如：

其山大岭，凡有七重，圆基周回，垂五百里。风雨之所摅，江山之所带，高岩仄宇，峭壁万寻，幽岫穿崖，人兽两绝。天将雨，则有白气先拯，而缨络于山岭下，及至触石吐云，则倏忽而集。或大风振岩，逸响动谷，群籁竞奏，其声骇人。此其化不可测者矣。……七岭同会于东，共成峰崿，其岩穷绝，莫有升之者。……所止多奇，触类有异。北背重阜，前带双流。所背之山，左有龙形，而右塔基焉。下有甘泉涌出，冷暖与寒暑相变，盈灭经水旱而不异。寻其源，出自于龙首也。南对高峰，上有奇木，独绝于林表数十丈。其下似一层浮图，白鸥之所翔，玄云之所入也。东南有香炉山，孤峰独秀。起游气笼其上，则氤氲若香烟；白云映其外，则炳然与众峰殊别。将雨，则其下水气涌出，如马车盖，此龙井之所吐。其左则翠林，青雀白猿之所憩，玄鸟之所蛰。西有石门，其前似双阙，壁立千余仞，而瀑布流焉。其中鸟兽草木之美，灵药万物之奇，略举其异而已耳。（《全晋文》卷一百六十二）

其间用笔虽不如唐人游记那么峻洁凝练，但写山势的雄伟峻拔、幽绝险峭，林泉的奇异，云气的变幻，亦足以令人惊心骇目，心往神驰。

但总的说，此时期写山水之美的作品虽有所成就，尚属初步，有待后来作者继续开拓。

二　田园之作与陶渊明

两千多年来，小农经济一直是中国社会的基础。农业与农村，是绝大多数中国人生息存养之所在。《诗经》中有不少侧面对农村生活的表现；孟子关于王道乐土的理想，寄托于"五亩之宅，树之以桑"的农业村社；张衡写《归田赋》把归田与脱离繁嚣的势利场联系起来，希望享受自然界的风光；晋人诸书序之作，如前引王羲之《与谢万书》就已经渗透了写田园生活的因素。时人所谓归隐田园，表达的虽多是一种愿望，也涉及了农村与田园。但真正以审美的眼光正面描述再现田园生活的作品，可谓"绝无"而并未"仅有"。陶渊明应是这样做的第一人。

陶渊明（365—427），名潜，字渊明，又字元亮，死后被谥为靖节先生，浔阳柴桑（江西九江）人，生活于东晋末至刘宋初。早年曾任镇军建威参军，后求为彭泽令，在官八十一日而弃职归隐。

他是中国田园诗的开创者，以素朴、真淳的笔墨，既写出农村生活的艰辛，又描绘再现了田野劳作和农村生活的诗意美，凡是在旧农村生活过的人，无不能体会到他所描绘的令人陶醉的境界。

所以能做到这一点，是因为他既有高层文人的审美修养，又有亲身的生活实践，还因田园生活与他所深恶痛绝的为官为宦的势利场形成强烈对比。他写田园的散文名作为《桃花源记》：

> 晋太元中，武陵人捕鱼为业；缘溪行，忘路之远近。忽逢桃花林，夹岸数百步。中无杂树，芳草鲜美，落英缤纷。渔人甚异之。复前行，欲穷其林。林尽水源，便得一山。山有小口，仿佛若有光。
>
> 便舍船，从口入。初极狭，才通人；复行数十步，豁然开朗。土地平旷，屋舍俨然，有良田美池桑竹之属。阡陌交通，鸡犬相闻。其中往来种作，男女衣著，悉如外人。黄发垂髫，并怡然自乐。
>
> 见渔人，乃大惊。问所从来，具答之。便要还家，设酒杀鸡作食。村中闻有此人，咸来问讯。自云先世避秦时乱，率妻子邑人，来此绝境，不复出焉，遂与外人间隔。问今是何世，乃不知有汉，无论魏晋。此人一一为具言所闻，皆叹惋。余人各复延至其家，皆出酒食。停数日，辞去。此中人语云："不足为外人道也。"
>
> 既出，得其船，便扶向路，处处志之。及郡下，诣太守，说如此。太守即遣人随其往，寻向所志，遂迷，不复得路。（《全晋文》卷一百十一）

文极质简，而内蕴极深厚丰富。其一，是对他诗作中所描绘的田园生活素朴美、天然美的集中概括与升华，也是对中国千百年来普遍存在的村社生活所固有审美意蕴的概括与升华。其二，是他与士族阶层的浮华矫饰相对立的、只求社会安宁的社会理想和顺情适性的人生理想的具象化和客观化。他知道这种理想在现实中是不可能存在的,所以只能用这种恍惚迷离的虚构境界表现出来。

这篇记之后,还附有一首《桃花源诗》,内容大体与记同。这一方面说明当时文与诗的结合与统一;一方面说明,写农村与田园之作,已可独立成文,甚至文可以胜诗,如与《记》并存之《诗》,艺术魅力就大不如《记》。

陶渊明虽以写田园鸣,而其他的散文作品,亦各有特色和相当高的审美价值。《五柳先生传》(参见《全晋文》卷一百十二)亦假虚构的形式,写自己的人生理想和人生态度,使人读其文如见其人。《与子俨等书》有遗嘱性质,虽篇末有所嘱诫,但大部分为生平及人生态度的自述,如:"少年来好书,偶爱闲静,开卷有得,更欣然忘食。见树木交荫,时鸟鸾声,亦复欢然有喜。常言五六月中,北窗下卧,遇凉风暂至,自谓是羲皇上人。"(《全晋文》卷一百十一)与常人之作很不相同。其《祭程氏妹文》《祭从弟敬远文》,皆情深意笃。尤具别格的是,他写有《自祭文》(参见《全晋文》卷一百十二),颇类现代人生前为自己写《墓志铭》,不同的是,祭文不只是生平的概括,亦表明了自己的处世态度。《晋故征西大将军长史孟府君传》是为其外祖父孟嘉所写,名为传,实具碑文性质。写法特点是述其生平时,插入许多生动细节。如叙及孟嘉任庾亮从事时,"下郡还,亮引见,问风俗得失,对曰:'嘉不知,还传当问从吏。'亮以麈尾掩口而笑,诸从事既去,唤弟翼语之曰:'孟嘉故是盛德人也。'君既辞出外,自除吏。便步归家,母在堂,兄弟共相欢乐,怡怡如也"(《全晋文》卷一百十二)。写其为人特点,颇有渊明风格。

三 其他类型作品的发展

两晋时期,其他类型与体裁的作品,各有不同的特色与发展。

1. 论说性作品

首先,单篇的政论、史论、专论在题材内容上有所变化和拓展。

在哲学与思想文化方面，与前一时期相较，推崇老庄思想的论著减少，而坚持儒学传统的论述增多。先后有欧阳建的《言尽意论》，裴頠的《崇有论》，王坦之的《废庄论》，孙盛的《老聃非大贤论》，戴逵的《放达为非道论》。范宁的《王弼何晏论》甚至称"王弼、何晏，二人之罪，深于桀纣"（《全晋文》卷一百二十五）。所以有此现象，与西晋的覆亡及东晋面临的危机形势有关。即使士族阶层中的有识之士，也意识到了玄学之流为虚谈，反名教之转化为颓放，在政治与社会风气上造成的严重危害。此外，儒、释之间还发生了僧人应不应敬王者的争论，不信佛的庾冰、桓玄与信佛的何充、王谧等参与了争论，名僧慧远亦介入其间。这是由于佛、道的兴起与传统思想文化之间，必然要发生的斗争。这个争论，开了下时期儒、佛、道之间关于更多论题展开论辩之先河。

此期比较著名的大型史论有陆机的《辨亡论》与干宝的《晋纪总论》。《辨亡论》写于西晋初，意在总结东吴政权覆灭的教训，强调吴之所以亡，不在天时，不关地利，关键是失之人和，而人和的关键又在任贤用人。有向西晋统治者提供鉴戒的意思。文章于骈句俪辞中，贯注以强烈的感慨，铺陈具体史实，对比孙吴由盛及衰的变化。起伏顿挫之中，形成一定的气势。在下篇中，特别突出了自己先辈的功勋与作用：

> 昔蜀之初亡，朝臣异谋，或欲积石以险其流，或欲机械以御其变。天子总群议而咨之大司马陆公。陆公以四渎天地之所以节宣其气，固无可遏之理，而机械则彼我之所共。彼若弃长技以就所屈，即荆扬而争舟楫之用，是天赞我也，将谨守峡口以待擒耳。逮步阐之乱，凭保城以延强寇，重资币以诱群蛮。于时大邦（指曹魏）之众，云翔电发，悬旌江介，筑垒遵渚，襟带要害，以止吴人之西。而巴汉舟师，沿江东下。陆公以偏

师三万，北据东坑，深沟高垒，案甲养威；反虏踦迹以待戮，而不敢北窥生路；强寇败绩宵遁，丧师大半。分命锐师三千，西御水军。东西同捷，献俘万计。信哉贤人之谋，岂欺我哉！（《陆士衡文集校注》）

干宝曾著《晋纪》，《总论》是为该书所写总评。主旨在总结西晋政权由盛及灭的教训，重点与《辨亡论》略有不同，认为西晋覆灭的关键是统治者没有注重"民情风教"，所以文中尖锐地批判了玄虚放诞之风，要点于本章第一节引文已可见出。这两篇论作，都有明显地模仿贾谊《过秦论》的倾向。不过，贾著所着眼的是治国的根本方略，二论所着眼的是施政中较具体的问题；贾谊的视野广阔，故能大开大阖，形成宏大激越的气势，而二论过于执着于史实的陈述，难以达及贾著的力量；行文上贾谊无所拘忌，可以纵情挥洒，二论考究偶对，难免受整饬之限。由此看来，任何仿作皆不可与原创同年而语，注重形式美固为时代特点与某种必然趋势，却已显露出潜在的弊病。

由于文学的自觉，本时期的文论著作有进一步发展。除陆机的《文赋》外，系统的论著还有挚虞的《文章流别论》、李充的《翰林论》，有些序作，如皇甫谧的《三都赋序》亦属文论性质。其中《翰林论》已佚。《文章流别论》据严可均所辑，虽可看出它在文体分类上更细，且追溯源流较详，但基本的文艺观比较保守，仍强调文章服从于教化的传统，某些方面比起曹丕和陆机还有所退步。如一开始他提出的总原则就是："文章者，所以宣上下之象，明人伦之叙，穷理尽性，以究万物之宜者也。"完全忽视了文学作品的审美意义和审美价值。正是根据这一根本原则，在评论具体作家、作品时，多失于偏颇，对宋玉、司马相如、枚乘的作品，采取基本否定的态度，称："宋玉则多淫浮之病矣。"司马相如的作品，"假象过大，则与类相远;逸辞过壮,则与事相违;辩言过理,则与义相失;丽靡过美,则与情相忤。此四过者,所以背大体而害政教"(《全晋文》卷七十七)。认识不到他们在推动文学审美化方面的积极贡献。皇甫谧的观点基本与挚虞相同,一方面不得不承认"美丽之文,赋之作也",一方面又强调为文"将以纽之王教,本乎劝戒也"。(《全晋文》卷七十一)

属于论说方面的,在本时期还产生了几部大型专著。其中有傅玄(字休奕)的《傅子》。据《晋书·傅玄传》云:"撰论经国九流及三史故事,评断得失,各为区例,名为《傅子》,为内、外、中篇。"今全书已佚,据严可均所辑佚文(《全晋文》卷四十七至卷五十),在内容与行文上,无多少新的创意,唯包含了大量对历史人物的介绍评论,算是新的特点。其中《马钧传》记载了马钧善于机械之巧,造指南车、翻车、转轮木偶人等事迹,并对当时不重视技巧的偏见,予以尖锐抨击,是留传下来的珍贵历史资料。还有袁准的《袁子正论》,亦佚,据严可均所辑佚文(参见《全晋文》卷五十四、五十五),同样在创意与表达上,见不出超越前人处。唯葛洪的《抱朴子》内、外篇今存。

葛洪(283—343 或 363),字稚川,丹杨句容(今属江苏镇江)人。据《抱朴子·自叙》:"邦人咸称之为抱朴之士,是以洪著书因以自号焉。"同篇又谓:"凡著《内篇》二十卷,《外篇》五十卷。""其《内篇》言神仙、方药、鬼怪、变化、养生、延年、禳邪、却祸之事,属道家;其《外篇》言人间得失,世事臧否,属儒家。"①

《内篇》姑且不论。今存《外篇》五十篇,论者认为原书"卷"与"篇"含义不同,五十篇外,当有多篇已散佚。仅就现存五十篇看,内容相当广博,既论政治,又讥世风,还谈历史教训,评历史人物,并集纳了自己所总结的有哲理性的格言警语。其思想性质,虽自

---

① 杨明照撰:《抱朴子外篇校笺》,中华书局,1997 年。以下所引《抱朴子》皆此版本。

称属于儒家,但也不完全株守儒家传统,渗入了道家因素,还肯定了墨家反对繁琐礼制的观点。值得注意者,在文论上他提出了两个重要的观点:一是反对"文末德先",充分强调了文的价值。在《尚博》篇中,针对有人提出的:"德行者,本也;文章者,末也。故四科之序,文不居上。"他说:"荃可以弃,而鱼未获,则不得无荃;文可以废,而道未行,则不得无文。""文章之与德行,犹十尺之与一丈。谓之余事,未之前闻。""文之所在,犬羊之鞟未得比焉。且夫本不必皆珍,末不必悉薄。""文章虽为德行之弟,未可呼为余事也。"二是反对"贵古贱今"。在同篇中,他讲:"世俗率贵古昔而黩贱同时。""俗士多云:今山不及古山之高,今海不及古海之广,今日不及古日之热,今月不及古月之朗。何肯许今之才士,不减古之枯骨?重所闻,轻所见,非一世之所患矣。"特别是在《钧世》篇,具体论述说:

> 夫《尚书》者,政事之集也,然未若近代之优文、诏、策、军书、奏、议之清富赡丽也。《毛诗》者,华彩之辞也,然不及《上林》《羽猎》《二京》《三都》之汪濊博富也。
>
> 然则古之子书,能胜今之作者,何也? 然守株之徒喽喽所玩,有耳无目,何肯谓尔! 其于古人所作为神,今世所著为浅,贵远贱近,有自来矣。……是以古书虽质朴,而俗儒谓之堕于天也;今文虽金玉,而常人同之于瓦砾也。

这样的观点确实尖锐而新异。这或许是他的整部书全用骈辞俪句行文的原因。但他又仅仅肯定子书,而否定诗赋,称:"或贵爱诗赋浅近之细文,忽薄深美富博之子书,以磋切之至言为呆拙,以虚华之小辩为妍巧。"则又表现了审美观点的片面性。

2. 叙事性作品

叙述记事文字方面,本时期的一个突出特点,是许多作家热衷于写史。

据有关资料，当时人所写关于汉代的史书，有司马彪的《续汉书》、袁山崧的《后汉书》、袁宏的《后汉纪》、华峤的《后汉书》、谢沈的《后汉书》、张璠的《后汉纪》等，还有王沈的《魏书》、孙盛的《魏氏春秋》、孔衍的《汉魏春秋》、习凿齿的《汉晋春秋》；关于西晋的史书，则有虞预、王隐的《晋书》，徐广、干宝的《晋纪》。至于杂史、杂传性的作品亦甚多。这些作品都没有完整的存留下来。唯一作为正史而流传下来的是陈寿的《三国志》。

陈寿（233—297），字承祚，巴西安汉（四川南充）人。据《晋书·陈寿传》，寿原仕蜀，曾任观阁令史。蜀平，仕晋任著作郎，"撰魏、吴、蜀《三国志》，凡六十五篇。时人称其善叙事，有良史之才"。

《三国志》与《史记》《汉书》体例略不同，虽以魏为正统，但当时实际情形是三国并立，所以全书无帝纪，亦不设表、志，只分魏、蜀、吴书三部分，每部分皆列传而写人，故亦属纪传体。行文无《史记》之强烈感情色彩，亦无《汉书》之典饰，故文学性减弱，然而叙事清通简要，尚可称赏。如《蜀书·诸葛亮传》之"隆中对"，经常被引为叙事论说之范文。简要的另一面则为欠细致丰满，后赖裴松之广引史籍、史料为之作注，才使得对三国的人物事迹有了更充分的展示，于《三国志》的流行大有帮助。

3. 别有创意之作

这一时期，还有一些别有创意之作，对当代或后世影响较大，于推进散文的审美化亦有贡献。

首先是张敏的《头责子羽文》。张敏为晋初人，曾任益州太守。据序文云：其友秦生，即文中之子羽，与其交好者有张华等六人，"数年之中，继踵登朝，而此贤身处陋巷，屡沾而无善价，亢志自若，终不衰堕，（敏）为之慨然。又怪诸贤既已在位，曾无伐木嘤嘤之声"。"故因秦生容貌之盛，为头责之文以戏之，并以嘲六子焉"。

这篇文章构思巧妙而奇特,假托秦生之头,自谓造化给了它一个奇伟的形象,足以令人敬畏,而却受秦生牵累,因而对秦生进行责备:"今子上不希道德,中不效儒墨。块然穷贱,守此愚惑。察子之情,观子之志,退不能为处士,进无望于三事,而徒玩日劳形,习为常人之所喜,不亦过乎?"子羽回答它:如果自己致力于忠信,讲求介节,像伍胥屈平那样"杀身以成名","赴水火以全贞",则恐怕"为子所忌",即害了头。头又告诉秦生,它的意思在彼不在此,只不过希望他能像其他六人那样,"攀龙附凤,并登天府。夫舐痔得车,沉渊得珠,岂若夫子,徒令唇舌腐烂,手足沾濡哉!居有事之世,而耻为权谋,譬犹凿池抱瓮,难以求富"(《全晋文》卷八十)。

文章确如序文所说,"虽以谐谑,实有兴也"。写法上远绍《答客难》,正话反说,寓感叹于诙谐,而构思的新巧远过之。其后,陆云的《牛责季友》(参见《全晋文》卷一百三),王沈的《释时论》(参见《全晋文》卷八十九),亦采用了类似的写法。

再一篇文章为鲁褒《钱神论》。鲁褒,字元道,西晋时人,其《钱神论》亦是有寄寓性虚拟之作。其中借司空公子与綦毋先生的对话,论金钱之万能,有云:

昔神农氏没,黄帝、尧、舜,教民农桑,以币帛为本。上智先觉变通之,乃掘铜山,俯视仰观,铸而为钱。故使内方象地,外圆象天。大矣哉!钱之为体,有乾有坤,内则其方,外则其圆。其积如山,其流如川。动静有时,行藏有节,市井便易,不患耗折。难朽象寿,不匮象道,故能长久,为世神宝。亲爱如兄,字曰孔方,失之则贫弱,得之则富强。无翼而飞,无足而走。解严毅之颜,开难发之口。……钱之所在,危可使安,死可使活;钱之所去,贵可使贱,生可使杀。是故忿争辨讼,非钱不胜;孤弱幽滞,非钱不拔;怨仇嫌恨,非钱不解;令问笑谈,非钱不发。……子夏云:"死生有命,富贵在天。"吾以死生无命,富贵在钱。何以明之?钱能转祸为福,因败为成;危者得安,死者得生。性命长短,相禄贵贱,皆在乎钱,天何与焉?(《全晋文》卷一百十三)

这些话完全和马克思《资本论》所引莎士比亚《雅典的泰门》中赞颂金子的诗句相当,表面上是歌颂金钱之万能,实际上是痛伤世风之恶浊。行文方式虽亦仿《答客难》,而使作者痛心疾首者,远在一己不遇之上。

再有《符子》一书。作者为前秦符朗,字元达,前秦灭后,降晋,著《符子》。书虽以阐发道家思想为宗旨,但承绪了先秦大量运用寓言故事的传统。其书已佚,就所存佚文看,所写寓言虽多所依仿,亦有不少别出心裁、饶有意趣之作,体现了对寓言体裁的发展。如以下例:

> 符子观于龙门。有一鱼,奋鳞鼓鳍而登乎龙门而为龙。又一术士,凌波溯流而不陷,挂铃行歌,飘浪于龙门,而终日栖迟而不化。符子曰:彼同功而事异,迹一而理二,何哉?无乃鱼以实应,而人以伪求乎?
> 郑人有逃暑于孤林之下者。日流影移,而徙衽以从阴。及至暮,反席于树下。及月流影移,复徙衽以从阴,而患露之濡于身。其阴逾去,而其身逾湿。是巧于用昼,而拙于用夕。奚不处耀而辞阴?反林自露,此亦愚之至也。(《全晋文》卷一百五十二)

此外,如"红蚁欲观东海之鳌","重耳见蜘蛛布网","鲁侯欲以孔子为司徒而谋于三桓"等,皆有特色且见出作者的创造性。

第三章　骈体的极致化与审美自觉在其他方面的影响

——南北朝时期的散文

公元 420 年刘裕以禅代的方式灭东晋而建国为宋，至 479 年被萧道成取代建国为齐，至 502 年被萧衍取代建国为梁，再至 557 年又被陈霸先取代建国为陈，陈至 589 年为隋所灭，实现南北统一。这四个朝代共历 170 年，因皆偏安江左，史称南朝。与东晋对峙的北方十六国，先后兼并，公元 386 年建立了鲜卑族拓跋氏的北魏，势力逐渐扩大，471 年孝文帝即位，逐步实行汉化，496 年将姓氏由拓跋改为元。至 543 年，北魏分裂为西魏和东魏。后西魏为宇文氏所取代而建北周，东魏为高洋所取代而建北齐。北周灭北齐后，于 581 年为隋文帝杨坚所取代而建国为隋，隋 589 年灭陈，实现全国统一。由北魏至北周，这一段时期，史称北朝。

南朝继承了汉魏晋以来的传统，文化比较发达，北朝多为社会发展较迟的少数民族政权，占领中原地区后，受传统文化的影响而不断汉化，至后期则逐渐实现了南北文化的交融。因而这一时期，南朝文学代表了中国文学发展的主流，北朝文学则以自己的一些特色作为补充。

南朝散文的发展是魏晋的延续，其主要特点有三：一是骈体的发展达到极致;二是个体性生活的表现更加深入;三是审美的视野进一步拓大。南朝散文的发展及上述特点的形成,与当时的思想文化背景有极大关系,特别应予注意者,有以下几点:

第一,作为社会思想文化代表的士族文人,呈现出原则性信仰的缺失。

先秦诸子作为思想家,都以对社会群体的关怀为目的。他们的思想体系和理论设计虽各不相同,但对自己的主张皆有坚定的信仰,并为之而积极进取,根本不计较个人的身家性命。即使是老子的主张"无为",庄子的主张"全身养性",也是作为一种社会主张和社会理想而提出,不是出于对个人本体的考虑。所以在他们的著作和言行中,都表现出强烈而坚定的原则性。汉朝建立以后,儒家关于君、臣、父、子的伦理观念(其中融入法家的君主集权意识),成为社会的统治思想。同是思想文化的代表,已经转为作为"臣下"的"士"人,从贾谊、晁错、董仲舒,至汉末的李膺、陈蕃,皆是这种思想观念的宣扬者、鼓吹者和坚持者,所以儒家的伦理原则也就成为他们不可动摇的信仰。因而,在他们的言论和著作中,虽没有了诸子的力度和气度,却也指陈时弊,积极建言,充溢着强烈的对国家命运、社会民生的关注与关心。于是我们感受到,无论是在诸子还是西汉文章中,除了具有不同程度的形式美、辞采美,还蕴含着内在的精神美、质实美。

而自建安以来,破除了经学教条,颠覆了儒学独尊地位,社会思潮多元化,人们有了个体生命意识自觉。在文学与散文作品中,朝着表现个体日常的生活,普通人情和人性深入发展,这是极其积极的一面。但是在作为思想文化代表的文人中,也逐渐呈现出有关国家、社会、民生的原则性信仰的缺失。魏晋之际,以嵇、阮为代表,就显示出因信仰缺失而造成的惶惑与痛苦。两晋时期,尤其是东晋,门阀世族成为社会的统治阶层,在他们的观念中,已经"家"

重于"国"，但少数代表人物，如王导、谢安、王羲之、陶渊明等，尚有一定的社会责任感和原则性。

到了南朝，士族文人则基本上丧失了有关社会整体的原则性信仰，除很少数人外，立身行事，几乎完全转向了以个人和家族为本位。最突出的现象就是，尽管朝代更迭迅速，帝位转瞬轮换，而代表性的文人，官照做，文照写，虽不是朝秦暮楚，却也是任尔政治场上风云变幻，我自岿然不动。梁萧子显所著《南齐书·褚渊王俭传论》就专门论及这个问题，并替类似人物作辩护，有云：

> 自金、张世族，袁、杨鼎贵，委质服义，皆由汉氏，膏腴见重，事起于斯。魏氏君临，年祚短促，服褐前代，宦成后朝。晋氏登庸，与之从事，名虽魏臣，实为晋有，故主位虽改，臣任如初。自是世禄之盛，习为旧准，羽仪所隆，人怀美慕，君臣之节，徒致虚名。贵仕素资，皆由门庆，平流进取，坐致公卿，则知殉国之感无因，保家之念宜切。市朝亟革，宠贵方来，陵阙虽殊，顾眄如一。①

这种情况，对文学与散文的写作有重要影响。它使此后的文章，逐渐失去其深刻性与社会意义，由追求形式美而演变为虚浮，难以有振奋人心的精神美、质实美与崇高感。

第二，审美自觉有更深入广泛的发展。

文学的自觉是审美自觉的反映与表现。审美自觉的过程是文学创作逐步挣脱将文学束缚于礼乐教化的过程，如果没有这种挣脱，就不可能有文学自由而充分的发展。南朝时期审美自觉更深入广泛的发展，表现在三个方面：一是理论观念上的变化；二是创

---

① 萧子显著：《南齐书》，中华书局，1974年。以下所引《南齐书》皆此版本。

作实践上的体现;三是文学和文人地位的提高。

关于第一个方面。在中国古代的文学观念中,文学的政治教化作用与其审美价值始终纠结不清,在很多情况下,是将两者对立起来,以前者否定后者。扬雄所谓"诗人之赋丽以则,辞人之赋丽以淫","则"与"淫"的区分,就是以是否有益教化为根据。正是据此,他批判以审美表现为主的司马相如的赋作是"雕虫篆刻","壮夫不为"。他的话,成为后代许多论文者所坚持的准则。

但审美需要是人的天性,审美表现是艺术文学的职责,艺术与文学固然有其社会职能,却必须与其审美特性结合起来。随着社会的发展,人的审美意识的觉醒,在作家的观念中,对文学的审美特性的意识愈来愈明确。在本阶段,曹丕首先作出"诗赋欲丽"的论断,陆机在《文赋》中更明确地以审美感受为立论的出发点。论及文章的不同类别时,都没离开主体的审美感受。

但文学观念的更新非常艰难,正是在与传统观念的冲突中,不断演化。与陆机差不多同时的挚虞,就持与陆机相反的观点,以"宣上下之象,明人伦之叙"为出发点,将各种文体的发生,皆与政治教化联系起(参见《全晋文》卷七十七),又回到扬雄的观点。与其相先后的皇甫谧,亦与挚虞同。

至南朝,产生了刘勰的《文心雕龙》,是中国文论史上空前绝后的体大思精的巨著,其意义与价值,专家们论之详矣,不待赘言。但他的基本指导思想,仍未脱出传统观念的窠臼,其《序志》篇云:

> 文章之用,实经典之枝条,五礼资之以成,六典因之致用,君臣所以炳焕,军国所以昭明,详其本源,莫非经典。而去圣久远,文体解散,辞人爱奇,言贵浮诡,饰羽尚画,文绣鞶帨,离本弥甚,将遂讹滥。

又说：

> 盖文心之作也，本乎道，师乎圣，体乎经，酌乎纬，变乎骚，
> 文之枢纽，亦云极矣。

这种指导思想中，见不出对文学审美表现与审美价值的重视，反而显现出一种排斥倾向。在其具体篇章的论述中，或者显示了对这种指导思想的背离，但就它本身来说，不能不说是存在着与实际文学创作规律不相符合的缺陷。与刘勰相先后，沈约又把文章的审美价值放在了第一位。在其《宋书·谢灵运传论》中，特别称赞"屈平、宋玉导清源于前，贾谊、相如振芳尘于后，英辞润金石，高义薄云天，自兹以降，情志愈广"。称颂建安之文，"咸蓄盛藻"，"以情纬文，以文被质"。论及西晋之文，极力肯定"潘、陆特秀，律异班、贾，体变曹、王，缛旨星稠，繁文绮合，缀平台之逸响，采南皮之高韵。遗风余烈，事极江右"。认为"爰及宋氏，颜、谢腾声，灵运之兴会标举，延年之体裁明密，并方轨前秀，垂范后昆"[1]。

至梁代，是文学观念转变的关键时期。这首先表现于萧统的《文选序》，它是写得既简明又含蓄的杰作。在很短的篇幅中缕述了文章的起源与演变，论述中对传统的观点并不明确否定，而在让人不知不觉之中表达出自己新的理念。如讲及文籍的产生以后，引《易》之"观乎天文，以察时变；观乎人文，以化成天下"。并加以肯定地说："文之时义，远矣哉！"但接着讲："盖踵其事而增华，变其本而加厉；物既有之，文亦宜然；随时改变，难可详悉。"强调了文章的发展变化乃是一种必然。在引用了《诗》的六义之后，转而说："至于今之作者，异乎古昔。"对荀、宋、贾、马不做区分，一概给予肯

---

[1] 沈约著：《宋书》，中华书局，1974年。以下所引此书皆此版本。

定。讲到文体的分类之形成时，他用"众制锋起，源流间出"一句话做总结，不像挚虞讲什么皆"本于经典"，"纽之王教"，而谓"譬陶匏异器，并为入耳之娱；黼黻不同，俱为悦目之玩"，强调的是它们都具有审美价值。巧妙的是，讲到选文的标准时：对周孔的经典，大加赞颂，却以"岂可重以芟夷，加以剪截"为由，予以排除；对战国诸子，则以"盖以立意为宗，不以能文为本"，对纵横家言及两汉政论，也以"事异篇章"，"亦所不取"；至于史书，则因其"方之篇翰，亦已不同"，加以舍弃，只是因"其赞论之综缉辞采，序述之错比文华，事出于沉思，义归乎翰藻，故与夫篇什，杂而集之"（《全晋文》卷二十）。所以，这篇"序"虽然讲的是选文的取舍，实际上等于是以审美价值作衡文准则之宣言。

指导观念的不同决定了对文章内容形式要求的不同。从教化的要求出发，虽也讲诗文要言志抒情，但必须节之以礼，合之于义，束缚于伦理纲常之内。而以审美价值为标准，则不强调这种限制。陆机说"诗缘情而绮靡"，就已经把"礼"与"义"抛在了一边。至萧纲，这种观点的表达更为尖锐。在《诫当阳公大心书》中，明确提出"立身与文章异。立身先须谨重，文章且须放荡"（《全晋文》卷十一）。在《答张缵谢示集书》中云："日月参辰，火龙黼黻，尚且著于玄象，章乎人事，而况文辞可止、咏歌可辍乎？'不为壮夫'，扬雄实小言破道；'非谓君子'，曹植亦小辩破言。论之科刑，罪在不赦。"（《全晋文》卷十一）辞气的激烈，前所未见。在《答湘东王书》中，批评"京师文体"："未闻吟咏情性，反拟《内则》之篇；操笔写志，更摹《酒诰》之作。迟迟春日，翻学《归藏》；湛湛江水，遂同《大传》。"又借对谢灵运、裴子野比较，论及传统观念对时风的消极影响："玉徽金铣，反为拙目所嗤；巴人下里，更合郢中之听。阳春高而不和，妙声绝而不寻。竟不精讨锱铢，核量文质；有异巧心，终愧妍手。是以握瑜怀玉之士，瞻郑邦而知退；章甫翠履之人，望闽乡而叹息。

诗既若此,笔又如之。徒以烟墨不言,受其驱染;纸札无情,任其摇襞。甚矣哉,文之横流,一至于此!"感慨的强烈,溢于言表。在他看来:"至如近世谢朓、沈约之诗,任昉、陆倕之笔,斯实文章冠冕,述作之楷模。"①才是符合审美特点的作品。至于萧绎,在其《金楼子·立言》篇中,论文笔之辨:"善为章奏如伯松(张竦字),若此之流,泛谓之笔。吟咏风谣,流连哀思者,谓之文。""笔退则非谓成篇,进则不云取义,神其巧惠,笔端而已。至如文者,惟须绮縠纷披,宫徵靡曼,唇吻遒会,情灵摇荡。""笔"类指散文,"文"则偏于诗赋。虽有崇文倾向,将曹植、潘岳、陆机、谢朓皆称之为文士,而对笔也不否定,称任昉虽不通经,然而"才长笔翰,善缉流略,遂有龙门之名,斯亦一时之盛"(参见《百子全书》第五册《金楼子·立言》)。观点与萧纲基本相同,而对文学的审美特点表达得更清楚。

至此,说明作家们的审美自觉,在观念上已经深入到一个新的阶段。其间,虽有裴子野的《雕虫论》坚持传统的保守观点,而重视审美特性的主导倾向,已不可动摇。

关于第二个方面。文学观念的发展与变化,理论的总结总是落后于创作上的实践。随着以个体与家庭为本位的人生观的进一步确立,南朝的文学创作,延续着魏晋以来的势头,在审美体验与审美表现上朝着两个方向深入和拓展:一是对个人心灵与情感世界的感受更加深入,表现更为充分;二是对周边环境的观察与体验更加细致与宽泛,而且两者往往渗透融合在一起,使得题材内容更加丰富。这首先更多地表现在诗赋之中。前者,典型的如江淹的《恨赋》《别赋》,已经不是限于对某一个人、某一事体、某一情景所触动的情感的抒发,而是对某一类型群体共有的特别易发的情感,

---

① 严可均辑:《全上古三代秦汉三国六朝文·全梁文》卷十一,中华书局,1958年。

或某一最容易引发情感迸发的生活环节,进行深入的开掘与展现。后者,典型的如谢灵运、谢朓对山水风光、自然景物的体察、感受与极具艺术性的描摹与再现。这种由于审美视野的深化与拓展所造成的文学题材的丰富性,不止限于诗,而是由诗赋而扩及整个的文辞,所以萧纲在《答张缵谢示集书》中,尖锐地批判了扬雄、曹植的观点以后,接着对当时诗文创作的情况概括说:"至如春庭落景,转蕙承风;秋雨且晴,檐梧初下;浮云生野,明月入楼;时命亲宾,乍动严驾;车渠屡酌,鹦鹉骤倾。伊昔三边,久留四战;胡雾连天,征旗拂日;时闻坞笛,遥听塞笳。或乡思凄然,或雄心愤薄。是以沈吟短翰,补缀庸音。寓目写心,因事而作。"这是符合当时整个文学创作的实际的。

关于第三个方面。由于社会整体审美意识的深化与提高,在南朝造成的第一个现象,是几乎所有的帝王,都有着对文学的强烈爱好,其中尤以梁代的萧衍、萧纲、萧绎为最。至于宗室成员,很多是文学爱好者、推动者、创作者,如宋临川王刘义庆著《世说新语》;齐竟陵王萧子良招揽文学之士,围绕他身边的"竟陵八友",包括了在文学史上留下深远影响的沈约、谢朓、王融、陆倕等著名的作家;梁昭明太子萧统更以其《文选》而垂之不朽。由此而牵连出的另一现象,就是文学与文人社会地位的提高。大多数作家不是由其政绩,而是因其文才而受到统治者的青睐,而进入官场,获得很高的社会地位,甚至朝代转换、帝王更迭亦不受影响,即使其人退出仕途,照常保持其社会影响。到了梁陈时期,南北文化交融,许多著名文人如庾信、徐陵、王褒、颜之推,甚至成为两方争夺的对象。这种情况,当然对推动文学的发展起了很大作用。

第三,门阀世族的流风余韵依然存在。

魏晋以来形成的士族化的门阀世族,至南朝,虽然因政权的更迭,失去政治势力,社会地位亦普遍降低,但他们的余裔依然存在,如大谢小谢、颜氏、王氏都属先世的望族。更重要的是曾经鼎盛一时的

世族、士族所造成的社会风气,沿传下来,仍然有着深刻广泛的影响:

其一,讲究世系,以家族门望的久远相高。不但真正的世族后裔以此为傲,如王导的远裔王筠曾有《与诸儿书论家门集》云:"史传称安平崔氏及汝南应氏并累叶有文才,所以范蔚宗云:世擅雕龙。然不过父子两三世耳,非有七叶之中,名德重光,爵位相继,人人有集,如吾门世者也。沈少傅约常语人云:'吾少好百家之言,身为四代之史。自开辟已来,未有爵位蝉联,文才相继,如王氏之盛者。'汝等仰观堂构,思各努力。"(《全梁文》卷六十五)充分表现了族系之傲。即使后起的显贵,也往往向这方面攀附。沈约写有《上言宜校勘谱籍》一文,即是专为宋元嘉以来,社会上冒充籍望的风气而作,提出:"窃以为晋籍所余,须加宝爱。若不切心留意,则还复散失矣。不识胄胤非谓衣冠,凡诸此流,罕知其祖,假称高曾,莫非巧伪,质诸文籍,奸事立露。"建议设官专门负责校勘谱籍(《全梁文》卷二十七)。梁武帝接受了他的意见,让王僧孺改定《百家谱》。尤其典型的是沈约写有《奏弹王源》,原因竟是王源以世族后裔,竟嫁女于家富而非世族的满氏,谓"岂有六卿之胄,纳女于管库之人"(《全梁文》卷二十七)。此文竟也被收入《文选》。这都说明了南朝依然存在对族系门望的重视。

其二,崇尚清高演化为追趋隐遁。两晋的士族,一方面身在势利场,一方面却以远避财货为高;一方面身居高位,一方面却以"仕不事事"相尚。到了南朝,他们的社会地位大大降低,依然以"清高"为贵,心中虽仍计较官场势利,却以远离世务,隐遁山林相标举。在这种情况下,就形成了前所未有的以"隐遁"为高的社会风尚。周朗在其《报羊希书》中,提出:"凡士之置身有三耳。"①其中

---

① 严可均辑:《全上古三代秦汉三国六朝文·全宋文》卷四十八,中华书局,1958年。以下所引此书皆出于此版本。

明确地将隐遁者归于第一流，而从仕为官者，则列为次等。颜延之的《庭诰》，讲到为人处世的态度，亦分为三种情况，表达的观点完全与周朗类似（《全梁文》卷三十六）。既然隐逸成风，隐者也就有真假之分，于是也就多有讽刺假隐之文。

其三，谈辩之风仍有延续，内容逐渐转换为儒、释之间的交锋。齐代王僧虔有《诫子书》，其中论及谈玄情况。先讲自己："见诸玄，志为之逸，肠为之抽。专一书，转诵数十家注，自少至老，手不释卷，尚未敢轻言。"然后说："汝开《老子》卷头五尺许，未知辅嗣何所道，平叔何所说，马郑何所异，《指例》何所明，而便盛于麈尾，自呼谈士，此最险事。"①说明当时仍有谈玄风气。另一方面，儒、释之间的论辩日渐增多，关于报应轮回、有神无神、黑白、夷夏之辨，都是重要论题，成为思想文化方面的新现象。

其四，依然讲"才性"，但开始朝"才学"偏转。自魏晋以来，摆脱经学教条束缚，不再崇尚章句之学，而重视人的"才""性"。钟会等人的"才性四本论"一直是清谈的话题。正是在此基础上，形成两晋士族以"才性"品人和恃才傲物、率性任情的性格特色。南朝的文士，也承其余绪。如以"铺锦列绣""雕绘满眼"及繁于用典著称的颜延之，为人处世上，却以任性疏狂出名。张融死前，遗令不设祭，令人捉麈尾登屋复魂，曰："吾平生所善，自当凌云一笑。三千买棺，无制新衾。左手执《孝经》《老子》，右手执《小品》《法华经》。妾二人，哀事毕，各遣还家。"（《全齐文》卷十五）以此而引人注目。与此同时或稍后，逐渐将"才"与"学"更多地联系在一起。这首先从骈文中用典的繁密侧面反映出来。萧子显《南齐书·文学传论》，论"今之文章"，有云："缉事比类，非对不发，博物可嘉，职

---

① 严可均辑：《全上古三代秦汉三国六朝文·全齐文》卷八，中华书局，1958年。以下所引此书皆出于此版本。

成拘制。或全借古语，用申今情，崎岖牵引，直为偶说。唯睹事例，顿失清采。"①钟嵘的《诗品》中，亦曾批评说："颜延、谢庄，尤为繁密，于时化之。故大明、泰始中，文章殆同书钞。近任昉、王元长等，辞不贵奇，竞须新事，尔来作者，寖以成俗。遂乃句无虚语，语无虚字，拘挛补纳，蠹文已甚。"前引的王筠有一段"自序"，更正面说明了对"学"的重视，其中称："余少好钞书，老而弥笃。虽遇见瞥观，皆即疏记，后重省览。欢兴弥深，习与性成，不觉笔倦。自年十三四，齐建武二年乙亥，至梁大同六年，四十载矣。幼年读五经，皆七八十遍。爱《左氏春秋》，吟讽常为口实，广略去取，凡三过五钞。余经及《周官》《仪礼》《国语》《尔雅》《山海经》《本草》，并再钞。子、史诸书集，皆一遍。未尝倩人假手，并躬自钞录，大小百余卷。不足传之好事，盖以备遗忘而已。"（《全梁文》卷六十五）至萧绎的《金楼子·立言》，更直接地将"文"列为"学"的一类。

总起来说，以上所讲三点，与南北朝散文发展的关系至为密切，不可忽视。

第一节　骈体的发展达到极致

在上述的背景下，南朝散文第一个突出的特点，就是骈体文在基本定型的基础上，发展到极致的程度。所谓"极致"：一是指构成骈体的诸要素皆得到进一步的强化，达到无以复加的境地；二是指作者们对骈体的运用日益圆熟自如，得心应手；三是骈体的应用日益普泛，成为自觉或不自觉的习惯，不管什么类型的散文文体，大都以骈体运笔。当然，这种情况，也有个渐进的过程。

---

① 萧子显撰：《南齐书》，中华书局，1996 年。

一　宋代骈文：强化了藻丽和用典

刘宋一代，自武帝刘裕始，军国文书，诏策敕制之类，已基本运用规整的骈体。如宋文帝元嘉二十四年(447)之《诏群臣》：

> 吾少览篇籍，颇爱文义；游玄玩采，未能息卷。自缨绋世务，情兼家国；徒在日昃，终有惭德。而区宇未一，师猾代有，永言斯瘼，弥于其虑，加疲疾稍增，志随时往，属思之功，与事而废。残虐游魂，齐民涂炭，乃眷北顾，无忘弘拯，思总群谋，扫清逋逆。感慨之来，遂成短韵。卿等体国情深，亦当义笃其怀也。(《全宋文》卷三)

虽不见丽藻，无有隶事，已极重典整。至于文臣中的骈文大家，则层见叠出。

1. 傅亮

傅亮(374—426)，字季友，出身世族，为傅玄后人。由晋入宋，位居显宦。据史载，刘裕为帝前后，"表、策、文、诰，皆亮辞也"。其《为宋公修楚元王墓教》《为宋公修张良庙教》《为宋公至洛阳谒五陵表》《为宋公求加赠刘前军表》，多用四言偶对，间以四六句型，述事陈情，节奏流丽，雅而不靡，皆被收入《文选》，广为流传。其《策加宋公九锡文》是两千多字的洋洋大文，以晋安帝名义，历赞刘裕的十大功劳，并逐一说明所加九锡的原因和内容，表现了文章的高度概括力和文字的表现力。如历数十功后的总括：

> 公有康宁宇内之勋，重之以明德。爰初发迹，则奇谋冠世；电击强妖，则锋无前对。聿宁东畿，大造黔首。若乃草昧经纶，化融于岁计；扶危静乱，道固于苞桑。辨方正位，纳之轨

度;蠲削烦苛,较若画一;淳风美化,盈塞区宇。是以绝域献琛,遐夷纳照;王略所宣,九服率从。虽文命之东渐西被,咎繇之迈于种德,何以尚哉!(《全宋文》卷二十六)

也体现了上述各文特点。其《演慎论》是身处统治集团高层的切身体会,论处世应持慎言慎行之道,有云:

文王小心,《大雅》咏其多福;仲由好勇,冯(凭)河贻其苦箴。《虞书》著慎身之誉,周庙铭陛坐之侧。因斯以谈,所以保身全德,其莫尚于慎乎!夫四道好谦,三材忌满;祥萃虚室,鬼瞰高屋。丰屋有蔀家之灾,鼎食无百年之贵。然而狥欲厚生者,忽而不戒;知进忘退者,曾莫之惩。前车之摧,后銮不息。乘危以庶安,行险而徼幸。于是有颠坠覆亡之祸,残生夭命之衅。其何故哉?流溺忘反,而以身轻于物也。(《全宋文》卷二十六)

其间用典增多,行文方式上,骈体特征也更为明显。

2. 颜延之

颜延之(384—456),字延年,琅琊临沂(山东临沂)人,因曾任光禄大夫,世称颜光禄。诗赋文兼擅,与谢灵运、鲍照并称宋代三大家,诗不如谢,而文胜之。散文皆为骈体,名作众多。

其《三月三日曲水诗序》是宋文帝行禊礼,命群臣赋诗,延年奉诏之作。文章先颂美刘宋王朝的伟大风烈,然后写车驾经临的环境:

南除辇道,北清禁林。左关岩隥,右梁潮源。略亭皋,跨芝廛,苑太液,怀曾山。松石峻危,葱翠阴烟;游泳之所攒萃,翔骤之所往还。

再写集会的繁盛情况：

> 既而帝晖临幄，百司定列。凤盖俄轸，虹旗委斾。肴蔌芬藉，觞醳泛浮。妍歌妙舞之容，衔组树羽之器，三奏四上之调，六茎九成之曲，竞气繁声，合变争节。龙文饰辔，青翰侍御；华裔殷至，观听骛集；扬袂风山，举袖阴泽；靓庄藻野，袨服缛川。（《全宋文》卷三十七）

全文可谓音调铿锵，丽藻缤纷。

据萧统《陶渊明传》（参见《全梁文》卷二十），颜延之与陶渊明多有交往，感情甚深。故渊明死后，写有《陶征士诔并序》，以表达对陶渊明的悼念和赞扬，序文中称其：

> 弱不如弄，长实素心；学非称师，文取指远。在众不失其寡，处言愈见其默。少而贫病，居无仆妾；井臼自任，藜菽不给；母老子幼，就养勤匮。远惟田生致亲之议，追悟毛子捧檄之怀。初辞州府三命，后为彭泽令。道不偶物，弃官从好。遂乃解体世纷，结志区外；定迹深栖，于是乎远。灌畦鬻蔬，为供鱼菽之祭；织絇纬萧，以充粮粒之费。心好异书，性乐酒德。简弃烦促，就成省旷。殆所谓国爵屏贵，家人忘贫者与！（《全宋文》卷三十八）

虽然也写出了陶渊明的性格特点，而语言风格与陶渊明却大异其趣。

又曾追踪潘岳的《马汧督诔》，写有《阳给事诔》。此文从阳瓒的祖先写起，追溯到春秋时代的阳处父，谓：

贞不常佑，义有必甄。处父勤君，怨在登贤。苦夷致果，题子行间。忠壮之烈，宜自尔先。旧勋虽废，邑氏遂传。惟邑及氏，自温徂阳。狐续既降，晋族弗昌。之子之生，立绩宋皇。（《全宋文》卷三十八）

此外，颜延之还写有《宋文皇帝元皇后哀策文》《祭屈原文》等，皆被收入《文选》。

总的来看，颜延之骈体文的特点是华藻纷披，典实琳琅。在骈体的发展上，一是强化了其藻丽，二是强化了其用典，这从上面的引文中皆可得到印证。《南史·颜延之传》载，鲍照曾对颜延之说："君诗若铺锦列绣，亦雕绘满眼。"[1]崇尚藻丽，应是其诗歌特点在其散文写作中的反映。在用典方面，颜延之则显示出尚存在堆砌与不够自然的毛病，如上引《阳给事诔》中的一段，据《文选》李善注，可知其中就涉及阳处父姓氏的由来，及阳氏与狐姑射、续鞠居二氏的矛盾，相关史事纡曲复杂，没有详细注释，一般人会不知所云。

3. 鲍照

鲍照（约 414—466），字明远，上党（江苏宿迁）人，出身庶族。其《芜城赋》为流传千古的杰作，以《拟行路难》十八首为代表的乐府体七言诗，在诗歌史上有极高的地位。其散文亦全为骈体，内容上少了抑郁不平之气，主要以笔力见长。

最长的作品为《河清颂》。据《南史·宋临川烈武王道规传》所附鲍照传："元嘉中，河、济俱清，当时为美瑞。照为《河清颂》，其序甚工。"全文如篇末鲍照自云，乃为"铺德树声"而写，内容无超越处，仅以宏藻丽辞的累叠为胜。如写刘宋立国后兴盛繁荣一段：

---

① 李延寿撰：《南史》卷三十四，中华书局，1975 年。

浮鼓凝埃，烽驿垂綪，销我长剑，归我农器。闽外水乡，鄣表炎国，陇首西南，渤尾东北，艳艳岭丹，浑浑泉黑，移琛云朔，转集邛僰，狼歌荐功，鸟谭陈德。

　　治博化光，民阜财盛，班白行谣，清绮高咏，云表幽和，物章明庆，丽植雕质，蠢行藻性，仁草晨苯，德宿宵映。海无隐飙，山有黄落，牛羊内首，同户外拓，瑞木朋生，祥禽辈作，薰风荡闾，饴露流阁，器范神妙，剂调众药。

　　匪直也斯，伟庆方臻，注彼四渎，媚此双川，伏灵遥纪，冈贶遐年，澄波海岳，镜流葱山。泉室凝淀，水府清涓，俯瞰夷都，降视骊渊，朱宫潜耀，紫阁阴鲜。①

整齐的四字偶句中，概括范围极广，全用丽辞雅藻加以铺陈形容。

　　其《登大雷岸与妹书》《石帆铭》《瓜步山揭文》皆是写自然美的佳作，后另论。

　　至于其《谢随恩被原表》《侍郎满辞阁》等表奏类的作品，皆属公文性著作，亦能圆熟地运用骈体行文，表达的多是感恩自谦的内容。其中有些短文，如《请假启》亦用骈体：

　　臣启：臣居家乏治，上漏下湿；暑雨将降，有惧崩压。比欲完葺，私寡功力；板锸绚涂，必须躬役。冒欲请假三十日。伏愿天恩，赐垂矜许。

表明当时骈体运用已渗入到生活的细部。另外，《飞白书势铭》是其有特色的一篇作品：

---

　　① 钱仲联增补集校：《鲍参军集注》，上海古籍出版社，1980年。以下所引鲍照文皆出此版本。

秋毫精劲,霜素凝鲜;沾此瑶波,染彼松烟。超工八法,尽奇六文。鸟企龙跃,珠解泉分;轻如游雾,重似崩云;绝锋剑摧,惊势箭飞;差池燕起,振迅鸿归。临危制节,中险腾机;圭角星芒,明丽烂逸;丝萦发垂,平理端密。盈尺锦两,片字金溢。故仙芝烦弱,既匪足双;虫虎琐碎,又安能匹。君子品之,是最神笔。

用逸丽的辞藻,丰富的比喻,生动地写出了飞白这种书法形式的精美,可与其诗歌的"俊逸"特点相当。

4. 谢庄

　　谢庄(421—466),字希逸,陈郡阳夏(河南太康)人,为东晋谢氏后裔。其《月赋》极有名。亦为骈文大家,其文多为表、奏、笺之类文书。

　　著名的有《泰始元年改元大赦诏》,据《南史·谢庄传》:"明帝定乱得出,使为赦诏。庄夜出署门方坐,命酒酌之,已微醉,传诏停待诏成,其文甚工。"大意为累数前废帝刘子业之罪恶,颇类檄文笔法,赞颂明帝功德,又似颂体。其余,如孝武帝时的《上搜才表》《与江夏王义恭笺》,皆为骈体佳制。被收入《文选》的《宋孝武帝宣贵妃诔》,是为孝武帝宠姬殷贵妃而作。其中对殷贵妃的赞扬有云:

　　玄丘烟煴,瑶台降芬。高唐泄雨,巫山郁云。诞发兰仪,光启玉度。望月方娥,瞻星比婺。毓德素里,栖景宸轩。处丽缔绤,出懋蘋蘩;修诗贲道,称图照言。翼训姒幄,赞轨尧门;绸缪史馆,容与经闱;陈风缉藻,临象分微;游艺殚数,抚律穷机。踌躇冬爱,怊怅秋晖。展如之华,寔邦之媛。敬勤显阳,肃恭崇宪。奉荣维约,承慈以逊;逮下延和,临朋违怨。祚灵集祉,庆蔼迎祥。皇胤璀式,帝女金相;联跗齐颖,接萼均芳;

以蕡以牧,烛代辉梁。

虽没有实际内容,却藻丽华美,典事丰富。至于写到人死后氛围:

> 移气朔兮变罗纨,白露凝兮岁将阑;庭树惊兮中帷响,金
> 缸暧兮玉座寒。纯孝辬其俱毁,共气摧其同棽。(《全宋文》卷
> 三十五)

颇为生动感人。

总之,谢庄的这类作品,都显示了宋代骈体文强化了藻饰与用典的特色。

5. 范晔

范晔(398—445),字蔚宗,顺阳(河南淅川)人。因卷入统治集团的内争,被杀。主要著作为《后汉书》,有重要史学价值,被列为"前四史"之一。传纪的叙事部分为散体,论赞则基本用骈体。整体说来,它的写作水平没有超出《史记》《汉书》,少数传记较有特色。如《班超传》,写班超不甘碌碌,立志建功绝域,凭其智勇一次次涉险历难,终于平定西域,叙事起伏跌宕,相当生动。《范滂传》以生动的情节,写范滂刚介忠直的个性及犯难就死、舍生取义的节操,耿耿然,凛凛然,笔墨中饱蘸浓厚的感情,给人留下强烈印象。

《后汉书》中的出色之处在其论赞。范晔写有《狱中与诸甥侄书》,被后人充作《后汉书》的自序,其中论及自己所作,有云:"吾杂传论,皆有精意深旨,既有裁味,故约其词句。至于《循吏》以下及六《夷》诸序论,笔势纵放,实天下之奇作。其中合者,往往不减《过秦》篇。"[1]所说虽有过分的自信自夸,但不是全无根据。通观这些

---

[1] 范晔著:《后汉书》,中华书局,1965 年。以下所引此书皆出此版本。

序论评赞,属史论性质,有似干宝《晋纪总论》,但分散插入各类传的首尾,往往根据所记人物史实,针对某些历史现象,以超出本书范围的视野,进行概括归纳式的论述评说,其中确有切中肯綮的独到之见,而且用骈体行文,有颇为激昂奔放的气势。如《党锢列传》序论,论党锢形成的过程有云:

> 自武帝以后,崇尚儒学。怀经协术,所在雾会;至有石渠分争之论,党同伐异之说;守文之徒,盛于时矣。至王莽专伪,终于篡国;忠义之流,耻见缨绋,遂乃荣华丘壑,甘足枯槁。虽中兴在运,汉德重开;而保身怀方,弥相慕袭,去就之节,重于时矣。逮桓灵之间,主荒政缪,国命委于阉寺,士子羞于为伍;故匹夫抗愤,处士横议;遂乃激扬名声,互相题拂,品覈公卿,裁量执政;婞直之风,于斯行矣。

尤其《宦者列传》,前有序论,从阉寺的产生论起,切指汉末宦官为祸之深:

> 邓后以女主临政,而万机殷远,朝臣国议,无由参断帷幄,称制下令,不出于房闱之间,不得不委用刑人,寄之国命。手握王爵,口含天宪,非复披廷永巷之职,闺牖房闼之任也。其后孙程定立顺之功,曹腾参建桓之策,续以五侯合谋,梁冀受钺;迹因公正,恩固主心,故中外服从,上下屏气。或称伊、霍之勋,无谢于往载;或谓良、平之画,复兴于当今。虽时有忠公,而竟见排斥。举动回山海,呼吸变霜露。阿旨曲求,则光宠三族;直情忤意,则参夷五宗。汉之纲纪大乱矣。
>
> 若夫高冠长剑,纡朱怀金者,布满宫闱;茸茅分虎,南面臣人者,盖以十数。府署第馆,棋列于都鄙;子弟支附,过半于州

国。南金、和宝、冰纨、雾縠之积,盈仞珍藏;嫱媛、侍儿、歌童、舞女之玩,充备绮室。狗马饰雕文,土木被缇绣,皆剥割萌黎,竞恣奢欲。构害贤明,专树党类。其有更相援引,希附权强者,皆腐身熏子,以自炫达。同敝相济,故其徒有繁,败国蠹政之事,不可单书。所以海内嗟毒,志士穷栖,寇剧缘间,摇乱区夏。虽忠良怀愤,时或奋发,而言出祸从,旋见孥戮。因复大考钩党,转相诬染;凡称善士,莫不离被灾毒。

话说得极其透彻。传后又论,分析宦官所以能致害的原因,亦相当着实透辟。

诸如其类的论说,《循吏》《酷吏》《儒林》《独行》《逸民》《东夷》等传,在所多有。单独抽取出来,可视为很不错的骈体论文。虽然在用典与藻丽方面,不如典型的代表作,但亦可见出当时骈体的普泛程度。

除了上述主要代表作家外,王僧达的《祭颜光禄文》(《全宋文》卷十九)写得较为真切清通。谢惠连的《祭古冢文》,序言用散体,说明"东府掘城北堑","得古冢,上无封域,不用砖甓,以木为椁","铭志不存,世代不可得而知也。公命城者改埋于东岗,祭之以豚酒"。祭文有云:

> 追惟夫子,生自何代,曜质几年,潜灵几载? 为寿为夭,宁显宁晦? 铭志湮灭,姓氏不传。今谁子后,曩谁子先? 功名美恶,如何蔑然。(《全宋文》卷三十四)

用语平畅精洁,一系列追问中,表现了对无名逝者的哀怜,亦侧面反映了时人的生命观与人生观。还有何承天,亦由晋入宋,有学者特点,曾造元嘉历。所上表奏,除部分议礼法者外,如《为谢晦奉表自理》《安边论》等，皆为纯正骈文。又有《报应问》，以浅近的生活事例，对佛教的轮回报应说提出质疑，认为"佛经但是假设世教，劝人为善耳，无关实叙"（《全宋文》卷二十四）。《达性论》亦大体表达同样的意思，更进一步提出："至于生必有死，形毙神散，犹春荣秋落，四时代换，奚有更受形哉？"（《全宋文》卷二十四）属于儒、释之间的论辩，亦用偶对，只是不尚典丽，成了当时这类文字的常型。与《报应问》同样成为当时热点论题的还有释慧琳的《均善论》，文中设白学先生与黑学道士进行辩论，白代表传统儒家观点，黑代表佛徒理论。最后以白的话为结论，是典型的调和儒、释的观点，故称为《均善论》，又因设白、黑二人，故又称《白黑论》（参见《全宋文》卷六十三）。以佛徒而发表这种向儒学妥协的言论，当然遭到释氏的不满，而坚持儒家思想者，又不赞成与外来的释教并列，故此论一出，成为两方夹击的重点。当时像这样的论辩文字，也已经通体用骈。

二　齐代骈文：强化了声律的影响

南齐的散文写作延续了刘宋的势头，骈体的统治地位更为强固。

这一时期在文学发展上一个重要的新现象，就是汉语四声的发现，促进了诗歌创作对声律的进一步重视，产生了所谓的"永明体"。沈约在《宋书·谢灵运传论》中提出："夫五色相宜，八音协畅，由乎玄黄律吕，各适物宜。欲使宫羽相变，低昂互节，若前有浮声，则后须切响。一简之内，音韵尽殊；两句之中，轻重悉异。妙达此旨，始可言文。"并认为："自灵均以来，多历年代，虽文体稍精，而此秘未睹。"《南齐书·文学传·陆厥传》云："永明末，盛为文章，吴兴沈约、陈郡谢朓、琅邪王融以气类相推毂。汝南周颙善识声韵。约等文皆用宫商，以平上去入为四声，以此制韵，不可增减，世呼为

'永明体'。"研究者公认"永明体"对近体诗,即唐代的律诗形成有启先路的作用,沈、谢、王等都是诗人,又是骈文大家,在诗歌方面对声韵的考究,必然自觉不自觉地影响到骈文的写作,使本来就重视节奏与顿挫的骈文更注意音声的调利。属于南齐骈文的主要代表作家、作品有:

1. 王俭

王俭(452—489),字仲宝,琅琊临沂(山东临沂)人。亦为世族,由宋入齐。《南齐书·王俭传》称其自幼"专心笃学,手不释卷"。曾上表求校坟籍,依《七略》撰《七志》。他自宋时即依萧道成,甚受信用,《传》云:"时大典将行,俭为佐命,礼仪诏策,皆出于俭。"齐代宋后,历任显宦。死后谥号文宪,故世称王文宪。

王俭属于齐代早期作者,其文多为军国文书,如《策齐公九锡文》《策命齐王》《谏起宣阳门表》《请解领选表》等,皆为骈体。其《高帝哀策文》《皇太子妃哀策文》,都可看出前代骈体风貌。最有名的代表作为《太宰褚彦回碑文》。文中按当时常式,先追述褚渊远祖之德业,然后概括赞扬其本人之品貌勋绩,有谓:

> 公禀川岳之灵晖,含珪璋而挺曜;和顺内凝,英华外发;神茂初学,业隆弱冠。是以仁经义纬,敦穆于闺庭;金声玉振,寥亮于区寓。孝敬淳深,率由斯至;尽欢朝夕,人无间言。逍遥乎文雅之圃,翱翔乎礼乐之场;风仪与秋月齐明,音徽与春云等润。韵宇弘深,喜愠莫见其际;心明通亮,用言必由于己。汪汪焉,洋洋焉,可谓澄之不清,挠之不浊。

其后,将其仕历组织在骈辞俪句之中,边述说边插入渲染性的赞语,如:

既而齐德龙兴,顺皇高禅。深达先天之运,匡赞奉时之业;弼谐允正,徽猷弘远;树之风声,著之话言。亦犹稷契之臣虞夏,荀裴之奉魏晋。自非坦怀至公,永鉴崇替,孰能光辅五君,寅亮二代者哉!……故能骋绩康衢,延慈哲后;义在资敬,情同布衣;出陪銮躅,入奉帷殿。仰南风之高咏,餐东野之秘宝;雅议于听政之晨,披文于宴私之夕。参以酒德,间以琴心;暖有余晖,遥然留想。君垂冬日之温,臣尽秋霜之戒。肃肃焉,穆穆焉,于是见君亲之同致,知在三之如一。(《全齐文》卷十一)

　　篇末的铭辞,虽全是颂语,却写得典雅、精洁,音韵协调。全文手法相当纯熟,充分显示出了骈文用在这类文字上的优长与特点。

2. 王融

　　王融(467—493),字元长,王僧达之孙,王俭之侄。《南史·王融传》谓其"少而神明警慧",然"躁于名利"。

　　其骈文的特点是,既继承了颜延之用典的繁密,而又将之潜含于偶对的组合之中,使人读起来感到节奏更为调畅;丽辞华藻比前人有过之无不及,不但以宏富胜,且更注意句法的工整、音声色彩的搭配。除了笺、启、表、书外,最具代表性作品是永明九年(491)和十一年(493)的两篇《策秀才文》及与颜延之同题的《三月三日曲水诗序》。

　　两篇策文皆是代皇帝立言,类似考题。写来既要居高临下,又要语气谦冲,还要显示出文化修养,讲究典雅与辞采。同时提问要明确而条理清晰。永明九年的《策文》共提出为政之道、重农、刑狱、理财、历法五个问题;十一年的《策文》则提出兴农、用贤、吏治、教化和外事五个问题。皆符合上述要求,且体现了对偶精工,音色相宣的特点。如九年《策文》之第二问:

又问：昔周宣惰千亩之礼，虢公纳谏；汉文缺三推之义，贾生置言。良以食为民天，农为政本；金汤非粟而不守，水旱有待而无迁。朕式照前经，宝兹稼穑；祥正而青旗肃事，土膏而朱纮戒典。将使杏花菖叶，耕获不愆；清畎泠风，述遵无废。而释耒佩牛，相沿莫反；兼贫擅富，浸以为俗。若爱井开制，惧惊扰愚民；乌卤可腴，恐时无史白。兴废之术，矢陈厥谋。（《全齐文》卷二十）

写法确实较前人有所进展。不仅属对之精工，音色之调协，已深入到考究词性的对应，用字的比照；十条问语既格式相同，用词又有变化。如九年《策文》末句分别为"属有望焉""矢陈厥谋""朕将亲览""悉心以对""别白书之"，显示出为文既讲整饬，又灵活求变。

《三月三日曲水诗序》与颜延之文同样为奉诏而作，把游览性的修禊诗序，写成对皇帝的颂歌。文章的前半部分，写武帝"本枝之盛如此，稽古之政如彼"，从高帝创齐写到储后的"睿哲在躬"，其中写武帝的一段为：

> 皇帝体膺上圣，运钟下武。冠五行之秀气，迈三代之英风；昭章云汉，晖丽日月；牢笼天地，弹压山川；设神理以景俗，敷文化以柔远；泽普泛而无私，法含弘而不杀。犹且具明废寝，昃晷忘餐；念负重于春冰，怀御奔于秋驾。可谓巍巍弗与，荡荡谁名。秉灵图而非泰，涉孟门其何险。

然后极赞在武帝治理下，国家的繁荣昌盛，以至于"天瑞降，地符升，泽马来，器车出；紫脱华，朱英秀，佞枝植，历草孳。云润星辉，风扬月至；江海呈象，龟龙载文。方握河沈璧，封山纪石，迈三五而不追，践八九之遥迹"。这时候，皇帝才"优游暇豫，作乐崇德"：

> 于时青鸟司开，条风发岁；粤上斯巳，惟暮之春；同律克
> 和，树草自乐。禊饮之日在兹，风舞之情咸荡；去肃表乎时训，
> 行庆动于天睸。载怀平圃，乃睠芳林。

随后，用赋家的笔法，又对行禊饮之礼的芳林苑，及皇帝赴芳林苑的仪仗排场进行了繁缛的铺陈描写。最后才说："有诏曰：今日嘉会，咸可赋诗。凡四十有五人，其辞云尔。"（《全齐文》卷十三）

全文在用典与丽藻的繁密上，远远超出颜延之，而在条畅性上有所改进，显示了王融骈文的另一种风貌。

此外，其表奏作品，如《求自试启》《上疏乞自效》《拜秘书丞谢表》《上疏请给虏书》《画汉武北伐图上疏》等，皆有与上两类文章大体相同的特点。

3. 谢朓

谢朓（464—499），字玄晖，东晋谢氏家族后裔。诗作与谢灵运齐名，世称小谢，成就在谢灵运之上，与沈约、王融同为"永明体"的开创者。他同时也是骈文大家，风格与王融相近。代表作品为《拜中军记室辞随王笺》《齐敬皇后哀策文》，二者皆被收入《文选》。

《拜中军记室辞随王笺》中之随王，指齐随王萧子隆。据《南齐书·谢朓传》载："子隆在荆州，好辞赋，数集僚友，朓以文才，尤被赏爱，流连晤对，不舍日夕。"受到长史王秀之的妒忌，密奏武帝，于是武帝下敕，让谢朓还都，迁任新安王中军记室。谢朓写此笺，表达对随王的依依不舍之情。文云：

> 故吏文学谢朓死罪死罪。即日被尚书召，以朓补中军新
> 安王记室参军。朓闻潢污之水，愿朝宗而每竭；驽蹇之乘，希
> 沃若而中疲。何则？皋壤摇落，对之惆怅；歧路西东，或以呜
> 咽。况乃服义徒拥，归志莫从；邈若坠雨，翩似秋蒂。朓实庸

流,行能无算。属天地休明,山川受纳,褒采一介,抽扬小善,故舍未场圃,奉笔兔园。东乱三江,西浮七泽,契阔戎旃,从容燕语。长裾日曳,后车载脂,荣立府庭,恩加颜色。沐发晞阳,未测涯涘;抚臆论报,早誓肌骨。

  不悟沧溟未运,波臣自荡;渤澥方春,旅翮先谢。清切藩房,寂寥旧苹;轻舟反溯,吊影独留。白云在天,龙门不见;去德滋永,思德滋深。惟待青江可望,候归艎于春渚;朱邸方开,效蓬心于秋实。如其簪履或存,衽席无改,虽复身填沟壑,犹望妻子知归。揽涕告辞,悲来横集,不任犬马之诚。(《全齐文》卷二十三)

此篇非公文,乃私人间抒情文字,仍用骈体行文,用典,尚辞,讲究声色相宣、对仗精工。然而情感的表达婉曲而深挚,有诗的情韵,感人的力量,表明骈体的发展已达到相当成熟的程度。

《齐敬皇后哀策文》是为齐明帝萧鸾之刘皇后而作。据《南齐书·皇后传》,明帝刘皇后于永明七年(489)卒,葬江乘县张山,永泰元年(498)明帝崩,将刘皇后改葬于明帝陵墓。谢文作于此时。与颜延之《宋文皇帝元皇后哀策文》、谢庄《宋孝武帝宣贵妃诔》属同一类型之作。其中对敬皇后的赞辞,也是从追溯世系写起,然后称颂其德行:

  帝唐远胄,御龙遥绪;在秦作刘,在汉开楚。肇惟淑圣,克柔克令;清汉表灵,曾沙膺庆。爰定厥祥,徽音允穆;光华沼沚,荣曜中谷。敬始纮綖,教先種稑;睿问川流,神襟兰郁。先德韬光,君道方被;于佐求贤,在谒无诐。顾史弘式,陈诗展义;厚下曰仁,藏往伊智。十乱斯俟,四教罔忒;思媚诸姑,贻我嫔则。化自公宫,远被南国;轩曜怀光,素舒仁德。

然后,写合葬的过程及哀悼的氛围,如:

> 望承明而不入兮,度清洛而南游。继池绰于通轨兮,接龙帷于造舟。回塘寂其已暮兮,东川澹而不流。呜呼哀哉!藉冈宫之远烈兮,闻缵女之遐庆;始协德于蘋蘩兮,终配祇而表命。慕方缠于赐衣兮,哀日隆于抚镜;思寒泉之罔极兮,托形管于遗咏。(《全齐文》卷二十三)

因作为一个皇妃确无实际内容可写,于是只有靠堆砌典故与辞藻取胜。但明显可以看出,谢朓的这类文章在音韵及偶对整饬上,确实较前有所不同。

另外,谢朓有些短启,写得也相当工丽,如《谢随王赐紫梨启》:

> 味出灵关之阴,旨珍玉津之滋。岂徒真定归美,大谷惭滋,将恐帝台妙棠,安期灵枣,不得孤擅玉盘,独甘仙席。虽秦君传器,汉后推餐,望古可俦,于今何答?(《全齐文》卷二十三)

4. 孔稚珪

孔稚珪(447—501),字德璋,会稽山阴(浙江绍兴)人。《南齐书·孔稚珪传》称其"风韵清疏,好文咏","不乐世务,居宅盛营山水,凭几独酌,傍无杂事。门庭之内,草莱不剪"。其骈文作品显示了与谢朓、王融类似的特点,偶对精工,辞藻鲜丽。其名作《北山移文》后另论,其余如《荐杜京产表》:

> 窃见吴郡杜京产,洁静为心,谦虚成性。通和发于天庭,敏达表于自然。学遍玄儒,博通史子;流连文艺,沈吟道奥。

泰始之朝,挂冠辞世,遁舍家业,隐于太平。茸宇穷岩,采芝幽涧;耦耕自足,薪歌有余;确尔不群,淡然寡欲;麻衣藿食,二十余载。虽古之志士,何以加之。谓宜释由幽谷,结组登朝;则岩谷含欢,薜萝起忭矣。(《全齐文》卷十九)

其《褚先生伯玉碑》,记叙了关于隐逸者褚伯玉的一则传奇性故事。先讲古时候有王子晋、王乔得道成仙的传说,然后述褚伯玉遇险无恙的奇迹,将之与二王比并:

永嘉恶道者,穷地之险也。欹窦遏日,折石横波,飞浪突云,奔湍急箭。先生攀途踬阻,宿梐涉圻,而冲飙夜鼓,山洪暴激。忽乃崩舟坠壑,一倒千仞;飘地渝高,翻透无底。徒侣判其冰碎,舟子悲其雹散。危魂中夜,赴阻相寻,方见先生,恬然安席。

铭曰:关西升妙,洛右飞英;凤吹金阙,箫歌玉京;绝封万户,乃既先生。先生浩浩,唯神其道;泉石依情,烟霞入抱;秘影穷岫,孤栖幽草;心图上玄,志通大造。(《全齐文》卷十九)

虽用于记事,亦然将雅丽辞藻,组织在严整对句之中。

5. 江淹

江淹(444—505),字文通,济阳考城(河南兰考)人。入梁时间极短,主要创作活动在宋、齐两代。《南史·江淹传》谓:"淹少孤贫,常慕司马长卿、梁伯鸾之为人,不事章句之学,留情于文章。"又称其"少以文章显,晚节才思微退"。故世有"江郎才尽"之说。

江淹的突出成就在赋,为抒情赋开一新局面。散文作品,主要有两类:一为诏、令、表、奏等军国文书,皆用骈体;一为述怀、言志、论文之作,多自由舒展、散骈相间,亦不乏优秀的骈体。

大约写于齐代的《自序传》云：齐高帝初起时，"军书表记，皆为草具，逮东霸城府，犹掌笔翰，相府始置，仍为记室参军事，及让齐王九锡备物，凡诸文表，皆淹为之。受禅之后……参掌诏册"（《全梁文》卷三十九）。说明江淹此类作品数量极多。其中既显示了江淹骈文的水平，又可见出其风格的多样。如《尚书符》，为代萧道成所写讨伐沈攸之的文告，有云：

> 凡此诸帅，莫不气薄日月，精变虹蜺。或饮羽石梁，或超逾亭楼。索铁拔距，鹰瞵鹗视；顾眄则前后生风，喑呜则左右激电。然后銮戎薄临，骁虎百万；六军徐轨，五辂迟旆；丹舰发焰，素甲生波。楼烦白羽，投鞍成兵；渔阳黑骑，浴铁为云。于是高山与深谷其湮，紫芝与白艾同灭。（《全梁文》卷三十九）

具檄文性质，写得雷厉生风，气势如虹。行文用语，可以看出与陈琳、阮瑀极大不同。其《拜中书郎表》谓：

> 臣幼乏篆刻，长睽图史，智罕效官，志阙从政。方遽求振风，长忧凌雨，不悟遭社鸣之世，属河清之会。玄云素霞，必驾蓬莱；白蚁骍麟，或蒙解遂。仕通物任，官登郎掾，此实曜灵之私照，而微臣之厚幸也。仰惟皇衢大融，气品呈观；西倾栈山，东鳀航海。故奇士端威，异人磬折，皆相望北阙，待诏南宫。而臣学无利博，文有恄害。乃影裾顿屣，伏黄扉之右；曳缨转笏，居青琐之前。访德于姑射，闻道于崆峒，伊臣之愿，过为信矣。（《全梁文》卷三十七）

用纷披的丽藻，表达谦冲感遇之意。

另一类作品的代表作，为早期所写《诣建平王上书》。这是他初仕宋建平王时，被诬下狱后的自白之作：

> 昔者贱臣叩心，飞霜击于燕地；庶女告天，振风袭于齐台。下官每读其书，未尝不废卷流涕。何者？士有一定之论，女有不易之行。信而见疑，贞而为戮，是以壮夫义士伏死而不顾者，以此也。下官闻仁不可恃，善不可依，徒谓虚语，乃今知之。伏愿大王暂停左右，少加矜察。
>
> 下官本蓬户桑枢之人，布衣韦带之士；退不饰《诗》《书》以惊愚，进不买声名于天下。日者，谬得升降承明之阙，出入金华之殿，何尝不局影凝严，侧身扃禁者乎？窃慕大王之义，复为门下之宾；备鸣盗浅术之余，豫三五贱伎之末。大王惠以恩光，顾以颜色；实佩荆卿黄金之赐，窃感豫让国士之分矣。常欲结缨伏剑，少谢万一；剖心摩踵，以报所天。不图小人固陋，坐贻谤缺；迹坠昭宪，身限幽囹；履影吊心，酸鼻痛骨。……下官闻积毁销金，积谗摩骨；远则直生取疑于盗金，近则伯鱼被名于不义。彼之二才，犹或如是；况在下官，焉能自免？昔上将之耻，绛侯幽狱；名臣之羞，史迁下室；至如下官，当何言哉！夫以鲁连之智，辞禄而不反；接舆之贤，行歌而忘归；子陵闭关于东越，仲蔚杜门于西秦：亦良可知也。若使下官事非其虚，罪得其实，亦当钳口吞舌，伏匕首以殒身；何以见齐鲁奇节之人，燕赵悲歌之士乎！（《全梁文》卷三十八）

文章吸收了邹阳《狱中上书自明》及司马迁《报任安书》的营养，而纳入骈体的节奏，写得相当激昂而感人，为此时期少见之佳作。至如《报袁叔明书》《与交友论隐书》，约写于触怒宋建平王刘景素，被贬黜为吴兴令之时，所表露的磊落不平之气和向往归隐的思想，大约与上文相似。行文虽不属纯骈，亦充分显示出骈体特点。其论

文之作,如《杂体诗序》:

> 夫楚谣汉风,既非一骨;魏晋制造,固亦二体。譬犹蓝朱成采,杂错之变无穷;宫商为音,靡曼之态不极。故蛾眉讵同貌,而俱动于魄;芳草宁共气,而皆悦于魂。不其然与?至于世之诸贤,各滞所迷;莫不论甘则忌辛,好丹则非素;岂所谓通方广恕,好远兼爱者哉?乃及公幹、仲宣之论,家有曲直;安仁、士衡之评,人立矫抗。况复殊于此者乎?又贵远贱近,人之常情;重耳轻目,俗之恒蔽。是以邯郸托曲于李奇,士季假论于嗣宗,此其效也。然五言之兴,谅非夐古;但关西邺下,既已罕同,河外江南,颇为异法。故玄黄经纬之辨,金璧浮沉之殊,仆以为亦各具美兼善而已。(《全梁文》卷三十八)

既表现了对不同时代、不同风格作品兼收并蓄的胸怀,对诗歌新兴体式的态度,亦可用于对骈文这种文体的肯定上。

6. 刘勰

刘勰(约 465—约 520),字彦和,东莞莒(山东莒县)人,世居京口(江苏镇江)。《梁书·文学传·刘勰传》载:"勰早孤,笃志好学,家贫不婚娶,依沙门僧佑,与之居处积十余年,遂博通经论。"曾仕梁任东宫通事舍人,后出家,法名慧地。

其《文心雕龙》属于齐代的著作,体大而思精,是中国文论史上空前绝后的巨著。对此前的中国文学创作,作了全面系统的概括与评述:宏观与微观相结合,结构严整,组织细密。这样一部煌煌巨著,竟通篇以骈体行文,说明其运用骈体的形式,已成为自然习惯。他在《序志》中说:"古来文章,以雕缛成体。"就表明了对骈体特点的肯定。所以此书虽为论说文字,而充分体现了骈文对音乐美、辞采美的重视。如《神思》篇有谓:"神思方运,万涂竞萌,规矩虚位,刻镂无形,登山则情满于山,观海则意溢于海。我才之多少,将与风云而并驱。"《总术》篇谓:"数逢其极,机入其巧,则义味腾跃而生,辞气丛杂而至。视之则锦绘,听之则丝簧,味之则甘腴,佩之则芬芳。"《物色》篇有云:

> 春秋代序,阴阳惨舒,物色之动,心亦摇焉。盖阳气萌而玄驹步,阴律凝而丹鸟羞,微虫犹或入感,四时之动物深矣。若夫珪璋挺其惠心,英华秀其清气,物色相召,人谁获安?是以献岁发春,悦豫之情畅;滔滔孟夏,郁陶之心凝;天高气清,阴沈之志远;霰雪无垠,矜肃之虑深。岁有其物,物有其容;情以物迁,辞以情发。一叶且或迎意,虫声有足引心。况清风与明月同夜,白日与春林共朝哉!

不但这些句段,炳炳烺烺,铿锵顿挫,完全可以作为纯正的骈文欣赏;其中表达的观点,亦可作为《序志》篇主导观念的补充。

除上述诸家外,齐代还有不少作品,如郁林王《追崇竟陵王子良诏》(传为沈约作)、明帝《下谢朏诏》、竟陵王萧子良《答王僧虔书》等,足以反映出当时骈文的发展水平。

三 梁代骈文:全面成熟与繁荣

梁朝在文学上一个突出的特点,是居于最高统治地位的三位帝王,再加未及登位而逝的昭明太子,都对文学有着强烈爱好和极高修养,这一点颇类于建安时期的"三曹",或可称之为"四萧"。其周围虽没有"七子",但也团结了一大批作家文人,据《南史·梁本纪·武帝纪》,齐"竟陵王开西邸,招文学,帝与沈约、谢朓、王融、萧琛、范云、任昉、陆倕等并游焉,号曰'八友'",其中除王融、谢朓外,皆随同入梁。昭明太子萧统,更是公认的文坛宗主。所以梁代不但在南朝,就是在中国文学史上也属于作家、作品繁荣昌盛的时期。此期诗赋都有成就,而尤以"笔"著称,任昉、陆倕皆以之名家。

笔并不等于骈文,骈文也不限于笔。梁代的骈文,不但运用更加普泛,而且显示出更为圆熟多变的特点,标志着骈体高度的成熟与繁荣。这从诸多代表性的作家、作品中可以看得出来。

1. 萧氏父子

萧衍(464—549),字叔达,南兰陵武进(江苏常州)人,原仕齐,502 年,受齐禅为帝,在位四十八年,至 549 年,因侯景之乱而死,谥称武帝。其散文作品,除赋序外,多为诏令文书。《孝思赋序》《净业赋序》为大型言情述志之作,形式属散骈相间。诏令则多用纯正骈体。如其《北伐诏》有云:

> 舟徒雷骇,熊武百万;投石拔距之力,招关扛鼎之威。岳动川移,风驰电迈;铁马方原,戈船千里;百道并驱,同会洛邑。戡翦逋丑,鳃扫鲸鲵;被仁风于两周,抚遗黎于赵魏。将令溥天之下,于斯大同;偃伯灵台,何远之有!元恪若能率其徒属,舆榇军门者,中军府以时将送,当待以列侯之礼。(《全梁文》卷二)

写得极有气势。

萧纲(503—551),字世缵,梁武帝第三子,萧统死后,立为太子,即帝位两年,被杀,谥称简文帝。曾自称"七岁有诗癖,长而不倦"。在萧氏父子兄弟中,所写骈文最为纯熟多样。其为晋安王时所写诸表奏,如《谢为皇太子表》:

> 伏见诏书,以臣为皇太子。有命自天,实惊物听;鸿名盛

典，爰萃庸薄。势举千钧，方兹未重；高抟九万，比此非遥。臣本凡蔽，宾实无取，特以毓庆云霄，凭晖璇极。鸣玉内侍，指麾外蕃，犹惧不任，尚疑废职。况复监抚守从，道著前经；恭敬温文，义彰昔记；震维礼绝，离景事尊；养德北宫，赞业东序；魏平非拟，汉庄靡纪。臣牧拙樊汉，始获言归，遂以下才，属当上嗣；事异定陶之举，有类胶东之册。将何以著三善之德，四皓之游；屈叔誉之辞，绎卞兰之颂。（《全梁文》卷九）

此类表奏，皆为极规范之骈体。其所上诸启，如《谢赉扇启》写扇：

> 文筠析缕，香发海檀。肃肃清风，即令象簟非贵；依依散彩，便觉夏室含霜。饮露青蝉，应三伏之修景；群飞黄雀，送六月之南风。蔽日垂阴，薰泽惭采；浮凉涤暑，蘋末愧吹。圣人造物之巧，俯萃庸薄；王府好玩之恩，于兹下被。顶戴曲私，伏增欣跃。（《全梁文》卷九）

以辞藻华靡见长。有些教令和书信，或抒发情怀，或点染物候，虽切合骈体之要，却有自然之致。如《与刘孝仪令悼刘遵》有云：

> 吾昔在汉南，连翩书记；及忝朱方，从容坐首。良辰美景，清风月夜；鹢舟乍动，朱鹭徐鸣。未尝一日而不追随，一时而不会遇。酒阑耳热，言志赋诗；校覆忠贤，榷扬文史；益者三友，此实其人。……比在春坊，载获申晤。博望无通宾之务，司成多节文之科；所赖故人，时相媲偶。而此子溘然，实可嗟痛。惟与善人，此为虚说；天之报人，岂若此乎？（《全梁文》卷九）

其内容与曹丕怀人之作相类，而以偶句运笔，并不减色。其《与刘孝绰书》《答湘东王书》《与萧临川书》皆为类似作品，尤如后者有云：

> 零雨送秋，轻寒迎节；江枫晓落，林叶初黄。登舟已积，殊足劳止；解维金阙，定在何日？……想征舻而结叹，望挂席而沾衿。若使弘农书疏，脱还邺下；河南口占，傥归乡里；必迟青泥之封，且觊朱明之诗。白云在天，苍波无极；瞻之歧路，眷慨良深；爱护波潮，敬勖光彩。（《全梁文》卷十一）

由于对骈体运用的熟练自然，颇具诗的韵味。萧纲也写有一篇与颜延之、王融同题的《三月三日曲水诗序》，其中虽也有几句对皇太子的赞颂，但不以颂美为主，而转为写场面与风物：

> 是节也，上巳属辰，余萌达壤；仓庚应律，女夷司候。尔乃分阶树羽，疏泉泛爵，兰舫沿溯，蕙肴来往。宾仪式序，盛德有容。吹发孙枝，声流巇谷；舞艳七盘，歌新六变。游云驻彩，仙鹤来仪。都人野老，云集雾会；结轸方衢，飞轩照日。（《全梁文》卷十二）

其为夭折儿子所写《大同哀辞》，深入生活细节，抒写心情变化，非常细腻：

> 昔珠褓之交舒，又金香之相袭；藉绮茵于弱肌，隐孩笑于罗帷。今独亲于玄壤，亦何痛其如之。忆余态而心楚，想媚质而回肠；药尚残而染地，衣犹襞而在床。卷金屏之四叶，开银函之九羊；忽徘徊而想象，曾何时而不伤。于是风景暮钟，气严晚候；叶萧萧而走阶，水戋戋而鸣漏；月半镜而开河，云罗柱

而下岫；灯发焰而吐花，火含光而成就。金鹿之恨涕沾衣，金
瓠之哀还掩扉。犹兹紫山明玉碎，譬彼西都芳草腓。终无逐
流凫船反，何时复闻龙种归。（《全梁文》卷十三）

此前，骈体中尚未见此类作品。除此之外，萧纲也写有靠铺排堆砌
来颂美功德的作品，如《昭明太子集序》《南郊颂序》《马宝颂序》有
堆垛丽藻，以文代赋之弊。

萧绎（508—554），字世诚，武帝第七子，先被封为湘东王，侯景
之乱简文帝被杀，即皇帝位于江陵，后被西魏俘获亦被杀。曾著
《金楼子》一书，因自号金楼子。

其诏、敕、令、表等皆为骈体，大体与萧衍、萧纲相类；启、书亦
与萧纲内容风格相近。与萧纲的不同处，在于萧绎颇致力于著述，
除著有《金楼子》外，还写有《孝德传》《忠臣传》《丹阳尹传》《怀旧
志》《全德志》等，而且写有多篇序论，用骈体发挥自己的见解，如
《忠臣传谏争篇序》等。此外，萧绎还写有不少墓志，其中多能用概
括的笔墨，对墓主作简括评赞，且表达出一定的感情。如《太常卿
陆倕墓志铭》：

> 如金有矿，如竹有筠。体二方拟，知十可邻。两升凤诏，
> 三侍龙楼。南皮朝宴，西园夜游。词峰飙竖，逸气云浮。日往
> 月来，暑流寒袭。东耀方远，北芒已及。坠露晓团，悲风暮急。
> （《全梁文》卷十八）

碑铭中有写景的，如《庐山碑》。有的写景中还带出了其诗赋中的
艳体色调，如《玄圃牛渚矶碑》：

> 窃以增城九重，仙林八树。未有船如雁鹤，时度宓妃；桥

惟牵牛，能分织女。丹凤为群，紫柱成列；清风韵响，即代歌仙；桂影浮池，仍为月浦。璧月朝晖，金楼启扉；画船向浦，锦缆牵矶。花飞拂袖，荷香入衣；山林朝市，并觉忘归。(《全梁文》卷十八)

此类存留下来的，或并非全文，仅为后人摘录，但亦大体可见出其为文风貌。

萧统(501—531)，字德施，武帝长子，被立为太子，年三十一卒，谥曰昭明。他酷爱文籍，笃志坟典，有很高艺术修养，又虚心接引文士，生前死后，甚受推重。所编《文选》，是现今所保留最早的文学作品选集，又是最早确定以审美价值作为选文标准，所收作品极精，在中国文学史上有重大影响。

萧统自己的作品，存留数量不多，但不拘散骈，不论怀人、述事、言情、论文，皆有很高质量。如《与东宫官属令》，是为悼念王规而作：

> 戚明昨宵奄复殂化，甚可痛伤。其风韵遒上，神峰标映；千里绝迹，百尺无枝。文辩纵横，才学优赡；跌宕之情弥远，濠梁之气特多。实俊人也。一尔过隙，永归长夜；金刀掩芒，长淮绝涸。去岁冬中，已伤刘子；今兹寒孟，复悼王生。俱往之伤，信非虚说。(《全梁文》卷十九)

近乎纯用骈体，而从容自然。《答湘东王求文集及诗苑英华书》，论文、论人且抒发情怀，如言及自己有云：

> 吾少好斯文，迄兹无倦。谭经之暇，断务之余，陟龙楼而静拱，掩鹤关而高卧。与其饱食终日，宁游思于文林。或日因

春阳,其物昭丽,树花发,莺和鸣,春泉生,暄风至,陶嘉月而嬉游,藉芳草而眺瞩。或朱炎受谢,白藏纪时,玉露夕流,金风多扇,悟秋山之心,登高而远托。或夏条可结,倦于邑而属词;冬云千里,睹纷霏而兴咏。密亲离则手为心使,昆弟晏则墨以亲露。又爱贤之情,与时而笃;冀同市骏,庶匪畏龙。不如子晋,而事似洛滨之游;多愧子桓,而兴同漳川之赏。漾舟玄圃,必集应阮之俦;徐轮博望,亦招龙渊之侣。校核仁义,源本山川;旨酒盈罍,嘉肴溢俎。曜灵即隐,继之以朗月;高舂既夕,申之以清夜。并命连篇,在兹弥博。(《全梁文》卷二十)

这类文字,不刻意求偶,需偶时即偶;不着意用典,需典时则典在。圆熟而自然,不见雕凿痕迹。其《陶渊明集序》是最早评论陶作的文字,称:

> 其文章不群,辞彩精拔。跌宕昭彰,独超众类;抑扬爽朗,莫之与京。横素波而傍流,干青云而直上。语时事则指而可想,论怀抱则旷而且真。加以贞志不休,安道苦节,不以躬耕为耻,不以无财为病。自非大贤笃志,与道汙隆,孰能如此乎!余爱其文,不能释手;尚想其德,恨不同时。故加搜校,粗为区目。……尝谓有能观渊明之文者,驰竞之情遣,鄙吝之意袪;贪夫可以廉,懦夫可以立。岂止仁义可蹈,抑乃爵禄可辞;不必傍游泰华,远求柱史:此亦有助于风教也。(《全梁文》卷二十)

如此看来,萧统不但是渊明的知音,且是使陶文得以千古流传的功臣。

2. 沈约

沈约（441—513），字休文，吴兴武康（浙江德清）人。历仕宋、齐、梁三朝，死后被谥曰隐，故世称沈隐侯。因倡导"四声八病"说，在齐与谢朓共创"永明体"。虽主要以诗名，但著作甚丰，且因历居显宦，有文坛耆宿地位。

由其代笔的诏、敕、令及大部分表奏多为骈体，自己所写书、论往往散骈相间，其中属纯正骈体者，也写得相当藻丽，如《报王筠书》：

> 览所示诗，实为丽则，声和被纸，光影盈字。爨牙接响，顾有余惭；孔翠群翔，岂不多愧。古情拙目，每伫新奇；烂然总至，权舆已尽。会昌昭发，兰挥玉振；克谐之义，宁比笙簧。思力所该，一至乎此；叹服吟研，周流忘念。昔时幼壮，颇爱斯文；含咀之间，倏然疲暮。不及后进，诚非一人；擅美推能，实归吾子。迟比闲日，清觐乃申。（《全梁文》卷二十八）

《与陶弘景书》《报刘杳书》，大体同一风调，约略可以看出他在诗论方面所强调的声律的影响。其碑铭诸作，大多属严正的骈体。其《齐丞相豫章文宪王碑》《齐太尉王俭碑》皆是这类作品，尤其是《齐故安陆王碑》为萧缅而写，篇幅宏大，铺叙充分，典实丰赡，四六相间，与王俭的《太宰褚彦回碑文》写法、模式基本相当，完全是讴功颂德之作，同样被收入《文选》，可以看出其骈体的功力。

3. 任昉

任昉（460—508），字彦升，乐安博昌（山东寿光）人。据《南史·任昉传》，在齐代即文名甚著，"尤长于笔，颇慕傅亮才思无穷，当时王公表奏无不请焉。昉起草即成，不加点窜。沈约一代辞宗，深所推挹"。梁武帝霸府初开，即以之专主文翰，"禅让文诰，多昉所具"。"既以文才见知，时人云'任笔沈诗'"。任昉又是一个学者，《传》云：“自齐永元以来，秘阁四部，篇卷纷杂，昉手自雠校，由是篇目定焉。”同时任昉极有品节，“好交接，奖进士友”。任新安太守时，“卒于官，唯有桃花米二十石，无以为敛”，“阖境痛惜，百姓共立祠堂于城南，岁时祠之”。死后谥为敬子，故世又称其为任敬子。

任昉可谓南朝骈文的集大成者，为萧统特别重视，其文章被收入《文选》者达十八篇之多，为数量之最。文章类型多为诏、策、令、启、表、笺、弹、奏，亦有少量书、序、碑、铭、行状。其文之所以特别受人称赏，主要由于对构成骈体的诸因素掌握得非常精熟，不管是代上替下，还是自我撰述，用于各种文体，皆能切合情实，因时适式，达到左右逢源，运用自如的程度。

如《王文宪集序》，属鸿篇巨制，在缕述铺陈了王俭的生平事迹后，总括其为人和德行：

> 公在物斯厚，居身以约；玩好绝于耳目，布素表于造次。室无姬姜，门多长者。立言必雅，未尝显其所长；持论从容，未尝言人所短。弘奖风流，许与气类。虽单门后进，必加善诱，勖以丹霄之价，弘以表冥之期。公铨品人伦，各尽其用；居厚者不矜其多，处薄者不怨其少；穷涯而反，盈量知归。
>
> 皇朝以治定制礼，功成作乐，思我民誉，缉熙帝图；虽张曹争论于汉朝，荀挚竞爽于晋世，无以仰模渊旨，取则后昆。每荒服请罪，远夷慕义；宣威授指，寔寄宏略；理积则神无忤往，事感则悦情斯来。无是己之心，事隔于容谄；罕爱憎之情，理绝于毁誉。造理常若可干，临事每不可夺；约己不以廉物，弘量不以容非；攻乎异端，归之于正义。
>
> 公生自华宗，世务简隔。至于军国远图，刑政大典，既道在廊庙，则理擅民宗。若乃明练庶务，鉴达治体，悬然天得，不

谋成心。求之载籍,翰牍所未纪;讯之遗老,耳目所不接。至若文案自环,主者百数,皆深文为吏,积习成奸,蓄笔削之刑,怀轻重之意。公乘理照物,动必研几,当时嗟服,若有神道。岂非希世之俊民,瑚琏之宏器。(《全梁文》卷四十四)

排比事实,兼综赞论,节奏畅朗,一气呵成,不因骈偶的运用,而影响内容与情感的表达。其余如《齐竟陵文宣王行状》《策梁公九锡文》等,都有同样的特点。其《天监三年策秀才文》,关于教化的一节:

> 问:朕本自诸生,弱龄有志,闭户自精,开卷独得。九流七略,颇常观览;六艺百家,庶非墙面。虽一日万几,早朝晏罢,听览之暇,三余靡失。上之化下,草偃风从;惟此虚寡,弗能动俗。昔紫衣贱服,犹化齐风;长缨鄙好,且变邹俗。虽德惭往贤,业优前事,且夫缙绅道行,禄利然也。朕倾心骏骨,非惧真龙,辒轺青紫,如拾地芥,而情游废业,十室而九,鸣鸟蔑闻,子矜不作。弘奖之路,斯既然矣,犹其寂寞,应有良规。(《全梁文》卷四十二)

与王融的《策秀才文》相比,虽拣辞用语的考究上似乎不如,但却显得更为自然亲切。《刘先生夫人墓志铭》是为刘瓛的夫人所写:

> 既称莱妇,亦曰鸿妻。复合令德,一与之齐。实佐君子,簪蒿杖藜,欣欣负载,在冀之畦。居室有行,亟闻义让;禀训丹阳,弘属丞相;藉甚二门,风流远尚;肇允才淑,闻德斯谅。芜没郑乡,寂寥扬冢;参差孔树,毫末成拱;暂起荒埏,长扄幽陇;夫贵妻尊,匪爵而重。(《全梁文》卷四十四)

简明扼要,音韵协调。与谢庄的《宋孝武宣贵妃诔》、谢朓的《齐敬皇后哀策文》一味地堆砌典实,空洞虚夸,大不相同。其《到大司马记室笺》写于萧衍在齐实际掌权之后,其中有云:

> 昉受教君子,将二十年,咳唾为恩,眄睐成饰。小人怀惠,顾知死所。昔承嘉宴,属有绪言,提掣之旨,形乎善谑。岂谓多幸,斯言不逾。(《全梁文》卷四十三)

述情中,隐含旧事。《南史·任昉传》载,萧衍与任昉同为"竟陵八友"时,萧衍曾谓昉:"我登三府,当以卿为记室。"昉亦戏帝曰:"我若登三事,当以卿为骑兵。"文中引此,既表明关系的亲切,又保持了时下处于不同身份地位应有的恭谨。

有趣的是《奏弹刘整》一文。"弹"是一种特殊的奏章,用于揭发大臣的劣迹,要求予以惩处。有固定的格式,先要摆出事实,还要列出证言和证据,然后提出惩处意见。任昉写有多篇"弹"文,如《奏弹曹景宗》《奏弹萧颖达》《奏弹范缜》,通为规范骈体。此文是奏弹新除中军参军刘整的文章,所涉为侵夺寡嫂之事,写法特殊。文章的开头和后面部分皆用骈体,而中间叙事则全用白话散句,云:

> 齐故西阳内史刘寅妻范,诣台诉,列称:出适刘氏二十许年,刘氏丧亡,抚孤养弱。叔郎整,常欲伤害侵夺:分前,奴教子当伯并已入众;又以钱,婢姊妹弟温,仍留奴,自使伯。又夺寅息逻婢绿草,私货得钱,并不分逻。寅第二庶息师利,去岁十月,往整田上,经十二日,整便责范米六斗哺食;米未展送,忽至户前隔箔攘拳大骂,突进房中屏风上取车帷准米去。二月九日夜,婢采音偷车栏夹杖龙牵,范问失物之意,整便打息

遬。整及母并奴婢等六人来至范屋中，高声大骂。婢采音举手查范臂。求摄检发诉状。

辄摄整亡父旧使奴海蛤到台辩问。列称：整亡父兴道，先为零陵郡，得奴婢四人。分财，以奴教子乞大息寅。寅亡后，第二弟整，仍夺教子，云应入众，整便留自使。婢姊及弟，各准钱五千文，不分众。其奴当伯，先是众奴，整兄弟未分财之前，整兄寅以当伯贴钱七千，共众作用。寅罢西阳郡还，虽未别火食，寅以私钱七千赎当伯，仍使上广州去。后寅亡，整兄弟分奴婢，惟余婢绿草入众。整复云：寅未分财赎当伯，又应属众。整意贪得当伯，推绿草与遬，整规当伯行还，拟欲自取。当伯遂经七年不返，整疑已死亡不回，更夺取婢绿草，货得钱七千。整兄弟及姊共分此钱，又不分遬。寅妻范云：当伯是亡夫私赎，应属息遬。当伯天监二年六月，从广州还至，整复夺取，云应充众，准雇借上广州四年夫直，今在整处使。

进责整婢采音。（列称）：刘整兄寅第二息师利，去年十月十二日忽往整墅，停住十二日，整就兄妻范求米六斗哺食。范未得还，整怒，仍自进范所，往屏风上取车帷为质。范送米六斗，整即纳受。范今年二月九日夜，失车栏夹杖龙牵等，范及息遬道是采音所偷，整闻声，仍打遬。范唤问：何意打我儿？整母子尔时便同出中庭，隔箔与范相骂。婢采音及奴教子楚玉、法志等四人，于时在整母子左右，整语采音：其道汝偷车校具，汝何不进里骂之？既进争口，举手误查范臂。车栏夹杖龙牵实非采音所偷。

进责寅妻范奴苟奴。列（称）：娘去二月九日夜失车栏夹杖龙牵，疑是整婢所偷。苟奴与郎遬，往津阳门籴米，遇见采音在津阳门卖车栏龙牵，苟奴登时欲捉取。遬语苟奴：已尔，不须复取。苟奴隐僻少时，伺视人买龙牵，售五千钱。苟奴仍随逡归宅,不见度钱。

　　并如采音、苟奴等列状,粗与范诉相应。重核当伯教子,列(称):娘被夺,今在整处使。悉与海蛤列不异。

　　令史潘僧尚议:整辄略兄子逡分前婢货卖,及奴教子等私使,若无官令。辄收付近狱测治,诸所连逮绁,应洗之源,委之狱官,悉以法制从事。如法所称,整即主。(《全梁文》卷四十四)

于上述引文后,有李善注:"昭明删此文大略。故详引之,令与弹相应也。"说明任昉所以如此详述案情内容之必要。此段引述内容,中华书局 1977 年影印胡克家刻《文选》本及严可均《全梁文》所标句读,多处有误,现据文意调整重加标点。据此可以看出,任昉虽为骈体当行里手,但随行文需要,灵活变化,即使白话俗语,该引录时照样引录,而且不嫌繁碎,条列明晰。这大概也是其被称为名"笔"的原因,也是萧统竟然把这篇怪文收入《文选》的原因。

4. 陆倕

陆倕(470—526),字佐公,吴郡吴县(江苏苏州)人。与任昉同为"竟陵八友"之一,入梁后,与任昉一直交好。为文与昉齐名,所作皆为骈体,较之更为典丽。如《除詹事让表》:

　　中阳白水,徒庇微躯;送珥抱薪,未闻成绩。陈席不弃,故剑无遗。遂宣时髦,升降清显;尊官原秩,无因而至。陋巷荜门,郁成爽垲。储端华重,实异恒司。南章马宫,已择儒雅;窦婴许商,爰取姻戚。自兹已降,名器日隆。历选才贤,若何叨越也。(《全梁文》卷五十三)

《南史》传载:"梁武帝雅爱倕才,乃敕撰《新漏刻铭》,其文甚美。迁太子中舍人，又诏为《石阙铭》，敕褒美之，赐绢三十四。"二"铭"随成名文。《石阙铭》前有长序，赞颂梁武帝功德，繁缛靡丽，风格与任昉不同。铭辞则用赋体：

> 惟帝建国，正位辨方；周营洛浃，汉启岐梁。居因业盛，文以化光；爰有象阙，是惟旧章。青益南泊，黄旗东指；悬法无间，藏书弗纪。大人造物，龙德体否；建此百常，兴兹双起。伟哉偃蹇，壮矣巍巍；旁映重垒，上连翠微。布教方显，浃日初辉；悬书有附，委箧知归。郁屈重轩，穹隆反宇；形耸飞栋，势超浮桂。色法上圆，制模下矩；周望原隰，俯临烟雨。前宾四会，却背九房；北通二辙，南凑五方。暑来寒往，地久天长；神哉华观，永配无疆。（《全梁文》卷五十三）

音韵协畅，华美流丽。《新刻漏铭》除序文稍短，写法大体与上文相似。

5. 刘峻

刘峻（462—521），字孝标，原名法武，平原（山东平原）人。据《南史·刘怀珍传》附峻传，八岁被北魏所虏，齐永明年间奔江南。"博极群书，文藻秀出"，后被梁武帝引进，然"率性而动，不能随众沉浮"，故受抑而不得意。曾为《世说新语》作注，引书极富博，对该书流传有极大助益。

刘孝标亦为骈体大家，为文有明显特色。如其《送橘启》：

> 南中橙甘，青鸟所食。始霜之旦，采之风味照座，劈之香雾噀人。皮薄而味珍，脉不粘肤，食不留滓。甘逾萍实，冷亚冰壶。可以熏神，可以荟鲜，可以渍蜜。毡乡之果，宁有此邪！（《全梁文》卷五十七）

较《橘颂》更浅显而清新。其《追答刘秣陵沼书》,是因刘沼生前曾致书,孝标未及答而沼已逝,故仍写信追答。其中有云:

> 其人已亡,青简尚新。而宿草将列,泫然不知涕之无从也。虽隙驷不留,尺波电谢;而秋菊春兰,英华靡绝。故存其梗概,更酬其旨。若使墨翟之言无爽,宣室之谈有征。冀东平之树,望咸阳而西靡;盖山之泉,闻弦歌而赴节。但悬剑空垅,有恨如何!(《全梁文》卷五十七)

确实言短情深。

刘峻最著名的作品是《辨亡论》和《广绝交论》。前者虽借管辂而发端,实寄寓着自己的人生感慨与态度,见地极深,视野与论议极宏阔。先论"士之穷通无非命也":广征博引前人观点,然后提出自己看法,肯定子夏所谓"死生有命,富贵在天"。然后详细论列了"言而非命"的六大弊害,但并不因此否定人为努力的必要,云:

> 所谓命者,死生焉,贵贱焉,贫富焉,治乱焉,祸福焉。此十者,天之所赋也。愚智善恶,此四者,人之所行也。夫神非舜禹,心异朱均,才缠中庸,在于所习。是以素丝无恒,玄黄代起;鲍鱼芳兰,入而自变。故季路学于仲尼,厉风霜之节;楚穆谋于潘崇,成杀逆之祸。而商臣之恶,盛业光于后嗣;仲由之善,不能息其结缨。斯则邪正由于人,吉凶在乎命。……夫食稻粱,进刍豢,衣狐貉,袭冰纨,观窈眺之奇观,听云和之琴瑟;此生人之所急,非有求而为也。修道德,习仁义,敦孝悌,立忠良,渐礼乐之腴润,蹈先王之盛则;此君子之所急,非有求而为也。

基于这样的观点，他最后肯定的人生态度是：

> 君子居正体道，乐天知命。明其无可奈何，识其不由智力。逝而不召，来而不疑；生而不喜，死而不戚。瑶台夏屋不能悦其神，土室编蓬未足忧其虑。不充诎于富贵，不遑遑于所欲。岂有史公董相不遇之文乎？（《全梁文》卷五十七）

文章不仅纵横论议，而且征古引今。写如此大型论文，却极自然老练，丝毫不见扞格。充分展现了作者纯熟地驾驭骈体的功力。

《广绝交论》则是在朱穆《绝交论》的基础上发挥，有所为而作，有很强的针对性。其中指出："逮叔世民讹，狙诈飙起；溪谷不能逾其险，鬼神无以究其变。竞毛羽之轻，趋锥刀之末。于是素交尽，利交兴，天下蚩蚩，鸟惊雷骇。"然后又将"利交"分为势交、贿交、谈交、穷交、量交五类，极尽针砭讽刺之能事。最后云：

> 近世有乐安任昉，海内髦杰，早绾银黄，夙昭民誉。道文丽藻，方驾曹王；英峙俊迈，联横许郭。类田文之爱客，同郑庄之好贤；见一善则盱衡扼腕，遇一才则扬眉抵掌；雌黄出其唇吻，朱紫由其月旦。于是冠盖辐凑，衣裳云合；辎軿击轊，坐客恒满。蹈其阃阈，若升阙里之堂；入其陬隅，谓登龙门之阪。至于顾盼增其倍价，翕拂使其长鸣；影组云台者摩肩，趋走丹墀者叠迹。莫不缔恩狎，结绸缪，想庄惠之清尘，庶羊左之徽烈。
>
> 及冥目东粤，归骸洛浦。总帐犹悬，门罕渍酒之彦；坟未宿草，野绝动轮之宾。藐尔诸孤，朝不谋夕；流离大海之南，寄命嶂疠之地。自昔把臂之英，金兰之友，曾无羊舌下泣之仁，宁慕邱成分宅之德？

> 呜呼！世路险巇，一至于此。太行孟门，岂云崭绝。是以耿介之士，疾其若斯；裂裳裹足，弃之长骛；独立高山之顶，欢与麋鹿同群。皎皎然绝其雾浊，诚畏之也。（《全梁文》卷五十七）

揭示出了引发感慨的根由，写作的具体指向。行文上，不但结句绵联顿挫，选辞用语亦极有表现力。

除以上诸大家外，梁代还有许多骈体作家、作品，如繁星璀璨，各有特色。如：

王僧孺（465—522），东海郯（山东郯城）人。《南史·王僧孺传》称其"于书无所不睹，其文丽逸，多用新事，人所未见者，时重其富博"。其《与何炯书》，在叙旧情的同时，抒发自己因事被黜"十年未徙"的沉郁心情。委婉道来，既自谦自重，又充满郁愤不平，很有表现力。如写眼前处境：

> 迫以严秋杀气，万物多悲，长夜展转，百忧俱至。况复霜销草色，风摇树影。寒虫夕叫，合轻重而同悲；秋叶晚伤，离黄紫而俱坠。蜘蛛络幕，熠燿争飞。故无车辙马声，何闻鸣鸡吠犬。俯眉事妻子，举手谢宾游；方与飞走为邻，永用蓬蒿自没。恺其长息，忽不觉生之为重。素无一廛之田，而有数口之累；岂日飽而不食，方当长为佣保：糊口寄身，溘死沟渠，以实蝼蚁。悲夫！（《全梁文》卷五十一）

感物伤时，景与情融，悲凉之气袭人心扉。其《太常敬子任府君传》，写任昉：

> 耻一物之不知，惜寸阴之徒靡；下帷闭户，投斧悬梁。虽

玄晏书淫，文胜经溢，康成之忽忘所往，公叔之颠坠砌岸，无以异也。若夫天才卓尔，动称绝妙；辞赋极其精深，笔记尤尽典实；若问金石，似注河海。少孺速而未工，长卿工而未速；孟坚辞不逮理，平子意不及文；孔璋伤于健，仲宣病于弱。其有集论尚书，穷文质之敏；驻马停信，极亹亹之功，莫尚于斯焉。（《全梁文》卷五十二）

充满了对任昉的崇敬赞美之情，而非虚言夸饰。

丘迟（464—508），字希范，吴兴乌程（浙江吴兴）人。其传世名作为《与陈伯之书》。陈伯之原为梁将，受部下蛊惑造反，败而投魏，魏以为将。天监四年（505），梁武帝命临川王萧宏北伐，对方守将正为陈伯之，于是萧宏让时任记室的丘迟作此书劝降。书中晓之以义，诱之以利，动之以情，最有名的段落为：

> 暮春三月，江南草长，杂花生树，群莺乱飞。见故国之旗鼓，感平生于畴日，抚弦登陴，岂不怆恨？所以廉公之思赵将，吴子之泣西河，人之情也。将军独无情哉？（《全梁文》卷五十六）

据说陈伯之读了此信，即归降于梁。于是前人有"希范片纸，强将投戈"之评。就此看，不但见出丘迟的文字水平，并知骈体亦可达成极为动情的效果。

吴均（469—520），字叔庠，吴兴故鄣（浙江安吉）人。《南史·文学传·吴均传》称其"文体清拔，有古气，好事者或效之，谓为'吴均体'"。他留传下来的作品不多，虽全用骈体，多为写景短简或戏娱之作，当另论。

王筠（481—549），字元礼，琅琊临沂（山东临沂）人。前曾引其

《与诸儿论家世集书》，表明他以文章世家自豪，其《自序》以好书、多览多记自命。其《昭明太子哀策文》赞扬萧统：

> 括囊流略，包举艺文；遍该缃素，殚极丘坟。胜怢充积，儒
> 墨区分；瞻河阐训，望鲁扬芬。吟咏性灵，岂惟薄伎；属词婉
> 约，缘情绮靡。字无点窜，笔不停纸；壮思泉流，清章云委。总
> 览时才，网罗英茂；学穷优洽，辞归繁富；或擅谈丛，或称文囿；
> 四友推德，七子惭秀；望苑招贤，华池爱客。（《全梁文》卷六
> 十五）

美藻颂辞联翩，具有当时骈文的典型特点，但切乎实情，并非虚誉。

何逊（约466—约519），字仲言，东海郯（山东兰陵）人。主要以诗名，留下文章很少，其《为衡山侯与妇书》颇有特点：

> 昔人游洛汭，会遇阳台，神仙仿佛，有如今别。虽帐前微
> 笑，涉想犹存；而帏里余香，从风且歇。掩屏为疾，引领成劳；
> 镜想分鸾，琴悲别鹤。心如膏火，独夜自煎；思等流波，终朝不
> 息。始知萋萋萱草，忘忧之言不实；团团轻扇，合欢之用为虚。
> 路迩人遐，音尘寂绝，一日三秋，不足为喻。聊陈往翰，宁写款
> 怀；迟枉琼瑶，慰其杼轴。（《全梁文》卷五十九）

为写夫妻情爱的书信，颇涉风情，与秦嘉、徐淑之书大不相同。何逊写出这样的作品，或受当时所谓"艳体"的影响。

刘孝绰（481—539），本名冉，字孝绰，彭城（江苏徐州）人。其《昭明太子集序》对萧统的赞颂，与王筠之作相类，对萧统文学成就的赞扬所用方式，与王僧孺拿前人作对比的做法大体相同。所谓"深乎文者，兼而善之。能使典而不野，远而不放；丽而不

淫,约而不俭。独擅众美,斯文在斯"(《全梁文》卷六十),有过分揄扬之嫌。不过,从二人之间关系之深的角度说,这种颂扬,亦可理解。

孝绰之弟刘潜,字孝仪,亦善文章。其诸作中,有《探物作艳体连珠》,如其中一首:

> 妾闻芳性深情,虽欲忘而不歇;薰芬动虑,事逾久而更思。是以津亭掩馥,秖(只)结秦妇之恨;爵台余妒,追生魏妾之悲。(《全梁文》卷六十一)

这样的作品,也是前所未有的。

庾肩吾(487—551),字子慎,新野(河南新野)人,庾信之父。与徐陵之父徐摛齐名,与萧纲兄弟同为"宫体诗"的创始者。现存表、启多为短章。从其谢启之多,足见其受信用程度及为文风格。如《谢东宫赐宅启》:

> 肩吾居异道南,才非巷北。流寓建春之外,寄息灵台之下。岂望地无湫隘,里号乘轩;巷转幡旗,门容幰盖。况乃交垂五柳,若元亮之居;夹石双槐,似安仁之县。却瞻钟阜,前枕洛桥;池通西舍之流,窗映东邻之枣。来归高里,翻成侍封之门;夜坐书台,非复通灯之壁。才下应王,礼加温阮;官成名立,无事非恩。(《全梁文》卷六十六)

偶对之精工,内容之绮丽,皆为梁文之特色。

裴子野(469—530),字幾原,河东闻喜(山西闻喜)人。一般根据其《雕虫论》,认为他是反对骈俪的,其实他反对的只是绮靡轻艳之风,株守的仅是传统的礼乐教化观。看他今天所保留下来的文

章,几乎全部用骈体行文,包括他所写的史论和碑铭。如其《刘虬碑》就有这样的句段:

> 夫声名藉甚,群公侧席。凿室林皋,面流傍陇;咫尺荆衡,表里巫梦。树蕙滋兰,芜没庭户;平畴翠澈,千里极目。信物外之神区,幽居之胜境。(《全梁文》卷五十三)

属对、用词、协韵都极规范,说明骈体的流行,已是大势所趋。

陶弘景(452—536),字通明,丹阳秣陵(江苏南京)人。自号"华阳隐居",死后谥贞白先生。曾出仕宋、齐,三十六岁后,隐居茅山。梁代不出仕,但与武帝交往甚密,有"山中宰相"之称。崇信道教,亦通佛、儒。

其所留传文章,内容博杂,散骈并用。书简多用骈体,但清通简要。见其骈体特点者,如《解官表》:

> 臣闻尧风冲天,颍阳饮河之谈;汉德括地,商阴峻餐之气。臣栖迟早日,簪带久年。仕岂留荣,学非待禄。恒思悬缨象阙,孤耕垄下;席月涧门,横琴云际。始奉中恩,得遂丘壑;今便灭影桂庭,神交桧友。一出东关,故乡就望;眷然兴念,临波泻泪。(《全梁文》卷四十六)

范缜(约450—约510),字子真,南乡舞阳(河南泌阳)人。其名著为《神灭论》,从根本上反佛。当佛教昌盛,尤其以梁武帝为首大肆崇佛之时,此文曾引起巨大轰动。释法云写有《奉敕难范缜神灭论与王公朝贵书》(参见《全梁文》卷七十四),打着武帝旗号,发动朝臣对范缜进行围攻,共有一百六十二人作了附和,但都没有难倒范缜,使他屈服。范缜此文,用散体的对问应答形式来阐述自己

的观点,而在总结自己写作宗旨时,却以骈体行文,如所云:

> 浮屠害政,桑门蠹俗;风惊雾趣,驰荡不休。吾哀其弊,思拯其溺。夫竭财以赴僧,破产以趋佛,而不恤亲戚,不怜穷匮者何? 良由厚我之情深,济物之意浅。是以主撮涉于贫友,吝情动于颜色;千钟委于富僧,欢意畅于容发。岂不以僧有多稌之期,友无遗秉之报;务施阙于周急,归德必于在己。又惑以茫昧之言,惧以阿鼻之苦,诱以虚诞之辞,欣以兜率之乐。……惟此之故,其流莫已,其病无限。(《全梁文》卷四十五)

不仅范缜,法云的致王公朝贵书,及诸人的答书,也几乎全以骈体写来,足以说明当时骈文之普及深入程度。

此外,当时名僧的作品,如释僧佑的《弘明集序》《弘明集后序》(参见《全梁文》卷七十二),释慧皎的《高僧传序》(参见《全梁文》卷七十三),皆是以骈体运笔,只是在用典与藻饰上不如文人之富丽宏博而已。与佛道的隆盛相关,当时还产生了一些描绘佛寺的作品,其中不乏名文,如王中的《头陀寺碑文》,就是一篇富丽堂皇的骈体杰作,亦被收入《文选》。

四 陈代及由南入北作者的骈文:发展达到极致

陈朝存在时间较短,文学上延续了齐、梁余习。但到了后主陈叔宝,则走上了极端,发展到"荒于酒色,不恤政务",已不属于文学影响的范围。

陈代的作者,多由梁而来,他们的成就体现了整个南朝文学的沉淀与积累。就骈体来说,徐陵和庾信,可以说发挥到极致与顶点。除了徐、庾之外,值得注意的作家作品还有:

沈炯（502—560），字初明，吴兴武康（浙江吴兴）人。初仕于梁，西魏攻陷江陵，他同梁元帝萧绎同被虏。魏人重其文才，授以仪同三司的高位，但他思念故国，于梁末得南归。陈禅代后，甚受器重。

其骈文的成就，仅次于徐陵。大型表奏的代表作为《为王僧辩等劝进梁元帝初表》《第二表》《第三表》，虽不乏夸饰之辞，但写得相当恢宏有力、慷慨激切。为人传颂者为《经汉武通天台奏陈思归意》，是他滞留西魏期间，抒发思归之情的作品。构思巧妙而奇特，假借经过通天台旧址，以向六七百年前的汉武帝上表奏的形式，倾诉自己郁积在心的感情。其文云：

> 臣闻乔山虽掩，鼎湖之灵可祠；有鲁遂荒，大庭之迹不泯。伏惟陛下降德猗兰，纂灵丰谷；汉道既登，神仙可望。射之罘于海蒲，礼日观而称功；横中流于汾河，指柏梁而高宴。何其甚乐，岂不然欤？既而运属上仙，道穷晏驾，翠幕珠帘，一朝零落；茂陵玉碗，遂出人间。凌云故基，共原田而臆臆；别风余址，带阜陵而茫茫。羁旅缧臣，岂不落泪！
>
> 昔者承明见厌，严助东归；驷马可乘，长卿西返。恭闻故实，窃有愚衷；黍稷非馨，敢望微福？爵台之荐，空怆魏君；雍丘之祠，未光夏后。瞻仰徽猷，伏增凄惧。①

先对汉武帝生前的繁盛与死后的寥落，表达自己的感慨、同情与悼念，然后借汉世的典实，倾吐自己的内心苦闷，与希望实现而并未见得实现的愿望。内涵丰富而深切，表述雅洁而委婉，是少见的佳

---

① 严可均辑：《全上古三代秦汉三国六朝文·全陈文》卷十四，中华书局，1958 年。以下所引此书皆出于此版本。

作。还有一篇《请归养表》，大体与李密《陈情表》相类，而全以骈体行文，写得亦相当深切感人。另外，《答张种书》系写景短简。《林屋馆记》是今天所见最早的馆阁亭台记，为后世大量此类作品的嚆矢。

此外，有些各具特色的作品，如：周弘让《答王褒书》，是写给流寓西魏的王褒的回信，有云：

> 甚矣悲哉！此之为别也。云飞泥沉，金铄兰灭；玉音不嗣，瑶华莫因。家兄至自镐京，致书于穷谷。故人之迹，有如对面，开题申纸，流脸沾膝。江南燠热，橘柚冬青；渭北沍寒，杨榆晚叶。土风气候，各集所安；餐卫适时，寝兴多福。甚善甚善。（《全陈文》卷五）

有真情而颇华美。顾野王，属文字学家，其《虎丘山记》属写山水文字。刘师知的《侍中沈府君集》，对沈炯给予很高评价，写沈炯被扣北朝的一段：

> 九原方远，百身宁赎。若乃帐悬秋月，一雁孤飞；花落春风，数莺争弄。伯牙之弦，寂寥长绝；山阳之管，惆怅徒闻。夫盛烈清徽，便传乎帝载，遗文余论，被在乎民谣者，斯所以没而犹彰，死且不朽。（《全陈文》卷十五）

文辞优美，感情真切。傅縡《狱中上陈后主书》，直斥：

> 陛下顷来酒色过度，不虔郊庙之神，专媚淫昏之鬼。小人在侧，宦竖弄权。恶忠直若仇雠，视生民如草芥。后宫曳绮绣，厩马食菽粟。百姓离散，僵尸蔽野。货贿公行，帑藏捐耗。

神怒民怨，众叛亲离。恐东南王气，自斯而尽矣。(《全陈文》卷十六)

内容尖锐，辞气激烈，因而被赐死。后主陈叔宝，虽因荒淫误国，但就其文辞论，尚表现出较高水平，如他在为太子时所写《与江总书悼陆瑜》，相当优美。《题词江总所撰孙玚墓志后四十字》：

秋风动竹，烟水笃波；几人樵径，何处山阿。今时日月，宿昔绮罗；天长路远，地久云多。功臣未勒，此意如何！(《全陈文》卷四)

不但文辞华美，而且寄有真情。正如不能因宋徽宗是亡国之君，否定他的书画，也不能否定陈叔宝的文字有一定的艺术水平。伏知道写有《为王宽与妇义安主书》(参见《全陈文》卷十六)，与何逊之《为衡山侯与妇书》相类，似乎更为轻薄。但今天看来，此类作品，事涉男女情爱，虽有违当时的礼乐教化观，似乎也无可非议。

1. 徐陵

徐陵(507—583)，字孝穆，东海郯(山东兰陵)人。其父徐摛曾为萧纲侍读，萧纲立为太子，转太子家令。《南史》徐摛传称："摛文体既别，春坊尽学之，'宫体'之号，自斯而始。"又据《北史·庾信传》："东海徐摛为右卫率。摛子陵及信并为抄撰学士。父子在东宫，出入禁闼，恩礼莫与比隆。既文并绮艳，故世号'徐庾体'焉。当时后进，竞相模范。每有一文，都下莫不传诵。"梁太清二年(548)，徐陵奉命出使东魏，正值侯景之乱，滞留于魏。后北齐受魏禅，萧绎亦于江陵继位为元帝，南北通使，陵累求返梁，始终被扣不放。及西魏攻破江陵，虏元帝萧绎，北齐派兵送萧渊明南还为帝，徐陵方得随行南归。后陈霸先禅梁为陈。徐陵入陈，甚受器重，历任侍中、左仆射等要职。据《南史·徐陵传》："自陈创业，文檄军书及受禅诏策，皆陵所制，为一代文宗。""其于后进，接引无倦。文、宣之时，国家有大手笔，必命陵草之。其文颇变旧体，缉裁巧密，多有新意。每一文出，好事者已传写成诵，遂传于周、齐，家有其本。"足见徐陵在当时文坛地位之高，影响之大。

徐陵与庾信早期俱以号称"徐庾体"的"宫体"著名，晚期皆是骈文登峰造极的作家。徐陵作为顶尖作手，其作品能做到：属对精工，音色相宣而节奏畅协，典实繁密，丽藻纷披而无斧斫痕迹，用语雅洁而无滞涩之弊，对构成骈体诸因素的运用，皆达到老练、圆熟，挥洒自如的程度；他还能将骈体的形式施于各种文章体式而无所不得其宜。尤具特色的是，他已能将个人真切的情愫、自然景物的描摹融入抽黄对白之中，形成相当的感染力。

徐陵关于军国文书的大手笔之作，一般都能从宏观上进行掌控，在渲染性的铺陈中形成一定的气势和力度。如其《劝进梁元帝表》，先从历史经验讲继嗣垂统的必要，再夸张性地铺陈萧绎的功德，最后结合形势的需要，表达诚恳劝其称帝的愿望（参见《全陈文》卷七）。《册陈王九锡文》以梁敬帝的口吻，先讲陈霸先"大造于皇家"的功勋，再缕述其二十大功，最后说明所册九锡的内容。洋洋洒洒，一气呵成（参见《全陈文》卷六），较傅亮的《策加宋公九锡文》更成熟老练，更有气势和力度。

徐陵最为人所称道的是所写书信，其中最著名者为被扣北齐时所写《与齐尚书仆射杨遵彦书》。书中对扣留自己不放的八条理由，以质疑的方式一一加以驳斥，理足辞胜而又不失分寸。既论之以理，又动之以情，有云：

> 且天伦之爱，何得忘怀；妻子之情，谁能无累？夫以清河公主之贵，余姚书佐之家，莫限高卑，皆被驱掠。自东南丑虏，

钞贩饥民,台署郎官,俱馁墙壁。况吾生离死别,多历暄寒,孀室婴儿,何可言念。如得身还乡壤,躬自推求,犹冀提携,俱免凶虐。

夫四聪不达,华阳君所谓乱臣;百姓无冤,孙叔敖称为良相。足下高才重誉,参赞经纶,非虎非貔,闻诗闻礼。而中朝大议,曾未矜论;清禁嘉谟,安能相及。谔谔非周舍,容容类胡广,何其无诤臣哉?

岁月如流,人生何几!晨看旅雁,心赴江淮;昏望牵牛,情驰扬越。朝千悲而下泣,夕万绪而回肠,不自知其为生,不自知其为死也。(《全陈文》卷七)

特别最后几句,感人之深,远过于诗。其后,他写的《与王僧辩书》,希望得王僧辩的援手而能回南。其中在赞扬了王僧辩平定侯景之乱的功绩后,倾诉自己的处境与痛苦:

孤子阶缘多幸,叨篷皇华,乡国屯危,公私焦迫。邛彤之切,长乱心胸;徐庶之祈,终无开允。既而屏居空馆,多历岁时,衅犯幽祇,躬当剿灭。何图衅咎,灾极苍旻,号慕烦冤,肝肠屠殒。酷痛奈何!无状奈何!惟桑与梓,翻若天涯;杖柏栽松,悠然长绝。明明日月,号叫无闻;茫茫宇宙,容身何所。穷剧奈何!(《全陈文》卷八)

表达的情感亦真挚浓烈。其余如《与李那书》《报尹义尚书》,皆有情真意浓特点。至于《答周处士书》是对周弘让《与徐陵荐方圆书》的回答,于恭雅的言词中,巧妙地暗寓对"身在江湖,心怀魏阙"的假隐士的嘲讽,可见其为文之老到。

《玉台新咏序》,是反映徐陵审美观与为文另一侧面的杰作。

《玉台新咏》是徐陵所编专写以女性为题材的诗歌作品集,收集了由汉至梁的诸多作品,有些传世杰作如《孔雀东南飞》,就是靠它得以保存。有人认为它是专收宫体的艳诗集,属于误解,有人又辩称,"以玉台以喻妇人之贞",亦属成见。它的成书,固然与"宫体""艳诗"的流行有关,实际上反映了冲破礼乐教化观以后,文人审美视野的扩大,某种程度上表现了对女性形象美与才情美的肯定与赞颂。就徐陵的"序"文来看,固然仅限于对宫廷贵妇娇态媚情的描摹,但其所谓"其佳丽也如彼,其才情也如此",再加上其对编集目的的表白:

> 往世名篇,当今巧制,分诸麟阁,散在鸿都,不藉篇章,无由披览。于是燃脂暝写,弄笔晨书,选录艳歌,凡为十卷。曾无参于雅颂,亦靡滥于风人,泾渭之间,若斯而已。(《全陈文》卷九)

参以徐陵所选内容,说明在有限范围内,其在审美观与女性观上,确实较前代有所突破。至于"序"文的写作,与其内容的"轻艳"相对应,极流丽华美,为前人后人所未能及,展现了骈文写作的另一风貌。

2. 庾信

庾信(513—581),字子山。初为太子侍读,与其父肩吾及徐摛、徐陵父子同为"徐庾体"的开创者。在梁曾官至散骑侍郎。

当时南北对峙已久,既有冲突又有交融。特别在文化方面,南北风格虽有不同,但随着北朝汉化程度的加深,逐渐对南方文化有某种倾慕趋向,南方著名文人声名远播北方,他们有时出使北朝,往往被借机扣留,并给予高位加以笼络。梁元帝承圣三年(554),庾信奉命出使西魏,不久西魏南侵,虏杀元帝,庾信只好滞留,官至骠骑大将军,开府仪同三司。魏灭,入北周,也就南归无望。

庾信早期的作品比较轻艳,但入北周后,经历亡国之痛,乡国之思和从仕之悔使他的情感变得沉郁,作品也倾向深沉雄健。所以杜甫评价说:"庾信文章老更成,凌云健笔意纵横。"总的来说,庾信的文学成就高于徐陵。成就最高的是赋,其次是诗。文章全为骈体,在成熟性上不仅可与徐陵比肩,沉雄程度还要更胜一筹,不过题材的宽阔与风格的多样方面,似乎略逊于徐。

庾信赋中艺术成就最高的代表作是《哀江南赋》,骈文的最高代表则是该赋的"序"。这篇序实是全赋内容的总括与提要。开头部分有谓:

> 昔桓君山之志事,杜元凯之平生,并有著书,咸能自序。潘岳之文采,始述家风;陆机之辞赋,先陈世德。信年始二毛,即逢丧乱,藐是流离,至于暮齿。燕歌远别,悲不自胜;楚老相逢,泣将何及! 畏南山之雨,忽践秦庭;让东海之滨,遂餐周粟。下亭漂泊,高桥羁旅。楚歌非取乐之方,鲁酒无忘忧之用。追为此赋,聊以记言。不无危苦之辞,惟以悲哀为主。

表明此赋实为"自序"性质,既要"述家风","陈世德",还要记述自己的坎坷遭遇,表达的是"危苦"与"悲哀"之情。下面一段:

> 日暮途远,人间何世! 将军一去,大树飘零;壮士不还,寒风萧瑟。荆璧睨柱,受连城而见欺;载书横阶,捧珠盘而不定。钟仪君子,入就南冠之囚;季孙行人,留守西河之馆。申包胥之顿地,碎之以首;蔡威公之泪尽,加之以血。钓台移柳,非玉关之可望;华亭鹤唳,岂河桥之可闻!

述说自己的出使未果，并遭扣留，及其间的痛苦心情。虽句句用典，但不只贴切，还在氛围上与自己的处境、心境恰相对应，所以让人读起来，有沉重的悲怆之感。最后一段，则是对梁之覆灭的回顾。不只序文，赋的正文，有些地方用笔亦与骈体无别。如写梁朝官员百姓被虏赴北的一段：

> 水毒秦径，山高赵陉。十里五里，长亭短亭。饥随蛰燕，暗逐流萤。秦中水黑，关上泥青。于时瓦解冰泮，风飞电散；浑然千里，淄渑一乱；雪暗如沙，冰横似岸。逢赴洛之陆机，见离家之王粲。莫不闻陇水而掩泣，向关山而长叹。况复君在交河，妾在青波；石望夫而逾远，山望子而逾多。（《全后周文》卷八）

属对的精工，隶事的繁密，用语的考究，韵律的顿挫，纯是骈体笔法，表现力之强，感人力量之深，与此不无相关。说庾信的骈文赋化，倒不如说其赋骈化更为妥当。

除此之外，其《谢滕王集序启》《赵国公集序》《拟演连珠四十四首》《思旧铭》《为梁上黄侯世子与妇书》等，皆为骈体佳作。有大量的短启，亦用成熟的骈语，如《谢赵王赉雉启》：

> 夏翟秋飞，江翚春涧。中牟县之客，遂得坐观；贾大夫之妻，已应含笑。仰费中厨，来供下客。山川道远，品腹知恩。（《全后周文》卷十）

亦相当的典雅而有文致。至于其数量很大的碑铭，多为应酬之作，虽亦熟练老到，但无突出之处。

与庾信同样由南入北的作家，还有王褒。

王褒(513—576),字子渊,琅琊临沂(山东临沂)人。在梁官至尚书左仆射。西魏灭梁,随元帝被虏入北。同样被留,由魏入周,位至显宦。其《寄梁处士周弘让书》云:

> 嗣宗穷途,杨朱岐路;征蓬长逝,流水不归。舒惨殊方,炎凉异节;木皮春厚,桂树冬荣。想摄卫惟宜,动静多豫。贤兄入关,敬承款曲;犹依杜陵之水,尚保池阳之田。铲迹幽溪,销声穷谷,何其愉乐,幸甚幸甚! 弟昔因多疾,亟览九仙之方;晚涉世途,常怀五岳之举。同夫关令,物色异人;譬彼客卿,服膺高士。上经说道,屡听玄牝之谈;中药养人,每禀丹砂之说。顷年事道尽,容发衰谢;苔其黄矣,零落无时;还念生涯,繁忧总集。亲阴惆日,犹赵孟之徂年;负杖行吟,同刘琨之积惨。河阳北临,空思巩县;霸陵南望,还见长安。所冀书生之魂,来依旧壤;射生之鬼,无恨他乡。白云在天,长离别矣;会见之期,邈无日矣。援笔揽纸,龙钟横集。(《全后周文》卷七)

表达情感与庾信相似,但不如其深切。在骈体的成就与发展上,远不如徐、庾,然亦达极致水平。

五 骈文的积极作用与存在的弊病

骈体文自西晋初基本定型,至此,经众多作家的努力和长期磨炼,而发展到极致。其积极方面得以充分显示,也暴露出固有的缺陷与弊病。

1. 骈体文的积极作用

在第二章第一节,曾从四个方面大体说明了在本时期骈文形成和发展的原因。正是这些原因,决定了骈文产生的积极作用和必然存在的弊病。

所谓发展到"极致",即构成骈体的诸因素皆得以充分展现,以及由它们组成的整体形式,已能在各体文章中圆熟自然地运用。在这种状态下,骈文的积极影响,主要表现在客观效果和创作主体水平提高两个方面。

其一,大大强化了文章表达和语言运用上的形式美。

前面,我们曾经讲,散文的实用性特质,决定了文章的写作必有外在目的,在作者们有了审美自觉以后,就逼迫他们把审美追求集中于作品的形式美方面。至此,在普泛化了的骈文,尤其是其优秀篇章中,不只属对精工,辞藻华美,达到"铺锦披绣""雕缋满眼"的程度,而且音声的谐和,节奏的调利,有了近乎音乐美的性质,用字选词,也着意于色彩的映照对比,力求与音声相偕,取得耳听目视兼美并具的效果。这方面,作者们像是翔泳于汉语的辞林字海,摘金掇玉,无不可以随心应手。由此组成的整体篇章,可以应用于抒情、论说、述事各种题材、体裁,而且汲取了诗赋的营养,能营造出某种意境氛围,获得感人的力量。所谓骈文的达至极致,说到底,实际是文章在追求形式美上达至之极致。

其二,促进了作家们审美表现能力的提高。

骈文中对形式美的强化,并不是容易得来的,其中每一构成因素及整体骈文表达水平的形成,都是作家们在长期的磨炼中逐步提高其审美表现能力的结果。举"用典"一事来说,固然要靠丰富渊博的学识,但只有学识,没有审美表现能力的训练,难以用之写成优秀骈文。这里有一个适例。南齐的陆澄,以学识的丰富渊博,被称为"书厨",《南齐书·陆澄传》载:

> (王)俭自以博闻多识,读书过澄。澄谓曰:"仆少来无事,唯以读书为业,且年已倍令君。令君少便鞅掌王务,虽复一览便谙,然见卷轴未必多仆。"俭集学士何宪等盛自商略,澄待俭

语毕，然后谈所遗漏数百十条，皆俭所未睹。俭乃叹服。俭在尚书省，出巾箱几案杂服饰，令学士隶事，事多者与之，人人各得一两物。澄后来，更出诸人所不知事，复各数条，并夺物将去。

可见陆澄在学识的丰富上，远远超过王俭。可是陆澄在文学上几乎一无成就，而王俭却成为骈文大家。原因就在于，要写好骈文，还需要极高的审美表现能力。仍以用典一事来说，在写作过程中，作家不但要随时随处在浩如烟海的坟籍中，迅速地选出某一可用的材料，信手拈来地加以运用，还要在行文中做到具备声、色、韵味，与所表达内容自然恰切地协调配合。能够完美地达至这样的境地谈何容易！既然如此，骈文写作的好坏，也就成为对作家艺术功力的严峻考验。在这种情况下，作家们就必须不断地历练，致力于审美表现力的提高。而一旦具有了这样的才力与功力，骈文也就成为他们乐于应用的文体，一步步地将其发展推向极致。

客观成效与主观努力相结合，就使骈体的广泛应用成为一种必然。而且因为这种典雅、藻丽，寓变化顿挫于匀称工稳中的文章体式，恰恰具有当时王公贵族们足以显示自己身份地位的格调，于是就被选中为帝王们发布诏诰策命，臣下们上陈表奏笺启的代表性文体，成为公私文翰固定的"常格"。同时，由于它不仅集中地体现了文章的形式美，还有丰富的知识与艺术含量，所以也受到有高层次文化修养的文人学士的喜爱，使他们愿意用来展示自己的才力与学力，因而绵延相续，确立了其不可动摇的地位。致使历代写作者不乏其人，直到晚清，还有饱学之士如阮元、刘师培等，尚极力为之争文章的正统地位。

2. 骈文固有的缺陷

骈文虽然有着上述积极影响，但从它的定型到发展至极致，也存在先天的缺陷。

首先，缺少先秦和西汉文章所具有的内在精神美与气势美，流于内容的空虚浮泛。

这与当时的时代背景及作家们信仰的缺失直接相关。对此，前已有所论述，需要补充的是：从魏晋开始，政权就假借禅让的形式迅速转换，到了南朝尤甚。而每次转换，都要披上欺骗世人耳目的外衣，走一些虚伪的过场。其一般的过程是：已经掌握了实权的篡位者，先要由普通臣僚进封为公，再晋封为王，再赐以九锡，然后由已沦为傀儡的皇帝下诏禅位，篡权者几度推让，群臣几度劝进，最后由新登帝位者发布即位及告天、大赦等诏册文告。每一个这样的轮换过程，都需要大量的诏、诰、表、册之类的文书。这些文字作品，既要郑重其事，还要显示出高度文化素养，因而必须典雅、藻丽，堆砌典实，靠节奏的顿挫形成一定的声势。骈体这种形式，恰应其选。但实际的掌权者、篡位者，或是没有能力，或是所顾不及，只好选用他们所信任、赏识的有艺术表现才能的文人代为操刀，上面论述过的许多作家正是这样的操刀手。

这些作家文人，有相当高的文学修养、审美表现能力，在涉及个体生活领域的时候，或能写出表达知遇之恩、倾吐乡国之思、反映人情世故的优秀作品，但因为原则性信仰的缺失，伦理观念的泯灭，基本是端谁的饭碗就给谁唱赞歌。于是就出现了一大批包括禅让、策命之文在内的，对皇王权贵累述家世，缕叙功德，极尽夸张渲染之能事的颂美性表奏哀诔之作。甚至像颜延年、王融的《三月三日曲水诗序》，也写成了对皇朝的礼赞，鲍照那样的作家，也献上充满谀辞的《河清颂》。至于颜延之的《宋文帝元皇后诔》、谢庄的《孝武宣贵妃诔》、谢朓的《齐敬皇后哀策文》，更是为了迎合皇帝的意旨，纯粹地无话而找话说。这样的文章即使在内容表达及语言运用上极为精美，也掩盖不了其内在质底的空虚。没有了孟子那样的浩然之气,庄子那样的汪洋恣肆。也没有了贾谊面陈时事时之"可为之痛哭,为之太息",晁错之为"天子""宗庙"而不顾身家性命的安危。当然也就没有了他们文章中所蕴含的精神美、气势美。

其次,因片面追求形式美而丧失了语言运用的质实性。

总体上说,骈文是靠绚烂的辞藻、琳琅的典实、精巧的偶对使人获得审美感受,因而走上了靠铺陈藻绘、雕章琢句以炫人耳目的路子。从而扭转或丧失了先秦、西汉文章在语言运用上质简凝练,于字句组合中充分发挥其内在张力的方向,丧失了含蓄蕴藉,意味悠长,耐人品嚼的品格。也就丧失了其所具有的质实美。这是它在审美表现上的重大缺陷。

第三,过分重视用典隶事,削弱了审美效果且使其难以广泛普及。

用典隶事,是构成骈文的基本要素之一,而越到后来,这种风习越严重,至徐陵、庾信几乎到了句句有典的程度。这就使得文史知识储积不足的读者,不依靠前贤时彦的注解,阅读原文时,不只扞格不通,甚而不知所云。这就大大削弱了骈文的审美效果,且使之成为上层文人的专利品,让普通读者望而却步,在社会上难以普及。

以上三点是骈体文的致命伤。恐怕正是因此,才导致隋唐以来,众多作家对骈文采取强烈抨击的态度。

第二节　题材的拓展和进一步深化

在南朝,随着审美的自觉,无论是骈体还是非骈体,在题材内容上都表现出进一步的开拓和深化发展。

一　对外在自然美的反映更为充分、丰富和深入

刘勰在《文心雕龙·明诗》中说:"宋初文咏,体有因革,庄老告

退，山水方滋。"随着社会上隐遁之风日盛和人们审美视野的扩大，自然景物和山水风光，作为客观的审美对象日益引起人们的兴趣，同时文人在这方面的审美感受和表现能力大大提高。其主要表现在山水诗的兴盛，同时模山范水的风气，也散播到散文中，作家们彼此交往的书札和记志性作品里，都出现了描摹赞叹山水风光的优秀篇章。

宋代最著名的表现自然美的作品是鲍照的《登大雷岸与妹书》。这是鲍照由京城去江州经大雷口时，写给其妹鲍令晖的信，文中除倾诉旅途的辛苦外，着重描述了登大雷岸观察感受到的壮观景象：

> 南则积山万状，负气争高；含霞饮景，参差代雄；凌跨长陇，前后相属；带天有匝，横地无穷。东则砥原远隰，亡端靡际；寒蓬夕卷，古树云平，旋风四起，思鸟群归；静听无闻，极视不见。北则陂池潜演，湖脉通连；苎蒚攸积，菰芦所繁；栖波之鸟，水化之虫，智吞愚，强捕小，号噪惊聒，纷乎其中。西则回江永指，长波天合；滔滔何穷，漫漫安竭；创古迄今，舳舻相接。思尽波涛，悲满潭壑。烟归八表，终为野尘；而是注集，长写不测。修灵浩荡，知其何故哉！
>
> 西南望庐山，又特惊异。基压江潮，峰与辰汉相接。上常积云霞，雕锦缛。若华夕曜，岩泽气通，传明散彩，赫似绛天。左右青霭，表里紫霄。从岭而上，气尽金光；半山以下，纯为黛色。信可以神居帝郊，镇控湘汉者也。（《全宋文》卷四十六）

其用铺陈的笔法写山势、水势的雄伟壮阔，其中不乏警句，也给人惊心动魄之感。这在散文作品中是前所未有的。但过于铺张，略嫌繁赘，似乎尚未脱出赋家的套路。

其《瓜步山楬文》篇幅较小,亦用大体相同的笔法写山水景物,但其中有云:

> 瓜步山者,亦江中眇小山也,徒以因迥为高,据绝作雄,而凌清瞰远,擅奇含秀,是亦居势使之然也。故才之多少,不如势之多少远矣。(《全宋文》卷四十六)

似乎别有寄寓,不以描摹为主。另有《石帆铭》,写石帆山的雄奇险峻,与《登大雷岸》文同一格调。

隐士兼画家的宗炳,写有一篇《画山水序》,虽未正面描写山水,却道明了隐遁与山水的关系,对理解此时期山水诗文的发展有所帮助。其中有云:

> 圣人含道应物,贤者澄怀味象。至于山水,质有而趣灵。是以轩辕尧孔、广成大隗、许由孤竹之流,必有崆峒、具茨、藐姑、箕首、大蒙之游焉,又称仁智之乐焉。夫圣人以神发道而贤者通,山水以形媚道而仁者乐,不亦几乎?余眷恋庐衡,契阔荆巫,不知老之将至。愧不能凝气怡身,伤跕石门之流,于是画象布色,构兹云岭。(《全宋文》卷二十)

将山水与"仁智之乐"联系起来,大大提高了自然山水的内在意蕴,当然也就提高了游赏山水和描摹山水的意义和价值。

梁朝写山水的著名作品,有陶弘景的《答谢中书书》:

> 山川之美,古来共谈。高峰入云,清流见底。两岸石壁,五色交晖;青林翠竹,四时俱备。晓雾将歇,猿鸟乱鸣;夕日欲颓,深鳞竞跃。实是欲界之仙都。自康乐以来,未复有能与其

奇者。(《全梁文》卷四十六)

虽然用的是骈语,但写得轻倩晓畅,传达出了自然风光给人的恬静清适之感。另一篇《答虞中书书》(参见《全梁文》卷四十六),是写给一位身在仕途,心向山林的朋友,表达虽"托形崇阜,息影长林"仍难免人生短促之慨,希望对方能早日摆脱俗累,与自己"相与共忧"。再有一篇《寻山志》(参见《全梁文》卷四十六),写由游山而生发的"反无形于寂寞,长超忽乎尘埃"的感悟,是介乎骚、赋之间的骈文,其中有对山林隐居生活颇为动人的描写,如"尔乃荆门昼闭,蓬户夜开。室迷夏草,径惑春苔。庭虚月映,琴响风哀。夕鸟依檐,暮兽争来"。

吴均的几篇短简是写景佳品,著名的是《与朱元思书》:

> 风烟俱净,天山共色,从流飘荡,任意东西。自富阳至桐庐,一百许里,奇山异水,天下独绝。水皆漂碧,千丈见底,游鱼细石,直视无碍。急湍甚箭,猛浪若奔。夹峰高山,皆生寒树;负势竞上,互相轩邈;争高直指,千百成峰。泉水泠泠作响,好鸟相鸣成韵。蝉则千转不穷,猿则百叫无绝。鸢飞戾天者,望峰息心;经纶世务者,窥谷忘反。横柯上蔽,在昼为昏;疏条交映,有时见日。(《全梁文》卷六十)

散骈相间,纵意写来,既简洁干净,又浅明晓畅。山态水势,生动传神,音色谐配,盎然成趣。在审美表现上,达到了很高的水平。其余《与施从事书》《与顾章书》同为写景短书,虽后两篇较上文略逊,亦不失为难得佳作。

刘孝标《东阳金华山栖志》是一篇有特点的作品。不是纯写山光水色,而是以自己隐居栖息之地为中心,既描绘自然风光,又写身处自然环境中的感受、隐居生活的怡然之乐。其文吸收了赋的营养，又从容而不夸饰。文中说隐居地为"东阳郡金华山"，故先写东阳：

> 实会稽西部，是生竹箭，山川秀丽，皋泽块郁。若其群峰叠起，则接汉连霞；乔林布濩，则春青冬绿。回溪映流，则十仞洞底；肤寸云谷，必千里雨散。信卓荦爽垲，神居奥宅。

再写金华山，然后对隐居地周边的环境进行铺绘性的描写：

> 所居三面，皆回山周绕，有象郭郭。南则平野萧条，目极通望。东西带二涧，四时飞流泉。清澜微霭，滴沥生响；白波跳沫，汹涌成音。并漕渎通引，交渠绮错。悬溜泻于轩甍，激湍回于阶砌。供帐无绠汲，盥漱息瓶盆。枫栌椅栎之树，梓柏桂樟之木，分形异色，千族万种。结朱实，包绿裹，杬白蒂，抽紫茎。楙蠹苯蓴，捎风鸣籁；垂条檐户，布叶房栊。

最后，写其隐居生活的乐趣：

> 岁始年季，农隙时间。浊醪初霁，醽清新熟。则田家野老，提壶共至，班荆林下，陈罇置酌。酒酣耳热，屡舞喧呶；盛论箱庚，高谈谷稼。嗢噱讴歌，举杯相抗。人生乐耳，此欢岂訾。（《全梁文》卷五十七）

颇有陶诗中所写的情味。这样糅景物于人物生活与心理感受之中的写法，为前所未有。

此外，萧绎的《玄圃牛渚矶碑》《南岳衡山九贞馆碑》《庐山碑》皆为骈体状物写景之作，如后者有云：

> 庐山者,亦南国之德镇。虽林石异势,而云霞共色。长风
> 夜作,则万流俱响;晨鼯晓吟,则百岭齐应。东瞻洪井,识曳帛
> 之在兹;西望石梁,见指宝之可拾。(《全梁文》卷五十七)

虽不如陶弘景、吴均之作清新,亦可看出当时对自然景物的审美观
照,已成为一种风气。

陈朝写自然美的作品,不如梁代多,顾野王的《虎丘山序》,是
今天能见到的较早的写虎丘山的作品。对虎丘的描绘有云:

> 若兹山者,高不概云,深无藏影。卑非培塿,浅异棘林。
> 秀壁数寻,被杜兰与苔藓;椿枝十仞,挂藤葛于悬萝。曲涧潺
> 湲,修篁荫映。路若绝而复通,石将颓而更缀。抑巨丽之名
> 山,信大吴之胜壤。(《全陈文》卷十三)

确实写出了虎丘独有的特点。

沈炯的《答张种书》同样写虎丘,则从大的背景上着笔:

> 若乃三江五湖,洞庭巨丽,写长洲之茂苑,登九曲之层台。
> 山高水深,云蒸雾吐,其中之秀异者,实虎丘之灵阜焉。冬桂夏
> 柏,长萝修竹。灵源秘洞,转侧超绝;远涧深崖,交罗户穴。
> (《全陈文》卷十四)

与顾作异曲同工,而另具特色。

总之,在这一时期的散文作品中,同样反映出:人进一步地发
现了自然,自然也陶冶了人的心灵。在写法上开始由铺叙向着领
会和体现其意韵发展。

二　个体化、人情化程度进一步加深

在南朝,散文作品中,不涉及军国大事,不高谈阔论,不虚伪应酬,而立足于个体角度的、人与人之间相互交流的述怀、表志等言情之作,作为本时期的一种基本趋势,有了进一步发展。

首先,这种趋势最早出现在建安时期曹氏父子的作品中,梁代的萧氏父子与之颇类似,恰好可以拿来作为对比。

梁武帝萧衍之《净业赋序》,前人谓摹魏武《自明本志令》。今天看来,其气势横放上固不如曹操,然在表述的细致深入上则进了一大步。如开始云:

> 少爱山水,有怀丘壑。身羁俗罗,不获遂志。舛独往之行,乖任纵之心,因而登庸,以从王事。属时多故,世路屯寒,有事戎旅,略无宁岁。上政昏虐,下竖奸乱。君子道消,小人道长。

其后述其起事并趋于登上帝位的过程,皆相当细致。再写称帝事:

> 独夫既除,苍生苏息,便欲归志园林,任情草泽。下逼民心,上畏天命,事不获已,遂膺大宝。如临深渊,如履薄冰。犹欲避位,以俟能者。若其逊让,必复鱼溃。非直身死名辱,亦负累幽显。……世论者以朕方之汤武,然朕不得以比汤武,汤武亦不得以比朕。汤武是圣人,朕是凡人,此不得比汤武。但汤武君臣义未绝,而有南巢白旗之事,朕君臣义已绝,然后扫定独夫,为天下除患。以是二途。(《全梁文》卷一)

然后,又写己之断肉食,绝房室,一一叙来,明显更为贴近普通人情与生活。与此文类似的还有《孝思赋序》,其开头云:

想缘情生，情缘想起，物类相感，故其然也。每读《孝子传》，未尝不终轴辍书悲恨，拊心呜咽。年未髫龀，内失所恃，余喘蛉蛩，奶媪相长。齿过弱冠，外失所怙，限职荆蛮，致阙晨昏。江途辽夐，家无指信，仿佛行路。先君体有不安，昼则辍食，夜则废寝，方寸烦乱，容身无所，便投刺解职，以遵归路。于时齐隋郡王子隆镇抚陕西，频频信命，令停一夕，明当早出江津送别。心虑迫切，不获承命，止得小船，望星就路。夜冒风浪，途次定陵，船又损坏。于时门宾周仲连为鹊头戍主，借得一舸，奔波兼行，屡经危险，仅而获济。及至戾止，已无逮及。五内屠裂，肝心破碎，便欲归身山下，毕志坟陵。（《全梁文》卷一）

叙事述情，更为细腻，不知是否有矫饰，但就文字看相当真切。作为帝王而倾诉的是普通人情，这是前所未有的。不仅表述个人情志上如此，在与臣下的关系中，也颇见私情，如其《与何点手诏》：

昔因多暇，得访逸轨。坐修竹，临清池，忘今语古，何其乐也。暂别丘园，十有四载，人事艰阻，亦何可言。自应运在天，每思相见，密迹物色，劳甚山阿。严光排九重，践九等，谈天人，叙故旧，有所不臣，何伤于高。文先以皮弁谒子桓，伯况以穀绅见文叔，求之往策，不无前例。今赐卿鹿皮巾等，后数日望能入也。（《全梁文》卷二）

这样的诏书，亦具有真切的人情味。

萧纲的作品抒情成分更重，前所引述的《与刘孝仪令悼刘遵》《与萧临川书》《答张缵谢示集书》及《与湘东王书》《答湘东王书》等都是显例。与前人之作相比，感怀述情无疑有了更深入细致的发展。

萧统的地位大体与曹丕相当,但为人似乎更为谦和。他有多篇怀人伤逝之作,除前引《与东宫官属令》,还有如《与晋安王纲令》:

> 明北兖、到长史遂相系凋落,伤怛悲恸,不能已已。去岁陆太常殂殁,今兹二贤长谢。陆生资忠履贞,冰清玉洁,文该四始,学遍九流,高情胜气,贞然直上。明公儒学稽古,淳厚笃诚,立身行道,始终如一,傥值夫子,必升孔堂。到子风神开爽,文义可观,当官立事,介然无私。皆海内之俊义,东序之秘宝。此之嗟惜,更复何论。但游处周旋,并淹岁序,造膝忠规,岂可胜说。幸免祗悔,实二三子之力也。谈对如昨,音言在耳,零落相仍,皆成异物。每一念至,何时可言!(《全梁文》卷十九)

这样的文字确实发展了曹丕以来的传统。至于其《答晋安王书》,是写给萧纲的另一封信:

> 得五月二十八日疏并诗一首,省览周环,慰同促膝。汝本有天才,加以爱好,无忘所能,日见其善。首尾裁净,可为佳作。吟玩反覆,欲罢不能。相如奏赋,孔璋呈檄,曹刘异代,并号知音。发叹凌云,兴言愈病,尝谓过差,未以信然;一见来章,而树谖忘痗,方证昔谈,非为妄作。
>
> 炎凉始贸,触兴自高,睹物兴情,更向篇什。昔梁王好士,淮南礼贤,远致宾游,广招英俊,非惟藉甚当时,故亦传声不朽。必能虚己,自来慕义,含毫属意,差有起予,摄养得宜,与时无爽耳。……清风朗月,思我友于,各事藩维,未克棠棣,兴言届此,梦寐增劳。善护风寒,以慰悬想。指复立此,促迟还书。(《全梁文》卷二十)

兄弟之间,既有鼓励又有关怀,这种情愫表达得亲切自然,在贵游之间是少有的。

不只是萧氏父子兄弟,在南朝,类似的立足于个体立场上的抒情、述怀之作相当普遍。

如宋时王微(414—443),字景弘,文名不甚著。所写《与江湛书》,仿嵇康与山涛书,表明坚不出仕的态度,相当真切有力,如开头部分所云:

> 弟心病乱度,非但蹇躄而已,此处朝野所共知。……今虽王道鸿邑,或有激朗于天表。必欲探潜援宝,倾海求珠,自可卜肆巫祠之间,马栈牛口之下,赏剧孟于博陵,拔卜式于刍牧。亦有西戎孤臣,东都戒士,上穷范驰之御,下尽诡遇之能,兼鳞杂袭者,必不乏于世矣。且庐于承明署乎?金马皆明察之官,又贤于管库之末,何为劫勒疾病人,尘秽难甚之选。将以靖国,不亦益罢乎?(《全宋文》卷十九)

表态明确,还有强烈的讽刺口吻。他为了悼念死去的弟弟,写《以书告弟僧谦灵》,以为文的形式向逝者倾诉心曲:

> 弟年十五,始居宿于外,不为察慧之誉,独沈浮好书。聆琴间操,辄有过目之能;讨测文典,斟酌传记,寒暑未交,便卓然可述。吾长病,或有小间,辄称引前载,不异旧学。自尔日就月将,著名邦党。方隆凤志,嗣美前贤,何图一旦,冥然长往。酷痛烦冤,心如焚裂。寻念平生,裁十年中耳。然非公事,无不相对。一字之书,必共咏读;一句之文,无不研赏。浊酒忘愁,图籍相慰。吾穷而不忧,实赖此耳。奈何罪酷!茕然独坐,忆往年散发,极目流涕,吾不舍昼夜,又恒虑吾羸病。岂

图奄忽，先归冥冥。反覆万虑，无复一期。音颜仿佛，触事历然。弟今何在，令吾悲穷。(《全宋文》卷十九)

将极深的悲痛，寓于对往事的琐碎回忆、述说当中。写法开韩愈《祭十二郎文》之先河。

谢庄的《与江夏王义恭笺》因疾患恳辞职务，内容之惨切，较李密《陈情表》有过之而无不及；谢朓的《拜中军记室辞随王笺》表达留恋感恩之情，真挚而婉转；江淹的《报袁叔明书》向朋友痛诉自己的情怀：皆是此类作品。至于徐陵、庾信的代表性作品，更是此类中的绝作。

其次，此期有不少《自序》，不再像班、马，总括述说写作的缘由、过程及对内容作概括提要，而转化成对自我生平或性情愿望、志趣特点的表白、夸赞。如张融的《门律自序》对自己文章自夸自诩：

吾文章之体，多为世人所惊，汝可师耳以心，不可使耳为心师也。夫文岂有常体，但以有体为常。政当使常有其体，丈夫当删诗书，制礼乐，何至因循寄人篱下。且中代之文，道体阙变，尺寸相资，弥缝旧物。吾之文章，体亦何异，何尝颠温凉而错寒暑，综哀乐而横歌哭哉？政以属辞多出，比事不羁，不阡不陌，非途非路耳。然其传音振逸，鸣节竦韵，或当未极，亦已极其所矣。(《全齐文》卷十五)

其文如其人一样狂放。梁萧子显的《自序》同样自负不凡：

余为邵陵王友，悉还京师。远思前比，即楚之唐、宋，梁之邹、严。追寻平生，颇好辞藻，虽在名无成，求心已足。若乃登高目极，临水送归，风动春朝，月明秋夜，早雁初莺，开花落叶，有来斯应，每不能已也。前世贾、傅、崔、马，邯郸、缪、路之徒，并以文章显。所以屡上歌颂，自比古人。……每有制作，物寡思功，须其自来，不以力构。少来所为诗赋，则鸿序一作，体兼众制。文备多方，颇为好事所传，故虚声易远。（《全梁文》卷二十三）

亦为自我张扬之文。江淹的《自序传》，则阐发自己的人生理想：

淹尝云：人生当适性为乐，安能精意苦力，求身后之名哉？故自少及长，未尝著书，惟集十卷，谓如此足矣。重以学不为人，文不苟合，又深信天竺缘果之文，偏好老氏清净之术，仕所望不过诸卿二千石，有耕织伏腊之资，则隐矣。常愿幽居筑宇，绝弃人事。苑以丹林，池以绿水。左倚郊甸，右带瀛泽。青春爱谢，则接武平皋；素秋澄景，则独酌虚室。侍姬三四，赵女数人。不则逍遥经纪，弹琴咏诗，朝露几间，忽忘老之将至云尔。淹之所学，尽此而已矣。（《全梁文》卷三十九）

这种境界，典型地表现了南朝士人的心态。刘峻的《自序》以自己和冯衍作对比，抒发的是一种牢骚情绪。王筠的《自序》主要表达自己对抄书、读书的喜好。诸如其类，皆以彰显自我为主旨，以个人为主体的色彩更突出。

再次，这个时期，延续了前代的传统，写有数量不少的家诫之作，表达对子孙和家族的关心，更明显而充分地表现了普通的人情，为长者固有的心态，但又各有不同的特点。

最著名的是颜延之的《庭诰》，是当时最长的家诫文字，而且将"诫"命之为"诰"，说明对它的重视。总的宗旨是："观夫古先垂戒，长老余论,虽用细制,每以不朽见铭。缮筑末迹,咸以可久承志。况树德立义,收族长家,而不思经远乎?"以此为纲领,上至基本处世原则,下及人情世故的方方面面,一一絮絮写来,不厌其烦,不嫌其细,涉及范围之广,思虑嘱告之周,为前所未见(参见《全宋文》卷三十六)。

王僧虔(426—485),著名书法家、音乐家。位至侍中、尚书令。其《诫子书》亦为名作。教育他的儿子不可轻急浮躁,务必踏实沉浸,才能学有所成,功有所就。着重强调,一切要靠自身的努力,不能指望家庭门第的荫庇。写法是以自身为比,以王氏的衰落作教诫:

> 由吾不学,无以为训。然重华无严父,放勋无令子,亦各由己耳。汝辈窃议亦当云:"阿越(可能为僧虔小字)不学,在天地间可嬉戏,何忽自课谪? 幸及盛时逐岁暮,何必有所减?"汝见其一耳,不全尔也。设令吾学如马、郑,亦必甚胜;复倍不如,今亦必大减。致之有由,从身上来也。汝今壮年,自勤数倍,许胜劣及吾耳。世中比例举眼是,汝足知此,不复具言。
>
> 吾在世,虽乏德举,要复推排人间数十许年,故是一旧物,人或以比数汝等耳。即化之后,若自无调度,谁复知汝事者?舍中亦有少负令誉,弱冠越超清级者。于时王家门中,优者则龙凤,劣者犹虎豹;失荫之后,岂龙虎之议? 况吾不能为汝荫,政应各自努力耳。或有身轻三公,蔑尔无闻;布衣寒素,卿相屈体。或父子贵贱殊,兄弟声名异。何也? 体尽读数百卷书耳。吾今悔无所及,欲以前车诫尔后乘也。汝年入立境,方应从官,兼有室累,牵役情性,何处复得下帷如王郎时邪? 为可作世中学,取过一生耳。试复三思,勿讳吾言,犹捶挞志辈,冀脱万一,未死之间,望有成就者。不知当有益否? 各在尔身已

切身，岂复关吾邪？鬼唯知爱深松茂柏，宁知子弟毁誉事？因汝有感，故略叙胸怀矣。(《全齐文》卷八)

行文全用当时口头俗语，娓娓道来，恳切而深挚，正是对自家人说自家话的家诫本色。此外，徐勉有《为书诫子崧》，虽倡言"遗子黄金满赢，不如一经"，但琐琐多谈田产家宅之事。王筠《与诸儿书论家世集》更重视的是门望，已见前引。凡此诸作，较前人类似作品，更为深入细致，体现了重个体、重家世的时代趋势。

值得一提的是，作为一代帝王的萧衍，没有写家诫之类的作品，却有一篇《凡百箴》，用浅白的语言教导臣民，内容亦在重家爱身：

> 凡百众庶，尔其听之。事无大小，先当熟思。思之不熟，致成反覆。
>
> 其心不定，不可施令。是曰乱常，是曰败政。弗止辱身，亦丧厥命。
>
> 惟慈惟恕，惟孝惟敬。严惟率下，直惟厥正。如彼互乡，如彼暴虎。家声不建，有忝尔祖。
>
> 思之既熟，决意而行。临难必勇，见义忘生。门有贤良，家有忠贞。
>
> 勿恃尔尊，骄慢淫昏。勿谓尔贵，长夜荒醉。日不恒中，月盈则亏。崇山落峰，高树折枝。履邪念正，居安思危。
>
> 莫言尔贱，而不受命。君子小人，本无定性。莫言人微，而以自轻。张他为卒，李衡为兵。忠信孝友，皆以扬名。(《全梁文》卷六)

写法颇类《三字经》《百家姓》之类的通俗读物。可见在南朝，不仅有高雅的骈文,亦有通俗的流行体。

三 偏重审美趣味的谐谑文章

形式与内容的不协调造成滑稽,高度智慧以某种轻松浅显的方式表达出来便是幽默,如果寓以讽刺就成为嘲谑,这些都是构成喜剧美的因素。中国人自古以来就有这方面的天赋,晏婴、东方朔都是代表性人物。南朝继承了王褒《僮约》、张敏《头责子羽文》的传统,也产生了不少此类文章。

袁淑(407—453),字阳源。《宋书·袁淑传》谓其"不为章句之学,而博涉多通,好属文,辞采遒艳,从横有才辩"。又称其"喜为夸诞"。写有《鸡九锡文》《驴山公九锡文》《大兰王九锡文》,皆以皇帝赐给王公以"九锡"的格式,煞有介事地赐给鸡、驴、猪以九锡。显然为游戏笔墨,是否寓有讽刺意义,难以判断。不过《南史·刘祥传》载有一段材料:

> 王奂为尚书仆射,祥与奂子融同载,行至中堂,见路人驱驴,祥曰:"驴,汝好为之,如汝人才,皆已令、仆。"

这是属于齐代的事,晚于袁淑好多年。是否刘祥读到过袁文,才这样骂人? 如果真是如此,也足以说明袁淑文章的影响。

其后,沈约有《修竹弹甘蕉文》,用奏弹文的形式、拟人的方法、骈体语言,以修竹的名义,对甘蕉"郭蔽"泽兰萱草的行为,进行奏弹。有云:

> 甘蕉出自药草,本无芬馥之香,柯条之任;非有松柏后凋之心,盖阙葵藿倾阳之识。凭借庆会,稽绝伦等,而得人之誉靡即,称平之声寂寞。遂使言树之草,忘忧之用莫施;无绝之

芳,当门之弊斯在。妨贤败政,孰过于此;而不除翦,宪章安用。请以见事徙根翦叶,斥出台外。庶几惩彼将来。谢此众屈。(《全梁文》卷二十七)

对仗谐调,言辞华美。以沈约的经历和为人,不应有"以彼径寸茎,荫此百尺条"的感慨和不平。当为展示文才的游戏谐谑之作,是否有所寄寓,难作判断。

孔稚珪的《北山移文》是一篇骈体名作。以拟人化的手法,借北山向山庭众物发布移文的形式,号召对先隐后仕的假隐士进行讨伐。始云:

> 钟山之英,草堂之灵,驰烟驿路,勒移山庭。夫以耿介拔俗之标,潇洒出尘之想,度白雪以方洁,干青云而直上,吾方知之矣。若其亭亭物表,皎皎霞外,芥千金而不盼,屣万乘其如脱,闻凤吹于洛浦,值薪歌于延濑,固亦有焉。岂期终始参差,苍黄翻覆;泪翟子之悲,恸朱公之哭;乍回迹以心染,或先贞而后黩。何其谬哉!

然后矛头直指周子,写他先隐而后仕:

> 学遁东鲁,习隐南郭;偶吹草堂,滥巾北岳;诱我松桂,欺我云壑。虽假容于江皋,乃缨情于好爵。……及其鸣驺入谷,鹤书赴陇,形驰魄散,志变神动。尔乃眉轩席次,袂耸筵上;焚芰制而裂荷衣,抗尘容而走俗状。风云凄其带愤,石泉咽而下怆。望林峦而有失,顾草木而如丧。

一旦为官之后:

道恹长殡，法筵久埋；敲扑喧嚣犯其虑，牒诉倥偬装其怀。琴歌既断，酒赋无续；常绸缪于结课，每纷纶于折狱。笼张赵于往图，架卓鲁于前录。希踪三辅豪，驰声九州牧。使我高霞孤映，明月独举，青松落荫，白云谁侣？涧户摧绝无与归，石径荒凉徒延伫。至于还飙入幕，写雾出楹，蕙帐空兮夜鹤怨，山人去兮晓猿惊。昔闻投簪逸海岸，今见解兰缚尘缨。

从而引起众怒：

于是南岳献嘲，北陇腾笑，列壑争讥，攒峰竦诮。慨游子之我欺，悲无人以赴吊。故其林惭无尽，涧愧不歇，秋桂遣风，春萝罢月。骋西山之逸议，驰东皋之素谒。

最后写因其又将路过北山，而号召众物坚决予以阻绝：

今又促装下邑，浪拽上京，虽情投于魏阙，或假步于山扃。岂可使芳杜厚颜，薜荔蒙耻；碧岭再辱，丹崖重滓；尘游躅于蕙路，污渌池以洗耳。宜扃岫幌，掩云关，敛轻雾，藏鸣湍；截来辕于谷口，杜妄辔于郊端。于是丛条瞋胆，叠颖怒魄，或飞柯以折轮，乍低枝而扫迹。请回俗士驾，为君谢逋客。（《全齐文》卷十九）

全文兰藻纷披，节奏流畅，口吻毕肖，辞气生动，充分显示了作者的才气与艺术表现力。文中的周子指周颙，过去一般认为此文是针对周颙的讽刺之作。但经考，多数学者以为，文中所写与周颙事迹经历人品并不相符，且周、孔二人皆与张融、何点、何胤相交好，此文可能为彼此间相谐谑的游戏文字。不过文中对假隐士的讽刺确实具有很强的现实性典型意义。

此外,吴均的《檄江神责周穆王璧》《饼说》《食移》,皆有游戏为文的性质。《食移》以"食"为重点,讽刺显达者之忘故交。写得非常漂亮。其文云:

> 月光离毕,风气入箕。细雨如网,细柳如丝。
>
> 离隔东西之怨,眺望山川之阻;企龙门而不见,览桂枝而延伫。此乃方寸之恒情,羌难得而靦缕也。亦有鲍叔分财,华歆让位,乃相知于平生,实忘怀于窈寐。鸡有呼群之德,鹿有食草之美。在微物其尚然,况仁义之君子哉!
>
> 今足下居则广厦高堂,连闼洞房。绮窗半卷,屏风角张。指天地如一指,安知故人之可伤。一死一生,乃知交情;一贵一贱,交情乃见。谓古昔之恒谈,在今日而方见。呜呼如何,忘我实多。
>
> 辄欲弹琴纵酒,于首阳之阿。君有厨中腐肉,而仆不厌糟糠;君有雁鹜之食,而余不得一尝。愿以小人之腹,为君子之肠,何如哉?今欲君之余:江皋绿菰之笋,洞庭紫鳖之鱼,昆山龙胎之脯,元(玄)圃凤足之蓝。千里蓴羹,万丈名脍,气馨若兰,色美如艾。扶南甘蔗,一丈三节,白日炙便销,清风吹即折。安定之梨,皮薄味厚,一岁三花,一枚二升。凡厥上味,惟君能施。君若不施,成君深累。于神为不祥,于人为愆义。(《全梁文》卷六十)

此文与《北山移文》相近,也不一定实有其事,而带有炫耀自己才学的性质,但亦某种程度地反映了当时的世事人情。

从上述文章,可见写这类俳谐之作,在当时已成为一种风气。即使有些作品见不出深刻的寄寓,亦不可简单地视作无聊的文字游戏,因为它反映出一种倾向,即作家写作中有意无意地脱离了直接具体的实用目的,而把散文写作作为实现纯审美愉悦的手段。这在散文发展中是种积极的倾向。而且这类文体对唐宋文某些形式的出现亦有启发推动作用,如韩愈的名作《毛颖传》《告鳄鱼文》难说未受其影响。

四　其他方面的文章

此时期,在论说文章方面,除前引刘峻《广绝交论》《辩命论》外,没有更高水平的发展。在儒、道、释的交锋中,以范缜的《神灭论》写得最为出色。其表达上的有力之处,一是靠其恰切而生动地运用了比喻。据《梁书·范缜传》载:

> 缜在齐世,尝侍竟陵王子良。子良精信释教,而缜盛称无佛。子良问曰:"君不信因果,世间何得有富贵,何得有贱贫?"缜答曰:"人之生譬如一树花,同发一枝,俱开一蒂,随风而堕,自有拂帘幌坠于茵席之上,自有关篱墙落于粪溷之侧。坠茵席者,殿下是也;落粪溷者,下官是也。"

就用生动的比喻说明了人的命运是出于自然。在《神灭论》中,他以刃与利的关系,很好地说明了人的肉体存在与精神存在的关系,恰切准确,使之立于不败之地。二是靠了有力的逻辑推理——驳斥了对方的驳难。

在写人叙事方面,此期的碑志文作者甚多,数量很大,多为应酬之作,较前代作品无突出进展,唯对碑主的仕宦经历铺叙更细,溢美之辞更为夸张,比起前代大家如蔡邕的作品,在语言形式上显得更为辉煌弘丽。为人所传诵的作品,如王俭《太宰褚彦回碑文》、沈约《齐故安陆昭王碑文》,都呈现出以上特色。

在传记类作品中,出现的新品种是"行状",名作如任昉的《齐竟陵文宣王行状》,是为肖子良请谥而作,历述其事迹与功业,多夸饰溢美之辞,在行文的组织上显示出不凡的功力。此外,较优秀的有江淹《袁友人传》、王僧孺《太常敬子任府君传》。前者简明扼要,写出袁炳为人的特点,后者对任昉不铺叙其生平,只突出其为人、为文的特点,虽用骈体但写得简洁而切实,充满真挚的感情。而此期最值得称道的传记作品,当为萧统的《陶渊明传》:文章用简明素朴的散体语言,历叙陶渊明生平,突出足以显示其性格特点的典型事迹,无任何铺张,却极为传神,渗透着作者赞赏敬佩之情,是最好的写陶氏的传记作品。

第三节 北朝散文及四部专书

一 北朝主要的散文作家作品

北朝指在中原地区先后建立的北魏及北魏分裂后的东魏、西魏,又延续发展而来的北齐、北周等几个政权。有的学者将隋代之文帝也归于北朝,我们将隋与唐连接起来,归于下一阶段论述。

《北史·文苑传》在序论中,曾总结性地论述南北朝文学的发展,谓:"彼此好尚,互有异同。江左宫商发越,贵于清绮;河朔词义贞刚,重乎气质。气质则理胜其词,清绮则文过其意。理深者便于时用,文华者宜于咏歌。此南北词人得失之大较也。"这是唐代人的看法,大体符合实际情况。

北朝为少数民族入主中原后所建立的政权,随着汉化程度的加深,多引用中原地区的汉族士人。这些文人受先秦汉魏文化影响较深,加之少数民族粗犷质朴之气的熏陶,为文比较质直自然。到了后期,南北之间的文化交流日益频繁和深入,呈现出北朝向慕南朝士族文化的趋向,于是也渐染绮靡,但也有抗拒和反对这种倾向的。此时期整个北朝,先后产生了一些影响较大的作家作品。

高允(390—487),字伯恭,勃海蓨(河北景县)人。为北魏重要儒者,又善史笔文章,《北史·高允传》称:"自文成迄于献文,军国书檄,多允作也。"又称:"允所制诗赋咏颂箴论表赞诔,《左氏释》《公羊释》《毛诗拾遗》《杂解》《议何郑膏肓事》,凡百余篇。"代表作为《征士颂并序》《北伐颂》《酒训》等。其《谏文成帝起宫室》:

> 臣闻太祖道武皇帝既定天下,始建都邑。其所营立,必因农隙,不有所兴。今建国已久,宫室已备。永安前殿,足以朝会万国;西堂温室,足以安御圣躬;紫楼临望,可以观望远近。若广修壮丽,为异观者,宜渐致之,不可仓卒。计斫材运土,及诸杂役,须二万人,丁夫充作,老小供馈,合四万人,半年可讫。古人有言:一夫不耕,或受其饥;一妇不织,或受其寒。况数万之众,其所损废,亦以多矣。推之于古,验之于今,必然之效也。诚圣主所宜思量。(《全后魏文》卷二十八)

行文以质直为特色。其《塞上公亭诗序》云:

> 延和三年,余赴京师,发石门北行。失道路宿,寓代之快马亭。其俗云:古塞上翁所遗之邑也。曰公有良马,因以命之,此其所遗也。负长城而面南山,皋潭带其侧,涌波灌其前。停骓策以流目,抱遗风以依然。仰德音于在昔,遂挥毫以寄言。代人云:塞上翁姓李,代之李氏,并其后也。(《全后魏文》卷二十八)

行文有讲究文饰倾向,无南朝绮丽之风。

温子升（495—547），字鹏举，祖籍太原，世居江左，后避难归魏，家于济阴冤句（山东菏泽）。据《北史·文苑传·温子升传》，他甚受诸帝王器重。其文曾传入江左，梁武帝称之曰："曹植、陆机复生于北土，恨我辞人，数穷百六。"济阴王晖业尝云："江左文人，宋有颜延之、谢灵运，梁有沈约、任昉，我子足以陵颜轹谢，含任吐沈。"其流传下来的文章以军国文书为主，多用骈体。如《寒陵山寺碑》，为赞颂高欢而作，有云：

> 大丞相渤海王，命世作宰，惟机成务，标格千仞，崖岸万里。运鼎阿于襟抱，纳山岳于胸怀；拥玄云以上腾，负青天而高引。钟鼓嘈嘈，上闻于天；旌旗缤纷，下盘于地。壮士懔以争先，义夫愤而竞起；兵接刃于斯场，车错毂于此地。轰轰隐隐，若转石之坠高崖；硠硠礚礚，如激水之投深谷。俄而雾卷云除，冰离叶散，靡旗蔽日，乱辙满野；楚师之败于柏举，新兵之退自昆阳，以此方之，未可同日。（《全后魏文》卷五十一）

大体没有超出南朝杰出骈体水平，但展现出已向之看齐。

邢邵（496—？），字子才，不以名行，而以字称。河间鄚（河北任丘）人。《北史·邢峦传》附《邢邵传》载："自孝明之后，文雅大盛，邵雕虫之美，独步当时，每一文初出，京师为之纸贵，读诵俄遍远近。"又云："与济阴温子升为文士之冠，世论谓之温、邢。钜鹿魏收虽天才艳发，而年事在二人之后，故子升死后，方称邢、魏焉。"流传下来的文章多为军国文书及代人所作表奏，亦多为骈体。如《为李卫军疾以国子祭酒让东平王表》：

> 臣闻过舟归于积水，致远在于逸足。未有涓浍之流，可成奔飞之用；驽蹇之乘，而有灭没之功。既列赵衰先人之敏，请

同虞丘退身之义。具官臣某，民望时宗，声实攸在。斧藻川流，雕篆霞蔚；蕉蒲既茂，枝叶实繁。故以学穷齐鲁，声高梁魏；诏美司朝，金谐允在。伏愿回思徙授，以答具瞻。（《全北齐文》卷三）

不但注重词藻的华美，而且也已用典，大体与南朝文风相近。其传中提到的《甘露颂》亦不出此种风格。但其《萧仁祖集序》又称：

> 萧仁祖之文，可谓雕章间出。昔潘陆齐轨，不袭建安之风；颜谢同声，遂革太原之气。自汉逮晋，情赏犹自不谐；江北江南，意制本应相诡。（《全北齐文》卷三）

似乎又在强调南北为文的差别。

魏收（505—572），字伯起，小字佛助，巨鹿郡下曲阳（河北晋县）人。由魏入齐，历任显宦。曾出使于梁，并接触过使北之徐陵，受南朝文化影响较深。据《北史·魏收传》："（魏末）与济阴温子升、河间邢子才齐誉，世号三才。""始收比温子升、邢邵稍为后进，邵即被疏出，子升以罪死，收遂大被任用，独步一时。"邢邵曾云："江南任昉，文体本疏，魏收非直模拟，亦大偷窃。"收则谓邵："伊常于沈约集中作贼，何意道我偷任？"《传》又载："自武定二年以后，国家大事诏命，军国文词，皆收所作。每有警急，受诏立成。或时中使催促，收笔下有同宿构，敏速之工，邢、温所不逮也。"

魏收留存的作品，除一部《魏书》外，主要为军国文书。其规模宏大之作，如《为侯景叛移梁朝文》《为孝静帝下诏禅位》《册命齐王九锡文》，皆为骈体，靠铺陈夸张而形成一定的声势，与南朝此类文章基本相似。如《册命齐王九锡文》与傅亮《策加宋公九锡文》模式几乎完全相同。傅文历述刘裕十大功,然后再列所加九锡,魏文同样历述高洋十三大功,然后列述九锡内容。说明南北朝此类文字的写法已经交融为一。魏收晚年曾写有《枕中书》,类似南朝诸多家诫之作,但不像一般家诫那样用家常话,而有所矫饰,似写给一般人看的箴铭。如其最后一节:

> 月满如规,从夜则亏;槿荣于枝,望暮而萎。夫奚益而不损?孰有损而不害?益不欲多,利不欲大。唯居德者畏其甚,体真者惧其大。道尊则群谤集,任重而众怨会。其达也则尼父栖遑,其忠也而周公狼狈。无曰人之我狭,在我不可而覆;无曰人之我厚,在我不可而答。如山之大,无不有也;如谷之虚,无不受也。能刚能柔,重可负也;能信能顺,险可走也;能智能愚,期可久也。
>
> 周庙之人,三缄其口。漏卮在前,欹器留后。俾诸来裔,传之坐右。(《全北齐文》卷四)

苏绰(498—546),字令绰,武功(陕西武功)人。他倡导传统政治伦理道德观念,主张文风复古。当宇文泰掌握西魏实权后,得遇苏绰,甚为赞赏信用。《北史·苏绰传》载:"周文(指宇文泰)方欲革易时政,务弘强国富人之道,故绰得尽其智能,赞成其事。"绰为"六条诏书"(先修心,敦教化,尽地利,擢贤良,恤狱讼,均赋役),"周文甚重之,常置坐右。又令百司习诵之,其牧守令长非通六条及计账者,不得居官"。又云:"自有晋之季,文章竞为浮华,遂以成俗。周文欲革其弊,因魏帝祭庙,群臣毕至,乃命绰为《大诰》,奏行之。""自是之后,文笔皆依此体。"

宇文泰是有雄才大略之人。从对"六条诏书"的看重和提倡恢复古文,说明他已初步意识到传统信仰缺失对统治政权造成的危害,而他又不明白形式美被强化的原因所在,亦不懂文学发展的必然规律,故想从文风的复古上寻找改变时弊的出路,而苏绰的思想主张正符合了他的需要。

苏绰在奉命写作"诰"体古文之前,所写文字已与骈体不同。如"六条诏书"第一条之第二段:

> 凡人君之身者,乃百姓之表,一国之的也。表不正,不可求直影;的不明,不可责射中。今君身不能自理,而望理百姓之表,是犹曲表而求直影也;君行不能自修,而欲百姓修行者,是犹无的而责射中也。故为人君者,必心如清水,形如白玉,躬行仁义,躬行孝悌,躬行忠信,躬行礼让,躬行廉平,躬行俭约,然后继之以无倦,加之以明察。行此八者以训其人,是以其人畏而爱之,则而象之,不待家教日见而自兴行矣。(《全后魏文》卷五十五)

行文质朴晓畅,颇可称赏。至于所作《大诰》完全仿《尚书》语态口吻,脱离了实际,自非改革方向。所以苏绰之后,西魏北周的文书虽也有些用了这种文体,但为数不多。不过其影响还是有的,此后相当一段时间,西魏文书不再用骈,而改为散体。

苏绰和宇文泰的做法,可谓是最早透露出来的文体改革的一缕信息。

二　产生于南北朝的四部专书

除诸多的作家作品外,这一时期,还产生了对后世散文有重大影响的四部专著。

1. 刘义庆《世说新语》

刘义庆(403—444),刘宋宗室,袭封临川王。《南史·临川王传》载其："爱好文义，文辞虽不多，足为宗室之表。""招聚才学之士，远近必至。""所著《世说》十卷。"

《世说》即《世说新语》，"新语"二字，系后人所加。该书除了有三四条涉及汉初外，裒集了汉末至东晋时期属于士族名士的传闻轶事1 130条，分为三十六门，既不属于史书，又不同于完整的传记，只是这些人物散碎言行事迹的分类集合。目的似乎在于展示士族代表人物的性格特点、精神风貌、流风逸韵。因之，今天将其视为小说亦可，杂史亦可，文章小品亦可，不必过于拘泥。因其内容与行文特点，对后世思想、文化、文学影响至巨，历来受到重视。

从散文史的角度说，此书有两点非常值得注意：

其一，它写人所用的基本方法大体有两种：一是只用一件或大或小的行事、或者几句言辞，写出人物性格气质的某一侧面。这从其所分门类上即显示出来，如"方正""雅量""捷悟""豪爽""任诞""简傲""俭啬"等。就具体内容看，如"俭啬"载："王戎有好李，卖之，恐人得其种，恒钻其核。"只此一事，其为人之吝啬即已可见。其余，如石崇与王恺斗富，足见其奢汰；"过江诸人"一节，于对话中，表现出王导关心国事的胸怀。"任诞"中载：

> 王子猷居山阴，夜大雪，眠觉，开室，命酌酒，四望皎然。因起彷徨，咏左思《招隐诗》。忽忆戴安道。时戴在剡，即便夜乘小船就之。经宿方至，造门不前而返。人问其故，王曰："吾本乘兴而行，兴尽而返，何必见戴？"①

一个小故事便写出人物旷放任性的特点。

---

① 余嘉锡笺疏：《世说新语笺疏》，上海古籍出版社，1993 年。以下所引《世说新语》皆出于此版本。

二是特别注重从言行中传达出人物的心理、情绪及其韵调。如"言语"载：

> 桓公北征经金城，见前为琅邪时种柳，皆已十围，慨然曰："木犹如此，人何以堪！"攀枝执条，泫然流泪。

"豪爽"载：

> 王处仲每酒后辄咏："老骥伏枥，志在千里。烈士暮年，壮心不已。"以如意打唾壶，壶口尽缺。

语句虽短，皆能见出人物的意态韵致。"巧艺"载：

> 顾长康画裴叔则，颊上益三毛。人问其故，顾曰："裴楷隽朗有识具，正此是其识具。"看画者寻之，定觉益三毛如有神明，殊胜未安时。

> 顾长康画人，或数年不点目睛。人问其故，顾曰："四体妍蚩，本无关于妙处；传神写照正在阿堵中。"

《世说新语》写人的特点，正在于这种集中于一点的"传神写照"。该书不只是对人物的某一特点或某一侧面着重写出其风致，对人物整体的观照也重在把握其神韵，并以此来概括人物的基本特征。所谓"神韵"，说起来似乎抽象。实际上，就客观对象说，是人物的内在性格、气质、修养于外在风貌上的体现；从主观体验上说，是主体对客观对象超乎理性认知的一种直观感受。《世说新语》所记录的对人物的评价往往就立足于此，表现于此。在"赏誉""品藻""容

止"中,对人物的评论大多是这样做的,如:

> 抚军问孙兴公:"刘真长何如?"曰:"清蔚简令。""王仲祖何如?"曰:"温润恬和。""桓温何如?"曰:"高爽迈出。""谢仁祖何如?"曰:"清易令达。""阮思旷何如?"曰:"弘润通长。""袁羊何如?"曰:"洮洮清便。""殷洪远何如?"曰:"远有致思。""卿自何如?"曰:"下官才能所经,悉不如诸贤,至于斟酌时宜,笼罩当世,亦多所不及。然以不才,时复托怀玄胜,远咏《老》《庄》,萧条高寄,不与时务经怀,自谓此心无所与让也。"

> 王孝伯道谢公"浓至"。又曰:"长史虚,刘尹秀,谢公融。"

这样高度概括地有审美意味的论神、论韵的品评,在当时蔚为风气。这种品评,有时不只作抽象的概括,而以生动形象加以形容。在本编的通说部分,我们曾有引用。可再列数条如下:

> 世目李元礼"谡谡如劲松下风"。(《赏誉》)

> 王戎云:"太尉神姿高彻,如瑶林琼树,自然是风尘外物。"世目周侯"巖巖如断山"。(《赏誉》)

> 魏明帝使后弟毛曾与夏侯玄共坐,时人谓"蒹葭倚玉树"。(《容止》)

这种高度概括、既抽象又直感的画龙点睛式以"神"以"韵"论人的方式方法,之所以特别值得重视,是因为它对后世产生了巨大影响,我国几乎成为传统的以风格韵味品人论文的特点,大概就导源于此。

其二,它在语言运用上,不铺排,不夸饰,不渲染,不堆垛,走的是与骈文几乎完全不同的另一条道路。其特点:一是质简,叙事用简明的语言直接道来;二是本色,用的是当时士人们常说的口语,虽不通俗浅白,但口吻切实逼真;三是着意于细节,因而生动传神;四是也追求辞藻美,但靠的是语言自然的张力,求其生趣、活趣、美趣,而不假润饰雕琢。如以下数例:

> 王武子、孙子荆各言其土地人物之美。王云:"其地坦而平,其水淡而清,其人廉且贞。"孙云:"其山嶵巍以嵯峨,其水㳘泄而扬波,其人磊砢而英多。"

> 顾长康从会稽还,人问山川之美,顾云:"千岩竞秀,万壑争流,草木蒙笼其上,若云兴霞蔚。"

> 王子敬曰:"从山阴道上行,山川自相映发,使人应接不暇。若秋冬之际,尤难为怀。"

> 王逸少作会稽,初至,支道林在焉。……因论《庄子·逍遥游》。支作数千言,才藻新奇,花烂映发。王遂披襟解带,留连不能已。

此类语言,皆能给人以自然清新而又传神生韵的美感,对后世散文的写作有深远影响。

2. 郦道元《水经注》

郦道元(?—527),字善长,范阳涿鹿(河北涿州)人。在北魏历任州郡及御史中尉等官,死后追赠吏部尚书、冀州刺史。《北史·郦范传》附《郦道元传》谓:"道元好学,历览奇书,撰注《水经》四十卷。"《水经》是魏人托名汉桑钦、专记全国水系的地理书。《水经注》是郦道元为《水经》所写的注,但内容性质较原书有很大的变化。《经》只简单地记载了一百多条河流的位置和流向,《注》却不但以原来的水道为纲,详细考察了它们的源流走向,补充了大大小小的细流分支,而且旁征博引了大量的历史典籍、地记方志、百家杂著,把沿水的溪津陂泽、山岳丘陵、关塞亭障,及与上述诸方面有关的历史遗迹、传闻轶事、远古神话、民间传说都囊括进去,并一一加以考证辨析。这样,就使这部书成了极其丰富广博的人文地理著作,具有了多方面的自然科学和社会科学价值,因而引起明清以来直至现当代众多学者的关注和研究,以至被称为"郦学"。

在散文发展史上,这部书亦有极高的价值。原因在于,作者虽不是专门致力于文章的写作,但在述及沿水的山川风物、自然景观时,凡有突出特色者,都以独特的审美眼光,作了艺术化的描绘,使之成为极有魅力的散文佳品。其最为人所传诵者,如《河水》写龙门一段:

> 孟门,即龙门之上口也。实为河之巨阨,兼孟门津之名矣。此石经始禹凿,河中漱广,夹岸崇深,倾崖返捍,巨石临危,若坠复倚,古之人有言,水非石凿,而能入石,信哉。其中水流交冲,素气云浮,往来遥观者,常若雾露沾人,窥深悸魄。其水尚崩浪万寻,悬流千丈,浑洪赑怒,鼓若山腾,浚波颊叠,迄于下口。方知慎子下龙门,流浮竹,非驷马之追也。①

《江水》写三峡一段:

---

① 陈桥驿校证:《水经注校证》,中华书局,2013年。以下所引《水经注》皆出于此书。

自三峡七百里中，两岸连山，略无阙处。重岩叠嶂，隐天蔽日，自非停午夜分，不见曦月。至于夏水襄陵，沿溯阻绝，或王命急宣，有时朝发白帝，暮到江陵，其间千二百里，虽乘奔御风，不以疾也。春冬之时，则素湍绿潭，回清倒影，绝巘多生怪柏，悬泉瀑布，飞漱其间，清荣峻茂，良多趣味。每至晴初霜旦，林寒涧肃，常有高猿长啸，属引凄异，空谷传响，哀转久绝。故渔者歌曰：巴东三峡巫峡长，猿鸣三声泪沾裳。

其写自然景物的特点：一是，不尚铺张与雕绘，只用非常精炼的语言，极准确地把握住其动态、神韵，多角度、多侧面地把它描绘出来，并适当地加以烘托。除上引较长的段落外，这种传神的点染随处皆是，如："青崖翠发，望同点黛"（《济水·华不注山》）；"绘彩奋发，黝焉若墨"，"山悉赪赤壁，霞举若红云"（《丹水·墨山·丹崖山》）；"夹岸沙涨若雪"（《汝水》）；"平潭清洁澄深，俯视游鱼，类若乘空矣"（《涒水·龙渊》）；"颓波激石，散若雨洒"（《汉水·石门滩》）；"穴中多钟乳，凝膏下垂，望齐冰雪，微津细液，滴沥不断"（《涓水·大洪山》）；"白沙细石，状如凝雪，石溜湍波，浮响无辍"（《渐江水·谷水》）。

二是，在对客观景物的描绘中，融会自己强烈的感受，使读者有如身临其境。如《滱水·博水》：

博水又东南径毂梁亭南，又东径阳城县，散为泽渚。渚水潴涨，方广数里，匪直蒲笋是丰，实亦偏饶菱藕。至若娈婉丱童，及弱年崽子，或单舟采菱，或叠舸折芰，长歌阳春，爱深绿水，掇拾者不言疲，谣咏者自流响。于时行旅过瞩，亦有慰于羁望矣。

景物的描摹中充满了作者为之陶醉的诗情画意。

以上二者的结合，为他所写的景物创造了隽永的意境。作者之所以有如此的笔力，与他饱读博览所形成的高度文化修养有关，又与因对山水景物的偏爱，多处亲临其境实地考察，所获得的审美感受有关。所以《水经注》虽不是专门的山水游记，却提升了时人对自然山水的审美境界，因而对后代山水游记有极深的沾溉膏泽之功。

3. 杨衒之《洛阳伽蓝记》

杨衒之，又作羊衒之、阳衒之，生卒年不详，或称北平人。北魏至东魏时人。

《洛阳伽蓝记》据其《序》：作者于东魏迁都于邺后，重游洛阳，有感于北魏都洛时，穷奢极侈地大兴佛寺，甚至达到"木衣绨绣，土被朱紫"的程度，而迁都后，"城郭崩毁，宫室倾覆，寺观灰烬，庙塔丘墟"，"恐后世无传，故撰斯记"。所以，这是一部借写佛寺的兴废而感慨国家盛衰的作品。

全书以佛寺为纲，描绘了洛阳的市区市貌，融以北魏的政局变动、人物事迹，间以传闻轶事、志怪内容，既有说明介绍，又有叙述描写，还穿插以议论，寄托以感慨，是一部既有史料性，又有文学性的特殊地志性著作。

在散文史上，它的主要特点和价值在于：

第一，采取了一种很独特的、富有创造性的结构组织方法。全书以记佛寺为中心线索，其他方面的内容都弥缝连缀到这一线索上，既展得开，可以随意插入作者感兴趣、有寄托的内容，又收得拢，千枝万叶都归束到中心主干上，使作品条贯清晰，疏而不散，繁而不乱。

第二，叙述描写上，吸收借鉴了赋家的经营方法，一经一纬，递次连续，层次分明，条理井然，为后代类似的文章开辟了道路，奠定了基础。尤其对写建筑、园林的作品影响重大。

第三,叙事多用散句单行,自由行文,而议论描写几乎全用骈辞俪句。后者明显地受南朝文学影响,表明了南北文学的交融,同时也客观地说明骈体散行各有其适应性。

第四,描述性的语言显然与《水经注》不是同一风格,重藻丽,重铺绘,受辞赋与骈体影响的痕迹明显,但又和南朝俪体文不完全相同,浓而不艳,华而不腻,往往能形成一种"浓丽秀逸"的意韵。足以见出以上主要特点者,如《永宁寺》中的一节:

> 中有九层浮图一所,架木为之,举高九十丈。有刹复高十丈,合去地一千尺。去京师百里,已遥见之。初掘基至黄泉下,得金像三十躯。太后以为信法之征,是以营建过度也。刹上有金宝瓶,容二十五石。宝瓶下有承露金盘三十重,周匝皆垂金铎,复有铁锁四道,引刹向浮图。四角锁上亦有金铎,大小如一石瓮子。浮图有九级,角角皆悬金铎,合上下有一百二十金铎。浮图有四面,面有三户六窗,户皆朱漆。扉上有五行金铃,其十二门二十四扇,合有五千四百枚,铃下复镂金环铺首。殚土木之功,穷造形之巧。佛事精妙,不可思议;绣柱金铺,骇人心目。至于高风永夜,宝铎和鸣,铿锵之声,闻及十余里。[①]

叙描既清晰又细致。再如《法云寺》写王子坊一节:

> 当时四海晏清,八荒率职,缥囊纪庆,玉烛调辰,百姓殷

---

① 范祥雍校注:《洛阳伽蓝记校注》,上海古籍出版社,1982 年。以下所引此书皆出此版本。

阜,年登俗乐。鳏寡不闻犬豕之食,茕独不见牛马之衣。于是
帝族王侯、外戚公主,擅山海之富,居川林之饶,争修园宅,互
相夸竞。崇门丰室,洞户连房;飞馆生风,重楼起雾。高台芳
榭,家家而筑;花林曲池,园园而有。莫不桃李夏绿,竹柏
冬青。

行文全用骈语,但生动晓畅,华而不艳。

4. 颜之推《颜氏家训》

颜之推(约529—591),字介,祖籍琅琊。历仕梁、北齐、北周,
逝于隋初。

家诫之作,肇自汉初,随时代发展,作者日多,内容日广,嵇康
的《家诫》唠唠絮语,篇幅已相当长,颜延之的《庭诰》,更发展为鸿
篇巨制,《颜氏家训》则是此类作品的集大成者,将其写成庞大的有
体系性的专著。这类作品在这一时期特别兴盛发达,如前所述,与
中国社会的基本结构以小农经济形态下的家庭为基础有关,尤其
与士族阶层以家族为本位的观念有关。

《颜氏家训》在内容与表达上都有显著特色。

首先,虽如《序致》篇所云:此书"非敢轨物范世",仅是为了
"整齐门内,提撕子孙"。但实际上,涉及的内容极其广泛,包括对
处世立身之道、家庭伦常关系的论述,涉及道德情操、治学态度、文
学艺术创作、宗教思想,还有对社会风尚、习俗的分析批判,渗透了
作者的政治观、历史观、社会观、道德伦理观以及文艺观、宗教观
等,实际上等于以家诫形式写作的具有子书性质的社会理论著作。
在《序致》中,一开始就拿"魏晋已来,所著诸子"与自己所著作对比,
即说明了这一点。所以,此书乃散文史上出现的很特殊的著作。

其次,它具有很强的实践经验性特色。以前的家诫类作品,虽
然也恳切、真挚,但多是抽象的口头说教。本书也有大量的理性论

说,但不局限于空洞的教条,而是征引了大量历史和现实的事例,用耳闻目睹的经验之谈的形式表达出来,因之具有很强的可信性和说服力。在这方面,它结合家诫的文体特点,发展了中国论说文章重经验、重实证的传统。可以看到,在每一篇,谈论每一方面问题时,他都征引了许多正面或反面的故实。

第三,语言形式运用上,它继承了家诫这种文体"朝自己人,说家常话"的特点,朴素、自然、恳切、真挚、尖锐、质直,不求藻绘,不假润色。从颜之推的《观我生赋》以及其仕历中多次职掌文书来看,他对骈体文的写作应极为熟悉,行文中偶尔用些对句,亦足以说明这一点。但整部书中,执意坚持朴素文风,而不像颜延之那样注重雕饰,亦不像魏收那样趋向骈偶,这在南北朝的文章中可谓独树一帜,甚至具有标志性意义。

对以上诸方面,可举数例以见一斑。例如《教子》篇,先讲了些道理,然后引用孔子的话,谓"少成若天性,习惯如自然",又引俗谚"教妇初来,教儿婴孩",强调对子女早期教育的重要。接着就是讲实例,先举几个正面事例,云:

> 齐朝有一士大夫,尝谓吾曰:"我有一儿,年已十七,颇晓书疏,教其鲜卑语及弹琵琶,稍欲通解,以此伏事公卿,无不宠爱,亦要事也。"吾时俯而不答。异哉,此人之教子也! 若由此业,自致卿相,亦不愿汝曹为之。①

《治家》篇论治家不可"骄且吝",应"施而不奢,俭而不吝"。先引正面范例:

---

① 王利器集解:《颜氏家训集解》,中华书局,1993年,21页。以下所引此书皆出于此版本。

裴子野有疏亲故属，饥寒不能自济者，皆收养之；家素清贫，时逢水旱，二石米为薄粥，仅得遍焉，躬自同之，常无厌色。

再述反面事例：

　　南阳有人，为生奥博，性殊俭吝。冬至后，女婿谒之，乃设一铜瓯酒，数脔膹肉。婿恨其单率，一举尽之。主人愕然，俯仰命益，如此者再。退而责其女曰："某郎好酒，故汝常贫。"及其死后，诸子争财，兄遂杀弟。[1]

《劝学》篇劝勤学，引例曰：

　　梁朝全盛之时，贵游子弟，多无学术，至于谚云："上车不落则著作，体中何如则秘书。"无不熏衣剃面，傅粉施朱，驾长檐车，跟高齿屐，坐棋子方褥，凭斑丝隐囊，列器玩于左右，从容出入，望若神仙。明经求第，则顾人答策；三九公宴，则假手赋诗。当尔之时，亦快士也。

　　及离乱之后，朝市迁革，铨衡选举，非复曩者之亲；当路秉权，不见昔时之党；求诸身而无所得，施之世而无所用。被褐而丧珠，失皮而露质，兀若枯木，泊若穷流，鹿独戎马之间，转死沟壑之际。当尔之时，诚驽材也。

　　有学艺者，触地而安。自荒乱已来，诸见俘虏，虽百里小人，知读《论语》《孝经》者，尚为人师；虽千载冠冕，不晓书记者，莫不耕田养马。以此观之，安可不自勉邪？若能常保数百

---

　　① 《颜氏家训集解》，45 页。

卷书,千载终不为小人也。①

《颜氏家训》之运用朴实无华的语言,不仅与家诫的文体有关,也是南北朝散文发展中,自觉追求语言形式美走向极端,人们开始意识到它的片面性,转向新追求的萌芽性表现。在《文章》篇中,颜之推就正面提到了这一点。他说:

> 文章当以理致为心肾,气调为筋骨,事义为皮肤,华丽为冠冕。今世相承,趋末弃本,率多浮艳。辞与理竞,辞胜而理伏;事与才争,事繁而才损。放逸者流宕而忘归,穿凿者补缀而不足。时俗如此,安能独违? 但务去泰去甚耳。必有盛才重誉,改革体裁者,实吾所希。
>
> 古人之文,宏材逸气,体度风格,去今实远;但绵缀疏朴,未为密致耳。今世音律谐靡,章句偶对,讳避精详,贤于往昔多矣。宜以古之制裁为本,今之辞调为末,并须两存,不可偏弃也。②

从全书看,颜之推的文艺观并不全都可取。但这段话中,强调古之文存在的、今之文失去的,乃"宏材逸气",也就是内在的精神美、气势美,这是正确的。认为今之文贤于古代的是"音律谐靡,章句偶对,讳避精详",肯定了今文用语的"密致",也是对的。可以视为唐代古文运动的先声。

总之,至南北朝结束,散文的发展基本上完成了一个大的阶段,经过隋朝的短暂过渡,至唐代就进入了新的发展里程,开拓出新的局面,迎来了中国散文全面成熟的鼎盛时代。

---

① 《颜氏家训集解》,148 页。
② 同上,267 页。

第三编
实用与审美并重的时期（上）
——隋唐五代的散文

通　说

　　公元 581 年隋立国，589 年灭陈，结束南北对立，统一全国，开辟了历史的一个新时代，中间经唐、五代、宋（辽、金），至 1279 年元灭宋，是一个很长的历史时期。在这一大的历史时期内，古代散文的发展有着基本共同的特征，就是实用与审美并重。据此，我们把它归纳为古代散文发展的第三个大的阶段。因为这一时段太长，故分上、下两部分论述，上部分讲隋、唐、五代，下部分讲宋、辽、金。

　　在上一阶段，自觉追求形式美的基本趋向，虽由各种综合因素造成，实乃古代散文整体演进中，审美因素强化发展必经的历程。比起早期的"为实用而求审美"，是进展，不是退步。但在这种倾向发展到极致之后，就暴露出互相关联的两个方面的致命弱点或曰弊病。其一，它虽因受实用性制约，不得不把审美追求集中于形式和语言，而其结果，却导致各类题材内容几乎都采取单一的语言形式，这就限制了文章的自由发挥，影响到文章的实用功能。尤其到后来，因审美意识的强化，出现了将审美追求与实用功能相疏离的倾向。其二，与此直接相关，由于偏重于形式美，使文章的写作，逐渐流于只考究外在的华丽精美，而忽视内容的深厚、充实及对社会重大问题的反映和关注，从而造成了作品之精神美、质实美的缺失，不但削弱了它的社会功用，也减低了它整体的审美价值。这两方面问题的暴露,就要求散文的发展,必须有进一步的革新。革新的方向,就是实用和审美的统一和并重。

说本阶段是散文写作实用和审美并重的时期,并不意味着散文中的审美因素有所减弱,而是指其审美性有了更深入的发展,作者对之有了更全面的追求,做到了形式美与内在美的高度统一;也不意味着实用性有了质的变化,而是指实用性与审美性达至了更加完美的统一。正因为这个原因,所以古代文学的研究者公认,这个时期的散文创作,出现了空前兴盛繁荣,不论在质量还是数量上,都超越了先秦两汉时期的第一个高潮,显示了古代散文创作的完美成熟,筑造了后代作家难以企及的高峰。

正像散文创作集中于追求形式美是由多种内在和外在因素综合作用的结果,它转变为实用与审美并重,也是由社会发展中政治、思想、文化和文学观念的变化等多重因素共同作用的结果。我们先来回顾在上半时段(即隋、唐、五代)有关方面的基本情况。

一、与上阶段相比历史背景有了很大不同。

自隋文帝统一全国之后,经过炀帝时的一度动乱,至唐初,大一统的政治局面重又形成,皇权高度集中的专制制度又得以确立。到了贞观年间,内乱既平,外患亦息,加上李世民算是一代英主,能够虚心纳谏,得房、杜、魏等良相贤臣之助,维持了二十多年的太平之治,国势达到了空前的强盛。中间虽有武则天称制改周的波动,但至唐玄宗的前期,仍延续着兴盛局面,情势颇与汉代的文景之治相似。但由于君主集权的专制制度系国家兴衰于帝王一人的痼疾,至玄宗后期,因其荒淫腐败而引起的安史之乱,使唐王朝至此由盛转衰。此后,内有宦官乱政,外有藩镇割据,国势日弱,终于导致唐王朝的覆亡,使国家陷入五代十国的分裂混乱局面。

二、思想文化上,呈现了以儒家思想体系为主导的不同观念形态的汇总与整合。

与全国性的集权专制相适应,必然要求思想文化上的集中与统一。但自魏晋以来,儒学独尊的地位被打破,社会思潮朝着多元化发展,而且随着少数民族入主中原,文化上又带来一些新的元素。这样,就使社会思想长时期处于芜杂交错状态。面对这种态势,隋唐两代的开国者就有着一项艰巨任务:对前此的社会思想进行汇总与整合,并在整合中再度确立一个主导性的统治思想。

　　在此前的思想遗产中,与带宗法性的皇权集权专制相适应的思想体系,非儒家莫属。而且,从魏晋至南北朝各代,形式上依然保持着对儒学礼乐教化的遵从。于是从隋文帝起就开始了重新确立儒家思想统治地位的努力,下了一系列"劝学行礼"的诏书(参见《全隋文》卷一、卷二);唐高祖李渊于立国后不久,也提出"兴化儒学"的号召(参见《令国子学立周公孔子庙诏》),表明了"效本息末,崇尚儒宗"的态度(参见《全唐文·赐学官胄子诏》卷三)。至于唐太宗李世民,据史书载,在其尚为秦王时,就"锐意经籍,开文学馆以待四方之士",以"杜如晦等十有八人为学士,每更直阁下,降以温颜,与之讨论经义,或夜分而罢"(参见《旧唐书·本纪二·太宗上》);及登基后,下《封孔德纶为褒圣侯诏》(参见《全唐文》卷四)、《左丘明等二十一人配享孔子庙诏》(参见《全唐文》卷七),皆意在崇儒。他在《遗萧德言书》中曾谓:"自隋季板荡,庠序无闻,儒道坠泥涂,诗书填坑井,眷言坟典,每用伤怀。顷年已来,天下无事,方欲建礼作乐,偃武修文。"(参见《全唐文》卷十)明确叙及了自己的态度。他的指导思想与观念,不只表现在表面的言论上,更多地体现于其施政措施和行为中,例如他非常重视和接受魏徵的谏言,而魏徵最具代表性的《论时政疏》《论治道疏》等(参见《全唐文》卷一三九)提出的许多主张和建议,所依据和表达的都是传统儒家基本的政治伦理道德观念,他所信用的房玄龄、杜如晦等名臣,也表现了同样的倾向。这与魏晋南北朝的其他帝王有巨大不同。

以唐太宗为代表的隋唐初期统治者重新确立儒家思想为主导，并不等同于西汉之"罢黜百家，独尊儒术"，也不同于东汉时期之奉经学教条为圭臬，只是在施政措施中体现贯彻了儒家的基本原则与精神。在崇儒的同时，他们又对前一时期的思想文化成果，采取兼收并蓄的宽容态度。从思想形态方面说，唐代因其姓氏与老子扯上关系，往往孔老并重；对释氏也采取并容态度，著名的玄奘西行取经，就事出贞观年间，而且唐太宗对玄奘所写《西域记》下诏进行鼓励，并为其所编《三藏》经作序。

正是这种重新确立以宗儒为主导的宽容态度，使隋唐的初创时期，特别是唐太宗贞观的二十多年间，相当于继汉初对先秦的思想文化遗产进行汇总式的整理之后，又一次对魏晋南北朝以来的思想文化进行了整合与汇总。其具体表现为：在史学方面，唐高祖时即下诏《修魏周隋梁齐陈史》（参见《全唐文》卷二），结果在贞观年间完成了"二十四史"中的《北齐书》《周书》《隋书》《晋书》《梁书》《陈书》《南史》《北史》；在经学方面，有孔颖达的《五经正义》，贾公彦的《周礼正义》《仪礼注疏》；在类书方面，则有虞世南的《北堂书钞》、欧阳询的《艺文类聚》、魏徵的《群书治要》、高士廉的《文思博要》；注释类的，则有颜师古的《汉书注》、李善的《文选注》、魏徵的《编注大戴礼》、陆德明的《经典释文》等。这些成果，为整个唐代的文化大繁荣打下了基础，也为中华文明的发展做出了巨大贡献，显示了与秦始皇焚书坑儒的巨大不同，也显示了与汉武帝的"罢黜百家，独尊儒术"的不同。

三、士大夫的身份地位和思想观念有了重大变化。

这种变化，体现在以下几个方面：第一，作为门阀世族在文化上代称的士族，政治上、思想上、文化上的垄断地位被打破，庶族出身的文人也进入"士"的行列，他们进入官场也就成为"大夫"，这就使"士大夫"的队伍，不但性质上有了变化，数量亦大为扩张。

这既有经济上的也有政治上和文化上的原因。随着全国的统一,北方因战乱而遭受到破坏的经济得到恢复,南方地区的经济也有了进一步发展,在自然形态的小农经济中产生了大量的中小地主,他们的子弟相当多的也就成为读书人。再加上江左的世族进入南朝以来已日渐衰落,而隋唐两代的统治集团崛起于关中地区,本来就没有世族背景,隋文帝时又取消了九品中正制,改为通过科举选拔人才,唐代不但沿袭了隋代开创的科举制度,还从中央到郡县都广置各级各类的黉塾,促进文化的普及。这样,一方面扩充了士人的后备基础,一方面又广开了下层文人进入仕途的晋身之阶,使士大夫阶层日益扩大。在"士"人中,虽依然保留着讲究郡望族系的余习,而原来世族或士族对政治上、思想上、文化上的垄断则几乎消除殆尽。

第二,这时期的士大夫文人,与士族文人由于"家""国"观念颠倒,传统思想打破,政权迅速轮换所造成的信仰缺失不同,在其世界观、人生观上,重又确立起与维护中央皇权相结合而尽心致力于国计民生的信仰。杜甫的"致君尧舜上,再使风俗淳",可作为典型。整个时代的文人,虽然信仰的坚定程度和表现形式有所不同,但大体不出此范围。有了这种信仰,就赋予他们的作品以内在的精神、气势与力量,显示出与江左作家作品不同的风貌。

当然,这时期的作家与以孔孟庄荀韩等为代表的先秦思想家在基本品格上有质的不同,没有了他们作为社会组织结构设计者的自高和自负。比起汉初君主集权制度初创时期的贾谊、董仲舒、司马迁等为代表的学者、文人,也缺乏了他们那种敢于横议,勇于以天下为担当的精神和气魄。因为君主集权专制的社会结构形态更加成熟和稳固,他们只能以进入官场,通过维护皇权和利用皇权,来致力于国计民生的改善,实现自己的人生价值。所以他们虽也有理想、信念和追求,但在力度与气度上,难以与前二者同年而语。

第三,这时期虽然士大夫的地位有提高,队伍有扩大,但其阶层中又存在着分化。隋唐两代的帝王,沿袭陆贾所谓天下"能以马上得之,不能以马上治之"的说法,实行的是文官政治,因而有才能和机会的士人皆可进入仕途。但获得的地位有很大不同,高者可以出任宰辅,总理朝政,次者可为尚书、刺史,下者则仅能做到僚佐幕府。科举制度虽为广大学子开了进身之门,但这条道路走起来极为艰难:有人统计,在唐代士子通过科举而为进士、明经者不过二十分之一,居下位者、落第者中不乏真才实学的人。这样就造成了大量的失意文人,所以在士人中,存有"怀才不遇"或"才高位下"的愤愤不平情绪,成为相当普遍的现象。

四、文学艺术高度的繁荣,达到前所未有的兴盛,取得了辉耀千古的成就。书法上出现了褚遂良、欧阳询、颜真卿、柳公权这样的里程碑式的大家,绘画上阎立本、李思训、吴道子亦是标志性人物。文学方面,诗与文不必说,小说进入有意识设幻为文的新阶段,戏剧也渐成雏形。

这是在上一历史阶段,人的审美自觉和文学自觉形成之后,由偏于形式美,朝更加全面、深入、普及方向发展的结果。在社会精神文化发展中,人们的审美意识自觉一经形成,不可能倒退,只能沿着既有的轨道前行。本阶段随着国家的统一,作家们信仰的重新确立,他们意识到单纯追求形式美的片面性,于是审美自觉就向着进一步提高和深化发展。这种提高和深化的表现之一,就是对能给人以精神愉悦的文学艺术作品的兴趣爱好更为浓厚强烈。

唐代的帝王和皇族,对艺术和文学的爱好,比建安时期的曹氏父子、南朝的萧氏家族皆有过之而无不及。众所周知,唐太宗、高宗、武则天对书法都有着特殊的爱好,收集和占有名家珍品成癖,唐玄宗之于音乐和戏剧的喜爱,甚至以梨园班头自居。前已提及,唐太宗尚为秦王时，就设立文学馆，集结了杜如晦、房玄龄、虞世南等在内的十八学士。据《置文馆学士教》（参见《全唐文》卷四），他之所以设文学馆，并不仅是为了"讨论经义"，也是为了研习诗文。其中上来就说："昔楚国尊贤，崇道光于申穆；梁邦接士，楷德重于邹枚。"所谓"申穆"指的是申公和穆生，据《汉书·楚元王传》："元王既至楚，以穆生、白生、申公为中大夫。""文帝时，闻申公为《诗》最精，以为博士。元王好《诗》，诸子皆读《诗》。申公始为《诗》传，号《鲁诗》。元王亦次之《诗》传，号曰《元王诗》。"至于"梁邦"，指的是汉梁孝王，"邹枚"则指邹阳、枚乘。李世民正是以申、穆、邹、枚来比喻虞、房、杜诸人，所以《教》的末了又说，通过这些人既可"引礼度而成典则"，又可"畅文词而咏风雅"。及至他登基以后，所下的求贤诏令，都包含了"文辞秀美，才堪著述"一项，尤其是《令天下诸州举人手诏》（参见《全唐文》卷八），更强调收揽"含章杰出，命世挺生。丽藻遒文，驰楚泽而方驾；钩深睹奥，振梁苑以先鸣。业擅专门，词高载笔"之类的人才。唐太宗对书法的爱好也几乎到了痴迷的程度。据何延之《兰亭始末记》（参见《全唐文》卷三百零一），他为了得到王羲之的《兰亭序》真本，手段无所不用其极。死前还要求其儿子李治以之陪葬，以至于该《序》是否至今仍埋在太宗陵墓，是一大谜团。

审美活动本质上是人的情感活动，而主体的情感又必然由外物的触动所引发，因而人的审美自觉便首先在"缘情"的诗和"体物"的赋中体现出来。审美意识的深入，也就最容易显现于诗赋领域。唐代处于中国人主体精神意识的自觉已发展到对自我情感能够深切体验的阶段。所以在这个时代，即使最高统治阶层，几乎无不喜诗爱赋。至武则天当政，竟在进士科的考试内容中，增加了诗赋一项，也就是说，对写诗作赋，不是一般的提倡，而成了官方的一种制度规定。这种前所未有的创举，其影响之大可想而知。

诗相对于赋，一般说来形式短小，便于记诵，且随兴所至，可以不分时地的即时创作吟咏，所以更受人喜爱。于是诗便空前地兴盛起来，题材无所不包，作者无所拘限，审美体验和艺术表现水平达到前所未有的高度，名章秀句，家传户咏，使之成为唐代文学的标志样式，并普及到全社会的文学体裁。

综合以上几方面因素的影响，唐代散文取得的成就不亚于诗，在文学史上所居地位和造成的影响，甚至超过了诗。此时期散文的发展中，有几点特堪注意：

其一，随着社会文化的发展与审美意识的全面与深化，对前此以骈文为标志的片面追求形式美之缺陷与弊病，认识愈来愈深刻，批判愈来愈尖锐。

这种批判，首先从文章的不切实用，有碍治道引起。最早提出问题的是隋李谔的《上书正文体》（又称《上隋高祖革文华书》），其中云：

> 五教六行，为训民之本；诗书礼易，为道义之门。故能家复孝慈，人知礼让，正俗调风，莫大于此。其有上书献赋，制诔镌铭，皆以褒德序贤，明勋证理，苟非惩劝，义不徒然。
>
> 降及后代，风教渐落。魏之三祖，更尚文词，忽君人之大道，好雕虫之小艺。下之从上，有如影响，竞骋文华，遂成风俗。江左齐梁，其弊弥甚，贵贱贤愚，唯务吟咏。遂复遗理存异，寻虚逐微，竞一韵之奇，争一字之巧；连篇累牍，不出月露之形，积案盈箱，唯是风云之状。世俗以此相高，朝廷据兹擢士。利禄之路既开，爱尚之情愈笃。于是闾里童昏，贵游总丱，未窥六甲，先制五言。至如羲皇舜禹之典，伊傅周孔之说，不复关心，何尝入耳。以傲诞为清虚，以缘情为勋绩；指儒素为古拙，用词赋为君子。故文笔日繁，其政日乱。良由弃大圣

之轨模,构无用以为用也。损本逐末,流遍华壤,递相师祖,久而愈扇。①

其涉及的面很广,而核心是"文笔日繁,其政日乱","弃大圣之轨模,构无用以为用"。至唐初,魏徵在《群书治要》的序文中,又专门针对最高统治者提出鉴戒,谓:

> 近古皇王,时有撰述,并皆包括天地,牢笼群有,竞采浮艳之词,争驰迂诞之说,骋末学之传闻,饰雕虫之小技,流荡忘反,殊途同致。虽辩周万物,愈失司契之源;术总百端,弥乖得一之旨。(《全唐文》卷一百四十)

要点在最后两句,所谓"司契"就是管理国政,"得一"就是保证皇权的集中,而重文词的结果,对二者都有妨害。至稍后,王勃《上吏部裴侍郎启》,把问题说得更严重:

> 夫文章之道,自古称难。圣人以开物成务,君子以立言见志。遗雅背训,孟子不为;劝百讽一,扬雄所耻。苟非可以甄明大义,矫正末流,俗化资以兴衰,家国由其轻重,古人未尝留心也。
>
> 自微言既绝,斯文不振。屈宋导浇源于前,枚马张淫风于后。谈人主者,以宫室苑囿为雄;叙名流者,以沈酗骄奢为达。故魏文用之而中国衰,宋武贵之而江东乱。虽沈谢争骛,适先兆齐梁之危;徐庾并驰,不能止周陈之祸。于是识其道者,卷舌而不言;明其弊者,拂衣而径逝。《潜夫》《昌言》之论,作之

---

① 严可均辑:《全上古三代秦汉三国六朝文·全隋文》卷二十,中华书局,1958年。以下所引此书皆出于此版本。

者有逆于时;周孔氏之教,存之而不行于代。天下之文,靡不坏矣。(《全唐文》卷一百八十)

批判的范围虽以建安以后为主,但竟追溯到了屈、宋、枚、马。

这些批判,有其合理性与必要性。因为对于当政者和参政者来说,如果一味地沉溺于文词,"竞一韵之奇,争一字之巧","竞采浮艳之词,争驰迂诞之说",必然有碍于政务的处理;对一般文人来说,也会削弱对现实政治的关心,丧失文章反映社会生活的功能。从这些批判者的动机上来看,也反映了对新时代大一统的政治、社会局面的维护与关心;从效果上看,这些批评确实也切中了某些骈文只在炫耀文才而无助实用的致命弱点,对推动散文创作之切近社会生活起了积极作用。

但这些批判,已经超出了纠正六朝弊病的范围,表现出另一方面的片面性。这就是依然立足于文学只能服从于礼乐教化的观点,对其审美价值给予全面否定,甚至把国家的衰亡也归咎于人们的审美追求和审美爱好。这既不符合前代的全面情况,也不符合当代的创作实际。如王勃本人,就依然用标准的骈体,写出著名的《滕王阁序》。大诗人白居易《与元九书》中,极力强调文学的讽谏作用,批评:"以康乐之奥博,多溺于山水;以渊明之高古,偏放于田园。江、鲍之流,又狭于此。……至于梁、陈间,率不过嘲风雪、弄花草而已。"且举例说:

> 然则"余霞散成绮,澄江静如练","离花先委露,别叶乍辞风"之什,丽则丽矣,吾不知其所讽焉。(《全唐文》卷六百七十五)

不但和李白所谓"解道'澄江静如练',令人长忆谢玄晖"相矛盾,也与他自己的创作实践相矛盾,即以他著名的写景之作《钱塘湖春行》来说,"几处早莺争暖树,谁家新燕啄春泥。乱花渐欲迷人眼,浅草才能没马蹄",不也是"丽则丽矣","不知其所讽焉"吗?

其二,至韩愈和柳宗元,明确地将文章之实用与审美、内容与形式之间的关系,转化为"道"与"文"的命题,通过对二者的阐述与辨析,在理论观念和创作实践上,都做到了"道"与"文"即实用与审美、内容与形式的平衡与统一。这对中国古代散文的发展实现重大转折,唐代散文取得超越性成就,起了决定性作用;也使他们的作品,成为古代散文不可动摇的范式和标本。之所以这样说,主要依据在两方面:

一方面是,他们通过对"道"的强调与重视,概括归纳了片面追求形式美的弊病之所在。

较早论及"道"与"文"的是《文心雕龙》之《原道》篇,有云:

> 爰自风性,暨于孔氏,玄圣创典,素王述训:莫不原道心以敷章,研神理而设教,取象乎河洛,问数乎蓍龟,观天文以极变,察人文以成化;然后能经纬区宇,弥纶彝宪,发辉事业,彪炳辞义。故知道沿圣以垂文,圣因文而明道,旁通而无滞,日用而不匮。《易》曰:鼓天下之动者,存乎辞。辞之所以能鼓天下者,乃道之文也。①

所谓"道沿圣以垂文,圣因文而明道",显然是主张"道"与"文"统一而并重。但其观点并未引起人们的重视。

本时期,首先提出"文以贯道"说者,相传是隋王通所著的《文中子》,其《天地篇》载:

---

① 《文心雕龙注》,2页。

子（指王通）曰：“学者博诵云乎哉？必也贯乎道。文者苟作云乎哉？必也济乎义。”①

同书《事君篇》又云：

房玄龄问史。子曰：“古之史也辩道，今之史也耀文。”②

明显的是重“道”而贬“文”。

到了韩愈，“道”成为他屡屡提及的最重要的概念，在其《答李秀才书》中云：

愈之所志于古者，不惟其辞之好，好其道焉尔。③

《送陈秀才彤序》亦有云：

读书以为学，缵言以为文，非以夸多而斗靡也；盖学所以为道，文所以为理耳。④

《答尉迟生书》中又有云：

抑所能言者，皆古之道。古之道不足以取于今，吾子何其爱之异也？⑤

---

① 《百子全书》第二册。
② 同上。
③ 《韩昌黎文集校注》，176 页。
④ 同上，260 页。
⑤ 同上，145 页。

柳宗元讲得更直接与明确,在《答韦中立论师道书》中,云:

> 始吾幼且少,为文章以辞为工。及长,乃知文者以明道,是固不苟为炳炳烺烺、务采色、夸声音而以为能也。凡吾所陈,皆自谓近道,而不知道之果近乎远乎? 吾子好道而可吾文,或者其于道不远矣。(《全唐文》卷五百七十五)

再后,白居易在《与元九书》中也提到了"道",有云:"大丈夫所守者道,所待者时。"

诸家所论之"道"本质上都是对儒家的政治、伦理、道德观念的高度概括。韩愈在其《原道》中,则对之作了最为精炼明确的阐述。所以,韩愈所谓"学所以为道",柳宗元所谓"文者以明道",皆与文章的实用性、内容的质实性相一致。

在此一时期,韩、柳们大谈其"文"之"为道""明道"的作用,是有针对性的。所针对者,正是前一时期片面追求形式美而造成的缺陷与弊病。韩愈在《答尉迟生书》中,上来就说:"夫所谓文者,必有诸其中,是故君子慎其实。"其所谓"中"者,"实"者,就是"道",就是有实用价值的质实的内容。

另一方面,韩、柳之重"道",并没有轻"文"的意思,处处强调的只是"文"与"道"的统一。

因为有上述强调"道"的言论,有一段时期,人们认为在韩、柳的观念中,是"道"重于"文","文"从于"道"的,颇有类于"政治第一,艺术第二"。其实,这是重大的误解。第一,韩、柳实际上是非常重"文"的,这一点,在"绪论"中已作论述,下面专讲韩、柳的章节还要涉及。第二,最关键的一点往往被忽略,即这一时期人们在谈论"文"与"道"的关系时,有一个前提:即与前一时期单纯追求形式美的倾向直接相关,也就是"文"的地位已经大大提高,提高到凭文可以进入仕途，可以赢得广泛的声誉，可以获得很高的社会地位。这种提高在作家和评论家的意识中，不管自觉或不自觉已成为默认的事实。只是在这一前提下，韩、柳才反复地讲"文"之"为道""明道"的作用。第三，还可以拿散文发展的过程作对比。在第一个大的阶段，孔子曾对他一生的行为作过高度的概括："志于道，据于德，依于仁，游于艺。"（《论语·述而》）显然，文是属于"艺"的。他还曾教导学生："弟子入则孝，出则弟，谨而信，泛爱众而亲仁。行有余力，则以学文。"（同上）所以在孔子看来，固然"言之无文，行之不远"，但和"朝闻道，夕死可矣"的"道"比起来，"文"只是"行有余力"而可以从事之"艺"。正是基于这种原始的出发点，决定了在那一时期，具有审美性质的"文"，从属于具有实用性质的"道"。在第二阶段，由于人们的审美自觉集中于外在形式美，"文"的地位和作用得以迅速地、大幅度地上升，这种上升发展到极端，甚至达到忽视或压倒其实用的社会功能的程度。正因如此，才导致了本阶段的纠偏与反弹，反弹的表现之一，就是在"文"与"道"的关系中，大讲其文的"为道""明道"作用。但这种纠偏与反弹，并不是要回复到第一阶段的那种状态，而是文学发展中的否定之否定，是辩证法的正——反——合，是在默认"文"的地位的基础上，进一步做到形式美与内容美的统一，外在美与内在美的统一，愉悦作用与社会作用的统一，审美价值与实用价值的统一。总之，正是由于在已经重"文"的基础上，再强调重"道"，才使得本时期散文创作取得了前所未有的成就，达到了难以企及的高度。

其三，因为韩、柳动辄以"志于古"、好"古之道"相标榜，教导后学时特别推崇先秦西汉之文，立论为文中又着意以只句单行为主，所以其文章被称为"古文"，其影响和带动的群体性变革，被称为"古文运动"。好像他们意在倡导"复古"。其实，他们并不是真正要散文的写作回到第一大阶段的风貌，而是假"复古"之名而求创新,是否定之否定中革命式的向前推进。

其四,本时期的散文发展,呈现出一个渐进且有着起伏曲折的过程。前一阶段之片面追求形式美,不是由谁做出规定而形成的,而是各种因素综合作用所产生的必然结果,这个结果已演化为普遍的社会风尚。改变一个规定性东西比较容易,可以做到令行禁止;而改变一种风习和时尚就不如此简单,涉及形成它的各种因素,须要相当艰难的过程。所以在新的阶段,经过相当长的时间和几度曲折,散文发展的基本趋向,才有了根本转变。

大约说起来,这种转变过程,可分为以下几个阶段:在隋和初唐,意识到前一时期的弱点和偏颇,开始提出变革要求,但理论和实践脱节,创作上仍沿着前代的轨迹滑行。延及盛唐,属于变革的渐进和过渡时期,创作实践上取得了不小成就,但尚未达到完全成熟。至中唐,被称为古文的新型文章蓬勃兴起,呈现出新局面,形成新高峰。到了晚唐和五代,中唐的余风犹存,但前进道路出现新的曲折。

第一章 寻求变革与沿袭旧轨相交错

——隋和初唐的散文

　　整个隋代和唐玄宗的开元以前,古代散文的发展,表现为对前一大阶段存在的弱点和偏向有了明确自觉,因而出现了纠偏的大声呼吁,但作家的创作实践虽有更新尝试,尚无根本性改变。不过,因时代精神已经不同,也产生了一批有成就的作家和作品。

第一节 隋代改革文风的呼声和
主要的作家、作品

一 呼唤改革文风及其代表作家

　　承续着颜之推对南朝文风的批评,在隋朝开国不久,就出现了李谔的《上书正文体》,其中不但对江左的文风进行了尖锐批判,并且提到"开皇四年,普诏天下,公私文翰,并宜实录"。不过,他一方面赞颂"自是公卿大臣,咸知正路,莫不钻仰儒素,弃绝华绮";一方面又指出"外州远县,仍踵敝风"(《全隋文》卷二十)。说明文章写作的概貌,并未真正改变。这一时期与他相近的作家是王通。

　　王通(585—617),字仲淹,绛州龙门(山西河津)人。死后,门人谥为文中子,被后世视为大儒。存留下来的作品,仅有《中说》(又称《文中子》)一书。《旧唐书·文苑传·王勃传》谓此书为王通"依《孔子家语》、扬雄《法言》例,为客主对答之说,号曰《中说》"。今观其内容,颇似《论语》,为其弟子们收集记载他生前的言行,撰集而成。

其在文学方面的价值有二:一是首倡文以"贯道"说,并尖锐地批评了南朝的文风,如在《天地》篇中有谓:

> 李伯药见子而论诗,子不答。伯药退,谓薛收曰:"吾上陈应、刘,下述沈、谢,分四声八病,刚柔清浊,各有端序,音若埙箎,而夫子不应。我其未达与?"薛收曰:"吾尝闻夫子之论诗矣。上明三纲,下达五常,于是征存亡,辩得失。故小人歌之以贡其俗,君子赋之以观其变。今子营营驰骋乎末流,是夫子所痛也,不答则有由矣。"[1]

在《事君》篇中,他又对谢灵运、沈约等南朝文人几乎逐个作了否定性的批评,只是称西晋的陆机"文乎文乎",赞扬颜延之、王俭、任昉"有君子之心焉,其文约以则"。这种评价,根据的似乎是其"上明三纲,下达五常"的标准,但与实际情况又不完全相符,如颜延之,是无论如何称不上"约以则"的。二是,《文中子》在句法和语调上,采取了完全摹仿《论语》的方式,颇类苏绰之仿《尚书》而写《大诰》。这或许是试图改变文风的一种尝试,但矫揉造作之迹太明显。除此之外,见不出什么更大意义。

二 见称当世而无根本性突破的作家与作品

整个隋代,虽有上述改革文风的呼吁,而实际的散文创作,并

---

① 《百子全书》第二册。

无根本性突破，只不过产生了一批在当代堪称有成就的作家和作品。

《隋书·文学传》序论中，论及隋代的作家与作品时，首先对隋炀帝杨广给予了一定程度的肯定：

> 炀帝初习艺文，有非轻侧之论，暨乎即位，一变其风。其《与越公书》《建东都诏》《冬至受朝诗》及《拟饮马长城窟》，并存雅体，归于典制。虽意在骄淫，而词无浮荡，故当时缀文之士，遂得依而取正焉。所谓能言者未必能行，盖亦君子不以人废言也。

今天存留的杨广作品中，尚有《营建东都诏》。其中先据因时适变的观点及前古史例，说明营建新都的正当性，然后说：

> 洛邑自古之都，王畿之内。天地之所合，阴阳之所和。控以三河，固以四塞；水陆通，贡赋等。故汉祖曰："吾行天下多矣，唯见洛阳。"自古皇王何尝不留意。……今可于伊洛营建东京，便即设官分职，以为民极也。夫宫室之制，本以便生。上栋下宇，足避风露；高台广厦，岂曰适形。故《传》曰："俭德之共，侈恶之大。"宣尼有云："与其不逊也，宁俭。"岂谓瑶台琼室，方为宫殿者乎？土阶采橡，而非帝王者乎？是知非天下以奉一人，乃一人以主天下也。民惟邦本，本固邦宁。百姓足，孰与不足？今所营构，务从节俭。无令雕墙峻宇，复起于当今；欲使卑宫菲食，将贻于后世。（《全隋文》卷四）

行文虽基本仍用骈体，但浅明晓畅，不务雕琢。所谓"归于典制"，大概指其后半部分所表述的观点。其中的话，确实不像后期如此荒淫的隋炀帝所能说出来的。尚存的其《遣使巡省方俗诏》《劝学诏》《求贤诏》，基本都属此种风格。

《传》论中又谓："时之文人，见称当世，则范阳卢思道、安平李德林、河东薛道衡、赵郡李元操、巨鹿魏澹、会稽虞世基、河东柳䛒、高阳许善心等……"兹介绍其中影响较大者。

1. 卢思道

卢思道（535—586），字士行，范阳涿（河北涿州）人。曾师事邢子才，先仕北齐，又仕北周，后入隋。据《隋书·卢思道传》，北周时，其诗作曾受庾信赞赏。

卢思道的散文作品涉及的面较广。其《在齐为百官贺甘露表》是以典型的骈体所写成的颂美之文。《为隋檄陈文》是套用历来檄文的格式，所写伐陈之文告。《为高仆射与司马消难书》仿丘迟《与陈伯之书》，也是情理并用，笔力颇有接近之处。其《北齐兴亡论》与《后周兴亡论》是首尾相衔的煌煌史论，铺陈对比了齐、周二朝的兴衰史，寓论于述，多有具体形容摹写，最后谓："真人革命，宗庙为墟，此盖天所以启大隋，非不幸也。"将二朝之灭，隋之代立，归之于天命。

其比较有特色的作品是《劳生论》，为入隋后解职在家时所作。文中假庄子"大块劳我以生"为由头，用主客对答的形式，回顾总结自己一生的经历，倾吐仕齐与仕周时遭受的困厄，表达欣逢盛世得享闲适之乐，有云：

> 耕田凿井，晚息晨兴。候南山之朝云，揽北堂之明月。氾胜九谷之书，观其节制；崔实四时之令，奉以周旋。晨荷蓑笠，白屋黄冠之伍；夕谈谷稼，沾体涂足之伦。浊酒盈罇，高歌满席；恍兮惚兮，天地一指。此野人之乐也。

然后对比性地描绘出所曾见世俗之恶浊：

> 有识者鲜，无识者多。褊隘凡近，轻险躁薄。居家则人面
> 兽心，不孝不义；出门则谄谀谗佞，无愧无耻。退身知足，忘伯
> 阳之炯戒；陈力就列，弃周任之格言。悠悠远古，斯患已积；迄
> 于近代，此蠹尤深。

这种人面对权贵时：

> 如脂如韦，俯偻匍匐；啖恶求媚，舐痔自亲。美言谄笑，助
> 其愉乐；诈泣佞哀，恤其丧纪。近通旨酒，远贡文蛇。艳姬美
> 女，委如脱屣；金铣玉华，弃同遗迹。

而所攀附的权贵一旦失势：

> 始则亡魂褫魄……俄而抵掌扬眉，高视阔步。结侣弃廉
> 公之第，携手哭圣卿之门。华毂生尘，来如激矢；雀罗暂设，去
> 等绝弦。……不耻不仁，不畏不义，靡愧友朋，莫惭妻子；外呈
> 厚貌，内蕴百心。由是则纡青佩紫，牧州典郡，冠帻劫人，厚自
> 封殖；妍歌妙舞，列鼎撞钟，耳倦丝桐，口饫珍旨。虽素论以为
> 非，而时宰不之责。（《全隋文》卷十六）

此后则转向对当朝的赞美。全文对自我追求的"野人之乐"和恶陋
世俗的抨击较为真切生动，但始终贯穿着对当代的颂扬，有比较明
显的媚附倾向。

　　总起来看，卢思道在当时可以算是能文之士，但其作品基本上
没有脱出南朝骈文的格套，也没有超出前人的水平，某种程度上还

略嫌繁赘。

2. 李德林

李德林(531—591)，字公辅，博陵安平(河北安平)人。历仕北齐、北周、隋三朝，文名极重。据《隋书·李德林传》，他仕齐时，"令与黄门侍郎颜之推二人同判文林馆事"。周武帝克齐，迅即召见，"自此以后，诏诰格式，及用山东人物，一以委之"。且尝有言："我常日唯闻李德林名，及见其与齐朝作诏书移檄，我正谓其是天上人。"隋高祖杨坚掌握实权后，"禅代之际，其相国总百揆、九锡殊礼、诏策笺表玺书，皆德林之辞也"。《传》末赞论谓其"文诰之美，时无与二"。由此，足见其为人及为文特点。

今日所见李德林作品，以文诰为主。其为周静帝所写《禅位诏》：

> 元气肇辟，树之以君，有命不谄，所辅唯德。天心人事，选贤与能，尽四海而乐推，非一人而独有。
>
> 周德将尽，妖孽递生，骨肉多虞，藩维构衅，影响同恶；过半区宇，或小或大，图帝图王，则我祖宗之业，不绝如线。相国隋王，睿圣自天，英华独秀。刑法与礼仪同运，文德共武功俱远；爱万物其如己，任兆庶以为忧。手运机衡，躬命将士，芟夷奸宄，刷荡氛祲，化通冠带，威震幽遐。虞舜之大功二十，未足相比；姬发之合位三五，岂可足论。况木行已谢，火运既兴，河洛出革命之符，星辰表代终之象。烟云改色，笙簧变音，狱讼咸归，讴歌尽至，且天地合德，日月贞明，故以称大为王，照临下土。
>
> 朕虽寡昧，未达变通，幽显之情，皎然易识。今便祗顺天命，出逊别宫，禅位于隋，一依唐虞汉魏故事。(《全隋文》卷十七)

这里全文照录，是为了说明李德林所有文章的典型特点：文字有相当强的表现力，该简明的简明，该铺张的铺张，该形容的形容，该夸饰的夸饰，顺达而晓畅。但总的宗旨只是为适应当权者事势之所需。

其余作品，如《策隋公九锡文》(参见《全隋文》卷十七)，先述杨坚的十三大功，然后依次讲九锡的内容，不出前人此类文章的套路。《霸朝杂集》乃奉隋文帝之敕，集录杨广为相时德林所作之文翰。所写"序"文极为乖巧：一方面讲，当时"军国多务，朝夕填委，簿领纷纭，羽书交错"，而"皇帝内明外顺"，"大则天壤不遗，小则毫毛无失"，"发言吐论，即成文章，臣染翰操牍，书记而已"，将成绩归到文帝身上。一方面又表明，对这些文籍，自己"手披目阅，堆案积几，心无别虑，笔不暂停；或毕景忘餐，或连宵不寐，以勤补拙，不遑自处"，也竭尽了心力(《全隋文》卷十八)。另外，他也写了一篇论命运的《天命论》(参见《全隋文》卷十八)，此文与李康、刘孝标等人之作迥然有别，不是泛论所谓"人生有命，富贵在天"，而是集中论述隋文帝之所以能登大位，全是由天命所定，为此不惜把星相符瑞等无稽之谈作为立论根据，是典型的谀世之文。

总之，李德林是把全部才力用在写作应用性文诰的作家，这方面虽达到一定的高度，但并没有什么超出前人的成就。

3. 薛道衡

薛道衡(540—609)，字玄卿，河东汾阳(山西万荣)人。亦历仕北齐、北周、隋三朝。《隋书·薛道衡传》载："陈使傅绰聘齐，以道衡兼主客郎中接对之。绰赠诗五十韵，道衡和之，南北称美。"又云："江东雅好篇什，陈主尤爱雕虫，道衡每有所作，南人无不吟诵焉。"说明薛道衡更以诗见长。《传》后之"史臣"论谓：卢、李、薛"二三子有齐之季皆以辞藻著闻，爰历周、隋，咸见推重"。说明他们的共同特点是没有什么坚定信仰，仅凭善于文辞迎合时主需要。

这一点,亦于薛道衡作品中见之。

薛道衡留下的散文作品,主要是一篇《隋高祖文皇帝颂》。文章全以丽辞美藻的堆垛、连篇累牍的夸张渲染为能,如所谓:

> 粤若高祖文皇帝,诞圣降灵,则赤光照室;韬神晦迹,则紫气腾天。龙颜日角之奇,玉理珠衡之异,著在图箓,彰乎仪表。而帝系灵长,神基崇峻,类邠、岐之累德,异丰、沛之勃起。俯膺历试,纳揆宾门,位长六卿,望高百辟,犹重华之为太尉,若文命之作司空。……光临宝祚,展礼郊丘,舞六代而降天神,陈四圭而飨上帝,乾坤交泰,品物咸亨。……二仪降福,百灵荐祉,日月星象、风云草树之祥,山川玉石、鳞介羽毛之瑞,岁见月彰,不可胜记。至于振古所未有,图籍所不载,目所不见,耳所未闻。古语称圣人作,万物睹,神灵滋,百宝用,此其效矣。(《全隋文》卷十九)

《传》谓:"道衡每至构文,必隐坐空斋,蹋壁而卧,闻户外有人便怒,其沉思如此。"想来,他为写这篇颂,定也下了极大的苦功。没想到这样一篇文字,竟要了他的性命。因为他把这篇颂扬文帝的文章献给了文帝的儿子炀帝,在迂腐的书生想来,这应是一种讨好,而在专制帝王看来,赞扬父亲就等于对儿子的否定,岂能不杀之而后快? 由此可见,在专制淫威下,御用文人命运之可悲!

除上述三人外,隋代尚值得注意的作家还有:

牛弘,安定鹑觚(甘肃一带)人,当属陈寅恪先生所谓保存"旧时汉族文化"之关陇地区、河西文化一派,所以隋统一之后,他们比较重视和强调恢复儒学传统。他代表性的文章为《上表请开献书之路》,其中提出:"有国有家者,曷尝不以诗书而为教,礼乐而成功也。"所以,在回顾了自秦以来经籍图书所遭五厄之后,谓:

> 自华夏分离，彝伦攸斁，其间虽霸王递起，而世难未夷，欲
> 崇儒业，时或未可。今土宇迈于三王，民黎盛于两汉，有人有
> 时，正在今日。该当大弘文教，纳俗升平，而天下图书，尚有遗
> 逸，非所以仰协圣情，流训无穷者也。……昔陆贾奏汉祖云：
> 天下不可马上治之。故知经邦立政，在于典谟矣。为国之本，
> 莫此攸先。今秘藏见书，亦足披览，但一时载籍，须令大备。
> 不可王府所无，私家乃有。……若猥发明诏，兼开购赏，则异
> 典必臻，观阁斯积，重道之风，超于前世，不亦善乎！（《全隋
> 文》卷二十四）

据此可见，他之主张开献书之路，实为恢复重儒传统。因此他的行
文也就较重质实，和那些以文辞取胜的作家不同。

许善心，为南朝入北作家。其《神雀颂》为卢、李、薛之类的颂
世作品，无突出特色；《梁史序传论述》虽写于隋代，而敢于盛赞梁
朝之治：

> 逮有梁之君临天下，江左建国，莫斯为盛。受命在于一
> 君，继统传乎四主，克昌四十八载，余祚五十六年。武帝出自
> 诸生，爰升宝历，拯百王之敝，救万姓之危，反浇季之末流，登
> 上皇之独道。朝多君子，野无遗贤，礼乐必备，宪章咸举。弘
> 深慈于不杀，济大忍于无刑。荡荡巍巍，可为称首。（《全隋
> 文》卷十五）

所论虽有过誉，而在新朝不诬已灭之故国，可谓能持直道。

房彦谦，唐初名相房玄龄之父。炀帝时，与任黄门侍郎的张衡
相友善，见其不能对炀帝的骄奢有所匡谏，写《谕张衡书》，有云：

夫贤材者，非尚膂力，岂系文华，唯须正身负载，确乎不动，譬栋之处屋，如骨之在身，所谓栋梁骨鲠之材也。齐、陈不任骨鲠，信近谗谀，天高听卑，监其淫僻，故总收神器，归我大隋。向使二国祗敬上玄，惠恤鳏寡，委任方直，斥远浮华，卑菲为心，恻隐为务，河朔强富，江湖险隔，各保其业，民不思乱，泰山之固，弗可动也。然而寝卧积薪，宴安鸩毒，遂使禾黍生庙，雾露沾衣。吊影抚心，何嗟及矣！

然后建议张衡：

　　既属明时，须存謇谔，立当世之大诫，作将来之宪范。岂容曲顺人主，以爱亏刑，又使胁从之徒，横贻罪谴？（《全隋文》卷二十二）

此文属于内容上反对淫僻浮华，表达上质直恳挚之作，可谓开初唐奏谏之文的先声。

　　刘炫，曾任太学博士，为隋代名儒，其《自赞》回顾一生，有"四幸一恨"之说，带自叹、自嘲意味。其所谓"一恨"谓：

　　仰休明之盛世，慨道教之陵迟，蹈先儒之逸轨，伤群言之芜秽。驰骛坟典，厘改僻谬，修撰始毕，图书适成，天远人愿，途不我与。世路未夷，学校尽废。道不备于当时，业不传于身后。衔恨泉壤，实在兹乎！（《全隋文》卷二十七）

世当炀帝之末，他所表达的感情相当真切。

　　另外，常得志有一篇《兄弟论》，借陆机答客问的形式，论兄弟之情重，极为强烈地指斥那种"尺布斗粟，不能相容，睚眦虿介，侧目切齿","分裂蜗角,称竞鸿毛,骨肉为行路之人,兄弟无陟岗之望"的鄙薄世风,写得相当痛快淋漓。这类的文章为前世所未见。

第二节　治世之文初现变革之端倪
——唐初的诏令奏疏

一　典丽中初见质实之变
——李世民及其周围臣下的作品

唐初以李世民为代表的几代帝王,都以爱好文辞著称,因此他们所下的大量诏令及在他们影响下大臣们所上奏疏,基本上仍沿袭着前代骈文的格套。但涉及具体的军国实务,典丽的形式往往就会不切其要,不得不某种程度地脱去华衣,而呈现出质实的本色。这应该是此一时期治世之文的基本特点。

1. 李世民

房玄龄在《谏伐高丽表》中,曾称颂唐太宗李世民说:"留情坟典,属意篇什;笔迈钟张,辞穷班马。文锋既振,则宫徵自谐;轻翰暂飞,则花纛竞发。"[①]这并非虚语。李世民确有强烈的艺术爱好和颇高的艺术水平,他留有赋作,在其《述圣赋序》中,形容所修的苑囿,言:

> 其胜地则有积翠凝碧,其川阜则有濯龙平乐。若乃南面双阙,北对芒山,引洛浦之通波,连郏鄏之余址。丛薄本丽,加之以芳节;池沼素美,莹之以初阳。舞蝶游丝,带清飙而散影;分花交柳,映碧浪而成文。巨树千寻,结轻烟而笋翠;危峰万

---

① 董皓辑:《全唐文》卷一百三十七,上海古籍出版社,1990年。以下所引此书皆出于此版本。

仞,照落景而开红。云气萦岩,似游仙于巫峡;霓光染溜,类濯锦于成都。戏羽间关,互飞沈于蒙密;游鳞澂濙,乍出没于芰荷。翔泳之美尽斯,仁智之乐备矣。(《全唐文》卷十)

文辞的藻丽不让于专门作家。他所下的有关军国大事的诏令几乎全用骈体,而当事关其政权安危的文字,则颇带真情且变华靡为质实。如《答魏徵手诏》,开始就谓:"省览抗表,诚极忠款,言穷切至。披览忘倦,每达宵分。"在回顾了从童年到登上帝位的经历之后又说:

及恭承宝历,寅奉帝图,垂拱无为,氛埃静息,于兹十有一年矣。盖股肱謦帷幄之谋,爪牙竭熊黑之力,协德同心,以致于此。自惟寡薄,厚享斯休。每以大宝神器,忧深责重,尝惧万幾多旷,四聪不达,何尝不战战兢兢,坐以待旦。询于公卿,以至隶皂,推以赤心,庶几刑措。但顷年以来,祸衅既极,又缺嘉偶,荼毒未几,悲伤继及。凡在生灵,孰胜哀痛?岁序屡迁,触目摧感。自尔以来,心虑恍惚,当食忘味,中宵废寝。是以三思万虑,或失毫厘;刑赏之乖,实由于此。……

朕闻晋武帝自平吴以后,务在骄奢,不复留心治政。何曾退朝,谓其子劭曰:"吾每见主上,不论经国远图,但说平生常语。此非贻厥子孙者也。尔身犹可以免。"指诸孙曰:"此等必遇乱。"及孙绥,果为淫刑所戮。前史美之,以为明于先见。朕意不然。谓曾之不忠,其罪大矣。夫为人臣,当进思竭诚,退思补过,将顺其美,规救其恶,所以为治也。曾位极台司,名器隆重,当直词正谏,论道佐时。今乃退有后言,进无廷谏,以为明智,不亦谬乎?颠而不扶,焉用彼相?

公之所谏,朕闻过矣。当置之几案,事等弦韦。必望收彼桑榆，期之岁暮，不亦康哉良哉！独惭于往日，若鱼若水；遂爽于当今，迟复嘉谋。犯而无隐，朕将虚衿靖志，敬伫德音。

这样敞襟怀、叙腹心的话，与那种虚与委蛇的官样文章大不相同，确实见出了文风变化的苗头。

2. 房玄龄　虞世南　岑文本

房玄龄（579—648），字乔，齐州临淄（今属山东淄博）人。由隋入唐，自李渊起事，即追随太宗，太宗尚为秦王时，入文学馆为十八学士之一。《旧唐书·房玄龄传》载："在秦府十余年，常典管记，每军书表奏，驻马立成，文约理赡，初无稿草。"贞观年间，为最重要的佐命大臣，世称良相。曾与高士廉同撰《文思博要》，与褚遂良共同主持编成《晋书》。

今天其留下的最重要文字，是晚年所写《谏伐高丽表》。此文委婉中有激切，先用典丽的文字对唐太宗的文治武功加以称颂，然后切入正题，曰：

> 彼高丽者，边夷贱类，不足待以仁义，不可责以常礼，古来以鱼鳖畜之，宜从阔略。若必欲绝其种类，深恐兽穷则搏。且陛下每决一死囚，必令三覆五奏，进素食、停音乐者，盖以人命所重，感动圣慈也。况今兵士之徒，无一罪戾，无故驱之于行阵之间，委之于锋刃之下，使肝脑涂地，魂魄无归。令其老父孤儿，寡妻慈母，望辒车而掩泣，抱枯骨以摧心，足以变动阴阳，感伤和气，实天下之冤痛也。且兵者凶器，战者危事，不得已而用之。向使高丽违失臣节，而陛下诛之可也；侵扰百姓，而陛下灭之可也；久长能为中国患，而陛下除之可也。有一于此，虽日杀万夫，不足为愧。今无此三条，坐烦中国，内为旧主雪耻，外为新罗报仇，岂非所存者小，所损者大？

愿陛下遵皇祖老子止足之诫,以保万代巍巍之名。发沛然之恩,降宽大之诏;顺阳春以布泽,许高丽以自新;焚凌波之船,罢应募之众:自然华夷庆赖,远肃迩安。臣老病三公,旦夕入地,所恨竟无尘露微增海岳,谨罄残魂余息,预代结草之诚。傥蒙录此哀鸣,即臣死且不朽。(《全唐文》卷一百三十七)

文章散骈相间,论事深细着实,既说之以理,又动之以情,且行文晓畅,不乏文采。

虞世南(558—638),字伯施,越州余姚(浙江余姚)人。由陈入隋,入唐。《旧唐书·虞世南传》谓其"善属文,常祖述徐陵,陵亦言世南得己之意。又同郡沙门智永善王羲之书,世南师焉,妙得其体"。他在太宗为秦王时,即入文学馆,"与房玄龄对掌文翰"。

今天看,虞世南虽以书法著名,其文章实兼具了南北两方的特点。其遗作所存之《孔子庙堂碑》,写法上大体不出南朝大型骈文规制。文章先对孔子的生平业绩进行了铺张性的颂美,又对大唐的功德进行了渲染性的礼赞,然后对新修的孔子庙及祭祀活动作了生动的描摹:

凤甍骞其特起,龙桷俨以临空。霞入绮寮,日晖丹槛。宵宵崇邃,悠悠虚白。图真写状,妙绝人功;象设已陈,肃焉如在。握文履度,复见仪形;凤跱龙蹲,犹临咫尺。莞尔微笑,若听武城之弦;怡然动色,似闻箫韶之响。襜襜盛服,既睹仲由;侃侃礼容,仍观卫赐。不疾而速,神其何远。至于仲春令序,时和景淑,皎洁璧池,圆流若镜,青葱槐市,总翠成帷。清涤玄酒,致敬于兹日;合舞释菜,无绝于终古。(《全唐文》卷一百三十八)

继承的确实是南朝传统。而其《上山陵封事》，是因唐高祖死后，太宗下诏"山陵制度准汉长陵故事，务从隆厚"而上的谏疏，用的就全是质朴的散体。先云："臣闻古之圣帝明王所以薄葬者，非不欲崇高光，显珍宝，具物以厚其亲。然审而言之，高坟厚陇，珍物毕备，此适所以为亲之累，非曰孝也。"然后举刘向谏汉成帝营延陵，魏文帝作《终制》令薄葬的史例，谓：

> 使陛下德止如秦汉之君臣，则缄口而已，不敢有言。伏见圣德高远，尧舜犹所不逮，而俯与秦汉之君同为奢泰，舍尧舜殷周之节俭。此臣所以尤戚也。（《全唐文》卷一百三十八）

显示的就是另一种风格，表现出他所受北朝的影响，且因不同的情势而采用不同的为文方式。

岑文本（595—654），字景仁，原籍南阳棘阳，后居江陵（湖北荆州）。隋亡后入唐，亦为由南入北作家。

岑文本的文章与虞世南有类似处，南北格调并存兼具，且有某种互相融合的趋向。如其《三元颂》《藉田颂》写得极其华丽，史称"其辞甚美"。《拟剧秦美新》有意仿扬雄，是逞才之作。代作的册诸王文，皆相当典雅。而关涉时事的《理侯君集等疏》《大水上封事极言得失》，则基本上化骈为散，既陈述了自己的意见，又表达得委婉。如后文是因"谷、洛泛滥"，发生水灾而写。古人多认为灾害的发生，是上天对人事的感应，故他既借此进谏，而又谓不必为此担心，有云：

> 今虽亿兆乂安，方隅宁谧，既承丧乱之后，又接凋弊之余，户口减损尚多，田畴垦辟犹少。覆焘之恩著矣，而疮痍未复；德教之风被矣，而资产屡空。是以古人譬之种树，年祀绵远，

则枝叶扶疏;若种之日浅,根本未固,虽拥之以黑坟,暖之以春日,一人摇之,必致枯槁。今之百姓,颇类于此。常加含养,则日就滋息;暂有征役,则随而凋耗。凋耗既甚,则人不聊生;人不聊生,则怨气充塞;怨气充塞,则离叛之心生矣。……

伏惟陛下览古今之事,察安危之机,上以社稷为重,下以亿兆为念。明选举,慎赏罚,进贤才,退不肖。闻过即改,从谏如流。为善在于不疑,出令期于必信。颐神养性,省畋游之娱;去奢从俭,减工役之费。务静方内,而不求辟土;载橐弓矢,而无忘武备。凡此数者,虽为国之常道,陛下之所常行,臣之愚心,唯愿陛下思之而不倦,行之而不怠。则至道之美,与三五比隆;亿载之祚,承天地长久。虽使桑谷为妖,龙蛇作孽,雉雊于鼎耳,石言于晋地,犹当转祸为福,变咎为祥。况水雨之患,阴阳常理,岂可谓之天谴而系圣心哉!

虽用骈对,话讲得极通俗,意思到了而又没有攻击性。

3. 魏徵　马周

魏徵(580—643),字玄成,钜鹿(河北巨鹿)人。《旧唐书·魏徵传》载,“少孤贫,落拓有大志”,“好读书”,“尤属意纵横之说”。在隋、唐交替之际,他早期的经历颇多曲折,先追随李密,后归唐,又曾事原太子建成,后被太宗所擢用,位至侍中,封郑国公。魏徵有识见而敢直谏,李世民又有治国的雄图,因此君臣之间有遇合之感。贞观之治,魏徵出了很大的助力,史称“前代诤臣,一人而已”。

魏徵的文章,主要内容是论政,亦有论文之作。特点是尖锐、切实,综括掌控能力强,宏放而气势充畅。

其早期所写《与徐世勣书》,劝其与李密一起归唐,曰:

自隋末乱离,群雄竞逐,夸州连郡,不可胜数。魏公（李密）起自叛徒，奋臂大呼，四方响应，万里风驰，云合雾聚，众数十万。威之所被，将半天下，破世充于洛口，摧化及于黎山。方欲西蹈咸阳，北凌玄阙，扬旌瀚海，饮马渭川。翻以百胜之威，败于奔亡之虏，固知神器之重，自有所归，不可以力争。是以魏公思皇天之乃眷，入函谷而不疑。

公生于扰攘之时，感知己之遇，根本已拔，确乎不动，鸠合遗散，据守一隅。……然谁无善始，终之难虑。去就之机，安危大节。若策名得地，则九族荫其余辉；委质非人，则一身不能自保。殷鉴不远，公所闻见。……今公处必争之地，乘宜速之机，更事迟疑，坐观成败，恐凶狡之辈，先人生心，则公之事去矣！（《全唐文》卷一百四十一）

气势宏放，颇见秦汉文的影迹。其后期所写《十渐疏》，针对唐太宗晚年不如早期的励精图治，指出其十条"渐不克终"的表现，每条皆先以其早期如何，现今如何进行对比，同时间以说理。内容极尖锐，行文极规整。如其第二条：

陛下贞观之始，视人如伤，恤其勤劳，爱民犹子，每存简约，无所营为。顷年已来，意在奢纵，忽忘卑俭，轻用人力，乃云百姓无事则骄逸，劳役则易使。自古已来，未有由百姓逸乐而致倾败者也，何有逆畏其骄逸，而故欲劳役者哉？恐非兴邦之至言，安人之长算。此其渐不克终二也。（《全唐文》卷一百四十）

全文皆以此格式写成。其《群书治要序》，综括此书的内容和作用，云：

若乃钦明之后，屈己以救时；无道之君，乐身以亡国。或临难而知惧，在危而获安，或得志而骄居，业成以致败者，莫不备其得失，以著为君之难。

其委质策名，立功树惠，贞心直道，亡躯殉国，身殒百年之中，声驰千载之后，或大奸巨猾，转日回天，社鼠城狐，反白作黑，忠良由其放逐，邦国因以危亡者，咸亦述其终始，以显为臣不易。

其立德立言，作训垂范，为纲为纪，经天纬地，金声玉振，腾实飞英，雅论徽猷，嘉言美事，可以宏奖名教，崇太平之基者，固亦片善不遗，将以丕显皇极。（《全唐文》卷一百四十一）

其《唐故邢国公李密墓志铭》讲到炀帝给人民造成的灾难：

暨有隋二世，肆虐黔首，三象雾塞，五岳尘飞。妖灾所臻，匪唯血落星陨；怨讟所动，宁止石言鬼哭？辙迹遍于天下，徭戍穷于海外。冤魂塞宇宙，白骨蔽原野。坟垄发掘，城郭丘墟，万里萧条，人烟断绝。（《全唐文》卷一百四十一）

都表现了很强的文字掌控力和语言的描摹力，与前代骈文之一味追求秾艳藻丽显然不同。

总起来说，魏徵的作品，应该说是唐代早期比较沉雄有力的文字，是内容和风格质实化的突出代表，但与贾谊之类的汉初文章比起来，尚不及其疏宕。

马周（601—648），字宾王，博州茌平（今属山东聊城）人。官至中书令，是唐太宗非常信任和赏识的文臣。他与魏徵的共同之处是多直谏言，不同之处是为文的风格相异。

马周今天所保留下来的是几篇论政文字，虽多指太宗为治的不足，但行文平稳深细，带有如诉腹心的格调。如其《上太宗疏》，开始先说：

> 微臣每读经史，见前贤忠孝之事。臣虽小人，窃希大道，未尝不废卷长想，思履其迹。臣以不天，早失父母，犬马之养，已无所地，顾来事之可为者，唯忠义而已。是以徒步二千里而自归陛下。陛下不以臣愚瞀，过垂齿录。窃自顾瞻，无阶答谢，辄以微躯丹款，惟陛下所择。（《全唐文》卷一百五十五）

然后才讲要说的问题。这就很容易让对方接受。再如《陈时政疏》提出的问题更多，但陈述皆极细致，如：

> 自古明王圣主，虽因人设教，宽猛随时，而大要惟以节俭于身，恩加于人，二者是务。故其下爱之如父母，仰之如日月，敬之如神明，畏之如雷霆。此其所以卜祚遐长，而祸乱不作也。今百姓承丧乱之后，比于隋时，才十分之一，而供官徭役，道路相继，兄去弟还，首尾不绝。远者往来五六千里，春秋冬夏，略无休时。陛下虽每有恩诏，令其减省，而有司作既不废，自然须人，徒行文书，役之如故。臣每访问，四五年来，百姓颇有嗟怨之言，以为陛下不存养之。（《全唐文》卷一百五十五）

这样深细的文字，自然质朴，已有些与晁错接近之处。

二　某种程度向藻丽空洞回复
——高宗至睿宗时期朝臣的文章

唐高宗李治初期（永徽年间），尚能延续贞观之治。但从其宠溺武则天开始，政局就发生了重大变化。如果说贞观年间，君臣尚能合力于新建立的大一统的皇权统治，造就了国家的繁荣兴盛，此后则进入了统治集团的内争。武则天虽堪称女中豪杰，敢于在男权时代登上政治舞台，自我作古地搞了一场"武周革命"，但实质上属于历代皇朝都有的，后党和外戚篡政夺权性质。这种上层的纷乱持续了六十余年，幸赖贞观期间打下的基础，才未导致政权的瓦解，直至唐玄宗出来收拾局面，社会才又恢复了稳定。

这时期诏令奏疏等应用文字的写作，受到两方面的影响：一方面是能参与到上层的朝臣们分化为两类：一类是只图获得和维护自己的地位，对当政者采取逢迎媚附的态度；一类是从维护皇朝政权的大局出发，不计较个人利害而敢于提出自己的意见。另一方面是几个最高统治者，从高宗到武氏再到中宗李哲，对具有审美性质的艺文的爱好较李世民有过之而无不及。如段成式《酉阳杂俎》载："骆宾王为徐敬业作檄，极疏大周过恶，则天览及'蛾眉不肯让人，狐媚偏能惑主'，微笑而已。至'一抔之土未干，六尺之孤安在'，不悦曰：'宰相安得失如此人？'"①此虽属传说，亦可见武氏对文章的欣赏。又如《资治通鉴》载，高宗上元元年（674），有刘晓者上疏论选，有云："礼部取士，专用文章为甲乙，故天下之士，皆舍德行而趋文艺。有朝登甲科而夕陷刑辟者。虽日诵万言，何关理体；文成七步，未足化人。况尽心卉木之间，极笔烟霞之际，以斯成俗，岂非大谬？夫人之慕名，如水之趋下，上有所好，下必甚焉。"②同书又载，中宗景龙二年（708），"置修文馆大学士四员，直学士八员，学士十二员。选公卿以下善为文者李峤等为之。每游幸禁苑，或宗戚宴集，学士无不皆从，赋诗属和，使上官昭容第其甲乙，优者赐金帛。同预宴者惟中书门下及长参王公亲贵数人而已。至大宴，

---

① （唐）段成式著：《酉阳杂俎》前集卷一，中华书局，1981年。
② （宋）司马光撰：《资治通鉴》，上海古籍出版社，1987年，1358页。以下所引此书皆出于此版本。

方召八座九列诸司五品以上预焉。于是天下靡然争以文艺相尚，儒学忠谠之士莫得进矣"①。《旧唐书·上官仪传》载："太宗雅好属文，每遣仪视草，又多令继和。凡有宴集，仪尝预焉。""高宗嗣位，迁秘书少监。龙朔二年（662），加银青光禄大夫、西台侍郎、同东西台三品，兼弘文馆学士如故。本以词彩自达，工于五言诗，好以绮错婉媚为本。仪既贵显，故当时多有效其体者，时人谓为上官体。"杨炯《王勃集序》曾谓："龙朔初载，文场变体，争构纤微，竞为雕刻。糅之金玉龙凤，乱之朱紫青黄，影带以徇其功，假对以称其美。骨气都尽，刚健不闻。"（《全唐文》卷一百九十一）指的恰是这一时期。

基于上述两种因素，这一时期朝臣的文字中，那种内容空洞，以藻饰雕琢为形式的华彩作品，又占了主导地位。当然承续贞观时期的影响，也前后出现过一些内容切实、形式较为质朴的作家和作品。

1. 上官仪　李峤　崔融

上官仪（约 610—664），字游韶，陕州陕（今属河南三门峡）人，后随父迁居江都（江苏扬州）。据《旧唐书》本传，"上官体"虽主要指其五言诗，而观其今存的文章，也具有类似的特点。不仅替皇帝所下的封爵、封官的册文，自己上的《劝封禅表》、作的《对策》，甚至代人所上的表章，都往往"糅之金玉龙凤，乱之朱紫青黄"，化实为虚，以炫耀词采为能事。如其所写的《册许圉师左相文》，不是直接讲许圉师的德行才能，而是用了一系列的形容：

> 开国公许圉师，箕峰构势，横渚派源。干业峻其家风，象贤益其门庆。神机朗照，灵府洞开，识宗三箧，敏该韦佩。列

---

① 《资治通鉴》，1410 页。

干云敷,升汉台而协彩;挥毫波偃,悬魏帐而均辉。习武经文,
绸缪于丹宸;履忠蹈义,悱恻于元墀。石室兰房,影华缨而振
迹;通闱纶阁,飞若绶而盱衡。扬历群能,执钧伊寄,是用命尔
为左相。(《全唐文》卷一百五十四)

文章虽镂金错彩,但显然不切于实用,是一种倒退。

上官仪之同时或稍后,有苏味道、李峤、崔融等人,《旧唐书·
列传第四十四》,传后"史臣"论云:"苏味道、李峤等,俱为辅相,各
处穹崇。观其章疏之能,非无奥瞻;验以弼谐之道,罔有贞纯。""崔
融、卢藏用、徐彦伯等,文学之功,不让苏、李,止有守常之道,而无
应变之机。"大体对诸人的文章,从不切实用的角度持批判态度。
苏味道当时虽有文名,而无散文作品存留。

李峤(644—713),字巨山,赵州赞皇(今属河北石家庄)人。
《旧唐书·李峤传》载,高宗时曾任给事中,武周时,任"凤阁舍人。
则天深加接待,朝廷每有大手笔,皆特令峤为之"。现存文章甚多。

此人早年对文学的审美特性有所认识,且有怀才不遇之叹。
如其《楚望赋序》明确提出:"夫情以物感,而心由目畅。"并谓:

> 盖人禀性情,是生哀乐。思必深而深必怨,望必远而远必
> 伤。千里开年,且悲春日;一叶早落,足动秋襟。坦荡忘情,临
> 大川而永息;忧喜在色,陟崇岗以累叹。故惜逝愍时,思深之
> 怨也;摇情荡虑,望远之伤也。伤则感遥而悼近,怨则恋始而
> 悲终。达节宏人,且犹轸念;苦心志士,其能遣怀? 是知青山之
> 上,每多惆怅之客;白苹之野,斯见不平之人,良有以也。余少
> 历艰虞,晚就推择。扬子甘泉之岁,潘生秋兴之年,曾无侍从之
> 荣,顾有池笯之叹。而行藏莫寄,心迹罕并,岁月推迁,志事辽
> 落,栖遑卑辱之地,窘束文墨之间。以此为心,心可知矣。(《全

唐文》卷二百四十二）

可见他确有文才，而上进心中流露出对权势地位的欣羡。所以他后来连续写了《上雍州高长史书》等一系列献诗文，呈才藻，求逾扬的信。这些书信，一方面颂美对方，一方面又以文才自负，感叹未得高位，希望予以提携。如《上巡察覆囚使历城张明府书》，有云：

> 旋顾微躯，虽质异凤毛，饰惭豹鞹；然嗣徽良冶，把道圣衢。至于组织身文，筌蹄意象，照神交于千载，得奥旨于三复。贞筠范操，秉楛羽以铭丹；秀蕤敷简，搴菁华而枃素。砥砺希割铅之效，巾缇庶沾玉之资。岂期事以命屯，迹随冗摈，沈泣与泾泥共滓，悲歌将陇泉俱咽。……明公衔绯帝廷，影缨天阙。片言之赏，飞阖言于日署；尺一之奏，抗陈德于星阶。伏冀晰鉴兰苗，缀思茅茹。俾夫集萤收耀，攀若华而翳景；射鲋埋流，溯扶津而饮液。野籁叶编钟之韵，甘蔗味和鼎之滋，则树李其缄，反抛知执。（《全唐文》卷二百四十七）

文字华縠纷披、辞采飞扬，显示着与贞观朝的不同审美倾向，但与南朝骈文比较起来，又带些清丽的意味，也算是一种进展。

他在受到高宗、武后的赏识之后，位至公卿，写了大量的制册表疏，基本沿袭着藻饰华丽的同一格调，而且如《自叙表》中所表白，其目的主要是"大以荐陈郊庙，报享成功；小以敷布乐章，润色鸿业。使宏勋播于金石，盛德流乎舞咏"（《全唐文》卷二百四十六）。所以其文内容多是颂扬，有的则近于媚附。如将武则天的"面首"张昌宗形容为"子云寂寞，雅好文词；季长博通，堪典经史。宜因松柏之性，处以蓬莱之山"（参见《授张昌宗麟台监制》）。在近两千字的《大周降禅碑》中，以"神力""天造""建国""立政""刑典"

"文教""武德""孝理""冲挹"等名目，对武则天竭尽全力地进行歌赞。这些都没有什么思想意义。当然，李峤也写有几篇内容切实的谏书，如《论巡察风俗疏》《请减员外官疏》《谏建白马坡大像疏》，且这类作品，能用比较浅白的散体。但究竟不是其作品的主流。

崔融（653—706），字安成，齐州全节（山东济南）人。《旧唐书·崔融传》载："中宗在春宫，制融为侍读，兼侍属文，东朝表疏，多成其手。"后"则天幸嵩岳，见融所撰《启母庙碑》，深加叹美"，予以擢用，官至凤阁舍人。又云："融为文典丽，当时罕有其比，朝廷所须《洛出宝图颂》《则天哀册文》及诸大手笔，并手敕付融。撰哀册文，用思精苦，遂发病卒。"

崔融文章的特点，可以说是李峤的发展与综合。在内容上全以逢迎赞美最高统治者为宗旨，当其与杨炯同为崇文馆学士时，曾写有一篇《瓦松赋》（参见《全唐文》卷二一七），最后一句为"惟愿圣皇千万寿，但知倾叶向时明"，最充分地表明了这一点。在形式上则和李峤一样苦心竭意地运用丽辞美藻、典故堆垛来对应其内容。他为人、为己所写的大量表章几乎无不如此。以其受到武则天所赞赏的《启母庙碑》来说，更是代表其文章特点的典型。这篇碑文，名义上是为启母庙而作，实际上是借以逢迎武氏。文中先辨明启母庙确为"夏后启之母"庙，顺势竭力赞扬"母"性：

气为母则群物以萌，月为母则容光必照，坤为母则上下交泰，后为母则邦家有成。故华胥履迹而雄氏孕，女登感神而炎运作，星流华渚而白帝生，月贯幽房而黑精降。明明有夏，穆穆涂山，予娶于度土之辰，女婚于台桑之地。……昔者鴑川之上，母变空桑；豚水之滨，男生破竹。美人之虹名蠴螺，仙妇之月作蟾蜍。精卫衔木而偿冤，女尸化草而成媚。山崩蜀道，台候妇而无归；石立武昌，亭望夫而不及。论乎诞载，群下莫尊

于帝王;语乎迁易,凡百无闻于感致。美矣哉,不可得而称也!(《全唐文》卷二百二十)

然后,极力铺张唐代的伟大功德,言"圣情有眷,兴言改葺",决定重修启母庙,描述了新修启母庙的过程及新庙的景象。足可以代表崔融文辞的基本特色。

崔融亦有少数内容切实、表达浅明晓畅的文章,如《谏税关市疏》,针对有人提出要对关口和市场征税,表达反对意见,提出了此做法的"六不可",其中第五条有云:

> 关为御暴之所,市为聚人之地。税市则人散,税关则暴兴;暴兴则起异图,人散则怀不轨。夫人心莫不背善而乐祸,易动而难安。一市不安,则天下之市心摇矣;一关不安,则天下之关心动矣。况浇风久扇,变法为难,徒欲禁末游、规小利,岂知失玄默、乱大伦。魏、晋眇小,齐、隋龌龊,亦所不行斯道者也。臣知其不可者五也。(《全唐文》卷二百十九)

这说明崔融是可以写出另一类文字的,只是由于当时风气所致,在锐意为文时,才着力追求上述主导倾向,以至于殚精竭虑而死。

总之,以上三人为文的基本特点是华饰与虚浮,表现了对单纯追求形式美的回复,是散文发展中难以避免的曲折,后世提倡古文者所抨击批判的正是这类文章。

2. 狄仁杰　刘知幾

此时期除上述主导倾向外,朝臣的奏疏中,亦有虽沿用骈体而内容务实,颇为接近贞观时期的文章。

狄仁杰(630—700),字怀英,并州太原(山西太原)人。武周朝官至鸾台侍郎、同凤阁鸾台平章事。

他是杰出的政治家,不以文名,但其奏疏文字,多以骈体的形式论述时务,对骈体平实化的发展有一定影响。据《旧唐书·狄仁杰传》,"仁杰前后匡复奏对,凡数万言",而流传下来的并不多,仅就这些文章看,用的虽基本是骈体,但一般都浅明晓畅,气盛理足。如《谏造大像疏》,是反对武则天崇佛以靡费民财的,有云:

> 今之伽蓝,制过宫阙,穷奢极壮,画绘尽工,宝珠殚于缀饰,瑰材竭于轮奂。工不使鬼,止在役人;物不天来,终须地出。不损百姓,将何以求?生之有时,用之无度,编户所奉,恒苦不充,痛切肌肤,不辞棰楚。……
>
> 往在江表,像法盛兴,梁武、简文,舍施无限。及其三淮沸浪,五岭腾烟。列刹盈衢,无救危亡之祸;缁衣蔽路,岂有勤王之师?比年以来,风尘屡扰,水旱不节,征役稍繁,农业先空,疮痍未复,此时兴役,力所未堪。伏惟圣朝,功德无量,何必要营大像,而以劳费为名。(《全唐文》卷一百六十九)

这类文字,除节奏较为整齐外,实与散体无大的区别。

值得注意的是,狄仁杰留有一篇《檄告西楚霸王文》。据《旧唐书·狄仁杰传》,他曾"充江南巡抚史。吴、楚之俗多淫祠,仁杰奏毁一千七百所"。此文可能即此时所写,文曰:

> 垂拱四年,安抚大使狄仁杰檄告西楚霸王项君将校等曰:
> 鸿名不可以谬假,神器不可以力争。应天者膺乐推之名,背时者非见几之主。自祖龙御宇,横噬诸侯,任赵高以当轴,弃蒙恬而齿剑,沙丘作祸于前,望夷覆灭于后。七庙堕圮,万姓屠原,鸟思静于飞尘,鱼岂安于沸水?赫矣皇汉,受命元穹,膺赤帝之贞符,当四灵之钦运。俯张地纽,彰凤纪之祥;仰缉

天纲,郁龙兴之兆。而君潜游泽国,啸聚水乡,矜扛鼎之雄,逞拔山之力,莫测天符所会,不知历数有归,遂奋关中之翼,竟垂垓下之翅。盖实由于人事,焉有属于天亡?虽驱百万之兵,终弃八千之子。以为殷鉴,岂不惜哉?固当匿魄东峰,收魂北极;岂合虚承庙食,广费牲牢。仁杰受命方隅,循革攸寄。今遣焚燎祠宇,削平台室,使蕙帏销尽,羽帐随烟。君宜速迁,勿为人患。檄到如律令。(《全唐文》卷一百六十九)

文章别致而颇有文采,对韩愈写《檄鳄鱼文》可能有一定的启发。

刘知幾(661—721),字子玄,彭城(江苏徐州)人。历仕武周、中宗、玄宗朝,曾任著作佐郎、左史、左散骑常侍。是著名史学家,早年亦以文名称,其所著《思慎赋》曾被苏味道、李峤评为陆机不如。

他因官位不高,未参机要,所留奏疏之文不多,但无论奏疏文或其他文章,为文特点与狄仁杰相类似,虽依然用骈体,但内容质实、中肯、切要,行文晓畅简明。其《上萧至忠论史书》(参见《全唐文》卷二七四),论当代史书难成的五个原因,即五"不可",极为中肯。并抒发了对自己遭际的感慨激愤:不被重视时,"官若土牛,弃同刍狗",而想要用来修史时,似乎非常抬爱,"州司临门,使者结辙"。而这只是表面文章,实际上,"相期高于周孔,见待下于奴仆","求史才则千里降追,语宦途则十年不进"。吐露的感情着实深切。其《答郑惟忠史才论》则写得极其简明:

  史才须有三长,世无其人,故史才少也。三长谓才也,学也,识也。夫有学而无才,亦犹有良田百顷,黄金满籝,而使愚者营生,终不能致于货殖者矣。如有才而无学,亦犹思兼匠石,巧若公输,而家无楩柟斧斤,终不果成其宫室者矣。犹须好是正直，善恶必书，使骄主贼臣，所以知惧，此则为虎傅翼，善无可加，所向无敌者矣。脱苟非其才，不可叨居史任。自曩古以来，能应斯目者，罕见其人。（《全唐文》卷一百七十四）

用的全是不加雕饰的散语。这样的文章放入唐宋八大家文集中，亦无不可。

更重要的是刘知幾所著的《史通》一书，虽为专论史书及如何写史之作，而其中诸多篇章，广泛涉及文章写作的问题，如《言语》《浮词》《叙事》及《杂说》中的有些部分，将先秦两汉文籍史书，与六朝以来的作品对比，主张省字、省句、含蓄凝练，反对侈靡铺张，与后代的古文家观点是一致的。如《叙事》篇中有云：

章句之言，有显有晦。显也者，繁词缛说，理尽于篇中；晦也者，省字约文，事溢于句外。然则晦之将显，优劣不同，较可知矣。夫能略小存大，举重明轻，一言而巨细咸该，片语而洪纤靡漏，此皆用晦之道也。……夫经以数字包义，而传以一句成言，虽繁约有殊，而隐晦无异。故其纲纪而言邦俗也，则有士会为政，“晋国之盗奔秦”；“邢迁如归，卫国忘亡”。其款曲而言人事也，则有“使妇人饮之酒，以犀革裹之，比及宋，手足皆见”；“三军之士，皆如挟纩”。斯皆言近而旨远，辞浅而义深，虽发语已殚，而含意未尽。使夫读者，望表而知里，扪毛而辨骨，睹一事于句中，反三隅于字外。晦之时义，不亦大哉！

泊班马二史，虽多谢五经，必求其所长，亦时值斯语。至若高祖亡萧何，“如失左右手”；汉兵败绩，“睢水为之不流”；董生“乘马三年，不知牝牡”；翟公之门，“可张雀罗”：则其例也。

自兹已降，史道陵夷，作者芜音累句，云蒸泉涌。其为文也，大抵编字不只，捶句皆双，修短取均，奇偶相配。故应以一言蔽之者，辄足为二言，应以三句成文者，必分为四句，弥漫重沓，不知所裁。①

这些话虽是对史书而言，却切中了文章写作的要害。特别是他对先秦、两汉作家、作品之善于"用晦"的发掘，实际上揭示出其文通过发挥文字的张力来取得表达效果的特点，对后世的古文家有很大的启发。

此处还应附带提到的一个作家是朱敬则（635—709），与刘知幾属同时代人，官至"同凤阁鸾台平章事"，也算是一个史学家。他留下的两篇奏疏《请择史官表》与《请除滥刑疏》，与狄仁杰、刘知幾有同样的特点。此外，他写有论魏武帝、晋高祖、宋武帝、北齐高祖、北齐文襄、北齐文宣、梁武帝、陈武帝、陈后主、隋高祖、隋炀帝的十篇史论（参见《全唐文》卷一百七十、一百七十一），又总称《十代兴亡论》，每论皆篇幅不大。可以说是建安、六朝之帝王论与唐宋名家的帝王论之间的承前启后之作，在散文发展史上有一定的意义。

第三节　普通文章沿袭中有所突破
——唐初一般文人的创作

所谓"一般文人"，并不是说这些人与官场和政治无涉，只是指他们或曾一度涉入而又退出了官场，或身在官场而地位不高，未曾进入枢要。其共同点是：对上一时期片面追求形式美的主导倾向有明确清醒的认识，甚至持强烈的批判态度，但在创作实践上呈现为多元态势。有的抛却骈体回归素朴，有的沿袭旧轨而有所创新，

① 浦起龙撰：《史通通释》卷六，江苏广陵古籍刻印社，1991年。

有的致力于境界的开拓。总的说,都在向散文发展的新阶段过渡。他们在创作内容上也不是不关心时务,但相较而言更多地倾向于抒发表现个人情志。

一 王绩
——新旧交替之际的超脱者

王绩(585—644),字无功,后自号东皋子,绛州龙门(山西河津)人。生当隋初,据吕才《东皋后序》(参见《全唐文》卷一百六十),他在隋大业末,曾任秘书正字、六合县丞,入唐,以六合县丞待诏门下省,又曾求为太乐丞,后归龙门隐居,贞观十八年(644)卒。

王绩为王通之弟,受儒学习染甚深,同时又崇信老、释,思想复杂交错。他生当两个大时代交替之际,亲历了隋、唐之间的嬗变,对隋代后期的腐败统治不满,曾谓"吾家三兄(指王通),生于隋末,伤世撄乱,有道无位"(《全唐文》卷一百三十一《答冯子华处士书》)。晚年对贞观之治有所感受,曾说:

> 乱极则治,王途渐亨,天灾不行,年谷丰熟。贤人充其朝,农夫满于野。……又知房、李诸贤,肆力廊庙,吾家魏学士亦申其才,公卿勤勤,有志于礼乐。元首明哲,股肱惟良,何庆如之也。

但又表示:

> 夫思能独放,湖海之士,才堪济世,王者所须。所恨姚义不存,薛生已殁,使云罗天网,有所不该,以为叹恨耳。(《全唐文》卷一百三十一《答冯子华处士书》)

薛生指薛收,与姚义俱为王通弟子,意思是为他们没能施展才能而遗憾。同时,从其《自撰墓志铭》所云:"起家以禄位,历数职而进一阶。才高位下,免责而已。天子不知,公卿不识,四十五十而无闻焉。"(《全唐文》卷一百三十二)似乎对自己的未被重用也有所不满。从更宽广的角度说,他似乎完全参透了世事,其《答程道士书》有云:

> 吾尝读书,观览数千年事久矣。有以见天下之通趋,识人情之大方。语默纷杂,是非淆乱。夸者死权,烈士殉名,贪夫溺财,品庶每生。各是其所同,非其所异焉,可胜校哉?(《全唐文》卷一百三十一)

这些叠加起来,使他在人生的出处和对社会与世情的态度上,处于矛盾状态。既对荆轲、项羽、陈平、宁戚、姜尚有所赞,又对介子推、严君平、老莱子、嵇康有所赞;既写《祭关龙逢文》,又写《登箕山祭巢许文》(参见《全唐文》卷一三二)。在入世与出世的矛盾中,他最终选择了以陶渊明为榜样,远离世事,只求自适的处世态度,在前引《答冯子华处士书》中有云:

> 夫人生一世,忽同过隙,合散消息,周流不居。偶逢其适,便可卒岁。陶生云:"富贵非吾愿,帝乡不可期。"又云:"盛夏五月,跂脚北窗下,有凉风暂至,自谓是羲皇上人。"嗟呼!适意为乐,雅会我心。

并对这种生活情趣作了富有诗意的描绘:

> 烟霞山水,性之所适;琴歌酒赋,不绝于时。时游人间,出

入郊郭。暮春三月,登于北山,松柏群吟,藤萝翳景,意甚乐之。箕踞散发,与鸟兽同群。醒不乱行,醉不干物,赏洽兴穷,还归河渚,蓬室瓮牖,弹琴诵书。优哉游哉,聊以卒岁。

这种处世方式和人生态度,决定了他主导性的写作内容和写作方式,以及总体倾向,有明显地模仿陶渊明的痕迹。如陶有《五柳先生传》,他则写《五斗先生传》:

有五斗先生者,以酒德游于人间。有以酒请者,无贵贱皆往,往必醉;醉则不择地斯寝矣,醒则复起饮也。常一饮五斗,因以为号焉。先生绝思虑,寡言语,不知天下之有仁义厚薄也。忽焉而去,攸然而来,其动也天,其静也地,故万物不能萦其心焉。尝言曰:天下大抵可见矣。生何足养,而嵇康著论;途何为穷,而阮籍恸哭。故昏昏默默,圣人之所居也。遂行其志,不知所如。(《全唐文》卷一百三十二)

内容不同,而情趣风格却有一致处。陶写有《桃花源记》描绘了一个虚幻的理想世界,他则写有《醉乡记》(参见《全唐文》卷一三二)虚构了一个与世隔绝,有远古淳风的醉乡。陶写有《自祭文》,他也写了《自撰墓志铭》。

除这些仿陶之作,题材上,他还写有虚构的《无心子传》《负苓者传》和写实性的《仲长先生传》等。另外,还写有几篇与人往还的书信,在信中述志抒怀,有的还带有讽刺性,如《答程道士书》有云:"去矣程生,非吾徒也。若足下者,可谓身处江海之上,心游魏阙之下。虽欲行志,不觉坐驰。若以此见,轻议大道,将恐北辕适越,所背弥远矣。"总体上,他虽有追慕模仿陶作的倾向,而二者难以比并。在思想内容上,他更倾向于老、庄,而且深度不足。在文笔上,他虽脱去了华饰,但真淳方面还大有差距。

从散文发展的角度说,王绩的文章和他的思想一样,同样处于两个阶段的交界点上,有着扭转骈体与华美形式之统治地位的先导性意义。

二 王勃 杨炯 卢照邻 骆宾王
——沿袭中崭露新的头角

据《旧唐书·裴行俭传》,高宗咸亨初,"时有后进杨炯、王勃、卢照邻、骆宾王并以文章见称,吏部侍郎李敬玄盛为延誉,引以示行俭"。同书《文苑传·杨炯传》载:"炯与王勃、卢照邻、骆宾王以文词齐名,海内称为王杨卢骆,亦号为'四杰'。""其后崔融、李峤、张说俱重四杰之文。"说明"四杰"正处在高宗、武后时期,上官仪之后,举朝重文的时代。他们能受到崔融、李峤的推重,亦大体能说明其为文的基本特点。

1. 王勃

王勃(647—675),字子安,王通之孙。据《旧唐书·文苑传·王勃传》,"勃六岁解属文,构思无滞,词情英迈"。因献《乾元殿颂》,为沛王李贤所赏,召为修撰。后因诸王斗鸡,戏作《檄英王鸡文》,引致高宗怒斥,出府。任虢州参军时,匿杀官奴,当诛,遇赦。其父因此被远迁交趾令。勃在赴交趾省父途中,渡海溺水而亡,年仅二十八岁。

前引王勃《上吏部裴侍郎启》,曾对屈、宋、枚、马及南朝以来的文章之弊,给予了激烈批判,并对"铨选之次,每以诗赋为先","器人于翰墨之间,求材于简牍之际"也加以批评。这一方面表明王勃对"奢丽"的文风有所不满。另一方面意在显示:自己并不是仅具"雕虫"小技的文人,而是"好学近乎智,力行近乎仁",有着"激扬正道,大庇生人"之志的人才,希望能够被拔擢。然而王勃的创作实践,并未能与其理性认识相对应,仍没有脱离前朝与当代的旧轨。

综观王勃所有散文作品,大体分为三类:一类是以《乾元殿颂》为代表,包括《拜南郊颂》《九成宫颂》等大型赞颂之作;第二类是《上吏部裴侍郎启》这样为数不少的书启;第三类数量最大,是以《滕王阁序》为代表的诗序、赋序、送序。另有少数的碑、赞、奏、疏。各类作品,大体皆以华美藻饰的骈俪行文,基本上沿袭既有套路,但情况各有不同。

第一类作品是献给当朝者的,写得认真用力,内容为颂美功业德行,形式上大量运用丽藻与典故的堆垛,虽然当时赢得了声名和重视,但思想境界不高,审美价值不大。

第二类作品属干谒性质,多是借献诗献赋,表述志愿,显示才学,希望受到赏识,得以延誉、推重。这类作品在南朝很少见,而入唐以后则逐渐增多,如李峤早年就写有《上雍州高长史》等类似篇章,王勃以后,写此类作品则蔚成风气。这种情况的出现有深刻的时代原因。上编我们讲到,南朝士人的观念中,曾将人生的取向分为三等,以着意隐遁山林者为高,积极入仕者为次,致力于势利钻营者为下,这是当时的时代思潮的反映。但入唐以后有了不同。大一统的皇权已经巩固,又为下层士子广开了仕进之门,于是靠自己的才学,积极入仕,争取成为高官显宦,为家国做出一番事业,便成为士人们的人生理想。王勃的这类作品,就反映了这种情况。在其《上刘右相书》中,提到当时的形势是:

> 至尊以摇河徙岳之威,当立地开天之运。圣人有作,群才毕举。星辰入仕,揖让朱鸟之门;风雨称臣,奔走苍龙之阙。方欲停旒金室,引成康于已往;辟纩瑶林,复尧舜于兹日。可谓明明穆穆,尽天子之容貌矣。(《全唐文》卷一百七十九)

《上绛州上官司马书》中又云：

> 盖闻灵化出于窈冥，帝图寄于寥廓。圣人生而万物睹，太阶平而四国会。故曰：有非常之后者，必有非常之臣；有非常之臣者，必有非常之绩。至今雷奔雨啸，风旋电转，拾青紫于俯仰，取公卿于朝夕。云台迫汉，南宫列元宰之图；霜戟罗门，北阙据名臣之第。尝见之矣。（《全唐文》卷一百七十九）

在这样的形势下，就使得人们看来，那种依凭客观条件"风腾雾跃，指麾成烈士之功；蠖屈虬奔，谈笑坐群卿之右"之人，"未如越苍海，弃行间，排紫微，谒天子，于是遭不讳之主，拥非常之位，龙章凤黻照其前，锵金鸣玉叠其后。三灵叶赞，超然奉天下之图；四海承平，高步取寰中之托"者，更让人钦敬（参见《上刘右相书》）。面对这样的情况，就使得士人们不再甘愿遁迹山林，而更趋向于奔向仕途，如王勃所自述：

> 借如仆者……尝谓奉琴卮于北牖，咏诗礼于南陔，坐商洛而折云英，临江湖而采烟液，生愿毕矣。而属鸾扃停逸，频虚不次之阶；鹤板征贤，累发非常之诏。天下有道，吾岂鲍瓜？（《上绛州上官司马书》）

正是出于这种考虑，他才向刘右相这样已经具有权位的人表示：

> 伏愿辟东阁，开北堂，待之以上宾，期之以国士。使得披肝胆，布腹心，大论古今之利害，高谈帝王之纲纪。然后鹰扬豹变，出蓬户而拜青墀；附景抟风，舍苕衣而见绛阙。（《上刘右相书》）

所以在此类上书中,王勃虽然不得不说些称颂对方的类似逢迎巴结的话,但并不是为了诌谀媚附,底里中表达的是那个时代才有的一种积极进取的精神。

第三类的诗序、赋序、送序,是最足以代表其艺术成就的作品。总的特点是:虽然依旧沿用骈体,但突破了骈体的虚饰、秾丽、堆垛、板滞,赋予了它新的和明显的个人特色。具体地说:

一是这些作品多为即时即事之作,情以景发,感共兴飞,虽任性挥洒,而各切其要。如写北国风光:

> 人高调远,地爽气清。抱玉策而登高,出琼林而更远。汉家二百所之都郭,宫殿平看;秦树四十郡之封畿,山河坐见。……珠城隐隐,栏干象北斗之宫;清渭澄澄,混漾即天河之水。长松茂柏,钻宇宙而顿风云;大壑横溪,吐江河而悬日月。凤凰神岳,起烟雾而当轩;鹦鹉春泉,杂风花而满谷。(《全唐文》卷一百八十《山亭兴序》)

其气势之雄阔,景物之壮丽,以至于使人"摇头坐唱,顿足起舞。风尘洒落,直上天池九万里;丘墟雄壮,傍吞少华五千仞","荣者吾不知其荣,美者吾不知其美"。写江南春色:

> 轻葂秀而郊戍青,落花尽而亭皋晚。丹莺紫蝶,候芳晷而腾姿;早燕归鸿,俟迅风而弄影。岩暄蕙密,野淑兰滋,弱荷抽紫,疏萍泛绿。(《全唐文》卷一百八十一《上巳浮江宴序》)

景色之清丽,以至于使人"披襟朗咏,饯斜光于碧岫之前;散发高吟,对明月于清溪之下"。其余,如写别情离绪,友朋宴聚,皆相当深切感人。尤其是含情即景的描绘,多有秀辞佳句。如写夜别:

"星河渐落,烟雾仍开。高林静而霜鸟飞,长路晓而征骖动。"绘夏日:"惊花乱下,戏鸟平飞。荷叶滋而晓雾繁,竹院静而炎气息。"描秋色:"金风和而景物清,白露下而光阴晚。庭前柳叶,才听蝉鸣;野外芦花,行看鸥上。"状冬气:"冰霜裂地,星象回天。朔风动而关塞寒,明月下而楼台暗。"都能通过精选的词语、意象的组织,传达出相应的意境,具有明显的化诗入文的特点。

二是这些作品中都有王勃的个人之"我"在,贯注着或以自信自负或以块垒不平表现出来的英俊豪迈之气,这是此前的骈体作品中少见的。如其《山亭兴序》有云:

> 下官天性任真,直言淳朴。拙客陋质,眇小之丈夫;寒步穷途,坎壈之君子。文史足用,不读非道之书;气调不羁,未被可人之目。颍川人物,有荀家兄弟之风;汉代英奇,守陈氏门宗之德。乐天知命,一十九年;负笈从师,二千余里。(《全唐文》卷一百八十)

《忆亭思友人序》中则谓:

> 嗟呼! 大丈夫荷帝王之雨露,对清平之日月,文章可以经纬天地,器局可以畜泄江河。七星可以气冲,八风可以调合。独行万里,觉天地之崆峒;高枕百年,见生灵之龌龊。虽俗人不识,下士徒轻,顾视天下,亦可以蔽寰中之一半矣。……若开辟翰苑,扫荡文场,得宫商之正律,受山川之杰气。虽陆平原曹子建,足可以车载斗量;谢灵运潘安仁,足可以膝行肘步。思飞情逸,风云坐宅于笔端;兴洽神清,日月自安于调下云尔。(《全唐文》卷一百八十一)

由这些作品,可以看出王勃不只以才气胜,也以襟怀抱负胜。这都是他远远超出前人和同辈的地方。

当然,这类作品中,最为人传诵的还是《秋日登洪府滕王阁饯别序》,文曰:

南昌故郡,洪都新府,星分翼轸,地接衡庐。襟三江而带五湖,控蛮荆而引瓯越。物华天宝,龙光射牛斗之墟;人杰地灵,徐孺下陈蕃之榻。雄州雾列,俊彩星驰,台隍枕夷夏之交,宾主尽东南之美。都督阎公之雅望,棨戟遥临;宇文新州之懿范,襜帷暂驻。十旬休暇,胜友如云;千里逢迎,高朋满座。腾蛟起凤,孟学士之词宗;紫电青霜,王将军之武库。家君作宰,路出名区;童子何知,躬逢胜饯。

时维九月,序属三秋。潦水尽而寒潭清,烟光凝而暮山紫。俨骖騑于上路,访风景于崇阿。临帝子之长洲,得仙人之旧馆。层台耸翠,上出重霄;飞阁流丹,下临无地。鹤汀凫渚,穷岛屿之萦回;桂殿兰宫,列岗峦之体势。披绣闼,俯雕甍,山原旷其盈视,川泽纡其骇瞩。闾阎扑地,钟鸣鼎食之家;舸舰弥津,青雀黄龙之舳。虹消雨霁,彩彻云衢,落霞与孤鹜齐飞,秋水共长天一色。渔舟唱晚,响穷彭蠡之滨;雁阵惊寒,声断衡阳之浦。遥吟俯畅,逸兴遄飞,爽籁发而清风生,纤歌凝而白云遏。睢园绿竹,气凌彭泽之樽;邺水朱华,光照临川之笔。四美具,二难并,穷睇眄于中天,极娱游于暇日。

天高地迥,觉宇宙之无穷;兴尽悲来,识盈虚之有数。望长安于日下,指吴会于云间。地势极而南溟深,天柱高而北辰远。关山难越,谁悲失路之人;萍水相逢,尽是他乡之客。怀帝阍而不见,奉宣室以何年。嗟乎! 时运不齐,命途多舛,冯唐易老,李广难封。屈贾谊于长沙,非无圣主;窜梁鸿于海曲,岂乏明时。所赖君子安贫,达人知命。老当益壮,宁知白首之心;穷且益坚,不坠青云之志。酌贪泉而觉爽,处涸辙而犹欢。北海虽赊,扶摇可接;东隅已逝,桑榆非晚。孟尝高洁,空怀报国之情;阮籍猖狂,岂效穷途之哭?

勃三尺微命,一介书生。无路请缨,等终军之弱冠;有怀投笔,慕宗悫之长风。舍簪笏于百龄,奉晨昏于万里;非谢家之宝树,接孟氏之芳邻。他日趋庭,叨陪鲤对;今辰捧袂,喜托龙门。杨意不逢,抚凌云而自惜;钟期既遇,奏流水以何惭。呜呼!胜地不常,盛筵难再,兰亭已矣,梓泽丘墟。临别赠言,幸承恩于伟饯;登高作赋,是所望于群公。敢竭鄙怀,恭疏短引。一言均赋,四韵俱成。请洒潘江,各倾陆海云尔。(《全唐文》卷一百八十一)

此文为在特殊机遇下的即兴之作,内涵极其丰富。有时有地,即情即景。地理环境的铺陈,扼要而恰切;人文场面的渲染,虽颂美而无谀媚;自然风物的描绘,周遍凝练,不重图其貌而尽心于传其神;襟抱情怀的抒发,不亢不卑,自谦而自信,寓昂扬奋发于坎坷命运之悲慨。对仗精工,节奏流畅;丽藻缤纷,自然流泻;典实琳琅,毫无滞涩;气脉贯注,一气呵成。

像这样的文章,是这一时期散文发展所取得成就的标志,不但体现了对骈体文原有成就的突破,而且显示了审美体验和审美表现水平达至的新高度。

2. 杨炯

杨炯(650—?),弘农华阴(今属陕西)人。据《旧唐书·文苑传·杨炯传》,曾以"神童举,拜校书郎,为崇文馆学士"。后任盈川令,卒于任上。又《传》云,则天时,"炯献《盂兰盆赋》,词甚雅丽"。于"四杰"中,曾自谓:"吾愧在卢前,耻居王后。"张说亦称赞说:"杨盈川文思如悬河注水,酌之不竭,既优于卢,亦不减王。"

今观杨炯的文章,有两点可注意:

一是他的文学观与王勃有同又有所不同。在《王勃集序》中,一方面批评贾、马以来,直至"周隋众制","或苟求虫篆,未尽力于丘坟;或独徇波澜,不寻源于礼乐"。另一方面又提出了"文儒异源"说,称:"仲尼既没,游夏光洙泗之风;屈平自沉,唐宋宏汨罗之迹。文儒于焉异术,词赋所以殊源。"一方面他充分肯定了王勃推陈出新之功,称赞其"长风一振,众萌自偃。遂使繁综浅术,无藩篱之固;纷绘小才,失金汤之险";"翰苑豁如,词林增峻,反诸宏博,君有力焉"。另一方面又暗指其有"矫枉过正"之弊,认为"后进之士,翕然景慕","妙异之徒,别为纵诞,专求怪说,争发大言。乾坤日月张其文,山河鬼神走其思。长句以增其滞,客气以广其灵。已逾江南之风,渐成河朔之制。谬称相述,罕识其源"(《全唐文》卷一百九十一)。说明对王勃行文雄放的一面,他是不赞成的。另外,在其《李舍人山亭诗序》中,曾云:"百年无几,万事徒劳。唯谈笑可以遣平生,唯文词可以陈心赏。"(《全唐文》卷一百九十一)也与上述观点相一致。这或者是杨炯的文章符合当时主导性潮流的原因。《杨炯传》载,至开元年间,张说曾与徐坚评论近代文士之作,张说唯一称赞的是,"李峤、崔融、薛稷、宋之问之文,如良金美玉,无施不可",而对其余作者皆有贬词。这与张说在"四杰"中最为欣赏杨炯正相对应。

二是综观杨炯现存文章,以颂美和应酬性碑铭哀册数量最多,赋也不少。最适于用来抒发个人情志的诗序、赋序数量不是太多,特点也与王勃不同:除《浑天赋序》(参见《全唐文》卷一百九十)中有一句"卧病丘园,二十年而一徙官",略有小小的牢骚之外,其余的,如《登秘书省阁诗序》《崇文馆宴集诗序》《晦日药园诗序》(参见《全唐文》卷一百九十一)等,都是写与馆阁同僚的游处宴集,满足于"琴书暇景,岁月名辰",致力于"蹈舞时康","讴歌帝力"。即使是一般的送别钱行之作,也都写得平稳妥帖,很少有倾诉怀抱的激昂慷慨,更无王勃的英杰豪宕之气。

但是杨炯在文词上确能做到清丽晓畅,辞彩生动,且颇有韵致,如:"是日也,河山雨气,原野秋阴。风烟凄而禁簫寒,草木落而城隍晚。""寒山四绝,烟雾苍苍,古树千年,藤萝漠漠。"(《全唐文》卷一百九十《群官寻杨隐居诗序》)这是他的优点,也是他能被列入"四杰"的原因。

3. 卢照邻

卢照邻,字升之,后因染疾自号幽忧子,幽州范阳(河北涿州)人。生卒年不可确考,一般研究者推断,约生于公元 635 年前后,卒于 680 年前后。据《旧唐书·文苑传·卢照邻传》,"初授邓王府典签",甚受器重,被比为司马相如。后任新都尉,因染风疾去官。病重期间,"著《释疾文》《五悲》等诵,颇有骚人之风,甚为文士所重"。终因"沉痼挛废,不堪其苦",自投颍水而死。

据卢照邻在《五悲文》及《释疾文》中的自述,他早年确曾有过才华焕发,时誉卓著,意气昂扬,抱负不凡的时段。如其《释疾文》所云:

> 既而屠龙适就,刻鹄初成,下笔则烟飞云动,落纸则鸾回凤惊。通李膺而窃价,造张华而假名;郭林宗闻而心服,王夷甫见则神倾。俯仰谈笑,顾盼纵横,自谓明主以令仆相待,朝廷以黄散为轻。(《全唐文》卷一百六十七)

但不久他就发现,仕途并不像所想象的,轻易能够"五府交辟,三台共推,朝纡会稽之绶,夕献《长杨》之辞"(《全唐文》卷一百六十六《五悲文·悲穷通》)。而是"太平之代,万物肫肫;凡圣吻合,贤愚浊昏"。往往像他的兄弟那样，"以方圆异用，遭遇殊时，故才高而位下，咸默默以迟迟"（《全唐文》卷一百六十六《悲才难》）。再加上他"年垂强仕"即遭顽疾，长期病卧，"宛转匡床，波娑小室"，"一臂连卷"，"两足匍匐，寸步千里，咫尺山河"（《全唐文》卷一百六十六《五悲文序》）。身体的痛苦不说，精神上的折磨更沉重，这使他陷入强烈的对命运不公的悲愤之中。所以，卢照邻的遭遇在"四杰"中是最悲惨的，反映在其作品中也就另有格调。

卢照邻的文章，早期所写的《宴梓州南亭诗序》等少数几篇，为比较纯正的骈体，多用清丽的辞藻，表达平畅愉悦的心情。后期所写的几篇向朝官求助药资的书启，来不及追求藻饰，多用质直的散语直述其意。此外，有特色的是两类作品：

一类是为人所写的三篇诗文集序，其中表达了他与王勃、杨炯不同的文学观点。首先，他对江左之文不是取完全批判态度，而给予了相当的肯定与赞赏。如《驸马都尉乔君集序》讲，汉代以来：

> 圣门论赋，相如为入室之雄；阙里裁诗，公幹即升堂之客。陆平原龙惊学海，浮天泉以安流；鲍参军鹤蓄文场，代黄金之平埒。（《全唐文》卷一百六十六）

在《南阳公集序》中，又说："圣人方士之行，亦各异时而并宜；讴歌玉帛之书，何必同条而共贯？"因而谓汉代之后：

> 二陆裁诗，含公幹之奇伟；邺中新体，共许音韵天成。江左诸人，咸好瑰姿艳发。精博爽丽，颜延之急病于江鲍之间；疏散风流，谢宣城缓步于何刘之上。北方重浊，独卢黄门往往高飞；南国轻清，惟庾中丞时时不坠。（《全唐文》卷一百六十六）

其次，他认为只有继承前代遗产，具有丰厚的积累，采取兼容并蓄的态度，才能写出好的作品。在上述同一篇《序》中，他说：

> 非夫妙谐钟律，体会风骚，笔有余妍，思无停趣。作龟作镜，听歌曲而知亡；为龙为光，观礼容而识大。齐鲁一变之道，唐虞百代之文，悬日月于胸怀，挫风云于毫翰。含今古之制，扣宫征之声，细则出入无间，粗则弥纶区宇。逶迤绰约，如玉女之千娇；突兀峥嵘，似灵龟之孤朴。乘槎上汉，谁问坳堂之浅深；荷戟入榛，宁议长安之远近？是非未定，曹子建皓首为期；离合俱伤，陆平原终身流恨。超然若此，适可操刀；自兹已降，徒劳举斧。

表明的就是这个意思。再一点是，他强调要有突破传统的创新精神。在《乐府杂诗序》中说：

> 后人鼓吹乐府，新声起于邺中；山水风云，逸韵生于江左。言古兴者多以西汉为宗，议今文者或用东朝为美。《落梅》《芳树》，共体千篇；《陇水》《巫山》，殊名一意。亦犹负日于珍狐之下，沈萤于烛龙之前。辛勤逐影，更似悲狂；罕见凿空，曾未先觉。潘陆颜谢，蹈迷津而不归；任沈江刘，来乱辙而弥远。其有发挥新体，孤飞百代之前；开凿古人，独步九流之上。自我作古，粤在兹乎！（《全唐文》卷一百六十六）

他的这些观点比较切合实际，体现了他的体验与追求，对理解"四杰"当时的成就有所帮助。

另一类是他的骚体《五悲文》和《释疾文》。从内容来说，这两篇包括八个小题的文章，是他真实而强烈的感情的抒发，既有对追求高远而终归失意的悲诉,又有对自己偏偏遭遇肉体与精神双重折磨的不平与怨愤。他之得风疾有偶然性,因而他的悲惨也属于极端化,但文中表达的对命运不公的哀痛与愤慨,却带有普遍意义,反映了许多失意文人的典型心态。因为唐代虽称盛世,尤其是为下层文人开了仕进之门,激发了他们的积极进取精神,但中国文人囿于顽固的传统观念,总是把文才与官场联系起来,认为只有进入枢要,成为显宦,才算实现了自己的人生价值。本来众多的士人中能跻身上层者就少,更何况有文才者尽管可以成为诗人、作家、艺术家,未必就适于治国经邦,所以大批的文人必然因理想的落空而失意。卢照邻在这些作品中所表达的感情与情绪,正是这些人感情与情绪的典型,也就具有了相当普遍的代表性意义。

从形式上说,骚体本来就适于抒发怨愤之情,而卢照邻的这些作品,在继承传统骚体的基础上,糅入了骈体的要素,运用大量典故,述身世,描处境,发议论,诉感慨,等于对骚体进行了改造,赋予一些新的成分,这也算是他独有的特点。

4. 骆宾王

骆宾王(约 630—约 684),婺州义乌(今属浙江)人。《旧唐书·文苑传》谓其"少善属文,尤妙于五言诗,尝作《帝京篇》,当时以为绝唱"。曾任长安主簿,后迁临海丞,"怏怏失志,弃官而去"。徐敬业起事反武则天,"军中书檄,皆宾王之词也。敬业败,伏诛"。而《新唐书·文艺传》则谓:"敬业败,宾王亡命,不知所之。"

骆宾王像当时王勃等下层文人一样,自恃才学,怀有宏大的期望、不凡的抱负,结果却因志不得伸,陷入失意的苦闷牢骚之中。其《与程将军书》,是感谢程将军荐举自己参加贤良对策的,其中云:

必能一盼增价,九术先登,燕昭为市骏之资,郭隗居礼贤之始。则当效驽骀之用,饰固陋之心,陶铸尧舜之典谟,宪章文武之道德。上以究三才之能事,下以通万物之幽情。将使词翰为行己外篇,文章是立身岐路耳,又何足道哉!(《全唐文》卷一百九十七)

表明他虽以文章名,却不愿以文章立身,希冀的是更远大的目标。其《答员半千书》中,不仅以鲲鹏自比,并针对员半千信中,可能因听到别人对宾王的批评,而建议他须注意物议,结交上层,表明自己的态度云:

> 人生百年,物理千变,名利宠辱之形立矣,爱憎毁誉之迹生焉。其有道在则尊,德成而上;幽贞为虚白之室,静默为太玄之门;知轩冕是傥来,悟荣华非力致。苟斯道之不坠,亦何患乎无成?而欲图侥幸于权重之交,养声誉于众多之口,所以杨朱徘徊于岐路,阮籍怵惕于穷途。(《全唐文》卷一百九十七)

显示了一种独立不羁,不媚权贵的个性。而在《萤火赋序》中,则借物抒怀,表现了仕途失意后的悲观与幽愤的情绪,谓:

> 余猥以明时,久遭幽絷,见一叶之已落,知四时之将终。……嗟乎!缊袍非旧,白首如新,谁明公冶之非,孰辨臧仓之愬。是用中宵而作,达旦不瞑,睹兹流萤之自明,哀此覆盆之难照。(《全唐文》卷一百九十七)

因此,他的文章颇多与王勃类似之处,不过也有他自己的特点。他写了不少给上级官吏的书启,内容基本都是因长期滞絷于低层职位,希求能够给予援手提携。写法大体是,先用典雅工丽的文字给对方予以揄扬,然后诉说自己的困境与希望。这些文字之所以写得比较考究,意图不只是为了讨好,用他的话说,是"轻撮课囊,揄扬盛德"(《全唐文》卷一百九十八《上齐州张司马启》),也就是借此显示自己的才学。此外,在书信中,有三篇是表达念旧与乡情的,都写得素朴深切,情真意挚。如其《与亲情书》之一云:

> 某初至乡间,言寻旧友,耆年者化为异物,少壮者咸为老翁。山川不改旧时,丘陇多为陈迹。感今怀古,抚存悼亡,不觉涕之无从也。询问子侄,彼亦凋零。永言伤情,增以悲恸。虽死生之分,同尽此途,而存亡之情,岂能无恨?终朝展接,以申阔怀。此月二十日栖桐成礼,事过之后,始得可行。祗叙尚赊,仰系何极,各愿珍勖,远无所诠。(《全唐文》卷一百九十八)

完全没有了骈体的藻饰。其诗序大体与王勃同调,虽不如王作之辞采飞扬,但也相当清丽,如《扬州看竞渡序》:

> 夏日江干,驾言临眺。于时桂舟始泛,兰棹初游。鼓吹沸于江山,绮罗蔽于云日。婳娟舞袖,向绿水以频低;飘扬歌声,得清风而更远。是以临波笑脸,艳出浦之轻莲;映渚蛾眉,丽穿波之半月。靓妆旧饰,此日增奇;弦管相催,兹辰特妙。能使洛川回雪,犹赋陈思;巫岭行云,专称宋玉。凡诸同好,请各赋诗云尔。(《全唐文》卷一百九十九)

当然最著名的作品,还是其《代李敬业讨武氏檄》,文曰:

> 伪临朝武氏者,性非和顺,地实寒微。昔充太宗下陈,曾

以更衣入侍。洎乎晚节，秽乱春宫。密以先帝之私，阴图后庭之嬖。入门见嫉，蛾眉不肯让人；掩袖工谗，狐媚偏能惑主。践元后于翚翟，陷吾君于聚麀。加以虺蜴为心，豺狼成性，近狎邪佞，残害忠良，杀子屠兄，弑君鸩母，神人之所共疾，天地之所不容。犹复包藏祸心，窥窃神器，君之爱子，幽在别宫，贼之宗盟，委以重任。呜呼，霍子孟之不作，朱虚侯之已亡。燕啄皇孙，知汉祚之将尽；龙漦帝后，识夏庭之遽衰。

敬业皇唐旧臣，公侯冢子，奉先帝之遗训，荷本朝之厚恩。宋微子之兴悲，良有以也；袁君山之流涕，岂徒然哉！是用气愤风云，志安社稷，因天下之失望，顺宇内之推心，爰举义旗，以清妖孽。南连百越，北尽三河，铁骑成群，玉轴相接。海陵红粟，仓储之积靡穷；江浦黄旗，匡复之功何远？班声动而北风起，剑气冲而南斗平。喑呜则山岳崩颓，叱咤则风云变色。以此制敌，何敌不摧；以此攻城，何城不克！

公等或居汉地，或叶周亲，或膺重寄以话言，或受顾命于宣室。言犹在耳，忠岂忘心？一抔之土未干，六尺之孤安在？傥能转祸为福，送往事居，共立勤王之勋，无废大君之命，凡诸爵赏，同指山河。若其眷恋穷城，徘徊歧路，坐昧先幾之兆，必贻后来之诛。

请看今日之域中，竟是谁家之天下！

移檄州郡，咸使知闻。（《全唐文》卷一百九十九）

此檄对武后的攻讦，虽略有夸张，而字字着实，切中要害。言及起事之由，情感忠恳，正气凛然；形容义军威势，声色俱盛，气壮山河。面向朝臣，主要不在慑诱，而着力于启发其情愫，摇撼其心灵。行文不拘于格，句法顺文气而变化，语调因对象而不同。通篇斩截、精悍，无一芜词累句，而于吃紧处又能写出极惊警之佳对。最后一句,凝聚全篇的气势与力量,表达必胜之信心,成为古今文人无不叹赏的绝唱。这样的檄文是前所未有的,与王勃的《滕王阁序》同为此时期散文中的标志性作品。

三 陈子昂
——充实内容与拓大境界的先驱

陈子昂(659—700),字伯玉,梓州射洪(今属四川)人。《旧唐书·文苑传》谓其"家世富豪,子昂独苦节读书,尤善属文"。因写《感遇诗》而知名。举进士,会高宗崩,上《谏灵驾入京书》,"则天召见,奇其对,拜麟台正字"。后转右拾遗。"武攸宜统军北讨契丹,以子昂为管记,军中文翰皆委之","文词宏丽,甚为当时所重"。

陈子昂有自己的文学观,在《与东方左史虬修竹篇序》中,他曾云:

> 文章道弊五百年矣。汉魏风骨,晋宋莫传,然而文献有可征者。仆尝暇时观齐梁间诗,彩丽竞繁,而兴寄都绝,每以永叹。思古人,常恐逶迤颓靡,风雅不作,以耿耿也。①

其所谓"风雅",即指传统的文艺服务于礼乐教化的观念与现象,所谓"兴寄",指文章中需含有深切的社会意蕴,"汉魏风骨"即与其内容相切合的内在精神与给人的外在感受。其中"兴寄""风骨",都成了后世论诗、论文者常用的语词。他的这些观点,与王勃等人并没有大的区别,但在当时和后世,却都对陈子昂给予了更高的评价。卢藏用在《右拾遗陈子昂文集序》中,称其"卓立千古,横制颓

---

① 《全唐诗》二函三册八十三卷,上海古籍出版社,1985年。以下所引此书皆出于此版本。

波,天下翕然,质文一变"(《全唐文》卷二百三十八)。韩愈说,"国朝盛文章,子昂始高蹈"①。元好问说:"论诗若准平吴例,合着黄金铸子昂。"(《论诗绝句》)之所以如此,实因二者创作实践中的表现有很大不同。

陈子昂与王勃辈一样,虽以文名,但不以文人自居。这在他《上薛令文章启》(参见《全唐文》卷二一四)中,表达得很明确。但在期望与抱负上,陈子昂不像王勃那样,比较空疏地以"大丈夫"自居,而是有具体的指向,他以战国秦汉人物相期许,且将这种期许转化为对世运民生的强烈关心。卢藏用的《陈子昂别传》云:子昂"始以豪家子驰侠使气",在因"献书阙下"受到武则天的召见时,"言王霸大略,君臣之际甚慷慨焉。上壮其言,而未深知也"。及随武攸宜出征契丹,又"因登蓟北楼,感昔乐生燕昭之事,赋诗数首,乃泫然流涕而歌曰:'前不见古人,后不见来者,念天地之悠悠,独怆然而涕下。'时人莫之知也"。最后又说:"其立言措意,在王霸大略而已,时人莫知也。"(《全唐文》卷二百三十八)卢藏用所谓"王霸大略",就是有关国运世事的见解与韬略,再三所谓"莫之知也",就是别人对其没有真正的理解。在陈子昂自己所写的诗序中,也多有类似情况的流露,如其《喜遇冀侍御珪崔司议泰之二使序》有云:"余独坐一隅,《孤愤》《五蠹》。虽身在江海,而心驰魏阙。"显然以韩非自比。《赠别冀侍御崔司议序》又云:"朝廷欢娱,山林幽痗。思魏阙,魂已九飞;饮岷江,情复三乐。进不忘匡救于国,退不惭无闷在林。""夫达则以公济天下,穷则以大道理身。嗟呼,子昂岂敢负古人哉!"《登蓟城西北楼送崔著作融入都序》则互勉云:"抚剑何道,长谣增叹。以身许国,我则当仁;论道匡君,子思报主。"②于

---

① 《荐士》。方世举撰,郝润华、丁俊丽整理:《韩昌黎诗集编年笺注》,中华书局,2012年。

② 《全唐诗》,二函三册八十四卷。

此,足可见出陈子昂的襟抱情怀。

更重要的是,陈子昂将这样的情怀贯注到了他的作品之中,尤其是在《感遇诗》中得以全面而充分的体现,这就使得他的作品在形式美之中有了充分而强烈的质实美与精神美。这种情况,是江左的作品所没有的,也是他之前的唐代作品,包括王勃所作在内,所少见的。这正是他获得时人和后人高度评价的原因。

陈子昂作品新的特点,集中地表现在诗歌之中,所以他在唐诗发展中的作用更引人注目。其实,这些特点在他的散文作品中也有体现。通观其散文,大略可分为三种类型:

一类是以《大周受命颂》《上大周受命颂表》为代表,包括陈子昂自己所作及代人所写的许多表奏。这类作品数量相当大,几乎全是以"润色鸿业"为名,用虚浮的言辞、华丽的藻饰、卑恭的态度、逢迎的格调,对武则天及武周朝进行颂美。意图明显是期望以此来讨得武氏的欢心,受到其信用。当时,写这类文章的不只陈子昂一人,甚至是一种趋势。这固然一方面反映了许多士人附上求用的心态,也与当时尚未形成必忠于一朝的正统观念有关。陈子昂写这类作品,未尝没有靠取得主上信用,实现自己"王霸大略"的动机。但就这类文章本身来说,没什么积极意义。

再一类是体现其"王霸大略"的上书与谏言。最具代表性者是《谏灵驾入京书》,这是高宗死于东都洛阳,武则天准备将其归葬于京城长安,陈子昂所写的一篇谏书。文章开始云:

> 臣闻明主不恶切直之言以纳忠,烈士不惮死亡之诛以极谏。故有非常之策者,必待非常之时;有非常之时者,必待非常之主。然后危言正色,抗议直辞,赴汤镬而不回,至诛夷而无悔。岂徒欲诡世夸俗,厌生乐死者哉!实以为杀身之害小,存国之利大,故审计定议而甘心焉。况乎得非常之时,遇非常

之主,言必获用,死亦何惊,千载之迹,将不朽于今日矣。

……臣伏见诏书,梓宫将迁坐京师,銮舆亦欲陪幸。计非上策,智者失图。庙堂未闻有骨鲠之谋,朝廷多见有顺从之议。愚臣窃惑,以为过矣。

表现了一种面对国家大事敢说敢当的气魄和豪壮精神。然后再论入京之不当:

臣闻秦据咸阳之时,汉都长安之日,山河为固,天下服矣。然犹北假胡宛之利,南资巴蜀之饶。自渭入河,转关东之粟;逾沙绝漠,致山西之宝。然后能削平天下,弹压诸侯;长辔利策,横制宇宙。今则不然。燕代迫匈奴之侵,巴陇婴吐蕃之患。西蜀疲老,千里赢粮;北国丁男,十五乘塞。岁月奔命,其弊不堪。秦之首尾,今为阙矣。即所余者,独三辅之间尔。顷遭荒馑,人被荐饥。自河而西,无非赤地;循陇以北,罕逢表草。莫不父兄转徙,妻子流离,委家丧业,膏原润莽。此朝廷之所备知也。赖以宗庙神灵,皇天悔祸。去岁薄稔,前秋稍登。使赢饿之余,得保沈命。天下幸甚,可谓厚矣。然而流人未返,田野尚芜;白骨纵横,阡陌无主。至于蓄积,犹可哀伤。

陛下不料其难,贵从先意,遂欲长驱大驾,按节秦京。千乘之骑,何方取给?况山陵初制,穿复未央,土木工匠,必资徒役。今欲率疲弊之众,兴数万之军,征发近畿,鞭朴赢老,凿山采石,驱以就功。但恐春作无时,秋成绝望,凋瘵遗噍,再罹饥苦。倘若不堪,必有遁逃,子来之颂,其将何词?此亦宗庙之大机,不可不深图也。

内容深切质实,格调沉雄豪壮。然后讲洛阳之优势,古帝王随逝地而葬的前例。最后，再次申明自己的态度：

> 臣西蜀野人，本在林薮；幸属交泰，得游王国。故知不在
> 其位，不谋其政；亦欲退身岩谷，灭迹朝廷。窃感娄敬委辂，干
> 非其议，图汉策于万全，取鸿名于千古。臣何独怯，不及之哉！
> 所以敢触龙麟，死而无恨。庶万有一中，或垂察焉。（《全唐
> 文》卷二百十三）

文章不但关涉国计民生，有理有据，恰中时弊，而且表达上纵横排
宕，感情激越，气充势盛，一泻而下，颇有秦汉之风。陈子昂其后
所写的《谏雅州讨生羌书》《谏刑书》《谏政理书》《答制问事八条》
等，皆有类似的特点，被《资治通鉴》赞为"辞婉意切，其论甚美"。
但因多数不合武则天治政的意图，所以如卢藏用所说："书奏，辄
罢之。"于是他的"王霸之略"也就落了空，"在职默然不乐，私有
挂冠之意"。

第三类为诗序、碑志、杂文。这类文章，与王勃等人之作有相
近处，多数具有情随兴至，语由情来，即情观物，物呈其髓的特点。
但也有其不同处，往往在即情即景处插入论议，自由挥洒。如《送
吉州杜司户审言序》：

> 嗟夫！德则有邻，才不必贵。昔有耕于岩石，而名动京
> 师；词感帝王，乃位卑武骑。夫岂不遭昌运哉？盖时命不齐，
> 奇偶有数。当用贤之世，贾谊窜于长沙；居好文之朝，崔骃放
> 于辽海。况大圣提象，群臣守规。
>
> 杜司户炳灵翰林，研幾策府，有重名于天下，而独秀于朝
> 端。徐陈应刘，不得蹑其垒；何王沈谢，适足靡其旗。而载笔
> 下僚，三十余载。秉不羁之操，物莫同尘；含绝唱之音，人皆寡

和。群公爱祢衡之俊，留在京师；天子以桓谭之非，谪居外郡。苍龙阁茂，扁舟入吴。告别千秋之亭，回棹五湖之曲。

朝廷相送，驻旌盖于城隅；之子孤游，森风扬于天际。白云自出，苍梧渐远。帝台半隐，坐隔丹霄；巴山一望，魂断绿水。于是邀白日，藉青蘋，追潇湘之游，寄洞庭之乐。吴歈楚舞，右琴左壶，将以缓燕客之心，慰越人之思。杜君乃挟琴起舞，抗首高歌。哀皓首而未遇，恐青春之蹉跎。且欲携幽兰，结芳桂，饮石泉以节味，咏商山以卒岁。返耕饵术，吾将老焉。群公嘉之，赋诗以赠。（《全唐文》卷二百十四）

以感慨性的"德则有邻，才不必贵"八字论断起，然后以"时命不齐，奇偶有数"展开，写人，写情，写景，有述有赞，长短交错，激昂慷慨，一气贯穿到底，情胜，境亦胜。有的作品，则摆脱固有的套路，纵意挥洒，别见一种自然的格调。如《喜马参军相遇醉歌序》：

吾无用久矣！进不能以义补国，退不能以道隐身。天子哀矜，居于侍省，且欲以芝桂为伍、麋鹿同曹，轩裳钟鼎，如梦中也。南荣曝背，北林设置。有客扣门，云吾道存，孺子孺子，黄中通理。时玄冬遇夜，微月在天，白云半山，志逸海上。酒既醉，琴方清，陶然玄畅，浩尔太素，则欲狎青鸟，寄丹丘矣。

日月云迈，《蟋蟀》谓何？夫诗可以兴也，不言曷者。[1]

这样的文字，写得似乎疏散，但正可见出其自然中吐露的幽愤情怀与豪宕气质。

总起来看，陈子昂在散文方面的影响虽不如诗歌，但也确实有

---

[1] 《全唐诗》二函三册八十四卷。

充实内容、拓大境界的先驱性意义。

四　其他作家

除上面所论述外,此时期还出现了一些别有特色的作家及作品。

1. 张鷟

张鷟(658—730),字文成,深州陆泽(河北深县)人。《旧唐书·张荐传》附载:鷟"聪警绝伦,书无不览","初登进士第","调授岐王府参军"。"凡应八举,皆登甲科。再授长安尉,迁鸿胪丞。凡四参选,判策为铨府之最"。"然性褊躁,不持士行"。"鷟下笔敏速,著述尤多,言颇诙谐。是时天下知名,无贤不肖皆记诵其文"。"新罗、日本东夷诸蕃尤重其文,每遣使入朝,必重出金贝以购其文,其才名远播如此"。今存作品:《朝野金载》为笔记性小说;《游仙窟》为写艳情之传奇,国内久佚,清末由日本回传;《龙筋凤髓判》专记其所写判词。

张鷟所存散文中,有一篇《陈情表》,可能为其晚年所作。《传》载:"开元初,澄正风俗,鷟为御史李全交所纠,言鷟语多讥刺时,坐贬岭南。"《表》约写于此时。其文有云:

> 万死粪土臣鷟言:臣忝朝班,幸蒙驱策,不了一使,罪应至死。自可钳口吞声,伏待刑书;灰身粉骨,甘从斧钺。岂可昆虫惜命,雀鼠贪生。区区微心,有所未尽。
>
> 臣平生好学,颇爱文章,虽不逮于词人,滥流传于视草。近来撰集诗赋表记等若干卷,编集拟进,缮写未周。负谴明时,方从极典。恐士衡止息,华亭之唳不闻;嵇康顾影,广陵之音永绝。缺简零落,抱痛幽泉。昔司马迁请就腐刑,以终《史记》;汉武帝愍其至悲,矜而许之。伏愿陛下遂臣万请之心,宽

臣百日之命，集录缮写，奉进阙庭。微愿获申，就死无恨。（《全唐文》卷一百七十一）

由此可见，张鷟当日作品品种数量甚多。据《传》中"不持士行"，"言颇诙谐"的评论，对照《游仙窟》的行文格调，说明张鷟的许多文字，可能不合"风雅"之道，更适应大众的审美趣味。不过从此表看，他对自己的作品相当重视，而且准备"奉进阙庭"，说明其中必定也写有相当郑重的文章。此表语气恳切，笔调流畅，亦可见出其写作水平。

张鷟写有大量判词。据明吴讷的《文章辨体》及徐师曾的《文体明辨》云："判"，本来是用来断狱的，相当于今天的"判决书"，但在唐代，用于取士。当进士登第及其他诸科出身以后，在任命为官员以前，还要进行"铨选"，铨选的标准之一是看其所写之"判"，即通过所写的判词，看是否"文理优长"。因此能否写好"判"，是文人晋身的重要一环。"判"的写作有固定的格式，必须用骈体。而张鷟就是以善于写"判"而著名，今天所流传下来的《龙筋凤髓判》是他的判词集。今选其两例：

监修国史刘济，状称修史学士李吉甫，多行虚饰，不据实状，有善不劝，有恶不征。得财者入史，无财者删削。褒贬不实，非良史之体。

观龙演卦，未闻记事之书；为学为文，始立载言之典。平林鬼哭，经籍所以随兴；中山兔悲，翰墨由其骏发。纪功纪过，沮诵肇之于前；系月系时，迟任踪之于后。莫不惩恶劝善，激浊扬清，千载睹其昏明，一字成其褒贬。吉甫缇绅藏室，握槧词林，遵直笔于南史，跨高踪于东观，理须抑扬训诰，斟酌典谟，辨而不华，质而不俚。退而隐恶，慕周舍之坚贞；进不虚美,追扬雄之故事。何得文随意曲,笔逐情偏,非左氏之三家,有刘公之一弊。密会王道之辈,闻而不言;潜济生人之徒,舍而不录。阿附宰相,贵虚饰以佞一时;谄事明君,尚虚名而夸六国。贪述冠冕,遗卫霍之元勋;竞叙婚姻,忘良平之上策。有青蚨之镪,则倍事抑扬;乏黄鸟之金,则辄加删削。就腐刑于汉室,便作谤书;求斛米于梁州,辄成佳传。毁誉在己,高下由心,异班彪之正色,乖董狐之直道。有奸雄之性,无良史之才,徒蠹国经,宜从屏退。(《全唐文》卷一百七十三)

就内容看,此案极明确,简洁的几句话即可了结。而所写判词,却要由文字的产生说起,用严整的对句,大肆铺排典故,全是为了炫耀文才。其另一条云:

> 给事中杨珍奏状,错以崔午为崔牛,断笞三十,征铜四斤。不伏。
>
> 沉沉青琐,肃肃黄枢,望重鸾司,任光龙作。掌壶负玺,步顿于是生光;左貂右蝉,揖让由其动价。杨珍门承积阀,荣重缙绅,趋左掖之严凝,奏上台之清切。出纳王命,职当喉舌之官;光阐帝猷,佐处腹心之地。恪勤之誉,未出于丹闱;舛缪之愆,已尘于清宪。马字点少,尚惧亡身;人名不同,难为逃责。准犯既非切害,原情理或可容。何者?宁失不经,围过无大。崔牛崔午,既欲论辜;甲申甲由,如何定罪?(《全唐文》卷一百七十二)

此案涉及的是误写了一个字,张鷟判词不但写得相当典丽,末几句还颇有调谐的意味,与张鷟"言颇诙谐"正相符合。说明张鷟之热衷于写判词,对他来说,不只是运用骈体已得心应手,还可能觉得相当好玩。这既反映了当时流行的文风，也显示了张鷟的个性气质。

2. 员半千

员半千（621—714），字荣期，齐州全节（山东济南）人。据《旧唐书·文苑传》《新唐书·员半千传》载：原名余庆，因其师王义方夸赞他："五百岁一贤者生，子宜当之。"故改名半千。在高宗、武后朝，甚受称赏，历任多职，睿宗时，累封至平原郡公。其文集多遗失，现存文章甚少，有特色者为早年所写《陈情表》，文云：

> 臣某言：臣贫穷孤露，家资不满千钱；乳杖藜糇，朝夕才充一饭。有田三十亩，有粟五十石。闻陛下封神岳，举英才，货卖以充粮食，奔走而归帝里。京官九品，无瓜葛之亲。立身三十有余，志怀松柏之操。不能籴贱贩贵，取利于锥刀；斗酒只鸡，求举将何以辨？投匦进款，奉敕送天官。捧以当心，似悬龙镜；家乏以守，若戴鳌山。于今立身，未蒙一任。臣恨不能益国，死将以选地。（何）不赐臣一职，剖判疑滞，移风易俗，以报陛下深恩？
>
> 若使臣平章军国，燮理阴阳，臣不如稷契；若使臣十载成赋，臣不如左太冲；若使臣荷戈出战，除凶去逆，臣不如李广。若使臣七步成文，一定无改，臣不愧子建；若使臣飞书走檄，援笔立成，臣不愧枚皋。陛下何惜玉阶前方寸地，不使臣披露肝胆，抑扬辞翰？请陛下召天下才子三五千人，与臣同试诗策笺表论，勒字数，定一人在臣先者，陛下斩臣头，粉臣骨，悬于都市，以谢天下才子。望陛下收臣才，与臣官。如用臣刍荛之言，一辞一句，敢陈于玉阶之前。如弃臣微见，即烧诗书，焚笔砚，独坐幽岩，看陛下召得何人，举得何士？无任郁结之至。（《全唐文》卷一百六十五）

其文章写得坦直、疏放、斩截,长短错落,意尽而止。其自信自负,带有狂气,甚至敢用赌气挑战的语气,颇与东方朔的上书相类,但又不像他那样不着边际,典型地反映了那个时代士人们的进取心和自我肯定精神。另外,从今天尚存的两通碑文看,皆清畅流丽,辞彩粲然,说明他对自己文才的自信,并非虚言。

除以上介绍的诸人外,据《旧唐书·文苑传》,当时以文章著名者,还有富嘉谟、吴少微,称二人属词,"皆以经典为本,时人钦慕之,文体一变,称为富吴体"。在杨炯传后,并载有张说的评论云:"富嘉谟之文,如孤峰绝岸,壁立万仞,浓云郁兴,震雷俱发,诚可畏也。若施于廊庙,则骇矣。"可是就今天所见到的二人的文章看,并无突出特色,故略而不论。

第二章　审美与实用之间的逐步磨合
——盛唐至中唐之间散文的发展

　　由唐玄宗当政始，到后期发生安史之乱，经肃宗、代宗，至德宗朝（约 713—804），古代散文的发展，是初唐的开始纠偏，到中唐之审美与实用达到完美融合的过渡阶段，呈现为一个颇为复杂交错的过程。这个过程是在以下背景下展开的。

　　社会历史方面：从唐太宗的贞观之治到唐玄宗的开元盛世，这六十多年间，最高统治集团中，虽发生了以武周革命为标志的激烈权力斗争，但由于范围主要集中于统治集团的上层，并未动摇王朝政权的社会基础。玄宗登基以后，继承了唐太宗的统治路线，励精图治，加上贤相名臣的辅佐，使得隋朝以来所形成的大一统的政治经济制度的优势充分发挥，所以在他统治的四十多年间，形成了空前兴盛的国势，超越了汉朝的文、景、武，创造了中国历史上最为辉煌繁荣的时代。

　　但由于高度集权的皇权专制，致命的弱点是所有权力集中于世袭皇帝一人之手，国家的兴衰、百姓的命运，极大程度上决定于皇帝的个人品质。皇帝所处的环境、受的教育，使他有对国家和个人命运的关切，但他也有自己的欲望嗜好。他最大的优势在于居于最高统治地位，掌生杀予夺大权，而最大的危险也在于此。因居于这样的地位，也就最容易受到阿谀、吹捧、欺骗、愚弄。在政权和个人遭遇到艰难危机时，他或许还能保持理性和清醒，抑制个人的欲望，而当情况发生了改变，则往往"鲜克有终"，转为放纵出于本能的嗜欲，给国家带来倾覆之祸，给人民带来无穷灾难。唐玄宗就是这样一个典型。当其面对武后当政以来唐王朝所处的危机和太平公主的篡杀图谋，经辅臣之助而登上帝位时，曾采取过一系列改善国计民生的措施，而且确实取得了成效，在近三十年的开元盛世期间，出现了民富国强的升平局面。但到天宝初年，情况就有了变化。当玄宗开始宠幸杨贵妃时，《资治通鉴》载有他与高力士的一段对话："上从容谓高力士曰：'朕不出长安近十年，天下无事。朕欲高居无为，悉以政事委林甫，何如？'对曰：'天子巡狩，古之制也。且天下大柄，不可假人。彼威势既成，谁敢复议之者？'上不悦。"[①]同书又载，天宝十三年（754）玄宗对高力士说过另一段话："朕今老矣。朝事付之宰相，边事付之诸将，夫复何忧。"[②]这都表明玄宗后期，沉溺声色，而厌于政事。正因如此，终于酿成了安史之乱，使整个唐王朝开始了由盛转衰的一系列变化。在同书中，载有司马光的一段评论："圣人以道德为丽，仁义为乐。故虽茅茨土阶，恶衣菲食，不耻其陋，惟恐奉养之过，以劳民费财。明皇恃其承平，不思后患，殚耳目之玩，穷声技之巧。自谓帝王富贵，皆不我如。欲使前莫能及，后无以逾，非徒娱己，亦以夸人。岂知大盗在旁，已有窥窃之心，卒致銮舆播越，生民涂炭。乃知人君崇华靡以示人，足为大盗之招也。"[③]就当时的情况说，确为的论。

安史之乱之所以没有导致唐王朝的倾覆，主要是由于它还没有从根本上动摇由贞观和开元打下的政治、思想、文化基础。虽然

① 《资治通鉴》，1463 页。
② 同上，1475 页。
③ 同上，1489 页。

从此开始，专制集权的皇权制度所潜在的基本矛盾，如中央集权和地方势力的矛盾，官僚集团和宦官集团的矛盾、和宗亲外戚的矛盾，特别是整个统治集团与全体下层人民生存利益的矛盾，逐次地强化突出出来，但整个唐皇朝的统治尚得以延续下去。肃宗、代宗朝基本上是安史之乱后的恢复期，德宗朝则颇近于玄宗朝的一个小的循环，这一时段既称不上衰世，亦称不上中兴。

在思想形态方面：虽然在玄宗朝极大地提高了道家和道教的地位，如玄宗曾下《崇玄元皇帝制》(参见《全唐文》卷二二)、《命贡举加老子策制》(参见《全唐文》卷二三)，下《命两京诸路各置玄元皇帝庙诏》(参见《全唐文》卷三一)、《尊〈道德南华经〉诏》(参见《全唐文》卷三二)，而老、庄为代表的道家思想，远不如魏晋南朝那样在士大夫中深入人心。而且在治世的实践上，仍然是以儒家的政治道德伦理观念为统治思想。这一点，不但体现在几代帝王的言论行为的思想根据上，尤其体现在那些在佐治上大有功劳的名臣贤相，诸如姚崇、宋璟、张说、苏颋、张九龄、陆贽等人的思想观念中。这一点，对此一阶段影响文学发展的主导思想的形成关系极大。

此一时期诗文作者们的文学观念和观点，虽然存在不少矛盾分歧，但作为主流来说，是进一步坚持发扬了上一时期李谔、王勃、陈子昂所强调的传统观念，即文学应服务于礼乐教化。从张九龄到孙逖、李华、萧颖士、颜真卿，都有过相关的言论，而最具代表性者是贾至，他在《工部侍郎李公集序》中表述："《易》曰：观乎天文，以察时变；观乎人文，以化成天下。然则，唐虞赓歌，殷周雅颂，美文之盛也。厥后四夷交侵，诸侯征伐，文王之道将坠于地，于是仲尼删《诗》、述《易》、作《春秋》，而帝王之书、三代文章炳然可观。洎骚人怨靡，扬马诡丽，班张崔蔡，曹王潘陆，扬波扇飙，大变风雅，宋齐梁隋，荡而不返。昔延陵听乐，知诸侯之兴亡；览数代述作，固足验夫理乱之源也。"(《全唐文》卷三百六十八)

这种观点和观念,是针对上一阶段自觉追求形式美所存在的片面性及其在本阶段初期这种片面性所残存的消极影响而发,对纠正诗歌领域中题材的狭窄性,散文创作中骈体文的畸形发展及内容的虚浮,起了积极作用。而且它更明确地将这种观念的基础根据,归之于经典性的《易传》和《诗大序》,这与唐代在统治思想上以崇儒为主导直接相关,又对后来之为文重"道",甚至对整个后代文艺思想中"诗教"传统的形成,产生了重大影响。但这种观念存在的根本缺陷,是忽视了文学创作的审美价值和审美意义,既不符合文学创作的基本特质,也不符合此一时段,乃至整个唐代诗文创作的客观实际。

这一时段在文学实践上最突出的特色和成就是诗歌的空前繁荣昌盛。不仅产生了李、杜这样可与日月并明的"诗仙""诗圣",而且出现了王维、孟浩然、贺知章、高适、岑参、刘长卿、韦应物、崔颢、王昌龄等等如璀璨群星般的诗人。不但在中国诗歌史,即使在世界诗歌史上,这么短的时段内,有这么庞大的高水平的创作群体突起,也是伟大的奇观。这些作家的作品中,对自然和社会生活的反映,从重大的历史事变到山水草木、家事人情的每一细部,几乎无所不包;对主体精神的抒发,从心弦的轻微擅动到涛立山崩般的激情喷涌,几乎无所不至。其深度和广度前所未有。这种景况的出现,固然与隋至唐初以来,对单纯追求形式美的强烈抨击,对文学社会效用的反复强调有极大关系,但不能忘记的是,诗歌题材内容的深化与泛化、社会效用的发挥、内在精神美的贯注,是通过作家的审美感受,凭借作家的审美表现,纳入审美形式,经由作品的审美效果而得以体现的。如果说古代的作家、评论家受传统礼乐教化观的遮蔽而看不到这一点,现代的研究者就应该把它强调出来。

尤其应该指出的是,被李谔等所猛烈批判的江左以来对形式美的追求,如所谓"竞一韵之奇,争一字之巧。连篇累牍,不出月露之形；积案盈箱，唯是风云之状"（参见《上书正文体》）；"自梁室云季，雕虫道长。平头上尾，尤忌于时；对语丽辞，盛行于俗。始自江外，被于洛中"（参见《史通·杂说》），并未被作为消极的糟粕完全予以排除，在诗歌领域反而作为积极因素得到进一步的继承与发展。沈约、王融、谢朓所开创的"永明体"，经沈佺期、宋之问的过渡，发展为本时期在音韵格律上要求更为严格的律诗，成为诗歌创作中海纳此前各种诗体形式的核心体式。

还有，本时段的诗歌领域中，作为中国文学自觉意识进一步深入发展的标志，开始有了近乎专业的作家。在中国古代的传统中，被涵盖在"文人"中的文学家，与政治和官场有扯不清的关系，很少有毕生致力于文学创作的，现代所谓的"专业作家"。而在本时期的诗歌领域则有了类乎此种作家的出现。除纯粹的布衣孟浩然，一度奉诏入翰林的李白和曾任左拾遗后被追赠为检校工部员外郎的杜甫，实际上也是以诗歌创作为毕生事业的专业作家。前代论文的著述中，提及"诗人"，实专指《诗经》的作者。《诗品》中曾出现"诗人作者，罔不爱好"一语，亦是泛指。对于前代和当代的诗文作家，一般是直指其名，或泛称为学者、作者、士、文士，向来不冠以"诗人"的名号。而在此时期，最早出现了给时人冠以"诗人"头衔的现象，在权德舆为吴筠所写的《吴尊师传》中："与诗人李白、孔巢父诗篇酬和。"（《全唐文》卷五百零八）就权德舆来说，可能是无意识地随手写下一句话，但客观上它却是一个重要标志，标志着在时人的意识与观念中，"诗"已经是从一般的"文"中分离出来的独立的文学存在形式，从而也承认了有专门从事诗歌创作的专业作家的存在。这是文学观念的一大进步。

在以上社会历史、思想文化及诗歌高度兴盛繁荣的背景下，此时段的散文发展状貌是：与诗歌比相对滞后，未达到鼎盛状态，但正朝着攀向高峰的道路上前行。其之所以呈现这种状貌，是因为，这时段虽然产生了数量众多的、各有特色的作家、作品，并且沿着纠正片面追求形式美的方向一步一步地有所前进与突破，题材内容与体裁形式皆有所拓展，但理论形态上尚未提炼出新的观念并作出较全面的表述（创作实践比理论观点有所超前），尚未取得全面的、超越性的实绩。因而这一时段，可视为由片面追求形式美，向达到审美与实用并重的过渡期、二者趋于完美统一的磨合期。

这种磨合，在具体的写作实践中，主要体现在两大方面：一方面是与所谓"化成天下"相关的，具有直接应用性的军国文书和用于"润色鸿业"的文字，经过前一段的极力纠偏，明显地褪去典型骈文的藻丽与典实堆垛，进一步地平畅化和质实化。其中又有不同的情形：一部分制、敕、诏书、策问、册文，以及与赋体靠近的颂、赞、铭、箴等，基本上已形成比较固定的格式，仍然沿用骈体的四、六对句，讲究文辞的典雅，注意音韵的节奏协调，在强化了务实性的同时，保持着对形式美的重视。与现实时政关系更为密切的表、状、奏、疏、议、对等，内容更加切实，行文大多仍用浅明的骈语，追求说理的条畅细密，其中优秀者还形成了一定的气势，或贯穿进某种激情，具备了相当高的审美价值。

另一大方面，是抒发个体情志及思想观点的作品，如序、书、记、论、说等等，有了更充分的发展，所占比重更大，独立性更强。题材内容更加广泛，叙事、议论、抒情、写景、状物，可以任情发挥，自由组合；表达形式更为纵横自如丰富多样：可散可骈，可以典雅藻丽，可以通畅浅白。这类作品有些在内容性质上与诗存在着重合，但终究受着体裁形式的限制，不切于日常的应用，有时就转为散体，虽转为散体，却往往还保有诗的情致，具有诗化的特点。总的说来，这类作品，在形式与内容、审美与实用上接近自然地融合。传统的碑志作品，在本时段依然数量很大，虽然某种程度上扭转了前一阶段的空浮矫饰，但由于为其颂美的性质所限，基本上没有改变已形成的固有套路,且多应酬之作,只有少量内容与形式相称的佳作。

在数量极其众多的作家群体中,具体情形又有所不同。由特有的文化传统所决定,中国作家向来直接参与时政,但因他们进入官场后所获取的地位有很大差别,写作倾向与取得的成就、做出的贡献也就有差异。那些进入高层身居枢要者,作品以诏、诰、制、敕、表、疏、论、议为主体,这类作品直接实用性强,但因表达上要求明确、条畅、有说服力,还要显示出必备的文采,因而也具有审美要求和审美价值,不过相对来说,审美性要弱一些。那些政治地位相对较低者,写作较多的则是抒发个人情志和关于普泛的世事和事务的作品。一般写来比较疏放自由、个性鲜明,有发挥艺术表现能力的广阔空间,因而审美价值较高,审美性较强,相对来说,实用品质稍弱。但两种倾向无绝对区分,又存在作家身份地位变动不居等的情况,因而彼此有所交叉。另外,这两类作家对散文的发展都起着推动作用,但由于各种具体原因,其中又有成就贡献比较突出,影响和推动作用较大者。上述情况,自秦汉以来就是如此,因本时段不长,而作家极多,头绪错综而纷杂,故下面大体按此三种类型论列。

第一节　开元至安史之乱时期的散文

在文学上,这是诗歌大放光芒的时期,这一时期世称盛唐。此期的散文也按照历史的逻辑向前推进,为它走向鼎盛做着准备。

一　治世之臣的作品

唐玄宗开元及天宝初期的升平之治,除其他原因外,得许多名臣的辅佐是一大要素,这些名臣同时就是文章大家。他们在散文写作上各有其特色与贡献。

1. 姚崇

姚崇(650—721),陕州硖石(河南硖县)人。姚崇主要是一个政治活动家,历事武周、中宗、睿宗、玄宗四朝,三为宰相。据《新唐书·姚崇传》,玄宗初立,"时承权戚干政,纲纪大坏",姚崇为相,"先有司,罢冗职,修制度,择官各当其材。请无广释道,无数移吏。由是天子责成于下,而权归于上矣"。说明对开元之治的形成,姚崇是有贡献的,所以为后世称为贤相。

姚崇不以文名,所作多为涉及时务的奏疏,有少量的箴、诫、书、说,总的特点是内容切实,行文散骈不居,简质而得其要。如其《谏造寺度僧奏》:

> 佛不在外,求之在心。图澄最贤,无益于全赵;罗什多艺,不救于亡秦。何充符融,皆遭败灭;齐襄梁武,未免灾殃。但心发慈悲,行事利益,使苍生安乐,即是佛身。何用妄度奸人,令坏正法。(《全唐文》卷二百零六)

《报倪若水捕蝗牒》:

> 刘聪伪主也,德不胜妖;今日圣朝也,妖不胜德。古之良守,蝗虫避境,若言修德可勉,彼岂无德致然! 今坐看食苗,忍而不救,因此饥馑,将何以自安?(《全唐文》卷二百零六)

最有特色的是其献给皇帝的《十事要说》,云:

> 垂拱以来,以峻法绳下。臣愿政先仁恕,可乎? 朝廷覆师青海,未有牵复之悔。臣愿不幸边功,可乎? 比来壬佞,冒触宪纲,皆得以宠自解。臣愿法行自近,可乎? 后氏临朝,喉舌

之任，出阉人之口。臣愿宦竖不预政，可乎？戚里贡献，以自媚于上，公卿方镇，浸亦为之。臣愿租赋外一绝之，可乎？外戚贵主，更相用事，班序荒杂。臣请戚属不任台省，可乎？先朝亵狎大臣，亏君臣之严。臣愿陛下接之以礼，可乎？燕钦融、韦月将以忠被罪，自是诤臣沮折。臣愿群臣皆得批逆鳞犯忌讳，可乎？武后造福先寺，上皇造金仙玉贞二观，费巨百万。臣请绝道佛营造，可乎？汉以禄莽阎梁，乱天下国家为甚。臣愿推此鉴戒为万代法，可乎？（《全唐文》卷二百零六）

十条建议总结教训，切中时要，而皆以"可乎"作结，似乎商榷，似乎恳求，似乎诘问，委婉而又尖锐，属谏诤奏疏之别格，后人读来，还会感到某种审美的韵味，堪称佳作。

2. 宋璟

宋璟（663—737），世居广平，后徙邢州南和（河北南和）。《旧唐书·宋璟传》称其"少耿介有大节，博学，工于文翰"。武周朝举进士，开始入仕，亦历仕四朝，为官以刚正著名。开元年间封广平郡公，曾任右丞相。《新唐书·宋璟传》称："璟为宰相，务清政刑，使官人皆任职。"所以与姚崇同为名臣贤相，世称姚、宋，常与贞观时期之房、杜并列。

今存宋璟作品，也是以政务奏疏为主，为文特点与姚崇相类，其《论修德刑疏》《谏筑坛逾制疏》（参见《全唐文》卷二百零七），皆散骈相间，平正质直，就事论事，不加华饰。如璟任广州刺史，多有德政，广人请为其立遗爱碑，璟《请停广州立遗爱碑奏》云：

> 臣伏见韶州奏事云，广州与臣立遗爱颂。但碑所以颂德纪功，披文相质。臣在郡日，课无所称，纵恭宣政理，幸免罪戾，一介俗吏，何足书能，滥承恩私。见在枢密，以臣光宠，成

彼诇谀,欲革此风,望自臣始。请敕广府即停。(《全唐文》卷二百零七)

但宋璟亦有写得较为华美的文字,如《三月三日为百官谢赐宴表》《谢观内宴表》《贺雨表》(参见《全唐文》卷二百零七)等颂圣、颂世之作。其中亦有堪与姚崇比肩的,审美价值较高的作品,如其晚年所上《乞休表》,回顾从仕的履历,感激皇帝的知遇,表达年老力衰、希望归休养老的意愿。虽没有李密《陈情表》的力度,感情亦相当真挚深切。如所云:

> 臣自拔幽介,钦属圣明,才不逮人,艺非经国。徒以久承驱策,历参试用,命偶时来,荣因岁积,遂得再升台座,三入冢司,进阶开府,增邑大郡。所更中外,已素彝章;逮居端揆,尤窃右职。何者?丞相官司之长,任重昔时;愚臣衰朽之余,用惭他日。位则逾盛,人则浸微。尽知其然,何居而可?顷者黾勉从政,苍黄不言,实怀覆载之德,冀竭涓尘之效。今积羸成瘵,沈疴莫瘳,耳目更昏,手足多废,顾将陨越,宁遂宿心?安可苟徇大名,仍尸重禄,且留章绶,未上阙庭。倘刑此乖,礼法何设?
>
> 伏惟陛下选能以授,为官而择,察臣之有词,矜臣之不逮,使得罢归私室,养疾衡门,上弭官谤,下知死所。则归全之望,获在愚臣;养老之恩,施于圣代。日暮途远,天高听卑,瞻望轩墀,大深感恋。臣伏枕不堪诣阙,无任恳诚之至。(《全唐文》卷二百零七)

3. 张说 苏颋

张说(667—730),字道济,又字说之,先世为范阳人,后徙居洛阳（河南洛阳）。亦于武周时登第入仕，历经四朝，开元初被封为燕国公。张说与其他名臣不同，既有文谋，又有武略，于玄宗朝，不但政治上很有成就，在文学的发展上亦占有突出的地位。《旧唐书·张说传》谓："始玄宗在东宫，说已蒙礼遇，及太平用事，储位颇危，说独排其党，请太子监国，深谋密画，竟清内难，遂为开元宗臣。前后三秉大政，掌文学之任凡三十年。""朝廷大手笔，皆特承中旨撰述，天下词人，咸讽诵之。""喜延纳后进，善用己长，引文儒之士，佐佑王化，当承平岁久，志在粉饰盛时。其封泰山，祠脽上，谒五陵，开集贤，修太宗之政，皆说为倡首。"《新唐书》也有类似评说。

在本时段，张说不但靠其地位，也以自身的创作，成为文章的宗主。梁肃《补阙李君前集序》谓："唐有天下几二百载，而文章三变。初则广汉陈子昂以风雅革浮侈，次则燕国公张说以宏茂广波澜……"（《全唐文》卷五百十八）《新唐书·文艺传》亦谓："唐有天下，文章无虑三变。高祖、太宗，大难始夷，沿江左余风，绮句绘章，揣合低昂，故王、杨为之伯。玄宗好经术，群臣稍厌雕琢，索理致，崇雅黜浮，气益雄浑，则燕、许擅其宗。……"二者观点虽有差异，但皆把张说视为关键性人物，强调其"崇雅黜浮"方面的作用。

今天存留下来的张说散文作品，数量众多，体裁多样，题材丰富。总的特点是，既摒弃了江左骈文的虚浮夸饰，贯注了切于时务的内容，又除去了其雕琢浓艳，保留了其"俊丽"清畅。张说还表现了掌控文字、调驾素材的巨大才力，因而成为实现审美与实用相融合的早期关键人物。这种特点，在其文学观念中有所体现，如在《唐昭容上官氏文集序》中，曾谓：

> 臣闻七声无主，律吕综其和；五采无章，黼黻交其丽。是知气有壹郁，非巧辞莫之通；形有万变，非工文莫之写。先王以是经天地，究人神，阐寂寞，鉴幽昧，文之辞义大矣哉！……

　　　　自则天久视之后,中宗景龙之际,十数年间,六合清谧。
内峻图书之府,外开修文之馆,搜英猎俊,野无遗才。右职以
精学为先,大臣以无文为耻。每豫游宫观,行幸河山,白云起
而帝歌,翠华飞而臣赋。雅颂之盛,与三代同风,岂惟圣后之
好,亦云奥主之协赞者也。(《全唐文》卷二百二十五)

在《齐黄门侍郎卢思道碑》中,又曾云:

　　　　昔仲尼之后,世载文学。鲁有游夏,楚有屈宋,汉兴有贾
马王扬,后汉有班张崔蔡,魏有曹王徐应刘,晋有潘陆张左孙
郭,宋齐有颜谢江鲍,梁陈有任王何刘沈谢徐庾,而北齐有温
邢卢薛,皆应世翰林之秀者也。吟咏性情,纪述事业,润色王
道,发挥圣门。天下之人,谓之文伯。(《全唐文》卷二百二
十七)

表达的观点,显然与王勃对屈、宋以来的作家全部否定有所不同,
也与陈子昂所谓"文章道弊五百年矣"的论断相左。既肯定了文章
可以"吟咏性情,纪述事业,润色王道,发挥圣门",又强调"非巧辞
莫之通","非工文莫之写",即形式技巧的不可或缺。

就其文章的写作实践看,大体与其观点相符合。总其作品,基
本可分以下几类:

一类是赞颂性的文章。这类作品是"粉饰圣时"即"润色鸿业"
的,在当时人看来,这并不违背"雅颂""寄兴"原则,即使陈子昂也
写了不少此类作品。这样的作品,张说写得数量相当大,如早期的
《祥瑞十九首奉敕撰》,开元时期的《圣德颂》《起义堂颂》《上党旧宫
述圣颂》《大唐奉社坛颂》《开元正历握干符颂》等,它们一般都是用
雅丽的骈体,歌颂皇朝帝王的功德,虽节奏畅朗,辞藻华美,但并无

深刻的思想意义。

一类为表状奏疏。此类作品数量很大，其中除部分作品亦属颂美性质外，多数关涉政务。行文虽用骈体，而平实简明，文辞流利。有些让表，质直恳切，带有真情。有些论军政事务的表疏，如《并州论边事表》《论幽州边事书》《请置屯田表》，切实而细密，行文相当素朴。有些谏诤性的奏疏写得也相当直接，如《谏内宴至夜表》《谏泼寒胡戏疏》，皆与其诸颂大异其趣。还有一篇《进巂州斗羊表》，用的是侧面谲谏方式，先说进献一只善斗之羊：

> 臣说言：臣闻勇士冠鸡，武夫戴鹖，推情举类，获此斗羊。远生越巂，蓄情刚决，敌不避强，战不顾死。虽为微物，志不可挫。伏惟陛下，选良家于六郡，求猛士于四方，鸟无遁材，兽不藏伎。如蒙效奇灵圃，角力天场，却鼓怒以作气，前踟蹰以奋击，趹若奔云之交触，碎若转石之相叩，裂骨赌胜，溅血争雄，敢毅见而冲冠，鸷狠闻而击节。冀将少助明主市骏骨揖怒蛙之意也。

写至这里，似乎是为表忠心而献奇兽。但下面笔锋一转，曰：

> 若使羊能言，必将曰："苦斗不解，立有死者。"所赖至仁无残，量力取功焉。（《全唐文》卷二百二十三）

才揭示出，意在借斗羊而讽喻玄宗，一味用武力开边，会给人民造成残害。这是一种别有意趣的写法。

一类是书序记。这类作品大多不涉政事，或求助，或叙事，或论议，或抒情，行文自由抒放，内容质实恳切。值得重视的是，除文集序外，自石崇的《金谷诗序》、王羲之的《兰亭集序》以来，序一般是与宴游会别之际的写诗作赋相关，而后来逐渐独立化，成为发议论、表嘱望、写情景的记序或赠序，张说的许多序，开始显示出两者之间相过渡的特点。如其《会诸友诗序》云：

> 谷子者，昔与说联务蓬山，出入三载，事志相得，情深友于。寻属吾人秩迁，迫吏嚱剧，爰而不见，春也再华。今说复谢书坊，补他职，穷猿之意，不择儒林。喜且把袂旧筵，解带余日，卧玩文墨，笑谈平生。兹欢岂多，后面方永，沉沉春雨，人亦淹留。（《全唐文》卷二百二十五）

名为《诗序》并不言诗。其《送工部尚书弟赴定州诗序》《送田郎中从魏大夫北征篇序》亦主要以寄希望、表嘱愿为主。

其中《传》中所称"尤长"的碑文、墓志，数量更大。其《与魏安州书》是因为人撰碑文而写，书中有云："不敢假称虚善，附丽其迹。虽意简野，文朴陋，不足媚于众眼；然敢实录，除楦酿，亦无愧于达旨。"（《全唐文》卷二百二十四）所以除少数应酬作品，如《郑国夫人神道碑奉敕撰》，因碑主无实绩可述，不得不多用粉饰藻泽之语，而大部分作品，虽文辞灿然，内容基本质实简要。如其为宋璟所写《遗爱碑颂》，为其父所写《唐赠丹州刺史先府君碑》，皆有此特点。尤其是为姚崇所写《故开府仪同三司上柱国赠扬州刺史大都督梁国公姚文贞公神道碑奉敕撰》（《全唐文》卷二百三十），全文夹叙，夹议，夹评，夹赞，皆简练、精准，字斟句酌，无虚美，无夸饰，堪称碑文之典范。文长不录。其为郭元振所写《兵部尚书代国公赠少保郭公行状》，则显示出了另一种风格，用史笔，通篇散语，叙事细致，且善选择典型情节。如述其少年时事：

> 公十六入太学，与薛稷、赵彦昭同业。时有家仆至，寄钱四百千以为学粮。忽有一人，缞服叩门云："五世未葬，棺柩各

在一方,今欲举大事。苦乏资用,闻君家信至,颇能相济否?"
不问姓名,以车载去,一无所留,深为赵、薛所诮。公怡然曰:
"彼济大事。亦何诮焉。"(《全唐文》卷二百三十三)

已颇近后世古文笔法。

另外,张说还有不少吊祭文。其《吊国殇文》,用骚体,写得相
当悲壮雄迈。《祭崔侍郎文》有云:

> 恸音徽之永掩,怀仪范之不见。戢容止于缀足,潜眉目于
> 蒙面。哀哉奈何,涕零如霰!(《全唐文》卷二百三十三)

沿袭传统格调,表达的情感相当深挚。

总之,张说以其丰富多样、被称为"俊丽""宏茂""雄浑"的创作
实践,上承李峤、崔融,下启李华、萧颖士、元结等,成为唐代散文发
展史上关键性的人物之一。

苏颋(670—727),字廷硕,京兆武功(陕西武功)人。其父苏瓌
为中宗、睿宗朝名臣,曾任宰相,封许国公。据《旧唐书·苏颋传》,
颋"少有俊才,一览千言"。武周时,举进士,入仕。中宗朝先任中
书舍人,后进宰相,"父子同掌枢密,时以为荣。机事填委,文诰皆
出颋手,中书令李峤叹曰:'舍人思如泉涌,峤所不及也。'"后袭父
爵许国公。玄宗朝任中书侍郎,与李乂"对掌文诰",甚受玄宗赞
赏。后世将其与张说并称"燕、许"。

苏颋当时最著名的作品是《封东岳朝觐颂并序》(参见《全唐
文》卷二百五十),此文是开元十三年(725)玄宗封泰山后,其奉命
而作。苏颋在后来的《进东岳朝觐颂表》中曾说:"臣东京奉旨,窃
闻刻石,三颂臣草。一敷圣主之元猷,次纪宰臣之鸿笔,斯事至大,
咎繇吉甫之难也。臣自料度,不胜惶悚。而议者谓臣光荣之至,死

且不朽。臣所羸疾翳然,言罕能述……愚臣极思虑罄肝胆而为之。"(《全唐文》卷二百五十五)由此看来,苏颋对其极其重视,可谓倾全部才力而为。文章先记述了封禅的全过程,然后回顾了决定封禅前群臣对玄宗功业圣德的论议赞颂,铺叙了封禅前后盛大热烈的场面。文中叙事极力做到清晰简明,用语力求典雅质古,行文讲究节奏声律,写出声势还不显得华奢靡丽,可见他确实煞费了苦心。但就今天看来,内容不出"润色鸿业",行文因过分斟酌而欠自然流畅,实难算是佳作。

苏颋保存下来最多的作品是替皇帝所作的制、敕、册文。这类作品基本上是用浅畅的骈体,按固定的格式写作,内容或长或短,有典而不丽的特点,体现了骈体由南朝的堆垛华饰向平实浅畅的过渡。举其较简短者来看,如《每日听政勉励百僚敕》:

> 敕:三春布和,万物资始,而去冬无雪,以迄于今。将何以敬授人时,钦若天道?岂政有所缺,将教有不明,致兹亢旱?深有祗惕。尧舜以百姓为心,禹汤以万方罪己,朕虽薄德,匪敢遑宁。自今以后,每日听政,思宏道理,俾康庶绩。至于日旰忘食,未明求衣,惟怀永图,朕之志也。凡百在位,可不勉与!
> (《全唐文》卷二百五十四)

此类文字较南朝骈体,明显自然流利得多。

次一类,是他自己或代人所写的表奏疏状,文字风格与前述作品相近。序记论赞之类作品不多,亦无显著特色。唯《故刑部尚书中山李公诗法记》,载一李某因写诗而累死事:

> 先五日,扈驾自新丰汤井还。其日奉制,持节复赛于汤,所以降雨故也。还历二日,自说斋祭涤濯之事,愿言赋诗。至

其夕，宾友皆散，因作扈从诗十韵。迟明，命以示颋。诗成而寝，奄忽生灾。此即夫子获麟之卒章也。（《全唐文》卷二百五十六）

可见当时重文重诗风气之盛。

苏颋的碑志文数量亦相当大，如其代表性作品《唐紫微侍郎赠黄门监李乂神道碑》，基本用散体，叙行迹，赞功业，述情谊，表悲恸，虽不出碑文常套，而文字功力可与张说相颉颃。

就以上几方面说，苏颋确可与张说并称"大手笔"，而就整体上对散文发展的贡献来说，他似乎不如张说。

4. 张九龄　孙逖

张九龄（678—740），字子寿，一名博物，韶州曲江（广东韶关）人。据《旧唐书·张九龄传》，"九龄幼聪敏，善属文"，登进士第，拜校书郎，开始入仕。后拜中书令，为相，左迁荆州大都督府长史，卒后，谥曰文献。晚年以诗著名。

张九龄为文甚富。也写了一些颂赞性作品，而且认为这是理所当然，其《开元纪功德颂》有谓"不彰美吾君，得无臣子之罪；不表圣于帝载，曷称文武之时"（《全唐文》卷二百八十三）。

其替皇帝所写制敕诏书，与燕、许相比，特点是更加平实浅俗，有的甚至全用浅白的散语。如《敕突厥苾伽可汗书》：

> 敕突厥苾伽可汗：比数有信，知彼平安，良足慰也。自为父子，情与年深，中间往来，亲缘义合，虽云异域，何殊一家。边境之人，更无他虑，甚善甚善！此是儿可汗能为承顺，副朕之所亲厚，人间恩好，无以过之。长保此心，终享福禄，子孙万代，岂独在今。比秋气渐冷，卿及平章事首领部落并平安好。遣书指不多及。（《全唐文》卷二百八十六）

已近普通家常语。

其表状奏疏，基本上沿袭了上一类作品的特点。另有两点比较突出：一是有的带有浓重感情色彩。如《荆州谢上表》，乃因荐人有误，被贬为荆州大都督府长史时所写，除辩白自己与被荐者无涉外，还表达了强烈的感愤之情：

> 皇天后土，照臣血诚。夙夜烦冤，欲辨无路。臣闻物有穷者，必诉于昊天；人有痛者，必呼于父母。臣今孤苦，不乞哀于圣君，岂蒙恶声，遂衔冤以没代。臣受性愚钝，暗于知人，禀命舛剥，与此凶会，诚合自死，以谢天威。所以侧息苟存者，臣为圣朝所用，既极荣宠，而一朝至此，恐玷明时。在臣微生，有若蝼蚁，身名俱灭，诚不足言。今眚咎则然，恩礼犹重，面目有觍，夙夜唯忧。载盆望天，岂期上达，又未能宣布圣泽，少答殊私。局蹐兢惶，动失次第，无任荷惧兢悚之至。（《全唐文》卷二百八十八）

二是，剖析事理委婉细密。如《上封事书》，论应重视刺史县令的选拔任用，内容务实，表述深切细致、浅畅委婉，不求任何藻饰。此外，他有大量谢表、贺表，皆极质实。如《谢赐衣物状》：

> 右：高力士宣敕，赐臣衣及器物等。臣九龄不孝苟存，企及礼制。天恩以忝枢近，赐问再临，衣服珍器，殊常宠锡。臣有何力，可以叨滥。渥泽至深，诚效已竭，惟有微命，不知所图。无任感戴惶悚之至。（《全唐文》卷二百八十九）

仅就事而论事，与庾信诸谢表于骈俪中句句用典，形成鲜明对比。

其碑志铭文亦甚有名，大体以切实中肯胜。如其为张说所写

墓志铭,简明而切要。论及张说的文章时云:

> 始公之从事,实以懿文。而风雅陵夷,已数百年矣。时多
> 吏议,摈落文人,庸引雕虫,沮我胜气,丘明有耻,子云不为,乃
> 未知王霸尽在。及公大用,激昂后来,天将以公为木铎矣。
> (《全唐文》卷二百九十二)

对张说革除弊端,振兴散文,使之重新回到审美与实用相统一的轨
道上所起的作用,与时人和后人的评价相一致。

张九龄的书、记,大略与诸作同风,用笔平畅而情感真挚。如
《上姚令公书》属进言性质,论用人不可缘情,叙理委婉忠恳。《答
严给事书》《与李让侍御书》皆直白而推心置腹。此外颇可令人注
目者,是他写的一些宴集序、送序,一反前述诸文风格,基本用骈
体,除有论有议外,尤重景情相衬,多见清丽生动之笔,如所谓:

> 青林修箨而垂采,绿萝蒙茏以结阴。清流若镜,下照金沙
> 之底;杂花如锦,傍缘石菌之崖。(《全唐文》卷二百九十《景龙
> 观山亭集送密县高赞府序》)

> 府庭闲暇,江浦清明。南土阳和,觉寒氛之向尽;东郊候
> 暖,爱春色之先来。于是命轻舸以乘流,趣高台而降望。(《全
> 唐文》卷二百九十《岁除陪王司马登薛公逍遥台序》)

这或许是体裁因素所致,也反映了作者所具之诗人性格。

孙逖(约 695—761),潞州涉县(河北涉县)人。据《旧唐书·
文苑传》,开元初,应哲人奇士举,入仕。曾为考功员外郎,两为中
书舍人,"掌诰八年,制敕所出,为时流叹服。议者以为自开元已

来,苏颋、齐浣、苏晋、贾曾、韩休、许景先及逖,为王言之最"。《新唐书·文艺传》则称:"逖尤精密,张九龄视其草,欲易一字,卒不能也。"

孙逖代皇帝所作的"王言",与张九龄相比,多用骈体,更注重典雅。表、奏、序、记、碑铭等作与之相类,亦以骈雅为主。其《宰相及百官定昆明池句宴序》有云:"诗以展事,抑惟旧典。我上相裴公,中书令萧公,保义皇极,缉熙文教,以为正国风、美王化者,莫近于诗。微言浸远,大义将缺,乃命革刬浮靡,导扬雅颂,斫雕为朴,取实弃华。亲题首章,以倡在位。皇矣上帝,式歌文王之德;穆如清风,方闻吉甫之颂。"意思是为文既要"斫雕为朴,取实弃华",又要保持清丽典雅的格调,以达到"美王化"的目的。这是孙逖写作的基点。他早年所作《伯乐川记》(参见《全唐文》卷三百十二),曾"被文士盛称之"。文章写时为太原元帅的李暠与幽州长史李尚隐在伯乐川的会聚,以颂体记事,用典雅而又略带夸饰的辞藻,且叙,且论,且赞,正体现了上述特点。

在他的文章中有《吏部尚书壁记》《鸿胪少卿壁记》(参见《全唐文》卷三百十二),后来"厅壁记"之滥觞,是否为孙逖所首创,不可考。此种作品,往往先述某种职官之所由来,然后论某人曾为此官及其治绩,说明书其名于厅壁的原因。属记而兼赞性质。

孙逖的吊祭文中,有《祭亡弟故左羽林军兵部曹参军文》,全用四、六浅白韵语,表达感情极为真挚:

> 余年有五,尔实以生;四十余载,而为弟兄。抚髫并育,接衽相成;奈何弃予,长隔幽明。尔之德器,宽仁温厚;天道何欺,不假尔寿?尔之缘饰,文学政事;天道何欺,不假尔位?未至中秋,才过强仕,奄忽如斯,嗟何及矣!
> 予兼右职,尔位中司,两京为别,数稔于兹。顷虽一见,倏

已三时,会合常少,悠悠我思。近有东讯,驾言西上,顾日望期,心存目想。当乘疾置,以戒徂两,方欲再驰,岂图常往。医不及诊,药不及尝,壮年殒命,暴疾雁殃。无一言以告诀,有万恨于冥茫,长号永痛,裂膈抽肠。

　　尔逢天威,余限王事,仓卒之辰,急难靡寄。遣奠之日,奔临莫遂,痛绪弥深,哀端益至。今也来斯,骤移时律,目绝遗像,心摧虚室。顾天伦之有戚,若具体之丧一,谅修短之同归,在先后而相临。抚遗孤而流动,气膈臆而内圮,伊物情之共伤,岂余心之忍此。蓬也未立,稷分仍稚,以吾视之,何但犹子。神本不灭,尔则有知,精爽如在,知今心期。同蔬记绝,采藻空施,衔酸沃酹,哀不能支。(《全唐文》卷三百十三)

文章用面对面、如泣如诉的方式,倾诉了兄弟手足之间的深情,与前引王微《以书告弟僧谦书》,同为韩愈《祭十二郎文》之先声。

二　一般文士的作品

　　这一时段,还有一大批在官场上地位不高,而在文章写作上取得突出成就,为散文发展作出贡献的作家和作品。

1. 李邕

　　李邕(678—747),字泰和,广陵江都(江苏扬州)人,李善之子。据《旧唐书·文苑传·李邕传》,邕少知名,经李峤、张守珪推荐拜左拾遗。但仕途不畅,屡受谤毁贬谪,最终竟遭诬,被杖杀。末年曾任北海太守,因世称李北海。《传》载:"邕早擅才名,尤长碑颂。虽贬职在外,中朝衣冠及天下寺观,多赍持金帛,往求其文。前后所制,凡数百首,受纳馈遗,亦至巨万。时议以为自古鬻文获财,未有如邕者。"《新唐书·文艺传》亦载:"邕虽诎不进,而文名天下。""卢藏用尝谓:'邕如干将、莫邪,难与争锋。'""杜甫知邕负谤死,作

《八哀诗》,读者伤之。邕资豪放,不能治细行,所在贿谢,畋游自肆,终以败云。"可见李邕之屡屡遭谤,不只因其才高,亦与其狂放有关。

今观其文,如《谏郑普思以方技得幸疏》《又驳韦巨源谥议》,确属直言敢谏之类。如后文历数韦之四大罪,谓其:"作万国之相,处具瞻之地,蔽日月之层辉,负丘山之重责,今乃妄加褒述,安能分谤者哉!"既有力度,又有气势。

其余诸作,大体以辞气并盛、畅朗流利为基本特色。如《谢恩慰谕表》,在回顾玄宗所赋予的四大恩荣之后,总括说:

> 且臣远览前书,颇闻故事。一餐之惠,尚可杀身,况臣蒙圣主千年之恩,救愚臣万死之急。至若训诲委积,率论再三。蚊力负山,不胜其重;萤火向日,徒失其晶。必当闭户绝交,澄心去欲,下以安所部,上以报所天。岂徒殒躯丧元,焚妻夷族而已。无任生死肉骨恐惧感戴之至。(《全唐文》卷二百六十一)

不但行文充畅,且表达的感情相当炽烈。其《崧台石室记》:

> 高要郡北五里有石室,鬼怪万状,崆峒其中,发挥灵踪。盘薄厚地,皆神仙之窟宅,为区宇之胜概。有巨石,皆似蹲兽之类。垒花仰空,的砾琼脂,色如截肪。傍引穴窍,疑为洞门;横筝石床,出次仙座。东厢峭壁,下有涵泉,涨澄镜色,味轻琼浆。东西倚山之阳,二十余里,西通武林,东抵岭岵峡。(《全唐文》卷二百六十二)

是早期单独成篇的山水记之滥觞,但有堆垛形容词藻的倾向。另一篇《端州石室记》，这种倾向更突出，但都有拓展题材的意义。其《越州华严寺钟铭序》写铸钟的过程：

> 陶人事炉，火正疏冶，风伯鼓橐，乐工杨嬉，焕乎鼎陈，蔚焉丘峙。手舞者翳景，称庆者振林。迟明藏功，亭午卒业。于是曾台大起，雕虡悬列。鲸鱼叱怒以震击，蒲牢趹曲以骇噭。（《全唐文》卷二百六十二）

虽用字著辞相当考究，而叙述清畅，再现热烈声景相当传神。其《国清寺碑并序》写寺院的壮观：

> 落落然列星陈于九天，昭昭然飞霞夹于二曜。松间豁达，祥云飞和雅之音；桥路逶迤，德水照澄清之色。伫立者神夺，散心者目明。所以信士永言，至人驰想，不远万里，有以一临。（《全唐文》卷二百六十二）

铺张形容中，无矫饰浮夸之弊，有雄壮宏阔之感。《兖州曲阜县孔子庙碑并序》赞扬孔子云：

> 夫子之道，消息乎两仪；夫子之德，经营乎三代。岂徒小说，盖有异闻。夫亭之者莫如天，藉之者莫如地，教之者莫如夫子。且沐其亭而不识其道，则不如勿生；荷其藉而不由其德，则不如勿运。故曰消息乎两仪者也。夫博之者莫如文，约之者莫如礼，行之者莫如夫子。且会其文而不扬其业，则不如勿传；经其礼而不启其致，则不如勿学。上代有以焯序，中代有以宗师，后代有以丕训，故曰经营乎三代者也。（《全唐文》卷二百六十二）

讲的是圣人之道,而表达上节奏整饬,畅如流泉。

以上诸作,与李峤、崔融等以华畅藻绘之文颂时颂圣相比,多了激越雄壮一面,既侧面反映了时代精神,亦显示出向下时段过渡之一端。

2. 王维　李白　杜甫

三人皆为著名诗人,散文作品亦有成就且各具特色,足以见出散文发展趋势。

王维(701—761),字摩诘,太原祁(山西祁县)人。据《旧唐书·文苑传》:"维以诗名盛于开元、天宝间,昆仲宦游两都,凡诸王驸马豪右贵势之门,无不拂席迎之。""书画特臻其妙,笔踪措思,参于造化,而创意经图,即有所缺,如山水平远,云峰石色,绝迹天机,非绘者所及也。"

今存王维散文作品甚富,且体裁形式多样。总起来看,其特色有三:

一是表奏作品中,有表现深挚情感者。如晚年所写《责躬荐弟表》,先言:

> 臣年老力衰,心昏眼暗,自料涯分,其能几何?久窃天官,每惭尸素。顷又没于逆贼,不能杀身,负国偷生,以至今日。陛下矜其愚弱,托病被囚,不赐疵瑕,屡迁省阁,昭洗罪累,免负恶名。在于微臣,百生万足。

言己之五短,弟之五长,然后曰:

> 顾臣谬官华省,而弟远守方州。外愧妨贤,内惭比义,痛心疾首,以日为年。臣又逼近悬车,朝暮入地,阒然孤独,迥无子孙。弟之与臣,更相为命,两人又俱白首,一别恐隔黄泉。

傥得同居,相视而没,泯灭之际,魂魄有依。伏乞尽削臣官,放归田里,赐弟散职,令在朝廷。臣当苦行斋心,弟自竭诚尽节,并愿肝脑涂地,陨越为期。葵藿之心,庶知向日;犬马之意,何足动天。不胜私情恳迫之至。(《全唐文》卷三百二十四)

既展君臣之义,又申兄弟之情,确实情真意切。

二是其作品中有声势雄壮、激昂慷慨的一面。如为韦斌所写的《大唐故临汝郡太守赠秘书监京兆韦公神道碑铭》,起始即曰:

> 坑七族而不顾,赴五鼎而如归,徇千载之名,轻一朝之命,烈士之勇也。隐身流涕,狱急不见,南冠而絷,逊词以免,北风忽起,刎颈送君,智士之勇也。种族其家,则废先君之嗣;戮辱及室,则累天子之姻。非苟免以全其生,思得当有以报汉。弃身为饵,俯首入橐,伪就以乱其谋,佯愚以折其僭……然后吞药自裁,呕血而死,仁者之勇也,夫子为之。

其后,述安史之乱两人皆陷贼被胁,韦斌对自己的照顾与表白:

> 呜呼!上京既骇,法驾大迁。天地不仁,谷洛方斗,凿齿入骨,磨牙食人。君子为投槛之猿,小臣若丧家之狗。伪疾将遁,以猜见囚,勺饮不入者一旬,秽溺不离者十月,白刃临者四至,赤棒守者五人,刀环筑口,戟枝叉颈,缚送贼庭。实赖天幸,上帝不降罪疾,逆贼恫瘝在身,无暇戮人,自忧为厉。公哀予微节,私予以诚。推食饭我,致馆休我,毕今日欢,泣数行下,示予佩玦,斫手长吁。座客更衣,附耳而语,指其心曰:"积愤攻中,流痛成疾。猥不见戮专车之骨,枭枕鼓之头,焚骸四衢,然脐三日。见子而死,知予此心。"言之明日而卒。(《全唐

文》卷二百二十六）

叙事言情，声色俱盛。其《为崔常侍祭牙门姜将军文》写得更为悲壮激昂。

三是其书序作品，或清丽，或苍凉，尤善于烘托气氛，留有余韵。如《送高判官从军赴河西序》篇末云：

> 孤峰远戍，黄云千里。严城落日而闭，铁骑升山而出。胡笳咽于塞下，画角发于军中，亦可悲也。迟子之献凯云台，奏事宣室，紫绶曳地，金印如斗，列居东第，位为通侯。旧友拜尘，群公书币。祁大夫老矣，武安侯问乎？（《全唐文》卷三百二十五）

《送怀州杜参军赴京选集序》篇末云：

> 置酒欲饮，高歌自凄。寂寥孤城，惆怆朔管。飞雪蔽野，长河始冰。吾子勉之，慷慨而别。（《全唐文》卷三百二十五）

《招素上人弹琴简》：

> 仆乍脱尘鞅，来就泉石。左右坟史，时自舒卷。颇觉思虑斗然一清。禺俟挥弦，写我佳况。（《全唐文》卷三百二十五）

极简，又极有韵致。属上上小品。当然，最著名的还是万口传诵的《山中与裴迪秀才书》：

> 近腊月下，景气和畅，故山殊可过。足下方温经，猥不敢

相烦。辄便往山中，憩感配寺，与山僧饭讫而去。北涉玄灞，清月映郭。夜登华子岗。辋水沦涟，与月上下；寒山远火，明灭林外。深巷寒犬，吠声如豹。村墟夜春，复与疏钟相间。此时独坐，僮仆静默，多思曩昔，携手赋诗，步仄径，临清流也。

当待春中，草木蔓发，春山可望，轻鲦出水，白鸥矫翼，露湿青皋，麦陇朝雊。斯之不远，傥能从我游乎？非子天机清妙者，岂能以此不急之务相邀，然是中有深趣矣。无忽。

因驮黄檗人往，不一。山中人王维白。(《全唐文》卷三百二十五)

简明、清畅，似随手写来，而情致悠远，诗意盎然，别是一种轻适恬静风格。

以上几类作品，特别是第三类，充分体现了诗人高度审美修养对散文的渗透和影响。

李白(701—761)，虽为诗人之最，而为文颇夥，各体兼备，尤以书、序见长，篇篇皆佳作。总的特点与其诗风相一致，狂放、豪纵、自信自负，高邈千古而不知谦卑为何物。文为我用，非文拘我，故能驱山使水，任情适致，随其意之所之。

其致人诸书，如《上安州李长史书》《与贾少公书》《上安州裴长史书》《与韩荆州书》，大体为同调之作。尤以后者为代表：

白闻天下谈士相聚而言曰：生不用封万户侯，但愿一识韩荆州。何令人之景慕至于此耶？岂不以有周公之风，躬吐握之事，使海内豪俊奔走而归之？一登龙门，则声价十倍，所以龙蟠凤逸之士，皆欲收名定价于君侯。愿君侯不以富贵而骄之，寒贱而忽之，则三千宾中有毛遂，使白得脱颖而出，即其人焉。

白陇西布衣，流落楚汉。十五好剑术，遍干诸侯；三十成文章，历抵卿相。虽长不满七尺，而心雄万夫。王公大臣，许与气义。此畴曩心迹，安敢不尽于君侯哉？君侯制作侔神明，德行动天地，笔参造化，学究天人，幸愿开张心颜，不以长揖见拒。必若接之以高宴，纵之以清谈，请日试万言，倚马可待。今天下以君侯为文章之司命，人物之权衡，一经品题，便作佳士。而君侯何惜阶前盈尺之地，不使白扬眉吐气，激昂青云耶？

然后引前人及韩朝宗荐拔人才之例，以为投寄之据，最后表示：

　　昔王子师为豫章，未下车即辟荀慈明，既下车又辟孔文举；山涛作冀州，甄拔三十余人，或为侍中尚书，先代所美。而君侯亦一荐严协律，入为秘书郎；中间崔宗之、房习祖、黎昕、许莹之徒，或以才名见知，或以清白见赏。白每观其衔恩抚躬，忠义奋发；白以此感激，知君侯推赤心于诸贤之腹中；所以不归他人，而愿委身于国士，傥急难有用，敢效微躯。

　　且人非尧舜，谁能尽善；白谟猷筹画，安敢自矜。至于制作，积成卷轴，则欲尘秽视听，恐雕虫小技，不合大人。若赐观刍荛，请给纸笔，兼之书人，然后退扫闲轩，缮写呈上；庶青萍结绿，长价于薛卞之门，幸推下流，大开奖饰。

　　唯君侯图之。（《全唐文》卷三百四十八）

此文显然是干谒之作，但与一般干谒者不同，有激昂高亢之气，无低眉俯首之态。对对方虽有称扬，但称扬的是其高人的识鉴及厚以待人的声望；自己虽有所求，但"求"的方式是展示高度的自信，"求"的内容是以国士的态度相待。用笔高起高落，一泻而下又起伏跌宕,豪气逼人又自然清畅,超人的技巧完全融入似乎天然的艺术表现能力之中,寻不出丝毫人工斧凿痕迹。

此外,李白《代寿山答孟少府移文书》,写法较为特殊,似反孔稚珪《北山移文》之意而用之,借以表达济世之志。其中假托淮南小寿山的话有云:

> 近者逸人李白,自峨眉而来,尔其天为容,道为貌,不屈己,不干人,巢由以来,一人而已。乃虬蟠龟息,遁乎此山。……俄而李公仰天长吁谓其友人曰:"吾未可去也?吾与尔达则兼济天下,穷则独善一身。安能餐君紫霞,荫君青松,乘君鸾鹤,驾君虬龙,一朝飞腾,为方丈蓬莱之人耳?此则未可也。"乃相与卷其丹书,匣其瑶琴,申管晏之谈,谋帝王之术。奋其智能,愿为辅弼,使寰区大定,海县清一。事君之道成,荣亲之义毕,然后与陶朱留侯,浮五湖,戏沧洲,不足为难矣。
> (《全唐文》卷三百四十八)

这或许是李白表达人生志愿的一种方式。

李白诸序,更见其以诗入文特点,对后世散文作家滋养颇多。《春夜宴从弟桃花园序》:

> 夫天地者,万物之逆旅;光阴者,百代之过客。而浮生若梦,为欢几何?古人秉烛夜游,良有以也。况阳春召我以烟景,大块假我以文章。会桃李之芳园,序天伦之乐事。群季俊秀,皆为惠连;吾人咏歌,独惭康乐。幽赏未已,高谈转清。开琼筵以坐花,飞羽觞而醉月。不有佳作,何伸雅怀?如诗不成,罚依金谷酒数。
> (《全唐文》卷三百四十九)

虽大体用骈,展示的是其从容、清丽、流畅的一面。《秋夜于安府送孟赞府兄还都序》:

> 夫士有饰危冠,佩长剑,扬眉吐诺,激昂青云者,莫不夸炫意气,托交王侯;若告之急难,乃十失八九。我义兄孟子,则不然耶。……他乡此别,谁无恨耶?时林风吹霜,散下秋草;海雁嘶月,孤鹤翔云。惊魂动骨,戛瑟落涕;抗手缅迈,伤如之何!(《全唐文》卷三百四十九)

其起句有《将进酒》一泻而下之势,篇末则以壮辞写景,或对韩愈善于转折跌宕之长句、诗文多用硬语不无影响。其《秋于敬亭送从侄颛游庐山序》写庐山:

> 西登香炉,长山横蹙,九江却转。瀑布天落,半与银河争流;腾虹奔电,潈射万壑。此宇宙之奇诡也。(《全唐文》卷三百四十九)

则纯是化诗为文。

李白写出这样的作品,固然与其不世出的天才有关,而有两点必须强调:一是李白所处的时代,正是中国历史上最为昌盛的时代,这种时代赋予了广大士人前所未有的奋发昂扬、积极进取、自信自尊的精神,李白傲视千古的胸怀、气魄,正是王勃、陈子昂以来所具有的这种精神集中的代表与体现。二是自先秦以来,经千多年的累积与发展,人们的审美观察、审美体验、审美表现能力,已达到高度的自觉与成熟,这些已经无形中融进作家文人的意识之中,而首先在其代表人物身上体现出来。正是以上几种因素综合,才造就了李白的诗与文。

杜甫(712—770)亦写有多种体裁的文章。虽有时也用骈体，而以质朴切实为本色。

早年写有大赋多篇，皆曾表以进献，求被赏用，虽不乏自信自负精神，但无李白之狂放，多持谦恭恳切的态度。如《进雕赋表》有云：

> 臣幸赖先臣绪业，自七岁所缀诗笔，向四十载矣，约千有余篇。今贾马之徒，得排金门上玉堂者甚众矣，惟臣衣不盖体，常寄食于人，奔走不暇，只恐转死沟壑，安敢望进仕乎？伏惟明主哀怜之。倘使执先祖之故事，拔泥涂之久辱，则臣之述作，虽不足以鼓吹六经，先鸣数子，至于沈郁顿挫，随时敏捷，而扬雄枚皋之流，庶可跂及也。有臣如此，陛下其舍诸？（《全唐文》卷三百五十九）

委婉祈诉中实含有自高。"沈郁顿挫"的自评，已成为后世评杜者的定语。

其《秋述》记事兼赠人，似送序，曰：

> 秋。杜子卧病长安旅次，多雨生鱼，青苔及榻。常时车马之客，旧雨来，今雨不来。昔襄阳庞德公至老不入州府，而扬子云草玄寂寞，多为后辈所褒，近似之矣。呜呼！冠冕之窟，名利卒卒，虽朱门之涂泥，士子不见其泥，矧抱疾穷巷之多泥乎？子魏子独踽踽然来，汗漫其仆夫，又不假盖，不见我病色，适与我神会。
>
> 我弃物也，四十无位。子不以官遇我，知我处顺故也。子挺生者也，无矜色，无邪气。必见用，则风后力牧是已；于文章，则子游子夏是已。无邪气故也，得正始故也。噫！所不至于道者，时或赋诗如曹刘，谈话及卫霍，岂少年壮志，未息俊迈之机乎？子魏子今年以进士调选，名隶东天官，告余将行，既

缝裳,既聚粮。东人怅惕,笔札无敌,谦谦君子,若不得已。知禄仕此始,吾党恶乎无述而止?(《全唐文》卷二百六十)

极质简。因时因事生感,自然抒写,全用散语,无任何华辞矫饰。

以上三人,虽风格迥异,但有共同特点:不着意为文,不受流行骈体拘限,不追逐藻饰华美时风,凭其固有的艺术修养、性格精神,因时因事,以自然本色,道其所应道,言其所欲言,而皆达至很高水平。体现的正是散文应取方向,自对其后专门致力于为文者,有很大启示作用。

三 体现文风转变的作家(一)

1. 李华 萧颖士 贾至

三人皆处于初唐至中唐的过渡时期,典型地体现着实用与审美、内容与形式进一步的靠拢与融合。

李华(716—766),字遐叔,赵州赞皇(河北赞皇)人。开元二十三年(735)登进士第,曾任员外郎等职。据《旧唐书·文苑传》:"华善属文,与兰陵萧颖士友善。华进士时,著《含元殿赋》万余言,颖士见而赏之,曰:'《景福》之上,《灵光》之下。'华文体温丽,少宏杰之气,颖士词锋俊发,华自以所业过之,疑其诬词,乃为《吊古战场文》,熏污之如故物,置于佛书之阁。华与颖士因阅佛书得之,华谓之曰:'此文何如?'颖士曰:'可矣。'华曰:'当代秉笔者,谁及于此?'颖士曰:'君稍精思,便可及此。'华愕然。"《新唐书·文艺传》称其:"晚事浮图法,不甚着书,惟天下士大夫家传、墓版及州县碑颂,时时赍金帛往请,乃强为应。"从上述记载,可见李、萧之间关系,及其为文和鉴赏力之高。

李华的文学观念,承续着此前的传统。在《赠礼部尚书清河孝公崔沔集序》中,他说:"宣于志者言,饰而成之曰文。有德之文信,无德之文诈。""夫子之文章，偃商传焉，偃商殁而孔伋、孟轲作，盖六经之遗也。屈平、宋玉哀而伤，靡而不返，六经之道遁矣。"（《全唐文》卷三百十五）在《扬州功曹萧颖士文集序》中，借萧的话说：

> 君以为六经之后，有屈原、宋玉，文甚雄壮，而不能经。厥后有贾谊，文词最正，近于理体；枚乘、司马相如亦瑰丽才士，然而不近风雅；扬雄用意颇深，班彪识理，张衡宏旷，曹植丰赡，王粲超脱，嵇康标举。此外皆金相玉质，所尚或殊，不能备举。左思诗赋有雅颂遗风，干宝著论近王化根源，此后夐绝无闻焉。近日陈拾遗子昂文体最正。（《全唐文》卷三百十五）

他还著有《质文论》，称："先王质文相变，以济天下。易知易从，莫尚乎质；质弊则佐之以文，文弊则复之以质，不待其极而变之。"针对当时的世风，提出"今以简质易烦文而便之"（《全唐文》卷三百十七）。凡此，可见他在论文上，虽然讲质、文并重，但鉴于纠偏的须要，仍然主张"以简质易烦文"，赞赏陈子昂的观点和文章，这是应该肯定的。但他依然受传统观念影响，将尊经崇德放在首位，有否定文之审美价值与意义的倾向。这种倾向对他的创作带来一定消极影响，如他为李白写了《故翰林学士李君墓志铭》，赞其：

> 夫仁以安物，公其懋焉；义以济难，公其志焉；识以辩理，公其博焉；文以宣志，公其懿焉。宜其上为王师，下为伯友。……悲夫！圣以立德，贤以立言，道以恒世，言以经俗，虽曰死矣，吾不谓其亡之也。（《全唐文》卷三百二十一）

把李白描述为一个笃于经学的儒士，看似表彰，实近歪曲。

但李华的散文创作实践，与其表述的观念并不完全相符，实际是有文，有质，有质文应机之变，接近二者的统一。不仅存在风格的多样性，且在内容和形式上有拓发之功。

观其以《含元殿赋》为代表的诸篇赋、颂，虽目的是"欲使后之观者知圣代有颂德之臣"（《全唐文》卷三百十四），而皆写得华藻纷披，文辞灿然，充分体现了李华尚文善文的一面。其《与弟莒书》等三篇书信，因朝自家人说家常话，则质白而恳切。其诗序、送序则散骈不拘，文质相间，恣意放言，将此类作品推向了一个新的境界。如《送十三舅适越序》：

> 舅氏适越，华拜送西阶之下，俟命席端。舅氏曰："吾交侍御鲍君，夫玉待琢者也。知我者鲍君，成我者鲍君，是以如越，求琢于鲍。昔子路去鲁，告颜生曰：何以赠我？夫赠人以言，古之道也。况背楚山，凌湔河，睹会稽之险，桌镜水之波，窥禹穴之冥冥，仰秦望之峨峨。如不诫我，汝将若何？"华拜手曰："柔而立，咎繇所以成九德也；宽而静，师乙所以谐五声也。文犀明珠之珍，伏于掌握之间，此君子所以恢令名也。"再拜稽首。（《全唐文》卷三百十五）

只讲送别，不涉诗文，巩固了"序"体的独立性。写法上不是自我陈述，全借对话表达，虽时用骈句，而有古雅气，创送序之别格。

李华还写有数量相当多的壁厅记，从中书政事堂到刺史、参军、县令之厅，皆有为而发。进一步扩大了此类体裁的影响。写法上，多用散语，往往且叙、且述、且论、且赞，为文颇近后世古文风格。论说性的文章，除较正规的《质文论》《三贤论》《正交论》《卜论》，还有一些杂著、杂感性作品，如《言医》，似寓言，而写法又用赋笔。如《贤之用舍》：

上之于贤也，患不能好之；好之也，患不能求之；求之也，患不能知之；知之也，患不能任之；任之也，患不能终之；终之也，患不能同其心而化于道。是故士贵夫遇，惧夫遇而不尽也。（《全唐文》卷三百十八）

近于论说性小品。余如《君之牧人》《国之兴亡》《材之大小》皆此类。

李华的碑版、墓志亦量大而有名。《全唐文》卷三百二十载有《元鲁山墓碣铭并序》，《旧唐书·文苑传》有谓："华尝为《鲁山令元德秀墓碑》，颜真卿书，李阳冰篆额，后人争模写之，号为'四绝碑'。"或即指此文。他还写有不少哀祭文。如《祭刘评事兄文》（参见《全唐文》卷三百二十一），肺腑之情，见于忆念，见于痛诉，见于形容烘托。《祭萧颖士文》（参见《全唐文》卷三百二十一），真情至深，非言词可表。最著名的还是《吊古战场文》：

浩浩乎平沙无垠，夐不见人，河水萦带，群山纠纷。黯兮惨悴，风悲日曛，蓬断草枯，凛若霜晨，鸟飞不下，兽挺亡群。亭长告予曰："此古战场也，尝覆三军，往往鬼哭，天阴则闻。"伤心哉！秦欤，汉欤，将近代欤？

吾闻夫齐魏徭戍，荆韩召募，万里奔走，连年暴露。沙草晨牧，河冰夜渡，地阔天长，不知归路，寄身锋刃，腷臆谁诉？

秦汉而还，多事四夷，中州耗斁，无世无之。古称戎夏，不抗王师，文教失宣，武臣用奇。奇兵有异于仁义，王道迂阔而莫为。呜呼噫嘻！吾想夫北风振漠，胡兵伺便，主将骄敌，期门受战，野竖旌旗，川回组练。法重心骇，威尊命贱，利镞穿骨，惊沙入面。主客相搏，山川震眩，声折江河，势崩雷电。至若穷阴凝闭，凛冽海隅，积雪没胫，坚冰在须；鸷鸟休巢，征马蹂躏,缯纩无温,堕指裂肤。当此苦寒,天假强胡,凭陵杀气,以相剪屠,径截辎重,横攻士卒,都尉新降,将军覆没。尸踣巨港之岸,血满长城之窟,无贵无贱,同为枯骨,可胜言哉?鼓衰兮力竭,矢尽兮弦绝;白刃交兮宝刀折,两军蹙兮生死决。降矣哉,终身夷狄;战矣哉,暴骨沙砾。鸟无声兮山寂寂,夜正长兮风浙浙,魂魄结兮天沉沉,鬼神聚兮云幂幂;日光寒兮草短,月色苦兮霜白。伤心惨目,有如是耶?

吾闻之,牧用赵卒,大破林胡,开地千里,遁逃匈奴;汉倾天下,财殚力痛。任人而已,其在多乎?周逐猃狁,北至太原,既城朔方,全师而还,饮至策勋,和乐且闲,穆穆棣棣,君臣之间。秦起长城,竟海为关,荼毒生民,万里朱殷。汉击匈奴,虽得阴山,枕骸遍野,功不补患。

苍苍蒸民,谁无父母,提携捧负,畏其不寿。谁无兄弟,如足如手,谁无夫妇,如宾如友。生也何恩,杀之何咎。其存其殁,家莫闻知,人或有言,将信将疑,悁悁心目,寤寐见之。布奠倾觞,哭望天涯,天地为愁,草木凄悲。吊祭不至,精魂无依,必有凶年,人其流离。

呜呼噫嘻! 时耶命耶,从古如斯,为之奈何? 守在四夷。

（《全唐文》卷三百二十一）

先写古战场的凄凉,次写战斗的惨烈,后述战争给人民带来的苦难。虽也涉及远古,主要针对秦汉,旨在否定凭借武力而开边,或对唐代的现实有一定的讽谕意义。写法上,虽然因意旨的所在,有适当的议论,但主要是融情入景,靠铺叙性的、真切而传神的场景描绘,协以恰当的音韵节奏,表达出深骨入髓、摧肝彻腑的感情,形成了情胜凭文胜,文胜凭情胜的完美效果。既明显地看出对前人艺术表现力的继承,又有作者自己的创造性,在内容与形式、审美与精神意蕴的统一上，确实推进到了一个新层次。李华虽然把它弄得好像一个古物，实际上古人没有这样的作品。

萧颖士（717—758），字茂挺，兰陵（江苏常州）人（《新唐书·文艺传》谓其"年五十二"，误，据当时人留下的资料，应为"四十二"）。《新唐书·文艺传》载：颖士与李华同年进士。初任秘书正字，后进多执弟子礼，号萧夫子。《旧唐书·文苑传》载："时外夷亦知颖士之名，新罗使人入朝，言国人愿得萧夫子为师，其名动华夷若此。"

萧颖士今存之文，数量不如李华。虽世称"萧李"，而二人为文特点不同，正如《旧唐书》所云："华文体温丽，少宏杰之气，颖士词锋俊发。"如其《伐樱桃树赋序》《白鹇赋序》《庭莎赋序》，皆锋芒毕露，有狂放郁愤之气。

萧颖士的表奏多为代人之作，唯书、序可见其自我情怀。最能见其为人为文特色者是其《赠韦司业书》。韦司业即韦述，曾以起居舍人等职兼知史官事，后转国子司业。《新唐书·文艺传》载："史官韦述，荐颖士自代，召诣史馆待制，颖士乘传诣京师。"此书可能是至京后，而任史官事牵延未决，心怀愤懑而作。书洋洋数千言，主旨在于申明，此来非为求官求誉，而是有自己的抱负。所以先言：

> 窃观今之文人，雅操大缺，内不能自强于己，外有以求誉于时。籧篨阘茸，人望口气，谓其高位必以援登，芳声要以用致。而当路者既不能人人有许郭之见，亦因依左右，惑而容之。由斯而达，十倍八九，翕翕阗阗而忘返，致令待士者不能备其礼，怀才者无以表其诚。混淆委黩，良足叹也。亦知足下爱自诸生，早云峻拔，策名从仕，清标有素，世所希也。而时事共然，颓风一扇，讵知来者有贞纯之士，得无系累于流俗乎？

仆褊介自持，粗疏浸久，平生峻节，未尝屈下。恐足下尚以为风尘之士，名位不侔，行言致忤，音容便阻。

抨击世风，表明自己不同流俗 。次则云，韦述可能因孙逖曾称自己为"第一进士"，而仅以词人视之，其实这是只知其一，未知其二：

> 曩时孙考功无里闬交游之知，亲朋推荐之分，势悬望阻，声尘不接，摄无情之路，回必断之明，怀恩下隔于至公，而见遇尽关于薄技。则是仆词策之知己，非心期之知己。故曰可谓知其一也。
>
> 丈夫生遇升平时，自为文儒士，纵不能公卿坐取，助人主视听，致俗雍熙，遗名竹帛，尚应优游道术，以名教为己任，著一家之言，垂沮劝之益，此其道也。岂直以辞场策试，一第声名，为知己相期之分耶？

申明志不在言辞，而是事功。再则陈述族系世望，回顾个人的追求与坎坷，说明自己并非凡俗之辈：

> 仆生于汝颍，幼而苦贫，孜孜强学，业成冠岁，射策甲科，见称朝右。当此之时，为奋笔飞鸾凤，摛论吐云烟，明主可正议而干，群公可长揖而见；何言日损一日，年贬一年，蹉跎半纪，乃殊方一下吏耳。兴言念此，不觉气之交胸。从来事业，复何所用，未可为不知己者论也。仆平生属文，格不近俗，凡所拟议，必希古人，魏晋以来，未尝留意。又况区区咫尺之判，曷足牵丈夫壮志哉？……仆从来宦情，素自落薄，抚躬量力，栖心有限。假使因缘会遇，躬力康衢，正应陪侍从近臣之列，以箴规讽谲为事，进足以献替明君，退足以润色鸿业，决不能

作擒奸摘伏,以吏能自达耳。……丈夫行己三十年,读书数千卷,尚不能揣摩捭阖,取权豪意旨,况复终年怏怏,折腰于掾吏之下哉?

最后又表明态度和提出要求:

> 足下本以道垂访,小人亦以道自谋,故此书之礼,过于慢易,成足下之高耳。苟道之不著,而名位是务,足下趋风者多,岂惟一萧茂挺?小人受侮亦众,岂独一韦夫子乎?足下必不以为狂,而亮其志,越绊拘之常礼,顿风流之雅躅,乘蹑履之遇,展倾盖之欢,则重赐一书,狠答诚觊,既奔足下不暇,岂敢差池。若不足征,道未相借,请见还此本,谨俟烧焚。无为轻置盖瓿,使识者一窥,齐楚交失,非古之君子退人有礼之道也。(《全唐文》卷三百二十三)

风格颇与李白《与韩荆州书》相近,可见其不媚权贵之自傲,希求自我之豪气,鄙夷世俗之清高,不拘文才之抱负。只是内容展开得更充分。特应重视的是,这样的长文,质直疏宕,起伏曲折,运转自如,而且几乎全用散语,除简断斩截方面略有不同,从内容到形式,皆已接近稍后的古文。

萧颖士还写有几篇记游序、送序,亦多情景相衬,不乏灿然的文采。

贾至(718—772),字幼邻,又称幼几,河南洛阳人。天宝末曾任知制诰、中书舍人,肃宗、代宗朝,任尚书左丞、京兆尹、右散骑常侍等职。梁肃在《补阙李君前集序》中,曾云"天宝已还,则李员外、萧功曹、贾常侍、独孤常州,比肩而出",将贾至与李华、萧颖士并列。

贾至的文学观念,见前引《工部侍郎李公集序》,强调文章的教化作用,反对浮艳华靡更为强烈明确。

在创作实践上,他所留下来的文章,以制、敕、册文、表、疏为多,除所表达的文学观念,无突出特色。有几篇送序,皆散行为主,重内容的质实,文字的典雅,不以丽美见长。如《送于兵曹往江夏序》:

> 予谪居洞庭,岁三秋矣。有客自蜀浮舟来者,则河南于侯。能读古人书,辨当世务。年迨四十,犹沈下位,为静者之尚退乎,先达之怠贤乎?与子登丽谯,缘岛屿,一时累月,多情甚欢。忽然挂帆,告我行迈,岂非穷辙不能濡故也?冯翊太守王公,移镇武昌,好贤下士,所以衣缝掖、袭艺文者,归之如川。吾子东行,谓得时矣。(《全唐文》卷三百六十八)

这已是纯然的送序,且全用散语,已略见古文气息。其《送李兵曹往江外序》等与之相类。

其《旌儒庙碑》借玄宗改"坑儒乡"名为"旌儒",以碑为论,大讲崇儒,可见其文学观念之根据。

2. 颜真卿　元结　独孤及

颜真卿(708—784),字清臣,琅琊临沂人。生活年代较长,曾为平原太守,安史之乱,坚守拒敌,对扼制叛乱,恢复皇唐政权,起了重大作用。他对唐王朝忠心不二,刚正坚贞,敢于忤冒奸权,因此屡遭贬黜。肃宗时曾任御史大夫,代宗时封鲁郡公。德宗时,冒死宣谕叛将李希烈,被害而死。他虽以书法家垂名后世,散文写作上亦有成就和贡献。

文学观念上,颜真卿承续了孙逖的观点,并有进一步的发展。在《尚书刑部侍郎赠尚书右仆射孙逖文公集序》中,他先说:

古之为文者,所以导达心志,发挥性灵;本乎咏歌,终乎雅颂。帝庸作而君臣动色,王泽竭而风化不行。政之兴衰,实系于此。

既肯定了"文"的教化作用,又承认它"导达心志,发挥性灵"的一面。接着说:

　　然而文胜质,则绣其鞶帨,而"血流漂杵";质胜文,则野于礼乐,而木讷不华。历代相因,莫能适中。故诗人之赋丽以则,词人之赋丽以淫,此其效也。汉魏已还,雅道微缺,梁陈斯降,宫体聿兴,既驰骋于末流,遂受嗤于后学。是以沈隐侯之论谢康乐也,乃云灵均已来,此未及睹;卢黄门之序陈拾遗也,而云道丧五百岁而得陈君。若激昂颓波,虽无害于过正;榷其中论,不亦伤于厚诬。何则? 雅郑在人,理乱由俗。桑间濮上,胡为乎绵古之时? 正始皇风,奚独乎凡今之代? 盖不然矣。(《全唐文》卷三百三十七)

明确地指出华词美藻与质实的内容不可偏废,沈约、卢藏用的言论,皆有矫枉过正之弊。这等于强调内容与形式、审美与实用的统一。这种观点的形成,正是自隋及唐初的纠偏与长期以来创作实践中二者相磨合的结果,值得充分重视与肯定。

　　颜真卿本人的创作,不着重于修饰,而是根据具体的情势来"导达心志"。

　　他写了不少表奏疏,最见特色的是《论百官论事疏》。据《旧唐书·颜真卿传》:"时元载引用私党,惧朝臣论奏其短,乃请:百官凡欲论事,皆先白长官,长官白宰相,然后上闻。"此疏乃为此而发,针锋相对地指出:

诸司长官皆专达于天子也。郎官、御史者,陛下腹心耳目之臣也,故其出使天下,事无巨细得失,皆令访察,回日奏闻,所以明四目、达四聪也。今陛下欲自屏耳目,使不聪明,则天下何述焉。

然后引太宗、玄宗广听纳谏的范例,论及国家落到今日的教训,云:

今天下兵戈未戢,疮痏未平,陛下岂得不日闻谠言以广视听,而欲顿忠谠之路乎?……臣又闻君子难进易退,由此言之,朝廷开不讳之路,犹恐不言,况怀厌怠,令宰相宣进止,使御史台作条目,不令直进。从此人人不敢奏事,则陛下闻见,只在三数人耳。天下之士,方钳口结舌,陛下后见无人奏事,必谓朝廷无事可论,岂知惧不敢进,即林甫、国忠复起矣,凡百臣庶,以为危殆之期,又翘足而至也。如今日之事,旷古未有,虽李林甫、杨国忠犹不敢公然如此。今陛下不早觉悟,渐成孤立,后纵悔之无及矣!(《全唐文》卷三百三十六)

论事不但理据充分,而且辞气激烈。其《请复七圣谥号状》,则谓:

上元中,政在宫壸,乱名改作,始建神尧文武大圣之号,盖非高宗之所获已。洎玄宗之末,奸臣窃柄,析言而乱旧法,轻议以改鸿名,遂广累圣之号,有加至十一字者。皇帝悉有大圣之号,皇后则皆有顺圣之名。使言之者惑于今,行之者异于古,非旧制也。……去古质而尚浮华,舍旧名而广新谥,谓一名不足以节惠,乃十倍于古焉。而累圣谥名,悉以字多者为定,是废高祖太宗之令,岂曰爱君。今制谥非古,人皆知之,有司因循其事而无敢言者。假使当今守之而不改,后人议之以

为非，然所失岂不大哉！（《全唐文》卷三百三十六）

文章有同样的特色。特别是文中提到"质则近古，文则近今"，"文敝则救之以质"，与当时的时代倾向是一致的。

其送序作品，如《送福建观察使高宽仁序》《送刘太冲序》，亦完全脱离了前人诗序的模式，变成纯然的以文赠人的送序。其诸记也往往别出其格，如《泛爱寺重修记》全文云：

> 予不信佛法，而好居佛寺，喜与佛者语。人视之，若酷信佛法者然，而实不然也。予未仕时，读书讲学，恒在福山，邑之寺有类福山者，无有无予迹也。始偰居，则凡海印、万福、天宁诸寺，无有无予迹者。既仕于昆，时授徒于东寺，待客于西寺，每至姑苏，恒止竹堂。目予实信其法，故为张侈其事，以惑沙汦，则非知予者矣。（《全唐文》卷三百三十七）

为修寺而写，却只讲不信佛法，丝毫未言及修寺事。其《抚州宝应寺翻经台记》全文几乎是谢灵运的短篇传记，只因他曾在此润色过佛经，才附带记载此台，连文末的铭词，亦是对谢氏的赞扬与向往。更见出其为文"放心导志"的特点。

可能因颜真卿既善于文又是书法名家，故其所写碑铭文特多。这类文章散骈不拘，条畅清晰，内容质实，记述细致。特别是为张志和所写的《浪迹先生玄真子张志和碑铭》（参见《全唐文》卷三百四十），为元结所写的《唐故容州都督兼御史中丞本管经略使元君表墓碑铭》（参见《全唐文》卷三四四），皆能传达出他们为人的特点，尤其后者称"君其心古，其行古，其言古，躬是三者，而见重于今"，可谓抓住了核心。

元结（710—772），字次山，自称郡望河南，世居太原，父时移居鲁山(河南鲁山)。生平事迹见颜真卿所写《墓碑铭》。天宝十二载(753)举进士。安史之乱中,参与抗击叛军战争,有勇略,屡建功,辗转升知节度观察使事。后任道州刺史,转容府都督兼侍御史本管经略使,皆有治绩。

元结在唐代散文发展上居有重要地位。其《箧中集序》曾谓:"风雅不兴,几及千岁。"一方面批评"近世作者更相沿袭,拘限声病,喜尚形似,且以流易为辞,不知丧于雅正"。一方面又认为,当世并不是没有"独挺于流俗之中"的"雅正"之作,只因作者没有名位,不为人所知罢了。其所以编《箧中集》,就是为了保存这类作品(参见《全唐文》卷三百八十一)。其《文编序》是讲自己为文特点的,先云少年时:

> 切时人诏邪以取进,奸乱以致身,径欲填陷井于方正之路,推时人于礼让之庭,不能得之。故优游于林壑,快恨于当世,是以所为之文,可戒可劝,可安可顺。

再讲晚年:

> 尔来十五年矣。更经丧乱,所望全活,岂欲迹参戎旅,苟在冠冕,触践危机,以为荣利。盖辞谢不免,未能逃命。故所为之文,多退让者,多激发者,多嗟恨者,多伤闵者。其意必欲劝之忠孝,诱以仁惠,急于公直,守其节分。如此,非救时劝俗之所须者与?(《全唐文》卷三百八十一)

这表明,他为文是以"救时劝俗"为基点的。但元结的性格中,也有其另一面。在《自释书》中,他曾以"浪士""漫叟"自诩,谓"吾不从听于时俗,不钩于当世","直荒浪其情性,诞漫其所为"(参见《全唐

文》卷三百八十一）。颜真卿亦指出："君雅好山水，闻有胜绝，未尝不枉路登览而铭赞之。"（《全唐文》卷三百四十四）

综合以上各点，结合其生平经历，就使得元结的创作实践，题材丰富，体裁多样，特色显著。

其表、状、议皆简要、深切、恳实。如初被肃宗召见所上《时议三篇》，每篇各有重点，皆切直中肯，言简而要，且具充畅气势。任道州刺史时所上两篇《谢上表》，名为谢表，实反映民间疾苦，论刺史县令等基层官吏之重要，如《再谢上表》有谓：

> 今四方兵革未宁，赋敛未息，百姓流亡转甚，官吏侵克日多。实不合使凶庸贪猥之徒，凡弱下愚之类，以货贿权势，而为州县长官。伏望陛下特加察问，举其功过，必行赏罚，以安苍生。（《全唐文》卷三百八十）

其《让容州表》则以母为言，实情真意，语质言恳，丝毫不见浮漫气息，如：

> 臣实一身，奉养老母，医药饮食，非臣不喜。臣暂违离，则忧悸成疾。臣又多病，近日加剧。……老母念臣，疾疹日久。时方大暑，南逾火山，举家漂泊，寄在湖上。单车将命，赴于贼庭，臣将就路，老母悲泣，闻者凄怆，臣心可知。臣欲扶持版舆，南之合浦，则老母气力，艰于远行；臣欲奋不顾家，则母子之情，禽畜犹有；臣欲久辞老母，则又污辱名教；臣欲便不之官，又恐稽违诏命。在臣肝肠，如煎如灼。……臣所以冒犯圣旨，乞停今授，待罪私门，长得奉养，供给井税。臣之恳愿，尘黩天威，不胜惶恐。（《全唐文》卷三百八十）

显然继承了李密《陈情表》的传统。

元结之书、序、记各有特色。几篇与人的书信，如《与韦尚书书》《与李相公书》《与韦洪州书》《与吕相公书》等，根据对象的不同，或委婉，或疏放，或切直，在洒脱的笔墨之中，往往蕴有一种肮脏之气。如早期之《与韦尚书书》，拿自己与进贡之龟并列，有云：

> 结所以年四十，足不入于公卿之门，身不齿于利禄之士，岂忘荣显，盖惧污辱。昨者有诏，使结得诣京师，至汝上，逢山龟亦承诏诣京师。结与山龟俱得乘邮而来，邮长待结颇如山龟者。前日谒见尚书，俯拜阶下，本望齿乘邮与诸龟。结待命而退，不望尚书不以结齿于龟，以士君子见礼，问及词赋，许且休息。此结之幸，岂结望尚书之意？古人所以爱经术之士，重山野之客，采舆童之诵者，盖为其能明古以论今，方正而不讳，悉人之下情。结虽昧于经术，然自山野而来，能悉下情，尚书怀国休戚，能无问乎？事有在尚书力及，能不行乎？结顿首。（《全唐文》卷三百八十一）

委婉转折之中，表达的态度极为尖锐。其送序之作，皆质简自然，其中如《送谭山人归云阳序》《别韩方源序》《别崔曼序》，完全脱离了诗序的模式，以嘱告抒怀为主，只是尚不如韩愈之简劲有力，舒放自如，变化无方。

最可称道者是其诸记，可谓篇篇皆佳。《道州刺史厅记》重点论刺史之责，评骘前人，警戒来者。《茅阁记》极简括，充分发挥了文字的张力，由小及大，已是典型古文。《菊圃记》由所种菊之被践，引申至君子立身，无一废字赘句。《九疑山图记》，曲折、婉转，气象胸怀皆阔大雄壮，非一般墨客所及。尤其《右溪记》最有名：

道州城西百余步，有小溪。南流数十步合营溪。水抵两岸，悉皆怪石欹嵌，盘缺不可名状。清流触石，洄悬激注；佳木异竹，垂阴相荫。

此溪若在山野，则宜逸民退士之所游；处在人间，则可为都邑之胜境，静者之林亭。而置州已来，无人赏爱，徘徊溪上，为之怅然。乃疏凿芜秽，俾为亭宇。植松与桂，兼之香草，以裨形胜。

为溪在州右，遂命之曰右溪，刻铭石上，彰示来者。（《全唐文》卷三百八十二）

既不同于南朝之骈体山水书信，又不同于《水经注》之在长篇论著中点染山情水韵，乃单独成篇的山水记。用极质简的散语，有记，有述，有描，有感，在审美的观照体验中，还寄有更深的意蕴。实为写自然美作品的一个新标志，也是散文发展的一个新标志。

元结其他类型的作品也多有创造性。如他的几篇专论：《寱（梦中呓语）论》《丏论》《化虎论》，皆有现实的针对性而构思极为新巧；《管仲论》则出新意。他还写了一些系列性的短篇专论，如《出规》等五篇，《玄谟》等三篇，《浪翁观化》等三篇，《七不如七篇》等。元结所写墓表，亦有不同常格处，如《元鲁山墓表》为其从兄元德秀作，用对话体对元德秀不同凡常的德性进行赞扬。其《哀丘表》：

乾元庚子，元子理兵于有泌之南。泌南至德丁酉为陷邑，乾元己亥为境上。杀伤劳苦，言可极耶？街郭乱骨，如古屠肆。于是收而藏之，命曰哀丘。或曰：次山之命哀丘也，哀生人将尽而乱骨不藏者乎，哀壮勇已死而名不显者乎？对曰：非也。吾哀凡人不能绝贪争毒乱之心，守正和仁让之分，至令吾有哀丘之怨欤！（《全唐文》卷三百八十三）

实为借墓表而发感慨，述说中所表达内蕴步步加深。元结还写有一篇《自箴》：

> 有时士教元子显身之道曰：于时不争，无以显荣；与世不佞，终身自病。君欲求权，须曲须圆；君欲求位，须奸须媚。不能此为，穷贱勿辞。元子对曰：不能此为，乃吾之心；反君之言，作我自箴：与时仁让，人不汝上；处世清介，人不汝害。汝若全德，必忠必直；汝若全行，必方必正。终身如此，可谓君子。(《全唐文》卷三百八十二)

将传统的格言形式变成了刺世作品。他还写有大量的铭，实际上变成了赞美山水景物之作，如其《浯溪铭并序》：

> 浯溪在湘水之南，北汇于湘。爱其胜异，遂家溪畔。溪，世无名称者也，为自爱之，故命浯溪。铭曰：
> 湘水一曲，渊洄傍山。山开石门，溪流漰漰。山开如何？巉巉双石，临渊断崖，夹溪绝壁。水实殊怪，石又尤异。吾欲求退，将老兹地。溪古地荒，芜没已久。命曰浯溪，旌吾独有。人谁知之，铭在溪口。(《全唐文》卷三百八十二)

音韵协调，清丽流畅。

　　以上诸方面都说明，元结在吸收前人遗产的基础上，有多方面创造，内容与风格皆与韩、柳相接近，在实用与审美的磨合上大大前进了一步。

　　独孤及(725—777)，字至之，河南洛阳人。据《新唐书·独孤及传》，天宝末入仕，卒于常州刺史任。"喜鉴拔后进，如梁肃、高参、崔元翰、陈京、唐次、齐抗皆师事之"。梁肃《独孤公行状》谓：

"赵郡李华、扶风苏源明并称公为词宗,由是翰林风动,名振天下。"又云:"其茂学博文,不读非圣之书。非法之言,不出诸口;非设教垂训之事,不行于文字。而达言发辞,若山岳之峻极,江海之波澜。故天下谓之文伯。"(《全唐文》卷五百二十二)称"词宗",谓"文伯",可见其在当时文坛影响之大。

独孤及的文学观念,在为李华所写《检校尚书吏部员外郎赵郡李公中集序》中,表达得极充分:

> 志非言不形,言非文不彰。是三者相为用,亦犹涉川者假舟楫而后济。自典谟缺,雅颂寝,世道陵夷,文亦下衰。故作者往往先文字,后比兴。其风流荡而不返,乃至有饰其词而遗其意者,则润色愈工,其实愈丧。及其大坏也,俪偶章句,使枝对叶比,以八病四声为梏拲,拳拳守之,如奉法令,闻皋繇史克之作,则呷然而笑之。天下雷同,风驱云趋,文不足言,言不足志。亦犹木兰为舟,翠羽为楫,玩之于陆而无涉川之用。痛乎流俗之惑人也旧矣。帝唐以文德敷佑于下,民被王风,俗稍丕变。至则天太后时,陈子昂以雅易郑,学者浸而向方。天宝中,公与兰陵萧茂挺、长乐贾幼幾勃焉复起,振中古之风以宏文德。……于时文士驰骛,飙扇波委,二十年间,学者稍厌《折杨》《皇华》,而窥《咸池》之音者什五六,识者谓之文章中兴。(《全唐文》卷三百八十八)

这段话,把隋唐以来文学思潮的主导观念及创作实践的演变,表达得极为浅畅清晰。其为皇甫冉所写《唐故左补阙安定皇甫公集序》,则对五言诗的演变线索及唐代诗歌发展轨迹作了同样的论述,且对诗歌"缘情绮靡"的特点与声色格律之丽,皆取积极肯定的态度。与上面之论文结合起来,观点显得更为客观与全面。由此看来,具有文学观念的明确性、全面性,或许是独孤及在当时能产生重大影响的原因之一。

独孤及留下的作品数量众多。其诸多表奏中,以上给代宗的《直谏表》最为深切,其中有云:

> 顷者陛下虽容其直,而不用其言。进匦上封者,大抵皆事寝不报,书留不下。但有容谏之名,竟无听谏之实,遂使谏者稍稍自引,钳口就列,饱食偷安,相招为禄仕。此忠鲠之士所以窃叹,而臣亦耻之。……
>
> 自师兴不息十年矣,万姓之生产空于杼轴,拥兵者第馆亘街陌,奴婢厌酒肉,而贫人羸饿就役,剥肤及髓。长安城中白昼椎剽,京兆尹不敢语。加以官乱职废,将惰卒暴,百揆隳刺,如纷麻沸粥,百姓不敢诉于有司,有司不敢闻于天听。士庶茹毒饮痛,穷而无告。……陛下宜反躬罪己,旁求贤良者而师友之,黜弃贪佞不肖而窃位者。下哀痛之诏,去天下所疾苦,废无用之官,罢不急之费,禁止暴兵,节用爱人,罔使宦官乱国政,佞言败厥度。(《全唐文》卷三百八十四)

辞气激昂,表达相当尖锐有力。

独孤及留下的作品中,序的数量最多。虽有部分应酬之作,但多数质简典雅,生动灵活,情韵有致,不乏秀句佳篇。如《送广陵许户曹充召募判官赴淮南序》:

> 冉駹不庭三年矣。王师戒严,将问罪荒服。于是上将分职,慎选乃僚。以许公有持斧旧名,断犀余地,故授以戎政,俾发卒于东。夫三河之人豪,全齐之人武,荆吴之人悍,藉其余勇,可以尽敌。信以致之,繄公是赖。

然则谕王命,敦师律,度程以料民,征骑以济众,歌事以遣役,辑谋以定功,在是行乎!

　　高天晚秋,杀气动地,靡靡歧路,悠悠旆旌。送离如之何?赋《小戎》以为好。(《全唐文》卷三百八十七)

质简典雅,句句斩截。其《仲春裴冑先宅宴集联句赋诗序》,写宴集的场景:"引满举白,自午及子。促席于花阴,赋诗于月波,乐极不醉,夜艾而罢。""堂有琴,庭有筱,芳草数步,落花满席。中和子冠乌纱帽,相与箕踞呕嗟,傲睨相视,称觥乎其间。""歌数阕,裴侧弁慢骂曰:'百年欢会,鲜于别离,开口大笑,几日及此。日新无已,今又成昔。不纪而赋之,如春风何?'"(《全唐文》卷三百八十七)情景如画,神态毕现,是另一种笔墨。诸序中的佳句,如:"梵天月白,万里如练,松荫依依,状若留人。""芳树绣布,白花雪下。""火云成峰,郊草如织。""穷阴欲腊,漳滏冰厚,班马连嘶,归云无色。"皆得传神写照之美。

　　独孤及其余的作品,种类尚多,各有成就。如《江州刺史厅壁记》首次论及壁记之由来,云:

　　古者国有史氏,君举必书。倚相、董狐、史鳅、史嚚,即其人也。秦已来,国化为郡,史官废职,策牍之制寖灭,记事但用名氏岁月,书于公堂,而《春秋》《梼杌》存乎屋壁,其来旧矣。(《全唐文》卷三百八十九)

几篇山水、亭台记,叙述、描绘、论、赞并行,一般能自然运笔,随意之所之而变化曲折。赞、铭之作也不少,善于以简练语言概括出对象的特点,如《古函谷关铭并序》写函谷关:

崇山回合,连岗丛倚;长河屈盘,万里来束;崖奔岭霭,谷抱溪斗。(《全唐文》卷三百八十九)

被崔佑甫称之为:"格高理精,当代词人,无不畏服。"(《全唐文》卷四百零九《故常州刺史独孤公神道碑铭》)他还写有相当多的碑志祭吊文,其为贾至所写《祭贾尚书文》,追往述怀,流自胸臆,情感至为深挚。

　　总起来说,独孤及影响甚大,创作成就不及萧、李之高,但亦为推动唐代散文向高峰发展的重要作家之一。

第二节　安史之乱后至中唐
之前的散文

　　此时段主要指安史之乱平定后,至中唐之前的一段时期,在位皇帝为代宗、德宗。散文的发展延续了之前的势头,审美与实用之间,在磨合中趋向进一步的平衡与统一。

一　身居枢要的作家作品

1. 常衮　杨炎　于邵　崔佑甫

　　常衮(729—783),京兆(陕西西安)人。天宝末举进士,代宗初以翰林学士知制诰,迁中书舍人。大历十二年(777)为相。《旧唐书·常衮传》云:"衮文章俊拔,当时推重,与杨炎同为舍人,时称为常杨。"

　　今存常衮文章,全为制敕、表状、墓志,概为按既定程序之作,基本用骈俪之体。所谓"文章俊拔",不过是文词畅达,适合公文性作品之需要。如早期所写《中书门下贺雪表》:

　　　天人合应,雨雪呈祥。在登台视朔之辰,飘洒盈尺;俯献岁发生之节,飞舞惊春。太素混成,浩然万里。甲子之瑞,载表于昌期;《春秋》所书,亦先于农事。重阴益固,应水泽腹坚之时;积润潜通,迎土膏脉起之候。灵贶斯在,丰年可知。(《全唐文》卷四百十五)

此类文字,内容和形式皆无创新之处。

杨炎(727—781),字公南,凤翔天兴(陕西凤翔)人。曾与常衮同为中书舍人,知制诰。德宗即位,用之为相。《旧唐书·杨炎传》称其:"文藻雄丽,汧、陇之间,号为小杨山人。""自开元已来,言诏制之美者,时称常、杨焉。"又云:"尝为《李楷洛碑》,辞甚工,文士莫不成诵之。"

今存杨炎文,诏、制、奏仅有几篇,无突出特色。颂、墓碑相对稍多,倒能显示出其"文藻雄丽"的特点。如其《凤翔出师纪圣功颂》,描述胜敌后,肃宗大驾入京师的声势:

> 万姓前导,百灵为卫。布德泽,望陵寝;悲黍稷之将秀,览城阙之为墟;以雷雨洗川泽,以皇风清怨怒,以大赏议勤劳,以成功告宗庙,以祥刑去聋昧,以惠政哀困穷;清跸而奉圣皇,称觞以朝前殿。于是东国耆老,长安士庶,排玉辂,入天庭,动千门,呼万岁。烟云下绕,林薮山回;神灵颂于堂,精魄感于庙;王侯庆于国,父子洽于家;钟石反于悬,罍俎陈于席。华戎踊跃,喜气磅礴;日退三舍,天声万里;神谋不得窥其奥,天道不能后其时。(《全唐文》卷四百二十一)

偶对铺排,声色相当壮阔。其《河西节度使厅壁记》亦用这种写法。所谓《李楷洛碑》,即《云麾将军李府君神道碑》,为李光弼之父而作。用近似赋家的笔法,述李楷洛之决定入唐,及入唐后所建功

绩,排叙帝曰如何,楷洛如何,极力铺张其声势。如写武则天载初年间,与吐蕃之战:

> 戎狄变心,惧我为患,乘主客之势,合豺狼之凶,甲兴于门,车结其外。府君复为死地,甘为国羞;仰而腾驹,若与神遇;横跳出于虎口,伏念叹于龙颜。的卢之师,恶可喻也。吐蕃之寇河源,冲下凭突,矢石交作。府君以精骑一旅,济河之南;万火燎于他山,三军出其间道;惊寇四溃,重围自解。加灶之奇,孰云多也。(《全唐文》卷四百二十二)

诸文皆运骈俪之笔,张恢弘之势,其文与李峤、崔融之作相比,确实有其"雄丽"的一面。说明与李华、萧颖士差不多同时代,排偶藻丽之文,也有所发展。

于邵(约713—793),字相门,京兆万年(陕西西安)人。据《旧唐书·于邵传》,天宝末进士,德宗时,"拜谏议大夫、知制诰,再迁礼部侍郎、史馆修撰,为三司使。……当时大诏令,皆出于邵"。后辗转多职,历经四朝,从仕时间甚长。

于邵在《与裴谏议虬书》中,谈及他的文学观点:

> 自微言中绝,大义复乖,历战国纵横之后,遭亡秦煨烬之末,"四始"不作,斯文无纪。汉兴,总辑驰骛,稍复《诗》《骚》之体,迄建安之间,皆可垂训。风流更代,纷然淆杂,迨有高下,不可胜论。齐梁陈隋,乃至流遁矣。国家受命,焕乎文明,开元天宝,于斯为盛。格高体正者,君臣之义,天人之际,毕备于斯矣,先觉后进,其谁间焉。属三十年来,兵戈不息,所务者急,所贵者异,过之则进,不过则坠。考之文章,东不流于海,南不集于江,万方行纪,安可得哉!

中间有两层意思：对唐代以前的文章的看法，与王勃、陈子昂等的纠偏之论，没什么差别。而对唐代以来，则有自己的见解：认为开元天宝时期的作品最好，"格高体正"，也就是说，李、杜之诗，张说、苏颋、张九龄等人的文章值得称道；而此后三十来年的作家，包括李华、萧颖士、元结、独孤及等，非"急"则"异"，皆失去了正确的方向。下面说到自己：

> 某性乏天假，学非专门，徒以菲薄少有，谬厝清世。特用润色鸿业，颇承渥私。孤奉明恩，竟速官谤，谪居之地，犹佐大藩。承府公荫休，忝下榻清宴，风亭月观，美景良辰，未尝不接高兴，陪啸咏。虽唱高和寡，未能宏道；云从风感，时赖起予。（《全唐文》卷四百二十六）

也就是说，能"润色鸿业"而受到赏识，虽被谤贬官，仍受到高官大藩的接遇，往往乘兴致而为文。再佐以他《与萧相公书》中的话：

> 窃以建元立极之初，每赐驱策，虽无尘露之效，颇传润色之美，有册皇太后尊号、圣神文武尊号、皇储宜建之制，皆泥金检玉，著之国史。其余则北蕃西戎，诏册文诰，无大无小，何密何疏，侯王将相，出入中外，数年之间，事无虚日，皆承特旨，俾以发挥。声猷所浃，必由是也。岂惟叨窃之幸，实为不朽之幸矣。（《全唐文》卷四百二十六）

说明于邵之著文，既以"润色鸿业"为鹄的，又因此而自诩。因而，他所写的文章，格调上也就与其宗旨相对应，以骈俪雅正为特色。

保留下来的于邵的作品，如《玉版玄记颂》《降诞颂》及《中书门下请上尊号表》等，确实体现了上述特色。但无论其内在价值和表现形式,并无超越前人之处。至于《传》中所谓"当时大诏令",却一篇未见。几篇与人书,颇涉私情,亦多用骈体,注重用语的典雅。

于邵存留的送序甚多,占比重最大。这类作品虽多涉个人情谊,笔墨放得开,写法富变化,情景相映衬,但仍多言政事,着意赞颂,追求古雅韵趣。但亦有可赏之处,其《送孟司户赴山南序》,长短句相间,质简而富韵致,相当有表现力。另一篇《送盛卿序》:

> 老夫负累炎方,僻处南馆。东阻高岸,西临通衢,衡门寂寥,谁与为晤? 数日之后,而得比邻盛卿者。倦道以闲,处约以静,诗礼日训,柴荆昼关;尝思急病之用,载勤稽古之力。每接以三余,时复一见,来不饮酒,去无可欲。儒之敬慎,有如此者。
>
> 春三月,叩门告别,且曰:本剡中人也,家于钱塘,一入桂林,十周星矣。惭走长安之道,将寻吴会之事,乘其波流,聊以自适。
>
> 仆老者病者,以忧以悒。留之则难,别又不易。子之不饮,不可以斗酒欢;我以穷途,无得以束脩赠。执手分别,伤如之何! 云雨一散,江山万里,东西南北,其有会乎? 迁客于邵赠言而已。(《全唐文》卷四百二十八)

写普通人物:常人交往,自然述怀,情感真挚。虽内容较为素朴,然结句用语,亦相当考究,显示出其文字修养上较高的功力。与其颂、表颇为不同,表现了其为文风貌的另一面,对后世古文有一定影响。

崔佑甫(721—780),字贻孙,京兆长安(陕西长安)人,崔沔之子。举进士,累迁中书舍人,德宗初为相,未满一年病卒。权德舆《崔佑甫文集序》称其:"作为文章,以修人纪,以达王事。""是惟无作,作则有补于时。以至于修事功,断国论,导志通理,昭明易直。

施于名命为雅诰，刻于金石无愧辞。"（《全唐文》卷四百九十三）可见其所作，内容甚广泛，当时评誉极高。

今存文不多。从几篇文章中，可见其文学观念。《崔府君文集序》中谓："国之大臣，业参政本，发挥皇王之道，必由于文。""秦之李斯，著事而僻，自兹厥后，蜀相孔明有《出师表》，晋司空茂先有《鹪鹩赋》，皆辅臣之文也。财成陶冶，于是见焉。"（《全唐文》卷四百零九）《穆氏四子讲艺记》中，有云：

> 欲以文经邦者宜董贾，欲以文动俗者宜扬马。言偃之文，郁而不见；卜商有《诗序》，其体近六经。屈原宋玉怨刺比兴之词，深而失中，近于子夏所谓哀以思。刻石铭座者取崔蔡，论都及政者宗班张，飞书走檄者征陈琳。曹刘之气奋以举，潘陆之词缛而丽。过此以往，未之或知。宋齐以降，年代未远，有文之士，胄系皆存。议其优劣，其词未易，故阙焉。（《全唐文》卷四百零九）

见其虽崇古，对近代之文则置而不论，未明确可否。其为独孤及所写《神道碑铭》赞扬说：

> 公之文章，大抵以立宪诫世褒贤过恶为用，故论议最长。其或列于碑颂，流于歌咏，峻如嵩华，盛如江河，清如秋风过物，邈不可逮。

铭中又云：

> 常州之文，究其元本，质取其深，艳从其损。在星之纬，在衣之衮。（《全唐文》卷四百零九）

反映了当时文章发展的大趋势,既充分重视内容的现实性,又不否定其审美价值。

至于其余文章,《奏猫鼠议》是针对朱泚借献祥瑞以阿谀求宠而作,理据充分,尖锐直切。《上宰相笺》诉困境而求助,表达极为恳挚。《祭独孤常州文》一腔真情流泻,感人至深,文辞俱佳。

2. 有特色与贡献的作家——陆贽

陆贽(754—805),字敬舆,苏州嘉兴(浙江嘉兴)人。年十八登进士,又以博学宏词登科,授郑县尉,官至监察御史。德宗立,召为翰林学士。建中四年(783),朱泚反,贽随德宗逃至奉天。兴元元年(784),李怀光反,贽随驾至梁州,转谏议大夫。德宗还京后,转任中书舍人。贞元八年(792),为中书侍郎,拜相。十年,受裴延龄谮毁,罢知政事,除太子宾客,十一年(795),贬为忠州别驾。顺宗立,征还,未至已卒,赠兵部尚书,谥曰宣。世称陆宣公。

陆贽从仕为文,主要在唐德宗时期。安史之乱后,各地方节度使权势日盛,往往父子相袭,形成割据状态。德宗刚愎自用,宠信阿谀谗佞之辈,早期任用奸相卢杞,造成人心不稳,终于酿成朱泚的叛乱,仓皇外逃。德宗为太子时即知陆贽之名,即位后任其为翰林学士,危难之际,不得不听从陆贽之谏,并由他代掌制诰。此时陆贽竭尽所诚,写了大量奏疏,并代作制册,对挽救危局起了决定性作用。权德舆《翰苑集序》中云:

> 朱泚之乱,从幸奉天。时车驾播迁,诏书旁午,公洒翰即成,不复起草。初若不经思虑,及成而奏,无不曲尽事情,中于机会。仓卒填委,同职者无不拱手叹伏,不能复有所助。
>
> 尝从容奏曰:"此时诏书,陛下宜痛自引过,以感人心。昔禹汤以罪己勃兴,楚昭以善言复国,陛下诚能不吝改过,以言谢天下,俾臣草辞无讳,庶几群盗革心。"上从之。故行在诏书

始下，虽武人悍卒，无不挥涕激发。

　　议者以德宗克平寇乱，不惟神武之功，爪牙宣力，盖亦资文德腹心之助焉。及还京师，李抱贞来朝，奏曰："陛下在南山时，山东士卒闻书诏之辞，无不感泣，思奋臣节。时臣知贼不足平也。"（《全唐文》卷四百九十三）

据同文载，当时陆贽所写此类文章数量甚多，有《制诰集》十卷，《奏草》七卷，《中书奏议》七卷。保留下来的陆贽作品亦不在少数，单行之《陆宣公翰苑集》有二十二卷，收入《全唐文》中计十六卷之多。

陆贽的文章突出显示了古代散文在社会政治斗争中所起作用之巨大。其所以能起到这样的作用，固然得力于陆贽的思想观念、政治头脑，也与其表达水平、写作特点有极大关系。综合起来看，有以下几点：

首先是理路清晰，分析透辟，条畅细密，切实中肯。如《奉天论前所答奏未施行状》，一篇洋洋几千字的大文，核心是论当务之急在于：通过纳谏以了解下情，且真正地付诸实行。文章的起始部分，相当于全文序言，先谓：应德宗之问前曾提出建议，"广咨访之路，开谏诤之门，通壅塞之情，宏采拔之道"，而至今未见施行。然后引出本文的中心论题：

　　臣闻立国之本在乎得众，得众之要，在乎见情。故仲尼以谓人情者圣王之田，言理道所由生也，是则时之否泰，事之损益，万化所系，必因人情。情有通塞，故否泰生；情有厚薄，故损益生。

以下围绕这一中心展开论述。论述的层次是，先从理论上说明。又分为两点：第一点引述经典，根据《易传》中对《泰》《否》《益》

《损》四卦的解释,进行发挥,谓:

> 上约己而裕于人,人必悦而奉上矣,岂不谓之益乎? 上蔑人而肆诸己,人必怨而叛上矣,岂不谓之损乎? 然则上下交而泰,不交而否。自损者人益,自益者人损。情之得失,岂容易哉!

第二点则对传统性的比喻进行独到的解释,谓:

> 故喻君为舟,喻人为水,水能载舟,亦能覆舟。舟即君道,水即人情。舟顺水之道乃浮,违则没;君得人之情乃固,失则危。是以古先圣王之居人上也,必以其心从天下之心,而不敢以天下之人从其欲。

这里对舟水之喻,作了更深入一层的新解,将水不仅局限在一般意义上喻之为人、为民,而且进一步指出乃人之情。此"情",既有"情实"的含义,亦有情感倾向、好恶态度、人心向背之意。下一个层次则拿历史的经验教训为据,谓:

> 夫揆物以意,宣意以言。言或是非,莫若考于有迹。迹或成败,莫若验于已行。自昔王业盛衰,君道得失,史册尽在,粲然可征。与众同欲靡不兴,违众自用靡不废。从善纳谏靡不固,远贤耻过靡不危。

于此又分远古和近今两方面论列。先讲尧舜至秦汉周隋以来,谓:

> 与尧舜禹汤同务者必兴,与桀纣幽厉同趣者必覆;全失众则全败,全得众则全成;多同于善则功多,甚同于恶则祸甚。

善恶从类,端如贯珠,明若观火。此历代之元龟也。

再讲唐代自身的情况,从太宗、高宗、玄宗、肃宗,一直说到当前,谓德宗曰:

> 愤习俗以妨理,任削平而在躬,以明威熙临,以严法制断。流弊日久,浚恒太深。远者惊疑而阻命,逃死之乱作;近者畏慑而偷容,避罪之态生。君臣意乖,上下情隔。君务致理,而下防诛夷;臣将纳忠,又上虑欺诞。故睿诚不布于群物,物情不达于睿听。……由是人各隐情,以言为讳。至于变乱将起,亿兆同忧,独陛下恬然不知,方谓太平可致。

至此,作出总结说:

> 陛下以今日之所睹,验往时之所闻,孰真孰虚,何得何失?则事之通塞,备详之矣;人之情伪,尽知之矣。列圣升降之效,历历如彼;当今理乱之由,昭昭如此。未有不兴于得众,殆于失人;裕于佥谐,蔽于偏信。济美因乎纳谏,亏德由乎自贤;善始本乎忧勤,失全萌乎安泰。

最后,提出自己的见解:

> 今陛下将欲悔祸徼福,去危从安,若不循太宗创业之规,袭肃宗中兴之理,鉴天宝致乱之所以,惩今者迁幸之所由。则何以孚圣怀,彰令问,新远迩之听,归反侧之心乎?(《全唐文》卷四百六十八)

像这样的论说文字,在今天亦属佳作。其余如早期的《论两河及淮西利害状》《论关中事宜状》,同期的《奉天请数对群臣兼许令论事状》《奉天请罢琼林大盈二库状》等,皆有类似特点。尤其后期所写《论裴延龄奸蠹书》,除反复申论,周密详审,语繁词切外,还不乏激越慷慨之情,为少见大作。

其次是在制诰之类的公文中,贯注进强烈的感情,易以理服人,以威示人,为以情感人。对所以要如此来写,陆贽在《奉天论赦书事条状》中说得很明白:

> 履非常之危者,不可以常道安;解非常之纷者,不可以常语谕。……皇舆未复,国柄未归,劳者未获休,功者未及赏,困穷者未眠恤,滞抑者未克伸。将欲纾多难而收群心,唯在赦令诚言而已。安危所属,其可忽诸?
>
> 动人以言,所感已浅;言又不切,人谁肯怀? 昔成汤遇灾而祷于桑野,躬自翦剔以为牺牲。古人所谓割发宜及肤,翦爪宜侵体,良以诚不至者物不感,损不极者益不深。今兹德音,亦类于是。悔过之意,不得不深;引咎之辞,不得不尽。招延不可以不广,润泽不可以不宏。宣畅郁埋,不可以不洞开襟抱;洗刷疵垢,不可不烫去瘢痕。使天下闻之,廓然一变,若披重昏而睹朗曜,人人得其所欲,则何有所虞?(《全唐文》卷四百六十九)

正是基于这样的观点,由陆贽所写的《奉天改大元赦制》就一改那种居高临下的格调,上来即曰:

> 致理兴化,必在推诚,忘己济人,不吝改过。朕嗣守丕构,君临万方,失守宗祧,越在草莽。不念率德,诚莫追于既往;永

言思咎,期有复于将来。明征厥初,以示天下。

表明了诚心悔过的态度。然后就是深切而具体的检讨:

> 肆予小子,获缵鸿业,惧德不嗣,罔敢怠荒。然以长于深宫之中,暗于经国之务。积习易溺,居安忘危。不知稼穑之艰难,不察征戍之劳苦,泽靡下究,情不上通,事既壅隔,人怀疑阻。犹昧省己,遂用兴戎。征师四方,转饷千里,赋车籍马,远近骚然,行赍居送,众庶劳止。或一日屡交锋刃,或连年不解甲胄。祀奠乏主,室家靡依;生死流离,怨气凝结;力役不息,田莱多荒。暴命峻于诛求,疲氓空于杼轴。转死沟壑,离去乡闾,邑里丘墟,人烟断绝。天谴于上,而朕不悟;人怨于下,而朕不知。驯致乱阶,变兴都邑;贼臣乘衅,肆逆滔天;曾莫愧畏,敢行凌逼;万品失序,九庙震惊。上辱于祖宗,下负于黎庶。痛心靦貌,罪实在予。永言愧悼,若坠深谷。(《全唐文》卷四百六十)

通篇以这种恳切真挚的态度为基调,揽过于己,归功于人,面面俱到地宣布了一系列的宽赦措施,所以令人读起来,能收到"虽武人悍卒,无不挥涕激发"的效果。

这种诏书的写法,实际上是陆贽在特殊的形势下,以德宗的名义,化己意为他意,变己情为他情,用来昭示天下。这是对诏策文字的一种创造性的革新。不只此文,由陆贽执笔的其他文诰,如《平朱泚后车驾还京城大赦制》《贞元改元大赦制》《冬至大礼大赦制》直至《贞元九年冬至大礼大赦制》,甚至其他类型的制命,皆渗透此种特点。

其三是比起张说、苏颋来,陆贽对传统的骈体文字进行了进一步的革新,使之更为浅白畅朗化。这从上引诸文已明显看得出来。

综合以上三点,可以说在制诰奏疏等类公文的改进与发展上,陆贽的作品具有里程碑性的价值与意义。一是,他创造了此类文字的一种新类型、新范式,使后来的作者,可以写得典雅,写得文饰,亦可照此浅畅地写去。二是,他使得骈体与散体更为接近,使后世论说类文章的写作,更容易散骈融合,这对宋代文章的影响尤为明显。三是,由于在最具应用性的文章中渗入较浓的情感因素,因而增强了其审美价值,有利于实用性与审美性的统一与结合。就此三点来说,陆贽是功不可没的。

二　体现文风转变的作家(二)

1. 权德舆

权德舆(759—818),字载之,天水略阳(陕西略阳县)人。据韩愈《唐故相权公碑》《旧唐书·权德舆传》:四岁能诗,十五为文数百篇,编为《童蒙集》十卷,名声日大。德宗闻其名,征为太常博士,转左补阙。贞元十年(794),迁起居舍人,知制诰,撰命词九年。宪宗元和五年(810)拜相。《传》称其"于述作特盛","其文雅正而弘博,王侯将相泊当时名人薨殁,以铭纪为请者什八九,时人以为宗匠焉"。

权德舆跨德、宪宗两朝,是最接近中唐的作者。上承李华、萧颖士、独孤及、李白、杜甫,下接韩愈、柳宗元、刘禹锡、元稹,同时代又与梁肃、崔佑甫、崔元翰相交好。其所以被称为"宗匠",一与其长期掌文柄,再与他典选曹,拔后进有极大关系。

其文学观念散见于大量文集序及书、议、杂说,基本倾向是坚持传统的教化观,崇古道,尚实用,但又不否定文章的审美价值,反对侈靡文风,而对古今作者多所包容。如为权若讷所写《权公文集序》有云:

　　　　文之为也,上以端教化,下以通讽喻。其大则扬鸿烈而章缉熙，其细则咏情性以舒愤懑。自孔门偃商之后，荀况孟轲，宪章六籍。汉兴，刘向贾谊论时政，相如子云著赋颂，或宏侈巨丽，或博厚道雅。历代文章，与时升降，其或伯仲之间，齐名善价。以德行世其业，以文学大其门，则又鲜焉。(《全唐文》卷四百九十三)

《比部郎中崔君元翰集序》表达了同样的观点。其观念中值得注意的还有几点：一是，意识到了"文"与"道"的关系。在为姚南仲所写的《文集序》中说：

> 文章者，其士之蕴耶！微斯文，则士之道不彰不明。(《全唐文》卷四百九十三)

二是，明确提出了"文"与"时"的问题。在《文贞公崔佑甫文集序》中，谓：

> 德舆以为君子消长之道，值乎其时，而文亦随之。得其时则章明事业，以宣利泽；不得其时，则放言寄意，以摅志气。

并称赞崔氏能做到："是惟无作，作则有补于时。"(《全唐文》卷四百九十三)三是，从写作的角度，概括出著文的要点与原则。在《醉说》中，其先说：

> 尚气尚理，有简有通。能者得之以是，不能者失之亦以是。四者皆得之于全然，则得之矣。

后又谓：

　　　　酌古始而陋凡今,备文质之彬彬。善用常而为雅,用故而
　　　　为新。虽数字之不为约,虽弥卷而不为繁。贯通之以经术,弥
　　　　缝之以渊玄。其天机与悬解,若坄鼻而斫轮。(《全唐文》卷四
　　　　百九十六)

这都较有新意。四是,虽云"陋凡今",却对当代著名的作者给予很
高的评价且为之鸣不平。如在《兵部郎中杨君集序》中称:

　　　　自天宝已还,操文柄而爵位不称者:德舆先大夫之执曰
　　　　赵郡李公遐叔,河南独孤公至之,狎主时盟,为词林龟龙,止于
　　　　尚书郎二千石。属者亡友安定梁肃宽中,平夷朗畅,杰迈间
　　　　起;博陵崔鹏元翰,博厚周密,精醇不杂。二君者,虽尝司密
　　　　命,裁赞书,而终不越于谏曹计部。(《全唐文》卷四百八十九)

另外,他作为主考官,对当时的科举考试内容亦有批评,认为:"近
者祖习绮靡,过于雕虫。俗谓之甲赋律诗,俪偶对属。况数十年
间,至大官右职。教化所系,其若是乎?"(参见《全唐文·答柳福州
书》)这也合于他为文的主张。
　　不过,作为一个过渡时期的"宗匠",权德舆的荐拔推扬之功高
于创作实绩的影响。即就其作品而论,成就不算甚高。
　　今存权氏文章,数量庞大。他虽然长期掌制诰,但这方面只留
下一篇作品,无突出特色。因知贡举,存有十余篇策问,多是按固
定的程序,用典雅的骈体提出设问,亦无甚足称道者。表、状、疏,
量大而精品不多。其中颇堪赞许者:《论江淮水灾上疏》《上陈阙
政》《论旱灾表》等,关心时事、民瘼,散骈相间,表达委婉,尤其《论度
支疏》及《论裴延龄不应复判度支疏》,属敢于抗言直谏之作,虽逊于
陆贽,亦理据充分,辞气激越。几篇书信,因对象的不同,语气口吻

有别,行文多用散语,坦直而言,又不乏谦恭之气,颇近后世古文之风。《与黜陟使柳谏议书》,拒绝对方的荐举,表现了抗直的个性。

序作则相对量大而质高。除为数众多的文集序外,诗序、送序多因人、因事、因情、因景,自由抒写,符合其"有简有通"、天机自然的原则。如《腊日与诸公龙沙宴集序》:

> 清礼嘉平,著于三代,盖祭百种以报啬,表一岁之顺成。故吾徒亦休浣考胜,用文会友。
>
> 龙沙古地,大江在下,可以纵远目,可以涤烦襟。况簪裾成列,簋豆备荐。酒酣神王,举手拊节,尽一日之泽,遣百虑如遗。二三子,唯今日可以酒狂。而不书,是无勇也。(《全唐文》卷四百九十一)

《送从舅泳入京序》:

> 从舅词甚茂,行甚修。尝见其缘情百余篇,得骚楚之遗韵。故江南烟翠,多在句中。蓬累江湖,坎壈终岁,而衣不袭,突不黔。彼乘坚驱良,灭没于康庄者,复何人哉!繇从舅而言,可以言命。
>
> 冬十月,方以大袼单衣,挈书笈西游,且见访曰:"予不试久矣!道不可以终塞。今将游上京,抵名卿,以决出处。其可乎?"德舆曰:"时有通塞,道有显晦,审时行道,惟贤者能之。今王度清爽,纪律昭明,晏安迷邦,是为大谬。是举也,得审时行道之宜矣,又何敢规?"(《全唐文》卷四百九十一)

以明畅质简胜。诸如此类者不少,多属佳篇。

其余作品,品类尚多,不甚突出,亦有可取处。

2. 李翰　梁肃

李翰,李华同宗。生卒年不详,当在玄宗开元至德宗贞元之间。据梁肃《补阙李君前集序》,翰"弱冠进士登科,解褐卫县尉。其后以书记再参淮南节度军谋,累迁大理司直。天子闻其才,召左补阙,俄加翰林学士"。"因疾罢免","既退,归居于河南之阳翟"(《全唐文》卷五百十八)。《新唐书·文艺传》则谓:"天宝末,房琯、韦陟俱荐为史官,宰相不肯拟。翰所善张巡死节睢阳,人媢其功,以为降贼,肃宗未及知,翰传巡功状,表上之。"

梁肃在《序》中,对李翰之文评价极高,将其与李华、萧颖士、独孤及并称,且谓:

> 博涉经籍,其文尤工。故其作:叙治乱,则明白坦荡,纡徐条畅,端如结珠之可观也;陈道义,则游泳性情,探微豁冥,涣乎春冰之将泮也;广劝戒,则得失相维,吉凶相追,焯乎元龟之在前也;颂功美,则温直显融,协于大中,穆如清风之中人也。议者又谓君之才,若崇山出云,神禹导河,触石而弥六合,随山而注巨壑,盖无物足以遏其气而阏其行者也。所谓文章之雄,舍君其谁欤!

《旧唐书·文苑传》称其"为文精密,用思苦涩"。《新唐书》谓其"为文精密而思迟"。

今存李翰之文不丰,虽不足完全印证前人之评,大略可见并非虚誉。其《苏州嘉兴屯田纪绩颂并序》,系赞美广德年间吴郡太守李某及大理评事朱自勉,在嘉兴开荒屯田的碑文,叙述与颂美的文字,皆细实而流丽。其《进张巡中丞传表》,先概述张巡事迹,后驳对张巡的谤词,论议纵横,辞激气昂,虽用俪句,而畅达奔放。如写张巡孤军奋战一段:

属逆胡构乱，凶虐滔天，挺身下位，忠勇奋发。率乌合之众，当渔阳之锋。贼时窃据洛阳，控引幽朔，驱其猛锐，吞噬河南。巡前守雍丘，溃其心腹。及鲁炅以十万之师，弃甲于宛叶；哥舒以天下之众，败绩于潼关；两宫出居，万国波荡。贼遂僭盗神器，鸱峙两京，南临汉江，西逼岐雍，群师迁延而不进，列郡望风而出奔，而巡独守孤城，不为之却。

贼乃绕出巡后，议图江淮。巡退军睢阳，扼其咽领，前后拒守，自春徂冬。大战数十，小战数百，以少击众，以弱制强，出奇无穷，制胜如神，杀其凶丑，凡九十余万。贼所以不敢越睢阳而取江淮，江淮所以保全者，巡之力也。

孤城粮尽，外救不至，犹奋羸起病，摧锋陷坚，俾三军之士，啖肤而食，知死不叛。及城陷见执，终无挠词，顾叱凶徒，精结白日，虽古之忠烈，何以加焉。（《全唐文》卷四百三十）

得汉文遗韵，有慷慨悲壮之势。

李翰好发议论，其《汉祖吕后五等论》论汉初分封及吕后王诸吕之利害得失，《三名臣论》比较管仲、乐毅、诸葛亮之优劣，《进难论》论君子出处之道及被识用之难。写法上皆条分缕析，周详细密。其他文章，如《殷太师比干碑》实等于一篇比干论，假比干的事迹、孔子的评论，论为臣忠烈之道，层层推进，述中有赞，赞中有论。即使以记述为主的文章，如《淮南节度行军司马厅壁记》，亦述中有论，论中有述。其中言淮南地位之重要云：

淮南之府：有功宣王室，身佩侯印，将门良家，藩国贵种，以礼绥之则恭。淮南之众：有吴楚锐士，燕韩劲卒，奇材剑客，猿臂虬须，以恩抚之则顺。淮南之地：提封千里，征令百役，税以足食，赋以足兵，以宽征之则安。淮南之冲：南走闽

越,北通幽朔,关梁不闭,朝聘相望,以欢交之则安。(《全唐文》卷四百三十)

用赋家笔法而又非赋,清晰、周备、细密,皆得其髓。

李翰亦善于描摹,如其《崔公山池后集序》:

> 崔公吏于华,叶再黄矣。士之才也,天高其兴,益之以小山焉。山临清池,峭绝孤踊,岑无一仞,波无一勺,而洲屿萦带,峦崖盘郁,则巫庐衡霍,不出于庭间矣。
> 若其琴幌朝开,书堂晚清,绿筠森疏,下见松雪。登蕙兰之径,讽琼瑶之章,则雍雍咏歌,尽在丹壁。又与一二文士,以吟以赋,谓之后集焉。(《全唐文》卷四百三十)

文字简而不质,藻美而富神韵。其《尉迟长史草堂记》具有同样的特点,有云:

> 阶上何有?有群书万卷。阶下何有?有空林一瓢。非道统名儒,不登此堂;非素琴香茗,不入兹室。(《全唐文》卷四百三十)

让人想到刘禹锡之句:"苔痕上阶绿,草色入帘青。谈笑有鸿儒,往来无白丁。可以调素琴,阅金经。"不知此文是否曾受此启发?

总之,梁肃称"其气全,其辞辨",为"文章之雄",是有根据的。李翰处于由藻丽向质古之变的早期,格调上与李、萧相近而有超越之势。

梁肃(753—793),字敬之,又字宽中,祖籍安定(甘肃泾川),世居陆泽(河南嵩县)。据崔元翰《右补阙翰林学士梁君墓志》及《新唐书·文艺传》，德宗建中初，中文辞清丽科，擢太子校书郎。杜佑辟淮南掌书记，召为监察御史，转右补阙、翰林学士、皇太子诸王侍读。

梁肃在思想及文学观念上，受独孤及影响很大。在《常州刺史独孤及集后序》中曾说：

> 初公视肃以友，肃仰公犹师。每申之话言，必先道德而后文学。且曰："后世虽有作者，六籍其不可及已。荀孟朴而少文，屈宋华而无根。有以取正，其贾生史迁班孟坚云尔。唯子可与共学，当视斯文，庶乎成名。"肃承其言，大发蒙惑。（《全唐文》卷五百十八）

《祭独孤常州文》，又云：

> 顾惟小子，慕学文史。公初来思，拜遇梅里。如旧相识，绸缪慰止。更居悀贫，四稔于此。尝谓肃曰："为学在勤，为文在经。勤则能深，经则可行。吾斯愿言，勉子有成。"又曰："文章可以假道，道德可以长保。华而不实，君子所丑。"敬佩斯言，敢忘永久。（《全唐文》卷五百二十二）

通过独孤及，他接触到了李华等一派人物，代独孤及写了《为常州独孤使君祭李员外文》。他与李翰有很深的交谊，在《补阙李君前集序》中称"君与予实有伯喈仲宣之义"。又和权德舆关系非同一般，权德舆在《祭梁补阙文》中说："我思古人，乃得敬之。"又回忆云：

> 初冠章甫，在江之浒。忘形交臂，或出或处。久要之契，吻然相与。直谅切劚，旷怀无阻。汉庭虚左，尺一旁午。心与

云闲，翼随风举。恬漠虚白，环中之枢。笃厚诚明，君子之儒。精义入神，英华发舒。人所景行，君之绪余。（《全唐文》卷五百零八）

这说明梁肃虽然在官场上地位不高，以至在《旧唐书》中没有他的记载，《新唐书》中，也仅寥寥数句，但在散文写作领域，他的地位相当重要，影响亦大。

梁肃之所以值得重视，主要是由于在他与独孤及、权德舆、李翰等的交往接触中，对自李华、萧颖士以来所形成的文学观念，作了汇集性总结并有所提升，对唐代尤其是李华以下的散文创作进行了归纳式的回顾，给予了恰当的评价，因而具有散文革新之前奏的意义。

首先，他坚持了当时主导性文学观念，明确地提出"文本于道"的观点。并在这个前提下，表现出"文""道"不可偏废的倾向。在《补阙李君前集序》中，他先陈述了传统观点：

> 文之作，上所以发扬道德，正性命之纪；次所以财成典礼，厚人伦之义；又其次所以昭显义类，立天下之中。

其后，别开生面地将汉代文章，分为"王风"与"霸涂"两类。所谓"王风"，即发扬传统者，所谓"霸涂"即宏张扬厉者，故谓：

> 贾生马迁刘向班固，其文博厚，出于王风者也；枚叔相如扬雄张衡，其文雄富，出于霸涂者也。

评价似乎有所偏重，而对后者并未贬抑。然后论文、理关系：

> 其后作者,理胜则文薄,文胜则理消。理消则言愈繁,繁则乱矣;文薄则意愈巧,巧则弱矣。

其所谓"理",实等于"道",话中虽含有对六朝文风的批判,亦透露出"文""道"并重的倾向。最后,他得出结论:

> 故文本于道,失道则博之以气,气不足则饰之以辞。盖道能兼辞,辞不当,则文斯败矣。(《全唐文》卷五百十八)

明确地提出"文本于道",但又谓"道能兼辞"。在《常州刺史独孤及集后序》中,表达了类似观点,先讲:

> 夫大者天道,其次人文。在昔,圣王以之经纬百度,臣下以之弼成五教。德又下衰,则怨刺形于歌咏,讽议彰乎史册。

又曰:

> 故道德仁义非文不明,礼乐刑政非文不立。文之兴废,视世之治乱;文之高下,视才之厚薄。(《全唐文》卷五百十八)

大意与前文同。其次,他对此前唐代散文的发展,作了总体的概括,并对本时段的作者给予了充分的肯定。于《补阙李君前集序》中谓:

> 唐有天下几二百载,而文章三变。初则广汉陈子昂以风雅革浮侈,次则燕国张公说以宏茂广波澜;天宝已还,则李员外、萧功曹、贾常侍、独孤常州比肩而出,故其道益炽。

在《常州刺史独孤及集后序》中,又说:

> 唐兴,接前代浇漓之后,承文章颠坠之运,王风下扇,旧俗稍革,不及百年,文体反正。其后时寖和溢,而文亦随之。天宝中作者数人,颇节之以礼。洎公为之,于是操道德为根本,总礼乐为冠带,以《易》之精义,《诗》之雅兴,《春秋》之褒贬,属之于辞。……天下凛然,复睹两汉之遗风。

这段话中,"时寖和溢,而文亦随之",似指武周至开元间,华靡之风又有所抬头,所以下面云"天宝中作者数人,颇节之以礼"。这种归纳概括,相当准确符实。总此二端,后人将梁肃视为古文运动的先驱,确有一定道理。

梁肃在创作实践方面的贡献,不如其理论观念,然亦有成就。其几篇论议文字,以条畅简明、理据扎实为特色。数篇记各因其事,用散语,叙述清晰,间以评赞,亦通畅切要,唯《盐池记》略有描写形容。诸赞多为崇佛之作。碑志铭无新异处,祭吊文凡为亲近崇敬者所写,虽沿用骈体,而沉挚真切,感人至深。如《祭独孤常州文》末云:

> 高斋已空,兰蕙犹馥。门人行恸,稚子抱哭。语言在耳,凄惨满目。呜呼哀哉!览遗编以流泪,痛明德以无还。抚诸孤之尚藐,庶盛烈之斯存。乡路千里,归期九原。寄笾豆以写心,见平生之厚恩。(《全唐文》卷五百二十二)

《祭李祭酒文》亦有与之相类的特点。所写诗序、送序比重不小,真正精品不多,亦有佳篇。如《送元锡赴举序》:

自三闾大夫作《九歌》,于是有激楚之词,流于后世。其音清越,其气凄厉。吾友君贶者,实能诵遗编,吟逸韵,所作诗歌,楚风在焉。

初元之明年,予与君贶兄洪,俱参淮南军事。属河外尘起,羽书狎至。每沈迷簿领之际,一见夫人清扬,则烦襟洗如也。又常爱其人也,澹然其适也,泛然其无不与也。且从宾荐之礼,以赴扬名之期,又见其志也。

秋气云暮,芜城草衰。亭皋一望,烽戍满目。边马数声,心惊不已。感离别于兹辰,限乡关于远道,孰曰有情而不叹息。伤时临歧者,得无诗乎?(《全唐文》卷五百十八)

清顺的述说中,有颇为感人的情韵。

安史之乱彻底送走了开元的盛世之象,连年的战祸,社会的动荡,对士人们的心态产生了重大影响,李白、萧颖士那种狂傲自信、积极进取的锐气难以再现,部分文人开始出现离世倾向,梁肃在崇儒重道的同时,思想中也出现了勘破人世,向往平静遁世的一面。这在其《述初赋序》中有所表达。其中流露出一种出与处之间的矛盾心态。这种心态应和王维相似,是使其归向佛门的原因。这种心态在其作品中也有反映。如其《四皓赞》《汉高士严君钓台碑》《梁高士碣》即是。

3. 崔元翰　柳冕

此两人都是留下作品不多,创作成就不突出,而在文学观念的发展上有一定影响的人物。

崔元翰(724?—795),名鹏,字符翰,以字行。博陵(河北安平)人。据《旧唐书·崔元翰传》,年五十始举进士,曾任太常博士、礼部员外郎,知制诰二年,后为比部郎中。

《传》称:“元翰苦心文章,时年七十余,好学不倦。……少交游,唯秉一操,伏膺翰墨。其对策及奏记、碑志,师法班固、蔡伯喈,而致思精密。"权德舆《比部郎中崔君元翰集序》对其为人为文称赏甚高:

> 如黄钟玉磬,宏璧琬玉,奏于悬间,列在西序。其彰彰者虽汉庭诸公,不能加也。无溢言曼辞以为夸大,无谄笑柔色以资孟晋。劲直而不能屈己,清刚而不能容物。孤特寡徒,晚达中废,斯亦命之所赋也。

可见此人在当时影响颇大,倾向与追求上与梁肃、权德舆相近。

今存崔元翰作品数量甚少,唯几篇表奏及书、记,已不能见其作品全貌。可注意者有两点:一是他除从仕外,几乎致全力于为文,如《传》所谓"苦心文章","唯秉一操,伏膺翰墨"。这反映当时的一种大趋势。

二是少数几篇作品中表达了他的文学观念。如《与常州独孤使君书》,先谓:

> 天之文以日月星辰,地之文以百谷草木。生于天地而肖天地,圣贤又得其灵和粹美,故皆含章垂文,用能裁成庶物,化成天下。治平之主,必以文德致时雍;其承辅之臣,亦以文事助王政。

然后,举从尧舜至孔子时的先圣先贤为例,得出结论云:

> 推是而言:天子大臣,明王道,断国论,不通乎文学者,则陋矣;士君子立于世,升于朝,不繇乎文行者,则僻矣。

再批判说：

> 然患后世之文，放荡于浮虚，舛驰于怪迁，其道遂隐。谓宜得明哲之师长，表正其根源，然后教化淳矣。

最后言及自己，"若元翰者，徒以先人之绪业，不敢有二事，不迁于他物"（《全唐文》卷五百二十二）。并对独孤及表示赞扬和感激。

很明显，这是当时流行的典型的文学观念：将政治教化与文章合二为一，政治教化不能用文则"陋"，则"僻"，文不用于政治教化则为"浮虚"，为"迂怪"。崔元翰所以崇拜独孤及者就在这一点，而他曾受独孤及赞赏也在这一点。正是从这一点出发，他们才对江左以来的偏离了"教化"之文取否定态度。这种观点和观念，仍是唐初以来纠偏倾向的发展与延续。在为梁肃所写的《右补阙翰林学士梁君墓志》中，他对梁肃的称赞评价，贯彻体现了同样的精神。他的这种观念，对我们理解此时段散文的发展有参考意义。

柳冕，字敬叔，河东（山西永济）人，生卒年不详。据《旧唐书·柳登传》所附冕传，冕贞元初为太常博士，官至福州刺史，活动主要在德宗贞元年间，不以文学著名。

今存柳冕文章中，有多篇论文之作。其思想观念代表了当时曾有的一种倾向，可予以适当注意。

第一，他对文章本于教化的观点表达得更为尖锐激烈，对偏重于审美追求和审美观照的作品给予了更彻底的否定。

在《谢杜相公〈论房杜二相〉书》中，他认为，只讲"徐庾之弊，不能反之于古"是不够的，应追溯到更早：

> 今之文章与古之文章，立意异矣。何则？古之作者，因治乱而感哀乐，因哀乐而为咏歌，因咏歌而成比兴。故《大雅》作，

则王道盛矣;《小雅》作,则王道缺矣;《雅》变《风》,则王道衰矣;《诗》不作,则王泽竭矣。至于屈宋,哀而以思,流而不反,皆亡国之音也。至于西汉,扬马以降,置其盛明之代,而习亡国之音,所失岂不大哉?……于是风雅之文变为形似,比兴之体变为飞动,礼义之情变为物色,《诗》之六义尽矣。何则?屈宋唱之,两汉扇之,魏晋江左,随波而不反矣。故萧曹虽贤,不能变淫丽之体;二荀虽盛,不能变声色之词;房杜虽明,不能变齐梁之弊。

据此,他得出结论:"文章之道,不根教化,别是一枝耳!"如何才能消除"文章之弊"? 他指出的道路是:

伏惟尊经术,卑文士。经术尊则教化美,教化美则文章盛,文章盛则王道兴。此二者,在圣君行之而已。(《全唐文》卷五百二十七)

这是典型的以经术、教化取代文章的极端观点,较之初唐王勃之论有过之而无不及。这种观点,在其《与徐给事论文书》《答徐州张尚书论文武书》中,有更充分的表述。在唐代诗文已发展到当前时段,散文作品中实用与审美两重因素已渐趋平衡统一之际,仍泥滞于这种片面性,反映了文学观念发展的复杂性,也决定了他不会写出多么有价值的文章。

第二,柳冕在接触到具体的写作问题时,亦看到了一些实际现象,提出了某些引起后人重视的观点和概念。

其一,意识到"文"与"情"的关系,明确肯定文章传达情感的作用。在《答荆南裴尚书论文书》中,他说:

夫天生人,人生情,圣与贤,在有情之内久矣。苟忘情于仁义,是殆于学也;忘情于骨肉,是殆于恩也;忘情于朋友,是殆于义也:此圣人尽知于斯。今之儒者,苟持异论,以为圣人无情,误也。故无情者,圣人见天地之心,知性命之本,守穷达之分,故得以忘情。明仁义之道,斯须忘之,斯为过矣;骨肉之恩,斯须忘之,斯为乱矣;朋友之义,斯须忘之,斯为薄矣。此三者,发于情而为礼,由于礼而为教。故夫礼者,教人之情而已。(《全唐文》卷五百二十七)

虽然他把情与礼、与教结合起来,但肯定情为文章的内涵,还是好的。

其二,明确地强调了文章与"气"的关系。在《答杨中丞论文书》中,他说:

天地养才而万物生焉,圣人养才而文章生焉,风俗养才而志气生焉。故才多而养之,可以鼓天下之气;天下之气生,则君子之风盛。……

嗟乎!天下之才少久矣,文章之气衰甚矣,风俗之不养才病矣,才少而气衰使然也。故当世君子,学其道,习其弊,不知其病也。所以其才日尽,其气益衰,其教不兴,故其人日野。如病者之气,从壮得衰,从衰得老,从老得死,沈绵而去,终身不悟,非良医孰能知之。

夫君子学文,所以行道。足下兄弟,今之才子,官虽不薄,道则未行,亦有才者之病。君子患不知之,既知之,则病不能无病。故无病则气生,气生则才勇,才勇则文壮,文壮然后可以鼓之动。此养才之道也。(《全唐文》卷五百二十七)

虽然对"气"的实质内涵是什么,他依然说得不清不楚,仅将"气"与

"道"笼统地联系起来,但终究意识到气的问题,强调了文章中气的重要,应对后人有所启发。

总之,柳冕的文论,在当时有其极端性、片面性,但其中的某些观点,对后人或有参考和启发作用。

除以上诸作者外,尚有不少作家作品,亦显示出了自己的特色,显示了当时文章的成就,对后人有一定影响。如陆羽的《陆文学自传》《僧怀素传》(参见《全唐文》卷四三三),不着意为文,全用散语,率然写来,质直自然,生动形象,口吻毕肖,实为佳品。作为大历十才子之一的韩翃的许多表奏,如《代人至渭南县降服请罪表》等,多用四言散句,清顺而流畅。邵说之《上中书张舍人书》:

> 某白:一昨猥辱面奉,征及玫瑰。敝庐所有,敢不供上?辄献数本,惟恕其非多。
>
> 此物常开花明媚,可置之近砌,芳香满庭,虽萱草忘忧,合欢蠲忿,无以尚也。夫花卉以明媚芳香之故,阁下不惮烦以采撷;则士之有才有艺者,必将尽力而搜求。人人相贺,皆有望于明公矣。
>
> 某犹虑花卉移植之际,或有夭阏其生,询树艺之叟,求长养之术。叟曰:"以吾鄙见,先务及时,第能当春徙之,度地居之,顺其阴阳,遂其成性。根茎未固,拥之以沃土;枝叶未茂,溉之以寒泉。则扶疏郁映,红芳可得而玩矣。"观叟所为,其理信然。
>
> 某诚以臃肿之姿,附于玫瑰之末,拥土溉泉,非明公而谁?良时在兹,无或遐弃。不宣。某顿首。(《全唐文》卷四百五十二)

在命意上,与柳宗元《种树郭橐驼传》当然不同,但中间"树艺之叟"所讲的道理,似乎与柳文有相近处。柳氏是否可能曾受其启发?即使此文与柳文无涉,其构思与表达亦堪称赏。

中國古代散文
發展史新編

刘振东 著

中

第三章　实用与审美达至平衡，"文"的发展基本成熟与定型

——中唐时期的散文

　　这一时段，主要指德宗后期，经顺宗的短期过渡，到宪宗、穆宗、敬宗时期。

　　安史之乱后至德宗平定朱泚之乱，唐王朝虽然恢复了国家的统一，但藩镇割据势力仍然强大，中央无力控制，尤其德宗后期，刚愎自断，着意敛财，信用放纵近侍宦竖，政权依然处于不稳定状态。顺宗继位的短暂期内，王叔文联络一批有进取心的新锐，企图用政变的手段掌握政权，进行一定程度的改革，但因不适应既有的政治格局而失败。宪宗登位后，经十余年的经营，终于荡平了藩镇中势力最大的武元济集团，并乘其威势，抚慑并施，基本扫除了割据状态，重新呈现出天下一统的升平局面。所以当时和后世，视为唐朝之中兴。此时段大约延续到敬宗末，即公元 826 年。

　　从贞观、开元之治，经安史之乱，到宪宗的中兴，在国家和社会的起伏波荡中，唐朝的君臣，特别是明智的士大夫阶层，愈益清楚地感受到在诸种社会思想中，唯儒家的政治、伦理、道德观念，最能适应皇权高度集中的政治体制的需要，因此，对儒家思想体系作为社会统治思想的地位，愈加明确而肯定。这一点，对文学的发展极有影响。

就文学领域来说，自唐初到安史之乱结束，诗歌的发展已空前鼎盛，而散文则相对滞后，只到本时段才有质的改变，出现前所未有的高峰。所以如此，有着多种复杂原因，核心则是，诗与文在本体性质上存在不同。

诗的本质在于"言志""缘情"，创作上有其内部规律。它与音乐有着天然的联系，因而离不开格律。表达方式上，必须依靠意象、意境的创造和比兴寄托。它可以，也应该有社会功能。但因为诗本身是为满足人的审美需要而产生，故实现其社会功能，必须通过审美的中介，不具直接实用性。例如没有谁用诗来写诏令奏疏、军国文书。反过来说，诗所言之"志"、所缘之"情"，亦不完全属于"开物成物""化成天下"所要求的范围。上一大阶段，由于追求形式美成为主导倾向，诗的创作朝着题材的狭窄化和单纯追求格律严整化的方向发展，削弱了其社会功能，使之出现了内容空虚、格调绮靡的弊病。进入隋唐以后，开始对片面追求形式美的趋向进行猛烈批判。一方面，诗人们意识到前一阶段弊病之所在，在创作中，自觉地充实了其内容，强化了社会功能。一方面，由于审美意识的进一步深化与提高，增加了对诗歌的兴趣与爱好，最高层的统治者倡之于上，广大作家应之于下，于是诗作的繁荣昌盛，就成为水到渠成之自然结果。

散文的情况则不同，它具有实用与审美双重性质。就其实用性而论，它本来就是社会政治、思想观点的载体。就其审美性来说，除形式美外，它还包含精神美、质实美、情感美、气势美等多重因素。前一阶段，正是由于其实用性的局限，使作者们在有了审美自觉以后，首先把注意力集中在形式美的追求上，造成了骈文的畸形发展。反过来，这又限制、影响了其实用性的发挥。从这个角度说，隋唐以来对前阶段的批判，就散文来说，比起诗来更为切中要害。

但由于当时的大多数作者不像今天研究者,明确地知道散文在实用价值之外,还必须具有的审美价值,更没有意识到作者们在写作中,实际上有着不断深入的审美追求,强化着作品的审美因素,因而在对前阶段的批判中,出现许多问题。其一,批判所用的武器,主要是传统的文学观。在这种观念中,将我们今天所论的散文之"文",仍然涵盖于与天文、地文并列的,包括了礼乐教化的"人文"之中,只强调其"开物成务""化成天下"的功用,并未将之作为一种独立的文学体裁看待。因而在批判中就走向极端,针对的不只是单纯追求形式美的片面性,而是否定了包括形式美在内的,整体的审美追求。批判的矛头,一直上溯到屈、宋、扬、马,甚者延伸到《诗经》中的"小雅"及"国风"。从王勃、贾至,到近期的崔元翰、柳冕都是持这种观点的代表。其二,在批判中引为正面榜样和范例者,自然是传统的经典和先秦西汉的作家、作品,其中虽也涉及言辞对教化的辅助作用,而以此为标准,充其量也不过是回到第一阶段"为实用而求审美"的状态。其三,在批判内容空虚、文风颓靡时,也只不过着眼于恢复文章的教化作用、实用价值,并未与提高作品的质实美、精神美联系起来,从增强其审美性的深度与强度作考虑。其四,这一切都是以复古为号召,缺少向前看意识。由于这些问题,就造成当时相当普遍而奇怪的现象,作家所倡导的观念、表达的理论,与创作实际严重脱节,甚至互相矛盾:反对审美,写作中审美水平不断提高;倡言复古,却向着新的方向不断探索前进。这在王勃、李华、元结身上都有典型表现。正是在这种复杂的矛盾中,作家们在理论观念与创作实践上不断地磨合,经颜真卿、张说、李华、萧颖士、陆贽、元结、李翰、梁肃等的努力,逐渐接近于实用与审美的平衡与统一。至本时段的韩愈、柳宗元,才在观念上比较彻底地解决了一系列的问题,在创作实绩上实现了革新与突破,把唐代的散文推向了前所未有的高峰。

第一节　韩　愈
——散文发展至新阶段的标志者

韩愈(768—824),字退之,河阳(河南孟县)人,以昌黎为郡望,世称韩昌黎。据李翱《赠礼部尚书韩公行状》(参见《全唐文》卷六三九)、皇甫湜《韩愈神道碑》《韩文公墓志铭》(参见《全唐文》卷六八七),及新、旧《唐书》之《韩愈传》:

愈三岁而孤,随伯兄韩会贬官至岭南,韩会卒,受其嫂郑氏抚养。德宗贞元八年(792)中进士。先后依董晋、张建封为推官。任监察御史期间,因上《天旱人饥状》,被贬为连州阳山令。

宪宗朝,任国子博士、河南令、史馆修撰等职,一度为中书舍人,知制诰。元和十三年(818),以行军司马随裴度讨伐盘踞淮汴的藩镇武元济,以功迁刑部侍郎。次年,宪宗迎凤翔法门寺佛骨入宫,愈上《论佛骨表》,言辞激烈,致宪宗大怒,贬为潮州刺史。

穆宗继位,韩愈先移为袁州刺史,再召为国子祭酒,转兵部侍郎。后因喻使藩镇王廷凑归顺,转吏部侍郎。长庆四年(824)卒,赠礼部侍郎,谥曰文。后世称之为韩吏部,又称韩文公。

对韩愈的为人,《行状》《碑》《志》皆交口赞誉。《新唐书》称赞他:"性明锐,不诡随,与人交,终始不少变。成就后进士,往往知名。经愈指授,皆称'韩门弟子'。"

一　毕生致力于为"文"

自孔子倡导"学而优则仕",就奠定了古代文人通过读书著文,进入官场、参与政事的传统。唐代科举制度,扩大了仕进之门,文人、学者与官场政治更有了割不断的关联,不弄个一官半职,似乎就失去了人生的意义。但文化与文学艺术的发展有自己的规律，专业化是一种必然的方向。自汉代开始，文人们在为官为宦的同时，所写作品有了赋、文之分。建安至六朝，进一步细化，作家们在诗、赋、文兼擅中，显示出不同的偏重。到了唐代，李、杜已近乎专业诗人，而且出现了一个庞大的诗人群体。至于文的方面，写作者相当普遍，上至公卿，下及僚佐，多以喜文、好文、能文、善文自称和著名，不但写出了大量各具特色的精品，而且产生了像张说、独孤及、权德舆这样的"文伯"和"文宗"。但是，在专与精，以及成就和影响上，在当世和后人的眼目中，堪与诗人领域之李、杜相比，而以散文名家者，当数韩愈为第一人。

韩愈热衷于从政，诗作有特色且成就很高，但在"文"的写作上，他的专注性、深切性，付出的心血与独到的努力为前人所无。这既见于他的自我剖白，亦见于时人的评述。其早年的述志之作，写给上层人物的干谒之文，多以"专于文"自诩，并常借献文以求对方之赏。如《感二鸟赋序》云："读书著文，自七岁至今，凡二十二年。"①《上贾滑州书》云："愈儒服者，不敢用他术干进；又惟古执贽之礼，窃整顿旧所著文一十五章以为贽。""愈年二十有三，读书学文十五年，言行不敢戾于古人，愚固泯泯不能自计。"《上李尚书书》云："愈少从事于文学"，"谨献所为文两卷凡十五篇"。《上兵部李侍郎书》云："性本好文学，因困厄悲愁无所告语，遂得穷究于经传史记百家之说，沈潜乎训义，反复乎句读，砻磨乎事业，而奋发乎文章。凡唐虞已来，编简所存，大之为河海，高之为山岳，明之为日月，幽之为鬼神，纤之为珠玑华实，变之为雷霆风雨，奇辞奥旨，靡不通达。"《上襄阳于相公书》云："愈虽愚且贱，其从事于文，实专且久。"《与凤翔邢尚书书》云："愈布衣之士也。生七岁而读书，十三

---

① 《韩昌黎文集校注》，2页。

而能文,二十五而擢第于春官,以文名于四方。"甚至在《潮州刺史谢上表》中,亦向皇帝表白:"惟酷好学问文章,未尝一日暂废,实为时辈所见推许。"诸如此类,不一而足。其写给晚辈的书中,也有类似的表达,如《答窦秀才书》有云:"愈少驽怯,于他艺能,自度无可努力,又不通时事,而与世多龃龉;念终无以树立,遂发愤专于文学。"这些尚只就专于文而言,其写给知近者的文字,则道出了为文所下的心力及特有的体验过程。如《答李翊书》论及"立言"为文之不易,有谓:

> 抑又有难者:愈之所为,不自知其至犹未也,虽然,学之二十余年矣。始者非三代两汉之书不敢观,非圣人之志不敢存,处若忘,行若遗,俨乎其若思,茫乎其若迷。当其取于心而注于手也,惟陈言之务去,戛戛乎其难哉。其观于人,不知其非笑之为非笑也。如是者亦有年,犹不改,然后识古书之正伪,与虽正而不至焉者,昭昭然白黑分矣,而务去之,乃徐有得也。当其取于心而注于手也,汩汩然来矣。其观于人也,笑之则以为喜,誉之则以为忧,以其犹有人之说者存也。如是者亦有年,然后浩乎其沛然矣。吾又惧其杂也,迎而距之,平心而察之,其皆醇也,然后肆焉。虽然,不可以不养也。行之乎仁义之途,游之乎《诗》《书》之源,无迷其途,无绝其源,终吾身而已矣。

所言苦心于文及为了求得突破而付出的艰辛、经历的曲折,都是切身的体验与感受。如果不是专志于文者,谁能有这样的体验,谁能如此道出其中的甘苦与心得? 前述为文者多矣,没见有类似文字。只有韩愈的门人兼女婿李汉,粗知其梗概,在《昌黎先生集序》中对此略有陈述并给予高度的评价:

（先生）自知读书为文，日记数千百言。此壮，经书通念晓析，酷排释氏，诸史百子皆搜抉无隐。汪澜卓踔，渊泫澄深。诡然而蛟龙翔，蔚然而虎凤跃，铿然而韶钧鸣。日光玉洁，周情孔思，千态万貌，卒泽于道德仁义，炳如也。洞视万古，愍恻当世，遂大拯颓风，教人自为。时人始而惊，中而笑且排，先生益坚；终而翕然随以定。呜呼！先生于文，摧陷廓清之功，比于武事，可谓雄伟不常者矣！

正是由于韩愈在文上前所未有的专精与努力，才有了他在文上同样前所未有的成就与地位。

二 澄清了"道"与"文"的关系

提出并澄清"道"与"文"的关系，是韩愈对唐代文学观念的杰出贡献，也是他在散文创作上取得突破性进展并确立其历史地位的基础。这可分三个方面来说。

1. 明确了"道"的内涵

虽早自王通就提出"文以贯道"的论断，但隋唐以来的论文衡文者，并未予以充分的重视，在批判江左，议古论今，言及为文的目的和作用时，说法众多，除少数人如元结提及"道为文本"外，大多以《诗》《书》《礼》《易》为准则，以辅助政治教化为目标。如所谓"五教六行，为训民之本；诗书礼易，为道义之门"（李谔）；"圣人以开物成务，君子以立言见志"（王勃）；"观乎天文，以察时变；观乎人文，以化成天下"（贾至）；"文之为也，上以端教化，下以通讽喻"（权德舆）；"大者天道，其次人文。在昔，圣王以之经纬百度，臣下以之弼成五教"（梁肃）；"天之文以日月星辰，地之文以百谷草木"，圣贤"皆含章垂文，用能裁成庶物，化成天下"（崔佑甫）云云。这样的话，几乎成为一般论文者的习语。到韩愈这里，才大讲特讲"道"的问题,如"愈之所志于古者,不惟其辞之好,好其道焉尔"(《答李秀才书》);"读书以为学,缵言以为文,非以夸多而斗靡也;盖学所以为道,文所以为理耳"(《送陈秀才彤序》);"抑所能言者,皆古之道"(《答尉迟生书》)等等。

韩愈用"道"取代了传统的习语,有重要的意义。因为上述种种,所讲为文的功能与宗旨,相当宽泛笼统,而韩愈直接用"道"来综合概括,简练而明确。更重要的是,韩愈对"道"这个概念的内涵,在当时的条件下作了明确的界定和具体的阐释。刘勰曾提出"因文而明道",王通曾提出"文以贯道",他们所讲之"道",都与儒家的传统观念和孔子相关,但皆没有对何谓"道"进行界定和阐释;唐代的治世之臣,从魏徵、房、杜到陆贽,主导思想基本都是儒家的政治伦理道德观,然而皆不曾把它们集中而明确地概括为"道"。近期的作家,也有论"道"之语,如权德舆为道士吴筠所写《中岳宗元先生吴尊师集序》,开篇即大讲其"道":

> 道之于物,无不由也,无不贯也,而况本于玄览,发为至言。言而蕴道,犹三辰之丽天,百卉之丽地。平夷章大,恬淡温粹,飘飘然轶八纮而溯三古,与造物者为徒。(《全唐文》卷四百八十九)

而所言非儒家之"道",乃道家之"道",极易令人混淆。到了韩愈这里,既为了维护儒学统治地位的需要,又为了"文"的创作需要,第一次用极简洁的语言,对"道"的内涵,作了全面、明确而集中的概括,这就是《原道》。其中曰:

> 夫所谓先王之教者,何也?博爱之谓仁;行而宜之之谓义;由是而之焉之谓道;足乎己,无待于外之谓德。其文《诗》

《书》《易》《春秋》，其法礼乐刑政，其民士农工贾，其位君臣、父子、师友、宾主、昆弟、夫妇，其服麻丝，其居宫室，其食米果蔬鱼肉：其为道易明，而其为教易行也。是故以之为己，则顺而祥；以之为人，则爱而公；以之为心，则和而平；以之为天下国家，无所处而不当。是故生则得其情，死则尽其常，郊焉而天神假，庙焉而人鬼飨。

　　曰：斯道也，何道也？曰：斯吾所谓道也，非向所谓老与佛之道也。尧以是传之舜，舜以是传之禹，禹以是传之汤，汤以是传之文武周公，文武周公传之孔子，孔子传之孟轲，轲之死，不得其传焉。

话虽简，而将"道"的核心概念，及其表述的载体，确立的制度，规定的伦理关系，赖以存在的物质基础，产生的社会效用，极全面地概括出来，而且斩截地表明，这就是由尧舜沿传下来的孔孟之道。这种对"道"的内涵的阐释，在中国思想史上的意义，此处不论。就韩愈来说，它不同于汉儒的章句解说，而是作为自己立身为文的最高准则。结合其仕历来看，这种"道"贯彻在他的实践行为之中；结合其作品来看，体现在他所有文章的精神实质之内。

2. 理清了"道"与"文"之间外在的关系

　　前引种种说法，目的皆是针对江左的偏颇，强调为文的宗旨与功能。但在当时人们的意识和观念中，对"文"的概念的理解和运用，相当混乱而模糊，文辞、文章、文学及与天文、地文并列之"人文"，皆谓之"文"。而用来进行批判和立论的经典依据，乃《易传》中所讲，能"开物成务""化成天下"的"人文"。这种"人文"，虽包括文辞，而主要是指服务于政治需要的道德伦理观念与礼乐制度。到韩愈这里，首先将政治伦理道德观念归纳为"道"，将之从所谓"人文"中分离出来，明确地肯定它是儒家的思想理论系统。其次，则是将"文辞"之"文",即我们今天所谓散文之"文",从"人文"中分离出来,与"道"构成对应关系。这样,"文"与"道"就成为彼此分离而又互有关联的两个概念。这在文学观念上,是从含糊性到精确性的一大进步。

韩愈之所以要这样做,是因为他意识到"道"与"文"是不同性质的两种东西,必须理清二者之间的关系。用他的话说,"道"乃"先王之教","以之为己,则顺而祥;以之为人,则爱而公;以之为心,则和而平;以之为天下国家,无所处而不当"。它属于政治思想原则,因而,"道"的确立与贯彻与否,大则决定着国家的命运,小则决定着人生的取向与原则。用今天的话说,它关涉的是与社会现实直接相联系的实用性价值。而"文"是用来表现"道"的,如他所说:"读书以为学,缵言以为文,非以夸多而斗靡也;盖学所以为道,文所以为理耳。"因而,其水平的高低,决定着其艺术成就的高下,当然也就决定着其所表现的内在实质被认可接受的程度,如他所说:"若圣人之道不用文则已,用则必尚其能者。"用今天话来说,关涉的则是属于艺术表现方面的审美性价值。这样韩愈就在新的时代背景下,重新提出并肯定了刘勰"道沿圣以垂文,圣因文而明道"的观点,只不过把"圣"扩大为一般作家,把普泛性的"文"缩小为"文辞"之"文"。正是基于对"文""道"关系的这种认识,所以韩愈既是重"道",又是重"文"的,如其在《答陈生书》中所云:"愈之志在古道,又甚好其言辞。"

从对"道"与"文"关系的认识与论述来看,韩愈既反对江左的偏重审美而忽视实用,又反对只强调实用而排斥审美,他追求的是实用与审美的和谐统一,用今天的话来说,就是政治第一,艺术也第一,二者应完美结合。

在当时和后世,有许多人不懂韩愈"道"与"文"、实用与审美并重的价值与意义,如裴度在《与李翱书》中,批评韩愈说:"恃其绝足,往往奔放,不以文立制,而以文为戏。"(《全唐文》卷五百三十八)《旧唐书·韩愈传》亦拾其牙慧,谓愈"时有恃才肆意,亦有蔑孔孟之旨"。且举例说:"又为《毛颖传》,讥戏不近人情,此文章之甚秕缪者。"而韩愈在《重答张籍书》中,则讲得明白:"昔者夫子犹有所戏,《诗》不云乎:'善戏谑兮,不为虐兮。'《记》曰'张而不弛,文武不能也',恶害于道哉?"于此,更见韩愈所论的先见性与重要性。

3. 理清了"道"与"文"在散文创作中的内在关系

韩愈论"道"与"文"还有一层含义,涉及文章本身的内容与形式。基于前人因追求形式美而弱化了文章精神与质实美的弊病,他特别强调了作者培养内在精神之重要,而这种精神,即"道"的体现。这一点,突出地表现在《答李翊书》中。他首先告诉李翊:

> 将蕲至于古之立言者,则无望其速成,无诱于势利,养其根而俟其实,加其膏而希其光。根之茂者其实遂,膏之沃者其光晔;仁义之人,其言蔼如也。

其中"根"与"实"、"膏"与"光"的比喻,说明了为文者,需经长期艰苦努力积累提高思想与艺术修养之必要,而从最后一句看,他着重强调的是思想品德的修养,而这种修养,正是对"道"的体现。其后,他又提出了养"气"问题。谓:

> 气,水也;言浮物也。水大而物之浮者大小毕浮,气之与言犹是也,气盛则言之短长与声之高下者皆宜。

"气"从何来?显然是要像孟子那样,基于对"道"的坚强自信,才能形成至大至刚的精神气势。所以他最后劝李翊,应该做到:

> 处心有道，行己有方，用则施诸人，舍则传诸其徒，垂诸文
> 而为后世法。

在《答尉迟生书》中，韩愈用更简括的语言，表达了类似的意思：

> 夫所谓文者，必有诸其中，是故君子慎其实。实之美恶，
> 其发也不掩：本深而末茂，形大而声宏，行峻而言厉，心醇而
> 气和；昭晰者无疑，优游者有余。体不备不可以为成人，辞不
> 足不可以为成文。

其所谓"有诸其中""慎其实"者，显然都是与"道"相对应的内容。
但韩愈虽极其强调内容，却绝不忽视或贬低用以表达内容之形式。
又有"辞不足不可以为成文"之说。此外，在《答刘正夫书》中，他更
明确地说：

> 若圣人之道不用文则已，用则必尚其能者……有文字来，
> 谁不为文。然其存于今者，必其能者也。

"能者"之"能"，显然指艺术表达上的超群出众。《送孟东野序》主
要论"不平而鸣"，其中又讲到："人声之精者为言，文辞之于言，又
其精也，尤择其善鸣者而假之鸣。""善鸣者"自然是"精"于"文
辞"者。

以上言论，实质上是将"道"与"文"的关系引申到作品的内部，
既强调内容的重要，又不忽视形式的精美，追求的是二者的协调与
统一。

总括以上三点，可以看出，在文学观念上，韩愈不但重新提出
"道"与"文"的概念，并理清了二者的关系。这对中国古代散文的

发展有重大的意义,对其创作实践起了极大作用。

三 创作实践上取得全面的创造性突破

韩愈在散文史上的历史地位之确立,对后代影响之巨大,更主要的是由于他创作实践上所取得的巨大成就。

由于直接实用性的特质,中国古代散文的疆域,在所有的文学体裁中是最为广大的,整个社会生活中,凡是需要文字表达处,皆离不开散文。随着历史的发展,社会生活范围的日益开拓,散文这一总体裁的名目下,品种门类愈益繁多,不同的文体各有其适应范围和对象,沿传下来,在内容和形式上也就形成不同的特征,审美要求上也就会有强弱不同的等差。而韩愈在众多的体裁品类中,皆有超越前人的杰作。

至韩愈的时代,帝王发布的诏、诰、制、敕、册、命,虽已由古奥而浅畅化,但居高临下的语势、典雅的格调已程序化。韩愈曾以中书舍人知制诰,保留下来的作品,只有一篇《除崔群户部侍郎制》,用骈而雅,无突出特色。

表、奏、疏、状、议、对等,内容以论议军国大事为主,抑或涉个人私情,有仅合一般程式者,亦有着实深切且显示个体风格者。韩愈写有一定数量的此类作品。最著名者为《论佛骨表》,乃为谏宪宗迎法门寺佛骨入宫而作。此文特点在切中要害。核心论“事佛求福,乃更得祸”。文中罗列充分的史实,说明未信佛之帝王皆寿延祚久,而信佛者如汉明帝“乱亡相继,运祚不长”,其后,“事佛渐谨,年代尤促”。在宪宗看来,等于是对他的诅咒,盛怒之下,几乎欲将韩愈处死,经大臣的力谏,才远贬潮州。即所谓“一封朝奏九重天,夕贬潮州路八千”。此表还显示了韩愈文章激越慷慨、声雄气壮的特色。如写到崇佛已造成的危害:“焚顶烧指,百十为群;解衣散钱,自朝至暮;转相仿效,惟恐后时;老少奔波,弃其业次。”迎

佛骨会影响更坏："若不加禁遏,更历诸寺,必有断臂脔身以为供养者;伤风败俗,传笑四方。"表明自己的态度曰:

> 乞以此骨付之有司,投诸水火,永绝根本,断天下之疑,绝后代之惑,使天下之人知大圣人之所作为,出于寻常万万也:岂不盛哉! 岂不快哉! 佛如有灵能作祸祟,凡有殃咎,宜加臣身;上天鉴临,臣不怨悔。

其余,如任监察御史时所写《论天旱人饥状》《论淮西事宜状》等,皆条清理析,平顺畅当。

颂、赞、箴、铭,为近于赋与文之边界类作品,古已有之,行文多用偶对韵语,写法各有特点。韩愈写有少量此类之作。有特色者为《伯夷颂》,借古人而标立当世所缺乏的"独立不羁"人格,破骈为散,将刚劲之力贯注于起伏错落的文字之中。如开篇所谓:

> 士之特立独行,适于义而已,不顾人之是非,皆豪杰之士,信道笃而自知明者也。一家非之,力行而不惑者,寡矣;至于一国一州非之,力行而不惑者,盖天下一人而已矣;若至于举世非之,力行而不惑者,则千百年乃一人而已耳。若伯夷者,穷天地亘万世而不顾者也。昭乎日月不足为明,崒乎泰山不足为高,巍乎天地不足为容也!

另一篇《子产不毁乡校颂》则针对执政者纳谏容众而发,有云:

> 我思古人,伊郑之侨。以礼相国,人未安其教;游于乡之校,众口嚣嚣。或谓子产,毁乡校则止。曰:"何患者焉,可以成美。夫岂多言,亦各其志。善也吾行,不善吾避。维善维

否,我于此视。川不可防,言不可弭。下塞上聋,邦其倾矣!"
既乡校不毁,而郑国以理。

则属另一种笔调。虽用韵语,而纵横自如,流畅自然,让人不觉其
为韵。此二文虽简,在内容与形式上皆有超出前人之处。韩愈之
铭多与墓志结合在一起,唯《瘗砚铭》属于别格,文云:

> 陇西李观元宾始从进士贡在京师,或贻之砚;既四年,悲
> 欢穷泰,未尝废其用。凡与之试艺春官,实二年登上第。行于
> 褒谷,役者刘胤误坠之地,毁焉。乃匣归埋于京师里中。昌黎
> 韩愈,其友人也。赞且识云:
> > 土乎质,陶乎成器。复其质,非生死类。全斯用,毁不忍
> > 弃。埋而识,之仁之义。砚乎砚乎,与瓦砾异!

看似随手写来的小文,质简而情深。读起来,有让人想起黛玉《葬
花词》的意味。

论,为表达政治、哲学、伦理、道德以及经济、军事、外交、文学、
艺术等等方面思想观点的著作,先秦诸子的作品都属此类。后来
发展出对某一论题集中进行论述的专论,品类亦多,有政论、史论、
文论等等。这类文章,要求对其论题有精深的见解,还需巧妙的构
思,恰当的选材,灵活纯熟的语言运用,甚至引进生动的形象,贯注
以情感气势,从而形成强弱不等的审美色彩。其后由论而说,内容
形式更为灵活自由,作者可因时因事随感而发。再后则有杂说、杂
感、短论,甚至包括读后感,题材体式不一而拘。韩愈这类的作品
成就突出,影响极大,代表性的作品为五《原》。尤其是其中的《原
道》,是韩愈思想观念的集中体现。内容上,对儒家思想之精髓,第
一次作出最简明概括。表达上,则斩截而干脆,坚定而自信,一句

一断,没任何犹疑商量的余地。如讲到儒学命运的变化:

> 周道衰,孔子没,火于秦,黄老于汉,佛于晋、魏、梁、隋之间,其言道德仁义者,不入于杨,则入于墨;不入于老,则入于佛。入于彼,必出于此。入者主之,出者奴之;入者附之,出者污之。

在概述了儒家的学说要点后,总结说:

> 曰:斯道也,何道也? 曰:斯吾所谓道也,非向所谓老与佛之道也。尧以是传之舜,舜以是传之禹,禹以是传之汤,汤以是传之文武周公,文武周公传之孔子,孔子传之孟轲,轲之死,不得其传焉。荀与杨也,择焉而不精,语焉而不详。

论及对佛老应取的做法,则云:

> 不塞不流,不止不行。人其人,火其书,庐其居,明先王之道以道之,鳏寡孤独废疾者有养也:其亦庶乎其可也!

在韩之前和之后的论说文章中,都未曾见到过这样简劲精悍的表达方式。另一篇世所周知的名文是《师说》。文章一开始就作出论断:

> 古之学者必有师。师者,所以传道受业解惑也。

这是迄当时为止,第一次对"师"作出的经典性定义,至今乃为人们普遍接受。后又有谓:

> 弟子不必不如师，师不必贤于弟子。闻道有先后，术业有
> 专攻：如是而已。

成了千古不易的格言。如果不是有深切的体会和过人的气魄胆略，谁能作出这样概括？在讲到当世人耻于相师时，剖析说：

> 爱其子，择师而教之；于其身也，则耻师焉。惑矣！彼童子之师，授之书而习其句读者，非吾所谓传其道解其惑者也。句读之不知，惑之不解，或师焉，或不焉，小学而大遗，吾未见其明也。
>
> 巫医药师百工之人，不耻相师。士大夫之族，曰师、曰弟子云者，则群聚而笑之。问之，则曰：彼与彼年相若也，道相似也。位卑则足羞，官盛则近谀。呜呼，师道之不复可知矣！巫医药师百工之人，君子不齿，今其智乃反不能及，其可怪也与！

事明理足，尖锐而犀利，使人无可辩驳。再有为人所叹赏者，如《杂说四》论伯乐与千里马：

> 世有伯乐然后有千里马。千里马常有，而伯乐不常有。故虽有名马，祇辱于奴隶人之手，骈死于槽枥之间，不以千里称也？
>
> 马之千里者，一食或尽粟一石。食马者，不知其能千里而食也；是马也，虽有千里之能，食不饱，力不足，才美不外见，且欲与常马等，不可得，安求其能千里也？
>
> 策之不以其道，食之不能尽其材，鸣之而不能通其意，执策而临之曰："天下无马。"呜呼！其真无马邪？其真不知马邪？

文章一层一折，有论、有述、有议、有叹，通篇言马，而意全不在马。言之简，意之深，堪称绝作。此外如《行难》《对禹问》《获麟解》《读荀》诸篇，皆有类似特点。这类文章，不但内容精警，表达上也能给人以美的感受。

书、启，为双方不在一地时，进行思想交流之用。古已有之，最初用于外交场合，其后，应用范围日渐扩大，内容日益广泛。上下、亲友、朋辈之间，凡思想、情感、愿望、生活景况、心得、体会，无不可以借之以沟通。韩愈作品中此类所占比例相当大，有干谒求用之作、论文之作、荐人之作、规谏之作，也有倾诉腹心之作，不同的作品各有特色。早年应进士举前后，写有多篇给居上位者的汲汲求仕之书，最具代表性者为一个多月内连续所写三篇《上宰相书》。意旨虽在求仕求用，却无诌媚逢迎之状，摇尾乞怜之态，而是征古论今，广引《诗》《书》，大讲用才、举才、育才之道，虽然也以激昂慷慨的言辞，表述自己志不得伸，才不得用的困窘，而把原因归之于宰相的不予体恤，甚至发展为咄咄逼人的追问：

> 今阁下为辅相亦近耳，天下之贤才岂尽举用？奸邪谗佞欺负之徒岂尽除去？四海岂尽无虞？九夷八蛮之在荒服之外者，岂尽宾贡？天灾时变，昆虫草木之妖，岂尽销息？天下之所谓礼乐刑政教化之具，岂尽修理？风俗岂尽敦厚？动植之物、风雨霜露之所沾被者，岂尽得宜？休征嘉瑞、麟凤龟龙之属，岂尽备至？其所求进见之士，虽不足以希望盛德，至比于百执事，岂尽出其下哉？其所称说，岂尽无所补哉？今虽不能如周公吐哺捉发，亦宜引而进之，察其所以而去就之，不宜默默而已也。

这样的干谒之文，摇曳起伏，气势滔滔，与李白的高扬自负比，显然又有了进一步的发展。韩愈在名盛之后,写了不少应答后学的论文之作,内容前已多引。在运笔上,不是用居高临下的训诲口吻,而多以谈心得、诉感受的方式娓娓道来,寓教导于亲切的鼓励之中,表现出前人少有的另一种风格。至于亲朋好友之间的交流,如《与李翱书》《与崔立之书》《答侯继书》《与华州李尚书书》等,皆另一副笔墨,用恳切的家常话语,诉腹心,谈处境,表志向,语挚而情深。其中如《与崔群书》,言生平交往及与崔相交之深:

> 仆自少至今,从事于往还朋友间一十七年矣!日月不为不久,所与交往相识者千百人,非不多;其相与如骨肉亲兄弟者亦且不少。或以事同;或以艺取;或慕其一善;或以其久故;或初不甚知而与之已密,其后无大恶因不复决舍;或其人虽不皆入于善,而于己已厚,虽欲悔之不可:凡诸浅者固不足道,深者止如此。至于心所仰服,考之言行而无瑕尤,窥之间奥而不见畛域,明白淳粹,辉光日新者,惟吾崔君一人。

又言及处世之道:

> 自古贤者少,不肖者多。自省往事已来,又见贤者恒不遇,不贤者比肩青紫;贤者恒无以自存,不贤者志满气得;贤者虽得卑位则旋而死,不贤者或至眉寿:不知造物者意竟如何,无乃所好恶与人异心哉?又不知无乃都不省记,任其死生寿夭邪?未可知也。人固有薄卿相之官、千乘之位,而甘陋巷菜羹者。同是人也,犹有好恶如此之异者,况天之与人当必异其所好恶无疑也。合于天而乖于人,何害?况又时有兼得者邪?崔君,崔君,无怠,无怠!

这是只对最知己的人才能发的牢骚，进行的鼓励。最后又云：

> 仆无以自全活者，从一官于此，转困穷甚，思自放于伊颍之上，当亦终得之。近者尤衰惫：左车第二牙无故动摇脱去，目视昏花，寻常间便不分人颜色，两鬓半白，头发五分亦白其一，须亦有一茎白者。仆家不幸，诸父诸兄皆康强而早世，如仆者又可以图于久长哉？以此忽忽，思与足下相见，一道其怀。小儿女满前，能不顾念？足下何由得归北来？仆不乐江南，官满便终老嵩下，足下可相就，仆不可去矣。珍重自爱，慎饮食，少思虑！惟此之望。

项项絮语，读之几忘其为文，而更见为文自然之至！

记，本来用之于史，后来扩而广之，可以用来记人，记事，记物，记亭台，记山水。韩愈所写之记不多，但在艺术质量上的突破，达到了前人所无法企及的高度。首先应提到的是其《画记》，这是散文史上所未见的怪作、绝作。全文如下：

> 杂古今人物小画共一卷。
>
> 骑而立者五人，骑而被甲载兵立者十人，一人骑执大旗前立，骑而被甲载兵行且下牵者十人，骑且负者二人，骑执器者二人，骑拥田犬者一人，骑而牵者二人，骑而驱者三人，执羁靮立者二人，骑而下倚马臂隼而立者一人，骑而驱涉者二人，徒而驱牧者二人，坐而指使者一人，甲胄手弓矢铁钺植者七人，甲胄执帜植者十人，负者七人，偃寝休者二人，甲胄坐睡者一人，方涉者一人，坐而脱足者一人，寒附火者一人，杂执器物役者八人，奉壶矢者一人，舍而具食者十有一人，挹且注者四人，牛牵者二人，驴驱者四人，一人杖而负者，妇人以孺子载而可

见者六人，载而上下者三人，孺子戏者九人：凡人之事三十有二，为人大小百二十有三，而莫有同者焉。

马大者九匹。于马之中又有上者，下者，行者，牵者，涉者，陆者，翘者，顾者，鸣者，寝者，讹者，立者，人立者，龁者，饮者，溲者，陟者，降者，痒磨树者，嘘者，嗅者，喜相戏者，怒相蹄啮者，秣者，骑者，骤者，走者，载服物者，载狐兔者：凡马之事二十有七，为马大小八十有三，而莫有同者焉。

牛大小十一头。橐驼三头。驴如橐驼之数，而加其一焉。隼一。犬羊狐兔麋鹿共三十。旃车三两。杂兵器弓矢旌旗刀剑矛盾弓服矢房甲胄之属，瓶盂簦笠筐筥锜釜饮食服用之器，壶矢博弈之具，二百五十有一。皆曲极其妙。

贞元甲戌年，余在京师，甚无事。同居有独孤生申叔者，始得此画，而与余弹棋，余幸胜而获焉。意甚惜之，以为非一工人之所能运思，盖聚集众工人之所长耳，虽百金不愿易也。明年，出京师，至河阳，与二三客论画品格，因出而观之。座有赵侍御者，君子也，见之戚然，若有感然；少而进曰："噫！余之手摹也，亡之且二十年矣。余少时常有志乎兹事，得国本，绝人事而摹之，游闽中而丧焉。居闲处独，时往来余怀也，以其始为之劳而夙好之笃也。今虽遇之，力不能为已，且命工人存其大都焉。"余既甚爱之，又感赵君之事，因以赠之，而记其人物之形状与数，而时观之，以自释焉。

文章以一句话突兀而起，然后一一累叠人、马、器、物之状，极繁、极琐、极细，达堆垛之极致。初读似乎给人枯燥乏味之感，然仔细品味，画在尺幅之中，集如此众多之人与物，千状万态，皆毕肖如现，不能不令人叹为观止。但文章如果仅写到这里，似乎有所不足，下面又像传奇故事般，写出画作的由来和归宿，让人在叹赏之余，又不由得感慨系之。在作品中用堆垛罗列的方法陈述事物,《尚书·康诰》《周官·考工记》《史记》中记人物战功,早已有之。韩愈用来描述画作,则大大增加了其审美意趣,让人不得不赞赏其脱胎换骨之妙。

据独孤及云:厅壁记由来已久,秦统一天下后,史官失职,郡吏始记事于壁。唐代厅壁记甚多,已形成大体固定模式,往往先述某职官之由来,再赞述现任职者之德行治绩。而韩愈之《蓝田县丞厅壁记》,却将既有格式谐谑化,以嘲讽方式,痛惜有才有志者之不得其用。其文云:

> 丞之职所以贰令,于一邑无所不当问。其下主簿、尉,主簿、尉乃有分职。丞位高而逼,例以嫌不可否事。文书行,吏抱成案诣丞,卷其前,钳以左手,右手摘纸尾,雁鹜行以进,平立睨丞曰:"当署!"丞涉笔占位署,惟谨,目吏,问"可不可",吏曰"得",则退,不敢略省,漫不知何事。官虽尊,力势反出主簿、尉下。谚数慢,必曰"丞",至以相訾謷。丞之设,岂端使之然哉?
>
> 博陵崔斯立种学绩文,以蓄其有,泓涵演迤,日大以肆。贞元初,挟其能,战艺于京师,再进再屈于人;元和初,以前大理评事言得失黜官,再转而为丞兹邑。始至,喟曰:"官无卑,顾材不足塞职。"既噫不得施用,又喟曰:"丞哉,丞哉!余不负丞,而丞负余。"则尽枿去牙角,一蹑故迹,破崖岸而为之。
>
> 丞厅故有记,坏漏污不可读,斯立易桷与瓦,墁治壁,悉书前任人名氏。庭有老槐四行,南墙巨竹千梃,俨若相持,水㶁㶁循除鸣,斯立痛扫溉,对树二松,日哦其间。有问者,辄对曰:"余方有公事,子姑去!"
>
> 考功郎中知制诰韩愈记。

此文之高妙不在一处,最突出者乃在其语言运用功力之精深。如写丞地位处境之尴尬,见之于署案一节,此节又集中于吏与丞的行迹神情:曰"卷"其前,曰"钳"以左手,右手"摘"纸尾,曰"雁鹜行",曰"平立睨丞",曰"当署",曰"惟谨,目吏",曰问"可不可",曰吏曰"得"。只此数词、数句,景况全出,无一字可易。其余叙事陈述文字,皆简净坚劲,亦无一字可易,易则无此境界与力量。其写崔斯立,由喟曰"官无卑,顾材不足塞职",到"尽枿去牙角"的变化,只两句:"丞哉,丞哉! 余不负丞,而丞负余。"末了"余方有公事,子姑去"一语留下无穷余味。仅此一篇,即可以看出,韩愈如何将一般"俗下文字",充实其内涵并予以完全地审美化。

序的演变及意义,第二编中已曾论及。至唐代,接近向送序、赠序全面转化,书写更为灵动自由,可叙,可议,可颂,可赞,可描写,可抒情,可因时、因地、因事、因人随兴而发。韩愈所写之序,数量仅次于碑铭祭文,大体与书启相当,而尤多精品佳作。总括其特点:一是内容丰富多样而意旨集中突出。不管就何对象,用何方式,因何原因,言何论题,大旨不离贯彻践行孔孟之道的宗旨原则,维护国家与皇权的集中统一。二是穷为文之变。在构思经营上:或横空出论,大处着笔;或小处入手,渐拓境界;或正面直陈,无所隐晦;或斜切侧入,终归正题。在表述手法和语言运用上:或恣意铺张,然后点明主旨;或起伏曲折,委婉致意;或侃然而论,言简意赅;或侧面讽谕,意在言外;或通篇引述,不着一语,而内蕴自在。总之,文随意转,意自文出,在如何以文达意上,穷极其变,足以见出韩愈所下之功力与所达到之高度。其显例甚多。如《送石处士序》与《送温处士赴河阳军序》为前后蝉联之作。前者为好友石洪所写。先言河阳节度使乌重胤求贤,有荐石者,记其对话云:

公曰:"先生何如?"曰:"先生居嵩邙瀍谷之间,冬一裘,夏一葛,食朝夕饭一盂,蔬一盘。人与之钱,则辞;请与出游,未尝以事辞;劝之仕,不应。坐一室,左右图书,与之语道理,辨古今事当否,论人高下,事后成败,若河决下流而东注,若驷马驾轻车就熟路,而王良造父为之先后也,若烛照数计而龟卜也。"大夫曰:"先生有以自老,无求于人,其肯为某来邪?"从事曰:"大夫文武忠孝,求士为国,不私于家。……先生仁且勇,若以义请而强委重焉,其何说之辞?"

而石洪果然应聘,且"不告于妻子,不谋于朋友,冠带出见客,拜受书礼于门内。宵则沐浴,戒行李,载书册,问道所由,告行于常所来往;晨则毕至,张上东门外"。次则记饯行之祝:

> 酒三行,且起,有执爵而言者曰:"大夫真能以义取人,先生真能以道自任,决去就。为先生别。"又酌而祝曰:"凡去就出处何常,惟义之归。遂以为先生寿。"又酌而祝曰:"使大夫恒无变其初,无务富其家而饥其师,无甘受佞人而外敬正士,无味于谄言,惟先生是听,以能有成功,保天子之宠命。"又祝曰:"使先生无图利于大夫而私便其身。"先生起拜,祝辞曰:"敢不敬早夜以求从祝规。"

文中不见韩愈一言,仅篇末缀一句"愈为之序云"。这样的序,可谓不言而言。后一篇为送另一好友温造亦赴河阳之作,写法则大不同。开笔即曰:

> 伯乐一过冀北之野,而马群遂空。夫冀北马多天下,伯乐虽善知马,安能空其群邪?解之者曰:吾所谓空,非无马也;无良马也。伯乐知马,遇其良,辄取之,群无留良焉。苟无良,

虽谓无马,不为虚语矣。

似乎凿空而论。然后才说明这是喻乌重胤先后聘石洪、温造,等于把东都人才搜刮一空。然后又正面抒发自己的感慨与希望:

> 夫南面而听天下,其所托重而恃力者惟相与将耳。相为天子选贤任能于朝廷,将为天子得文武之士于幕下:求内外无治,不可得也。
>
> 愈縻于兹不能自引去,资二生以待老;今皆为有力者夺之,其何能无介然于怀邪?生既至,拜公于军门,其为吾以前所称为天下贺,以后所称为吾致私怨于尽取也。

写法何其多变,表达何其委婉。再一例为写给佛徒与道士的两篇序,一为《送浮屠文畅师序》,一为《送寥道士序》。众所周知,韩愈是坚定不移地攘斥佛老者,他如何为二人写序?先看前文。文畅是经柳宗元之荐来求文的,不好拒绝,于是先以假定的情况,表明基本态度:

> 人固有儒名而墨行者,问其名则是,校其行则非,可以与之游乎?如有墨名而儒行者,问之名则非,校其行而是,可以与之游乎?扬子云称:"在门墙则挥之,在夷狄则进之。"吾敢以为法焉。

不言儒佛,实暗寓儒佛。然后抓住文畅喜文章这一点着手,赞扬其周游天下以求文:"解其装,得所得叙诗累百余篇;非至笃好,其何能致多如是邪?"接着笔锋一转,谓:"惜其无以圣人之道告之者,而徒举浮屠之说赠焉。"且将文畅之好文,解释为是对圣人之道的向慕，云：

> 夫文畅，浮屠也。如欲闻浮屠之说，当自就其师而问之，何故谒吾徒而来请也？彼见吾君臣父子之懿，文物事为之盛，其心有慕焉；拘其法而未能入，故乐闻其说而请之。如吾徒者，宜当告之以二帝三王之道，日月星辰之行，天地之所以著，鬼神之所以幽，人物之所以蕃，江河之所以充而语之，不当又为浮屠之说而渎告之也。

于是，大讲其"民之初生，固若禽兽夷狄然"，只是靠圣人之道，"施之天下"，才使"万物得其宜"。这种圣人之道，沿传下来，"书之于册，中国之人世守之"。然后说：

> 今浮屠者，孰为而孰传之邪？夫鸟俯而啄，仰而四顾；夫兽深居而简出：惧物之为己害也，犹且不脱焉。弱之肉，强之食。今吾与文畅安居而暇食，优游以生死，与禽兽异者，宁可不知其所自邪？
>
> 夫不知者，非其人之罪也；知而不为者，惑也；悦乎故而不能即乎新者，弱也；知而不以告人者，不仁也；告而不以实者，不信也。余既重柳请，又嘉浮屠能喜文辞，于是乎言。

委委婉婉，结果竟将一篇求文之作，写成了以圣人之道教诲佛徒之文，岂不妙哉！《送廖道士序》则是另一种写法。上来先写衡山之雄伟奇绝与郴州地势之优，物产之富，极尽形容描摹之能事。洋洋洒洒一大篇，然后才揭示出衡山与郴州，"必有魁奇忠信材德之民生其间"，而他们的不出于世，恐怕要归罪于老与佛的"迷惑"。最后则云：

廖师郴民,而学于衡山,气专而容寂,多艺而善游,岂吾所谓魁奇而迷溺者邪?廖师善知人,若不在其身,必在其所与游;访之而不吾告,何也?于其别,申以问之。

赞扬之中又提出疑问。问什么?你自己是被迷溺者,还是你的朋友中有被迷溺的?为什么到我这里访问,却不告诉我呢?一篇送序,又写成了对自然山川的赞颂和对佛老的批评。其余,如《送孟东野序》《送董邵南序》《送幽州李端公序》《送区册序》《送杨少尹序》,皆为名作,各有特色。而最著名者,还是《送李愿归盘谷序》:

太行之阳有盘谷,盘谷之间,泉甘而土肥,草木丛茂,居民鲜少。或曰:谓其环两山之间,故曰"盘";或曰:是谷也,宅幽而势阻,隐者之所盘旋。友人李愿居之。

愿之言曰:人之称大丈夫者,我知之矣:利泽施于人,名声昭于时,坐于庙朝,进退百官而佐天子出令。其在外,则树旗旄,罗弓矢,武夫前呵,从者塞途,供给之人,各执其物,夹道而疾驰。喜有赏,怒有刑,才俊满前,道古今而誉盛德,入耳而不烦。曲眉丰颊,清声而便体,秀外而惠中,飘轻裾,翳长袖,粉白黛绿者,列屋而闲居,妒宠而负恃,争妍而取怜。大丈夫之遇知于天子,用力于当世者之所为也。吾非恶此而逃之,是有命焉,不可幸而致也。穷居而野处,升高而望远,坐茂树以终日,濯清泉以自洁。采于山,美可茹;钓于水,鲜可食;起居无时,惟适之安。与其有誉与前,孰若无毁于其后;与其有乐于身,孰若无忧于其心。车服不维,刀锯不加,理乱不知,黜陟不闻,大丈夫不同于时者之所为也,我则行之。伺候于公卿之门,奔走于形势之途,足将进而趑趄,口将言而嗫嚅,处秽污而不羞,触刑辟而诛戮,徼幸于万一,老死而后止者,其于为人贤不肖何如也？

　　昌黎韩愈闻其言而壮之，与之酒而为之歌曰：盘之中，维子之宫。盘之土，可以稼。盘之泉，可濯可沿。盘之阻，谁争子所。窈而深，廓其有容。缭而曲，如往而复。嗟盘之乐兮，乐且无殃；虎豹远迹兮，蛟龙遁藏；鬼神守护兮，呵禁不祥。饮则食兮寿而康，无不足兮奚所望；膏吾车兮秣吾马，从子于盘兮，终吾生以徜徉。

据说，苏轼对此文极为赞赏，曾称："唐无文章，惟韩退之《送李愿归盘谷序》而已。"这种评价，虽与李愿描述的人生三种境界中韩愈所称赏者也正是苏轼向往而不得的，那种超脱声名势利，逸然自适的生活有关，主要恐怕还在于其文字表达之美。第一，语言简净清畅，与韩愈所常用之健劲折拗气雄势壮者，呈现为另一种风格。第二，用这种语言，恰得其要地描绘出所写对象，如盘谷，如三种人生活之风貌神韵，不过，亦无不及。第三，虽为散体，而注重节奏的整齐错落，音声的流利谐和，该骈则骈，该排则排，该用则用，该止则止，形成自然的音乐美、诗意美。另外，在整体的结体构思上，别致、简明，富有变化。首言盘谷，次记李愿之言，末以赠歌表示自己的态度，言尽意足，戛然而止。名之为序，使人已不觉其为序。这种文章所达审美境界之高，很少有人能企及。

　　韩愈写有不少哀祭文，除少数祭神、祭古人外，多为亲厚者所作。自陆机、潘岳以来，因此类文主于诉情，故一般皆骈排用韵。韩愈沿袭传统特点，写此类祭文，亦多用四言或六言韵语。不过这并不妨碍他突破格套，自铸伟辞。如《祭柳子厚文》有云：

　　凡物之生，不愿为材；牺尊青黄，乃木之灾。子之中弃，天脱羁絷；玉佩琼琚，大放厥辞。富贵无能，磨灭谁纪；子之自著,表表愈伟。不善为斫,血指汗颜;巧匠旁观,缩手袖间。子之文章,而不用世;乃令吾徒,掌帝之制。子之视人,自以无前;一斥不复,群飞刺天。

嗟嗟子厚,今也则亡;临绝之音,一何琅琅。遍告诸友,以寄厥子;不鄙谓余,亦托以死。凡今之交,观势厚薄;余岂可保,能承子托。非我知子,子实命我;犹有鬼神,宁敢遗堕!念子永归,无复来期;设祭棺前,矢心以辞。

不惟表现了二人交谊之深、对柳文评价之高,而且用辞高古,足称其情。最足表明祭文中突破常格者,为《祭十二郎文》。此文为大家所熟知,不引。文章完全打破成格,全用散语。因情极真,痛极深,虽所对为逝者,却如当面而语:回环缠绵,絮絮如叙家常;掏心剖腹,字字从胸臆中流出。何止是如泣如诉,简直为血泪淋漓!常人云韩文无一字无来处,此文则可谓全无任何依傍,亦堪称绝世之作。

碑铭,为韩文之大宗。俗传韩愈多谀墓文,事实并非如此。韩愈所写碑铭墓志,多数不同于南朝那种炫耀世系,内容空虚,靠华辞美藻来夸饰功德之作。在给韦丹所写的《唐故江西观察使韦公墓志铭》中,曾引及丹之子的话说:"我公宜得直而不华者铭传于后,固不朽矣。"因此来求韩愈。固然,韩愈因文名之盛,请铭者众,未免有些应酬之文,难以做到篇篇皆"直而不华"。不过,其大部分作品,还是坚持了这种原则,属于质实认真的。

更重要的是,在碑铭的写作上,韩愈同样不拘于常格,进行了创造性的突破:有的融叙述与论议为一体并贯注强烈激情,有的化褒为贬,改纪功为陈教训,有的在记述中竟渗入谐谑趣味;另外,在笔法格调上,因情因势,丰富而多变。《柳子厚墓志铭》是极真诚用力之作,所载事迹皆扎实有据,评论亦确当而激情四溢。如称柳宗元任集贤殿正字时,"俊杰廉悍,议论证据今古,出入经史百子,踔厉风发,率常屈其座人;名声大振,一时皆慕与之交,诸公要人争欲令出我门下,交口荐誉之"。贬永州司马后,"居闲益自刻苦,务记览,为词章泛滥停蓄,为深博无涯涘,而自肆于山水间"。"衡湘以南为进士者,皆以子厚为师,其经承子厚口讲指画为文词者,悉法度可观"。言及其已将任之柳州易刘禹锡将去之播州时,又讲了绪论中曾引"士穷乃见节义"一段话。这些话,深切激越,不但赞碑主,而且纵横发挥,痛刺世风,非一般碑文所能见。《故太学博士李君墓志铭》是愈为侄孙女婿李于所作,通篇无一赞语,亦不记世系仕历,反而罗列事例,痛批服食用药求长生不死之害。《试大理评事王君墓志铭》,为王适作。文中除记王适突梯不羁的个性及仕历外,未载其求侯高之女为妻事:

> 高固奇士,自方阿衡、太师,世莫能用吾言,再试吏,再怒去,发狂投江水。初,处士将嫁其女,惩曰:"吾以龃龉穷,一女怜之,必嫁官人;不以与凡子。"君曰:"吾求妇氏久矣,唯此翁可人意;且闻其女贤,不可以失。"即谩谓媒妪:"吾明经及第,且选,即官人。侯翁女幸嫁,若能令翁许我,请进百金为妪谢。"诺许,白翁。翁曰:"诚官人邪?取文书来!"君计穷吐实。妪曰:"无苦,翁大人,不疑欺我,得一卷书粗若告身者,我袖以往,翁见未必取视,幸而听我。"行其谋。翁望见文书衔袖,果信不疑,曰:"足矣!"以女与王氏。

内容颇近小说式的谐谑故事。在碑志中记如此事,显非常规。但韩愈所以会如此写来,也有其原因。碑文中有云:王适因所如不合而退隐,"中书舍人王涯、独孤郁,吏部郎中张惟素,比部郎中韩愈日发书问讯"。李翱《故处士侯君墓志》亦载:"(侯高)性刚劲,怀救物之略,自侪周昌王陵,所如固不合。视贵善宦者如粪溲。与平昌孟郊东野、昌黎韩愈退之、陇西李渤浚之、河南独孤朗用晦、陇西李翱习之相往来。"（《全唐文》卷六百三十九）说明韩愈与侯高翁婿关系相当亲密，碑中之所以如此记其事，正是这种亲密关系的一种体现。韩愈碑志铭的笔法格调，因性质不同而极富变化。其《平淮西碑》是奉敕而作，具有文献性质，故庄重典雅，苍劲雄壮，有古奥风。其为郑群所写《库部郎中郑君墓志铭》，则因郑之为人有特色，故用长句一气写来：

> 俸禄入门，与其所过逢吹笙弹筝，饮酒舞歌，诙调醉呼，连日夜不厌，费尽不复顾问，或分挈以去，一无所爱惜，不为后日毫发计留也；遇其空无时，客至，清坐相看，或竟日不能设食，客主各自引退，亦不为辞谢。

给人留下印象极鲜明。为马继祖所写《殿中少监马君墓志》，记自己与马燧、马畅、马继祖三代人之关系及所留印象，语调亲切，用词华美，写人物形象，生动如画：

> 始余初冠，应进士贡在京师，穷不自存，以故人稚弟拜北平王（马燧）于马前，王问而怜之，因得见于安邑里第。王轸其寒饥，赐食与衣。召二子使为之主，其季遇我特厚，少府监赠太子少傅者（马畅）也。姆抱幼子立侧，眉眼如画，发漆黑，肌肉玉雪可念，殿中君（马继祖）也。当是时，见王于北亭，犹高山深林巨谷，龙虎变化不测，杰魁人也；退见少傅，翠竹碧梧，鸾鹄停峙，能守其业者也；幼子娟好静秀，瑶环瑜珥，兰茁其牙，称其家儿也。

即使碑后铭辞，不同于文，亦有不同写法。有的相当别致，如为胡明允所写《试大理评事胡君墓铭》，全文用三字韵语：

> 胡之氏，别于陈；明允先，河东人。世勤固，载厥身；籍文谱，进连伦。惟明允，加武资；牛力虎，柔不持。吏夏阳，有施为；去平阳，民思悲。

通俗浅顺，简明扼要。诸如此类，令人赞赏者尚多，足见韩愈碑志文成就之高与笔法之丰富多彩。

另：《张中丞传后叙》，虽非碑版，夹叙夹议，以描述为主。写人物风神气节，激昂慷慨；记行为细节，传神如画，被后人视为范本。

韩愈还写有一类谐谑性强、审美价值高的典范文字，当世虽褒贬不一，而极受后人激赏，留下深远影响。最著名者为《进学解》，仅从形式看，似仿东方朔《答客难》、扬雄《解嘲》，以正话反说的方式，抒怀才不遇的郁愤。而其内涵之深和表达功力之厚，远非二者可比。仅从其前半部分看：

> 国子先生晨入太学，招诸生立馆下，诲之曰："业精于勤荒于嬉，行成于思毁于随。方今圣贤相逢，治具毕张，拔去凶邪，登崇俊良。占小善者率以录，名一艺者无不庸；爬罗剔抉，刮垢磨光。盖有幸而获选，孰云多而不扬。诸生业患不能精，无患有司之不明；行患不能成，无患有司之不公。"
>
> 言未既，有笑于列者曰："先生欺余哉！弟子事先生于兹有年矣。先生口不绝吟于六艺之文，手不停披于百家之编；记事者必提其要，纂言者必钩其玄；贪多务得，细大不捐，焚膏油以继晷，恒兀兀以穷年：先生之业可谓勤矣。抵排异端，攘斥佛老，补苴罅漏，张皇幽眇；寻坠绪之茫茫，独旁搜而远绍，障百川而东之，回狂澜于既倒：先生之于儒，可谓有劳矣。沈浸

酝郁,含英咀华,作为文章,其书满家。上规姚姒,浑浑无涯;《周诰》《殷盘》,佶屈聱牙;《春秋》谨严,《左氏》浮夸;《易》奇而法,《诗》正而葩。下逮《庄》《骚》,太史所录;子云相如,同工异曲;先生之于文,可谓闳其中而肆其外矣。少始知学,勇于敢为;长通于方,左右具宜;先生之于为人,可谓成矣。"

其中,包含了"业精于勤荒于嬉,行成于思毁于随"这样百世不移的格言,还有对《周诰》《殷盘》等传统经典风格特色,极准确而简练的发掘与概括,又有对韩愈自身为人为学之辛勤努力及所得成就之总结与评估。含蕴之深厚,非前人之作所可及。至于用词造语之精,之准,之卓异特出,孤诣独到,节奏谐和,音声调利,排偶运用之纯熟自然,令人何止叹赏,简直会为之倾倒。《送穷文》明显从扬雄《逐贫赋》脱出,但扬作较为概括,韩文则具体结合到自身经历,且语多创新,还包括有更深刻内容,如借"穷鬼"所言:"驱我令去,小黠大痴。人生一世,其久几何;吾立子名,百世不磨。小人君子,其心不同;惟乖于时,乃与天通。"实与孟子所谓"生于忧患,死于安乐"同义。《鳄鱼文》虽郑重其事,且后人神化其效,非嘲戏之作;但将檄文用之于害人动物,威慑并施,张大其辞,亦别有意趣。另一绝作为《毛颖传》,在当时,虽为持文章必服从于政治教化观者,如裴度所非议,从散文发展角度看,实为艺术上极成熟的创新之作。文章用正规的史传方式,为拟人化的毛笔立传。整体虽纯为虚构,而其中所展现的想象之灵奇,构思之精巧,用笔之醋放,可谓无以复加。其一,文中虽放纵笔墨,博用典故传说,皆切中"笔"与"兔"之特点,极其贴切。如首段言其家世:

毛颖者,中山人也。其先明视,佐禹治东方土,养万物有功,因封于卯地,死为十二神。尝曰:"吾子孙神明之后,不可与物同，当吐而生。"已而果然。明视八世孙㲲，世传当殷时居中山，得神仙之术，能匿光使物，窃姮娥，骑蟾蜍入月，其后代遂隐不仕云。居东郭者曰魏，狡而善走，与韩卢争能，卢不及。卢怒，与宋鹊谋而杀之，醢其家。

将神话寓言皆糅入其中，写得像煞有介事。次段赞其功用：

> 颖为人强记而便敏，自结绳之代以及秦事，无不纂录。阴阳、卜筮、占相、医方、族氏、山经、地志、字书、图画、九流、百家、天人之书，及至浮图、老子、外国之说，皆所详悉。又通于当代之务，官府簿书、市井货钱注记，惟上所使。

完全贴于实际。其二，形象描写传神毕肖，诙谐中深有寄寓。如写其被弃用一段：

> 后因进见，上将有任使，拂拭之，因免冠谢。上见其发秃，又所摹画不能称上意，上嘻笑曰："中书君，老而秃，不任吾用。吾尝谓君中书，君今不中书邪？"对曰："臣所谓尽心者。"因不复召，归封邑，终于管城。

文末复云：

> 秦之灭诸侯，颖与有功，赏不酬劳，以老见疏，秦真少恩哉！

其形象描写用语诙谐恰得其妙，而内容未尝不有对世事的感慨。像这样的文章，如果以"游戏为文"非之，实在是不懂什么是审美，亦不知文章应具的审美功能。

寓庄于谐,滑稽嘲谑中寄寓规讽,在中国是早已有之的传统。《左传》《国语》《战国策》已有片段记载,《晏子春秋》收集了大量材料,晏婴其人几乎以此为特色;司马迁专有《滑稽列传》,后东方朔以此名家;王褒的《僮约》虽无深刻意义,但亦给人审美乐趣。此后的《钱神论》《头责子羽文》《北山移文》等一直沿传不断。韩愈性格中本有喜欢诙谐戏谑的一面,又文章造诣极高,所以继承发扬了传统,把此类作品推向一个高峰。中国中古以前没有西方式的喜剧,这类作品具有的实际是喜剧美的内涵。

总以上诸端,可以看出,韩愈的创作实践,在散文的发展上确实实现了全面的、创造性的突破。

四 复古与创新

韩愈以致力于写“古文”自居,别人亦赞扬他“能为古文”,“为文甚古”。后学向韩愈请教,问的是如何才能写好古文,他称赏后学往往也是“其志在古文”。可是,回顾一下韩愈各体代表性作品,有哪一篇不是新时代的新创作?汉秦之前固然不乏艺术精品,又有哪一篇是韩愈这样专意为文之结果?愈之前,确也有摹古之作,如苏绰所写之“诰”,可那是一副什么面目?然而,韩愈和他的前驱和后辈,为什么要将他们的创作称之为“古文”?

归根结底,还在于江左以来片面追求形式美所固有的弱点,及隋唐人对它的强烈不满。既然不满,就要找出批判的理由和根据。于是,在搬出传统的礼乐教化观作为批判的武器的同时,还要找个比较的标杆。由于中国人向来存在浓厚的历史情结和崇古意识,向前进时总爱朝后看。因之很自然地会回过头来,拿“为实用而求审美”时期的文章做衡量标准,以之与六朝文作比照。相较之下,即可发现:第一,六朝文形式方面虽极为考究,缺乏的恰恰是前一时期作品中所充溢的精神美和质实美;第二,极端的骈偶化,显然不如参差错落的自然语势更切于实用;第三,雕绘满眼的藻饰固然炫丽,但不如朴质凝练的文字更富内在的张力。于是,有志于写作之人,必然会自觉地吸收借鉴第一时期的优点,以改造第二时期的文章,弥补其不足,纠正其缺点,使之达到实用与审美、形式与内容的谐和与平衡。这样做,实质上不是复古,而是创造和革新,但因借鉴所用的参照系为第一时期的文章,当时又没有今天这样清楚的文学观念,于是就将新型之文章,称之为"古文",后代的研究者用新兴的名词来表述这种现象,于是也就称之为古文"运动"。

古文运动既然不是复古,其倡导者与参与者也意识到其间的不同,于是在创作思想上,就特别强调创新,这一点明显地表现在韩愈之《答刘正夫书》。其云:

> 或问:为文宜何师?必谨对曰:宜师古圣贤人。曰:古圣贤人所为书具存,辞皆不同,宜何师?必谨对曰:师其意,不师其辞。问曰:文宜易与难?必谨对曰:无难易,惟其是尔。

或感觉这样的回答还不充分,于是又展开论述:

> 夫百物朝夕所见者,人皆不注视也;及睹其异者,则共观而言之:夫文章岂异于是乎?汉朝人莫不能为文,独司马相如太史公刘向扬雄为之最。然则用功深者,其收名也远;若皆与世沈浮,不自树立,虽不为当时所怪,亦必无后世之传也。足下家中百物皆赖而用也,然其所珍爱者,必非常物;夫君子之于文,岂异于是乎?今后世之为文,能深探而力取之以古圣贤人为法者,虽未必皆是;要若有司马相如太史公刘向扬雄之

徒出,必自于此,不自于循常之徒也。若圣人之道不用文则已,用则必尚其能者;能者非他,能自树立,不因循者是也。有文字来,谁不为文,然其存于今者,必其能者也。

所谓"自树立""不因循",是什么? 不就是创造与革新? 不过,韩愈不是把它作为自己的主张提出来,而是引古为例,作为古人为文之道提出来的,其原因仍在于,在当时人心目中,古人比起时人更有权威。而从古人之例中发掘出"自树立""不因循"之重要并加以强调者,不还是韩愈其人? 这一点,在《南阳樊绍述墓志铭》中表达得更突出。文中在罗列了樊宗师的大量文章著述之后,云:

多矣哉! 古未尝有也。然而必出于己,不袭蹈前人一言一句,又何其难也!

篇末的铭辞则讲得更深刻明确:

惟古于词必己出,降而不能乃剽贼,后皆指前公相袭,从汉迄今用一律。寥寥久哉莫觉属,神徂圣伏道绝塞。既极乃通发绍述,文从字顺各识职。有欲求之此为躅。

其中对剽袭的批判,正是对创新的肯定。而且指出,要改变这种状态,必须以樊的做法为标准。与此相应,韩愈在反对俗滥文字的同时,也反对泥古不化。在为王仲舒所写《赠左散骑常侍太原王公神道碑铭》中,因王有文名,曾知制诰,所以铭辞中,有论文之句,云:

生人之治,本乎斯文。有事其末,而忘其源;切近昧陋,道由是堙。有志其本,而泥古陈;当用而迂,乖戾不伸:较是二者,其过也均。

也就是说,写文章只追求形似之末,与"而泥古陈,当用而迁",同样是不对的。这些,都说明韩愈之倡导"古文",意不在复古,而是在"师古"的名义下,力主创造与革新,他的创作实践充分地证实了这一点。不明乎此,就不是真正的了解韩愈。

五　韩愈在散文发展史上的地位与贡献

在古代散文史上韩愈的地位与贡献,至高至伟,总括起来一句话:他以自己的观念和实绩,在散文发展的进程上,筑起了一座承前启后、继往开来的永垂不朽的界碑。这样说,主要基于两大原因。

其一,以他为标志,实现了散文发展过程的否定之否定,使之达至了实用与审美的平衡与统一。

苏轼《潮州韩文公庙碑》赞扬韩愈"文起八代之衰"。这句话,经常被人引用,几成定评,对韩愈历史地位的估价,不可谓不高。印证以《进学解》之"障百川而东之,回狂澜于既倒",李汉《昌黎先生集序》所谓于文有"摧陷廓清之功",似乎都在说明,韩愈对散文的发展,起了"拨乱反正"的作用。其实,这种估价不准确,甚至是错误的。

首先,"文起八代之衰",用"衰"字来评价"八代"之文,并不恰当。我们整个第二编的论述,已用充分的材料证明,在所谓"八代",无论诗或文,对于前代,即第一编所论时代来说,都不是退步,而是根本性质上的重大推进。这一点,前人已有看法,如阮元、李兆洛、刘师培,都推崇六朝文,甚至为它们争中国散文之正统。如果说八代文有"衰"的一面,那也是由于自觉追求形式美所带来的偏颇与弊病。隋唐以来,对这些弊病深恶痛绝,加以严厉抨击。但在抨击的同时,却吸收并发展了其中的积极因素,如果没有这种继承和发展,就没有唐代诗歌和散文的兴盛繁荣。

其次,韩愈之倡导和从事"古文"写作,如果说是反诸"正",也不是等同或回复到第一时期,与先秦两汉的作品比,二者已有质的不同。第一,立足点与出发点不一样。先秦两汉的作家,包括诸子、李斯、贾谊、司马迁等,他们的出发点,是表述哲学、政治、思想观点,记载历史事实,注重艺术手段是为了更好地达到实用目的,审美效果是客观产物,不是主观动机。韩愈则不同,做官从政之外,虽也写诗,但毕生志趣与致力之所在则是为文,正像李、杜,做官之外,也写文,但毕生致力于诗。如果说李、杜已近于后世专业诗人,韩愈则近于后世专业的散文作家。第二,立足点与出发点的不同,决定了其努力方向的不同。第一时期的作家关注的是思想观点的表达与记事的效果,而韩愈虽也有思想观点的表达,但更关注的是针对前代的弊病,从为文的角度,强调如何才能充实内在的质实美与精神美,即所谓"闳其中而肆其外","养其根而俟其实,加其膏而希其光"。他讲"夫所谓文者,必有诸其中,是故君子慎其实",接着就指出所以必须如此,在于"实之美恶,其发也不掩:本深而末茂,形大而声宏,行峻而言厉,心醇而气和"。总体说,是为了提高艺术质量。第三,笼统地说,韩愈倡导"古文"是针对和反对骈文的,实际上,他反对的只是极端的一切皆骈,过度的"华而不实"。这方面虽没有明确表述,而从其创作实践看,不只是在传统性碑铭及哀祭类的文字中,即使一般性的名作如《进学解》《送李愿归盘谷序》,也是该骈则骈,该偶则偶。某些描述性的作品中,也有该"华"则华之处。第四,韩愈不仅不反对,而且极注意追求文章之审美效果。如前所述,在隋唐之初,存在一种矛盾现象:理论上猛烈批判六朝唯美之弊,甚至把表现出审美倾向之屈、宋、马、扬也一棍子打死;而创作实践上,却写出极为华美之文。韩愈则与他们不同，讲到吸收借鉴前人遗产时，从"《周诰》《殷盘》"起，"下逮《庄》《骚》，太史所录，子云相如"，一并包括在内。为文时，他的苦心构思、形象运用、句法调度、语词铸造，都是为了提高文章的艺术表现力，获得更令人称赏的审美效果。甚至不讳言作品之自娱、娱人的功用。

总结以上诸点，就可知道，韩愈在散文发展史上的地位与价值，并不是所谓的"起衰""挽倒""摧廓"式的对先秦两汉的回复，而是对散文发展第一和第二两个阶段的超越，是把中国古代散文推进到实用与审美、内容与形式和谐统一的新境界。

其二，正是经过韩愈的努力，才使可以与"诗""赋"并列之"文"，即今天所谓的古代散文，从广义概念的文中，作为一种独立的文体，被区分和突出出来。

如前所述，在传统观念中，文之所指极为广泛。覆盖范围最大的，是与天文、地文并列的人文，所指是应用于整个社会的文化礼乐制度。其次则相当于现代所谓的"文学"，包括了"诗""赋""骚"等各个品类，《文赋》《文心雕龙》《文选》之"文"，皆为此意。文之最为狭窄的含义，是与"诗""赋"并称的作为文学体裁形式之一的"文"，即本书所讲的"古代散文"。

在中国古代文学的发展中，某种文体从泛义的文中被区分出来，公认为属一种独立的文学体式，与有带专门趋向、近似专业作家的出现有关，并且有着先后次序的不同。最早被区分出来的是赋，代表作家为屈、宋、扬、马，在《汉书·艺文志》中，就有了"诗赋略"并列赋四种，七十八家。其次是诗，诗虽产生最早，但被认定为文学品种之一，却相当晚。《诗经》直到汉代也没有被当作诗歌总集，而被视为不属于文学范畴之"经"。"诗赋略"中所列之诗，皆称之为"歌诗"，附属于"乐府"，实相当音乐之副产品。诗之在文体上独立性的初步确立，当自曹丕《典论·论文》始，而作家的专业化，初露端倪者是南朝的陶、谢，真正标志性代表人物则是盛唐的李、杜。至于文，自文字产生，就有存在，其后作者甚多，但在人们的意识中，并没有一种与"诗""赋"并列具有文体性质的"文"。在南朝有过关于"文"与"笔"的讨论，有将狭义之"文"从广义的文中区别出来的意图。进入隋唐，人们已意识到"文"与"诗""赋"的区别，但仍存在概念上的含混。只是到了韩愈这里，在"古文"的名义下，专心致力于此种"文"的写作，而且以其前所未有的丰富内容与极高的艺术成就引起世人的注目，使之从广义的"人文"分离出来，确立为具有独立性质的文学体裁，而韩愈及其盟友柳宗元，也就成了这种"文"的标志者。虽然当时没有现代概念之区界的明确性，但从宋代的六大家到明清时代，人们在言文论文时，不管意识到还是没有意识到，心目中的"文"即指此种文体之文。试看，宋代以后的选本、汇本，既有了专门的"诗"集，"赋"集，也有了专门的"文"集。这一点，或未被现代的研究者所重视，但我们不能不说，它是韩愈的一大历史性贡献。

这里还应提及，先秦两汉的史传和诸子，之所以被纳入文体性质的"文"的范围之中，应拜韩、柳之赐。因为韩愈在倡导和写作"古文"时，作为吸收借鉴的对象和参照标准，博及到史传和诸子，所以其中的精品，也就被后人作为文体之"文"来学习和欣赏。这一点，可以拿《文选》和明清以来的选本作对比。在《文选》中，萧统为了将具有审美意义的文与学术著作区别开来，以"事出于沉思，义归乎翰藻"为标准，虽收集范围极广，但却将史传和诸子排除出去。而明清的一些文章选本，却排除了诗歌，而收入了《左》《国》《史》《汉》中的作品。这原因在哪里？追溯起来，不也与韩愈有极大的关系？所以，自韩、柳之后，世之言文者，不管有意无意，实皆将文视为一种独立的文体。这不能不说是韩愈的历史性功绩。

第二节　柳宗元
——推进散文革新上韩愈之坚定盟友

柳宗元(773—819)，字子厚，世居河东(山西永济)。德宗贞元九年擢进士第，后登博学宏辞科，授集贤殿正字。曾任蓝田尉、监察御史。贞元二十一年(805)，顺宗继位，王叔文掌权，宗元升礼部员外郎。改元永贞不久，顺宗因中风失语退位。宪宗即位，宗元被贬为永州司马，在任十年，改柳州刺史，四年后，病逝。

韩愈对柳宗元文评价极高，已见前引。刘禹锡《唐故尚书礼部员外郎柳君文集序》亦引韩愈语曰："吾尝评其文，雄深雅健似司马子长，崔、蔡不足多也。"(《全唐文》卷六百零五)韩愈对其为人也极为赞赏。《墓志铭》有云：在柳州时，"其俗以男女质钱，约不时赎，子本相侔，则没为奴婢。子厚与设方计，悉令赎归。其尤贫力不能者，令书其佣足相当，则使归其质。观察使下其法于他州，比一岁，免而归者且千人"。又记其改柳州任时，"中山刘梦得亦在遣中，当诣播州。子厚泣曰：'播州非人所居，而梦得亲在堂，吾不忍梦得之穷，无辞以白其大人，且万无母子俱往理。'请于朝，将拜疏愿以柳易播，虽重得罪，死不恨"。

一　柳宗元生平中的两个问题

柳宗元生平中，有两点与其文章的成就和特点关系极大。

1. 仕途中受严重挫折

柳宗元宗族观念强，以先世多显宦为骄，近世寥落为憾，有中兴志。早年科举从仕皆顺畅，一路做到监察御史，且文名籍甚。此时被王叔文所欣赏，与之结为"死友"，踌躇满志，政治抱负远大。但因与王的关系，宪宗甫即位，人生命运即发生根本转折，先贬永州司马，后虽改刺柳州，等于一劫不复，再无抬头希望。可以想象，这种挫折对其心理打击、思想影响多么深刻强烈。

对王叔文其人及所谓"集团"，新旧《唐书》《资治通鉴》皆取贬斥态度，当代史学家一般予以肯定赞扬，将王叔文的一度掌权称之为"永贞革新"。其实，关于王叔文及其掌权并被黜的真实情况，缺乏可靠的史料，已无法作确凿判断。如根据公认被舛乱了的《顺宗实录》，王叔文与其所谓"死友"中的青年才俊如柳宗元、刘禹锡、韩晔、韩泰等是不同的。此人是在顺宗为太子时取得信任的，顺宗即位后，得掌实权，其间采取了废除"宫市"、摆五坊小儿、放宫女、禁"进献"、黜李实等措施，确实有利于国计民生，顺应了朝野早就存在的舆情。但此类措施，是帝位更迭后，稍为明智的新皇帝为稳固地位、显示除旧布新都会采取的，如宪宗登基后仍继续坚持，并做得更多，所以不足称之为政治革新。至于王叔文的作为，实际是想利用顺宗中风失语之机，进行一次宫廷政变，达到控制朝政大权的目的。其中不乏权谋性的手段。顺宗已失去行为能力，叔文却不希望立太子主政或继位，以免不能以顺宗为傀儡，维持自己的地位。或曰：王叔文不过是想借此来诛灭宦竖，消除近习干政之固弊。同样根据《顺宗实录》，王叔文及王伾之掌权，并不光明正大，而是乘德宗病重，顺宗中风失语之机，靠宦官李中言、近习牛昭容之助，才得以实现，有篡窃之嫌。总起来看，王叔文之失败，有其必然性，因为它不符合当时高度皇权专制的基本政治体式。固然宦官俱文珍等发现军权被夺后，出于"吾属必死其手"的惧怒，对王叔文等恨之入骨；就宪宗说，因继位曾为之受阻，也绝对不会对他们轻加宽恕。

所以柳宗元、刘禹锡等，并不是由于锐意革新而受打击迫害，实是因缺乏政治经验，被王叔文所利用而至受累。宗元遭贬时三十三岁，王叔文已五十七岁。据宗元贬后与友人信云"与罪人交十年"，则其初入仕途时才二十三岁，当时锐意进取，且对朝廷弊政不满，但不了解官场政治斗争的复杂，看到王叔文深受太子信用，因而受其笼络，把改革朝政的希望寄托在他身上，是完全可以理解的。

这种仕途挫折对柳宗元而言，是不幸，是痛苦，然而却客观上成就了他。正如韩愈在《柳子厚墓志铭》中所说："子厚前时少年，勇于为人，不自贵重顾藉，谓功业可立就，故坐废退；既退，又无相知有气力得位者推挽，故卒死于穷裔，材不为世用，道不行于时也。""然子厚斥不久，穷不极，虽有出于人，其文学辞章，必不能自力以致必传于后如今，无疑也。虽使子厚得所愿，为将相于一时，以彼易此，孰得孰失，必有能辨之者。"事实上柳宗元自己也曾道及他贬斥前后对为文态度的变化，在《与杨京兆凭书》中，说：

> 宗元自小学为文章，中间幸联得甲乙科第，至尚书郎，专百官章奏。然未能究知为文之道。自贬官来，无事读百家书，上下驰骋，乃少得知文章利病。（《全唐文》卷五百七十三）

在《答吴武陵论〈非国语〉书》中，又曾言：

> 仆之为文久矣，然心少之，不务也。以为是特博弈之雄耳！故在长安时，不以是取名誉，意欲施之事实，以辅时及物为道。自为罪人，舍恐惧则闲无事，故聊复为之。然而辅时及物之道，不可陈于今，则宜垂于后。言而不文则泥，然则文者固不可少也。（《全唐文》卷五百七十四）

其写给严砺的《上严东川寄〈剑门铭〉启》中，亦提到："今身虽败弃，庶几其文犹或传于世。"这种变化，在他后期创作实践里，表现得更明显。可以说没有柳宗元仕途上的挫折，就不见得有柳宗元在散文上的成就与贡献。

2. 与韩愈存在着深厚的交谊

正像李、杜之间一样，自宋代以来，论者就有拿韩、柳做比较，谓此高彼下、此下彼高之说；当代的一段时间，亦曾有人将韩、柳划为政治上保守与革新之对立的两面，并极力强调两人所言之"道"内涵不同。前者是无谓之争，后者是主观妄说。

韩、柳之间政治上的关涉不多。当柳宗元因王叔文被贬时，韩愈正远在河南任阳山令，两者毫无相关。柳氏远贬之后，以韩愈之地位，既无力施加影响，亦无力相救。

然而在文学事业上，二人实志同道合，惺惺相惜。这方面，两人家庭间就有渊源，柳宗元在《先君石表先友记》中，曾将其父柳镇所交朋友一一列出，有一条即云：

> 韩会，昌黎人。善清言，有文章，名最高。然以故多谤，至起居郎，贬官卒。弟韩愈，文益奇。（《全唐文》卷五百八十八）

说明在柳宗元看来，与韩愈实为文章之世交。其后，两人相距遥远，或未曾有所会聚晤谈，但书信往还，心意相通。或彼此直言相对，坦述胸怀，如在韩愈任史馆编修期间，柳宗元写《与韩愈论史官书》，毫无顾忌地批评他写史会为人带来灾祸的观点，又写《与史官韩愈致段秀实太尉逸事书》，嘱韩为段立传。或彼此推赏，相互声援，如柳宗元所写《答韦珩示韩愈相推以文墨书》有谓：

> 足下所封示退之书，云欲推避仆以文墨事，且以励足下。若退之之才，过仆数等，尚不宜推避于仆，非其实可知，固相假借为之词耳！退之所敬者，司马迁扬雄。迁于退之，固相上下。若雄者，如《太玄》《法言》及《四愁赋》，退之独未作耳，使作之，加

恢奇;至他文过扬雄远甚。雄之遣言措意,颇短局滞涩,不若退之之猖狂恣睢,肆意有所作。若然者,使雄来,尚不宜推避,而况仆耶?彼好奖人善,以为不屈己,善不可奖,故慊慊云尔也。(《全唐文》卷五百七十五)

于此可见韩曾写信赞扬宗元及宗元对韩之了解与推崇,至于前引《墓志铭》,韩愈对柳宗元的扬誉,表达得更充分。在《答韦中立论师道书》中,柳宗元更是对韩愈之勇于破俗,表示了极大的肯定与同情:

> 孟子称人之患在好为人师。由魏晋氏以下,人益不事师。今之世不闻有师,有辄哗笑之以为狂人。独韩愈奋不顾流俗,犯笑侮,收召后学,作《师说》,因抗颜而为师。世果群怪聚骂,指目牵引,而增与为言辞,以是得狂名。居长安,炊不暇熟,又挈挈而东,如是者数矣。(《全唐文》卷五百七十五)

尤其是当韩愈写《毛颖传》,受到包括裴度在内的世人之嘲讽与攻击,柳宗元则挺身而出,写了《读韩愈所著〈毛颖传〉后题》,专文予以反驳和声援,并在给杨诲之的信中提到:“足下所持韩生《毛颖传》来,仆甚奇其书,恐世人非之,今作数百言,知前圣不必罪俳也。”(《全唐文》卷五百七十四)正因如此,韩愈视柳宗元为知音,柳亦视韩为挚友。所以刘禹锡《祭柳员外文》中,提到柳宗元死后安排后事及发布讣闻的情况时,有云:

> 鄂渚差近,表臣分深,想其闻讣,必勇于义。已命所使,持书径行,友道尚终,当必加厚。退之成命,改牧宜阳,亦驰一函,候于便道,勒石垂后,属于伊人。安平、宣英,会有还使,悉已如礼,形于具书。(《全唐文》卷六百十)

"鄂渚"指时任鄂岳观察使之李程,为宗元之至交,表臣为李程之子,安平为韩泰之字,宣英为韩晔之字。所谓"勒石成命,属于伊人",即按柳宗元既有遗嘱,将写墓志的任务,交代给韩愈。其《重祭柳员外文》中又说:

> 幼稚在侧,故人抚之。敦诗、退之,各展其分。安平来赗,礼成而归。其他赴告,咸复于素。(《全唐文》卷六百十)

柳宗元把写墓碑及托孤这样的大事都交代给韩愈,而刘禹锡皆一一照嘱转达。看来,柳宗元对韩愈之信任与友情,不亚于甚至超过了与其同时被贬的所谓"八司马"中人。另外,后学一代中的许多人,如欧阳詹、皇甫湜、独孤申叔等,都与韩、柳保持着同样的友好关系,对韩、柳有着同样的敬重,也从侧面表明了韩、柳之志同道合。

韩与柳之间的这种关系,对他们共同推动散文的发展与革新,当然会起到很大的作用。

二 柳宗元的文章观

柳宗元之文章观,大体与韩愈相同或相近。这是隋唐以来众多作家文学观念、创作实践长期磨合积累所产生的必然结果。柳宗元论文的言论,散见多处,综合起来,撮其要,约有以下几方面:

1. 明确提出"文以明道"

在《答韦中立论师道书》中,柳宗元说:

> 始吾幼且少,为文章,以辞为工。及长,乃知文者以明道。是故不苟为炳炳烺烺,务采色夸声音而为能也。凡我所陈皆自谓近道,而不知道之果近乎远乎。吾子好道而可吾文,或者其于道不远矣。

何为"道"？在其《守道论》中，曾谓：

> 凡圣人之所以为经纪，为名物，无非道者。……是故立之君臣官府衣裳舆马章绶之数，会朝表著周旋行列之等，是道之所存也。则又示之典命书制符玺奏复之文，参伍殷辅陪台之役，是道之所由也。则又劝之以爵禄庆赏之美，惩之以黜远鞭朴梏拲斩杀之惨，是道之所行也。故自天子至于庶民，咸守其经分，而无有失道者，和之至也。失其物，去其准，道从而丧矣。（《全唐文》卷五百八十二）

观其大义，与韩愈《原道》中所论无异。在《报崔黯秀才论为文书》中，又曾说：

> 圣人之言，期以明道，学者务求诸道而遗其辞。辞之传于世者，必由于书，道假辞而明，辞假书而传，要之，之道而已耳。道之及，及乎物而已耳……（《全唐文》卷五百七十五）

上两文皆提到"道之及，及乎物"，"失其物，去其准，道从而丧矣"。其所谓"及乎物"，即"道"要落实到社会制度及社会实践上，与韩愈的见解亦无差别。根据这样一句话，即判定柳之所谓"道"与韩相异，实为断章取义地制造对立，无必要，亦无意义。

2. 注重"道"与"文"、内容与形式的和谐统一

因为重视"文"以明"道"的作用，所以柳宗元反对仅以"炳炳烺烺，务采色夸声音而为能"，"贵辞而矜书，粉泽以为工"。对这方面的批评，他比起韩愈，有时显得更为尖锐，如《答吴武陵论〈非国语〉书》中曾说：

夫为一书，务富文采，不顾事实，而益之以诬怪，张之以阔诞，以炳然诱后生，而终之以僻，是犹用文锦覆陷井也，不明而出之，则颠者众矣。

在《乞巧文》中讽刺不良世风：

炫耀为文，琐碎排偶；抽黄对白，啽哢飞走；骈四俪六，锦心绣口；沈羽振宫，笙簧触手。观者舞悦，夸谈雷吼。（《全唐文》卷五百八十三）

这说明柳宗元是重"道"的。然而，柳宗元又不主张只要明"道"即可，而忽视"文"之重要。在《大理评事杨君文集后序》中，明确地说：

文之用，辞令褒贬导扬讽谕而已，虽其言鄙野，足以备于用，然而阙其文采，固不足以辣动时听，夸示后学。立言而朽，君子不由也。故作者抱其根源，而必由是假道焉。作于圣，故曰经；述于才，故曰文。（《全唐文》卷五百七十七）

在《答严厚舆论师道书》中，讲自己不敢像孔子那样以"道"教人时，特别强调：

仲尼岂易言邪？马融郑玄者，二子独章句师耳。今世固不少章句师，仆幸非其人，吾子欲之，其有乐而望吾子者矣。言道讲古穷文辞以为师，则固吾属事。（《全唐文》卷五百七十五）

这里明确将自己与马融、郑玄等章句师区别开来，并将"言道讲古"

与"穷文辞",并列为自己的责任。正因如上所述对"文"的重视,所以在《与友人论为文书》中,他详细论述了"为文之难",在《答韦中立论师道书》中又讲了为文时的慎重态度:

> 故吾每为文章未尝敢以轻心掉之,惧其剽而不留也;未尝敢以怠心易之,惧其弛而不严也;未尝敢以昏气出之,惧其昧没而杂也;未尝敢以矜心作之,惧其偃蹇而骄也。抑之欲其奥,扬之欲其明,疏之欲其通,廉之欲其节,激而发之欲其清,固而存之欲其重:此吾所以羽翼夫道也。

由此看来,柳宗元与韩愈一样,同样是重"道"又重"文"的。

在论及文章的具体写作时,柳宗元将"道"视为内,"文"视为外,同样强调内与外、内容与形式的协调统一。在《报袁君陈秀才避师名书》中,他说:

> 大都文以行为本,在先诚其中,其外者当先读六经,次《论语》、孟轲书皆经言,《左氏》《国语》、庄周、屈原之辞,稍采取之。穀梁子、太史公甚峻洁,可以出入。余书俟文成,异日讨也,其归在不出孔子。(《全唐文》卷五百七十五)

"诚其中",当指只重形式者应以内容为"本"加以充实;"其外者"即指形式,指文采,意谓亦不可忽视。在《送豆卢膺秀才南游诗序》中,他讲得更简明:

> 君子病无乎内而饰乎外、有乎内而不饰乎外者。无乎内而饰乎外,则是设覆为阱也,祸孰大焉。有乎内而不饰乎外,则是焚梓毁璞也,诟孰甚焉。于是有切磋琢磨镞砺栝羽之道,

圣人以为重。(《全唐文》卷五百七十七)

此话将二者的关系讲得再清楚不过。

3. 主张广泛吸收借鉴前人遗产而又有所创造突破

从前面所引诸条中,已可看出柳宗元非常重视从古人作品中吸取营养,而《答韦中立论师道书》中,更有详细的大段阐述:

> 本之《书》以求其质,本之《诗》以求其恒,本之《礼》以求其宜,本之《春秋》以求其断,本之《易》以求其动:此吾所以取道之原也。参之榖梁氏以厉其气,参之孟荀以畅其支,参之庄老以肆其端,参之《国语》以博其趣,参之《离骚》以致其幽,参之《太史》以着其洁:此吾所以旁推交通而以为之文也。

这尚是仅举其例,其余地方,表明为文需博涉旁通者,尚有多多。至于创新方面,他没有像韩愈那样直接讲"自树立""不因循",但也有表明同样意思处,如在《与友人论为文书》中,专论"文章为难"云:

> 自孔氏以来,兹道大阐,家修人励,刓精竭虑者几千年矣。其间耗费简札,役用心神者,其可数乎?登文章之箓,波及后代,越不过数十人耳。其余谁不欲争裂绮绣,互攀日月,高视于万物之中,雄峙于百代之下乎!率皆纵臾而不克,踯躅而不进,力廗势穷,吞志而没,故曰得之为难。

其中虽没直接说"得之为难"的原因,但包含了有没有创造性的问题。所以下面讲到"知之难"时,就指出那些"卓然自得以奋其间者",包括扬雄、司马迁,往往"生则不遇,死而垂声"。接着,对许多

"为文之士"的批判是:

> 多渔猎前作,戕贼文史,抉其意,抽其华,置齿牙间。遇事蜂起,金声玉耀,诳聋瞽之人,徼一时之声。虽终沦弃,而其夺朱乱雅,为害已甚。(《全唐文》卷五百七十四)

实即指他们的作品因袭剽窃,而缺乏创造精神。

4. 明确肯定文章的审美价值和审美意义

除强调文与道的统一外,柳宗元对接近于纯审美愉悦性文章也予以充分肯定。针对世人对韩愈"以文为戏"的批评,他专写了《读韩愈所著〈毛颖传〉后题》,其中有云:

> 世人之笑之也,不以其俳乎? 而俳又非圣人之所弃者。《诗》曰:"善戏谑兮,不为虐兮。"《太史公书》有《滑稽列传》,皆取乎有益于世者也。故学者终日讨说答问,呻吟习复,应对进退,掬溜播洒,则罢惫而废乱,故有息焉游焉之说。不学操缦,不能安弦;有所拘者,有所纵也。
>
> ……
>
> 韩子之为也,亦将弛焉而不为虐与? 息焉游焉而有所纵与? 尽六艺之奇味以足其口与? 而不若是,则韩子之辞,若瓮大川焉,其必决而放诸陆。不可以不陈也。(《全唐文》卷五百八十九)

其辩驳之有力,远远超过韩愈本人写给张籍的信。这也标志了对文章审美功能之自觉意识的进一步提高。

由以上几点来看,柳宗元的文章观,和韩愈基本上异曲而同工。

三　创作实践上的成就与特点

柳宗元的散文创作，丰富而全面。早年之作，多清畅俊朗，有英气，数量不多；遭贬后的作品，更为深刻、成熟，占其大宗，韩愈所谓"雄深雅健似司马子长"，可为此期特点的总概括。但不同品类，亦有不同特色。

1. 普遍性的成就

柳宗元对属于文体之"文"的各品类，皆有成就。

其表、疏、状、笺，有自作，亦有代人所写。后期之《谢除柳州刺史表》《柳州谢上表》《献平淮夷雅表》《上饶歌鼓吹曲表》，检讨过往，表白忠心，希望以文辞为朝廷有所贡献，写得典雅沉重。其余多为官场应用文字，以华美的骈体，赞功颂德；且有不少违心之作，如其在《贞符》中明明反对天人感应，却写有相当数量的贺祥祝瑞的表状。

其论说文章，包括论、议、辩、说，内容广博，特色突出，写作时间不一，前后有所变化；但无论涉及上下今古，一般针对性强，着眼现实政治、风尚、民生，笔法格调，因文章的不同，而各有优长。

以"论"命名的几篇文章，似写于较早时期。篇幅最大，名声最著者为《封建论》。此文论题非新，但针对唐代现实，比较"封建"与"郡县"两种政治体制，立论有新意。不是一般地泛论二者之优劣，而是以宏阔的视野、充分的理据，讲由封建制转化为郡县制乃"势"之必然，再主张恢复封建制，则不合时宜。所讲之理，为对社会发展形势之分析；所依之据，为人所共知的客观历史事实。最后的结论是：

> 夫天下之道，理安斯得人者也；使贤者居上，不肖者居下，而后可以理安。今夫封建者，继世而理；继世而理者，上果贤

乎？下果不肖乎？则生人之理乱，未可知也。将欲利其社稷，以一其人之视听，则又有世大夫，世食禄邑，以尽其封略；圣贤生于其时，亦无以立于天下，封建者为之也，岂圣人之制使至于是乎！吾固曰：非圣人之意也，势也。（《全唐文》卷五百八十二）

全文总的特点是，立论明确，理充据足，要言得中，行文间流溢着自信满满、纵横排宕之气。其《贞符》虽为献给皇帝的颂圣之文，然亦具论说性质。其首云：

> 负罪臣宗元惶恐言：臣所贬州流人吴武陵为臣言："董仲舒对三代受命之符，诚然？非邪？"臣曰："非也。何独仲舒尔，自司马相如、刘向、扬雄、班彪、彪子固，皆沿袭嗤嗤，推古瑞物以配受命。其言类淫巫瞽史，诳乱后代，不足以知圣人立极之本，显至德，扬大功，甚失厥趣。"

然后，从远古讲起，直论到唐兴，最后得出结论：

> 是故受命不于天，于其人；休符不于祥，于其仁。惟人之仁，匪祥于天；匪祥于天，兹惟贞符哉？未有丧仁而久者也，未有恃祥而寿者也。[1]

鲜明地反对天人感应的符瑞观点，强调天下的得丧全在人为。全文用词古雅，论辩充实有力。其余几篇短论，多属破成见、立新说

---

① 余冠英等主编：《唐宋八大家全集》第一卷，国际文化出版公司，1998年，450页。以下所引此书皆出于此版本。

之作。如《时令论》反对据"月令"而施行政,《守道论》驳"守道不如守官",《四维论》认为,以"礼义廉耻"为治世之"四维"不当,有"仁义"二维足矣,其说当非管子之言。皆一题一论,简截完整,观点鲜明而突出。尤其是《六逆论》,针对《左传》称"贱妨贵,少陵长,远间亲,新间旧,小加大,淫破义"为六逆,驳其中之"贱妨贵,远间亲,新间旧"为说不当。行文尖锐而犀利,语简而理盛,明显有针砭时弊之意。

其"议""辩"诸作,除部分作品有考辨性质,其余在内容与写法上与"论"相类,乃借古喻今之作,如《晋文公问守原议》,是有感于宦竖柄权而发,《桐叶封弟辩》借周初传说,侧面反对把天子之言,奉为绝对不可违背的权威,历来被视为简明深刻之驳论的典范。

"说"为比"论"更自由发挥的形式,柳宗元亦有广泛的运用。如《天说》假借与韩愈的对话,表达朴素唯物的天人观:天乃自然的运行,人乃自我作为,"功者自功,祸者自祸"。人对于天,"欲望其赏罚者,大谬矣;呼而怨,欲望其哀且仁者,愈大谬矣"(参见《全唐文》卷五百八十四)。既有思想意义,又有现实意义。《鹘说》,借一鸷鸟尚有仁心仁行,论观人不应以其态其貌,"翘翘而厉炳炳而白者"(锋芒毕露不加掩饰),不见得不胜于"煦煦而默徐徐而俯者"。《观〈八骏图〉说》,一反常评,借反对把骏马畸形化,反对把圣人畸形化,主张将此图"举而焚之"(参见《全唐文》卷五百八十四)。诸说皆挥洒自如,长短不拘,意到言止,显示出以形象寓理致的倾向。最著名的还是《捕蛇者说》:

> 永州之野产异蛇,黑质而白章,触草木尽死,以啮人,无御之者。然得而腊之以为饵,可以已大风、挛踠、瘘、疬,去死肌,杀三虫。其始,太医以王命聚之,岁赋其二,募有能捕之者,当

其租入，永之人争奔走焉。

有蒋氏者，专其利三世矣。问之，则曰："吾祖死于是，吾父死于是，今吾嗣为之十二年，几死者数矣。"言之，貌若甚戚者。余悲之，且曰："若毒之乎？将告于莅事者，更若役，复若赋，则何如？"

蒋氏大戚，汪然出涕曰："君将哀而生之乎？则吾斯役之不幸，未若复吾赋不幸之甚也。向吾不为斯役，则久已病矣。自吾氏三世居是乡，积于今六十岁矣，而乡邻之生日蹙，殚其地之出，竭其庐之入，号呼而转徙，饥渴而顿踣，触风雨，犯寒暑，呼嘘毒疠，往往而死者相藉也。曩与吾祖居者，今其室十无一焉；与吾父居者，今其室十无二三焉；与吾居十二年者，今其室十无四五焉，非死即徙尔。而吾以捕蛇独存。悍吏之来吾乡，叫嚣乎东西，隳突乎南北，哗然而骇者，虽鸡狗不得宁焉。吾恂恂而起，视其缶，而吾蛇尚存，则弛然而卧，谨食之，时而献焉。退而甘食其土之有，以尽吾齿。盖一岁之犯死者二焉，其余则熙熙而乐，岂若吾乡邻之旦旦有是哉！今虽死乎此，比吾乡邻之死则已后矣，又安敢毒耶！"

余闻而愈悲。孔子曰："苛政猛于虎也。"吾尝疑乎是，今以蒋氏观之，犹信。呜呼！孰知赋敛之毒，有甚是蛇者乎！故为之说，以俟观人风者得焉。（《全唐文》卷五百八十四）

文章看似甚平易，娓娓道来，无激昂慷慨之辞，纵横排荡之论，而其深入肺腑的感人力量，今古无二议。仔细揣摩，所以有此效果，首先是构思极精巧：首述其事。次言蒋氏之戚及作者为之更役之议。然后由"蒋氏大戚"，陈明所毒者在租赋而不在蛇。事实胜于雄辩。于是引出"苛政猛于虎"的感慨，揭出作记的主旨。其次，用语经极精心地斟酌打磨，该质简处极质简，该形容描摹之处，恰当地形容描摹，写蒋氏心理动作，要而传神。全文无一字可易，成熟老练到炉火纯青程度。

柳宗元的"书""启"，内容更为广泛：有给上峰的，有寄同辈的，有对后辈致教诲之意的；有论学者，有论文者，有献诗文求助或致谢者，有朝亲朋挚交诉心腹吐衷曲者。表达上亦因人因事因时而异。其中《寄许京兆孟容书》《与杨京兆凭书》《与裴埙书》《与萧翰林俛书》《与李翰林建书》《与顾十郎书》等，都是被贬永州后，写给关系亲密者的信函。值得重视之处在于：其一，道出了当初与王叔文相交的原因。如所谓：

> 宗元早岁，与负罪者亲善，始奇其能，谓可以共立仁义，裨教化。过不自料，勤勤勉勉，唯以忠正信义为志，以兴尧舜孔子之道，利安元元为务，不知愚陋不可力强，其素意如此也。（《全唐书》卷五百七十三《寄许京兆孟容书》）

与我们前面所作判断完全一致。其二，回顾了获贬之由，除与王叔文有关，还因遭到嫉妒和诽谤：

> 仆之罪，在年少好事，进而不能止。俦辈恨怒，以先得官，又不幸早尝与游者居权衡之地，十荐贤幸乃一售，不得者诗张排恨，仆可出而辨之哉？性又倨野，不能摧折，以故名益恶，势益险，有喙有耳者，相邮传作丑语耳，不知其卒云何？中心之愆，若此而已。（《全唐文》卷五百七十三《与裴埙书》）

《寄许京兆孟容书》《与萧翰林俛书》对此有更细致的述说，其中有自省，亦有强烈的负屈感和激愤情绪，与韩愈《墓志铭》中所载情况大体相吻合。其三，讲出了在永州处境之恶劣：

居蛮夷中久,惯习炎毒,昏眊重膇,意以为常。忽遇北风晨起,薄寒中体,则肌革惨懔,毛发萧条,瞿然注视,怵惕以为异候,意绪殆非中国人。楚越间声音特异,舌啾咄噪,今听之怡然不怪,已与为类矣。家生小童,皆自然哓哓,昼夜满耳,闻北人言,则啼呼走匿,虽病夫亦怛然骇之。出门见适州闾市者,其十有八九,杖而后兴。自料居此,尚复几何?(《全唐文》卷五百七十三《与萧翰林俛书》)

其四,倾吐出了贬谪对其精神心理上所造成的打击之重、之惨。如所云:

罪谤交积,群疑当道,诚可怪而畏也。是以兀兀忘行,尤负重忧。残骸余魂,百病所集。瘴结伏积,不食自饱。或时寒热,水火互至,内消肌骨,非独瘴疠为也。

立身一败,万事瓦裂,身残家破,为世大戮,复何敢望大君子抚慰收恤,尚置人数中耶!是以当食不知辛咸节适,洗沐盥漱,动逾岁时,一搔皮肤,尘垢满爪。诚忧恐悲伤无所告诉,以至此也。(《寄许京兆孟容书》)

其五,在如此困顿忧愤之境中,犹在绝望之中存一丝希望,期能在友人的帮助之下,有所作为,表现出顽强不屈的意志。如云:

贤者不得志于今,必取贵于后。古之著书者皆是也。宗元近欲务此,然力薄才劣,无异能解。(《寄许京兆孟容书》)

今天子兴教化,定邪正,海内皆欣欣怡愉,而仆与四五子者,独沦陷如此,岂非命与?……然居理平之世,终身为顽人

之类,犹有少耻,未能尽忘。傥因贼平庆赏之际,得以见白,使
受天泽余润,虽朽楂败腐,不能生植,犹足蒸出芝菌,以为瑞
物。一释废锢,移数县之地,则世必曰:罪少解矣。然后收召
魂魄,买一廛为耕氓,朝夕歌谣,使成文章,庶木铎者采取,献
之法宫,增圣唐大雅之什,虽不得位,亦不虚为太平之人矣。
(《与萧翰林俛书》)

话说得很低调,亦可看出宗元心志之所在,虽数年后仅转柳州,然
凭著述而"贵于后"的目的已达到。其六,柳宗元的这些书信中,有
自省,亦有怨,有愤,有不平,有牢骚,有悲苦之诉,亦有激越慷慨之
语。其遭遇虽有特殊性,但与屈原、司马迁有类似处,所以这些信,
在散文史上,是此前与之后很少见到的,与《报任少卿书》格调最为
相近之作,而且在切近个人生活与情感的细部上,较前者更为深入
贴实。另外,这些信所提供的背景,大大有助于我们对柳氏其他作
品的理解。如在《与李翰林建书》中所云:

> 永州于楚为最南,状与越相类。仆即出游,游复多恐慌,
> 涉野则有蝮虺大蜂,仰空视地,寸步劳倦。近水即畏射工沙
> 虱,含怒窃发中人形影,动成疮痏。时到幽树好石,暂得一笑,
> 已复不乐。何者?譬如囚拘圜土,一遇和景,负墙搔摩,伸展
> 支体,当此之时,亦以为适。然顾地窥天,不过寻丈,终不得
> 出,岂复能久为舒畅哉!

据此,我们就可知柳氏写《永州八记》那些精美文章背后的心迹,亦
可增加对这些作品潜含情韵的理解。
　　柳宗元所写书、启,独具特色者尚多。如其《与李睦州论服气
书》,因李睦州迷溺服气养生之术,朋友屡屡相劝,坚执不悟。宗元

写此信再次反复晓谕劝导，然后云：

> 兄之不信，今使号于天下曰："孰为李睦州友者，今欲已睦州气术者左袒，不欲者右袒。"则凡兄之友，皆左袒矣。则又号曰："孰为睦州客者，今欲已睦州气术者左袒，不欲者右袒。"则凡兄之客，皆左袒矣。则又以是号于兄之宗族，皆左袒矣，号姻娅，则左袒矣。入而号之闺门之内子姓亲昵，则子姓亲昵皆左袒矣。下之号于臧获仆妾，则臧获仆妾皆左袒矣。出而号于素为将率胥吏者，则将率胥吏皆左袒矣。则又号之天下曰："孰为李睦州仇者，今欲已睦州气术者左袒，不欲者右袒。"则凡兄之仇者，皆右袒矣。然则利害之源，不可知也。友者欲久存其道，客者欲久存其利，宗族姻娅欲久存其戚闺门之内，子姓亲昵欲久存其恩，臧获仆妾欲久存其主，将率胥吏欲久存其势，仇欲速去其害。兄之为是术，凡今天下欲兄久存者皆惧，而欲兄速去者独喜。兄为而不已，则是背亲而与仇矣。

如果李"卓然自更"：

> 则愚愿椎肥牛击大豕刲群羊以为兄饎，穷陇西之麦殚江南之稻以为兄寿，盐东海之水以为咸，酏敖仓之粟以为酸，极五味之适，致五藏之安；心恬而志逸，貌美而身胖，醉饱讴歌，愉怿欣欢，流声誉于无穷，垂功烈而不刊。不亦旨哉！（《全唐文》卷五百七十四）

笔墨畅宕，有秦汉文之风。其《贺进士王参元失火书》，虽《国语》中有"因灾而贺"之先例，而写法上的曲折起伏，甚可欣赏。先云：

> 知足下遇火灾，家无余储，仆始而骇，中而疑，终乃大喜，盖将吊而更以贺也。

然后述其原因：对方虽有才能，而"京城人多言足下家有积货，士之好廉名者，皆畏忌不敢道足下之善"，"一出口则蚩蚩者以为得重赂"。

> 乃今幸为天火所涤荡，凡众之疑虑，举为灰埃。黔其庐，赭其垣，以示其无有，而足下之才能，乃可显白而不污，其实出矣。是祝融回禄之相吾子也。（《全唐文》卷五百七十五）

写法别致，见解深切。

柳宗元所写"序"不算太多，亦因写作对象、目的、时间之不同，各有特色。早年之作，如《送苑论登第后归觐诗序》（参见《全唐文》卷五百七十七）散骈相兼，词采流利，有俊爽华丽之致，表现出一种英才焕发的少年意气。后期之作，则内容更加深厚，语言也变得质实简劲，如《送薛存义之任序》：

> 河东薛存义将行。柳子载肉于俎，崇酒于觞，追而送之江之浒，且告曰：
> 凡吏于土者，若知其职乎？盖民之役，非以役民而已也。凡民之食于土者，出其十一佣乎吏，使司平于我也。今我受其直，怠其事者，天下皆然。岂唯怠之，又从而盗之。向使佣一夫于家，受若直，怠若事，又盗若货器，则必甚怒而黜罚矣。以今天下多类此，而民莫敢肆其怒与黜，何哉？势不同也。势不同而理同，如吾民何？有达于理者，得不恐而畏乎？
> 存义假令零陵二年矣，早作而夜思，勤力而劳心。讼者

平,赋者均,老弱无怀诈暴憎。其为不虚取直也的矣,其知恐而畏也审矣。吾贱且辱,不得与考绩幽明之说,于其往也,故赏以酒肉,而重之以辞。(《全唐文》卷五百七十八)

所讲道理颇近今人所谓:"应对纳税人负责。"当时能有这样的观念,足见柳宗元识见之不凡。行文之简质,又见出其为文修养已达成熟老练境界。

柳文不以碑铭诔吊见长,然为亲旧所作皆一往情深,尤其为其父柳镇所写《先侍御史府君神道表》,记家族世系及父亲仕历,赞颂其平生德行、功业、著述,末了则表达强烈的自责与痛悔:

　　呜呼! 宗元不谨先君之教,以陷大祸,幸而缓于死,既不克成先君之宠赠,又无以宁太夫人之饮食。天殛荐酷,名在刑书,不得手开玄堂以奉安祔,罪恶益大,世无所容。尚顾嗣续,不敢即死,支缀气息,以严邦刑,大惧祭祀之无主,以忝盛德。敢用特牲,昭告神道,号叫万里,以毕其辞云。(《全唐文》卷五百八十八)

在碑表中这样抒情还很少见。另外,还有些作品颇具特色,如《赵秀才群墓志》全用七言韵语,似诗非诗,挺别致。《太府李卿外妇马淑墓志》为歌妓倡者写志,且多赞美之辞,也属破格。其哀吊文,既有吊古人之作,亦有吊今人之作,多用骚体,可能也与宗元之身世遭遇有关。

柳宗元曾为韩愈之"以文为戏"辩解。他自己也写有富审美愉悦性质的俳谐之文。韩写"送穷"他则"乞巧",假七夕妇女向天孙乞巧之际,自己也祷告祈求,先极言世人以言辞处世之智与己之拙。然后乞求曰:

> 天孙司巧，而穷臣若是，卒不余畀，独何酷欤？敢愿圣灵
> 悔祸，矜臣独艰，付与姿媚，易臣顽颜。凿臣方心，规以大圆；
> 拔去呐舌，纳以工言；文词婉软，步武轻便；齿牙饶美，眉睫增
> 妍。突梯卷脔，为世所贤；公侯卿士，五属十连。彼独何人，长
> 享终天。

然而，天孙告诉他：你的祈求，全是骗我。你早已拿定决心，不做文中称羡之人。所以答之云：

> 中心已定，胡妄而祈。坚汝之心，密汝所持。得之为大，
> 失不污卑。凡吾所有，不敢汝施。致命而升，汝慎勿疑。（《全
> 唐文》卷五百八十三）

显然，这是借调谐的方式，讽人而自慰。其余之《骂尸虫文》《斩曲几文》皆与之相类。《逐毕方文》《诉螭文》颇近于《檄鳄鱼文》。《宥蝮蛇文》《憎王孙文》，虽以动物为对象，而另有寄寓。

2. 有特殊贡献之文

柳宗元成就突出，且补韩愈之不足者，为其山水记、寓言、人物传记。

柳文中以"记"为名者，多而杂，有"厅壁记""堂记""亭记"等，皆叙次清晰，兼善描述，往往即小见大，由所记之点荡开去，寄劝人讽世之意，然而皆不及其山水记成就高，文字精，对后世影响大。

中国文学中，对自然美正面的审美观照与审美表现，始于诗歌，前人云：至谢灵运"山水方滋"；后延及骈文，产生了一批书信体的清丽作品；及《水经注》，在地志性著作中，对凡能引起审美兴趣之对象，往往忍不住以极富情致之笔墨，点染描绘，传达出其特具之神髓，成为散见而又迷人的妙品；元结的《右溪记》以质简自然

之语言,专写山水之美,显示出完美成熟的特点,仍属星星之火。到了柳宗元,由于他的特殊境遇,亦由于作家的审美欣赏与审美表现力之积累发展,使写自然山水之文,有了质的变化,达到前所未有的高度。

柳宗元在《陪永州崔使君游南池序》中,就开始赞赏并描写永州山水。其《零陵三亭记》为薛存义代理湘源令时作,已为游观之事立论,云:

> 邑之有观游,或者以为非政,是大不然。夫气烦则虑乱,视壅则志滞。君子必有游息之物,高明之具,使之清宁平夷,恒若有余,然后理达而事成。(《全唐文》卷五百八十一)

这是对欣赏自然美的肯定,与视"模山范水"有碍教化之论大不相同。此后,除《游黄溪记》外,以《始得西山宴游记》为首篇的"永州八记",成为万口传诵的代表作品。

柳宗元写山水最突出之处,在于对每一景物,从不同的角度,捕捉住其特点,用极简要之笔墨,生动地展现出来。如写西山,是居高临下的俯瞰:

> 攀援而登,箕踞而遨,则凡数州之土壤,皆在衽席之下。其高下之势,岈然洼然,若垤若穴,尺寸千里,攒蹙累积,莫得隐遁。萦青缭白,外与天际,四望如一。然后知是山之特出,不与培塿为类,悠悠乎与灏气俱而莫得其涯,洋洋乎与造物者游而不知其所穷。(《全唐文》卷五百八十一)

《钴鉧潭记》则先写潭之形成:

其始盖冉水自南奔注，抵山石，屈折东流。其颠委势峻，荡击益暴，啮其涯，故旁广而中深，毕至石乃止。流沫成轮，然后徐行，其清而平者，且十亩，有树环焉，有泉悬焉。

然后经加工而益美：

崇其台，延其槛，行其泉于高者而坠之潭，有声潀然。尤与中秋观月为宜，于以见天之高，气之迥。（《全唐文》卷五百八十一）

《钴鉧潭西小丘记》则写小丘之状：

当湍而浚者为鱼梁，梁之上有丘焉。生竹树，其石之突怒偃蹇，负土而出，争为奇状者，殆不可数。其嵚然相累而下者，若牛马之饮于溪；其冲然角列而上者，若熊罴之登于山。（《全唐文》卷五百八十一）

《至小丘西小石潭记》则不再写其形成，而专写潭之胜境：

水尤清冽，全石以为底，近岸卷石底以出，为坻，为屿，为嵁，为岩。青树翠蔓，蒙络摇缀，参差披拂。潭中鱼可百许头，皆若空游无所依。日光下澈，影布石上，怡然不动，俶尔远逝，往来翕忽，似与游者相乐。潭西南而望，斗折蛇行，明灭可见，其岸势犬牙差互，不可知其源。坐潭上，四面竹树环合，寂寥无人，凄神寒骨，悄怆幽邃。（《全唐文》卷五百八十一）

《袁家渴记》，因方言"谓水之反流者为渴"，则写水之回旋所造成的特殊景色兼及草木繁茂、物候推移给人带来的美感：

> 渴上与南馆高嶂合，下与百家濑合，其中重洲小溪，澄潭浅渚，间厕曲折。平者深黑，峻者沸白；舟行若穷，忽又无际。有小山出水中，山皆美石。上生青丛，冬夏长蔚然，其旁多岩洞，其下多白砾，其树多枫楠石楠楩槠樟柚，草则兰芷。又有异卉，类合欢而蔓生，翏轕水石。每风自四山而下，振动大木，掩苒众草，纷红骇绿，蓊葧香气。冲涛旋濑，退贮溪谷，摇扬葳蕤，与时推移。（《全唐文》卷五百八十一）

其余，《石渠记》则沿渠而写景物变化，《石涧记》因涧比渠大，同样写水势，则为另一景象。凡此种种，皆抓住客观对象之最突出特征，以比喻、以描摹、以形容，选用最恰切之语言，写出其状貌、其动态、其神韵，及众态组合所形成之意境。

但柳宗元写山，写水，写胜境，又不是纯客观地摹写重现，而是以记"游"的方式，边写对象，边写其发现与经营的过程，尤其是着重抒发与客观景物融而为一的印象、感受、心神状态。如写发现西山以前：

> 自余为僇人，居是州，恒惴慄。其隙也，则施施而行，漫漫而游，日与其徒上高山，入深林，穷回溪。幽泉怪石，无远不到；到则披草而坐，倾壶而醉；醉则更相枕而卧；卧而梦，意有所极，梦亦同趣；觉而起，起而归。以为凡是州之山有异态者，皆我有也，而未始知西山之怪特。

及至发现了西山，并领略其风光之后：

引觞满酌，颓然就醉，不知日之入。苍然暮色，自远而至，至无所见，而犹不欲归。心凝形释，与万化冥合。然后知吾向未之游，游始于是乎！

《钴鉧潭西小丘记》记购小丘成功后：

皆大喜，出自意外。即更取器用，铲刈秽草，伐去恶木，烈火而焚之。嘉木立，美竹露，奇石显。由其中以望，则山之意，云之浮，溪之流，鸟兽之遨游，举熙熙然回巧献技，以效兹丘之下。枕席而卧，则清冷之状与目谋，瀯瀯之声与耳谋，悠然而虚者与神谋，渊然而静者与心谋。不匝旬而得异地者二，虽古之好事之士，或未能至焉。

《至小丘西小石潭记》亦载：

坐潭上，四面竹树环合，寂寥无人，凄神寒骨，悄怆幽邃。以其境过清，不可久居，乃记之而去。

《石涧记》写发现石涧后，亦有云：

揭跣而往，折竹，扫陈叶，排腐木，可罗胡床十八九居之。交络之流，触激之音，皆在床下；翠羽之木，龙鳞之石，均荫其上。古之人其有乐乎此耶，后之来者能追予之践履耶？（《全唐文》卷五百八十一）

这些与山水景物融为一体的载述，不但昭示了作者此时此地的心境，同时也等于引导读者一起体验了作者所获得的审美享受。

作者在《与李翰林建书》中写到在永州的生活时,曾云:"时到幽树好石,暂得一笑","一遇和景","亦以为适"。这些作品,正是柳宗元贬谪期间,为摆脱精神桎梏,而"暂得一笑","亦以为适"的产物。我们固不必因其只是"暂得"而否定其艺术成就、审美价值,亦不必从其描摹山水的字缝里索隐与其遭贬有关的更深含义。但从整体的背景出发,于文中有意无意地议论感慨中,确也能感受到所流露出的一定的讽世内涵。如《钴鉧潭西小丘记》所谓:

> 噫! 以兹丘之胜,致之丰镐鄠杜,则贵游之士争买者,日增千金而愈不可得;今弃是州也,农夫渔父过而陋之,价四百,连岁不能售。

《小石城山记》又有谓:

> 噫! 吾疑造物者之有无久矣,及是愈以为诚有,又怪其不为之中州,而列是夷狄,更千百年不得一售其伎,是固劳而无用。神者傥不宜如是,则其果无乎? 或曰:以慰夫贤而辱于此者。或曰:其气之灵,不为伟人,而独为是物,故楚之南,少人而多石。是二者,予未信之。(《全唐文》卷五百八十一)

皆蕴有感慨贤才不得其用之意。

总之,正是柳宗元以其卓越的成就,使山水游记以独立完整的形式突显出来,成为古代散文中之一体,沿传绵延,境域日大。

柳宗元在写给许孟容的信里,曾表示欲以著述为务,写给李建的信里又曾说:"仆近求得经史诸子数百卷,尝候战悸稍定时,即伏读,颇见圣人用心,贤士君子立志之分。"正是在这样的基础上,使其给中国古代散文又作出两大贡献:一是使"寓言"独立成体;二是写出了别有特色的传记文。

寓言在先秦及秦汉的子书中,曾被大量运用。它类似于比喻的扩大化,是用拟人化或非拟人化却虚构性的故事,来辅助说理。一般是粗线条的勾勒,个别的篇幅较长,有完整的情节和较生动的形象描绘,但亦为附属性质。柳宗元在继承前人遗产的基础上,作了创造性的发展,写了不少篇虽未名之为寓言实为寓言的作品,如《三戒》《罴说》《蝜蝂传》《设渔者对智伯》《东海君》等。

柳氏之写寓言,目的在警世、讽世,故亦有说理性质,不过把它寄托于具体故事。如《三戒序》所云:"吾恒恶世之人,不知推己之本,而乘物以逞,或依势以干非其类,出技以怒强,窃时以肆暴,然卒迫于祸。有客谈麋、驴、鼠三物,似其事,作三戒。"(《全唐文》卷五百八十五)故以事寓理,与传统寓言是相同的。其不同处在于:一是独立成文。每篇皆首述其事,及其末始点明用意之所在。二是增加了情节的曲折性和形象描摹的生动性。如《罴说》虽极简,而写猎人由仿鹿致引虎至,貙至,罴至,层层深入,有情节的变化。《三戒》诸篇,不但皆有其曲折性,而且不乏形象、神态甚至心理性的点染摹写。如《临江之麋》写麋"稍大,忘己之麋也,以为犬良我友,抵触偃仆益狎。犬畏主人,与之俯仰甚善,然时啖其舌"。形神俱现。《黔之驴》写:

> 虎见之,庞然大物也,以为神。蔽林间窥之。稍出近之,慭慭然莫相知。他日,驴一鸣,虎大骇,远遁,以为且噬己也,甚恐。然往来视之,觉无异能者,益习其声。又近出前后,终不敢搏。稍近益狎,荡倚冲冒,驴不胜怒,蹄之。虎喜,计之曰:技止此耳。因跳踉大㘎,断其喉,尽其肉乃去。(《全唐文》卷五百八十五)

语虽简,而写虎的心理动作发展变化过程,毕切毕肖。如此写法,不但强化了寓言的独立性,而且增加了其审美趣味。其余如《蝜蝂传》以蝜蝂警对财富权位贪得无厌者,虽论说成分较多,亦不乏情节与描写。《设渔者对智伯》取材于史,近于长篇寓言。《东海若》由《庄子》引申而来,说佛理,对话虽多,亦以寓言为体。这样,就使古代散文中又添加了寓言一体。

柳宗元所写《段太尉逸事状》类韩愈《张中丞传后叙》,不以"传"名,实用传之写法。段秀实主要以"笏击朱泚"而著名,宗元经亲自考察而补写其诛悍卒,说郭晞,止焦谌贪酷害农等事迹,因记事委婉清晰,细致传神,而成为传世名文。他所写以"传"名篇的作品不少,其中如《童区寄传》,记十一岁的牧童区寄,凭其机智杀二劫贼事迹。叙事起伏曲折富传奇性,人物形象鲜明突出,属正宗传记。但多篇"传"另有特点,亦记人物的事迹形象,而重点在彼而不在此,实借所写人物,阐述某种原则道理,或讽世刺时。

中国古代早有借前人事迹进行劝谕教化之作,《韩非子》中已不乏其例,《韩诗外传》、刘向的《说苑》《新序》《列女传》则为这类作品之大宗。然此类作品,述事往往过于简单,论说又比较抽象枯燥,因而缺乏说服力、感染力。柳宗元的一大创造,是将"传"与"说"结合起来,写的是传,说的是理,寓理性于感性之中,隐教诲于形象之内。将具有审美性的艺术手段与实用性的政治内容完美结合起来,不着痕迹而让人乐于接受。如《种树郭橐驼传》,始云:

> 郭橐驼,不知始自何名。病偻,瘤然伏行,有类橐驼者,故乡人号之驼。驼闻之曰:甚善,名我固当。因舍其名,亦自谓橐驼云。其乡曰丰乐乡,在长安西。
>
> 驼业种树,凡长安豪富人为观游及卖果者,皆争迎取养。

视驼所种树,或移徙无不活,且硕茂早实以蕃。他植者虽窥伺效慕,莫能如也。有问之,对曰:"橐驼非能使木之寿且孳也,以能顺木之天,以致其性焉尔。凡植木之性,其本欲舒,其培欲平,其土欲故,其筑欲密。既然已,勿动勿虑,去不复顾。其莳也若子,其置也若弃,则其天者全,而其性得矣。故吾不害其长而已,非有能硕而茂之也;不抑耗其实而已,非有能早而蕃之也。他植者则不然,根拳而土易,其培之也,若不过焉则不及。苟有能反是者,则又爱之太恩,忧之太勤。旦视而暮抚,已去而复顾。甚者爪其肤以验其生枯,摇其本以观其疏密。而木之性日以离矣。虽曰爱之,其实害之;虽曰忧之,其实仇之,故不我若也。吾又何能为矣哉!"(《全唐文》卷五百九十二)

写的是种树人,讲的是种树的道理,普通而自然,生动而合理。而当有人问:"以子之道,移之官理可乎?"郭橐驼的回答是:"我知种树而已,理非吾业也。"然后谈及对官吏治民之所见,虽含有对理民之道的批判,然不是出于说教。这一切,都属客观的陈述,自易深入人心。《梓人传》先写自己之所见所闻:

裴封叔之第在光德里。有梓人款其门,愿佣隙宇而处焉。所职寻引规矩绳墨,家不居砻斫之器。问其能,曰:吾善度材,规栋宇之制,高深方圆短长之宜,吾指使而群工役焉。舍我,众莫能就一宇。故食于官府,吾受禄三倍;作于私家,吾收其直大半焉。他日,入其室,其床阙足而不能理,曰:将求他工。余甚笑之。谓其无能而贪禄嗜货者。

其后,京兆尹将饰官署,余往过焉。委群材,会众工,或执斧斤,或执刀锯,皆环立向之。梓人左持引右执杖而中处焉。

量栋宇之任,视木之能举,挥其杖曰:斧。彼执斧者奔而右。顾而指曰:锯。彼执锯者趋而左。俄而斤者斫,刀者削,皆视其色,俟其言,莫敢自断者。其不胜任者,怒而退之,亦莫敢愠焉。画宫于堵盈尺,而曲尽其制,计其毫厘而构大厦,无进退焉。既成,书于上栋曰:某年某月某日某建。则其姓字也,凡执用之工不在列。

全是生动具体的叙事。然后写自己的感想:

余圜视大骇,然后知其术之工大矣,继而叹曰:彼将舍其手艺,专其心智,而能知体要者欤? 吾闻劳心者役人,劳力者役于人。彼其劳心者欤? 能者用而智者谋,彼其智者欤? 是足为佐天子相天下法矣!(《全唐文》卷五百九十二)

此后,才引出一番为相者如何宰制天下的议论。《宋清传》亦用类似写法。

这样,柳宗元又开创了一种新型的传记文。这是真正懂得怎样用具有审美性的艺术手段来"明道"者才能有的创造。

总以上诸端,就可以看到,正是靠了在创作实践上柳宗元与韩愈携手并肩地努力与贡献,才使"文"作为一种大的文体突显出来,将古代散文推向一个新阶段,达到前所未有的新高峰。

第三节　韩、柳同辈或后学之散文创作

韩愈、柳宗元是中唐时期散文创作的主将,他们凭自己的理念与作品,将唐代以及整个中国古代的散文推向一个新阶段。后人将他们掀起的创作高潮称之为"古文运动"。但中唐时期的散文丰

富多彩,存在庞大的作家群。其中有与韩、柳同辈友好,同样努力为文但成就不如二人者,有追随韩、柳的后学者,亦有不专门致力于为文但为文上有一定特点与成就者。

一 李观 欧阳詹

李观(766—794),字元宾,李华从子,陇西(甘肃)人,生活于江东。与韩愈同年进士,又登博学宏词科,曾任太子校书,年二十九卒。韩愈为之写《李元宾墓铭》,称其"才高乎当世,而行出乎古人"。《新唐书》谓:"观属文,不旁沿前人,时谓与韩愈相上下。"

李观生年不永,但存留作品数量不少。在《与睦州独孤使君论朱利见书》中,自称"观挈身复古,立行师古"(《全唐文》卷五百三十三),似乎与韩愈一样以复古道自居,其实在为人和为文上,和韩愈有很大不同。

为人上,李观虽也真诚地尊崇儒学之道,但属于那种天才横溢,自命不凡,锐意进取,锋芒毕露的类型。在《与吏部奚员外书》中,曾说:

> 观之心与天下之人心异,其所务亦异。观小子,方读书学古,受严师心训,属文厉志,立可久之誉。年二十六七之侧,始合游人间,求随武子、郭林宗之俦,以为行媒。岂畏鸣不惊人,举不庚天者乎?(《全唐文》卷五百三十二)

《与张宇侍御书》中,又曾说:

> 观年十有八,再忝乡荐,身未入洛,家犹寄吴。心惟使气,性不偶合。仗前辈奇节,撝穷居清操,天下之事,能倾腹心,不但以董生下帷,苏子刺股而已。(《全唐文》卷五百三十三)

《上陆相公书》中，则云：

> 观诚至愚，不能庸敏，然颇常思古今治乱，邦家大体，生民之难，君臣之际，以为意也；岂徒焦气力，劳形神，润饰言辞以自贤？（《全唐文》卷五百三十三）

基于这样的性格，所以李观在文章中，对那些依倚家世，投托权右，虚取声名的庸碌之辈，取鄙视态度。即使对所崇信之人有所求诉，亦非低眉俯首，往往是申明抱负，表达志愿，希能寄以大用；甚至以咄咄逼人之气，责对方应有识人、助人之量，其《与处州李使君书》《与吏部奚员外书》《与右司赵员外书》《上杭州房使君书》等皆有此特点，在《贻先辈孟简书》中更直斥其待己之无礼。由于同样的原因，李观还在文章中表现出豪侠之气，曾连写三书，为并无深交然负屈被黜之邑丞朱利见申诉（参见《全唐文》卷五百三十三所收《与睦州纠曹王仲连书》《与睦州独孤使君论朱利见书》《与张宇侍御书》）。他还特意向深受其揄扬的文坛名宿梁肃写信，推荐孟郊、崔宏礼（参见《上梁补阙荐孟郊崔宏礼书》）。更进一步，李观还以"草莽贱臣""江东一布衣"等身份，上书朝廷、宰相、仆射，纵论军国大事；在写给取自己为进士的恩师陆贽的信中，表示知遇之恩的同时，不忘就为相之职提出见解，发挥一大通议论（参见《上陆相公书》）。也正因此，他还写了一些其他类型的文章，赞扬能建非常功业的非常之人、忠心为国之臣、个性张扬之士，如《谒夫子庙文》《泾州王将军文》《斩白蛇剑赞》《大夫种铭》《项籍碑铭》《晁错论》《赵壹碑》等。

与其为人之特立独行相一致，在为文上他主张要有创造性与独立性，在《与膳部陈员外书》中说：

> 文之难言也久矣，是使为文者纷纶，无人察其否臧焉。雷

同相从,随声是非,遂令怨咨之音作,苟且之道开。荆璆无价,斌砆有辉。……当今朝廷洪雅尚文,以文化人。四方翕然听命于有司,有司于是乃以词赋琐能而轨度之,声称丛闻而寨撷之。谬矣哉!

然后,他表示自己并非完全反对"轨度"与"声称":

盖欲有司之留视于轨度之外者,绥听于声称之遗者。勿以人之好恶肆夺己之精理也。何者?虑良冶之巧,无消冰之术;莫邪之锐,无补屦之用,而因投弃,为代所笑耳。(《全唐文》卷五百三十三)

基于此,他称自己的文章特点是:

上不罔古,下不附今,直以意到为辞,辞讫成章。(《全唐文》卷五百三十三《贴经日上侍郎书》)

因此,在创作实践上,他的文章与韩愈的质简拗劲,柳宗元的雄深雅健不同,写来骈散不拘,藻辞流泻,倜傥纵横,激昂畅达。如《上杭州房使君书》为表志兼求助之作,首云:

观,白衣之王臣也,有于天人之间二十年矣,胆薄不敢以干大人,头方不足以扇知己,以此而食,诚愧之哉!而闻使君德闳列郡,名载区宇,翕归人望,轰动朝听。灌注我元造,昭苏我苍生,实宜居中作舟,匡上调鼎。千乘之任,未周其用,君子之议,以为屈焉。

在赞美了对方"美善双著"之后，谓"今上非不圣，但辅相有阙也"。认为房某应处廊庙，并言及自己的志愿与处境：

> 观诚守贫窭，无卜式裨国之利；身复多病，无终军系虏之力。但怒发抚髀，气如腾云，苟未获谋，何命之剧终？固当曳履谏天子，借剑趋相门；尽养民治国之计，逐倚法尸禄之吏；使卫青重揖客，孔子畏后生。使君展转览此书，观非寓言也。（《全唐文》卷五百三十三）

李观的文章不只有激越慷慨的一面，亦有叙家常、述腹心的"逐情"之作，如他自我表白的《报弟兑书》，言离家求举的种种艰辛，篇末有云：

> 吾违养以来不忘归，归而无名，为亲之羞。困而行之，穷苦日寻。俯而自安，穷则可也；流亲之羞，归不可也。念二途日夜腐心，浑元循环，三岁一朝，油然而思，众恨长短。居人游人相属之忧，宁同时哉！行至八月，天地凄凉，叶下西郊，我在空房，晨起吟咏，闻乎无人，夜卧不寐，寒漏自长。意可覆也，难可缕陈。我书不稀，汝书亦新，异日两至，同慰一身，岂不旨哉！（《全唐文》卷五百三十三）

表现出其意重思深，情思绵绵的一面。

前人称李观的文章为"不古不今"，其实，和韩、柳文一样，都是文章发展到当时的产物，应是"亦古亦今"的新作。

欧阳詹（约765—815之间），字行周，泉州晋江（福建泉州）人。与韩愈、李观，同年进士。曾任国子监四门助教，四十余岁卒。韩愈为之写《欧阳生哀辞》，谓常衮为福建诸州观察使时，"詹于时独秀出,衮加敬爱,诸生皆推服,闽越之人举进士由詹始"。称"其文章切深,喜往复,善自道"。李贻孙《故四门助教欧阳詹文集序》称:"君之文新无所袭,才未尝困。精于理,故言多周详;切于情,故叙事重复。"(《全唐文》卷五百四十四)

欧阳詹为人为文有自己的特点。据韩愈《哀辞》:"欧阳詹世居闽越,自詹已上皆为闽越官,至州佐县令者,累累有焉。闽越地肥衍,有山泉禽鱼之乐;虽有长材秀民通文书吏事与上国齿者,未尝肯出仕。"詹初受此影响,亦无远出求仕之志。后因才艺秀出,受常衮赏识,朋友鼓励,才远赴京师而求举。及至京之后,始知仕途之艰难。因此,在欧阳詹身上存在着亲情与求仕之矛盾,常有感情的纠结与痛苦。其次,欧阳詹所成长的闽越地区,虽不算边裔,但距离政治中心较远,因而少受官场和世风习染,性格质朴淳厚,重乡情、亲情、友情。这对他的为人和为文都有影响。

在为文上,由于早年处于相对独立的环境,与别人也就有些不同。如对江左作家的评价,即与时论有异,曾云:"降自晋宋齐梁,则有若陆机、鲍照、谢朓、江淹,亦以登庸;虽道德器用,不及曩辰,而词学诗流,为一时之秀。当群公之论,岂容易之。"

欧阳詹的文章以"书""序"为多,尤其"书"特点更为突出。韩愈评其文曰"善自道",意即长于倾诉自己的遭遇与情感。他的三封书,就反映了三段时期的情感状态。《与王式书》写出了进京求仕的前后过程,及尚未中试时的处境与心理。云:原本"以为地分遐陋,进取必无远大","便怀耕食凿饮之心焉,事亲敬长之道,睦友与人之义,恂恂自勉"。然而:

> 予年二十有一,公范(王式字)与群公则可予以进士之目,而有令予观国之心。予以群公所贶之名,绎先贤正名之旨,进

士者,岂不言其可以仕进,而能裨助教化,始自下而升上,终自上而利下者也?……建中初,因当道廉察,故相国常公、本州岛将故中书舍人薛公南涧之谈,西湖之礼,丹青目下,程准前期。公范与群公激励转加,予亦稍信云云之劝。

又经家人慎重讨论,于是决定北上。

当发之日,大人及慈亲亲祭行于东郊。公范与群公亦共馁神余于野席。离觞既辍,大人诚勖数言,言可切骨铭心。征车云动,悲亲鸣咽数声,声堪断肠褫魄。……

受遣之明年,达于长安,赁庑六秋,礼闱四上,频竭激昂之力,累为籔扬之弃。反躬忖己,徘徊又疑:岂常薛公轻于布素,而有佚欤?为群公温良,与朋友有不忠欤?杨朱对歧,墨翟观素,劲挺之志,半作归心。……今一辞庭闱,而逾半纪。以本心每每驰恋若此,魂梦昭昭,感发如彼,日夜之心,公范可量。窃欲审戢良驾,撅分进退,阻故人,无新知,恍不可问。因考使回,更有决断斯科也。……

人生于世,区区者所务,岂不立名乎?有名于国,亦名也;有名于家,亦名也。予何攘臂于其间,丑于家而美于国哉?予无此心,公范知之。东风扇和,山青水清,野芳且荣,林鸟时鸣;樽有酒,匣有琴,公范休畅。(《全唐文》卷五百九十六)

表现了思亲与是否继续求试的矛盾。感情恳挚真切,写来平正畅达,委婉细致,无为文之意而自然成文,似琐繁而有动人情致。《送张尚书书》写于既登进士第而应博学宏辞科前,因遇经济困难而向张求援,笔法同样朴实委婉。《上郑相公书》则为任四门助教后所写,意在请求拔擢,能有更远大前程。写得更加着力。先写自己的处境与期望：

> 五试于礼部，方售乡贡进士；四试于吏部，始授四门助教。夫人百行庶几，万事留心，不仕则已，仕则冀就高衢远途，展其素蓄，垂名于后代，播美于当时。匪徒利斗粟，希片帛，救寒暑，给朝夕也。所以利斗粟、希片帛者，不能无之，其将百行庶几，万事留心之流，有所分别也。某非斯人之徒欤？其慕彼人之徒欤？企夫高衢远途也。（《全唐文》卷五百九十六）

然后细述由四门助教历阶而进，至老死亦无达目的之望。叙次论理，层层推进，切中着实。确实显示出其"精于理，故言多周详；切于情，故叙事重复"的特点。

其"序"作，因时、地、对象不同，写法各有不同，亦有深切雄壮或清新简明之作。如《送王式东游序》有云：

> 赫赫皇都，实吾人逞志之所。大丈夫敛尘襟而瞻绂冕，策蹇驴以窥轩盖，食米菽而觇粱肉，吟寒苦以聆钟鼓，伤哉公范，得无愧耶？加之离情，恨恨何述！万乘之都，千箱之年，有故人而适远，无卮酒以叙别。男儿卮酒之不致，亦何论他日之浮沉哉？平生之怀，未易言也。离者会之资，会者实离之本。今离既由昨会，后会得不由今离乎？离会相生，盖不足叹，公范勉之。东诸侯闻有梁孝燕昭矣！（《全唐文》卷五百九十六）

写得相当慷慨淋漓。《送陈八秀才赴举序》则极简明：

> 诸侯岁贡俊才于天子，故陈侯今年有观光之举。白露肃物，青天始高，云回鸿盘，言遵永途。吾观夫雄心锐志，将领能

事,则夷山堙谷,不尽其力。何东堂一枝,南荆一片,足尘其虑邪?勉哉陈,有其才,奏其试,知其成矣。(《全唐文》卷五百九十七)

此外,欧阳詹还写有不少其他品类的文章,各有特点。如《自明诚论》谓:"自性达物曰诚,自学达诚曰明。""苟非将圣,未有不由明而致诚者。"引古论今,言之凿凿。《珍祥论》设汉武帝与东方大夫之对,尚德而反对祥瑞说。《陶器铭》以玉杯与陶器对比,谓:"物有贱而可贵,亦有贵而可贱,惟贤者能审之。"很有见地。《南阳孝子传》述所见一贫穷孝子,在坎坷旅途中对老父穷力尽孝事迹,朴实无华,而叙次婉转清晰。《吊九江驿碑材文》感慨颜真卿之绝作,竟被俗庸之人毁而自代,叙而夹论,亦为佳作。

欧阳詹的作品,从另一侧面,反映出中唐时期古代散文多方面的发展。

二 李翱 皇甫湜

韩愈敢于以师道自居,于是有将其追随者称为"韩门弟子"之说。诸弟子中,李翱影响最大。樊宗师甚受韩愈赏识,死于韩前,愈曾为之写《南阳樊绍述墓志铭》,前人称学韩而得其险怪者为樊,当时似乎文名甚高,但今天只留下两篇文章,皆晦涩而不可读。故以下只述李翱、皇甫湜。

李翱(772—841),字习之,陇西成纪(甘肃秦安)人,一说赵人。贞元十四年(798)中进士,累迁国子博士,史馆修撰。历多职,曾知制诰,为中书舍人,卒于山南东道节度使任所,谥曰文。李翱与韩愈关系密切,为愈从兄女婿,既从愈学,又以友视之。二人多有书信往还,愈死后,翱写有韩愈《行状》《祭吏部韩侍郎文》。

李翱在崇儒方面,较韩愈尤过之。自云,"自十五已后,即有志于仁义",极力赞扬孔子之道。曾云:"吾之道非一家之道,是古圣人所由之道也。吾之道塞,则君子之道消矣。吾之道明,则尧舜文武孔子之道未绝于地矣。""吾之道,学孔子之道也。"(《全唐文》卷六百三十五《答侯高第二书》)写有上、中、下三篇《复性书》,可能受多年流行之佛学影响,深入论人之"性"与"情"的关系。认为"性者天之命也,圣人得之而不惑者也;情者性之动也,百姓溺之而不能知其本者也"。"复其性者贤人,循之而不已者也。""复性"之方,在"至诚",由"至诚"而至"格物致知"至"天下平"。道即至诚,至诚则至高明。大体不出《中庸》之观点(《全唐文》卷六百三十七)。在哲学思想上,似为宋代理学之滥觞。

为文方面,早年曾受梁肃称道鼓励,在其《感知己赋序》中云:贞元九年(793),执文章谒见梁肃,肃"谓翱得古人之遗风,期翱之名称不朽于无穷,许翱以拂拭吹嘘"(《全唐文》卷六百三十四)。其后,又得韩愈之助,其《祭吏部韩侍郎文》有云:"贞元十二年,兄佐汴州,我游自徐,始得兄交。视我无能,待予以友,讲文析道,为益之厚,二十九年,不知其久。"(《全唐文》卷六百四十)韩愈《与冯宿论文书》亦曾曰:"近李翱从仆学文,颇有所得,然其人家贫多事,未能卒其业。"所以,他受韩愈影响很大,此后多时多处,对韩愈极为称扬,如《与陆傪书》云:"我友韩愈,非兹世之文,古之文也;非兹世之人,古之人也。其词与其意适,则孟子即没,亦不见有过于斯者。当其下笔时,如他人疾书写之,诵其文,不是过也。其词乃能如此。"(《全唐文》卷六百三十五)在《行状》中又谓愈:"深于文章,每以为自扬雄之后,作者不出。其为文未尝效前人之言,而固与之并。自贞元末以至于兹,后进之士,其有志于古文者,莫不视公以为法。"(《全唐文》卷六百四十)

李翱的文章观,基本上继承了韩愈的观念。首先,他强调"道"与"文"的统一。在《答朱载言书》中,说:

列天地,立君臣,亲父子,别夫妇,明长幼,浃朋友,六经之旨也。浩浩乎若江海,高乎若丘山,赫乎若日火,包乎若天地;掇章称咏,津润怪丽,六经之词也。创意造言,皆不相师……故义深则意远,意远则理辩,理辩则气直,气直则辞盛,辞盛则文工。(《全唐文》卷六百三十五)

在其《寄从弟正辞书》中,又针对柳冕等文章仅为一艺说,指出:

汝勿信人号文章为一艺。夫所谓一艺者,乃时世所好之文,或有盛名于近代者是也。其能到古人者,则仁义之辞也,恶得以一艺而名之哉? ……夫性于仁义者,未见其无文也;有文而能到者,吾未见其不力于仁义也。(《全唐文》卷六百三十六)

在《答朱载言书》中,对当时为文的情况作了更具体的分析:

天下之语文章有六说焉:其尚异者,则曰文章辞句,奇险而已;其好理者,则曰文章叙意,苟通而已;其溺于时者,则曰文章必当对;其病于时者,则曰文章不当对;其爱难者,则曰文章宜深不当易;其爱易者,则曰文章宜通不当难。此皆情有所偏,滞而不流,未识文章之所主也。义不深不至于理,言不信不在于教劝,而词句怪丽者有之矣,《剧秦美新》、王褒《僮约》是也;其理往往有是者,而词章不能工者有之矣,刘氏《人物表》、王氏《中说》、俗传《太公家教》是也。古之人能极于工而已,不知其词之对与否,易与难也。……学者不知其方而称说云云如前所陈者,非吾之敢闻也。……故义虽深理虽当,词不工者不成文,宜不能传也。文理义三者兼并,乃能独立于一时，而不泯灭于后代，能必传也。

其中就把"文"与"道"的统一，进一步解释为"文""理""义"的统一。其次李翱也同样重视与强调文章的创新精神。在同《书》中他说：

> 陆机曰："怵他人之我先。"韩退之曰："惟陈言之务去。"……此造言之大归也。吾所以不协于时，而学古文者，悦古人之行也；悦古人之行者，爱古人之道也。

另外，在具体为文上，李翱也有些深刻见解，如在《百官行状奏》中，讲纪实之文时，曾说：

> 今之作行状者，非其门生，即其故吏，莫不虚加仁义礼智，妄言忠肃惠和，或言盛德大业，远而愈光，或云直道言正，殁而不朽。曾不直叙其事，故善恶混然不可明。至如许敬宗、李义府、李林甫，国朝之奸臣也，其门生故吏作行状，既不指其事实，虚称道忠信以加之，则可以移之于房玄龄、魏徵、裴炎、徐有功矣。此不惟其处心不实，苟欲虚美于所受恩之地而已；盖亦为文者又非游夏迁雄之列，务于华而忘其实，溺于辞而弃其理，故为文则失六经之古风，记事则非史迁之实录；不如此，则辞句鄙陋，不能自成其文矣。由是事失其本，文害于理，而行状不足以取信。若使指事书实，不饰虚言，则必有人知其真伪不然者，纵使门生故吏为之，亦不可以谬作德善而加之矣。臣今请作行状者，不要虚说仁义礼智，忠肃惠和，盛德大业，正方直道，芜秽简册，不可取信；但指事说实，直载其词，则善恶功迹，皆据事足以自见矣。(《全唐文》卷六百三十四)

这些话,确实切中时弊。

在创作实践上,李翱自视甚高,他在《与皇甫湜书》中曾说:

> 自别足下来,仆口不曾言文,非不好也,言无所益,众亦未信,祇足以招谤忤物,于道无明,故不言也。

然后论史书曰:

> 前汉事迹,灼然传在人口者,以司马迁、班固叙述高简之工,故学者悦而习焉,其读之详也。

最后讲到自己有志于写唐史,云:

> 唐有天下,圣明继于周汉,而史官叙事,曾不如范蔚宗、陈寿所为,况拟望左丘明、司马迁、班固之文哉?仆所以为耻。当兹得于时者,虽负作者之才,其道既能被物,则不肯著书矣。仆窃不自度,无位于朝,幸有余暇,而词句足以称赞明盛,纪一代功臣贤士行迹,灼然可传于后代,自以为能不灭者,不敢为让。故欲笔削国史,成不刊之书,用仲尼褒贬之心,取天下公是公非以为本。群党之所谓为是者,仆未必以为是,群党之所谓为非者,仆未必以为非。使仆书成而传,则富贵而功德不著者,未必声名于后,贫贱而道德全者,未必不炫赫于无穷。韩退之所谓"诛奸谀于既死,发潜德之幽光",是翱心也。
>
> 仆文采虽不足以希左丘明司马子长,足下视仆叙高愍女、杨烈妇,岂尽出班孟坚、蔡伯喈之下耶?(《全唐文》卷六百三十五)

这表明了他对自己文章水平的高度自信。

李翱散文的写作，取得了一定的成就。他写了一些论政的奏疏，如《论事疏表》及所附五疏等，皆理明辞畅，平实无华，论证颇为有力。《论事于宰相书》及《劝裴相不自出征书》直言无隐，简截有力，辞气激越。《荐士于中书舍人书》及《荐所知于徐州张仆射书》，亦写得相当激昂慷慨。其《八骏图序》：

> 予尝闻有周穆王八骏之说，乃今获览厥图。雄凌趠腾，彪虎文螭之流，与今马高绝悬异矣。其名盗骊、蜚黄、骋襃、白義之属也。视矫首则若排云，视举足则若乘风，有待驭之状，有矜群之姿。若日月之所不足至，若天地之所不足周。轩轩然，巍巍然，言其真也，实星降之精，思其发也，犹神扶其魄。轼者如仙，御者如梦，将变化何别哉！（《全唐文》卷六百三十六）

颇见学韩文之致。其《祭吏部韩侍郎文》表达感情真而切，挚而深，评价撮其要，得其中。所自诩之《杨烈妇传》记叙清晰，有声势，赞语慷慨，亦算佳作。而有特色者，是其《来南录》，全录由长安至广州行程，逐日叙次，简而明，少点缀，似日记账簿，而读来意趣盎然。与其精心选词用语，使人产生如临其境之感有关。如：

> 癸未，如虎丘之山，息足千人石，窥剑池，宿望海楼，观走砌石。将游报恩寺，水涸舟不通，无马道，不果游。
>
> 己丑，如武林之山，临曲波，观轮桩，登石桥，宿高亭。晨望平湖孤山江涛，穷竹道，上新堂，周眺群峰，听松风，召灵山永吟叫猿，山童学反舌声。（《全唐文》卷六百三十八）

此种写法当为首创。有些短文，亦颇有谐趣，如《断僧通状判》：

七岁童子，二十受戒。君王不朝，父母不拜。口称贫道，有钱放债。量决十下，牒出东界。（《全唐文》卷六百三十五）

《陆修槛铭》：

昼日居于是，穷性命于是，待宾客交其贤者亦于是，有客曰翱铭于是。（《全唐文》卷六百三十七）

但总的看来，李翱的作品，较韩、柳境界相差甚远。举例来说，其《答泗州开元寺僧澄观书》，因澄观请翱为其寺钟写铭而作。李翱同样是排佛的，故曰："前日见命作开元寺钟铭，云欲藉仆之词，庶几不朽，而传于后世。""吾之铭是钟也，吾将明圣人之道焉，则于释氏无益也；吾将顺释氏之教而述焉，则惑乎天下甚矣，何贵乎吾之先觉也。""足下欲吾之必铭是钟也，当顺吾心与吾道，则足下之铭必传于后代矣。如欲从俗之所云，则天下属词之士愿为之者甚众，何藉于李翱之词哉？幸思之也。"（《全唐文》卷六百三十六）与韩愈《送浮屠文畅师序》相比，就委婉与巧妙来说，差之远矣。李翱还写了些类似杂感的短文短论，有些浅显直露，有些似寓言而非寓言，即使《高愍女传》《杨烈妇传》，亦无《张中丞传后叙》《段太尉逸事状》之声色气势。

李翱在《复性书》中，把性与情对立起来，讲复性而抑情愫，其文章之不足，除功力问题外，可能亦与此有关。

皇甫湜（约 777—约 835），字持正，睦州新安（浙江淳安）人。擢进士第，补陆浑尉，仕至工部郎中。《新唐书·韩愈传》称"其徒李翱、李汉、皇甫湜从而效之"，故后人多将三人皆视为"韩门弟子"。

皇甫湜对韩愈确实极其尊崇，在他所写《韩愈神道碑》《韩文公墓志铭》及其他文章中,有充分表现。尤其《墓志铭》中赞扬韩愈之文:"茹古涵今,无有端涯,浑浑灏灏,不可窥校。及其酣放,豪曲快字,凌纸怪发,鲸铿春丽,惊耀天下。然而栗密窈眇,章妥句适,精能之至,入神出天。呜呼,极矣!后人无以加之矣。姬氏以来,一人而已矣!"另据同文载,韩愈逝世前曾"书谕湜曰:'死能令我躬所以不随世磨灭者,惟子以为嘱。'"(《全唐文》卷六百八十七)说明韩愈对皇甫湜,也是信任有加的。

后世论文者有"同出韩愈,翱得韩之醇,而湜得愈之奇"之说。观皇甫湜答李生之三封书,可以看出,为文的"怪"与"奇"已是人们非常关注的话题,并且皇甫湜确是尚"奇"尚"怪"的。在《答李生第一书》中,他说:

> 夫意新则异于常,异于常则怪矣;词高则出于众,出于众则奇矣。虎豹之文,不得不炳于犬羊;鸾凤之音,不得不锵于乌鹊;金玉之光,不得不炫于瓦石。非有意于先之也,乃自然也。(《全唐文》卷六百八十五)

由此可见,皇甫湜所谓"怪"与"奇",实指文章应有超常与创新之处。皇甫湜的观点中包含了对"文"本身的价值判断。对"文"的价值判断实即对文章审美价值的判断,涉及的是关于文学性质的原则问题。这方面皇甫湜继承了韩愈之精神,甚至比韩愈表达得更明确。其要点有二:其一,明确地将"言"与"文"区别开来,指出:仅以"通理"来说,有"言"即足矣,而要传之不朽,必须靠作为"言之华"的"文"。如《答李生第二书》所云:

> 夫文者非他,言之华者也,其用在通理而已,固不务奇,然亦无伤于奇也。使文奇而理正,是尤难也。生意便其易者乎?

夫言亦可以通理矣。而以文为贵者，非他，文则远，无文即不远也。以非常之文，通至正之理，是所以不朽也，生何嫉之深耶？夫"绘事后素"，既谓之文，岂苟简而已哉？（《全唐文》卷六百八十七）

正因为如此，皇甫湜反对一概而论地否定"浮艳声病之文"。在《第一书》中他说：

来书所谓"浮艳声病之文耻不为者"，虽诚可耻，但虑足下方今不尔，且不能自信其言也。何者？足下举进士，举进士者，有司高张科格，每岁聚者试之，其所取乃足下所不为者也。工欲善其事，必先利其器。足下方伐柯而舍其斧，可乎哉？耻之不当求也，求而耻之，惑也。今吾子求之矣，是徒涉而耻濡足也，宁能自信其言哉？

在《第二书》中又说：

生轻宋玉（宋玉前当缺"屈原"二字），而称仲尼班马相如为文学。按司马迁传屈原曰："虽与日月争光可矣。"生当见之乎？若相如之徒，即祖习不暇者也，岂生称误耶？将识分有所至极耶？……生笑"紫贝阙兮珠宫"，此与《诗》之"金玉其相"何异？天下人有金玉为之质者乎？"被薜荔兮带女萝"，此与"赠之以芍药"何异？文章不当如此说也。

在《答李生第三书》中，又说：

生以松柏不艳比文章，此不知类也。凡比必于其伦，松柏可比节操,不可比文章。大人虎变,君子豹变,此文章比也。有以质为贵者,有以文为贵者,引茅屋越席易黼藻玄黄之用,可乎?(《全唐文》卷六百八十七)

在《第二书》之末,他对真正的浮夸与追求文章的辞章之美作了区界,指出:

> 近风教偷薄,进士尤甚。乃至有一谦三十年之说,争为虚张,以自谩。诗未有刘长卿一句,已呼阮籍为老兵矣;笔未有骆宾王一字,已骂宋玉为罪人矣;书字未识偏旁,高谈稷契;读书未知句度,下视服郑。此时之大病,所当嫉者。生美才,勿似之也。

其二,皇甫湜将“开物成务”,“化成天下”之“文”,与文章之“文”,明确地区分开来。他在《第一书》中说:

> 来书所谓“汲汲于立法宁人”者,在位者之事,圣人得势所施为也,非诗赋之任也。功既成,泽既流,咏歌纪述光扬之作作焉;圣人不得势,方以文词行于后。今吾子始学未仕,而急其事,亦太早计矣。

在《第二书》中又云:

> 夫焕乎郁郁乎之“文”,谓制度,非止文词也。前者捧卷轴而来,又以浮艳声病为说,似商量文词,当与制度之文异日言也。

将“制度之文”与“文词之文”明确地视为两事。这都属于对文章之

"文"和文学之"文"的自觉。以上两点，表达得都比韩愈更清楚。所以，所谓李翱得韩之"醇"之"正"，只是看到了李翱在崇儒尊道上继承甚至超过了韩愈，而认为皇甫湜只得韩之"奇"并加以贬斥，则是没有看到他尚"奇"中所含有的对"文"的自觉之继承与发展。

不只如此，皇甫湜在文学观念上，还值得注意并应加肯定的是：他除了像韩愈一样对秦汉遗产高度重视以外，对当代的散文作家和他们的创作成就，也有充分的认识并给予高度的评价。在《谕业》中，以教育弟子的口吻说：

> 书不千轴，不可以语化；文不百代，不可以语变。体无常轨，言无常宗，物无常用，景无常取，在谭其理，核其微，赋物而穷其致。歌咏者极情性之本，载述者遵良直之旨，觞（疑作"触"）类而长，不失其要。此其大略也。夫比文之流，其来尚矣。自六经子史至于近代之作，无不详备。当朝之作，则燕公悉以评之；自燕公已降，试为子论之。

然后，详细论列了自张说、苏颋、李邕、贾至、李华、独孤及、权德舆、韩愈而下等十余人之文，皆用形容性的语言充分地做了赞扬肯定。并谓：

> 其他握珠玑奋组绣者，不可一二而纪矣。若数公者，或传符于帝宰，或受命于神工，或凤翥词林，或虎踞文苑，或抗辔荀孟，或攘袂班扬，皆一时之豪彦，笔砚之麟凤。今皆游泳其波澜，偃息其林薮，铨其一揖之旧也。（《全唐文》卷六百八十七）

这种对近现代的作家广收博纳，虚心就学的态度，也是对韩愈精神的一种继承。

皇甫湜的创作实践中，确实有刻意求奇求怪而造成行文滞涩的情况。但他受韩愈影响，在为文上追求超常创新，确也写出了不少质实简古、生动洁劲的好文章，如他引以为豪的《唐故著作郎顾况集序》有云：

> 吴中山泉气状，英淑怪丽。太湖异石，洞庭朱实，华亭清唳，与虎丘天竺诸佛寺，钧号秀绝。君出其中间，翕轻清以为性，结泠汰以为质，煦鲜以为词，偏于逸歌长句，骏发踔厉，往往若穿天心，出月胁，意外惊人语，非寻常所能及，最为快也。李白杜甫已死，非君将谁与哉！（《全唐文》卷六百八十六）

写得相当简括有力。其几篇送序，如《送简师序》：

> 凤羽而麟毛，鸟与兽也，经传以比圣人，岂非以其心，不以其形者耶？师虽佛名，而儒其行；虽夷狄其衣服，而仁义其心；虽未齿于士，与凤麟类矣。不犹愈于冠朝冠服朝服，或溺于淫怪之说，以斁彝伦者耶？呜呼！师，吾独贤也。刑部侍郎昌黎韩愈既贬于潮，浮屠之徒，欢快以扚，师独愤起访余，求叙行以资适潮。不顾蛇山鳄水，万里之险毒，若将朝揖进拜而夕死可者。呜呼！悲夫吾绊，不得侣师以驰。（《全唐文》卷六百八十六）

字简句拗，表达方式与选词用语上，确有让人咀嚼品味之处，颇为接近韩愈之风格。

皇甫湜虽追求"奇"与"异"，笔调写法却也不是单一的。他的许多论说性的文章，写得相当畅达，如《对贤良方正直言极谏策》《论进奉书》《夷惠清和论》《编年纪传论》及《公是》《明分》等短论，都有自己的见地，且表达得清晰、条理、明顺。《春心》一篇写春色春情,学《九歌》韵调,写得相当流丽缠绵。《悲汝南子桑文》为祭文吊文性质,但一气设问,有《天问》笔意。

三 刘禹锡 元稹 白居易 令狐楚

与韩愈、柳宗元同时或稍后尚有不少主要不以文名,或为文趋向不同,而在散文写作上有影响和特色的作家。

刘禹锡(772—842),字梦得,洛阳人,自谓族系为汉中山靖王刘胜之后,故常称中山刘禹锡,又因刘氏郡望在彭城,而有彭城刘禹锡之说。贞元九年(793)登进士第,复登拔萃科,授太子校书。曾入杜佑幕,官至监察御史。元和元年(806),因与王叔文关系,贬朗州司马。九年后,改授连州刺史。又六年后,移刺多州,逐步升迁至检校礼部尚书兼太子宾客。

刘禹锡的人生遭遇与柳宗元几乎相同,只是因年寿较长,后半生仕途稍为顺利。晚年所写的《子刘子自传》中,曾重点述及永贞及元和初年事:

> 初,叔文北海人,自言王猛之后,有远祖风,唯东平吕温、陇西李景俭、河东柳宗元以为言然。三子者皆与予厚善,日夕遇,言其能。叔文实工言治道,能以口辨移人。既得用,自春至秋,其所施为,人不以为当非。时上素被疾,至是尤剧,诏下内禅,自为太上皇,后谥曰顺宗,东宫即皇帝位。是时,太上久寝疾,宰臣及用事者都不得召对。宫掖事秘,而建桓立顺,功归贵臣。于是叔文首贬渝州,后命终死。宰相贬崖州。予出为连州,途至荆南,又贬朗州司马。居九年,诏征得授连州。[1]

---

① 瞿蜕园撰:《刘禹锡集笺证》,上海古籍出版社,1989 年,1501 页。以下所引刘禹锡文皆出于此,不再出注。

记述相当客观谨慎,表明自己是统治集团内争的牺牲品。

与柳宗元相似,刘禹锡仕途的坎坷实际上造就了其文学成就。《新唐书》本传云:贬朗州时,"州接夜郎诸夷,风俗陋甚,家喜巫鬼,每祠,歌《竹枝》,鼓吹裴回,其声伧伫。禹锡谓屈原居沅湘间作《九歌》,使楚人以迎送神,乃倚其声,作《竹枝辞》十余篇"。又云:"禹锡恃才而废,偏心不能无怨望,年益晏,偓促寡所合,乃以文章自适。素善诗,晚节尤精,与白居易酬复颇多。居易以诗自名者,尝推为'诗豪',又言:'其诗在处,应有神物护持。'"

刘禹锡的文学成就主要在诗。但他与韩、柳都有很深的交情,又与令狐楚多所往还,为文上也有相当的造诣和影响。总的特点是散骈相间,明达通畅,但因文体品类及写作目的、对象的不同而有所不同。有些作品简古质雅,与韩、柳较为接近。

其大量表、状,多为在杜佑幕掌书记时所作,为程序性公文,用浅明的骈语,通顺畅达,然无突出特色。另有多篇任州刺史或他职后的谢上表,除表达谢恩之意,几乎每表都言及永贞遭贬事,反复申明"发迹书生,以文为业",无政治上结党求进之野心。如《谢连州刺史表》有云:

> 臣性愚拙,谬学文词,幸遇休明,累登科第。出身入仕,并不因人。德宗临御之时,臣忝御史;陛下龙飞之日,臣忝郎官。恭守章程,勤修职业。权臣奏用,盖闻虚名,实非曲求,可以覆视。迹卑易枉,无路自明,亦缘臣有微才,所以嫉臣者众,竞生口语,广肆加诬。

意在撇清与王叔文的关系。晚年所写《苏州谢上表》,几乎表达了同样意思。与此类表章相近,他在遭贬期间,还写有不少给在朝权贵的书、启,如写给杜佑的《上杜司徒书》《上杜司徒启》、写给李吉甫的《上淮南李相公启》、写给武元衡的《上门下武相公启》、写给李绛的《上中书李相公启》等，内容大体为辩白受贬之屈，倾诉处境之艰困、心情之痛苦，恳求伸出援手予以救助。表述感情的深浅随对方关系的不同而有所不同，总的态度是相当急切强烈。行文虽用骈语，但因情之所在，因而相当激越感人。其中写得最充分而恳挚者，为《上杜司徒书》，其末段有云：

> 嗟哉！小生仕逢圣日，岂曰不辰？知有相君，岂曰不遇？而乘运钟否，俾躬雁灾，同生无手足之助，终岁有病贫之厄。孰不求达，而独招嫌？孰不求安，而独乘坎？赋命如此，虽悔可追？湘沅之滨，寒暑一候，阳雁才到，华言罕闻。猿哀鸟思，啁啾异响，暮夜之后，并来愁肠。怀乡倦越吟之苦，举目多似人之喜。俯视遗体，仰安高堂，悲愁惴栗，常集方寸。尽意之具，固不在言，身远与寡，舍兹何托？是以因言以见意，恃旧以求哀。敢希末光，下烛幽蛰。孤志多感，重恩难忘。顾瞻门馆，惭恋交会，伏纸流涕，不知所云。

在处境改善之后，也写了不少感谢性的书启，笔调则大为不同。此外，在遭贬期间，他还写了些给知近友人的书信，其《答柳子厚书》《与柳子厚书》，都是论文的，皆不用骈体，写得自然而疏淡，显示了挚友之间的亲切。前书论柳文云：

> 顾其词甚约而味渊然以长，气为干，文为支，跨跞古今，鼓行乘空。附离不以凿枘，咀嚼不以文字。端而曼，苦而腴，佶然以生，癯然以清。

可谓切中柳文之要。其《与刑部韩侍郎书》，是在韩愈以平淮功升

职以后,希望能凭其力给予帮助,因视韩愈为知己,故不用客套,而且行文有意仿韩文格调:

> 退之从丞相平戎还,以功为第一官,然犹议者嗛然如未迁陟。此非特用文章学问有以当众心也,乃在恢廓器度,以推贤尽材孜孜,故人心乐其道行,行必及物故耳。前日赦书下郡国,有弃过之目,以大国材富而失职者多,千钧之机固省度而释,岂鼷鼠所宜承当?然譬诸蛰虫坯户而俯者,与夫槁死无以异矣,春雷一振,必歙然翘首,与生为徒;况有吹律者召东风以熏之,其化更益速。雷且奋矣,其知风之自乎!既得位,当行之无忽。禹锡再拜。

于此亦可看出刘禹锡受韩文之影响。

刘禹锡在《祭韩吏部文》中曾有"子长在笔,予长在论"的话,可见他以长于"论"自居。在刘集中确有不少论说性文章,著名者有《天论》上、中、下三篇,《因论》中的七篇短论,另有《辨迹论》《明贽论》《华佗论》等,此外还有一些杂著性的作品,如《观博》《观市》《名子说》《犹子蔚适越戒》等,亦有论说性质。这些作品,写作时间不一,内容广泛,意旨各异。《天论》论天人关系,主张天与人交相胜,设问设答,条分理析,且以事寓理;表述上,不如柳宗元之精洁简明。《华佗论》以古喻今,戒执权者不可轻杀,行文有曲折,亦有激情。《犹子蔚适越戒》训诫其侄应力学勤行,处事慎重,有云:"昔吾友柳仪曹尝谓吾文隽而膏,味无穷而炙愈出也。"此评当与刘禹锡之诗并言之。《观市》一文,假市场景象寓人事世事之倏忽变化。其中写于城楼俯瞰市场情景:

> 肇下令之日,布市籍者咸至,夹轨道而分次焉。

其左右前后，班间错跱，如在阛之制。其列题区榜，揭价名物，参外夷之货焉。马牛有绊，私属有闲。在巾笥者织文及素焉，在几阁者雕形及质焉，在筐筥者白黑巨细焉。业于饔者，列饔饎陈饼饵而苾然；业于酒者，举酒旗涤杯盂而泽然；鼓刀之人，设膏俎解豕羊而赫然。华实之毛，畋渔之生，交蚳走，错水陆，群状伙名，入队而分。

韫藏而待价者，负挈而求沽者，乘射其时者，奇赢以游者，坐贾颙颙，行贾遑遑，利心中惊，贪目不瞬。于是质剂之曹，较估之伦，合彼此而腾跃之；冒良苦之巧言，敪量衡于险手，秒忽之差，鼓舌伦伦，诋欺相高，诡态横出。鼓嚣哗，垄烟埃，奋膻腥，叠巾屦，啮而合之，异致同归。

鸡鸣而争赴，日中而骈阗。万足一心，恐人我先。交易而退，阳光西徂，幅员不移，径术如初。中无求，隙地俱，唯守犬乌乌，乐得其腐余。

是日倚衡而阅之，感其盈虚之相寻也速，故著于篇云。

将一日之中，市场之交错纷杂、喧腾熙攘的情景，叙次有致地呈现在读者眼前。这是中国古代散文中前所未有的，实开张岱此类作品之先声，只是二者用语有雅俗的不同。

刘禹锡还写有相当数量的"记""文集纪""引"，据瞿蜕园先生云："禹锡父名绪，故避嫌名，为人作序皆代以纪字，诗序则代以引字。"（参见《刘禹锡集笺证》）其所作诸记，以厅壁记为多，少数为亭台记，一般注重行文质简古雅，接近韩、柳文风。其中较出色者，如《洗心亭记》：

天下闻寺数十辈，而吉祥尤章章。蹲名山，俯大江，荆吴云水，交错如绣。始予以不到为恨，今方弭所恨而充所望焉。

既周览赞叹，于竹石间最奇处得新亭。形焉如巧人画鳌背上物，即之四顾，远迩细大，杂然陈乎前，引人目去，求瞬不得。征其经始，曰僧义然。啸侣为工，即山求材。盘高孕虚，万景坌来。词人处之，思出常格；禅子处之，遇境而寂；忧人处之，百虑永息。鸟思猿情，绕梁历榱。月来松间，雕镂轩墀。石列笋簴，藤蟠蛟螭。修竹万竿，夏含凉飔。斯亭之实录云尔。

然上人举如意抲我曰："既志之，盍名之以行乎远夫！"余始以是亭圜视无不适，始适乎目而方寸为清，故名洗心。长庆四年九月二十三日，刘某记。

洗练精洁，极近柳作，不同处是带有骈语痕迹。其所谓"集纪"，多为友人文集所写，涉及文学观念。值得注意者为：一，在为李绛所写《故唐相国李公集纪》篇首及为韦处厚所写《唐故中书侍郎平章事韦公集纪》篇首，皆论及唐代之重文人与文治。二，在后一篇中提到：

公未为近臣已前，所著词赋、赞论、记述、铭志，皆文士之词也，以才丽为主。自入为学士至宰相以往，所执笔皆经纶制置财成润色之词也，以识度为宗。

表明当时的作者已明确认识到，在散文内部，两种不同品类的文章审美要求上有重大区别。前者属艺术性作品，以审美表现能力为主；后者属应用性作品，以理性认识为主，艺术表现能力只起润色的作用。在同篇中还引了李翱的话："翱昔与韩吏部退之为文章盟主，同时伦辈，惟柳仪曹宗元、刘宾客梦得耳！"说明了时人对刘禹锡文的评价。三是，在为令狐楚所写的《唐故相国赠司空令狐公集纪》中，对令狐楚给予了很高的评价，称"公独赋文华"，"以文雄于国"。虽属赞誉之辞，但也说明其人当时确有较大影响。四是，在为卢象所写的《集纪》及在为董侹所写《董氏武陵集纪》中，较多地论及诗歌创作的特点与要求，并对建安至永明的诗作给予肯定性评价。五是，在《唐尚书礼部员外郎柳君集纪》中，充分肯定了唐代文章的振兴与时代相关，并对柳文给予极高的赞许，有云：

> 八音与政通，而文章与时高下。三代之文至战国而病，涉秦汉复起；汉之文至列国而病，唐兴复起。夫政庞而土裂，三光五岳之气分，大音不完，故必混一而后大振。初贞元中，上方向文章，昭回之光，下饰万物。天下文士，争执所长，与时而奋，粲焉如繁星丽天，而芒寒色正，人望而敬者，五行而已。河东柳子厚斯人望而敬者与！

文中又引了韩愈和皇甫湜对柳文的评骘：

> 子厚之丧，昌黎韩退之志其墓，且以书来吊曰："哀哉若人之不淑。吾尝评其文，雄深雅健似司马子长，崔、蔡不足多也。"安定皇甫湜于文章少所推让，亦以退之之言为然。

其余作品，包括"引""述"碑志，有突出特色者不多。一篇《子刘子自传》写得极质实老练，部分内容已见前引。还值得重视者是其几篇祭文，用传统的四言排偶，高度综括对方生平，于夹叙、夹赞、夹描之中，寄托追念哀思之情。尤其是《祭柳员外文》及《重祭柳员外文》，情深意挚，读之令人有泪尽泣血之感，如所谓：

> 终我此生，无相见矣。何人不达？使君终否？何人不老？

使君夭死。皇天厚土，胡宁忍此？知悲无益，奈恨无已！子之不闻，予心不理，含酸执笔，辄复中止。

　　唯我之哭，非吊非伤，来与君言，不言成哭。千哀万恨，寄以一声。唯识真者，乃相知耳。庶几傥闻，君傥闻乎？

《祭韩吏部文》同为情深意挚之作，对韩愈文章上的成就及为人的品行，表达了由衷的赞佩：

　　高山无穷，太华削成；人文无穷，夫子挺生。典训为徒，百家抗行。当时劲者，皆出其下；古人中求，为敌盖寡。贞元之中，帝鼓薰琴；奕奕金马，文章如林。君自幽谷，升于高岑；鸾凤一鸣，蝍蟧革音。手持文柄，高视寰海；权衡低昂，瞻我所在。三十余年，声名塞天；公鼎侯碑，志隧表阡；一字之价，辇金如山。权豪来侮，人虎我鼠；然诺洞开，人金我灰。

文中对韩愈评价之高，在唐人中是少有的，甚至超过其挚友柳宗元，而且情感的表达，可以说是完全出于至诚。其中"一字之价，辇金如山"，是对常人所谓"一字千金"的进一步形容。即使果就其碑表而言，按当时习俗，亦属赞语，岂有通篇赞誉中，而参以讥刺之理！然而大学者如顾炎武，竟以此证明韩愈谀墓获金，"可谓发露真赃者矣"。当代的研究者亦有云："禹锡所言与刘叉所讥，诚非虚语。"真令人怀疑，这些学究们是否懂得文学艺术为何物？文中又有云：

　　昔遇夫子，聪明勇奋；常操利刃，开我混沌。子长在笔，予长在论；持矛举盾，卒不能困。时惟子厚，窜言其间；赞词愉愉，固非颜颜。磅礴上下，羲农以还。

此是讲在韩、刘、柳之间，存在深厚友情，经常文字往还，探讨学术问题，彼此间皆心服意适，非表面的虚与委蛇。而有的学者如王应麟，竟据此指责禹锡与韩相较，为"可笑不自量"，同样令人怀疑他们读懂原文与否？

此外，还有一篇《陋室铭》，《刘禹锡集笺证》不载，笺证者云：宋以后选本相沿皆有，"察其语意，以扬雄、诸葛亮自比，绝不合禹锡之身世"。"至于'谈笑有鸿儒，往来无白丁'，禹锡更不至出语庸陋如此。况文格纤仄，亦迥非元和中所有，不待辨而可知"。《全唐文》卷六百零八载其文曰：

山不在高，有仙则名；水不在深，有龙则灵。斯是陋室，惟吾德馨。苔痕上阶绿，草色入帘青。谈笑有鸿儒，往来无白丁。可以调素琴，阅金经。无丝竹之乱耳，无案牍之劳形。南阳诸葛庐，西蜀子云亭。孔子云：何陋之有？

文章化诗入铭，清新简洁，表现了一种傲世情调，与禹锡的遭遇胸怀正相应，实为佳作。至于"鸿儒""白丁"之对，"诸葛庐""子云亭"之比，皆为衬托室之不陋，何来"以扬雄、诸葛亮自比"？

总以上诸端，可见刘禹锡，在为文上确有自己的成就与特色，只是所达到的高度，尚不足与韩、柳比肩而已。

元稹（779—831），字微之，河南（河南洛阳）人，居京兆万年（陕西西安）。元和元年（806），应制举，对策第一，拜左拾遗，后辗转任多职。穆宗朝，擢祠部郎中，知制诰，迁中书舍人、翰林承旨学士，一度为相。卒于武昌节度使任。

元稹主要以诗名，与白居易交谊甚深，世称"元、白"。元稹一生的仕历遭遇与其诗文的关系极大。早年在其作谏官期间，写了一批积极干预时政的表奏，曾受宪宗赏识，但因触忤权贵而遭贬十余年。其间，他与白居易酬唱往还，致力于诗歌创作，共同开创了"元和体"，为唐代诗歌辟出一个新境域，表现出了对诗歌创作和诗歌理论的一些新体验。犹可注意者，元稹是靠其诗作影响而获得政治地位的。《旧唐书·元稹传》载："穆宗皇帝在东宫，有妃嫔左右尝诵歌诗以为乐曲者，知稹所为，尝称其善，宫中呼为元才子。荆南监军崔潭峻甚礼接稹，不以掾吏遇之，常征其诗什讽诵之。长庆初，潭峻归朝，出稹《连昌宫辞》等百余篇奏御，穆宗大悦，问稹安在，对曰：'今为南宫散郎。'即日转祠部郎中，知制诰。"其以诗得官几与司马相如以赋受用相等，但他不像相如那样仅以词臣侍，而是一路升至宰相位。这从侧面反映了当时审美爱好比汉代更为深入普及。这种因诗得来的机遇，又使元稹在诗文上得以进一步施展其才能。

元稹在散文上的贡献与成就，主要体现在他知制诰期间代皇帝所写的诏诰制命。《新唐书·元稹传》谓："变诏书体，务纯厚明切，盛传一时。"元稹也以此自负，在其《制诰自序》中曾谓：

> 制诰本于《书》，《书》之诰命训誓，皆一时之约束也，自非训导职业，则必指言美恶，以明诛赏之意焉。……秦汉以来，未之或改。近世以科试取士文章，司言者苟务刊饰，不根华实。升之者美溢于词，而不知所以美之之谓；黜之者罪溢于纸，而不知所以罪之之来。而又拘以属对，局以圆方，类之于赋判者流。先王之约束，盖扫地矣。元和十五年，余始以祠部郎中知制诰，初约束不暇，及后累月，辄以古道干丞相，丞相信然之。又明年，召入禁林，专掌内命。上好文，一日，从容议及此，上曰：'通事舍人不知《书》便其宜，宣赞之外无不可。'自是

司言之臣，皆得追用古道，不从中覆。（《全唐文》卷六百五十三）

此论不完全切实。因自张说、苏颋，诏命体式就有所改变，至陆贽，宣命奏议之文更以浅畅切实为特色。然元稹所指问题，在许多程序化制命之文中也确实存在。元稹所写制命，占了其所保存文章的大半，确有自己特色。一是有些制命恢复古雅格调，如其所写《令狐楚等加阶制》，在顺次讲了令狐楚三人可肯定的品质之后，云：

> 咨汝三后，弼予一人。汝为股肱耳目以赉予，予敷心腹肾肠以告汝：汝其一乃志以奉上，周乃惠以接下，敬乃事以临官。是三者孙叔敖尝用之于楚矣。位愈高而士愈戴，禄愈厚而人愈怀。夫以朕之不敏不明，尚克用济，实赖吾二三臣朝夕之诲。《诗》云："无言不酬，无德不报。"爰因进等之诏，用申交警之词。各竭乃诚，同底于道，康天下，平泰阶，而后越级之赐行焉。（《全唐文》卷六百四十七）

行文确有《尚书》余韵。二是大部分诏令，虽不如此古奥，然能用质实的语言，说明赏罚的缘由，有些长篇的作品，甚至近于说理论文。举其较简短者，如《授张籍秘书郎制》：

> 敕：张籍：传云"王泽竭而诗不作"，又曰"采诗以观人风"，斯亦警予之一事也。以尔籍雅尚古文，不从流俗，切磨讽兴，有助政经，而又居贫宴然，廉退不竞。俾任石渠之职，思闻木铎之音，可守秘书郎。（《全唐文》卷六百四十七）

这些作品，基本摆脱了骈体形式的束缚，用质古简朴的语言行文，有一定的创造性，是元稹为文上的突出之点，也反映了韩、柳所倡导的古文运动影响之扩大和深入，深入到了应用性的官方制命文诰的领域之中。

此外，元稹早期所写的一些奏、状、议，内容切实，条畅清晰，辞气颇为激昂，如《献事表》《论追制表》《论谏职表》《论教本书》等。被贬谪期间，写有致当政者的书启，大多回顾生平，申叙自己遭谤的委屈，表达求援希冀，文笔委婉恳切，如《上门下裴相公书》《上兴元权尚书启》《上令狐相公诗启》等，与柳宗元、刘禹锡此类文章相似。后期因受排挤而外调同州刺史时所写《同州刺史谢上表》，视穆宗为知己，虽为"表"，而写法较诸启更为深切。写给友人或家人的信函，则笔调更为真挚切朴，如《叙诗寄乐天书》《诲侄等书》。前者自述为诗历程，总结诗作内容，抒发愤懑情怀；后者颇类前代家诫。元稹写的其他类型的文章，往往也有自己的特色。其《翰林承旨学士厅壁记》，一反类似之作赞美前任传统，而以表达自己尽忠之心为主。《重修桐柏观记》全文用四言韵句叙述描写。为杜甫所写《唐故工部员外郎杜君墓系铭》近乎纯正的论诗之作。奉诏为田宏正所写《沂国公魏博德政碑》则写得极其质实谨严，表现了扎实的文字功力。在所写的诸篇祭文中，以《祭翰林白学士太夫人文》最为深切感人，有云：

> 稹早岁而孤，资性疏愚，既不得为达识者所顾，亦不愿与顺俗者同趋，行过二十，块然无徒。及太夫人令子艺成，学茂德馨，一举而搴芳兰署，再举而振藻彤庭。愚亦乘喧滥吹，谬列茎英。迹由情合，言以心诚，遂定死生之契，期于日月可盟。谊同金石，爱等弟兄。每均捧檄之禄，迭庆循陔之荣。用至二门之童孺，莫不达广孝之深情。
>
> 逮稹谪居东洛，泣血西归，无天可告，无地可依，喘息将

尽,心魂以飞。太夫人推济蛰之念,悯绝浆之迟,问讯残疾,告谕礼仪,减旨甘之直,绩盐酪之资。寒温必服,药饵必时。虽白日屡化,而深仁不衰。天乎是感,人乎讵知。(《全唐文》卷六百五十五)

凡此诸作,可见元稹之文章,虽无其诗作名声之大,亦有相当造诣,且合于散文发展之主潮,见出当时散文创作之繁盛。

白居易(772—846),字乐天,晚年自号香山居士,祖籍太原,后迁居下邽(陕西渭南北)。贞元十六年(800)登进士第,官至翰林学士、左拾遗、赞善大夫等职。后贬江州司马,又逐渐升迁至知制诰、中书舍人、杭州刺史、苏州刺史、刑部侍郎、太子少傅等职,以刑部尚书致仕,卒后赠尚书右仆射。白居易入仕较迟,二十九岁始登进士第,然生年较长,活了七十五岁,历德、宪、穆、敬、文、武等七朝,后半生已进入晚唐前期。

白居易一生为人为文有三个显著特点:一是人生态度有重大变化。他在《与元九书》中曾说:"古人云:'穷则独善其身,达则兼济天下。'仆虽不肖,常师此语。大丈夫所守者道,所待者时。时之来也,为云龙,为风鹏,勃然突然,陈力以出;时之不来也,为雾豹,为冥鸿,寂兮寥兮,奉身而退。"(《全唐文》卷六百七十五)所谓"兼济",即是有条件时"陈力以出",为国家百姓积极效命。这方面他前半生表现突出,写了许多积极干预朝政的表章奏疏及大量制命诏诰,创作了反映民瘼、指陈时弊的新乐府诗。所谓"独善",即时机不合,则"奉身而退",也就是远离政争漩涡,识时知命,满足于过"吏隐"式的闲适生活。其在江州期间就有了这种倾向,至外放杭州后,就成为处世的主导态度。这种人生态度的变化,既与他后期的崇信佛教有关,也与他性格中不汲汲于势利,甘心清白自守有关,也与唐王朝走向衰落的大趋势有关。

白居易生平的另一特点,是终身致力于诗歌的创作,其执着热爱程度,比韩愈之为文有过之无不及。同是在《与元九书》中他曾言:生六七月即识"之""无","则仆宿习之缘已在文字中矣。及五六岁,便学为诗,九岁谙识声韵,十五六始知有进士,苦节读书,二十已来,昼课赋,夜课书,间又课诗,不遑寝息矣"。"二十七方从乡试,既第之后,虽专于科试,亦不废诗。及授校书郎时,已盈三四百首。"登朝以来,"启奏之外,有可以救济人病,裨补时阙,而难于指言者,辄咏歌之,欲稍稍递进闻于上"。又云:

> 自八九年来,与足下小通则以诗相戒,小穷则以诗相勉,索居则以诗相慰,同处则以诗相娱。知吾罪吾率以诗也。……知我者以为诗仙,不知我者以为诗魔。何则?劳心灵,役声气,连朝接夕,不自知其苦,非魔而何?偶同人当美景,或花时宴罢,或月夜酒酣,一咏一吟,不知老之将至,虽骖鸾鹤、游蓬瀛者之适,无以加于此焉,又非仙而何?

此后,在《长庆集后序》《序洛诗序》《与刘苏州书》等文中,言及晚年仍与刘禹锡等继续唱和不断,文宗开成二年(837)作《醉吟先生传》尚云:"先生之齿六十有七,须尽白,发半秃,齿双缺,而觞咏之兴犹未衰。"(《全唐文》卷六百八十)据此可以知,白居易的整个生命都是与诗结合在一起的。这种情况的出现,正像李白、杜甫、韩愈一样,不仅是由于个人的天才,而且是唐代整个社会审美意识与审美表现水平提高的必然结果。

第三点是在白居易身上存在文学观念与创作实践的矛盾。在《与元九书》中他曾详细地阐述过自己的创作指导思想,先云:

> 人之文六经首之,就六经言,《诗》又首之。何者?圣人感

人心而天下和平。感人心者,莫先乎情,莫始乎言,莫切乎声,莫深乎义。《诗》者根情,苗言,华声,实义。上自圣贤,下至愚骏……未有声入而不应,情交而不感者。圣人知其然,因其言经之以六义,缘其声纬之以五音。音有韵,义有类。韵协则言顺,言顺则声易入;类举则情见,情见则感易交。于是乎孕大舍深,贯微洞密,上下通而一气泰,忧乐合而百志熙。

然而:

> 洎周衰秦兴,采诗官废,上不以诗补察时政,下不以歌泄导人情。乃至于谄成之风动,救失之道缺。于时六义始刓矣。

此后,由汉一直论到李、杜,云:

> 仆尝痛诗道崩坏,忽忽愤发,或食辍哺,夜辍寝,不量才力,欲扶起之。

统观其基本精神,属于文学依附于政治的传统教化观。这一点,在其《新乐府序》中表达得更明显,谓这组诗:

> 其辞质而径,欲见之者易谕也。其言直而切,欲闻之者深诫也。其事核而实,使采之者传信也。其体顺而肆,可以播于乐章歌曲也。总而言之,为君、为臣、为民、为物、为事而作,不为文而作也。①

---

① 朱金城撰:《白居易集笺校》,上海古籍出版社,1988 年,136 页。

明确地表示,这些作品主旨不在于追求审美与艺术价值,而是直接干预时政。但是,通观其全部诗作,符合其主导观念的被其称为"讽谕诗"者,仅占其三千余首诗作的一小部分。而所谓"或退公独处,或移病闲居,知足保和,吟玩情性"之"闲适诗";"情性动于内,随感遇而形于叹咏者"之"感伤诗";"或诱于一时一物,发于一笑一吟,率然成章","但以亲朋合散之际,取其释恨佐欢"之"杂律诗",不但量大,而且因其审美价值高,受人喜爱。普为传诵者,正像他自己所说:"悉不过杂律诗与《长恨歌》已下耳!"这种情况的出现,是唐代许多作家中普遍存在的文学观念与创作实践相矛盾的典型表现之一。

其实,以上情况不只表现了白居易文学观念与创作实践的矛盾,也反映了他文学观念本身内部的矛盾。因为前引他所阐述的、以《诗》之"六义"为标准的观念中,已在传统的政治教化观中,潜在地添加了新因素。这个新因素就是对"情"的重视与强调。他所谓"感人心者,莫先乎情",又谓"《诗》者根情",将"情"定义为《诗》之"根",这是前所未有的。很显然,这是有意或无意地把近代兴起的"诗缘情"说融入了传统观念之中。强烈地关心国计民生是"情",人间的亲朋交往、悲欢离合亦是"情",重"情"正是白居易作品基本而突出的特点。以上三点,是我们理解白居易其人其作的关键。

正像韩、柳主要致力于文亦有杰出的诗作,白居易虽以诗为性命,亦写有大量的文。其文与诗一样,都直接受其人生态度的影响。

首先,在他早期任翰林学士及知制诰、为中书舍人期间,代皇帝立言,写有大量的制命诏书。这些作品,皆为应用性公文,内容上自然直接关涉时政。对于它们的表达形式,在《白氏长庆集》中曾有旧体、新体之分。《白居易集笺校》谓:旧体,"即用骈俪文体所草拟之制诰";新体为"与旧体骈俪制诰对立之散体","即元稹所创始、居易所从同之复古改良公式文字新体"①。其实,白居易所有此类文字,在保持帝王诏书必有的文雅格调外,并不计较散骈,显示着其追求文字质简通达的特色,其篇幅较长者如《与金陵立功将士等敕书》,与陆贽的作品极为相近。不管时间的先后,硬作新旧体的区分,恐为元稹编《白氏长庆集》时所为。

其次,他早期所写的表状奏疏,从《初授拾遗献书》,到《论请不用奸臣表》《论制科人状》《请拣放后宫内人》《奉所闻状》《谏诏吐突承璀率师出讨王承宗疏》等等,皆与《新乐府》诗一样,是"为君、为臣、为民"之作。虽不如乐府诗之尖锐锋利,但论述充分,言辞激切,态度恳挚;行文上同样是散骈不拘,有"其辞质而径""其言直而切""其事核而实""其体顺而肆"的特点。其中有的文字如《论姚文秀打杀妻状》,浅白到几近口语的程度。但浅显并不等于内容的不深刻,其在永贞元年写有一篇《为人上宰相书》,代一不知名者向刚刚被任命为相的韦执谊进言,论为相应尽职分。篇首就用极浅明生动的比喻,表达了相当深切的思想:

> 古人云:以水投石,至难也。某以为未甚难也。以卑干尊,以贱合贵,斯为难矣。何者?夫尊贵人之心,坚也,强也,不转也,甚于石焉。卑贱人之心,柔也,弱也,自下也,甚于水焉。则合之难也,岂不甚于水投石哉?然则自古及今,往往有合者,又何哉?此盖以心遇心,以道济道故也。苟心相见,道相通,则水反为石,石反为水,则其合之易也,又甚乎以石投水焉。何者?石之投水也,犹触之有声,受之有波;心道之相得也,则贵者不知其贵也,贱者不知其贱也,当其冥同欣合之际,但吻然而已矣,其合之易,岂不甚于石投水哉?……窃希变天

---

① 分别参见朱金城撰:《白居易集笺校》,2875 页、2981 页。

下水石之心,自相公始也;通天下贵贱之道,自某始也。(《全唐文》卷六百七十四)

以此为引,导出了下面洋洋数千言的对为相职责的论述,既委婉又切当,亦足以见出白居易此类文字的优长之处。

其三,更能代表白居易为文特色的,是他自贬江州以来所写书、序、记之类的文章。在江州期间,他先后写有致亲朋挚友的《与元微之书》《与元九书》《与杨虞卿书》《答户部崔侍郎书》等,这些书信,用近乎本色的家常语,朝最信任的知己,表述自从仕已来至遭谤受贬,心曲的起伏变化,极细致,极真切。其质朴自然,皆非为文而文,直是展肝膈,吐肺腑而已。其中尤以《与杨虞卿书》为最。书中先追溯获罪之由及心中的委屈:

去年六月,盗杀右丞相于通衢中,迸血髓,磔发肉,所不忍道。合朝震栗,不知所云。仆以为书籍以来,未有此事,国辱臣死,此其时耶。苟有所见,虽畎亩皂隶之臣,不当默默,况在班列,而能胜其痛耶?故武相之气平明绝,仆之书奏日午入,两日之内,满城皆知之。其不与者,或诬以伪言,或构以非语,且浩浩者不酌时事大小,与仆言当否,皆曰丞、郎、给、舍、谏官、御史尚未论请,而赞善大夫何反忧国之甚也。仆闻此语,退而思之,赞善大夫诚贱冗耳,朝廷有非常事,即日独进封章,谓之忠,谓之愤,亦无愧矣;谓之妄,谓之狂,又敢逃乎?且以此获辜,顾何如耳,况又不以此为罪名乎?……

然仆始得罪于人也,窃自知矣!当其在近职时,自惟贱陋,非次宠擢,夙夜腼愧,思有以称之;性又愚昧,不识时之忌讳,凡直奉密启外,有合方便闻于上者,稍以歌诗导之,意者欲其易入而深戒也。不我同者,得以为计,媒孽之辞一发,又安可君臣之道间自明白其心乎？加以握兵于外者，以仆洁慎不受赂而憎；秉权于内者，以仆介独不附己而忌；其余附丽之者，恶仆独异，又信猰猰吠声，唯恐中伤之不获。以此获罪，可不悲乎？然而僚友益相重，交游益相信，信于近而不信于远，亦何恨哉！

此后，叙彼此间的相知及自白为人之品格：

> 仆之是言，不发于他人，独发于师皋（虞卿之字）。师皋知我者，岂有愧于其间哉；苟有愧于师皋，固是言不发矣。且与师皋始于宣城相识，迫于今十七八年，可谓故矣。又仆之妻，即足下从父妹，可谓亲矣。亲如是，故如是，人之情又何加焉。然仆与足下相知，则不在此。何者？夫士大夫家，闺门之内，朋友不能知也；闺门之外，姻族不能知也。必待友且姻者，然后周知之。足下视仆莅官事、择交友、接宾客何如哉？又视仆抚骨肉、待妻子、驭僮仆又何如哉？小者近者尚不敢不尽其心，况大者远者乎！所谓斯言无愧而后发矣。

但白居易虽有上述之幽愤，却又没有像柳宗元、刘禹锡那样刻深的痛苦，像元稹那样多处上书求援，而是表现了另一种旷放的态度：

> 昔卫玠有云："人之不逮，可以情恕；非意相加，可以理遣。"故至终身无喜愠色。仆虽不敏，常佩此言。师皋，人生未死，见千变万化，若不情恕于外，理遣于中，欲何为哉，欲何为哉！仆之是行也，知之久矣。自度命数，亦其宜然。凡人情通达则谓由人，穷塞而后信命。仆则不然，十年前以固陋之姿，琐屑之艺，与敏手利足者齐驱，岂合有所获哉？然而求名而得

名，求禄而得禄，人皆以为能，仆独以为命。命通则事偶，事偶则幸来，幸来尚归之于命，不幸之来也，舍命复何归哉？所以上不怨天，下不尤人者，实如此也。……故宠辱之来，不至惊怪，亦足下素所知也。今且安时顺命，用遣岁月，或免罢之后，得以自由，浩然江湖，从此长往，死则葬鱼鳖之腹，生则同鸟兽之群，必不能与掊声攫利者权量其分寸矣，足下辈无复见仆之光尘于人寰间也。（《全唐文》卷六百七十四）

这种"安时顺命"的态度，自此就成为他后期人生的主导态度。同样的意思，在其他的书信甚至其他类型的作品如《江州司马厅壁记》《草堂记》中亦有表达。而且，与这种逐渐强化为"知足自适"的生活态度相对应，写作上，疏淡自然，真淳素朴，也就成为后期文章的基本特色。如其在杭州所作《冷泉亭记》有云：

　　东南山水，余杭郡为最。就郡言，灵隐寺为尤；由寺观言，冷泉亭为甲。

　　亭在山下，水中央，寺西南隅。高不倍寻，广不累丈，而撮奇得要，地搜胜概，物无遁形。春之日，吾爱其草熏熏，木欣欣，可以导和纳粹，畅人血气。夏之夜，吾爱其泉淳淳，风泠泠，可以蠲烦析酲，起人心情。山树为盖，岩石为屏，云从栋生，水与阶平。坐而玩之者，可濯足于床下；卧而狎之者，可垂钓于枕上。矧又潺湲洁澈，粹冷柔滑。若俗士，若道人，眼耳之尘，心舌之垢，不待盥涤，见辄除去。潜利阴益，可胜言哉？斯所以最余杭而甲灵隐也。（《全唐文》卷六百七十六）

其格调情趣与柳宗元之山水游记大不相同，已开宋人亭台记之先。晚年所写《醉吟先生传》仿陶渊明《五柳先生传》，有云：

每良辰美景，或雪朝月夕，好事者相遇，必为之先拂酒罍，次开诗箧。诗酒既酣，乃自援琴操宫声，弄《秋思》一遍。若兴发，命家僮调法部丝竹，合奏《霓裳羽衣》一曲。若欢甚，又命小妓歌《杨柳枝》新词十数章。放情自娱，酩酊而后已。（《全唐文》卷六百八十）

明显有士大夫之闲适情调，与陶之素朴真淳，差一等次。另：白氏艺术造诣，亦在其短小序作中有所展示，如《荔枝图序》：

荔枝生巴峡间，树形团团如帷盖，叶如桂冬青，华如橘春荣。实如丹，夏熟。朵如葡萄，核如枇杷，壳如红缯，膜如紫绡；瓤肉莹白如冰雪，浆液甘酸如醴酪。大略如彼，其实过之。若离本枝，一日而色变，二日而香变，三日而味变，四五日外，色香味尽去矣。（《全唐文》卷六百七十五）

文字丽而简，质而净，为状物佳作。

其四，白居易还写有相当数量的碑铭祭文。在其《策林·六十八议文章》中，曾指出："歌咏诗赋碑碣赞谍之制，往往有虚美者矣，有愧辞者矣。"在"删淫辞，削丽藻"的总原则下，明确提出："碑谍有虚美愧辞者，虽华虽丽，禁而绝之。"（《全唐文》卷六百七十一）他所写的碑铭，总的贯彻了上述主张，质实、浅明、晓畅，扫去赘语丽辞。即使他为好友元稹、李建、崔群所写墓志，甚至为自己所写《醉吟先生墓志铭》皆具有以上特征。至于为亲属好友所写的祭文，则贯注以浓重深挚的感情。如为白行简所作《祭弟文》，虽不如韩愈之《祭十二郎文》，然全用口语，叙家常事，给人以刀搅肺肠，字字泣血之感。

总之，居易的散文与其诗风相一致，以浅畅、明丽、生动、恳执为特色，与韩、柳古文属另一路数，显示了中唐散文发展的丰富多样性。

令狐楚（766—837），字壳士，京兆华原（陕西耀县）人，祖籍敦煌。贞元七年（791）进士，历仕德、顺、宪、穆、敬、文六朝。早年为太原镇将李说、严绶、郑儋从事，后任多职，元和十四年（819）位至宰相，敬宗时晋爵为彭阳郡开国公，卒于山南西道节度使任，死后册赠司空，谥曰文。《旧唐书·令狐楚传》称："楚才思俊丽，德宗好文，每太原奏至，能辨楚之所为，颇称之。""所撰《宪宗哀册文》，辞情典郁，为文士所重。"《新唐书》则谓："其为文，于笺奏制令尤善，每一篇成，人皆传讽。"

令狐楚与刘禹锡交谊较深，禹锡写有《唐故相国赠司空令狐公集序》，旧、新《唐书》"令狐楚传"，基本取材于此文。其中有云："起文章而陟大位，丹青景化，焜耀藩方，如非烟祥风，缘饰万物，而与令名相终始者，有唐文臣令狐公实当之。"又称"公独赋文华"，"以文雄于国"，"导畎浍于章奏，鼓洪澜于训诰，笔端肤寸，膏润天下，文章之用，极其至矣"（《全唐文》卷六百零五）。元稹亦写有《上令狐相公诗启》，称其为天下文章"宗主"，可见令狐楚在当时影响相当大。

但令狐楚写作的路数与韩、柳甚至元、白并不相同，显示的是另一种，甚至相反的倾向。其最鲜明而突出者有两点：一是其擅长者为"笺奏制令"等应用性公文，即刘禹锡所谓"导畎浍于章奏，鼓洪澜于训诰"。二是此类作品几乎全用近于四六的骈文，但不重典故的堆垛，具有俊丽畅达的特色。本传所谓"德宗好文，每太原奏至，能辨楚之所为"，所指盖即此点。今《全唐文》中所收令狐楚文共六卷，其中四卷即为此类制命表状。如《为太原郑尚书谢赐旌节等表》有云：

前奉诏书，除臣节度。托肺肠而三省，觉魂魄之九飞。恩款未申,恩光荐及。使从天上,拜迎而万姓欢呼;王在日中,照临而一方安泰。编纶言于宝轴,挥宸翰于彩笺;既赐诸侯之旌,又降将军之节;委之刑赏,许以便宜。臣实何人,忽蒙斯宠;重如山压,熏若火炎;无以为容,不知自处。(《全唐文》卷五百四十)

如《进金花银樱桃笼等状》有云:

> 右:伏以首夏清和,含桃香熟,每闻采撷,须有提携。以其鲜红,宜此洁白。前件银笼并煎茶具庆等,羡余旧物,销炼新成;愿承荐寝之羞,敢效梯山之献。其通犀玳瑁上药等,买并依价,采皆及时;诚非珍奇,恐要聚蓄;勤奉丹诚,不敢不进。(《全唐文》卷五百四十二)

前者可谓顺畅,后者可谓俊丽,皆偶对精工,节奏匀整。其死前所留经李商隐加工之《遗疏》:

> 臣永惟际会,受国深恩。以祖以父,皆蒙褒赠;有弟有子,并列班行。全要领以从先人,委体魄而事先帝。此不自达,诚为甚思。但以永去泉扃,长辞云陛,更陈尸谏,犹进瞀言;虽号叫而不能,岂诚明之敢忘。今陛下春秋鼎盛,寰海镜清,是修教化之初,当复理平之始。然自前年夏秋已来,贬谪者至多,诛戮者不少,伏望普加鸿造,稍霁皇威。殁者昭洗以云雷,存者沾濡以雨露,使五谷嘉熟,兆人安康。纳臣将尽之苦言,慰臣永蛰之幽魂。(《全唐文》卷五百四十一)

所用亦为骈体。《旧唐书》本传所称扬之《宪宗哀册文》,刘禹锡《集序》曾谓:"时称乾陵崔文公之比。"乾陵指高宗,崔文公即崔融。崔融为文特点及其为写《则天哀册文》而累死事,本编第一章第二节第二小节曾经论及。禹锡即以令狐楚之作与之相比。此文之序言,写宪宗之死且葬云:

> 玉衡南指,金波西落。皓雪集其麻衣,素裳襄其绡幕。柳宫龙动,竹池鱼跃;兆庶雨泣于浩穰,万灵风号于寥廓。哀子嗣皇帝仰攀雕辇,殷奠琼筵,哀无容以触地,痛不返而终天。仙仗徐进,宸仪永隔;降睿旨于鸾台,扬圣功于凤册。(《全唐文》卷五百四十三)

确实称得上"典丽",确为堪和崔融相比肩的极着力用功之文字,刘禹锡在编集时,将其放在卷首,说明其足为令狐楚最具代表性的压卷之作。

令狐楚生活在经长期酝酿,至韩、柳而散体古文大为昌盛的时代,受风气影响,也写有少量散体文,如《请罢榷茶使奏》《荐齐孝若书》《白杨神新庙碑》,但终究不是其为文的主导倾向。

令狐楚及其为文特点的存在,有重要的标志性意义。一是,说明在中唐时期,由于纠正前一大时段单纯追求形式美之骈体偏颇,散体古文的昌盛已成为必然的大趋势,但纯正的骈体依然存在并且有所流行。二是,其存在与流行有客观的必然原因。首先,作为诰命章奏之类的公文等应用文体,受其程序所限,在审美追求上,除了形式美方面的诸因素外,实在没有更多的余地;而且如果减少或消除滞重的典实堆垛,使之浅畅化,纠正其浮泛空虚,添进切实内容,未必不可让人乐于接受。其次,这些文字的应用主要在社会上层,包括帝王和各级官僚,其中除少数人有真正的审美修养与深厚的文学功力外,大多只有浅层的文化底蕴,形式的东西既可显示其身份地位，又可表明其趣味的高雅，骈体正符合这种需要。再者，有些应用性文体，如哀祭文之类，骈体中所包含的节奏、旋律、音韵协畅等因素，往往更适于表达和形容的需要，所以除韩愈的《祭十二郎文》式作品外，诸古文名家包括韩、柳的继承者及元、白、刘等，写作此类文字仍皆运用四、六言的排偶对句。正因以上几点，所以在韩、柳后继乏人时，骈俪之风又有所抬头。李商隐原本爱好写作古文，而后来在令狐楚影响之下，改写骈文，就是一例。

第四章　进展中的起伏与反复

——晚唐与五代的散文

就历史发展来说，自敬宗以后，唐王朝就进入了晚期，即所谓晚唐。晚唐又可以分为前期和后期。文、武、宣三朝可算前期，此阶段唐王朝的衰落已呈不可挽回之势，但当政者尚极力挣扎，试图再度中兴。至懿、僖、昭三朝，经过黄巢起义，唐王朝已土崩瓦解，终于被后梁取代。随后即进入五代十国的纷乱时代。唐王朝的覆灭是高度集权的皇权专制必有结果，决定因素是：无法制约的统治集团物欲膨胀必然造成的腐化；宦竖近习的干政；藩镇势力的割据；以及官僚集团内部的激烈党争。正是这些皇权专制制度的痼疾，互相纠结，集中突显，造成社会矛盾的极端激化，导致了唐王朝像类似的其他皇朝一样，走上了由一度兴盛而终于崩溃的命运。

晚唐时期的君臣们仍然奉儒家思想为正宗，但意识形态的力量终究挽救不了基于物质利益冲突而崩溃的社会基础，于是儒家的那些伦理道德观念就变成表面的形式。然而有些文人依然迂执地把已经形式化的东西作为自己的信仰，于是这些形式又成为他们表达不满和批判抨击社会现实的依据。

晚唐与五代的社会虽然极为纷乱，但作为社会精神形态之一的文学艺术，及与文学艺术伴生并行的审美体验与审美表现能力，依然沿着自己的轨迹继续前行。如：标志着自觉"设幻为文"的传奇小说及通俗化的变文仍有发展。在诗歌领域，继盛唐以李、杜为代表的各派诗人对社会生活及人的情感世界的全面反映，艺术表现力的空前提升，格调体式穷极变化之后；继中唐元、白倾向浅俗晓畅，韩、柳倾向奇崛孤峭的开拓之后；"小李、杜"在心灵世界的开掘上，朝着更深更细的方向发展，李贺则在艺术表现力上进行了独具特色的创造。尤其是词，作为一种新兴的艺术形式开始兴盛，反映了人的主体精神自觉，已发展到对心理层次之起伏变化更细微地感受与表现能力。以上这些都通过辗转曲折或隐或显，或深或浅地也影响到散文的写作。

此一时期的散文发展呈现着以下的倾向与特点：以韩、柳为代表的古文运动，在内在精神和表现形式上继续发挥着其影响，在不同时段不同作家身上，有着不同侧面的表现。骈体文有抬头复兴的趋势。随着社会矛盾的尖锐和复杂化，政治上的激烈动荡，制命奏疏之类的作家作品数量相对增多，审美性较强的抒发个人情志的记、序及模山范水之作相对减弱。与政局时事及文人的运命遭际相关，论说性作品比较发达，产生了数量不少具有新鲜艺术特色的杂感性短论。

以上几方面，在不同时段不同作家作品中复杂交错地体现出来，使散文的发展处于高峰之间较为低伏的过渡状态。

第一节　晚唐前期的散文

唐敬宗登基时只有十六岁，是沉迷于嬉戏游乐的荒唐皇帝，不到三年，即被宦官所弑。文、武、宣三朝，都曾试图有所作为，以延续巩固其统治地位，《资治通鉴》甚至称赞宣宗："性明察沈断，从谏如流，重惜官赏，恭谨节俭，惠爱民物。故大中之政，讫于唐亡，人思咏之,谓之小太宗。"但贯穿这整个时期的问题:一是宦竖专权;一是在文人官僚之间,形成了以李德裕、牛僧孺为首的党争。这两大因素,是使唐王朝由暂得维持终致一蹶不振的重大原因。但二者之间仍有不同,宦竖的目的完全是为了自己的权势,《通鉴》载有武宗朝宦官仇士良的一段话,足见此辈心术:"天子不可令闲,常宜以奢靡娱其耳目,使日新月盛,无暇顾及他事。然后吾辈可以得志。"参与党争的主要人物,虽各挟私怨,但在维护皇朝统治,忠于君权,关乎国计民生的大事上,还有其尽心竭力做出贡献之一面,与宦竖比,二者尚不可同日而语。以上情况,都关系到本时期散文作品的题材内容和作家的处境遭际。

一 制命奏疏、论说文章及杜牧

牛僧孺、李德裕为党争中的首脑人物,主要致力于政事,不专注于文章写作。然而既涉身政坛,且居权要,不能不从事制命奏议的制作并发而为论议,虽成就不算突出,也对文章的发展产生一定影响。

牛僧孺,字思黯,贞元中登进士第,元和三年(808)登贤良方正科。穆宗朝曾知制诰,任御史中丞,入相。敬宗时,封奇章公。文宗朝,在党争中辗转起落,二度为相。

牛僧孺现存文章,除几篇奏状、碑铭,几乎全为论说性质。内容涉古论今,篇幅长短不一,多有质疑翻新之意。如《养生论》,驳嵇康之《养生论》,谓:"贵乎生,有以用于道也。生而无用,焉贵其生矣。""能养生于道者,生死长短可也。"(《全唐文》卷六百八十二)《善恶无余论》驳《易》之"积善之家,必有余庆;积不善之家,必有余殃",谓:"予固谓殃庆皆复于身也,不复乎子孙也。然予敢谓善必庆而贵,恶必殃而贱也。道之贵乎,孔父素王也;道之贱乎,殷辛独夫也。余庆余殃,则吾不信之矣。"(《全唐文》卷六百八十二)余如

《守在四夷论》《辨私论》《讼忠》等，大略与之相类，都以崇尚儒家之道为宗。还有的文章借述事寓讽世讥时之意，如《谴猫》谓养猫捕鼠，而实际上猫之患逾于鼠。喻乱臣犹猫，仗乱而居其位，享其禄。诸作皆散体行文，浅顺畅达，在构思起意上，未尝不给后来作家以启发影响。

李德裕，字文饶，元和宰相李吉甫之子。以门荫入仕，穆宗朝历任翰林学士、中书舍人、御史中丞。因李吉甫为相时，牛僧孺、李宗闵在贤良对策中痛诋当政者之失，吉甫泣诉于皇帝，使主持对策者皆被罢黜，从而遭牛、李深恨。及牛僧孺为相，对李德裕极力排摈，于是形成牛、李之间的党争。其后两派此起彼伏。李德裕在文宗、武宗朝两度为相，进封卫国公，然亦多次被外放。宣宗即位，对德裕屡加贬斥，最终贬为崖州司户参军而卒。李德裕在任浙西观察使时，多有善政。为西川节度使期间，稳定了与吐蕃、南诏关系。武宗朝为相期间，消除了回鹘的边患，力主平定泽、潞镇刘稹的叛乱。所以口碑比牛僧孺好。

李德裕的文章成就比牛僧孺大。《旧唐书》本传谓："（穆宗时）禁中书诏，大手笔多诏德裕草之。""好著书为文，奖善嫉恶，虽位极台辅，而读书不辍。""在长安私第，别构起草院。院有精思亭，每朝廷用兵，诏令制置，而独处亭中，凝然握管，左右侍者无能预焉。"其《进新旧文十卷状》中，亦曾自云："往在弱龄，即好为词赋。"（《全唐文》卷七百零三）他有自己的文章观，在《文章论》中曾引自著《文箴》云："文之为物，自然灵气；恍惚而来，不思而至。杼柚得之，淡而无味；琢刻藻绘，珍不足贵。如彼璞玉，磨砻成器；奢者为之，错以金翠；美质既雕，良宝所弃。"（《全唐文》卷七百零九）

今存李德裕文章数量相当多，品类亦众。其中应用性的制、诏、状、奏比重最大，作为一个政治家，李德裕本人对这类作品也最为重视，晚年曾将写于武宗朝的"册命典诰、奏议碑赞、军机羽檄"

编为《会昌一品制集》，并请时任桂管观察使且颇有文名的郑亚为之作序。在写给郑亚的《与桂州郑中丞书》中，特别提到"两度《册文》及《宣懿太后祔庙制》《圣容赞》《幽州纪功碑》《讨回纥制》《讨刘稹制》、五度《黠戛斯书》、两度《用兵诏敕》及《先圣改名制》《告昊天上帝文》"（《全唐文》卷七百零七）。郑亚在《序》中，将李德裕与颜师古、岑文本、李峤、崔融、张说、苏颋、常衮、杨炎相比。今观其中提到的及未提及的大量制诏，皆为代皇帝立言之作。这些作品，在内容上切于时事，表达上注重简明条析，用语或散或骈，皆力求典雅而不华丽，当时应属佳作，而对散文的发展，并无特别重要的意义。至于其余的碑、赞、册文，写得相当着力用功，目的在于颂圣述德，带夸饰色彩，有追踪李峤、崔融倾向，亦无多少可称扬之处。倒是《集》外的两篇《让官表》（《全唐文》卷七百），于表奏之中陈情，颇有恳切深挚之致。早期为劝谏敬宗所写的《丹扆六箴》，明直婉切，也甚受后人赞赏。

另外，在李德裕末年被贬岭南期间，写有《穷愁志》四十九篇。据其《穷愁志序》云："予顷岁吏道所拘，沈迷簿领，今则忧独不乐，谁与晤言。偶思当世之所疑惑，前贤之所未及，各为一论。庶乎箴而体要。"（《全唐文》卷七百零七）这四十九篇皆为短论，内容既涉及史事，亦言及当代，题材范围相当广泛，主旨明确，语言浅明，对晚唐爱写短论潮流的形成，有一定的推动作用。下选其《近幸论》以为一例：

> 自中主以降，皆安于近习，疏远忠良。其主非不知君子可亲，小人可去，而不改者，其蔽有二：一曰性相近，二曰嗜欲深。
>
> 桓灵之主，与小人气合，如水之走下，火之就燥，皆自然而亲结不可解也，侯览、张让所以得蔽君矣。元成二后，皆有所

嗜,吹箫挝鼓之娱,微行沉湎之乐,非幸臣无以承意,非近习无以供欢,宏恭、石显所以得蠹政矣。

唯人君少欲英明者,则能反是。如文帝虽有邓通、赵谈,所信者贾谊、张释之、爰盎,此所谓少欲也。武帝虽有韩嫣、李延年,而所贵者公孙弘、倪宽、卜式,此所谓英明也。故君听不惑,政无颇类。近则开元初,内有姜皎、崔涤,以极宫中之乐,外有姚、卢、苏、宋,以修天下之政,得元成之欲,享舜禹之名,六合晏然,千古莫及。其故何也?幸臣不得干政故也。

后代能如汉之文武,及开元致理之要,虽有幸臣,亦何害于理哉!(《全唐文》卷七百零九)

可谓简畅而中肯。

本时段的论说文章,值得重视的还有刘蕡的《对贤良方正直言极谏策》。是文宗大和二年(828),刘蕡参加策试时的对策文。篇幅宏大,洋洋数千言,先总述时政之弊,然后条分缕析展开论述,引史事为鉴,以《春秋》经义为据。突出特点:一是表现了关心国事的激情和死而无畏的精神。如开始即谓:

臣诚不佞,有匡国致君之术,无位而不得行;有犯颜敢谏之心,无路而不得达。但怀愤抑郁,思有时而一发耳!常欲与庶人议于道,商旅谤于市,得通上听,一悟主心,虽被妖言之罪,无所悔焉。

二是言及具体问题,则锋利尖锐,辞气激烈,昂扬澎湃,近于当面直斥。论及皇帝溺于近习,宦竖擅权时,是如此;论及上下之情拥塞,民生疾苦不被重视,国家必陷危亡之险时,亦是如此。如所谓:

夫百姓者,陛下之赤子,陛下宜令慈仁者亲之育之,如保傅焉,如乳哺焉,如师之教导焉。故人之于上也,恭之如神明,爱之如父母。今或不然,陛下亲近贵幸,分曹建署,补除卒吏,召致宾客,因其货贿,假其气势,大者统藩方,小者为牧守,居上无清惠之政而有饕餮之害,居下无忠诚之节而有奸欺之罪。故人之于上也,畏之如豺狼,恶之如仇敌。

　　今海内困穷,处处流散,饥者不得食,寒者不得衣,鳏寡孤独者不得存,老幼疾病者不得养,加以国权兵柄专在左右,贪臣聚敛以固宠,奸吏夤缘而弄法,冤痛之声,上达于九天,下入于九泉,鬼神为之怨怒,阴阳为之愆错。君门万重,而不得告诉,士人无所归化,百姓无所归命。官乱人贫,盗贼并起,土崩之势,忧在旦夕。即不幸因之以师旅,继之以凶荒,臣以谓陈胜、吴广不独生于秦,赤眉、黄巾不独生于汉,臣所以为陛下发愤扼腕,痛心泣血也。(《全唐文》卷七百四十六)

　　这样的文章,前所少见。不以文字的深奥典雅,全凭内容的深切、气势的激昂而引起共鸣,赢得后人叹赏。或对宋代论说之文有所影响。

　　此时段在诏制及论说方面最重要的作家是杜牧,但杜牧散文上的成就不只此一端,而且他更以诗名。

　　杜牧(803—852),字牧之,京兆万年(陕西西安)人,杜佑之孙。主要生活于文、武、宣三朝。元和年间进士及第,制策登科,以弘文馆校书郎出仕。在地方和中央累历多职,宣宗朝做到考功郎中、知制诰,中书舍人。《新唐书》本传谓其"善属文","刚直奇节,不为龌龊小谨,敢论列大事,指陈病利尤切至";"于诗,情致豪迈,人号为'小杜'"。

　　杜牧有政治上的雄心,且确有深刻见地,但并没有得以施展。

在文学上，他承继了前代的积累，有很高的修养和成就。诗之外，散文作品数量多而品类全，有自己的特色和不少精品。在《答庄充书》中，曾言及自己为文的观点：

> 凡为文以意为主，气为辅，以辞彩章句为之兵卫，未有主强盛而辅不飘逸者，兵卫不华赫而庄整者。四者高下圆折，步骤随主所指，如鸟随凤、鱼随龙、师众随汤武，腾天潜泉，横裂天下，无不如意。苟意不先立，止以文采辞句，绕前捧后，是言愈多而理愈乱……是以意全胜者，辞愈朴而文愈高；意不胜者，辞愈华而文愈鄙。①

体现了对韩、柳文章观的继承。其所谓的"意"当然包括为文的主旨，但更主要指融合在主旨中的作者之主体精神气质、内在修养。杜牧的各类文章，都不同程度、不同方面地体现了他上述观点。

在杜牧的文章中，首先引人注目的是论说作品，特别是一系列论战论兵之文。写这些作品，既与他所处时代朝政日衰，内忧外患频仍有关，亦出于他"自负经纬才略"，有"刚直奇节"，"敢论列大事"之个性。其中最著名的是《罪言》。此文写于大和年间，因此时他官位尚低，自谦言所不当言，故名"罪言"。文中论平定河东藩镇事，视野宏阔，了如指掌，既论大势亦论所应采取的上、中、下三策，要而得中，简明而斩截。文出，为历代论家所重视。其次，《原十六卫》论兵制，主张恢复唐初十六卫之府兵制；《战论》论河北战事屡败之原因；《守论》引大历、贞元之教训，论对割据势力姑息之危害。诸论皆着眼天下大势，理路画然，表达清晰而简劲。与此相关，杜牧还专门为《孙子》作注。在其《注孙子序》中，说明了之所以着意

---

① 　吴在庆校注：《杜牧集系年校注》，中华书局，2013年，480页。

论战论兵,原因在于文武不可分,贤卿相皆应知兵事。其中有云:

> 及年二十,始读《尚书》《毛诗》《左传》《国语》、十三代史
> 书,见其树立其国,灭亡其国,未始不由兵也。主兵者,圣贤材
> 能多闻博识之士,则必树立其国也;壮健击刺不学之徒,则必
> 败亡其国也。然后知为国家者,兵最为大,非贤卿大夫,不可
> 堪任其事,苟有败灭,真卿大夫之辱,信不虚也。①

因此,他不仅专写论兵之文,即使写给一些当政者的书信,亦常论
兵与战,如《上李司徒论用兵书》《上李太尉论江贼书》《上李太尉论
边事启》《上周相公书》等。

杜牧的论说文章不只限于兵与战,凡有关国政利弊者,都有所
表达。如《上盐铁裴侍郎书》论盐铁事;《与汴州从事书》言民间差
役之苦,用法之不当;《书处州韩吏部孔子庙碑阴》盛赞孔子,排百
家,攘老佛,极称韩愈之论;《与人论谏书》主张谏君不应迂险,而须
委婉等等。这些文章多数写得气充势盛,疏宕不拘,畅达浅明。

杜牧不仅以论说文字见长,作为审美水平极高的作者,他的各
体文章皆有特色及佳品。任知制诰、中书舍人期间,写了不少制
命。属于代作之“王言”,一般只能按皇帝意旨而遣词,又有程序限
制,无多少变化余地,而杜牧诸作,长短不等,因人因时因事而着
笔,升降黜陟,皆有理据,文字典丽而切中,写来运转自如,具有老
练成熟的特色。前后时期的表奏,为应用性公文。突出之处是,几
乎全用骈体,但行文简括,少用典或用典而浅明。

诸多书启,除涉及政事者外,有两类:一类为写给较知近者,
如《上池州李使君书》、给崔郸的《投自己书》、给李夷让的《上李中

---

① 《杜牧集系年校注》,410 页。

丞书》,皆写得坦直恳切,率然见性,显示出其"不为龊龊小谨",敢于自尚自负之本色。一类是有所求诉者,如写给周墀的《上宰相求杭州启》及《上宰相求湖州》的三封启,都是居京为员外郎时,求放外郡,以改善经济条件为其弟医病而作。这些书启言辞凄苦,细琐真切,表达委婉,非有意为文,而文自肺腑流出,相当有感染力。如其"求湖州"《第二启》有云:

> 某今生四十八矣,自今年来,非唯耳聋牙落,兼以意气错莫,在群众欢笑之中,常如登高四望,但见莽苍大野,荒墟废垅,怅望寂默,不能自解。此无他也,气衰而志散,真老人态也。自省人事已来,见亲旧交游,年未五十尚壮健而死者众矣,况某早衰,敢望六七十而后死乎?愿未死前,一见病弟,异人术士,求其所未求,以甘其心,厚其衣食之地。某若先死,使病弟无所不足,死而有知,不恨死早。湖州三岁,可遂此心。伏惟仁悯,念病弟望某东来之心,察某欲见病弟之志,一加哀怜,特遂血恳,披剔肝胆,重此告诉。①

格调显然与其慷慨激昂一面不同。

碑铭、祭文、传记亦有特色。奉敕为韦丹所写《唐故江西观察使武阳公韦公遗爱碑》,序次炼整,综括力强,字字着实,无费词赘语。《唐故歙州刺史邢君墓志铭》,夹叙印象友情,似言情叙事文。任黄州刺史时所写两篇《祭城隍神祈雨文》,变求神为责神、斥神,行文用浅白韵语,且打破四言格式,别有意趣。《燕将录》记幽州节度使刘济部将谭忠事迹,有《国策》《史记》风格。

杜牧之序、记作品,更富审美色彩。其《李贺集序》为诗人作品

---

① 《杜牧集系年校注》,566页。

作序,亦用诗的笔法。如评价李贺之诗云:

> 云烟绵联,不足为其态也;水之迢迢,不足为其情也;春之
> 盎盎,不足为其和也;秋之明洁,不足为其格也;风樯阵马,不
> 足为其勇也;瓦棺篆鼎,不足为其古也;时花美女,不足为其色
> 也;荒国陊殿,梗莽丘垄,不足为其恨怨悲愁也;鲸呿鳌掷,牛
> 鬼蛇神,不足为其虚荒诞幻也。盖《骚》之苗裔,理虽不及,辞
> 或过之。①

用一系列的生动意象,以形容代评价,全面而中肯。其《送薛处士
序》《送卢秀才赴举序》,颇有韩序风调。《杭州新造南亭子记》,不
同于一般的亭台记,借为李播所作南亭写序,大发排佛之论,较韩
愈更为细致深入。通篇化记为论,篇末亦缀写景语,句极简,而情
韵极佳。

最后,还应提到杜牧的一篇绝作,《阿房宫赋》:

> 六王毕,四海一。蜀山兀,阿房出。覆压三百余里,隔离
> 天日。骊山北构而西折,直走咸阳。二川溶溶,流入宫墙。五
> 步一楼,十步一阁。廊腰缦回,檐牙高啄。各抱地势,勾心斗
> 角。盘盘焉,囷囷焉,蜂房水涡,矗不知乎几千万落。长桥卧
> 波,未云何龙?复道行空,不霁何虹?高低冥迷,不知西东。
> 歌台暖响,春光融融;舞殿冷袖,风雨凄凄。一日之内,一宫之
> 间,而气候不齐。
>
> 妃嫔媵嫱,王子皇孙,辞楼下殿,辇来于秦,朝歌夜弦,为
> 秦宫人。明星荧荧,开妆镜也;绿云扰扰,梳晓鬟也。渭流涨

---

① 《杜牧集系年校注》,407 页。

腻,弃脂水也;烟斜雾横,焚椒兰也。雷霆乍惊,宫车过也;辘辘远听,杳不知其所之也。一肌一容,尽态极妍,缦立远视,而望幸焉,有不见者,三十六年。

燕赵之收藏,韩魏之经营,齐楚之精英,几世几年,剽掠其人,倚叠如山。一旦不能有,输来其间。鼎铛玉石,金块珠砾,弃掷逦迤,秦人视之,亦不甚惜。

嗟乎!一人之心,千万人之心也。秦爱纷奢,人亦念其家,奈何取之尽锱铢,用之如泥沙?使负栋之柱,多于南亩之农夫;架梁之椽,多于机上之工女;钉头磷磷,多于在庾之粟粒;瓦缝参差,多于周身之帛缕;直栏横槛,多于九土之城郭;管弦呕哑,多于市人之言语。使天下之人,不敢言而敢怒,独夫之心,日益骄固。戍卒叫,函谷举,楚人一炬,可怜焦土。

呜呼!灭六国者,六国也,非秦也。族秦者,秦也,非天下也。嗟夫!使六国各爱其人,则足以拒秦。使秦复爱六国之人,则递三世可至万世而为君,谁得而族灭也?秦人不暇自哀,而后人哀之;后人哀之而不鉴之,亦使后人而复哀后人也。[①]

赋本来不在本书研究范围,而此赋不同。它既不同于大赋,又不同于骚赋,也异于六朝抒情小赋。虽然据作者自云,此文是因"宝历大起宫室,广声色,故作《阿房宫赋》",意在讽谏,实际上是借阿房宫而写的史论、政论。在声色的描摹上吸收了赋之渲染铺张,而又无一般赋作的堆垛;干净流丽,有诗之风韵气调,却又非诗实文。这正是由赋向文的过渡形态,与李华的《吊古战场文》一样,都开后

---

① 《杜牧集系年校注》,9页。

代"文赋"之先河,凭其审美效果,成为垂之千年直到今天仍为万人传诵之作。从这个意义上说,它在散文发展史上有值得充分重视之价值。

二 承续韩、柳精神的作家及作品

本时段的作家中,杜牧曾明确表示对韩愈的赞赏,其《读韩杜集》诗有云:"杜诗韩集愁来读,似倩麻姑痒处抓。"但其为文虽多处显示出所受韩愈影响,而总体上有自己独立风格。而比较明显地承受韩、柳古文精神者为沈亚之和舒元舆。

沈亚之,字下贤,生活时代较早,元和十年(815)进士,曾任秘书省正字等职,大和年间贬南康尉,终郢州掾。一生未进入官僚上层。

他曾说:"昔者余尝得诸吏部昌黎公,凡游门下十有余年。"(《全唐文》卷七百三十五《送韩北渚赴江西序》)似乎以韩门弟子自居。论及为文之道时,他以为既不可因循守旧,又不可"裁经缀史,补之如疣"(《全唐文》卷七百三十五《送韩静略序》),应如韩愈所教导的,以经史百家之学"于心沃灌",在继承前人基础上,有所创新。

今存沈亚之作品,除几篇祷辞、祭文外,全用散体古文。早期求仕及任职后所写给上官的书启:一方面以材器自负;一方面又希望给予援手提携,以施展才能抱负。其序作,除论诗论文外,多表鼓励祝愿之意。记类作品中,厅壁记较多,往往借以反映民生疾苦及社会政治面貌。唯其为郢州掾时所作《掾谪江斋记》写斋边景物:

> 蕉旗竹篝,分植丛列,为箪风筛月之饵。方槛短折,面江虚波;炳嶂委霞,影对彩红。碧帜舍奔,给于所瞩,远迓高阜,龙若交党,为宵清晓爽之借。暴阴色蒸,雷扇蹈震,神冶鼓焰,

如金绲腾，掺趔缲臧，为飚烛挥铛之骇。蓊然颓云，若然漏曤，倏闪态状，若笑若怒，相为端绪。冯坐之中，足以自广。(《全唐文》卷七百三十八)

在用语的奇拗上略得韩文之致，但亦有生涩之弊。此外，沈亚之写了不少记事性的"录"及人物传，如《魏滑分河录》《异梦录》《谊鸟录》与《喜子传》《李绅传》《冯燕传》《表医者郭常》《歌者叶记》等，叙述简明清晰，往往加以简要评论。这是他作品中比较突出的特色，可以看到所受韩、柳一派影响的痕迹。但在才力及造诣上不但难与韩、柳比肩，也逊于真正的韩门弟子。

倒是与韩、柳没有直接联系的舒元舆，在作品的内在实质上体现了对韩、柳的承继。

舒元舆(789—835)，元和八年(813)进士。文宗时，官至刑部尚书、以本官同中书门下平章事。与李训、郑注谋诛宦官，"甘露之变"中被杀。《新唐书》本传称其："裴度表掌兴元书记，文檄豪健，一时推许。""自负才有过人者，锐进取。大和五年，献文阙下。"

舒元舆留下的文章，全为散体古文，量少质高，几乎篇篇有特色。其早期所作《上论贡士书》，描摹士子不受尊重情况，直斥当朝不尊礼法，不重贤才，有云：

> 臣年二十三，学文成立，为州县察臣，臣得备下土贡士之数。……试之日，见八百人尽手携脂烛水炭，洎朝晡餐器，或倚于肩，或提于席。为吏胥纵慢声大呼其名氏，试者突入，棘围重重，乃分坐庑下，寒余飞雪，单席在地。呜呼！唐虞辟门，三代贡士，未有此慢易者也。……
>
> 臣伏见国朝开进士一门，苟有登升者，皆资之为宰相公侯卿大夫，则此门固不轻矣。凡将为公侯卿相者，非贤人君子不

可。有司坐举子于寒庑冷地，是比仆隶巳下，非所以见征贤之意也；施棘围以截遮，是疑之以贼奸徒党，非所以示忠直之节也；试甲赋律诗，是待之以雕虫微艺，非所以观人文化成之道也。有司之不知其为弊若此，臣恐贤人君子远去，不肖污辱，为陛下用，且指近陈之。今四方贡珠玉金银，有司则以筐篚皮币承之；贡贤才俊乂，有司以单席冷地承之。是彰陛下轻贤才而重金玉也。贤才耻之，臣亦耻之。（《全唐文》卷七百二十七）

其摹状之真切，理据之充分，言辞之尖锐，使人不得不折服，同时亦表现了作者肮脏刚直之精神。其后所写的《献文阙下不得报上书》谓：

马周、张嘉贞代人作奏，起逆旅，卒为名臣。今臣备于朝，自陈文章，凡五晦朔不一报。窃自谓才不后周、嘉贞，而无因入，又不露所蕴，是终无振发时也。汉主父偃、徐乐、严安以布衣上书，朝奏而暮召，而臣所上八万言，其文锻炼精粹，出入古今数千百年，披剔剖决，有可以辅教化者未始遗。拔犀之角，擢象之齿，岂主父等可比哉？盛时难逢，窃自爱惜。（《全唐文》卷七百二十七）

言辞愤激而自负，表现了与上文同样的气势和风概。

舒元舆的文章亦有展现很高审美水平的描写风物之作，如《长安雪下望月记》写月下雪景：

初夜有皓影入室，室中人咸谓雪光射来，复开门偶立。见沍云驳尽，太虚真气如帐碧玉。有月一轮，其大如盘，色如银，凝照东方。辗碧玉上征,不见辙迹,至乙夜,帖悬天心。

　　予喜方雪而望舒复至,乃与友生出大门恣视。直前终南,开千叠屏风。张其一方,东原接去,与蓝岩骊峦,群琼含光。北朝天宫,宫中有崇阙洪观,如鳌珪叠璐,出空横虚。

　　此时定身周目,谓六合八极,作我虚室,峨峨帝城,白玉之京。觉我五脏出灌清光中,俗埃落地,涂然寒胶,莹然鲜著,彻入骨肉,众骸跃举,若生羽翮,与神仙人游云天汗漫之上,冲然而不知其足犹蹋寺地,身犹求世名。二三子亦不知向之从何而来,今之从何而遁。(《全唐文》卷七百二十七)

既展现出雪与月、与山、与宫阙相映相融的特殊景观,又抒发了忘我神驰之心境,笔墨质简又富表现力。作者不但善于写景,还善于摹画。他的《录桃源画记》描摹了一幅所见《桃源图》,写的是观画,却似入人境。虽与韩愈《画记》难以并论,但形象描摹及写心理感受,亦有不少佳处。

　　舒元舆对所接触到的客观对象,往往能生动地予以展现。其《斫琴志》写琴工沈虬子将一梧桐朴木,雕琢为琴:

　　他人见朴在刃下,而沈氏成琴入眼中。不知斫之数到邪?琴之形化邪?两肩耸张,若对古人;双池呀开,若抱澄渟。绝刃四顾,得色上面。旁视或懵其所以为。

颇得庖丁解牛风致。又写琴声:

　　备指一弄,五声丛鸣。鸣中有灵峰横空,鸣泉出云,凤龙腾凌,松吟风悲。(《全唐文》卷七百二十七)

与《琵琶行》比，不如其细致具体，然有同工之妙。

然而，舒元舆并不只为描摹而描摹，他多是将所擅长的叙事描述功力与对世事人情的感慨批判相结合。如其《玉箸篆志》借李斯与李阳冰篆书的对比，批评时人贵古贱今的风尚。尤其是《养狸述》，讲自己得一狸而除鼠患。对鼠之为害，极尽描摹之能事，篇末发论曰：

> 呜呼！覆帱之间，首圆足方，窃盗圣人之教，甚于鼠者有之矣。若时不容端人，则白日之下，故得骋于阴私。故桀朝鼠多而关龙逢斩，纣朝鼠多而王子比干剖，鲁国鼠多而仲尼去，楚国鼠多而屈原沈。以此推之，明小人道长，而不知用君子以正之，犹向之鼠窃，而不知用狸而止过。纵其暴横，则五行七曜，亦必反常于天矣，岂直流患于人间耶！（《全唐文》卷七百二十七）

显然是针对时事而发。

舒元舆的其余作品，也多有新的创意。如《问国学记》借在谒者导引下参观国学时看到的荒秽景象，感慨"巍巍国庠，寂寞不闻回也赐也说绎道义之声，虽馆宇云合，鞠为荒圃，可谓大国设虚以自欺也"。《贻诸弟砥石命并铭》属家诫性作品，但写法别致。不是絮絮说教，而是先讲自己曾得一古剑，锈蚀几近废物，后得一砥石，反复砻磨，才恢复其光芒锋利之真貌，然后才言寄砥石之意云：

> 欲尔辈定持刚质，昼夜淬砺，使尘埃不得间发而入，为吾守固穷之节，慎临财之苟，积习肆之业。上不贻庭闱忧，次不贻手足病，下不贻心意愧。欲三者不贻，祇在尔砥之而已。（《全唐文》卷七百二十七）

总之,舒元舆是由中唐后期进入晚唐前期的作家,虽不见与韩、柳的直接关联,但构思上有创意,叙述描写能力强,语言用散体,能够做到审美与实用平衡,内容形式统一,虽尚有生硬矫揉痕迹,应该说是延续了韩、柳的精神,值得予以重视。

三 骈体文的复兴与李商隐

隋唐以来,随着对片面追求形式美的强烈批判,韩、柳对古文的提倡,骈体文的写作呈衰落趋势。但作为一种文章形式,在散文领域它仍然保持着自己的存在并发挥其影响,如:在应用性的诏令奏疏中,从张说、苏颋到陆贽,用的基本上仍是骈体,只不过消除了典故的堆垛和过分的藻丽;在某些特定的文体,像箴、铭、赞、颂、祭文中,除个别例外,几乎所有的作家,仍然沿用着骈体或接近骈体的排偶韵语。这是因为骈体文中包含着固有的一些积极因素:节奏鲜明,音声和谐,易于记诵,且格调典雅,足显尚文风韵。正因如此,即使与韩、柳、元、白大略同时的作者如令狐楚,仍雅爱骈文的写作。

步入晚唐,骈体呈现复兴的趋势。这首先在应用性的公文中显示出来,如与牛、李同时的崔嘏所写大量制命,就与元稹所谓的新体完全不同,近于纯正骈体的形态,随便抽取一例来看,如其《授裴谂司封郎中依前充职制》:

> 敕:台郎望美,词苑地高,粲列宿之辉华,参起草之宥密。自非风仪玉立,器宇川停,摛挟天之雄文,蕴掷地之清韵,则不足以膺我妙选,为时美谈。翰林学士考功员外郎裴谂,袭庆于门,腾芳载席,端庄抱吉士之操,谨默得贤人之风。灼若春华,皎如瑞素,自擢居文圄,参侍瑶墀,进对益见其周详,词旨不离于雅厚。是宜仍金銮之旧职,荣粉署之新恩。保乃休光,更流芬馥。(《全唐文》卷七百二十六)

属对精工,词藻华美,已是纯骈。到了杜牧,虽然率意行文,不拘散骈,在表奏中也用了不少骈体。而真正标志着骈体文复兴者当属李商隐。

李商隐(813—858),字义山,自号玉溪生、樊南生,怀州河内(河南沁阳)人。据新旧《唐书》本传:商隐幼即能文,后受令狐楚赏识,使与诸子游。开成二年(837),得楚子令狐绹推誉,登进士第,调弘农尉。楚死,商隐往依镇河阳之王茂元,任掌书记,授侍御史,并娶茂元女为妻。在牛、李党争中,令狐父子属牛党,茂元则近于李,因而被令狐绹视为背恩,加以排摈。王茂元死,商隐入京,久不得调。往依桂管观察使郑亚为判官,亚贬循州刺史,商隐随往,在岭表三年。后入朝,被京兆尹卢弘止表为参军,典笺奏。弘止镇徐州,表为掌书记。还朝,屡求令狐绹,乃补太学博士。柳仲郢节度剑南东川,辟之为判官、检校工部员外郎。仲郢罢,商隐客居荥阳,未几卒。

李商隐一生仕途不顺,始终居于下位,作为宾幕僚佐,辗转于显宦大僚身边。但他在文学上却成就卓著。其诗作精美流丽,却又迷离朦胧,在新巧的构思中,蕴含着真挚缠绵的深情,开创了前所未有的新格调。其文章,写古文得韩、柳风致,于骈体有重新振兴之功。《新唐书》本传云:"商隐初为文瑰迈奇古,及在令狐楚府,楚本工章奏,因授其学。商隐俪偶长短,而繁缛过之。时温庭筠、段成式俱用是相夸,号'三十六体'(因三人皆排行十六)。"《旧唐书》本传则称其"博学强记,下笔不能自休,尤善为诔奠之辞"。其所以能如此,一是广泛继承吸收了前人的积蕴。如在《樊南甲集序》中曾说:

> 樊南生十六能著《才论》《圣论》,以古文出诸公间。后联为郓相国、华太守所怜,居门下时,敕定奏记,始通今体。后又两为秘省房中官,恣展古集,往往咽噱于任、范、徐、庾之间。

有请作文，或时得好对切事，声势物景，哀上浮壮，能感动人。十年京师寒且饿，人或目曰：韩文、杜诗、彭阳章檄，樊南穷冻人或知之。[①]

说明了他曾有的积累和所受的熏陶。二是他志存高远，视野宏阔，不受已有成见拘限。在《上崔华州书》中说：

> 愚生二十五年矣。五年读经书，七年弄笔砚。始闻长老言，学道必求古，为文必有师法。常怏怏不快，退自思曰：夫所谓道，岂古所谓周公、孔子者独能邪？盖愚与周、孔俱身之耳。以是有行道不系今古，直挥笔为文，不爱攘取经史，讳忌时世。百经万书，异品殊流，又岂能意分出其下哉？

观点明显与韩愈相左，不仅不拘于韩，连周孔也敢突破。在《容州经略使元结文集后序》中，他对元结的评价极高，有大量生动的比喻形容，而基本出发点就是：

> 次山之作，其绵远长大，以自然为祖，元气为根，变化移易之。

说明他主张为文放旷自如，不必有所拘。所以在同文中他再次申述了上文观点，称："孔氏固圣矣，次山安在其必师之邪？"

统观今存李商隐文章，少部分为散体古文，多数为四六骈体。散体古文，主要是写给较知近者的书启，为自己或别人文集所

---

① 刘学锴、余恕诚撰：《李商隐文编年校注》，中华书局，2002年。以下所引李商隐文皆出于此书。

作序,还有个别碑传、短篇记事、论说杂著等。写来率性坦直,质简洁劲,功力不减一般古文作家。如其写给令狐绹的《别令狐拾遗书》,以世俗恶浊之"市道交"作反衬,表白自己对令狐绹深重诚挚之情。其中有谓:

> 自昔非有故旧援拔,卒然于稠人中相望,见其表,得所以类君子者,一日相从,百年见肺肝。尔来足下仕益达,仆困不动,固不能有常合而有常离。……
>
> 足下与仆,于天独何禀,当此世生则不同此世,每一会面,一分散,至于慨然相执手,嗒然相戚、泫然相泣者,岂于世有他事哉?

然后,以世俗之风相比:

> 今日赤肝脑相怜,明日众相唾辱,皆自其时之与势耳。时之不在,势之移去,虽百仁义我,百忠信我,我尚不顾矣。岂不顾已,而又唾之,足下果谓市道何如哉?

文中且列举商人尚讲诚信,而世俗父母嫁女却"不问贤不肖健病,而但论财货、恣求取为事",以之作反面例证。句法拗折,用语劲健,辞气挚深而激越,皆典型古文笔法。

其《与陶进士书》,写给曾一同应试之友人,述及自己为文求试之经历,与令狐绹关系之变化,得第为尉后之心向,对文场世事之感愤。其中既述曾抱志尚:"联缀比次,手书口咏,非惟求以为己而已,亦祈以为后来随行者之所师禀。"又表所遭失望:献文给京师名人,"出其书,乃复有置之而不暇读者;又有默而视之,不暇朗读者;又有始朗读,而中有失字坏句不见本义者。进不敢问,退不能

解,默默已已,不复咨叹"。还倾泻其愤激:"尝自咒愿得时人曰:
'此物不识字,此物不知书。'"并叙及对友情的珍惜及坚守气节的
态度:"思得聚会,话既往探历之胜。至于切磋善恶,分擘进趋,仆
此世固不待学奴婢下人,指誓神佛而后已。"写来直抒胸臆,不拘格
套,不究典藻,体现了其所主张的自然遣文之风致。

为樊川甲乙二集所写之《序》,直陈写作及成书过程,本色无
华。为白居易所作《墓碑铭》,依次叙其仕历,质简而切要。《李贺
小传》则不同,不但以传神笔墨,突显了李贺之形象特征,骑驴集句
之传闻逸事,而且详细记述了长吉之死,乃天帝召其为白玉楼作记
的传说。篇末又特寄感慨:

> 噫!又岂世所谓才而奇者,不独地上少,即天上亦不多
> 耶?长吉生二十四年,位不过奉礼太常,当世人亦多排摈毁斥
> 之。又岂才而奇者,帝独重之,而人反不重耶?又岂人见会胜
> 帝耶?

显然,这是在同病相怜中寓寄着自己的抑郁不平。

李商隐的文章以骈文为大宗。这些作品基本可分三类:代人
所写书、启、表、状;自己写给别人的书、启、状;为自己或代人所作
哀祭文、祷神文。

第一类多为应用性官方文书。李商隐一生基本为幕僚生涯,
前后曾任令狐楚、崔戎、王茂元、郑亚、柳仲郢之书佐,其职责就是
为幕主们代笔,写各类文书。这些文书应对上下左右,既须顺情贴
理,又需典雅工致,李商隐学富才丰,又因受令狐楚之调教,任、范、
徐、庾之熏陶,喜爱精通于骈体,于是恰应其选。《旧唐书·令狐楚
传》载:楚死前,召从事李商隐曰:"吾气魄已殚,情思俱尽,然所怀
未已,强欲自写闻天,恐辞语乖舛,子当助我成之。"说明了其所受

信任和依托程度。不过商隐此类作品,思想意义不大,只有少数受后人赞赏者,亦可见出其骈文方面的成就与功力。如他为王茂元所写《为濮阳公与刘稹书》,是洋洋数千文的劝降书。从刘稹的祖父、父亲讲起,论天下大势,析刘稹所图所据之不可凭靠,讲归附朝廷之利,剖坚持叛乱之险。充畅细密,着实透辟。行文起伏跌宕,既谕之以理,又寓之以情。有人比之于徐陵,虽有过誉之嫌,亦可见其在复兴骈文方面的影响。

第二类作品,个人色彩较浓。常常言及自己的抱负志向,倾诉处境的困顿,发泄对世风的感慨,吐露内心的郁愤,表达希望提携的意愿,感谢得到的赏识帮助,抒发对情谊的珍重。如写给李执方的《上李尚书状》有云:

> 某始在弱龄,志惟绝俗。每北窗风到,东皋暮归,彭泽无弦,不从繁手;汉阴抱瓮,宁取机心?岩桂长寒,岭云镇在。誓将适此,实欲终焉。其后以婚嫁相萦,兄弟未立,阳货有迷邦之诮,王华生处世之心。靡顾《移文》,言从初服。幸李公之阍者,不拒孔融;读蔡氏之家书,未归王粲。粗闻六蔽,聊玩九流。行与时违,言将俗背。方朔虽强于自举,匡衡竟中于丙科。驾鼓未休,抢榆而止。

> 然窃观古昔之事,遐听上下之交,有合自一言,奖因片善,不以齿序,不以位骄。想见其人,可与为友。近古以降,斯风顿微,处贵有隔品之严,于道绝忘形之契。中间柳澹年犹乳抱,李北海因与结交;裴逊(疑为"迪")迹困泥涂,王右丞常所前席。时之不可,人以为悲。愚虽甚微,颇向斯义。自顷升名贡籍,厕足人流,未尝辄慕权豪,切求绍介,用胁肩谄笑,以竞媚取容。袁生之门,但闻有雪;墨子之突,曾是无烟。每虞三揖之轻,略以千钧自重。

阁下念先市骨，志在采莃，引以从游，寄之风兴，玳筵高敞，画舸徐牵。分越加笾，事殊设醴。怜贾生之少，恕祢衡之狂。此际举觞而恨异漏卮，对案而惭非巨鳌。谢家东土，延宾而别待车公；王令临邛，为客而先言犬子。彼之荣重，殊谓寂寥。

　　　伏间声尘，已移弦晦。隋王朱邸，方同故掾之心；燕地黄金，更落他人之手。追攀未及，结恋无任。瞻望门墙，若在霄汉。伏惟始终训察。

虽用典繁而僻，然所吐为真挚深切的情愫。此外，如《上令狐相公状》《献舍人河东公启》《献舍人彭城公启》《上座主李相公状》《上李舍人状六》《上汉南卢尚书状》《贺相国汝南公启》《上尚书范阳公启》《献相国京兆启二》等，皆有此类内容。

　　第三类作品写得最好，如《旧唐书》所谓"尤善为诔奠之辞"。其中的哀祭文多为家人、亲朋所作，忆旧，伤逝，述哀。商隐之诗即以诉情见长，此类作品亦以情之深，痛之切而感人。其中之《祭外舅赠司徒公文》《重祭外舅司徒公文》是为其岳父兼幕主王茂元所写。前者历叙王之功勋、绩历，怀念而兼赞颂，有雄浑之气；后者则重在忆旧以表亲情之重。《祭裴氏姊文》为改葬时所作，叙家事变化，忆往日之悲，表未能及时安葬之愧。最感人的是《祭小侄女寄寄文》：

　　　正月二十五日，伯伯以果子弄物，招送寄寄体魄，归大茔之旁。哀哉！

　　　尔生四年，方复本族，既复数月，奄然归无。于鞠育而未申，结悲伤而何极！来也何故，去也何缘，念当稚戏之辰，孰测死生之位？

　　　时吾赴调京下，移家关中，事故纷纶。光阴迁贸，寄瘗尔骨，五年于兹。白草枯荄，荒涂古陌。朝饥谁抱，夜渴谁怜？

尔之栖栖,吾有罪矣。今吾仲姊,返葬有期。遂迁尔灵,来复先域。平原卜穴,刊石书铭。明知过礼之文,何忍深情所属!

自尔殁后,侄辈数人,竹马玉环,绣襦文袴,堂前阶下,日里风中,弄药争花,纷吾左右,独尔精诚,不知何之。况吾别娶已来,胤绪未立,犹子之谊,倍切他人。念往抚存,五情空热!

呜呼!荥水之上,檀山之侧,汝乃曾乃祖,松槚森行,冢坟相接。汝来往于此,勿怖勿惊。华彩衣裳,甘香饮食,汝来受此,无少无多。汝伯祭汝,汝父哭汝,哀哀寄寄,汝知之邪?

虽依然用骈体,而几乎不用典实,一往深情,见于轻倩流丽的文字之中,其深切沉挚,几近于韩愈之《祭十二郎文》,实属李商隐骈文中少有佳作。还有其《奠相国令狐公文》,是祭悼令狐楚的。往日栽培之恩,今日哀痛之情,闻讯奔赴之急,逝前信托之重,一气直泻而下,无任何雕琢夸饰,完全出自肺腑。是商隐少见之作,亦极受后人叹赏。

在《樊南乙集序》中,李商隐曾表示,对于骈文,"此事非平生所尊尚",或据此谓骈体非商隐所好。其实此言并不由衷,在前引《樊南甲集序》中,他已表明对骈文的态度,同文又云"仲弟圣仆,特善古文","常表以今体规我,而未焉能休"。这说明他对骈体的写作,是欲罢而不能休的。同在《乙集序》中还言及,在离开郑亚任盩厔尉期间,同僚之七八人皆好为骈。自己"每著一篇,则取本去"。表明当时与商隐一起写骈文者众多,已成一时风气,而商隐则为其中翘楚。他如真的不尊尚其事,也不会认真地将四六文编为甲乙两集,以存留后世。这说明李商隐对骈文的发展,确有推波助澜的作用,或可曰复兴之功。

李商隐这样做并不是偶然的,与他诗歌创作中对精致美的追求有关,也与散文发展的大趋势有关。骈体本来不是什么坏东西,问题出在它的极端化,造成了形式的刻板,内容的虚浮,妨碍了文章的实用价值。经过长期以来对骈体弊病猛烈甚至过激的批判,作家们在逐渐冷静下来之后,开始意识到六朝作家、作品中的积极因素,也就对之采取了比较客观的态度。就李商隐来说,早已不见对屈、宋、扬、马的抨击,除上引对任、范、徐、庾的态度,在《献相国京兆公启》中,则将颜、谢与苏、李并列,将自己献诗求对方赏识,比之为颜延之于鲍照,何逊之于沈约。在这种情况下,他古文与骈文兼擅,进一步恣意于骈体的写作,也就不足为怪。

但李商隐在维系骈文的发展上有所贡献的同时,使得骈文中曾存在的消极倾向,某种程度地有所抬头。最足以说明此点者,是李德裕请郑亚给其《会昌一品集》作序,序文原来由李商隐起草,文本现存其文集中,后由郑亚本人定稿,定稿文本亦存今《全唐文》。对比两文,李稿首尾两段被郑全改,而最根本的改动,就是几乎去掉了所有的典故与夸饰之辞,使之成为较质直的叙述和评赞(文长不录)。郑亚文名远不如李商隐为高,而就本文的水平来说,李显然不如郑。就此来看,李商隐的骈文也有其负面因素,这些因素在与李商隐同时的温庭筠身上同样存在,其实质是对散文发展潮流的反动。这种负面因素,不但对此后的五代,甚至对宋初都有所影响。

第二节　晚唐后期的散文

懿、僖、昭三朝加上短促的哀帝,属于晚唐后期。懿宗是个无所作为的荒唐皇帝,至僖宗朝黄巢起义,各藩镇势力乘机而起,唐王朝已完全处于瓦解状态。在社会纷乱中,文人的命运朝不顾夕,继续从事创作的主要是中下层的作者。散文仍然沿着前期的倾向发展,部分作家的文章显示出一些新的特色。

一　坚持韩、柳传统的作者及孙樵

此一时段，有不少作者，在精神和写作笔法上，仍承续着韩、柳散体古文的传统。如陈黯、来鹄，其二人留下文章不多，皆内容关切现实，文字简明质直。比他们早的刘蜕名声更大，比他们晚的黄滔作品数量更多。

刘蜕，字复愚，自号文泉子，大中时进士，曾任右拾遗、中书舍人，贬华阴令，终商州刺史。以专于文自负，曾云：对文爱而不惑，"进不暇视地，食不及卒哺，起居不忘于文，穷泰不忘于文"。"为人子二十二年，唯初七年持瓦石为俎豆戏，其余卒不离前之志也"（《全唐文》卷七百八十九《与韦员外书》）。"自谓不有得于今，必有得于后；不有得于人，必有得于鬼神"（《全唐文》卷七百八十九《献南海崔尚书书》）。《文泉子自序》，述及取"文泉"为名之意曰："泉之时义大矣哉！盖覃以九流之文旨，配以不竭之义曰泉。崖谷结珠玑，眛则将救之；云雷亢粢盛，干则将救之。予岂垂之空文哉！"（《全唐文》卷七百八十九《献南海崔尚书书》）说明他为文的宗旨，即在济世救时。在《复崔尚书书》中，又直接与"道"联系起来：

> 蜕早不量己，尝欲与其道，以死生乐之。自以得其位，即欲立殊节于君友；不得其位，即欲垂长幅于后世。然而，以为身屈则道不胜，语卑则道不明。以其喧哗，不敢安己，矜道也……（《全唐文》卷七百八十九《献南海崔尚书书》）

因为有以上精神，所以他在居官时，敢于写出《论令狐滈不宜为左拾遗疏》，对宰相之子进行尖锐猛烈的抨击；作《移史馆书》，指责史官不记载武宗排佛汰僧的事实。还写有《较农》《疏亡》等关涉世事的短论，著有《山书一十八篇》，博涉天地万物古今时事，大体以安民刺恶为指归。刘蜕虽以文自尚，人生却并不如意，所以写了著名的《梓州兜率寺文冢铭》，其中谓自己为文"常获助于天"，所以写出的文章：

> 有粲如星光，如贝气，如蛟宫之水；又有如屯云，如久阴，如枯腐熬燥之色。则有如春阳，如华川，逶逶迤迤；则有如海运，如震怒，动荡怪异。

但又"不获助于人"，所以"自振者无力，终知者甚稀"。既然如此，他经占卜，决定将其文埋之于冢，希望：

> 既不为吾用，惟速化为百工之用。慎无朽为芝菌，以怪人自媚；慎无坚为金铁，以作货起争；慎无滴为醴泉，以味乎谄口；慎无祷为城社，以狐鼠凭妖；慎无耸为良材，以雕斫伤性；慎无萌为兰茝，以佩服见亵。呜呼！介而为石，使之能言；舒而为蚓，使之饮泉。（《全唐文》卷七百八十九）

全文构思别致，言辞激昂，显示自负，寄托希望，发泄慨愤，是锋芒毕露之作。

黄滔，字文江，乾宁二年（895）进士，曾任四门博士、监察御史里行等职，完全生活于唐末。严格说来，他并不真正是韩、柳传统的承继者，写的众多书启，基本用的都是骈体，内容多涉贡举和官场的干谒、致谢，风格卑弱。但他写有一篇《与王雄书》，反映了当时文场的风气和自我检讨，表明了对韩愈古文的推崇：

> 滔不业文，诚可俪偶其辞，以赞方寸。既再而思，夫俪偶之辞，文家之戏也，焉可贵其戏于作者乎？是若扬优哝，干谏

舌,啼妄态,参妇德,得不为罪人乎？是乃扫陈声律,直写一二,强名曰书,幸垂听览。……

夫以唐德之盛,而文道之衰。尝聆作者论近日场中,或尚辞而鲜质,多阁下能揭元次山、韩退之之风。故天所以否其道,窒其数,使若作《骚》演《易》,皆出于穷愁也,复何疑焉。……（《全唐文》卷八百二十三）

黄滔写有几篇短论,倒是散行而质简。如其《嘻二篇》之一：

或谓聋者,曰师旷也；瞽者,曰离娄也。无不悖其辞之戏。或谓鲁儒,曰颜闵也；蜀儒,曰扬马也。无不喜其辞之美。是何彼以视听之亡,而苟能自鉴；此以耳目之貌,而反不自知？嘻！（《全唐文》卷八百二十四）

颇质实而有意味。在此时段真正以承继韩愈自居且有所成就者是孙樵。

孙樵,字可之,一作隐之,生卒年不详。据其自序云：

樵家本关东,代袭簪缨,藏书五千卷,常以探讨。幼而工文,得之真诀。提笔入贡士列,于时以文学见称。大中九年叨登上第,从军邻国,悉历华资,久居兰省。广明元年,狂寇犯阙,驾避岐陇,诏赴行在,迁职方郎中。朝廷以省方蜀国,文物攸兴,品藻朝伦,旌其才行。诏曰：行在三绝,右散骑常侍李潼有曾、闵之行,职方郎中孙樵有扬、马之文,前进士司空图有巢、由之风,可载青史,以彰有唐中兴之盛。（《全唐文》卷七百九十四）

他所得为文之"真诀"来自哪里？在《与王霖秀才书》中，说得很明确："樵尝得为文真诀于来无择，来无择得之于皇甫持正，皇甫持正得之于韩吏部退之。"（《全唐文》卷七百九十四）同样的话，在《与友人论文书》中曾再次重复。那么，他从韩愈那里所得的真诀是什么？一是学文应为了明道，而不是求富贵荣禄。在《序陈生举进士》一文中，他说："君子学道以循禄，端己以售道，不肯枉尺以蘄寻直，况突梯滑稽以苟得欤？"（《全唐文》卷七百九十四）二是要有追求高远的创造精神。同是在《与王霖秀才书》中，他说："储思必深，摘词必高。道人之所不道，到人之所不到，趋怪走奇，中病归正。以之明道，则显而微；以之扬名，则久而传。前辈作者正如是。"于《与友人论文书》中又说："古今所谓文者，辞必高，然后为奇；意必深，然后为工。焕然如日月之经天也，炳然如虎豹之异犬羊也。是故以之明道，则显而微；以之扬名，则久而传。"

这两点，应该说是得到韩、柳传统之主要精神的，所以孙樵虽存留下来的作品不多，却基本上篇篇都有特色。如其《迎春奏》以四时喻皇帝之为政，谓：

> 陛下与人为春，得革惨作和，起栉生华，喜满其家，沃穆欢咳，如暖景时开，树色烟光，觉葱茏芳苍。陛下与人为秋，得愁刮人魄，风日冷白，栗栗萧索，觉庭槐枯落。陛下与人为夏，得变绤成襦，嘘烬作炉，驹驱辙结，杂沓喧楔，门如三伏热。陛下与人为冬，得举眦不见日，冻薄人骨，间间戚戚，灯青火白，无蹄辙迹。顾陛下左右皆春，天下病悴者众也；陛下肘腋皆热，中国病冻者众也。岂陛下用心有颇焉？陛下苟能平其心，虽泽不周，惠不均，天下无恨言。不然，天将视陛下心而燠寒也。（《全唐文》卷七百九十四）

借形象寓论议，体现了生动的表达形式与深切着实内容之统一。其《复佛寺奏》为排佛之作，上来就讲"臣以为残蠹于民者，群髡最大"，直截而尖锐。之后对佞佛之弊的论述较之韩愈更为细致、深入、具体（《全唐文》卷七百九十四）。《潼关甲铭》化铭为论，由惋惜所见潼关"甲数十札"之朽坏，引申出如何治国、守国的观点："古之善守天下者，展礼以防之，阐乐以和之，明刑以齐之，修政以固之，则守在四海之外，何以关为？而况完其甲乎？"（《全唐文》卷七百九十四）《舜城碑》以碑铭的形式，论为帝王者，不能靠城之坚守天下，而应顺应民心，以仁为城。以上诸作，在构思与表达上，皆有新的创意。尤其是《书褒城驿壁》，破壁厅记之常格。先述目睹曾"号天下第一"的褒城驿竟破败不堪，究其原因，在于往来大小官员皆因其为"驿"，乃临时住所，而恣意侵暴破坏。然后引一"老氓"之语云：

> 举今州县皆驿也！……今朝廷命官，既已轻任刺史县令，而又促数于更易，且刺史县令，远者三岁一更，近者一二岁再更。故州县之政，苟有不利于民，可以出意革去其甚者，在刺史曰：明日我即去，何用如此。在县令亦曰：明日我将去，何用如此。当愁醉酿，当饥饱鲜，囊帛椟金，笑与秩终。

再进一步，作者因老氓之言更作发挥：

> 呜呼！州县真驿耶！矧更代之际，黠吏因缘，恣为奸欺，以卖州县者乎？如此而欲望生民不困，财力不竭，户口不破，垦田不寡，难哉！（《全唐文》卷七百九十四）

文章创意新，构思巧，语言质朴，描叙有声色，内容深切，倍受后人称赏。

孙樵很重视史书。《与高锡望书》中曾专论史法与史官之责。在《孙氏西斋录》中,更感慨史官职责之重:

> 呜呼!宰相升沈人于数十年间,史官出没人于千百岁后。是史官与宰相分挈死生权也。为史官者,不能抃忠骨于枯坟,商诒魄于下泉,磨毫黦札,丛阁饱帙,岂国家任史官意邪?(《全唐文》卷七百九十五)

出语精辟,感愤强烈。正因如此,他也致力于人物传记的写作。其《书何易于》为一低层县令立传,写法上用突出典型事迹与概括叙述参以论议的方法,开始即云:

> 何易于尝为益昌令。县距刺史治所四十里,城嘉陵。刺史崔朴,尝春自上游多从宾客,歌酒泛舟东下,直出益昌旁,至则索民挽舟。易于即腰笏引舟上下。刺史惊问状,易于曰:方春,百姓不耕即蚕,隙不可夺,易于为属令,当其无事,可以充役。刺史与宾客跳出舟,偕骑还去。(《全唐文》卷七百九十五)

写法受韩愈《张中丞传后叙》影响,得记传之精髓,成传世名作。《书田将军边事》与之类似。他的《祭高谏议文》也写得很好,以平常语,忆旧时事,句句质实,字字情深,节奏与心怀的结合自然无间。

此外,《寓居对》《骂僮志》结构句法,皆似仿韩愈《劝学解》,尤其后者,借僮语反衬自己品格,深得韩作之神。《逐痁鬼文》则仿韩愈《送穷文》而变其体。先正话反说,似诉痁鬼之害,实赞其功,然后同样正话反说,希望在逐痁鬼同时,为己招"谄、矫、巧、钱"四鬼。最后歌曰:"穷吾知其所羞,达吾知其所求。此不当逐而彼不当游。君乎君乎,诚有激于中乎。吁!"(《全唐文》卷七百九十五)旧体翻新,别有意趣。他还仿柳宗元《乞巧文》而写《乞巧对》,也能别出新意。柳文重点只在不求巧而甘于拙,他则表示"吾守吾拙,以全吾节;巧如可求,适为吾羞"(《全唐文》卷七百九十五),然后全力对所谓的"巧"予以攻击,分别描述"巧言""巧文""巧工"之害。

诸如此类,孙樵的作品,在继承韩、柳上虽有某些追摹痕迹,但总体说,为唐末的散文抹上了一层亮色。

二 别具一格的司空图

司空图(837—908),字表圣,自号知非子、耐辱居士,河中虞乡(山西永济)人。咸通十年(869)进士,先后任殿中侍御史、礼部郎中、知制诰、中书舍人等职,后以疾辞。据《旧唐书》本传:因"朝廷微弱,纪纲大坏,图自深惟出不如处",屡征召不就。朱全忠篡唐前,诏图入朝。"图惧见诛,力疾至洛阳,谒见之日,堕笏失仪,旨趣极野",于是放还归山。晚年隐居中条山王官谷。

司空图的思想倾向是忠于唐王朝,信奉儒家传统观念的。据本传载,当黄巢攻下长安时,"天子出幸,图从不及,乃退还河中"。僖宗"出幸宝鸡,复从之不及,退还河中"。最终,或云因唐哀帝被弑,"不怿数日卒",或云"不食而卒",皆表明其正统观念的强固。他之奉儒,亦有明确表现。在所写《文中子碑》中,开宗明义即云:"道,制治之大器也,儒守其器者耳。"(《全唐文》卷八百零九)又曾著《将儒》,主张必须以儒者为将。正因如此,司空图原本也有济世之志,其《与惠生书》有云:

> 某赘于天地之间,三十三年矣。及览古之贤豪事迹,惭企

不暇。则又环顾尘蒉，自知不足为天下赘也。噫！岂非才不足而自强耶？虽然，丈夫志业，引之犹恐自局，诚不敢以此为惮。故文之外，往探治乱之本，俟知我者纵其狂愚，以成万一之效。(《全唐文》卷八百零七)

然而，司空图何以又走上了避世退隐的道路？原来，总结历史的经验教训，他形成一种"尚通"的思想。在上述同一篇文章中说："愚以为今欲应时之病，即莫若尚通。不必叛道而攻利也，隘则驱之以仇已。"下面又具体解释说："一家之治，我是而未必皆行也；一国之政，我公而未必皆行也。就其间，量可为而为之，当有以及于物；不可为而不为，亦足以见其心。"意思是，在坚持大原则的前提下，应视实际情况而有机变。基于这样的思想，他在《答孙郃书》中解释说，自己之所以"穷而不摇，寻而不进者"：

　　盖审已熟，虽进亦不足于救时耳。彼一饭之施，或请济于其邻，虽童子不可以空器给之也。矧当艰否之运，吾君吾相，方以爵秩来天下之贤达，将与之共拯，其可沽虚而自集耶？……始吾自视固缺薄，今又益疑其不可妄进。且持危之术，制变之机，非鲰儒之所克辨也。愚虽不佞，亦为士夫独任其耻者久矣，其可老而冒之耶？(《全唐文》卷八百零七)

这等于说，已看透唐王朝之崩溃无可救药，自己完全无能为力，选择退隐乃无奈之举。

　　明确了这一点，我们就可以理解司空图的作品，何以会复杂多样且各有特色。如《上谯公书》，"以布衣犯将相之威"，表愿进用之心。《与台丞书》向在位者荐贤才。写《辩楚刑》《说燕》《说鱼》等短论，以讽谏时事。写《三贤赞》以颂贞观名臣。在《纪恩门王公凝遗事》中，以条理清晰、颇具声色的文字，记述王凝的事迹，表达"受知特异"的感恩之情。在《段章传》《窦烈妇传》中，表彰节士、烈女。尤其是所写著名的《休休亭记》云：

> 休，休也，美也。既休而且美在焉。司空氏王官谷休休亭，本"濯缨"也。"濯缨"为陕军所焚，愚窜避逾纪，天复癸亥岁，蒲稔人安，既归葺于坏垣之中，构不盈丈。然遽更其名者，非以为奇。盖量其材，一宜休也；揣其分，二宜休也；且耄而瞆，三宜休也。而又少而惰，长而率，老而迂，是三者，皆非救时之用，又宜休也。
>
> 尚虑多难，不能自信。既而昼寝，遇二僧，其名皆上方刻石者也。其一曰阐颛，谓吾曰："吾尝为汝之师也。汝昔矫于道，锐而不固，为利欲之所拘，幸悟而悔，将复从我于是溪耳。且汝虽退，亦尝为匪人之所嫉，宜以耐辱自警，庶保其终始，与靖节《醉吟》第其品级于千载之下。复何求哉！"因为《耐辱居士歌》，题于亭之东北楹。
>
> 自开成丁巳岁七月，距今以是岁是月作是歌，亦乐天作傅之年，六十七矣。休休乎！且又殁而可以自任者，不增愧于国家矣。复何求哉！
>
> 天复癸亥秋七月二十七日，耐辱居士司空图记。（《全唐文》卷八百零七）

《耐辱居士歌》，文中节去，据《旧唐书》本传所引原文为：

> 咄咄，休休休，莫莫莫！伎俩虽多性灵恶，赖是长教闲处着。休休休，莫莫莫！一局棋，一炉药，天意时情可料度。白日偏催快活人，黄金难买堪骑鹤。若曰："尔何能？"答云："耐辱莫。"

《旧唐书》称其文"诡激啸傲"。其实,是司空图借自贬自嘲及表面的自慰自赏,来表达对世情时事的无奈和激愤。在亦真亦幻的记述中,寄寓着深长的意蕴。

此外,司空图还写有别格之文,如其《移雨神》,不像一般作者那样因遇旱向雨神祈祷,而是明目张胆地对雨神的怠职给予斥责。其《障车文》应是就民间婚嫁之俗而写,将华丽的辞藻与通俗的口头语言糅合在一起,别有意趣。如以下一段:

> 儿郎伟且子细思量,内外端相。事事相亲,头头相当。某甲郎不夸才韵,小娘子何暇调妆。甚福德也,其康强也,二女则牙牙学语,五男则雁雁成行。自然绣画,总解文章,叔手子已为卿相。敲门来尽是丞郎,荣连九族更千箱,见却你儿女婚嫁,特地显庆高堂。(《全唐文》卷八百零八)

其本传云:隐居后,"岁时村社雩祭祠祷,鼓舞会集,图必造之,与野老同席,曾无傲色"。此文大概就是在这种情况下写出的。

最后,应特别指出,司空图有深厚的审美修养和不凡的艺术见解。不但于诗歌创作和欣赏提出"象外之象,景外之景"(《全唐文》卷八百零七《与极浦书》),"韵外之致"(《全唐文》卷八百零七《与李生论诗书》)的观点,而且明确提出了诗与文相一的创见。在其《题柳柳州集后序》中说:

> 作者为文为诗,才格亦可见。岂当善于彼而不善于此耶?愚观文人之为诗,诗人之为文,始皆系其所尚,既专则搜研愈至,故能炫其工于不朽。亦犹力巨而斗者,所持之器各异,而皆能济胜,以为劲敌也。愚尝览韩吏部歌诗累百首,其驱驾气势,若掀雷抉电,奔腾于天地之间,物状奇变,不得不鼓舞而狗

其呼吸也。其次皇甫祠部文集,所作遒逸,非无意于深密,盖或未遑耳。今于华下方得柳诗,味其深搜之致,亦深远矣。俾其穷而克寿,抗精极思,则固非琐琐者轻可拟议其优劣。又尝睹杜子美祭太尉房公文,李白佛诗碑赞,宏拔清厉,乃其歌诗也。张曲江五言沈郁,亦其文笔也。岂相伤哉。噫!彼之学者褊浅,片词只句,不能自辨,已侧目相诋訾矣,痛哉!(《全唐文》卷八百零七《与李生论诗书》)

见地极精辟,甚至较当代研究者为高。他不但是这种观点的提出者,也是实践者。其《二十四诗品》,品评诗人的风格,写的是评论,用的就是诗的语言,充满诗的情趣。随便举一例,他论"清奇"曰:

> 娟娟群松,下有漪流。晴雪满汀,隔溪渔舟。可人如玉,步屧寻幽,载行载止,空碧悠悠。神出古异,淡不可收。如月之曙,如气之秋。①

应该说,这样的文字,既是文,亦是诗,既是体验,又是品评。

总之,司空图在唐末是一个有特色的作者,他的文章,亦给唐末的散文抹上了一层亮色。

三 皮日休、陆龟蒙、罗隐及其短论杂文

本时段的皮日休、陆龟蒙、罗隐,不只写短论杂文,不过这类作品更引人注目。

---

① 《司空图〈诗品〉解说二种》,齐鲁书社,1980 年。

皮日休

皮日休,字逸少,又字袭美,自号鹿门子,襄阳(属湖北)人。生卒年不详,约生活于懿宗、僖宗二朝。咸通八年(867)进士,曾任太学博士。黄巢称帝,命其为翰林学士,巢死,不知所终。

皮日休思想上奉儒家为正宗,极尊崇孔子,在《襄州孔子庙学记》中,称孔子为"师之圣者",谓:"尧之德有时而息,禹之功有时而穷。夫子之道,久而弥芳,远而弥光。用之则昌,舍之则亡。昔否于周,今泰于唐。"(《全唐文》卷七百九十七)又曾写《请孟子为学科书》,主张"请命有司去《庄》《列》之书,以《孟子》为主,有能精通其义者,其科选视明经"(《全唐文》卷七百九十六)。写《文中子碑》,称"设先生生于孔圣之世,余恐不在游、夏之亚也"(《全唐文》卷七百九十九)。

文学上,他宗奉韩愈,写有《请韩文公配飨太学书》,谓韩愈"身行圣人之道,口吐圣人之言,行如颜、闵,文若游、夏";"观其词,无不裨造化,补时政","身行其道,口传其文,吾唐以来,一人而已"(《全唐文》卷七百九十六)。

皮日休的文章数量大、品类多,仅早年所写《文薮序》提及的,除赋之外,就有碑铭赞论议书序"凡二百篇"。今存皮氏之文,除编于咸通七年(866)之《文薮》者外,尚有其后所写多篇。

统观皮日休存留之作,无论是书序记、箴铭赞、碑传悼、论议杂文,多是就史书、史事、历史人物质疑翻新、寓托感慨、引取教训,或针对世情世事表白观点、挥发议论、抒情寄意。总之,内容不外正反两个方面:正面的是对符合"道"之原则和理想的人物、事迹、品节、言论,进行表彰、赞扬、悼惜和肯定;反面的是对他深恶痛绝、视为导致民不聊生国家败亡之源的昏庸奸佞之辈、恶浊腐败的世风世俗、不公不平害国误民的制度和行为,进行贬斥、抨击、批判、揭露和嘲讽。二者之中,尤以后一方面更为尖锐激烈,辛辣深刻。而在表达形式和语言艺术上，高于前人的创新之处不多，审美价值略逊。

可以显示其上述特色者，如《祝疟疠文》，仿《送穷文》而变其体，对疟疠之病，既逐而又祝之，曰：

> 疠乎疠乎！有事君不尽节，事亲不尽孝，出为叛臣，入为逆子，天未降刑，尚或窃生，尔宜疠之。有专禄恃威，僭物行机，上弄国权，下戏民命，天未降刑，尚或窃生，尔宜疠之。有卖友取禄，谄交结族，一言不善，祸发如镞，天未降刑，尚或窃生，尔宜疠之。美曼之色，媚于君侧，巧笑未足，已亡于国，天未降刑，尚或窃生，尔宜疠之。柔佞之言，惑于君前，委顺未足，国步移焉，天未降刑，尚或窃生，尔宜疠之。四星之位，奉于紫宸，萧墙祸起，帝屋蒙尘，天未降刑，尚或窃生，尔宜疠之。见灾幸久，闻祸乐成，含羞冒贵，忍垢贪荣，天未降刑，尚或窃生，尔宜疠之。
>
> 疠乎疠乎，尔目不盲，尔耳不聋，如向来之所陈，奚不祸于其躬？仁者必有厄，义者必有穷，见仁义而勿疠，遇奸佞而肆凶，非惟去乎物患，抑亦代乎天功。（《全唐文》卷七百九十八）

疾恶之深，近乎诅咒。

为人所常提到的《鹿门隐书六十篇》，并非皆是文章，乃平日所得杂感与格言的汇集。长短不拘。如第二篇：

> 民性多暴，圣人导之以其仁；民性多逆，圣人导之以其义；民性多纵，圣人导之以其礼；民性多愚，圣人导之以其智；民性多妄，圣人导之以其信。若然者，圣人导之于天下，贤人导之于国，众人导之于家。

后之人反导为取，反取为夺。故取天下以仁，得天下而不仁矣。取国以义，得国而不义矣。取名位以礼，得名位而不礼矣。取权势以智，得权势而不智矣。取朋友以信，得朋友而不信矣。

尧舜导而得也，非取也，得之而仁。殷周取而得也，得而亦仁。吾谓自巨君、孟德已后，行仁义礼智信者，皆夺而得也。悲夫！

最短者，仅八字，如第二十五篇：

小善乱德，小才耗道。（《全唐文》卷七百九十八）

全书皆激于世事而发，其中不少近于短篇杂论。

其最为人称道的是多篇短论，其中有褒有贬，有感愤，有讥刺，亦有为而发。文字清顺质直，承顺了古文之风，但不及韩、柳之健劲。如《读司马法》：

古之取天下也以民心，今之取天下也以民命。唐虞尚仁，天下之民从而帝之，不曰取天下以民心者乎？汉魏尚权，驱赤子于利刃之下，争乎土于百战之内，由士为诸侯，由诸侯为天子，非兵不能威，非战不能服，不曰取天下以民命者乎？由是编之为术，术愈精而杀人愈多，法益切而害物益甚。呜呼！其亦不仁矣。蚩蚩之类不敢惜死者，上惧乎刑，次贪乎赏；民之于君犹子也，何异乎父欲杀其子，先给以威，后啖以利哉！孟子曰：我善为陈，我善为战，大罪也。使后之君于民有是者，虽不得士，吾以为犹士也。（《全唐文》卷七百九十九）

简短质直,含感愤激情,颇近乎近世之杂文。

陆龟蒙

陆龟蒙,字鲁望,吴县(苏州)人。生卒年不详,据皮日休《松陵集序》,咸通十年(869)皮日休在吴为"郡从事"时,龟蒙曾"以其业见造",说明其时代略晚于皮氏。《新唐书·隐逸传》谓其"少高放,通《六经》大义,尤明《春秋》。举进士,一不中,往从湖州刺史张抟游","抟辟以自佐"。后可能即归隐。因家于甫里,故又自号甫里先生。

陆龟蒙在《幽居赋序》中曾说:"余少学穷玄,早持坚白。""初张蓬矢,尝逞志于四方;末佩椒兰,敢违仁于一日?"(《全唐文》卷八百)说明他早年也曾有过出世之志,只是后来才决心退隐田园,既是出于对世风世俗的深恶痛绝,亦是为了在乱世中以求自保。所写《招野龙对》有云:

> 昔豢龙氏求龙之嗜欲,幸而中焉,得二龙而饮食之。龙之于人固异类,以其若己之性也,故席其宫沼,百川四溟之不足游;甘其饮食,洪流大鲸之不足味。施施然,扰扰然,其爱弗去。一旦值野龙,奋然而招之曰:"尔奚为者?茫洋乎天地之间,寒而蛰,阳而升,能无劳乎?诚能从吾居而晏安乎?"
>
> 野龙矫首而笑之曰:"若何龈龈乎如是耶?赋吾之形,冠角而被鳞;赋吾之德,泉潜而天飞;赋吾之灵,嘘云而乘风;赋吾之职,抑骄而泽枯。观乎无极之外,息乎大荒之墟,穷端倪而尽变化,其乐不至耶?今尔苟容于蹄涔之间,惟泥沙之是拘,惟蛭蚓之与徒,牵乎嗜好以希饮食之余。是同吾之形,异吾之乐者也。狎于人,啖其利者,扼其喉,歆其肉,可以立待。吾方哀而援之以手,又何诱吾纳之陷井耶?尔不免矣。"
>
> 野龙行未几,果为夏后氏之醢。(《全唐文》卷八百零一)

这个寓言,足以表明陆龟蒙对仕途的看法与态度。在《书李贺小传后》中,他又曾引李贺等为教训说:"吾闻淫畋渔者谓之暴天物。天物既不可暴,又可抉摘刻削露其情状乎?使自萌卵至于槁死,不能隐伏,天能不致罚耶?长吉夭,东野穷,玉溪生官不挂朝籍而死。正坐是哉!正坐是哉!"(《全唐文》卷八百零一)也是说在社会上张扬自己,不会有好的结果。他话虽如此说,并且在多处表白对隐居生活的满足和坚持,但终究不能忘情于世事,再加上心中实际存有强固的传统观念,重"惩劝之道"与"化下风上之旨",所以终究在文章中忍不住要发泄出讽世愤世之情,如其在《笠泽丛书序》中所说:"内壹郁则外扬为声音,歌诗赋颂铭记传叙,往往杂发。"这种情况,决定了陆龟蒙的作品,既丰富多样,而涉世的深度,丝毫不减皮日休。

今存陆龟蒙作品,数量不是很多。除了与避世退隐有关者,如《甫里先生传》《祭梁鸿墓文》《汉三高士赞》《陋巷铭》等,多数为讽时刺世、关心民瘼、发泄郁愤之作。其《杂文》五篇,与皮日休之《鹿门隐书》相类。《记稻鼠》《祀灶解》《大儒评》《禽暴》《蠹化》《书铭》《登高文》等,亦属此类作品。与皮氏不同的是,风格更为多样,艺术表现力更强,审美价值更高一些。如《寒泉子对秦惠王》《冶家子言》《奔蜂对》《招野龙对》皆借虚构之寓言,用有情节的故事,以达其意,像上引《招野龙对》,通篇不着议论,而言外之意,自在其中。其《马当山铭》曰:

> 言天下之险者,在山曰太行,在水曰吕梁。合二险而为一,吾又闻乎马当。彼之为险也,屹于大江之旁。怪石凭怒,跳波发狂。日暗风助,摧牙折樯。血和蛟涎,骨横鱼吭。幸而脱死,神魂飞扬。
>
> 殊不知坚轮蹄者,夷乎太行,仗忠信者,通乎吕梁,便舟楫

者,行乎马当;合是三险而为一,未敌小人方寸之包藏。外若脂韦,中如剑芒,蹈藉必死,钩斮必伤。在古已极,于今益昌。敬篆岩石,俾民勿忘。(《全唐文》卷八百零一)

不但构思精巧,先写三险,然后归于三险合一,不抵小人之险;而且对马当之险先作了生动的描摹,反衬起来更为有力。

陆龟蒙高于皮日休之处,更在于他不只是质直简明地叙事述评,而是将生动具体的叙述描写与议论感慨融而为一,增加了其所表达主旨的感染力与警醒力。如《蠹化》先将橘蠹由蛹变蝶、蝶又触网的过程细细写来,最后再发而为论:"天下大橘也,名位大羽化也,封略大蕙篁也。苟灭德忘公,崇浮饰傲,荣其外而枯其内,害其本而窒其源,得不为大螫网而胶之乎?观吾之《蠹化》者,可以惕惕。"(《全唐文》卷八百零一)其余之《记稻鼠》《禽暴》皆如此写法。其名作《野庙碑》这一特点体现得更突出。文章以"碑"名,实已化碑为文。先讲"碑"之用原为人死之后"以表其功德","自秦汉以降,生而有功德政事者,亦碑之"。然后直云:

> 余之碑野庙也,非有功德政事可纪,直悲夫盯竭其力,以奉无名之土木而已矣。瓯粤间好事鬼,山椒水滨多淫祀。其庙貌有雄而毅、黝而硕者,则曰将军;有温而愿、皙而少者,则曰某郎;有媪而尊严者,则曰姥;有妇而容艳者,则曰姑。其居处则敞之以庭室,峻之以陛级。左右老木,攒植森拱;萝茑翳于上,枭鹗室其间。车马徒隶,丛杂怪状,盯作之,盯怖之,走畏恐后。大者椎牛,次者击豕,小不下犬鸡鱼菽之荐。牲酒之奠,缺于家可也,缺于神不可也。

其所以如此,则因将其福祸与疾病死丧"悉归之于神"。写至这里,笔锋一转,指出这种情况,"若以古言之则庆,以今言之,则庶乎神之不足过也"。原因在哪里?

> 无名之土木,不当与御大灾捍大患者为比,是庆于古也明矣。今之雄毅而硕者有之,温愿而少者有之,升阶级,坐堂筵,耳弦匏,口粱肉,载车马,拥徒隶者,皆是也。解民之愚,清民之瞋,未尝贮于胸中。民之当奉者一日懈怠,则发悍吏,肆淫刑,驱之以就事。较神之祸福,孰为轻重哉?平居无事,指为贤良,一旦有天下之忧,当报国之日,则恇挠脆怯,颠踬窜踏,乞为囚虏之不暇。此乃缨弁言语之土木耳,又何责其真土木耶?故曰以今言之,则庶乎神之不足过也。(《全唐文》卷八百零一)

选题别致,描叙生动,对比鲜明,议论深刻,为少见上乘之作。

除上类作品外,陆龟蒙还写有似仿韩愈《画记》之《记锦裾》;近《橛鳄鱼文》之《告白蛇文》;类《毛颖传》之《管城侯传》,说明他受古文影响相当深。尤其是其《怪松图赞并序》有云:

> 有道人自天台来,示予《怪松图》。披之甚骇人目。根盘于岩穴之内,轮囷偏侧而上。身大数围,而高不四五尺。礧硪然,蹙缩然,干不暇枝,枝不暇叶,有若龙挐虎跛壮士囚缚之状。

> 道人曰:"是何物怪如是耶?子能辨之乎?"予曰:"草木之生,安有怪耶?苟肥瘠得于中,寒暑均于外,不为物所凌折,未有不挺而茂者也。况松柏乎!今不幸出于岩穴之内脁脆者,则磐然之牙伏死其下矣,何自奋之能为?是松也,虽稚气初折,而正性不辱。及其壮也,力与石斗。乘阳之威,怒己之轧,

拔而将升。卒不胜其压，拥勇郁遏，坌愤激讦。然后大丑彰于形质，天下指之为怪木。吁！岂异人乎哉？天之赋才之盛者，早不得用于世，则伏而不舒。熏蒸沉酗，日进其道，摧挤势夺，卒不胜其扼，号呼咴挐，发越赴诉。然后大奇出于文采，天下指之为怪民。呜呼！木病而后怪，不怪不能图其真；文病而后奇，不奇不能骇于俗。非始不幸而终幸者耶？"（《全唐文》卷八百零一）

由松而论及到人，到文，用笔苍健雄劲，盛著昂然磊落之气。是很值得注意的一篇文章。

总起来看陆龟蒙的文章，在思想深度上，不亚于皮日休，而审美表现能力上，显然高出皮氏一筹。

罗 隐

罗隐（833—910），字昭谏，杭州新城（浙江富阳）人。本名横，因十举进士不中第，乃改名。唐僖宗光启年间，入镇海节度使钱镠幕府，迁节度判官、给事中等职。

罗隐生当末唐，历经宣、懿、僖、昭、哀几朝，至梁篡唐后方卒。据其所写干谒书启，可见他曾以才学自负，汲汲于仕进，但因出身寒贱，且逢乱世，一生坎坷失意。如《投盐铁裴郎中启》有云：

> 爰念髫年，即偕时辈。胸中马骏，握内蛇灵。入公孙龙之关，不唯逞辩；叱东方朔之御，且欲献书。其后濩落单门，蹉跎薄命，路穷鬼谒，天夺人谋。营生则饱少于饥，求试则落多于上。东经海峤，受下馆于诸侯；西出剑门，泣危途于丞相。光景但销于杯杓，货财不入于橐装。传书而黄耳增劳，久客而黑貂兼敝。[1]

---

① 雍文华校辑：《罗隐集》，中华书局，1983年，295页。

《投秘监韦尚书启》有云：

> 若某者，燎薪就学，掷梐攻文。一则以神气低凡，不足动
> 王侯之瞻视；一则以家门寒贱，不足辱卿相之搜扬。十年索米
> 于京都，六举随波而上下。永言浮世，堪比多歧。①

诸如此类之表白者尚多。

但罗隐并未因此而叛经离道，依然忠于正统、忠于唐王朝。在
《答贺兰友书》中，表达得很清楚：

> 仆少而羁窜，自出山二十年，所向摧沮，未尝一得幸于
> 人。……然仆之所学者，不徒以竞科级于今之人，盖将以窥昔
> 贤之行止，望作者之堂奥，期以方寸广圣人之道。可则垂于后
> 代，不可则庶几致身于无愧之地，宁复虞时人之罪仆者
> 欤？……
>
> 彼山也、水也，性之所适也，而眷眷不去者，以圣明之代，
> 文物之盛，又安可以前所忌者移仆初心？苟不得已，仆亦自有
> 所处。大凡内无所疾，外无所愧，则在乎命也，天也，焉在仆与
> 时人乎？②

他还写有一篇《与招讨宋将军书》，责备其讨伐王仙芝等不尽其力，
谓："前者天子虑将军以爱子为念，复授某秩，俾在军前，则朝廷宠
待将军倚望将军也，俱不浅矣。苟将军戮力以除暴，推诚以报国，
今其时也。"③

---

① 《罗隐集》，292 页。
② 同上，231 页。
③ 同上，225 页。

罗隐之所以愤激不满者,乃在当时危机四伏的局面下,当朝者仍不知重用像他这样的贤才。在《投知己书》中,以汉代之用司马相如、王褒为例,感叹说:

> 何昔人心与今人不相符也如是! 若某者,正在此机窖中,不惟性灵不通转,抑亦进退间多不合时态。故开卷则恛恛自负,出门则不知所之,斯亦天地间不可人也。而执事者,提健笔为国家朱绿,朝夕论思外,得相如者几人? 得王褒者几人? 得之而用之者又几人? 夫昔之招贤养士,不惟吊穷悴而伤冻馁,亦将询稼穑而问安危。
>
> 呜呼! 良时不易得,大道不易行。某所以迟迟者,为执事惜。苟燕台始隗,汉殿荐雄,则斯人也,不在诸生下。①

所谓"斯人"自然指罗隐自己。

罗隐今存文章,除纯政论性质的《两同书》、多篇献给执政官员的干谒书启,主要是《谗书》。书的内容,除少量的书启、记事文,几乎全是由自己的所遭所感而生的愤世嫉俗之短论、杂文。其《谗书序》云:

> 生少时自道有言语,及来京师七年,寒饿相接,殆不似寻常人。丁亥年春正月,取其所为书诋之曰:"他人用是以为荣,而予用是以辱;他人用是以富贵,而予用是以困穷。苟如是,予之书乃自谗耳。"目曰《谗书》。②

丁亥,为宣宗咸通八年(867),当罗隐三十五岁。谗者,毁也。取此

---

① 《罗隐集》,224 页。
② 同上,197 页。

名正如杜牧名其文曰《罪言》，意在自嘲，而愤激情绪更强、更深。写于两年后的《重序》，于自己再次科试落第，又有云：

> 然文章之兴，不为举场也明矣。盖君子有其位，则执大柄以定是非；无其位，则著私书而疏善恶。斯所以警当世而诫将来也。自扬、孟以下，何尝以名为？而又念文皇帝致理之初，法制悠久，必不以虮虱痒痛，遂偃斯文。今年谏官有言，果动天听。所以不废《谗书》也，不亦宜乎？[①]

明确说明了写作的宗旨。且从所谓"今年谏官有言，果动天听"，说明他对当朝皇帝还抱有希望，也说明他后来曾屡次向所求谒者进献此书的原因：他实际上是把《谗书》作为求进用的工具之一。当然，这未免是天真的幻想。

《谗书》内容题材极其广泛，涉及天地自然，历史人物，现实时政，世风世俗，甚至不为常人所注意的细枝末节。这些皆被用来作为批判、揭发时弊，发泄嫉时愤世的素材，表达了前人所未道的深刻见解。总其大旨，不外是：政风时俗已败坏到无以复加的地步，致此的原因主要是当权者阿谀媚上，不顾民生，是非混淆，善恶不分，抑贤崇佞；唯一的出路在于，必须恢复礼义之治。如《题神羊图》云：

> 尧之庭有神羊，以触不正者。……及淳朴消坏，则羊有贪狠性，人有刽割心。有贪狠性，则崇轩大厦不能驻其足矣；有刽割心，则虽邪与佞不敢举其角矣。是以尧之羊，亦犹今之羊也。贪狠摇其至性，刀几制其初心，故不能触阿谀矣。[②]

---

① 《罗隐集》，241 页。
② 同上，200 页。

显然是以羊比朝臣。《汉武山呼》是名文：

> 人之性未有生而侈纵者。苟非其正，则人能坏之，事能坏之，物能坏之。虽贵贱殊，及其坏，一也。前后左右之腴佞者，人坏之也；穷游极观者，事坏之也；发于感寤者，物坏之也。是三者有一于是，则为国之大蠹。
>
> 孝武承富庶之后，听左右之说，穷游观之靡，乃东封焉。盖所以祈其身，而不祈其民、祈其岁时也。由是万岁之声发于感寤。然后逾辽越海，劳师弊俗，以至于百姓困穷者，东山万岁之声也。以一山之呼犹若是，况千口万口者乎？是以东封之呼不得以为祥，而为英主之不幸。[①]

借山呼，极力抨击的也是谀佞之害。《君子之位》则从另一方面立说，论必须赋予贤人以应得之位：

> 禄于道，任于位，权也。食于智，爵于用，职也。禄不在道，任不在位，虽圣人不能阐至明；智不得食，用不及爵，虽忠烈不能蹈汤火。先王所以张轩冕之位者，行其道也，不以为贵。大舜不得位，则历山一耕夫耳；不闻一耕夫能翦四凶进八元。吕望不得位，则棘津一穷叟耳；不闻一穷叟能取独夫而王周业。故勇可持虎，虎不至则不如怯；力能扛鼎，鼎不见则不如羸。噫！栖栖而死者何人？养浩然之气者谁氏？[②]

末两句感慨显然是针对现实而发。《善恶须人》讲的是同一道理。

---

① 《罗隐集》，218 页。
② 同上，213 页。

《梅先生碑》赞扬汉代梅福，居下位"以书谏天子者再三"。感叹："宠禄所以劝功，而位大者不语朝廷事。是知天下有道，则正人在上；天下无道，则正人在下。余读先生书，未尝不为汉朝公卿恨。"①"为汉朝公卿恨"，不正是对当朝之恨？《辨害》讲：

> 虎豹之为害也，则焚山不顾野人之菽粟；蛟蜃之为害也，则绝流不顾渔人之钓网。其所全者大，而所去者小也。顺大道而行者，救天下者也；尽规矩而进者，全礼义者也。权济天下而君臣立，上下正，然后礼义在焉。力不能济于用，苟君臣上下之不正，虽抱空器，奚所施？是以佐盟津之师，焚山绝流者也；扣马而谏，计菽粟而顾钓网者也。②

以为大利而不必计小害，论凭"权"与"力"而行"大道"，比空讲"规矩""礼义"更重要。是较为新鲜而深刻的见解。

此外，《谗书》所涉及的讽世内容尚多。如《越妇言》《荆巫》《市偎》等。值得注意的是《英雄之言》一文：

> 物之所以有韬晦者，防乎盗也。故人亦然。夫盗亦人也，冠屦焉，衣服焉。其所以异者，退让之心、正廉之节，不常其性耳。视玉帛而取之者，则曰牵于寒饿；视家国而取之者，则曰救彼涂炭。牵于寒饿者，无得而言矣。救彼涂炭者，则宜以百姓心为心，而西刘则曰"居宜如是"，楚籍则曰"可取而代"。意彼未必无退逊之心、正廉之节，盖以视其靡曼骄崇，然后生其谋耳。为英雄者犹若是，况常人乎？是以峻宇逸游，不为人所窥者，鲜也。③

---

① 《罗隐集》，222页。
② 同上，216页。
③ 同上，204页。

论者常赞其：敢于揭露、批判为帝王者假"救彼涂炭"之名，行盗国之实。其实，刘、项之用心，司马迁在《史记》中早已揭之昭昭然，罗隐此文之主旨，是在指出"峻宇逸游"，如当时之帝王贵族之所为，必然招人所窥。有警戒当朝帝王不可一心追求侈靡之意，只不过借"英雄之言"以为例。不必为证明其文章之"光芒"锋锐，强为之拔高。

总体说来，《谗书》的文字以简短犀利为特色，除个别篇幅，短者不过百字，长者也就二三百字，往往一两句话点中要害，且留有余韵。思想深度上不见得超过皮、陆甚至孙樵，而激愤程度远远过之。审美表现水平不是罗隐所追求的目的，但锋锐犀利亦堪令人叹赏。

短论杂感性的作品，前人已有，但不像皮、陆、罗这么集中突出，刺世嫉俗的倾向也没有这么强烈。所以他们这类著作，也是唐末散文中的一道亮色。

第三节　五代时期的散文

五代是中国历史上又一个纷乱的时期，除梁、唐、晋、汉、周的鼎承，还先后出现前蜀、后蜀、吴、南唐、吴越、楚、闽、南汉、北汉、南平十国。这个时期，从公元907年梁篡唐开始，至960年宋代周而结束，短时间内政权更迭迅速，社会分裂，战乱频仍，民不聊生。其间，中原地区最为混乱，而西南地区的前后蜀，东南地区的吴越，江淮地区的吴和南唐，在政治、经济、思想、文化上相对较为稳定，往往成为文人的归趋之地。但正因为如此，统治集团中也就出现迷于声色的腐败状况。

这时期在文学上，上层文人除沿袭着对诗歌的宠爱外，一个重要的现象是：词，作为唐代已初步有所发展的新形式，开始呈现兴盛的势头,西蜀赵崇祚编有专收词作的《花间集》,其中除温庭筠外,多数为当时当地词人之作。而南唐二主李璟、李煜,在词的领域,已经成为特色突出、成就卓著的代表性作家。然而在散文方面,此时段并无突出成就。值得一提的作者有不少或是承唐而来,或是延续入宋。以下只能略作概述。

此期散处各地的文章作者,虽然写作取向纷杂不一,大体不出沿袭古文传统和趋于骈体浮艳两大方面。

一 基本承绪唐末古文传统的作家

属于此类的作者主要有杨夔、沈颜、牛希济。

杨夔,自称弘农子。处于唐末五代之际,曾为田頵上客,劝頵勿与吴王杨行密对抗。写有不少散体短论杂感,如《公狱辨》《原晋乱鉴》《蓄狸说》《善恶鉴》《较贪》等,性质与皮、陆、罗相近,激愤性较弱,而深度并无逊色。表达上文笔简洁,审美价值方面,甚至给人略胜一筹之感。如其《植兰说》:

> 或植兰荃,鄙不遄茂,乃法圃师汲秽以溉;而兰净荃洁,非类乎众莽,苗既骤悴,根亦旋腐。噫,贞哉兰荃欤!迟发舒守其元和,虽瘠而茂也;假杂壤乱其天真,虽沃而毙也。
>
> 守贞介而择禄者,其兰荃乎!乐淫乱而偷位者,其杂莽乎!受莽之禄爵者,孰若龚胜之不仕耶?食述之僭禄者,孰若管宁之不位耶?呜呼!业圃者以秽为主,而后见龚管之正。(《全唐文》卷八百六十七)

沈颜,字可铸。仕吴,官至翰林学士。其《登华首》有云:

> 尝读李肇《国史补》云:韩文公登华岳之巅,顾视其险绝,

恐粟度不可下，乃发狂恸哭，而欲绝遗书为诀。且讥好奇之过也如是。

沈子曰：吁！是不谕文公之旨邪。夫仲尼之悲麟，悲不在麟也；墨翟之泣丝，泣不在丝也。且阮籍纵车于途，途穷辄哭，岂始虑不至邪？盖假事讽时，致意于此尔！前贤后贤，道岂相远。文公愤趋荣贪位者之若陟悬崖，险不能止，俾至身危踣蹶，然后叹不知税驾之所，焉可及矣！悲夫，文公之旨，微沈子几晦乎！（《全唐文》卷八百六十八）

李肇之说，固出于传闻而不足信，沈颜别出心裁之辨亦大可不必。但由此文对韩愈之回护，可见沈颜为文之所宗法，亦可见后人对韩愈尊崇之重及其影响之深。

沈颜与杨夔相似，也写有多篇短论杂感，如《视听箴》《象刑解》《时辩》，尤其《妖祥辨》《祭祀不祈说》《时日无吉凶解》，反对迷信祥瑞、祈求鬼神，当时属难得见解。其《谖国》云：

知佞之谗谗忠，不知佞之谗谗国。故人君弗为意也，且曰："彼诚佞耶，予不过宠一臣；彼诚忠耶，予不过黜一臣。予受天命有天下，岂少若人乎？奈何拂予心。"而不知宠一佞而百佞进，黜一忠而百忠退。矧忠者寡而佞者众乎？是以宰嚭谗子胥而吴灭，赵高谗李斯而秦亡，无极谗伍奢而楚昭奔，靳尚谗屈原而楚怀囚。愚故曰：知佞之谗谗忠，不知佞之谗谗国。悲夫！（《全唐文》卷八百六十八）

可见其作品的内容及风格。另外，其《化洽亭记》，在写景状物上，亦颇有文致。

牛希济，生卒年不详。后蜀时曾任翰林学士、御史中丞。以诗词名。

今存散文作品全部为论。他在《文章论》中提出："圣人之德也,有其位,乃以治化为文。""无其位,乃以述作为文。"认为:

> 今国朝文士之作,有诗、赋、策、论、箴、判、赞、颂、碑、铭、书、序、文、檄、表、记。此十有六者,文章之区别也,制作不同,师模各异。然忘于教化之道,以妖艳为胜,夫子之文章,不可得而见矣。古人之道,殆以中绝,赖韩吏部独正之于千载之下,使圣人之旨复新。

又将文章分为四体,在"经体""子体""史体"外,"又有释训字义,幽远文意,观之者久而方达,乃训诂雅颂之遗风,即皇甫持正、樊宗师为之,谓之难文"。主张:

> 君子以言可教于人谓之文,垂是非于千载,殁而不朽者,唯君子之文而已。且时俗所省者,唯诗赋两途,即有身不就学,口不知书,而能吟咏之列,是知浮艳之文,焉能臻于理道?今朝廷思尧舜治化之文,莫若退屈宋徐庾之学,以通经之儒,居燮理之任,以杨孟为侍从之臣,使仁义治乱之道,日习于耳目。所谓观乎人文,可以化成天下也。(《全唐文》卷八百四十五)

显然,他虽然标榜韩愈,实际上观点又倒退至韩愈以前,并未领会韩愈的真精神。虽然如此,牛希济确实按他的观点,写了一系列的论说文章,其中有政论,亦有史论。这些文章,一般主旨明确,条理清晰,行文顺畅,有的还颇有声色气势。如其《治论》,谓治国在"重其本","夫重其本,莫若安人,安人之本,莫先于农桑"。虽非新调,确实抓住了农业社会的要点。其论述中有云:

仆尝客于山东,寓于民舍。观其耕也,候天时,相地宜,远求穜稑,胼胝手足,朝昏引颈,以望膏雨。借贷以成其馈饷,筋力竭尽于硗确。汗流污背,忽以霖霖;日炽其背,无不黧黑。又妇人之为蚕也,发鬈如蓬,晨昏憧憧,高条长梯,蹈险履危,稚女婴儿,目不暇顾。岁时之成否,斯在外矣。其五稼登于场圃也,未及簸扬;蚕之为茧也,择未盈筐。犬吠喧哓,悍吏绕于居,烹茗饫食,然后乃曰:"若干官之常也,若干岁之逋也。我求之,何以应执事之欲?若不从我,他日之役,余无庇尔焉。"(《全唐文》卷八百四十五)

叙述描写,着实而深切。其《贡士论》指责科举之弊,《寒素论》为"寒贱之子""白衣之士"鸣不平,皆有可取。史论中之《崔烈论》,借史事抨击以官为货,亦有意义。

此三人外,先事吴,后入南唐,最后入宋之徐铉,亦为当时颇重要作者。今存其文数量很大,制命、奏疏、书启、记序、碑铭、诸体皆备,基本用散体,显然属受古文影响一派,但无突出成就,显著特色。

二 沿袭追求华彩倾向的作者与作品

足以显示出这种倾向的,首先是两篇代表性的作品。其一是因刘昫最后监修而以之领衔的《旧唐书》之《文苑传》总序。不知具体作者为谁,因而《全唐文》将之归于刘昫名下,并名之曰《文苑表》。其文曰:

> 臣观前代秉笔论文者多矣。莫不宪章谟诰,祖述《诗》《骚》,远宗毛郑之训论,近鄙班扬之述作。……殊不知世代有文质,风俗有淳醨,学识有浅深,才性有工拙。昔仲尼演三代之《易》,删诸国之诗,非求胜于昔贤,要取名于今代;实以淳朴

之时伤质，民俗之语不经，故饰以文言，考之弦诵，然后致之不泥，远代作程。即知是古非今，未为通论。……近代唯沈隐侯斟酌二南，剖陈三变，摭云渊之抑郁，振潘陆之风徽。彼律吕和谐，宫商辑洽，不独子建总建安之霸，客儿擅江左之雄。

爰及我朝，挺生贤俊。文皇帝解戎衣而开学校，饰贲帛而礼儒生，门罗吐凤之才，人擅握蛇之价。靡不发言为论，下笔成文，足以纬俗经邦，岂止雕章缛句。韶谐金奏，词炳丹青，故贞观之风，同乎三代。高宗、天后，友重详延，天子赋横汾之诗，臣下继柏梁之奏，巍巍济济，辉烁古今。如燕许之润色王言，吴陆之铺扬鸿业，元稹、刘蕡之对策，王维、杜甫之雕虫：并非肄业使然，自是天机秀绝。若珠玑色泽，无假淬磨；孔翠羽毛，自成华彩。致之文苑，实焕缃图。（《全唐文》卷八百五十二）

因为《旧唐书》起修于后晋高祖天福六年，成书于出帝开运二年（945），作者必为五代时人。文章虽为统论唐代文学而写，实反映了当时的为文主张及写作的基本趋向。其中，明确地反对"是古非今"，对六朝作家作品，给予充分肯定。论及唐代文章，不只称许其"纬俗经邦"之用，且赞扬其"韶谐金奏，词炳丹青"，"珠玑色泽，无假淬磨；孔翠羽毛，自成华彩"。与牛希济《文章论》之强调文章"化成天下"之作用，显然不是同调。虽然某种程度上透露出实用与审美并重痕迹，但论及文章方面的成就时，却只提"燕许""吴（玄通）陆""元稹、刘蕡"，而对韩、柳及古文的成就，却只字未提。另外，所写虽为史论，通篇全用骈辞。足以表明当时所崇尚的是另一种为文取向。

另一代表性作品，为欧阳炯所写《花间集序》。此文更是纯用骈俪，且辞采纷呈：

镂玉雕琼，拟化工而回巧；裁花剪叶，夺春艳以争鲜。是以唱云谣则金母词清，挹霞醴则穆王心醉。名高《白雪》，声声而自合鸾歌；响遏青云，字字而偏谐凤律。杨柳大堤之句，乐府相传；芙蓉曲渚之篇，豪家自制。莫不争高门下，三千玳瑁之簪；竞富樽前，数十珊瑚之树。则有绮筵公子，绣幌佳人，递叶叶之花笺，文抽丽锦；举纤纤之玉指，拍按香檀。不无清绝之词，用助娇娆之态。

自南朝之宫体，扇北里之倡风，何止言之不文，所谓秀而不实。有唐已降，率土之滨，家家之香径春风，宁寻越艳；处处之红楼夜月，自锁嫦娥。在明皇朝，则有李太白应制《清平乐》词四首，近代温飞卿复有《金荃集》。迩来作者，无愧前人。

今卫尉少卿赵崇祚，以拾翠洲边，自得羽毛之异；织绡泉底，独殊机杼之功。广会众宾，时延佳论。因集近来诗客曲子词五百首，分为十卷。以炯粗预知音，辱请命题，仍为叙引，乃命曰《花间集》。将使西园英哲，用资羽盖之欢；南国婵娟，休唱莲舟之引。（《全唐文》卷八百九十一）

欧阳炯（约896—1072），益州华阳（四川成都）人，仕前、后蜀，后入宋，官至翰林学士。为著名词人。此文虽贬南朝之宫体"何止言之不文，所谓秀而不实"，仅是表面文章，内容与笔法皆与徐陵《玉台新咏序》极相类，于此可见西蜀文风之特点。

就作家而言，有个性特色而又足以显示时风者为韩熙载。

韩熙载（公元902—970），字叔言，潍州北海（山东潍坊）人。后唐同光中，进士及第。后奔吴，又仕于南唐，累任多职，至中书舍人、中书侍郎、光政殿学士承旨，甚受李煜信用。《宋史·韩熙载传》称："熙载善为文，江东士人、道释载金帛以求铭志碑记者不绝。"又云："熙载才气俊逸，机用周敏，性高简，无所卑屈，未尝拜人。虽被遣逐，终不改节，江左号为'韩夫子'。"

今存其文不多，气格并不卑弱，但全为骈体。其投吴时所写《上睿帝行止状》，起首便曰：

> 熙载本贯齐州，隐居嵩岳，虽叨科第，且晦姓名。今则慕义来朝，假身为贾。既及疆境，合贡行藏。愚闻钓巨鳌者，不投取鱼之饵；断长鲸者，非用割鸡之刀。是故有经邦治乱之才，可以践股肱辅弼之位。得之则佐时成绩，求万姓之焦熬；失之则遁世藏名，卧一山之苍翠。

虽是投人求用，无丝毫卑屈之态。然后自叙其才略抱负：

> 某妄思幼稚，便异诸童。竹马蒿弓，固罔亲于好弄；杏坛槐里，宁不倦于修身。但厉志以为文，每栖身而学武。得麟经于泗水，宁怪异图；授豹略于邘圯，方酣勇战。占惟奇骨，梦以生松；敢期坠印之文，上愧担簦之路。于是撄龙颔，编虎须，缮献捷之师徒，筑受降之城垒。争雄笔阵，决胜词锋，运陈平之六奇，飞鲁连之一箭。场中劲敌，不攻而自立降旗；天下鸿儒，遥望而尽摧坚垒。横行四海，高步出众，姓名遽列于烟霄，行止遂离于尘俗。且口有舌而手有笔，腰有剑而袖有锤，时方乱离，迹犹飘泛。徒以术精韬略，气激云霓，箕口张而阴电摇，怒吻发而暑雷动。神驱鬼殿，天盖地车。斗霹雳于云中，未为骄捷；喝樗蒲于筵上，不是口豪。蕴机权而自有英雄，仗劲节而岂甘贫贱。但攘袂叱咤，拔剑长嗟，不偶良时，孰能言志。既逢昭代，合展壮图。（《全唐文》卷八百七十七）

写来气势雄壮，豪迈自信。其后赞颂吴国强盛及吴主功勋业绩的

部分,善于鼓吹,吐辞如泻。韩熙载亦善于写景状物,如《真风观碑》中的一段文字:

> 庐山之阳,有女真观,曰崇善。松门薜磴,萝茑交阴;层峦浚流,岚霭相接。怪石古木,峭壁悬崖;怪状奇姿,望欲腾掷。千寻落水,飞静练于林端;万仞危峰,耸寒青于天半。昼夜若风雨,盛夏如素秋。高岗密林,谿达葱郁。信洞府之绝境,神仙之胜游也。(《全唐文》卷八百七十七)

他亦能言情。因其放恣,李煜不得不让他分司洪州时,所写《分司南都乞留表》有云:

> 诸佛慈悲,常容悔过;宣尼圣哲,亦许自新。臣无横草之功,可补于国;有滔天之罪,自累其身。羸形虽在,壮节全消。满船稚子婴儿,尽室行啼坐哭。狂风孤烛,病身那得长存;万水千山,回首不堪永诀。(《全唐文》卷八百七十七)

不管情况真假,读来确能令人同情。凡此,不能算是华丽浮艳,但又回到属对精工、考究辞藻、大量运用典实的老路上去。

第三编
实用与审美并重的时期(下)

——宋、辽、金的散文

通　说

　　前面论及,隋、唐、五代、宋、辽、金,属于中国古代散文发展的第三阶段,优秀的作家和作品达至了实用性与审美性完美的统一,形式美与内在美的高度谐和。散文创作,出现了空前兴盛的繁荣,不论质量还是数量上,都超越了先秦两汉时期的第一个高潮,形成了后代作家再也无法企及的高峰。

　　但是,达到这个高峰的过程,是"道阻且长"的。这是因为,"实用"与"审美"两个恒定的性质,一方面受种种内在和外在因素的影响,有一个不断深入发展的过程,另一方面彼此之间又往往存在着冲突和矛盾。本来,"实用"与"审美"是两个不同性质的范畴,"实用"是文章的社会应用价值,"审美"是文章提供给人们的精神上的愉悦。二者都是文章存在和发展的基础,完全可以互相辅助,完美结合。但是在具体的实践中,把握结合的分寸却是很大的难题。譬如一件武器如一张弓,一件器皿如一只碗,一个建筑如一栋房屋,人们当初创造出来,是为了作战、吃饭、住宿,这就是讲"实用";但在制造或建造的同时,人们却要考虑其造型,并对之加以雕琢和装饰,这就是求"审美"。如果对弓的雕琢修饰过分,使用时就会断,对碗的雕琢修饰过分,就易碎,对房屋的雕琢修饰过分,就易坍塌,于是也就失去了"实用"价值;非要坚持这样做,也未尝不可,于是弓、碗、房屋等，就成了另外的东西，即纯艺术性的工艺品。相反，如果对这类的东西，只讲求其应用性，丝毫不考虑造型与修饰效果，也未尝不可，那么它们就失去了引起人们审美愉悦的效果，完全被排除在艺术的范围之外。散文的写作也正是这样，要做到"实用"与"审美"完美地恰如其分地结合，是非常艰难的。要靠了作者们在长期的实践中，不断地发现偏向、纠正偏向，再产生偏向、再纠正偏向这种螺旋式上升。所以直到中唐，在韩、柳那里，才达到了二者比较完美的结合与统一。

这中间还有一个问题，就是在理论和观念层面，由于种种原因，在中国很早就形成了一种轻审美而重实用的传统。古希腊在公元前八世纪，《荷马史诗》就已在各城邦普遍流行，成为人们从审美愉悦中获取知识的公民教材；以愉悦大众为目的悲剧（然后是喜剧），得到官方的高度提倡、民间的热烈欢迎。以至于柏拉图从巩固城邦政权的角度，主张将诗人们逐出其"理想国"，而亚里士多德却强调了它们宣泄情感的作用。所以，关于艺术与美，成为柏拉图所写以苏格拉底为主角的《对话集》中讨论的重要主题之一；诗、戏剧、雕塑、建筑等兴盛繁荣且成就极高。而在中国，从传说中的周公"制礼作乐"始，就把满足人们审美要求的音乐和诗歌纳入政治伦理道德之教化系统，强调"人之文""开物成务""化成天下""移风易俗"的作用，有意或无意地对人们精神意识中的审美需求进行了贬抑，特别是在具有直接实用性的文字作品中，人们虽然自觉或不自觉地利用审美因素增加其表现力，却很少肯定其审美价值。对于早期流传下来的这类作品，甚至包括《诗三百》，很长时期以来，几乎没人注意其审美价值，纯粹作为教化的经典看待。可以说，在汉代以前的散文中，审美因素是在政治教化的外壳下艰难地孳生发展着的。但在人类的精神生活领域，对与艺术直接相关的美的事物与对象的兴趣爱好和由不同层次的美所带来的愉悦享受的追求,乃是固有的天性,审美意识的形成和发展也是不可阻遏的。所以经过长期历史行程,至南朝的萧统,才把包括散文在内的具有文学品质的"文",从"化成天下"的人文之"文"中分割出来,到了中唐的韩、柳,不但以其创作实践,而且在关于"文"与"道"关系的论述中,才又把具有实用与审美双重性质的散文之"文",从一般性的文学之"文"中分割出来。

韩与柳,正是由于在他们的散文创作中实现了实用与审美的完美的结合与统一,才推动中国古代散文的发展达到前所未有的高度,确立了他们在中国文学史上不可动摇的地位,并使"文"作为一个独立的大的文体系统而深入人心。韩、柳的创作实绩,固然得到公认,但在当时,对于他们创作中所包含的真精神,不但在他们的反对者,即使自认为他们的追随者、继承者中,也并没有完全真正地理解。所以在他们与之后的宋代欧、苏之间,散文的发展又出现了一度的波折起伏。

本编的下半部分,主要论述经过波折之后,古代散文如何承续了韩、柳的传统,并被推向最高峰及其后续的发展状况。

这一时段,从公元 960 年建立宋王朝开始,至 1279 年陆秀夫带赵昺投海而死结束。其中 1126 年都城汴京被金人攻入之前,为北宋。1127 年宋高宗在江南建朝,至宋亡,称南宋。南宋只统治江淮以南的半壁江山,统治北方的先后有契丹族的辽和女真族的金两个少数民族政权。

北宋存在的二百多间,政治上采取重文轻武、对辽和西夏忍让妥协的政策,逐渐形成积贫积弱的局面。但由于重用文臣并扩大科举取士,文化较为发达。至南宋时期,由于少数民族的入侵,丢弃了中原地区,社会思想发生重大变化,民族主义情绪高涨,对北方政权的和与战,成为朝政中的中心主题。

在社会统治思想上,整个北宋仍以儒家传统观念为正宗。北宋后期至南宋时期,以二程、朱、陆为代表的理学或称道学,即吸收了佛、道思想营养的新儒学逐渐兴盛,成为新的思想体系,对后代产生极大影响。

在这整个时期,由于北宋时期和南宋的江南地区,经济上较为稳定,生产力有发展,科学技术有进步,特别是雕版印刷广泛普及和活字印刷的发明,对文化的传播起了很大推动作用,使整个社会的文化普及程度大为提高。

在文学领域,本时期上下两端都出现新现象,有新的发展。就上层文人来说,词作为具有时代特征的文体形式空前繁荣兴盛。它的主要特点,不在于由整齐的五、七言,变为非规则的长短句,也不在于与音乐关系的更加紧密,而是对外在环境,尤其是人的内心世界的审美感受和体验更加深细,这是随着历史和文明的积累,人的主体意识自觉更深入发展的结果。就下层的民众来说,说话和讲史开始成为普遍流行的文艺活动形式,这是审美意识普泛化的结果。

以上诸方面都有形或无形地影响着本时期的散文创作。

本时期散文方面的发展和成就,集中地体现在北宋阶段。突出的表现是:经过一段的曲折和准备之后,产生了一个比韩、柳更为庞大的著名作家群体;这个群体中成就最高的代表人物欧阳修和苏轼,在继承韩、柳的基础上将中国古代的散文创作推向了最高峰。如果说韩、柳在实现审美与实用完美结合统一上,还显示出某种程度上的艰难,而在欧、苏那里,则表现得更为自然和成熟。南宋的散文则以强烈的爱国主义激情和表达对收复失地的决心意志为特色,艺术上没有更高的进展。另外,在整个宋代,随着文化视野的扩大和题材内容的拓展,在文体形式上也有所丰富,如笔记、题跋等都成为文章的新品种。以下仍按时序与发展进程予以论列。

第一章　形成新的高峰前的酝酿和准备
——北宋前期的散文

北宋开国以后,赵匡胤接受唐末和五代藩镇拥兵篡权的教训,削夺武将兵权,任用文臣,加强中央集权的统治。同时扩大科举取士的范围,曾两次亲自面试落第举人,破格赐科第出身二百多人,并下令科试十五次以上不中举者,仍让其继续参加考试。太宗继位以后,江南完全平定,更重视文治,呈现出文化复苏的景象,他在位期间曾下敕由李昉、宋白等领衔编成《文苑英华》《太平广记》《太平御览》等大型文集、类书,就是一个标志。真宗在位期间虽毛病不少,亦以好文自居,主持修纂了《册府元龟》,自制大量诗文,据《宋史·真宗本纪》载,天禧四年(1020):"召近臣于龙图阁观御制文词,帝曰:'朕听览之暇,以翰墨自娱,虽不足垂范,亦平生游心于此。'宰臣丁谓请镂板宣布。庚申,内出御制七百二十二卷付宰臣。"真宗并且对文章的写作直接干预,提出要求。在大中祥符二年(1009)下诏曰:"国家道莅天下,化成域中。敷百行于人伦,阐六经于教本。冀斯文之复古,期末俗之还淳。而近代以来,属辞之弊,侈靡滋甚,浮艳相高,忘祖述之大猷,竞雕刻之小技。爰从物议,俾正源流。咨尔服儒之文,示乃为学之道。夫博闻强识,岂可读非圣之书;修辞立诚,安得乖作者之制? 必思教化为主,典训是师,无尚空言,当遵体要。"①

在这种背景下,散文的创作,开始出现沿着中唐以来所取得的成就继续向前发展的势头。不过在取得新的成就、达到兴盛繁荣之前,有一个颇为起伏的酝酿准备过程。

前面在论述唐末五代的散文时,曾列述了有一定成就和特色的作家作品,这仅是其中的突出者;而就整体看,这时段散文的发展,处于比较低伏状态,存在着气格卑弱、崇尚浮艳的弊病。这种情况,在宋初亦有延续。宋太宗在雍熙三年(986)所下的《文苑英华书成付史馆诏》中说:"近代以来,斯文浸盛。虽述作甚多,而妍蚩不辨。遂令编缉止取菁英,所谓摘鸾凤之羽毛,截犀象之牙角。书成来上,实有可观。宜付史馆。"(《全宋文》第四册)话中透露出前代曾存在的情况。淳化五年(994),他又曾下《不许献诗赋杂文诏》,云:"自今京朝幕职、州县官等,不得辄献诗赋、杂文。如有时政阙失、民间利害策及直言极谏书,即许投进。"(《全宋文》第四册)也说明当时曾存在的某种风气。此后,散文写作递次有所进展。

第一节　柳开、王禹偁倡导古文

《宋史·文苑传》总序称:"艺祖革命,首用文吏而夺武臣之权,宋之尚文,端本乎此。太宗、真宗其在藩邸,已有好学之名,作其即位,弥文日增。自是厥后,子孙相承,上之为人君者,无不典学;下之为人臣者,自宰相以至令录,无不擢科,海内文士彬彬辈出矣。"其后,在《文苑传·赵邻幾传》中提到:"(赵)为文浩博,慕徐、庾及王、杨、卢、骆之体,每构思,必敛衽危坐,成千言始下笔。属对精

---

① 曾枣庄、刘琳主编:《全宋文》第十一册,上海辞书出版社、安徽教育出版社,2006年,415页。以下所引《全宋文》皆同此版本。

切,致意缜密,时辈推服之。及掌诰命,颇繁富冗长,不达体要,无称职之誉。"足见当时文风。

《文苑传》之《梁周翰传》有云:"五代以来,文体卑弱,周翰与高锡、柳开、范杲习尚淳古,齐名友善,当时有'高、梁、柳、范'之称。"说明宋初"尚淳古"之风已有抬头。其中以柳开影响较大。

柳开(947—1000),字仲涂,大名(河北大名)人。曾名肩愈,字绍先,后改今名今字。早年自号东野郊夫、补亡先生。太祖开宝六年(973)进士。初仕为参军,太宗朝官至殿中侍御史,真宗咸平三年徙知沧州,途中卒。

柳开以恢复发扬韩、柳的古文传统作为自己的志向与使命,他先后所起名字就显示出这一点。在《答梁拾遗改名书》中曾说:"始其愚之名肩愈也,甚幼耳。……年十六七岁时,得赵先生言,指以韩文,遂酷而学之,故慕其古而乃名肩矣。复以绍先字之,谓将绍其祖而肩其贤也。"(《全宋文》第六册)在《补亡先生传》中,又进一步说明了改为"开"的原因:"后探六经之旨,已而有包括扬、孟之心,乐与文中子王仲淹齐其述作,遂易名曰开,字仲涂。其意谓将开古圣贤之道于时也,将开今人之耳目使聪且明也;必欲开之为其涂矣,使古今由于吾也,故以仲涂字之,表其德焉。"(《全宋文》第六册)

或者正是由于受了韩、柳的熏陶影响,因而引起柳开对时文的不满,更志于复古。在《上大名府王祜学士第三书》中说:"代言文章者,华而不实,取其刻削为工,声律为能。""文恶辞之华于理,不恶理之华于辞也。"(《全宋文》第六册)《答陈华昭书》中自谓:"学为文章,望乎述作者之轸域,脱离浮靡,冀其一二之大者焉。"(《全宋文》第六册)于《应责》中又谓:"古文者,非在辞涩言苦,使人难读诵之,在于古其理,高其意,随言短长,应变作制,同古人之行事,是谓古文也。"(《全宋文》第六册)这些话和主张都有针对性,也有意义。

但柳开抱负虽高,创作实践并未取得多大成就,也未产生重大影响。除部分论及时政的篇章,如《上言时政表》《乞驾幸表》《奏事宜表》等,内容切于实际;个别作品有一定特色,如《送臧梦寿序》,全用对答句行文,质简而有余韵。其余作品说教性强,而缺乏艺术价值,如《来贤亭记》,虽以亭台记为名,而通篇是论议辩说,迂执而无文;《游天平山记》几近行程的记录,颇类小学生作文。

其所以如此,固然有才力不逮的原因,更主要的,是他并未理解韩、柳的真精神在于实用与审美、内容与形式之统一,只看到了韩愈所提出的"道"统。如他在《上大名府王祜学士第三书》中,特别强调:"仁义礼智信,道之器也。""文章,道之筌也。"《答臧丙第一书》中,详细重复了《原道》中所归纳的道统传递,然后谓:扬雄之后,隋氏之前,"圣人之道隕然若逝,无能持之者。天愤其烈,正不胜邪,重生王通氏以明之,而不光耀于天下也。出百余年,俾韩愈氏骤然登其区,广开以辞,圣人之道复大于唐焉。……及韩愈氏没,无人焉。今我之所以成章者,亦将绍复先师夫子之道也"(《全宋文》第六册)。在《应责》中,着重说明:"吾之道,孔子、孟轲、扬雄、韩愈之道;吾之文,孔子、孟轲、扬雄、韩愈之文也。"也正因如此,在他所写的《昌黎集后序》中论及韩氏之文,强调的只是"淳然一归于夫子之旨而言之,过于孟子与扬子云远矣"。完全忽视了韩愈在审美与艺术上的创造精神和取得的成就。这是柳开的片面性之所在与创作上不能取得成就的根本原因。

王禹偁(954—1001),字符之,济州钜野(山东巨野)人。太平兴国八年(983)进士。初仕为城武主簿,后累迁官,曾两度知制诰,并兼翰林学士,亦曾多次外放为地方官。真宗朝,再度知制诰,后出守黄州,徙蕲州,卒。

王禹偁之为文,亦宗法韩愈。其早年所写《投宋拾遗书》,几乎重复了柳开《答臧丙第一书》中的观点,强调韩愈在继承道统上的作用与贡献:"文中子灭,昌黎文公出,师载圣人之道,述作圣人之言，从而学者，有若赵郡李翱，江夏黄颇，安定皇甫湜。固其徒也。然位不足以行其道，时不足以振其教，故不能复贞观之风矣。独以词旨幽远，规正人伦，亦曰唐之夫子焉。"（《全宋文》第七册）在其地位上升后，所写《送孙何序》中又曾谓："人之文，六籍五常，舍是而称文者，吾未知其可也。咸通以来，斯文不竞，革弊复古，宜其有闻。"（《全宋文》第七册）《送李龏学士序》中更明确表示："某，希韩者也。"（《全宋文》第七册）其《荐丁谓与薛太保书》中，称赞丁谓："其文类韩、柳，其诗类杜甫。"（《全宋文》第七册）亦表明了王禹偁自身为文、为诗之取向。他对时文时风的不满，正面论述不多，也有侧面透露，在其《答张知白书》中论及赋与乐府歌诗时，曾说："其失也，语淫奔，事诡怪而已。"（《全宋文》第七册）

但王禹偁之为文观念，不像柳开那么片面与迂执。有马扶者，片面认为写古文就应该艰深而不俗，可能曾写信向王禹偁请教，王在《答马扶书》中，一方面肯定"文，传道而明心也"，一方面又指出古人：

> 惧乎心之所有不得明乎外，道之所畜不得传乎后，于是乎有言焉。又惧乎言之易泯也，于是乎有文焉。……近世为古文之主者，韩吏部而已。吾观吏部文，未始句之难道也，未使义之难晓也。……子年少志专，雅识古道，又其文不背经旨，甚可嘉也。姑能远师六经，近师吏部，使句之易道，义之易晓，又辅之以学，助之以气，吾将见子以文显于时也。（《全宋文》第七册）

其中指出"传道而明心"，必须有"文"，而文不必以字句之"难"为准，应学韩愈，"使句之易道，义之易晓，又辅之以学，助之以气"。可见王禹偁同样是宗韩而崇尚古文，而比起柳开来，在观念上要通脱与全面得多。

今天看王禹偁的散文创作，有几点相当显著：其一，他的许多论时论政的作品，内容切要而扎实，表达上则条分缕析，充分而畅达，如《御戎十策》《论李继迁便宜奏》《应诏言事》等奏疏策论。其二，他并不为写古文而写古文，而是根据需要，该散则散，该骈则骈。如上述论政奏疏，纯用古文散体，而另有些表奏，如《陈情表》《单州谢上表》《黄州谢上表》《求致仕表》等就纯用骈体，开后世所谓"宋四六"之先声。有些书启，如《谢除右拾遗直史馆启》《拟留侯与四皓书》亦用骈体。有些作品，如《让西京留守表》《代伯益上夏启书》《投宋拾遗书》，皆散骈相兼。这些皆不拘一格，随文而变。其三，各体皆备，不乏富有创意之作。如其《录海人书》，写一颇类桃花源的海外世界，借以对皇帝之治进行劝谏；《拾简牍遗事》则属自编历史故事，假借子产与老农的对话，侧面讽谏应节俭治国。其四，有些文章极重视艺术性的构思和文字表达的优美，表现了很高的审美修养，从而成为传世的名篇。如其《待漏院记》，通过写为宰相上朝准备的"待漏院"，对比为宰相者三种不同的为君、为民之态度：

　　待漏之际，相君其有思乎。其或兆民未安，思所奉之；四夷未附，思所来之；兵革未息，何以弭之；田畴多芜，何以辟之；贤人在野，我将进之；佞臣立朝，我将斥之；六气不和，灾眚荐至，愿避位以禳之；五刑未措，欺诈日生，请修德以厘之。忧心忡忡，待旦而入。九门既启，四聪甚迩。相君言焉，时君纳焉。皇风于是乎清夷，苍生以之而富庶。若然，总百官，食万钱，非幸也，宜也。

　　其或私仇未复，思所逐之；旧恩未报，思所荣之；子女玉帛，何以致之；车马器玩，何以取之；奸人附势，我将陟之；直士抗言，我将黜之；三时告灾，上有忧色，构巧词以悦之；群吏弄法，君闻怨言，进谄容以媚之。私心慆慆，假寐而坐。九门既开,重瞳屡回。相君言焉,时君惑焉。政柄于是乎隳哉,帝位以之而危矣。若然,则死下狱,投远方,非不幸也,亦宜也。

足知一国之政,万人之命,悬于宰相,可不慎与?复有无毁无誉,旅进旅退,窃位而苟禄,备则全身者,亦无所取焉。(《全宋文》第八册)

文章内容深切,观点鲜明,结构对称,气势充畅,节奏和谐,虽不如韩、柳之简劲,实为北宋初期之佳作。再有《黄州新建小竹楼记》:

黄岗之地多竹,大者如椽,竹工破之,刳去其节,用代陶瓦,比屋皆然,以其价廉而工省也。

子城西北隅,雉堞圮毁,榛莽荒秽。因作小楼二间,与月波楼通。远吞山光,平挹江濑,幽阒辽敻,不可具状。夏宜急雨,有瀑布声;冬宜密雪,有碎玉声。宜鼓琴,琴调虚畅;宜咏诗,诗韵清绝;宜围棋,子声丁丁然;宜投壶,矢声铮铮然:皆竹楼之所助也。

公退之暇,披鹤氅,戴华阳巾,手执《周易》一卷,焚香默坐,销遣世虑。江山之外,第见风帆沙鸟,烟云竹树而已。待其酒力醒,茶烟歇,送夕阳,迎素月,亦谪居之胜概也。彼齐云落星,高则高矣;井幹丽谯,华则华矣。止于贮妓女,藏歌舞。非骚人之事,吾所不取。

吾闻竹工云:"竹之为瓦,仅十稔;若重复之,得二十稔。"噫,吾以至道乙未岁自翰林出滁上,丙申移广陵,丁酉又入西掖,戊戌岁除日有齐安之命,己亥闰三月到郡。四年之间,奔走不暇,未知明年又在何处,岂惧竹楼之易朽乎?幸后之人与我同志,嗣而葺之,庶斯楼之不朽也。

咸平二年八月十五日记(《全宋文》第八册)

虽从末节看，文章乃心有所蕴，借以排遣之作。然语言清丽，节奏和谐，写景状物，抒情述怀，皆深达其中意趣，读来虽感到淡淡的幽怨，而又给人以意韵悠长的美的愉悦，足见作者审美修养和文字表达水平之高。无论在唐人、宋人中，都是难得之作。

第二节　典丽骈雅之风再度
发展与杨亿之作

杨亿（974—1020），字大年，建州蒲城（福建浦城）人。年十一，诏试阙下，授秘书省正字。淳化中，赐进士第，直集贤院。真宗即位，超迁左正言，历任多职，曾知制诰，为翰林学士，判史馆事。与王钦若同主修《册府元龟》。官至工部侍郎。仁宗时，追谥"文"。世亦称杨文公。

《宋史》本传称，杨亿著述甚丰，"文格雄健"。于《传》论中云："自唐末词气浸敝，迄于五季甚至矣。""宋一海内，文治日起。杨亿首以辞章擅天下，为时所宗，盖其清宗鲠亮之气，未卒大施，悉发于言，宜乎雄伟而浩博也。"今存其《武夷新录》二十余卷。

现存杨亿作品，少数文章，如《论龙泉县二处酒店坊乞减额状》《议灵州事宜状》，内容务实，表述质朴，全用散体，但不见其"雄伟而浩博"之气象。其余表状，如《知处州谢到任表》《进承天节颂表》《再乞外任状》，虽善表情致意，而全用工致的骈体。甚至于大量的书启、序文，如《答李寺丞书》《上陈州李相公书》《与秘阁黄少卿启》《与史馆检讨陈秘丞启》《与王虞部先辈启》等，皆不但用骈体，而且以典雅藻丽取胜。可举其《贺刁秘阁启》为例：

　　群玉之府，图籍攸归；承明之庐，俊贤所聚。自非兼该文史,洞达天人,擅博物之称,负多闻之益,则何以掌兰台之秘记,辨鲁壁之古文,克分亥豕之非,荣对鬼神之问?

允资鸿博,式副选抡。恭惟某官竹箭贞姿,天球秘宝。一自翰飞南国,便历亨衢;奏赋梁园,载居右席。荐绅之所推慕,负宸之所嘉称。群公奉金以交欢,诸生摄齐而请益。翔乃紫宸引籍,红旆行春。循吏之谣,益喧于十部;望郎之选,荐历于三台。公望愈隆,天眷弥厚。属束求于髦硕,用刊正于缣缃。辍明庭伏奏之勤,副延阁绅书之选。翔乃育材之地,适钟下武之期。礼遇甚优,不至子云之寂寞;品流以别,且无方朔之诙谐。

某限符竹所拘,挹风期而尚阻。愿言庆柝,倍异等伦。

(《全宋文》第十四册)

属对工整,用语藻丽,文风雅致,见出其为文的特征。

杨亿文章特点的形成,与他的审美趣味和审美追求有直接关系。在其《送元道宗秀才序》中曾有云:"每扣虚课寂,缘情体物,必有警策,传诵人口。左氏之笔微为富艳,相如之文长于形似,翘翘然秀出于场屋间矣。"(《全宋文》第十四册)赞扬元道宗的话,正道出了他自己的观点:以"富艳""形似"为胜。在《温州聂从事〈云堂集〉序》中,称赞说:"聂君之诗,恬愉优柔,无有怨谤,吟咏情性,宣导王泽,其所谓越《风》《骚》而追二《雅》,若西汉《中和》《乐职》之作者乎!"(《全宋文》第十四册)带有君子自道的性质。这样的审美追求,与杨亿所处的地位有关,与时代环境有关,也与当时的风气有关。有这样的审美追求,所写出的作品自然有相应的特点。

与杨亿同时的作者还有刘筠(字子仪)、钱惟演(字希圣)。《宋史·刘筠传》称:"筠,景德以来,居文翰之选,其文辞善对偶,尤工为诗。初为杨亿所识拔,后遂与齐名,时号'杨刘'。"《传》后之论又曰:"刘筠后出,能与齐名,气象似尔。至于文体之今古,时习使然。"意思亦谓刘筠所善也是当时所谓"今体",即四六性的骈体。《宋史·钱惟演传》谓钱"博学能文辞,召试学士院,以笔起草立就,真宗称善"。又云:"惟演出于勋贵,文辞清丽,名与杨亿、刘筠相上下。"说明他们都是工于偶对丽藻的作者。他们由于都曾入秘阁,处史馆,为翰林学士,所以有机会在一起唱和,后将其所作编为《西昆酬唱集》,杨亿为之序,有云:"余景德中,忝佐修书之任,得接群公之游。时今紫微钱君希圣、秘阁刘君子仪,并负懿文,尤精雅道,雕章丽句,脍炙人口,予得以游其墙藩而咨其模楷。二君成人之美,不我遐弃,博约诱掖,置之同声。因以历览遗编,研味前作,挹其芳润,发于希慕,更迭唱和,互相切劘。"(《全宋文》第十四册)司空图曾指出唐人作者存在诗文风格的一体性,宋代亦不例外。这里讲的虽然是诗,而他们的文必然也具有同样的特点。今存刘筠、钱惟演的散文作品极少,唯杨亿为多,足以代表他们文章之作的共同特色。

因为他们三人在政治、社会和文坛上都居有很高地位,所以他们作品的风格特点也就影响极大,写骈俪,讲藻饰,也就成为一时风气,远远压倒柳开和王禹偁等对古文的倡导。这应是宋代前期散文发展的又一波折。

第三节 穆修、石介重又倡导复古

以杨亿为代表的文风,不久就引起了文坛上强烈的反驳。首先起来倡导古文的是穆修。

穆修(979—1032),字伯长,郓州(山东东平)人,徙居蔡州(河南汝南)。大中祥符二年(1009)进士,初仕泰州司理参军,后因故削籍,遇赦,调颍州文学参军,徙蔡州,卒。《宋史·文苑传》称:"自五代文敝，国初，柳开始为古文，其后，杨亿、刘筠尚声偶之辞，天下学者靡然从之；修于是时独以古文称，苏舜钦兄弟多从之游。修虽穷死，然一时士大夫称能文者必曰穆参军。"

穆修在《答乔适书》中曾说：

> 盖古道息绝，不行于时已久，今世士子，习尚浅近，非章句声偶之辞不置耳目，浮轨滥辙，相迹而奔，靡有异途焉。其间独敢以古文语者，则与语怪者同也。众又排诟之，罪毁之，不目以为迂则指以为惑，谓之背时远名、阔于富贵。先进则莫有誉之者，同侪则莫有附之者。其人苟无自知之明，守之不以固，持之不以坚，则莫不惧而疑，悔而思，忽焉且复去此而即彼矣。噫，仁义中正之士岂独多出于古而鲜出于今哉？亦由众势驱迁溺染之，使不得从乎道也。

表明了对当时文坛趋势的看法。穆修是把写古文与复古道联系在一起的，末一句就点明了这一点。下面，他更正式地提出这一问题：

> 夫学于古者，所以为道；学夫今者，所以为名。道者仁义之谓也，名者爵禄之谓也，然则行道者有以兼乎名，务名者无以兼乎道。……有其道而无其名，则穷不失为君子；有其名而无其道，则达不失为小人。与其为名达之小人，孰若为道穷之君子！矧穷达又各系其时遇，岂古之道有负于人耶？（《全宋文》第十六册）

穆修的观点是继承自韩、柳的，他在《唐柳先生集后序》中曾云：

唐之文章,初未去周、隋五代之气,中间称得李、杜,其才始用为胜,而号雄歌诗,道未极浑备。至韩、柳氏起,然后能大吐古人之风。其言与仁义相华实而不杂……世之学者如不志于古则已,苟志于古,则求践立言之域,舍二先生而不由,虽曰能之,非余所敢知也。(《全宋文》第十六册)

穆修留存作品不多,但和柳开不同,在充分发挥文字的内在张力,以达到质实健劲方面,略得韩、柳风概。其《任家祠堂记》《蔡州开元寺佛塔记》《养正堂记》《静胜亭记》等,皆为典正质古、着实用力之作。如其短文《送吕公初序》:

为善汲汲于报,报未至则更而去之,末哉!学者显穷一致,蹈道自乐而不变,庶几君子之志者耶!与其达而安,不若困而固之之难也。公初生于儒门,趋庭闻道,为名进士十五年,仅能获一第。后数岁始选得州参军,日趋走尘土执下贱事,充充乎貌言未尝为可怜之意。予知其道固于内,外物不得间而入也。不然,岂免诽怨呻呼,骊跃发于中而表之也欤?居职逾年,以家艰去之苏。予重其别,先行以告曰:慎无中废,则丰报且将及,岂惟宽裕于贱用哉!(《全宋文》第十六册)

内容固不够深厚宏阔,亦颇近韩、柳格调。穆修之后,进一步主张文章复古的是石介。

石介(1005—1045),字守道,一字公操,兖州奉符(山东泰安)人。天圣八年(1030)进士,历多职,放通判濮州,未及赴任而卒。曾师事名儒孙复,于家乡徂徕山下开馆讲学,因称徂徕先生。

北宋开国以来,强化中央集权,重用文臣,一直奉儒家思想观念为正统。一部分学者,接受了韩愈《原道》中提出的儒学传承系统,在孔、孟、扬雄之后,加上王通、韩愈,将其视为一个完整的"道统"。孙复、石介就是这个"道统"坚定的支持者与鼓吹者。石介的文章观是从这个"道统"中派生出来的。基本特点为:

第一,比韩愈更细致充分地阐述了道统的形成与发展,更坚定地以它作为判断和处理问题的出发点。读石介的文章,几乎处处都看到对道统的强调。姑且看一段其对道统的阐述:

> 夫圣贤不徒生也。四凶在朝,尧德不明,舜起佐尧,流共工于幽州,窜三苗于三危,放驩兜于崇山,殛鲧于羽山。洪水方割,下民其咨,禹乘四载,随山刊木,决九川,距四海。成王幼弱,周公践祚,制礼作乐。世衰道微,邪说暴行有作,王道失叙,礼坏乐崩,三纲将绝,彝伦攸斁,夫子作《春秋》,明《易》象,删《诗》《书》,定礼、乐,祖述尧、舜,宪章文、武。杨、墨塞路,儒几灭矣,孟子作十四篇而辟之。新莽篡汉,道斯替矣,扬雄作《准易》五万言、《法言》十三章而彰之。晋、宋、齐、梁、陈并时而亡,王纲毁矣,人伦弃矣,文中子续经以存之。释、老之害甚于杨、墨,悖乱圣化,蠹损中国,吏部独力以排之。故四凶去,尧德明;洪水息,蒸民粒;礼乐作,周太平;六经就,尧、舜、禹、汤、文、武、周公之道存;杨、墨辟,孔子教化行;《法言》修,莽恶显;续经成,五纲举;释、老微,中国乂。(《全宋文》第二十九册《上蔡副枢书》)

等于说,由尧至韩愈,沿传而下,形成了中国的道统。

第二,依据道统论将文章完全看成传道的工具。还是在上文中,石介对文的产生和功用有详尽论述:

> 夫有天地,故有文。天尊地卑,乾坤定矣;卑高以陈,贵贱

位矣；动静有常，刚柔断矣；方以类聚，物以群分，吉凶生矣；在天成象，在地成形，变化见矣：文之所由生也。天垂象，见吉凶，圣人象之；河出图，洛出书，圣人则之：文之所由见也。观乎天文，以察时变；观乎人文，以化成天下：文之所由用也。三皇之书，言大道也，谓之《三坟》；五帝之书，言常道也，谓之《五典》：文之所由迹也。四始六义存乎《诗》，典、谟、诰、誓存乎《书》，安上治民存乎《礼》，移风易俗存乎《乐》，穷理尽性存乎《易》，惩恶劝善存乎《春秋》：文之所由著也。文之时义大矣哉！故《春秋传》曰："经纬天地曰文。"《易》曰："文明刚健。"《语》曰："远人不服，则修文德以来之。"三王之政曰"救质莫若文"，尧之德曰"焕乎其有文章"，舜则曰"濬哲文明"，禹则曰"文命敷于四海"，周则曰"郁郁乎文哉"，汉则曰"与三代同风"。故两仪，文之体也；三纲，文之象也；五常，文之质也；九畴，文之数也；道德，文之本也；礼乐，文之饰也；孝悌，文之美也；功业，文之容也；教化，文之明也；刑政，文之纲也；号令，文之声也。

这一大套论说，将"文"与"道"完全并合起来，一等于二，二等于一。把萧统好不容易从一般的"文"分割出来的"文学"，韩愈从一般"文学"分割出来的"文章"，又回归到原位。其片面性、极端性，较唐初李谔、王勃等人，有过之而无不及。

第三，正是基于这样的观点，他对时文进行了猛烈的抨击：

今夫文者，以风云为之体，花木为之象，辞华为之质，韵句为之数，声律为之本，雕镂为之饰，组绣为之美，浮浅为之容，华丹为之明，对偶为之纲，郑、卫为之声。浮薄相扇，风流忘返。遗两仪、三纲、五常、九畴而为之文也，弃礼乐、孝悌、功业、教化、刑政、号令而为之文也。

这样的抨击，不只见于此文，在其《上赵先生书》《与裴员外书》《上张兵部书》《录蠹书鱼辞》等，还有多处发挥与重复。

第四，作为时文之典型，他选择杨亿作为集中攻击的目标。在《怪说中》中谓：

> 昔杨翰林欲以文章为宗于天下，忧天下未尽信己之道，于是盲天下人目，聋天下人耳。使天下人目盲，不见有周公、孔子、孟轲、扬雄、文中子、吏部之道；使天下人耳聋，不闻有周公、孔子、孟轲、扬雄、文中子、吏部之道。……今杨亿穷妍极态，缀风月，弄花草，淫巧侈丽，浮华纂组，刊锼圣人之经，破碎圣人之言，离析圣人之意，蠹伤圣人之道，使天下不为《书》之《典》《谟》《禹贡》《洪范》，《诗》之《雅》《颂》，《春秋》之经，《易》之彖、爻、十翼，而为杨亿之穷妍极态，缀风月，弄花草，淫巧侈丽，浮华纂组，其为怪大矣！（《全宋文》第二十九册）

据此看来，杨亿成了反道统，也就是反圣人之道的罪魁祸首，简直罪不容诛。在这里，石介实际上把恢复古文与恢复古道直接联系起来。此文之外，他还在多处重复强调了这一观点，如《答欧阳永叔书》《与君贶学士书》《上孙先生书》等，大有号召对杨亿及所代表的倾向群起而挞伐之势。

其实，杨亿只不过是为文上喜欢和习用骈偶，致力于追求辞采的华丽与典雅，这当然影响到内容的深厚与表达的质实，但问题并没有像石介说得那么严重。范仲淹曾写有《杨文公写真赞》，对杨亿大加称扬。序文有云："公以斯文为己任，彝是东封西祀之仪，修史修书之局，皆归大手，为皇家之盛典。当时台阁英游，盖多出于师门矣。而命世之才，其位不充，故天下知公之文，而未知其道也。"称寇准、王旦、马知节为"一代之伟人"，而谓"公与三君子深相交许，情如金石，则公之道，其正可知矣"。于《赞》辞中又云："呜呼杨公，两朝清风。盛乎斯文，直哉厥躬。端者我游，邪者我仇。霖雨不作，日月其流。仰止遗真，雍雍哲人。"(《全宋文》第十九册)

石介对对杨亿的抨击，表现了对文章的审美功能与审美价值的彻底否定。不只是对文章，即使其他艺术的审美意义，也在其摒斥之列。如在《答欧阳永叔书》中涉及书法，他的态度是：

> 今不学乎周公、孔子、孟轲、扬雄、皋陶、伊尹，不修乎德与行，特屑屑致意于数寸枯竹、半握秃毫间，将以取高乎？又何其浅也！且夫书乃六艺之一耳，善如钟、王，妙如虞、柳，在人君左右供奉图写而已，近乎执伎以事上者。……夫治世者道，书以传圣人之道者已。能传圣人之道足矣，奚必古有法乎，今有师乎？(《全宋文》第二十九册)

不只否定书法，同样否定绘画。在其《画箴贻君豫》中，他教育自己的孩子：

> 吾家君豫才敏，而少学为文字，辞句健跳；学为丹青，形物微妙。噫！作无益而有害有益，古人所箴。"不有博弈"，言其饱食而无所用心。禹为圣人，又承舜、尧之绪，足以无为而端居，犹汲汲惜乎寸阴。汝乃佚安嬉戏，不务功名之如前人，甘容身于牛蹄之涔，吾浪浪而沾襟。吁！与其丹青草木，岂若丹青乃身，烨有文藻。与其丹青马牛，岂若丹青尔德，倬为骞、由。……尔以笔传人神，徒耳鼻衣冠；岂如心传圣贤，高蹈远攀。尔以手写虫鸟，徒口啄羽翰；岂如笔写六经，往行前

言。……嗟夫！易汝嗜画之心为嗜学之心，圣贤何难？汝听吾言，馨如芝兰。掷胶折笔，无污轻纨。（《全宋文》第三十册）

就此文看来，于学道之外，似乎其他一切皆无意义。

石介的文章观，实为唐代以来整个文学审美意识发展大趋势之反动，亦为韩、柳以来，散文走向审美与实用相统一、内容与形式相统一大趋势之反动。他虽以"尊韩"自居，实际上既没有理解也没有继承韩愈的真精神，只是片面地发展了韩愈初步整理出的儒学沿传轨迹，开了后来道学家"文以害道"说之先声。不过他的这种极端化的言论，对当时文学家和散文家的影响并不是很大，而且其言论虽然极端，也确实对当时的散文创作起了一定的警示作用，使其后的作者们更重视内容的质实性，对推动散文创作走向新的高潮有一定的帮助。

存留下来的石介作品，数量相当多。除大量论道、论文的书启外，还有不少论时论政的文章，尤其是许多史论性的篇章，除少数有偏宕，相当大的部分，如论唐代君臣及政弊的作品，内容都能切中肯綮。行文虽无韩、柳之质劲雄健，却相当流畅，且颇有气势。如其《辨惑》云：

> 吾谓天地间必无者有三：无神仙，无黄金术，无佛。然此三者，举世人皆惑之，以为必有，故甘心乐死而求之。然吾以为必无者，吾有以知之。大凡穷天下而奉之者，一人也。莫崇于一人，莫贵于一人，无求不得其欲，无取不得其志，天地两间，苟所有者，惟不索焉，索之莫不获也。秦始皇之求为仙，汉武帝之求为黄金，萧武帝之求为佛，勤已至矣。而秦始皇帝远游死，萧武帝饿死，汉武帝铸黄金不成。推是而言，吾知必无神仙也，必无佛也，必无黄金术也。（《全宋文》第二十九册）

简明扼要,论断斩截,且有一定深度。称不上佳作,亦可见其文章
之一斑。

第四节 范仲淹等将宋代散文创作
逐渐推向成熟

宋代至真宗、仁宗时期,与杨亿、穆修、石介相先后,在今与古,
实际是偏于审美与实用两种倾向的矛盾冲突中,通过自己的创作,
将散文的发展逐渐推向成熟,可提出的作家有宋祁、苏舜钦、尹洙、
范仲淹。

宋祁(998—1061),字子京,安州安陆(湖北安陆)人,后迁开封
雍丘(河南杞县)。天圣二年(1024)进士,释褐复州军事推官,累迁
为显宦,任龙图阁学士、翰林、侍读,亦曾放外任。

宋祁一生文事上的最大成就与功绩,是主持编纂了《新唐书》,
并亲自撰写了其中的《列传》。保存下来的散文作品数量庞大,但
质量平平,无突出特色。很大比重属应用性公文,代皇帝所写诏制
全用骈体,大部分表奏亦用骈偶。少部分的奏疏论及时政,如《上
三冗三费疏》《言三路边防七事奏》《乞损豪强伏力农札子》《直言
对》等,内容切实,观点与范仲淹、欧阳修基本相同或相近,而且改
骈为散。其《授知制诰举欧阳修自代状》,称赞欧"措辞温雅,有汉
唐余风",表明了对欧阳修的推崇,显示出判断为文的眼光。

他也写一些序记,如《江上宴集序》《春日同赵侍禁游白兆山
寺序》《凝碧堂记》等,同样用骈体。其中有对外在景物和内心感受
的描叙,如《游白兆山寺序》:

> 历纡余之盘道,顿岑寂之祇园。旁睨崇岩,前识翠阜。九
> 向之势,与朱陵而并驱;万壑之流,疑会稽而争长。若其丹崖

披壤,牝谷凝神,触涧成渠,值林为苑。跳峦崎岭,缘云而上征;飞溽神泉,相背而异态:固可骇也。朱蕤幽茂,飞英幡缅,羁禽謷肌,纤籁悲鸣。清飔徐动,徘徊于桂丛;泄雾未凝,弥漫于壤石:又可乐也。(《全宋文》第二十四册)

虽丽藻纷披,然由于羁絷于偶对,欠真正的审美体验,未免有堆垛矫饰倾向,缺乏自然之韵趣。

苏舜钦(1008—1048),字子美,绵州盐泉(四川绵阳东南)人。景佑元年(1034)举进士,后为范仲淹荐,为集贤校理。因岳父杜衍与范仲淹、富弼一起推行新政,被人倾陷,坐用鬻故纸公钱召妓乐会宾客,被劾除名。寓居苏州,益读书,发愤为诗文。庆历八年,复官为胡州长史,同年卒。《宋史·文苑传》谓其:"少慷慨有大志。""当天圣中,学者为文多病偶对,独舜钦与河南穆修好为古文、歌诗,一时豪俊多从之游。"

苏舜钦在《上孙冲谏议书》中,表达了自己的文章观,有谓:

> 昔者道之消,德生焉;德之薄,文生焉;文之弊,词生焉;词之削,诡辩生焉。辩之生也害词,词之生也害文,文之生也害道德。夫道也者,性也,三皇之治也;德也者,复性者也,二帝之迹也;文者,表而已矣,三代之采物也;辞者,所以董役,秦汉之训诰也;辩者,华言丽口,贼蠹正真而眩人视听,若卫之音,鲁之缟,所谓晋唐俗儒之赋颂也。噫!三代之际,救得其宜,故治多焉;三代之后,不知所以救,故乱生焉。然上世非无文词,道德胜而后振故也;后代非无道德,诡辩放淫而覆塞之也,故使尨杂不纯而流风易遁,诚可叹息。夫文与词失之久矣,乌可议于近世邪,况敢言道德者乎?然而典策之奥,治词之法,不越此有言而又笔之者,斯亦可尚。某志此有素,未尝暴发于

玩其文意，固然先肯定"道德"高于"文词"，"文词"服务于"道德"。但又认为"上世非无文词"，"后代非无道德"，且云："典策之奥，治词之法，不越此有言而又笔之者，斯亦可尚。"所谓"不越此"，即不为"华言丽口"之辩，不为"晋唐俗儒之赋颂"。在此前提下，以"典策之奥，治词之法"为榜样，从事"文词"的写作，是亦可崇尚的，而且表明自己"志此有素"。这说明他不但没有否定文词，并且以写作古文为自己的目标志向。所以，他在《上三司副使段公书》中，又表示："尝谓人之所以为人者，言也。言也者，必归于道义。道与义，泽于物而后已，至是则斯为不朽矣。故每属文，不敢雕琢以害正。"（《全宋文》第四十一册）基于这样的观点，苏舜钦的文章，像穆修一样，是以志于古文为方向的。

从保留下来的苏舜钦文章看，早期确实体现了他的"慷慨有大志"。二十一岁就曾因玉清昭应宫遭火灾而上《火疏》，借灾异而向皇帝进谏。此后又上《诣匦书》，借地震上言，为范仲淹鸣不平，向皇帝提出一要正心，二要择贤的谏言。显示了他的激越敢言。特别是在范仲淹执政后，他写了《上范公参政书》，建议范应有所作为，并且详细条列了七条"咨目"。这些皆属散体的应时济世之作。但在因被谗毁罢黜之后，对他打击很大，心境有了很大变化，一方面向亲友写了许多书启，辩白无辜之冤，倾诉愤懑心情，表示不会甘于退守不进；另一方面，写了些闲然自适，排遣情怀之作，如《苏州洞庭山水月禅院记》《处州照水堂记》《粹隐堂记》等，这些作品，一般叙述、描写、抒情间以论说，虽个别地方较为繁赘，但总体上简古有致，显示了较高的审美水平和表达水平。其中最有名者为《沧浪亭记》，文章先写罪废后，游吴中，得地建亭经过，然后写其生活情形，云：

前竹后水,水之阳又竹,无穷极。澄川翠干,光影会合于轩户之间,尤与风月为相宜。予时榜小舟,幅巾以往,至则洒然忘其归。觞而浩歌,踞而仰啸,野老不至,鱼鸟共乐。形骸既适则神不烦,观听无邪则道以明。返思向之汩汩荣辱之场,日与锱铢利害相磨戛,隔此真趣,不亦鄙哉!

噫!人固动物耳。情横于内而性伏,必外寓于物而后遣;寓久则溺,以为当然,非胜是而易之,则悲而不开。惟仕宦溺人为至深,古之才哲君子,有一失而至于死者多矣,是未知所以自胜之道。予既废而获斯境,安于冲旷,不与众驱,因之复能见乎内外失得之原。沃然有得,笑闵万古,尚未能忘其所寓目,用是以为胜焉。(《全宋文》第四十一册)

写景、写游、写心、写情、写感,简括传神,意趣盎然。然在对官场的摒弃,闲淡的自适中,又潜藏着某种脉脉的幽怨。这应是苏舜钦偏于审美性作品中最为上乘之作。

尹洙(1001—1047),字师鲁,河南府(河南洛阳)人。天圣二年(1024)进士,官至馆阁校勘、太子中允。后期在西北边防地区历任多职,因以公使钱为部将偿债,贬崇信军节度副使,徙监均州酒税,卒。《宋史·尹洙传》称:"自唐末历五代,文格卑弱。至宋初,柳开始为古文,洙与穆修复起振之。其为文简而有法。"欧阳修《尹师鲁墓志铭》谓:"师鲁当天下无事时独喜论兵。""自西兵起,凡五六岁,未尝不在其间,故其论议益精密,而于西事尤习其详。其为兵制之说,述战守胜败之要,尽当今之利害。"

尹洙在《志古堂记》中曾言及对为文的看法:

夫古人行事之著者,今而称之曰功名。古人立言之著者,今而称之曰文章。盖其用也,行事泽当时以利后世,世传焉,从而为功名；其处也，立言矫当时以法后世，世传焉，从而为文章。行事、立言，不与功名、文章期，而卒与俱焉。

后之人欲功名之著，忘其所以为功名；欲文章之传，忘其所以为文章。故虽得其欲，而庆于道者有焉。如有志于古，当置所谓文章、功名，务求古之道可也。（《全宋文》第二十八册）

从中可以看出，尹洙认为"古之道"，包括"行事""立言"两部分，"功名""文章"只是二者的必然副产品。其所谓"行事"，就是要"泽当时以利后世"；"立言"，就是要"矫当时以法后世"。

欧阳修说他"独喜论兵"，其实，他不只是论，并且参与抗击西夏和契丹的行动。这既是行事，又是立言。所以这样做，正是像范仲淹、欧阳修等人一样，虽处于仁宗时的太平盛世，却已经意识到政治和军事上存在的问题，预感到潜在的危机，想通过自己的努力，达到"泽时""矫时""利后世"的目的。为此，他所写大量论兵的文章，既有预断性的《叙燕》《息戍》《兵制》等警世之作，又有针对边务的战略性论述，如《议攻守》《用属国》《制兵师议》《备北狄议》等，还有针对具体战事的一些细节性建议，如《奏为乞令环庆路与泾原路相应发兵马牵制贼事》等。尹洙与穆修一样是崇尚恢复古文的，但与石介的一味讲"道统"不同，强调继承梁肃、独孤及、韩愈等古文家的传统，侧重以简朴质古的形式，表达切于现实的内容。因之他的论兵之作，尤其是那些带总括性的大型论文，往往视野宏阔，纵横驰骋，引古论今，详实确当。如《叙燕》：由燕地历来所处地位、形势说起，缕陈宋王朝集中大量兵力对付契丹之"六弊"，指出"制敌在谋，不在众"，应取因时顺势、分散而灵活的处置方式。《息戍》用同样的笔法，论真宗以来，"西师不出三十年，而亭徼千里、环重兵以戍之"，造成国家几乎无法承受的负担，倡导恢复唐代府兵制，采取藏兵与民的战略。文章皆质实而充畅，颇有贾谊策、论风味。

尹洙既以"行事"与"立言"为目的,论兵之外,也就写有不少论时、论政、论事的表疏书启及短篇专论,这些作品,同样像欧阳修所称,"简而有法"。如其《审断》云:

> 汉史书元帝优游不断,为衰世之戒。夫擥御臣之柄,以强主威,孰不由断哉?
>
> 然断者,或审之以昌,或任之以亡。周公忍亲亲之诛,尼父行伪辩之戮,汉祖从挽辂之说,审于己者圣,审于人者明也。商辛酷忠良之刑,桓、灵极党锢之狱,任于己者暴,任于人者昏也。是故天下惑之,我行之,审于己也;我惑之,正人庄士言而从之,审于人也。天下贤之,我戮之,任于己也;我惑之,嬖幸近习言而听之,任于人也。与其断而不审,不若优游之愈也。
>
> 呜呼,圣或所不能,暴或所不为,若昏与明,后世其鉴哉!

(《全宋文》第二十八册)

论为人主者,处事必须有决断力。然而,决断的前提必须是"审",即对事情的明察,而不能"任",即放任而为。而或审或任,又皆决定于帝王本身的"明"或"昏"。短短的二三百字,论重大原则问题,有理据,有对比,清晰透辟,句句说中要害,真正是简而有法。

尹洙还写有记、序一类的作品,如《题祥符县尉厅壁》:

> 夏侯之纯为祥符尉,尹某尝至其治舍,观其决事,虑精而气果,凡事可否当在己,无细大必行,行之未尝报挫。县治都门外,所部多贵臣家。尉,小官,能措置一如志,且有治称,难乎哉!
>
> 前世赤县(即祥符)治京师,不以城内外为限,制事广而势任亦重。尉主大盗,又于县为剧官。今城中,禁军大将领兵徼

巡,衢市之民不复知有赤县。此乃因循权制,岂前世法哉?

予既美之纯之政,且叹其不得尽其官之所掌,故书之于壁。

(《全宋文》第二十八册)

赞扬一小小县尉的能力与治绩,且寄托对设置与权势变化的感慨,同样体现了其文章的简古与质实。

范仲淹(989—1052),字希文,苏州吴县(江苏苏州)人。大中祥符八年(1015)进士。后仕历辗转起伏,由地方至中央、由东南至西北、由行政到军事,皆有所经。庆历三年(1043),除枢密副使,拜参知政事,主持推行了著名的"庆历新政"。五年(1045)罢退,又任多职。皇佑四年(1052)卒,谥文正。

范仲淹主要是一位有远见卓识的政治家,思想境界高,人品道德正,但又具有深厚的审美修养,全面的文学成就,诗、词、文、赋兼擅。尤其是他的文章,在偏于实用与审美、内容与形式的矛盾冲突中,独取其正,在古代散文的发展中,是继韩、柳之后,将宋代散文推向新高峰的一个前沿性标志。其《岳阳楼记》,在整个古代散文中,无论思想和艺术,都属顶尖性的上乘之作。其文云:

庆历四年春,滕子京谪守巴陵郡。越明年,政通人和,百废具兴,乃重修岳阳楼,增其旧制,刻唐贤今人诗赋于其上,属予作文以纪之。

予观夫巴陵胜状,在洞庭一湖。衔远山,吞长江,浩浩汤汤,横无际涯,朝晖夕阴,气象万千。此则岳阳楼之大观也,前人述之备矣。然则北通巫峡,南极潇湘,迁客骚人,都会于此,览物之情,得无异乎?若夫霪雨霏霏,连月不开,阴风怒号,浊浪排空,日星隐耀,山岳潜形,商旅不行,樯倾楫摧,薄暮冥冥,虎啸猿啼。登斯楼也,则有去国怀乡,忧谗畏讥,满目萧然,感极而悲者矣。至若春和景明，波澜不惊，上下天光，一碧万顷，沙鸥翔集，锦鳞游泳，岸芷汀兰，郁郁青青；而或长烟一空，皓月千里，浮光跃金，静影沉璧，渔歌互答，此乐何极！登斯楼也，则有心旷神怡，宠辱偕忘，把酒临风，其喜洋洋者矣。

嗟夫！予尝求古仁人之心，或异二者之为。何哉？不以物喜，不以己悲。居庙堂之高，则忧其民；处江湖之远，则忧其君。是进亦忧，退亦忧。然则何时而乐耶？其必曰：先天下之忧而忧，后天下之乐而乐乎！噫，微斯人，吾谁与归！

时六年九月十五日。（《全宋文》第十八册）

此文篇幅虽短，而在散文的发展上，及对理解范仲淹整个的为人为文皆有重要意义。

第一，"先天下之忧而忧，后天下之乐而乐"，可以说是全文的题"眼"，已成为传颂千古的名言。这两句话，是自先秦以来，中国士人积极精神之最精粹的概括。"微斯人，吾谁与归！"表明范仲淹完全继承了这种精神，而且以之作为人生的最高理想。

正因为有这样的理想与追求及其所形成的思想境界，才决定了范仲淹为人为政的态度与作为。自他入仕以来，不管职位高低，只要有关国事者，皆直言敢谏，以至于屡陟屡贬。但不管如何升沉变化，也未曾动摇他为国为民之衷心。正因为有这样的理想与追求，才使他能高瞻远瞩，对从北宋建国至仁宗时的积弊，有深切的洞察，强烈的担忧。早在天圣五年（1027），就写《上执政书》，纵论天下形势，指陈时政。于庆历初，被任命为参知政事后，写数千言的《答手诏条陈十事》，提出建议，作为改革时政的纲领，又写《再进前所陈十事》进一步提出改革措施。正是在他的推动下，才有了著名的"庆历新政"，虽因这些称为"新政"的措施，触犯了有既得利益的守旧势力，被攻击为朋党，终归失败；而范仲淹却赢得了人心，以卓越政治家的名声彪炳于史册。

第二,此文所表现的高超精神,与前半部分对洞庭湖气象万千、雄伟磅礴之"大观"的生动描绘,以及这种"大观"之风雨阴晴变化所引起"迁客骚人"种种不同感受之形容,和在这种背景烘托下,对"进亦忧,退亦忧"的"仁人"胸怀的钦敬,是紧密结合在一起的。如果没有这些描绘、形容和抒发,单独而突兀地讲"先天下之忧而忧,后天下之乐而乐",只能是空洞地说教,不会这样动人心魄,使读之者感佩与赞赏之情油然而生。它所以能取得这样的效果,正是因为前面的描绘与形容与最后所吐露的心怀完全自然地融为一体。

第三,范仲淹所以能写出这样的文章,除与他超迈的精神境界有关,也取决于他极强的审美体验能力和极高的审美表现水平。在以"衔远山,吞长江,浩浩汤汤,横无际涯,朝晖夕阴,气象万千"对洞庭湖之"大观"作了雄肆宏阔的总括后,其写令迁客骚人"满目萧然,感极而悲"的景象,雄伟中隐含悲壮韵调。其对使人"心旷神怡,宠辱偕忘"之另一种景象的描摹,则在阔大博富中让人感受到明媚悠远的情致。如果没有对祖国大好河山深切地审美观照与审美体验,没有深厚的艺术修养涵育出来的审美表现力,绝对写不出这样的文字。再融以末段表露的抱负与胸怀,整篇体现的完全是西人所谓的"崇高"与"壮美"。别说是一般作家,即使韩、柳也未曾写出具有这种境界的作品。正因如此,我们才说这篇文章,体现了审美与实用的完美统一与结合、思想内容与艺术形式的完美统一与结合,是古代散文即将发展到一个新阶段的前沿性标志。

第四,范仲淹写出《岳阳楼记》不是出于偶然,而是有其对文章及整体文学艺术之理念与修养作基础。在文章写作上,他是标榜韩、柳,主张恢复古道的。在早期(天圣三年)所写的《奏上时务书》中,就曾提出:

　　　　臣闻国之文章,应于风化;风化厚薄,见乎文章。……故
　　圣人之理天下也,文弊则救之以质,质弊则救之以文。质弊而
　　不救,则晦而不彰;文弊而不救,则华而将落。……伏望圣慈,
　　与大臣议文章之道,师虞夏之风。况我圣朝千载而会,惜乎不
　　追三代之高,而尚六朝之细。然文章之列,何代无人? 盖时之
　　所尚,何能独变? 大君有命,孰不风从! 可敦论词臣,兴复古
　　道;更延博雅之士,布于台阁,以救斯文之薄,而厚其风化也。
　　天下幸甚。(《全宋文》第十八册)

可见他是不满于六朝之细,而主张倡导古道、古文的。在《尹师鲁
河南集序》中,又曰:

　　　　予观尧典舜歌而下,文章之作,醇醨迭变,代无穷乎。惟
　　抑末扬本,去郑复雅,左右圣人之道者难之。近则唐贞元、元
　　和之间,韩退之主盟于文,而古道最盛。懿、僖以降,寖及五
　　代,其体薄弱。皇朝柳仲涂起而麾之,髦俊率从焉。仲涂门人
　　能师经探道,有文于天下者多矣。洎杨大年以应用之才,独步
　　当世。学者刻辞镂意,有希仿佛,未暇及古也。其间甚者专事
　　藻饰,破碎大雅,反谓古道不适于用,废而弗学者久之。洛阳
　　尹师鲁,少有高议,不逐时辈,从穆伯长游,力为古文。……遽
　　得欧阳永叔,从而大振之,由是天下之文一变而古。其深有功
　　于道欤!(《全宋文》第十八册)

同样推崇古道古文,而且赞扬了韩愈、柳开、穆修、尹洙、欧阳修。
　　还值得注意的是,他和同时期的石介不同。不像石介那样,立
足于所谓“道统”,摒弃排斥一切有文采之文,将所有带审美因素或
审美成分之作品,皆斥为无价值的虚浮华靡之作。而恰恰与之相

反,范仲淹在反对虚浮卑弱的同时,对所有具审美价值的文学艺术作品,皆取一种择其精华、兼容并蓄的态度。如对杨亿,就将他与其模仿者区别开来,并未指责杨亿的骈俪典雅之文,反而称赞他"以应用之才,独步当时"。这种态度尤见之于他的《唐异诗序》,该文中不但对石介所不以为意的书法、绘画给予赞赏,尤其对于诗,作了充分的论述:

> 噫!诗之为意也,范围乎一气,出入乎万物,卷舒变化,其体甚大。故夫喜焉如春,悲焉如秋,徘徊如云,峥嵘如山,高乎如日星,远乎如神仙,森如武库,锵如乐府,羽翰乎教化之声,献酬乎仁义之醇,上以德于君,下以风乎民。不然,何以动天地而感鬼神哉!

对赋他亦取肯定赞赏态度,在《〈赋林衡鉴〉序》中说:

> 昭昭六义,赋实在焉。及乎大醇既醨,旁流斯激,风雅条散,故态屡迁,律吕脉分,新声间作。而士衡名之"体物",聊举于一端;子云语以"雕虫",盖尊其六籍。降及近世,尤尚斯文。律体之兴,盛于唐室。贻于代者,雅有存焉。可歌可谣,以条以贯。或祖述王道,或褒赞国风,或研究物情,或规戒人事,焕然可警,锵乎在闻。

在批评了赋作中的不良倾向后,又表示:

> 仲淹少游文场,尝禀词律。惜其未获,窃以成名。近因余闲,载加研玩,颇见规格,敢告友朋。

其中"少游文场，尝禀词律"的自白，再结合这两篇论诗、论赋的序，不但说明范仲淹有宽容平允的观念，也表明了他对文学艺术有多方面的兴趣爱好。其创作实践，确也体现了对诗、文、词、赋的并长兼擅，文不用说，其词在宋词中，实开豪壮派之先声。正是因为如此，才培养造就了他深厚的审美修养和艺术修养，而这种修养是他能写出《岳阳楼记》的基础，也是形成他其他文章特色的基础。忽视这一点，单纯就文论文，是难以理解其文章成就的。

除《岳阳楼记》这样彪炳千秋的名作外，范仲淹留下的文章数量相当大，品种相当多，大体有以下特色：第一，论政作品，以两篇《条陈十事》为典型，纯用散体古文，虽篇幅宏大，而能扼其要，提其纲，具体论证细致、深入、着实，是务实性文章的典范。第二，不拘执于今古体式。他虽然倡导古文，但实际写作中，视具体情形而变，既着力于古文，亦不排斥骈体。他的大量表奏及部分书启，如《代胡侍郎乞朝见表》，饶州、润州、延州、邓州等《谢上表》皆用典雅的纯正骈体；《上张侍郎启》《上大名府主王侍郎启》《移苏州谢两府启》等，亦皆用纯正骈体。还有些表奏，则是散骈相兼。另有大量写给家人或亲朋好友的书信短简，谈家务或细事，如写与其弟的《与中舍书》共十六首，写给朱氏的十余首，写给韩琦的共三十一首，皆用家常口语，随意写来，非古亦非骈。第三，写给许多知交友朋的书启，有些是抒心怀、叙景致、表感受之作，一般都简淡而自然，显示另一种风致。如《与晏尚书书》，这是罢知政后赴杭州时所作：

伏自春初至项城，因使人回，草草上谢。由颍淮而下，越兹重江，四月几望，至于桐庐。回首大亳，忽数千里，日思奏记，夐于无阶。恭惟蕃宣之居，钧体惟宁；赫赫之瞻，日以增重。

某罪有余责，尚叨一麾，敢不尽心，以求疾苦。二浙之俗，躁而无刚。豪者如虎，示之以文；弱者如鼠，存之以仁。吞夺之害，稍稍而息。乃见诸生，以博以约，非某所能，盖师门之礼训也。

又郡之山川，接于新定，谁谓幽遐，满目奇胜。衢、歙二水，合于城隅，一浊一清，如济如河。百里而东，遂为浙江。渔钓相望，凫鹥交下。有严子陵之钓石，方干之隐茅。又群峰四来，翠盈轩窗。东北曰乌龙，崔嵬如岱；西南曰马目，秀状如嵩。白云徘徊，终日不去。岩泉一支，潺湲斋中。春之昼，秋之夕，既济且幽，大得隐者之乐，惟恐逢恩，一日移去。且有章、阮二从事，俱富文能琴，凤宵为会，迭唱交和，忘其形体。郑声之娱，斯实未暇。往往林僧野客，惠然投诗。

其为郡之乐，有如此者。于君亲之恩，知己之赐，宜何报焉？今有郡斋歌诗一轴拜献，庶明前言之不诬尔。干渎台严，伏增战惧。尚远门下，伏惟尊崇，为国自重。

此类文字，似自然流泻，信手写来，清顺而散淡。虽不如《岳阳楼记》那样引人注目，然透露出北宋文向舒卷自然发展之趋势。

第二章 创作繁荣，名家辈出，散文发展达至最高峰

——北宋中后期的散文

中国古代散文，自中唐形成一个高峰之后，经晚唐五代的曲折起伏，到北宋前期逐步地酝酿提升，至北宋的中后期，又出现繁荣昌盛局面，名家辈出，群星灿烂，与中唐相承接，将古代散文的发展，推向了散文史的最高峰。其中领袖群伦者是欧阳修，总大成者是苏轼，曾巩、王安石、其余二苏亦各有特色。其总的倾向是实用与审美、内容与形式的统一与融合几近于达到自然天成。

第一节 欧阳修

与欧阳修同时之名相韩琦，在为欧阳所写的《墓志铭》中，有谓：

> 自唐室之衰，文体堕而不振，陵夷至于五代，气益卑弱。国初，柳公仲涂一时大儒，以古道兴起之，学者卒不从。景祐初，公与尹师鲁专以古文相尚，而公得之自然，非学所至，超然独鹜，众莫能及。譬夫天地之妙，造化万物，动者植者，无细与

大，不见痕迹，自极其工。于是文风一变，时人竞为模范。自汉司马迁没，几千年而唐韩愈出，愈之后又数百年，而公始继之，气焰相薄，莫较高下，何其盛哉！（《全宋文》第四十册）

在欧阳修逝世之次年，吴充为之所写的《行状》中，亦赞扬说："（公）居三朝，数十年间，以文章道德为一世学者宗师。"这都是当世人对欧阳修所取得成就与所居地位的评价，更遑论后代人的追慕景仰。唯韩琦所谓欧阳修所以取得如此成就，"得之自然，非学所至"，未免过分。站到今天的角度看，北宋发展到欧阳修，散文写作得以重新振起，推向新高峰，应是时代和个人、作家的文学观念、审美意识及创作实践之起伏累积等诸因素综合作用的结果。

一 欧阳修的生平、思想及为人

欧阳修（1007—1072），字永叔，号醉翁，晚号六一居士，庐陵（江西吉安）人。四岁而孤，母亲郑氏亲诲之学，家贫，至以获画地学书。

仁宗天圣八年（1030）登进士第，授将仕郎，开始进入官场，其后起伏升降，历任多职。其间引人注目的一些关节有：景祐三年（1036），范仲淹因言事忤宰相，贬知饶州，时任馆阁校勘的欧阳修，写书痛责谏官高若讷，因而被贬为峡州夷陵令。庆历三年（1043），仁宗任用范仲淹、韩琦、富弼、杜衍等，推行新政。召修任太常丞、知谏院，不久，擢同修起居注，又以右正言知制诰。五年（1045），新政失败，范仲淹、韩琦、富弼等以"朋党""擅权"被去职。修上书为之辩，招小人诽谤，贬知滁州。嘉祐二年（1057）"权知礼部贡举"，当时，士子尚险怪奇涩之文，成为风气，号太学体。欧阳修痛加排斥，凡为此类文者，皆予黜落，致使"为之者聚噪于马首，街逻不能制"，然而"场屋之习，从是遂变"。他在扭转当时文风上，起了重大作用。

欧阳修一生历仕仁、英、神宗，虽有起伏，然屡退而愈进，参预机枢，位显而望高。鉴于对官场内争的厌恶，且自己屡受嫉视诽谤，在英宗朝即要求去职，神宗朝更接连上表求去。终于在神宗四年（1052），以观文殿学士、太子少师致仕。次年薨，赠太子太师，谥文忠。

宋代立国以来，即奉儒家观念为正宗。欧阳修生活的时代，宋王朝尚处于太平兴旺时期，他不但真心诚意地信奉以孔孟为代表的儒家之道，而且尽力贯彻到其政治、生活实践和为人处世的行为修养之中。苏轼在为其《居士集》所写的"叙"中曾说："自汉以来，道术不出于孔氏，而乱天下者多矣。晋以老庄亡，梁以佛亡，莫或正之，五百余年而后得韩愈，学者以愈配孟子，盖庶几焉。愈之后二百有余年而后得欧阳子，其学推韩愈、孟子以达于孔子，著礼乐仁义之实，以合于大道。……故天下翕然师尊之。"又说："宋兴七十余年，民不知兵，富而教之，至天圣、景祐极矣，而斯文终有愧于古。士亦因陋守旧，论卑而气弱。自欧阳子出，天下争自濯磨，以通经学古为高，以救时行道为贤，以犯颜纳说为忠。长育成就，至嘉祐末，号称多士，欧阳子之功为多。"（《全宋文》第八十九册）

苏轼将欧阳修与韩愈并论，二者确有极近似处。如韩愈强烈排摈佛老，欧阳修则有过之而无不及，不但一有机会就对佛老进行猛烈抨击，而且专门写《本论》三篇，分析佛老之所以会盛行，原因在于三代礼仪制度之失，强调"礼义者，胜佛之本也"（《全宋文》第三十四册）。但因与韩愈所处的时代与地位不同，他对孔孟之道的态度较韩愈又有所发展与不同。

其一，他既不像石介那样迂执于韩愈提出的道统，也反对空谈心性（参见《全宋文·答李诩第二书》），又反对论道、论古"务高远以为胜"，主张"少下其高而近其在远"（《全宋文》第三十四册《与张秀才第二书》），倡导把自己的信念运用于当世的时务之中。拿所谓"庆历新政"来说，欧阳修实际上起了很大的作用。他在《论王举正范仲淹等札子》中，对仁宗起用范仲淹、韩琦为枢密副使极为赞赏，然而认为尚未令其"大用"。接着上《论乞主张范仲淹富弼等行事札子》，极力支持范仲淹所提出的主张和措施，希望仁宗能坚决推行。至庆历五年（1045）新政失败，范仲淹等被外放，欧阳修又写了《论杜衍范仲淹等罢政事状》，全力以赴地对罢黜的由头，所谓"朋党""擅权"进行辩驳，对仁宗的前后不一尖锐指责，对政事表示了极度的惋惜与失望。

其二，欧阳修把传统的儒家观念与维护宋王朝统治利益融合起来，希望它能成为与商、周、汉、唐并列的盛世，并由此进一步升华为忧国忧民的责任心与使命感。这方面，他表现得比韩愈更为强烈和明显。关于前一点，欧阳修不但一生从事政治活动都以维护宋王朝的统治为目的，而且写了长篇的《正统论》，论"或以至公，或以大义"，"正天下之不正"，"合天下之不一"，才可称为正统，肯定宋与汉、唐的地位相当。他还在《〈魏公卿上尊号表〉跋》中，对汉末诸臣不忠于汉室，而屡屡上表求曹丕受禅者，大发感慨曰："汉魏之事，读其书者可为之流涕也！其巨碑伟字，其意惟恐传之不远也，岂以后世为可欺欤？不然，不知耻者无所不为乎！"（《全宋文》第三十三册）如此尖锐激烈的言词，在欧文中极少，可见其正统观念之强固。关于后一点，把对一个王朝的态度升华转化为与天下人民同忧乐，以至于主张先天下之忧乐于个人之忧乐，乃是中华传统文化尤其是儒家文化之最精粹处。这方面，欧阳修完全与范仲淹同调。在他为范仲淹所写的《神道碑铭》中，特别提出："公少有大节，于富贵、贫贱、毁誉、欢戚，不一动于心，而慨然有志于天下，常自诵曰：'士当先天下之忧而忧，后天下之乐而乐也。'"（《全宋文》第三十五册）将范在《岳阳楼记》中的名言，标为其常诵之语。

欧阳修自己也是如此，在其著名的《醉翁亭记》中，以诗的语言描叙被贬谪中怡然自得的生活情景，表达的核心意蕴就是与民同乐。欧氏的文集中，有大量与亲朋挚友的信函书启，其中除了叙寒温，抒情谊，谈生活外，总要附加上一句：忽忘国事为重。这是当时以至今天欧阳修仍为人所崇敬的重要原因。

欧阳修的思想观念，不但体现在他的言论信仰之中，亦充分显示于其道德修养和为人处事上。总起来看欧阳修的为人是刚柔兼济的。在他所写的奏状及书启中，往往称自己"迂""拙"，谓"方其壮年，喜论时事"（参见《谢覃恩转户部侍郎表》），"往时意锐，性本真率"（参见《与尹师鲁第五书》），"余狷而刚，中遭多难"（参见《祭梅圣俞文》）。吴充所写的《行状》中，赞扬他说："公为人刚正，质直闳廓，未尝屑屑于事。见义敢为，患害在前，直往不顾，用是数至困逐。及复振起，终不改其操，真豪杰之士哉！"韩琦的《祭文》则云："公之谏净，务倾大忠。在庆历初，职司帝聪。颜有必犯，阙无不缝。正路斯辟，奸萌辄攻。气劲忘怵，行孤少同。"这些，从他不顾后果的直斥高若讷，庆历间多次上言仁宗大谈朝政面临的危机，甚至不惧围攻而罢黜尚怪尚辟的太学生，皆可见其一斑。

欧阳修的为人，又有其恬退、宽仁、温厚的一面。这主要是因为他像范仲淹一样，置天下之忧乐于个人忧乐之上，因而对个人的富贵、贫贱、欢戚、进退，皆不加计较，同时又深受传统的儒家道德修养的熏陶。这方面，突出地表现为：

第一，在仕途上既勇于进，即认为该尽其职的，不计后果、不顾利害地勇于进责进言；亦勇于退，即对于自己的荣禄地位，则采取"高而必危"，"满则招损"的谦退态度。在治平二年（1065），他所写的《乞外任第三表》中，曾有云："事君以忠信为本，立朝以进退为难。惟不自疑，乃能取信于上；苟无大过，庶几善退其身。"因此他从嘉祐二年（1057），就连续不断地上表乞求外放、罢政、致仕，直到熙宁四年（1071），才以不到致仕之年而致仕。

第二，在因故受到贬抑时，虽有所不平，然而能淡然处之。在其《与尹师鲁第一书》中，讲到被贬夷陵的情况时，有云："常与安道言，每见前世有名人，当论事时，感激不避诛死，真若知义者。及到贬所，则戚戚怨嗟，有不堪之穷愁形于文字。其心欢戚无异庸人，虽韩文公不免此累，用此戒安道慎勿作戚戚之文。师鲁察修此语，则处之之心又可知矣。近世人因言事亦有被贬者，然或傲逸狂醉，自言我为大不为小。故师鲁相别，自言益慎职，无饮酒，此事修今亦遵此语。"（《全宋文》第三十三册）在其此后所写的《游鲦亭记》中，又曾借机发挥说："夫视富贵而不动，处卑困而浩然其心者，真勇者也。"（《全宋文》第三十五册）不只遭遇不平时欧阳修能恬然自处，其实他思想中本就赞赏能以贫贱自守的品节。他写给焦千之的《与焦殿丞书》第十六首中，就曾说："陋巷之士得以自高于王侯者，以道自贵也。一从吏事，使为礼法所绳，若居人下而欲有设施，则世事难如人意，更当屈伸取舍，要于济务。此非独小官，自古圣贤而以为难，所以前世一节之士以贫贱为易守也。"（《全宋文》第三十三册）在写给丁宝臣的《与丁学士书》中，又云："古之君子所以异于常人者，能安常人之所不能安也。"（《全宋文》第三十三册）当然，由此也造成了欧阳修前后期处世态度的变化，拿其晚年所写《六一居士传》中描述的，以一老翁沉浸于一万卷书、一千卷金石文、一张琴、一局棋、一壶酒之间的情景，与早年写《与高司谏书》时相比，状况大不相同，这不像韩愈，倒与白居易有些近似。

第三，对于意气相合、志节相近、兴味相投的知交故旧，如政事上之范仲淹、韩琦、富弼、余靖，文事上之梅尧臣、苏舜钦、尹师鲁、石曼卿，不管其地位高低，气运穷通，个性异同，皆情深意笃，款诚相接，互勉互慰，互规互诫，互济互助。其宽仁之气，淳厚之风，平易坦荡之胸怀，为历史上所少有。这从其文集中书信往还之丰，内容之泛,足可印证。

第四,尤其可贵的是,欧阳修对后辈学者极为积极热情的奖掖与扶持。韩愈当时敢于冒讳为师,提携了一大批后进学子,已很为后人称道,而这方面欧阳修更远远超越了韩愈。举凡北宋之散文大家,如曾巩、王安石、司马光、三苏父子,几乎全由欧氏所发现,而且一经识察之后,立即向朝廷举荐,向友人宣扬。他不但以此为天职,更以此为乐事。在《与陈之方书》中说:"某老矣,心耗力愆,有所不能,徒喜后生之奋于斯也,恨不得鸣跃于其间而从之。"(《全宋文》第三十三册)在《与刘侍读书》第六首中,他说"得介甫新诗数十篇,皆奇绝,喜此道不寂寞,以相告"(《全宋文》第三十三册)。在《与梅圣俞书》第三十一首中,他更云:"读苏轼书,不觉汗出,快哉快哉! 老夫当避路,放他出一头地也。可喜可喜。"(《全宋文》第三十三册)文中传达出的不只是喜形于色,简直有欢欣鼓舞之势。就此说,不仅应称颂欧氏的高风亮节,也该说他是推动宋代文学发展的一大功臣。欧阳修的宽仁,还表现在对即使他认为有所不足者,亦从大处着眼,给予应给的肯定。如对于石介,曾批评其"自许太高,诋时太过",责其过于求"异",然而,他不没其功,于《上杜中丞论举官书》中,赞其"刚果有气节"(《全宋文》第三十三册),责杜不应将其举而又罢。在《答孔嗣宗书》中,谓:"东方学生皆自石守道诱倡,此人专以教学为己任,于东诸生有大功。"(《全宋文》第三十三册)还亲自写了《徂徕石先生墓志铭》,称赞其关心时事,重儒道,"太学之兴,自先生始"。而且文末自称"友人庐陵欧阳修哭之以诗"。这种淳厚之德,也是欧阳修为人的特点之一。

二 欧阳修的文章观及审美修养

欧阳修毕生从仕,积极参与政治,但他始终以"本出书生,老于文字"自居,事实上,他也是以文学家垂名后世的。他在散文上所取得的成就与地位，直接决定于其文章观与整体的审美修养。

欧阳修的文章观，明显地继承并发展了韩愈的传统。在《记旧本韩文后》中，他回顾了接受韩文影响的过程，并抒发了由此而生的感慨。尚为少时，他偶然见到了《昌黎先生文集》：

> 读之，见其言深厚而雄博，然予犹少，未能悉究其义，徒见其浩然无涯，若可爱。是时天下学者杨、刘之作，号为时文，能者取科第，擅名声，以夸荣当世，未尝有道韩文者。予亦方举进士，以礼部诗赋为事。年十有七试于州上，为有司所黜。因取所藏韩氏之文复阅之，则谓然叹曰：'学者当至于是而止尔！'因怪时人之不道，而顾己亦未暇学，徒时时独念于予心，以谓方从进士干禄以养亲，苟得禄矣，当尽力于斯文，以偿其素志。后七年，举进士及第，官于洛阳。而尹师鲁之徒皆在，遂相与作为古文。……其后天下学者亦渐趋于古，而韩文遂行于世，至于今盖三十余年矣，学者非韩不学也，可谓盛矣。
>
> 呜呼！道固有行于远而止于近，有忽于往而贵于今者，非惟世俗好恶之使然，亦其理有当然者。而孔、孟遑遑于一时，而师法于千万世。韩氏之文没而不见者二百年，而后大施于今，此又非特好恶之所上下，盖其久而愈明，不可磨灭，虽蔽于暂而终耀于无穷者，其道当然也。予之始得于韩也，当其沈没弃废之时，予固知其不足以追时好而取势利，于是就而学之，则予之所为者，岂所以急名誉而干势利之用哉？亦志乎久而已矣。故予之仕，于进不为喜，退不为惧者，盖其志先定，而所学者宜然也。（《全宋文》第三十四册）

这段话不但说明了自己学习韩文的经过，而且赞扬韩文"深厚而雄博""浩然无涯"，其中有着"不可磨灭"之道，表明所受影响之深。

欧阳修究竟从韩愈那里继承了什么,又有什么发展呢?

首先,在"文"与"道"的关系上,他像韩愈一样,强调既要重文,又要重道,而且只有具备充实的道,才能写出真正有价值之文。这一点,充分地体现在其《答吴充秀才书》中,其中有云:

> 夫学者未始不为道,而至者鲜焉。非道之于人远也,学者有所溺焉尔。盖文之为言,难工而可喜,易悦而自足。世之学者往往溺之,一有工焉,则曰:'吾学足矣。'甚者至弃百事不关心,曰:'吾文士也,职于文而已。'此其所以至之鲜也……圣人之文虽不可及,然大抵道胜者文不难而自至也……后之惑者,徒见前世之文传,以为学者文而已,故愈力愈勤而愈不至。此足下所谓终日不出于轩序,不能纵横高下皆如意者,道未足也。若道之充焉,虽行乎天地,入于渊泉,无不之也。(《全宋文》第三十三册)

显然,这是针对专溺于文者,指出必须充之以道。在《答祖择之书》中,又表达了类似观点:"学者当师经。师经必先求其意,意得则心定,心定则道纯,道纯则充于中者实,中充实则发为文者辉光,施于世者果致。三代、两汉之学,不过此也。"(《全宋文》第三十三册)这些话与韩愈在《答尉迟生书》中所说的:"所谓文者,必有诸其中,是故君子慎其实。实之美恶,其发也不掩:本深而末茂,形大而声宏。"精神实质是一致的。其《送徐无党南归序》则从"三不朽"的角度,论"修身"之重于为"文",所谓"修身"即"立德","立德"的首要条件当然是重"道"。其中云:

> 予读班固《艺文志》、唐《四库书目》,见其所列,自三代、秦、汉以来,著书之士多者至百余篇,少者犹三四十篇,其人不

可胜数,而散亡磨灭百不一二存焉。予窃悲其人,文章丽矣,言语工矣,无异草木荣华之飘风,鸟兽好音之过耳也。方其用心与力之劳,亦何异众人之汲汲营营? 而忽焉以死者,虽有迟有速,而卒与三者同归于泯灭。夫言之不可恃也盖如此。今之学者,莫不慕古圣贤之不朽,而勤一世以尽心于文字间者,皆可悲也。(《全宋文》第三十四册)

用意基本与上篇同。

欧阳修同时也是重“文”的。在上文中,他就明确地讲,自己所以强调重道的原因,乃在于“予固亦喜为文辞者,亦因以自警焉”。所以他在大讲重道的同时,也讲“文”的重要。如在《代人上王枢密求先集序书》中,就着重讲“文”的作用。先讲:“言以载事,而文以饰言,事信言文,乃能表见于后世。”然后引“六经”、孟、荀、屈原、扬雄等为例,说明“事信矣,须文;文至矣,又系其所恃之大小,以见其行远不远也”。再举唐代为证:“至唐之兴,若太宗之政、开元之治、宪宗之功,其臣下又争载之以文,其词或播乐歌,或刻金石。故其间巨人硕德闳言高论流铄前后者,恃其所载之在文也。故其言之所载者大且文,则其传也章;言之所载者不文而又小,则其传也不章。”(《全宋文》第三十三册)虽为代笔,不能说不符合欧阳修的观点。

其次,欧阳修极力倡导古文,批评流俗的“时文”,但对之又不持完全否定的态度。在为苏舜钦所写的《苏氏文集序》中,总结回顾了唐、宋两代古文发展的过程,有云:

予尝考前世文章政理之盛衰,而怪唐太宗致治几乎三王之盛,而文章不能革五代之余习。后百余年,韩、李之徒出,然后元和之文始复于古。唐衰兵乱,又百余年而圣宋兴,天下一定,晏然无事。又几百年,而古文始盛于今……天圣之间,予举进士于有司,见时学者务以言语声偶摘裂,号为时文,以相夸尚。而子美独与其兄才翁及穆参军伯长,作为古歌诗杂文,时人共非笑之,而子美不顾也。其后,天子患时文之弊,下诏书讽勉学者以近古,由是其风渐息,而学者稍趋于古焉。(《全宋文》第三十四册)

与《记旧本韩文后》,皆可见欧阳修对古文与时文的不同态度。在《与荆南乐秀才书》中,又以自身感受对时文进行批评:

> 仆少孤贫,贪仕禄以亲养,不暇就师穷经,以学圣人之遗业。而涉猎书史,姑随世俗作所谓时文者,皆穿蠹经传,移此俪彼,以为浮薄,惟恐不悦于时人,非有卓然自立之言如古人者。然有司过采,屡以先多士。及得第已来,自以前所为不足以称有司之举而当长者之知,始大改其为,庶几有立。然言出而罪至,学成而身辱,为彼则获誉,为此则受祸,此明效也。夫时文虽曰浮巧,然其为功,亦不易也。仆天姿不好而强为之,故比时人之为者尤不工,然已足以取禄仕而窃名誉者,顺时故也。先辈少年志盛,方欲取荣誉于世,则莫若顺时。天圣中,天子下诏书,敕学者去浮华,其后风俗大变。今时之士大夫所为,彬彬有两汉之风矣。先辈往学之,非徒足以顺时取誉而已,如其至之,是直齐肩于两汉之士也。(《全宋文》第三十三册)

由此可见,欧阳修反对“时文”的态度与韩愈是一致的,主要原因在于,这类文章属于“科场文字”,“务以言语声偶摘裂”,“穿蠹经传”,“移此俪彼”,借以取悦时人,已流为“取仕禄”“窃名誉”的工具,而

"非有卓然自立之言"。文末劝对方"顺时",然希望所"顺"者,非原先之时文,乃天圣后"彬彬有两汉之风"之文。但欧阳修对所谓"时文"又不取完全否定的态度,而有一定保留。拿被石介视为罪魁祸首的杨亿来说,虽然在《记旧本韩文后》中,曾把他与刘筠并列,称之为时文的代表,而又对其人其文相当称赏,在《与蔡君谟帖》第五首中曾说:"先朝杨、刘风彩,耸动天下,至今使人倾想。"(《全宋文》第三十四册)晚年所写的《归田录》中,亦多次对之加以赞赏。在《书尹师鲁墓志》中,解释对尹洙为文的评价时,又专门提出:"偶俪之文苟合于理,未必为非,故不是此而非彼也。"(《全宋文》第三十四册)其所以如此,乃因在科场之外,它还是官场上的应用文字,正像他对梅尧臣所说"岂可疾淫哇而欲废律吕"一样,不能对其中有文采者一概抹杀。他后来写有《苏氏四六》一文,谓:"往时作四六者多用古人语,及广引故事,以炫博学,而不思述事不畅。近时文章变体,如苏氏父子以四六述叙,委曲精尽,不减古人。自学者变格为文,迨今三十年,始得斯人,不惟迟久而后获,实恐此后未有能继者尔。"(《全宋文》第三十五册)亦在说明今之骈偶,已有新的变化,非昔日可比。

第三,欧阳修向古之立言者和韩愈看齐,极力追求文字的质朴、简古,但又反对为此而走向求怪求辟。前一方面,像他《答吴充秀才书》中所说:"发而读之,浩乎若千万之多,及少定而视焉,才数百言尔。"他的《书尹师鲁墓志》,通篇就是解释如何用最简洁凝练、最富概括力的语言,表述尹师鲁的生平。后一方面,不仅表现在他对所谓"太学体"的绝对否定,而且表现在他对前人之作的评论。如对于元结,一方面在《唐元次山铭跋》中称赞说:"次山当开元、天宝时,独作古文,其笔力雄健,意气超拔,不减韩之徒也,可谓特立之士哉!"(《全宋文》第三十四册)另一方面,在《唐韦维善政论》中,却又批评说:"好为新奇以自异,欲以怪而取名,如元结之徒是也。

至于樊宗师,遂不胜其弊矣。"(《全宋文》第三十四册)对樊宗师更是完全的否定,除上文所云外,于《唐樊宗师绛守居园池记跋》感叹曰:"元和之际,文章之盛极矣,其怪奇至于如此!"(《全宋文》第三十四册)求怪求异,是学韩文者不得其要又乏其力者所形成的弊病,对此,欧阳修是取坚决拒斥态度的。

第四,欧阳修在倡导古文上,既反对时文之俗,又反对求怪求辟,于是对古文的写作,他就不像韩愈那样为求脱俗,极力追求文字的劲健生拗,而转向倡导平畅自然。欧阳修对于写作的态度极认真,在多处感叹为文之难,其写给韩琦的《与韩忠献王书》第二十四首中,谈到替人写"赞"曾云,"屡日杼思,不胜艰讷"(《全宋文》第三十三册)。写给孙元规的《与孙威敏公书》中,论及为范仲淹作铭时,感到"如此下笔,抑又艰哉"(《全宋文》第三十三册)。写给刘原父的《与刘侍读书》第十四首中,言及为人作志之苦,几乎有"断指刺环"(《全宋文》第三十三册)之心。正因如此,他在为文上,极费心力,《书尹师鲁墓志》就充分说明了写作时他是如何地字斟句酌。从所保留下来材料中,还可看到,不论是严肃的论著,还是写给后辈的信函,他都往往数易其稿。但欧阳修在如此艰难用心的同时,为文上与韩愈有一个重大不同,就是尽力追求明畅自然。在《唐元结阳华岩铭跋》中,他曾感叹说:"君子之欲不朽者,有诸其内而见于其外者,必得于自然邪!"(《全宋文》第三十四册)写给徐无党的《与渑池徐宰书》第五首中,教导他说:"他日更自精择,少去其繁,则峻洁矣。然不必勉强,勉强简节之,则不流畅,须待自然之至,其如常宜在心也。"(《全宋文》第三十三册)《与曾子固书》亦有云:"孟、韩文虽高,不必似之也,取其自然耳。"(《全宋文》第三十四册)因此,不管欧阳修所达到的高度如何,在追求简古质实的同时,"自然"已经是高悬在他眼前的终极目标。

欧阳修在散文写作上,所以能成为一代宗师,又与他有极高的文化修养和审美修养有极大关系。

欧阳修不只是一个文学家,还是卓越的史学家,他参与修《新唐书》,写了其中"列传"外所有部分,独立完成了《新五代史》。他还是个经学家,对《诗》《书》《易》《春秋》及三《传》,都有深入探讨,提出许多独到见解,写有相关论著。他还是目录学家,参与《崇文书目》的整理。又是最早的金石学者和鉴赏家。这些都使他形成了深厚的文化底蕴。

欧阳修诗、词、赋、文兼擅,又建基于他深厚而广泛的审美修养上。对此,他少有正面论述,但从其创作实际和与友人的书信往还及杂感、笔记中,可以看得很清楚。他的审美兴趣与爱好极广泛:他爱山水、爱自然风光。诗、词不说,散文中不乏描绘山水亭园之作,其中以《醉翁亭记》为最。他曾有关于此文写作背景的自述。在《答李大临学士书》中,有云:"修在滁之三年,得博士杜君与处,甚乐,每登临览泉石之际,惟恐其去也。其后徙官广陵,忽忽不逾岁而求颍。在颍逾年,差自适,然滁之山林泉石与杜君共乐者,未尝一日忘于心也。"(《全宋文》第三十三册)《书〈醉翁亭记〉后》中,又说:"嘉祐六年闰月二十六日,西斋静览,思滁山之胜,绝不可见也。"(《全宋文》第三十四册)可见其对山水之乐的留恋。他还爱鲜花。曾写有《洛阳牡丹记》一组三篇文章,在第一篇《花品序》中,罕有地谈了其美学观点:"夫中与和者,有常之气,其推于物也,亦宜为有常之形,物之常者,不甚美亦不甚恶。及元气之病也,美恶离并而不相和入,故物有极美与极恶者,皆得于气之偏也。"然后称花乃"钟其美"者,又以自己几次错过牡丹之盛季为憾,最后记载了二十余种牡丹之名品。第二篇《花释名》,对所记名花逐一进行解释。第三篇为《风俗记》,记洛阳人之爱花、赏花、种花之风气(《全宋文》第三十四册)。其后,又写有《书荔枝谱后》,因蔡襄所写之《荔枝谱》,而谓:"牡丹花之绝,而无甘实;荔枝果之绝,而非名花。"感叹

"斯二者惟一不兼万物之美，故各得极其精"（《全宋文》第三十五册）。于此，可见他既因美而爱花，又因花而爱美。

对于艺术类的作品，欧阳修的兴趣亦极广泛。他虽自称不工书，而对书法有强烈的爱好和很高的鉴赏力。在《书琴阮记后》的附记中，曾说："修老年世味益薄，惟做诗学书，而不为倦。"（《全宋文》第三十四册）其《范文度模本兰亭序跋》有云："窃幸览之，为之忘倦。"表现了他对书法绝品的极端赞赏，附言又特别指出："书虽列于六艺，非如百工之艺也。"（《全宋文》第三十四册）其《跋〈永城县学记〉》，回顾了唐宋以来书学的发展，感叹"及宋一天下，于今百年，儒学称盛矣，唯以翰墨之妙，中间寂寥者久之，岂其忽而不为乎？将俗尚苟简，废而不振乎？抑亦难能而罕至也？"（《全宋文》第三十四册）其《笔说》一卷中，收有不少涉及学书的文字，如《学书静中至乐说》《夏日学书说》等。其杂论性的作品中，更有《学书为乐》《学书消日》《学真草书》《学书工拙》《用笔之法》诸篇，《学书消日》有云："自少所喜事多矣，中年已来渐以废去，或厌而不为，或好之未厌，力有不能而止者。其愈久益深而尤不厌者，书也。"（《全宋文》第三十五册）对于绘画，欧阳修未尝学而亦酷爱，曾写《鉴画》，讲述鉴赏画作的心得体会。《跋学士院御诗》之附记，有云："院中名画，旧有董羽水，僧巨然山，在玉堂后壁。其后又有燕肃山水，今又有易元吉猿及狙，皆在屏风。其诸司官舍，皆莫之有，亦禁林之奇玩也。余自出翰苑，梦寐思之。今中书、枢密院惟内宴更衣，则借学士院解歇。每至，徘徊画下，不忍去也。"（《全宋文》第三十四册）充分表达了对画作喜爱之深。

对于诗、词、文、赋，欧阳修不只重视其社会价值、传道功用，同时也将之作为审美愉悦的对象。在《与韩忠献王书》第一首中，曾云："修材薄力弱，不堪世用，徒能少以文字之乐为事。"（《全宋文》第三十三册）《与刘侍读书》第十四首讲："燠然炎燎中，方不知所以逃生,忽辱宠示佳作,强起疾读,其为清快,难以言传。在赋无属和之理,但当卧诵,以代饮冰咀雪尔。"(《全宋文》第三十三册)在《书圣俞河豚鱼诗后》中亦云:"余每体中不康,诵之数过,辄佳。"(《全宋文》第三十四册)前引他读王安石诗、苏轼文之后,皆曾抒发其痛快淋漓之感。

还有很重要的一点,欧阳修作为一个文学大家,明确地意识到,无论是文学创作还是文学鉴赏,必须依靠自身的审美感受或审美体验。于《书梅圣俞稿后》他由乐谈起,先讲:音乐"至乎动荡血脉,流通精神,使人可以喜,可以悲,或歌或泣,不知手足鼓舞之所然。问其何以感之者,则虽有善工,犹不知其所以然焉,盖不可得而言也"。然后转到诗:"其天地人之和气相接者,既不得泄于金石,疑其遂独钟于人。故其人之得者,虽不可和于乐,尚能歌之为诗……盖诗者,乐之苗裔与!"然后,再将话题转到梅尧臣,谓其诗:"使人读之可以喜,可以悲,陶畅酣适,不知手足之将鼓舞也。"然而"余尝问诗于圣俞。其声律之高下,文语之疵病,可以指而告余也,至其心之得者,不可以言而告也。余亦将以心得意会,而未能至之者也"(《全宋文》第三十四册)。明确地告诉我们,在文学作品中,作者表达的是自己的审美体验与审美感受,读者也只有凭此来加以领会,不是用言语可以述说的。与此相关,欧氏还有一篇《论李氏诗》,云:"诗源乎心,贫富愁乐皆系其情。江南李氏宫中诗曰:'帘日已高三丈透,金炉次第添香兽。红锦地衣随步皱,佳人舞彻金钗溜。酒恶时拈花蕊嗅,别殿微闻箫鼓奏。'与措大诗'试挑野菜和根煮,旋斫青柴带叶烧'异矣。"(《全宋文》第三十五册)以李煜的菩萨蛮词和下层人直白的诗句对比,讲的也是作者的生活环境与审美体验不同,产生的审美效果完全不同。

以上诸点糅合在一起就形成他深厚的审美修养,这种修养是一种总体的能力、水平、高度。在创作实践中,写诗就体现于诗中,填词就体现于词中,著文就体现于文中;在阅读欣赏中,就体现于对作家作品的品鉴之中。

总起来说,欧阳修的文章观念和审美修养,结合其所处的时代环境和整体的思想观念、为人态度,贯彻于其创作实践,就使他成为北宋文坛的一代宗主。

三 欧阳修散文创作的成就与基本趋向

欧阳修的文章,数量庞大,题材丰富,体裁多样,继承了韩愈的传统,做到了实用与审美并重,内容和形式统一,在复古的名义下,推动中国古代散文向前进一步发展。基本趋向是像韩愈一样倡导质简,反对浮艳,但与韩愈为矫正时弊而着力于文字的劲健硬挺不同,转向追求表达的自然、委婉、明畅。由于文章的品类不同,实用与审美价值也就有所轻重;处不同时期,面对不同对象,其具体为文的风格也有所变化。对其为文的特点,当时人就有不同的概括,如苏洵称其"纡徐委备,往复曲折","急言竭论,而容与闲易";曾巩则谓"文章逸发,醇深炳蔚","绝去刀尺,浑然天质";王安石又说"豪健俊伟,怪巧瑰琦"。我们也很难用几句话简单归纳,只能就具体情况作具体分析。

欧阳修在仁宗朝长期任翰林学士、知制诰,写了大量制命诏书,后来大部收入《内制集》和《外制集》,在其《谢知制诰表》中,曾专门论及此类作品的特点与要求:"其为言也,质而不文,则不足以行远而昭圣谟;丽而不典,则不足以示后而为世法。居是职者,古难其人。"又表明自己的态度:"伏念虽以儒术进身,本无辞艺可取,徒值向者时文之弊,偶能独守好古之勤,志欲去于雕华,文反成于朴鄙。本惧不适当世之用,敢期自结圣主之知?……及俯而受命,伏读训辞,则有必能复古之言,然后益知所责之重。"(《全宋文》第三十一册)说明他在此类文字中,也求贯彻返朴归实的精神。在其

《内制集序》中又曾有言："制诏取便于宣读，常拘以世俗所谓四六之文。""予在翰林六年"，"凡朝廷之文，所以指麾号令，训戒约束，自非因事，无以发明。矧予中年早衰，意思零落，以非工之作，又无所遇以发焉。其屑屑应用，拘牵常格，卑弱不振，宜可羞也"（《全宋文》第三十四册）。《外制集序》亦曾表示："若修之鄙，使竭其材犹恐不称，而况不能专一其职，此予所以常遗恨于斯文也。"（《全宋文》第三十四册）虽皆为自谦之言，但说明他此类作品虽力求质古，但还存留既有格套之痕迹。今观其此类作品，大体以骈体为主，有时散骈间行，虽为制命，亦有论有说，既典而雅，又简明清晰。

同为官方文书性质的，还有表、奏、状、书、札子等。比起代言性的制诰，内容更为丰富，大部分为对时政的论述，一部分为官职迁拜的表态或要求，小部分为官场的应酬文字。从行文上来说，表、奏、状，作为正式公文，在格式、用语上，都比较考究，因而多用典雅的骈体，像《辞翰林学士奏》《谢宣召入翰林状》《谢皇太后表》等各种辞表、谢表、求外放表等，皆属此种情形。如《谢皇太后表》中所用之句，"紫枢黄阁，叨陪论道之司；白首丹心，徒有报君之志"（《全宋文》第三十二册），对仗之工，选词之精，不饶任何骈体。而和表、状相当的上"书"和大量"札子"，则全用散体，根据内容需要，恣意发挥。如庆历二年（1042）所写《准诏言事上书》，篇首直言太平景象下所存在的严重危机，篇末再加强调，中间则论有关时政的"三事五弊"。文章针对现实实际，引用史训，着眼长远，纲目清晰，气势充畅，阐述细致深入。其余如《乞主张范仲淹富弼等行事札子》《论按察官吏札子》等，皆有此特点。有时他先上一表，正式提出某项问题，用的是骈体，然后紧接写一"札子"，对该问题进行细致深入阐述，用的就是散体。有些"札子"，如《论京西贼事札子》《再论置兵御贼札子》，其语言的浅俗通顺，几近于口语。以上两类皆属实用性强，审美性较弱的作品。

书启，在欧文中占比重很大。除极少数有官方公文性质，几乎全为私人间的书信往还。涉及的对象范围极广，少数为长者，大部分为朋辈亲友，小量写给后进请益者，与诸人间关系之疏密远近，有很大等差。表达内容更是极其广泛，论政、论人、言事、研讨学问、切磋文章，表达情意、抒诉心怀、嘱告劝诫、问候寒暖，总之，心意所到，无所不谈。然而，不管对象，不论内容，大都不是随便操觚，轻率动笔，皆写来认真而用心。文字的质量与风格，随时期的早晚与对象和内容的不同，而有所差异。早期或与长者与官方的作品，一般用骈体，但前后也有变化，如天圣六年的《上胥学士启》，写得相当华靡，知颍州时写的《与晏相公书》同样用骈，已比较质简，被任命为枢密副使后所写《又谢两府书》，虽用骈，然相当精简工致：

> 　　此者叨膺圣选，俾处枢庭。涣命已行，循涯匪称。伏念修学非臻奥，才不逮中，仰属昌期，猥尘腼仕，抱孤忠而自许，顾独立之易危。窃比古人，每常嗟其选懦；有志当世，徒自愧于衰迟。虽策厉之愈勤，信技能之奚取？久尸厚禄，进无补于高明；屡乞方州，冀渐谋于退缩。敢期误宠，缪及匪才？此盖伏遇昭文相公，叶赞大猷，翊宣元化，为时柱石，持物权衡，急于甄才，过及庸品。第坚一节，力勉不能，上酬聪睿之知，次答陶镕之赐。（《全宋文》第三十三册）

　　既不用典，亦不讲华藻，已是新型四六。其余作品，则概用散语，但风格亦有不同。如言及政事之《上范司谏书》，写于范仲淹被任命为谏官，尚未见其作为时。全文围绕"谏官"地位职责之重要，引前代阳城为例，期望范能有所作为，行文纵横恣肆，颇近韩愈之风。如论及谏官的特殊作用，有云：

若天下之失得、生民之利害、社稷之大计，惟所见闻而不系职司者，独宰相可行之，谏官可言之尔。故士学古怀道者仕于时，不得为宰相，必为谏官，谏官虽卑，与宰相等。天子曰不可，宰相曰可，天子曰然，宰相曰不然，坐乎庙堂之上，与天子相可否者，宰相也。天子曰是，谏官曰非，天子曰必行，谏官曰必不可行，立殿陛之前与天子争是非者，谏官也。宰相尊，行其道；谏官卑，行其言。言行，道亦行也。（《全宋文》第三十三册）

言辞慷慨而有气势。其后之《与高司谏书》则完全是另一种写法，其文云：

　　修顿首再拜白司谏足下：

　　某年十七时，家随州，见天圣二年进士及第榜，始识足下姓名。是时予年少，未与人接，又居远方，但闻今宋舍人兄弟与叶道卿、郑天休数人者，以文学大有名，号称得人。而足下侧其间，独无卓卓可道说者，予固疑足下不知何如人也。其后更十一年，予再至京师，足下已为御史里行，然犹未暇一识足下之面，但时时于予友尹师鲁问足下之贤否，而师鲁说足下正直有学问，君子人也，予犹疑之。夫正直者不可屈曲，有学问者必能辨是非，以不可屈之节，有能辨是非之明，又为言事之官，而俯仰默默，无异众人，是果贤者耶？此不得使予之不疑也。自足下为谏官来，始得相识，侃然正色，论前世事，历历可听，褒贬是非，无一谬说。噫！持此辩以示人，孰不爱之？虽予亦疑足下真君子也。是予自闻足下之名及相识，凡十有四年，而三疑之。

　　今者推其实迹而较之，然后决知足下非君子也。

前日范希文贬官后,与足下相见于安道家,足下诋诮希文为人。予始闻之,疑是戏言,及见师鲁,亦说足下深非希文所为,然后其疑遂决。希文平生刚正,好学通古今,其立朝有本末,天下所共知。今又以言事触宰相得罪,足下既不能为辨其非辜,又畏有识者之责己,遂随而诋之,以为当黜,是可怪也。夫人之性,刚果懦软禀之于天,不可勉强,虽圣人亦不以不能责人之必能。今足下家有老母,身惜官位,惧饥寒而顾利禄,不敢一忤宰相以近刑祸,此乃庸人之常情,不过作一不才谏官尔。虽朝廷君子,亦将闵足下之不能,而不责以必能也。今乃不然,反昂然自得,了无愧畏,便毁其贤,以为当黜,庶乎饰己不言之过。夫力所不敢为,乃愚者之不逮;以智文其过,此君子之贼也。

　　且希文果不贤邪? 自三四年来,从大理寺丞至前行员外郎,作待制日,日备顾问,今班行中无与比者。是天子骤用不贤之人? 夫使天子待不贤以为贤,是聪明有所未尽。足下身为司谏,乃耳目之官,当其骤用时,何不一为天子辨其不贤,反默无一语,待其自败,然后随而非之? 若果贤邪,则今日天子与宰相以忤意逐人,足下不得不言。是则足下以希文为贤,亦不免责,以为不贤,亦不免责,大抵罪在默默尔。

　　昔汉杀萧望之与王章,计其当时之议,必不肯明言杀贤者也,必以石显、王凤为忠臣,望之与章为不贤而罪也。今足下视石显、王凤果忠邪,望之与章果不贤邪? 当时亦有谏臣,必不肯自言畏祸而不谏,亦必曰当诛而不足谏也。今足下视之,果当诛邪? 是直可欺当时之人,而不可欺后世也。今足下又欲欺今人,而不惧后世之不可欺邪? 况今之人未可欺也。

　　伏以今皇帝即位已来,进用谏臣,容纳言论,如曹修古、刘越,虽殁犹被褒称。今希文与孔道辅,皆自谏诤擢用。足下幸生此时,遇纳谏之圣主如此,犹不敢一言,何也?前日又闻御史台榜朝堂,戒百官不得越职言事,是可言者惟谏臣尔。若足下又遂不言,是天下无得言者也。足下在其位而不言,便当去之,无妨他人之堪其任者也。昨日安道贬官,师鲁待罪,足下犹能以面目见士大夫,出入朝中称谏官,是足下不复知人间有羞耻事尔!所可惜者,圣朝有事,谏官不言,而使他人言之,书在史册,他日为朝廷羞者,足下也。

《春秋》之法,责贤者备。今某区区犹望足下之能一言者,不忍便绝足下,而不以贤者责也。若犹以谓希文不贤而当逐,则予今所言如此,乃是朋邪之人尔,愿足下直携此书于朝,使正予罪而诛之,使天下皆释然知希文之当逐,亦谏臣之一效也。

前日足下在安道家召予往论希文之事,时坐有他客,不能尽所怀,故辄布区区,伏惟幸察。不宣。修再拜。(《全宋文》第三十三册)

写信的缘由,已于文中可见,特别值得玩味和赞赏的是作者的写法。文章的主旨极明确:指责高若讷不仅未能尽谏官之责,反而落井下石,以文己过。但欧氏并没有义愤填膺地直奔主题,而是反复回环地从对高若讷为人为官的疑与不疑写起。在接触到事情的实质之后,仍未对高直斥,还要再退一步,以表面宽容实则鄙夷的态度,对高的“默默”表示理解。然后,在揭出他不只是“默”,还要以“诋”来回护自己时,才作出“此君子之贼也”的断语。这尚不够,又引历史的教训、当时的形势,指出高的行为是“不复知人间有羞耻事”。至此仍未算了,最后还要表明,自己所以说这些话,乃是为高着想,“以贤者责也”。拿此文与刘歆的《移太常博士书》、嵇康的《与山巨源绝交书》相比,充分可以看出欧阳修构思之精妙及其为文的一个突出特点,即苏洵所谓"往复曲折",王安石所谓"怪巧"。这种写法,增强了对主旨表达的力度,显示了作者的艺术技巧,当然也就提高了作品的审美价值。从史的角度说,它是对前代文章的一种新发展。

欧阳修写给后学者的书信,如《与荆南乐秀才书》《答吴充秀才书》《与郭秀才书》《与张秀才书》《答祖择之书》《与渑池徐宰书》等,多为回答请益之作,阐述为学、为文、为人之道。这类作品,继承了韩、柳谆谆教诲的传统,但态度更为淳和,语气更为委婉,以启发引导的方式,说出应说的道理。这于前引数例中,已可概见。

写给朋辈知交的文字数量更多,保留下来的给韩琦的书信有四十五首、与梅尧臣的有四十六首之多。此类文章长短不拘,写法上也不再讲委婉曲折,大多是袒开情怀,直抒胸臆,所涉内容极广,甚至及于生活细事,总体以亲切深挚为主。如《与尹师鲁第四书》,言及丧子之痛,有云:

> 向闻师鲁有失子之苦,时方走河东界,道远多事,不暇奉慰。修尝失一五岁小儿,已七八年,至今思之,痛若初失时。修素谓诸君自为寡情而善忽世事者,尚如此,况师鲁素自谓有情而子长又贤哉!语及此,虽修忽自不堪,又欲进何说以解师鲁心邪?自西事已来,师鲁之发无黑者,其不如意事多矣。人生白首矣,外物之能攻人者,其类甚多,安能尚甘于自苦邪?得失不足计,然虽欢戚势既极,亦当自有否泰,惟不动心于忧喜,非勇者莫能焉。咫尺不相见,又无以奉慰,惟自宽自爱乃佳。(《全宋文》第三十三册)

浅浅如家常语,娓娓道来,深情厚谊,自在其中,读之足以让人动容。此等文字,看似平易,非素有深厚修养者,绝难写出。

序、记，自唐代以来，已成为重要传统体裁。虽因人因事而写，而作家作为创作主体，又可凭胸中所蕴，变换手段，自由发挥，因而足以考验其艺术功力，许多散文佳品，多出于此。

欧阳修所写之序，基本为文集序与送序两大类。送序皆因人而写，然针对不同的对象及相别的不同原因，写法上往往抒情、叙事、议论寓于一体，着笔时又各有偏重，富于变化。如《送杨寘序》，乃因其举进士不得志、任剑浦尉而写，故先从听琴可疗疾写起，描写琴声："急者凄然以促，缓者舒然以和。如崩崖裂石，高山出泉，而风雨夜至也；如怨夫寡妇之叹息，雌雄雍雍之相鸣也。其忧深思远，则舜与文王、孔子之遗音；悲愁感愤，则伯奇孤子、屈原忠臣之所叹也。喜怒哀乐，动人心深。"然后才归到因杨寘心有不平且多疾，"故予作琴说以赠其行"（《全宋文》第三十四册）。《送秘书丞宋君归太学序》则着笔就是论议："陋巷之士，甘藜藿而修仁义，毁誉不干其守，不累其心，此众人以为难，而君子以为易。生于高门，世袭轩冕，而躬布衣韦带之行，其骄荣佚欲之乐，生长于其间而不溺其习，日见于其外而不动乎其中，此虽君子，犹或难之。学行足以立身而进不止，材能足以高人而志愈下，此虽圣人，亦以为难也。"然后，才言及所送宋君，虽出身名门，而守官太学"甘寂寞以自处"（《全宋文》第三十四册），表达自己的赞扬。《送陈经秀才序》又另一写法，主要篇幅写山水之胜："伊之流最清浅，水濺濺鸣石间。刺舟随波，可为浮泛；钓鲂揭鳖，可供膳羞。山两麓浸流，中无岩崭颓怪盘绝之险，而可以登高顾望。自长夏而往，才十八里，可以朝游而暮归。故人游此者，欣然得山水之乐，而未尝有筋骸之劳，虽数至不厌也。"又写曾与陈生共游之乐。最后才表示："予方得生，喜与之游也，又遽去，因书其所以游以赠其行。"（《全宋文》第三十四册）其余，如《送廖倚归衡山序》以衡山之秀衬廖倚。《送梅圣俞归河阳序》比梅为"珠潜于泥，玉潜于璞"者，赞扬"其文章才美之光气"(《全宋文》第三十四册),终不能被世所掩。如此等等,皆文因人异,笔顺情变,对被送者起到抚慰、祝愿的作用,也显示出欧阳修为文既工于巧思,又合于自然的特点。

欧阳修的文集序,除自为者及为学术性著作所写外,一般是借文而写人,因人而论文。如《苏氏文集序》,既赞扬苏舜钦之文为"金玉",表彰其在古文发展中承先启后之功,又对其悲剧命运表达深深的惋惜同情,称:"嗟吾子美,以一酒食之过,至废为民而流落以死。此其可以叹息流涕,而为当世仁人君子之职位宜与国家乐育贤材者惜也。"(《全宋文》第三十四册)《梅圣俞诗集序》则就梅尧臣的诗作与处境,提出"非诗能穷人,殆穷者而后工"的命题,围绕这一命题,一方面称颂其诗作为二百年间所无,一方面感慨这样的作者不为朝廷所用,而且"世徒喜其工,不知其穷之久而将老也"(《全宋文》第三十四册)。此类文章,欧阳修也不拘固定格式,如其《释秘演诗集序》,名义上是为秘演而作,重点却放到石曼卿上,先赞扬曼卿之为人,然后才延及秘演,将二人并作论述。亦可见欧阳修文章纵横变化之一端。

另外,后人常将欧著《新五代史·伶官传》之序论抽取出来,加以赞赏。其实,它是对《史记》、两《汉书》以来作者所加"论赞"的继承。此类文字,为写史者对所记史迹抒发的感慨,及由具体的人和事中概括提炼出有普遍意义的历史教训。欧阳修也是这样做的,不过行文上有自己的特色:感慨的抒发更为明显强烈,论述次第更为婉转而富气势。如本文论及后唐庄宗的前后变化时,有云:

> 方其系燕父子以组,函梁君臣之首,入于太庙,还矢先王而告以成功,其意气之盛,可谓壮哉! 及仇雠已灭,天下已定,一夫夜呼,乱者四应,苍皇东出,未及见贼而士卒离散,君臣相顾,不知所归,至于誓天断发,泣下沾襟,何其衰也! 岂得之难

而失之易与？抑本其成败之迹而皆自于人与？《书》曰："满招损，谦受益。"忧劳可以兴国，逸豫可以亡身，自然之理也。①

笔法与马、班不同，有韩文影响痕迹，又有欧氏委婉辗转特色。不只此文，《新五代史》之传论，长短不同，皆具此种风格。

欧氏所写之记主要为山水亭堂，以此为中心点，铺展开来，借以或写地志民俗，社会风貌，或描摹山水景观，园林胜概，或赞扬主人之性行品德，政事治绩，或插入议论，引述史迹。总之，点明的对象只是由头，由此而延及的内容，引发的议论感慨，及作者展露的心境情怀，才是此类文章的主体。这与前人所写山水游记，如柳宗元的《永州八记》，前人的亭台记，如王禹偁的《黄州新建小竹楼记》等，有所不同，而与苏舜钦的《沧浪亭记》、范仲淹的《岳阳楼记》相近，属此类作品的发展。如《夷陵县至善堂记》《峡州至喜亭记》，皆涉及地俗方物。《御书阁记》则插入对佛、老的论议。《有美堂记》笔墨主要不致力于堂，而大赞钱塘胜概。《王彦章画像记》借重修"铁枪寺"之画像，补记后梁名将王彦章的史迹，颇与韩愈《张中丞传后叙》相似。《画舫斋记》由斋之取名，辗转写自己的仕途遭际和心路变化。这类文章，笔调也与其他品类有所差异，一般都是从容闲易，娓娓述说，即使有委婉曲折，也无激急之气。惟为韩琦所写《相州昼锦堂记》，开篇即曰：

> 仕宦而至将相，富贵而归故乡，此人情之所荣，而今昔之所同也。盖士方穷时，困厄闾里，庸人孺子皆得而侮之，若季子不礼于其嫂，买臣见弃于其妻。一旦高车驷马，旗旄导前而骑卒拥后，夹道之人，相与骈肩累迹，瞻望咨嗟，而所谓庸夫愚

---

① 欧阳修撰：《新五代史》，中华书局，1974年，397页。

妇者,奔走骇汗,羞愧俯伏,以自悔罪于车尘马足之间,而莫敢
仰视。此一介之士得志当时,而意气之盛,昔人比之衣锦之荣
者也。惟大丞相卫国公则不然。

然后赞美大丞相:

> 能出入将相,勤劳王家,而夷险一节。至于临大事,决大
> 议,垂绅正笏,不动声气,而措天下于泰山之安,可谓社稷之臣
> 矣。其丰功盛烈,所以铭彝鼎而被弦歌者,乃邦家之光,非闾
> 里之荣也。(《全宋文》第三十五册)

雄浑恣肆,一气呵成,颇与韩文同风。

在诸记中,最富特色也最足以代表欧阳修成就的,是他在滁州
所写《丰乐亭记》和《醉翁亭记》。前者写在滁发现丰山泉石之美,
又感受到宋统一天下后,百姓富足安闲之乐,因而建亭而名之丰乐
的过程,已极有风韵。后者则为传之不朽的名篇:

> 环滁皆山也。其西南诸峰,林壑尤美,望之蔚然而深秀
> 者,琅邪也。山行六七里,渐闻水声潺潺,而泻出于两峰之间
> 者,酿泉也。峰回路转,有亭翼然临于泉上者,醉翁亭也。作
> 亭者谁?山之僧曰智仙也。名之者谁?太守自谓也。太守与
> 客来饮于此,饮少辄醉,而年又最高,故自号醉翁也。醉翁之
> 意不在酒,在乎山水之间也。山水之乐,得之心而寓之酒也。
>
> 若夫日出而林霏开,云归而岩穴暝,晦明变化者,山间之
> 朝暮也。野芳发而幽香,佳木秀而繁阴,风霜高洁,水落而石
> 出者,山间之四时也。朝而往,暮而归,四时之景不同,而乐亦
> 无穷也。

至于负者歌于涂，行者休于树，前者呼，后者应，伛偻提携，往来而不绝者，滁人游也。临溪而渔，溪深而鱼肥，酿泉为酒，泉香而酒洌，山肴野蔌，杂然而前陈者，太守宴也。宴酣之乐，非丝非竹，射者中，弈者胜，觥筹交错，起坐而喧哗者，众宾欢也。苍颜白发，颓然乎其间者，太守醉也。

　　已而夕阳在山，人影散乱，太守归而宾客从也。树林阴翳，鸣声上下，游人去而禽鸟乐也。然而禽鸟知山林之乐，而不知人之乐；人知从太守游而乐，而不知太守之乐其乐也。醉能同其乐，醒能述以文者，太守也。太守谓谁？庐陵欧阳修也。（《全宋文》第三十五册）

此作，文极简而意极丰，语极浅而蕴极深，散体之文而凝贮极浓的诗之情韵。不但句法上运用有创意的别格，整体行文上亦让正面描叙与将主体客观化对象化的方法自如地交替，这在前人之作中是少见的。还有两点，应特别提及，再加强调：一是它将与民同乐的观念不着痕迹地融入个体生活的展现与情趣之中，这是真正的实用与审美的结合，思想与形式的统一；二是它如此充满诗意，正表明其文与诗与词，出于同一主体的同等高度的审美修养。

　　欧阳修写有不少正规论文。直接与时政相关者，内容与奏状、札子及某些书启相近相同而体式不同，著名者为《朋党论》。朋党，是当时政局中的一大问题，范仲淹的庆历新政失败，被指责为朋党，就是原由之一，所以欧阳修不但在其他地方，包括《新五代史·唐六臣传》后，多次论及，又专门写此论。此文以君子有朋、小人无党为核心，引述历史教训，反复论述朋党说为害之深。表达上，理路清晰，言简意明，斩截而有力，文笔颇近韩愈《原道》，而不及其简劲。其余之《本论》《为君难论》《原弊》及一部分史论，如《纵囚论》等，大体与之相似。还有一部分基本属纯学术性的论著，如《春秋论》《易或问》《辨左氏》等,文学价值较低,但也表明了欧阳修敢于怀疑旧说的探讨精神。

另外还有一些短论杂说,如《笔说》三篇及以外的《转笔在熟说》《李白杜甫诗优劣说》《道无常名说》《物有常理说》《廉耻说》《晦明说》《六经简要说》等,具有读书、为学感想体会之性质,一般浅明通俗,颇近后世的杂感笔记。

传统的传、状、碑、铭、哀祭之类的体裁中,欧阳修所写传、状不多,唯《六一居士传》,写于致仕的前一年,表述了晚年的生活追求和心理景况。言其置身于万卷书、千卷金石文、琴一张、棋一局、酒一壶之间:

> 泰山在前而不见,疾雷破柱而不惊。虽响九奏于洞庭之野,阅大战于涿鹿之原,未足喻其乐且适也。然常患不得极吾乐于其间者,世事之为吾累者众也。其大者有二焉,轩裳珪组劳吾形于外,忧患思虑劳吾心于内,使吾形不病而已悴,心未老而先衰,尚何暇于五物哉?

然后表达其执意求去的决心:

> 夫士少而仕,老而休,盖有不待七十者矣,吾素慕之,宜去一也。吾尝用于时矣,而讫无称焉,宜去二也。壮犹如此,今既老且病矣,乃以难强之筋骸贪过分之荣禄,是将违其素志而自食其言,宜去三也。吾负三宜去,虽无五物,其去宜矣,复何道哉!(《全宋文》第三十五册)

"传"文表现了欧阳修为人处世之恬退的一面,但很难判断是否出于老庄思想的影响。

欧阳修所写碑铭甚多,其《江邻幾文集序》有云:

> 余窃不自揆,少习为铭章,因得论次当世贤士大夫功行。
> 自明道、景祐以来,名卿巨公往往见于余文矣。至于朋友故
> 旧,平居握手言笑,意气伟然,可谓一时之盛。而方从其游,遽
> 哭其死,遂铭其藏者,是可叹也。盖自尹师鲁之亡,逮今二十
> 五年之间,相继而殁,为之铭者至二十人,又有余不及铭与虽
> 铭而非交且旧者,皆不与焉。(《全宋文》第三十四册)

文章的本意是感叹人生无常,但顺便也道出了他所写碑铭之多。
他写这类文章是极认真的,前曾引《书尹师鲁墓志》,详细地说明了
其态度及做法。他称赞尹洙的文章"简而有法",实际上也是他自
己碑铭文的特点。"简"就是用最具张力的概括性语言,表述出碑
主的功德事迹,而且还要挟以真挚的情感。欧阳修不但对尹洙是
这样做的,其他碑铭也是这样做的,最具代表性的是他为范仲淹所
写《范公神道碑铭》,为苏舜钦所写《湖州长史苏君墓志铭》,为梅尧
臣所写《梅圣俞墓志铭》。尤其是其《故霸州文安县主簿苏君墓志
铭》,对苏洵如何二十七岁始发愤为学、为文,作了生动的概括描
述,由此才使人们对苏洵其人其文,有较深的了解、留下深刻印象。
此类作品中,欧阳修最着力者,是为其父所写之《泷岗阡表》。泷
岗,为其父墓所在地,表亦即墓碑。此表一反其余作品之力求简
约,前半略叙自己身世,然后用大量笔墨记述母亲对亡父的回忆。
在母亲满怀深情而又带教诲性的絮絮诉说中,回顾了父亲居家居
官的许多言行细节,及对儿子未来的期望,尤其是居官时治狱的
态度:

> 汝父为吏,尝夜烛治官书,屡废而叹。吾问之,则曰:

"此死狱也，我求其生不得尔。"吾曰："生可求乎？"曰："求其生而不得，则死者与我皆无恨也，矧求而有得邪？以其有得，则知不求而死者有恨也。夫常求其生犹失之，而世常求其死也。"回顾乳者抱汝而立于旁，因指而叹曰："术者谓我岁行在戌将死，使其言然，吾不及见儿之立也，后当以我语告之。"

后半篇，在赞扬了父母品德后，缕述了个人的升迁仕历，尤其重点罗列了自曾祖父母至父母累得的封号。文末则载上了自己的所有官衔爵位。以表明"惟我祖考，积善成德，宜享其隆，虽不克有于其躬"，"足以表见于后世"（《全宋文》第三十四册）。此文表达感情极为深挚，构思剪裁极费心力，借母语而赞其父，实既赞了父，又赞了母。该详处不厌其详，该略处亦极简略，故成为碑铭文中传诵之名篇。

其哀祭文，不脱传统格式，以具节奏感之韵语，表达对逝者的悼念与追忆，但对不同人之文，又有不同特点。《祭谢希深文》，叶韵而不计长短，似有受词影响痕迹；《祭尹师鲁文》，糅古文于韵偶之中；《祭资政范公文》，于感叹赞赏中，渗以论议。《祭石曼卿文》，因其人磊落有英气，祭文也就特别富于声色：

呜呼曼卿！生而为英，死而为灵。其同乎万物生死而复归于无物者，暂聚之形；不与万物共尽而卓然其不朽者，后世之名。此自古圣贤，莫不皆然，而著在简册者，昭如日星。

呜呼曼卿！吾不见子久矣，犹能仿佛子之平生。其轩昂磊落，突兀峥嵘，而埋藏于地下者，意其不化为朽壤，而为金玉之精；不然生长松之千尺，产灵芝而九茎。奈何荒烟野蔓，荆棘纵横，风凄露下，走磷飞萤。但见牧童樵叟，歌吟而上下，与夫惊禽骇兽,悲鸣踯躅而咿嘤。今固如此,更千秋而万岁兮,安知其不穴藏狐貉与鼯鼪?此自古圣贤亦皆然兮,独不见夫累累乎旷野与荒城?

　　呜呼曼卿!盛衰之理,吾固知其如此,而感念畴昔,悲凉凄怆,不觉临风则陨涕者,有愧乎太上之忘情。(《全宋文》第三十六册)

用磊落之文祭磊落之灵,以长短错落、抑扬顿挫的节奏,和谐的声韵,悲摧的形象,寄凄然的感念之情,让一篇祭文,变成令人读之欣欣然、盎盎然,沉醉其中的艺术品。使人不得不赞赏欧阳修文字表达功力之深。

　　除上述诸传统品类之外,欧阳修在文体的开创拓展上,还有两大贡献。

　　其一是题跋文。在史籍、论著中,前或后有叙或曰序,古已有之,而在时人和前人的文集或书画作品上题以跋文,于著名的文学家中尚或少见。欧阳修是我们所知,最早有意收藏古代当代文物碑刻书画文集的大家,其所谓"六一",为首两"一",就是"藏书一万卷,集录三代以来金石遗文一千卷"。他的题跋文,基本就是为这两"一"而写。此类文字,内容无限定性,或说明收藏品之所从来,或考定其真伪价值,或抒发阅读后的感受,或借题发挥,表达某种观点。笔法上,既是为自己所有物所写,当然也就无所拘束,可自由挥洒,叙说、论议、抒发感慨,兴之所至,意到笔随,更见其自然本色。正因如此,其中也就不乏重要的珠玉之作,我们前引许多要文,诸如《书尹师鲁墓志》《记旧本韩文后》《书梅圣俞稿后》等,皆出于其中。其余,如《读李翱文》借以抒发忧世之心,《唐华阳颂跋》批唐玄宗之肆情淫奢,揭佛、老之乱世惑人,皆兼具思想与艺术价值。如《晋王献之法帖跋》:

右王献之法帖。余尝喜览魏、晋以来笔墨遗迹,而想前人之高致也。所谓法帖者,其事率皆吊哀候病、叙睽离、通讯问,施于家人朋友之间,不过数行而已。盖其初非用意,而逸笔余兴,淋漓挥洒,或妍或丑,百态横生。披卷发函,烂然在目,使人骤见惊绝;徐而视之,其意态愈无穷尽。故使后世得之以为奇玩,而想见其人也。至于高文大册,何尝用此!而今人不然,至或弃百事,弊精疲力,以学书为事业,用此终老而穷年者,是真可笑也。(《全宋文》第三十四册)

写读名家"法帖"的体会与感想,不经意间,既流露出对书法的兴趣爱好与高度的欣赏水平,又表达了传统观念支配下对书法艺术的矛盾态度,比郑重的文章,更本色而自然。如此种种,受欧阳修影响,题跋逐渐发展成为常见文体。

其二是笔记文。短论杂说,亦古已有之,但或有针对现实的严肃用意,如皮日休的《鹿门隐书》、罗隐的《谗书》,或带有专门性质,如《世说新语》。而随意记载阅世、读书的心得感想,集拢非虚构性的轶闻趣事,以供自己欣赏和后人阅读,欧阳修虽非首创,亦是起到推进作用的一个突出代表。前者如其《笔说》之类的小文杂说,后者如其汇之成集的《归田录》。二者虽有差别,但也有交叉,如前曾引述过的《论李氏诗》及《转笔在熟说》(其中引卖油翁故事)后又收入《归田录》。所以这里将它们通称之为笔记文。

在《归田录序》中,欧阳修曾说:"《归田录》者,朝廷之遗事,史官之所不记,与士大夫笑谈之余而可录者,录之以备闲居之览也。"(《全宋文》第三十四册)在《礼部唱和诗序》中,他还曾讲到,嘉祐二年(1057)知贡举时,他和同事六人,被封闭五十天,"乃于其间时相与作为古律长短歌诗杂言,庶几所谓群居燕处言谈之文,亦所以宣其底滞而忘其倦怠也。故其为言易而近,择而不精。然绸缪反复,若断若续,而时发于奇怪,杂以诙嘲笑谑,及其至也,往往亦造于精微。夫君子之博取于人者,虽滑稽鄙俚犹或不遗,而况于诗乎。"(《全宋文》第三十四册)这段话是对诗而言,但也正好应用在《归田录》这类作品上,今观其中内容,确有不少"诙嘲笑谑""滑稽鄙俚"成分。在《归田录》全文之末,他又有一段说明:"唐李肇《国史补》序云:'言报应,叙鬼神,述梦卜,近帷薄,悉去之。纪事实,探物理,辨疑惑,示劝戒,采风俗,助谈笑,则书之。'余之所录,大抵以肇为法。而小异于肇者,不书人之过恶,以谓职非史官,而掩恶扬善,君子之志也。览者详之。"①

观《归田录》之内容,与一般小说之不同,在于所载全为实事;与《世说新语》之不同,在于范围不限于上层士人,亦涉及普通平民,且时段只包括宋初至欧阳修之当世;与他的一般文章之不同,在于记载了不少无关大局甚至滑稽调笑的故事。总之,写作目的正像他所说的,是供人们"闲居之览"。如以下两条可以为例:

> 杨文公赏戒其门人,为文宜避俗语。既而公因作表云"伏惟陛下德迈九皇('卖韭黄'之谐音)",门人郑戬遽请于公曰:"未审何时得卖生菜?"于是公大笑而易之。②

> 寇莱公在中书,与同列戏云:"水底日为天上日。"未有对。而会杨大年适来白事,因请其对。大年应声曰:"眼中人是面前人。"一坐称为的对。③

然而,有些内容亦具较深的意蕴,如陈尧咨善射一则(即卖油翁

---

① 《唐宋八大家全集》,1691 页。
② 同上,1683 页。
③ 同上,1685 页。

事），即戒人勿以一技之长自骄。"钱思公虽生长富贵"一则中载欧公自云："余平生所作文章，多在三上：乃马上、枕上、厕上也。盖惟此尤可以属思尔。"①也对后人有启发作用。

从表达上来说，包括《归田录》在内的此类文字，一般都简明而通俗浅畅。

欧阳修写这类作品，表明了一个很重要的事实，即作为一个古文大家，他也有常人的审美情趣，因而也写一些突破"化成天下""移风易俗"之传统文章观念，满足一般精神愉悦之需求的作品。由于他所处地位的影响，以后写这类作品，逐渐推而广之，成为许多作家的常态，笔记文也就成为散文中的一个正式品种。

此外，还应提到他的《秋声赋》，其文云：

　　欧阳子方夜读书，闻有声自西南来者，悚然而听之，曰：异哉！初淅沥以萧飒，忽奔腾而砰湃，如波涛夜惊，风雨骤至。其触于物也，鏦鏦铮铮，金铁皆鸣。又如赴敌之兵，衔枚疾走，不闻号令，但闻人马之行声。

　　余谓童子："此何声也？汝出视之。"童子曰："星月皎洁，明河在天，四无人声，声在树间。"余曰："噫嘻，悲哉！此秋声也，胡为而来哉？盖夫秋之为状也：其色惨淡，烟霏云敛；其容清明，天高日晶；其气慄冽，砭人骨肌；其意萧条，山川寂寥。故其为声也，凄凄切切，呼号愤发。丰草绿缛而争茂，佳木葱茏而可悦，草拂之而色变，木遭之而叶脱。其所以摧败零落者，乃其一气之余烈。夫秋，刑官也，于时为阴。又兵象也，于行用金。是谓天地之义气，常以肃杀而为心。天之于物，春生秋实。故其在乐也，商声主西方之音，夷则为七月之律。商，

---

① 《唐宋八大家全集》，1687页。

伤也,物既老而悲伤;夷,戮也,物过盛而当杀。嗟乎! 草木无情,有时飘零。人为动物,惟物之灵。百忧感其心,万事劳其形,有动于中,必摇其精。而况思其力之所不及,忧其智之所不能,宜其渥然丹者为槁木,黝然黑者为星星。奈何以非金石之质,欲与草木而争荣? 念谁为之戕贼,亦何恨乎秋声!"

童子莫对,垂头而睡,但闻四壁虫声唧唧,如助余之叹息。

(《全宋文》第三十一册)

此赋以错落的语调、和谐的声律,融描摹、抒情、论议为一体,伤时感怀,而又自我解脱。畅荡流丽,形象生动,语言精美。虽表面上用了对问的形式,实为自我感受之抒发,且含有些微诙谐色彩。它已脱出了传统大赋、小赋状物、抒情以及骈赋、排赋的格式,强化了散文之自由挥洒,上承杜牧《阿房宫赋》,下启苏轼《赤壁赋》,既为赋之别格,又为文之别格,故一般视之为文赋,成为欧阳修创作中广为传诵的精品之一。

统而观之,欧阳修的散文作品,量大体全,且有自己的创造与开拓。如本节开头所说,很难用一两句话来概括其总的特点。但我们可以感受到的基本趋向是:他继承并发展了韩、柳时期所强调的古文传统,致力于"文"与"道"的统一,实用与审美的统一,内容与形式的统一。但没有像韩愈那样,为了矫枉过正,为文方向上有意追求文字和风格的劲、拗、硬,而是在随文而变的基础上,努力做到自然而明畅,虽然不能说已经做得十分圆熟,但已经基本达到目标。

第二节 曾巩 王安石 司马光 苏洵 苏辙

在欧阳修的推动下,再加上当时宋王朝的统治尚处于相对稳定时期,王安石的变法虽引发了政坛的矛盾,尚未转化为失去原则的党争,于是在很短时间内,文坛上尤其是散文创作的领域,出现了群星灿烂、各以特色争长的繁荣昌盛局面,产生了多个极受后世尊仰的名家。

一 曾巩

曾巩(1019—1083),字子固,南丰(江西南丰)人。仁宗嘉祐二年(1057)进士,历官太平州司法参军、馆阁校勘、集贤校理等职。后出通判越州,历知齐、襄、洪、福、明、亳诸州。神宗元丰三年(1080)入朝,迁史馆修撰,管勾编修院等;五年拜中书舍人,六年卒。人称南丰先生,南宋理宗时,追谥文定,后人称曾文定公。

《宋史·曾巩传》称其:"为文章,上下驰骋,愈出而愈工,本原六经,斟酌于司马迁、韩愈,一时工作文者,鲜能过也。"篇末之论又曰:"曾巩立言于欧阳修、王安石间,纡徐而不烦,简奥而不晦,卓然自成一家,可谓难矣。"曾巩自述时人屡屡向其求文、求记、求碑铭:"求余文者多矣,拒而莫之与也。"(《全宋文》第五十七册《送丁琰序》)。乃至苏轼亦请其为祖父写碑铭。据此可知《传》中对曾巩的评价言之不虚。故明代人把他与韩、欧并列,作为唐宋八大家之一。

曾巩出身于官宦世家,据其《学舍记》云:"予幼则从先生受书……未知好也。十六七时,窥六经之言与古今文章,有过人者,知好之,则于是锐意欲与之并。"由于家事世事影响,"不得专力尽思,琢雕文章,以载私心难见之情,而追古今之作者为并,以足予之所好慕,此予之所自视而嗟也。今天子至和之初,予之侵扰多事益甚,予之力无以为,乃休于家,而即其旁之草舍以学。或疾其卑,或议其隘者,予顾而笑曰:'是予之宜也。予之劳心困形,以役于事者,有以为之矣。予之卑巷穷庐,冗衣窳饭,芑苋之羹,隐约而安者,固予之所以遂其志而有待也。予之疾则有之,可以进于道,学之有不至。至于文章,平生所好,为之有不暇也。若夫土坚木好,高大之观,固世之聪明豪俊挟长而有恃者所得为,若予之拙,岂能易而志彼哉?'"(《全宋文》第五十七册)由此可见其所受的教育与形成的人生取向。二十岁前后,他投书献文与欧阳修,得欧之赞赏与奖掖,为人为文受其影响极大,这从他与欧氏的书信往还中见之甚明。其《祭欧阳少师文》有云:"戆冥不敏,早蒙振拔。言由公海,行由公率。"(《全宋文》第五十七册)所言确为实情。

由其环境与所受影响,形成他思想中的两个基本点:一是对其所处的宋王朝极为忠诚尊尚。在其《移沧州过阙上殿札子》中,缕述自夏禹以来所沿传的每一朝代,至宋又缕述太祖以来每帝之治直至当前,得出结论说:"生民以来,未有如大宋之隆也。""宋兴以来,全盛之时实在今日。"(《全宋文》第五十七册)因而文章中经常流露出对时政世事的关心。二是他对儒家之道有坚定信仰,立事为文处处以恢复古道为志尚。这一点,在他的文章中随处可见。

基于以上诸因素,曾巩在为文观念上,继承了韩、欧的传统,尚"道"而重"文"。在其《上欧阳学士第一书》中,即赞欧文为"六经之羽翼,道义之师祖","韩退之殁,观圣人之道者,固在执事之门矣"(《全宋文》第五十七册)。在《第二书》中又称欧公为"韩文公以来一人而已",表示自己能够得见听言"且感且喜"(《全宋文》第五十七册)。在《答李沿书》中,针对对方"发愤而为词章",写下来却"不若其始思之锐也"的疑问,他回答说:"足下之书,始所云者欲至乎道也,而所质者则辞也。无乃务其浅,忘其深,当急者反徐之欤!夫道之大归非他,欲其得诸心,充诸身,扩而被之国家天下而已,非汲汲乎辞也。其所以不已乎辞者,非得已也。"劝其"姑思其本而勉充之"(《全宋文》第五十七册)。教诲于人的态度,大体与韩、欧同,而语意较偏于重"道"。然曾巩并不如石介者之否定文采与文辞,在文章中，不时流露出对文的爱好与重视。如《鲍溶诗集目录序》曾有云："晚周以来，作者嗜文辞，抒情思而已，然亦往往有可采者。"（《全宋文》第五十七册）《李白诗集后叙》中称："白之诗连类引义，虽中于法度者寡，然其辞闳肆隽伟，殆骚人所不及，近民所未有也。"（《全宋文》第五十七册）在《齐州杂诗序》中又言及："虽病不饮酒，而闲为小诗，以娱情写物，亦拙者之适也。"（《全宋文》第五十八册）表明自己也有审美愉悦的需要与爱好。其《读贾谊传》，则盛赞贾谊之文及述其对自己的影响，曰：

> 余读三代两汉之书，至于奇辞奥旨，光辉渊澄，洞达心腑，如登高山以望长江之活流，而恍然骇其气之壮也。故诡辞诱之而不能动，淫辞迫之而不能顾，考是与非若别白黑而不能惑，浩浩洋洋，波彻际涯，虽千万年之远，而若会于吾心，盖自喜其资之者深而得之者多也。
>
> 既而遇事辄发，足以自壮其气，觉其辞源源来而不杂，剔吾粗以迎其真，植吾本以质其华。其高足以凌青云，抗太虚，而不入于诡诞；其下足以尽山川草木之理，形状变化之情，而不入于卑污。……使予位之朝廷，视天子所以措置指画号令天下之意，作之训辞，镂之金石，以传太平无穷之业，盖未必不有可观者，遇其所感，寓其所志，则自以为皆无伤也。（《全宋文》第五十八册）

表现了对内容与形式、文与道相统一之文章的激赏，又表达了写出同样文字的自信。充分体现出对"道"与文辞的并重。

曾巩的散文创作实践，没有韩、欧之丰富闳博，但基本上承绪了他们的传统并有局部的开拓与发展。总的特点是：保存了古文质实而不追求华美的基本特征，延续了欧阳修从容闲易、委婉曲折、细致明畅的趋向，又增加了些淳厚的学者之气。很少见到慷慨激越、酣畅淋漓、闳肆奔放、劲健险拗之文。虽然极力倡导古道古文，尊崇韩、欧，但在力度与高度上，终究稍逊一筹。在体裁形式上，总的说，曾巩也是诸体皆备的，但各种类型的作品，取得的成就并不平衡。

具体说来：在其任中书舍人期间，写有一些制命诏诰。其《辞中书舍人状》曾专门论述过制命之文，有云："三代誓命之书，列之为经"，汉代"典正谨严，尚为近古，自斯已后"，"载于名命，亦皆文字浅陋，无可观采。唐之文章尝盛矣。当时之士，若常衮、杨炎、元稹之属，号能为训辞，今其文尚存，亦未有远过人者"（《全宋文》第五十七册）。说明此类文字并不好作。他所写的制文，基本上以古而雅为特色。表、状、札子之类的作品，基本沿袭前人格式，正式表奏，一般用骈体行文，札子则用散体，部分为颂圣之作，部分涉及时政，如《乞登对状》及《再乞登对状》，皆提出关于国家经费、择将帅、勒成一代大典等建议。

他有不少论议辨说作品，长篇大论如《唐论》《为治论》《刑赏论》等，写来明辨清晰，充畅而颇有气势；《为人后议》《公族议》《救灾议》《讲官议》等及《本朝政要策》五十首，皆为就有关国家时政、社会习俗、治要事宜，发表自己见解。或设问设答，或直陈其意，或且叙且议，表现了对世事时事的关注。所用语言浅明通顺、非骈非古，近家常语而非家常语。

他写有少量的题跋，无更新的特色，唯《读贾谊传》写得较为奔放，已见前引，《书魏郑公传》有独到之见，由魏徵保存其谏诤稿引起太宗不满展开论述，批评人君不应回忌自己之过。《书唐欧阳詹集》，表现了曾巩从古文前辈得到的受益。

其《寄欧阳舍人书》中，曾专就碑铭的写作发表看法，但他自己所写碑铭文，大体比较质简，别无突出特色。其哀祭文中之《祭欧阳少师文》,为优秀之作,感情真挚深厚,文字简洁而流丽。《苏明允哀辞》则评赞切中其要。

书启、序、记为曾巩作品之大宗,最足以显示其为文的成就与特色,其中不少佳作。

书启中有少数公文及应酬之作,其余主要为写给欧阳修、蔡襄、杜衍、范仲淹等前辈者,亦有不少写给朋辈如王安石、王回等。这类作品,基本上都用古文,内容多为献文求知,感谢提携,表达志向,商榷诗文。所表达感情深挚淳厚,谦卑中不乏亢直之气。用语及构思上,质实真切中多委婉往复之致。如为人所传诵之《寄欧阳舍人书》,是为感谢欧公为其祖父所写碑铭而作。在致谢之后,先就碑铭文的特点及写作要求发挥论议,然后讲碑铭写得好坏关键在于作者,由此才转入对欧阳修的赞颂与感激:

> 畜道德而能文章者,虽或并世而有,抑或数十年或一二百年而有之。其传之难如此,其遇之难又如此。若先生之道德文章,固所谓数百年而有者也。先祖之言行卓卓,幸遇而得铭其公与是,其传世行后无疑也。而世之学者,每观记传所书古人之事,至其所可感,则往往盡然不知涕之流落也,况其子孙也哉?况巩也哉?其追睎祖德而思所以传之之繇,则知先生推一赐于巩而及其三世,其感与报,宜若何而图之?抑又思若巩之浅薄滞拙,而先生进之;先祖之屯蹶否塞以死,而先生显之。则世之魁闳豪杰不世出之士,其谁不愿进于门?潜遁幽抑之士,其谁不有望于世?善谁不为?而恶谁不愧以惧?为人之祖者,孰不欲教其子孙?为人之子孙者,孰不欲宠荣其父祖?此数美者,一归于先生。(《全宋文》第五十七册)

文章以论碑铭起,范围由大逐次缩小,归结到关键在于作者的道德文章,再转至这样的作者之难遇难得,然后再转到对欧阳修的赞扬,最后才落实到欧公为其祖父作铭事。再后,于表达对欧公的感戴,则又由小到大,由自身推及家族后世,再推及到更广泛深远的社会影响。层层递进,极尽曲折反复之能事。看似从容写来,不着痕迹,实际极具匠心。其余书启,大体具有相类特点。有的委婉中还带有含蓄,如他与王安石交谊极深,王安石的变法在政坛上曾引起极大争议,曾巩没有明确的表态,但在《与王戒甫第二书》中隐隐然地表述了自己的观点,有云:"比辱书,以谓时时小有案举,而谤议已纷然矣。足下无怪其如此也。夫我之得行其志而有为于民,则必先之以教化,而待之以久,然后乃可以为治。此不易之道也。""不先之以教化,而遽欲责善于人;不待之以久,而遽欲人之功罪善恶见。故按致操切之法用,而怨忿违倍之情生。""虽然,致此岂有他哉?思之不审而已矣。""务于达人言而广视听者,己之治乱得失,则吾将于此而观之,人之短长之私,则吾无所任意于此也。"(《全宋文》第五十七册)这些话,表达了对王安石的劝诫,不过相当委婉含蓄罢了。曾巩的书启并不拘守固定的成格,用同样的笔法,如其《与孙司封书》就近似于一篇记事作品,述说了平定西南夷叛乱中,司户孔宗旦的事迹。叙述生动曲折,论议激昂慷慨,是曾巩文章中少见的声色雄壮之文。当然,曾巩此类作品也存在明显的不足之处。如其《上田正言书》,为写给谏官之信,文字繁而不简,与韩愈之《诤臣论》、欧阳修之《上范司谏书》,非可同日而语。其《上欧蔡书》,虽用层层反衬、映托之法,亦大背简古原则,远失委婉曲折之致。

序,是曾巩作品的重点之一。其赠序,笔法上有着与书启共同的特点,写得更为抒放和富于变化。如其《赠黎安二生序》,前面用对答的方式,后半以一系列的设问,曲折委婉地表达对后辈的慰勉与希冀,写得较为生动活泼。其《送周屯田序》乃为周中复退休后

有所失落而作,意在开解劝慰,有云:

> 今一日辞事还其庐,徒御散矣,宾客去矣,百物之顺其欲者不足,人之群嬉属好之交不与,约居而独游,散弃乎山墟林莽陋巷穷闾之间,如此,其于长者薄也,亦曷能使其不歉然于心邪?虽然,不及乎尊事,可以委蛇其身而益闲;不享乎珍好,可以窒烦除薄而益安;不去乎深山长谷,岂不足以易其庠序之位;不居其荣,岂有患乎其辱哉?然则古之所以殷勤奉老者,皆世之任事者所自为。于士之倦而归者,顾为烦且劳也。今之置古事者,顾有司为少耳。士之老于家者,独得其自肆也,然则何为动其意邪?(《全宋文》第五十七册)

除了委婉之外,文中明显继承了古文中于长长的句式中起伏顿挫,一气呵成的传统。这在曾巩的文章中是比较少见的。另有一些作品,如《送刘希声序》,相对就更为简短而质古。《喜似赠黄生序》则用又一种笔法,写一少年黄生,在王安石身边长大,受其熏陶影响,其仪表、风度、气质皆发展得与其相似。文中既写黄生,又赞王安石,有一石多鸟之效,用笔细细如话家常语,略繁而不腻。

赠序之外,曾巩在任馆阁校勘、集贤校理期间,整理国家藏书,曾写有一组目录序,包括《战国策目录序》《新序目录序》及《梁书》《陈书》《南齐书》目录序等。这类作品,用质实的文字,述说某种著作之作者、成书、沿传及整理过程,参以卷帙、版本的考订,间以对其性质与价值的简要评论。其文学上的审美价值不高,但文化学术方面意义重大,对后世版本目录学的形成和发展有重要影响。汉代刘向校书时,写有一些叙录,但流传下来的不多,曾巩所整理之古籍远不如刘向之广博,但对图书的介绍说明却创立了基本的定式,沿传下来,直至清代,有极大影响的《四库全书总目提要》,基本上没有脱出曾巩所开创的套路。

记，在曾巩作品中，所占比重最大，量多面广意丰，举凡山水亭台厅堂庙学寺院，乃至人物、行事、兴造，皆可入之。笔法上，除体现其总体特点外，因文之不同又有变化，其中有佳作，亦有少数平庸之文。具体说来，以下几点可供注意：

第一，凭借某个对象，围绕某一中心点发挥议论，是其最常用的笔法。如为人称道之《墨池记》：

> 临川之城东，有地隐然而高，以临于溪，曰新城。新城之上，有池洼然而方以长，曰王羲之之墨池者，荀伯子《临川记》云也。羲之尝慕张芝，临池学书，池水尽黑，此为其故迹，岂信然邪？方羲之之不可强以仕，而尝极东方，出沧海，以娱其意于山水之间，岂其徜徉肆恣，而又尝自休于此邪？
>
> 羲之之书晚乃善，则其所能，盖亦以精力自致者，非天成也。然后世未有能及者，岂其学不如彼邪？则学固岂可以少哉！况欲深造道德者邪？
>
> 墨池之上，今为州学舍。教授王君盛恐其不章也，书"晋王右军墨池"之六字于楹间以揭之，又告于巩曰："愿有记。"推王君之心，岂爱人之善，虽一能不以废，而因以及乎其迹邪？其亦欲推其事以勉学者邪？夫人之有一能，而使后人尚之如此，况仁人庄士之遗风余思，被于来世者如何哉！
>
> 庆历八年九月十二日，曾巩记（《全宋文》第五十八册）

文章屡用设问句，极尽委婉之致，但中心显然在第二段。名为"墨池记"，实意不在写墨池，而在劝人为学，尤其是可使人深造道德之学。其余，如《江州景德寺新戒坛记》，赞坚持不懈之精神；《厄台记》谓凡事必穷而后通，否而后泰。写法皆有此文特点。

第二，曾巩也有单纯写山水景物之作，但少而不精，常用的写法，是将叙议与景色风光的描摹融为一体。如《归老桥记》，乃为即将退休之柳某而作，写法颇为别致，前半篇基本是转述柳之来信内容，说明其建归老桥之用意，其中插入富有意趣的风物描写："维吾先人遗吾此土者，宅有桑麻，田有秔稌，而渚有蒲莲。弋于高而追凫雁之下上，缗于深而逐鳣鲔之潜泳。此吾所以衣食其力，而无愧于心也。息有乔木之繁阴，藉有丰草之幽香。登山而凌云，览天地之奇变；弄泉而乘月，遗氛埃之浑浊。此吾所以处其怠倦，而乐于自遂也。"（《全宋文》第五十八册）显得自然而贴切。其《道山亭记》亦用同样的方法，写闽地水陆之险峻，质简而传神，不弱于专致力于写山水者。

第三，尤具特色的是，他常常将对山水景观的描写与对地志方物的考证结合在一起，引经据典，显示出浓浓的学者气息。《齐州二堂记》由二堂的命名，而考证历山与泺水的来源，《襄州宜城县长渠记》更是此类作品的典型，其中边叙、边考、边赞、边议，更显出其为文注重质实的特点。

第四，曾巩的记，有些以写人记事为主，具有叙次清晰，有条不紊，深细沉着，声色不大而内蕴深厚的特点。如其《秃秃记》，写一五岁小儿名秃秃者，其父孙齐因多次有妻另娶，酿成家庭内讧，恐事情败露，竟残忍地将其杀害。孙齐原为嘉州司法，调抚州后作案，事发后，因遇赦，竟仅停官，徙濠州。曾巩详叙其事，然后感慨云："呜呼！人固择于禽兽夷狄也。禽兽夷狄于其配合孕养，知不相祸也，相祸则其类绝也久矣。如齐何议焉？"（《全宋文》第五十八册）《越州赵公救灾记》写吴越大旱，又继之以大疫，时知越州之赵公，先对灾情进行详细了解调查，做好充分准备，然后采取一系列措施，使灾情疫情得以减轻，民有所依归。叙写极其具体，然井井有条，细而不紊，繁而不乱。最后又赞扬说："其施虽在越，其仁足以示天下；其事虽行于一时，其法足以传后。"(《全宋文》第五十八册)这样的写法显然受《左传》述子产为政的影响，而文字表达较之更为浅细。

曾巩此类文字中，也有些存在不足之处，如其《宜黄县县学记》就累叠太过，说教气太浓，大失古文简质之义。《醒心亭记》是奉欧阳修之命而写，与《丰乐亭记》为并列之作。文章除首尾两段外，第二段可说是《醉翁亭记》之模仿，第三段可说是《醉翁亭记》之诠释，从整体上来说，二者的文字造诣完全不可比并外，尤值得注意者是第三段。其文云：

> 虽然，公之乐，吾能言之。吾君优游而无为于上，吾民给足而无憾于下，天下之学者皆为材且良，夷狄鸟兽草木之生者皆得其宜，公乐也。一山之隅，一泉之旁，岂公乐哉？乃公所以寄意于此也。(《全宋文》第五十八册)

就欧阳修《醉翁亭记》来说，其内在意蕴是无形地溶化于整篇文章之中，是真正的形式与内容、审美与实用的自然结合。而曾巩于此，却等于把其内在意蕴抽了出来进行理性说教，相当于把一瓶醇酒，稀释成了白水。由此可见，曾巩虽然可说是继承了韩、欧的传统并有局部的拓展，但并未全面深入地理解韩、欧的精神，因而其文章的成就与价值，也就自然差一个等次。

二　王安石

王安石(1021—1086)，字介甫，号半山，抚州临川(江西抚州)人。庆历二年(1024)进士及第。仁宗朝历官至三司度支判官、知制诰，以母丧去职。神宗即位，起知江宁府，召为翰林学士兼侍讲。熙宁二年(1069)参知政事，主持变法。次年拜中书门下平章事。

因新法遭强烈反对,七年罢相,出知江宁府。八年复相。九年再罢相,出判江宁府,退居江宁半山园。次年封舒国公,元丰三年(1080)改封荆国公。元祐元年(1086)卒。绍圣中谥曰文。后世称之为王荆公,又称王文公。

《宋史·王安石传》称:"安石少好读书,一过目终身不忘。"其《答曾子固书》则云:"读经而已,则不足以知经。故某自百家诸子之书,至于《难经》《素问》《本草》诸小说无所不读,农夫、女工无所不问,于经为能知其大体而无疑。盖后世学者,与先王之时异矣,不如是,不足以尽圣人故也。"(《全宋文》第六十四册)可见王安石早已打下为文从仕的坚实基础。

王安石既是在北宋发动了引起轩然大波——"变法"的著名政治家,又是成就极高的文学家。

关于变法,不属本书论述范围,但有两点应加说明。其一,他之变法,并不是离经叛道,行什么申商、纵横之术,而是处处以儒家经典为据。他是儒家传统观念的信仰者,只是在面对新的形势,如何贯彻治国原则,有自己独到的见解与主张。这从上引与曾巩书及大量其他作品皆可见出。其二,他的变法及失败,并不是导致北宋衰亡的原因,其初衷反而是想挽救北宋政权的危机。北宋之覆亡另有其必然的原因。《宋史·王安石传》末之论,引朱熹的话说:"安石以文章节行高一世,而尤以道德经济为己任。被遇神宗,致位宰相,世方仰其有为,庶几复见二帝三王之盛,而安石乃汲汲以财利兵革为先务,引用凶邪,排摈忠直,躁迫强戾,使天下之人嚣然丧其乐生之心。卒之群奸嗣虐,流毒四海,至于崇宁、宣和之际,而祸乱极矣。"且称:"此天下之公言也。"其实,这是偏宕之论。王安石变法的内容,涉及的不过是有关财政行政上的具体政策,并未触及沿袭千余年、以宗法为基础的君主集权的专制制度。在他任鄞县令时,小范围内推行类似措施,不会遇到多大阻力,而在全国范围内推行新法,必然触犯到更多人的利益。在当时那种体制下,要想让整个多层次的官僚机构皆真心实意、齐心协力地去实行,当然不是他所能做到的,也是包括神宗在内的任何人不可能做到的。在这种情况下,他的新法的变质和失败是必然的,北宋的衰亡也是必然的,不应归罪于王安石,也不应归罪于王安石的反对派。

作为文学家,王安石不但散文方面成就极高,诗歌的造诣更不亚于其他作者,欧阳修《与刘侍读书》云:"得介甫新诗数十篇,皆奇绝,喜此道不寂寞,以相告。"可证明这一点,今为人所传诵的其诗歌之名句与名篇,亦可证明这一点。而在散文的写作上,与其他作家比较,王安石有几个明显不同的特点。这些特点的形成有多方面的原因,核心的则与他是一个致力于改革的政治家有关。

第一,王安石像其他作家一样有很高的审美修养,但他将之主要体现在诗歌的创作当中,除少数体裁外,很少将之贯注在散文创作。这主要的是因为作为一个政治家兼文学家,他虽然懂得文章具有实用与审美的双重价值,但更重视文章的实用功能。这一点,在其《上人书》中表达得很明白:

> 尝谓文者,礼教治政云尔。其书诸策而传之人,大体归然而已。而曰"言之不文,行之不远"云者,徒谓辞之不可以已也,非圣人作文之本意也。自孔子之死久,韩子作,望圣人于百千年中,卓然也。独子厚名与韩并。子厚非韩比也,然其文卒配韩以传,亦豪杰可畏者也。韩子尝语人以文矣,曰云云,子厚亦曰云云。疑二子者,徒语人以其辞耳,作文之本意,不如是其已也。孟子曰:"君子欲其自得之也。自得之,则居之安;居之安,则资之深;资之深,则取诸左右逢其原。"孟子之云尔,非直施于文而已,然亦可托以为作文之本意。且所谓文者,务为有补于世而已矣。所谓辞者,犹器之有刻镂绘画也。

诚使巧且华,不必适用;诚使适用,亦不必巧且华。要之以适用为本,以刻镂绘画为之容而已。不适用,非所以为器也。不为之容,其亦若是乎否也? 然容亦未可已也,勿先之,其可也。某学文久,数挟此说以自治。(《全宋文》第六十四册)

这段话,用语有含混之处,而意思是明确的。他先将"文"与"辞"区别开来,谓"文者,礼教治政云尔",而将韩、柳之作皆称之为"辞"。正是据此,他得出的论断是:"所谓文者,务为有补于世而已矣。所谓辞者,犹器之有刻镂绘画也。"这是出于他作为政治家的本性,对"文"所作的判断与要求。但作为一个有艺术修养的文学家,特别是在经韩、柳以后,他又已知道文章的审美价值不容忽视,于是在"器"的比喻中,又将"适用"与"容"作为一种对立统一的关系提出来,此处之"容"实即指"辞",亦指"某学文久"中之"文",肯定地说:"然容亦未可已也,勿先之,其可也。"实即应做到内容与形式、实用与审美的统一。他这样说,既照顾到了文的双重性质,又强调了其"有补于世""适用为本"的观点。"数挟此说以自治",表明了其为文的基本取向。

第二,古代散文的实用性与政治、经济、文化学术直接相关,而这些方面更多地涉及人的理性认识。认识与情感不同,其深度与广度,表达的准确明确与否,皆决定于主体的思维能力,而思维能力又主要体现在对客观事理认知之综括性、思辨性、有序性、逻辑性。康德自称对西方哲学进行了哥白尼式的革命,就是把对客观对象认知的思考,转变为对主体由感性到理性之综括能力的探究,这是其《纯粹理性批判》的核心。中国古代散文的发展,也呈现着主体思维能力的演进,我们前此的论述,着重于作品之审美性方面的考察,即使是论说性作品,亦着重于造成其审美效果之内在之精神、气势,表达方面之经营、构思,行文的节奏、旋律、组织、变化,语言的华美、质实、张力的强弱等等,而没有正面涉及作家思维能力的发展。而到宋代,作家们的思维能力已达到极高水平,其概括力、综合力、思辨性、逻辑性皆非昔人可比,体现在文章当中,就造成了好论议,善论议的倾向,而王安石作为一个直接切入时政的作家,其文章则是这方面的典型,这既是他的成就,亦是其特点。这方面,最具代表性的作品是其洋洋万言的《上仁宗皇帝言事书》。

此文,广度上囊括了当时有关天下时政的方方面面;跨度上由二帝三王直至当代;深度上切中时弊之要;细微程度上具体至各领域的细枝末节。足见其观察力思考力组织力表达力之强。在文中,王安石略微肯定仁宗之治后,立即尖锐指出当今存在的问题,然后一步步地推断:问题的根本在于"不知法度",即不法先王之政;之所以如此,又在于"人才不足";人才不足,又由于"陶冶而成之者非其道"。讲到这里接触到问题的关键。于是转而引述历史的经验,指出:"所谓陶冶而成之者,何也? 亦教之、养之、取之、任之有其道而已。"然后,就这四个方面,引经据典,陈述事实,逐项加以阐述,而且每一方面又分许多细目,一一论列。归纳而得出结论是:当时的人君正因为能对人才贯彻执行了"教之、养之、取之、任之之道",才能"于天下国家之事,无所欲为而不得也"。引历史经验是为了说明现实问题,所以下面即拿当今的情况逐项与古昔对比。如论"教之"部分:

> 方今州县虽有学,取墙壁具而已,非有教导之官、长育人才之事也。唯太学有教导之官,而亦未尝严其选。朝廷礼乐刑政之事,未尝在于学。学者亦漠然自以礼乐刑政为有司之事,而非己所当知也。学者之所教,讲说章句而已。讲说章句,固非古者教人之道也。近岁乃始教之以课试之文章。夫课试之文章,非博诵强学、穷日之力则不能。及其能工也,大

则不足以用天下国家,小则不足以为天下国家之用。故虽白首于庠序,穷日之力以师上之教,及使之从政,则茫然不知其方者,皆是也。

盖今之教者,非特不能成人之才而已,又从而困苦毁坏之,使不得成才者。何也?夫人之才,成于专而毁于杂。故先王之处民才,处工于官府,处农于畎亩,处商贾于肆,而处士于庠序,使各专其业而不见异物,惧异物之足以害其业也。所谓士者,又非特使之不得见异物而已,一示之以先王之道,而百家诸子之异说,皆屏之而莫敢习者焉。今士之所宜学者,天下国家之用也。今悉使置之不教,而教之以课试之文章,使其耗精疲神,穷日之力以从事于此。及其任之以官也,则又悉使置之,而责之以天下国家之事。夫古之人,以朝夕专其业于天下国家之事,而犹才有能有不能。今乃移其精神,夺其日力,以朝夕从事于无补之学;及其任之以事,然后卒然责之以为天下国家之用,宜其才之足以有为者少矣。(《全宋文》第六十三册)

所论不但着实深细周备,而且逻辑性极强。其余诸项皆与此相类。逐项对比论列之后,又回应前面提出的论题,谓:"夫教之、养之、取之、任之,有一非其道,则足以败天下之人才。又况兼此四者而有之,则在位不才、苟简、贪鄙之人至于不可胜数,而草野闾巷之间,亦少可任之才,固不足怪。"

仅仅揭出时弊并不是目的。于是又深入一步,指出这种情况所面临的危险:"夫在位之人才不足矣,而闾巷草野之间,亦少可用之才,则岂特行先王之政而不得也,社稷之托,封疆之守,陛下其能久以天幸为常,而无一旦之忧乎?"列举汉之败于张角,唐之溃于黄巢,凌夷至于五代,作为警戒。那么,面对这样的局面应该如何去做？他提出的建议是："鉴汉、唐、五代之所以乱亡,惩晋武苟且因循之祸,明诏大臣,思所以陶成天下之才,虑之以谋,计之以数,为之以渐。"还要"断之以果"。谓如果做到这几点,"然而犹不能成天下之才,则以臣所闻,盖未有也"。

这样的文章,视野宏阔,论列细密,逻辑谨严,说理透辟;内容虽极丰博,而不给人冗赘之感,表现了极强的综括能力;虽少文采,而读来并不令人生厌,显示了很高的理性思辨水平。为此前少有之作,足以标志王安石突出特色之一面。其《上时政疏》《本朝百年无事札子》虽无此文之规模,亦具类似特点。其所写的一系列长短不一的专论,如《谏官论》《伯夷》《三圣人》《大人论》《致一论》等等,大都注重思辨的逻辑性,以层层推理为胜。

第三,除了视野宏阔,内容丰博,论列细密的文章,王安石亦写了些以简峻峭刻,见解新警,坚执自信为特色的作品。稍长者如《答司马谏议书》:

> 某启:昨日蒙教,窃以为与君实游处相好之日久,而议事每不合,所操之术多异故也。虽欲强聒,终必不蒙见察,故略上报,不复一一自辨。重念蒙君实视遇厚,于反覆不宜卤莽,故今具道所以,冀君或见恕也。

> 盖儒者所争,尤在于名实。名实已明,而天下之理得矣。今君实所以见教者,以为侵官、生事、征利、拒谏,以致天下怨谤也。某则以谓受命于人主,议法度而修之以朝廷,以授之于有司,不为侵官;举先王之政,以兴利除弊,不为生事;为天下理财,不为征利;辟邪说,难壬人,不为拒谏。至于怨诽之多,则固前知其如此也。

> 人习于苟且非一日,士大夫多以不恤国事、同俗自媚于众为善。上乃欲变此,而某不量敌之众寡,欲出力助上以抗之,

则众何为而不汹汹然？盘庚之迁，胥怨者民也，非特朝廷士大夫而已。盘庚不为怨者故改其度，度义而后动，是而不见可悔故也。如君实责我以在位久，未能助上大有为，以膏泽斯民，则某知罪矣。如曰今日当一切不事事，守前所为而已，则非某之所敢知。

　　无由会晤，不任区区向往之至。（《全宋文》第六十四册）

在谦软的口吻中含有刚坚之气，内容的表达简截而明确。极短者如《读孟尝君传》：

　　世皆称孟尝君能得士，士以故归之，而卒赖其力以脱于虎豹之秦。嗟乎！孟尝君特鸡鸣狗盗之雄耳，岂足以言得士？不然，擅齐之强，得一士焉，宜可以南面而制秦，尚何取鸡鸣狗盗之力哉！夫鸡鸣狗盗之出其门，此士之所以不至也。（《全宋文》第六十四册）

八十一字，四句话，表达了与习常完全不同的见解，其间还有数度转折。极受后人赞赏。

　　这类文章特色的形成，首先是基于其思维的深刻性，由于深刻，就极善于捕捉住问题的要害。他在《致一论》中讲："万物莫不有至理焉，能精其理则圣人也。"（《全宋文》第六十四册）既然能"精其理"，观察和判断问题时，也就能得其要，发而为言，也就会简而中。其次，王安石有着远大的抱负，自视甚高。其早年所写《再上龚舍人书》曾谓："某尝闻善为天下计者，必建长久之策，兴大来之功，当世之人，涵濡盛德，非谓苟且一进之利，以邀浅鲜之功而已。""今宋兴百有余年，民不知有兵革，四境之远者至万余里，其间可桑之野，民尽居之，可谓至大至庶矣。此诚旷世不可逢之嘉会，而贤者有为之时也。"（《全宋文》第六十四册）在《送孙正之序》中又曾云："时然而然，众人也；己然而然，君子也。己然而然，非私己也，圣人之道在焉尔。""呜呼！予观今之世，圆冠峨如，大裾襜如，坐而尧言，起而舜趋，不以孟、韩之心为心者，果异众人乎?"（《全宋文》第六十四册）前者之君子实自比，后者则明显指在朝之显宦。志向既大，自视又高，因而就充满坚强的自信，于是发言吐论，自然果决简断。再者，亦由于为文上承受了古文的传统。他自己屡以好古道古文为说，这一点上，与韩、柳、欧是一致的。在《上张太傅书》中云："某愚不识事务之变，而独古人是信。闻古有尧舜也者，其道大中至正，常行之道也。得其书，闭门而读之，不知忧乐之存乎己也。穿贯上下，浸淫其中，小之为无间，大之为无崖岸，要将一穷之而已矣。"（《全宋文》第六十四册）在前引《上人书》中，虽然将韩、柳之文仅称之为辞，然而对他们的成就，亦给予充分地肯定。如所云："自孔子之死久，韩子作，望圣人于百千年中，卓然也。独子厚名与韩并。子厚非韩比也，然其文卒配韩以传，亦豪杰可畏者也。"在《答黎检正书》中，他说："窃以为士之所尚者志，志之所贵者道。不苟合乎圣人，则皆不足以为道。唯天下英材，为可以与此。"（《全宋文》第六十四册）与韩、柳的观点并无差异。在《祭欧阳文忠公文》中，他更对欧公之文极加称扬。所以曾巩在给欧阳修的信中，谓其"文甚古"。还有一点，王安石自信敢为，勇于革新，他所设计的新法，虽然动机是好的，但各级的推行者，很少是像他一样忠君忧民之人，执行起来未免会走样，甚至变利为害。这未免引起同样忠于宋王朝的元老重臣们的非议，而王安石往往把这些人都视为自己的对立面。在上者之故旧，既因政见不同而疏远，在下者又多不可信，因此常常有孤立无援之感。既处困境之中，又要坚持自己的立场和主张，于是刚简的言辞中，未免带出某种坚执之气，这也属于他为文的特殊处之一。

第四,以上诸点不只体现于其论说性作品,序、记之类的文章,往往也即事以寓理。如《游褒禅山记》:

褒禅山亦谓之华山,唐浮图慧褒始舍于其址,而卒葬之,以故其后名之曰"褒禅"。今所谓慧空禅院者,褒之庐冢也。距其院东五里,所谓华山洞者,以其乃华山之阳名之也。距洞百余步有碑仆道,其文漫灭,独其为文犹可识,曰"花山"。今"华"如"华实"之"华"者,盖音谬也。

其下平旷,有泉侧出,而记游者甚众,所谓前洞也。由山以上五六里,有穴窈然,入之甚寒,问其深,则其好游者不能穷也,谓之后洞。余与四人拥火以入,入之愈深,其进愈难,而其见愈奇。有怠而欲出者,曰:"不出,火且尽。"遂与之俱出。盖予所至,比好游者尚不能十一,然视其左右,来而记之者已少。盖其又深,则其至又加少矣。方是时,予之力尚足以入,火尚足以明也。既其出,则或咎其欲出者,而余亦悔其随之,而不得极夫游之乐也。

于是予有叹焉。古人之观于天地、山川、草木、虫鱼、鸟兽,往往有得,以其求思之深而无不在也。夫夷以近,则游者众;险以远,则至者少。而世之奇伟瑰怪非常之观,常在于险远,而人之所罕至焉,故非有志者,不能至也。有志矣,不随以止也,然力不足者,亦不能至也。有志与力而又不随以怠,至于幽暗昏惑,而无物以相之,亦不能至也。然力足以至焉,于人为可讥,而在己为有悔。尽吾志也而不能至者,可以无悔矣,其孰能讥之乎? 此予之所得也。

余于仆碑,又以悲夫古书之不存,后世之谬其传而莫能名者,何可胜道也哉! 此所以学者不可以不深思也。(《全宋文》第六十五册)

此文虽像一般游记一样,记叙游程,并点缀以景物描写。但重点不在于表现自然山川风光之美,亦不是为记游而记游,意旨主要是表达游山中所体悟出的,为人处世的普遍性哲理。其妙处正在这样的哲理,不是以抽象的说教加以传达,而是寄寓于真实游程的感慨与体验之中,因之不但不使人厌腻,反而感到非常深切与自然。于此,可见其构思运笔之精密,文字造诣之深湛。其余,如早年所作之《伤仲永》,引人注目之处,在事情的特异性,而王安石着意记载,目的亦在教人明白,天赋不如人为更为重要。

但对王安石的文章,亦不可一概而论。他在仁宗与神宗朝都曾知制诰,写有大量典古而简约的制命,还有许多表奏及给上峰或前辈的书启,所用皆是骈体四六,说明他对此种体式亦相当精熟。他写给友人的书信、赠序亦不乏从容委婉之作。其碑铭等文,亦有不少以质简著称。尤其是其祭文哀辞,不但感情浓挚,而且文采斐然,最典型者如《祭欧阳文忠公文》:

> 夫事有人力之可致,犹不可期,况乎天理之溟溟,又安可得而推?惟公生有闻于当时,死有传于后世,苟能如此足矣,而亦又何悲?如公器质之深厚,智识之高远,而辅以学术之精微,故充于文章,见于议论,豪健俊伟,怪巧瑰琦。其积于中者,浩如江河之停蓄;其发于外者,烂如日星之光辉。其清音幽韵,凄如飘风急雨之骤至;其雄辞闳辩,快如轻车骏马之奔驰。世之学者,无问乎识与不识,而读其文,则其人可知。
>
> 呜呼!自公仕宦四十年,上下往复,感世路之崎岖,虽屯邅困踬,窜斥流离,而终不可掩者,以其公议之是非。既压复起,遂显于世,果敢之气,刚正之节,至晚而不衰。方仁宗皇帝临朝之末年,顾念后事,谓如公者,可寄以社稷之安危。及夫发谋决策,从容指顾,立定大计,谓千载而一时。功名成就,不

居而去，其出处进退，又庶乎英魄灵气，不随异物腐散，而长在乎箕山之侧与颍水之湄。然天下之无贤不肖，且犹为涕泣而嘘唏。而况朝士大夫，平昔游从，又予心之所向慕而瞻依？

盛衰之理，自古如此，而临风想望，不能忘情者，念公之不可复见，而其谁与归！(《全宋文》第六十五册)

这样的文字，文辞考究，节奏畅朗，形容生动，还有着一泻而下的气势，显然非其他文章可比。

三　司马光

司马光(1019—1086)，字君实，陕州夏县(山西夏县)人，家涑水乡。仁宗宝元元年登进士第，历大理评事、国子直讲，累迁开封府推官，擢修起居注。命知制诰，坚辞不就，除天章阁待制、知谏院。英宗朝，进龙图阁直学士。神宗即位，除御史中丞、翰林学士兼侍读学士，因与王安石政见不合，先去京职，后退居洛阳，专修《资治通鉴》十五年。哲宗立，元祐元年(1086)拜尚书左仆射兼门下侍郎，力废新法。同年卒。赠太师、温国公，谥文正。人称司马温公、涑水先生。早年曾自号迂叟。

司马光是重要的政治家和著名的史学家。在神宗朝，他是王安石变法的主要反对者之一，他之反对新法不是出于私利，而是由于观念上比较持重保守以及和王安石政治见解不同。司马光的主要兴趣和贡献在史学方面，对文章和文学并不曾着力。在仁宗朝，他曾连续十一次辞"知制诰"之任命，提出的理由之一就是："知制诰之职，当取天下文章高妙，逾众绝伦者以充其选。"(《全宋文》第五十四册《辞知制诰第七状》)"臣自少及长，章句之学，粗尝从师，至于文辞，实为鄙野。""自知文字恶陋，又不敏速"，"不足以充知制诰之职"(分别见《第一状》《第三状》《第四状》)。在其《上始平公述不受知制诰启》中，对此有更具体说明："光自幼读经书，虽不能钩探微蕴，比之他人，差为勤苦尽心而已。又好史学，多编辑旧事，此其所长也。至于属文则性分素薄，尤懒为之。当应举时，强作科场文字，虽仅能牵合，终不甚工。颇慕作古文，又不能刻意致力，窥前修之藩篱，徒使其言迂僻鄙俚，不益世用。此真所谓学步邯郸，匍匐而归者。向者年三十，相公在枢府时，始令学作四六文字，供给笺奏。虽承命不敢不勉，而终以愚陋不能进益。"（《全宋文》第五十六册）可见在散文的创作与发展上，他不能说做出了多么突出的贡献。

司马光作为一个政治家，文章观上，过分强调其实用意义，而贬抑甚至否定审美方面的价值，反映了与整个散文发展潮流相背反的观点与趋势。其嘉祐六年（1061）所写的《论选举状》，上来就提出："臣窃以取士之道，当以德行为先，其次经术，其次政事，其次艺能。近世以来，专尚文辞。夫文辞者，乃艺能之一端耳，未足以尽天下之士也。"（《全宋文》第五十四册）治平元年（1064）所写《贡院定夺科场不用诗赋状》中，又表示完全赞同吕公著关于科场不用诗赋的提议。熙宁二年（1069）所上《议学校贡举状》，亦专门提到文辞，谓："自三代以前，其取士无不以德为本，而未尝专贵文辞也。"然后追述说："魏晋以降，贵通才而贱守节，习尚浮华，旧俗益败。"隋、唐以来，"进士初但试策，及长安、神龙之际，加试诗赋。于是进士专尚属辞，不本经术，而明经止于诵书，不识义理。至于德行，则不复谁何矣。自是以来，儒雅之风日益颓坏。为士者狂躁险薄，无所不为，积日既久，不胜其弊"（《全宋文》第五十五册）。站在政治家的立场上，讨论选举制度的优劣，无可厚非，强调德行、政事的优先，亦无可厚非；但把世风的颓坏，归于加试诗赋，重视文辞上，未免失之片面。至于其在《答孔文仲司户书》中所云：

古之所谓文者,乃所谓礼乐之文、升降进退之容、弦歌雅颂之声,非今之所谓也。今之所谓文,古之辞也。孔子曰:"辞达而已矣。"明其足以通意,斯止矣,无事于华藻宏辩也。必也以华藻宏辩为贤,则屈、宋、唐、景、庄、列、杨、墨、苏、张、范、蔡皆不在七十子之后也。颜子不违如愚,仲弓仁而不佞,夫岂尚辞哉!(《全宋文》第五十六册)

所表达的观点,实质上是把韩、柳好不容易从广义的"化成天下之文"中区分出来的文章之"文",又倒退到原点,视文章为仅具形式意义之"辞"。正因为如此,他对韩、柳及古文的态度,也就是矛盾的。一方面出于对公认的客观事实的尊重,在《答陈师仲司法书》中,对韩愈大加称扬,谓:"文章自魏、晋衰微,流及齐、梁、陈、隋,羸惫纤靡,穷无所之。文公杰然振而起之,如雷霆列星,惊照今古。自班、张、崔、蔡,不敢企仰,况潘、陆以降,固无足言。"(《全宋文》第五十六册)另一方面,其《颜乐亭颂》序中,又批评韩愈说:

子瞻论韩子隐约而平宽为哲人之细事,以为君子之于人,必于其小焉观之。光谓韩子以三书抵宰相求官,《与于襄阳书》谓先达后进之士,互为前后,以相推援,如市贾然,以求朝夕刍米仆赁之资,又好悦人以铭志而受其金。观其文,知其志,其汲汲于富贵,戚戚于贫贱如此,彼又乌知颜子之所为哉!(《全宋文》第五十六册)

司马光所以有这种矛盾,就在于单从"辞"的角度,他可以赞赏韩、柳,而以"道"来衡文时,就只把他们视为善"辞"而"道"不足或有疵者。再进一步,他甚至连诗也加以否定。其《答齐州司法张秘校正彦书》中,针对向其索诗的请求,谓:

近世之诗，大抵华而不实，虽壮丽如曹、刘、鲍、谢，亦无益于用。光忝与足下以经术相知，诚不敢以此为献，所可献者，在于相与讲明道义而已。……

足下当固守于古，而勿流放于今，汲汲于己，而徐于人，为之不止，光见异日为贤公卿，功业炫赫于当时，名声彰彻于后世，竹帛所不能纪，金石所不能颂，诗何为哉！诗何为哉！（《全宋文》第五十六册）

反映了当时正在出现的一种倾向，即方才兴起的理学家们之尚"道"而抑"文"。在其《迂书》中有《文害》一篇，云：

或谓迂叟："子于道则得其一二矣，惜乎无文以发之。"迂叟曰："然。君子有文以明道，小人有文以发身。夫变白以为黑，转南以为北，非小人有文者，孰能之？"（《全宋文》第五十六册）

显然，这里已经透露出向"文以害道"观点转化的端倪。

当然，司马光虽然自称"文辞鄙野"，而处于古文昌盛发达的时代，他不可能不受时风之陶冶影响，为文上还是有其成就与特点的。这主要表现在其不朽的历史著作《资治通鉴》中。该书是司马光完成的中国第一部编年体通史，其编纂的始末及用意，俱见所上《进资治通鉴表》。

从中可见此书是司马光穷其毕生精力之作。今天看，它不仅具有重要历史价值，亦有一定文学价值。其笔墨虽无《史记》之阂肆激越，而体系庞大，结构完整，叙次明晰，语言清畅，述事写人，不乏生动传神之处，有些片段，已成广为传诵篇章。其中插入之史评史论，亦论断清晰简明。此书之外，他还写有数量不少的政论史论,亦具相同特点。

此外,他以史家谨严的态度,轻易不为人写碑铭;所写书启、序、记,也多恳挚、亲切、平畅;个别短简,亦有清丽婉转之致,如其《与文同小简》:

> 特承宠惠诗序石刻,渺然想见与可襟韵。游处之状,高远萧洒,如晴云秋月,尘埃所不能到。某所以心服者,非特词翰之美而已也。某再拜。(《全宋文》第五十六册)

可见,司马光讲道理是讲道理,并不是没有审美表现能力。

四 苏洵

苏洵(1009—1066),字明允,眉州眉山(四川眉山)人。应举而不利,遂绝意于科举,闭门读书为文。至和、嘉祐间,携二子轼、辙至京师,经知益州张平方推荐,得欧阳修所赏识,荐之于朝。召试舍人院,辞不至。五年八月命为秘书省校书郎,六年七月除霸州文安县主簿,奉命编纂礼书。治平二年(1065)成《太常因革礼》一百卷。次年卒,赠光禄寺丞。

苏洵与司马光之重"道"轻"文",王安石之主要致力于为政不同,完全凭文起家。欧阳修在为他所写的《墓志铭》中,清楚地记载了其为文的情形,称:"君少独不喜学,年已壮,犹不知书。"

> 年二十七,始大发愤,谢其素所往来少年,闭户读书,为文辞。岁余,举进士,再不中。又举茂才异等,不中。退而叹曰:"此不足为吾学也。"悉取所为文数百篇焚之,益闭户读书,绝笔不为文辞者五六年,乃大究六经、百家之说,以考质古今治乱成败、圣贤穷达出处之际,得其人粹精,涵畜充溢,抑而不

发。久之，慨然曰："可矣。"由是下笔，顷刻数千言，其纵横上下，出入驰骤，必造于深微而后止。盖其禀也厚，故发之迟；志也悫，故得之精。自来京师，一时后生学者皆尊其贤，学其文以为师法，以其父子俱知名，故号老苏以别之。(《全宋文》第三十五册)

苏洵《与欧阳内翰第一书》，亦自云：

> 洵少年不学，生二十五岁，始知读书，从士君子游。年既已晚，而又不遂刻意厉行、以古人自期。而视与己同列者，皆不胜己，则遂以为可矣。
>
> 其后困益甚，然后取古人之文而读之，始觉其出言用意，与己大异。时复内顾，自思其才则又似夫不遂止于是而已者。由是尽烧曩时所为文数百篇，取《论语》《孟子》、韩子及其他圣人、贤人之文，而兀然端坐，终日以读之者七八年。
>
> 方其始也，入其中而惶然；博观于其外，而骇然以惊。及其久也，读之益精，而其胸中豁然以明，若人之言固当然者，然犹未敢自出其言也。时既久，胸中之言日益多，不能自制，试出而书之，已而再三读之，浑浑乎其来之易矣，然犹未敢以为是也。(《全宋文》第四十三册)

这段话，等于上引欧阳所写墓志的具体说明。而其《上田枢密书》中，又有一段话：

> 数年来退居山野，自分永弃，与世俗日疏阔，得以大肆其力于文章。诗人之优柔，骚人之精深，孟、韩之温淳，迁、固之雄刚，孙、吴之简切，投之所向，无不如意。常以为董生得圣人之

经,其失也流而为迂;晁错得圣人之权,其失也流而为诈;有二子之才而不流者,其惟贾生乎! 惜乎今之世,愚未见其人也。
（《全宋文》第四十三册）

相当于对其专心力学后,为文所达新境界,自信满满地进一步表述。

从这三段话看,苏洵为文的历程,与韩愈在《答李翊书》中表达者有近似处,不过韩愈是一开始就拒绝时文,而苏洵则是始为时文,而后又转向全力以赴地研学古文。不管是自觉还是不自觉,他们的共同出发点,实际上都是立志为文。这与仅视文为传道、实用工具者大不相同。

同是在《与欧阳内翰第一书》中,苏洵还有云:

执事之文章,天下之人莫不知之,然窃自以为洵之知之特深,愈于天下之人。何者? 孟子之文,语约而意尽,不为巉刻斩绝之言,而其锋不可犯。韩子之文,如长江大河,浑浩流转,鱼鼋蛟龙,万怪惶惑,而抑遏蔽掩,不使自露,而人自见其渊然之光、苍然之色,亦自畏避,不敢迫视。执事之文,纡徐委备,往复百折,而条达疏畅,无所间断。气尽语极,急言竭论,而容与闲易,无艰难劳苦之态。此三者,皆断然自为一家之文也。惟李翱之文,其味黯然而长,其光没然而幽,俯仰揖让,有执事之态。陆贽之文,遣言措意,切近的当,有执事之实。而执事之才,又自有过人者。盖执事之文非孟子、韩子之文,而欧阳子之文也。

借与孟、韩、李、陆诸家的比较,赞扬欧阳之文。无论对诸家还是欧阳之文章的描述形容,皆不是基于其道德价值与政治实用性,而是从审美体验出发,用富有审美性的语言进行表达,完全是立足于"文"的角度来论"文"。再有,曾巩在其《苏明允哀辞》中,讲到自学文有成之后:

> 明允每于其穷达得丧,忧叹哀乐,念有所属,必发之于此。于古今治乱兴坏,是非可否之际,意有所择,亦必发之于此。于应接酬酢万事之变者,虽错出于外,而用心于内者,未尝不在此也。(《全宋文》第五十八册)

所赞扬的也不是其"德"与"政",而是对为文的专志,及其表达能力和艺术水平。接下来,又结合苏轼与苏辙,而讲其父子在社会上的影响:"于是三人之文章盛传于世,得而读之者皆为之惊,或叹不可及,或慕而效之,自京师至于海隅障徼,学士大夫莫不人知其名,家有其书。"

总以上几方面,可以看出,苏洵以偏远蜀地之落第布衣,先为地方官守所钦重,后为欧阳修所知遇,可不经策试直接任命为官。卒后,欧阳修为之写纳于圹中之铭,曾巩为之作刻于冢上之哀辞,轻易不为人写碑之司马光亦为其早已逝去之夫人著墓志铭,韩琦、曾公亮等名臣显宦皆为之撰挽词。这固然与欧阳修的推重,其子苏轼的影响有关,但决定因素乃是苏洵本人在为文上的成就。这一方面表明苏洵之文,继承发扬了韩、欧的传统,确有其独到之处,一方面反映了他所处的时代,重文已成为不言而喻的社会风气,显示出时至北宋,中国古代散文正向最高峰发展的总体趋向。

苏洵的文章之所以有自己的成就与特色,与欧阳修所说"其禀也厚,故发之迟;志也悫,故得之精"关系极大。从上引材料看,他专心研读的七八年间,所尽心于反复学习揣摩者,上至六经、诸子,延及汉、唐名家,近至欧阳修、范仲淹辈,可谓穷历代之精粹。这样做的结果,使他极大地开阔了视野,提高了精神境界,增强了文化修养,陶铸出敏锐的观察力、判断力,蕴蓄了深厚审美体验,提升了审美表达水平,为形成自己的特色奠定了基础。我们读他的文章可以感受到:

第一,有着一种高迈之气。苏洵写有不少给达官显宦、知名之士的书启,欧阳修之外,还包括韩琦、富弼、文彦博、余靖、张方平等,目的在于献文求知,展示自己的才学抱负。面对这样一些人物,虽然彼此间地位悬殊,但他的态度既不卑屈,亦不倨傲,虽语气口吻相当委婉,而一般袒怀直陈,侃侃而谈,凭自己的识见而赢得对方的赞赏与敬重。这类作品中最富代表性者为《上欧阳内翰第一书》。他之不应召赴试,也表现了一种高迈尚气的精神,如其《与梅圣俞书》中所云:

> 自离京师,行已二年,不意朝廷尚未见遗,以其不肖之文犹有可者,前月,承本州发遣赴阙就试。圣俞自思,仆岂欲试者?惟其平生不能区区附合有司之尺度,是以至此穷困。今乃以五十衰病之身,奔走万里以就试,不亦为山林之所轻笑哉?自思少年尝举茂才,中夜起坐,裹饭携饼,待晓东华门外,逐队而入,屈膝就席,俯首据案。其后每思至此,即为寒心。今齿日益老,尚安能使达官贵人复弄其文墨,以穷其所不知邪?且以永叔之言与夫三书之所云,皆世之所见。今千里召仆而试之,盖其心尚有所未信,此尤不可苟进,以求其荣利也。(《全宋文》第四十三册)

这种高迈之气的形成,乃在于经历代作家作品陶冶所提升之精神境界与识见,赋予了他一种早期士人所具有的自我价值判断的自信和人格自信。出于这种自信,使他不但在当时当世的名相名臣前不怯不卑，敢于以贾谊、司马迁自比，而且在其论著、文章中，以超越凌驾的态度评骘历史人物，指陈国事利弊，言之凿凿，斩截按断，给人以久违了的先秦诸子、汉初作者精神气质之感。

第二，博辩宏伟，长于论议。苏洵献给欧阳修诸人并由之转进朝廷、而他常常引为自豪的《几策》《权书》《衡论》三书，皆是由论说文章组成。此外，除学术性的《六经论》，他还写有《史论》《谏论》《明论》《管仲论》等。在这些文章中，他论政、论史、论人，其特点不像王安石、司马光等着眼于具体的施政措施，而是以宏观的视角，贯穿古今的经验教训，作出原则性判断和论证，虽不一定有可操作性，而往往能切中事理。如其《几策》中之《审势》，先论为国必有所尚，即基本的方针路线。然后结合君主集权制的实际，论应根据"势"之强弱来确定为政的基本方向：势强则应施之以威，势弱则应施之以惠。宋朝之弊，正在于势弱而惠大多、赏太过，救弊之途，则在于尚威而重刑。《审敌》则专论应对契丹的方针：敌方的图谋是靠威吓的手段，逼宋不断增加岁赂以积累力量，待机乘衅而发；应该识破其虚张声势的恫吓，坚决停止行赂，以强硬的态度与之正面对抗。其《权书》十篇，主要为论兵之作，根据历史经验教训，论述用兵的一些基本原则，亦结合对历史事件和人物的评论，提供鉴戒，如《心术》《法制》《攻守》《强弱》等，皆是。其《衡论》十篇则为论政之作，着眼于当朝的实际，泛论治国的基本原则。如《远虑》提出：治国为政，必须有经、权、机。机乃最核心的东西，只有最高层才可掌握；而作为君王，这方面必须依靠和重用"心腹之臣"。《御将》论御将之术，要分别贤将与才将，"御贤将之术以信，御才将之术以智"。《任相》则提出对相与对将不同，"要接之以礼而重责之"。此外，还有一些散论。这些，皆能如曾巩所说："指事析理，引物托喻，侈能尽之约，远能见之近，大能使之微，小能使之著，烦能不乱，肆能不流。"不只是专门的论文，即使是书启、序记等其他类型的作品,苏洵往往也有意或无意地掺入大量议论,这既与宋文的共同特点有关,亦因苏洵所受秦汉文之影响甚深。

第三,行文上具有简约明畅与纵横驰骋相结合的特色。从苏洵作品的内容看,他虽写有《六经论》,但思想的底里中,并不像某些儒者那样,谨守所谓的"道统",反而从诸子、战国纵横家及汉初贾谊等人所受熏陶更大。在《谏论上》中,他甚至公然赞扬游辩之士,谓向国君进谏之术,乃"机智勇辩如古游说之士而已。夫游说之士,以机智勇辩济其诈,吾欲谏者以机智勇辩济其忠"(《全宋文》第四十三册)。承受着这样的影响,所以他的文章,写来往往如泻如涌,气势滔滔,像欧阳修所谓:"下笔,顷刻数千言,其纵横上下,出入驰骤,必造于深微而后止。"但苏洵生活的时代毕竟不同,从《上欧阳内翰第二书》中可以看出,在学古文上,他是承认韩愈以来之"文统"的,对韩愈极其赞佩。因而为文又极力吸收了韩文之质古。然韩愈以来,散文的发展几经曲折,至北宋时期,已由质古演变而为质简明畅,所以苏洵之文也就融众家之长,形成了一种质简明畅与纵横驰骋相结合的特色。如曾巩所说:"其雄壮俊伟,若决江河而下也;其辉光明白,若引星辰而上也。"此外我们还可再加上,该简则简,该断则断,毫无拖泥带水之弊。

以上三点,可举之例甚多,姑引为人传诵的《权书》中之《六国》,即通常所谓《六国论》,以见其一斑:

六国破灭,非兵不利,战不善,弊在赂秦。赂秦而力亏,破灭之道。或曰:六国互丧,率赂秦耶?曰:不赂者以赂者丧,盖失强援,不能独完。故曰弊在赂秦也。

秦以攻取之外,小则获邑,大则得城。较秦之所得,与战胜而得者,其实百倍。诸侯之所亡,与战败而亡者,其实亦百倍。则秦之所大欲,诸侯之所大患,固不在战矣。思厥先祖暴霜露,斩荆棘,以有尺寸之地。子孙视之不甚惜,举以予人,如弃草芥,今日割五城,明日割十城,然后得一夕安寝,起视四境,而秦兵又至矣。然则诸侯之地有限,暴秦之欲无厌,奉之弥繁,侵之愈急,故不战而强弱胜负已判矣。至于颠覆,理固宜然。古人云:"以地事秦,犹抱薪救火,薪不尽,火不灭。"此言得之。齐人未尝赂秦,终继五国迁灭,何哉?与嬴而不助五国也。五国既丧,齐亦不免矣。燕赵之君,始有远略,能守其土,义不赂秦。是故燕虽小国而后亡,斯用兵之效也。至丹以荆卿为计,始速祸焉。赵尝五战于秦,二败而三胜。后秦击赵者再,李牧连却之。洎牧以谗诛,邯郸为郡,惜其用武而不终也。且燕、赵处秦革灭殆尽之际,可谓智力孤危,战败而亡,诚不得已。向使三国各爱其地,齐人勿附于秦,刺客不行,良将犹在,则胜负之数,存亡之理,当与秦相较,或未易量。

呜呼,以赂秦之地封天下之谋臣,以事秦之心礼天下之奇才,并力西向,则吾恐秦人食之不得下咽也。悲夫,有如此之势,而为秦人积威之所劫,日削月割,以趋于亡。为国者无使为积威之所劫哉!夫六国与秦皆诸侯,其势弱于秦,而犹有可以不赂而胜之之势。苟以天下之大,下而从六国破亡之故事,是又在六国下矣!(《全宋文》第四十三册)

以今天之观点,秦灭六国有多方面深层历史原因,非像苏洵所论这么单纯,但他针对北宋向契丹岁贡之时弊,就"赂秦"一事而立论,清晰明确,周备完整,辨析充分,确有很强的说服力和警诫意义。

苏洵为文之纵横恣肆,不拘成格的特点,不只体现在其论说文章,其他类型中亦有值得称道的佳品。如为人所赞赏的《送石昌言使北引》,为送序之作,因避其父名序之讳,故称之为"引"。文章由儿时回忆写起，层层递进，表现了关系之旧，情感之深，最后以"孟子曰：'说大人，则藐之。'况于夷狄"作为相勉之辞。见其为文恳挚委婉之一面。其《木假山记》亦为难得的好作品：

> 木之生，或蘖而殇，或拱而夭，幸而至于任为栋梁则伐。不幸而为风之所拔，水之所漂，或破折，或腐；幸而得不破折，不腐，则为人之所材，而有斧斤之患。其最幸者，漂沉汩没于湍沙之间，不知其几百年，而其激射啮食之余，或仿佛于山者，则为好事者取去，强之以为山，然后可以脱泥沙而远斧斤。而荒江之濆，如此者几何？不为好事者所见，而为樵夫野人所薪者，何可胜数！则其最幸者之中，又有不幸者焉。
>
> 予家有三峰，予每思之，则疑其有数存乎其间。且其蘖而不殇，拱而不夭，任为栋梁而不伐；风拔水漂而不破折、不腐。不破折，不腐，而不为人所材，以及于斧斤；出于湍沙之间，而不为樵夫野人之所薪，而后得至乎此，则其理似不偶然也。
>
> 然予之爱之，则非徒爱其似山，而又有所感焉；非徒爱之，而又所敬焉。予见中峰魁岸踞肆，意气端重，若有以服其旁之二峰；二峰者庄栗刻峭，凛乎不可犯，虽其势服于中峰，而岌然无阿附意。吁，其可敬也夫！（《全宋文》第四十三册）

此文虽名为《木假山记》，实为"木假山论"，或"木假山感"。不仅在笔法上极尽起伏曲折往复回环之致，而且寄有极深刻的内蕴。借所得的三段木质假山，寄寓了自己所体悟到的，大自然的生命存在、包括人的生命存在的某种哲理。他所谓"疑其有数存乎其间"和"其理似不偶然"，指有不可捉摸的命运之存在，但这种命运又不完全是盲目的：在经历了千万重的磨难后，于不幸中作为最幸者而能存留下来者，如于自己从三座假山上所感受到的，它们必然有截然不同于一般的气质，或像于中峰所感到的"魁岸踞肆，意气端重，若有以服其旁之二峰"；或像于其余二峰所感到的"庄栗刻峭，凛乎不可犯，虽其势服于中峰，而岌然无阿附意"。于木是如此，于人当然也是如此，这正是他面对木假山而叹曰"吁，其可敬也夫"的原因。

尤其可重视者，是其《仲兄字文甫说》。此文开始似随意写来，而有着欧阳修在其《墓志铭》中所说"愈叩而愈无穷"，"必造于深微而后止"的特点：

> 洵读《易》至《涣》之六四，曰："涣其群，元吉。"曰：嗟夫，群者，圣人所欲涣以混一天下者也。盖余仲兄名涣，而字公群，则是以圣人之所欲解散涤荡者以自命也，而可乎？他日以告，兄曰："子可无为我易之？"洵曰："唯。"既而曰：请以文甫易之，如何？

> 且兄尝见夫水之与风乎？油然而行，渊然而留，渟洄汪洋，满而上浮者，是水也，而风实起之。蓬蓬然而发乎太空，不终日而行乎四方，荡乎其无形，飘乎其远来，既往而不知其迹之所存者，是风也，而水实形之。

> 今夫风水之相遭乎大泽之陂也，纤徐委蛇，蜿蜒沦涟，安而相推，怒而相凌，舒而如云，蹙而如鳞，疾而如驰，徐而如徊，揖让旋辟，相顾而不前，其繁如縠，其乱如雾，纷纭郁扰，百里若一。汩乎顺流，至乎沧海之滨，滂薄汹涌，号怒相轧，交横绸缪，放乎空虚，掉乎无垠，横流逆折，溃旋倾侧，宛转胶戾，回者如轮，萦者如带，直者如燧，奔者如焰，跳者如鹭，跃者如鲤，殊状异态，而风水之极观备矣！故曰："风行水上涣。"此亦天下之至文也。

> 然而此二物者，岂有求乎文哉？无意乎相求，不期而相

遭,而文生焉。是其为文也,非水之文也,非风之文也,二物者非能为文,而不能不为文也,物之相使而文出于其间也。故曰,此天下之至文也。

今夫玉非不温然美矣,而不得以为文;刻镂组绣,非不文矣,而不可与论乎自然。故夫天下之无营而文生之者,惟水与风而已。昔者君子之处于世,不求有功,不得已而功成,则天下以为贤;不求有言,不得已而言出,则天下以为口实。

呜呼,此不可与他人道之,惟吾兄可也。(《全宋文》第四十三册)

文章以为其仲兄改字为由头,用风与水的关系,来说明只有那种"无意乎相求,不期而相遭","不能不为"之"文",才是天下之至文。而那些刻意为之,"不可与论乎自然"者,则达不到这种境界。并且用生动的形象,描述了风与水如何自然成文的情形。我们在前面曾提出,从韩、柳到欧、苏的进展,就是由主观上的努力创造,逐步达到出乎"自然"的境界。欧阳修明确地提出了"自然"这一概念和目标,苏洵的论述,相当于对欧公的诠解。他和欧公都在向着这一目标靠近,但完满达至这一境界的应该是苏轼,这有待于下面的阐述。从这个角度说,苏洵的这篇文章,在古代散文的发展史上,应当给予重视。

五　苏辙

苏辙(1039—1112),字子由,又字同叔,晚号颍滨遗老。苏洵子,苏轼弟。仁宗嘉祐二年(1057)进士,英宗治平年间任大名府推官。神宗至哲宗期间,因牵涉变法斗争,官职起伏多变,曾被远贬筠、雷、循州。徽宗即位,遇赦北归,闲居颍昌。南宋淳熙中,追谥文定,故后世亦称苏文定公。

苏辙在多处自称:"生好为文"(《全宋文》第九十五册《上枢密韩太尉书》),"早岁读书,徒以文翰自喜"(《全宋文》第九十五册《除尚书右丞诸公免书》)。"方昔少年,沉酣文字之间,习气所薰,老而不能已。既以自喜,亦以自笑"(《全宋文》第九十五册《栾城第三集引》)。但实际上,他与其父苏洵不同,并没有做到毕生致力于为文,而是从仕以后,大部分时间投入时事政治,并卷入由变法所引发的新旧党争。神宗熙宁年间,受排挤出任地方官,元丰年间,因苏轼诗案被贬六七年,哲宗元祐期间入朝进入政权中枢,一度声势极盛,哲宗亲政后,新党上台,被远谪至岭南,直至徽宗即位,才北归而终老。与苏轼一样,其仕途的起伏坎坷,极为少见。晚年所写《颍滨遗老传》对此有详细记述。

但苏辙终究出身文学世家,与其父兄一起以文名世,且受其父兄影响和经个人努力,形成很高的文学修养及自己的文章观。他在《欧阳文忠公神道碑》中,论及欧氏文章上的贡献时有云:

> 孔子既没,诸弟子如子贡、子夏以文名于世。数传之后,子思、孟子、孙卿并为诸侯师。秦人虽以涂炭遇之,不能废也。及汉祖以干戈定乱,纷纭未已,而叔孙通、陆贾之徒,以《诗》《书》《礼》《乐》弥缝其阙矣。其后贾谊、董仲舒相继而起,则西汉之文,后世莫能仿佛,盖孔氏之遗烈,其所及者如此。自汉以来,更魏晋,历南北,文弊极矣。虽唐贞观、开元之盛,而文气衰弱,燕、许之流,倔强其间,卒不能振。惟韩退之一变复古,阏其颓波,东注之海,遂复西汉之旧。自退之以来,五代相承,天下不知所以为文。祖宗之治,礼文法度,追迹汉唐,而文章之士杨、刘而已。及公之文行于天下,乃复无愧于古。於乎,自孔子至今,千数百年,文章废而复兴,惟得二人焉,夫岂偶然也哉?(《全宋文》第九十六册)

其中对韩、欧在散文史上地位的肯定,是今天仍被承认的不刊之论。在《亡兄子瞻端明墓志铭》中,他评苏轼之文曰:"公之于文,得之于天。少与辙皆师先君,初好贾谊、陆贽书,论古今治乱,不为空言。""尝谓辙曰:'吾视今世学者,独子可与我上下耳。'既而谪居于黄,杜门深居,驰骋翰墨,其文一变,如川之方至,而辙瞠然不能及矣。后读释氏书,深悟相实,参之孔、老,博辩无碍,浩然不见其涯也。"(《全宋文》第九十六册)于《祭亡兄端明文》中,又称:"兄之文章,今世第一。"(《全宋文》第九十六册)对苏轼的判断基本客观符实。在《祭欧阳少师文》中,他还专门论及欧阳修知贡举时,对生涩奇僻之文的拒斥:"嗟维此时,文律颓毁。奇邪谲怪,不可告止。剽剥珠贝,缀饰耳鼻。调和椒姜,毒病唇齿。咀嚼荆棘,斥弃羹裁。号兹古文,不自愧耻。公为宗伯,思复正始。狂词怪论,见者投弃。"(《全宋文》第九十六册)这些都说明,他像其父兄一样,所承继的是韩、欧以来的古文传统。

对其在散文创作上的成就,苏轼在《答张文潜书》中曾说:"子由之文实胜仆,而世俗不知,乃以为不如。其为人,深不愿人知之。其文如其为人。故汪洋淡泊,有一唱三叹之声。而其秀杰之气,终不可没。"(《全宋文》第八十七册)这话,一方面表明了苏轼的谦虚,一方面也有向人推荐鼓吹其弟之意。而如上所引,苏辙原来曾认为与苏轼是不相上下的,后来则感慨"辙瞠然不能及矣"。综观苏辙的文章,可以看出以下几点:

第一,他留下数量庞大的有关时政的"诰词""制""诏""表""状"、奏疏、札子之类的应用文字。这些作品,如早期的《上神宗皇帝书》,后期的《再论分别邪正札子》《论御试策题札子》,大多体现了对国计民生的关心,表述细致、叙次清晰,语言浅明朴实,但艺术性不高,审美性不强。其中部分正式表章,按当时定例,一般用浅畅的四六骈体,写给友朋的一些公文性书启亦用骈体,其中不乏典

藻之作,如《谢改著作佐郎启》:

> 方今圣人在上,多士盈廷。挟策读书,皆道德宏深之士;莅官从政,并才术纵横之人。珪璧炜煌,顾瓦砾而安用? 松筠挺拔,嗟萧艾之徒生。固天地付予之特殊,宜朝廷进退之亦异。朝游山林之下,群鸟兽之喧卑;暮登霄汉之涂,按鸾皇之翔厉。是以群材并骛,百度咸熙。顾视驽骀,伏盐车而已幸;旁睨朴樕,俟樵爨以何词? 曾谓庸虚,亦蒙迁补。(《全宋文》第九十五册)

有的亦颇具真切的描摹能力,如《雷州谢上表》,写自己危苦情状:

> 命微如发,衅积成山。比者水陆奔驰,雾雨蒸湿,血属星散,皮骨仅存。身锢陋邦,地穷南服,夷言莫辨,海气常昏。出有践蛇茹蛊之忧,处有阳淫阴伏之病。艰虞所迫,性命岂常? 念咎之余,待尽而已。(《全宋文》第九十五册)

第二,他前后时期行文格调有所变化。初至京师时,年少气盛,所写文章昂扬奋发,颇有乃父纵横倜傥之风。这在其给在朝诸公的上书中表现得很明显,典型者如《上枢密韩太尉书》:

> 辙生好为文,思之至深,以为文者气之所形。然文不可以学而能,气可以养而致。孟子曰:"我善养吾浩然之气。"今观其文章宽厚宏博,充乎天地之间,称其气之小大。太史公行天下,周览名山大川,与燕赵间豪俊交游,故其文疏荡,颇有奇气。此二子者,岂尝执笔学为如此之文哉? 其气充乎其中而溢乎其貌,动乎其言而见乎其文,而不自知也。

辙生十有九年矣,其居家所与游者,不过其邻里乡党之人,所见不过数百里之间,无高山大野可登览以自广。百氏之书虽无所不读,然皆古人之陈迹,不足以激发其志气。恐遂汨没,故决然舍去,求天下奇闻壮观,以知天地之广大。过秦汉之故都,恣观终南嵩会之高,北顾黄河之奔流,慨然想见古之豪杰。至京师仰观天子宫阙之壮,与仓廪府库城池苑囿之富且大也,而后知天下之巨丽。见欧阳公,听其议论之宏辩,观其容貌之秀伟,与其门人贤士大夫游,而后知天下之文章聚乎此也。……

　　辙之来也,于山见终南嵩华之高,于水见黄河之大且深,于人见欧阳公。而犹以为未见太尉也,故愿得观贤人之光耀,闻一言以自壮,然后可以尽天下之大观而无憾者矣。辙年少,未能通习吏事。向之来非有取于斗升之禄,偶然得之,非其所乐。然幸得赐归待选,使得优游数年之间,将归益治其文,且学为政。太尉苟以为可教而辱教之,又幸矣。(《全宋文》第九十五册)

虽称不上狂傲,但辞气口吻之间,显示着一种不凡的自信和高远的抱负。且论文上又显示着受孟子和韩愈影响而“尚气”的特色。其余之“上富弼、曾公亮书”,《上两制诸公书》《上刘长安书》等,皆属同类作品。而经历了仕途的磨砺与挫折后,其心态有了变化,文章的格调也有了变化,由原来的昂扬气盛转为从容淡泊。其心态的变化,于元丰四年(1081)所写《筠州圣寿院法堂记》中表白得较明显,其中有云:

　　余既少而多病,壮而多难,行年四十有二而视听衰耗,志气消竭。夫多病则与学道者宜,多难则与学禅者宜。既与其

徒出入相从，于是吐故纳新，引挽屈伸，而病以少安。照了诸
妄，还复本性，而忧以自去。洒然不知网罟之在前，与桎梏之
在身，孰知夫崄远不为予安，而流徙之不为予幸也哉？（《全宋
文》第九十六册）

讲的虽然是学佛与对待艰险的态度，但可以看出其心气与早年已
大不相同。至于晚年所写回顾一生政治生涯的《颍滨遗老传》，篇
末竟有这样的话：

　　昔予年四十有二，始居高安，有一二衲僧游，听其言，知万法
皆空，惟有此心不生不灭。以此居富贵，处贫贱，二十余年而心未
尝动，然犹未睹夫实相也。及读《楞严》以六求一，以一除六，至于
一六兼忘，虽践诸相，皆无所碍，乃油然而笑曰："此岂实相也哉？
夫一犹可忘，而况《遗老传》乎？虽取而焚之，可也。"

以这样的心态，虽仍蕴有些微怨愤，但不会再写出激昂慷慨之文。
　　第三，他偏爱写史论政论。在苏辙的文章中，政论史论比重不
小，早年的《上曾参政书》中，就曾言及"有《历代论》十二篇，上自三
王而下至于五代，治乱兴衰之际，可以概见于此"（《全宋文》第九十
五册）。而后来所写的《历代论引》中又云："心之所嗜，不能自已，
辄存之于此，凡四十五篇。"（《全宋文》第九十五册）说明他早年初
有论作，而晚年又加发挥补充。此组文章，从尧舜起一路下来，几
乎全论著名历史人物。他还写有朝代论性质的史论，从夏、商、周
一直论到五代。政论方面，专论性的著作，有《新论》上中下，还有
《君术策》《臣事策》《民政策》等进策二十五篇，另外，还有散篇之论
多篇。这些论著，皆根据某一论题，或某一对象，提出一核心观点，
然后，或列举事实，或引述经典，展开阐述。至于写作宗旨，在其

《历代论引》中有清楚地说明：

> 予少而力学。先君，予师也。亡兄子瞻，予师友也。父兄
> 之学，皆以古今成败得失为议论之要。以为士生于世，治气养
> 心，无恶于身，推是以施之人，不为苟生也。不幸不用，犹当以
> 其所知，著之翰墨，使人有闻焉。

所以，他所写的这些论著（包括政论史论），有些是泛论性的，提供
鉴戒，有些则含有针对时事的侧面讽谕。如其《历代论》中《周公》
一文，篇末总结云："古之圣人，因事立法以便人者有矣，未有立法
以强人者也。立法以强人，此迂儒之所以乱天下也。"明显是针对
变法而言。但总的说来，诸论中没有表现出超越性的识见，也就没
有什么突出的意义。在写作特点上，以明正清晰为主，有些篇章具
有充畅的气势，而不如乃父乃兄的雄肆奔放。如同为《六国论》，苏
辙立论角度与苏洵不同，也有一定见地，但无论内容还是笔墨，都
不如苏洵之特色显著和影响广远。

第四，苏辙文章中，水平较高、影响较大者，是其书启及诸
"记"。书启以早年之作为优，前已论及。其记，数量不少，一生各
个时期都有。根据不同对象，写法自由舒放，有的局部写得精彩，
有的全文整体皆佳。总的体现了前引苏轼对其所作评价。如熙宁
四年（1071）所写《吴氏浩然堂记》，借吴氏之堂，以江水为喻，解释
"浩然"，生动形象，还阑入了庄子的超世之趣。熙宁八年（1075）所
写《齐州闵子祠堂记》，引入对话以纪事，形象颇生动。熙宁六年
（1073）所写《京西北路转运使题名记》，开篇写京西北路之地势位
置，气势相当宏阔。熙宁十年（1077）所写《武昌九曲亭记》，为苏轼
而作，既写苏轼，亦写景色，亦抒感受，有曰："天下之乐无穷，而以
适意为悦。"颇得苏轼之精神。《杭州龙井院讷斋记》，记僧人辩才

事,曲折而完整,写人叙事,多生动形容,有一唱三叹之妙。元丰三年(1080)被贬谪后所写之《东轩记》,记、叙、感、议,交错而行,真切自然,摹写生动、简括,为历来受人称赏之佳篇。次年所写《庐山栖贤寺新修僧堂记》,写水势风势一段,雄且丽,给人以身临其境,如同亲受之感。其最著名之作,为元丰六年(1083)所写《黄州快哉亭记》:

> 江出西陵,始得平地。其流奔放肆大,南合湘沅,北合汉沔,其势益张。至于赤壁之下,波流浸灌,与海相若。清河张君梦得谪居齐安,即其庐之西南为亭,以览观江流之胜,而余兄子瞻名之曰快哉。
>
> 盖亭之所见,南北百里,东西一舍,涛澜汹涌,风云开阖。昼则舟楫出没于其前,夜则鱼龙悲啸于其下。变化倏忽,动心骇目,不可久视。今乃得玩之几席之上,举目而足。西望武昌诸山,冈陵起伏,草木行列,烟消日出,渔夫樵父之舍,皆可指数,此其所以为快哉者也。至于长洲之滨,故城之墟,曹孟德、孙仲谋之所睥睨,周瑜、陆逊之所骋骛。其流风遗迹,亦足以称快世俗。
>
> 昔楚襄王从宋玉、景差于兰台之宫,有风飒然至者,王披襟当之曰:"快哉此风,寡人所与庶人共者耶?"宋玉曰:"此独大王之雄风耳,庶人安得共之?"玉之言盖有讽焉。夫风无雌雄之异,而人有遇不遇之变。楚王之所以为乐,与庶人之所以为忧,此则人之变也,而风何与焉?士生于世,使其中不自得,将何往而非病?使其中坦然,不以物伤性,将何适而非快?今张君不以谪为患,窃会计之余功,而自放于山水之间,此其中宜有以过人者。将蓬户瓮牖无所不快,而况乎濯长江之清流,挹西山之白云,穷耳目之胜以自适也哉?不然,连山绝壑,长林古木,振之以清风,照之以明月,此皆骚人思士之所以悲伤

憔悴而不能胜者,乌睹其为快也哉?

元丰六年十一月朔日,赵郡苏辙记(《全宋文》第九十五册)

此文将江山之胜,风物之美,观览之快,与苏轼为亭之命名糅合在一起,然后引宋玉《风赋》为由头,转入对达人"不以物喜,不以己悲"的论议,既作为对张梦得的赞扬,又暗含对其贬谪的宽慰。叙、议、描述,自然而传神,显示了为文的精到圆熟,乃足以代表苏辙写作水平的最为上乘之作。

总而观之,苏辙在北宋散文作家群中属于比上不足、比下有余的一个。是众星灿烂中相当明亮的一颗,这样的作家,只能有这样的地位,足以反映出当时散文发展所达到的繁荣昌盛之程度。

第三节　苏　轼

苏轼(1037—1101),字子瞻,一字和仲。苏洵次子,因兄早亡,世称苏长公。在为人处世上,苏轼是古代文人中完美的典范,即使今天看,其思想与品格也有许多值得赞赏推扬之处。在古代散文史上,苏轼是经近千年累积而突起的珠穆朗玛峰,其后的作家,在局部和某一侧面上或有所超越,就全面与整体而言,再也无人能够企及。

一　苏轼的生平与思想

1. 过山车般的仕途与所遭受的磨难

苏轼生当北宋后期,幼年受良好教育,形成远大抱负。二十岁后与父、弟入京,仁宗嘉祐二年(1057)登进士第,受欧阳修激赏,文名大振。服母丧后,嘉祐五年(1060),授河南府福昌县主簿。次年,应才识兼茂制科,对策入三等,除大理评事,签书凤翔府判官。

英宗治平二年(1065)入朝,判登闻鼓院,直史馆。服父丧回蜀,服除,神宗熙宁二年(1069)还朝,监官告院。

此时,王安石当政,推行新法,而苏轼与之政见不合,开始卷入新旧党争,决定了其一生坎坷的命运。四年,王安石欲变更科举制度,苏轼上书反对,并向神宗进三言:"求治太急,听言太广,进人太锐。"引王安石一派不满,以之摄开封府推官。轼继续坚持进言,受嫉恨而遭王党诬告,随要求外任以避之。除为杭州通判。八年,改知密州。十年,徙知徐州。元丰二年(1079),移知湖州。

不久,王安石党徒摘轼《湖州谢上表》中语,及其诗作中讽刺新法之内容,奏其谤毁朝廷,遣官逮捕赴御史台狱,必欲置之死地,此即所谓"乌台诗案"。因神宗怜其才,结案,贬黄州团练副使安置。在黄州期间,筑室于东坡,自号东坡居士。五年,神宗手诏徙汝州安置,轼求居常州,于是改移常州。

神宗崩,年仅九岁之哲宗继位,高太后辅政,起用强烈反对新法之司马光。复轼为朝奉郎,知登州,旋召为礼部郎中,除起居舍人。元祐元年(1086),迁中书舍人。司马光欲尽废新法,而轼以为应保留免役法,引司马光不满。光病卒,轼被任命为翰林学士。二年,除侍读。三年,权知贡举。轼在职多所建言,而当权朝官多迎合司马光之辈,对轼愈加忌恨,寻机造谤。轼知不见容,屡乞外任。四年,以龙图阁学士知杭州。六年,召入为翰林承旨,复为哲宗侍读。当政者不满,再次造蜚语诽谤,轼又请外补,以龙图阁学士为颍州太守。七年,徙扬州。不及一年,以兵部尚书召还,兼侍读,迁礼部,兼端明殿、翰林侍读二学士。

元祐八年(1093),高太后崩,哲宗亲政,启用新党,轼乞外任,以两学士出知定州。绍圣元年(1094),御史论轼掌制诰时所作制词讥斥先朝,以本官知英州,未至,贬宁远军节度副使,惠州安置。四年,再贬琼州别驾,安置昌化,昌化即故儋耳。

元符三年(1100)，徽宗继位，大赦，轼得以北归，初徙廉州，再徙永州，后复朝奉郎，提举成都玉局观，居从其便。轼将居许，至常州而病。徽宗建中靖国元年(1101)六月，以本官致仕，七月卒于常州。

纵观苏轼一生，除应试前后，名震京师，声著天下，深为当朝诸公赏誉，意气颇为昂扬奋发。其后仕途之坎坷，遭遇之悲惨，在古代文人中，除魏晋南北朝时期动遭杀戮者外，几乎无人可比。

造成这种悲惨遭遇之原因，一方面是因政见之不同，受到新党的迫害。先是，遭新党所制造乌台诗案，几近于死；晚年再被清算，先贬英州，未至，再贬惠州安置，最后远贬儋耳，了无生望。这种情况，对其心理与生活打击之重，可想而知。其心理所受刺激之深，除有关表、状、《黄州上文潞公书》言之较详。其中有云：

> 轼始得罪，仓皇出狱，死生未分，六亲不相保。然私心所念，不暇及他。但顾平生所存，名义至重，不知今日所犯，为己见绝于圣贤，不复为君子乎？抑虽有罪不可赦，而犹可改也？伏念五六日，至于旬时，终莫能决。辄复强颜忍耻，饰鄙陋之辞，道畴昔之眷，以卜于左右。遽辱还答，恩礼有加。岂非察其无他，而恕其不及，亦如圣天子所以贷而不杀之意乎？伏读洒然，知其不肖之躯，未死之间，犹可以洗濯磨治，复入于道德之场，追申徒而谢子产也。(《全宋文》第八十七册)

可见当时苏轼几于自杀，仅因得文博彦等之宽慰，才隐忍而著书。此信亦因自知"穷苦多难，寿命不可期"，将所著之《论语说》《易传》托文氏代为保留而作。关于生活状况，于《赴英州乞舟行状》中，可见其惨苦：

近准诰命,落两职,追一官,谪守岭南小郡。臣寻火急治装,星夜上道,今已行次濠州。而自闻命已来,忧悸成疾,两目昏障,仅分道路。左手不仁,右臂缓弱,六十之年,头童齿豁,疾病如此,理不久长。而所负罪名至重,上孤恩义,下愧平生,悸伤血气,忧隔饮食,所以疾病有加无瘳。加以素来不善治生,禄赐所得,随手耗尽,道路之费,囊橐已空。

臣本作陆行,日夜奔驰,速于赴任,而疾病若此,资用不继,英州接人,卒未能至,定州送人,不肯前去,雇人买马之资,无所从出。道尽途穷,譬如中流失舟,抱一浮木,恃此为命,而木将沉,臣之衰危亦云极矣。……臣若强衰病之余生,犯三伏之毒暑,陆走炎荒四千余里,则僵仆中途,死于逆旅之下,理在不疑。……

臣切揣自身,多病早衰,气息仅属,必无生还之道。然尚延晷刻于舟中,毕余生于治所,虽以瘴疠死于岭表,亦所甘心,比之陆行毙于中道,蒿葬路隅,常为羁鬼,则犹有间矣。(《全宋文》第八十七册)

后至惠州,所写《到惠州谢表》有云:"以瘴疠之地,魑魅为邻;衰疾交攻,无复首丘之望。"(《全宋文》第八十六册)至于在儋耳的处境,《与程秀才》中,所言甚细:

此间食无肉,病无药,居无室,出无友,冬无炭,夏无寒泉,然亦未易悉数,大率皆无耳。惟有一幸,无甚瘴也。近与小儿子结茅数椽居之,仅庇风雨,然劳费已不赀矣。赖十数学生助工作,躬泥水之役,愧之不可言也。(《全宋文》第八十八册)

《与王庠》亦云:

南迁以来,便自处置生事,萧然无一物,大略似行脚僧也。近日又苦痔疾,呻吟几百日,缘此断荤血盐酪,日食淡面一斤而已。(《全宋文》第八十八册)

面对这些磨难,对心中痛苦他亦不讳言,在《与赵晦之》书中有云:

处患难不戚戚,只是愚人无心肝尔,与鹿豕木石何异!(《全宋文》第八十八册)

然而,苏轼的不幸,不只在于因反对过激地推行新法,遭到所谓新党的迫害,还在于元祐年间,以司马光为代表的所谓旧党掌权,他如过山车般,由七品官一路提升到中书舍人、翰林学士、侍读学士。但由于他反对一概废除新法,尤其在恢复差役法上,持坚决反对态度,从而激怒了司马光。光死后,又被其追随者一次次地罗织罪名,诽谤攻击,迫使他不得不一次次乞求外任。这种情况,在其元祐三年(1088)所写《乞郡札子》中有所述及:

恭惟陛下践祚之始,收臣于九死之余,半年之间,擢臣为两制之首。方将致命,岂敢告劳。特以臣拙于谋身,锐于报国,致使台谏,例为怨仇。臣与故相司马光,虽贤愚不同,而交契最厚。光既大用,臣亦骤迁,在于人情,岂肯异论。但以光所建差役一事,臣实以为未便,不免力争,而台谏诸人,皆希合光意,以求进用,及光既殁,则又妄意陛下以为主光之言,结党横身,以排异议,有言不便,约共攻之。……臣二年之中,四遭口语,发策草麻,皆谓之诽谤。未出省榜,先言其失士。以至臣所荐士,例加诬蔑,所言利害,不许相度。……巧构曲成,以积臣罪。欲使臣桡椎于十夫之手,而使陛下抽杼于三至之言。

又举汉宣帝对盖宽饶，唐太宗对刘洎皆引为心腹之臣，而饶、洎都终受不断谗毁被杀之例，并回顾所遭乌台诗案的经过，云：

> 昔先帝召臣上殿，访问古今，敕臣今后遇事即言。其后臣屡论事，未蒙施行，乃复作为诗文，寓物托讽，庶几流传上达，感悟圣意。而李定、舒亶、何正臣三人，因此言臣诽谤，臣遂得罪。然犹有近似者，以讽谏为诽谤也。今臣草麻词，有云"民亦劳止"，而赵挺之以为诽谤先帝，则是以白为黑，以西为东，殊无近似者。臣以此知挺之险毒甚于李定、舒亶、何正臣，而臣之被谗甚于盖宽饶、刘洎也。……臣欲依违苟且，雷同众人，则内愧本心，上负明主。若不改其操，知无不言，则怨仇交攻，不死即废。（《全宋文》第八十六册）

类似情况，在其元祐六年(1091)先后所上《杭州召还乞郡札子》《再乞郡札子》，都有具体反映。

据上述情况可知，苏轼的大半生，在新旧党争的夹缝中，始终处于九死一生，困窘交逼的状态之中。这种处境，为曾远贬潮州之韩愈，谪窜永州、连州之柳宗元、刘禹锡，一度被贬江州之白居易皆所无有。

2. 苏轼的人生取向与卓越品德

苏轼何以会陷入这种处境，面对如此艰难的困境，他又何以自处？结合苏轼的文章和行迹，可以看出，在传统文化的熏陶下，形成了他贯穿一生之坚定的观念信仰、卓越的性行品格和特有的人生价值取向。正是凭此，使他在坎壈与磨难中，以超迈的胸怀与气度走过了辉煌灿烂的生命历程。

苏轼一生所坚持的观念信仰，总起来说就是忠君，忧国，爱民。忠君，今天看来是旧时代士大夫的极大局限，而在当时却是必具的基本品质。苏轼在这方面表现得明确而坚定。他出仕于仁宗朝后期，在其《仁宗皇帝御飞白记》中，对仁宗及其朝臣倍加颂扬；在《书济众方后》中，全面赞扬了仁宗治绩，称"其裕民之德，固已浃肌肤而沦骨髓矣"。其黄州及昌化之贬，出于神宗和哲宗之命，但苏轼不只在公开的表、状中对他们没有丝毫怨言，还自认罪大责轻，即使在写给亲友的信函中，亦仅归咎于党人的罗织毁谤，而感谢皇帝的宽大。如在《与杨康功》中，因得知神宗逝世的消息，表示："自闻国恤，哀慕摧损，不知所措。惟公忠孝体国，想同此情。某无状，自取大戾，非先帝哀矜，岂有今日矣。"（《全宋文》第八十六册）《与王定国》中，表达更为深切："先帝升遐，天下所共哀慕，而不肖与公，蒙恩尤深，固宜作挽，少陈万一。然有所不敢者尔。必深悉此意。无状坐废，众欲置之死，而先帝独哀之，而今而后，谁复出我于沟渎者？已矣，归耕没齿而已。"（《全宋文》第八十七册）忠君，可以说是古代文人既有的传统，所以他在给王定国的另一封信中，曾谓：

> 杜子美在困穷之中，一饮一食，未尝忘君，诗人以来，一人而已。今见定国，每有书皆有感恩念咎之语，甚得诗人之本意。仆虽不肖，亦尝庶几仿佛于此也。（《全宋文》第八十七册）

在《王定国诗集叙》中，他又再次表示了同样的意思。

在当时，君与国是合二而一的，国更重于君，所以苏轼之忠君并不是一味地愚忠。他在应试前后所写诸策论，皆是为国建言。其《谢制科启》明确表示："某生于远方，性有愚直。幼承父兄之余训，教以修己而治人。虽为朝廷之直臣，常欲挺身而许国。""敢以微躯，自今为许国之始。"（《全宋文》第八十七册）丁艰回朝后，神宗当位，正推行变法，他先写《议学校贡举状》，再写《谏买浙灯状》，然后写号称万言的《上神宗皇帝书》。在《书》中，以"结人心，厚风俗，存纪纲"为中心，纵横古今，详列实例，全面批评了王安石的新法，极论急于推行之不当。篇末有言：

> 使臣所献三言，皆朝廷未尝有此，则天下之幸，臣与有焉。若有万一似之，则陛下安可不察。然而臣之为计，可谓愚矣。以蝼蚁之命，试雷霆之威，积其狂愚，岂可数赦，大则身首异处，破坏家门，小则削籍投荒，流离道路。……臣之所惧者，讥刺既众，怨仇实多，必将诋以深文，中臣以危法，使陛下虽欲赦臣而不可得，岂不殆哉！死亡不辞，但恐天下以臣为戒，无复言者，是以思之经月，夜以继昼，表成复毁，至于再三。感陛下听其一言，怀不能已，卒吐其说。惟陛下怜其愚忠而卒赦之，不胜俯伏待罪忧恐之至。（《全宋文》第八十六册）

可见苏轼为国为君，用心之深。此《书》进上以后，未见回应，轼又写《再上皇帝书》，言辞更为尖锐激切，不但再言新法之失，而且直指神宗"有文过饰非之风"。这两封"书"，虽能得神宗容忍，实种下他黄州、儋耳两次遭贬的祸根。其实，何止遭贬，他一生在新旧交逼中，无论遭遇何等生活与精神困苦，忧国之心 始终坚不可变。所以即使在受贬谪期间，不得不谨言慎行，仍忍不住关心国事，如其《与腾达道》有云："虽废弃，未忘为国家虑也。"（《全宋文》第八十七册）

君、国皆须以民为本，这是传统思想中的精华。苏轼尝谓："余本田家，少有志丘壑，虽为缙绅，奉养如农夫。"（《全宋文》第八十九册《跋李伯时卜居图》）说明其骨子里即以平民自居，爱民忧民，也就与其忠君忧国的观念结合在一起，成为他思想中的基底。他在《谢除两职守礼部尚书表》中曾谓："始臣之学也，以适用为本，而耻

空言;故其仕也,以及民为心,而惭尸禄。"(《全宋文》第八十六册)
所以,他不但在许多表、奏、状、书中极力强调民心、民意、民生之重
要,而且在他任地方官时,所到之地,皆有善政,如大家熟知的密州
之除盗,徐州之抗水灾,杭州之赈饥,浚西湖,筑苏堤,颍州之平淮
水,扬州解船户之困等。此外,即使在自己职责范围之外,凡涉民
生疾苦之事,他皆热心关注。如离杭州后,接任者为林子中,苏轼
写信嘱其留意灾民事,云:"别后,淫雨不止,所过灾伤殊甚。京口
米斗百二十文,人心已是皇皇。又四月天气,全似正月。今岁流殍
疾病,必须措置。淮南蚕麦已无望,必拽动本路米价。……愿兄早
留意。"(《全宋文》第八十九册)他听人言及鄂州有溺死婴儿的风
俗,即写信给主政鄂州的朱康叔,望其设法加以改变。即使受贬期
间,亦不忘关心民生疾苦,在惠州他读到徽宗的赦书中有减轻百姓
科赋的内容,立即写信给程正辅,表示"闻此美政,不胜踊跃"。接
着想到"然惠州近日科折秋米一事,正违着此赦文,甚可惧也"。详
细为之策划采取如何措施而减轻百姓负担(《全宋文》第八十八
册)。其拳拳之心,着实令人感动。末了,我们还可看一则杂记《以
乐害民》,其中有云:"扬州芍药为天下冠,蔡延庆为守,始作万花
会,用花十余万枝。既残诸园,又吏因缘为奸,民大病之。予始至,
遂首罢之。"即此可见:民,在东坡的心目中份量之重。

　　以上三点,为苏轼终生信守的观念与原则。在这样的基底上,
他又有着光明磊落,坦然率直,尚气重节的品格。如他早年就写有
《物不可以苟合论》,强调处世处事,绝不可以苟合。在其《与千之
侄》中,强调独立不羁之精神,谓"独立不惧者,惟司马君实与叔兄
弟耳。万事委命,直道而行,纵以此窜逐,所获多矣。"(《全宋文》第
八十八册)相反,对于以希合求荣,谄谀取幸之辈,他则予以极度的
蔑视。如杂说中,有《卫青奴才》,称:"若青奴才,雅宜舐痔。"《司马
相如之谄死而不已》中谓:"谄谀之意,死而不已,犹作《封禅书》。

如相如,真可谓小人也哉!"(《全宋文》第八十八册)他以坦直率性自负,在《思堂记》中曾云:"嗟夫,余天下之无思虑者也。遇事则发,不暇思也。未发而思之,则未至。已发而思之,则无及。以此终身,不知所思。言发于心而冲于口,吐之则逆人,茹之则逆余。以为宁逆人也,故卒吐之。君子之于善也,如好好色;其于不善也,如恶恶臭。岂复临事而后思,计议其美恶,而避就之哉!"(《全宋文》第八十八册)

以他所坚守的原则,再加上这样的品格,在当时复杂的新旧党争中,就注定了一生必遭前述各种的坎壈。

面对如此坎坷困顿的遭际,苏轼又何以处之?这决定于他特有的一种世界观与人生观。早在熙宁五年(1072),所写的《墨妙亭记》中,论及"知命"时,就提出了一种与众不同的处世观,谓:

> 余以为知命者,必尽人事,然后理足而无憾。物之有成必有坏,譬如人之有生必有死,而国之有兴必有亡也。虽知其然,而君子之养身也,凡可以久生而缓死者无不用,其治国也,凡可以存存而救亡者无不为,至于不可奈何而后已。(《全宋文》第八十八册)

这里,他在勘破人生和万事万物必有生死成坏的前提下,提出了处世的两个基本方向,"养身"和"治国"。在这两个方向上,他的共同态度,都是"必尽人事","至于不可奈何而后已"。如果说前面所讲的三点,是苏轼在"治国"方面的态度和原则,那么,如何应对人生的困境,就属于他"养身"的态度和做法。

这方面,在苏轼较早时期所写的《贺欧阳少师致仕启》中,就透露出其基本想法。在这封信中,他所赞扬欧阳修的,就在于:用舍行藏,自古为从仕者之难题,"自非智足以周知,仁足以自爱,道足以忘物之得丧,志足以一气之盛衰,则孰能见幾祸福之先,脱屣尘垢之外。常恐兹世,不见其人"。而欧阳修却能做到"力辞于未及之年,退托以不能而止。大勇若怯,大智若愚"(《全宋文》第八十七册)。意在肯定欧阳修之急流勇退,明哲保身,表现了其人生取向的另一面。之后,在知密州期间所写《超然台记》中,进一步表达了其超然物外的人生观:

> 夫所为求福而辞祸者,以福可喜而祸可悲也。人之所欲无穷,而物之可以足吾欲者有尽。美恶之辨战乎中,而去取之择交乎前,则可乐者常少,而可悲者常多。是谓求祸而辞福,岂人之情也哉!物有以盖之矣。彼游于物之内,而不游于物之外。
>
> 物非有大小也,自其内而观之,未有不高且大者也。彼挟其高大以临我,则我常眩乱反覆,如隙中之观斗,又乌知胜负之所在。是以美恶横生,而忧乐出焉。可不大哀乎!
>
> ……余之无所往而不乐者,盖游于物之外也。(《全宋文》第九十册)

文中之"物"指包含了种种诱惑的外部客观世界,文章将外在之物与主体的自我追求对立起来,表现了摆脱外物诱惑束缚的明确意向。这种意向,成为他"养身"这一人生取向的第一要义。

此后,在他经历了乌台诗案,元祐时期的屡受毁谤,儋耳的远窜,这种取向有了进一步的发展。因此,他更加向超然世外的陶渊明靠近,在《题渊明诗》中云:"靖节以无事自适为得此生,则凡役于物者,非失此生耶?"(《全宋文》第九十册)这样就使得他接近于彻底的达观。在《答李端叔》中云:"已前者皆梦,已后者独非梦乎?置之不足道也。"(《全宋文》第八十八册)《跋司马温公布衾铭后》

云："士之得道者，视死生祸福，如寒暑昼夜，不知所择，而况膏粱脱粟文绣布褐之间哉！天地不能使之寿夭，人主不能使之贵贱，不得道能若是乎？"(《全宋文》第八十九册)据此，他甚至论及古人，在《管幼安贤于荀孔》中赞扬管宁："怀宝循世，就闲海表，其视曹操父子，真穿窬斗筲而已。既不可得而用，其可得而杀乎？"(《全宋文》第九十册)在《阮籍》中借《大人先生传》中所用比喻，讽刺阮籍说："出入往来于衣裈中间者也，安能笑裈中之藏乎？"(《全宋文》第九十册)同样据此，他写《书四戒》云："'出舆入辇，命曰蹶痿之机；洞房清宫，命曰寒热之媒；皓齿娥眉，命曰伐性之斧；甘脆肥浓，命曰腐肠之药。'此三十二字，吾当书之门窗、几席、缙绅、盘盂，使坐起见之，寝食念之。"(《全宋文》第八十九册)又写《书四适赠张鹗》："吾闻《战国策》中有一方，吾尝服之，有效，故以奉传。其药四味而已，一曰'无事以当贵'，二曰'早寝以当富'，三曰'安步以当车'，四曰'晚食以当肉'。夫已饥而食，蔬食有过于八珍。而既饱之余，虽刍豢满前，惟恐其不持去也。若此可谓善处穷者矣。然而于道则未也。安步自佚，晚食自美，安以当车与肉为哉？车与肉犹存于胸中，是以有此言也。"(《全宋文》第九十一册)

于是，这种对外物的超越，就成为苏轼应对精神与生活磨难的利器。他在《试笔自书》中曾云："吾始至南海，环视天水无际，凄然伤之，曰：'何时得出此岛耶？'已而思之，天地在积水中，九州在大瀛海中，中国在少海中，有生孰不在岛者？覆盆水于地，芥浮于水，蚁附于芥，茫然不知所济。少焉水涸，蚁即径去，见其类，出涕曰：'几不复与子相见，岂知俯仰之间，有方轨八达之路乎？'念此可以一笑。"(《全宋文》第九十册)意谓从大的宇宙观的角度看，人生的遭际之变幻无常乃极其自然的规律与现象，根本不应置于心腹齿牙间。

基于这样的观念与态度，他认为，对人生的磨难与痛苦，固然有所戚戚,不能像鹿豕木石那样无动于衷,然而也不该戚戚然地陷于愁苦怨愤中而不拔。正因如此,他无论是在黄州,还是在儋耳,既不讳言所受艰难与悲苦,又能以"随缘委命"的态度坦然处之。其间写给亲朋好友的文字,如《与李公择》云:"某现在东坡,作陂种稻,劳苦之中,亦自有乐事。有屋五间,果菜十数畦,桑百余本,身耕妻蚕,聊以卒岁也。"(《全宋文》第八十七册)《答毕仲举》云:"黄州滨江带山,既适耳目之好,而生事百须,亦不难致,早寝晚起,又不知所谓祸福安在哉?"(《全宋文》第八十八册)表现得皆坦然,恬然。在惠州所写《与参寥子》则谓:"某至贬所半年,凡百粗遣,更不能细说,大略只似灵隐天竺和尚退院后,却住一个小村院子,折足铛中,煨糙米饭便吃,便过一生也得。其余,瘴疠病人。北方何尝不病,是皆死得人,何必瘴气。但苦无医药,京师国医手里死汉尤多。参寥闻此一笑,当不复忧我也。"(《全宋文》第八十八册)用生动的比喻描绘其处境,写到其难处,不但看得开,还颇带幽默气息。

然而,苏轼的超然物外,甚至视人生如梦幻,并不是陷入虚无主义,乃是强调摆脱外在羁绊,坚持主体意愿。在其"养身"的人生取向遭逢极其困顿的状态时,依然遵循着"必尽人事","至于不可奈何而后已"的态度而前行。我们可以看到:第一,在其极其艰难的处境中,仍未动摇过"治国"取向方面坚守的原则。第二,他从未放弃主体所尊尚向往的自我追求。在其早年所写的《凌虚台记》中曾云:

> 物之废兴成毁,不可得而知也。昔者荒草野田,霜露之所蒙翳,狐虺之所窜伏,方是时,岂知有凌虚台耶?废兴成毁相寻于无穷,则台之复为荒草野田,皆不可知也。……夫台犹不足恃以长久,而况于人事之得丧,忽往而忽来者与?而或者欲以夸世而自足,则过矣。盖世有足恃者,而不在乎台之存亡

也。(《全宋文》第九十册)

世之"足恃者"为何？此处留有余韵，而所指不外乎传统之三不朽。就其所处情况而言，后期"立功"于苏轼已不可能，但他仍着意于"立言"，前引他给文彦博的信，表明在黄州他所致力并极其重视的是著《易传》与《论语解》。其《与腾达道》中亦曾云：

> 某闲废无所用心，专治经书。一二年间，欲了却《论语》《书》《易》。舍弟已了却《春秋》《诗》。虽拙学，然自谓颇正古今之误，粗有益于世，瞑目无憾也。(《全宋文》第八十七册)

另外，在此期间，他虽因畏人言，曾决心绝不作诗，并云焚笔砚五年，然而其不朽之作，如前、后《赤壁赋》《念奴娇(赤壁怀古)》词，皆作于此时。第三，愈处境恶劣愈注意养生，除《书四戒》外，他甚至借鉴道家之养生术，在其《答秦太虚》中有云：

> 吾侪渐衰，不可复作少年调度，当速用道书方士之言，厚自养炼。谪居无事，颇窥其一二。(《全宋文》第八十八册)

其《题虔州祥符宫乞签》中亦有云：

> 书庄子《养生主》一篇，致自励之意，敢有废坠，真圣殛之！(《全宋文》第九十一册)

第四，他处处体现着对生活的热爱，对田园的向往。如其《与王元直》云："黄州真在井底。杳不闻乡国信息……此中凡百粗遣，江边弄水挑菜，便过一日。""但犹有少望，或圣意许归田里，得款段一,仆与子众丈、杨宗文之流往来瑞草桥,夜还何村,与君对坐庄门吃瓜子炒豆,不知当复有此日否?"(《全宋文》第八十八册)其《子由真赞》所赞虽为苏辙画像,讲的实为自己愿望:

> 心是道人,形是农夫。误入廊庙,还即里闾。秋稼登场,社酒盈壶。颓然一醉,终日如愚。(《全宋文》第九十一册)

苏轼除坚持人生两大取向,具有卓越的德性人品,还特别重视亲情、友情、人情。如他对欧阳修不仅极其钦敬尊崇,而且因其知遇,师事如父。在其生前赞为"天人",死后为其一写祭文,又为其夫人两写祭文,有云:

> 轼自龆龀,以学为嬉。童子何知,谓公我师。昼诵其文,夜梦见之。十有五年,乃克见公。公为拊掌,欢笑改容:此我辈人,余子莫群,我老将休,付子斯文。再拜稽首,过矣公言。虽知其过,不敢不勉。契阔艰难,见公汝阴。多士方哗,而我独南。公曰:子来,实获我心。我所谓文,必与道俱;见利而迁,则非我徒。又拜稽首,有死无易。公虽云亡,言如皎日。(《全宋文》第九十二册《祭欧阳文忠公夫人文》)

这样的深情,非一般人所能有。苏轼父子之情浓,兄弟之情深,众所周知。对其余家人亲情之重,亦非常人能比。他除皇帝亲命或特殊原由外,一概不给当世人写墓碑墓铭,却给自己的前妻亲书墓志铭,给续妻写祭文,给乳母任氏、保母杨氏、侍妾朝云亦写墓志铭,如此做法,亦为前人所无。

这一切综合起来,显示了苏轼特有的完美人格。其魅力不但为后代文人学者所倾倒,亦为民间百姓所乐道,沿传为不少话本传说。

3. 吸收汇聚传统文化之精粹

苏轼的完美人格，为传统文化的精粹所陶铸而成。他思想的根底仍是儒家的基本观念，这从其早期所写一系列策论、政论及论时事的上书上言中看得出来，亦从对当时名臣贤相的赞赏中，表现得很清楚。如他为范仲淹所写《范文正公文集叙》有云：

> 其于仁义礼乐，忠信孝弟，盖如饥渴之于饮食，欲须臾忘而不可得。如火之热，如水之湿，盖其天性有不得不然者，虽弄翰戏语，率然而作，必归于此。故天下信其诚，争师尊之。孔子曰："有德者必有言。"非有言也，德之发于口者也。（《全宋文》第八十八册）

所推崇于范的，全是儒家的信念。再者，通观苏轼的所有文章，除希言五帝三王外，对历代的帝王名臣历史人物，几乎无一不曾有所褒贬，而独无一字非议者，唯有孔子。在"养身"取向上，苏轼也是以孔子的观点为基底的，他有一篇《乌说》，论处世之道，其结论是："宁武子，邦有道则智，邦无道则愚，观时而动，祸可及哉？"（《全宋文》第九十册）观点即出自《论语》。

对老与佛，苏轼与韩愈采取决然否定的态度不同，而是汲取其中有益成分，作为自己人生观和处世观之补充和营养。如对于老、庄，苏轼就接受了其大的宇宙观上超出孔氏的部分，肯定事物存在的相对性，并将在物我关系上的超脱性，融入自己的"养身"之道。对于佛亦是如此，他所到之处，颇爱与佛徒交往，有的甚至成为终生挚友，如参寥子、法印辈。对于佛理，他亦仅取其空无观，与庄子超然物外的态度结合在一起，成为养生处世的一个辅助部分。然而在其基本观念与整体看法上，二者皆难与孔氏并。在其熙宁四年（1071）所写《议学校贡举状》中曾论及：

今士大夫至以佛、老为圣人，鬻书于市者，非庄老之书不售也，读其文，浩然无当而不可穷，观其貌，超然无著而不可挹，岂此真有然哉？盖中人之性，安于放而乐于诞耳。使天下之士，能如庄周齐生死，一毁誉，轻富贵，安贫贱，则人主之名器爵禄，所以砺世摩钝者，废矣。陛下亦安用之，而况其实不能，而窃取其言以欺世者哉？（《全宋文》第八十六册）

后来所写《庄子祠堂记》中，专门论庄子，谓："余以为庄子盖助孔子者，要不可以为法耳。""庄子之言，皆实予，而文不予，阳挤而阴助之，其正言盖无几。""其论天下道术，自墨翟、禽滑厘、彭蒙、慎到、田骈、关尹、老聃之徒，以至于其身，皆以为一家，而孔子不与，其尊之也至矣。"（《全宋文》第九十册）其《记袁宏论佛》中，先引袁宏《汉纪》中对佛理的最初记载和阐述："盖息意去欲，归于无为。又以为人死精神不灭，随复受形，生时善恶，皆有报应。故贵行善修道，炼精养神，以至无生而得为佛也。"然后评论说："此殆中国始知有佛时语也。虽若浅近，而大略具是矣。野人得鹿，正尔煮食之尔。其后卖与市人，遂入公庖中，馔之百方。鹿之所以美，未有丝毫加于煮食时也。"（《全宋文》第八十九册）生动地说明后人讲得再多，也未出其基本要点。其《答毕仲举》中，称陈述古论禅为吃龙肉，自己学禅为食猪肉，以喻对佛理知之甚浅。在《跋刘咸临墓志》中则曰："予观欧阳永叔、司马君实皆不喜佛，然其聪明之所了照，德力之所成就，皆佛法也。梁武帝筑浮山堰灌寿春以取中原，一夕杀数万人，乃以面牲供宗庙，得为知佛乎？以是知世之喜佛者未必多，而所不喜者未易少也。"（《全宋文》第八十九册）其《中和胜相院记》，又极写学佛之难之苦，而世人却趋之若鹜，不过是"劓其患"，"取其利"，"爱其名，治其荒唐之说"而已（《全宋文》第九十册）。这都说明他对佛，只不过取其所可取的一面，汇融于自己的思想行为之中。

故总起来说，苏轼乃以传统儒学之积极面为基底，又汲取了老、佛中可借鉴的有益成分，相当于接受并集中了发展至当时的中国传统文化之精粹。这些精粹又不是只浮于理念层面，而是融会于其意识与情感、体现于其思想与行为之中，陶铸成为士大夫文人中少有的完美人格。苏轼这种特殊人格，对其创作影响甚大，也是形成他的作品特有魅力的原因之一。

二　苏轼的艺术修养与文章观

1. 深厚全面的艺术修养

苏轼诗、词、赋、文兼擅，又是北宋顶尖的书法家，杰出的画家。其艺术修养的广泛与深厚，在古代作家中几乎无人可比。

他多次言及自幼便好书嗜画（参见《宝绘堂记》《四菩萨阁记》《子由幼达》）。这方面的兴趣爱好与实践，使他对艺术作品的性质、特点及创作过程，有深切的体验与认识。

其一，他明确意识到了艺术品与一般物质追求绝不相同的审美价值。其为王晋卿所写《宝绘堂记》中谓："凡物之可喜，足以悦人而不足移者，莫若书与画。"以此和老子所谓"五色令人目盲，五音令人耳聋，五味令人口爽，驰骋田猎令人心发狂"之单纯追求快感者相区别（《全宋文》第九十册）。这是对艺术作品审美价值的自觉。

其二，他明确强调艺术创作之要在传神。在其《陈怀立传神》中专门就此立论：

> 传神与相一道，欲得其人之天，法当于众中阴察其举止。今乃使具衣冠坐注视一物，彼敛容自持，岂复见其天乎？凡人意思各有所在，或在眉目，或在鼻口。虎头云："颊上加三毛，觉精采殊胜。"则此人意思，盖在须颊间也。优孟学孙叔敖，抵

掌谈笑,至使人谓死者复生。此岂能举体皆似耶?亦得其意思所在而已。使画者悟此理,则人人可谓顾、陆。吾尝见僧惟真画曾鲁公,初不甚似。一日,往见公,归而喜甚,曰:"吾得之矣。"乃于眉后加三纹,隐约可见,作仰首上视,眉扬而额蹙者,遂大似。(《全宋文》第八十九册)

在《净因院画记》(又题《文与可画墨竹枯石记》)中,又从另一角度,论述了同一观点:

> 余尝论画,以为人禽宫室器用皆有常形。至于山石竹木,水波烟云,虽无常形,而有常理。常形之失,人皆知之;常理之不当,虽晓画者有不知。……虽然,常形之失,止于所失,而不能病其全,若常理之不当,则举废之矣。以其形之无常,是以其理不可不谨也。世之工人,或能曲尽其形,而至于其理,非高人逸才不能办。
>
> 与可之于竹石枯木,真可谓得其理者矣。如是而生,如是而死,如是而挛拳瘠蹙,如是而条达畅茂,根茎节叶,牙角脉缕,千变万化,未始相袭,而各当其处。合于天造,厌(餍)于人意。盖达士之所寓也欤!(《全宋文》第九十册)

此处之所谓"理"即决定事物如是发展的内在神髓,可与"神"作同一理解。

其三,他强调对表现对象要有全面深入的把握与了解,在创作时,应如对象再现在眼前,迅速用笔墨加以重现。如其《文与可画筼筜谷偃竹记》云:

> 竹之始生,一寸之萌耳,而节叶具焉。自蜩腹蛇蚹以至于

剑拔十寻者,生而有之也。今画者乃节节而为之,叶叶而累之,岂复有竹乎?故画竹必先得成竹于胸中,执笔熟视,乃见其所欲画者,急起从之,振笔直遂,以追其所见,如兔起鹘落,少纵则逝矣。(《全宋文》第九十册)

其四,他体会到艺术创作的特点之一,是必须作者激情迸发、灵感来临时,才能产生出好的作品。其《画水记》载孙知微、蒲永升画水事:

> 始,知微欲于大慈寺寿宁院壁作湖滩水石四堵,营度以岁,终不肯下笔。一日,仓皇入寺,索笔墨甚急,奋袂如风,须臾而成。作输泻跳蹙之势,汹汹欲崩屋也。知微既死,笔法中绝五十余年。近岁成都人蒲永升,嗜酒放浪,性与画会,始作活水,得二孙本意。……王公富人或以势力使之,永升辄嘻笑舍去。遇其欲画,不择贵贱,顷刻而成。(《全宋文》第九十册)

所记即这种情况,不过无今日如"灵感"之类专业名词形容而已。

其五,他极崇尚艺术家的放纵而又贴近自然。其《书吴道子画后》赞扬:

> 道子画人物,如以灯取影,逆来顺往,旁见侧出,横斜平直,各相乘除,得自然之数,不差毫末。出新意于法度之中,寄妙理于豪放之外,所谓游刃余地,运斤成风,盖古今一人而已。(《全宋文》第八十九册)

所描述的就是这种境界。苏轼写有大量论书之作,意思大致与上同。其论颜书处甚多,如《题颜鲁公书画赞》云:

颜鲁公平生写碑，惟东方朔画赞为清雄，字间栉比，而不失清远。后见逸少本，乃知鲁公字字临此书，虽大小相悬，而气韵良是。(《全宋文》第八十九册)

《题鲁公草书》又云：

昨日，长安安师文出所藏颜鲁公与定襄郡王书草数纸，比公他书尤为奇特。信手自然，动有姿态，乃知瓦注贤于黄金，虽公犹未免也。(《全宋文》第八十九册)

前者与重神韵，后者与尚自然，皆近似。

苏轼在其书启、题、跋、短论、杂文中，上至魏晋，下及当代，论及诗、赋、词作之文极多。除名家如陶、谢、李、杜、韩、柳、刘、白者外，包括韦应物、卢仝、常建、李商隐、温庭筠、黄庭坚、秦观、柳永等，甚至文学史上毫无知名度的作家，皆有涉及，所涉内容极为深细。对这些作家，不管人品上是否有所褒贬，而其作品只要有精妙之处，皆赞赏不置。对晚唐时代的作者，如皮日休之诗亦有称赏，如司空图之诗、文及诗论亦甚为推扬。尤其值得注意的是，他往往将书、画、诗、文一体相看，在《书吴道子画后》云：

智者创物，能者述焉，非一人而成也。君子之于学，百工之于技，自三代历汉至唐而备矣。故诗至于杜子美，文至于韩退之，书至于颜鲁公，画至于吴道子，而古今之变，天下之能事毕矣。

不但表现出苏轼之艺术发展观，而且看出，对于诗、文、书、画，他既明确区界，而又一体同观。在《文与可画竹屏风赞》中，则直接将诗、文、书、画联系到一起，谓：

与可之文,其德之糟粕。与可之诗,其文之毫末。诗不能尽,溢而为书,变而为画,皆诗之余。其诗与文,好者益寡。有好其德如好其画者乎? 悲夫! (《全宋文》第九十一册)

固然把德放在了首位,而却将诗、文、书、画内在地联系到了一起。这是前人没有如此明确意识到的。

2. 苏轼的文章观

从以上诸点,可以看出苏轼艺术修养之丰厚,正是在这样的基础上,使其文章观承顺前人遗产而又有新的发展。

第一,继承并发展了韩愈以来"文""道"统一,即实用与审美统一、内容与形式统一的传统。这一点,总的体现在他对韩愈和欧阳修的推崇。在《六一居士集叙》中,他先言韩愈:

自汉以来,道术不出于孔氏,而乱天下者多矣。晋以老庄亡,梁以佛亡,莫或正之。五百余年而后得韩愈氏,著礼乐仁义之实以合于大道。其言简而明,信而通,引物连类,折之于至理,以服人心,故天下翕然师尊之。

其中既讲道,又讲文,等于《潮州韩文公庙碑》所谓"道济天下之溺","文起八代之衰"。然后讲欧阳修:

自欧阳子之存,世之不说者,哗而攻之,能折困其身,而不能屈其言。士无贤不肖不谋而同曰:"欧阳子,今之韩愈也。"宋兴七十余年,民不知兵,富而教之,至天圣、景祐极矣,而斯文终有愧于古。士亦因陋守旧,论卑气弱。自欧阳子出,天下争自濯磨,以通经学古为高,以救时行道为贤,以犯颜纳说为忠。长育成就,至嘉祐末,号称多士。欧阳子之功为多。

然后，就欧阳修之作品，总论曰：

> 欧阳子论大道似韩愈，论事似陆贽，记事似司马迁，诗赋似李白。此非余言也，天下之言也。（《全宋文》第八十九册）

等于说欧阳修继承了韩愈而又有所推进。在其应试后所写《谢欧阳内翰书》中，专就文章的发展，论唐宋之变，可视为上文的补充：

> 自昔五代之余，文教衰落，风俗靡靡，日以涂地。圣上慨然太息，思有以澄其源，疏其流，明诏天下，晓谕厥旨。于是招来雄俊魁伟敦厚朴直之士，罢去浮巧轻媚丛错采绣之文，将以追两汉之余，而渐复三代之故。士大夫不深明天子之心，用意过当，求深者或至于迂，务奇者怪僻不可读，余风未殄，新弊复作。大者镂之金石，以传久远；小者转相摹写，号称古文。纷纷肆行，莫之或禁。
>
> 盖唐之古文，自韩愈始。其后学韩而不至者为皇甫湜，学皇甫湜而不至者为孙樵。自樵以降，无足观矣。伏惟内翰执事，天之所付以收拾先王之遗文，天下之所待以觉悟学者。恭承王命，亲执文柄，意其必得天下之奇士以塞明诏。（《全宋文》第八十七册）

对韩、欧的推崇与肯定，即对文与道相统一之古文传统的推崇与肯定。

具体而论，与重道相联系，苏轼明确地强调文章的实用价值。其《答虔倅俞括》有云：

> 今观所示议论，自东汉以下十篇，皆欲酌古以驭今，有意于济之实用，而不志于耳目之观美，此正平生所望于朋友与凡

学道之君子也。(《全宋文》第八十八册)

晚年所写《与王庠书》又有云:"儒者之病,多空文而少实用。贾谊、陆贽之学,殆不传于世。老病且死,独欲以此教子弟。"(《全宋文》第八十七册)如此强调文章之实用意义,表明他对古代散文根本特质之一方面,有清醒明确的意识。

在重视文章的实用价值的同时,苏轼并不否定其审美意义。这与他作为一个有深厚艺术修养的大家,对文艺作品总体的审美功能有深刻体验、清醒自觉直接相关。在仁宗朝,吕公著等人以诗赋无实用价值,而主张在科举考试中废黜之。神宗朝改革科举制度,又欲取消诗赋而只考策论。苏轼在《议学校贡举状》中明确加以反对,谓曰:

> 自文章而言之,则策论为有用,诗赋为无益;自政事言之,则诗赋、策论均为无用矣。虽知其无用,然自祖宗以来莫之废者,以为设法取士,不过如此也。……
>
> 近世士大夫文章华靡者,莫如杨亿,使杨亿尚在,则忠清鲠亮之士也,岂得以华靡少之?通经学古者,莫如孙复、石介,使孙复、石介尚在,则迂阔矫诞之士也,又可施之于政事之间乎?自唐至今,以诗赋为名臣者,不可胜数,何负于天下,而必欲废之?(《全宋文》第八十六册)

其所以为诗赋辩,是根据自身的修养,深知诗赋虽无直接实用价值,却足以考验作者整体的文化教养及文字表达水平之高低,而且,诗赋与文章的审美价值与其实用性,可以并存而不相矛盾。就此来说,苏轼的视界远比死抱住经学教条不放的石介之流,不知高出多少倍。此处尚是将诗赋文章加以统论,而有些地方讲得更为

具体,如晚年所写《答刘沔都曹书》,感谢此人将自己的诗文编集,谓:

> 所示书词,清婉雅奥,真有作者风气,知足下致力于斯文久矣。轼穷困,本坐文字,盖愿刳形去智而不可得者。然幼子过文益奇,在海外孤寂无聊,过时出一篇见娱,则为数日喜,寝食有味。以此知文章如金玉珠贝,未易鄙弃也。(《全宋文》第八十六册)

《答毛泽民》亦有云:

> 今时为文者至多,可喜者亦众,然求如足下闲暇自得,清美可口者,实少也。敬佩厚赐,不敢独飨,当出之知者。世间唯名实不可欺。文章如金玉,各有定价,先后进相汲引,因其言以信于世,则有之矣。(《全宋文》第八十八册)

两文中所谓文章,可能包括诗作在内,但亦可见出对散文之肯定。所以在其《与侄孙元老》的信中,嘱咐他"须多读史,务令文字华实相副,期于适用乃佳"。又云:"侄孙宜熟看前、后汉史及韩、柳文。"(《全宋文》第八十八册)所谓"华实相副",正是要求实用与审美、内容与形式的完美统一,以为如此才能"期于适用"。

第二,苏轼重新提出孔子所谓"辞达",并作出更深入的理解与阐释。在前引《答虔倅俞括》中,他说:

> 孔子曰:"辞达而已矣。"物固有是理,患不知之,知之患不能达之于口与手。所谓文者,能达是而已。

《与王庠书》中又有曰：

> 前后所示著述文字，皆有古作者风力，大略能道意所欲言
> 者。孔子曰："辞达而已矣。"辞至于达，止矣，不可以有加矣。

写于同一时期的《与谢民师推官书》，再进一步地论述说：

> 孔子曰："言之不文，行而不远。"又曰："辞达而已矣。"夫
> 言止于达意，即疑若不文，是大不然。求物之妙，如系风捕影，
> 能使是物了然于心者，盖千万人而不一遇也，而况能使了然于
> 口与手者乎？是之谓辞达。辞至于能达，则文不可胜用矣。
>
> 扬雄好为艰深之词以文浅易之说，若正言之，则人人知之
> 矣。此正所谓雕虫篆刻者，其《太玄》《法言》皆是类也。（《全
> 宋文》第八十七册）

三处文字皆写于晚年，其目的何在？一在于强调，写文章只要简明
通畅地"达意"、达物之"理"即可，无须外加不必要的雕饰，尤其不
要像扬雄那样"为艰深之词以文浅易之说"。二在于消除人们的误
解，以为做到这一点很容易。于此，他对"辞达"做出新解，谓"求物
之妙，如系风捕影"，不但要"使是物了然于心"，而且"能使了然于
口与手"，这才是真正的"辞达"。而做到这一步非常艰难，"千万人
而不一遇"尚不足以形容。在这方面，与扬雄作对比，他特别赞赏
陆贽。于元祐八年（1093）写有《乞校正陆贽奏议上进札子》，不但
赞扬陆贽：

> 才本王佐，学为帝师。论深切于事情，言不离于道德。智
> 如子房，而文则过；辩如贾谊，而术不疏。上以格君心之非，下

以通天下之志。三代已还,一人而已。

又特别指出:

> 夫六经三史、诸子百家,非无可观,皆足为治。但圣言幽远,末学支离,譬如山海之崇深,难以一二而推择。如赞之论,开卷了然。聚古今之精英,实治乱之龟鉴。(《全宋文》第八十七册)

等于说陆贽的奏议堪为"辞达"之标准。

苏轼说这些话,有深刻用意。他与欧阳修都以韩愈的承续者自居,但韩愈当时为了对抗时俗之弊,强调"言必己出"的创造性,往往有意追求文字表达上的健劲硬挺,其后学未得其精神,不少人走向了险怪生拗。而宋初文章的发展过程中,一些浅末的学古文者却视此为正途,甚至创出了所谓的"太学体",至欧阳修才大力加以纠正。所以苏轼赞扬欧阳说,"论大道似韩愈,论事似陆贽",他自己所写的论说性文章,也以明快畅朗为特色。其实,不只论说文章,苏轼整体文章风格之形成,都与其新的"辞达"说有极大关系。

第三,他主张为文须由绚烂而趋于平淡。在其《与二郎侄》中有云:

> 文字亦若无难处,止有一事与汝说。凡文字,少小时须令气象峥嵘,采色绚烂,渐老渐熟乃造平淡;其实不是平淡,绚烂之极也。汝只见爷伯而今平淡,一向只学此样,何不取旧日应举时文字看,高下抑扬,如龙蛇捉不住,当且学此。(《全宋文》第八十九册)

这段话极其重要。在其写给苏辙的论陶渊明诗的信中曾云：

> 渊明作诗不多，然其诗质而实绮，癯而实腴，自曹、刘、鲍、谢、李、杜诸人，皆莫及也。（《全宋文》第九十五册《子瞻和陶渊明诗集引》）

《评韩柳诗》亦有云：

> 柳子厚诗在陶渊明下，韦苏州上。退之豪放奇险则过之，而温丽靖深不及也。所贵乎枯淡者，谓其外枯而中膏，似淡而实美，渊明、子厚之流是也。若中边皆枯淡，亦何足道。（《全宋文》第八十九册）

后两则虽谈诗，意思与前一则有相同处，前面所讲"辞达"一条，亦与之相通。谓"平淡"乃"绚烂"之极，看似矛盾，实包涵了极深的艺术辩证法。真正的"平淡"好比一杯白水，而绚烂之极的平淡，则像是陈年佳酿，表面看起来似乎像白水，而品尝起来，其味无穷。这是因为"淡""枯""癯""质"皆作品之外观，而"绮""膏""腴"皆作品之内涵。只有经长期的磨砺，有深厚的审美体验与审美表现之修养者，其作品才能达到于平淡中寓绚烂的境界。苏轼的这几则文字，还有一层意思：作者的成熟与发展有一个过程。当其少年时，志气昂扬，激情饱满，才华横溢，往往止不住锋芒毕露，其为文不免"气象峥嵘，采色绚烂"，以苏轼自己为例，早年的文字即是"高下抑扬，如龙蛇捉不住"。而随着生活历练与艺术修养的"渐老渐熟"，就会不满足于外在的"气象峥嵘"，而追求将丰富的内涵寄于看似平淡的外表之中，这就是"平淡，绚烂之极也"。陶渊明、柳宗元就是达到这种境界的标志。没有足够的艺术修养和审美水平者，是看不出，也做不到这一点的，往往认为"文字亦若无难处"，"一向只学此样"。这是苏轼首次提出的独到之见，虽不见得个个作家都是如此，却是苏轼在达至了极高艺术修养时，提出的一个具有相当普遍性的创作规律。他是这一规律的发现者，也是实践者。

第四，他倡导、追求并且达到了散文创作的最高境界——自然天成。在韩愈初倡古文时，就表达了对古人"师其意，不师其辞"，文章"无难易，惟其是尔"，应"自树立"，不因循的观点。所谓"是"，就含有对客观事物、主体精神准确反映表达的意思。而到了欧阳修，就明确提出为文应以"自然"为目标，曾巩称赞其文"绝去刀尺，浑然天质"，苏洵谓其"容与闲易，无艰难劳苦之态"，都有贴近天然之意。至苏轼，则把论文同画作之"合于天造，厌于人意"，论吴道子之"得自然之数"，论颜真卿书法之"信手自然"，移用到文章的写作上来，倡导自然天成的境界。在前引给谢民师的信中，他称赞对方的文章：

> 大略如行云流水，初无定质，但常行于所当行，常止于所不可不止，文理自然，姿态横生。

在其《自评文》（又题《文说》）中自谓：

> 吾文如万斛泉源，不择地皆可出。在平地滔滔汩汩，虽一日千里无难，及其与山石曲折，随物赋形，而不可知也。所可知者，常行于所当行，常止于不可不止，如是而已矣。其他虽吾亦不能知也。（《全宋文》第八十九册）

显然，这两段话所说，就是文章的写作应该达到自然而然，"随心所欲而不逾矩"的程度，也就是我们所说的自然天成。包括文章在内的一切艺术品都是人的创造，但它能达到的最高境界，却应该是让人们感到它并非人工的产物，而类似大自然的作品。这里可再重复引用在本书绪论中曾引用的，康德在《判断力批判》中所说的话："美的艺术作品里的合目的性，尽管它也是有意图的，却须像无意图的，这就是说，美的艺术须被看作是自然，尽管人们知道它是艺术。"苏轼在这里所倡导、追求的文章写作境界，就是这种最高的境界。苏轼能提出这种追求，并自谓能达到这种追求，即是他自身不断历练，提高了其艺术修养的结果，也是中国古代散文经极长期的累积发展所达到的结果。

三 苏轼散文创作的成就与特色

苏轼的散文作品，量大，意丰，质高，此前所有的文章体式，无所不备。让人读起来，颇有"横看成岭侧成峰，远近高低各不同。不识庐山真面目，只缘身在此山中"之感。要想把握其成就与特色，最好的钥匙，还是其《自评文》及与谢民师书中虽称赞对方而实为"夫子自道"的话。因为这出于他的自我体验，更为真切可靠。由于原文所用为形象的比喻，以下作适当的解读。

1."吾文如万斛泉源，不择地皆可出。"

这句话所包含的意思可作几层理解：

其一，所谓"如万斛泉源"，表明了他对自己写作基础的自信。只要有愿望，要表达，皆有取之不尽，用之不竭的源头在。

这"万斛泉源"何由而来？联系前面所说，一是苏轼的思想品格中会聚吸收了中国传统文化中的精粹，使之精神内蕴上有充分的储备；二是他艺术修养极深厚、丰富、广博，为其外在表达提供了条件，使之可以左右逢源，运用自如；三是他曾花很长时间致力于《易传》的研究，在哲理的认识与体验上，达到极精深的程度，使之遇事遇理，能及时作出明晰而准确的判断；四是其起伏曲折的人生经历和丰富的内心感受,使之蓄积了取之不尽的素材。这几方面结合起来,就使他确确实实地具备了为文之"万斛泉源"。这一点,在苏轼之前和之后,很少有人能与之相比。

其二,所谓"不择地皆可出"。作为文章,"地"即泉源所涌出处,"不择地"含两方面的意思:一方面,文章的各种体裁形式,诸如诏诰、表奏、书启、序记、论说、铭赞等等,皆可出手成文。我们可以看到,事实就是如此,就苏轼的散文作品而言,各种体裁类型可谓无所不包,而且皆有佳品。再一方面,所作不受既有体裁样式之束缚,只要意兴到了,或者为了某种必要,不管在什么体式之中,皆可写出精妙之文。

这体现了苏轼的创造精神,例据甚多。如苏轼为文有一原则,一般不为人写碑志、行状、传记,即使师事如欧阳修,钦敬如韩琦、文彦博亦是如此。但他却可不以碑传,而用别的方式,写相当于碑传的内容,表达自己感情,赞扬他们的功业与人品。如为欧阳作《六一居士集叙》论其人其文;为韩琦作《醉白堂记》,在与白居易的对比中,称颂其生平事业及卓越品德;为文彦博写《威德堂铭》,用长长的叙文,记述其在仁、英、神宗三朝的威望及地位。所写为叙,为记,为铭,实皆树碑立传之言。对名人如是,对一般人亦如是。如,他有一篇《郭忠恕画赞》,按说应赞其画,而全文赞画之语只有三十二字,却写有一长叙:

> 忠恕字恕先,以字行,洛阳人。少善属文,及史书小学,通九经。七岁举童子。汉湘阴公辟从事,与记室董裔争事,谢去。周祖召为《周易》博士。国初与监察御史符昭文争忿朝堂,贬乾州司户,秩满,遂不仕。放旷岐、雍、陕、洛间,逢人无贵贱,口称猫。遇佳山水,辄留旬日。或绝粒不食,盛夏暴日中无汗,大寒凿冰而浴。

尤善画，妙于山水屋木。有求者，必怒而去。意欲画，即自为之。郭从义镇岐下，延止山亭，设绢素粉墨于坐。经数月，忽乘醉就图之一角，作远山数峰而已，郭氏亦宝之。岐有富人子，喜画，日给淳酒，待之甚厚。久乃以情言，且致匹素。恕先为画小童持线车放风鸢，引线数丈满之。富家子大怒，遂绝。时与役夫小民入市肆饮食，曰："吾所与游，皆子类也。"

太宗闻其名，召赴阙，馆于内侍省押班窦神兴舍。恕先长髯而美，忽尽去之。神兴惊问其故。曰："聊以效颦。"神兴大怒。除国子监主簿，出，馆于太学，益纵酒肆言时政，颇有谤渎。语闻，决杖配流登州。至齐州临清，谓部送吏曰："我逝矣。"因掊地为穴，度可容面，俯窥焉而卒，藁葬道左。后数月，故人欲改葬，但衣衾存焉，盖尸解也。(《全宋文》第九十一册)

不但郭忠恕之性格特点凸显如画，而且从笔法上看，非传为何？不仅如此，苏轼有时以"传"之名，反而写非传之作。如人们经常传诵之《方山子传》：

方山子，光、黄间隐人也。少时慕朱家、郭解为人，间里之侠皆宗之。稍壮，折节读书，欲以此驰骋当世，然终不遇。晚乃遁于光、黄间，曰岐亭。庵居蔬食，不与世相闻。弃车马，毁冠服，徒步往来山中，人莫识也。见其所著帽，方耸而高，曰："此岂古方山冠之遗像乎？"因谓之方山子。

余谪居于黄，过岐亭，适见焉。曰：呜呼！此吾故人陈慥季常也，何为而在此？方山子亦矍然问余所以至此者。余告之故，俯而不答，仰而笑，呼余宿其家。环堵萧然，而妻子奴婢皆有自得之意。

余既耸然异之。独念方山子少时使酒好剑，用财如粪土。

前十有九年，余在岐下，见方山子从两骑，挟二矢，游西山，鹊起于前，使骑逐而射之，不获。方山子怒马独出，一发得之。因与余马上论用兵及古今成败，自谓一世豪士，今几日耳，精悍之色，犹见于眉间，而岂山中之人哉？

然方山子世有勋阀，当得官，使从事于其间，今已显闻。而其家在洛阳，园宅壮丽与公侯等。河北有田，岁得帛千匹，亦足以富乐。皆弃不取，独来穷山中，岂无得而然哉？

余闻光、黄间多异人，往往阳狂垢污，不可得而见，方山子傥见之与？（《全宋文》第九十一册）

文题之为"传"，但完全不以传之常规写法，初读似客观写一有特异性之隐遁者，然后才揭出实己之故人，并忆及其早年性格特点，间及其家世出身，最后则以问句戛然而止。其实，陈慥为苏轼任风翔府判官时太守陈希亮（字公弼）之子，陈公弼与苏洵相熟，且属"丈人行"，轼在其属下二年，甚相知，故曾破例作《陈公弼传》。故苏轼与陈慥，自年少，即交谊甚厚。黄州再遇后，相处更密，直至苏轼贬惠州，一直书信往还不断。苏轼此文，虽对陈慥豪爽不羁的性格刻画极其鲜明突出，只不过是朋友之间的称扬和对其逸事的追忆，并寄托着人才不得其用之感慨，名为"传"，实非真正传体。还有一例为《赤壁赋》之作。此赋酝酿甚久，在其《与上官彝》中云：

见教作诗，既才思拙陋，又多难畏人，不作一字者，已三年矣。所居临大江，望武昌诸山咫尺，时复叶舟纵游其间，风雨雪月，阴晴早暮，态状千万，恨无一语略写其仿佛耳。（《全宋文》第八十八册）

说明他虽因写诗得祸，决心不动笔墨，然而面对壮丽的河山，早已

激起他难以抑制的强烈创作冲动。至《与参寥子》,则曰:

> 时去中秋不十日,秋潦方涨,水面千里,月出房、心间,风露浩然。所居去江无十步,独与儿子迈棹小舟至赤壁,西望武昌,山谷乔木苍然,云涛际天,因录以寄参寥,使以示辩才。(《全宋文》第八十八册)

表明他终于按捺不住,由冲动发而为文,《赤壁赋》已经写成。《与钦之》又云:

> 轼去岁作此赋,未尝轻出以示人,见者盖一二人而已。钦之有使至,求近文,遂亲书以寄。多难畏事,钦之爱我,必深藏之不出也。又有《后赤壁赋》,笔倦未能写,当俟后信。(《全宋文》第八十九册)

进一步表明,此赋是在欲罢不能的情况下,冒着风险而作。按过去的成例,赋,或是体国经野,或是写物图貌,或是倾吐郁积愤懑,或是抒发情怀。而我们看此赋:

> 壬戌之秋,七月既望,苏子与客泛舟游于赤壁之下。清风徐来,水波不兴。举酒属客,诵《明月》之诗,歌《窈窕》之章。少焉,月出于东山之上,徘徊于斗牛之间。白露横江,水光接天。纵一苇之所如,凌万顷之茫然。浩浩乎如凭虚御风,而不知其所止;飘飘乎如遗世而独立,羽化而登仙。
>
> 于是饮酒乐甚,扣舷而歌之。歌曰:"桂棹兮兰桨,击空明兮溯流光。渺渺兮予怀,望美人兮天一方。"客有吹洞箫者,倚歌而和之,其声呜呜然,如怨如慕,如泣如诉,余音袅袅,不绝

如缕。舞幽壑之潜蛟,泣孤舟之嫠妇。

　　苏子愀然,正襟危坐,而问曰:"何为其然也?"客曰:"'月明星稀,乌鹊南飞',此非曹孟德之诗乎?西望夏口,东望武昌。山川相缪,郁乎苍苍。此非孟德之困于周郎者乎?方其破荆州,下江陵,顺流而东也,舳舻千里,旌旗蔽空,酾酒临江,横槊赋诗,固一世之雄也,而今安在哉!况吾与子渔樵于江渚之上,侣鱼虾而友麋鹿。驾一叶之扁舟,举匏尊以相属。寄蜉蝣于天地,渺沧海之一粟。哀吾生之须臾,羡长江之无穷。挟飞仙以遨游,抱明月而长终。知不可乎骤得,托遗响于悲风。"苏子曰:"客亦知夫水与月乎?逝者如斯,而未尝往也;盈虚者如彼,而卒莫消长也。盖将自其变者而观之,则天地曾不能以一瞬;自其不变者而观之,则物与我皆无尽也,而又何羡乎?且夫天地之间,物各有主,苟非吾之所有,虽一毫而莫取。惟江上之清风,与山间之明月,耳得之而为声,目遇之而成色,取之无禁,用之不竭。是造物者之无尽藏也,而吾与子之所共食。"

　　客喜而笑,洗盏更酌,肴核既尽,杯盘狼藉。相与枕藉乎舟中,不知东方之既白。(《全宋文》第八十五册)

虽名之为赋,更像游记,而又不是游记。有叙事,有写景,有抒情,有描述,有对话,又借以表达对人生哲理的体悟。种种方面,融为一体,流丽精美,超绝千古。正是这种破格作品,上承杜牧、欧阳修,使文赋作为散文的一个品种确定下来,被世所公认。凡此,皆不可以常例求。

　　2. "在平地滔滔汩汩,虽一日千里无难,及其与山石曲折,随物赋形,而不可知也。"

　　意谓自己的文章,因时,因势,因事之不同而有所变化。尤以

"与山石曲折，随物赋形"为要。

其一，与所谓"与山石曲折"相对应，表明其文章因形势遭遇之不同，前后有所变化。苏轼晚年常有悔其少作之言，如《答李端叔书》曾谓："谪居无事，默自观省，回视三十年以来所为，多其病者。足下所见皆故我，非今我也。"（《全宋文》第八十七册）《与王庠》亦云："少时好议论古人，既老，涉世更变，往往悔其言之过。"另一方面，他对早年文章，又颇有自负之语，如《与二郎侄》所谓："凡文字，少小时须令气象峥嵘，采色绚烂"，旧时之作"高下抑扬，如龙蛇捉不住"。说明他前后之间，文章境界与风格的确随时而变。

今天我们看，苏轼应举前后及入仕遭贬前的文章，是年壮气盛，志高尚远，激情饱满，英华焕发状态下的产物。以论议辩说、抒情言志为主，基本特点是：纵横驰骋，论今评古，既有昂扬雄迈之气，又有表达上的畅朗明快。正是因此，使欧阳修读后大呼痛快，要放他出一头地。这些文章大体可分三类：

一类为应试前后相关的政论、史论。这类作品，从内容性质上说，有的引经典和史训，泛论经国治世之原则；有的以论史事和历史人物为主，意在提供为人处世从政之龟鉴；有的则针对时政提出谋划和方略，如进于皇帝之一大组《策论》。行文上以满满的信心，居高临下之姿态，敢说敢断，既宏放恣肆，又条分缕析，意旨明确。其中不少篇章已为历来传诵之名篇。如著名的《省试刑赏忠厚之至论》：

> 尧、舜、禹、汤、文、武、成、康之际，何其爱民之深，忧民之切，待天下之以君子长者之道也。有一善，从而赏，又从而咏歌嗟叹之，所以乐其始而勉其终。有一不善，从而罚之，又从而哀矜惩创之，所以弃其旧而开其新。故其吁俞之声，欢休惨戚，见于虞、夏、商、周之书。成、康既没，穆王立，而周道始衰。

然犹命其臣吕侯,而告之以祥刑。其言忧而不伤,威而不怒,慈爱而能断,恻然有哀怜无辜之心,故孔子犹取焉。

传曰:"赏疑从与,所以广恩也;罚疑从去,所以惧刑也。"当尧之时,皋陶为士,将杀人,皋陶曰杀之三,尧曰宥之三,故天下畏皋陶执法之坚,而乐尧用刑之宽。四岳曰"鲧可用",尧曰"不可,鲧方命圮族",既而曰"试之"。何尧之不听皋陶之杀人,而从四岳之用鲧也?然则圣人之意,盖亦可见矣。《书》曰:"罪疑惟轻,功疑以重,与其杀不辜,宁失不经。"呜呼,尽之矣。可以赏,可以无赏,赏之过乎仁;可以罚,可以无罚,罚之过乎义。过乎仁,不失为君子;过乎义,则流而入于忍人。故仁可过也,义不可过也。

古者赏不以爵禄,刑不以刀锯。赏以爵禄,是赏之道,行于爵禄之所加,而不行于爵禄之所不加也。刑之以刀锯,是刑之威,施于刀锯之所及,而不施于刀锯之所不及也。先王知天下之善不胜赏,而爵禄不足以劝也,知天下之恶不胜刑,而刀锯不足以裁也,是故疑则举而归之于仁,以君子长者之道待天下,使天下相率而归于君子长者之道,故曰忠厚之至也。

《诗》曰:"君子如祉,乱庶遄已。君子如怒,乱庶遄沮。"夫君子之已乱,岂有异术哉?制其喜怒,而无失乎仁而已矣。《春秋》之义,立法贵严,而责人贵宽。因其褒贬之义以制赏罚,亦忠厚之至也。(《全宋文》第九十册)

这是命题作文,意在论赏罚皆应以忠厚为主,围绕经典进行阐发,虽行文简明,而一泻如注,甚至为了文势,不惜生造典故,无怪受到欧阳修的激赏。此外,如系列历史人物论中之《留侯论》,亦是传统名篇。论张良,不赞其智谋,不尚其功业,而以遇圯上老人为核心,重点突出其能"忍",谓:"天下有大勇者,卒然临之而不惊,无故加之而不怒,此其所挟持者甚大,而其志甚远也。"(《全宋文》第九十册)这一观点,与其后半生遇种种挫折而不改其志节品尚,正相呼应。《贾谊论》批评贾谊"志大而量小,才有余而识不足",谓"君子之所取者远,则必有所待;所就者大,则必有所忍"。贾谊正因没能做到这一点,才"自伤哭泣,至于夭绝"(《全宋文》第九十册)。其晚年所谓"少时好议论古人","往往悔其言之过"大概即对此类作品而言。其《策别安万民》之五,后世或标为《教战守策》,则为针对时政之作,论述当时社会虽表面承平,而边患未除,势必有战,应加强百姓之战备训练。为文亦具上述风格,成为后人所重视之名文。另外,他还写有一篇《代侯公说项羽辞》,似为练笔之作,有与战国及汉初辩士一较上下之意,亦见其纵横骋说水平。

再一类为写给自己素所钦敬的名公贤臣、文坛前辈,如韩琦、富弼、曾公亮、欧阳修、梅尧臣等的书启。这类作品中,多表倾慕赞扬之情,感谢知遇之意。恭而不卑,颂而不媚,表明所以求识求知,只是乐于从其德,同其道。如其《上梅直讲书》有云:

> 轼七八岁时,始知读书,闻今天下有欧阳公者,其为人如古孟轲、韩愈之徒,而又有梅公者从之游,而与之上下其议论。其后益壮,始能读其文词,想见其为人,意其飘然脱去世俗之乐而自乐其乐也。方学为对偶声律之文,求斗升之禄,自度无以进见于诸公之间。来京师逾年,未尝窥其门。
>
> 今年春,天下之士群至于礼部,执事与欧阳公实亲试之。诚不自意,获在第二。既而闻之人,执事爱其文,以为有孟轲之风,而欧阳公亦以其能不为世俗之文也而取焉。是以在此,非左右为之先容,非亲旧为之请属,而向之十余年间,闻其名而得见者,一朝为知己。退而思之,人不可以苟富贵,亦不可以徒贫贱,有大贤焉而为其徒,则亦足恃矣。苟其侥一时之

辜,从车骑数十人,使闾巷小民而赞叹之,亦何以易此乐也。……执事名满天下,而位不过五品。其容色温然而不怒,其文章宽厚敦朴而无怨言,此必有所乐乎斯道也。轼愿与闻焉。(《全宋文》第九十册)

此类文章,与一般之干谒致谢之作还有一大不同,除上述态度外,总要侃侃而谈,挥发论议。如《上富丞相书》,论为相者应以全统偏,揽用各种人才;《上韩太尉书》引汉代教训,论应知人善用;《上刘侍读书》倡"尚气"之论,辨"气"与"才"之别;《谢欧阳内翰书》《谢梅龙图书》,论文之变与文之体;《应制举上两制书》则先论"贵贱"与"圣贤"之不同,后尖锐指责时弊为"用法太密而不求情","好名太过而不适时"。凡此皆有敢说敢论,善说善论之特色。

第三类为从仕后,上书皇帝或当政者切论时政之作。如《议学校贡举状》《上神宗皇帝书》《再上皇帝书》《上韩枢密书》《上韩魏公论场务书》《上韩丞相论灾伤手实书》《上文侍中论盐榷书》等。这类作品,除具有第一类作品特点外,更突出之处是:针对性强,论事切实、深入、具体、细致,往往言辞更为尖锐、激切。尤其突出者为《上神宗皇帝书》,洋洋六七千言,联系现实,纵横述说,确有滔滔汩汩一日千里之势。

至于中后期的作品,如前、后《赤壁赋》以下,功力不减,更加成熟老练,只是少了早期的那种锋芒与意气,所为文,可见后引。

其二,所谓"随物赋形",道出苏轼为文的另一高处,即根据不同对象、不同情势、不同要求,运用相应的语言表达形式,写出具有不同风格特色的文章。

例如,按当时惯例,凡正式的表奏概用典雅之四六骈体,而状、札子则用素朴的散体;官员亲朋之间的交往,一般用自由的散体,而郑重的场合,亦须用骈。其《与杨次公启》有云"京师附递,急于通问，不暇作四六"（《全宋文》第八十九册），即见此点。苏轼为适应这一要求，表、奏、启几乎全用浅畅之骈，被后代视为宋四六之典范。此类文章甚多，姑看其《谢宣召再入学士院》之一段：

> 使星下烛，生蓬荜之光华；天泽旁流，及桑榆之枯槁。国有用儒之盛，士知稽古之荣。伏以翰墨之林，号称内相；文章之外，不取他才。……臣本衰病，出守江湖。以一方凋敝之余，当二年水潦之厄。载星而治，仅免流离；及瓜而还，恍如梦寐。交亲迎劳，都邑聚观。惊华发之半空，笑丹心之未折。宜投闲置散，以养衰残。岂期过采于虚名，复使荣加于旧物。（《全宋文》第八十六册）

虽为工整典丽之骈，写来亦得心应手。再如，苏辙信佛远过于轼，颇爱谈禅。苏轼在有关书信里表示异议，所用亦近似禅语。一信中云：

> 子由为人，心不异口，口不异心，心即是口，口即是心。近日忽作禅语，岂世之自欺者耶？欲移之于老兄而不可得。如人饮水，冷暖自知，死生可以相代，祸福可以相共，惟此一事，对面分付不得。（《全宋文》第八十八册）

另一信云：

> 任性逍遥，随缘放旷，但尽凡心，无别胜解。以我观之，但此胜解，不属有无，不通言语，故祖师教人，以此便住。如眼翳尽，眼自有明，医只有除翳药，何曾有求明方？明若可求，即还是翳。固不可于翳中求明，即不可言翳外无明。而世之昧者，

便将颓然无知,认作佛地。若如此是佛,猫儿狗子,得饱熟睡,腹摇鼻息,与土木同,当恁么时,可谓无一毫思念,岂可谓猫儿狗子已入佛地?(《全宋文》第八十八册)

因子由喜谈禅,表示反对意见时,所用语气口吻,亦与禅语相仿佛。还有,苏轼被贬后,多与佛教徒交往,亦时读佛经,有时亦应佛教徒之请而为之作文。此类文字,虽如《与滕元发》所云有避人诽毁意,然亦见"随物赋形"之特点,论议述事,皆用"迦语"。如其为宝月所作《胜相院经藏记》,在描绘僧院壮丽景象及众信徒施舍情况后,言及自己云:

> 有一居士,其先蜀人,与是比丘,有大因缘。去国流浪,在江淮间,闻是比丘,作是佛事,即欲随众,舍所爱习。周视其身,及其室庐,求可舍者,了无一物。如焦谷芽,如石女儿,乃至无有,毫发可舍。私自念言,我今惟有,无始已来,结习口业,妄言绮语,论说古今,是非成败。以是业故,所出言语,犹如钟磬,黼黻文章,悦可耳目。如人善博,日胜日贫,自云是巧,不知是业。今舍此业,作宝藏偈。愿我今世,作是偈已,尽未来世,永断诸业,客尘妄想,及事理障。一切世间,无取无舍,无憎无爱,无可无不可。(《全宋文》第九十册)

显然,此种文章,完全是另一种风格。再如,名作《潮州韩文公庙碑》,出于友人吴子野、潮州守王涤之请,苏轼虽曾屡屡表示不为人作碑志、行状,仍慨然同意为文,见其对韩愈不同一般之敬重。又从其书信往还中,亦见其对此碑持极郑重之态度。不仅对韩愈在潮事迹严格考检,一丝不苟,对碑的装饰处置亦极为认真,如云:"某手书碑样,止令书史录去,请依碑样,止模刻手书。碑首既有大书十字,碑中不用再写题目,及碑中既有太守姓名,碑后更不用写诸官衔位。此古碑制度,不须徇流俗之意也。但切依此样,仍不用周回及碑首花草栏界之类,只于净石上模字,不着一物为佳也。"（《全宋文》第八十八册）写法上更是不同。下录其前半部分:

匹夫而为百世师,一言而为天下法。是皆有以参天地之化,关盛衰之运。其生也有自来,其逝也有所为。故申吕自岳降,傅说为列星,古今所传,不可诬也。孟子曰:"吾善养吾浩然之气。"是气也,寓于寻常之中,而塞乎天地之间。卒然遇之,则王公失其贵,晋、楚失其富,良、平失其智,贲、育失其勇,仪、秦失其辩。是孰使之然哉?其必有不依形而立,不恃力而行,不待生而存,不随死而亡者矣。故在天为星辰,在地为河岳,幽则为鬼神,而明则复为人。此理之常,无足怪者。

自东汉以来,道丧文弊,异端并起,历唐贞观、开元之盛,辅以房、杜、姚、宋而不能救。独韩文公起布衣,谈笑而麾之,天下靡然从公,复归于正,盖三百年于此矣。文起八代之衰,而道济天下之溺;忠犯人主之怒,而勇夺三军之帅。岂非参天地,关盛衰,浩然而独存者乎?

盖尝论天人之辨,以谓人无所不至,惟天不容伪。智可以欺王公,不可以欺豚鱼;力可以得天下,不可以得匹夫匹妇之心。故公之精诚,能开衡山之云,而不能回宪宗惑;能驯鳄鱼之暴,而不能弭皇甫镈、李逢吉之谤;能信于南海之民,庙食百世,而不能使其身一日安于朝廷之上。盖公之所能者,天也;所不能者,人也。（《全宋文》第九十二册）

泛论入手,高处着笔,断语斩截,用词精准,节奏起伏而畅朗,行文豪纵而恣肆。诚挚、恭谨、严正,这种写法用之于韩愈,堪称恰如其分。另外,他为韩信所写《淮阴侯庙碑》,因为英杰之士立传,不但碑文有雄肆气,所写之铭亦豪放峻伟,有《念奴娇·赤壁怀古》等作之风韵:

> 书轨新邦,英雄旧里。海雾朝翻,山烟暮起。宅临旧楚,庙枕清淮。枯松折柏,废井荒台。我停单车,思人望古。淮阴少年,有目无睹。不知将军,用之如虎。(《全宋文》第九十二册)

凡此,皆可见出苏轼为文"随物赋形"之妙。

3."常行于所当行,常止于不可不止。"

与《与谢民师推官书》中所说"如行云流水","文理自然,姿态横生"同一义。意谓其为文,根本不拘于什么程式、章法、规矩,思想所到,兴会所至,信手挥洒,于无意识之中,自知该行该止,而得"行云流水"般自然天成之韵。且不同的文章自有不同之妙处,因而产生"姿态横生"之效果。其有所为而作如是,随感记事如是,信手小文亦如是。

有所为而作者,如素为人传诵之《喜雨亭记》:

> 亭以雨名,志喜也。古者有喜,则以名物,示不忘也。周公得禾,以名其书,汉武得鼎,以名其年,叔孙胜狄,以名其子。其喜之大小不齐,其示不忘一也。
>
> 余至扶风之明年,始治官舍,为亭于堂之北,而凿池其南,引流种树,以为休息之所。是岁之春,雨麦于岐山之阳,其占为有年。既而弥月不雨,民方以为忧。越三月乙卯,乃雨,甲子又雨,民以为未足,丁卯,大雨,三日乃止。官吏相与庆于庭,商贾相与歌于市,农夫相与抃于野,忧者以乐,病者以愈,

而吾亭适成。

　　于是举酒于亭上以属客，而告之曰："五日不雨，可乎？"曰："五日不雨，则无麦。""十日不雨，可乎？"曰："十日不雨，则无禾。"无麦无禾，岁且荐饥，狱讼繁兴，而盗贼滋炽，则吾与二三子，虽欲优游以乐于此亭，其可得耶？今天不遗斯民，始旱而赐之以雨，使吾与二三子得相与优游而乐于此亭者，皆雨之赐也，其又可忘耳？既以名亭，又从而歌之曰：

　　使天而雨珠，寒者不得以为襦。使天而雨玉，饥者不得以为粟。一雨三日，繄谁之力？民曰太守，太守不有。归之天子，天子曰不然。归之造物，造物不自以为功。归之太空，太空冥冥。不可得而名，吾以名吾亭。（《全宋文》第九十册）

围绕"喜雨亭"三字，先写喜，次写雨，再写亭之命名。有记事，有对答，有抒情性议论，再辅之以歌。简洁明快，顺畅之至。然而，爱民之切，构思之巧，造语之功，皆蕴涵其中。再如《文与可画筼筜谷偃竹记》，本为文同逝世后，苏轼见其赠画，悲痛中念旧之作。文章却并不直叙其事，而是由作画须"胸有成竹"说起，再言此理得之于与可，然后由此引出彼此间与画竹相关之交谊：

　　与可画竹，初不自贵重，四方之人持缣素而请者，足相蹑于其门。与可厌之，投诸地而骂曰："吾将以为袜材。"士大夫传之，以为口实。及与可自洋州还，而余为徐州。与可以书遗余曰："近语士大夫，吾墨竹一派，近在彭城，可往求之。袜材当萃于子矣。"书尾复写一诗，其略曰："拟将一段鹅溪绢，扫取寒梢万尺长。"予谓与可，竹长万尺，当用绢二百五十匹，知公倦于笔砚，愿得此绢而已。与可无以答，则曰："吾言妄矣，世岂有万尺竹也哉。"余因而实之，答其诗曰："世间亦有千寻竹，月落庭空影许长。"与可笑曰;"苏子辩则辩矣。然二百五十四,吾将买田而归老焉。"因以所画筼筜谷偃竹遗予,曰:"此竹数尺耳,而有万尺之势。"

筼筜谷在洋州,与可尝令予作《洋州三十咏》,筼筜谷其一也。予诗云:"汉川修竹贱如蓬,斤斧何曾赦箨龙。料得清贫馋太守,渭滨千亩在胸中。"与可是日与其妻游谷中,烧笋晚食,发函得诗,失笑喷饭满案。(《全宋文》第九十册)

写到这里,才交代出文同逝世后,"是岁七月七日,予在湖州曝书画,见此竹,废卷而哭失声"。如此写法,正见出二人交谊之厚,情感之笃,及苏轼悲痛之深。这种笔墨,不只是出于苏的技巧,而正是他深谙自然"文理"之体现。此类文章为数不少,苏轼皆有不同的写法,产生不同的韵趣,得姿态横生之妙。

杂感记事一类,除为人所熟知的《日喻》《稼说》等文外,在贬谪岭南途中,写有一组记事记游文字,如《题罗浮》:

绍圣元年九月二十六日,东坡翁迁于惠州,舣舟泊头镇。

明晨肩舆十五里,至罗浮山,入延祥、宝积寺,礼天竺瑞像,饮梁僧景泰禅师卓锡泉,品其味,出江水上远甚。东三里,至长寿观。又东北三里,至冲虚观。观有葛稚川丹灶。次之诸仙者朝斗坛,观坛上所获铜龙六、鱼一。坛北有洞,曰朱明,榛莽不可入。水出洞中,锵鸣如琴筑。水中皆菖蒲,生石上。道士邓守安字道玄,有道者也。访之,适出。坐遗屉轩,望麻姑峰。方饮酒,进士许毅来游,呼与饮。既醉,还宿宝积中阁。夜大风,山烧壮甚,有声。晨粥已,还舟,憩花光寺。

从游者,幼子过、巡检史珏、宝积长老齐德、延祥长老绍冲、冲虚道士陈熙明。山中可游而未暇者,明福宫、石楼、黄龙

洞,期以明年三月复来。(《全宋文》第九十一册)

文字极质朴自然,写法上承李翱《来南录》,又类后世之日记,似开《徐霞客游记》之先河。而其《记游白水岩》:

> 绍圣元年十二月十二日,与幼子过游白水佛迹院。
>
> 浴于汤池,热甚,其源殆可以熟物。循山而东,少北,有悬水百仞,山八九折,折处辄为潭。深者缒石五丈,不得其所止,雪溅雷怒,可喜可畏。水涯有巨人迹数十,所谓佛迹也。
>
> 暮归,倒行,观山烧壮甚。俯仰度数谷。至江山月出,击汰中流,掬弄珠璧。……(《全宋文》第九十一册)

除与上文相同处,由叙行而写景,颇得《水经注》遗味。

至于信手小文,如《记承天寺夜游》:

> 元丰六年十月十二日,夜,解衣欲睡,月色入户,欣然起行。念无与为乐者,遂至承天寺,寻张怀民。怀民亦未寝,相与步于中庭。庭下如积水空明,水中藻荇交横,盖竹柏影也。
>
> 何夜无月,何处无竹柏,但少闲人如吾两人者耳。(《全宋文》第九十一册)

寥寥数语,写月色如现,且带出自己孤寂无奈心境。此类文字亦常见于书信、题跋。如其《与毛维瞻》:

> 岁行尽矣,风雨凄然。纸窗竹屋,灯火青荧。时于此间,得少佳趣。无由持献,独享为愧,想当一笑也。(《全宋文》第八十八册)

可谓与上文同调。其《答贾耘老》云：

> 今日舟中无他事，十指如悬槌，适有人致嘉酒，遂独饮一杯，醺然径醉。念贾处士贫甚，无以慰其意，乃为作怪石古木一纸，每遇饥时，辄一开看，还能饱人否？若吴兴有好事者，能为君月致米三石酒三斗终君之世者，便以赠之。不尔者，可令双荷叶收掌，须添丁长，以付之也。（《全宋文》第八十八册）

不但出语天然，且有朋友间的调谐之趣。双荷叶者，或为贾之侍妾。再如《跋文与可墨竹》：

> 昔时，与可墨竹，见精缣良纸，辄愤笔挥洒，不能自已，坐客争夺持去，与可亦不甚惜。后来见人设置笔砚，即逡巡避去。人就求索，至终岁不可得。或问其故。与可曰："吾乃者学道未至，意有所不适，而无所遣之，故一发于墨竹，是病也。今吾病良已，可若何？"然以余观之，与可之病，料未得为已也，独不容有不发乎？余将伺其发而掩取之。彼方以为病，而吾又利其病，是吾亦病也。（《全宋文》第八十九册）

伺其病发而掩取其画，写友朋之趣，亦与上文同一情致。诸如此类作品，意皆不在为文，而天然之致，胜过专门为文之作多多。于此亦见其"姿态横生"之一端。凡此类文字，可能即为晚年所谓由绚烂而至于平淡者。

苏轼为文何以能达至这种程度？一是，如前所云，其丰厚精深的艺术修养，使为文之道已化为一种似乎天然生成的能力。其《记欧阳公论文》载欧阳修语："（为文）无它术，唯勤读书而多为之，自工。世人患作文字少，又懒读书，每篇出，即求过人。如此，少有至者。"(《全宋文》第九十册)二是,非为作文而作文,必心有所感,意有所会,不得已,而自然流出。如其《南行前集叙》所云:"人昔之为文者,非能为之为工,乃不能不为之为工也。山川之有云雾,草木之有华实,充满勃郁,而见于外,夫虽欲无有,其可得耶?自少闻家君之论文,以为古之圣人有所不能自已而作者。故轼与弟辙为文至多,而未尝敢有作文之意。"(《全宋文》第八十九册)由此,其文章故能达到自然天成之境。

4. 须补充的两点。

一是苏轼受其书画论之影响,文中写人物,特重传神。往往捕捉住最足以显示其个性之特点,三两笔的勾勒点染,即获传神毕肖之效。前引《郭忠恕画赞》《方山子传》是如此,《石氏画苑记》之写石康伯是如此,《答贾耘老》中之写滕元发(字达道),虽仅数语,亦是如此:

> 久放江湖,不见伟人。前在金山,滕元发乘舟破巨浪来相见。出船,巍然使人神耸。好个没兴底张镐相公!见时,且为我致意,别后,酒狂甚长进也。老杜云:"张公一生江海客,身长九尺须眉苍。"谓张镐也。(《全宋文》第八十八册)

借张镐比滕元发,又引杜诗之写张镐,使人如见其峻伟形象。

二是,苏轼文章品类之全,也包括散记、杂说性的笔记作品。欧阳修曾将此类之作汇为《归田录》,并写前后叙,东坡亦曾写此类作品,将汇之名之为《志林》。据其由海南北归时《与郑靖老》信云:"《志林》竟未成,但草得《书传》十三卷,甚赖公两借书籍检阅也。"(《全宋文》第八十八册)知其生前并未完稿,辑之为集则为其后人所为。

总览苏轼的创作,浩如烟海,美如珠玉,将中国古代散文的发展推向最高峰。此后,则逐渐过渡转变至另一新的阶段。

第四节 苏门后学及其他

苏轼之后，北宋王朝进入末期。自仁宗以后，官僚机构庞大，冗官、冗员、冗兵造成的积弊日益显露。王安石变法失败，政治改革的争论，转变为无原则的新旧党争。徽宗是陈后主、南唐李后主之类，虽有一定才艺，却是沉溺于声色，政治上无所作为的皇帝，大权落入蔡京、童贯等人之手。他们假惩治旧党之名，行擅权谋私之实，致使统治阶层内部及阶级和民族矛盾迅速激化。至宣和七年（1125），内禅于钦宗，次年，即靖康元年，金兵攻破汴京，徽、钦皆被金人北掳。北宋随告灭亡。

此期散文的发展呈现出三种倾向：一是创作高峰过后，苏轼的后学延续了古文的传统，但创作倾向与观念开始出现微妙变化；二是道学兴起，否定文学审美价值的观念再度抬头；三是民族矛盾占据主导地位，在士大夫中，抗击异族入侵，挽救国家危亡，成为关注中心。其中第三方面，我们将并入下一章阐述。

一 苏门后学的文章及观念倾向的微妙变化

苏轼之后，受其教益和影响的有所谓"苏门四学士"黄庭坚、秦观、晁补之、张耒。再加上陈师道、李荐，又称为"苏门六君子"。这些人从不同方面，延续发展了欧、苏古文创作的传统，各有一定的成就，有的在创作倾向及观念上表现出一些变化的苗头。

1. 黄庭坚

黄庭坚（1045—1105），字鲁直，号山谷道人，晚号涪翁。洪州分宁（江西修水）人，英宗治平四年（1067）举进士第，神、哲、徽宗三朝，历任地方与京官多职，至起居舍人、秘书丞，亦因涉旧党罪名，两次遭贬。

黄庭坚也以书名家,世称"苏黄"。在文学上,黄、苏之间,亦师亦友。苏轼在知徐州时,黄即致函,表师从之意,毕生言及苏轼皆赞不绝口;苏轼对黄亦极为赞赏,在《举黄庭坚自代状》中,赞其"瑰玮之文,妙绝当世"。《答黄鲁直》书,又赞其诗文"如精金美玉","超逸绝尘,独立万物之表,驭风骑气,以与造物者游"。黄庭坚的成就主要在诗,他是江西诗派的开创者,影响甚大。

文的方面,黄庭坚之作品存留数量相当大,但精品不多。可能由于其书法流传较广的原因,作品中书启、题跋占很大比重。这两类作品中,除评书言诗论文外,多涉及亲朋交往、日常生活、心情抒发,亦有对社会、人事的论议评骘,篇幅长短不拘,风格亦随文有所变化。有的浅明清新,如《与李端叔书》:

> 数日来骤暖,瑞香、水仙、红梅盛开,明窗净室,花气撩人,似少年时都下梦也。但多病之余,懒作诗耳。公比来亦游戏翰墨间邪?或传陈履常病且死,岂有是乎?……(《全宋文》第一百零四册)

写景言情,富生活气息。又如《题东坡字后》:

> 东坡居士极不惜书,然不可乞,有乞书者,正色诘责之,或终不与一字。元祐中,锁试礼部,每来见过,案上纸不择精粗,书遍乃已。性喜酒,然不能四五龠已烂醉,不辞谢而就卧,鼻鼾如雷。少焉,苏醒,落笔如风雨,虽谑弄皆有义味。真神仙中人,此岂与今世翰墨之士争衡哉!(《全宋文》第一百零六册)

短短几笔,写出东坡风神。其论、说、序、记,难以与欧、苏比肩,亦

有具一定特色作品,如《刻杜子美巴蜀诗序》:

> 自予谪居黔州,欲属一奇士而有力者,尽刻杜子美东西川及夔州诗,使大雅之音久湮没而复盈三巴之耳。则目前所见,碌碌不能办事,以故未尝发于口。
>
> 丹棱杨素翁挈扁舟,蹴犍为,略陵云,下郁鄢,访余于戎州,闻之欣然,请攻坚石,蓦善工,约以丹棱之麦三食新而毕,作堂以宇之。予因名其堂曰大雅,而悉书遗之。此西州之盛事,亦使来世知素翁真磊落人也。(《全宋文》第一百零六册)

叙事磊宕而简劲。其《幽芳亭记》,为佛教徒而作:

> 兰生深林,不以无人而不芳;道人住山,不以无人而不禅。兰虽有香,不遇清风不发;棒虽有眼,不是本色人不打。且道这香从甚处来? 若道香从兰出,无风时又却与萱草不殊;若道香从风生,何故风吹萱草无香可发? 若道鼻根妄想,无兰无风,又妄想不成。若是三和合生,俗气不除。若是非兰非风非鼻,惟心所现,未梦见祖师脚根有似恁么,如何得平稳安乐去?
>
> 涪翁不惜眉毛,为诸人点破:兰是山中香草,移来方广院中。方广老人作亭,要东行西去,涪翁名曰幽芳,与他著些光彩。此事彻底道尽也,诸人还信得及否? 若也不得,更待弥勒下生。(《全宋文》第一百零七册)

行笔自由放畅,表意与用语皆有禅趣。

黄庭坚在诗文创作上虽学苏,但思想倾向与为文观念,与苏轼有所不同。众所周知,苏轼对新起的"道学"是大不以为然的,在其

《答刘巨济书》中曾言及："近时士人多学谈理空性，以追世好，然不足深取。"(《全宋文》第八十七册)《答李方叔书》中又谓："近日士大夫皆有僭侈无涯之心，动辄欲人以周孔誉己，自孟轲以下者，皆怃然不满也。此风殆不可长。"(《全宋文》第八十七册)所指皆为二程。而黄庭坚却不但与周敦颐有往还，在《答濂溪居士》中有谓："知命(庭坚弟)学识与笔力进于旧，但学道绝不知蹊径。今之学道者，类皆然尔。"(《全宋文》第一百零五册)他还写有《濂溪诗序》，类为敦颐之小传。其书简文章中，多处亦以"治心养性"为言。如《孟子断篇》结语云："方将讲明养心治性之理，与诸君共学之，惟勉思古人所以任己者。"(《全宋文》第一百零七册)接近与道学家同调。

黄庭坚在论文上，虽自以为继承了苏轼的精神，实际上开始露出背离欧、苏追求自然天成之倾向，显示出从古人中求法度规矩的苗头。如其《与王观复书》第一首有云：

> 往年尝请问东坡先生作文章之法，东坡云："但熟读《礼记·檀弓》当得之。"既而取《檀弓》二篇，读数百过，然后知后世作文章不及古人之病，如观日月也。
>
> 文章盖自建安以来，好作奇语，故其气象衰薾，其病至今犹在。唯陈伯玉、韩退之、李习之，近世欧阳永叔、王介甫、苏子瞻、秦少游，乃无此病耳。(《全宋文》第一百零四册)

从文中看，在反求奇上，与苏轼观点一致，但他向苏轼求作文章之法，轼并未明确回答。因为苏轼主张为文应"如行云流水"，"随物赋形"，并不讲求"法度""规矩"。《与王观复书》第二首又讲：

> 但熟观杜子美到夔州后古律诗，便得句法。简易而大巧出焉，平淡如山高水深，似欲不可企及。文章成就，更无斧凿

痕,乃为佳作耳。(《全宋文》第一百零四册)

在"无斧凿痕,乃为佳作"方面,与苏轼是一致的,但所谓从杜诗中"便得句法",就属于自己的意思了。至其《答洪驹父书》第二首有云:

> 诸文亦皆好,但少古人绳墨耳。可更熟读司马子长、韩退之文章。凡作一文,皆须有宗有趣,终始关键,有开有阖,如四渎虽纳百川,或汇而为广泽,汪洋千里,要自发源注海耳。老夫绍圣以前,不知作文章斧斤,取旧所作读之,皆可笑。绍圣以后,始知作文章,但已老病,惰懒不能下笔也。(《全宋文》第一百零四册)

不但提出"绳墨""斧斤",而且扩展到要人关注文章的"终始关键,有开有阖"。文中还专门说明,这是自己在绍圣年间,即他五十岁以后才有的体会。与此书相类似,在《答王子飞书》中,他特别推崇陈师道,谓:

> 陈履常正字,天下士也。读书如禹之治水,知天下之络脉,有开有塞,而至于九川涤源、四海会同者也。其作诗渊源,得老杜句法,今之诗人不能当也。至于作文,深知古人之关键。其论事救首救尾,如常山之蛇,时辈未见其比。公有意于学者,不可不往扫斯人之门。(《全宋文》第一百零五册)

正因为黄庭坚认为写作诗文之"关键""句法",首尾开阖的脉络,皆在古人作品之中,所以他教导后辈,要写好文章,必须读古人之书,如在《与洪氏四甥书》第五首中所说:"通知古今在勤读书,文章宏丽在笔墨追古。"(《全宋文》第一百零五册)而且不但要"发愤忘食，追配古人"(《全宋文》第一百零四册《与潘子真书》)，还要精读细读，如《与徐甥师川》第一首所说："读书须一字一句，自求己事，方见古人用心处。"(《全宋文》第一百零四册)《答曹荀龙》第二首所说："作赋要读《左氏》，《前汉书》精密，其佳句善字，皆当经心，略知某处可用，则下笔时，源源而来矣。"(《全宋文》第一百零四册)《与王立之》第四首所说："若欲作楚词追配古人，直须熟读《楚辞》，观其用意曲折处讲学之，然后下笔。"(《全宋文》第一百零四册)在其《论作诗文》第一篇中，更直接讲："作文字须摹古人，百工之技亦无有不法而成者也。"(《全宋文》第一百零七册)如果说这些话主要还是针对初学的后辈而言，其《书枯木道士赋后》所谓："闲居当熟读《左传》《国语》《楚辞》《庄周》《韩非》，欲下笔，略体古人致意曲折处，久之乃能自铸伟词，虽屈宋亦不能超此步骤也。"(《全宋文》第一百零七册)所论就带有普遍性了。诸如此类的话，苏、欧都不曾说。正是在这样的基础上，他才于《答洪驹父书》第三首中，提出了著名的观点：

> 自作语最难，老杜作诗，退之作文，无一字无来处，盖后人读书少，故谓韩、杜自作此语耳。古之能为文章者，真能陶冶万物，虽取古人之陈言入于翰墨，如灵丹一粒，点铁成金也。文章最为儒者末事，然既学之，又不可不知其曲折，幸熟思之。

这段话说明，黄庭坚确实有了一种由师古而趋向于摹古、从古人那里讨生活的倾向。这大大违背了韩愈当初借复古而达到创新的目的。当然，在紧接这段话之后，他又说：

> 至于推之使高如泰山之崇，崛如垂天之云，作之使雄壮如

沧江八月之涛，海运吞舟之鱼，又不可守绳墨，令俭陋也。

（《全宋文》第一百零四册）

说明他明白真正伟大的作家有着超群出众处，不可以绳墨论。但反过来，他却又不是提倡去体会这样作家的精神，无形之中接受其熏陶，却要人从他们那里找关键，寻规矩，显然，这是一种矛盾。

　　这里所以不厌其烦地指出黄庭坚文章观中显露出的新苗头，是因为它释放出了一个重要讯号：中国古代散文在经过漫长曲折的发展，达到最高峰之后，后起者在愈来愈认识到其价值而"高山仰止"的同时，感到已无从超越，开始转而从中总结创作规范，寻找创作途径。这将是中国散文发展的一大转折。黄庭坚文论中所显示的，正是这种转折的苗头。黄庭坚之后，经过南宋和元朝异族入主中原的波折，至明中叶的"前、后七子""唐宋派"，延续到清代的"桐城派"，此苗头就演变成主导中国散文发展的一条主线。

　　2. 秦观

　　秦观（1049—1100），字太虚，又字少游，号淮海居士，扬州高邮（江苏高邮）人。元丰八年（1085）进士。元祐初经苏轼荐，任太学博士，后转多职。绍圣间因元祐党籍，屡遭贬，最终远徙雷州。徽宗即位，召还，元符三年（1100）卒于北归途中。

　　苏轼与秦观交谊甚厚，在徐州时，轼即让其作《黄楼赋》，贬黄州期间，二人书信往还甚多，关系极密切，观苏轼《答秦太虚》书第四首，生活细事亦尽情倾写，至谓："欲与太虚言者无穷，但纸尽耳。展读至此，想见欣髯一笑也。"后苏轼与王安石书，又特意推荐秦观。再看秦观《与苏黄州简》，字字句句，皆情切意真。

　　秦观主要以词名世，但从其所写诸体文章，亦略可见苏轼风概。其《通事说》曾谓："文以说理为上，序事为次。古人皆备而有之。后世知说理者，或失于略事，而善序事者，或失于悖理，皆过也。"（《全宋文》第一百二十册）大体可代表秦观之文章观。

其论说类作品，早年有一组《进策》，属政论，其《序篇》云：

> 臣闻春则仓庚鸣，夏则蝼蝈鸣，秋则寒蝉鸣，冬则雉鸣。此数物者，微眇矣，然其候未至，则寂寞而无闻，既至则日夜鸣而不已。何则？阴阳之所鼓动，四时之所感发，气变于外，则情逼于中，虽欲不鸣，不可得也。
>
> 淮海小臣，不闻庙堂之议，帷幄之谋，独耳剽目采，颇知当世利病之所以然者。尝欲输肝胆，效情愫，上书于北阙之下，则又念身非谏官，职非御史，出位犯分，重烦有司之诛，隐忍逡巡而不敢发。幸陛下发德音，下明诏，使大臣任举贤良方正、能直言极谏之士，将修祖宗故事，而亲策于庭。呜呼，此亦愚臣效鸣之秋也！辄忘疏贱，条其意之所欲言者，为三十篇以献，唯陛下裁择焉。（《全宋文》第一百二十册）

其后，对每一专题分别展开论述。所论皆切于现实，无苏轼之雄肆奔放，亦具有清通顺畅之特点。秦观还著有系列历史人物论，多能提出自己的见解，有些相当精深。如《司马迁论》，反驳班固"是非颇缪于圣人"的批评，论述相当深细。《韩愈论》以宏阔的视野，先将历来之文分为论理、论事、叙事、托词几类，而以总括性之"成体之文"为尚。然后谓：

> 钧列、庄之微，挟苏、张之辩，摭班、马之实，猎屈、宋之英，本之以《诗》《书》，折之以孔氏，此成体之文，韩愈之所作是也。盖前之作者多矣，而莫有备于愈；后之作者亦多矣，而无以加于愈。故曰总而论之，未有如韩愈者也。

又拿杜甫与之并比,谓:

> 呜呼,杜氏,韩氏,亦集诗文之大成者与!(《全宋文》第一
> 百二十册)

用语考究,论断相当中肯,也可看出为文所崇尚的目标与取向。

秦观写有不少代人和自为的表奏、书启,按习惯皆用四六行文,有清畅流丽特色。其散体书简,篇幅较大的"上书"类,往往有与苏轼接近的纵横疏宕之风。如《上吕晦叔书》有云:

> 大抵西汉之士,器识优于学术,故多成功而名不足;东汉
> 之士,学术优于器识,故多令名而功不成。夫君子以器为车,
> 以识为马,学术者,所以御之耳。西汉之士,如环人之车,驾以
> 骏骎,驱通道,上峻坂,无所不可,然而日暮途远,倒行逆施者
> 有焉;东汉之士,如泰豆氏持策揽辔,圆旋中规,方折中矩,然
> 而车弊马羸,转薄于险阻之间,则固已败矣。某狂妄,尝以此
> 说推论历世豪杰之士,又以默观当今之时,而缙绅先生有告某
> 者,以谓器足以任天下之重,识足以致无穷之远,学足以探天
> 人之赜,术足以偶事物之变,如古之所谓大臣,非阁下不足与
> 于此。(《全宋文》第一百十九册)

言语表达颇能给人宏放之感。他还写有一些题跋,因对象、内容的不同,呈现出不同的风格特点。如《高无悔跋尾》,写高无悔其人,性格鲜明突出,篇末记二人:

> 相从于城东古寺,日饮无何,绝口不挂时事。余酒酣,悲
> 歌声震林木。无悔瞋目熟视,发上冲冠。人多怪之,余二人者

自若也。(《全宋文》第一百二十册)

极具声色。其《书晋贤图后》则寓庄于谐。先记名画家李公麟一时疏忽,误将《晋贤图》断为《醉客图》,时人以其名高,纷纷追趋传扬。然后借"醉"字,引述一滑稽故事:

> 余旧传闻,江南有一僧,以赀得度,未尝诵经。闻有书生欲苦之,诣僧问曰:"上人亦尝诵经否?"僧曰:"然。"生曰:"《金刚经》几卷?"僧实不知,卒为所困。即诳生曰:"君今日已醉,不复可语,请俟他日。"书生笑而去。至夜,僧从邻房问知卷数。诘旦,生来,僧大声曰:"君今日乃可语耳。岂不知《金刚经》一卷也!"生曰:"然则卷有几分?"僧茫然,瞪目熟视曰:"君又醉耶?"闻者莫不绝倒。

随后评论云:

> 今图中诸公,了无醉态,而横被沈湎之名,然后知昔所传闻为不谬矣。(《全宋文》第一百二十册)

轻松活泼中寄以讽刺,是另一种笔墨。此种笔墨,于东坡文中亦不少见。

秦观序、记之作,数量不大,作品得韩、苏余韵,清通灵活,但洁净洗炼显然尚难达到二人境界。稍近似者如《龙井题名记》:

> 元丰二年中秋后一日,余自吴兴过杭,东还会稽,龙井辨才法师以书邀予入山。
>
> 比出郭,日已夕,航湖至普宁,遇道人参寥,问龙井所遣蓝

舆,则曰:"以不时至,去矣。"是夕,天宇开霁,林间月明,可数毛发。遂弃舟,从参寥杖策并湖而行。出雷峰,度南屏,濯足于惠因涧,入灵石坞,得支径上凤篁岭,憩龙井亭,酌泉据石而饮之。

自普宁经佛寺上,皆寂不闻人声,道傍庐舍或灯火隐显,草木深郁,流水激激悲鸣,殆非人间有也。

行二鼓矣,始至寿圣院,谒辨才于潮音堂,明日乃还。(《全宋文》第一百二十册)

写景记游简而有致,亦算佳品。

3. 晁补之

晁补之(1053—1110),字无咎,济州钜野(山东巨野)人。元丰二年(1079)第进士,曾任秘书省正字、校书郎及地方官,绍圣中,坐旧党贬官,徽宗立,复任多职。崇宁间,辞官还家,修"归来园",自号归来子。后党论平,两任知州,寻卒。

其《鸡肋集序》尝言:"夫物有质者必有文,文者质之所以辨也,古之立言者当之。"(《全宋文》第一百二十六册)《海陵集序》又有云:"文学,古人之余事,不足以发身。""至于诗,又文学之余事","故世称诗人少达而多穷"。然后曰:

以其不足以发身,而又多穷如此,然士有无意于取世资,或其间千一好焉,惟恐其学之而力不逮,营度雕琢,至忘食寝,会其得意,翛然自喜,不啻若钟鼎锦绣之获,顾他嗜好皆无足以易此者。虽数用以取诟而得祸,犹不悔,曰:'吾固有得于此也。'以其无益而趋为之,又有患难,而好之滋不悔,不反贤乎?(《全宋文》第一百二十六册)

以贬为赞,对好诗者加以赞扬肯定。其《石远叔集序》称:

> 文章视其一时风声气俗所为,而巧拙则存乎人。亦其所养有薄厚,故激扬沉抑,或侈或廉,秾纤不同,各有态度,当随其人性情。(《全宋文》第一百二十六册)

这些可视为晁补之的文学观。其特点就是从不同角度,肯定了诗文的存在价值。

晁补之近二十岁,随其父在杭州得识苏轼,因极崇拜其文,而愿师事之。其《上苏公书》,在纵横论议、盛赞苏轼之为人为文后,云:

> 某济北之鄙人,生二十年矣。其才力学术不足以自致于阁下之前,独幸阁下官于吴,而某亦侍亲从宦于吴也,故愿随吴人拜堂庑而望精光焉。盖闻君子尊贤而容众,嘉善而矜不能。某非能贤且善也,而方盘辟俯偻,从众人之后,以幸君子之知而不自慊,补之虽不能,亦阁下所宜容矜之。传曰:"苟以是心至,斯受之而已。"辄敢进其说,以累执事者,伏惟幸恕而少进之。(《全宋文》第一百二十六册)

其后,又写《再见苏公书》,可见其求教之切。于其《七述》中,又有谓:"予尝获侍于苏公,苏公为予道杭州之山川人物雄秀奇丽,夸靡饶阜,名不能殚者。且称枚乘、曹植《七发》《七启》之文,以谓'引物连类,能究情状'。退而深思,仿其事为《七述》,意者述公之言,非作也。"(《全宋文》第一百二十五册)既表明对苏轼的尊重,亦表现了从苏轼处所受教益。即苏轼对晁补之亦多有教诲,其《答黄鲁直》第二首云:

晁君骚词,细看甚奇丽,信其家多异材耶?然有少意,欲鲁直以己意微箴之。凡人文字,当务使平和,至足之余,溢为奇怪,盖出于不得已也。晁文奇丽似差早。然不可直云耳,非谓其讳也,恐伤其迈往之气,当为朋友讲磨之语乃宜。(《全宋文》第八十八册)

既加以指导,又极注意方式与态度,可见对其爱惜关注之心。

今观晁补之作品,其长篇大论,如《上皇帝论北事书》《上皇帝安南罪言》,用语颇为质古,且行文不乏雄肆之气,表明他确受有苏轼高迈气韵滋养。但包括其颇富创意的作品,如《话述》:

> 晁子尝曰:"至人鹑居而鷇食。鹑无常居,鹑仰物食,我穷殆似之。蚍蜉集其枯螾宛转于涂,而我不庐,开口待哺,乃不如彼兔,有嗛则腴。"其妻曰:"水舟而陆车乎?憎里巷而爱歧陌乎?今日越而昔者燕乎?云忽忽乎?萍不止乎?大章、卢敖,步八极乎?荒土功乎?负羁绁乎?孔不暖乎?墨不黔乎?无乃蟹蜷蚿足,躁不一乎?阳鸟、鹊鹋,气则移乎?败瓦墁乎?长铗慨乎?匍匐往三咽乎?人蓐食而愠见哀乎?东郭秽而中庭泣乎?贸贸来乎?额额然伏乎?西山饿乎?雉噫徒乎?无乃侏儒瞽师,困慰禄乎?豢豕犬羊,牲饩养乎?凡子行人,何以请择事?"晁子曰:"唯。"既而曰:"龟笑不知,我知之乎?适可则可,我不可乎?"其妻曰:"唯。"舍然大笑。(《全宋文》第一百二十五册)

在表达人生选择上,虽构思创意及句法运用方面皆有新意,但给人以过于求怪求异,用典太多,奥僻艰涩之感。另外,晁补之在散文的发展上,有两点可以注意:

其一,在某些方面,他有一定的创造性。如《宋史·文苑传》称其"尤精《楚辞》,论集屈、宋以来赋咏为《变离骚》等三书"。在此基础上,他除写了不少赋作,还写了多篇介于赋与文之间的"辞",如《望涡流辞》《返迷辞》《冰玉堂辞》《浪漫阁辞》《遐观楼辞》等,这为苏门其他后学之所无。再如,他不像其他人一样致力于写作史论和历史人物论,而写了《春秋左传杂论》《西汉杂论》《旧唐书杂论》《五代杂论》等系列作品,这些作品不似正式史论,而类似读史笔记。这也是一种创造,对后人有一定的启发意义。

其二,他的创作中,表现了比较明显的追古摹古倾向。如仿《招魂》作《后招魂》,仿《七发》《七启》作《七述》,仿《归去来辞》作《追和陶渊明归去来辞》,仿元结《醉乡记》作《睡乡阁记》,仿韩愈《画记》作《捕鱼图序》,仿杜牧《罪言》写《上皇帝安南罪言》。前人也有类似之作,但不如晁补之之集中突出。这种做法,与后世之剽窃、抄袭不同,它表现了对前人的向往尊慕,是一种光明正大的行为。但作为一种倾向,也反映了散文发展到现阶段,创造力之不足与发展余地之有限,与黄庭坚之提倡"点铁成金"处于类似情况,反映了散文发展大趋势变化之一端。

4. 张耒

张耒(1054—1114),字文潜,号柯山,人称宛丘先生,楚州淮阴(江苏淮安)人。熙宁六年(1073)中进士,曾任史馆检讨,官至起居舍人,因党籍贬官。徽宗即位,复用,两任知州,崇宁间再坐党事落职,又因为苏轼举哀行服,贬官,政和四年(1114)卒。

张耒对苏轼极为尊崇,《送李端叔赴定州序》中,称"某苏先生门人之下列也"。于《书东坡先生赠孙君刚说后》赞扬苏轼"傲睨雄暴,轻视忧患,高视千古,气盖一世"。《祭苏端明郡君文》曰:"某等受学师门,义等族戚。"同时,张耒与其他苏门弟子之间,感情亦极为深笃。

张耒之文章观,与苏轼较为接近。其一,他尚理反奇。在《答李推官书》中,针对李作"捐去文字常体,力为瑰奇险怪"的倾向,论曰:

> 能文者固不能以奇为主也。夫文何为而设也? 知理者不能言,世之能言者多矣,而文者独传。岂独传哉? 因其能文也而言益工,因其言工而理益明,是以圣人贵之。自六经以下,至于诸子百氏、骚人辩士论述,大抵皆将以为寓理之具也。是故理胜者文不期工而工,理诎者巧为粉泽而隙间百出。······故学文之端,急于明理。
>
> ······
>
> 自唐以来至今,文人好奇者不一。甚者或为缺句断章,使脉理不属,又取古书训诂希于见闻者,捋扯而牵合之,或得其字不得其句,或得其句不得其章,反覆咀嚼,卒亦无有,此最文之陋也。(《全宋文》第一百二十七册)

玩其文意可知,其所谓"理",既指道理之"理",亦指事物之内在神髓,含有传神之意。其二,尚情,即为诗为文应抒发传达主体内在情感。其《投知己书》有云:

> 某闻古之致精竭思以事一艺,而其志不分者,其心之所思,意之所感,必能自达于其技,使人观其动作变态,而逆得其悲欢好恶之微情。故工乐者能使喜愠见于其声,工舞者能使欣戚见于其容,当其情见于物而意泄于外也,盖虽欲自掩而不可得。

然后用生动形象的文字讲了自己生平的坎坷经历,为文的情况,总结曰:

古之能为文章者，虽不著书，大率穷人之词十居其九，盖
其心之所激者，既已沮遏壅塞而不得肆，独发于言语文章，无
掩其口而窒之者，庶几可以抒其情，以自慰于寂寞之滨耳。
（《全宋文》第一百二十七册）

其三，在此基础上，继承了苏轼的辞达说，主张为文应该自然、条
畅。在《贺方回乐府序》中称：

文章之于人，有满心而发，肆口而成，不待思虑而工，不待
雕琢而丽者，皆天理之自然而情性之道也。（《全宋文》第一百
二十七册）

《答汪信民书》则曰：

古之文章虽制作之体不一端，大抵不过记事辨理而已。
记事而可以垂世，辨理而足以开物，皆词达者也。虽然，有道，
词生于理，理根于心，苟邪气不入于心，僻学不接于耳目，中和
正大之气溢于中，发于文字言语，未有不明白条畅。（《全宋
文》第一百二十七册）

于此，可以看出其与晁补之的基本取向不同，更贴近于欧、苏的
观点。

张耒留下的散文作品相当丰富。除一些表、启仍沿用四六外，
大量的政论、史论、历史人物论，不管观点如何，表达上皆见解明确
集中，表达清晰条畅。其散体的书简、题跋、序说、杂文，往往叙、
议、抒情相间，除具有形象与气势外，皆自然、明晰、亲切。如《送秦
少章赴临安簿序》，先以大自然中，草木的变化生长，皆受季节物候

之支配影响，论"物不受变则材不成，人不涉难则智不明"，"损之而益，败之而成，虐之而乐"，为世之通理。然后针对对方而为言：

> 吾党有秦少章者，自予为太学官时，以其文章示予，慨然告我曰："惟家贫，奉命于大人而勉为科举之文也。"异时率其意为诗章古文，往往清丽奇伟，工于举业百倍。元祐六年及第，调临安主簿。
>
> 举子中第可少乐矣，而秦子每见予辄不乐。予问其故，秦子曰："予世之介士也，性所不乐不能为，言所不合不能交，饮食起居，动静百为，不能勉以随人。今一为吏，皆失己而惟物之应，少自偃蹇，祸悔随至。异时一身资养于父母，今则妇子仰食于我，欲不为吏，亦不可得。自今以往，如沐漆而求解矣。"
>
> 予解之曰："子之前日，春夏之草木也。今日之病子者，蒹葭之霜也。凡人性惟安之求，夫安者天下之大患也，迁之为贵。重耳不十九年于外，则归不能霸；子胥不奔，则不能入郢。二子者，方其羁穷忧患之时，阴益其所短而进其所不能者，非如学于口耳者之浅浅也。自今吾子思前之所为，其可悔者众矣，其所知益加多矣。反身而安之，则行于天下无可惮者矣。能推食与人者，尝饥者也；赐之车马而辞者，不畏徒步者也。苟畏饥而恶步，则将有苟得之心，为害不既多乎？故陨霜不杀者，物之灾也；逸乐终身者，非人之福也。"（《全宋文》第一百二十七册）

文章以"蒹葭"之比始，又以之而终。言语浅明顺畅，形容描摹自然生动，说理深刻而不艰深。其文章整体特点于此可概见，可谓得苏、欧之正传。

5. 陈师道

陈师道（1052—1101），字履常，一字无己，号后山居士，彭城（江苏徐州）人。年十六，从曾巩受业，甚受器重。熙宁中，王氏经学盛行，师道非之，绝意进取。元祐初，苏轼等荐为徐州教授，除太学博士。因故罢归，元符三年（1100）召为秘书省正字，不久病卒。

陈师道不入苏门四学士之列，而被后世称为苏门六君子之一。虽早年从学于曾巩，后亦入苏轼之门墙。在其《答李端叔书》中曾自谓：

> 足下谓仆之文类两苏，人情喜于自伸，蔽于自知，至其拟之非其伦，誉之非其情，亦知避矣。两公之门，有客四人，黄鲁直、秦少游、晁无咎，长公之客也；张文潜，少公之客也。仆自念不敢齿四士，而足下遽进仆于两公之间，不亦汰乎！（《全宋文》第一百二十三册）

可见他是很自谦的。但陈师道的个性特点非常突出。《宋史·文苑传》称："师道高介有节，安贫乐道。于诸经尤邃《诗》《骚》，为文精深雅奥。"其"高介有节"一方面表现于他的耿介刚直，不屈于权势，一方面表现在他之笃于情义。这体现在他的行事上，同《传》载：其妻为赵挺之友人之女，而师道甚恶赵之为人。"适预郊祀行礼，寒甚，衣无绵，妻就假于挺之家。问所从得，却去，不肯服，遂以寒疾死。"比之不食嗟来之食尤甚。同时，他的节操品质，也表现在其文章上。

首先，在文章观上，他是坚持正统而师古的，如在《答江端礼书》中有云：

> 言以述志，文以成言。约之以义，行之以信，近则致其用，远则致其传，文之质也。大以为小，小以为大，简而不约，盈而不余，文之用也。正心完气，广之以学，斯至矣。（《全宋文》第

一百二十三册)

其次,表现在具体作品中,他对敢于藐视权势之士者给予赞颂,如《孔北海赞》:

世以曹操为英雄,虽孙仲谋甘出其下,而文举以犬豕视之。岂知不免而遂不屈?盖其高明下视之耳。方操微时,幸许劭之目以为重。匈奴使来,自谓不称而代捉刀,其自处如此。至其自比刘玄德,谓袁绍不足数,特居势使然耳。玄德之死,谓孔明曰:"如嗣子不肖,君自取之。"其勤劳一世,盖不为汉计,岂为子孙计哉?操非其比也。操恶祢衡而畏杀士之名,故以衡予刘表;而不以文举与人,卒自杀之,其畏之亦至矣。

刘毅家四壁,一掷百万,世亦以为英雄。小遇鹅炙,丐乞如奴婢,孰谓英雄而以一脔动其心哉?此其操之类乎!

子曰:"枨也欲,焉得刚?"刚者,所以制欲,非胜人也。是故自用之谓英,自胜之为强。(《全宋文》第一百二十四册)

其《与少游书》,乃因章惇希望通过秦观而召见师道所写,其中云:

先王之制,士不传贽为臣,则不见于王公。夫相见所以成礼,而其弊必至于自鬻,故先王谨其始以为之防,而为士者世守焉。某于公,前有贵贱之嫌,后无平生之旧,公虽可见,礼可去乎?且公之见招,岂以能守区区之礼乎?若昧冒法义,闻命走门,则失其所以见招,公又何取焉?

虽然,有一于此,幸公之他日成功谢事,幅巾东归,某当驭款段、乘下泽,候公于上东门外,尚未晚也。拳拳之怀,愿因侯以闻焉。(《全宋文》第一百二十三册)

此二文,颇可见师道桀骜之气。另一方面,对其敬佩与知近的友人又表现了真切笃深的情谊,这可见之于他与曾、苏、黄、张、秦、晁诸人的书启中。

至于其文字,既有其“雅奥”的一面,如他所写诸启,皆用严整的四六,即使散体,如其《秦少游字序》,也写得相当古雅。也有其清顺浅明的一面,如他与黄鲁直诸书,且看其第三首:

> 无咎向过此,服阕赴贬所,相从数日,颇见言色,他皆不通问矣。某有诗文数篇在王立之处,托渠转致,必能上达也。尔来起居何如,不至乏绝否?何以自存,有相恤者否?令子能慰意否?风土不甚恶否?平居与谁相从,有可与语否?仕者不相陵否?何以遣日,亦著文否?……某素有脾疾,近复暴得风眩,时时间作,亦有并作时,极以为苦,若不饥死寒死,亦当疾死。然人生要须死,宁校长短?但恨与释氏未有厚缘,少假数年,积修香火,亦不恨矣。(《全宋文》第一百二十三册)

其文章有雄肆处,亦有富趣味处,如上引《与李端叔书》末云:

> 仆闻周人之言,以石之韫玉者为璞;郑人之言,以鼠之腊者为朴。郑谓周曰:欲朴乎?周人大说,愿属目。出而示之,死鼠也,唾之而去。足下不惟其愚,辱先以书而愿见焉。其词益下,则其求益厚。有如循名而督实,仆将不胜其责,而惧足下誉未绝口,而唾骂继之,敢告不敏。

6. 李荐

李荐(1059—1109),字方叔,号济南,又号太华逸民,华州(陕西华县)人。

据《宋史·文苑传》："荐六岁而孤,能自奋立,少长,以学问称乡里。谒苏轼于黄州,赞文求知。轼谓其笔墨澜翻,有飞沙走石之势,拊其背曰:'子之才,万人敌也,抗之以高节,莫之能御矣。'""又数年,再见轼,轼阅其所著,叹曰:'张耒、秦观之流也。'""乡举试礼部,轼典贡举,遗之,赋诗以自责。……轼与范祖禹谋曰:'荐虽在山林,其文有锦衣玉食气,弃奇宝于路隅,昔人所叹,我曹得无意哉?'将同荐诸朝,未几,相继去国,不果。轼亡,荐哭之恸,曰:'吾愧不能死知己,至于事师之勤,渠敢以生死为间?'……作文祭之曰:'皇天后土,监一生忠义之心;名山大川,还万古英灵之气。'词语奇壮,读者为悚。"后绝意进取,于大观三年(1109)卒。

《传》又评其文曰:"荐喜论古今治乱,条畅曲折,辩则中理。当喧溷仓卒间如不经意,睥睨而起,落笔如飞驰。"今天已不见李荐文之全貌。就某些作品,可见其为文之观点,如《答赵士舞德茂宣义论宏词书》论为文之要,谓:

凡文章之不可无者有四,一曰体,二曰志,三曰气,四曰韵。

述之以事,本之以道,考其理之所在,辨其义之所宜,卑高巨细,包括并载而无所遗,左右上下,各有若职而不乱者,体也。体立于此,折衷其是非,去取其可否,不狗于流俗,不谬于圣人,抑扬损益,以称其事,弥缝贯穿,以足其言,行吾学问之力,从吾制作之用者,志也。充其体于立意之始,从其志于造语之际,生之于心,应之于言,心在和平,则温厚尔雅,心在安敬,则矜庄威重,大焉可使如雷霆之奋,鼓舞万物,小焉或使如脉络之行,出入无间者,气也。如金石之有声,而玉之声清越,如草木之有华,而兰之臭芬芳,如鸡鹜之间,而有鹤清而不群,犬羊之间,而有麟仁而不猛,如登培塿之丘,以观崇山峻岭之秀色,涉潢污之泽,以观寒溪澄潭之清流,如朱弦之有余音,太羹之有遗味者,韵也。

　　文章之无体,譬之无耳目口鼻,不能成人。文章之无志,譬之虽有耳目口鼻,而不知视听臭味之所能,若土木偶人,形质皆具而无所用之。文章之无气,虽知视听臭味,而血气不充于内,手足不卫于外,若奄奄病人,支离憔悴,生意消削。文章之无韵,譬之壮夫,其躯干枵然,骨强气盛,而神色昏瞀,言动凡浊,则庸俗鄙人而已。有体有志有气有韵,夫是谓之成全。

今天看,其所谓"体",即文章的营构与体裁;所谓"志",即表达的思想内容;所谓"气",即贯穿于文章中之主体精神;所谓"韵",即文章的表达形式及所形成的风格韵致。这是唐宋以来,首次对文章写作要求的归纳总结。然后,他又列举了二十余种体裁,要求"各尚体要,以称其实"。并谓文章的写作:

　　如彼玉工,珪璋璧琮,珮玦瑍璖,追琢之工,皆有制度,其方圆曲直,则各中其用也。如彼梓人,栋梁桓楹,榱桷栾枅,朴斫之工,皆有绳墨,大小长短,则各中其用也。若乃或混沦而无辨,或散漫而无纪,或错杂而无序,或晦暗而不显,虽曰谓之文,亦不足观也已。

提出了制度绳墨、规矩方圆的问题。与前一部分结合起来,看出这是就散文写作,明确进行的规范性总结。如何使文章写作达到上述要求?李荐也有其主张:

　　学文不已,必欲离群拔俗,远追古之作者,方驾并驱,则宜取宏词所试之文,种种区别,各以其目而明其体,研精玩习,窥

寐食息必念于是,造次颠沛必念于是,则将超然悬解,躐等顿进,径至妙处,一日万里。(《全宋文》第一百三十二册)

所指的方向,即是向前人古人那里找榜样。就此来看,李荐之论文,较黄庭坚更明确地提出散文写作的法度规矩问题,反映了在唐宋散文发展的高峰过后,作者们的创作与学习,开始朝新方向转变的大趋势。

　　关于李荐本身文章的特点,从上引论文之作中,见出气势相当恢宏。所存留的一些论说性作品,如《兵法奇正论》《浮图论》《圣学论》《将材论》《荐举论》等,皆自有一定见解,而行文理路清晰而简断。其序、记、书、启之作,亦明顺而颇有韵致。如《合翠亭记》:

　　　　王城之曲,介汴渠有道。稍南,出金明,背历朱庶人之囿;又西,虽间有林亭沼沚,皆朴樕沮洳,不足以发儵然之兴。独故将军杨氏之僧居其北岗,乔林蓊郁,蔽亏云霄,望之若不可通迹以登也。乃于杂花香草中得微径,委蛇绕岗以升。遂于岗之巅得高亭,在乔林蓊郁中,无复见日,惟苍桧樛枝,翳靡纷披,使人忘怀远想,如在邃谷之岩上,左右烟塈,浓翠皆合,不复知为市朝人也。市朝之人,连薨接廛,肩摩毂击,求息一木之阴不可得。或有登兹亭者,而复有吾今日之想乎?(《全宋文》第一百三十二册)

虽不可与欧、苏之名作比,然亦可谓精洁富有情韵。

二　道学的兴起与其对为文的影响

　　北宋中期,石介、孙复等极力提倡恢复传统儒家之道统,但尚无新意。至周敦颐、张载出,在传统儒学之政教伦理观的基础上,从《易传》出发,吸收了道家的宇宙观,佛学的心性说,开始整合出一种新的儒学理论系统,程颢、程颐兄弟进一步发展,逐渐形成了此后统治南宋至明清意识形态的道学或理学。这属于中国思想史上的重要变化,但对文章的发展亦有巨大影响。

1. 周敦颐

周敦颐(1017—1073),字茂叔,道州营道(湖南道县)人。曾任县令、提点刑狱等官,求知南康军,因家庐山莲花峰下,前有溪,取营道之濂溪以名之,故又号濂溪。

著《太极图说》,本之《易》,吸收道家宇宙观,高度概括儒家道德伦理观念,又著《通书》,简明扼要地对其理论观念进行发挥。为宋代理学的开山之祖。

其《通书·文辞第二十八》专门论及其文章观:

> 文,所以载道也。轮辕饰而人弗庸,徒饰也,况虚车乎?文辞,艺也;道德,实也。笃其实而艺者书之,美则爱,爱则传焉。贤者得以学而至之,是为教,故曰:"言之无文,行而不远。"然不贤者,虽父母临之,师保勉之,不学也;强之,不从也。不知务道德,而第以言辞为能者,艺焉而已。噫,弊也久矣!(《全宋文》第四十九册)

《通书·陋第三十四》又云:

> 圣人之道,入乎耳,存乎心,蕴之为德行,行之为事业。彼以文辞而已者,陋矣。(《全宋文》第四十九册)

皆有明显的重道轻文倾向。但审美需要乃人之天性,故周敦颐并未完全否定文章,他自己亦吟诗著文,黄庭坚即曾为其诗集作序。

其《爱莲说》：

> 水陆草木之花，可爱者甚蕃。晋陶渊明独爱菊。自李唐
> 来，世人盛爱牡丹。予独爱莲之出淤泥而不染，濯清涟而不
> 妖，中通外直，不蔓不枝，香远益清，亭亭净植，可远观而不可
> 亵玩焉。予谓菊，花之隐逸者也；牡丹，花之富贵者也；莲，花
> 之君子者也。
>
> 噫！菊之爱，陶后鲜有闻；莲之爱，同予者何人？牡丹之
> 爱，宜乎众矣。（《全宋文》第四百十九册）

清新，精洁，明丽，寄托高洁脱俗的人格理想，为传世之名文。如果
没有深厚的审美修养，只凭其道德意识，是不可能写出这种文
章的。

2. 张载

张载（1020—1078），字子厚，大梁（河南开封）人，占籍凤翔郿
县（陕西眉县）横渠镇，学者称横渠先生。嘉祐二年（1057）登进士
第，曾任地方官与京职，一度隐居著述。为理学奠基人之一，其学
以《易》为宗，以《中庸》为的，以《礼》为体，以孔孟为极，世称"关
学"。《正蒙》为其代表作，主要阐发道学理论。

其《西铭》为理学的经典作品，特点是用"铭"的体式，简短的格
言，来表述理学的核心观点：

> 乾称父，坤称母，予兹藐焉，乃混然中处。故天地之塞，吾
> 其体；天地之帅，吾其性。民，吾同胞；物，吾与也。
>
> 大君者，吾父母宗子；其大臣，宗子之家相也。尊高年，所
> 以长其长；慈孤弱，所以幼其幼。圣其合行，贤其秀也。凡天
> 下之疲癃残疾、惸独鳏寡，皆吾兄弟之颠连而无告者也。"于

时保之"，子之翼之；"乐且不忧"，纯乎孝者也。违曰悖德，害仁曰贼。济恶者不才，其践形惟肖者也。

知化则善述其事，穷神则善继其志。不愧屋漏为无忝，存心养性为匪懈。恶旨酒，崇伯子之顾养；育英才，颍封人之锡类。不弛劳而底豫，舜其功也；无所逃而待烹，申生其恭也。体其受而归全者，参乎；勇于从而顺令者，伯奇也。富贵福泽，将厚吾之生也；贫贱忧戚，庸玉汝于成也。存，吾顺事；没，吾宁也。（《全宋文》第六十册）

行文，句法，近乎纯正的四六。以铭的形式，作如此精括的表达，说明道学家也离不开长期沿传而铸就的散文体式。

3. 程颢　程颐

程颢（1032—1085），字伯淳，号明道先生，河南（河南洛阳）人。曾第进士，任地方官与京职，但一生以治经为主。程颐（1033—1107），字正叔，号伊川先生，颢之弟。哲宗朝，曾任崇政殿说书、管勾国子监。与兄并称"二程"，为早期理学大家。

他们在文章上无可称道的成就，但在理论上对文章的发展有负面影响。周敦颐还只讲"文以载道"，而程颐，则把文与道对立起来，直云文以害道。这种观点，见于其《答朱长文书》。程曾写信劝朱少作诗文，朱答以：写诗作文，在于"使后人见之，犹庶几曰不忘乎善也。苟不如是，诚惧没而无闻焉"。表示"此为学之末，宜兄之见责也。使吾日闻夫子之道而忘乎，岂不善哉"。这种态度已够可以的了。但程颐仍认为不足，云：

圣贤之言，不得已也。盖有是言，则是理明；无是言，则天下之理有阙焉。如彼耒耜陶冶之器，一不制，则生人之道有不足矣。圣人之言，虽欲已，得乎？然其包涵尽天下之理，亦甚约也。

　　后之人，始执卷，则以文章为先，平生所为，动多于圣人。然有之无所补，无之靡所阙，乃无用之赘言也。不止赘而已，既不得其要，则离真失正，反害于道必矣。诗之盛莫如唐，唐人善论文莫如韩愈。愈之所称，独高李杜。二子之诗，存者千篇，皆吾弟所见也，可考而知矣。（《全宋文》第八十册）

这种观点，等于说，道之外，文根本没存在的必要，完全否定了文的价值，对后世当然产生很坏的影响。

第三章　散文发展脉络的转换与承传

——南宋及辽金的散文

　　北宋时期古代散文的创作达至最高峰后，发展趋向开始朝两个方向发展：一是沿着实用与审美相统一的方向继续前行，但由于水平上已没有多少超越前人的余地，所以作家们开始想从研讨总结前人的创作经验中，寻求写作的规范与门径。二是在部分作家中，出现脱离实用性羁绊，向着偏重追求文章审美趣味方向努力。但这两种倾向尚未充分展开，即因社会政治与思想上出现的新局面而受到阻遏。

　　社会政治上的新局面，是由于各种矛盾激化导致金人的入侵，使宋王朝几近崩溃，不得不偏居江南，只守住半壁江山。与金南北对峙一百五十余年，最后为新起的蒙古族所灭。思想上的新局面，是北宋后期产生的道学，逐渐兴盛，发展成整个社会的统治思想。究其原因，实由于建立在宗法等级制基础上的君主集权制度，已不符合社会发展的要求，靠旧的思想武器，无法挽救其颓败的命运（生产力水平远远落后的少数民族能够入主整个中国，原因亦在于此），于是一部分思想家，就对传统的儒家思想伦理学说加以改造，希望在人的心灵和精神层面上强化控制，使之顺从宗法性君主集权专制的要求。这种新的儒学理论系统逐渐被统治阶层所接受，使之成为社会统治思想。

这两方面,都直接地影响到南宋散文的发展,使之呈现出以下特点:第一,由于民族矛盾上升到主要地位,作者们一般都把关注的重心集中到对抗异族的入侵上,关于"战"与"和",成为要讨论的第一主题。因此论说文章成为主流,即使记事、抒情、言志,也大都与此有关。第二,关于记、序及抒发外在或主体审美感受和追求审美表现力之类的作品,退居次要地位。第三,既然不能集中精力进行文情兼茂的文章写作,又受怀旧念昔的影响,承接欧阳修《归田录》、苏轼《志林》之类的随笔、杂感性作品渐渐流行。第四,承续黄庭坚、陈师道、李荐所露出的苗头,以学习研读前人优秀之作,从中吸取写作经验,寻求章法规矩的文选、评点,甚至专门探讨写作规则的著作开始出现,并有渐成风气之势。

南宋大约以徽、钦被俘至高宗绍兴为前期,孝宗至宁宗为中期,理宗至元人灭宋为后期。

辽虽存在时间较长,但始终地处北偏,文禁很严,散文写作上无重要成就。

金与南宋并峙,统治中原地区百余年,很快接受了中华文化传统,文学和散文的写作相当发达,出现了一批作家,他们有意追求唐宋名家的传统,在中国散文的发展上,起了一定的作用。

第一节　文章题材明显转换
——两宋之际及南宋初期的散文

徽、钦二帝被金人所俘,造成北宋政权的崩溃,引起整个社会的震动与混乱。面对民族的危亡,民众陷于恐慌和对统治集团的激愤之中,统治集团在惊惶失措之中面临着如何应对危机的抉择,各种势力和人物都不得不把注意力集中到这一焦点上。

一 抨击时政和要求抗战的论说文章成为主流

在当时的士大夫中,观念上是家国统一的,而家国的命运又维系在作为国家象征的君主身上,因此他们对国家与民族命运的关心就集中于对皇帝的奏议上书之中。在这些作品中,他们不着意于为文,而充分发挥了文章的实用功能,以之作为表达自己意愿和观点的武器,借此既追究造成危局的原因,又提出应对时局的建议和主张。于是所写表章、奏疏、札子、书启等,皆以激切、尖锐、着实、针对性强为共同特征,但不同的作者,有不同的身世背景、个性特点,因而有不同的差异。以下举其有突出代表性者为例:

1. 陈东

陈东(1086—1127),字少阳,以贡入太学。宣和七年(1125),金人南侵,徽宗禅位于钦宗,仓皇外逃,陈东以太学生上书钦宗,直指蔡京、王黼、童贯、梁师成、李彦、朱勔为六贼,一一历数其罪行。然后总之曰:

> 此六贼者前后相继,误我上皇,离我民心,天下困弊,盗贼滋起,兵革不休,遂致夷狄交侵,危我社稷。……伏愿陛下乾纲夹决,断自圣志,擒此六贼,肆诸市朝,与众共弃,传首四方,以谢天下,庶几太上之志果成于陛下,岂不伟哉!(《全宋文》第一百七十五册《登闻检院上钦宗皇帝书》)

文字着实激切,气势激昂。其后又连上二书。

靖康元年(1126),李邦彦议与金和,李纲及种师道主战,邦彦因小失利而罢纲之职,并同意割三镇与金而求和,陈东随率诸生伏阙上书,极论罢李纲及求和议之非,末云:

臣等学校书生，素与纲无半面之雅，与邦彦等亦昧平生，所以必劝陛下进纲而退邦彦等，岂有他哉，盖生灵之命与宗社存亡俱在陛下用纲与不用、去邦彦与不去之间耳。天下公论如此，臣等岂敢默默。陛下若以臣等之言为未足取信，愿试登御楼，呼召耆老百姓一问之，呼军兵一问之，呼行道商旅一问之，试咨有官君子使言之，必皆曰纲可用而邦彦等可斥也。陛下用舍之际，不可不谨。（《全宋文》第一百七十五册《伏阙上钦宗皇帝书》）

《宋史》本传载：时"军民从者数万。书闻，传旨慰谕者旁午，众莫肯去，方舁登闻鼓挝坏之，喧呼震地。有中人出，众脔而磔之。于是亟诏纲入，复领行营，遣抚谕，乃稍引去"。说明陈东的言论及行为代表了广大民众的心声。

高宗即位以后，陈东又多次上书，要求任用李纲，进兵抗金，返都汴京，罢黜主和派之黄潜善、汪伯彦，结果因触怒高宗及当权者而被杀。

2. 宗泽

宗泽（1059—1128），字汝霖，元祐六年（1091）登进士第，历任地方官。知磁州时，康王赵构奉使入金，泽劝其返相州，后以副元帅随康王入援京师，屡战屡捷。赵构即位为帝，南逃，泽为东京留守。高宗即位之初，他即上《乞毋割地与金人疏》，坚决主张抗战，反对求和，有云：

臣窃谓渊圣皇帝有天下之大，四海九州之富，兆民万姓之众，自金人再犯，未尝命一将、出一师、厉一兵、秣一马，日征日战。但闻奸邪之臣，朝进一言以告和，暮入一说以乞盟，惟辞之卑，惟礼之厚，惟敌言是听，惟敌求是在，因循逾时，终致二圣播迁，后妃亲王，流离北去。臣每念是祸，正宜天下臣子弗与仇方俱生之日也。臣意陛下即位，必赫然震怒，旋乾转坤，大明黜陟，以赏善罚恶，以进贤退不肖，以再造我王室，以中兴我大宋基业。今四十日矣，未闻有所号令，作新斯民，但见刑部指挥有不得誊播赦文于河东、河西，陕之蒲、解。兹非新人耳目也，是欲蹈西晋东迁既覆之辙耳，是欲裂王者大一统之绪为偏霸耳。

……臣虽驽怯，当躬冒矢石，为诸将先，得捐躯报国恩足矣。（《全宋文》第一百七十五册）

回顾教训，反对偏安，表达报国决心。较陈东上书更为言简意明，健劲有力。此后他又连上二十四道奏疏，要求高宗回銮京师，主持抗金。皆言辞恳切，说理透辟，忠悃与激越之情并存。尤其第十八次奏疏，驳斥高宗诏书中诬北方抗金义士为"假勤王之名，公为聚寇之患"，可谓声情并茂：

窃念国家圣子神孙，继继相承，湛恩盛德，渗漉人心，沦浃骨髓。今河东河西，不随顺北敌，虽为髡头编发，而自保山寨者，不知其几千万人。诸处节义丈夫，不顾其身而自黥其面，为争先救驾者，又不知几万数也。今陛下以勤王者为盗贼，则保山寨与自黥面者，岂不失其心耶？此语一出，自今而后，恐不复肯为勤王者矣。（《全宋文》第一百七十五册《乞回銮疏》八）

虽竭诚上表，终难动摇高宗南逃之意，宗泽郁愤交加，疽发背而死。留下《遗表》，以尸谏之忠，恳请高宗回銮，挽国家于危亡，出民众于水火。其文曰：

心期许国，每输扶厦之忠；死不忘君，犹积恋轩之意。魂魄将离于形体，精忱愿达于冕旒。

伏念猥以朴忠，受知渊圣，擢自困踬羁穷之际，付以寇敌往来之冲。适遇陛下，出总元戎，察臣粗著劳效，坐筹密计，俾臣得预属僚。逮夫践祚之初，首录孤危之迹。寇攘未泯，暂为淮甸之巡；宗庙斯存，委守留司之钥。力小任重，志大心劳。誓殄仇方，再安王室。但知怀主，甘委命于鸿毛；无复偷生，期裹尸于马革。夙宵以继，寝食靡宁。斯民获奠枕之安，北马无饮河之意。

……

干戈未举，舟壑忽移。神爽飞扬，长抱九泉之恨；功名卑劣，尚贻千古之羞。仰凭睿眷之深，必无生死之异，属臣之子，记臣之名，力请回銮，亟还京阙。上念社稷之重，下慰黎民之心。命将出师，大震雷霆之怒；救焚拯溺，出民水火之中。夙荷君恩，敢忘尸谏？（《全宋文》第一百七十五册《乞回銮疏》八）

虽用骈体，而拳拳之心，眷眷之意，忠君忧民之情，舍身捐躯之志，表达得真挚、深切、沉郁，充满苍凉雄迈之气，读之足以令人泣下。属内容形式皆佳之文。

3. 李纲

李纲（1083—1140），字伯纪，号梁溪病叟。宣和二年（1120）登进士第。自宣和七年（1125），金人渝盟入侵，就投入抗金斗争，力主抗战。曾上御戎五策，刺臂血上疏建议徽宗内禅。至高宗朝，历官兵部尚书，知枢密院事，左仆射中书侍郎等。然随着皇帝战、和态度的变化，官位屡起屡废。

李纲留下的文字著述极多，以论战论政作品而引人注目，著名者有《上渊圣皇帝实封言事奏状》《论御寇用兵札子》《乞议不可割三镇札子》《上皇帝封事》《十议》《论君子小人札子》《奉诏条具边防利害奏状》《论使事札子》等。基本内容是论议对付金人之战、守、和三种态度。特点是观点鲜明，条畅清晰，虽言辞不激切，但剖析深刻、细致、深入。如其《上皇帝封事》与《十议》，皆写于高宗即位之建炎元年(1127)，实为对高宗施政方针的基本建议。二者内容大体相同，而《十义》属于分题展开论述。其首篇《论国是》具有总纲性质，首先提出：

> 臣窃以和、战、守，三者一理也。虽有高城深池，弗能守也，则何以战？虽有坚甲利兵，弗能战也，则何以和？以守则固，以战则胜，然后其和可保。不务战守之计，惟信讲和之说，则国势益卑，制命于敌，无以自立矣。

论和、战、守的关系，目的就在于反对一味讲和之说。然后着重引靖康的教训，论不重战、守，只重讲和之害：

> 靖康之春，粗得守策，而割三镇之地，许不可胜计之金币以议和，惩劫寨之衄而不战，于和与战两失之。其冬金人再寇畿甸……金人既登城矣，犹降和议已定之诏，以款四方勤王之师，使虏得逞其欲，凡都城玉帛子女、重宝图籍、仪卫辇辂、百工伎艺，悉索取之，次第遣行。及其终也，劫质二帝巡幸沙漠，东宫、亲王、六宫、戚属、宗室之家尽以行。因逼臣僚，易姓建号。自古夷狄之祸中国，未有若此之甚者。是靖康之冬，并守策失之，而卒为和议之所误也。

然后驳斥主和派的谬论。指出如果按金人要求割地赂币，后果将是：

予之，则所求无厌，虽日割天下之山河，竭取天下之财用，山河则用有尽，而金人之欲无穷。少有衅端，前所予者其功尽废，遂当拱手以听命而已。昔金人与契丹二十余战，战必割地，厚赂以讲和，既和则又求衅以战，卒灭契丹。今又以和议惑中国，至于破都城、灭宗社、易姓建号，其不道如此，而朝廷犹以和议为然，是将以天下畀之敌国而后已，臣愚以为过矣。

应当采取什么样的策略？他的主张是："为今之计，莫若一切罢和议，专务自守之策，而战议姑俟于可为之时。"（《全宋文》第一百六十九册）

其后，于绍兴五年（1135），他又上洋洋万言之《奉诏条具边防利害奏状》，建议当前既不可遽兴大举进兵之计，亦不可满足于"保据一隅，以苟且目前之安"（《全宋文》第一百七十册）。正面提出六条治国备战的建议。全文汪洋宏肆，委婉剀切，论述细密，显示了李纲为文的风格。

绍兴八年（1138），王伦出使北后还，李纲又上《论使事札子》，痛斥王伦引金使南来，以"江南诏谕"为名，谓："自古夷狄陵侮中国，未有若斯之甚者。"言及自己：

犯台谏之怒，厚诬丑诋，以无为有，群起而攻之。……蒙垢忍耻，不敢自明，缄口结舌，不敢复与世事，故刍荛之言，久不上达，然眷眷之心，未尝一日不在赤墀之下也。今闻使事方亟，所系国体非轻，存亡之端，非独安危而已。臣不胜愤懑，敢以狂瞽，干冒天聪，罪当万死，俯伏俟命。（《全宋文》第一百七十册）

说明南宋朝廷苟安之计已定,李纲早被置之局外,他愤激之情无可容忍,于是此文也就不像以前那么婉转剖析,而变得激昂而尖锐。

李纲早年是有意于为文的,曾仿《醉乡记》写《文乡记》,对屈、宋、贾、马、韩、柳、欧阳修、王安石,皆予以称扬。其题跋诸文更对苏轼充满景仰之情。这一方面说明他为文是有根柢的,又一方面表明他的文字所以有动人力量,是其所表达的顺应时代之内容与情辞奋发相结合造成的效果。

4. 胡寅

胡寅(1098—1156),字明仲,原为名儒胡安国之侄,后被安国养为己子。父子皆与道学有很深的渊源,安国在太学曾师从程颐之友,后又公开赞扬二程和张载之学,寅则从二程弟子杨时受学。但父子二人皆极关心国事,安国于绍兴元年(1131)上《时政论》二十一篇,胡寅于建炎三年(1129)任起居郎时,则写《上皇帝万言书》。

胡寅之《万言书》因高宗闻金人将大举入侵准备继续南逃而作。文章以此为由头,引申开来,纵论天下大势,对高宗应采取的战备和治政方略提出全面建议。文中,首先对高宗即位前后的作为,进行了犀利尖锐的指责:

> 一昨陛下以亲王介弟受渊圣皇帝之命,出师河北。二帝既迁,则当纠合义师,北向迎请。而遽膺翊戴,亟成尊位,遥上徽号,建立太子,不复归觐宫阙,展省陵寝。斩戮直臣,以杜言路;南巡淮海,偷安岁月。敌兵深入陕右,远破京西,漫不治军,略无捍御。盗贼横溃,莫之谁何,无辜元元,百万涂地。怨气上格,日昏无光,飞蝗蔽天,动以旬月。方且制造文物,糜费不赀,狠于城中,讲行郊报,朝廷动色,相谓中兴。匹马南渡,狼狈不堪,淮甸之间,又复流血。逮及反正宝位,移跸建康,不

为久图,百度颓弛。淮南宣抚,卒不遣行,自画大江,轻失形势。一向畏缩,维务远巡。军民怨咨,如出一口。存亡之决,近在目前。凡此节次十余条,皆所谓举措失人心之大者也。

像这样当面直斥皇帝的激烈言辞,为前所未有。接着他为高宗设想,最好的办法就是下罪己诏:

> 为今之策,愿陛下一切反前失而已,则必下诏曰:"继绍大统,出于臣庶之谄而不悟其非;巡守东南,出于侥幸之心而不虞其祸。经涉变故,仅免危亡。盖上天警戒于眇躬,俾大宋不失于旧物。金人以无厌之求,喋血中华,蚕食并吞,扶立僭伪,以乱易治,俾臣作君。朕义不戴天,志思雪耻。父兄旅泊,陵庙荒残,罪乃在予,无所逃责。"以此号召四海,耸动人心,不敢爱身,决意讲武。然后选将训兵,戎衣临阵,按行淮甸,上及荆襄,收其英豪,誓以战伐。天下忠义之士,必云合而景从;天下武勇之夫,必响应而飙起。(《全宋文》第一百八十九册)

此后,从"罢和议","用臣下","务实效,去虚文","躬战阵","总兵力","重宗室","立纲纪"等几大方面,滔滔汨汨,一泻而下,虽内容上未免带有书生意气,行文略显繁细,但表现了敢说敢议,关心国家命运、民族危亡的赤诚之心。

此外,他还有《应诏言十事疏》等多篇论兵言政的文章,有与上文类似的特点。

5. 胡铨

胡铨(1102—1180),字邦衡,号澹庵,吉州庐陵(江西吉安)人,建炎二年(1128)进士。从仕跨高宗、孝宗两朝,是坚定不移的反对和议派。其最著名的作品,为绍兴八年(1138)任枢密院编修官时所写《戊午上高宗封事》。所论为李纲《论使事札子》中王伦偕金使返朝欲令南宋屈膝称臣之同一事,不过比李纲言辞更为激昂慷慨。其文曰:

> 王伦本一狎邪小人,市井无赖,顷缘宰相无识,遂举以使虏。专务诈诞,欺罔天听,骤得美官,天下之人切齿唾骂。今者无故诱致虏使,以诏谕江南为名,是欲臣妾我也,是欲刘豫我也。……
>
> 夫天下者,祖宗之天下也。陛下所居之位,祖宗之位也。奈何以祖宗之天下为犬戎之天下,以祖宗之位为犬戎藩臣之位? 陛下一屈膝,则祖宗庙社之灵尽污夷狄,祖宗数百年之赤子尽为左衽,朝廷宰执尽为陪臣,天下之士大夫皆当裂冠冕,变为胡服。异时豺狼无厌之求,安知不加我以无礼如刘豫者哉? 夫三尺童子,至无知也,指犬豕而使之拜,则怫然怒。今丑虏则犬豕也,堂堂天朝,相率而拜犬豕,曾童稚之所羞,而陛下忍为之耶? ……
>
> 向者陛下间关海道,危如累卵,当时尚不肯北面臣虏,况今国势稍张,诸将尽锐,士卒思奋。只如顷者丑虏陆梁,伪豫入寇,固尝败之于襄阳,败之于淮上,败之于涡口,败之于淮阴,较之前日蹈海之危,已万万矣。倘不得已而遂至于用兵,则我岂遽出虏人下哉? 今无故而反臣之,欲屈万乘之尊,下穹庐之拜,三军之士不战而气已索,此鲁仲连所以义不帝秦,非惜夫帝秦之虚名,惜天下大势有所不可也。

然后矛头由王伦转而直指秦桧及孙近:

> 臣窃谓不斩王伦,国之存亡未可知也。虽然,伦不足道

也，秦桧以腹心大臣而亦为之。陛下有尧舜之资，桧不能致陛下如唐虞，而欲导陛下有如石晋。……秦桧，大国之相也，反驱衣冠之俗归左衽之乡，则桧也不惟陛下之罪人，实管仲之罪人矣。孙近附会桧议，遂得参知政事。天下望治如饥渴，而近伴食中书，漫不可否一事。……呜呼！参赞大臣徒取充位如此！有如虏骑长驱，尚能折冲御侮耶？臣窃谓秦桧、孙近亦可斩也。

最后表示：

> 臣备员枢属，义不与桧等共戴天，区区之心，愿斩三人头，竿之藁街，然后羁留虏使，责以无礼，徐兴问罪之师，则三军之士不战而气自倍。不然，臣有赴东海而死耳，宁能处小朝廷求活耶？（《全宋文》第一百九十五册）

此文斩截简断，剖析剀切，义正辞严，气势如虹。据《宋史》本传："铨之初上书也，宜兴进士吴师古锓木传之，金人募其书千金。其谪广州也，朝士陈刚中以启事为贺。其谪新州也，同郡王廷珪以诗赠行。"说明其影响之大。此文之外，胡铨论朝政、反和议之文尚多，如《应诏集议状》言辞表达同样激昂慷慨。

铨因前引上书，被贬海南二十余年，孝宗继位后始又启用，他依然不改初衷，在隆兴二年（1164）之《上孝宗封事》中，论和议之因、之害，和之则可十吊，不和则可十贺。末表己态云："如以臣言为不然，乞赐流放窜殛，以为臣子犯分之戒。"（《全宋文》第一百九十五册）胡铨在其死前的《遗表》中，虽以四六行文，仍以满腔忠愤，表不忘恢复之志。末云："相如草《封禅》以贡谀，切所不敢；张巡有厉鬼以杀贼，死亦不忘。"（《全宋文》第一百九十五册）

总以上五人之例，可以看出，在这一时期，反和主战的论议之文,在当时最引人注目,在后世也最受赞赏。考其原因,首先是当时的时局使然。面对异族的入侵,国家的危亡,这些慷慨激越的言辞,吐出了广大臣民的怨愤、全体国人的心声。其次是它突显了大部分士大夫忠君为国的观念。在高度君主专制的政治体制下,虽然名义上是家国统一,君国统一,君是国家的象征与代表,但实际上君与国之间是有差别的。君总要把自己的统治利益放在国之上。当国的利益与个人的统治利益相矛盾时,他会宁愿舍弃国与民,而维护一己之私。所以当将相大臣能为其所用时,他可以大加褒奖,而违背了自己利益,则必除之而后快。高宗前后杀陈东、欧阳澈及岳飞,就是显例。然而,当时的士人绝不会像今天这样看得清楚,在维护君主集权的观念支配下(道学更强化了这种观念),他们视君为天然的最高权威,以维护其权威为责,为荣。以胡铨为例,他写有一篇《经筵玉音问答》(《全宋文》第一百九十五册)详细记述了受孝宗接见,彻夜长谈的情形,将之视为天大的荣耀,还写了《后跋》《又跋》,谓:“天语谆勤,后之子孙,当永保之。”因此,他们虽有时冒死进谏,对皇帝有所指责,但主要矛头,大多只是指向奸相佞臣。上引这些文章论议,正是既表现了他们的忧国,又表现了其忠君之心。第三,尤应强调者,是上引这些表述文字所以能写得如此激切有力,撼动人心,与作者们所具备的学养有很大关系。李纲曾明确表示,他最为赞赏陆贽的奏议,愿以陆贽为自己的榜样。胡铨在其《答朱解元书》(《全宋文》第一百九十五册)中,盛赞韩、欧、苏、王,勉励对方要向他们学习。在《答江知县庭宾书》中,更是特别引用了韩愈对文气的论述,谓:“窃尝闻古人言曰:‘气,水也;言,浮物也。水大而物之浮者大小毕浮。’气之与言犹是也。”又引孟子论气之言,然后说:

> 自轲死,惟愈得其传,其论气与轲之言不异。观其诋排异

端,攘斥佛老,障百川而东之,回狂澜于既倒,非其气刚大以直,夫孰能至于此哉!抑某也,望轲、愈之藩篱而不及其门者也,乌足论养气之说耶?虽然,学之有年矣。(《全宋文》第一百九十五册)

就此,可以看出胡铨所受前代作者泽被涵养之一端,亦可见题材内容虽有转折,而作者们从散文发展成果所受泽被涵养之一端。

二 其他类型的文章亦有变化

除受时代主潮支配影响者外,此时期亦有其他类型作品。

1. 骈体继续沿用,出现轻内在精神,重外在形式倾向

在散文长期的发展过程中,逐渐形成一种不成文的规则:诏诰制命、表奏、书启、碑铭、祭文、赞、颂,一般都要用四六对句为主的骈体形式。这或者因为,在官场和郑重严肃的社会交往中,骈体文章能显示出高雅典正、具有文化修养的特色。此时期,亦有以善写骈文而著名的作家,堪称代表者为汪藻和孙觌。

汪藻(1079—1154),字彦章,崇宁二年(1103)进士。钦宗朝官至起居舍人,高宗时为中书舍人、翰林学士。《宋史·文苑传·汪藻传》载:"(藻)工俪语,多著述,所为制词,人多传诵。""属时多事,诏令类出其手。"又载:"(高宗)以所御白团扇,亲书'紫诰仍兼绾,黄麻似六经'十字以赐,缙绅艳之。"

汪藻是重文的。在其《答吴知录书》中曾谓:

> 孔子设四科,文与学一而已。及左丘明、屈原、宋玉、司马迁、相如之徒,始以文章名世,自为一家,而与六经之学分。……自王氏之学兴,学者偓然以经术自高,曰:"吾知经矣。天下之学复有过此者乎?彼文章,一技耳,何为者哉?"使

此曹有秋毫自得于圣人之门，其谁不服膺敛衽？奈何朝夕占毕者，类皆掇取前人咳唾之余，熟烂繁芜，喋喋谆谆，无一字可喜者，亦何异斥人八珍不御而以饐腐之糜强人，曰"此养生之本"？其不为人出而哇之也则幸而已耳。又数年以来，伊川之学行，谓读书作文为妨道，皆绝而不为。今有人于此，终日不食，其腹枵然，扪以示人曰"吾将轻举矣"，其可信乎？……（《全宋文》第一百五十七册）

可见汪藻尚文的态度，他之所以能因写制词和骈体受人称赏，也就不属偶然。

今观汪藻之骈文，确实用典丰富而广博，属对精工而自然，表现了相当的功力与才气。但其作品及为人所称颂者主要为制词，所谓"制词"，即替皇帝代言，须根据皇帝的意思，揣摩皇帝的心情，用恰切的语言形式将之表达出来。精美固然可以极精美，但并不能体现自己的情感与志意。譬如胡铨上高宗书中，极力抨击为"狎邪小人，市井无赖"之王伦，汪藻所写《修职郎王伦改朝奉郎充大金通问使制》中，却赞扬其："胄出公侯，资兼勇智。言念主忧而臣辱，何有于生；如皆己佚而人劳，孰当其责？虽淹回之未试，独慷慨以请行。"（《全宋文》第一百五十六册）俨然似一甘心为国捐躯的志士。万人唾骂之秦桧，在汪藻所写任命其为相的制词中，亦按皇帝意旨，大加称扬，有所谓："才博而周，气刚以大。出处行藏，皆合乎道；死生祸福，不移其心。谋国尽忠，尝若蓍龟之先见；捐身挺节，独如松柏之后凋。巍巍真社稷之臣，奕奕盖庙堂之器。"（《全宋文》第一百五十六册）文辞的确相当优美，被不少四六选本收入，但内容与形式完全背离。再如，他曾写有《贺李纲右丞启》，对纲极尽颂扬："厚德镇浮，英和经远。得文武弛张之枢要，独运胸中；明古今治乱之渊源，不专纸上。""留家誓死，镵血书词。销大变于胚胎，转危机于呼吸。""义动三军,人皆奋死;气吞异类,寇辄请盟。身且九殒以一生,国则崇朝而再造。"(《全宋文》第一百五十七册)这或许表达了他真实的态度。而在其所写的《李纲落职鄂州居位制》中,转头又骂李纲为:"空疏而不学,凶愎而寡谋。志轻天下而自谓无人,权震朝廷而不知有上。靡顾国家之大计,但营市井之虚名。专杀尚威,伤列圣好生之德;信狂喜佞,为一时群小之宗。"(《全宋文》第一百五十六册)似乎不是出于一人之口与手。

这种情况说明,一般文章虽也可能出现审美与实用、内容与形式的矛盾,而在被程式化了的公文中,骈体更容易变成纯形式化的工具,呈现出内在精神与外在形式相分裂的倾向。此时期的骈体作家与作品中,这种倾向表现得更明显。汪藻的大量作品,还表现着骈体文章向唐代崔融、李峤那种以典丽华美的言辞表达虚浮颂美格调之回复。

这方面更典型的作家是孙觌。此人因品节极卑劣,《宋史》中无传,但却被后人视为南、北宋之间的骈体大家之一。据周必大《孙尚书鸿庆集序》:孙觌,字仲益,"尝以龙图阁学士提举南京鸿庆宫,故自号鸿庆居士"。生当公元1081至1169年间,徽宗大观、政和间第进士,冠词科。靖康间"为词臣","历吏、户长贰,连守大邦"。年轻时曾得见苏轼,受其称赏。周必大于此文中称:"其章疏制诰表奏往往如陆敬舆,明辩骏发,每一篇出,世争传诵。"

今观其所留文字,骈体之精工,颇与汪藻相近,而其为人,毫无特操可言。自金人入侵,即媚附逢迎,力主和议,后因贪赃落职,又极力攀附秦桧、万俟卨。朱熹《记孙觌事》云:

> 靖康之难,钦宗幸虏营。虏人欲得某文。钦宗不得已,为诏从臣孙觌为之,阴冀觌不奉诏,得以为解。而觌不复辞,一挥立就,过为贬损,以媚虏人,而词甚精丽,如宿成者。虏人大

喜,至以大宗城卤获妇饷之,觌亦不辞。……(《全宋文》第二百五十二册)

可见其人格之鄙。由孙觌,更可见当时骈体发展中,内容与形式之矛盾与分裂达到的程度。

2. 序记作品亦转向表现与民族矛盾相关内容

此时期,序、记之类抒情言志的作品,有少数佳作,内容皆与金人之南侵相关,突出代表为李清照、岳飞之作。

李清照(1084—?),自号易安居士,为由北入南著名女词人。存世散文极少,《金石录后序》是难得杰作。此文系清照晚年重读丈夫赵明诚所编《金石录》,为之所写后序。文章似乎围绕夫妇二人早年如何酷爱收集整理金石书画,而经金人南侵,所经营收集者丧失殆尽而写,实则借此为线索,倾诉了自己由恬静温馨到漂泊流落的悲剧命运,缕述了宋朝政权崩塌溃败的过程,暗寓着她所谓"生当做人杰,死亦为鬼雄。至今思项羽,不肯过江东"的悲愤。文章由对早年回忆写起:

> 余建中辛巳始归赵氏。时先君作礼部员外郎,丞相作吏部侍郎,侯年二十一,在太学作学生。赵、李族寒,素贫俭。每朔望谒告出,质衣取半千钱,步入相国寺,市碑文果实归,相对展玩咀嚼,自谓葛天氏之民也。
>
> 后二年,出仕宦,便有饭疏衣练,穷遐方绝域,尽天下古文奇字之志。日就月将,渐益堆积。丞相居政府,亲旧或在馆阁,多有亡诗逸史,鲁壁汲冢所未见之书,遂尽力传写,浸觉有味,不能自已。后或见古今名人书画、三代奇器,亦复脱衣市易。尝记崇宁间,有人持徐熙《牡丹图》,求钱二十万。当时贵家子弟,求二十万钱,岂易得耶?留信宿,计无所出而还之,夫

妇相向惋怅者数日。后屏居乡里十年,仰取俯拾,衣食有余。连守两郡,竭其俸入,以事铅椠。每获一书,即同共校勘,整集签题;得书画彝鼎,亦摩玩舒卷,指摘疵病,夜尽一烛为率。故能纸札精致,字画完整,冠诸收书家。

余性偶强记,每饭罢,坐归来堂烹茶,指堆积书史,言某事在某书、某卷、第几叶、第几行,以中否角胜负,为饮茶先后。中即举杯大笑,至茶倾覆怀中,反不得饮而起。甘心老是乡矣,故虽处忧患困穷,而志不屈。

收书既成,归来堂起书库大橱,簿甲乙,置书册。如要讲读,即请钥上簿,关出卷帙;或少损污,必惩责揩完涂改,不复向时之坦夷也。是欲求适意,而反取憀慄。余性不耐,始谋食去重肉,衣去重采,首无明珠翠羽之饰,室无涂金刺绣之具。遇书史百家字不刓缺,本不讹谬者,辄市之,储作副本。……于是几案罗列,枕席枕藉,意会心谋,目往神授,乐在声色名狗马之上。

这段文章,对早年高雅脱俗、平静安谧、执着所好的生活,以女性的细腻,边忆边述,絮絮道来。尤其闺内以饮茶先后为赌注的情景,写得活色生香,逼肖如现。韩、柳、欧、苏,亦未见此种文字。后半部分,写生命途迹陡然之变:

至靖康丙午岁,侯守淄川,闻金寇犯京师,四顾茫然,盈箱溢箧,且恋恋,且怅怅,知其不为己物矣。

建炎丁未春三月,奔太夫人丧南来。既长物不能尽载,乃先去书之重大印本者,又去画之多幅者,又去古器之无款识者,后又去书之监本者,画之平常者,器之重大者。凡屡减去,尚载书十五车。至东海,连舻渡淮,又渡江,至建康。青州故第尚锁书册什物，用屋十余间，期明年春再具舟载之。十二月，金人陷青州，凡所谓十余屋者，已皆为煨烬矣。

建炎戊申秋九月，侯起复知建康府。己酉春三月罢，具舟上芜湖，入姑孰，将卜居赣水上。夏五月，至池阳。被旨知湖州，过阙上殿，遂驻家池阳，独赴召。六月十三日，始负担，舍舟坐岸上，葛衣岸巾，精神如虎，目光烂烂射人，望舟中告别。余意甚恶，呼曰："如传闻城中缓急，奈何？"戟手遥应曰："从众。必不得已，先去辎重，次衣被，次书册卷轴，次古器，独所谓宗器者，可自负抱，与身俱存亡，勿忘也。"遂驰马去。涂中奔驰，冒大暑，感疾。至行在，病痁。七月末，书报卧病。余惊怛，念侯性素急，奈何！病痁或热，必服寒药，疾可忧。遂解舟下，一日夜行三百里。比至，果大服柴胡、黄芩，疟且痢，病危在膏肓。余悲泣，仓皇不忍问后事。八月十八日，遂不起。取笔作诗，绝笔而终，殊无分香卖屦之意。

葬毕，余无所之。朝廷已分遣六宫，又传江当禁渡。时犹有书二万卷，金石刻二千卷，器皿、茵褥，可待百客，他长物称是。余又大病，仅存喘息。事势日迫，念侯有妹婿任兵部侍郎，从卫在洪州，遂遣二故吏先部送行李往投之。冬十二月，金寇洪州，遂尽委弃，所谓连舻渡江之书，又散为云烟矣。独余少轻小卷轴书帖，写本李、杜、韩、柳集，《世说》《盐铁论》，汉唐石刻副本数十轴，三代鼎鼐十数事，南唐写本书数箧，偶病中把玩，搬在卧内者，岿然独存。

上江既不可往，又虏势叵测，有弟远任敕局删定官，遂往依之。到台，台守已遁。之剡出陆，又弃衣被，走黄岩，雇舟入海，奔行朝。时驻跸章安，从御舟海道之温，又之越。庚戌十二月，放散百官，遂之衢。绍兴辛亥春三月，复赴越。壬子，又赴杭。

先侯疾亟时,有张飞卿学士携玉壶过,视侯,便携去,其实珉也。不知何人传道,遂妄言有颁金之语,或传亦有密论列者。余大惶怖,不敢言,亦不敢遂已,尽将家中所有铜器等物,欲赴外庭投进。到越,已移幸四明,不敢留家中,并写本书寄剡。后官军收叛卒,取去,闻尽入故李将军家。所谓岿然独存者,无虑十去五六矣。

惟有书画砚墨可五七簏,更不忍置他所。常在卧榻下,手自开阖。在会稽,卜居土民钟氏舍。忽一夕,穴壁负五簏去。余悲恸不得活,重立赏收赎。后二日,邻人钟复皓出十八轴求赏,故其盗不远矣。万计求之,其余遂牢不可出,今知尽为吴说运使贱价得之。所谓岿然独存者,乃十去其七八。所有一二残零不成部帙书册三数种,平平书帙,犹复爱惜如护头目,何愚也耶!

今日忽阅此书,如见故人。因忆侯在东莱静治堂,装卷初就,芸签缥带,束十卷作一帙。每日晚,吏散,辄校勘二卷,跋题一卷。此二千卷,有题跋者五百二卷耳。今手泽如新,而墓木已拱,悲夫!(《全宋文》第一百七十四册)

此部分用笔极简,然而叙次细密清晰。其着意处,如写与赵明诚江边之别,颇得韩、苏善传人物风神之韵。文章所述金石书画散落殆尽过程,离家以来的辗转奔波颠沛流离,倾诉回顾的似乎都是个人极悲苦之命运遭际,然而从中所反映的,正是南宋所谓的朝廷溃败逃窜之狼狈,及由此带给像李清照这样一般民众破国亡家苦难之深重。

因此,此文非单纯写金石文字,亦非仅写个人遭际文字,实以金石为线索,前后对照中,将个人命运与家国的破败融为一体。虽很少正面倾吐内心悲苦,而酸辛悲苦自在其中,没有专写朝廷政事,政事如何自然显现,不着意为文,而展现了极高的艺术水平。就题材性质而言,它标志着由统治集团腐败酿就的民族灾难,给作品所带来的转折性变化。

岳飞(1103—1142),字鹏举,是尽人皆知的民族英雄。今所存留文字多为官方文书,几篇题记中,最能见其抗敌救国胸怀者为《五岳祠盟记》:

> 自中原板荡,夷狄交侵,余发愤河朔,起自相台,总发从军,历二百余战。虽未能远入夷荒,洗荡巢穴,亦且快国仇之万一。
>
> 今又提一旅孤军,振起宜兴、建康之城,一鼓败虏,恨未能使匹马不回耳!
>
> 故且养兵休卒,蓄锐待敌,嗣当激励士卒,功期再战,北逾沙漠,蹀血虏廷,尽屠夷种。迎二圣,归京阙,取故地,上版图,朝廷无虞,主上奠枕,余之愿也。河朔岳飞题。(《全宋文》第一百九十六册)

比起广为传诵之《满江红》词,虽不如其宏肆奔放,慷慨淋漓,亦可见其雄图壮志,及藐视胡虏,战之必胜的信心。在当时应属少有的激越昂扬之作。

3. 怀旧念昔类杂记作品开始滥觞

自魏晋以来,士大夫文人除郑重地论政、著史、作赋、写诗、为文之外,往往凭个人兴趣爱好,记载一些传闻轶事、民俗世风,间或掺杂自己的感想、论议、评述。后世将这类作品,或称之为笔记,或称之为小说,或称之为稗史,各视其内容重点的不同而为之称。这种风气在晋至南北朝一度为盛。至唐代,此类作品时亦有出现,如《国史补》《因话录》《酉阳杂俎》等。北宋著名文人有时亦染此爱好,广为人知者如司马光有《涑水纪闻》、欧阳修有《归田录》、苏轼有《东坡志林》、赵德麟有《侯鲭录》等。这类作品,题材无所拘限,全凭作者视野所及,兴致所在,而其内容往往可补正规史著及政治文献之不足,为后代研究社会文化发展者提供难得的资料。至于其艺术价值,则视作者自身的修养水平而有高下之别,如欧、苏的某些精品,就作为有教益的故事而常被人传诵。

金人入侵,中原士人大批流落江南,背乡离井之中,难免有怀旧之情,因此有些人将这种情怀诉诸笔墨,以填补心理的失落。于是,追述故时故地、往昔生活场景的杂记性作品,开始滥觞。最具代表性者是孟元老的《东京梦华录》。

据书"序"知作者为孟元老,又署幽兰居士。有人谓元老即曾任光禄大夫、因贪赃被黜之孟揆,系推断,无实据。序文先云:"仆从先人宦游南北,崇宁癸未到京师,卜居于州西金梁桥西夹道之南。"然后,极力铺陈汴京宫苑街市之富,声色游乐之盛。继而言及:"一旦兵火,靖康丙午之明年,出京南来,避地江左,情绪牢落,渐入桑榆。暗想当年,节物风流,人情和美,但成怅恨。"又云:"古人有梦游华胥之国,其乐无涯者。仆今追念,回首怅然,岂非华胥之梦觉哉?目之曰《梦华录》。"(《全宋文》第一百七十六册)于此可见作者写作的心情与宗旨。

此书忆述自己所亲见亲历北宋末年都城东京的宫苑街巷,皇族活动,市井民俗,时序节庆,饮食游乐之盛,景观风物之美。虽繁杂而大致有序,虽琐细而真切着实。有些是综括性的叙述,有些是专题性的描绘。个别部分文字颇为精美,描述细致且带有一定情韵。如"大内"首段:

> 大内正门宣德楼列五门,门皆金钉朱漆,壁皆砖石间甃,
> 镌龙凤飞云之状,莫非雕甍画栋,峻桷层榱,覆以琉璃瓦。曲

尺朵楼,朱栏彩槛,下列两阙亭相对,悉用朱红杈子。[①]

如"民俗"一节,写各行业人之衣着、行为习惯及彼此间关系,最后总之曰:

> 以其人烟浩穰,添十数万众不加多,减之不觉少。所谓花阵酒池,香山药海。别有幽坊小巷,燕馆歌楼,举之万数,不欲繁碎。

其"收灯都人出城探春"一节,写元宵节观灯后,京城人郊外踏春去处及热闹情景,篇末云:

> 次第春容满野,暖律暄晴,万花争出。粉墙细柳,斜笼绮陌;香轮暖辗,芳草如茵,骏骑骄嘶,杏花如绣;莺啼芳树,燕舞晴空。红妆按乐于宝榭层楼,白面行歌近画桥流水。举目则秋千巧笑,触处则蹴鞠疏狂;寻芳选胜,花絮时坠;金樽折翠簪红,蜂蝶暗随归骑。于是相继清明节矣。

"驾回仪卫"一节末,写暮春景象,形容描写处,亦颇有诗情画意。全书纯是记载描述,并无抚今追昔之叹,而怀旧念往之情,自在言表。

此书与《洛阳伽蓝记》颇有相类处,但二者的主导线索不同,而且内容的丰富及文字的优美,后书远不及前书。此处之所以对它作略微详细介绍,原因有二:一是此书实开南宋,尤其是宋元之际

---

① 孟元老撰:《梦华录》,中国商业出版社,1982 年。以下所引《梦华录》皆出于此书。

大量同类作品之先河。二是,从中可以隐约看到它与明末小品圣手张岱作品的某种联系,二者之间虽有"圣手"与俗手、"巨人"与常人的区别,但前者似乎潜存着后者的某种遗传基因。

第二节　偏安局面下多元性的发展
——南宋中期的散文

这一时期,女真族所建立的金国,占领了中原地区,由于它要稳定自己的统治,再加上内部存在着矛盾,已无力继续南侵;而南宋朝廷,一方面出于国人的压力不得不进行一定的抗争,一方面由于和金人签订了纳币称侄的屈辱和议,政权渐趋稳定。于是两方,除在江淮前沿尚有不断冲突,基本上处于对峙局面。这种情况,再加上南方地区本来经济比较发达,物质富庶,于是在南宋朝廷中,除了爱国的忠义之士不断呼吁加强战备,勿忘恢复中原,统治集团的主要代表则满足于苟且偷安,开始文恬武嬉,过起追逐浮靡享受的太平生活,无心也无力去做收复失地、重新统一的努力。

在这种背景下,散文创作有一定的兴复,也取得相当成就,但无法与中唐、北宋的隆盛状态相比,而且显示出某种多元发展的趋势。

一　延续前期主流及朝多元方向发展的作家作品

这时期延续前期的题材内容、体裁形式仍是文章写作的主流,不过因思想背景文学观念及艺术修养不同,作家各有特点。

1. 陆游

陆游(1125—1209),字务观,后自号放翁,越州山阴(浙江绍兴)人。以荫补登仕郎,为秦桧所嫉,初未从仕。桧死,始入仕途。孝宗即位,赐进士出身,先后任京职及蜀、赣、闽等多处地方官,曾参与史书修撰。历高、孝、光、宁宗四朝,以宝章阁待制致仕。

陆游一生力主抗金,不忘恢复中原,是南宋最著名的爱国诗人,散文创作亦有成就与特点。

陆游早年有志于为文,且形成了自己的文章观。绍兴三十一年(1161)所写《上执政书》,先言文人"非如兵刑钱谷之吏,不可一日无也"。然而,"天下之事,惟此为最难。非诚好之,捐三二十年之勤,耗心疲力,凋瘁齿发,饮食寝梦,悲欢得丧,一在于是者,殆未易可以言工"。信工矣,而"高不足以为功名,下不足以得财利",只不过"幸世有知此道者",为之叹赏。然后讲到个人志尚:

> 某小人,生无他长,不幸束发有文字之愚,自上世遗文,先秦古书,昼读夜思,开山破荒,以求圣贤致意处,虽才识浅暗,不能如古人迎见逆决,然譬于农夫之辨菽麦,盖亦专且久矣。原委如是,派别如是,机杼如是,边幅如是,自六经、《左氏》《离骚》以来,历历分明,皆可指数。不附不绝,不诬不紊,正有出于奇,旧或以为新,横鹜别驱,层出间见。每考观文词之变,见其雅正,则缨冠肃衽,如对王公大人;得其怪奇,则脱帽大叫,如鱼龙之陈前,枭卢之方胜也。间辄自笑曰:"以此娱忧舒悲,忘其贫病,则可耳。持以语人,几何其不笑且骂哉!"诚不自意,诸公闻之,或以为可。书生所遭如此,虽穷死足以无憾矣。……
>
> 夫文章,小技耳,然与至道同一关捩。惟天下有道者,乃能尽文章之妙,此某所以忘其贱且愚,而愿有闻于左右也。(《全宋文》第二百二十二册)

此书有求知求用性质,但它表明了两点:一陆游以为文为志,且以之自负。二文章虽称小技,然它与"至道"直接相关,不可予以轻视。其《上辛给事书》中,讲得更为深切:

君子之有文也,如日月之明,金石之声,江海之涛澜,虎豹之炳蔚,必有是实,乃有是文。夫心有所养,发而为言,言之所发,比而成文。人之邪正,至观其文,则尽矣决矣,不可复隐矣。爝火不能为日月之明,瓦釜不能为金石之声,潢污不能为江海之涛澜,犬羊不能为虎豹之炳蔚,而或谓庸人能以浮文眩世,乌有此理也哉?……某闻前辈以文知人,非必巨篇大笔,苦心致力之词也。残章断稿,愤讥戏笑,所以娱忧而舒悲者,皆足知之。甚至于邮传之题咏,亲戚之书牍,军旅官府仓卒之间,符檄书判,类皆可以洞见其人之心术才能,与夫穷达寿夭。前知逆决,毫芒不失……贤者之所养,动天地,开金石,其胸中之妙,充实洋溢,而后发见于外,气全力余,中正闳博,是岂可容一毫之伪于其间哉?(《全宋文》第二百二十二册)

申明有什么样的人必有什么样的文;反过来,观其文,必可知其人。其观点实为韩愈"文""道"统一、养根待实之说的继承与发挥,且表达更浅明具体。在《与邢司户书》中,他为科举之文作辨,特引诸大家为例:

自科举取士以来,如唐韩氏、柳氏,吾宋欧阳氏、王氏、苏氏,以文章擅天下者,莫非科举之士也。此无他,徒以在场屋时,苦心耗力,凡陈言浅说之可病者,已知厌弃。如都市之玉工,珉玉杂治,积日既久,望而识之矣,一旦取荆山之璞,以为黄琮苍璧万乘之宝,珉其可复欺耶?(《全宋文》第二百二十二册)

表现了对前辈大家的高度尊崇。因而,极强调学习前代遗产之重要。于《答刘主簿书》中谓:

往者前辈之学，积小以成大，以所有易所无，以能问于不能。故其久也，汪洋浩博，该极百家，而不可涯俟。如足下所称诸公，盖皆如是也。至中原丧乱，诸名胜渡江，去前辈尚未甚远，故此风犹不坠。不幸三二十年来，士自为畦畛甚狭，已所未知者，辄讪薄之，以为不足学，排抑沮折，惟恐不力。诋穷经者，则曰传注已尽矣；诋博学者，则曰不知无害为君子。呜呼陋哉！（《全宋文》第二百二十二册）

在《杨梦锡集句杜诗序》中，又具体地讲：

文章要法，在得古作者之意。意既深远，非用力精到，则不能造也。前辈于《左氏传》《太史公书》、韩文、杜诗，皆熟读暗诵，虽支枕据鞍间，与对卷无异。久之，乃能超然自得。今后生用力有限，掩卷而起，已十亡三四，而望有得于古人，亦难矣。（《全宋文》第二百二十二册）

凡此，可知陆游承续了韩、柳、欧、苏的传统，更明确地自觉到文之价值与功能。在此基础上，其文章也就有其成就与特色。统观陆游存世之散文作品，可综括为两大方面。

第一方面：延续了传统文章各类体裁形式，做到了内容与形式的统一，但具超越性和独有性作品数量不多。

首先，其奏议和书启沿袭传统习惯，表、奏、启用骈体，状、疏、札子、书简用散体。骈体用四六行文，其娴熟老练程度，不亚于当时的骈俪名家，而散体则行文简明疏荡。二者在内容上皆体现了对国计民生，尤其是抗金御敌，收复失地之强烈深刻的关切。在孝宗登位之初，即写《上二府论都邑札子》，主张应建都于建康。写给孝宗的《上殿札子》，借孝宗《苏轼赞》中有"气高天下"之语，扩而大

之,论"天下万事,皆当以气为主",谓:

> 气胜事则事举,气胜敌则敌服。勇者之斗,富者之博,非
> 有他也,直以气胜之耳。今天下才者众矣,而臣犹有忧者,正
> 以任重道远之气,未能尽及古人也。……伏望万机之余,留神
> 于此,作而起之,毋使委靡,养而成之,毋使沮折。(《全宋文》
> 第二百二十二册)

其目的在于希望孝宗能鼓舞士气,振奋天下抗敌复国之精神与决
心。在又一《上殿札子》中,则针对朝臣们苟安于和议下的状态,提
出加强战备问题。此外,在同样的札子中他还向孝宗提出了"损嗜
好","救民贫","轻赋敛"等建议。这些作品皆内容切实中肯,表达
委婉清畅。

其次,陆游写有数量不少的序、记、铭、赞、墓志、祭文等,内容
丰富,体式各守其要。其序、记之作,一般能做到叙事、论议、抒情
与描述相间,用语浅明简畅,笔法因人、因事、因时、因地而异。送
序类中,如《送岩电道人入蜀序》写来放纵自然,率然见性。诸文集
序中,《吕居仁集序》写得恢宏而富气势,《梅圣俞别集序》《周益公
文集序》则认真而用力。记文有为己所写,表其志趣愿望,胸怀抱
负,如《烟艇记》《复斋记》《书巢记》《东篱记》诸作;有因感而写,如
《东屯高斋记》赞杜甫之节操;亦有写风物,描山水者,如《阅古泉
记》《嘉定府中峰寺记》,颇类游记。其《书渭桥事》,先记一传闻:

> 中大夫贾若思,宣和中知京兆栎阳县,夏夜,以事行三十
> 里,至渭桥,夜漏欲尽,忽见二三百人驰道上,衣帻鲜华,最后
> 车骑旌旄,传呼甚盛。若思遽下马,避于道傍民家,且使从吏
> 询之,则曰:"使者来按视都城基,汉唐故城,王气已尽,当求生

地。此十里内已得之,而水泉不壮,今又舍之矣。"语毕,驰去如飞。时方承平,若思大骇。明日还县,亟使人访诸府,则实无是事也。

然后表达自己的感喟:

　　陆某曰:河渭之间,奥区沃野,周、秦、汉、唐之遗迹隐辚故在。自唐昭宗东迁,废不都者三百年矣。山川之气,郁而不发,艺祖、高宗,皆尝慨然有意焉,而群臣莫克奉承。予得此事于若思之孙逸祖。岂关中将复为帝宅乎? 虏暴中原,积六七十年,腥闻于天。王师一出,中原豪杰必将响应,决策入关,定万世之业,兹其时矣。予老病垂死,惧不获见,故私识若思事以示同志,安知士无脱挽辂以进说者乎?(《全宋文》第二百二十二册)

记事似传奇,文简意顺。而实借以表达抗敌复国之夙愿。诸赞中,陆游曾先后写有四首《放翁自赞》,皆见其气格之雄放豪迈与胸怀抱负之不凡,如其二:

　　名动高皇,语触秦桧。身老空山,文传海外。五十年间,死尽流辈。老子无才,山僧不会。(《全宋文》第二百二十二册)

其四:

　　进无以显于时,退不能隐于酒,事刀笔不如小吏,把锄犁不如健妇。或问陈子何取而肖其像,曰:是翁也,腹容王导辈

数百,胸吞云梦者八九也。(《全宋文》第二百二十二册)

尽见其苍雄老健本色。其哀祭文,富特色者为《祭朱元晦侍讲文》与《祭周益公文》。前者云:

> 某有捐百身起九原之心,有倾长河注东海之泪。路修齿耄,神往形留。公殁不亡,尚其来享。(《全宋文》第二百二十二册)

格调不拘,言短而意深。后者云:

> 某绍兴庚辰,始至行在。见公于途,欣然倾盖。得居连墙,日接嘉话。每一相从,脱帽褫带。从容笑语,输写肝肺。邻家借酒,小园锄菜。荧荧青灯,瘦影相对。西湖吊古,并辔共载。赋诗属文,颇极奇怪。淡交如水,久而不坏。各谓知心,绝出流辈。别二十年,公位鼎鼐。我方西游,荷戈穷塞。归得台郎,旋又坐废。公亦策免,久处于外。见不可期,使我形瘵。斯文日卑,公则嵩岱。士昏于智,公则著蔡。公老不衰,霆雷百代。每得手书,字细如芥。疾儿呆女,问及琐碎。孰为一病,良医莫差。赴告鼎来,震动海内。奔赴不遑,涕泗澎湃。岂无菇鲫,致此薄酹。辞则匪工,聊寄悲慨。(《全宋文》第二百二十二册)

虽为祭文,无任何矫饰。似话家常,如忆旧游,交谊之深,相契之厚,灼然可见,属同类文字中少见之佳作。

第二方面:拓大了宋代新发展起来的体裁形式,扩充了其影响,显示出自己的特色。

第一,题跋文。

前已论及,对题跋文的形成与发展,欧阳修无疑是标志性人物。其后,曾、苏相沿成习,陆游则为此种新起体裁起了拓大作用。他所写题跋文(包括"书后")相当多。其特点是很少涉及金石彝器,多为近世甚至当代作品而作,尤其是常常借题跋而抒发对时事之感慨。如其《跋韩幹马》:

> 大驾南幸,将八十年,秦兵洮马,不复可见,志士所共叹也。观此画,使人作关辅河渭之梦,殆欲贾涕矣。(《全宋文》第二百二十三册)

《跋曾文清公奏议稿》:

> 绍兴末,贼亮入塞,时茶山先生居会稽禹迹精舍,某自敕局罢归,略无三日不进见,见必闻忧国之言。先生时年过七十,聚族百口,未尝以为忧,忧国而已。
>
> 后四十七年,先生曾孙黯以当日稿示某。于今某年过八十,仕忝近列,又方王师讨残虏时,乃不能以尘露求补山海,真先生之罪人也。(《全宋文》第二百二十三册)

诸如此类,跋,已成为由原物引发思绪,表达对世事态度的一种方式,此特点为欧氏之作所无。当然,由于对象的多样性,也使得陆游跋文的内容与行文风格具有多样性。其《跋吴梦予诗编》,以云为喻,论诗文之用,然后谓:

> 穷当益坚,老当益壮,丈夫盖棺事始定。君子之学,尧舜其君民,余之所望于朋友也。娱悲舒忧,为风为骚而已,岂余

之所望于朋友哉！（《全宋文》第二百二十二册）

以跋文当赠言，语极简，意极深。《跋李庄简公家书》：

> 李丈参政罢政归乡里时，某年二十矣。时时来访先君，剧谈终日，每言秦氏，必曰咸阳，愤切慨慷，形于色辞。一日平旦来，共饭，谓先君曰："闻赵相过岭，悲忧出涕。仆不然，谪命下，青鞋布袜行矣，岂能作儿女态耶！"方言此时，目如炬，声如钟，其英伟刚毅之气，使人兴起。
>
> 后四十年，偶读公家书，虽徙海表，气不少衰。丁宁训戒之语，皆足垂范百世，犹想见其道青鞋布袜时也。（《全宋文》第二百二十二册）

名为跋，实近于专门忆旧写人之作。

总之，在题跋文的发展上，陆游向个人情志化、现实化、成文化方面起到了拓大作用，对后世有相当影响。

第二，笔记文。前论孟元老，已言及笔记杂说在宋代的新发展，其中欧阳修《归田录》是一重要标志。欧氏于《归田录序》云："《归田录》者，朝廷之遗事，史官之所不记，与士大夫笑谈之余而可录者，录之以备闲居之览也。"[1]于书尾又曰："余之所录，大抵以肇为法。"意指如李肇《国史补序》所谓："纪事实，探物理，辨疑惑，示劝戒，采风俗，助谈笑，则书之。"[2]据此可知，此类作品，内容上不属正史官书及严肃郑重文章之范围，但又与"设幻为文"之传奇小说不同，所记应具有基本的客观真实性。作用上，虽标有"示劝戒"

---

① 《唐宋八大家全集》第二卷，1143页。
② 同上，1691页。

的意义,但又以"助谈笑""备闲居之览"为主要功能。这样的作品,为什么会引起欧、苏这样大家的写作兴致?它启示我们两点:其一,显示了散文创作开始摆脱"开务成物""化成天下"之传统观念束缚,朝着取材的日常化、生活化方向拓展,这是一种自然而必然的趋势。其二,既然摆脱了传统观念束缚,作家们就可以凭自己的观察和审美趣味而灵活地运笔,使其作品具有更普泛的审美和社会价值。这两点,当时尚未明确显示,至明末小品,就充分看出其影响。

陆游在这方面也承续并发展了欧、苏所做的开拓,其成就是晚年所写十卷《老学庵笔记》。此书与欧、苏之作相类,性质上更切近现实世事。欧阳修在《归田录》之末,曾特意说明:"不书人之过恶,以谓职非史官,而掩恶扬善者,君子之志也。"而陆游却既发扬了"扬善"精神,又打破了"掩恶"之界线,在揭露过恶方面,往往相当尖锐。如卷五载:

> 秦太师娶王禹玉孙女,故诸王皆用事。有王子溶者,为浙东仓司官属,郡宴必与提举者同席,陵忽玩戏,无不至。提举者事之反若官属。已而又知吴县,尤放肆。郡守宴客,初就席,子溶遣县吏呼伎乐伶人,即皆驰往,无敢留者。上元吴县放灯,召太守为客,郡治乃寂无一人。又尝夜半遣厅吏叩府门,言知县传语,必面见。守醉中狼狈,揽衣秉烛出问之。乃曰:"知县酒渴,闻有咸齑,欲觅一瓯。"其陵侮如此。守亟取,遣人遗之,不敢较也。①

这是对权豪横肆的尖锐揭露。同卷又载:

---

① 《宋元笔记小说大观》,上海古籍出版社,2001年,3496页。以下所引此书皆出于此版本。

> 田登作郡,自讳其名,触者必怒,吏卒多被榜笞。于是举
> 州皆谓灯为火。上元放灯,许人入州治游观。吏人遂书榜揭
> 于市曰:"本州依例放火三日。"①

以谐趣讽刺官吏之骄横。上举之例,不仅可见出陆游此作内容特点,亦可见出其行文之浅明晓畅。

第三,日记体、记游文。自李翱之《来南录》便有逐日记事作品之滥觞。欧阳修《于役志》,逐月逐日记其赴夷陵行程,为继起之作,不过记述极简,无任何形容描述。苏轼赴岭南,对途中情事景物有较详描述,且具一定连贯性,但仅间断记载,无逐日记事之意。陆游则对此作了重要开拓。其标志是《入蜀记》。

陆游乾道五年(1169)十二月六日被任命为夔州通判,此"记"对自乾道六年(1170)闰五月十八晚离家至次年七月到任之整个行程,逐月逐日依次记述。不但记行止,而且写风云变化,心情感受,所到之处的人事交往、风物景观、市井人俗、古迹遗址,还掺以山川形胜地描绘,史实地考察辨证。文字优美,叙写生动。如六月至镇江,过金山,记曰:

> 二十八日,凤兴观日出。江中天水皆赤,真伟观也。因登
> 雄跨阁观二岛,左曰鹘山,旧传有栖鹘,今无有,右曰云根岛。
> 皆特起不附山,俗谓之郭璞墓。
>
> 奉金国起居郎范至能至山,遣人相招,食于玉监堂。至能
> 名成大,圣政所同官,相别八年,今借资政殿大学士提举万寿
> 观侍读,为金国祈请使云。
>
> 午间过瓜州,江平如镜,舟中望金山,楼观重复,尤为钜

---

① 《宋元笔记小说大观》,3496 页。

丽。中流风雷大作，电影腾掣，正在江面，去舟才丈余，急系揽。俄而开霁，遂至瓜州。自到京口，无蚊。是夜蚊多，始复设幮。①

卷三记：

（七月）二十八日，过东流县，不入。自雷江口行大江。江南群山，苍翠万叠，如列屏障，凡数十里不绝，自金陵以西所未有也。是日便风张帆，舟行甚速。然江面浩渺，白浪如山，所乘二千斛舟，摇兀掀舞，才如一叶。

……

至马当，所谓下元水府。山势尤秀拔。正面山脚，直插大江。庙依峭崖，架空为阁，登降者皆自阁西崖腹小石径，扪萝侧足而上，宛若登梯。飞甍曲槛，丹碧缥缈，江上神祠，惟此最佳。

舟至石壁下，忽昼晦，风势横甚，舟人大恐失色，急下帆趋小港，竭力牵挽，仅能入港系揽。同泊者四五舟，皆来助牵。早间同行一舟，亦蜀舟也，忽有大鱼正绿，腹下赤如丹，跃起舵旁，高二尺许，人皆异之。是晚果折樯破帆，几不能全，亦可怪也。入夜风愈厉，增十余缆，迨晓方少定。②

诸如此类，或约或详，皆视所遇所感而定。有些段落，抽取出来，不失为优秀的单篇记游之作。此"记"有颇为重要的意义，一是标志日记体趋向成熟，二是对后世如《徐霞客游记》之类的作品，写法上

---

① 《笔记小说大观》第九册《入蜀记》卷一，6页。
② 《笔记小说大观》第九册《入蜀记》卷三，4页。

有明显的启发作用。

总起来看,陆游散文作品的两大方面,后一方面之价值与影响似乎更大。

2. 周必大　范成大　杨万里

周必大

周必大(1126—1204),字子充,初字宏道,自号平园老叟,吉州庐陵(江西吉安)人。绍兴二十七年(1157)进士,同年中博学宏词科。孝宗朝累官至左丞相,封益国公,历仕高、孝、光、宁宗四朝,卒赠太师,谥文忠。

周必大生活在偏安局面相对稳定时期,已进入统治集团的核心层,但为官谨重平正。一方面有着忧民爱国之心,与陆游、胡铨保持着深厚友情,且在文章中时时表彰抗金御敌的忠义之士;一方面对造成苟安江南一隅之局面的皇帝取回护态度,甚至为媚敌损国、朱熹所不齿之孙觌写文集序,称其"博学笃志如韩退之","章疏制奏往往如陆敬舆",即使为孙氏子孙所请,做法亦属过分。他之所以受到孝宗器重,主要是因其善于文辞。《宋史》本传称:"必大在翰苑几六年,制命温雅,周尽事情,为一时词臣之冠。"他自己也以此为荣,其《玉堂杂记序》云:

> 必大试馆职时,太上称其文,谕宰执陈公康伯、朱公倬云:"他日令掌制。"今上受禅两月,自六察擢左史。初对,玉音云:"向在王邸,见卿词科制,雅宜代言。"不旋踵遂兼三字(知制诰)。其后两入翰苑,首尾十年,自权直院至学士承旨皆遍为之,其荷两朝知遇至矣。(《全宋文》第二百三十册)

颇见其自得之意。在《玉堂类稿序》中,同样的话言之更详。于其《掖垣类稿序》专门讲了写制命的难处,表明承担此任,艰巨又光荣。他还回顾了自己掌制命的经历,表示"欲师法退之之万一"。不过今天看,周必大当时虽写制命之名头甚大,他自己也为之自负,留下此类作品极多,而无论就内容与形式说,都无重要意义。随便举较简短之一例,如他所写《……范成大辞免权礼部尚书不允诏》:

> 厥今往镇,莫重坤维。嘉我宝臣,介圭来觐。畴庸录德,当置诸朝。卿人物之英,缙绅所重,代言分间,左右具宜。使蜀再期,政尤可纪。兹从严召,入告嘉猷。峻陟礼卿,丕昭眷奖。有周吉甫,文武宪邦。其自镐归,实多受祉。尔几于是,何以逊为?(《全宋文》第二百二十六册)

除了能闲熟地运用骈偶,文字典古质雅,别无可取。

周必大同样以善表、奏、状、疏名。其《自叙札子》中曾云:

> 臣窃观自唐至本朝,优待词臣异乎他官,非专取其翰墨之工也,谓其居近侍之职,无簿书之冗,可以朝夕论思,日月献纳,或有补于治道也。数百年来,得人固多,其最可慕者陆贽、欧阳修而已。陆贽之忠实,苏轼盖尝发明之……惜乎不遇贞观之世,乃生德宗之时,此臣所以虽慕其人而不愿为之也。至修则不然,有赞之学术议论,而又生逢其时,事我仁宗皇帝。凡储贰之建立,水旱之灾祥,大臣之贤否,将帅之是非,知无不言,言无不尽,太平之功实有助焉。身荷美名,君都显号,此臣所以既慕其人,又愿学之也。(《全宋文》第二百二十八册)

表明他甚为推崇陆贽,并有以欧阳修自比意。但其所写骈体之表、奏、启,虽如上引制词,相当雅丽,有些作品,如《回陈丞相俊卿谢致仕启》被后人收入选本,视为范文,而艺术成色上难说有超越之处,内容亦无"有补于治道"者。倒是其散行之札子、书信,写得浅明通畅,表达清晰完整,有些论政之作,表现了对国事民瘼之关心。如绍兴末年所写《论荆襄两淮利害札子》《条具弊事状》《同翰苑给舍议北事状》,乾道年间所写《论诸路帅臣将副札子》《论人才札子》《论四事札子》,淳熙年间所写《论用人二弊札子》《论两淮兵民札子》《乞考初元之政札子》等,皆有质实内容。

除此之外,其他类型的作品,如序、记、说之类,亦无突出成就与特色。唯《庐陵县学三忠堂记》,专门表彰故乡之三个以忠义名世的人物,除欧阳修、胡铨,还专门记载了抗金义士杨邦乂事迹:

> 南渡抢攘,右相杜充拥众臣虏,金陵守陈邦光就降,惟通判杨邦乂戟手骂贼,视死如归。国势凛凛,士大夫复翕然尊之,天子从而褒赠之,赐谥曰忠襄,则又莫不以为然。(《全宋文》第二百三十一册)

全文不但精神可取,用笔亦相当激昂。碑志中为胡铨所写之《资政殿学士赠通奉大夫胡忠简公神道碑》属文中之佳作,不但突出了胡铨上书时之刚烈,且记载了其一生忠耿为国之心迹。用笔相当简劲传神。另外,还有两点可提及:

一是他于题跋文的拓展上起了一定作用。周必大所留下来的题跋数量极大,其特点是:不像欧阳修那样主要着眼于前古遗迹,而重点着眼近世遗文轶事。名为"题跋",实以之为由头,既发议论,又抒感慨,还记人物行迹,写法已颇近前代之序、记。如《跋赵忠简公答魏侍郎书》:

> 故吏部侍郎魏公邦达,天资鲠挺,忠愤自信。方赵忠简公

（赵鼎）再迁海岛，万里通问，情谊弥笃，观此答书概可见矣。

忠简既薨，归窆衢之常山县。郡守知中外士大夫平时多书疏往来，至是必争持酒浆会葬，意可为奇货以媚时宰，密谕邑尉翁蒙之以搜私酿为名，驰往掩取。蒙之许诺，守犹疑漏言，戒左右伺察之。蒙之略入廨，书片纸，自后出迎赵氏子，告之故，趣尽焚箧中书及屏弃弓刀之属。比蒙之挟吏卒往，一无所得。守大怒，劾于朝。时宰疑其已甚，徙蒙之尉兰溪，使避守。

是时士气未泯，唁问迁客，议论时事，决非一族。微蒙之以身捍蔽，则根株牵连，当起大狱，魏公且为罪首，非仁乎？蒙之初被委，苟能避免，便足取名，然惧小人代尸其任，则于善类奚益，故诡词以承之，阴谋以泄之，忠简之家赖以纾祸，非智乎？凡小吏忤二千石，罪或不测，况相国深怨宿怒怏怏不得逞，鼎镬在前，直趋弗顾，非勇乎？一物而三善从，可书也已。

蒙之字子功，富沙人，彦国之族也。长不满五尺，语不能出口，见义必为，不择难易，轻财乐施，尝鬻田宅济人之急，交友付托，之死弗背。为一尉已能如此，向令践贵位，临大节，其所立必卓然不可及。（《全宋文》第二百三十册）

除首两句言及赵、魏，其余全记翁蒙之事，叙议相间，相当一人物评传。余如《跋唐子西帖》，几乎全记其子唐文若事，类长篇传记；《跋临江军任绍盘园高风堂记》《跋李次山雪溪渔社图》，则似长篇随笔。这类题跋，因摆脱了官场文书的束缚，写来可以疏放自如，所以表现力上显示出较高水平，如《跋王民瞻送胡邦衡南迁诗》云：

有淡庵压嵩岱、排淮泗之举，然后可以发泸溪穿天心、透月窟之诗，不如是不称二绝。（《全宋文》第二百三十册）

用语相当豪壮。《跋宗室子忕藏前辈帖》：

> 二苏兄弟行如冰雪，足以下照百世；望如九鼎，足以坐销
> 群奸。学士大夫得其片文只字，辄藏弃以为荣，盖非取其华藻
> 也。（《全宋文》第二百三十册）

《跋米元章书秦少游词》谓：

> 借眼前之景而含万里不尽之情，因古人之法而得三昧自
> 在之力，此字此词所以传世。（《全宋文》第二百三十册）

皆用俪句丽词于明快简断之中。有些跋语还无意间表现了其文艺
观。如《跋郑景望诗卷》云：

> 言道学者薄词章，近世则然。景望龙图通经笃行，见谓儒
> 宗，而其诗句乃绰有晋、唐名胜之遗风，胸中所养亦可知矣。
> （《全宋文》第二百三十册）

说明他已看出道学家在理论与实践上的矛盾。此外，如他称陆游
为"当今诗人之冠冕"，赞"杨廷秀，今之欧阳公也"，皆出于其跋文。
皆表明周必大对题跋文及后世类似文章的发展有推进作用。

二是对日记体杂录作品发展亦有一定影响。周必大写有一
系列杂录性作品，包括《亲征录》《龙飞录》《归庐陵日记》《居闲
录》《泛舟游山录》《奏事录》《南归录》《思陵录》等。这些作品，基
本上以逐月逐日记事的形式，记述政事的变化，自己的经历与行
止，除《亲征录》全程记述了绍兴后期北征失败的经过，别无重要
意义。书写上，也文字芜杂，远不如陆游之《入蜀记》精粹，亦缺

乏描述的生动性。但因其政治地位所在，故在鼓煽时风上有一定的助力。

周必大作为南宋中期"词臣之冠"，虽对唐、宋诸大家相当尊崇，但其写作基本倾向，并没有真正继承发扬他们的真精神，反而有某种程度背离，但某些作品，亦反映出受其泽被沾溉痕迹。

范成大

范成大（1126—1193），字至能，一字幼元，号石湖居士，平江府吴县（江苏苏州）人。绍兴二十四年（1154）进士，经高、孝、光宗三朝，历仕多职，官至中书舍人、参知政事，资政殿大学士。乾道六年（1166），曾以祈请国信使使金。

范成大为南宋著名诗人之一，著述颇丰，但散佚严重，存留散文作品数量不多。

以所存留作品而论，其骈体制命、表奏、书启，虽多为断章残篇，亦能显出其文字相当遒丽精工。散体奏札篇幅较长或基本完整者较多，无论写于朝中或任职州郡时所作，皆能体现出对国事民瘼之关心尽意，如《论日力国力人力疏》《论狱法疏》《论兵制疏》《论勤政疏》《论邦本疏》《论献说迎合布衣补官之弊札子》《论知人札子》《又论民兵义士札子》等，对当时之政事、军事都曾提出有针对性的谏言或建议。这类文章在表达上一般都能做到紧扣论题，条理清晰，论事细密。

其书札中有《代乐先生还乡上季太守书》一文。所谓乐先生者，当为其启蒙师，此人因战乱在外漂泊流落二十余年，还乡后由范成大代写此书给郡守，有求用意。文中写乐之颠沛情形，有云：

> 复自思念，方痛未定时，形影相携，奉头鼠窜，去舒黄，并荆郢，抗章赣，下九江，登会稽，望海门，而弛担于姑苏。其间

弓刀矢石，铈天隐地，草窜莽伏，万死一生之场，与夫深山大川，荒陬绝境，警波飞石，虎嗥鳄暴，歔危震慑之险，以至于寒不丝身，饥不谷腹，穷困逼迫，偷生脱死之状，皆所备尝而饱历。（《全宋文》第二百二十四册）

其中所述，足以反映出战祸给人民所造成之普遍苦难，行文中用语造句之考究与笔调之宏肆，颇可见出所受古文家熏陶影响。

传统类型诸篇之记，如《瞻仪堂记》《思贤堂记》《昆山县新开塘浦记》《新修主簿厅记》等，多为假厅堂赞官守之作，用笔颇得古人文章风概。其中为故乡吴县所写《三高祠记》，以范蠡、张翰、陆龟蒙为不求富贵利禄、脱屣世俗之三高人，写法较别致。先述乡人修三高祠之由来，然后表自己之赞佩感慨：

后之人高三君之风，而迹其所以去，为世道计者，可以惧矣。至于豪杰之士，或肆志乎轩冕，宴安留连，卒悔于后者，亦将有感于斯堂，而成大何足以述之。然屈平既从彭咸，而桂丛之赋，犹招隐士，疑若隐处林薄，不死而仙，况如三君蝉蜕溷浊，得全于天者。尝试倚楯而望，水光浮天，云日下上，风帆烟蓬，飘忽晦明，意必往来其间，成大亦何足以见之。姑效《小山》，作歌三章以招焉。（《全宋文》第二百二十四册）

以下作楚辞体歌三首而结束。颇得韩、苏遗意而变化之。其《重九泛石湖记》属记游性质，亦是颇为清畅自如之作：

淳熙己亥重九，与客自阊门泛舟，径横塘。宿雾一白，垂欲雨。至彩云桥，氛翳豁然。晴日满空，风景闲美，无不与人意。会四郊刈熟，露积如缲垣。田家妇子着新衣，略有节物。

挂帆溯越来溪，源收渊澄，如行玻璃地上。菱华虽瘦，尚可采。檥棹石湖，扣紫荆，坐千岩观下。菊之丛中，大金钱一种，已烂漫浓香。正午，薰入酒杯，不待矗饮，已有醉意。其傍丹桂二亩，皆盛开，多荄枝，芳气尤不可耐。

携壶度石梁，登姑苏后台，跻攀勇往，谢去巾舆筇杖。石棱草滑，皆若飞步。山顶正平，有拗堂藓石可列坐，相传为吴故宫闲台别馆所在。其前湖光接松陵，独见孤塔之尖，尖少北，点墨一螺为昆山。其后，西山竞秀，萦青丛碧，与洞庭林屋相宾。大约目力逾百里，具登高临远之胜。

始，余使虏，是日过燕山馆，尝赋《水调》云："万里汉家使。"后每自和，桂林云："万里汉都护。"成都云："万里桥边客。"明年徘徊药市，颇叹倦游，不复再赋，但有诗云："年来厌把三边酒，此去休哦万里词。"今年幸甚，获归故国，偕邻曲二三子酬酢佳节于乡山之上，乃用旧韵，句云："万里吴船泊，归访菊篱秋。"（《全宋文》第二百二十四册）

与前人之作相比，另有清新婉丽之致，洗炼精工之妙。颇见引诗家语入散体文特点。

另可注意者，范成大受时风所煽，亦写有不少日记杂录类作品，其最可称道者为《吴船录》。乃由四川制置使归朝任吏部尚书、参知政事途中所作，起自淳熙四年（1177）五月，终至次年十月。与陆游《入蜀记》，一为入，一为出，正好相反。内容亦是逐月逐日，记载描述起止行程、人事交往、名人遗迹探访及亲历亲见山川风物。而其笔墨较之陆著，更为娴熟精练，表明此类作品此时更加趋于成熟。如记嘉州峨眉山观大足佛像、游万景楼等部分皆写得相当精

彩,尤其登岩顶观佛光一段:

> 此诸山之后即西域雪山,崔嵬刻削,凡数十百峰,初日照之,雪色洞明如烂银,晃耀曙光中。此雪自古至今,未尝消也。山绵延入天竺诸蕃,相去不知几千里,望之但如在几案间,瑰奇胜绝之观,真冠平生矣。
>
> 复诣岩殿致祷,俄氛雾四起,混然一白,僧云:银色世界也。有倾,大雨倾注,氛雾辟易,僧云:洗岩雨也,佛将大现。兜罗绵云复布岩下,纷随而上,将至岩数丈,辄止。云平如玉地,时雨点有余飞。俯视岩腹,有大圆光偃卧平云之上,外晕三重,每重有青黄红绿之色。光之正中,虚明凝湛,观者各自见其形,现于虚明之处,毫厘无隐,一如对镜,举手动足,影皆随形,而不见傍人。僧云:摄身光也。
>
> 此光既没,前山风起云驰。风云之间,复出大圆相光,横亘数山,尽诸异色,合集成采。峰峦草木,皆鲜妍绚蒨,不可正视。云雾既散,而此光独明,人谓之清现。凡佛光欲现,必先布云,所谓兜罗绵世界。光相依云而出,其不依云,则谓之清现,极难得。①

在清晰的叙次中,描写形容极其绚丽生动。凡此种种,不饶于陆游之作,或有差胜之处,在推进此类作品的发展上,有其贡献。

杨万里

杨万里(1127—1206),字廷秀,号诚斋,吉州吉水(江西吉水)人。绍兴二十四年(1154)进士,高、孝、光宗朝,曾任内外多职,官至东宫侍读、秘书监、秘阁修撰等,宁宗时以宝文阁待制致仕,升宝

---

① 《笔记小说大观》第九册。

谟阁学士,卒,赐谥文节。

万里早年师事张浚,终身以其门生自居。他尊崇二程,与朱熹、张栻交谊甚厚,但并不属理学家范畴,思想上以传统儒家观念为主导,核心为忠君、忧国、忧民。为官为人个性鲜明突出,本传称其"刚而褊",也就是刚正而执拗。因此往往忤皇帝或权臣,而不得重用。

杨万里主要以诗名,为后人所称南宋四大家之一。散文亦有一定成就和特色,存留作品较多。主要特点如下:

第一,受传统观念、道学思想、时代风尚影响,为文观念存在多侧面性,且与其创作实践有错综复杂的矛盾。一方面在理论观点上,强调文章的实用性而否定其审美价值,其策问之《问本朝欧苏二公文章》中,极明确地讲:

> 天下之事,虚华而不如实用也。嗟乎,为文章而无益于实用,是特轻浮小儿贩名一技耳,何贵于文章哉? 甚矣,文章之弊也! 世之才人文匠,未有不溺于浮华者。彼其泚笔点画,镂肝镂心,孰不齿嚼冰霜,眼染云烟,思所以平步作者之坛,潜达造化之柄哉? 是故夸其健则必欲如风樯阵马,斗其艳则必欲如赵舞燕歌,逞其奇则必欲如峻峰激流,竞其美则必欲如金舆玉辇。甚至剖一字之奇,炼一言之巧,必欲聱牙屈曲,铿镉琮琤,使人戛戛难读,然后惬其意。……呜呼,美则美矣,施之于用,何所补耶? (《全宋文》第二百三十九册)

另一方面,在向后辈学者谈写作体会时,则讲得较为全面,如其《答徐赓书》,用一系列比喻,说明写文章先要有文有质,再要注重篇章布局,再则全文应有明确主旨,末了强调必须能够传神(《全宋文》第二百三十七册)。又一方面,在具体地衡诗论文时,不仅不反对审美追求,反而极其注重句法的精工,用字用词的巧拙。如其《诗话》中多处谈文,其中有不少条非究其义,而专论如何用字下词。如云:

> 四六有初语平平,而去其一字精神百倍,妙语超绝者。介甫《贺韩魏公致仕启》云"言天下之所未尝,任大臣之所不敢",其初句尾有"言""任"二字,而去之也。
>
> 循王张俊妾封夫人,中书程子山行词,以"异性王"对"如夫人",朝士称之。(《全宋文》第二百三十九册)

诸如此类,所研讨考究者,正是前引策问所批判者。表现了他在不同情况下,所反映文章观中之不同侧面。这些体现了杨万里及同时代许多作家文章观念的多样性与不稳定性。这是此时期的一个时代特点,当然也直接影响着杨万里的创作实践。

第二,杨万里在当时以善写四六文著名,被后人视为与汪藻、孙觌、周必大并列之骈文四大家之一。同是在《诗话》中,他曾说:"本朝制诰表启用四六,自熙、丰至今,此文愈盛。"(《全宋文》第二百三十九册)《与张严州敬夫书》中更自云:"鄙性生好为文,而尤喜四六。近世此作,直阁独步四海,施少才、张安国次也。某竭力以效体裁,或者谓其似吾南轩,不知其似犹未也。"(《全宋文》第二百三十七册)观其《诗话》中论文,涉及四六者为多,亦见其兴趣所在。因职务不在翰林、中书,故未见所作制词,而其表奏笺启之作,确实表现了较高的造诣。其较简短者,如《回韩抚州贺年启》:

> 御沟新柳,初回天上之春;江路野梅,忽寄陇头之信。感故人之相庆,与元日以俱来。恭惟判府郎中人门双高,声实兼茂。临康乐山水之郡,不妨清游;哦少陵莺花之时,即还近列。

某立朝无补,视荫又新。抚岁月之如流,慨林泉之未返。(《全宋文》第二百三十七册)

确属偶对精切,清新流丽,读之给人以审美享受。或因受此点的影响,在上下级之间或亲朋好友的书信往还中,其他作家一般都用通俗浅明的语言行文,而杨万里即使此类文字写来也非常考究,不但用语雅丽,而且自觉或不自觉地用上典故。此类文字因随意随事而谈,往往篇幅较长,在此不适引录。

第三,杨万里在朝里朝外,皆写有上皇帝书或札子,如《上寿皇乞留张栻黜韩玉书》《上寿皇论天变地震书》《乙酉自筠州赴行在奏事十月初三日上殿第一札子》等。这类作品皆为切论时政,表达忧国忧民之作,往往见地深刻,恳挚忠直,言辞激越,但写法上一反前例,行文通俗晓畅,即使引用史鉴,亦直陈其事,绝不用典。如上述第二篇,以"言有事于无事之时"为核心,条陈十事,被《宋史》本传大段节引。其中所谓:

大抵天下之事有缓急。当周公相成王之时,其急在于膺戎狄;当宣王中兴之时,其急在于伐猃狁。当今之时,陛下以为何等时耶?金虏日逼,疆场日扰,而未闻防金虏者何策,保疆场者何道,但闻某日修某礼文也,某日进某书史也,是以乡饮理军、以干羽解围也。臣所谓言无事于有事之时者,六也。……

古者足国裕民,惟食与货。所谓货者,今之钱币是也。今之所谓钱者,富商巨贾、近习阉官、权贵将相,皆盈室以藏之,列屋以居之,积而不泄,滞而不流。至于百姓三军之用,则惟破楮券尔。一旦缓急,破楮券可用乎?……臣所谓言无事于有事之时者,九也。(《全宋文》第二百三十七册)

仅此，即可见杨万里之思想品格。其所以用这样的表达方式，或者正与其策问中主张实用之文不必讲究华彩雕饰之观点相对应。

第四，杨万里虽然喜好四六，但于古文亦有相当高的修养。前引《答徐赓书》中就曾云："前辈所谓古文者，某亦尝耳剽而手追矣。"这一点最明显地体现在他的记、序诸作中。此类作品不少，突出的特点是不用骈而用散，而且笔法风格上，极近唐及北宋古文大家风概。如《送郭庆道序》：

> 万里老母病肺且二十年，谒医于江湖遍也。大抵夕痊而朝发，万里有忧之。来零陵，闻人士有郭庆道者，于医无所不工，召而视焉，发药一二而去。初服食之，未始有药也，未几，则未始有病也。
>
> 他日，问之曰："向也馈药一何少也，而其功一何缓也？然初缓而卒不缓焉，又何术也？"庆道笑曰："医不必言也。且子以多为贵乎？则淝水之役苻坚法当胜谢玄也。且子欲已病乎，欲尝药乎？桓文之霸，不数年而成也，而败亦称是。三代之王者皆百年，必世而后兴，医身之与医国异不异也？天下之人，惟其无所挟也，有所挟则必有所成。不于其成之待，而于其初之责，夫其初者不可见也，而其成则不可御。世之人忽其不可见，以败其不可御者，何数也。医不必言也。"
>
> 万里闻其言，欣然有会于吾心，为书其说以赠之。（《全宋文》第二百三十八册）

简而质，事浅而寄意深，句法用语皆近唐人风，其与庆道之对，明显见出柳文影响。其以记名篇者亦不少，写法颇有欧文纡曲委婉之致，而尚达不到接近天然之度。较优之作如《远明楼记》：

予淳熙庚子之官五羊,道西昌,泊跨牛庵,据胡床小极,睡思昏昏也。县尹李公垂、簿赵公昌父传呼而来,予摄衣躡履出迎。坐未定,二君曰:"先生欲登快阁乎?"予谢曰:"幸甚。"即联骑疾往。是时春欲半,凭栏送目,一望无际,绿杨拂水,桃杏夹岸,澄江漫流,不疾不徐,远山争出,平野自献,视山谷登临之时,晚晴落木之景,其丽绝过之。而公程骏奔,不得久留,匆匆留两绝句而去,至今有遗恨也。

后十年,予宦江东,予之倩安福刘价以书来,为言:"西昌佳士陈诚之所居距快阁不远,而距澄江又加不远,然出门则江甚远,盖阛阓居者百余室蔽其前。有撼诚之者曰:'盍楼其上?'既溃于成,呼酒与二三诗友落之。开窗卷帘,江光月色,飞入几席,凄神寒骨,便觉贝阙珠宫去人不远。因撼山谷语扁曰'远明',愿先生记其说。"予许之,未暇也。

予既退休于居,诚之挈小舟三百里,冒春雨访予于南溪之上,投赠予四六五七,皆清峻迈往。予读之惊异外,问快阁亡恙乎,诚之曰:"江月如故,而落木荣,白鸥老矣。"因跽而请曰:"先生于倚有宿诺,愿践言。"予笑曰:"嘻!吾为子惧矣。昔半山老人尝与谢公争墅,'公去我来应属我'之诗是也。又与段约之争埭,'割我钟山一半青'之诗是也。今子以兹楼偪快阁,非城虎牢之策乎?山谷犹有鬼神,嘻,争端自此始矣。"

绍兴甲寅四月庚戌,诚斋老人杨万里记。(《全宋文》第二百三十九册)

忆旧、述事、写景融为一体,还附以谐趣,生动自然,运转自如,颇近欧阳风格,而略觉不够精粹。

另外,杨万里还写有不少经论、史论、人物论,具有思辨性与形象性相结合的特点。

以上诸点，表现出南宋诸家，既受前人沾溉，又追慕前人而力有所不逮，在多元方向上探索前行并尚未形成明确目标之状态。

3. 洪迈

洪迈（1123—1202），字景庐，号容斋，饶州鄱阳（江西波阳）人。其父洪皓曾使金被扣留十五年，因忤秦桧，又受排挤贬谪，迈为皓第三子。绍兴十五年（1145）中博学宏词科。绍兴末，亦曾使金。后官至中书舍人、翰林学士，预修史事，任多处地方官，以端明殿学士致仕，谥文敏。《宋史》本传称其："幼读书日数千言，一过目辄不忘，博极载籍，虽稗官虞初，释老傍行，靡不涉猎。"又云："迈兄弟皆以文章取盛名，跻贵显，迈尤以博洽受知孝宗，谓其文备众体。"其实，洪迈诗文成就都不算高，影响亦不大。值得重视者是其著作《容斋随笔》。

前已论及，自北宋，笔记、杂录类作品逐渐兴盛，欧、苏、陆等大家皆有所著。原因之一，亦如前所述，此类作品既自命为"笔记""杂录"，可不以正规诗文作品看待，也就不必计较种种为文观念之限制束缚，随兴之所至，意之所之，自由抒写，实含有自我解放之意。洪迈在《容斋随笔》短序中有云："予老去习懒，读书不多，意之所之，随即纪录，因其后先无诠次，故目之曰随笔。"[①]可见其内容与形式皆有"随意"之意，正合上述特点。洪迈此书在艺术质量上远逊于《归田录》《志林》《老学庵笔记》诸作，之所以拿来论列，原因在于：

其一，它是此类作品中，篇幅大，涉及内容极为广博者，从时限上说，上自三代，下至当世，从范围上说，凡经、史、子、集，诗、词、文、赋，皆有包笼。且虽自云随意，实际上下了相当大的功力，如其《容斋四笔序》云："予作《容斋随笔》，首尾十八年，《续笔》十三年，

---

① 《笔记小说大观》第六册。

《三笔》五年，而《四笔》之成不费一岁。"此外《五笔》至死尚未完成。这说明它并不真正属于"游戏"笔墨，而是相当认真着力之作。堪为类似作品之代表。

其二，它虽以说经论史，勾稽佚文旧事，考析辨证真伪为主，而其中不乏针对时政之感喟，有的寄托在史事的述说之中，有的则直切当世。如卷九之"唐扬州之盛"，引杜牧等描写扬州繁盛之诗后云："本朝承平百七十年，尚不能及唐之什一，今日真可酸鼻也。"卷十"杨彪陈群"，末云："悲夫，章惇、蔡京为政，欲殄灭元祐善类，正士禁锢者三十年，以致靖康之祸，其不为（华）歆、（陈）群者几希矣。"卷十三"拔亡为存"，记乐毅伐齐、田单复国事，云："古之人拔亡为存，转祸为福，如此多矣。靖康建炎间，国家不竞，秦魏齐韩之地，名都大邑，霸而为戎，越五十年矣。以今准古，岂曰无人乎哉？"卷十六直书"靖康时事"，以邓艾伐蜀、魏围燕中山、晋拒契丹，引起各国群情激奋作对比，谓："予顷修《靖康实录》，窃痛一时之祸，以堂堂大邦，中外之兵数十万，曾不能向北发一矢，获一胡，端坐都城，束手就毙。虎旅云屯，不闻有如蜀、燕、晋之愤哭者。近读朱新仲诗集，有《记昔行》一篇，正叙此时事，其中云：'老种愤死不得战，汝霖疽发何由瘥。'乃知忠义之士，世未尝无之，特时运使然耳。"《续笔》卷十五"李林甫秦桧"，则条列事实，对秦桧大加挞伐。《三笔》卷三之"北狄俘虏之苦"、卷五之"北虏诛宗王"，更是被论南宋文者作为反映人民苦难之范例引用。凡此，皆说明它具有侧面或正面反映现实，抒发作者情怀之意义。

其三，尤为重要者，为书中论诗论文诸条，虽相当分散繁碎，却反映出散文发展中的一些重大问题，其中有些应属于洪迈的观点或贡献。加以归纳，可胪列为以下几点：

第一，与道学家之对文的否定不同，充分肯定文章的存在价值。《随笔》卷十六有"文章小伎"条，云："'文章一小伎，于道未为尊。'虽杜子美有激而云,然要为失言,不可以训。"然后引《易》《诗》《论语》中论"文"之语,旁涉庄、释,曰:"然则诋为小伎,其理谬矣。彼后世为词章者,逐其末而忘其本,玩其华而落其质,流宕自远,非文章过也。"又引杜诗中如"文章千古事""已似爱文章""文章日自负"等大量诗句,谓:"如此之类,多指诗而言,所见狭矣。"此条对文章的肯定,虽以广义之"文"为据,实指当世流行之文章,自包括我们所谓之古代散文。

　　第二,正因为有了这样的观念,所以他从当时的史籍中发掘出了某些后世直至当今广受重视之极具审美价值的优秀作品。如卷十一"汉封禅记",从应劭《汉官仪》中发现中国最早正面描写自然美的马第伯之《封禅仪记》;卷十四"舒元舆文",特别标出了作品不多,尚未被充分认识的中唐作家舒元舆,称赞他之所作"有不可名言之妙,而世或鲜知之",引起人们对这个作家的重视;在《四笔》卷四"赵德甫《金石录》"中,摘出了李清照的《金石录后序》特加推赏;《五笔》卷四"晋代遗文",拈出张敏的《头责子羽文》,谓:"古来文士皆无此作,恐《艺文类聚》《文苑英华》或有之,惜其泯没不传,漫采之以遗博雅君子。"全文予以转录,为后世研究散文史者所广泛注意。

　　第三,他对宋代古文的发展过程进行了疏理,对宋代骈文也进行了总结肯定。于《续笔》卷九"国初古文",对宋代古文的演变汇集了各家的说法,最后云:"范文正公作《尹师鲁集序》,亦云:五代文体薄弱,皇朝柳仲涂起而麾之,及杨大年专事藻饰,谓古道不适于用,废而弗学者久之。师鲁与穆伯长力为古文,欧阳永叔从而振之。由是天下之文一变而古。其论最为至当。"评断相当准确。于《三笔》卷八"四六名对"云:"四六骈俪,于文章家为至浅,然上自朝廷命令诏册,下而缙绅之间笺书祝疏,无所不用。则属辞比事,固宜警策精切,使人读之激昂,讽味不厌,乃为得体。"所论亦相当符实。

第四，书中有大量的述经论史内容，除阐发经史义理外，相当大部分是从文章写作的角度进行鉴赏评论。如卷三"三传记事"，论《左传》《公羊》《穀梁》对崤之战的记述，完全不及内容意义，而纯从文章表达的角度着眼。卷六"左氏书事""狐突言词有味"，卷七"孟子书百里奚"，《五笔》卷五"庾公之斯"，皆是从行文用语之妙说事。说明在时人的心目中，经传皆已被作为文章来欣赏，观念上与唐宋以前有重大变化。

第五，书中对前代流传下来之名家名作，开始作细致深入的品味鉴赏，大量论诗，亦多处言文。其中：有的追述文章的沿传并加以评骘。如卷七"《七发》"：赞扬"枚乘作《七发》创意造端，丽旨腴词，上薄骚些，盖文章领袖，故为可喜"。然后批评其后继者如傅毅、张衡诸作"规仿太切，了无新意"。至"柳子厚《晋问》，乃用其体，而超然别立新机杼，激越清壮，汉晋之间诸文士之弊，于是一洗矣"。又谓："东方朔《答客难》，自是文中杰出。"除扬雄《解嘲》尚有可取外，其余仿作"皆屋下架屋，章摹句写"。"及韩退之《进学解》出，于是一洗矣"。《续笔》卷十五"《逐贫赋》"，又称"韩文公《送穷文》、柳子厚《乞巧文》，皆拟扬子云《逐贫赋》，韩公《进学解》拟东方朔《客难》，柳子《晋问篇》拟枚乘《七发》，《贞符》拟《剧秦美新》，黄鲁直《跂奚移文》拟王子渊《僮约》，皆极文章之妙"。都属于追源溯流中，评定作品之价值意义。有的则以前后不同时代或同时代的作家作品，互相对比，彼此参照，衡量其得失，评断其优劣，既表达了自己的体会，又给后人以启迪。如《随笔》卷一"文烦简有当"，引《史记·卫青传》与《汉书》作比较，谓："比于《史记》五十八字中省二十三字，然不若《史记》为朴瞻可喜。"卷七"《汉书》用字"、卷十五"范晔作史"、《续笔》卷七"迁固用疑字"、《三笔》卷二"《后汉书》载班固文"等，对司马迁，班固、范晔叙事及文字，皆于对照中衡量优劣得失。又如《随笔》卷七"韩柳为文之旨",对韩、柳并列论述。卷八"论韩公文"引各家对韩文的评述赞颂,然后谓:"及东坡之碑一出,而后众说尽废。"末称其文及碑后诗云:"所谓若捕龙蛇、搏虎豹者,大哉言乎!"《三笔》卷一"韩欧文语",将韩愈之《送李愿归盘谷序》与欧阳修之《醉翁亭记》联系起来,进行比较性欣赏。卷三"东坡慕乐天",将东坡与白居易结合起来,卷七"韩苏文章譬喻",将韩苏放在一起互相发明,卷九《钴鉧》《沧浪》",以柳宗元与苏舜钦并论。诸如此类,表明当时文人对名家名文不但娴熟于心,体会钻研更是逐步深入。

此外,书中单独对名家名作的细致阐发,对不甚引人注目而有较高艺术水平、审美价值之作家作品的推扬,更比比皆是。

第六,更可注意者,是反映了此时对诗文的研习已深入到一字一词的运用之妙。如"春风又绿江南岸"之"绿"字,就是由此书《续笔》卷八"诗词改字"所拈出,今已成为人所习知的典故。不仅诗是如此,文亦不例外,如《五笔》卷五"《唐书》载韩柳文"一则,指责宋祁修《新唐书》,于《韩愈传》《柳宗元传》中所引二人文章之原文多有改动,失其原作意味,并对改动不当处一一予以列举。至于骈偶,也极其讲究。在《续笔》卷三"诗文当句对"中,谓:"唐人诗文,或于一句中自成对偶,谓之当句对。"然后引大量实例作为证明。说明他相当重视和提倡这种做法。《四笔》卷十五"经句全文对",记其为京官时,经常与熟人以经史文戏作对句,如汤思退谓洪迈曰:"哀王孙而进食,岂望报乎?"洪则应之:"为长者而折枝,非不能也。"洪讽刺其同舍:"宰予昼寝,于予与何诛?"汪圣锡则为之对:"子贡方人,夫我则不暇。"表明文人日常应用对偶已成习惯,更以善于将经典入对视为一种骄傲。亦可见出当时讲究俪语之普遍风气。

总以上所胪列者,可证洪迈此书,虽不致意于写文论文,在散文发展史上,却有值得重视之意义。

4. 朱熹

朱熹(1130—1200),字元晦,后改仲晦,号晦庵、遁翁。祖籍徽州婺源(江西婺源),生于福建尤溪(福建尤溪)。绍兴十八年(1148)进士及第。一生出仕任职时间很短,主要从事著书讲学,因曾在福建考亭主讲紫阳书院,所以又别称紫阳、考亭。

朱熹是中国思想史上最著名的哲学家思想家之一。他学习勤奋,知识渊博,有突破成见的创造精神,继承周敦颐、张载、程颢、程颐的思想,集宋代道学(或称理学)之大成,开创了一套不同于汉儒的完整理论体系,被后人称之为新儒学(不同于现代新儒学)。理学的形成和出现有深层的历史和时代原因,它的实质是:当中国的以宗法等级为基础的君主集权专制制度,因固有弊病而面临危机时,试图将适于维护这一制度的已近于法权化的儒家道德伦理体系,从哲学的高度加以提升,使之更加强化、深入、细密、巩固、完善,借以避免这种制度之崩溃、败亡。例如,他从宇宙观的高度,将儒家基本的伦理道德观,提升为"天理";又认为仅一般地在行事上遵守纲常尚为不足,而应该通过"正心诚意"的修养,使之深入到"心性"层面,也就是彻里彻外地将这些伦理道德变为自觉的行为规范。

理学及其宗旨,对朱熹来说是真诚的信仰。在其所处的时代环境中,他一方面通过著述讲学及与志同道合者的研讨,推广、阐发、传播其学说;一方面根据其理论观念及对现实的观察,通过给皇帝上书及其他形式,积极主动地表达对时政的建议与自己的观点,以维护君权及国家利益。

在绍兴三十二年(1162),孝宗甫登基之时,他即上《壬午应诏封事》,提出"帝王之学不可以不熟讲","修攘之计不可以不早定","本原之地不可以不加意"三条根本建议。所谓"帝王之学",即他所主张的理学基本观点:

古者圣帝明王之学，必将格物致知以极夫事物之变，使事物之过乎前者，义理所存，纤微毕照，了然乎心目之间，不容毫发之隐，则自然意诚心正，而所以应天下之务者，若数一二、辨黑白矣。

所谓定"修攘之计"即坚决不与金人讲和：

为天下国家者，必有一定不易之计，而今日之计不过乎修政事、攘夷狄而已矣，非隐奥而难知也。然其计所以不时定者，以讲和之说疑之也。夫金虏于我有不共戴天之仇，则其不可和也义理明矣。……今日讲和之说不罢，则陛下之励志必浅，大臣之任责必轻，将士之赴功必缓，官人百吏之奉承必不能悉其心力，以听上之所欲为。然则本根终欲何时而固，形势终欲何时而成，恢复又何时而可图，守备又何时而可恃哉？其不可冀明矣。

所谓"本原之地"，即强化皇帝对官员的选用与管理，如所谓"欲斯民之皆得其所，本原之地，亦在乎朝廷而已"（《全宋文》第二百四十三册）。

于淳熙七年（1180）知南康军时，又写《庚子应诏封事》，重点论"恤民""治军""立纲纪"问题。其中，论"治军"时，详细阐述了选用将帅之不当。论"立纲纪"时，用颇为激烈的言辞抨击了各级官僚的腐败及"近习之臣"对朝廷造成的危害，核心意思是权臣实际上篡夺了君权，而皇帝丧失了其统治力。这或许是朱熹屡屡应诏为官而不赴，宁愿致力于著述讲学的原因。此外，朱熹在其短期担任地方官时，还躬行实践，尽其全力救灾弥荒，开办义仓，在局部取得成果，并赢得了上下的赞赏。

出于以上原因，朱熹在当代产生很大影响。尤其在抗金御侮方面，他与爱国之士有广泛交往，陆游、胡铨、杨万里、辛弃疾、陈亮皆与之有相当深的情谊。除论道的文章外，朱熹还写了不少抨击卖国求荣之辈的文字，如《除秦桧祠移文》《记孙觌事》，及赞赏抗金义士的文章，如《戊午谠议序》等。但即使当时的皇帝，也并未真正领会他所倡导之理学的内在宗旨，给予充分重视。尤其他提醒皇帝应警惕的近习权臣，更对其极为嫉视。所以在宁宗初期，韩侂胄指使其爪牙，将道学打成伪学，甚至诬为逆党。至理宗朝，理学始被重视，并获得高度尊崇的地位。

理学的出现，对中国古代散文的发展有重大而深刻的负面影响。

我们前面的所有论述，都是为了说明，具有实用与审美双重性质的古代散文，是如何由作为传达思想政治观点的附属性工具，经过漫长而艰苦曲折的演进道路，从开物成务、化成天下之广义的人文之文中分裂出来，成为实用与审美相统一、内容精神与表现形式相统一的独立而又包容范围极广的一种文学体裁。其中的关键人物是韩愈。韩愈既重视道统，又重视文统，但他是站在为文的立场上，强调二者的统一性，认为只有重视道统，即赋予文章充实的内在精神，又体现出审美表现的创造性，达到足够的艺术高度，才能写出兼具实用与审美价值的好文章。正是靠了韩愈示范性的努力，才产生了以唐宋八大家为代表的作家群体，将中国古代散文的创作推向最高峰。朱熹的理学却对此持近乎完全否定的态度。他也讲"文""道"的统一，但是站在道学家的立场上，认为有"道"自然而必然地有"文"，反对将"道"与"文"并列为二。这就等于完全否定了"文"的存在价值。这种观点，在他的《读唐志》中表现得最充分。此文由欧阳修《新唐书》中论礼乐而说起：

> 欧阳子曰："三代而上，治出于一而礼乐达于天下。三代

而下,治出于二而礼乐为虚名。"此古今不易之至论也。然彼知政事礼乐之不可不出于一,而未知道德文章之尤不可使出于二也。夫古之圣贤,其文可谓盛矣。然初岂有意学为如是之文哉?有是实于中,则必有是文于外。如天有是气,则必有日月星辰之光耀;地有是形,则必有山川草木之行列。圣贤之心既有是精明纯粹之实以旁薄充塞乎其内,则其著见于外者,亦必自然条理分明,光辉发越而不可掩,盖不必托于言语、著于简册而后谓之文。但自一身接于万事,凡其语默动静,人所可得而见者,无所适而非文也。……此其体之甚重,夫岂世俗所谓文者所能当哉?

孟轲氏没,圣学失传,天下之士背本趋末,不求知道养德以充其内,而汲汲乎徒以文章为事业。然在战国之时,若申、商、孙、吴之术,苏、张、范、蔡之辩,列御寇、庄周、荀况之言,屈平之赋,以至秦汉之间韩非、李斯、陆生、贾傅、董相、史迁、刘向、班固,下至严安、徐乐之流,犹皆先有其实而后托之于言。唯其无本而不能一出于道,是以君子犹或羞之。及至宋玉、相如、王褒、扬雄之徒,则一以浮华为尚,而无实之可言矣。……东京以降,讫于隋唐,数百年间,愈下愈衰,则其去道益远,而无实之文亦无足论。

韩愈氏出,始觉其陋,慨然号于一世,欲去陈言以追《诗》《书》六艺之作。而其弊精神、縻岁月,又有甚于前世诸人之所为者。然犹幸其略知不根无实之不足恃,因是颇溯其源而适有会焉,于是《原道》诸篇始作……其徒和之,亦曰未有不深于道而能文者,则亦庶几其贤矣。然今读其书,则其出于诙谐戏豫,放浪而无实者自不为少。若夫所原之道,则亦徒能言其大体,而未见其有探讨服行之效,使其言之为文者皆必由是以出也。故其论古人,则又直以屈原、孟轲、马迁、相如、扬雄为一等,而犹不及于董、贾;其论当世之弊,则但以词不己出而遂有神徂圣伏之叹。至于其徒之论,亦但以剽掠潜窃为文之病,大振颓风,教人自为为韩之功。则其师生之间,传受之际,盖未免裂道与文以为两物,而于其轻重缓急、本末宾主之分又未免于倒悬而逆置之也。

自是以来,又复衰歇。数十百年而后,欧阳子出,其文之妙,盖已不愧于韩氏,而其日治出于一云者,则自荀、扬以下皆不能及,而韩亦未有闻焉。是则疑若几于道矣。然考其终身之言与其行事之实,则恐其亦未免于韩氏之病也。……

呜呼,学之不讲久矣,习俗之谬,可胜言也哉? 吾读《唐书》而有感,因书其说以订之。(《全宋文》第二百五十一册)

这近乎一篇简短的中国文章演变史,其核心的意思是:将前人所谓"化成天下"之文,进一步缩小到体现于六经中的道学之道,认为有"道"自然有"文"。对韩、欧所略加肯定的,是他们皆言及了文以明道,所批评的是,他们在行事与为文中并未真正贯彻其所谓的道,实际上是"裂道与文以为两物",将"本末宾主之分""倒悬而逆置之"。他批评的矛头不只指向韩、欧,而且包括一切体现追求审美价值之作品,如谓:"宋玉、相如、王褒、扬雄之徒,则一以浮华为尚,而无实之可言矣。"这体现了理学家的文章观不只是回到了早期的原点,而且对文章的审美追求和审美价值给予了彻底否定。在其《沧州精舍谕学者》中,这一点表现得更明显,文中他先引苏洵《上欧阳内翰第一书》中所述如何艰苦学文的话,然后说:

予谓老苏但为欲学古人说话声响,极为细事,乃肯用功如此,故其所就亦非常人所及。如韩退之、柳子厚辈,亦是如此。其答李翊、韦中立之书,可见其用力处矣。然皆只是要作好文

章，令人称赏而已，究竟何预己事？却用了许多岁月，费了许多精神，甚可惜也。（《全宋文》第二百五十一册）

尖锐批评韩、柳、苏等学文，只是枉费精神。以上意思，在《朱子语类》的语录中说得更为简明。如其《论文》篇载：

> 才卿问："韩文《李汉序》头一句甚好。"曰："公道好，某看来有病。"陈曰："'文者，贯道之器。'且如六经是文，其中所道皆是这道理，如何有病？"曰："不然。这文皆是从道中流出，岂有文反能贯道之理？文是文，道是道，文只是如吃饭时下饭耳。若以文贯道，却是把本为末。以末为本，可乎？其后作文者皆是如此。"①
>
> 道者，文之根本；文者，道之枝叶。惟其根本乎道，所以发之于文，皆道也。三代圣贤文章，皆从此心写出，文便是道。今东坡之言曰："吾所谓文，必与道俱。"则是文自文而道自道，待作文时，旋去讨个道来放里面，此是它大病处。只是它每常文字华妙，包笼将去，到此不觉漏逗，说出他本根病痛所以然处。缘他都是因作文，却渐渐说上道理来，不是先理会得道理了，方作文，所以大本都差。②

正因其根本观点如此，所以在理学家们看来，除六经圣贤作品外，只有道学家的文章最好。如：

> 刘子澄言："本朝只有四篇文字好：《太极图》《西铭》《易

---

① 王水照编：《历代文话》第一册，复旦大学出版社，2007年，210页。
② 同上，226页。

传序》《春秋传序》。"因言:"杜诗亦何用?"曰:"是无意思。大部小部无万数,益得人甚事?"①

也正因基本观点如此,其作文及衡文也就自有其标准。如云:

> 今人作文,皆不足为文。大抵专务更易新好生面辞语。至说义理处,又不肯分晓。前辈欧苏诸公作文,何尝如此? 圣人之言坦易明白,因言以明道,正欲使天下后世由此求之。②
>
> 贯穿百氏经史,乃所以辨验是非,明此义理,岂特欲使文词不陋而已? 义理既明,又能力行不倦,则其存诸中者,必也光明四达,何适不可? ⋯⋯今执笔以习研钻华采之文,务悦人者,外而已,可耻也矣。③

总起来一句话,如朱熹论《新唐书》所说:

> 据某意,只是将那事说得条达,便是文章。(另据《朱子语类》卷一百三十七)

统观朱熹的文章,在给皇帝的封事、札子之外,其大量的书启、序、记、题跋等,除某些公文格式不得不用骈体,基本上都符合上述标准,以条贯清晰,表达明畅为特点。

但朱熹究竟生活在古代散文已极为成熟发达的时代,灿若星辰的作家、作品,不但为一般士人,也为广大民众所赞赏,所公认,他不可能闭眼不看,而且朱熹学问渊博,实际亦有很高的审美修

---

① 《历代文话》第一册,212 页。
② 同上,224 页。
③ 同上,225 页。

养,所以除了上述理论观点的表达趋向极端,在单独论及作家、作品及文章的写作时,也并不回避对名家名作的赞赏与喜爱。如他曾明言"予自幼喜韩文"(《全宋文》第二百五十一册《跋方季中所校韩文》),谓:"六一文一倡三叹,今人是如何作文!"[1]"东坡文字明快。老苏文雄浑,尽有好处。如欧公、曾南丰、韩昌黎之文,岂可不看?柳文虽不全好,亦当择。"[2]在涉及具体的诗文创作时,也表达了另外一些看法。如其《东归乱稿序》就讲到:"若夫江山景物之奇,阴晴朝暮之变,幽深杰异,千状万态,则虽所谓三百篇犹有所不能形容其仿佛,此固不得而记云。"(《全宋文》第二百五十册)承认了诗文写作之不可或缺。在《朱子语类》中,也有不少处谈及为文应向前人学习和如何学习的一些具体意见。如曾谓:

> 人要会作文章,须取一本西汉文,与韩文、欧阳文、南丰文。
> 若会将《汉书》及韩、柳文熟读,不到不会做文章。[3]

朱熹在当时虽有一定威望,但他的理论及观点尚属一家之言,对其他作家的影响不算大。而到了明清两代,将理学抬高到社会统治思想的地位,他这种将文章捆绑于"道",即社会的政治道德伦理观念上的观点,便被进一步地正统化,对散文创作贴近普通社会生活及个体情感性灵的发挥,产生了极大的束缚与阻碍作用。

5. 辛弃疾　陈亮

辛弃疾

辛弃疾(1140—1207),字幼安,号稼轩居士。齐州历城(山东

---

① 《历代文话》第一册,213页。
② 同上,211页。
③ 同上,228页。

济南）人。绍兴末，金主完颜亮死，耿京起义抗金，弃疾任掌书记，奉表南归。旋耿京为叛徒张安国所杀，弃疾深入敌营，捉张安国以回，时年二十三岁，但未被高宗重用。后历孝、光、宁宗三朝，任地方官多职，屡起屡罢。有雄才大略，一生心系收复中原，而壮志难酬，幽愤而卒。

辛弃疾为南宋最著名词人，其作品豪情万丈，后人将其与苏轼并称"苏辛"。就艺术修养、审美水平判断，其散文亦应有高度成就，可惜存留太少，只有少量论、议、札、启、祭文。

著名者为乾道元年（1165）上孝宗之《美芹十论》。此文与苏洵、杜牧等论政、论兵、论史之作不同，不逞笔墨之辩，非隐含讽谕之泛论，相当于针对现实形势，为恢复中原所作的整体战略规划。前有序言，说明立论宗旨，然后分十个专题，前三论分析敌情，后七论提出应采取之根本性措施。总体上视野宏阔，着眼大势；具体论述中，论题明确，实据充分，逻辑清晰，剖析恺切，引用史鉴精当，表述通顺畅达，使人不得不由衷叹服。如其《审势第一》，先论"形"与"势"之不同：

> 用兵之道，形与势二。不知而一之，则沮于形，眩于势，而胜不可图，且坐受其毙矣。何谓形？小大是也。何谓势？虚实是也。土地之广，财赋之多，士马之众，此形也，非势也。形可举以示威，不可用以必胜。譬如转嵌岩于千仞之山，轰然其声，岿然其形，非不大可畏也，然而暂留木拒，未容于直，遂有能迂回而避御之，至力杀形禁，则人得跨而逾之矣。若夫势则不然，有器必可用，有用必可济。譬如注矢石于高墉之上，操纵自我，不系于人，有轶而过者，抨击中射，惟意所向，此实之可虑也。自今论之，虏人虽有嵌岩可畏之形，而无矢石必可用之势。其举以示吾者，特以威而疑我也；谓欲用以求胜者，固

知其未必能也。

然后用确凿的事实,剀切的分析,得出金人必亡,我方必胜的结论:

> 我有三不足虑,彼有三无能为,而重之以有腹心之疾,是
> 殆自保之不暇,何以谋人?臣抑闻古人之善觇人国者,如良医
> 之切脉,知其受病之处,而逆其必殂之期,初不为肥瘠而易其
> 智。官渡之师,袁绍未遽弱也,曹操见之,以为终且自毙者,以
> 嫡庶不定而知之。咸阳之都,会稽之游,秦尚自强也,高祖见
> 之,以为"当如是"矣,项籍见之,以为"可取而代之"者,以民怨
> 已深而知之。盖国之亡,未有如民怨、嫡庶不定之酷,虏今并
> 有之,欲不亡何待?臣故曰形与势异。惟陛下实深察之。
> (《全宋文》第二百七十五册)

文章紧扣"形"与"势"之不同,条分缕析,质实中肯,无任何铺张夸
饰,却有很强的说服力。

其《九议》为乾道六年(1170)写给宰相虞允文的建议,同样是
完整的一组文章,前有序,后有结语,与《美芹十论》相比,为系统的
战术性论述,文风与前文相近。但因张浚北伐失败,朝廷中主和派
颇占上风,所以增加了不少驳论成分,结语中还流露出一些无奈的
感慨,如谓:

> 盖一人醒而九人醉,则醉者为醒而醒者为醉矣;十人愚而
> 一人智,则智者为愚而愚者为智矣。不胜愚者之多,而智者之
> 寡也。故天下有恢复之理,而难为恢复之言。

虽然如此,他仍然坚持自己的主张,力驳主和论者的观点,且于文

末云："昔越王见怒蛙而式之,曰:'是犹有气。'盖人而有气,然后可以论天下。"(《全宋文》第二百七十五册)表现了自己坚强的意志与决心。

此两文,构思之完整、系统、严密,论列之全面、着实、清晰,皆为南宋所少有,非一般文章可比。

此外,保存下来的片段书跋,如《跋绍兴辛巳亲征诏草》,语短,而豪宕感愤之情毕现:

> 使此诏出于绍兴之初,可以无事仇之大耻;使此诏行于隆兴之后,可以卒不世之大功。今此诏与此虏犹俱存也,悲乎!
> (《全宋文》第二百七十五册)

可见出辛弃疾文章宏阔雄肆之本色。另,其几篇祭文,可以看出辛与吕祖谦、朱熹、陈亮关系之亲密与感情之深厚。还可提及者,是其按风俗习惯与格式所写之《新居上梁文》,显示出其晚年心情之一面,亦可略微透露出其另一种风格的文字水平:

> "百万买宅,千万买邻",人生孰若安居之乐?一年种谷,十年种木,君子常有静退之心。久矣倦游,兹焉卜筑。稼轩居士生长西北,仕宦东南。顷列郎星,继联卿月。两分帅阃,三驾使轺。不特风霜之手欲龟,亦恐名利之发将鹤。欲得置锥之地,遂营环堵之宫。虽在城邑阛阓之中,独出车马嚣尘之外。青山屋上,古木千章;白水田头,新荷十顷。亦将东阡西陌,混渔樵以交欢;稚子佳人,共团栾而一笑。梦寐少年之鞍马,沉酣古人之诗书。虽云富贵逼人,自觉林泉邀我。望物外逍遥之趣,"吾亦爱吾庐";语人间奔竞之流,"卿自用卿法"。
> (《全宋文》第二百七十五册)

不可以俗文视之。

陈　亮

陈亮(1143—1194),字同甫,学者称龙川先生,婺州永康(浙江永康)人。

早年即才气超迈,有恢复中原、重振社稷之宏图,"以狂豪驰骤诸公间"。隆兴初,州以解头荐,上《中兴五论》,未被重视。于是退修于家,力学著书十余年。淳熙五年(1178),在太学,自云:"既绝意于科举,颇念其平生所学,不可不一泄之以应机会。"写《上孝宗皇帝第一书》,极论国家社稷大计。据《宋史》本传:"奏上,孝宗赫然震动,欲榜朝堂以励群臣","令召上殿,将擢用之"。但受大臣所阻。八日后,再上《第二书》,十日后,又上《第三书》。因"书中又重诸公之怒,内外合力沮遏之,不使得面对","乃议与一官,以塞上意"(《全宋文》第二百七十九册《复何叔厚书》)。于是退而东归。淳熙十五年(1188),高宗崩,亮再次上书论恢复事,遇孝宗正欲内禅而不果。光宗继位,策进士,亮之对恰合其意,擢之为头名,授金书建康府判官厅公事,未至官而卒。

统观陈亮一生,为人为学为文,有其明显特点:首先,个性突出,抱负不凡,然而一生坎壈蹉跌,因而内心充满矛盾与幽愤。其晚年写给吕祖谦的信中有云:

> 亮本欲从科举冒一官,既不可得,方欲放开营生,又恐他时收拾不上;方欲出耕于空旷之野,又恐无退后一着;方欲俯首书册以终余年,又自度不能为三日新妇矣;方欲杯酒叫呼以自别于士君子之外,又自觉老丑不应拍。每念及此,或推案大呼,或悲泪填臆,或发上冲冠,或拊掌大笑。(《全宋文》第二百七十九册《复何叔厚书》)

反映的就是这种心态状况。在外人看来，或视之为狂。其次，他一生志在抗金复国，反对和议，因而也就与持相同主张者，如辛弃疾、朱熹、吕祖谦等心同意合，过往交从甚密。其三，在学术观点与思想观念上，他受儒家传统习染极深，于维护家国统一的伦理纲常方面，与道学家在大方向上是一致的。因此，他对道学家的为人持赞佩态度，尤其称朱熹为"人中之龙也"(《全宋文》第二百七十九册《与林和叔侍郎书》)，"做得一世人物"，"正大之体，挺特之气，竖起脊梁，当得轻重有无"(《全宋文》第二百七十九册《又癸卯秋书》)。但他并不承认自己属于道学之列，而且对道学家的"天理人欲"之说，持反对态度，并自谓："研穷义理之精微，辩析古今之同异，原心于秒忽，较礼于分寸，以积累为功，以涵养为正，睟面盎背，则亮于诸儒诚有愧焉。至于堂堂之阵，正正之旗，风雨云雷交发而并至，龙蛇虎豹变见而出没，推倒一世之智勇，开拓万古之心胸，如世俗所谓粗块大脔，饱有余而文不足者，自谓差有一日之长。"(《全宋文》第二百七十九册《又甲辰秋书》)其四，文学观上，他对文的独立存在价值基本取否定态度。在其《复吴叔异书》中曾云：

> 亮闻古人之于文也，犹其为仕也。仕将以行其道也，文将以载其道也。道不在我，则虽仕何为？虽有文，当与利口者争长耳。韩退之《原道》无愧于孟、荀，而终不免以文为本，故程氏以为"倒学"。况其止于驰骋语言者，固君子所不道，虽终日哓哓欲以陵轹一世，有识者固俯首而笑之耳，岂肯与之辩论是非哉！(《全宋文》第二百七十九册《又甲辰秋书》)

表达的就是这种观点。因之，陈亮虽编有《欧阳文忠公文粹》一书，并在其《书欧阳文粹后》中称"公之文遂为一代师法"，且提及众所公认的欧文之艺术特点，然而其宗旨并不在于表彰欧阳修在文章

写作上所达到的成就,重点只在强调其羽翼六经之作用。如所云:
"公之文根乎仁义而达之政理,盖所以翼六经而载之万世者也。"
(《全宋文》第二百七十九册《又甲辰秋书》)

基于以上几点,使陈亮在南宋的散文发展中其他成就不高,而留下了几篇极有光彩的论说文章,这就是他前后几篇上皇帝书。其中最有代表性者当为淳熙五年(1178)连上孝宗皇帝之三书。其大体宗旨为:以孔子及儒家经典为据,以东周至宋代的历史为鉴,以中国为钟天地之气为正统,戎狄终为不得久长之别支;宏观当前天下之大势,力辟满足于和议,苟安东南一隅之非计;寄希望于孝宗之力图恢复,且为之规划应采取之战略部署及进取之步骤方略。文章有统揽大局、居高临下之概,汩汩滔滔之势,且挟有抨击时论、力排众议、孤高自负的愤悱之情。如《上孝宗皇帝第一书》篇末所云:

> 臣不佞,自少有驱驰四方之志,常欲求天下豪杰之士而与之论今日之大计。盖尝数至行都,而人物如林,其论皆不足以起人意,臣是以知陛下大有为之志孤矣。辛卯、壬辰之间,始退而穷天地造化之初,考古今沿革之变,以推极皇帝王伯之道,而得汉、魏、晋、唐长短之由,天人之际,昭昭然可察而知也。始悟今世儒士自以为得正心诚意之学者,皆风痹不知痛痒之人也。举一世安于君之仇,而方低头拱手以谈性命,不知何者谓之性命乎! 陛下接之而不任以事,臣于是服陛下之仁。又悟今世之才臣自以为得富国强兵之术者,皆狂惑以肆叫呼之人也。不以暇时讲究立国之本末,而方扬眉伸气以论富强,不知何者谓之富强乎! 陛下察之而不敢尽用,臣于是服陛下之明。
>
> 陛下厉志复仇,足对天命;笃于仁爱,足以结民心;而又仁

明足以临照群臣一偏之论：此百代之英主也。今乃驱委庸
人，笼络小儒，以迁延有为之岁月，臣不胜愤悱，是以忘其贱而
献其愚。（《全宋文》第二百七十九册《又甲辰秋书》）

其余之上书，如《中兴五论》等，行文大体与此相类。这些论说文
字，总体上说，与辛弃疾诸论有异曲同工之妙。不仅如此，陈亮还
基于自己的体会，总结性地提出了对此类文章写作上的看法：

大凡论不必作好语言，意与理胜则文字自然超众。故大
手之文，不为诡异之体而自然宏富，不为险怪之辞而自然典
丽，奇寓于纯粹之中，巧藏于和易之间。不善学文者，不求高
于理与意，而务求于文采辞句之间，则亦陋矣。（《全宋文》第
二百七十九册《书作论法后》）

这种观点及其创作实践，代表了南宋文章的一种发展趋势与成就。

二　从前人创作中寻求规则、门径的观念开始抬头

北宋以来，中国诗与文的发展达到最高峰，它们的成就、价值
及代表性作者的权威地位，已得到普遍公认。此后，学文为文者
中，开始出现一重大趋向，即转入对这些创作成果的总结、回顾、深
入细致地鉴赏品味，并以它们所达到的高度为标准，审视过去，总
结规律，探寻以后写作的方向。这是文化及文学发展的普遍规律，
如汉初对于先秦，魏晋对于两汉，南朝后期对于魏晋六朝，皆有类
似情形。不过现在这种趋向的表现，更多地着眼于诗文，不像陆机
《文赋》、刘勰《文心雕龙》、萧统《文选》那么全面，不像他们那样作
系统归纳，而是普遍、分散、细致、深入地渗透于题跋、杂记、随笔
中，以"含咀英华"的方式体现出来。

在上述情况基础上，也有人将论诗、论文之说，裒集在一起而名之为"诗话""文话"者。就散文说，前有王铚之《四六话》，本时期有谢伋之《四六谈麈》，集中论说"四六文"之应用范围，写作要点，评鉴赏析他们所认为的、由唐及宋以来的妙偶佳对。虽所涉内容较窄，亦属顺应潮流之作。另外，这时期还出现了专论散文写作法则，及借选集对名家名作进行评点之类的专著。这类作品不管有意还是无意，反映了自黄庭坚、李荐、陈师道已初步萌生的一个重要动向，即希图以经典作家的经典作品为范本，寻找具体的写作技巧与门径，甚至将之确定为某种规范或规则。这类作品应属于文论或文章学的研究范围，但却又反映并影响着散文创作的发展动向，研究散文史者，自应放在自己的视野中，予以适当地关注。

1. 陈骙与其《文则》

陈骙(1128—1203)，字叔进，台州临海(浙江临海)人。绍兴二十四年(1154)举进士，官至知枢密院事、参知政事。不以文名，仅存留少数制文及奏疏。

《文则》为其于孝宗乾道六年(1170)所著。其《序》有云："窃第而归，未获从仕，凡一星终，得以恣阅古书，始知古人之作，叹曰：文当如是。且《诗》《书》《礼》《易》《春秋》所载，丘明、高、赤所传，老、庄、孟、荀之徒所著，皆学者所朝夕讽诵之文也；徒讽诵而弗考，犹终日饮食而不知味。余窃有考焉，随而录之，遂盈简牍。古人之文，其则著矣，因号曰《文则》。"①所谓"则"即规则。

全文按天干之由甲至癸共十部分，每部分又分若干条。整体无系统性，综括起来，分别论述了文章写作从命题、立意、章法，到行文的衔接、协调、曲折、倒错，语句的长短、繁简、锤炼、雕斫，字词音韵的用法，以及比喻、引语、重复等修辞格的运用等。还分别指

---

① 《历代文话》第一册，135 页。

出了命、誓、盟、祷,直至箴、铭、赞、祝等十几种不同文体应具的特点。其写法是:先提出自己所体会出的规则,然后引用成例加以印证,所引材料全属先秦古籍。如"庚"(即第七)部分第一条,讲用字"皆有法",云:

> 文有数句用一类字,所以壮文势,广文义也;然皆有法。韩退之为古文伯,于此法尤加意焉。如《贺册尊号表》用"之谓"字,盖取《易·系辞》;《画记》用"者"字,盖取《考工记》;《南山诗》用"或"字,盖取《诗·北山》。悉注于后,孰谓退之自作古哉?用一类字者,不可遍举,采经子通用者志之,可触类而长矣。①

以下从"'或'法"起,一气罗列了四十五种字的用法。每法下面,皆用注的形式列出该字在古籍中如何运用。整个的一条,讲用字的法则,此法则又是从经典中提炼总结出来。就此即可看出,陈骙既受到黄庭坚"无一字无来处"观点的影响,又表现出从前人作品中抽取出法则的倾向。

2. 吕祖谦与《古文关键》

吕祖谦(1137—1182),字伯恭,婺州金华(浙江金华)人。隆兴元年(1163)登进士第,又中博学宏词科,历任太学博士、国史院编修官、秘书郎、著作郎等。政见上反对和议,力主恢复。思想学术上,崇尚儒学,赞赏二程、张载,与朱熹交谊甚厚。人称东莱先生。为当时著名学者,与朱熹、张栻齐名,号东南三贤。

他推崇韩、柳古文。其《与内弟曾德宽书》中谈及应举之准备时,云:"今去试尚远,且读秦汉、韩、柳、欧、曾文字(四六且看欧、王、东坡三集),以养根本。"(《全宋文》第二百六十一册)其《读书

---

① 《历代文话》第一册,135 页。

记》中亦曾曰："惟《西汉书》、杜子美诗、韩退之柳子厚文，读之容丽雄深，可以起发人意。"（《全宋文》第二百六十一册）所存文章数量不少，其中之《入越录》与《入蜀记》《吴船录》相类，语言简洁、质实、生动，有胜出陆、范处。

吕祖谦著述甚丰，其《东莱左氏博议》简称《东莱博议》，为散论《左传》之作，流传甚广，影响甚大。有关文事者，留有《皇朝文鉴》一部。据《宋史》本传载："先是，书肆有书曰《圣宋文海》，孝宗命临安府校正刊行。学士周必大言《文海》去取差谬，恐难传后，盍委馆职铨择，以成一代之书。孝宗以命祖谦。遂断自中兴以前，崇雅黜浮，类为百五十卷，上之，赐名《皇朝文鉴》。"该书各体诗文并收，分六十一门，叶适《习学记言序目》曾有全面评析。再有一部重要著作，即《古文关键》。

《古文关键》为专门的文章选集，共收韩愈、柳宗元、欧阳修、曾巩、苏洵、苏轼、张耒七家之文六十余篇。卷首先有《看古文要法》，相当于总论。然后随所选作家作品之篇目，再逐一加以评点。《四库全书》提要云："各标举其命意布局之处，示学者以门径，故谓之关键。"又引"叶盛《水东日记》曰：宋儒批选文章，前有吕东莱，次则楼迂斋、周应龙，又其次则谢叠山也"，指出吕祖谦首创以评点方式论文。又云："祖谦此书实为论文而作，不关讲学。"强调此书与吕氏其他著作的区别，突出其特有意义。

吕氏此书，明显地反映出在品鉴评赏中总结、回顾，寻找写作规则之时代大趋向。评点方式的开创，有正负两方面的作用：一方面，通过评点者的简要提示，可助读者领会原作之精处妙处，体会其精神，提高自己的审美修养水平。另一方面，如果评点指示某文或某处，符合评点者所抽象出来的某种门径、规则，则会把读者引向只从前人作品中寻找形式技法的歧路。而吕祖谦虽属大家，在此书中却偏向了后一方面。试仅举"韩文"部分为例：

《获麟解》题下评曰：字少意多，文字立节，所以甚佳。其抑扬开合，只主"祥"字，反复作五段。

　　《师说》题下评曰：此篇最是结得段段有力。中间三段，自有三意说起，然大概意思相承，都不失本意。

　　《谏臣论》题下评曰：意胜反题格。此篇是箴规攻击体，是反题难文字之祖。

　　篇后又评曰：从前难到此，已极了。末后须用放他一着。盖阳子在当时毕竟是个贤者，大抵文字须当抑扬。若作汉唐君臣文字，先须取他长处，后说他短处。

　　《重答张籍书》题下评曰：此篇节奏严洁，铺叙明白。①

如此等等。除《重答张籍书》之评仅属赏析性提示，其余大多为写法方面的指点。尤其全书篇首之《古文关键总论·看文字法》所云：

　　学文须熟看韩、柳、欧、苏。先见文字体式，然后遍考古人用意下句处。……第一看大概、主张。第二看文势、规模。第三看纲目、关键：如何是主意首尾相应，如何是一篇铺叙次第，如何是抑扬开合处。第四看警策、句法：如何是一篇警策，如何是下句下字有力处，如何是起头换头佳处，如何是缴结有力处，如何是融化屈折、剪截有力处，如何是实体贴题目处。②

　　① 影印文渊阁《钦定四库全书》集部八，上海人民出版社。
　　② 同上。

等于从具体篇章中抽象出来的如何学习技法之总论。

此书及类似著作的出现，反映了时代潮流中的一种基本动向。在中国散文发展史上，到了这一时期，作家们写作时着眼点有了重大变化。唐代以来，韩愈、柳宗元关注的是"文"与"道"的关系，师古与创新的关系；欧阳修追求的是文章应贴近自然天成；苏轼主张的是"辞达"，是文章应如行云流水，随物赋形，行于所当行，止于不可不止。正是在这些观念的主导之下，才使他们的创作实践，取得了超越前人的成就。而从黄庭坚始，就露出了从前人作品中寻求写作门径的苗头。"关键"一词，即使不是黄庭坚所首创，也是他最早予以强调的。吕祖谦此书的命名或许即是就此而来。其书中的总论及具体篇章的评点，从性质上说，基本属于对黄庭坚所谓"凡作一文皆须有宗有趣，终始关键，有开有阖"，"观古人用意曲折处，讲学之，然后下笔"等意见之具体发挥。当然，并不是说这些观点、主张都是完全错误的，它们对一般初学写作者有一定帮助，但以此为大方向，不是致力于思想观念的提升和全面的艺术修养的提高，是不会成长为超越前辈之作家的。

以上两家之外，还有一些散见的表述，不一一置论。

第三节　多元发展相融汇中
一个时代的结束
——南宋后期及宋元之际的散文

南宋末期，统治集团的腐朽已到不可救药的地步。时局上的变化有三：一是北方的金由新崛起的蒙古所取代；二是一度曾被作为"伪学"受压制的道学重新昌盛，作为最高统治者的皇帝如理宗，在实际政治措施上没有什么作为，大有依靠崇尚道学来维护王朝权威之势；三是奸权当道，先是史弥远，后是贾似道之流，擅权营私，排斥异己，误国害民，最终导致南宋政权的彻底崩溃。

在这种局面下，散文发展呈现出以下趋势：道学家否定文章独立价值的倾向继续发展，并且与寻求某种固定写作规范的势头相结合；随着民族矛盾的尖锐化及宋王朝崩溃的危机，产生出一批慷慨激越、大义凛然，置生死于不顾，以忠君爱国为指归的作家、作品；在南宋王朝覆灭、恢复无望之后，一些作家以杂著形式，忆昔怀旧，表达自己的故国之恋。

一 后起道学名家对散文的影响

宁宗朝在韩侂胄被杀后，道学开始被摘去"伪学"的帽子，恢复为"正学"，朱熹、张栻被追谥为"文公""宣公"，受到尊崇。真德秀和魏了翁，成为继承和发展道学传统的大儒。他们不但在学术思想上，同时在文章写作的观念上，对当时和后世都产生了相当大的影响。

1. 真德秀

真德秀（1178—1235），字景元，后更为希元，号西山，建州浦城（福建浦城）人。宁宗庆元五年（1199）进士，继中博学宏词科。累官至起居舍人，受权臣排挤而外任。理宗朝召为中书舍人，一度解职，后官至翰林学士，知制诰，参知政事。

真德秀在思想与学术上，宗承程朱道学的传统，这不但见之于他的《大学衍义》等专著，亦见之于大量的序、记、跋文，如《送全永叔序》谓"吾州子朱子之学，万世之学也"（《全宋文》第三百十三册）；《送周天骥序》谓"书不可以泛读"，"子归，取子朱子之书而伏读之，又从而深思之，实体之，则将有以自得之矣"（《全宋文》第三百十三册）。《宋史》本传云："自侂胄立伪学之名以锢善类，凡近世大儒之书，皆显禁以绝。德秀晚出，独慨然以斯文自任，讲习而服行之。党禁既开，而正学遂明于天下后世，多其力也。"

道学家不但讲义理心性,还提倡躬身践行。真德秀在宁、理宗两朝,均曾任要职,真心为国家命运作谋划。宁宗时,曾多次上奏札,论君主应"亲正人""抑近幸""除壅蔽""去贪残",论"北虏必亡之势三""可为中国忧者二"。理宗朝,又上封事、奏札,论不可依靠蒙古,论既不可轻动,又应有所远谋。任地方官时,亦能致力于为政并取得相当实绩。本传谓其:"立朝不满十年,奏疏无虑十万言,皆切当世要务,直声震朝廷。四方人士诵其文,想见其风采。及宦游所至,惠政深洽,不愧其言,由是中外交颂。"所言大体符实。

真德秀的学养极为丰厚,不只对于经史,对古代优秀的文学作品,亦相当熟悉。但他受道学家偏见所支配,完全否定文的独立价值,不只延续了朱熹文从道中自然流出的观点,甚至把"道"的范围缩小到"义理""道德"的狭小界限之内。在其《跋许介之诗卷》中,有云:

> 予视子岂直诗人也哉!其智略纵横可以参闑外之画,其慷慨可以使不测之虏,二先生期子于词章之域,予将俟子以功名之会,可乎?虽然,功名外物尔,君子之所性有不与存焉。……然则予将进子于道德之场,可乎?盖道德者君子成身之本,功名则因乎时,而词章又其末也。(《全宋文》第三百十三册)

基于这样的立场,他用以衡文的观点,也就与一般世人大不相同。在《跋彭忠肃文集》中谓:

> 汉西都文章最盛,至有唐为尤盛,然其发挥理义,有补世教者,董仲舒氏、韩愈氏而止尔。国朝文治猗兴,欧、王、曾、苏以大手笔追还古作,高处不减二子。至濂、洛诸先生出,虽非

有意为文，而片言只辞，贯综至理，若《太极》《西铭》等作，直与六经出入，又非董、韩之可匹矣。然则文章在汉唐未足言盛，至我朝乃为盛尔。忠肃彭公以濂洛为师者也，故见诸著述，大抵鸣道之文而非复文人之文。（《全宋文》第三百十三册）

论断几与《朱子语类》所载刘子澄语全同。按此论断，文中对公认大家如韩愈、欧、苏不得不作的赞扬，纯成虚语。也正因此，他对前代的文章名家，有的以吹毛求疵的态度进行批判，如《跋欧阳四门集》中谓：

自世之学者离道而为文，于是以文自命者，知黼黻其言而不知金玉其行。工骚者有登墙之丑，能赋者有涤器之污，而世之寡识者反矜诧而慕望焉，曰：夫所谓学者，文而已矣。华藻患不缛，何以修敕为？笔力患不雄，何以细谨为？呜呼，倘诚若是，则所谓文者特饰奸之具尔，岂曰贯道之器哉！彼宋玉寓言以讽，未必真有是，若相如之事，则君子盖羞道之。服儒衣冠，诵先王言，不惟颜、冉是学，而曰吾以学相如也，抑何其陋耶！（《全宋文》第三百十三册）

有的无可挑剔，则不顾客观实际，硬性地扯进自己的理论界域。如《跋黄瀛甫拟陶诗》谓："以余观之，渊明之学正自经术中来。"（《全宋文》第三百十三册）

由于学识的渊博，自觉不自觉地受文化积累的熏陶，真德秀有相当不错之审美修养，他的大量奏札，都写得条畅明晰，有挺强的说服力；制辞表启，四六骈偶运用得也成熟老到；某些题跋，亦颇为灵活生动，如《跋陈慧父竹坡诗稿》：

昔王子猷居必种竹，曰何可一日无此君！而子猷行不副名，见谓污浊，然则子猷固爱此君，政恐此君不爱子猷耳。今竹坡君并溪而庐，种竹万个，而有诗千篇，好风凉月，长吟其间，此君有知，亦当欣然为君一笑也。建人真某为作歌曰：万玉兮森森，清风兮满林。有幽人兮高蹈，时击节兮长唫。长唫兮陆续，凤为起舞兮鸾为度曲。羌此乐兮谁知，虽箪瓢兮亦足。(《全宋文》第三百十三册)

但理学家偏见，往往蒙蔽了他的眼睛，使之竟然能把极浅劣的作品，当成佳作来赞扬，如《跋宋正甫诗集》中，把“日用功夫在细微，行逢碍处便须疑。高言怕被虚空笑，阔步先防堕落时”；“三圣传心惟主一，六经载道不言真”等，诸如此之类的腐语，赞为“非从事于学者，不能道也”，称其为“新奇工致，则人所共喜”(《全宋文》第三百十三册)。似乎失去了最起码的审美判断能力。

另外，真德秀受时风影响，也用选本的形式表达他的文章观，编有《文章正宗》一书。此书前有《文章正宗纲目》，说明编书的目的及选文之准则，云：

正宗云者，以后世文辞之多变，欲学者识其源流之正也。自昔集录文章者众，若杜预、挚虞诸家，往往湮没弗传。今行于世者，惟梁《昭明文选》、姚铉《文粹》而已。由今视之，二书所录果皆得源流之正乎？

夫士之于学，所以穷理而致用也。文虽学之一事，要亦不外乎此，故今所辑，以明义理、切世用为主。其体本乎古，其指近乎经者然后取焉，否则，辞虽工亦不录。[1]

---

① 总集类《文章正宗》，影印文渊阁《钦定四库全书》集部八。

据此可见,其目的是以此求文章源流之正。何谓正? 在真氏看来,必以之"穷理而致用",即明义理,切世用。那么,不符合这一宗旨者,自然"辞虽工亦不录"。他编此书正是为了贯彻其所倡导的文章观念。这显然背离了古代散文所实际具有的性质。按道学家们说的话,对古代散文的发展明显是一种"倒行"。所以连四库馆臣所写《提要》亦认为:"其持论甚严,大意主于论理而不论文。""故德秀虽号名儒,其说亦卓然成理,而四五百年以来,自讲学家以外,未有尊而用之者,岂非不近人情之事,终不能强行于天下欤?"①此书在明清时代曾广泛流行,故就真氏全人来说,虽不乏可称扬之处,而不可否认,其理学家的文章观,对后世有相当长远的消极影响。

2. 魏了翁

魏了翁(1178—1237),字华父,号鹤山,邛州蒲江(四川蒲江)人。庆元五年(1199)进士,历任多职,累官至起居舍人。理宗朝,有起落,卒于知福州、福建安抚使任。赠太师,谥文靖,累赠秦国公。

魏了翁为与真德秀并肩齐名的宗承程朱之大儒。在发扬道学上,有比真德秀更为着实的举措。嘉定九年(1216),上疏宁宗,《奏乞为周濂溪赐谥》,文中大阐周及二程"嗣往圣,开来哲,发天理,正人心"之功绩。在所附帖子中谓:"臣切见朝廷近岁尝因中外臣僚奏请,如朱熹、张栻并蒙赐谥。然熹、栻之学,实宗周、程。录其后而遗其先,恐于褒美意犹有未尽。"(《全宋文》第三百零九册)十年,又上《奏乞早定周程三先生谥议》,终于使"周敦颐谥元,程颢谥纯,颐谥正"(《全宋文》第三百十册《周元公程纯公正公谥告序》)。在《朱文公年谱序》中,他详论道学之兴,极赞朱熹之功。在为真德秀所写《神道碑》中,述其生平,载其业绩,赞其为发扬道学所作贡献,

---

① 总集类《文章正宗》,影印文渊阁《钦定四库全书》集部八。

称自己与真"志同气合则海内寡二"(《全宋文》第三百十一册)。

像真德秀一样,他在任内外多种职务时,也极力尽心国事。前后写有《论择人分四重镇以备金、夏、鞑事札子》《直前论士大夫风俗札子》《上殿论敷求硕儒开阐正学札子》《应诏封事》(言复十事旧典)等,皆是切关国运时事之重要论议。

魏了翁有相当多的论文之作,其文章观似乎不像真德秀那么极端,但精神实质基本一致。如其《坐忘居士房公文集序》,开篇即云:

> 古之学者自孝弟谨信,泛爱亲仁,先立乎其本,迨其有余力也,从事于学文。文云者,非若后世哗然从众取宠之文也,游于艺以博其趣,多识前言往行以蓄其德,本末兼该,内外交养,故言根于有德而辞所以立诚。先儒所谓"笃其实而艺者书之",盖非有意于为文也。后之人稍涉文艺则沾沾自喜,玩心于华藻,以为天下之美尽在于是,而本之则无,终于小技而已矣。然则虽充厨盈几,君子奚贵焉?(《全宋文》第三百十册)

先将文分为"本"于道德"无意于文"之文,和"玩心于华藻"之文,然后肯定前者而否定后者。其《裴梦得注欧阳公诗集序》借对欧阳修的赞扬,更明确地表达了同样的观点,先言"余亦雅好欧公诗简易明畅,若出诸肆笔脱口者",似乎得欧阳之真精神。然而接着就把思路引向自己主张的命题上,谓欧公"贯融古今,所以蓄德者甚弘"。然后即此铺展开来云:

> 余唯窃叹,古之士者惟曰德行道艺,固不以文词为学也。今见之歌谣风雅者,上自公卿大夫,下至里间闾阎,往往后世经生文士专门名世者所不逮。盖礼义之浸渍已久,其发诸威

仪，文词皆其既溢之余，是惟无言，言则本乎情性，关乎世道。后之人自始童习即以属词绘句为事，然旷日逾年，卒未有以稍出古人之区域。迨乎去本益远，则辨篇章之耦奇，较声韵之中否，商骈俪之工拙，审体制之乖合，自谓穷探力索，然有之固无所益，无之亦无所阙，况于为己之事了无相关。……微欧公倡明古学，裁以经术，而元气之会，真儒实才后先迭出，相与尽扫而空之，则怅怅乎未知其攸届也。（《全宋文》第三百十册）

要之，强调欧阳修只是由于"倡明古学，裁以经术"，才带动改变了一代文风。这显然不符合欧阳修之实际。在《跋康节诗》中，他将观点概括得更简明：

> 理明义精，则肆笔脱口之余，文从字顺，不烦绳削而合。彼月锻季炼于词章而不知进焉者，特秋虫之吟，朝菌之媚尔。（《全宋文》第三百十册）

其所谓"肆笔脱口"，与欧阳所倡导的"自然天成"，似乎相近，其实有质的不同。因为它需要的前提，不是高度的思想艺术修养，而是"理明义精"。因而，他所标示的，乃是朱熹所谓有了"道"，"文"就会自然地流出。总之，他承继并发挥的乃朱熹"文""道"合一、"文"从"道"出的观点。在这里，他实际上，有意或无意地，有利用韩、欧等的声望与影响来宣扬理学家文章观念之嫌。不经意者，或认为他的观点与韩、欧无甚差别。其实，他与韩、柳、欧、苏所主张并贯彻到创作实践中的"文""道"统一观，有本质上的不同，后者所讲的"文""道"统一，就窄处说，实指文章内容与形式的统一，从宽处、高处说，则是审美与实用的统一，丝毫没否定文的独立存在价值。而朱熹所最不满意于他们的，就是"文与道二"，魏了翁的观点，与朱熹并无二致。

魏了翁和真德秀的文章观,注定了他们在创作实践上不能取得重要成就,我们姑取魏之《记永康军花洲记》来看:

> 永康之城南曰花洲者,俗号果园,榴翳榛莽,岁久不治。陵阳虞仲易父来守是邦,更今名而筑堂于其上,取刘子临河之叹,曰"美功"。纵广四仞,其衡之长而纵加一。以嘉定之四年五月端午落成,宾朋翕合。凭槛纵观:逝川腾辉,列巘献状;嘉卉输秀,古木樛翠;危堞突立,长桥卧空;奇云落霞,呆日霁月。随境变态,应接不暇。
>
> 客曰:"呜呼噫嘻,此天地之网,若有待焉者。韩文公记燕喜亭,所谓'斩茅而嘉木列,伐石而青泉激'。天作而地藏,以遗其人者,盖不是过也。"
>
> 余曰:"是则然矣。自有宇宙,便有江山,高明杰特。天地初无隐乎尔,而亦岂私于虞侯也?山径之蹊,人惟不用耳,用之而成路于介然之顷。夫岂自外求哉?山之所固有者然也。惟人亦然,与天地并立而为三才,居广居也,位正位也,万物备具,无少欠阙。人惟由之而不知其道,故私意横生,自为町畦,而私其所以为广且正焉。有能一日克己复礼而有以洞见全体,则将随处充裕,不假外求,胸次浩然,真与天地万物上下同流者矣。今余于是洲也,亦以是观焉。不然,久矣其为洲也,胡昔之昧而今之章?昔也过者弗顾,而今遽为部南之胜,岂侯之力所能袭而致之邪?"
>
> 侯瞿然曰:"非子不能发此,子其遂以斯言记斯洲也。"是为记。(《全宋文》第三百十册)

看前半篇,对自然景观的描摹,颇有韵味,而后面一番文不对题的说教便大煞风景,使文不成文。

这里所以对真、魏的文章观及作品作介绍评述,是因为它们对后代散文的发展有着深刻的潜在影响,不能不加注意。

二　忠义之气化出贞烈之文

随着元兵的南侵,宋王朝的覆灭,民族矛盾达到炽热化,人民亦遭受惨重的苦难。一些爱国之士的忠义之气得到空前的迸发。他们受传统观念影响,虽然把忠孝意识与对国家命运的关怀融在一起,但为坚守自己的信仰,而置生死于度外的气节与精神,远远超出了这种局限,赋予其文章以一种岸伟的崇高美与精神美,足以永垂后世。

1. 谢枋得

谢枋得(1226—1289),字君直,号叠山,信州弋阳(江西弋阳)人。理宗宝祐四年(1256)应进士试,中乙科,弃官,明年复试教官,中兼经科,授建宁府教授。后辟江东、西宣抚司干办公事。元攻信州,率众坚守。五年,因忤奸权,谪居兴国军。德祐初,元兵南下,以江东提刑、江西招谕使知信州,城破。宋亡,隐居闽中。元朝屡征召,皆不就,福建行省参政魏天祐强之北行,至京师,染疾,不食而死。《宋史》本传称其"为人豪爽","性好直言,一与人论古今治乱国家事,必掀髯抵几,跳跃自奋,以忠义自任"。

谢枋得是南宋后期著名爱国志士,又是极有根底的散文作家。早年曾有志于为文,可能隐居期间所写《与杨石溪书》有云:

> 宋朝盛时,文章家非一人,欧苏起遐方僻壤,以古道自任,发为词华,经天纬地,天下学士皆知所宗,隐然挈宋治于两汉之上。七十年来,文体卑陋极矣。天运循环,必有作者,是不难,亦为之而已矣。枋得颇有兴起斯文之意,倡而无和,言而莫听。

（《全宋文》第三百五十五册）

可见他与道学家的观点大为不同。而生逢国破家亡的危急关头，他奋起参加抗击外敌入侵的斗争。于咸淳七年（1271）所写之《辛弃疾祠堂记》有云：

> 唐虞五臣，皆有帝王之才；三国英雄，仅了将相之事。器不大，不能以运天下。余谈稼轩，久知其人，于同志会于金相寺，过其庵，可以想见夫器之大。夜宿祠堂前。公平日为官，但以只鸡斗酒为膳，明日奠以只鸡斗酒。庸人谓武侯祠堂不可忘，悲其定中原、兴汉室，有志而不遂也。天地间好功名必待真男子，尽多，器大者得之。吾党必有成稼轩之志者，毋忘此会。

（《全宋文》第三百五十五册）

此下列有参与此会者十余人姓名，其中包括辛弃疾之孙。此文相当于一篇誓词，可见谢枋得之胸怀抱负。此后，他亲身参与抗元斗争，国亡，坚不出仕，将自己的文学修养，应用于表达坚贞不屈的爱国之心，及对降志辱身卖国求荣之辈的拒斥与嘲讽之中。

其最著名之作，当为《上程雪楼御史书》《上丞相刘忠斋书》《与参政魏容斋书》，三文皆坚拒元朝廷征召之作，刚贞忠烈之气，腾跃纸上。其中《上丞相刘忠斋书》最堪叹赏。《宋史》引文，称此乃写给留梦炎者，考《宋史·宰辅表》，留于景平间曾为相，郑思肖《文丞相叙》又言及叛臣留梦炎多次代元人向文天祥劝降，周密《癸辛杂识·后集》"徐留登第"条，载留梦炎字忠斋，故当以写给留梦炎为是。

此文表面看来口气相当委婉，然除表明自己倔强不屈之志外，蕴含了对变节者刻骨的讥刺。其中，先言南宋之亡，谓："江南无人才，未有如今日之可耻。春秋以下之人物，本不足道，今可求一人如瑕吕饴甥、程婴、杵臼厮养卒亦不可得矣。"又云："先生少年为伦魁，晚年作宰相，功名富贵亦可以酬素志矣。奔驰四千里，如大都拜见大元，岂为一身计哉，将问三宫起居，使天下后世知君臣之义不可废也。先生此心，某知之，天地鬼神知之，十五庙祖宗之灵亦知之，众人岂能尽知之乎？"前后对比，所言显为反语。然后云：

> 近睹路县及道录司备奉尚书省指挥，江淮行省参知管公将旨来南，根寻好人，根寻不觍面皮正当底人。此令一下，人皆笑之，何也？江南无好人、无正当人久矣，谓江南有好人、有正当人者，皆欺大元也。

然后，围绕此点，引武王伐纣时，尚有夷齐扣马而谏；六国亡后，楚国尚有民众遁入桃源六百年；金人入侵，洪皓出使被扣，尚劝其息兵养民。以此三事作比，谓当时皆尚可谓有好人，有正当人，而宋亡前无一人及此。再次嘲讽地说：

> 以某观之，江南无好人，无正当人久矣，求好人、正当人于今日万难。

然后回到自身云：

> 某江南一愚儒耳，自景定甲子以虚言贾实祸，天下号为风（疯）汉，先生之所知也。昔岁程御史将旨招贤，亦在物色中，既披肝沥胆以谢之矣。朋友自大都来，乃谓先生以贱姓名荐，朝廷过听，遂烦旌招。某乃丙辰礼闱一老门生也，先生误以忠实二字褒之。入仕二十一年，居官不满八月，断不敢枉道随

人，以辱大君子知人之明。今年六十三矣，学辟谷养气已二十载，所欠惟一死耳，岂复有他志？自先生过举之后，求得道高人者物色之，求好秀才者物色之，求艺术人者物色之，奔走逃遁，不胜其苦。中书行省魏参政之言勒令福建有官不仕人呈文凭根脚者，又从而困辱之。此非先生之赐而何？然先生岂有心于害某哉！大抵朝廷一番求贤，不过为南人贪酷吏开一番骗局，趁几锭银钞，欺君误国莫大焉。

今则道录司备参政管公将隆旨，根寻好人、不觑面皮正当人，又物色及某矣。某断不可应聘者，其说有三：一曰老母年九十三而终，殡在浅土，贫不能备礼，则不可大葬。妻子爨婢以某连累，死于狱者四人，寄殡丛冢十一年矣。旅魂飘飘，岂不怀归？弟侄死国者五人，体魄不可寻，游魂亦不可不招也。凡此数事，日夜关心，某有何面目见先生乎？此不可应聘者一也。二曰有天下英主必能容天下之介臣，微介臣不能彰英主之仁，微英主不能成介臣之义。某在德祐时，为监司，为帅臣，尝握重兵，当一面矣。……某自丙子以后，一解兵权，弃官远遁，即不曾降附。先生出入中书省，问之故府，宋朝文臣降附表即无某姓名，宋朝帅臣监司寄居官员降附状即无某姓名，诸道路县所申归附人户即无某姓名，如有一字降附，天地神祇必殛之，十五祖宗神灵必殛之。甲申岁大元降诏赦过宥罪，如有忠于所事者，八年罪犯悉置不问，某亦在恩赦放罪一人之数。……大元之赦某屡矣，某受大元之恩亦厚矣，若效鲁仲连蹈东海而死，则不可。今既为大元之游民也，庄子曰："呼我为马者应之以为马，呼我为牛，应之以为牛。"世之人有呼我为宋逋播臣者亦可，呼我为大元游惰民者亦可，呼我为宋顽民者亦可，呼我为大元逸民者亦可。为轮为弹，兴化往来，虫臂鼠肝，随天付予。若贪恋官爵，昧于一行，纵大元仁恕，天涵地容，不忍加戮，某有何面目见大元乎？此不可应聘者二也。某受太母之恩亦厚矣，谏不行，言不听，而不去，犹愿勉驽钝以报上也。太母轻信二三执政之谋，挈祖宗三百年土地人民，尽献之大元，无一字与封疆之臣议可否，君臣之义亦大削矣。三宫北迁，乃自大都寄帛书曰："吾已代监司帅臣具姓名归附，宗庙尚可保全，生灵尚可救护。"三尺童子知其必无是事矣，不过绐群臣以罢兵耳，以宗社为可存，以生灵为可救，阳绐臣民以归附。此太母之为人君，自尽为君之仁也。知宗社不可存，生灵不可救，不从太母以归附，此某为人臣自尽为臣之义也。语曰："君行令，臣行志。"又曰："制命在君，制行在臣。"大臣者以道事君，不可则止，孔子尝告我矣。君臣以义合者也，合则就，不合则去。……此不可应聘者三也。

今朝廷欲根寻好人、不觑面皮正当底人，某决不可当此选。先生若以三十年老门生，不背负师门为念，特赐仁言，为某陈情于江淮行省参知管公，愿移关诸道路县及道录司，不得纵容南人贪酷吏多开骗局，胁取银钞，重伤国体，大失人心。倬某与太平草木同沾圣朝之雨露，生称善士，死表于道曰"宋处士谢某之墓"，虽死之日，犹生之年，感恩报恩，天实临之。

司马子长有言："人莫不有一死，死或重于太山，或轻于鸿毛。"先民广其说曰："慷慨赴死易，从容就义难。"先生亦可以察某之心矣。（《全宋文》第三百五十五册）

文章有激越处，有慷慨处，有锥心之幽愤处，有剖肝沥胆以明志处，有肆口放恣处，亦有碍于情面、时势不得不虚予委蛇、不言而言极尽讥刺处，滔滔滚滚，一气呵成。为既可见谢枋得之个性，又可见其为文水平，宋末少见之力作。

谢枋得其余方面留下的作品不多,但特色突出,如《江仲龙字说》:

　　陶靖节心与天一,神游天外,俯视六合,何物茫茫,始渊明而终元亮,君子怜之。菊岂愿为隐逸哉? 以靖节而隐;显之,亦靖节也。

　　建安江君自名应隆,自号菊隐,求字于予。孔明长笑隆中,时人皆以伏龙待之,宜以仲龙字。大丈夫生于乱世,消息盈亏,惟天所命,穷则晋处士,达则汉丞相,吾俯仰无愧怍矣。孟子曰"易地则皆然",颜子曰"有为者亦若是"。

　　或曰:子言善矣,彼岂有此志乎? 噫,不志者志之,必有志者志之矣。(《全宋文》第三百五十五册)

简明而自然,洒脱而雄肆。不凡抱负,显然而见。还有一篇《宁庵记》,以张仁叔之自述,写母亲对子女的关切之情:

　　予之生,亲之所以劬瘁也。予为赤子,饮乳于亲之怀者三年,乳皆亲之血也。乳之盈涸,由饮食之丰约,劳苦不可言。予为孩提,亲喜曰:"吾有儿矣。"扪之则察其肥瘠而欣忧,畜之则候其饥饱而饮食。予能行,可以免其提携矣,长之则惟恐其气体之不壮,育之则惟恐其德性之不敏。亲行而予不随,顾之如有遗;吾行而亲不随,复之如有失。其出也,腹我而语之曰:"吾行矣,汝在家毋登高而临深也。"其入也,腹我而语之曰:"吾归矣,汝在家必无人念其饥饱寒燠也。"予渐长而知学,亲心可以少宽矣,忧其壮而未有室也。既有室,虑其子孙未能众多也。……予为贫,衣食奔走,亲忍留之膝下? 离家则戒之谨慎,久客则愿其速归。梦想其劳逸,卜占其远迹。倚门间而

望，听乌鹊而喜，精神常役役，肝胆常悬悬也。自予有生以来，吾亲之心无一日得宁者，以予故。（《全宋文》第三百五十五册）

此文不是一般的关于孝道的说教，而是对亲子之爱的细致描绘，前此未见如此感人之作。

谢枋得另编著有《文章轨范》一书，具有对前代名作进行赏析并兼具探寻写作范式之双重意义。前此楼昉（字迂斋）之《崇古文诀》即具类似特点，此后这类作品不断产生，至元、明遂成风气，一方面对学习继承前人遗产有所裨益，一方面对散文之发展过渡到寻求和总结创作规范起了一定的引领作用。

2. 文天祥

文天祥（1236—1282），初名云孙，字天祥，以字贡于乡，改字履善，又字宋瑞，号文山，又号浮丘道人，吉州吉水（江西吉水）人。宝祐四年（1256）进士第一。历任京职及地方官，累迁至权直学士院。因忤贾似道，乞致仕。后起为湖南提刑、知赣州。德祐初，元兵逼近，募兵勤王，除知平江府、临安府，拜右丞相兼枢密使。应众请，和元军议和，被拘北上。得间脱逃，至温州，劝立益王为帝，拜右丞相同都督诸路军马，举兵抗元，兵败。卫王立，加少保、信国公，进屯潮阳，元军掩至，被俘。囚于燕京三年，元世祖至元十九年（1282）从容就义。后谥忠烈。

文天祥受传统文化习染甚深，其为郭帛斋所写《忠孝提纲序》有云：

> 江流滔滔，日夜无声，水之常也。至于石触之鸣，风激之为波，则水之所遭，拂乎常矣。为臣忠，为子孝，出于夫人之内心，有不待学而知、勉而行者。古之人都俞吁咈，定省温清，行

乎忠孝之实，而不必以名知于人，此人道之自然也。若夫处时之变，遭事之不幸，始有不得已而忠孝之名归焉，则亦有可悯者矣。（《全宋文》第三百五十九册）

在其《跋胡景夫藏澹庵所书读书堂字》中，则赞扬"澹庵临难，决大议，不负所学，于国为忠臣，于亲为孝子，斯读书之所致也"（《全宋文》第三百五十九册）。因所生活的时代，他亦颇受理学影响，其《谒蔡元定文》有云："周衰道丧，千有余年。周程崛起，道统勃兴。天生朱子，正学大明。天生先生，羽翼厥成。绍程继朱，集注诸书。六经垂训，万世作程。揭示迷途，启迪后人。"（《全宋文》第三百五十册）同时，他又继承了历代文学名家的成就，形成了很高的艺术修养，可见之于其所写诸多序、记、题跋文。这一切，使之在遭遇到国家民族危难的特殊时机，化为浩然正气迸发出来，不但见诸其卓荦不凡的事迹，亦见之于其垂映千古之诗文。

据《宋史》本传：天祥"自为童子时，见学宫所祠乡先生欧阳修、杨邦乂、胡铨像，皆谥'忠'，即欣然慕之。曰：'没不俎豆其间，非夫也。'"年二十举进士，对策，"其言万余，不为稿，一挥而成。帝亲拔为第一。考官王应麟奏曰：'是卷古谊若龟监，忠肝如铁石，臣为得人贺。'"

其后，在《己未上皇帝书》中，他提出"简文法以立事"，"仿方镇以建守"，"就团结以抽兵"，"破格以用人"等四条建议。并论理宗"悔悟之意未明"，让奸佞当国，近习擅权。提出："不斩董宋臣以谢宗庙神灵，以解中外怨怒，以明陛下悔悟之实，则中书之政必有所挠而不得行，贤者之车必有所忌而不敢至，都人之异议何从而消，敌人之心胆何从而破？将士忠义之气何自激昂，军民感泣之泪何自奋发？祸难之来，未有卒平之日也。"（《全宋文》第三百五十八册）景定四年（1263），又写《癸亥上皇帝书》，为再度启用董宋臣而上言。度宗时,则上《轮对札子》。凡此,皆切于时事,言辞激急。

在被迫离朝及致仕期间,他写给友人的书信中,一方面表示"转移世道,吾辈正不得不自力";一方面又不满时风,有退隐山林之意,谓:"朝市纷纭,怨谤之府,某雅欲退藏,以远罪咎。"(《全宋文》第三百五十八册《与颜县尉复古书》)此时期他所写的一些书启,有的清新明畅,有的则多用俪辞雅藻,显示了很高的文字水平。

至德祐初,国势危在旦夕,他毁家纾难,集兵勤王,开始了竭蹶奋战的历程,写出了《指南录自序》《指南录后序》等著名篇章。《自序》记出使前后过程较详,而《后序》叙事更概括,抒幽愤激越之情更深切饱满,其文曰:

> 德祐二年二月十九日,予除右丞相兼枢密使,都督诸路军马。时北兵已迫修门外,战、守、迁皆不及施。缙绅大夫萃于左丞相府,莫知计所出。会使辙交驰,北邀当国者相见,众谓予一行为可以纾祸。国事至此,予不得爱身,意北亦尚可以口舌动也。初奉往来,无留北者。予更欲一觇北,归而求救国之策。于是辞相印不拜,翌日,以资政殿学士行。
>
> 初至北营,抗辞慷慨,上下颇惊动,北亦未敢遽轻吾国。不幸吕师孟构恶于前,贾余庆献谄于后。予羁縻不得还国,事遂不可收拾。予自度不得脱,则直前诟虏帅失信,数吕师孟叔侄为逆,但欲求死,不复顾利害。北虽貌敬,实则愤怒。二贵酋名曰馆伴,夜则以兵围所寓舍,而予不得归矣。
>
> 未几,贾余庆等以祈请使诣北,北驱予并往,而不在使者之目。予分当引决,然而隐忍以行,昔人云:"将以有为也。"至京口,得间奔真州,即具以北虏虚实告东西二阃,约以连兵大举,中兴机会,庶几在此。留二日,维扬帅下逐客之令,不得已,变姓名,诡踪迹,草行露宿,日与北骑相出没于长淮间,穷饿

无聊,追购又急,天高地迥,号呼靡及。已而得舟,避渚洲,出北海,然后渡扬子江,入苏州洋,展转四明、天台,以至于永嘉。

呜呼!予之及于死者,不知其几矣。诋大酋当死,骂逆贼当死,与贵酋处二十日,争曲直,屡当死。去京口,挟匕首以备不测,几自刭死。经北舰十余里,为巡船所物色,几从鱼腹死。真州逐之城门外,几彷徨死。如扬州,过瓜洲扬子桥,竟使遇哨,无不死。扬州城下,进退不由,殆例送死。夜趋高邮,迷失道,几陷死。质明,避哨竹林中,逻者数十骑,几无所逃死。至高邮,制府檄下,几以捕死。行城子河,出入乱尸中,舟与哨相后先,几邂逅死。至海陵,如高沙,常恐无辜死。道海安、如皋,凡三百里,北与寇往来其间,无日而非可死。至通州,几以不纳死。以小舟涉鲸波,出无可奈何而死,固付之度外矣。

呜呼!死生昼夜事也,死而死矣,而境界危恶,层见错出,非人世所堪。痛定思痛,痛何如哉!予在患难中,间以诗记所遭。今存其本不忍废,道中手自抄录。……将藏之于家,使来者读之,悲予志焉。(《全宋文》第三百五十九册)

此外,他还写有《指南后录》跋、《东海集序》《集杜诗自序》。用文天祥自己的话说,这些皆"非有意于为诗者也"(参见《集杜诗自序》语),"其惨戚感慨之气,结而不信,皆于诗乎发之。盖至是动乎情性,自不能不诗,杜子美夔州、柳子厚柳州以后文字也"(参见《东海集》中语)。文集中又有《自赞》一文曰:

吾位居将相,不能救社稷,正天下,军败国辱,为囚虏,其当死久矣。顷被执以来,欲引决而无间。今天与之机,谨南向百拜以死。其赞曰:

孔曰成仁,孟云取义。惟其义尽,所以仁至。读圣贤书,

所学何事？而今而后，庶几无愧。宋丞相文天祥绝笔。(《全宋文》第三百五十九册)

《宋史》本传谓此赞乃其就义后见于衣带中。

今天看，这些作品，不管当时背景如何，受何种观念影响，与其"人生自古谁无死，留取丹心照汗青"之诗句一样，已转化成反映中华民族精神象征的标志之一。

3. 郑思肖

郑思肖(1241—1318)，字所南，号忆翁，又号三外野人，福州连江(福建连江)人，寓居吴县。为太学上舍生，尝应博学宏词科。元兵南下，扣阍上书，不报。宋亡隐居，改今名及字与号，皆示不忘于宋。坐卧不北向，扁其室曰"本穴世界"，隐指"大宋"。岁时伏腊，辄野哭南拜，闻北语必掩耳疾走。精绘墨兰，国亡后，为兰不画土，意谓宋朝疆土已为元人所夺。尝谋举事讨元复宋，未果。无妻无子，郁郁而终。

郑思肖之所以名世，因其所著《心史》。此书为思肖手编诗文集。因内容激烈反元，未公之于世。据其中之《盟言》云：

> 思肖已舍此身为大宋讨贼，开中兴之大业久矣。惟累年穷心谋度，无长策自奋，实耻有生，遂誓自为去就计，生莫为之，死则为之，万万必行之，誓决不肯弃于死而竟已。然我素以独为天，《心史》奚托？又意绪荒迫，不暇别书净本，敬以稿本铁函重匵，沉之古吴井中。大事未成，《心史》先出，得者当毁其文，我又决不肯耀诳世盗名之空辞，坐欺君欺父之实罪。大事成，《心史》出，愿举天下后世，一化而为忠臣孝子之归，则我始终无遗憾矣！(《全宋文》第三百六十册)

至明崇祯十一年(1638)，苏州承天寺僧浚井而得之，随传于世，故又称之为《铁函心史》。

此书内容虽相当广泛，而核心为宁死也要做大宋之忠臣孝子，坚持抗元而不屈。其《久久书正文》所载《臣子盟檄》可概其要：

> 上而天，下而地，中天地之中，立人极焉。圣人也，为正统，为中国；彼夷狄，犬羊也，非人类，非正统，非中国。曾谓长江天险，莫掩阳九之厄，元凶忤天，篡中国正统，欲以夷一之。人力不胜，有天理在。自古未尝夷狄据中国，亦未尝有不亡国。苟不仁失天下，虽圣智亦莫救。我朝未尝一日不仁，乱臣天阏国脉，贪官虐吏刲剥民命，君上本无失德。今犬羊愈恣横逆，毕力南入。吾指吾在此，贼决灭于吾手，苟容夷狄大乱，当不复生！

> 吾观吾之身，天地之身，父母之身，中国之身。读圣贤书，学圣贤事，是与圣贤为徒，奚敢化为贼，而忘吾君、吾父、吾母也！欲弯弓射贼，曷能顾母存亡？欲偷生事母，何以扶国颠覆？舍忠不足为孝，舍孝不足为忠，以是迟迟二三百日间，双睛望穿天南之云。天道胡为尚未旋？早夜以思，狂而不宁，泪苦流胆，心赤凝血，挺然语孤忠，孑然立大义，与世相背，独立无涯。我母龙钟，忧愤成疾，旦莫无期，奚生其生？叫日而日未出，泣夜而夜何长！

> ……

> 国家大仇未报，天下大迷未寤，我心大忧未释，仰无天，俯无地，莫人其为人之道。学匪词章之谓，所以学为人；人匪形体之谓，所以人其忠孝。万世大经，不逾忠孝。一人忠，教百千万人忠；一人孝，教百千万人孝。生非所爱，死非所畏，生不得其道，死则为荣。父教于昔，母论于今，不得不大一举而殛

贼，即旧邦新之，于以正天地大位，于以开日月新光。

天下忠臣义士，耳兹血盟，愿相从而兴火德，复炎中天乎！实父之愿，实母之愿。表忠臣义士于既往，诛乱臣贼子于方来，誓大播厥盟，与国家其无斁！（《全宋文》第三百五十九册）

此实为焚心裂肺、倾心吐胆之作，精神气魄已远超文字表达之上。《心史》文章内容体裁虽多，但大多不出以上意旨之发挥。唯其中之《文丞相叙》较详地记载了文天祥晚期抗元事迹及被囚期间言论行为，《大义叙略》较细致具体地记载了宋末南方抗元斗争经过及元人统治情形。

对于引文及相关文章的思想内容，应作具体分析。其中面对国家民族的危亡，坚持宁死不屈、抗争到底的顽强意志与精神，应像对文天祥和其他爱国志士一样，予以充分地肯定与赞扬。而囿于传统观念和时势所及，强调华夷之辨，视夷狄为"非人类"，"为犬羊"，作为历史局限，可予理解，不必赞赏。至于受道学家影响，以"忠""孝"为核心，将之视为天理，甚至谓"吾朝一日未尝不仁"，"君上本无失德"，称颂"理皇圣德汪洋"，将宋亡之责任全推在"乱臣贼子"身上，显示出一种执拗的愚忠，则姑予置之可矣。

他在《张玉田山中白云词叙》中，赞赏张炎："一片空狂怀抱，日日化雨为醉。自仰扳姜尧章、史邦卿、卢蒲江、吴梦窗诸名胜，互相鼓吹春声于繁华世界。飘飘征情，节节弄拍。嘲明月以谑乐，卖落花而陪笑。能令三十年西湖锦绣山水犹生清响，不容半点新愁飞到人眉睫之上，自生一种欢喜痛快。"（《全宋文》第三百六十册）表现了相当高的审美欣赏能力。在《心史自序》中，讲到其父曾让其"熟读《左传》《孟子》《庄》《骚》、贾、董、韩、柳、欧、苏之书"，说明他所受名家名作陶养不少。然拘于理学家"文者，三纲五常之所寄也，舍是匪人也，又奚文之为哉"（《全宋文》第三百六十册）片面观点的影响,使其多数作品,除精神足以感人,艺术上无突出成就与特色。

4. 谢翱

谢翱(1249—1295),字皋羽,自号晞发子,福州长溪(福建霞浦)人,徙浦城。少时倜傥有大节,试进士不第。德祐初,文天祥集兵勤王,翱率乡兵数百投之,为谘议参军,后别去。宋亡不仕,流寓浙江,与友人收宋皇陵遗骸葬之。与方凤、吴思齐结月吟社。元成宗元贞元年(1295)卒。

谢翱传世散文作品不多,最著名者为《登西台恸哭记》。此文乃为祭奠文天祥而作。有云:

> 始,故人唐宰相鲁公开府南服,余以布衣从戎。明年,别公章水湄。后明年,公以事过张睢阳及颜杲卿所尝往来处,悲歌慷慨,卒不负其言而从之游。今其诗具在,可考也。余恨死无以藉手见公,而独记别时语,每一动念,即于梦中寻之。或山水池榭,云岚草木,与所别之处,及其时适相类,则徘徊顾盼,悲不敢泣。又三年,过姑苏,姑苏,公初开府旧治也,望夫差之台而始哭公焉。又后四年而哭之于越台,又后五年及今而哭于子陵之台。

> 先是一日,与友人甲乙若丙约越宿而集,午雨未止,买榜江涘,登岸谒子陵祠,憩祠傍僧舍。毁垣枯甃,如入墟墓。还,与榜人治祭具。须臾雨止,登西台,设主于荒亭隅,再拜跪伏,祝毕,号而恸者三,复再拜起。又念余弱冠时往来必谒拜祠下,其始至也,侍先君焉,今余且老,江山人物睹焉若失,复东望泣拜不已。

> 有云从南来,淹湆淳郁,气薄林木,若相助以悲者。乃以竹如意击石作楚歌招之曰:"魂朝往兮何极,暮归来兮关水黑。

化为朱鸟兮，有味焉食。"歌阕，竹石俱碎，于是相向感喟。复登东台，抚苍石，还憩于榜中。榜人始惊余哭，云适有逻舟之过也，盍移诸？遂移榜中流，举酒相属，各为诗以寄所思。

薄暮雪作，风凛不可留，登岸宿乙家，夜复赋诗怀古。明日益风雪，别甲于江，余与丙独归，行三十里，又越宿乃至。其后甲以书及别诗来言："是日风帆怒驶，逾久而后济。既济，疑有神阴相助以著兹游之伟。"余曰："呜呼，阮步兵死，空山无哭声，且千年矣，若神之助固不可知，然兹游亦良伟，其为文词，因以达意，亦诚可悲已。"

余尝欲仿太史公，著《季汉月表》如《秦楚之际》。今人不有知余心，后之人必有知余者，于此宜得书，故纪之以附季汉事后。时先君登台后二十六年也。先讳某，字某，登台之岁在乙丑云。（《全宋文》第三百六十册）

此文以叙事的方式记载了与友人暗中专门为文天祥设祭的过程。用笔相当隐晦。据文末所暗示，此文当写于元世祖至元二十八年（1291），时元人之统治极严酷，文中所谓："榜人始惊余哭，云适有逻舟之过也，盍移诸？"可说明这一点。故文中以"唐宰相鲁公"暗寓文天祥，以"季汉"暗寓宋末，友人皆以甲乙丙代姓名。然所记对文天祥之魂牵梦绕之忆念，及一哭再哭，冒风险设灵位进行祭奠，充分表达了作者对文天祥深挚浓重的崇敬尊仰之情，显示了其深受压抑、幽闭难吐的爱国情怀。文章委婉曲折的表达方式及简约的环境氛围点染，亦体现了其很高的艺术水平。

谢翱的其他文章，多为写山川风物之作，而笔墨洁净，形象生动，如《自岩麓寻泉至三石洞记》，写山石之状，颇得柳文风致；《鹿田听雨记》从不同角度、不同侧面用生动的描述、形象的比喻，形容雨声之轻重大小，缓急变化，相当传神；《粤某山蜂分日记》则写深山中古奥风俗,类桃花源,且与时风相较,有很强讽世意。总之,谢翱的作品,为宋末少有的特色鲜明、艺术水准较高之作,反映了受古文熏陶之遗绪。

三 随笔杂著继续发展且寄寓怀旧念昔情怀

宋末及宋亡不仕之遗民作家,不少人继续从事比较自由松散的随笔、杂记的写作。这些作品,内容芜杂,虚实相间,有向小说过度的倾向,亦类散文小品。不同作家有不同情况,有些流露出对南宋一度出现的兴盛繁华之怀恋,有些表现出无奈的故国之思。

1. 罗大经

罗大经,字景纶,庐陵(江西吉安)人。约生于宁宗庆元初,卒年不详。理宗宝庆二年(1226)进士,淳祐十一年(1251)为抚州军事推官,被劾罢职,著有《鹤林玉露》。

该书为随笔杂著性质,分甲、乙、丙三编。《甲编自序》云:"余闲居无营,日与客清谈鹤林之下,或欣然会心,或慨然兴怀,辄令童子笔之。"《乙编自序》则谓"樵夫谈王,童子知国","疑以传疑,《春秋》许之"。

内容与《容斋随笔》相类,多记古今传闻轶事,但以当朝为主。除言及时事、评骘人物,有相当篇幅赏诗论文。文字浅明通畅,用笔相当成熟老练,有的近似于完整专题论述,有的则像简要格言警句。前者如《甲编》卷一之"畏说""骂尸虫文",后者如同卷之"奸富":

> 本富为上,末富次之,奸富为下。今之富者,大抵皆奸富也;而务本之农,皆为仆妾于奸富之家矣。呜呼,悲夫!

"货色"：

> 一顾倾城，再顾倾国，色也；大者倾城，下者倾乡，富也。货、色之不祥如此哉！[1]

全书主要倾向有三：一从记人记事中，透露出明显的民族意识与爱国情怀；二对道学及道学家相当推崇；三诗文评论有独到之见，显示了较高的审美修养。其文章观受道学家熏染甚深，如《丙编》卷一"文章"云：

> 文章一小技，于道未为尊，此论后世之文也。文者，贯道之器，此论古人之文也。天以云汉星斗为文，地以山川草木为文，要皆一元之气所发露，古人之文似之。巧女之刺绣，虽精妙绚烂，才可人目，初无补于实用，后世之文似之。[2]

余如"朱文公论诗"全取朱熹观点，"文章邪正"全取真德秀观点。但亦不盲目依顺跟从，如《丙编》卷六"文章性理"有云：

> 凡作文章，须要胸中有万卷书为之根柢，自然雄浑有筋骨，精明有气魄，深醇有意味，可以追古作者。若作诗，只就诗中探撷；作四六，只就四六中斗凑；作古文，只就《史》《汉》、韩、柳中取其奇字硬语，模拟而为之。如此岂能如《霓裳》一曲，高掩前古哉？王荆公谓今之作文者，如拾奇花之英，掬而玩之，虽芳馨可爱，而根柢蔑如矣。虽然，岂独文哉？近时讲性理

---

① 《宋元笔记小说大观》第六册，5170页。
② 同上，5323页。

者,亦几于舍六经而观语录。甚者将程、朱语录而编之若策括策套,此其于吾身心不知果何益乎?[①]

论文论诗处,亦有深刻见解,体现出相当的审美鉴赏水平。如《甲编》卷五之"韩柳欧苏"云:

> 韩柳文多相似。韩有《平淮碑》,柳有《平淮雅》;韩有《进学解》,柳有《起废答》;韩有《送穷文》,柳有《乞巧文》;韩有《与李翊论文书》,柳有《与韦中立论文书》;韩有《张中丞传叙》,柳有《段太尉逸事》。至若韩之《原道》《佛骨疏》《毛颖传》,则柳有所不能为;柳之《封建论》《梓人传》《晋问》,则韩有所不能作。韩如美玉,柳如精金;韩如静女,柳如名姝;韩如德骥,柳如天马。欧似韩,苏似柳。欧公在汉东,于破筐中得韩文数册,读之始悟作文法。东坡虽迁海外,亦惟以陶、柳二集自随。各有所悟人,各有所酷嗜也。然韩、柳犹用奇字、重字,欧、苏唯用平常轻虚字,而妙丽古雅,自不可及,此又韩、柳所无也。[②]

虽不处处精准,而各得其要。单以行文论,亦写得相当漂亮。

2. 吴自牧

吴自牧,生卒年不详,钱塘(浙江杭州)人。著《梦粱录》二十卷。前有《序》云:

> 昔人卧一炊顷,而平生事业扬历皆遍,及觉则依然故吾,始知其为梦也,因谓之"黄粱梦"。矧时异事殊,城池苑圃之

---

① 《宋元笔记小说大观》第六册,5374 页。
② 同上,5217 页。

富,风俗人物之盛,焉保其常如畴昔哉？缅怀往事,殆犹梦也,名曰《梦粱录》云。[①]

据此可知书乃宋亡后,缅怀往昔之作。

此书与《东京梦华录》相类,有同,有不同。其同处：一在于皆以都城为对象,前写北宋之汴京,此写南宋之临安。二在于都是以帝室朝廷为中心,延及整个城市之环境、风物、市俗及各种活动、场面、场景之记载描绘。其不同处在于：一、此书在整体的组织结构上更为严整细密。前六卷按一年十二个月之时序,记载以朝廷为中心的各种活动；其后写城内的建筑与处所,由宫廷起,依等级逐次下推；再后写外部环境；再后分类写与祠祭、学校、市肆、人物有关事项；至卷十八始写民俗,又分户口、物产、园舍及嫁娶、生育等日常生活。显得更为井然有序。二、对各方面的记述描写,不讲究文采(亦不乏文采),而追求细致、充分、着实。如卷十六写"茶肆"一节：

> 汴京熟食店,张挂名画,所以勾引观者,留连食客。今杭城茶肆亦如之,插四时花,挂名人画,装点店面。四时卖奇茶异汤,冬月添卖七宝擂茶、馓子葱茶,或卖盐豉汤,暑天添卖雪泡梅花酒,或缩脾饮暑药之属。向绍兴年间,卖梅花酒之肆,以鼓乐吹《梅花引》曲破卖之,用银盂杓盏子,亦如酒肆论一角二角。今之茶肆,列花架,安顿奇松异桧等物于其上,装饰店面,敲打响盏歌卖,止用瓷盏漆托供卖,则无银盂物也。夜市于大街有车担设浮铺,点茶汤以便游观之人。
>
> 大凡茶楼,多有富室子弟、诸司下直等人会聚,习学乐器、

---

① 《笔记小说大观》第七册,245 页。

上教曲赚之类,谓之"挂牌儿",人情茶肆,本非以点茶汤为业,但将此为由,多觅茶金耳。又有茶肆专是五奴打聚处,亦有诸行借工卖伎人会聚行老,谓之"市头"。大街有三五家开茶肆,楼上专安着妓女,名曰"花茶坊",如市西坊南潘节干、俞七郎茶坊,保佑坊北朱骷髅茶坊,太平坊郭四郎茶坊,太平坊北首张七相干茶坊,盖此五处多有炒闹,非君子驻足地也。更有张卖面店隔壁黄尖嘴蹴毬茶坊,又中瓦内王妈妈家茶肆名一窟鬼茶坊,大街车儿茶肆、蒋检阅茶肆,皆士大夫期朋约友会聚之处。①

凡此,看似质朴无文,而从叙次之清晰明畅,说明作者并非没有文字功力。

通观全书,虽以似乎纯客观口吻叙述,而处处表现出对昔日繁盛的留恋赞赏。联系序言看,不见得不蕴含着物非人亦非的遗恨。

3. 周密

周密(1232—1308),字公谨,号草窗、蘋洲、弁阳老人、四水潜夫等。先世济南人,南渡时,举家流寓吴兴(浙江湖州)。理宗朝曾任义乌令,宋亡不仕,居杭州。工诗词,著有《草窗词》,编有《绝妙好词》。写有笔记杂著多部,以《齐东野语》《武林旧事》《癸辛杂识》流传最广。

《癸辛杂识》分《前集》《后集》《续集》上下、《别集》上下六部分。有不少灵奇怪异记载,最近小说家言。其《序》亦云:"坡翁喜客谈,其不能者,强之说鬼。或辞'无有',则曰:'姑妄言之。'闻者绝倒。""余卧病荒闲,来者率野人畸士,放言善谑,醉谈笑语,靡所不有。可喜可愕,可警以惧,或献一时之笑,或起千古之悲,其见绐者固不

---

① 《笔记小说大观》第七册,292页。

少,然求一二于千百,当亦有之。"①足以说明其书特点。披沙拣金,亦有可取内容。大体说来有二:一是有不少歌颂爱国志士,嘲讽变节无耻之徒的条目。如《续集上》"文山像赞":

> 有传邓光荐赞文山像云:"目煌煌兮,疏星晓寒;气英英兮,晴雷殷山。头碎柱而璧完,血化碧而心丹。呜呼!谁谓斯人不在世间。"②

《别集下》"文山书为人所重"载:

> 平江赵升卿之任总管号中山者云:"近者亲朋过河间府,因憩道傍,烧饼主人延入其家,内有小低阁,壁贴四诗,乃文宋瑞笔也。漫云:'此字写得也好,以两贯钞换两幅与我如何?'主人笑曰:'此吾传家宝也。虽一锭钞一幅,亦不可博。咱们祖上亦是宋民,流落在此。赵家三百年天下,只这一个官人,岂可轻易把与人邪?文丞相前年过此与我写的,真是宝物也。'斯人朴直可敬如此,所谓公论在野人也。"③

《续集上》载"蹇材望":

> 蹇材望,蜀人,为湖州倅。北兵之将至也,蹇毅然自誓必死,乃作大锡牌,镌其上曰:"大宋忠臣蹇材望",且以银二笏凿窍,并书其上曰:"有人获吾尸者,望为埋葬,仍见祀,题云'大

---

① 《宋元笔记小说大观》第六册,5698 页。
② 同上,5787 页。
③ 同上,5818 页。

宋忠臣蹇材望',此银,所以为埋瘗之费也。"日系牌与银于腰间,只伺北军临城,则自投水中,且遍祝乡人及常所往来者,人皆怜之。丙子正月旦日,北军入城,蹇已莫知所之,人皆谓之溺死。既而,北装乘骑而归,则知先一日出城迎拜矣,遂得本州同知。乡曲人皆能言之。①

又载"嘲留忠斋"云:

> 赵子昂入觐之初,上命作诗嘲留忠斋云:"状元曾受宋朝恩,目击权奸不敢言。往事已非那可说,好将忠孝报皇元。"留以此衔之终身云。②

与前引两条恰成对比。二是与罗大经不同,对道学之追随者持强烈批评态度。《续集下》"道学"载:

> 尝闻吴兴老儒沈仲固先生云:"道学之名,起于元祐,盛于淳熙。其徒有假其名以欺世者,直可以嘘枯吹生。凡治财赋者,则目为聚敛;开阃捍边者,则目为粗材;读书作文者,则目为玩物丧志;留心政事者,则目为俗吏。所读者,止《四书》《近思录》《通书》《东西铭》《语录》之类,自诡其学为正心、修身、齐家、治国、平天下。……于是天下竞趋之,稍有议及,其党必挤之为小人,虽时君,亦不得而辩之矣。其气焰可畏如此。然夷考其所行,则言行了不相顾,皆不近人情之事。异时必将为国家莫大之祸,恐不在典午清谈之下也。"余时年甚少,闻其说如

---

① 《宋元笔记小说大观》第六册,5785 页。
② 同上,5796 页。

此,颇有嘻其甚矣之叹。其后至淳祐间,每见所谓达官朝士者,必愤愤冬烘,弊衣菲食,高巾破屦,人望之知为道学君子也。清班要路,莫不如此,然密而察之,则殊有大不然者,然后信仲固之言不为过。盖师宪当国,独握大柄,惟恐有分其势者,故专用此一等人,列之要路,名为尊崇道学,其实幸其不才愤愤,不致掣其肘耳。以致万事不理,丧身亡国,仲固之言,不幸而中。呜呼! 尚忍言之哉?①

其言虽未涉及道学大家及其理论,然所论道学之流弊,切中时事要害。

《齐东野语》二十卷,乃周密之力作。据自序云:

> 五世祖同州府君而上,代有闻人。曾大父扈跸南来,受高皇帝特知,遍历三院,经跻中司。泰、禧之间,大父从属车,外大父掌帝制。朝野之故,耳闻目接,岁编日纪,可信不诬。我先君博极群书,习闻台阁旧事,每对客语,音吐洪畅,缅缅不得休。坐人倾耸敬叹,知为故家文献也。
>
> 余龆侍膝下,窃剽绪余,已有叙次。尝疑某事与世俗之言殊,某事与国史之论异。他日,过庭质之,先子出曾大父、大父手泽数十大帙示之曰:"某事然也。"又出外大父日录及诸老儒书示之曰:"定、哀多微词,有所辟也。牛李有异议,有所党也。爱憎一衰,论议乃公。国史凡几修,是非凡几易,而吾家乘不可删也,小子识之。"
>
> 涒遭多故,遗编钜帙,悉皆散亡。老病日至,忽忽漫不省忆为大恨。闲居追念一二于十百,惧复坠逸为先人羞。乃参

---

① 《宋元笔记小说大观》第六册,2805 页。

之史传诸书,博以近闻脞说,务事之实,不计言之野也。①

可知此书重点为考论辨析,对南宋史实之传闻记载,取极为认真慎重态度。然此书内容并不以此为限,取材及写法上多有与《容斋随笔》《鹤林玉露》相近处。可注意者为:

一、记事论事较《癸辛杂识》慎重求实。如同论道学,态度就谨严得多。卷十一"道学"云:

> 伊洛之学行于世,至乾道、淳熙间盛矣。其能发明先贤旨意,溯流徂源,论著讲解卓然自为一家者,惟广汉张氏敬夫、东莱吕氏伯恭、新安朱氏元晦而已。朱公尤渊洽精诣,盖以至高之才,至博之学,而一切收敛,归诸义理。……
>
> 世又有一种浅陋之士,自视无堪以为进取之地,辄亦自附于道学之名。衰衣博带,危坐阔步。或抄节语录以资高谈,或闭眉合眼号为默识。而扣其所学,则于古今无所闻知,考验其所行,则于义利无所分别。此圣门之大罪人,吾道之不幸,而遂使小人得以藉口为伪学之目,而君子受玉石俱焚之祸者也。②

二、同样表达了对爱国志士、抗敌英雄的崇敬。如卷二十"岳武穆御军":

> 岳鹏举征群盗,过庐陵,托宿廛市。质明,为主人汛扫门宇,洗涤盆盎而去。郡守供帐,饯别于郊。师行将绝,谒未得

---

① 《宋元笔记小说大观》第六册,5432 页。
② 同上,5566 页。

通。问大将军何在,殿者曰:"已杂偏裨去矣。"其严肃如此,真可谓中兴诸将第一。周洪道为追复制词有云:"事上以忠,至不嫌于辰告;行师有律,几不犯于秋毫。"盖实录也。辰告者,谓岳尝上疏请建储云。①

三、时或涉及论文内容。如卷五"自出机杼难",记晁补之欲作《北渚亭记》事云:

> 记成,疑其步骤开阖类子固拟《岘台记》,于是易而为赋,且自序云:"或请为记,答曰:'赋,可也。'"盖寓述作之初意云。然所序晋、齐攻战,三周华不注之事,虽极雄瞻,而或者乃谓与坡翁《赤壁》所赋孟德、周郎之事略同。补之岂蹈袭者哉?大抵作文欲自出机杼者极难,而古赋为尤难。惟陈言之务去,戛戛乎其难哉!虽昌黎亦以为然也。②

其余,如卷十"文章相类"、卷十二"姜尧章自叙"、卷十六"性所不喜",论写作事皆极有见解。

四、叙事简明而有意味。如卷十"洪景卢自矜"载:

> 洪景卢居翰苑日,尝入直,值制诏沓至,自早至脯,凡视二十余草。事竟,小步庭间,见老叟负暄花阴。谁何之?云:"京师人也,累世为院吏,今八十余,幼时及识元祐间诸学士,今子孙复为吏,故养老于此。"因言:"闻今日文书甚多,学士必大劳神也。"洪喜其言,曰:"今日草二十余制,皆已毕事矣。"老者复

① 《宋元笔记小说大观》第六册,5677 页。
② 同上,5483 页。

颂云："学士才思敏捷，真不多见。"洪矜之云："苏学士想亦不
过如此速耳。"老者复首肯咨嗟曰："苏学士敏捷亦不过如此，
但不曾检阅书册耳。"洪为赧然，自知失言。尝对客自言如此，
且云："人不可自矜，是时使有地缝，亦当入矣。"①

此类叙事小文，于欧、苏、陆诸笔记文多见，周密此作，比之不逊。
另外，有些文人轶事，如陆游与唐婉关系，亦首见之此书"放翁钟情
前室"条。

《武林旧事》为与《东京梦华录》《梦粱录》类似之作。据《序》
云：作者早年从故人遗老处，听闻南宋朝廷偏安杭州，"朝歌暮嬉，
酣玩岁月，意谓人生正复若此，初不省承平乐事为难遇也。及时移
物换，忧患飘零，追想昔游，殆如梦寐，而感慨系之矣"。"每欲萃为
一编，如吕荣阳《杂记》而加详，孟元老《梦华》而近雅，病忘慵惰，未
能成书。世故纷来，惧终于不暇纪载，因摭大概，杂然书之。青灯
永夜，时一展卷，恍然类昨日事，而一时朋游沦落，如晨星霜叶，而
余亦老矣。噫，盛衰无常，年运既往，后之览者，能不兴忾我寤叹之
悲乎！"②

由此看，其念昔怀旧情绪更浓。写法上，《武林旧事》也是以宫
廷为中心，泛写整个城市之建筑、风物、活动场面、市廛形貌、繁华景
象，整体组织不如《梦粱录》严谨，而文笔较其他诸作雅丽。其文采
华美生动处不少，如写"元夕"、写"西湖游幸"等条，试看卷三"观潮"：

> 浙江之潮，天下之伟观也，自既望以至十八日为最盛。方
> 其远出海门，仅如银线，既而渐近，则玉城雪岭，际天而来，大

---

① 《宋元笔记小说大观》第六册，5554页。
② 《笔记小说大观》第九册，143页。

声如雷霆，震撼激射，吞天沃日，势极雄豪。杨诚斋诗云"海涌银为郭，江横玉系腰"者是也。

每岁京尹出浙江亭教阅水军，艨艟数百，分列两岸，既而尽奔腾分合五阵之势，并有乘骑弄旗、标枪舞刀于水面者，如履平地。倏尔黄烟四起，人物略不相睹，水爆轰震，声如崩山。烟消波静，则一舸无迹，仅有敌船为火所焚，随波而逝。

吴儿善泅者数百，皆披发文身，手持十幅大彩旗，争先鼓勇，溯迎而上，出没于鲸波万仞中，腾身百变，而旗尾略不沾湿，以此夸能。而豪民贵宦，争赏银彩。

江干上下十余里间，珠翠罗绮溢目，车马塞途，饮食百物皆倍穹常时，而僦赁看幕，虽席地而不容间也。禁中例观潮于"天开图画"，高台下瞰，如在指掌。都民遥瞻黄伞雉扇于九霄之上，真若箫台蓬岛也。①

描情叙景，生动如画。

总之，这类笔记杂录，为宋代发展兴盛起来的散文的一个旁枝，介于散文小说之间，既寄托作者某种情怀，又有一定史料价值，某些部分文笔或雅丽、或质朴，显示了作者的文字功力、艺术修养，具有相当强的审美意义，对后代散文创作有不小影响。

第四节　文统之跨民族的扩散与传承
——辽、金散文

契丹族所建立之辽（初名契丹）于公元 907 年立国，至 1125 年为金所灭。女真族所建立之金于 1115 立国，至 1234 年为蒙古

---

① 《笔记小说大观》第九册，159 页。

所灭。

辽虽存在时间较长,且早已接触汉文化,但由于其疆域始终未越燕、云一带,典章制度方面汉化较晚,文禁甚严,所以保留文献很少。金之崛起甚速,十几年间灭辽,灭北宋,疆域拓及江淮之间,包括整个中原地区。立国之初,即沿袭了汉文化传统的典章制度,靖康前后,又吸纳了大量的汉族士人,获取了北宋朝的文献图籍,所以汉化程度甚深,文化相当发达。

在这样的背景下,从文学及散文的发展角度说,辽、金两朝,分别体现了唐宋以来所形成之文统与道统的扩散与传承。

一 辽国文所体现散文传统之扩散

《辽史·文学传》云:"辽起松漠,太祖以兵经略方内,礼文之事固所未遑。及太宗入汴,取晋图书、礼器而北,然后制度渐以修举。至景、圣间,则科目聿兴,士有由下僚擢升侍从,骎骎崇儒之美。但其风气刚劲,三面邻敌,岁时以蒐狝为务,而典章文物视古犹阙。"这段话说明,辽原来不重视文事,后接受汉文化影响,情况有所改变,但仍有所欠缺和不足。

就散文的角度说,至辽之中后期,无论内容和形式,皆明鲜地体现出受唐宋文章习染的痕迹。如:辽兴宗(当北宋仁宗时期)重熙年间,曾"诏天下言治道",萧韩家奴(亦译萧罕嘉努)之《对策》有云:"盖民者国之本,兵者国之卫。兵不调则旷军役,调之则损国本。"兴宗则诏谕之曰:"文章之职,国之光华,非才不用。以卿文学,为时大儒,是用授卿以翰林之职。朕之起居,悉以实录。"重熙十三年(1044),萧韩家奴又上疏谓:"后世之君以礼乐治天下,而崇本追远之义兴焉。"(参见《辽史·萧韩家奴传》)文章内容语调皆与中原士人之作品同。

又:《辽史·文学传·王鼎传》载:"王鼎,字虚中,涿州人。幼好学,居太宁山数年,博通经史。"道宗(当北宋仁宗末至英、神、哲宗朝)"清宁五年,擢进士第","当代典章多出其手。上书言治道十事,帝以鼎达政体,事多咨访。"后因事夺官,流镇州。清人缪荃孙辑《辽文存》,载有王鼎道宗大安五年(1089)于流贬期间所写《固安县固城村谢家庄石桥记》,已全是古文笔调。同年所写《焚椒录序》乃为道宗懿德皇后(即萧观音)辩诬之作,有云:"顷以待罪可敦城,去乡数千里,视日如岁。触景兴情,旧感来集,乃直书其事,用俟后之良史。"①语简情切,颇具古文风韵。再有:同书所载道宗成雍年间,耶律常格(《传》译作耶律常哥)《述时政文》,有云:

> 君以民为体,民以君为心。人主当任忠贤,人臣当去比周,则政化平,阴阳顺。欲怀远,则崇恩尚德;欲强国,则轻徭薄赋。四端五典为教之本,六府三事实生民之命。……②

从内容到形式皆为中原行文风格。懿德皇后之《谏猎疏》亦为同类作品。这些例子,说明了辽文所受中原传统文章的影响;反过来,又证明了唐宋以来中原文章传统之跨民族跨地区之扩散。

至于耶律乙辛《奏懿德皇后私伶官疏》中对懿德皇后与伶人赵惟一私通情景的描写,及所引《十香词》,全系奸人陷构之辞,既无思想意义,亦无审美价值。如果说受中原地区作品的影响,也是来源于五代时期民间流行之淫词艳曲,全无可赞赏处。

二　金国文对唐宋散文传统之传承

金与辽不同,从立国到灭北宋只用了十二年时间,很快地接受

① 任继愈主编:《中华传世文选·辽文存》,吉林人民出版社,1998年,53页。
② 同上,19页。

并承续了既有的汉文化传统。如《金史·文艺传》云："金初未有文字。世祖以来渐立条教。太祖既兴,得辽旧人用之,使介往复,其言已文。太宗继统,乃行选举之法,及伐宋,取汴经籍图,宋士多归之。熙宗款谒先圣,北面如弟子礼。世宗、章宗之世,儒风丕变,庠序日盛,士由科第位至宰辅者接踵。当时儒者虽无专门名家之学,然而朝廷典策、邻国书命,粲然有可观者矣。金用武得国,无以异于辽,而一代制作能自树立唐、宋之间,有非辽世所及,以文而不以武也。"所言亦为实际情况,如《辽文存》所载皇帝诏令制命,皆为质朴之散体,口语化倾向明显,而清人张金吾编纂《金文最》中所收诏令、制诰,则自金初已全用典雅之四六行文。《金史·文艺传》中所收第一个作家韩昉,即"仕辽,累世通显";入金后,"进士第一"。

就文学与散文发展的时代背景说,金与南宋也有所不同。金占领中原以后,统治集团未尝没有南下一鼓灭宋之图,但在宋高宗登位并稳住脚跟之后,其发现尚不具备如此国力。于是自绍兴和议达成,就转向收拢人心,改善吏治,稳固在北方的统治。其间虽也有统治集团内部的矛盾——篡逆夺位之类的争斗,人民起伏不断的起义反抗,但依靠汉人士大夫提供的治世经验,南宋连年的岁贡,一段时间之后,其经济有所恢复,社会也趋于稳定,渐有承平之象。文人学者不计华夷之辨,亦生朝宗归海之意。而就南宋方面说,几代皇帝和部分当权者,在苟且偏安之中,虽沉溺于暂时的声色繁华,但基于固有的传统,始终背负着恢复祖宗基业的重担。至于广大士人群体及全国民众,则始终不忘靖康之耻,期望国家统一,中原恢复。因此,战与和,偏安与统一,一直成为朝野关注和争议的焦点。在这种情况下,文人学者们也就难以心理平静,致力于唐和北宋以来文章传统的传承,即使倾心于创作,大体也脱离不开上述主题。

基于上述情况,就使得金在朝代的传承上虽不属于正统,而在文学和散文的创作上，出现一个相当大的作家群体，呈现为一种自满自足，相当繁荣的局面，在传承唐宋以来的传统方面，几乎与南宋并行并存，甚至个别作家、个别方面有超出南宋之势。

三　金代散文创作的代表性作家及成就

元好问在其《闲闲公墓铭》中有云：

> 唐文三变，至五季衰陋极矣。由五季而为辽、宋，由辽、宋而为国朝，文之废兴可考也。宋有古文，有词赋，有明经，柳、穆、欧、苏诸人斩伐俗学，力百而功倍，起天圣，迄元祐，而后唐文振然。似是而非、空虚而无用者，又复见于宣、政之季矣。辽则以科举为儒学之极致，假贷剽窃，牵合补缀，视五季又下衰，唐文奄奄如败北之气，没世不复，亦无以议为也。
>
> 国初，因辽、宋之旧，以词赋、经义取士。预此选者，选曹以为贵科荣路所在，人争走之。传注，则金陵之余波；声律，则刘、郑之末光，固已占高爵而钓厚禄。至于经为通儒，文为名家，良未暇也。及翰林蔡公正甫，出于大学、大丞相之世业，接见宇文济阳、吴深州之风流，唐、宋文派，乃得正传。然后诸儒得而和之。
>
> 盖自宋以后百年，辽以来三百年，若党承旨世杰、王内翰子端、周三司德卿、杨礼部之美、王延州从之、李右司之纯、雷御史希颜，不可不谓之豪杰之士。若夫不溺于时俗，不汩于利禄，慨然以道德、仁义、性命、祸福之学自任，沉潜乎六经，从容乎百家，幼而壮、壮而老，怡然涣然，之死而后已者，惟我闲闲公一人。[1]

---

[1]　李修生主编：《全元文》第一册，江苏古籍出版社，1999年，455页。以下所引此书皆出于此版本。

这段话乃为表彰赵秉文而说,实际上是对晚唐至金朝文章发展情况的总概括。其中先论唐至金总的演变线索,只对北宋中期欧、苏为代表的古文取肯定赞扬态度,认为他们继承了唐代古文的传统,使"唐文振然"。然后论金朝本身的文章发展。认为"国初"虽已恢复科举,而"至于经为通儒,文为名家,良未暇也",也就是没有什么成就。直到蔡珪(字正甫)出现,承接了宇文虚中、吴激的成就,"唐、宋文派,乃得正传",也就是承续了唐宋古文的传统。"然后诸儒得而和之",即接着产生一个同样得其"正传"的作家群体,即下述党怀英、王庭筠、周昂、杨云翼、王若虚、李纯甫、雷渊等"豪杰之士"。而其中成就最高、影响最大者,当属赵秉文。这虽属元好问的个人观点,但今天看来,是符合当时散文发展的实际状况的。值得注意者,是此文写在赵秉文死后,即金将近灭亡的哀宗天兴元年(1232)之后,正当南宋理宗绍定末、端平初,文中称金为"国朝",又说明金尚未灭于蒙古。而文中丝毫未提及南宋中前期的作家,这些作家,元好问是不大可能不曾闻其人,见其文的。这表明,元好问并不认为他们承接了唐、宋的传统,或许在他看来,这些人不像金朝诸家接绪了唐宋古文的真正文脉。这种看法,不能说没有一定的道理。

元好问所列诸家,包括元好问本人,以及他未曾提及之金代作者,成就、特点各不相同,也并不皆有作品传世,我们按时序,择其有代表性者介绍如下:

1. 王寂

王寂(1128—1194),字元老,蓟州玉田(河北唐山市玉田县)人。《金史》无传,据《四库提要》及余嘉锡《辨证》所考,于海陵王天德三年(1151)登进士。世宗、章宗间,任京职及地方官,曾因事被贬蔡州。能诗、词,散文序、记作品,颇见古文风韵。如其《三友轩记》:

大定岁丙午冬仲月，予由侍从出守汝南。既视事之明年，即州之北，得败屋数楹，旁穿上漏，不庇风雨。乃命枝倾补罅，仍其旧而新之。公余吏退，以为燕息之所。

两檐之外，左有笋石，屹然而笔卓，右有仙榆，蔚然而盖偃。每佳夕胜日，予幅巾杖屦，徜徉乎其间。至于倚苍壁而送飞鸿，藉清阴而游梦蝶，方其自得于言意之表也。心如坚石，形如槁木，陶陶然，不知何者为我，何者为物，其为乐可胜计耶？予自是与木石有忘年莫逆之欢，因榜其轩曰三友。

下记客有问而不以为然者。

予曰："嘻！若知其一，未知其二。向有牛奇章之嘉石，钱吴越之大树，则第以甲乙，衣以锦绣矣。予虽欲友，其可得乎？今以予傻人，与夫顽石散木，皆绝意于世，亦无所事焉。此其所以为友也。夫人情之嗜好，固不在乎尤物，而在乎适意而已。然必先得之于心，而后寓之于物，故无物不可为乐。如谢康乐之山水，陶彭泽之琴酒，嵇康之锻，阮孚之屐，虽其所寓不同，亦各适其适也。子意以为何如？"

客曰："是则然矣。奈何木石无情，奚足以知子之区区如此？"予曰："不然，人之遇物，但患不诚。果能以诚，则生公之石，可使点头，玄奘之松，亦能回指。幸无忽。"

客愧予言，茫然自失。宜其有会于心者，乃相顾一笑而去。[1]

虽称不上佳作，然笔法语调，应不让南宋的此类作品。其《与文伯起书》，同样写于被贬期间，叙情叙谊，清顺恳切，亦近宋人风调。

---

[1]　张金吾编纂：《金文最》，中华书局，1990 年，327 页。后引此书皆出于此版本。

其《瑞葵堂记》写王安中为临城尉时，有连理丹葵生。其中一段云：

> 客有自临城来，目击其事，具以王君恳力请于予曰："是事固不足道，然亦一段奇也。管城子楮先生幸无恙，谩为我记之。"予应之曰："是大不然。昔唐咸宁王尹蒲之七年，木连理生于河东，昌黎先生颂其德。宋晋陵邵叶宰新昌之三月，芝五色生于使舍，山谷道人纪其实。彼草木何知，犹能托循吏之功名，藉巨公题品，卒表见于后世。岂临城之葵，不及河东之木与新昌之芝乎？所恨不遇才名如退之、鲁直者，不使王君之名与天壤俱矣。"①

这段话的意义，不在其对祥瑞的肯定，要在表明王寂对唐宋名家的赞赏与歆羡，说明他为文之取向和取得一定成就，是来之有自的。

2. 党怀英

党怀英（1134—1211），字世杰，号竹溪先生，泰安州奉符（山东泰安市）人。《宋史·辛弃疾传》云，弃疾"少师蔡伯坚，与党怀英同学，号辛、党"。然而后来二人分道扬镳，一个为民族大义，壮怀激烈，气烁千古，一个只谋求个人功名富贵，在历史上的地位和影响，不可同日而语。

据《金史·文艺传·党怀英传》及赵秉文所写墓志铭，党怀英初应举不得意，遂脱落世务，放浪山水间。后于大定十年（1170）中进士。累官汝阴令、国史院编修，官至国子祭酒、翰林学士承旨、泰宁军节度使，卒后，谥文献。

史称其"能属文，工篆籀，当时称为第一，学者宗之"。但其文集散佚，存留作品很少，多为碑志，可能与其善书有关。其《曲阜重修

---

① 《金文最》，328 页。

至圣文宣王庙碑》,行文简明顺畅,借机赞扬金章宗,强调尊师重道。为王去非所写《醇德王先生墓表》,多记其崇儒为教细事,有谓"先生之道,盖与韩愈氏、欧阳氏同,所以行之或异"①。此外,无突出特色。

遗文或不足见党怀英文章之全貌,其成就与特点,主要见之于赵秉文《中大夫翰林学士承旨文献党公神道碑》及《竹溪先生文集序》。前文着重赞扬党之书法和文章,有谓:

> 本朝百余年间,以文章见称者,皇统间宇文公,大定间无可蔡公,明昌间则党公。于时赵黄山、王黄华俱以诗翰名世,至论得古人正脉者,独以公为称首。

又曰:

> 文似欧阳公,不为尖新奇险之语。诗似陶、谢,奄有魏晋。……
> 文章非能为之为工,乃不能不为之为工也。非要之必奇,要之不得不然之为奇也。譬如山水之状,烟云之姿,风鼓石激,然后千变万化,不可端倪。此先生之文与先生之诗也。②

后文又云:

> 自公之未第时,已以文名天下,然公自谓入馆阁后,接诸公游,始知为文法,以欧阳公之文为得其正。信乎,公之文有似乎欧阳公之文也。③

---

① 《金文最》,1298 页。
② 同上,1289 页。
③ 同上,578 页。

即此看，党怀英是有意学欧阳文而略得其似的。由党怀英之情况可知，当时的金朝，极尊崇唐宋文，并以学而似之为荣。

3. 赵秉文

赵秉文（1159—1232），字周臣，号闲闲道人，磁州滏阳（河北磁县）人。世宗大定二十五年（1185）进士，从仕后，累官地方及京职，至侍读学士、礼部尚书、知集贤院事，封资善大夫、天水郡侯。《传》称其"仕五朝，官六卿"，与杨云翼"代掌文柄"，为"金士巨擘"。王若虚称其为"一代巨儒，德业文章，皆可师法"①。

赵秉文是元好问前最著名之大家。其思想以崇儒宗经为主，杨云翼《闲闲老人滏水集序》有谓："学以儒为正，不纯乎儒非学也；文以理为正，不根于理非文也。""其学，一归诸孔孟，而异端不杂焉。"②元好问在《闲闲公墓铭》中，赞其："道统中绝，力任权御；一判藩篱，倒置冠屦。公起河朔，天以经付，挺身颓波，为世砥柱。"（《全元文》第一册）赵秉文的文章也表明了这一点，在《法言微旨序》中，称扬雄为"圣人之徒"，在《中说类解序》中，称王通为"圣人之徒"，"孔孟而后，得其正传"。他还吸收肯定了道学家的观点，批评了其不足之处。在《性道教说》中谓："遏人欲存天理，此修道之谓教也。孟子之后，不得其传，独周程二夫子，绍千古之绝学，发前圣之秘奥，教人于喜怒未发之前求之，以戒慎恐惧于不见不闻为入道之要。此前贤之所未到，其最优游乎。"然而又谓："而道学之蔽，亦有以中为正位、仁义为种性，流为佛老而不自知，其蔽反有甚于传注之学，此又不可不知也。"③

出于这样的思想基底，在文章观上，他继承了唐宋人文以明道、文道相统一的主张。在《复李天英书》中谓："诗文之意，当以明

---

① 《扬子法言微旨序》，《金文最》，586 页。
② 《金文最》，590 页。
③ 同上，864 页。

王道、辅教化为主。"①在前代作家中,他特别推崇韩愈、欧阳修、苏轼。如在《翰林承旨文献党公碑》中有谓:

> 韩文公之文,汪洋大肆,如长江大河浑浩运转,不见涯涘,使人愕然不敢睨视。欧阳公之文,如春风和气鼓舞动荡,了无痕迹,使人读之亹亹不厌。凡此皆文章之正也。②

在《东坡四达斋铭跋》中,又对苏轼进行了全面赞扬,谓:"东坡先生人中之麟凤也,其文似《战国策》,间之以谈道如庄周。其诗似李太白,而辅之以名理似乐天。其书如颜鲁公,而飞扬韵胜,出新意于法度之中,寄妙理于豪放之外,窃尝以为书仙。"③

正因如此,在具体的为文主张上,他也就吸收借鉴了韩、欧、苏的观点,体现出他们的影响。如《山谷草书跋》,上来即云"文章不蹈袭前人,最是不传之妙"④,显然来自韩愈。其《竹溪先生文集序》所谓:

> 文以意为主,辞以达意而已。古之人不尚虚饰,因事遣词,形吾心所欲言耳。间有心之所不能言者,而能形之于文,斯亦文之至乎!譬之水不动则平,及其石激渊回,纷然而龙翔,宛然而凤矗,千变万化,不可弹究,此天下之至文也。亡宋百余年间,惟欧阳公之文,不为尖新艰险之语,而有从容闲雅之态。丰而不余一言,约而不失一辞,使人读之者,亹亹不厌。

---

① 《金文最》,780 页。
② 同上,1289 页。
③ 同上,685 页。
④ 同上,692 页。

盖非务奇之为尚,而其势不得不然之为尚也。①

明显承自苏轼关于"辞达"和《文说》中的观点,以及欧阳修倡导的文章应贴近自然的主张。

赵秉文留下来的文章数量不少,各体皆备,而以序、记比较出色。如《涌云楼记》:

> 大安二年夏四月,余来莅平定,登城楼而乐之。

> 楼枕古榆关,下建十丈旗,袤以五楹,广三之二,窗阒轩豁,俯瞰闾阎。旁引重山复岭之阻,左扼玉门,右探大卤,太行掎之,群山迤之。道京师而来者,历汾晋,接秦陇,走云代,商旅络绎,使驿旁午,车摧马踣,日不半舍,使人目寒而足慄,凄然有去国之悲。皋落之山,昔汤之泊,广阳之故道,井陉之故关,地古天荒,岩深树老,使人心折而骨悲,黯然有怀古之思。若乃烟容雨态,倏忽明晦。栏槛半晴,野无完块。雌霓半空,雄风千里。绵绤以清,郊廛污沘。秋空月明,飞光皎槛,尔屋穿漏,我居蓬瀛。雪涨千山,北风其寒,我纩而温,尔缕而单。觞于斯,咏于斯,会宾友于斯,其亦有思乎!

> 古之君子,内渊静而外昭旷。渊静则悔吝不生,昭旷则不蔽于物。其于居室也亦然,窔奥之处,渊如也,高明之居,旷如也。渊静所以存神,昭旷所以知政。静以养怡,动以应物,万变之来,了然吾胸中而不惑。兹旷也,祗其所以为达也欤!②

---

① 《金文最》,578页。
② 同上,363页。

语言简劲,笔势雄壮,宏阔之中带苍凉之气,接近古之佳作。而《学道斋记》有所不同,以写人为主。其文云:

> 余七岁知读书,十有七举进士,二十有七与我姬伯正父同登大定二十五年进士第。厥后余调安塞主簿,迁邯郸唐山令。
>
> 是时年少气锐,急簿书,称宾客,舞智以自私,攘名以自尊,盖无非为利之学,使其干没不已,将遂君子之弃而小人之归矣。而吾伯正父心平气和,以拊循其下,养孤兄弟之子,如其所生。年四十余丧其配,遂不复娶,若将终身焉。及任监察御史,危言谠议,滨死而不顾。是其果有大过人者。
>
> 泰和二年春,相会于京师。观其状,义而不朋;穷其心,淡然而无所求;察其私,盖耻一物之不得其职。是岂真有道者耶?他日余问道于伯正父。伯正父曰:"余何知道?余但日食二升米,终岁制一缊袍,日旦入局了吾职,不敢欺。宾客庆吊之外,课子孙读书而已,余何知道?"
>
> 在他人,乃寻常日用事,而伯正父行之,乃有超然不可及者,何哉?吾侪小人,于日用事外,所为营营矻矻,计较于得失毁誉之间,不过为身及妻子计而已。而人情之所甚好者,伯正父无之;酒色人所甚好也,伯正父无之;绮绣珠玉玩好之物,伯正父无之;怒气以待人,恃才以陵物,伯正父无之:非有道者能之乎?
>
> 或者不之信,曰:"今之学者不如是,且伯正父所学者,何道也?"余笑谢曰:"子去矣!有道人梵志者翻着袜,尝曰:'乍可刺你眼,不可隐吾脚。'君当诣彼问之。"[①]

————————

① 《金文最》,365页。

与前引文大不相同。不追求声色与气势的雄壮,用平平易易的语言,娓娓道来,写出一个不见突出特色而特色突出的人物,体现了所谓道在日常应用之间的观点。然而又不是平铺直叙,颇具委婉曲折之致。篇末的对答别有意趣,留有遗韵。如果说前文有意学习韩、苏,此文则似乎有向欧阳修之"不为尖新艰险之语,而有从容闲雅之态"看齐意。当然,总的来说赵秉文距离他所称道的诸大家尚远,其《寓乐亭记》有明显模仿《赤壁赋》痕迹,而艺术高度绝难相比,《咏归词》仿《归去来》体,表达理学内容,与陶作更有天壤之别。

元好问《闲闲公墓铭》称:"大概公之文出于义理之学,故长于辨析,极所欲言而止,不以绳墨自拘。"从其论说及奏疏等文中可体现出来。他写有系列性史论及《中说》《诚说》《和说》等论儒学义理的文章。至于其表奏、制命,《金史》本传载其:"草《开兴改元诏》,闾巷间皆能传诵,洛阳人拜诏毕,举城痛哭,其感人如此。"所言或有渲染,也说明确有一定表达力量。

赵秉文的其他文章,在构思上讲求变化,有些文体能够不拘常格,表现出自己的特色。也应归功于他力求追踪唐宋文传统的努力。

4. 王若虚

王若虚(1174—1243),字从之,号慵夫,又号滹南遗老,稿城(今属河北石家庄)人。擢章宗承安二年(1197)经义进士。累任地方官及京职,官至国史院编修官,著作佐郎,直学士。金亡,微服北归镇阳,隐居不仕。其写于金亡第二年之《新修悟真庵记》曾言:"抑予老矣,险阻备尝,烦劳久厌。阅兴亡之大变,悟荣辱之真空,残喘仅存,百念灰冷。方当脱屣俗累,优游潇洒,以毕其余生。"[①]表明了晚年心境。

---

① 《金文最》,393 页。

王若虚思想的基本倾向是崇儒重道。在《行唐县重修学记》中曾说:"国家自承平以来,文治猥兴,下至僻邑,莫不有庙学以为教,其于崇儒重道,不可谓不至。"①《道学发源后序》中又曾说:"夫圣人之道,亘万世而常存者也。"②因此,他对于宋儒的道学,给予相当的肯定,同篇中有云:"自宋儒发扬秘奥,使千古之绝学一朝复续,开其致知格物之端,而明乎天理人欲之辨,始于至粗,极于至精,皆前人之所未见,然后天下知所适从。"但对于道学又不完全满意,多处有所批评,如《论语辨惑序》有云:"尝谓宋儒之议论,不为无功,而亦不能无罪。……至于消息过深,揄扬过侈,以为句句必涵养气象,而事事皆关造化,将以尊圣人,而不免反累,名为排异端,而实流于其中,亦岂为无罪也哉!"③

　　但王若虚博学多通,为学为文多有独立不羁之见。元好问《内翰王公墓表》曾谓其:"学无不通,而不为章句所困。颇讥宋儒经学以旁牵远引为夸,而史学以探赜幽隐为功,谓:'天下自有公是,言破即足,何必呶呶如是。'其论道之行与否云:'战国诸子之杂说寓言,汉儒之繁文末节,近世士大夫参之以禅机玄学,欲圣贤之实不隐,难矣。'经解不善张九成,史例不取宋子京,诗不爱黄鲁直。著论评之凡数百条,世以刘子玄《史通》比之。……文以欧、苏为正脉,诗学白乐天,作虽不多,而颇能似之。"④以上评价主要据《滹南遗老集》中诸作。今观该所集收作品,如《五经辨惑》《论语辨惑》《孟子辨惑》《史记辨惑》等,及《文辨》《诗话》,论经、论史、论文,确实有恃才逞辩倾向。其中有切中对象要害处,有独到之见,也不乏偏激过当之论,特别是对司马迁及韩愈,不但欠全面认识,更有不

　　①　《金文最》,394 页。
　　②　同上,585 页。
　　③　同上,584 页。
　　④　同上,1383 页。

少吹毛求疵之弊。

王若虚虽然在《文辨》中对唐宋名家亦多摘其疵病,而在写作实践中,还是"以欧、苏为正脉",从他们的创作中吸取营养,并结合自己的个性,写出了不少有特色的作品。如《复张正杰书》,论为吏之道:

> 民之憔悴久矣,纵弗能救,又忍加暴乎? 君子有德政而无异政,史不传能吏而传循吏。若夫趋上而虐下,借众命以益一身,流血刻骨,而求干济之誉,今之所谓能吏,古之所谓民贼也。诚不愿吾子效之。[①]

内容与表达,皆能与传统之作相对接。《送王士衡赴举序》篇首曰:

> 潦净途平,风高气清。马骏车轻,送君此行。顾非掩泣于盈浦,悲歌于渭城者,何必怆怏而含情。[②]

格调洁净,景真情浓。其为高思诚所写《咏白堂记》,赞扬白居易之诗、之人,直接指出:

> 乐天之为人,冲和静退,达理而任命。不为荣喜,不为穷忧,所谓入而不自得者。今子方皇皇于干禄之计,求进甚急,而得丧之念交战于胸中,是未可以乐天论也。乐天之诗,坦白平易,直以写自然之趣。合乎天造,厌乎人意,而不为奇诡以骇末俗之耳目。子则雕镌粉饰,未免有侈心,而驰骋乎其外,

---

① 《金文最》,786 页。
② 同上,587 页。

是又未可以乐天论也。

然后，笔墨一转，又云：

> 虽然，其所慕在此者，其所归必在此。子以少年豪迈，如
> 川之方增而未有涯涘，则其势固有不得不然者。若其加之岁
> 年而博以学，至于心平气定，尽天下之变而返乎自得之场，则
> 乐天之妙，庶乎其可同矣。[①]

颇得委婉之致。《门山县吏隐堂记》堪称其优秀代表作：

> 门山之公署，旧有三老堂。盖正寝之西，故厅之东，连甍
> 而稍庳，今之馆宾者也。予到半年，葺而新之。意所谓三老
> 者，必有主名，然求其图志而无得，访诸父老而不知，客或问
> 焉，每患其无以对也，既乃易之为"吏隐"。
>
> 吏隐之说，始于谁乎？首阳为拙，柱下为工，小山林而大
> 朝市，往往举为美谈。而尸位苟禄者遂因以藉口，盖古今恬不
> 之怪。嗟乎！出处进退，君子之大致，吏则吏，隐则隐，二者判
> 然其不可乱。吏而曰隐，此何理也？夫任之事，则忧人之忧，抱
> 关击柝之职，必思自效而求其称。岩穴之下，畎亩之中，医卜释
> 道，何所不可隐，而顾隐于是乎？此奸人欺世之言，吾无取焉。
>
> 然则名堂之意安在？曰：非是之谓也。谓其为吏而犹隐
> 耳。孤城斗大，渺乎在穷山之颠。烟火萧然，强名曰县。四际
> 荒险，惨目而伤心。过客之所顾瞻而咨嗟，仕子之所鄙薄而弃
> 置，非迫不得已者不至也。始予得之，亲友失色，吊而不贺，予

---

① 《金文最》，388 页。

固戚然以忧。至则事简俗淳,便于疏懒,颇有以自慰乎其心。及西陲多警,羽檄交驰,使者旁午于道路,而县以僻阻,独若不闻者。邻邑疲于奔命,曾不得一日休,而吾常日高而起,申申自如。冠带鞍马,几成长物。由是处之益安,惟恐其去也。或时与客幽寻而旷望,荫长林,藉丰草,酒酣一笑,身世两忘,不知我之属乎官也。此其与隐者果何以异?

吾闻江西筠州以民无嚣讼,任其刺史者号为守道院。夫郡守之居而得以道院称之,则吾堂之榜虽曰隐焉,其谁曰不可哉![1]

文章由"吏隐堂"之题名,到讥刺吏隐之说,到诉题名之由,末以号守道院者为比,婉转曲折,有叙说,有论议,有抒写,全篇几无一废言赘语。谓其能得欧阳风神,应不为过。

5. 元好问

元好问(1190—1257),字裕之,号遗山,太原秀容(山西欣州)人,族出拓跋魏。宣宗兴定五年(1221)进士。哀宗正大元年(1224)应试宏词科,授权国史院编修,累官至行尚书左司员外郎。金亡,年仅三十五,未再从仕。后半生以著述讲学为务。

其《兴定庚辰太原贡士南京状元楼宴集题名引》,为晋籍举子百余人会聚时所作,有云:

吾百人者,其何以自处耶?将借侥幸一第以苟活妻子耶?将靳固一命,龊龊廉谨,死心于米盐簿书之间,以取美食、大官耶?抑将为奇士、为名臣,自拔于流俗,以千载自任也?……呜呼!往者已矣,来者未可期,所以荣辱吾晋者,既有任其责

---

① 《金文最》,389页。

者矣,凡我同盟,其可不勉!(《全元文》第一册)

慷慨言辞中,表明青年时期不凡的抱负。中年后之《写真自赞》云:

> 若夫立心于毁誉失真之后而无所恤,横身于利害相磨之场而莫之避,以此而拟诸君,亦庶几有措足之地。(《全元文》第一册)

说明他虽经仕途和世事的变故,立身原则亦未曾改变。据《金史·文艺传·元好问传》:"年十有四,从陵川郝晋卿学,不事举业,淹贯经传百家,六年而业成。"赵秉文见其诗,以为近代无此作也,于是名震京师。"兵后,故老皆尽,好问蔚为一代宗工,四方碑板铭志尽趋其门。"元郝经《遗山先生墓铭》亦谓:"汴梁亡,故老皆尽,先生遂为一代宗匠,以文章伯独步几三十年。"(《全元文》第四册)

元好问的思想,像金代的多数作家一样,以崇儒重道为基底。其《令旨重修真定庙学记》中有谓:

> 窃不自揆度,以为仁、义、礼、知,出于天性,其为德也四;君臣、父子、兄弟、夫妇、朋友,著于人伦,其为典也五。惟其不能自达,必待学政振饬而开牖之,使率其典之当然,而充其德之所固有者耳。(《全元文》第一册)

为夹谷土剌所写《神道碑铭》论名教云:

> 名教者,天地之大经,而古今之恒典,惟天下之至诚为能守。故人臣之于君者,有天道焉,有父道焉。大分一正,义均同体。吉凶祸福不以回其虑,废兴存亡不以夺其节。任重道

远,死而后已。(《全元文》第一册)

《元史·张德辉传》载,金亡,他曾与张德辉一起进见元世祖忽必烈,"请世祖为儒教大宗师"。

这样的思想基底,自然影响到元好问的文学观。首先,他重视"道统",明确强调文章之"载道"功能。在为宋周臣所写《鸠水集序》有谓:

> 文章,圣心之正传,达则为经纶之业,穷则为载道之器,顾所遭如何耳。(《全元文》第一册)

《杨叔能小亨集引》又有谓:

> 诗与文,特言语之别称耳。有所记述之谓文,吟咏情性之谓诗,其为言语则一也。唐诗所以绝出于《三百篇》之后者,知本焉尔矣。何谓本?诚是也。……故由心而成,由诚而言,由言而诗也。三者相为一。情动于中而形于言,言发乎迩而见乎远,同声相应,同气相求,虽小夫贱妇、孤臣孽子之感讽,皆可以厚人伦、美教化。无它道也。……唐人之诗,其知本乎!何温柔敦厚、蔼然仁义之言之多也!(《全元文》第一册)

其所谓"诚",即诚于儒家道德伦理观念。如此理解唐诗,几近于道学家言。

其次,元好问毕竟具有极高的审美修养和审美判断力,所以在强调载道的同时,又特重文学抒发"性情"的作用。因其偏好于诗,故这种观点,多于论诗中表达。在《新轩乐府引》中,他纯从抒发"情性"角度论诗词,甚至为宫体辩护:

唐歌词多宫体，又皆极力为之。自东坡一出，情性之外不知有文字……自今观之，东坡圣处，非有意于文字之为工，不得不然之为工也。坡以来，山谷、晁无咎、陈去非、辛幼安诸公俱以歌词取称，吟咏情性，留连光景，清壮顿挫，能起人妙思，亦有语意拙直、不自缘饰、因病成妍者，皆自坡发之。

接着他引一号屋梁子者，对上述观点进行批判，谓："《尊前》《花间》等集传播里巷，子妇母女，交口教授，淫言媟语，深入骨髓，牢不可去，久而与之俱化。浮屠家谓笔墨劝淫，当下犁舌之狱。"而好问答之曰：

子颇记谢东山对右军哀乐语乎？"年在桑榆，正赖丝竹陶写，但恐儿辈觉，损此欢乐趣耳。"东山似不应道此语。果使儿辈觉，老子乐趣遂少灭耶？君且道如诗仙王南云所说，大美年卖珠楼前风物，彼打硬头陀与长三者，三《礼》何尝梦见？（《全元文》第一册）

这等于抛开了文以贯道的意义，而正面肯定了诗词的审美愉悦作用。

第三，元好问不但重视文章在明道与审美两方面的作用，而且承继欧、苏的诗文创作观念，反对粉饰雕琢，主张达到贴近自然、浑然天成的境界。在《杜诗学引》中有云：

窃尝谓：子美之妙，释氏所谓"学至于无学"者耳。今观其诗，如元气淋漓，随物赋形；如三江五湖，合而为海，浩浩瀚瀚，无有涯涘；如祥光庆云，千变万化，不可名状。固学者之所以动心骇目。及读之熟，求之深，含咀之久，则九经、百氏，古人之精华所以膏润其笔端者，犹可仿佛其余韵也。……前人论子美用故事，有着盐水中之喻，固善矣。但未知九皋之相马，得天机于灭没存亡之间，物色牝牡，人所共知者为可略耳。（《全元文》第一册）

此是强调传神，而不计枝节。于《陶然集诗序》又进一步申其说：

> 子美夔州以后，乐天香山以后，东坡海南以后，皆不烦绳削而自合。非技进于道者？能之乎？诗家所以异于方外者，渠辈谈道，不在文字，不离文字；诗家圣处，不离文字，不在文字。唐贤所谓"情性之外，不知有文字"云耳。（《全元文》第一册）

大要为反对苦心雕琢，以返归自然为指归，与评陶诗所谓"一语天然万古新，落尽豪华见真淳"同意。虽皆论诗论词语，但据好问诗文合一之观点，对此种境界的追求，也应包括文在内。

　　但他终究又认为诗与文有别，诗在抒发情性，而文在陈述。故对文的写作主张，受黄庭坚、陈师道影响，也讲究法度。其《锦机引》云：

> 文章，天下之难事。其法度杂见于百家之书，学者不遍考之，则无以知古人之渊源。予初学属文，敏之兄为予言如此。兴定丁丑，闲居河南，始集前人议论为一编，以便观览。……山谷与黄直方书云："欲作楚辞，须熟读《楚辞》，观古人用意曲折处，然后下笔。"喻如世之巧女，文绣妙一世，诚欲织锦，必得锦机，乃能成锦。（《全元文》第一册）

可见此书是言文章法度的，可惜没有流传，无法知晓其具体内容。

自唐宋散文达到顶峰之后，从前人寻求法度乃是一种必然趋势，此书也应是适应这种趋势之作。

元好问虽以写诗论诗著称，散文亦非等闲。除如本传所谓"四方碑板铭志尽趋其门"，可显示其文字水平及风格特点者，仍为序、记诸作。如早年之《寒食灵泉宴集序》，写友朋之聚：

> 出天平北门三十里而近，是为凤山之东麓，有寺曰"灵泉"。阻以绝涧，荫以深樾，重岗复岭，回合蔽映。夏秋之交，湍流喷薄，殷勤溪谷。寺已废夺于兵，而石楼之典刑故在，僧扉禅室，间见层出。南望坡陀小山，如几案间物。岩花错绣，群莺下上。云光金碧，林烟彩翠。阴晴朝暮，万景岔集。盖辋川之乡社，而桃源之别业也。
>
> 昭阳荐岁，维莫之春，诸君以仆燕路言归，东藩应聘，困鞍马风沙之役，渝树木水鸟之盟，千里相思，一杯为寿。扬雄献赋，自诧雕虫之工；许汜求田，乃为元龙所讳。尊前见在，身外何穷？释尘累而玩物华，厌嚣溞而乐闲旷。叩须我友，天与之时。兵厨之良酝踵来，京洛之名沤自献。谈谑间作，块磊一空。倒蔗有佳境之余，食蔗无此时之美。一之为甚，觉今是而昨非；四者难并，苦夜长而昼短。谪仙所谓"醉尽花柳，赏穷江山"者，于是乎张本。不有兰亭绝唱，留故事以传之，其在白云老兄，负古人者多矣！五言古诗，任用韵共九首，以"寒食""灵泉""宴集"命篇，而某为之序。①

写景，述事，抒情，透出一种轻松愉悦又颇富生命力的朝气。散骈相间的语言，流畅华美，不见雕琢，亦无浮靡之弊。余如《送秦中诸

---

① 《金文最》，324 页。

人引《送李辅之之官济南序》为类似之作。而《惠远庙新建外门记》写晋阳之形胜与山水，另有一种雄阔之势；《顺天府营建记》写市貌、描景物，亦娓娓有致。其《市隐斋记》是另一类受人称赏之作，借娄某于长安市建斋名"市隐"而论隐：

予曰："若知隐乎？夫隐，自闭之义也。古之人隐于农、于工、于商、于医卜、于屠钓，至于博徒、卖浆、抱关吏、酒家保，无乎不在，非特深山之中、蓬蒿之下，然后为隐。前人所以有大小隐之辨者，谓初机之士信道未笃，不见可欲，使心不乱，故以山林为小隐；能定能应，不为物诱，出处一致，喧寂两忘，故以朝市为大隐耳。以予观之，小隐于山林则容或有之，而在朝市者，未必皆大隐也。自山人索高价之后，欺松桂而诱云壑者多矣，况朝市乎？今夫干没氏之属胁肩以入市，叠足以登垄断，利嘴长距，争捷求售，以与佣儿、贩夫血战于锥刀之下，悬羊头，卖狗脯，盗跖行，伯夷语，曰'我隐者也'，而可乎？敢问娄之所以隐，奈何？"曰："鬻书以为食，取足而已，不害其为廉。以诗酒游诸公间，取和而已，不害其为高。夫廉与高，固古人所以隐也，子何疑焉？"予曰："予得之矣！予为子记之。"

虽然，予于此犹有未满焉者，请以韩伯休之事终其说。伯休卖药都市，药不二价。一女子买药，伯休执价不移。女子怒曰："子韩伯休邪？何乃不二价？"乃叹曰："我本逃名，乃今为儿女子所知。"弃药径去，终身不返。夫娄公，固隐者也，而自闭之义无乃与伯休异乎？言，身之文也。身将隐，焉用文之？是求显也，奚以此为哉？予意大夫士之爱公强为之名耳，非公意也。君归，试以吾言问之。①

---

① 《金文最》，367 页。

语言简洁而犀利，又委婉地为娄留有余地，不失为佳作。另外，好问又有《画记》二则，一为"朱繇三官"，记朱所画天官、地官、水官；一为"张萱四景宫女"，记张之四幅宫女图。写法明显仿韩愈《画记》，而描摹更细，颇得韩作之神。如宫女图之第一幅：

> 转角亭，楩栏樾槛，渥丹为饰，绿琉璃砖为地。女学士三，皆素锦帕首。南向者绿衣红裳，隐几而坐，一手柱颊，凝然有所思。其一东坐，素衣红裳，按笔作字。西坐者红衣素裳，袖手凭几，昂面谛想，如作文而未就者。亭后来禽盛开。一内人不裹头，倚栏仰看。凡裳者皆双带下垂，几与裳等，但色别于裳耳。亭，左湖石，右木芍药。一素衣红裳人剪花，一人捧盘承之，一人得花，缓步回首，按锦帕，插之髻鬟之后。此下一人锦帕首，淡黄锦衣，红裙，袖手而坐。并坐者吹笙。左二人弹筝合曲。右一人黄帽，如重戴，而无沥水，不知何物，背面吹笙，乃知锦帕有二带系之髻鬟之后。一小鬟前立按拍。一女童舞。一七八岁百锦衣女戏指于舞童之后。吹笙者红衣素裳。筝色、笛色、板色，素衣红裙。已上为一幅。[1]

宫廷苑囿之中，众宫女之动作、神态、衣着，一一描摹，繁而不紊，细而不碎，彩而不艳。无形容，无渲染，参差错落之中，个个栩栩如立目前，笔墨远过画工之妙。凡此，可看出元好问由韩、欧、苏所承之熏陶影响，以及其文字造诣之深。

还有一点可注意：元好问原本出于少数民族，又一直生活于女真统治地区，因而在他的意识中，没有强烈的华夷之辨和正统意识之束缚。故他理所当然地认为金乃得中华传统文化之正传，从

---

[1] 《金文最》，388页。

未把金代的文化与文学自列于中华传统之外。也正是因此,在他对金代的文学及文章的发展进行归纳总结时,得出了一个结论:正是他们继承了唐宋以来传统,得文脉之正。此说虽不全面,却也有一定根据。也正是基于这一点,金被蒙古所灭,元好问虽不仕,而对于元,却并没有视为异族的强烈敌视情绪,反而希望它能承续中华文化之传统。他之愿忽必烈能成为儒学大宗师,即出于此意。他于元统治时期所写的许多庙记、兴学记,絮絮言名教,言教化,意亦在此。这种态度,在文学史与散文史上,对由金到元,甚至由宋到元文脉的传承与过渡,当有积极影响。

总之,金代散文有其成就与特色,尤其是元好问,在将唐和北宋所形成的传统向元和明传输上起着相当重要的作用。

第四编
总结创作规范与进一步审美化时期
——元、明、清的散文

通　说

　　自公元 1279 年陆秀夫背负赵昺投海而死，南宋彻底消亡，结束了一百五十余年的南北分裂，重新又实现了国家的统一。其间虽经元、明、清的朝代更迭，君主集权的社会政治制度并未改变。这一历史阶段政治、经济、思想、文化的变化，必然直接、间接地决定和影响着文学和散文的发展。其值得注意的重要之点为：

　　其一，宗法性的君主专制制度本来是适应着自然形态的小农经济基础建立起来的，随着物质生产水平的发展，生产力的提高，这种经济基础必然要被打破，向着活跃流动的市场经济演变。从历史资料看，北宋的汴梁、南宋的临安已相当明显地出现了市场经济苗头。而蒙古和满清，两次由尚处游牧状态的少数民族入主中原，却打断了这种进程，甚至出现某种社会的倒退，这就延缓了中国社会的发展，同时也使君主集权的专制制度得以延续，甚至进一步强化。

　　其二，中华民族自古以来就是由多民族在相互冲突中逐渐融为一体的。这种融合经历着漫长而艰难的过程，有着惨烈的征服与反征服的斗争，但基本上是以汉民族及其文化传统为主体，逐渐将发展层次较低的少数民族同化吸收进来。而蒙、满两次的入主中原，却是以低统高，以少御众，是前所少有的剧变。这就强化和突出了民族矛盾，造成了社会矛盾的复杂性，缓解起来非常困难。

其三，北宋后期和南宋时期发展起来的道学或理学，是多元文化长期融合渗透而形成的产物，在思想形态和哲学发展上有积极贡献，但其内核中包含很强的负面因素，即如前所说，它在宗旨上具有将传统的儒家道德伦理升华为一种似乎符合客观自然的规律，用来作为强化和巩固君主集权专制的思想工具，因而被元、明、清三朝作为统治性思想武器拿来应用。

其四，中国所特有的糅思想文化与政治活动于一体的士大夫阶层的地位大为降低。所谓的士大夫，实导源于先秦时期号称"诸子百家"的思想家集团，他们是社会的思想器官，以设计治世和处世的蓝图和原则为己任，他们虽然要把实现自己学说的希望寄托在社会的实际统治者身上，却又以帝王师的身份自豪和自居。秦汉确立了君主集权专制制度以后，这些思想文化的代表降为臣属，但作为君主专制的辅助和制衡力量，依然不可或缺，往往凭其识见赢得帝王的器重，而且他们在文化成就上取得的社会声望，常远远超过其政治上的地位。汉、唐都存在这种情况，宋代更是以对文臣的优遇著称。而靠铁骑横扫亚欧的蒙古统治者，起初根本不以文事为意，即使经耶律楚材等人的提醒，至元世祖忽必烈灭宋前后，懂得必须用汉法治汉人、汉地，开始任用一些汉族士人，但利用只是利用，并不真正信任，而且按蒙古世习，以奴辈视之。朱明王朝为了加强君主集权，开国不久即废除了丞相制，并且不顾颜面地对朝臣实行廷杖。后来虽确立了由大学士承当的内阁制，而士大夫的地位远比历朝为低。满人入关后，虽然帝王们的汉化程度远比蒙古为深，而为了巩固自己的统治，强制人民改变习俗，大兴文字狱，于是文人士大夫的活动范围，基本缩小到文化学术领域。当然，从另一方面看，士大夫阶层总的说并未丧失关心国事民生的固有传统，在事关民族危亡、国事兴衰的危机时刻，还是表现出"天下兴亡，匹夫有责"的气节，并且在西方资本主义势力东侵，中国被纳入世界历史演变的大格局之中，君主集权专制制度充分暴露出其腐朽、落后之际，正是由他们首倡政治改革之先声。

在上述背景下，由于种种复杂因素的综合作用，这时期中国文学出现了雅文学与俗文学两条并行的线索，而且俗文学体现着由俗到雅的提升过程。

所谓雅文学，主要指仍流行于比较上层的文人圈子中、被视为文章正宗的诗、文、词、赋。所谓俗文学，主要指流行于民间，以市民为主体受众的戏剧与小说。俗文学早已有之，为诗、词提供营养的民歌、民曲不说，唐宋文人所写的传奇已明显有迎合世俗趣味之倾向，"变文"更纯是为适应下层民众之产物。宋元话本则是典型的下层文人为下层市民所创造的。元代一度废除科举，堵塞了士人走上仕途之路，于是其中部分极富艺术修养者，进入勾栏瓦舍，成为从事戏剧创作的"书会才人"。同时蒙古显贵多不识汉人文墨，尚未悟出大兴文字狱之必要，在游猎之余，也有享受视听娱悦之兴。两种情况的遇合，就造成了杂剧的空前繁荣。由明至清，在话本、拟话本基础上，出现了短、长篇小说创作的高潮，而且随着阅读与写作蔚为风气，吸引了一些沦入下层而又有极高艺术素养的文人加入作者队伍，他们将传统诗、词、文中所积累的审美要素之精华融入作品之中，使其艺术质量得以极大提高，这些作品也就由俗而雅，产生了像《金瓶梅》《红楼梦》《聊斋志异》之类的绝世精品。

俗文学的发达，实际上是中国两千余年来累积所形成之审美水平和审美素质的普及化、大众化、深入化，是文学领地的新开拓。但在固守传统的上层文人中，却始终不将其视为文学之正宗。只有少数有识之士如李贽、金圣叹，才认识、肯定其艺术价值，并将之与经典性的文章如《史记》之艺术表现方法联系起来。也只有少数品种如杂剧，经汤显祖、孔尚任、洪升等，改造加工为"传奇"，而进入雅文学的领域。

　　散文与诗、词、赋并列，无疑属于雅文学的范围。在这一整个大的历史时期，在上层文人的文学观中，仍被视为传承久远的正宗文体，居有极重要地位，是他们致全力进行研讨与创作的主要对象。

　　综观这一时期的散文，如果单从历史的横断面来说，每朝作为相对独立的一个阶段，皆有名声较大、成就较高、具一定地位和特色的作家群体。而且，将这些横断面叠加起来，应当说这一时期散文的繁荣程度不亚于其他时期。其题材内容相当丰富：有对社会政治问题的反映，有爱国主义、民族意识的表露，有个体感情的抒发，有对日常社会生活细微而深入的表现，有对自然美的感受与体验，有对各阶层人物的描摹，有对哲学、道德、伦理问题的思考等。其体裁品种极其多样，凡前代所有的品种样式，几乎无所不有。作家队伍庞大，出现众多流派。这些作家和流派，面对不同的时代环境、社会思潮，还往往形成不同追求，有的尊崇秦汉，有的宗唐，有的趋宋，有的尚散，有的尚骈，有的重文，有的重质，有的独标一帜，在艺术表现方法和语言形式运用上，呈现出多种多样的风格特色和发展倾向。这些，在具体研究元明清散文时都不可忽视。

　　然而，如果超出单纯就元、明、清散文论元、明、清散文，把视野放大到整个中国古代散文的发展流程上，把元、明、清散文放到纵向的整体散文发展的历史框架中加以考察，就会看到，这么繁复庞杂的现象，实际呈现出两个基本特色，或说是两种主导倾向。

　　第一，大多数的作家在自己的理论主张和创作追求中，体现着一种向后看的倾向。当他们有针对性的反对某种时风，纠正某种弊病，打出某种旗帜，提出某种写作指导思想时，不管是崇秦汉，宗唐宋，重质实，尚文采，总是以前代某个时期或某些作家作为自己的依据和准则。而且这种做法，并不是像唐宋古文运动那样，借复古为名,求得散文的创新和突破,而是出于真心诚意的对古人的膜拜,确确实实的想从前人那里找依傍。他们这样做的时候,明显地呈现出一个意图,就是从前人的大量作品中为散文的创作找章法、立规矩、定规范。固然,从"前、后七子"到"唐宋派"到"桐城派",寻求规范的做法,有一个由肤浅到深入,由形式到精神,由片面到全面的深化过程,但归根到底,都没有把努力的基点放到在前人基础上的开拓与创造上。这,可以说是元明清散文创作和发展中的主导倾向、根本特征。

这种倾向的形成,有着时代的历史的多方面原因:

其一,从散文本身的发展来说,作为一种古典的语言运用艺术,经过两千多年的发展历程,无数作家创造性努力,无论在题材范围、品种变化、表现技巧、语言运用等方面,在经典作家那里,已达到极其充实完美的程度,没有了多少开拓、创新的余地,一方面到了对其创作经验和规律作全面总结的时候,一方面也到了走完它所应走的历史行程,适应新的社会生活,转换成新的文体形式,例如现代散文形式的时候。

其二,从创作主体上来说,这一时期的作家与唐宋名家比起来不可同日而语。古代散文至中唐时期发生了革命性变化,标志性的人物是韩愈。他做了有所关联的两件事:一是在观念形态上,从先秦以来儒家思想理论的发展中,归纳出来一个"道统"。一是在散文写作上,基于六朝以来单纯追求形式美的教训,继承了隋唐以来的纠偏努力,明确地提出,文章要获得自己的价值(既包括社会价值也包括审美价值),必须具有内在的质实美,也就是具有切于实用的内容,表达对于社会和人生的思想、观点、态度、情感、愿望等等。基于其思想信仰,他将这一切,与对整个儒家思想体系最高亦最抽象概括的"道统"之"道"联系起来,将原来被称为"开物成务""化成天下"的广义之"文"的种种作用,亦牢笼在内。这两件事性质不同，前者属思想史的范畴，后者属散文史的范畴。韩愈之提出道统固然有思想史上的意义，但他本质上究竟是一个文学家尤其是散文家，不管处何种社会地位，政事上有何作为，终生不忘的是致力于为文，是将其所获得的全部审美经验贯注到文章的写作上，努力提高其审美表现水平。正因如此，韩愈将"道"引入于"文"，主要不是立足于"道"，为传"道"而去为"文"；而恰恰相反，是立足于"文"，强调要写出好的文章必须以体现道为基础。这不是对散文发展第一阶段"为实用求审美"的回归，而是对上一阶段"自觉追求形式美"的否定之否定，是把散文的发展推向一个新境界、新阶段，是达到内容与形式、实用与审美的完美融合与统一。与韩同时的柳及以后的欧、苏，都是沿着这一路数发展下来的。所以，他们虽然在艺术表现的追求上，各有独到的成就与特点，而有一个基本共同点：生前，以文名震天下，死后，以文名垂后世。后人读他们的作品，一方面受到内在精神的熏陶，一方面又获得强烈的审美享受。

然而，自道学或理学的出现，将儒家的政教、伦理、道德观念提升为"天理"，而将人们的审美需求，混同于应灭掉的"人欲"，强烈而明确地主张文道合一，否定抹杀文章的独立存在价值，否定抹杀人们的审美需求。在理论观念上，又将韩愈好不容易从泛义的"开物成务""化成天下"的教化之"文"中分割出来的文章之"文"，与仅有工具性的载道之"文"、教化之"文"混同起来，使之倒退到传统的文章仅为教化服务的原点。而元、明、清时期的文章作者，并不像我们今天这样能从概念上厘清二者的区别，这就使他们在理学家与经学家的影响之下，模模糊糊地游移于教化之文与文章之文的观念之间，丧失了追求审美表现水平的创造精神，停留于从所景仰的前代名家作品中寻求自认为的创作规律与写作门径。

其三，这时期由于受到异族统治者和进一步强化的集权专制的打压,属于雅文学的大部分散文作家们的精神品格大为降低。且不说没有了先秦诸子那种自信自豪,无所拘禁地放言横议;没有了贾谊那种"痛哭""太息"的狂傲,司马迁那种"通古今之变,成一家之言"的抱负;即使像韩愈《论佛骨表》之敢于批逆鳞,王安石之敢于倡言"三不足畏",苏氏父子之无顾忌地评古论今的气势,在这些作家的作品中亦无所表现。虽然在成派成系的作家们热热闹闹地就应该如何为文、应该宗法哪个时期的作家的争论之外,确也有些有才气、有学问、有相当审美修养的大家、名家,他们多也是止于对前代作家作品的品鉴评赏、议短论长,自己并没有写出内在精神和外在形式上皆具超越性的,足以垂范千古、令人叹为观止的文章。其所以如此,不能不说是时代所造成的作家的精神品格之卑弱使然。

第二,在本阶段,自明代中后期,部分作家作品中出现了与政治教化相关的直接实用性减弱,进一步追求审美化的新趋势。

这是本时期散文创作中的亮色,古代散文向现代散文转化的前奏。其突出的特点是:自觉或不自觉地在自己的创作中,显示了对个性的强调与突出。就主体说,主张或致力于"抒张性灵",即由生活境遇所形成的个人意愿和情感状态的自然流泻;就外在的社会和自然环境说,则凭艺术修养,以独有的视角,对之进行审美化的观照和审美化的再现或表现。这类的作品,在前代经典作家中,作为创作总体的一部分,已有所存在,但在此时期的某些作家群体中,却作为主导倾向呈现出来,而且在美学成色上,继承中有着明显的超越。

这种新趋势的出现,有深刻的时代原因。宋末城市商品经济的萌芽,已透露出对自然状态小农经济的动摇,蒙古的入主,虽阻遏和延缓了这种变化,而到明代中期,又恢复了发展的势头。经济基础的变化,必然影响到人的精神与意识,与之直接相关的就是对人的物质欲求和舒张个体生活空间的肯定。这方面突出的表现就是，此时虽然作为统治思想的理学企图对之加强遏制，而整个社会上，却出现了前所未有的"人欲横流"现象。这一点，在元杂剧中已有所萌露，到明代的传奇和《金瓶梅》《三言》《二拍》等中则有了充分反映。上升到观念和理论领域，则在以"破心中贼"为宗旨的王学内部，借对"无善无恶"之"本心"的肯定，滋生出李贽"绝假纯真"的"童心说"，发展出反"天理"、顺"人欲"的自然人性论，成为与理学相对立的异端。正是在这种思潮的影响之下，明代散文发展中，产生了主张"抒发性灵"的一派，出现了背离传统教化观，以自由抒张个性、抒写日常情性为特色的新趋势。审美，本来就是与理性说教性质不同的个体感情体验，所以伴随个性的抒张、性情的流泻，必然是作品审美因素的加强。这种趋势在清代虽受到打压，仍然有所延续。

在本编中，将依据上述两种基本倾向，探讨不同时段思潮和流派的演变，同时也适当介绍横断面上有代表性的作家作品。

第一章 沿袭着唐宋传统准备 向新阶段过渡

——元和明代初期的散文

元和明初的作家，虽因着自己的时代，创作出了各有一定成就和特色的作品，但总体上体现着由散文发展的第三阶段向第四阶段的过渡。基本情况是沿着唐宋作家所开辟的传统前行，无明显超越性变化。

第一节 承续宋金传统的元代散文

公元 1206 年铁木真被推为成吉思汗，建立大蒙古国，凭武力横扫欧亚，1234 年灭金，至世祖忽必烈至元八年（1271）改国号为元，九年定燕京为大都。1276 年攻陷临安，南宋谢太后率恭帝赵㬎投降，南宋基本灭亡，1279 陆秀夫负赵昺投海，元朝建立起对全中国的统治。然后，元顺帝二十八年（1368）徐达攻入大都，顺帝北逃，元灭。如果不计蒙古国的兴衰，自 1276 年算起，元对中国的统治约九十三年。

蒙古靠武力起家，最初只以掳掠为事。由辽入金的耶律楚材，颇得元太祖及太宗信用，在促使其重文及吸收汉文化上起了很大作用。灭金以后,先是元好问,后是郝经、许衡、姚枢、吴澄等,对推动元世祖忽必烈重文重儒,用汉法、行汉制方面都发挥了影响,尤其许衡,在忽必烈朝,曾获得相当重要地位。但元代的统治者对文人儒士始终比较轻视,延续几代皇帝不曾开科举取士,存在着惟恐汉族士人在文化上威胁到蒙人地位的因素。直至仁宗延祐年间,随着汉化程度的加深,才又恢复科举制度,文化上略呈繁荣景象,出现一批文章名家,但此时整个元朝已进入衰落期。

元代散文有以下几个特征:其一,前期作家主要是由金入元者,后期主要是由宋入元者,基本无蒙古族属。其二,总倾向上,推重韩柳欧苏,视他们为正统。其三,作家们的思想观念受理学习染较深,原因是他们更重视新儒学所强调的伦理纲常,而不计华夷之辨,以适应新的环境需要。现依时序对代表作家略作介绍。

1. 郝经

郝经(1223—1275),字伯常,泽州陵川(山西陵川)人。金亡,徙居顺天(河北保定)。为守帅张柔、贾辅所知。元宪宗六年(1256),受召北见忽必烈,甚受器重,留王府。九年(1259),随行伐宋,任江淮荆湖南北等宣抚副使。宪宗死,郝经建议忽必烈争汗位。忽必烈即位,以之为翰林侍读学士,充国信使使宋谈和议事。贾似道私下与元议和,恐为理宗所知,扣经于真州(江苏仪征)十五年,至元十一年(1274),伯颜南侵始被放还。次年卒,谥文忠。

据《先父行状》《先妣行状》《铁佛寺读书堂记》等文,知郝经先世为下层文人,至经,始为求取功名发愤苦读。其后,保帅贾辅特致意于收集图书,建"万卷楼"以藏,因闻郝经好学,"以书币邀致其府,于楼之侧筑堂曰'中和',尽以楼之书见付,使肆其观览"①。郝经为之感激涕零。终因此而知名,被忽必烈召见任用。

---

① 《万卷楼记》,《金文最》,310 页。

综观郝经生平，可注意者有以下几点：

第一，郝经作为汉人，是较早依顺蒙古，且为其灭宋建统而尽力者。不但写有《虎文龙马赋》《瑞麦颂》等颂元之作，而且在随忽必烈经营中原、南下伐宋期间，进《东师议》《班师议》等，为之出谋划策。忽必烈即位后，先上《新政论》，又上《便宜新政》，为之提出施政建议。其于宪宗七年（1257）所写《北风堂记》，以北风喻蒙古之兴起，表示："余生于是风，而长于是风，将从是风以徜徉此生也。从其所吹，遇止而止焉。从其所吹，遇行而行焉。委是身于是风，龙蛇也，蓬累也，野马也，尘埃也，而各无所忤焉。"（《全元文》第四册）表达了毕生甘愿致身于元的态度。对郝经这种人生取向，应根据具体情况作评价分析。

中国历来的朝代更迭中，皆有背离前朝、积极拥戴新朝之文人士大夫，这些人不但不曾受诟责，反而往往被视为仁人志士，名臣贤卿。其所以如此，概因所谓的前朝皆属苛虐为治，残民以逞者，致使推翻它的统治，乃民心所向，如汉之代秦，唐之代隋，宋之结束五代。而金之亡北宋，元之灭南宋，虽与当朝统治者之腐朽昏聩相关，但代之者并非为了救民于水火，而是乘机凭强横武力扩大其地盘，还往往伴之以杀戮掳掠与民族压迫，因之也就遭到全民性的抵抗。官员中之奋力抗击者如岳飞、宁死不屈者如文天祥，均被视为民族英雄；卖国求荣者如秦桧，奸权害国者如蔡京、贾似道，均被视为民族败类。而在朝代更迭之际及更迭之后，归顺并效力于异族新朝的文人，如郝经及与之相类的许衡、姚枢、吴澄等，既与岳飞、文天祥等不同，又与秦桧、贾似道等有异。他们有意追求功名，并非卖身投靠；效力于异族政权，而信仰中华传统文化。在特定时代环境中，有依顺新朝，促使异族统治者接受汉文化传统之志。站在民族主义的立场上看，有违背民族大义之嫌。但从客观情况考虑，又有可理解之处。这类人物，在宋、金、元之际及后来的明、清之际，不在少数，郝经只是其中一例。对此类人物，只有就具体情况，作具体分析。以郝经来说，可以看到：其一，他长期生活在北方地区，又由金入元，其民族意识及正统观念已较为淡薄。其二，他也有实现自己人生价值的理想，而在当时的环境下，则形成实现其价值的特有思路。如其《辨性论》之《厉志》篇有云：

> 天下无无用之物，亦无无用之人。人之于世，治亦有用，乱亦有用。天生斯人，岂欲其治而安于享利，乱而安于避祸，治亦无用，乱亦无用，徒乐其生、全其身而已乎？必有用也已。必有用，故必有为。必有为，故天下无不可为之世，亦无不可为之时。……
>
> 孟子曰："待文王而后兴者，凡民也。若夫豪杰之士，虽无文王犹兴。"今而天下既若此矣，文王其有乎尔，亦无有乎尔？诵书学道之士，将安坐而待之乎，将亦有为乎？必有其时而后有为乎？（《全元文》第四册）

核心意思很明确，作为豪杰之士，不管天下情况如何，皆应有所作为。在紧紧承接之《时务》篇，则讲得更直接：

> 尧舜邈矣，而不可继也；三代旷矣，而不可及也；二汉寂矣，而不可见也。堂堂中夏，幅员万里，吾民将安所之乎？尧舜、三代、二汉之世，亦吾民也，今而天下，亦吾民也。吾民不变，则道亦不变。道既不变，则天亦不变。何遽而不可继不可及而不可见也哉？……
>
> 礼乐灭于秦，而中国亡于晋。已矣乎！吾民遂不沾三代、二汉之泽矣乎。虽然，天无必与，惟善是与；民无必从，惟德之从。中国而既亡矣，岂必中国之人而后善治哉？圣人有云，夷

而进于中国，则中国苟有善者，与之可也，从之可也，何有于中国于夷？故苻秦三十年而天下称治，元魏数世而四海几平，晋能取吴而不能遂守，隋能混一而不能再世。以是知天之所与，不在于地而在于人，不在于人而在于道，不在于道而在于必行力为之而已矣。（《全元文》第四册）

明确地提出不必计较华、夷之辨，治世与安民，不在于华，不在于夷，关键因素，一方面是"天"，这是古人无奈之下用的一个托辞；另一方面更在于"道"，尤其在于对"道""必行力为之"。由此可见，在他的思路中，"道"与民是高于一切的，是体现自己价值之所在，为了二者，不管统治者是汉、是夷，皆可为之效力。其三，郝经确实也利用忽必烈对他的信用，极力劝说元朝的统治者继承和发扬以汉文化为主的中华政治伦理传统，改变既有的靠武力威势以统天下的做法。在忽必烈即位之初，即于《立政议》中，引历代王朝及蒙古建国以来的经验教训，提出："夫纪纲礼义者，天下之元气也；文物典章者，天下之命脉也。"谓："去旧污，立新政，创法制，辨人材，绾结皇纲，藻饰王化，偃戈却马，文致太平，陛下今日之事也。"（《全元文》第四册）正是这些，体现了他对道的尊崇，对民的关心。他之所为，对元代统治者改变其治世方略确实也起了一定作用。上述诸点，可说是郝经人生观和处世观的核心。因他是所属那类人物的早期代表之一，故此处用较多篇幅予以介绍。

第二，在思想观念上，郝经是崇儒重道的。其所谓"道"，首先指传统的儒家之道，然后又结合了道学之道。

从他早期所写的《五经论》，后期为《春秋三传折衷》《春秋本原》《周易外传》等所作诸序，可以看出，他所尊崇之道，主要为传统的儒家之道。如在《答冯文伯书》中所云："经自十有六束发学道，非先秦之书弗读也，非圣人之言弗好也。尝自诵曰：'不学无用学，不读非圣书,不务边幅事,不作章句儒。'以是而行之,殆六七年,六经既治,思有以奋然而复古也。"(《全元文》第四册)然后,受时代潮流影响,他又将道学与传统儒学结合起来,对之采取完全肯定支持态度。在《太极书院记》中,他对道学的形成发展沿传,作了全面概括,谓:

> 初,孔子赞《易》,以为《易》有太极。一再传至于孟子,后人不得其传焉。至宋,濂溪周子创图立说,以为道学宗师,而传之河南二程子及横渠张子,综之以龟山杨氏、广平游氏,以至于晦庵朱氏。中间虽为京、桧、侂胄诸人梗踏,而其学益盛,江、淮之间,粲然洙、泗之风矣。金源氏之衰,其书侵淫而北,赵承旨秉文、麻征君九畴始闻而知之,于是自称为道学门弟子。及金源氏之亡,淮、汉、巴、蜀相继破没,学士大夫与其书遍于中土,于是北方学者始得见而知之,然皆弗得其传,未免临以为高也。(《全元文》第四册)

然后赞扬杨惟忠在传播道学上所起作用。他不仅缕述了道学的沿传,而且视其为自己的家学传统之一,在《宋两先生祠堂记》中,极赞二程对道学的贡献,且称:"经之高曾而上,亦及先生之门,以为家学。传六世至经,奉承绪余,弗敢失坠。"(《全元文》第四册)

郝经所以如此重视道学,是因为它将儒家的道统更加系统化、深入化,且将其提升到哲学高度,可以更有利于强化君主集权的专制制度。正是靠了郝经之类人的鼓吹,自元代以来的专制统治者,才愈来愈明确地以道学作为统治性的思想武器。

第三,在文学观与文章观上,郝经受道学影响甚深,比起唐和北宋名家有明显倒退,强调文道合一,有道即有文,将文体之"文"与广义的天、地、人之"文"又混同起来,否定文的独立存在价值。

他写了许多论文的篇章,皆体现了这种观点。较有代表性者为晚期所写《原古录序》,其中有云:"昊天有至文,圣人有大经,所以昭示道奥,发挥神蕴,经纬天地,润色皇度,立我人极者也。"自有书契至文王,"皆言文而不及道,则道即文也","文即道也。道非文不著,文非道不生。自有天地,即有斯文,所以为道之用,而经因之以立也"。文中,将诗文作者混杂于子、史作家之中,体现了其将道统与文统混而为一之观点。断言:"古今文章,皆经之自出,万言千论不能有以外,而莫能及焉。"(《全元文》第四册)

第四,郝经像当时的许多作家一样,理论观念与创作实践往往并不一致。他虽然声称"以文自名,非素志也"(参见《答高雄飞书》),而由于受前代大量名家名作之熏陶,还是具有相当的审美体验与审美表现能力,所以写出的作品也就有一定成就与特色,并在当时以能文而著名。他所写的一些言兵论政的文字,往往能以纵横的论议排比,形成颇为雄强的气势。其论学论理的文章及相当多的序、说,多能随机生发,立意明确,条畅清顺。个别作品,如《横翠楼记》《江石子记》等,虽有累叠之弊与模拟痕迹,亦颇具生动描摹之趣。碑志文中之《汉义士田畴碑》,尚燕赵精神,能给人雄肆苍劲之感。其简而明,用心用语相当考究者,可举篇幅较短之《邻野堂记》:

> 野之处有二焉,有穷于野而道于心者,有野于名而市于心者。何以言之?
>
> 讨幽而山,阻深而泉,蒭茨而峤以林,缭垣而阿与磐,而笑傲焉,偃息焉,随焉嬉焉而饮食焉,进而获覆,行而获尼,抱道怀才而不遇,蕴德匮奇而肥遁者,如是而可也,是穷于野而道于心矣。故《诗》曰:"潜虽伏矣,亦孔之昭。"又曰:"生刍一束,其人如玉。"

无业以镃于身,无德以光于行,无材以用于世,而据名山,挟大川,擅高腴之地,鬼蜮其志,而麋鹿其形,徜徉磐薄以异于时,以高于天下,以动于王公大人,由是而言,得非为野于名而市于心者乎?安在其为野处也。故传曰:"素隐行怪,后世有述焉,吾弗为之矣。"余常以是自讼处野之道。

乙巳秋,鲁伯自燕来,以孝纯张君之书示余,云:"近卜居于故宫基,构一室,迥绝尘哄,粪甓而开途,铲草而植卉,虽在燕城,实有野处之趣,故名其室曰'邻野',言非野而邻于野也。吾子其志之。"余嘉其既不在野,亦不在市,既得其道,而又得其趣也,故附自讼之说以为记。(《全元文》第四册)

野处即隐遁。文章以简峻而具描述性语言,高度概括出真隐假隐之本质区别,炼而净,要而中,颇得唐宋名家之精神。郝经于《遗山先生墓铭》曾言受学于元好问,其能得唐宋之传,或与元好问之影响有关。

2. 戴表元

戴表元(1244—1310),字帅初,一字曾伯,自号剡源先生,庆元奉化(浙江奉化)人。为由宋入元著名作家之一,《元史·戴表元传》称:"至元、大德间,东南以文章大家名重一时者,唯表元而已。"

戴表元属于不同于郝经、许衡等的另一类型人物。其一,他长期生活于东南地区,经科举而入仕,亲身经历了元兵南侵所造成的颠沛流离,因而存在明显的民族意识。对坚持抗敌之陆游、辛弃疾、文天祥极为崇敬,与谢翱有相当深的交谊,为曾追随文天祥之游应梅及其子写墓志铭,而对误国卖国之蔡京、秦桧痛加贬责。但由于大势所趋,他对时局的变化无可作为亦无可奈何,在元朝巩固其统治后,只能取隐忍顺应态度。虽为生计一度出任信州教授,旋即以疾辞,且曾写《通谢张可与参政书》《谢王廉访书》,委婉拒绝他们的推荐。其二,他基本属于下层文人的圈子。据《戴剡源先生自序》,年轻时虽曾"作书言时政,激摩公卿大人无所避",但应举入仕后,所任仅为教职。三十四岁后,宋亡。因"家素贫,毁劫之余,衣食益绝,乃始专意读书,授徒卖文以活老稚"(《全元文》第十二册)。一生行踪不出江浙,接触交往、意气相投者亦多为与其处境相似及因废科举而堵塞了上进出路的下层文士,还有一些丧失了原有社会地位,沦为平民之豪门世家的后人。他们这些人,无心无力无机会抑或不敢参与论说朝政时局、军国大事,只能彼此间诗酒唱和,流连山水,互相勉慰,顶多不过对世态人情、人生出处、立身处世原则表达看法,发表议论。

在这样的境遇中,戴表元的思想是矛盾痛苦的。他一方面安贫守贱,赞隐,赞退,讲广心,讲顺宁,以得乡土田园山水之乐为慰;一方面又不甘于默默无所作为,于是潜心于读书、授徒、为文,凭此而自赏自负。在《充安阁记》中,他曾以自思、自述、自释的口吻说明这一点,在《真赞二首》中更明确地肯定了这种人生取向:

> 游戏夷、惠之间,雌黄管、葛之上,盖其愚近达,懦近放,戆近让。至于潜光返独,澄源观旷,审一区之易足,悟两歧之皆妄,固不害其为风平川净,天融云盎也。
>
> 此翁足未尝出门,而心游万里;言不能脱口,而手评百家。故知之浅者,以为江湖朝市;得其真者,许之泉石烟霞。噫嗟乎! 其无他乎,抑犹未免于夸耶?(《全元文》第十二册)

"未免于夸",实以自谦而表示的自我肯定。

戴表元对为文的自负是有道理的,他曾自云:"七岁知习古文"(参见《戴剡源先生自序》),"性喜攻古文辞"(参见《送谢仲潜序》)。《元史·戴表元传》则谓:"表元闵宋季文章气萎苶而辞骫骳,骫弊已甚，慨然以振起斯文为己任。"又赞"其学博而肆，其文清深雅洁，化陈腐为神奇，蓄而始发，间事摹画，而隅角不露"。

统观戴元的散文作品，与上述诸点相关，具有以下特点：第一，除少数书启及祭文、哀辞用四六韵语外，体式上基本全为古文；类型上无高文大论，占比重最大者为送序、书序及各种说类，而以题跋、书后次之，包括读史之短论。第二，序、说之类作品中，突出的特色是：无论涉及的是什么对象，总是将自我主体置身其中，述中有论，论中有述，述与论皆以自身感受的口吻出之，给人以自然、深切、着实之感。第三，文章的营构上，多数是先就某题作一般性的泛论，然后引出或切入具体的人或事，展开阐述，最后再与论题相回应。但也时有变化，有的为通篇自述，如《充安阁记》；有的以设问设答代叙事，如《稼轩书院兴造记》；有的由反而正，借否定而表肯定，如为张仲实所写《学古斋记》，等等。第四，行文上以"清深雅洁"简明晓畅为基本特色，但亦具风格的多样性。有极委婉细致者，如与张可与、王廉使二书；有蓄而成势、简劲有力者，如《送曹士弘序》等；有笔势开阔雄放者，如《送龚子敬序》着笔之语；亦有忆昔怀旧、情调感伤者，如《朱伊叟诗序》。第五，戴表元有着相当浓厚的乡情，又常以流连山水排遣忧闷情怀，所以往往着意山水田园风物的摹写。这方面较出色的文字，是为王德玉所写《松风阁记》。其中先写松风在不同季节的变化：

> 今夫松风者，其初发于阴岩，撼乎陵丘。当夫天地闭塞，万物枯槁，鸟栖兽藏，路无往来，沙石为之飞走，林谷震而惊恐。则是风也，冲撞叫呼，触者容伤，当者肤摧，非夫坚全而不蠹，静密而自重者，鲜不挠焉。若是者，特适遇其怒耳。

> 及乎委蛇而休，优游而行，春和气明，人禽熙恬，山光野

声，相为清妍。则是风也，徘徊乎卷阿，周流乎平林，昂者为舞，偃者为笑，虽培塿丛薄之间，可以畅意自乐，而况于翘翘者乎！若是者，又适遇其喜矣。

乃若骄霖欲收，稚暑方壮，潜居愁沾，幽伏畏喘，千金之子，环堵之夫，郁郁不得免焉。飒然微凉，幕举襟启，开牖而视之，则苍云扶疏，清荫如屋，纤尘不摇，百窍犹默，而翛翛潺潺，已爽焉若游清泠之渊，而餐沆瀣之浆矣。当此之时，可以投壶雅歌，可以抱膝长啸，可以偃息，可以笑傲。若是者，可谓乐之极，遇之至，而世言松风者，庶几乎得之矣。

然后勉王德玉以松之品节自励：

今夫德玉，居有纷华喧嚣之厌，出有功名进趋之耻，清修而强学，虚心而敏事，视人间之得丧休戚，荣辱喜惧，岂有以异于寒暑之变。顾吾所以坚忍自持，逍遥内得，小失意而不迁，大获愿而能止，亦有以遇于适然之遇，爽焉之乐者乎。古之君子，三揖而进，一辞而退。弹琴著书，饭蔬饮水，以为荣于轩绶，甘于鼎俎者，用此道也。德玉肄习之暇，登斯阁也，想斯名也，必有洒然于中者矣。（《全元文》第十二册）

文中明显可以感到宋玉《风赋》、欧阳修《秋声赋》等影响，又糅以自己的人生价值取向。

以上诸点，可以看出戴表元所承古文名家之泽被，亦显示出他是元代颇有个性特色的作家。

3. 刘因

刘因（1249—1293），初名骃，字梦骥，后改名因，字梦吉，世号静修先生。保定容城（今属河北）人。天资绝人，弱冠即学有所成。

早年居家教授，至元十九年(1282)，诏征为承德郎、右赞善大夫，命教宫中近侍子弟，未几，以母疾辞。二十八年(1291)，复以集贤学士、嘉议大夫征，以疾固辞。三十年(1293)卒。延祐中，追赠翰林学士，追封容城郡公，谥文靖。

　　刘因与郝经有交往，对其相当敬重，人生追求与价值取向，亦与之相类：即通过对元的拥戴实现社会理想。唯刘因文中对蒙古灭金、灭宋过程中之杀戮掳掠及战乱给人民造成的苦难，多有反映，如《都山老人九十诗序》有云："金源贞祐，迄于壬辰，河之南北，兵凶相仍，生意殆尽，而先儒所谓'天下萧然，洪水之祸盖不至此'者，惟是时足以当之。"(《全元文》第十三册)为孙公亮所作《先茔碑铭》及为段直所写《泽州长官段公墓碑铭》中，对上述情况亦有具体记述。出于对战乱的反感，他称赞元之统一，谓"宋亡，百五十年之分裂一日复合"，"天下无事，事有纲纪"(《全元文》第十三册《送张仲贤宣慰淮东序》)。《先茔碑铭》中亦云："今天子即位，草昧一革，古制浸复。及至元改元，则建官立法，几于备矣。"为段直所写《墓碑铭》，亦重在赞扬其兴学修教，谓："当用武之际，独能以立学为先，教劝修举，使前贤数百年之遗风不遂废坠。"(《全元文》第十三册)

　　思想观念上，刘因对道学尤其推崇。《元史·刘因传》载："初为经学，究训诂疏释之说，辄叹曰：'圣人精义，殆不止此。'及得周、程、张、邵、朱、吕之书，一见能发其微，曰：'我固谓当有是也。'及评其学之所长，而曰：'邵，至大也；周，至精也；程，至正也；朱子，极其大，尽其精，而贯之以正也。'"于其《跋朱文公杰然直方二帖真迹后》中，又特赞朱熹"跨越古今，开阖宇宙"，"凡世俗之所为学者，皆在百尺楼下矣"(《全元文》第十三册)。正是依据理学之极端强调君臣父子之大节、以天理灭人欲之精要，他不但写《叙节妇贾韩》《孝子田君墓表》，而且于《辋川图记》中，既贬斥王维，又批评唐代

重艺术轻节操之风气,谓:

> 维以清才位通显,而天下得以高人目之,彼方偃然以前身
> 画师自居,其人品已不足道。然使其移绘一水一石、一草一木
> 之精致,而思所以文其身,则亦不至于陷贼而不死,苟免而不
> 耻。其紊乱错逆如是之甚也,岂其自负者固止于此,而不知世
> 有大节,将处己于名臣乎?斯亦不足议者。予特以当时朝廷
> 之所以享盛名,而豪贵之所以虚左而迎,亲王之所以师友而待
> 者,则能诗能画、背主事贼之维辈也。(《全元文》第十三册)

对王维如此苛责,正见出他对道学理念之推重。也许正因如此,至
仁宗延祐年间,元朝统治者愈益看到道学在维护其统治地位方面
的作用,才对刘因大为褒赏,赠其官,又赠其爵。但刘因先世既曾
仕宋,又曾仕金,且本人亲睹元人之酷暴,如对元一味投顺颂扬,未
免有悖其所谓大节。所以在拥元的同时,他又想与之保持一定距
离,一度应召后旋即辞退,并坚决拒绝再次征召,终生以教授生徒
之学者自居。

如超出理学范围而论,刘因确实表现出很高的学养与识见。
最能见出此点者,为其《叙学》一篇。该文自谓为问学者"陈读书为
学之次序"而作,按经、史、子、集、诗、文、书、画的顺序,一一理出其
发展演进之统绪,提示学习应注意要点,间以对重点作家作品之评
骘。今天看来,相当于一简要而全面的学术史论或学术概论。虽
指导思想基本立足理学观念,评述亦受传统观点影响,但具体阐述
中,态度相当客观公允且不乏独到之见。如论文一节:

> 至于作文,六经之文尚矣,不可企及也。先秦古文可学
> 矣,《左氏》《国语》之顿挫典丽,《战国策》之清刻华峭,庄周之

雄辩,《穀梁》之简婉,楚词之幽博,太史公之疏峻。汉而下其文可学矣,贾谊之壮丽,董仲舒之冲畅,刘向之规格,司马相如之富丽,扬子云之邃险,班孟坚之宏雅。魏而下陵夷,至于李唐,其文可学矣,韩文公之浑厚,柳宗元之光洁,张燕公之高壮,杜牧之之豪缛,元次山之精约,陈子昂之古雅,李华、皇甫湜之温粹,元微之、白乐天之平易,陆贽、李德裕之开济。李唐而下陵夷,至于宋,其文可学矣,欧阳子之正大,苏明允之老健,王临川之清新,苏子瞻之宏肆,曾子固之开阖,司马温公之笃实。下此而无学矣。学者苟能取诸家之长,贯而一之,以足乎己,而不蹈袭麤束,时出而时晦,以为有用之文,则可经纬天地,辉光日月也。(《全元文》第十三册)

总倾向虽崇尚古文,而广收博纳,远非理学家之偏狭固隘可比。

基于其学养与识见并承受前代影响,刘因的散文作品有两个比较突出的特色:

其一,好为论,亦善为论。除《叙学》这样大型的论说文字外,序、记、说,包括碑志文,皆往往插入论说成分,而且能表现出视界的高远与析理的细密。如《庄周梦蝶图序》,名为序,实为论,就庄子"齐物"而视万事万物为幻,辨儒与道之别。析理清晰,颇中庄所为说之谛,论儒、道不同而无肆意攻讦之弊。《游高氏园记》,名为"游",而并未写风物,却借园中之楼,阐发事物"生生不息"之理。其著名的《孝子田君墓表》,开篇并不及其人,而发表了一大段关于人生价值观的宏论:

呜呼!天地至大,万物至众,而人与一物于其间,其为形至微也。自天地未生之初,极天地既坏之后,前瞻后察,浩乎其无穷,人与百年于其间,其为时无几也。其形虽微,而有可以参天地者存焉；其时虽无几，而有可以与天地相终始者存焉。

故君子居无事之时，于其一身之微，百年之顷，必慎守而深惜，惟恐其或伤而失之，实非有以贪夫生也，亦将以全夫此而已矣。又其当大变、处大节，其所以参天地者以之而立，其所以与天地相终始者以之而行，而回视夫百年之顷，一身之微，曾何足为轻重于其间哉！然其所以参天地而与之相终始者，皆天理人心之所不容已，而人之所以生者也，于此而全焉。一死之余，其生气流行于天地万物之间者，凛千载而自若也。

使其舍此，而为区区岁月筋骸之计，而禽视鸟息于天地间，而其心固已死矣，而其所不容已者，或时发焉，则自视其身，亦有不若死之为愈者。是愈全其生，而实未尝生；欲免一死，而继以百千万死。呜呼！可胜哀也哉？（《全元文》第十三册）

剔除其理学因素，这样的观点，今天亦属堂皇之正论。

其二，行文质简又具婉曲之致。刘因的文章，有的比较平易恳切，如颇近李密《陈情表》之《上宰相书》，及《答田尚书书》，有的比较质朴浅俗，如《武遂杨翁遗事》。但总的说来，受古文熏陶甚深，质而且简，为其基本特色。如《寿史翁百岁诗序》篇首语："寿年九十六，百岁，举盈数也。翁，保定祁人，有子，今为郡从事。从事先为宰府掾，请出，求为乡郡，以翁故也。"（《全元文》第十三册）语极简，而述事甚明。其《道贵堂说》云：

邵康节诗"虽无官自高，岂无道自贵"，非以道对官而言也，但言道不以此为有无尔。若以为对，则其浅狭急迫，非惟不知道之所以为道，而慕外之私，亦必有不可胜言者矣。河间

李生，摭邵氏诗名堂曰"道贵"，求其说于予，故云。（《全元文》第十三册）

为人作记，只此寥寥数语。非属应付，言虽简，意足而已。但刘因为文不只求简，同样讲究委婉曲折。如为翟良佐所写《送翟判官序》：

> 予昔闻翟氏之先人有隐德于人，其事甚悉，存之于心有日矣，特未有以信也。
>
> 渡江之役，而良佐与焉，自江淮抵闽越，触火热瘴疠，遂病不起。时气运方厄，而南北之人病死相藉，奄然一息，孰能胜之？人固不望其生，己亦不复以生理自念矣。及还，则乡里虽惊其至，然形容非昔，而生气若夺，识者尚忧之。后二年，予居山中，忽报云：新除江州路判官来访。出应，则昔日之良佐也。凡事有智数之所不能测者，必有一定之天存乎其间。昔予所闻，于是乎有以信之矣。
>
> 良佐好善，喜读书，今将为政矣。其思夫天人之际，虽反覆变乱之极，以人胜天，以文灭质，而气失其平，其所谓一定之理者，固未尝有毫发僭差以负于我，则其政必有异于人者矣。
>
> 子行矣。予将观子矣。登庐山，泛九江，徘徊于濂溪、白鹿之间，以致其高山景行之意。而良佐见轻舟凌波、隐见垂纶，长啸鼓枻而歌，如太康之渔父者，其必我也。（《全元文》第十三册）

文章先言"未有以信"，然后叙翟良佐近死而复生，复又被任命为判官之传奇性经历，以证其"有以信"。转而对良佐赞且嘱告。最后，借形象语言表必去看望之意，生动而留有余韵。可谓其婉而有致。

4. 虞集

虞集(1272—1348),字伯生,号邵庵,又号道园。祖籍四川,生于湖南,侨居江西临川崇仁。为虞允文五世孙,父母皆为世家后裔,自幼受有良好教育。元成宗大德元年(1297)入京师,授大都路儒学教授,累官至翰林直学士、知制诰、同修国史、国子博士、奎章阁侍书学士等,历仕成、武、仁、英、文、惠宗各朝,卒赠江西行省参知政事、仁寿郡公,谥文靖。

虞集生当元代中后期,元朝的统治地位已经稳定,汉化程度加深,但统治集团内部以及社会矛盾加剧,王朝转向衰落趋势。帝王们企图以加强思想统治来巩固其地位,于是崇儒重道,开科取士,文化上一时呈现出昌盛景象。

在这样的背景下,虞集成为当时文学上的突出代表之一,被视为诗文的最大宗师。虞集知识渊博,学养丰富,赞赏先秦古籍,尊崇欧、王、曾、苏等古文名家,但由于家学影响及与理学大师吴澄交谊甚密,故受理学熏染极深,处世观与文学观与前人有所不同。其《近光集原序》云:"士君子生乎盛时,有文学才艺以结知于明主,词章洋溢于馆阁,议论敷扬于朝廷,所谓昭代伟人盛福全美者也。"(《全元文》第二十六册)此话可以作为其人生及为文目标之集中概括。

如何才能达到这一目标?虞集首先重视的是必须以宗经为本。《答熊万初论文启》中云:"切谓古者,学文贵乎端本。涵养未至,出虑多生于血气之私;辩问弗精,立论或违乎礼律之当。必两者之无欠,乃沛然而有余。"何谓"端本"? 下面所谓:"由濂洛而洙泗,顾范我驰驱;规姚姒而逮《庄》《骚》,尚启予切磋。"就是答案(《全元文》第二十六册)。于《六艺类要序》中,他特举欧、王、曾之文为例,云:"三百年来,执笔而为文者宗乎此则是,外乎此则非,本乎此则正,求异于此则乖,此其大凡也。"而在对欧、王、曾文的分析评价中,又认为他们所以特立突出,为后人难及,皆在于以经学为根底,得出结论说:"盖文者无得于经,无考于礼,而足以成一代之文,未之有也。"(《全元文》第二十七册)其次,他将文与时政关联在一起。在《陈文肃公诗集序》中明确地讲:"大夫君子,所以有誉于天下,而垂名于方来者,必有及人之政,传世之文。是故骚人胜客,和墨濡翰以自悦于花竹之间,欣叹怨适,流连光景,非不流传于一时,然于治政无所关系,于名教无所裨补,久而去之,亦遂埋没而已,何足算哉? 乃若受命天子,临莅斯民,禁奸慝,消祸暴,抚良善,纾困厄,防微杜渐于不言之先,救弊塞遗于将蛊之际,而怀恩服义者众,卓然有闻,宜无不传者矣。"(《全元文》第二十七册)所表达的无疑是为理学家所强化的文章服务于政治教化观。再次,特别强调文章的拥主颂世作用。他有一篇《龙兴路重建滕王阁序》,同以"滕王阁"为题,旨趣与王勃、韩愈绝不相同,重点强调公卿大夫、四方宾客"相与登临,览观于斯阁,优游雍容以歌颂国家之盛,而发挥其尊主庇民之心,不亦伟乎"(《全元文》第二十七册)。其为翰克庄所作《砚铭》,更直接以"作为文章,以颂治平"(《全元文》第二十七册)为铭语。以上三点,可以说是虞集文章观的主导性方面。

虞集成为一代文章的宗主,与他社会地位高有关,但主要还因为他在创作实践上,作品体裁全,数量大,题材内容切于时代需要,继承传统方面亦显示出相当的成就与功力。

所谓体裁全,指其作品包括制命、诏诰、典册、表疏、书启、序记、题跋、赞铭、传状、碑板、哀祭等文,几乎无一不具,而且体式上能各得其要。如诏、命、表、启等沿袭骈俪形式,典丽而精切。所谓数量大,指其存稿存文之多为其他作家所少有,且据《元史·虞集传》云,其"平生为文万篇,稿存者十二三"。至于题材内容切于时代需要,主要体现于在其主导观念支配之下,海量的文章中,表现出以下明显倾向:

其一,高度尊崇儒学的教化作用,极力鼓吹理学对儒道之继绝中兴功绩。这在其各体文章中皆有体现,仅以"记"来说,他为重修新建宣圣庙所作之记,就超过二十余篇,为各地各类书院所作之记亦不下此数,与之相关之阁记、堂记尚不在其列。至于为人所写之"堂""斋""亭""楼"等记,亦大多以阐发儒家及道学观念为核心内容。所以如此,在其《袁州分宜县学明伦堂记》中有所说明:

> 惟人也,得夫仁义礼智以为性焉。人之为道,则有君臣、父子、夫妇、兄弟、朋友之伦矣。孝弟本于仁也,君臣、夫妇、朋友合以义也。惟其有是礼也,故行斯五者,有以尽其分。惟其有是智也,故能知斯五者,而有以穷其理。惟圣人为能极其至,故曰:"圣人,人伦之至也。"贤者率循其道,以求至其至者也。推之以教夫凡民,使皆有以望其所至而自达焉。……世道沦降,三纲紊而九法斁者,盖有之矣。而穷天地亘古今,五者之伦,何尝一息之可废哉!(《全元文》第二十六册)

看来,他所以如此重视这方面的内容,就是为了强化可维护当时君主专制体制下的五伦关系。

至于道学或理学,正像他将儒学概括称之为"洙、泗",而将之概括为"濂、洛之学"。由周、程、张、朱、陆,至当代之许、吴,以及中间之大大小小代表人物,不分门派,皆加以肯定赞扬。其所以这样做,主要是认为自子思、孟子以来,儒学传统中断,而道学具有继绝中兴之功。在其《送厄普序》中有谓:"学道者何事乎?穷理尽性,以至于命。其事也,汉儒得遗书于灰烬之余,专门名家以传之。""然而道德之原,性命之要,苟无得于心、造其极,则表里精粗不能一。"然后强调说:

自伊洛先儒之出,学者始得其宗,以知夫大原之所自出,而致力于天理彝伦之正,所谓下学而上达,体立而用行者也。由是,儒者始知其所谓道……自是,不惟训诂者有所考,以知其指归,而豪放淫靡、驰骛陷溺而无所底极者,亦凛然有所愧耻于人道之重矣。此道学之中兴也。(《全元文》第二十六册)

其《沣州路慈利州重修宣圣庙学记》中,又特别赞扬了元代对推崇道学所作贡献:

　　我朝自许文正公以来,定为国是。大公至正,而莫敢有异议者也。则凡学乎此者,皆明夫君臣、父子、兄弟、夫妇、朋友之伦,而求至其至而已矣。乌乎! 三代而下,至于今日,为学之首,既明且盛者如此,岂汉、唐所可望其万一者哉?(《全元文》第二十六册)

　　显然,他认为道学可以比传统儒学更有力地强化对人心的统摄。这既反映了元人已将道学确立为社会统治思想,也透出了由元至明、清皆沿袭这一做法的底里。
　　其二,他对元朝的统治及其各代帝王极力进行颂扬,尤其对忽必烈以来的重视文治,更是赞不绝口。这不但见之于为官方所写诏册,在诗文序、送序、题跋、亭台记、碑板文等各类文章中,凡涉及当代人物、事迹者,在表彰具体对象之前,往往要加上“圣天子在御,内外宴安”,“圣天子在上,视民如伤”之类的赞语。典型者如为僧嘉纳所写《崞山诗集序》,开篇即云:“天运在国朝,元气磅礴于龙朔,人物有宏大雄浑之禀,万方莫及焉。是以武功经营无敌于天下,简策所传,有不可胜赞者矣。世祖皇帝混一海宇,人文宣畅,延礼巨儒,进讲帷幄。宗亲大臣,多受经义,而经天纬地之文,戡定祸

乱之武,于是兼举而大备焉。"(《全元文》第二十六册)尤可注意者
为其《襄阳路南平楼记》。襄阳是宋元焦点战场之一,宋兵抗御六
年,后因吕文焕之背叛,元人才得攻克。当年战斗之惨烈,人民受
创伤之残酷,后人皆可想见,而虞集却恰用此城歌颂元朝太平
之盛:

> 嗟夫! 天下之治平久矣。海内一家,偏方下国,恃险阻以
> 自固者,悉已铲削消磨而无复遗迹,况夫襄之为郡,蔚为内地,
> 涵煦圣化,休养生息之深厚者哉! 士大夫鞅掌王事之余,驰驱
> 之暇,乐其风俗之淳美,土力之完复,于是有逸居安食之思,而
> 四方游士宾客,以相后先,他郡盖莫之及也。而之民者,幼者
> 壮,壮者老,老者日已尽矣。徒知其长子老孙养生送死之乐,
> 岂复有知祖宗经理艰难之初,师武臣力之故哉!
> 想夫元戎,当岁时之丰乐,军士之休宁,与其守臣宾佐吏
> 士,饮酒作乐于斯楼也。凭高望远,徘徊四顾,观夫人民城郭
> 山川草木于烟云晻霭之间,道先世之功烈,以诏其子孙,使毋
> 忘警戒于无虞,而世世保兹乐土,以奉国家盛德于无穷,则自
> 三将军始也。岘首之崇,檀溪之深,视彼异代之士,慨尽瘁于
> 一时,使遗名于后世,而自托于兹者,则可以一慨也夫! (《全
> 元文》第二十六册)

选这样一个地点,粉饰太平景象,赞昔日武功,忘己为汉人、先代为
宋臣,媚附之意态实为太过。

其三,与早期作家不同,虞集不但不回避当初抗元的金源与南
宋的忠烈之士,反而以赞扬的态度加以表彰。如其为田师孟所写
《田氏先友翰墨序》,称:

女真入中州，是为金国，凡百年。国朝发迹大漠，取之。士大夫死以十百数。自古国亡，慷慨杀身之士，未有若此其多者也。呜呼！中州礼乐文献所在，伏节死谊，固出于性情也哉！

然后谓田氏所辑手稿，"余读其辞而悲之。盖其愤郁哀壮，称余所谓豪杰者多在是"（《全元文》第二十六册）。对于南宋抗金、抗元的忠贞刚烈之士，如岳飞、胡铨、文天祥、陆秀夫等人，在其《跋宋高宗赐岳飞御书》《题岳飞墨迹》《跋胡忠简公墨迹》《跋胡刚简公奏稿》《跋文丞相与妹书》等文中，皆以崇敬的态度加以颂扬。甚至对不知名的小人物，亦专门著文记述。如《陈炤小传》，写仅为通判之陈炤与其知州姚訔守常州，"率羸惫就尽之卒，以抗全盛日进之师"，明知不敌，犹"缮城郭"，"治甲兵"，"输私财"，"身当矢石者四十余日"，至矢尽城破，仍坚持巷战而不屈，最终英勇就死（《全元文》第二十七册）。《书孝节堂记后》则载：

皇元之取宋也，蜀先受兵。蜀士之以家死事，若西和贾倅，盖有之矣。天兵至南土，遂灭宋，昔者死事之子孙又死之，如西和之曾孙，何可多得哉？（《全元文》第二十六册）

虞集有此笔墨，一是此时元朝的统治已经巩固，抗元之士对它不再构成威胁；二是这些忠义之士的表现，符合理学特别重视之忠君为国之大节，表彰这样的人物，也就等于号召士人们以同样的态度尽忠于新朝。但客观上也反映出中华贞烈之士英勇抗击入侵外敌的传统。

在继承古文传统方面，虞集既不追求雄奇险怪，亦反对浅庸繁赘。一般说来，他的作品以明晰、条畅、谨严、得当为主要特色，该简约处简约,需详密处详密,亦不乏平易、恳切、婉曲、颇具声色之笔墨。对于须着力的高文大册,又显示出宏观上从容掌控把握的深厚功力。其《跋文丞相与妹书》:

> 一代三百年间,有此臣。一家数十口内,有此女。臣不二君,女不二夫。臣尽节而死,女全节自生。不愧于天,不怍于人,可传千万世。卓哉!曼卿出其门,藏此帖甚珍之。噫!诚可珍也,观者为之流涕。(《全元文》第二十六册)

句句简断斩截,而意丰情真。其《故翰林学士资善大夫知制诰同修国史临川先生吴公行状》,因吴澄地位之重要及彼此间的关系,是虞集极为尽心竭力之作。文章先按其年岁,后依年号次第,逐年甚至逐月,记述吴澄生平事迹,然后总括其思想与成就,业绩与影响。洋洋万言,叙次有条不紊,详尽而细密;评价全面周至,精高而着实。堪为与其宗主地位相称之鸿篇巨制。其少数碑志文,如为张珪所作《中书平章张公墓志铭》亦为与之相近之力作。

统观虞集的散文作品,因深受理学影响,强调文章的实用价值,主要致力于颂世与宣扬道学理念,轻视或否定文章的审美功能,致使其审美视野受限,审美表现力不足。无疑对后世散文发展有消极影响。

5. 欧阳玄

欧阳玄(1283—1357),字原功,号圭斋,又号平心老人。原籍庐陵(江西吉安),先辈迁居湖南浏阳。幼受家教,弱冠声名远播京师。仁宗延祐二年(1315),赐进士及第,授岳州路平江州同知,累官至翰林学士承旨,光禄大夫,知制诰兼修国史等职。卒,追封楚国公,谥号文。

欧阳玄为稍后于虞集而地位与之相近的元代文学大家。《元史·欧阳玄传》称其"屡主文衡","凡宗庙朝廷雄文大册、播告万方制诰,多出玄手";"海内名山大川,释老之宫,王公贵人墓隧之碑,得玄文辞以为荣。片言只字,流传人间,咸知宝重"。其为文之主导倾向基本与虞集相类。除对理学的鼓吹不如虞之强烈外,在崇儒重道方向上二人一致,他同样写有大量的重修圣庙记、书院记。虞集倾力为吴澄写《行状》,他则尽心于为许衡撰《神道碑》。在序、记诸作中,亦渗透理学观念。在对元朝的颂扬上亦不亚于虞集。作品中也不乏总结宋亡经验,表彰忠烈之士的文字,如《清节书院记》,为胡铨曾师事之萧楚而作,赞扬其为宋死节,且称:"及宋讫箓,仁人志士骈首就义,史不绝书。"(《全元文》第三十四册)在《梅边先生吾汝稿序》中,盛赞王炎午《生祭文丞相文》,称:"呜呼! 王鼎翁,宇宙之奇士也。"(《全元文》第三十四册)又为抗元而死义的张忠孝撰《张将军祠碑》。

散文成就上,欧阳玄存文数量远不如虞集,而同样诸体皆备,以古文为正宗。但笔法上较为灵活,有一定特色。其制册表奏以骈体为主,间以散句。书启作品一般亲切恳挚,但注重文辞,有雅致风韵,如《回所立书》前半:

> 相距五百里,相别十五年,逆旅倚伏,靡不更常,起居动静,邈焉无从。忽宣翁兄携所惠书,得之惊喜相半。追忆曩侍先君子琴册,适执事自彩侍来拜见,退相从斋阁。是时仆与执事俱为人子弟,一门自为师友之乐,有不容喻。今日此况味,惟属之所立。仰名门雍熙之轨,翁季道德之盛,异时秋蝉赋,侧耳独领略。
>
> 吾知叔弼久矣,两科士论,殊以鲁生不来为恨。六月之息,三年之鸣,端有所待。他日榜中,龙虎第一相承,舍君其谁? 政当坚坐冲密,守庚申耳。

区区遭时承乏，何足置牙颊？来书谆谆然及之，令人卷舒，愧沈可拾。甚者以六一为是，何以美疢强加我耶？此公事业，未论其他，只芦获画地，我辈曾受此苦，曾下此工夫否？此则断断然不梦见脚板者也。（《全元文》第三十四册）

所立当为玄之同族同辈，应举尚未及第者。书中叙旧情深，鼓励对方，且表自谦意。恳挚真切，选词用语相当考究，时或用典，无矫揉自尚之弊，给人雅致之感。序、记、题跋等文，随意生发，简明顺畅，有些行文富有变化。《五马图》之跋语：

卷中五马，龙者其谁？如隔脑脂，如行烟外，如辨九疑，而况南山四十万匹中，欲求流云飞电之姿。呜呼！世无伯乐，龙者其谁？（《全元文》第三十四册）

以问为赞，写观画感受。极简，而别有意趣。其《潜溪后集序》，赞宋濂之文：

其气韵沉雄，如淮阴出师，百战百胜，志不少慑；其神思飘逸，如列子御风，翩然褰举，不沾尘土；其辞调尔雅，如殷鼎周彝，龙纹漫灭，古意独存；其态度多变，如晴跻终南，众皱前陈，应接不暇。非才具众长，识迈千古，安能与于斯？（《全元文》第三十四册）

以形象比喻代论议，后来亦常被引用，几成对宋濂文章的定评。所谓雄文大册的碑板文，则体现了宏肆的功力。如为虞集所写《元故奎章阁侍书翰林侍讲学士通奉大夫虞雍公神道碑》，规模宏大，内容丰赡，从唐之虞世南写起，下及其五世祖宋名相虞允文，然后历数其仕历业绩。不只论其文学经学成就，且兼及政事建树，德行人品。叙次清晰而详密，间以评骘赞颂，充分表现了其掌控表达能力之强。其大型碑志之作，都有类似特点，所以一向为人所称道。其与友人书中，曾多次提到"文债是生，无少休息，令人闷闷"，亦说明在当时文坛影响之大。

欧阳玄的文章观念有正负两个方面。就其正面来说，有两点可肯定。其一是，明确反对从古人中寻求为文之绳墨规矩，而主张出于自然。在《刘桂隐先生文集序》中，有以下论说：

> 有一定之法而蔑一定之用者，圣人之于规矩也；有无穷之言而怀无穷之功者，造物之于文章也。是故巧能为文章，不能为规矩，偭故常而为规矩者，狂之于巧者也；法能为规矩，而不能为文章，守故常而为文章者，狷之于法者也。今余读刘先生之文，温柔敦厚，欧也；明辩闳隽，苏也。至论其妙，初岂相师也哉？又岂不相师也哉？或曰：妙可闻乎？曰：妙可意悟耳。试从刘先生求之，盖有不可以言传者矣，而况余乎？虽然，余所谓规矩蔑一定之用，文章怀无穷之巧者，庶乎近之。（《全元文》第三十四册）

"狂"为超出，"狷"为不在意。核心意思是写文章可继承前人之精神，而不可死守前人之规矩法度。他之论诗，如所谓："'我欲近自然，物物由天成。'以是求句，何患无佳句也！"（《全元文》第三十四册《李希说诗序》）表达的也是同样的意思。这正是对前已有苗头，后成为潮流的，专着眼于法度法式者的警示。其二是，对古文的发展，有较明确的认识与概括。在《潜溪后集序》中曾谓：

> 三代而下，文章唯西京为盛。逮及东都，其气寖衰。至李

唐复盛,盛极又衰。宋有天下百年,始渐复于古。南渡以还,为士者以从焉无根之学,而荒思于科试间,稍自振拔者,亦多诞幻卑冗,不足以名家,其衰又益甚矣。我元龙兴,以浑厚之气变之,而至文生焉。

除站在本朝立场,对元文高估外,识断相当正确。

其负面观念,则在于受理学影响过深,忽视了散文的审美意义,将文完全维系于"道"上。其《为防里族侄题兖文忠公像》云:

> 文在两间,与世推移,道之将兴,文必先知。八代萎靡,韩欧继作,读者赡之,实启濂洛。五季巨笔,素王微权,《本论》拳拳,庆历七篇。人心既正,士习斯淳,黄河泰华,我公其人。(《全元文》第三十四册)

对欧阳修的赞颂中,已经片面地仅将其紧紧地系于道学之道上。于为虞集所写《神道碑》中,则讲得更明确:

> 自汉魏六朝以来,经生、文士判为两涂,唐昌黎韩公、宋庐陵欧阳公力能一之,而故习未尽变也。濂洛诸君子出,其所著作,表里六经,言或似之。于是文极文之典奥,道极道之精微,一趋于至善而后止。
>
> 其殁也,门人录其语以相授受,其为书虽出一时之纪闻,然概之圣人修辞立诚之旨,未尽合也。昧者准之以立言,世之文士共起而病之。然文士知病其为文,而未必知文外非别有道,道外非别有文也,二者胥失焉。宋末病滋甚。

其中将理学家之文放在韩欧之上,称其"趋于至善",几乎完全丧失了应有的审美判断力。下面虽对"语录体"进行了批评,而所谓"文外非别有道,道外非别有文",则完全是朱熹的"文""道"合一论。这种道学观念,实际上也对其创作产生负面影响。如其《听雨堂记》有谓:

> 君也,亲也,弟兄也,朋友也,人之于纲常一也。日也,云也,月也,雨也,人之于见闻一也。其感于外而动于中,有深浅焉,此士君子之所存,异乎常人者也。雨注于霤,其声鞺鞳;滴于阶,其声淅沥;驰于竹松,其声屑窣。春而听之,有发生之意,兄弟之和气怡愉以之;秋而听之,有寂静之容,兄弟之神凝虑远以之。所以然者,岂有外至哉!(《全元文》第三十四册)

为李君鼎所写《临溪亭记》则云:

> 何时与临溪分坐,俯阚清流,毛发可鉴,潜鳞游泳,不避人影。清风舒徐,漪涟回旋,悟溪之有文也;霜濑激湍,石齿玉雪,喜溪之能声也。摇琴而歌曰:溪之水深且清兮,我濯我缨。溪之水清且深兮,我濯我心。缨有尘兮尚可,心有累兮溪将无以浣我。外洁静兮中明娟,我与溪兮各全其天。(《全元文》第三十四册)

将对外在自然界的审美观照与理学观念硬性结合起来,将理学意识塞于审美体验之中,将本来具有相当审美表现力的文字创造的意境情趣破坏殆尽,与唐宋人之亭台记大异其趣。这恐怕是受理学毒害的作家与前代名家无法比拟的原因之一。

以上,选择了元代散文发展中具有一定代表性的作家略作介绍。早期还有姚燧，后期还有揭傒斯，末期还有黄溍、柳贯、吴莱等，略而未论。统观起来，有一个极值得注意的现象：就整个元代文学来说，在中国文学史上有突出地位、重要成就：以关、王、马、郑、白为代表的杂剧及新兴的散曲，不仅蕴含深刻的思想意义，而且显示出极高艺术造诣，都是中国文学取得新进展的标志。而身居上层的士大夫作家们，似乎生活在另一世界，对之完全视若无睹。在他们的圈子里，仅以传统的诗文为正宗，满足于彼此赞赏，就其所处的时代来说，虽取得一定成就，某些方面也继承了前代名家的精神，而在题材范围及审美视野上，愈来愈收拢而狭窄。沿着这样的路子走下去，不可能使古代散文重振昔日辉煌。

第二节　明代前期散文

自朱元璋于 1368 年称帝，定国号为明，至 1644 年李自成攻入北京，崇祯自缢于景山，清兵入关，占领中原，虽尚有南明几个小朝廷延续了一段时间，但作为一个朝代的明基本灭亡。

明代是由汉人作为最高统治者的最后一个君主专制王朝，也是自秦以来倒数第二个君主专制政权。从朱元璋开国之始，就致力于强化政治上的集权、君主的独行独断，这在一定时期内，起到了巩固统治地位的作用，但延续下来，愈益暴露出其固有的弊病：皇帝可任性而为，奸权乘机秉国，阉竖之祸达到无以复加的地步。经济方面，经过一段恢复期，生产力有所发展，市场经济重新接续着两宋的势头，有所繁荣。在当代研究者中，前一段时期，有晚明已出现资本主义萌芽之说，近年来，又有学者称明代后期已与西方接触，纳入全球化范畴，可谓进入近代化之前奏。思想文化方面，明初承接了元代推崇理学以维护君主专制的传统，但到中后期,王阳明之心学出,与程、朱之学分庭抗礼,以至王学左派发展成反理学的异端,反映出人们个性意识的觉醒,导致社会上的人欲昌炽。

基于以上背景,加上元代以来文人地位下移,随社会发展必然形成的文化普及,明代就出现了文学与书、画艺术的全面繁荣,某种程度某些方面呈现出雅文学与俗文学的结合。对士大夫领域诗文写作的变化,《明史·文苑传》序言有以下概括:

> 明初,文学之士承元季虞、柳、黄、吴之后,师友讲贯,学有本原。宋濂、王祎、方孝孺以文雄,高、张、徐、刘基、袁凯以诗著。其他胜代遗逸,风流标映,不可指数,盖蔚然称盛已。永、宣以还,作者递兴,皆冲融演迤,不事钩棘,而气体渐弱。弘、正之间,李东阳出入宋、元,溯流唐代,擅声馆阁。而李梦阳、何景明倡言复古,文自西京,诗自中唐而下,一切吐弃,操觚谈艺之士翕然宗之。明之诗文,于斯一变。迨嘉靖时,王慎中、唐顺之辈,文宗欧、曾,诗仿初唐。李攀龙、王世贞辈,文主秦、汉,诗规盛唐。王、李之持论,大率与梦阳、景明相倡和也。归有光颇后出,以司马、欧阳自命,力排李、何、王、李,而徐渭、汤显祖、袁宏道、钟惺之属,亦各争鸣一时,于是宗李、何、王、李者稍衰。至启、祯时,钱谦益、艾南英准北宋之矩矱,张溥、陈子龙撷东汉之芳华,又一变矣。

这种概括,大体轮廓基本符合实际。以下,按时序及作家取向之不同,将明代散文的发展,分三个时段论述。从开国至成化为前期,自弘治至万历为中期,天启到明清之际为后期。

一　承接元文而有所变化的开国初期作家

明代一开国，散文的写作就比较发达。朱元璋起事过程中起用了一批既有政治识见，又有文学修养的重要人才。他们在入明前后都写了一些优秀的散文作品。因生活于明代开国前后，故被称为"开国派"。其中著名的是宋濂、刘基，稍晚则有方孝孺和高启。

1. 宋濂

宋濂（1310—1381），字景濂，号潜溪。世居金华之潜溪，至濂乃迁浦江（浙江浦江）。元至正中，被荐翰林院编修，不就，入山著书。十余年后，被朱元璋征召至应天（南京）。明初，累官至翰林学士承旨，总裁《元史》修撰。武宗正德间，追谥文宪。

宋濂为由元入明的作家，元末即文名甚著。曾师事黄溍、柳贯，而二人"自谓弗如"。前引欧阳玄《潜溪后集序》，已见对其文的高度赞赏。入明，名声更振，《明史》本传载："在朝，郊社宗庙山川百神之典，朝会宴乐律历衣冠之制，四裔贡赋赏劳之仪，旁及元勋巨卿碑记刻石之辞，咸以委濂，屡推为开国文臣之首。士大夫造门乞文者，后先相踵。外国贡使亦知其名，数问先生起居无恙否。高丽、安南、日本至出兼金购文集。"

在人生观、处世观上，宋濂取积极用世态度，其为翁昌龄所写《惜阴轩记》有云：

> 人之异于物者，岂特形貌而已哉？亦必有道焉尔。苟徒饮食以生死，生无补而死无闻，则物皆然也，奚择于人乎？古君子所以汲汲而不懈者，非徒求遇于物，且求异于庸常之人；非特求过于人，且求所以治安之而后已。盖天之生君子，所以为民物计也。凡民之生，岂皆怠而嬉哉，其所趋者小耳。……君子之所务者，徇乎道不徇乎人，利乎民不顾乎身。若禹益之

治泽水、焚山泽,周公之制礼乐,孔子之作《春秋》,孟子、韩愈之辟邪说,皆焦心苦思,东西奔走,食不待饱,而衣不务华,至于终身而后已,曷尝为其身在哉?上以忧斯民,下以明斯道尔。君子所为固如是也。[①]

可见他在抱负上,以圣贤为榜样,以徇道、济世、利民为志尚。在思想观念和为文观念上,宋濂基本承续了元代后期诸家的传统,大要在崇儒宗经,推扬理学,主张"文""道"合一。这一点,在《徐教授文集序》中表述得极充分。其中借曹丕"文章者不朽之盛事也",阐发自己的观点云:

> 文辞所寄,不越乎竹素之间,而谓其能不朽者,盖天地之间,有形则弊;文者道之所寓也,道无形也,其能致不朽也宜哉。是故天地未判,道在天地;天地既分,道在圣贤;圣贤之殁,道在六经。凡存心养性之理,穷神知化之方,天人应感之机,治忽存亡之候,莫不毕书之。皇极赖之以建,彝伦赖之以叙,人心赖之以正,此岂细故也哉?后之立言者,必期无背于经,始可以言文。不然,不足以与此也。

然后列举世上不同风格种类之文,皆断言其"非文",而谓:

> 必也旋转如乾坤,辉映如日月,阖辟如阴阳,变化如风霆,妙用同乎鬼神,大之用天下国家,小而为天下国家用,始可以言文。不然,不足以与此也。故所贵乎文者,前乎千万世而不见其始,后乎千万世而不知其终,有不可一刻而离去者,其能

---

① 黄灵庚编校:《宋濂全集》,人民文学出版社,2014年,223页。

致不朽也宜哉。……

文之至者,文外无道,道外无文。粲然载于道德仁义之言者,即道也;秩然见诸礼乐刑政之具者,即文也。道德积于厥躬,文不期工而自工。不务明道,纵若蠹鱼出入于方册间,虽至老死,无片言可以近道也。

夫自孟氏既没,世不复有文。贾长沙、董江都、太史迁得其皮肤,韩吏部、欧阳少师得其骨骼,舂陵、河南、横渠、考亭五夫子得其心髓。观五夫子之所著,妙斡造化而弗违,百世以俟圣人而不惑。斯文也,非宋之文也,唐虞三代之文也;非唐虞三代之文也,六经之文也。文至于六经,至矣尽矣,其始无愧于文矣乎。世之立言者,奈何背而去之?①

这番话,把崇经、重"道"、"文""道"合一的观点表达殆尽,更把理学家之文远远放在西汉、唐、宋古文之上,与虞集、欧阳玄等人完全同调。正是出于这样的观念,在《赠梁建中序》中,他对自己早年"以古文辞为事,自以为有得",深表悔愧,表明五十以后"焚毁笔砚,而游心于沂、泗之滨矣"②。大概正因如此,他后半生才积极地投身于明初的政治与思想文化建设。

然而,即使他将"文"统一于"道",但并没有否定"文"的价值与作用,且他曾致力于古文,博览群籍,如《灵隐大师复公文集序》所云:"学文五十余年,群书无不观,万理无不穷,硕师巨儒无不亲。"③所以他在作为政治家的同时,又以文名世。

综观宋濂的创作实践,作品甚丰,序、记、题跋、传状、碑志等各体皆备。除承续了元文表达理学观念及颂主赞世的倾向,诸多作

---

① 《宋濂全集》,633页。
② 同上,492页。
③ 同上,638页。

品都能表现出自己的特点,显示出相当高的艺术水准。其平生所写碑铭文极多,一般性庸常之作而外,像《亡友陈宅之墓铭》极富真情;《故诗人徐方舟墓铭》记彼此相识相处情形,有浓厚生活气息;为杨维桢所作《墓志铭》,写其为人为文,声色俱盛。记序类作品,如为徐敬德所写《拙庵记》,委婉曲折,气充势畅,用四字排语,颇有韩愈《进学解》风调;《送李生序》笔势一泻而下。尤其为人传诵之《送东阳马生序》,追述自己早年求学之苦以诲后生。写其求书之难:

> 余幼时即嗜学,家贫,无以致书以观,每假借于藏书之家,手自笔录,计日以还。天大寒,砚冰坚,手指不可屈伸,弗之怠。录毕,走送之,不敢稍逾约。以是人多以书假余,余因得遍观群书。

对师之恭:

> 尝趋百里外,从乡之先达执经叩问。先达德隆望尊,门人弟子填其室,未尝稍降辞色。余立侍左右,援疑质理,俯身倾耳以请。或遇其叱咄,色愈恭,礼愈至,不敢出一言以复。俟其欣悦,则又请焉。

为学之苦:

> 当余之从师也,负箧曳屣,行深山巨谷中。穷冬烈风,大雪深数尺,足肤皲裂而不知。至舍,四肢僵劲不能动,媵人持汤沃灌,以衾拥覆,久而乃和。①

----

① 《宋濂全集》,662页。

真切而感人,劝导之中,为后学树立了榜样,影响甚大,是传诵名篇。传记之作,量多而质高。善于以清畅笔墨,典型细节,写出人物个性。如《记李歌》,写一沦落风尘的少女形象,虽处于无可奈何的处境中,依然坚持维护人格尊严:

> 人有招之,李必询筵中无恶少年乃行。未行,复遣人觇之。人亦熟李行,不敢以亵语加焉。李至,歌道家《游仙辞》数阕,俨然默坐。或有狎之者,辄拂袖径出,弗少留。他日或再招,必拒不往。[①]

嫁人后,遇贼,宁死不屈,与丈夫双双殉难。《秦士录》则写一奇士。开篇即以形貌描述及累积细节,写出其不同常人之豪壮:

> 邓弼,字伯翊,秦人也。身长七尺,双目有紫棱,开合闪闪如电。能以力雄人,邻牛方斗不可擘,拳其脊,折仆地;市门石鼓,十人舁,弗能举,两手持之行。然使酒,怒视人,人见辄避,曰:"狂生不可近,近则必得奇辱。"[②]

然后,分别以不同情节,展现出其文才与勇武。另外如《杜环小传》《李疑传》《王冕传》《抱瓮老人传》也写得各有特色。此外,他还有一些杂文、小品,如《书斗鱼》《人虎说》《寓言》等,亦写得文笔简洁,耐人品味。总之,理念归理念,笔墨是笔墨,足见其为文上所受前代名家滋养。

2. 刘基

刘基(1311—1375),字伯温,青田(浙江青田)人。元文宗至顺

---

① 《宋濂全集》,112页。
② 同上,1932页。

间中进士,除高安丞,因受排挤压抑,屡起屡辞。顺帝至正十三年(1353),被免职羁管绍兴,至正十八年(1358),弃官回乡隐居。至正二十年(1360),与宋濂一起被朱元璋征召,倍受信用,成为军事政治上的主要谋臣之一。明初历任要职,封诚意伯。武宗正德八年(1513),追赠太师,谥文成。

刘基与宋濂同为开国文臣之首,趋向略有不同,宋偏于思想文化事业,刘重在政治军事谋划。

刘基人生追求上,有济世忧国忧民之志。其《唱和集序》曾云:

> 古人有言曰:"君子居庙堂则忧其民,处江湖则忧其君。"夫人之有心,不能如土瓦木石之块然也。禹思天下有溺者,由己溺之;稷思天下有饥者,由己饥之;伊尹思天下有一夫之不获,则心愧耻若挞于市。是皆以天下为己忧,而卒遂其志。[①]

颇得"先天下之忧而忧"的精神。《题王右军兰亭帖》云:

> 王右军抱济世之才而不用,观其与桓温、戒谢万之语,可以知其人矣。放浪山水,抑岂其本心哉?临文感痛,良有以也。而独以能书称于后世,悲夫![②]

亦侧面可以看出其心怀。其思想观念同样崇儒。在《郁离子》末篇《九难》中,假设与郁阳公子对问,最终云:

> 仆愿与公子讲尧、禹之道,论汤、武之事,宪伊、吕,师周、

---

① 林家骊校点:《刘伯温集》上册,浙江古籍出版社,2011年,122页。
② 同上,185页。

召,稽先王之典,商度救时之政,明法度,肄礼乐,以待王者
之兴。①

《书为善堂卷后》亦有云:"尧、舜、禹、汤、文、武、周公之道,载在方
册,其所言皆善言也,其所行皆善行也,天下之善莫能外之矣,舍是
而他求焉,惑也。""圣人之道,五谷也;异端之道,爽口螫吻之味也。
圣人之道,求诸日用之常;异端之道,必索隐以行怪。其势不并立
也。"②在《山阴县孔子庙碑》中,更明确提出:"生民以来,集大成而
圣者,莫盛于孔子。"③但对于理学,他虽给予赞赏,却没有宋濂习
染之深。

刘基的为文观念,有其独到之处,较充分集中地体现在《苏平
仲文集序》。文中他首先提出基本观点:

> 文以理为主,而气摅之。理不明,为虚文;气不足,则理无
> 所驾。文之盛衰,实关时之泰否。是故先王以诗观民风,而知
> 其国之兴废,岂苟然哉! 文与诗,同生于人心,体制虽殊,而其
> 造意出辞规矩绳墨固无异也。

其中要点有三:一是提出"理"与"气"的关系。所谓理,指包涵道
而又超出道的思想内容;所谓气,指抒发展现内容之文章的外在精
神风貌。二者缺一不可,然当以理为主。二是提出文与时代的关
系。文章的盛衰由时代的状态所决定,但反过来又足以反映时代
的状态,所以由文章可以反观时代的兴废。三是认为诗与文体裁

---

① 《刘伯温集》,84 页。
② 同上,182 页。
③ 同上,231 页。

不同，而写作的基本路数无本质差别。三点中以前两点为重要。然后，他缕述了自三代至当代文章的发展，以印证上述观点。其中于汉，批判了司马相如、扬雄的"夸逞"，肯定了"赵充国屯田之奏，刘向封事之言"，班固之"不失西京旧物"。于魏晋，指责其"日趋绮靡"。于唐、宋，盛赞李、杜、韩、柳、欧、苏、曾、王。于元则曰："元承宋统，子孙相传，仅逾百载，而有刘、许、姚、吴、虞、黄、范、揭之俦，有诗有文，皆可垂后者，由其土宇之最广也。"最后论及当代："今国家之兴，土宇之大，上轶汉、唐与宋，而尽有元之幅员，夫何高文宏辞未之多见？良由混一之未远也。"①概括性的论证中，皆将作家、文学与时代联系起来，除对理学家及元代之文有所高估外，大轮廓上基本符合实际。刘基这种文章观，与他人生取向中重视现实社会政治问题直接相关，这些观点及对古文作家的肯定，皆影响到其创作实践。

《明史》本传说刘基"所为文章，气昌而奇，与宋濂并为一代之宗"。统观其作品，在赞君颂世上与元代诸家及宋濂相类外，还显示出三个特点：一、密切关心社会现实，多触及世风时弊，蕴含抑郁不平之气。文笔犀利，论议相当深刻。二、吸收、借鉴了先秦、唐宋传统，善于寓深意于具体形象之中，构思与表达上有一定的创造性。三、较明显地表现了规模前代作家的痕迹。这三点轻重不同地表现于其各类作品之中。

首先引人注意的是其《郁离子》，这是刘基元末隐居青田时期的一部杂说集，似子书而非子书。全书十八章，一百五十九则，以"郁离子"作为主角，有议论，有感慨，有述事，有假托，多用生动的比喻和虚构或改作的寓言故事，以形象辅助说理，抒发对世事的感慨。如《千里马》章所载《工之侨为琴》，写工之侨所作之琴精美绝

---

① 《刘伯温集》，117 页。

伦,却因其不是古物而不被重视,后来他将之弄成假古董,竟被赞为"稀世之珍"。

> 工之侨闻之,叹曰:"悲哉,世也!岂独一琴哉?莫不然矣!而不早图之,其与亡矣。"遂去,入于宕冥之山,不知其所终。[①]

借小喻大,悲叹世人盲目信古而不务实,在当时实为深刻之见。今天是否也有其弊之余?可令人深思。其《玄豹》章第六则写一故事:

> 苍筤之山,溪水合流,入于江。有道士筑于其上以事佛,甚谨。一夕,山水大出,漂其室庐,塞溪而下,人骑木乘屋,号呼求救者声相连也。道士具大舟,躬蓑笠,立水浒,督善水者绳以俟,人至即投木索引之,所存活甚众。
> 平旦,有兽身没波涛中,而浮其首,左右盼,若求救者。道士曰:"是亦有生,必速救之。"舟者应言,往以木接上之,乃虎也。始则矇矇然,坐而舐其毛。比及岸,则瞠目视道士,跃而攫之仆地,舟人奔救,道士得不死,而重伤焉。
> 郁离子曰:"哀哉!是亦道士之过也。知其非人而救之,非道士之过乎?虽然,孔子曰:'观过,斯知仁矣。'道士有焉!"[②]

寓意与《伊索寓言》中之"农夫与蛇"全同,而更深入一层的是,他就

---

① 《刘伯温集》,3 页。
② 同上,14 页。

道士之本心,进行了表彰,这或是中华文化高处。再如《瞽聩》章之第七则:

> 楚有养狙以为生者,楚人谓之狙公。旦日,必部分众狙于庭,使老狙率以之山中,求草木之实,赋什一以自奉。或不给则加鞭棰焉。群狙皆苦之,弗敢违也。
>
> 一日,有小狙谓众狙曰:"山之果,公所树与?"曰:"否也,天生也。"曰:"非公不得而取与?"曰:"否也,皆得而取也。"曰:"然则吾何假于彼而为之役乎?"言未既,众狙皆悟。其夕,相与伺狙公之寝,破栅毁柙,取其积,相携而入于林中,不复归。狙公卒馁而死。
>
> 郁离子曰:"世有以术使民而无道揆者,其如狙公乎? 惟其昏而未觉也,一旦有开之,其术穷矣。"①

这是对《庄子》中"朝三暮四"寓言的改造。无形中揭露了统治阶级剥削劳动人民的本质,而且警告统治者,如果不能善待人民,必将激发起反抗,使其统治崩溃。《郁离子》的行文和组织方式富创造性,明显地承受了先秦诸子散文影响。

其余的杂文作品中,如著名的《卖柑者言》同样以寓言的形式,揭露讽刺了世居高位者大多"金玉其外,败絮其中",笔法与柳宗元相似。

刘基的亭台记也有佳作。其《游云门记》至《松风阁记》八篇游记,为相对独立而又有连贯性作品,为被羁管绍兴时作。写法上承陆游《入蜀记》,但亦有发展,把逐日的记载,改为连续的单独篇章,有些简要地概述游程,有些则对重点景物详细地展开叙描。如《松

---

① 《刘伯温集》,24页。

风阁记》下篇：

> 松风阁在金鸡峰下，活水源上。予今春始至，留再宿，皆值雨，但闻波涛声彻昼夜，未尽阅其妙也。至是往来止阁上凡十余日，因得备悉其变态。

然后写阁上所见风物：

> 盖阁后之峰，独高于群峰，而松又在峰顶，仰视如幢葆临头上。当日正中时，有风拂其枝，如龙凤翔舞，离褷蜿蜒，缪轕徘徊。影落檐瓦间，金碧相组绣，观之者目为之明。有声如吹埙箎，如过雨，又如水激崖石。或如铁马驰骤，剑槊相磨戛。忽又作草虫鸣切切，乍大乍小，若远若近，莫可名状，听之者耳为之聪。[①]

此组之外的作品，如《横碧楼记》有云：

> 凭之而觌，山之峙者苍然；俯之而瞩，水之流者渊然。或挺而隆，或靡而驰，如龙如虎，如蛟如蛇，如烟如云，如蓝如苔，如带如屏，远近高低，萦纡蔽亏，举不逃于一览。[②]

写景状物，皆生动如现，明显可见出其所受唐宋名家熏陶影响。

其亭、斋、堂、轩记，往往化记为论，又以形象的描写以辅之。如《尚节亭记》：

---

① 《刘伯温集》，145 页。
② 同上，145 页。

会稽黄中立好植竹，取其节也，故为亭竹间，而名之曰"尚节"之亭，以为读书游艺之所。淡乎无营乎外之心也，予观而喜之。

夫竹之为物，柔体而虚中，婉婉焉而不为风雨摧折者，以其有节也。至于涉寒暑，蒙霜雪，而柯不改，叶不易，色苍苍而不变，有似乎临大节而不可夺之君子。信乎，有诸中，形于外，为能践其形也。然则以节言竹，复何以尚之哉！

世衰道微，能以节立身者，鲜矣！中立抱材未用，而早以节立志，是诚有大过人者，吾又安得不喜之哉！[①]

议论、叙述、描写混而为一，简明显畅，以竹之节引申出为人之节。

从所引各篇，已可以感觉出刘基文所受古文传统的滋养。其有些作品则更明显见出规模前人痕迹。如《郁离子》末章之《九难》，基本结构上无疑来自"七"体；《谕瓯括父老文》类司马相如《谕巴蜀檄》；《送穷文》为仿韩愈之作。

总起来说，刘基文在实用与审美的融合统一上虽未达到完美境界，但在突破理学观念局限，继承古文传统方面，较宋濂略胜一筹。

3. 高启　方孝孺

宋濂、刘基后，散文发展上应提及者，有高启及方孝孺。

高　启

高启（1336—1374），字季迪，长洲（苏州）人。明初，任翰林院编修官。主要成就在诗，亦能文。其《书博鸡者事》，对人物、事件作了传神描绘：

博鸡者，袁人，素无赖，不事产业，日抱鸡呼少年市中博，任气好斗，诸为里侠者皆下之。

---

① 　《刘伯温集》，154 页。

元至正间，袁有守，自多惠政，民甚爱之。部使者臧新贵，将按郡至袁，守自负年德，易之，闻其至，笑曰："臧氏之子也。"或以告臧。臧怒，欲中守法。会袁有豪民尝受守杖，知使者意嗛守，即诬守纳己赇。使者遂逮守，胁服，夺其官。袁人大愤，然未有以报也。

一日，博鸡者遨于市，众知其有为，因让之曰："若素名勇，徒有藉贫屡者耳！彼豪民恃其赀，诬去贤使君，袁人失父母，若诚丈夫，不能为使君一奋臂耶？"博鸡者曰："诺。"即入闾左呼子弟素健者，得数十人，遮豪民于道。豪民方华衣乘马，从群奴而驰。博鸡者直前捽下提殴之。奴惊，各亡去。乃褫豪民衣自衣，复自策其马，麾众拥豪民马前，反接，徇诸市，使自呼曰："为民诬太守者视此！"一步一呼，不呼则杖其背，尽创。

豪民子闻难，鸠宗族僮奴百许人，欲要篡以归。博鸡者迎谓曰："若欲死而父即前斗，否，则阖门善俟。吾行市毕，即归若父，无恙也。"豪民子惧遂杖杀其父，不敢动，稍敛众以去。袁人相聚从观，欢动一城。（《四部丛刊初编·集部·高太史凫藻集》卷五）

写下层豪侠人物仗义之为，声色俱盛。

方孝孺

方孝孺（1357—1402），字希直，一字希古，宁海（浙江宁海）人。两度师事宋濂，经荐，初任汉中府学教授，后被蜀献王聘为世子师，甚受敬重称赏，题其斋名"正学"，故世号"正学先生"。建文帝登基，诏为翰林侍讲学士。朱棣攻入南京，命起草登极诏书，坚拒不屈，被杀并诛"十族"。

方孝孺受理学影响极深，核心思想是崇儒重道，并身体力行。在《答郑仲辩》之二中，他明确地讲到：

夫儒者之道，内有父子君臣亲亲长幼之彝，外有诗书礼乐制度文章之美，大而以之治天下，小而以之治一家。秩然而有其法，沛然其无待于外，近之于复性正心，广之于格物穷理，以至于推道之原而至于命，循物之则而达诸天。其事要而不烦，其说实而不诬，君子由之，则至于圣贤，众人学之，则至于君子。未有舍此他求，而可以有得者也。①

在当时，由崇儒必至于推崇道学，所以在《辨学》篇中，讲及学习儒家经典的顺序时，他由"六经"说起，延及"四书"，最后则"归之伊洛关闽之说，以定其是非"②。由此又推及朱熹，于《习斋说》中谓："朱子之学，圣贤之学也。自朱子没二百年，天下之士，未有舍朱子之学而为学者。"③在多篇文章中表达了自己立志学习圣贤之道的愿望与决心，其中以《答俞敬德书》之二言之最详：

某六七岁时，初入学读书，见书册中载圣贤名字，或圣贤良相将形貌，即有愿学之心，每窃寸纸，署其名，与同辈学子顾视而指麾之。父兄虽加呵禁，不止也。既而年十岁余，渐省事，见当今为仕宦者不足道，以为圣贤之学可以自立，外至者不足为吾轻重也，遂有慕乎道德之心。……迨今又五六年，阅理滋多，约心愈久，始知古人未易卒至。……故不自放于俗，每兴伤今崇古之思，积之既多，发为言语，道政事，必曰伊尹周公，论道德，必曰孔孟颜闵。寝而思者，此数君子也。④

---

①　徐光大校点：《方孝孺集》，浙江古籍出版社，2013年，355页。
②　同上，214页。
③　同上，264页。
④　同上，415页。

可见他志向之坚定,其最终之舍生取义,的确践行了其信仰。

基于以上思想观念,其文章写作的主导倾向,自然是以"明道""载道"为主。对此,他多有明确表述,在《与郑叔度》之三中论之最详:

> 古人之为学,明其道而已,不得已而后有言,言之恐其不能传也,不得已而后有文。……
>
> 文所以载道,仆岂谓能之? 仆所病者,秦汉以下斯道不明,为士者以文为业,能操笔书尺纸鸣一时,辄以为圣人之学止此。今汉以来至五代,其文具在,吾兄试观之,可以明道者,果谁之文乎? 谓其文为道,可乎? ……夫道者根也,文者枝也,道者膏也,文者焰也,膏不加而焰纾,根不大而枝茂者,未之见也。故有道者之文,不加斧凿而自成,其意正以醇,其气平以直,其陈理明而不繁,决其辞肆而不流、简而不遗,岂窃古句陈言者所可及哉! 文而效是,谓之载道可也,若不至于是,特小艺耳,何足以为文?[①]

这种倾向明显地体现在他全部的创作中。首先,作为儒道之要在于忠君颂主,他所谓"大手笔"之《郊祀颂》《凝命神宝颂》《省躬殿铭》等,皆为此类作品。其次,他写有几十篇的箴、铭、诫,皆为体道之作。其《幼仪杂箴二十首》序中,即谓"道之于事,无乎不在"[②],故作之以自警。其次,对先秦至汉代的大量子书,他皆写有读后感,其中对传统经典作品,包括《礼记·檀弓》亦敢提出质疑,其所依据者,即在于道。如《读夏小正》有云:"圣人之经,传之万世而无

---

① 《方孝孺集》,362 页。
② 同上,1 页。

惑者,以其明道也。于道苟无损益,虽谓出于孔氏之壁,成于尧舜之时,谓之古书则可矣,吾安敢信哉?"①《读法言》曰:"子云才劣而笃于好古,故其过少;其未闻道则一也。""故士贵乎闻道。"②《读崔豹古今注》则曰:"文之用有二,载道、纪事而已。载道者上也,纪事者其次也。然道与事非判然二途也。"③再次,他写有大量历史人物或史事的评论,上到夷齐,下至五代。往往自出新见,是非褒贬,概以其所理解之道为标准。如在《武王诛纣》中,谓《春秋》三传"率多虚词而鲜事实";司马迁"奇闻怪说无所不录,而于三代之本纪,多背经而信传,好立异而诬圣人","若武王与纣之事见于《书》最详,而迁乖乱之尤甚"。"吾意武王见纣之死也,必踊而哭之,命商之群臣以礼葬之矣,岂有余怒及其既死之身乎?"④作此推想,即出于其尊君立场。另外,序、记、书、启,无不充斥着言道、论道内容,有些短论,亦以道为指归,如《明辨》论苏洵文,谓:"彼苏子者好于奇谋而不知道,喜为论而不守经。吾恐世有好其说者,以私智为明而祸天下,故辨之。"⑤

然而,方孝孺终究受大量前代作家的泽被,使他有意无意地突破理学家的局限,形成一些可贵的观点。

首先,在重道的同时,他明确意识到"文"的价值与作用。如其《与舒君书》有云:

> 文者,辞达而已矣。然辞岂易达哉?六经孔孟,道明而辞达者也。自汉而来二千年中,作者虽有之,求其辞达,盖已少

① 《方孝孺集》,128 页。
② 同上,140 页。
③ 同上,142 页。
④ 同上,122 页。
⑤ 同上,212 页。

见,况知道乎!夫所谓达者,如决江河而注之海,不劳余力,顺流直趋,终焉万里。势之所触,裂山转石,襄陵荡壑。鼓之如雷霆,蒸之如烟云,登之如太空,攒之如绮縠。回旋曲折,抑扬喷伏,而不见艰难辛苦之态,必至于极而后止。此其所以为达也,而岂易哉!汉之司马迁、贾谊,其辞似可谓之达矣。若扬雄,则未也。唐之韩愈、柳子厚,宋之欧阳修、苏轼、曾巩,其辞似可谓之达矣。①

其中对辞达之理解,虽冠以六经,其实来自苏轼的论述及文中所引诸家之文的感受,无形中表现了对文的重视。篇末还附带论及陆机《文赋》,谓:"其中有不易之论,如曰'谢朝花于已披,启夕秀于未振',又曰'怵他人之我先'。……其言之善者,亦不可不取。"这种观点的形成,与其读散文名家作品,受到他们之陶冶而获得的审美感受与审美意识有关。在《与郭士渊论文书》中曾言及:"仆行四方,每见郡人词令可观者即喜,况能文者乎?"讲到对方作品,谓:"展而读之,默而味之,其思渊以长,其辞辩以达,不觉叩几三叹,反复玩绎,遂至夜深。乖离旅寓之思为之顿消,而沉伏郁抑之气勃然奋起。信乎斯文之可以悦人。"②讲的显然是由"文"所得的审美愉悦。于《与楼希仁书》中亦曾言:"读司马迁《史记》,终日数卷不倦。及览褚少孙《日者》《龟策》等传,未终纸已欲弃去。文岂易为耶?词之美恶,人之好恶系焉。人之好恶,世之传否系焉。而人以易为之,甚可笑也。"③所表达亦是此意。然后由此发挥说:

> 盖斯文之在人,如造化之于物,岁异而日新,多态而善变。

---

① 《方孝孺集》,434 页。
② 同上,433 页。
③ 同上,429 页。

使人观之而不厌，用之而无穷。……足以名世者，其道虽未至，而其言文，人好其文，故传；其言虽不文而于道有明焉，人以其明道，故亦传。二者俱至者，其传无疑也。二者俱不至者，其不传亦无疑也。①

等于说，明"道"之文可传，未明道而"言文者"亦可传，最好是二者兼具。明显地肯定了"文"的价值，属于"文""道"统一论，而不是理学家的"文由道出"、"文""道"合一论。正因如此，使他在《题黄东谷诗后》中，论及"文"的作用时，由原来只强调"明道，立政"或"明道，纪事"二项，扩而为三："上之宣伦理政教之原，次之述风俗江山之美，下之探草木虫鱼之情性，状妇人稚子之歌谣，以豁其胸中之所蕴。"②方氏这种对理学观点的突破，无疑来自散文名家经典的熏陶，在其《三贤赞》中，专门对司马迁、韩愈、欧阳修进行了全面歌颂，《赤壁图赞》实际亦是对苏轼的赞扬。在这样的基础上，他就不像某些前辈作家，将道学家之文鼓吹为文章的最高成就，而是将之与真正的散文家区别开来。在《送牟元亮赵士贤归省序》中曾谓：

> 天下之言文者，谀乎人而已矣，宜乎时而已矣，何有于道哉！唐之中世，昌黎韩氏尝一反之，而道不足以逮文。宋之盛时，程氏尝欲拯之，而文不足以胜道。欧氏苏氏学韩氏者也，故其文昌。朱氏张氏师程氏者也，故其道醇。③

意即韩愈等古文家以"文"胜，程氏等道学家则只以"道"胜。在当时，实为难得之论。

---

① 《方孝孺集》，433 页。
② 同上，694 页。
③ 同上，531 页。

其次,在为文的具体问题上,方孝孺也表达了一些有价值的见解。如他主张学前人之文,应注重心领神会,于《苏太史文集序》中谓:"效古人之文者,非能文者也,惟心会于神者能之,然亦难矣!庄周殁殆二千年,得其意以为文者,宋苏子而已。苏子之于文,犹李白之于诗也,皆至于神者也。某少好苏子之文,而恨不得其意。"[①]在《答张廷璧书》中反对为文执意求奇,《答俞景文书》中批评碑铭传状之作的虚美夸饰之风,《观乐生诗集序》及《求古斋记》中否定以古非今,《张彦辉文集序》中提出作家的文章"实与其人类",这些都有一定的积极意义。

方孝孺的创作实践,因受理学观念影响,大部分作品写得比较平衍。序、记诸作有模式化倾向,仅《游清泉山记》等少数篇章,颇得唐宋名家遗韵。碑志之作,数量不少,无突出特色。唯其早年所写历史人物论和读后感,能纵意发挥,侃侃而论,颇具声色气势。还有一些传记,如《张孟兼传》《菜根居士传》《友鹿翁传》《大笑生传》《溪渔传》等,能写出富有个性的人物特点。而常为人称道者,是一些不作抽象说教,借用生动形象,寄寓比较深刻的杂著。如《指喻》即小见大,说明处世及为政皆应防微杜渐。《越巫》及《吴士》为寓言,寄托了对"好诞者死于诞,好夸者死于夸"的感慨。尤其是《蚊对》一篇,由对蚊虫叮人的描写,引申出反对人与人自相残害的哲理:

> 兹蚊一举喙,即号天而诉之。使物为人所食者,亦皆呼号于天,则天之罚人又当何如耶?且物之食于人,人之食于物,异类也,犹可言也。而蚊且犹畏谨恐惧,白昼不敢露其形,瞰人之不见,乘人之困怠,而后有求焉。今有同类者,啜粟而饮

---

① 《方孝孺集》,458 页。

汤,同也;畜妻而育子,同也。衣冠仪貌无不同者,白昼俨然乘其同类之间而陵之,吮其膏而齑其脑,使其饿踣于草野,离流于道路,呼天之声相接也,而且无恤之者。今子一为蚊所嘬,而寝辄不安,闻同类之相嘬,而若无闻,岂君子先人后身之道邪?①

前半部分述事,后半部分借童子而发论。构思与用语上,有仿欧阳修痕迹,总体上生动、明畅,皆看得出其所受古文家滋养。

总之,这时期散文作品,虽受理学家消极影响,但注意学习前代的榜样,承接前人传统,显示出比较旺盛的生机。

二 "台阁体"作家的蜕变

永乐、天顺年间,出现了以杨士奇、杨荣、杨溥为代表的"台阁派"。他们也写出了个别优秀的篇章,但总体上以粉饰太平、歌功颂德为主旨,片面追求"平正典则""春容安雅",散文创作渐趋萎靡衰落。《明史·文苑传》谓:"永、宣以还,作者递兴,皆冲融演迤,不事钩棘,而气体渐弱。"这里举杨士奇为例。

杨士奇(1365—1444),名寓,号谷轩,以字行,奉和(今属江西)人。早年家贫力学。建文初,被荐入翰林,充编修官。永乐中为内阁学士,仁宗朝擢内阁大学士,任首辅。历仕成祖、仁、宣、英宗四朝。与杨荣、杨溥并称"三杨"。内阁首辅,相当于前代的宰相,杨士奇任首辅三十余年,政治上有一定建树。

为文上,《四库提要简明目录》称其为"明代台阁之祖"。与其同时的黄淮,在《少师东里杨公文集序》,称其:"历事四圣熙洽之朝,凡大议论、大制作,出公居多。肆其余力,旁及应世之文,率皆

---

① 《方孝孺集》,228 页。

关乎世教,吐辞赋咏,冲澹和平,沨沨乎大雅之音,其可谓雄杰俊伟者矣。"①

今观杨士奇的文字,其《圣谕录》《奏对录》《代言录》多为杂录及政治性公文,所谓"大议论、大制作"者即在其中,无多少审美价值。其表奏、序记、书启、题跋、赞颂、箴铭、碑志等,大体不外歌颂盛世太平,赞美皇帝圣明,劝勉朝野之士,尽其职分,适其处境,行儒家仁德之道,广主上泽被之恩。最突出者,首先是直接颂美皇帝的作品,如其代表张辅、杨荣、杨溥等所写《经筵谢表》:

> 伏以天清地宁,昭圣皇之统御;时康道泰,美文治之隆兴。日月光华,中外欣悦。恭惟皇帝陛下聪明睿智,广大宽仁。尊尊亲亲,崇两宫之至养;推恩布德,得四海之欢心。是以三光全而寒暑平,五谷熟而人民育。②

全是谀媚之词。其次,序记、题跋等类作品,多依不同的对象、从不同的角度,或嘱劝尽心事上,或展示升平气象。如《送刘给事中巡抚山东序》有云:

> 今之奉命乘轺,单厥心,推明致公,而无厌斁焉。将使穷山深谷荒僻之人,皆得以发舒幽郁,蒙被涵育,而乐乎圣明之世者,于上足以副君命,下足以光使职,岂不伟然有誉,可以儗昔之贤使者欤? 惟君以爱民为事天之实,惟臣以爱民为事君之实,诸君子是行也,太平之责系焉。③

---

① 刘伯涵、朱海校点:《东里文集》,中华书局,1987 年,1 页。
② 同上,337 页。
③ 同上,109 页。

为升任山东按察使的邓存诚所写《务勤堂记》，是文字较好的一篇，先忆旧云：

> 追念前三十年，与存诚者三四辈邂逅沙美，相与读书讨论之余，恣其意于所适。或登大别而颗江汉，或扁舟浮游南浦赤壁之间，吊古人之陈迹，或凭高骋望洞庭云梦于落霞飞鸟之外，倚长铗而清啸，舒胸臆之浩然。顾所自得，盖富贵、贫贱、忧患，无一累乎其心。其放且逸如此，而奚暇有所用志于勤哉！

写得相当放旷超迈。然而笔锋一转：

> 今幸遇圣明在位，吾与存诚见用于太平之世，固宜弃浮趋实，以就功业。而存诚官益进，任益重，且益勉于君子之道未已也，将所树立必有重当时闻后世者，而未必不自务勤始也。遂为之书。①

又回到颂世嘱勉的老调上。写上层士大夫如此，写下层平民亦如是。在《东耕记》中，假东耕子之名，写一勤奋耕作、自食其力的农夫，不但无"帝力于我何有哉"的思想，且主动积极地承担徭赋。文中借其口言："凡吾民得安乎田里，足乎衣食，无强凌众暴之虞，而有仰事俯育之乐者，上之赐也。吾既无以报大德，又不尽力于此，何以为人乎？"对此，作者感叹说：

> 呜呼！世之人盖有非其力不食者矣。如惓惓于君上之大

---

① 《东里文集》，5 页。

德不敢忘,非知本者能之乎？诚使世之为民者其所存皆然,俗化可厚,而刑罚可以无用也。①

其为王行敏所写《稼轩记》,描述王的生活情状:

> 买田百余亩,于邑西半舍许,作庐舍田间,躬率僮奴治耕。堰水为塘,备旱干。其用力勤,岁获常厚,鸡豚之畜日蕃,而塘兼鱼鳖菱芡之利,日用所需悉具。饱食无事,读书茅檐之下,声闻林外。天气晴煦,不之舍南之舍北,与老农相娱嬉。或数月一入城,就其素所知己,晤语少顷,掉臂遽去。
>
> 其宴息之居数楹,质朴闳爽,题曰稼轩。轩之前天柱、三顾诸峰,苍然秀拔,而大江横其下。启户而望,则武姥之山,巉峭奇特。而吏胥一迹不及门。嘉宾客时至,野服出迓,相与坐轩中,必具酒,酒酣,击瓦缶,歌古人田园之诗乐客。客或问平居所侣,指塘下白沤及窗外修竹数千挺,曰:"何莫非吾侣也。"盖终岁悠然,忘世荣辱。②

完全是一派太平安乐景象。此外,其听琴、观画、写景之作,虽有一定表现力,然皆与上述主调相关联,典型者如《龙潭十景序》,先写龙潭:

> 南京出朝阳门东两舍许,大江之滨,有胜地曰龙潭。率龙潭之侧,有石屋,有旗山,有华麓,有柳湾,有花洞,又有七星之山,三江之口,皆胜地也。山可以游,可以牧。水可以梁,可以

---

① 《东里文集》,13 页。
② 同上,17 页。

舟。又有驿舍可以憩过使，丽谯可以骋眺望，有三茅君兄弟及王荆公遗迹可以慨想古人。又有道家礼斗之宫，可以游神于清净。而最胜者，夜籁俱寂，月上潮涨之际，可以坐观造化盈虚消息之机也。

次写为文由于蒋用文之请，然后，发挥曰：

吾国家龙兴，削平僭乱，以安天下，然后天下之人皆得休养生息以乐于泰和之世，而实始定鼎乎是。则于今瞻望桥陵于钟山五云之表，而仰惟神功圣德如天地之大，岂独余与用文者不忘，凡天下之人，孰能一日而忘也。则余于序此诗，安得不推其大而不能忘者言之哉？[①]

名为序景，实为颂圣。

诸如其类的作品，即黄淮所谓"沨沨乎大雅之音"。此类文字，看似雍容平畅，安适闲雅。其实，内容单调、浮泛，既无思想的深刻性，亦无触及社会现实的尖锐性。即使有些富有审美表现力，亦淹没在洋洋盈耳的颂辞美藻之中。同时在文章的格调上，也就无起伏跌宕，无慷慨激昂，无感情的喷涌流泻，呈现为典则从容，祥泰平和的风貌。

杨士奇此类作品，典型地说明了所谓台阁派，不只因作者身处台阁之位，亦因其作品之内容风格具有上述特点。他们所以写出这类作品，既与其身份地位相应，恐怕也与明代对待上层士大夫相当苛虐有关。众所周知，在明代对达官显宦实行廷杖已成定制，居官者不管地位多高，只要违背了皇帝的意旨，轻则远流，重则诛戮。

---

① 《东里文集》，110 页。

在这种情况下,他们发言为文,就不能不惟慎惟谨,以歌颂升平为务。杨士奇开此写作路数,此后与之地位相近、情趣相似、处境相同者,也就陈陈相因,延袭相继,终于造成了"万喙一音""千篇一律"的局面。这不能不说是散文发展中的一种蜕化。以至于正统的史家,也不得不谓此期的作品"气体渐弱"。

三 承台阁派之绪的李东阳

三杨之后,台阁之风弱而未息,于明代渐入中期之际,又有以李东阳为代表的茶陵派继起,后人或称之为"馆阁体",与"台阁体"名异而实同。

李东阳(1447—1516),字宾之,号西涯,原籍长沙府茶陵州(湖南茶陵县),故后人又以"长沙""茶陵"称之。英宗天顺七年(1463)中进士,历仕英、宪、孝、武宗四朝,累官至内阁大学士。卒,赠太傅,谥文正。

《明史·李东阳传》称其"工古文,阁中疏草多属之。疏出,天下传诵"。又云:"为文典雅流丽,朝廷大著作多出其手。""自明兴以文章领袖缙绅者,杨士奇后,东阳而已。"

李东阳思想观念上,同样崇儒宗经,对理学亦表肯定赞扬。为罗明仲所写之《冰玉斋记》中,称赞其"少有志于古孔孟之学,近慕先世之贤,乃慕濂溪、明道、伊川、横渠、涑水、康节、晦庵"①。其《篁墩文集序》论文,将之分为"明道""纪事"两大类,并分别阐述其发展轨迹。谓六经之后,道渐晦,"久而愈晦,则周、程、张、朱诸子大阐明之。自是而后,殆无所复事乎作者"。关于纪事之文,谓:"若朱子《纲目》,则取诸《春秋》,亦以寓道,而非徒事也。"后又总结

---

① 周寅宾校点:《李东阳集》,岳麓书社,2008 年,503 页。

说:"二者分殊而体异,盖惟韩、欧能兼之。若朱子则集其大成。"①
可见他对理学及理学家的推重。

为文观念上,自三杨起至李东阳,与元代及明初作家有一重大
不同。他们不再突出强调文的"明道""载道"作用,而以赞主颂世
为主旨。这有深刻原因。元初,自郝经、许衡,延续到吴澄、虞集,
都极力标榜"道"之至高无上。所以如此,除了观念上的信仰,还暗
藏一个思想基底,即如果"道"之重要在"君""国"之上,那么不管人
主的统治者是华是夷,只要重"道",皆应予以尊崇,那么他们对元
之依顺归附,尽忠效力,也就顺理成章。明初作家由元入明,承袭
其传统,也就延续了同样的倾向。然而在明代,驱除鞑虏本来就是
反元立朝的口号之一,特别是到了三杨和李东阳时期,明朝的统治
已经稳固,并趋于兴盛,他们本就是台阁重臣,歌颂主上圣明,夸赞
太平盛世,不需要再打出什么旗号,找出什么理由,何况忠君事主,
本来就是儒家亦包括道学的题中应有之义。

正因如此,到了李东阳,在为文观念上就有了变化。除延续明
初的传统,如《篁墩文集序》中所谓:"文之见于世者,惟经与史。经
立道,史立事。"从而将之分为"载道之文"与"纪事之文",且进一步
归纳说:"若序论策义之属,皆经之余;而碑表铭志传状之属,皆史
之余也。"此外,他还提出了一个新的分类方法,于《倪文僖公集序》
中说:

> 文,一也。而所施异地,故体裁亦随之。馆阁之文,铺典
> 章,裨道化,其体盖典则正大,明而不晦,达而不滞,而惟适于
> 用。山林之文,尚志节,远声利,其体则清耸奇峻,涤陈薙冗,以成
> 一家之论。二者,固皆天下所不可无,而要其极,有不能合者。

---

① 《李东阳集》,976 页。

即依作者地位处境之不同，而将文章分为"馆阁"与"山林"两类。这是一种新提法。虽云"二者，固皆天下所不可无"，其实偏重于"馆阁"之文。所以接着说：

> 我国朝扫除荒乱，奄有六（合），光岳之气，全得于天。自高皇时，宋学士景濂诸公首任制作，而犹未得位。文皇更化，杨文贞诸公亟起而振之。天下之休养涵育，以暨英庙之初，富庶之效，可谓极盛矣，而刘文安诸公出焉。逮于宪庙，其用犹未已也，时则有若文僖公，相与先后扬厉，其名大著。

末了就倪谦而言："盖公雄才绝识，学充其身，而形之乎言，典正明达，卓然馆阁之体，非岩栖穴处者所能到也。"①明显是崇尚推重馆阁之文。

李东阳的文章，数量庞大，体裁周全，以馆阁文为主体。具体看，其中不乏直接的颂圣美时之作，如《丰年颂》《瑞麦颂》《初开经筵谢宴赍表》《恭题鲁府尹所藏先朝敕谕后》《孝宗皇帝御书赞》诸作，尤其是《书赐游西苑诗卷后》甚至谓：

> 我朝自皇祖以来，优礼儒硕，远超近代。凡一豫一游、一张一弛，严而泰、和而节者，皆于此卷见之。宣德之治，固有得于礼貌之隆、信任之笃者，诚亿万世所当法也。②

在其他各类作品中，对缙绅大夫士，或以尽责尽职相勉，或以进德修业相勖；间或亦借祝寿、登科而美时歌世；即使出游观览，在写景

---

① 《李东阳集》，497页。
② 《李东阳集》，1108页。

状物的同时,也要关联上裨辅道化的内容。这些无疑都属所谓馆阁之文的范围。

在三杨的台阁之文衰落之后,李东阳之所以能够"以文章领袖缙绅"成为一代宗师,除承其余绪,也有某些超越前者之处。

首先,题材内容上,他不像三杨一样仅是歌颂圣明,咏赞太平,而能在一定程度上贴近现实,触及时弊,关心民瘼。其政治性文件,以《东祀录》中《通达下情题本》言之最切。其中述及亲见亲闻民众受灾情况:

> 臣自闰四月以来,经过里河、天津一带,适遇天时亢旱,风霾屡作。夏麦枯死,秋田未种。舟运不至,客船稀少。曳缆之夫,身无完衣;荷锄之民,面有菜色。极目四望,可为寒心。临清、安平等处,盗贼纵横,杀人劫财者,在在而是。……又闻南来人言,淮扬各府,十分狼狈,或掘食死人,或贱卖生口,流移抢掠,各自逃生。运粮官军,搬坝剥浅,艰辛万倍。人心惶惶,莫知所措。……言及于斯,可为痛哭。

又言苛赋之重:

> 臣尝访之道路,询之官吏,皆言粮草税课,岁有常额。而冗食太众,国用无经,差役频繁,科派重叠,木植颜料,百凡之物,岁无虚月。内府钱粮,交纳使用,更无纪极。……亲王之国,供亿之费,每至二三十万。修斋挂袍,开山取矿,作无益以害有益者,间复有之。加以贪官酷吏,肆虐为奸,民力困穷,嗟怨交作,天灾迭降,固有由然。

再讲朝廷之弊:

> 今间阎之情，郡县不得而知也；郡县之情，庙堂不得而知
> 也；庙堂之情，九重不得而尽知也。是皆起于容隐，成于蒙蔽。
> 容隐之端，其祸甚小；而蒙蔽之祸甚深，大坏极弊，皆由
> 于此。①

所言切实而尖锐。其他作品中亦不乏类似内容。如其《送徐君再
守荆门诗序》有云：“天下之誉，皆可以妄取，惟于民不能伪。”“徐君
勉乎哉！夫使其民如饥者之必饱，渴者之必饮，愈久而其心愈不忘
者，君今日之事也。”②表现了其强烈的重民思想。类似篇章，不在
少数。《送周徽州考最还官序》则抨击当时为官求名之弊：

> 今之为守令者，各据所见为理，皆足以立名取效，而弊随
> 之。或修案牍，明号令，勤手足之力以为奔走，严刑厚敛，竭膏
> 血以奉所需，惟所徇藉，不顾虑其下，故往往为权贵所推许，而
> 细人鄙夫方怨讟之不暇。或有见如此，则循守规矱，不失尺寸
> 以庇其民，而自恃以桀骜其上，又故为抗格以立崖岸，取声誉，
> 故民皆誉之，而为之长者以为异，小则怒于言，大则怒于法矣。
> 又或有见于是，以为二者皆不可失，则为捭阖纵横之机，惟所
> 弛张，而下上倾倒，故官有赏，民有誉，而士大夫之旁观者，将
> 指而议之，无所逃焉。③

这样的作品，多为三杨之所无。

其次，在为文艺术上，李东阳亦有胜出处。其行文风格，前人
以“典雅流丽”概括之。确实，其论、议、叙、说，不像三杨之单调、平

---

① 《李东阳集》，1442 页。
② 同上，425 页。
③ 同上，399 页。

衍,多数作品清通畅达,精美者则到了流丽的程度。如《南巡图记》形容湖南之形胜:

> 吾湖南,天下巨藩。……所接半天下,地方数千里。其间名山大泽,如衡岳、武当、洞庭、云梦,为形胜之会。其上则奇峰峻领,回滩激濑,人迹不能及;下则连山洪涛,千叠百折,其势若排云而降;远则平原沃壤,曼延映带,茫然不绝。盖天下之奇观备矣。[①]

概述间以叙描,清通而顺畅。论说性的文字往往带善辩特色,如《送邵国贤诗序》,驳邵有文才,不应委以吏职之说:

> 予尝言天下之才,当为天下惜之。梓人之用木,必曰:"此可以梁,此可以桷。"玉人之制器,必曰:"此可以瑚琏,此可以珩璩。"以此易彼,虽才且美,不适于用,而况指摘之,訾议之?……劳者,爱之方也。屈者,信之势也。操矢者,必戢而收之,然后可以致其远。治剑者,必揉而晦之,然后可以发其耀。造就成全之术,抑或有当然者邪?然则今日所以处国贤者,固将为天下惜之也。若匡衡之文学,不缘饰吏事,不过书生;陶侃之才略,不致力于兵革,不过为綦养之子弟。士之自处,亦乌可苟嗜暇逸,屑屑于文字间哉?[②]

虽用语浅明,而有善辩之力。不只行文,在篇章的营造上,东阳亦有相当工力。如《朴庵诗序》全绕"朴"字发挥,周全而贴题。《成斋

----

① 《李东阳集》,516 页。
② 同上,456 页。

记》即"成"以展开,《约斋记》辗转婉曲而不离"约",皆意旨明确而突出。其为亲友所写祭文,以流丽文字叙真切之情,有些相当深挚感人。此外,李东阳的作品还具有风格体式的多样性,有典奥之文、骈俪之文,还有以浅俗生动的故事寄寓讽世意义之短章,如《记女医》《记女巫》《医戒》等。

由此来看,李东阳能在一段时期中成为文坛宗主,且有众多追随者,形成流派,有其原因,亦有可肯定之处。

然而,从整体上看,无论是题材内容或审美表现,在古代散文的发展上,李东阳并无突破超越大家名作之成就。且他将文章仅归纳为明道、纪事二类,而将抒情言志及对外在自然界作审美观照的作品边缘化,收窄了作家的视野,缩小了散文的题材范围。所谓馆阁之文与山林之文的区界,虽有现象上的片面依据,总体来说并不符合作家创作的实情,如韩、柳、欧、苏,谁能说清他们属于馆阁,还是山林?作这样的区分,实质是以馆阁之文为尚,这只能造成评文衡文的混乱,使散文写作受到更大局限。

中國古代散文發展史新編

刘振东 著

下

第二章　总结探寻散文创作规范

——明代中后期的散文

　　至明代中期，散文的发展出现重大转变，这种转变虽从明代作家身上体现出来，但标志的是整个古代散文发展趋向的变化。即：沿袭着传统观念的作家，开始明显地致力于总结探寻散文创作规范，以之作为写作的依据和目标；而受时代环境及新起思潮影响的另一部分作家，则朝着突显个性和追求作品进一步审美化方向发展，开启了前所未有的新趋势。以下不完全按照时序，分别对这两种趋势试加阐述。

第一节　前七子之倡言复古及提出法度规矩

　　《明史·文苑传》序云：弘、正间"李梦阳、何景明倡言复古，文自西京，诗自中唐而下，一切吐弃，操觚谈艺之士翕然宗之。明之诗文，于斯一变"。《李梦阳传》又谓："弘治时，宰相李东阳主文柄，天下翕然宗之。梦阳独讥其萎弱，倡言文必秦汉，诗必盛唐，非是者弗道。""与（何）景明、（徐）祯卿、（边）贡、（康）海、（王）九思、王廷相号七才子。"后人为与李攀龙等相别，称其为

"前七子"。

　　"前七子"的"倡言复古"，有积极的可肯定的一面，亦有偏颇不可取的消极影响。所谓积极可取的一面，主要是针对时弊，起到了扭转文风的作用。就上层来说，如前所述，自三杨倡导的"台阁体"及李东阳推崇的"馆阁体"背离"开国派"的质实深切，以美时颂世、闲雅安适为主调，洋洋盈耳的华辞美藻，掩盖不住内容的单调、空虚、浮泛。就下层来说，自明初确定八股取士制度，内容限定于"四书""五经"的范围，应试者只能代圣贤立言；结构形式必须遵守由破题、承题、起讲、入手、起股、中股、后股、束股组成的固定格式。既然科举是获取功名利禄的主要渠道，八股的流行必然致使准备走上仕途的士人在死板狭窄的时文制艺里兜圈子，文章的写作愈来愈走向俗滥。同时，理学对文学审美作用及审美价值的否定，影响日益明显，使诗文写作的题材范围愈来愈狭窄缩小。这几方面结合起来，就使整个文坛呈现出颓靡之象，成为散文发展的障碍。"前七子"的"倡言复古"，正是针对这种局面而发。其主张"文自西京，诗自中唐而下，一切吐弃"，正是希图以此来纠正"台阁体"的浮泛，八股的俗滥，理学文学观的拘限，因而导致"明之诗文，于斯一变"。这是他们可予以肯定赞扬之处。然而，由于受时代环境的影响及自身学养的不足，没能从宏观视野上掌握和理解整个古代诗文的发展脉络、进展梯次，因而将向前人学习的目标只限于秦汉之文与盛唐之诗，这是他们的偏执之处。又由于他们对唐宋之文所取得的成就及取得成就的原因，以及盛唐诗人的真精神缺乏体察与了解，处于已经无力超越既有高峰开始寻求写作规范的时代，因而在如何取法古人上，就着重强调学习其写作的法式与门径，甚至主张从模拟与剽袭入手，这是其不可取的消极影响。

　　"前七子"的领袖人物为李梦阳、何景明，另康海亦较突出。

一 李梦阳

李梦阳(1473—1530),字献吉,号空同子,庆阳(甘肃庆阳)人。弘治进士,曾任户部主事、郎中等职。因性格亢直,屡触阉宦、权贵,曾两次入狱,终被削藉。

李梦阳作为文人从政者,关心时政,并尽心于国计民生,早年写有《上孝宗皇帝书稿》,提出当时之政,为病二,为害三,为渐六。又曾写《代劾宦官状疏》,揭发抨击刘瑾的罪恶,因之几遭杀身之祸。思想观念上,他也是尊崇道学的,其《宗儒祠碑》称赞"周、朱者,儒之宗也"①,《东山书院碑》《刻朱子实纪序》等多篇文章,都极赞朱熹及理学家。

但为文观念上,他是反理学家说的。在为余存修所作《缶音序》中论诗,谓:

> 宋人主理,作理语,于是薄风云月露,一切铲去不为,又作诗话,教人人不复知诗矣。诗何尝无理,若专作理语,何不作文而诗为邪? 今人有作性气诗,辄自贤于"穿花蛱蝶""点水蜻蜓"等句,此何异痴人前说梦也。即以理言,则所谓'深深款款'者何物邪?②

其《外篇·论学下篇第六》有云:

> "小子何莫学夫诗?"孔子非不贵诗。"言之不文,行而弗远。"孔子非不贵文。乃后世谓文、诗为末技何欤? 岂今之诗

---

① 《四库全书·集部六·别集类五·空同集》,卷四十一。以下所引《空同集》同此版本。
② 同上,卷五十二。

非古之诗欤？阁老刘闻人学此，则大骂曰："就作到李杜只是个酒徒。"李杜果酒徒欤？抑李杜之上更无诗欤？谚曰：因噎废食。刘之谓哉！①

此刘阁老不知何人，显为理学信徒。在《论学下篇第五》又有云：

> 宋儒兴，而古文废矣。非宋儒废之也，文者自废之也。古之文文其人，如其人便了，如画焉，似而已矣。是故贤者不讳过，愚者不窃美。而今之文文其人，无美恶，皆欲合道传志。其甚矣！是故考实则无人，抽华则无文，故曰：宋儒兴，而古之文废。②

这些，与理学家之文学观明显对立。

至于"文必秦汉，诗必盛唐"，今存《空同集》未见其语，但意思是有的。其《论史答王监察书》，虽论史，亦论文，谓：

> 其文贵约而该。约则览者易遍，该则首末弗遗。古史莫如《书》《春秋》，孔子删修，篇寡而字严。《左氏》继之，辞义精详；迁、固博采，简怏省缩。以上五史，读者刻日可了，其册可挟而行、可箱而徙。后之作者本乏三长，窃名效芳，辄附笔削，义非指南，辞殊禁脔，传叙繁芜，事无断落。

甚至批评欧阳修，"人虽名世，《唐书》新靡加故，今之识者购故而废新；《五代史》成一家言是矣，然古史如画笔，形神具出，览者踊跃，

---

① 《空同集》，卷六十六。
② 同上。

卓如见之,欧无是也"①。就此,可见"文必秦汉"之意。其写给徐祯卿的《与徐氏论文书》,实际论诗。有云:

> 诗宣志而道和者也。故贵宛不贵险,贵质不贵靡,贵融洽不贵工巧,故曰闻其乐而知其德。故音也者,愚智之大防,庄诐、简侈、浮孚之界分也。至元、白、韩、孟、皮、陆之徒,为诗始连联斗押,累累数千百言不相下。此何异于入市攫金、登场角戏也。……三代而下,汉魏近古。向使繁巧险靡诚贵于情质宛洽,而庄诐简侈浮孚,意义殊无大高下,汉魏诸子不先为之邪?②

批评矛头指向元、白、韩、孟以下,显然有"诗必盛唐"之意。至于对李东阳馆阁体的讥刺,未见直指其名,而为朱应登所写《凌溪先生墓志铭》中,提及"柄文者承弊袭常,方工雕浮靡丽之词,取媚时眼,见凌溪等古文辞愈恶,抑之曰:是卖平天冠者。于是凡号称文学士,率不复列于清衔"③。其所谓"柄文者",不指李东阳,亦为东阳之追随者。

　　李梦阳之文学观及创作实践,在当时具有正负两方面的意义。一方面,他力倡恢复古文的传统,打破了内容浮泛、风格萎弱之"台阁体"对文坛的统治,表现了对高古健劲的追求及扩大题材范围的愿望,大胆地对理学家之文学观提出异议,这符合广大关心散文命运的有识之士的心理,也起到了打开人们的眼界,引起重视前代文化遗产的效果。正因如此,他身边才集结了一批志同道合者,并吸

---

① 《空同集》,卷六十二。
② 同上。
③ 《空同集》,卷四十七。

引了大批追随者。这是功不可没的。另一方面，李梦阳之提倡回复古文传统，并没有做到继承发扬前代名家的真精神，却转向提倡寻求写作的法度规矩。这种倾向，明确而直接地体现在他之《驳何氏论文书》等几篇文章中。何景明在倡导恢复古文传统上，与李梦阳是一致的，但认为梦阳之文有过于追求形似之嫌，在《与李空同论诗书》中，曾用"舍筏登岸"比喻学习古人应取态度，且有一段话说："今空同之才足以命世，其志金石可断，又有超代轶俗之见。自仆游从获睹作述，今且十余年来矣，其高者不能外前人也，下焉者已践近代矣。自创一堂室，开一户牖，成一家之言，以传不朽者，非空同撰焉，谁也？"显然有侧面劝诫之意。而李梦阳在《驳何氏论文书》中，却固执己见，而谓：

> 李某岂善文者，但能守古而尺尺寸寸之耳。必如仲默出入由己，乃为舍筏以登岸，斯言也，祸子者也。古之工如倕如班，堂非不殊、户非不同也，至其为方也，圆也，弗能舍规矩。何也？规矩者，法也。仆之尺尺而寸寸之者，固法也。假令仆窃古之意盗古形，剪截古辞以为文，谓之影子诚可。若以我之情，述今之事，尺寸古法，罔袭其辞，犹班圆倕之圆，倕方班之方，而倕之木非班之木也，此奚不可也？夫筏、我二也，犹兔之蹄、鱼之筌，舍之可也。规矩者方圆之自也，即欲舍之，乌乎舍？子试筑一堂、开一户，措规矩而能之乎？措规矩则能之，必并方圆而遗之可矣，何有于法，何有于规矩？[①]

《再与何氏书》中，又进一步云：

---

① 《空同集》，卷六十二。

夫文与字一也,今人摸(模)临古帖,即太似不嫌,反曰能
书。何独至于文而欲自立一门户耶?[①]

《答周子书》中,又曾谓:

仆少壮时,振翮云路,尝周旋鹓鸾之末,谓学不的古,苦心
无益。又谓文必有法式,然后中谐音度,如方圆之于规矩。古
人用之,非自作之,实天生之也。今人法式古人,非法式古人
也,实物之自则也。当是时,笃行之士翕然臻向,弘治之间,古
学遂兴。[②]

据这些论述,在梦阳看来,学古即学习和遵守古人之法式规矩,即
使字摹句拟亦不为过。不但以此自豪,而且认为这是不二门径。

今天看来,前人的创作中,是有规律可寻的,研究总结其创作
规范作为借鉴,无可非议。但像李梦阳所谓法式规矩"非自作之,
实天生之","实物之自则",则是错误的。全部文学史、散文史证
明,凡是杰出的作家,皆是为了表达自己的思想、观点、情感及审美
体验,而创造出后人所谓的法式规矩,即使对前人的经验有所继
承,也必须有自己的创新与突破。正像今天,仅凭写作课上所讲的
知识与技巧,想造就出真正的作家绝不可能。李梦阳对古文的高
古不作全面理解,只归于规矩法式。更进一步,他把死守古法之尺
尺寸寸,与学习书法之摹帖等同起来,抹杀否定创造精神,只能把
作者引向歧途。

李梦阳以近乎文坛领袖的地位,在当时能产生重大影响,除了

---

① 《空同集》,卷六十二。
② 同上。

其提出的理论主张，也与其创作实践有直接关系。仅就散文论，可指出以下几点：

其一，他虽然过于泥古，但究竟创作出与"台阁体"格调迥异，颇具雄劲气势的作品。如《禹庙碑》起始几句：

> 李子游于禹庙之台，览长河之防，孤城古宫，平沙四漫，遐睇故流，北尽碣石，九派堙于，云草浩浩。于是怆然而悲曰：嗟呼！予于是知王霸之功也。①

相当苍劲横放。其《哭白沟文》首节：

> 呜呼嗟哉，此何流兮！皓沙千里，霜雾四兴，荒滨断岸，陵沈谷崩。积骨成丘，冲波沃云，月星夜昏，杀气昼屯。粤春事之既载，乃予迈于兹野，览残墟以掩涕，搴故栅而维马。暄冰泮而复峙，辰物郁而未申，日苍莽兮将坠，天惨悷而怆神。前俦伫以惊顾，追侣怅而增惑，趾欲进而踯躅，哽嘘唏乎内恻。②

似得《吊古战场文》风韵。

其二，内容题材有所拓展，格调也不算单一。因为突破了"台阁体"和理学观念的局限，他视野也就较为开阔，触及面较广。如写有《游庐山记》，间叙游程，间写山色水势。《华池杂记》《游辉县杂记》皆为类似之作。其亭台记，如《河上草堂记》《翛然台记》《需于堂记》，属一组作品，不着意于说教和颂美，而写有关对象之构造、风物及生活情调。不同类型的作品，笔法也不尽相同，如言时

---

① 《空同集》，卷四十一。
② 同上，卷六十。

政的上书及记事,用语相当浅明通畅,写给友人的书启亦真切有情。

其三,许多刻意而为,欲呈文采之作,在句法语调声气之间,则暴露出故为艰深,力求质古,矫揉模拟的弊病。如《禹庙碑》中以下字段:

> 河盟津东也,寢旷肆悍,势犹建瓴。堤堰一决,数郡鱼鳖。于是昏垫之民匍匐诣庙,稽首号曰:"王在,吾奚而防于堰夫?"椿户草门,输筑困苦,则又各诣庙,稽首号曰:"王在,吾奚役?"……
>
> 吾少也览,尝蹑州城,眺沧海,南目大梁之墟……所谓微禹,吾其鱼者邪!所谓美哉,勤而不德者耶!

就见出剿袭的痕迹。其余如其类者尚多,大概皆取其形似,而遗其精神。故前人对李阳梦一味摹古的批评,不无道理。

二 何景明 康海

1. 何景明

何景明(1483—1521),字仲默,号大复山人,信阳(河南信阳)人,弘治进士,曾任中书舍人、吏部员外郎等职。

何景明同样关心时政,著有《何子》十二篇,论政论兵,并写有《应诏陈言治安疏》《上许太宰书》《上李西涯书》等论及时务的作品。但一生主要致力于为诗为文。明史《文苑传·何景明传》称:"与李梦阳辈倡诗古文,梦阳最雄骏,景明稍后出,相与颉颃。"何景明所以与李梦阳相合而并称,因为在为文观念与创作追求上,二人多共同之处,都崇古且反对宋儒之轻文。他在《述归赋序》中有谓:

仆尝以汉之文人,工于文而昧于道,故其言杂而不可据、疵而不可训。宋之大儒,知乎道而啬乎文,故长于循辙守训,而不能比事联类,开其未发。故仆尝病汉之文其道驳,宋之文其道拘。①

《海叟集序》论诗时,有言:

　　诗不传,其原有二:称学为理者,比之曲艺小道而不屑为,遂亡其辞;其为之者,率牵于时好,而莫知上达,遂亡其意。辞意并亡,而斯道废矣。故学者苟非好古而笃信,弗有成也。②

看法基本与李梦阳一致。又言:

　　景明学诗,自为举子、历宦,于今十年,日觉前所学者非是。盖诗虽盛称于唐,其好古者,自陈子昂后,莫若李杜二家,然二家歌行近体诚有可法,而古作尚有离去者,犹未尽可法之也。故景明学歌行近体,有取于二家,旁及唐初盛唐诸人,而古作必从汉魏求之。③

在肯定盛唐,上溯汉魏方面,亦与李梦阳相近。

　　但《何景明传》又云:"两人为诗文,初相得甚欢,名成之后,互相诋諆。梦阳主摹仿,景明则主创造,各树坚垒不相下,两人交游亦遂分左右袒。"说明李、何之间同中有异。这方面,前论李梦阳

---

① 《四库全书·集部六·别集类五·大复集》,卷一。以下所引《大复集》皆同此版本。
② 同上,卷三十四。
③ 同上。

时,已多有引及,而何集中主要表现在《与李空同论诗书》,李氏《驳何氏论文书》即为此文而发。其实前此李梦阳有书给何氏,何氏乃写此文。文之核心意思为批评梦阳刻意模拟,希望其发挥创造精神。有云:

> 追昔为诗,空同子刻意古范,铸形缩模,而独守尺寸,仆则欲富于材积,领会神情,临景构结,不仿形迹。……
>
> 仆观尧、舜、周、孔、子思、孟氏之书,皆不相沿袭而相发明,是故德日新而道广。此实圣圣传授之心也。后世俗儒专守训诂,执其一说,终身弗解,相传之意背矣。今为诗不推类极变,开其未发,泯其拟议之迹以成神圣之功,徒叙其已陈,修饰成文,稍离旧本,便自扤捏,如小儿倚物能行,独趋颠仆。虽由此即曹刘,即阮陆,即李杜,且何以益于道化也。佛有筏喻,言舍筏则达岸矣,达岸则舍筏矣。[1]

下即前引劝诫梦阳之语。其立意显然是反模拟而贵创造。在当时,能有这样的见解,难能可贵。但何景明反对李梦阳之"刻意古范,铸形缩模","独守尺寸",并不否认文之有法,在同一文中,他云:

> 仆尝谓,诗文有不可易之法者,辞断而意属,联类而比物也。上考古圣立言,中征秦汉绪论,下采魏晋声诗,莫之有易也。

其所谓"辞断而意属,联类而比物",比梦阳之所谓方圆规矩,固然

---

① 《大复集》,卷三十二。

宽泛得多,但仍属表现方法的性质,并且他将这种"法"推到极端,作出论断:"夫文靡于隋,韩力振之,然古文之法亡于韩;诗弱于陶,谢力振之,然古诗之法亦亡于谢。"显然是缺乏识力的片面之见。因之,他虽在观念上有创新的追求,而创作实践亦未取得超出李梦阳的实绩,只不过表现出风格韵调上,雄峻艰涩与俊语亮节的差别。

就其散文作品言,除内容题材上有所开拓、结构章法上有所变化外,一般文字比较明顺畅达,如《沱西别业记》《龙湾草堂记》《师问》等篇。而《赠萧文或号古峰序》写所向往的生活境界:

> 呜呼!凿破混沌一派,世道万伪日滋。吾尝高卧北窗之风,想无怀葛天之民,慨身世之既远也。及道西华玉井,览其峰,高寒辣人。由是又南望匡庐五老,巢入空冥,气含鸿濛,雪落太古,乃登罗浮七十二峰于飞云之上。别来尝梦想斯境,梯石磴,披苍翠,浩歌烟霞深处,与华胥氏往来,不知有人间也。[①]

简劲质古,"台阁体"中,难以见到这样文字。

2. 康海

康海(1475—1540),字德涵,号对山,武功(今属陕西)人。弘治十五年(1502)进士,授修撰。据《明史·文苑传·康海传》:"正德初,刘瑾乱政,以海同乡,慕其才,欲招致之,海不肯往。会梦阳下狱,书片纸招海曰:'对山救我。'""海乃谒瑾,瑾大喜,为倒屣迎。海因设诡辞说之,瑾意解,明日释梦阳。逾年,瑾败,海坐党,落职。"说明他为人是有矩矱的,所以坐刘瑾党而落职,乃因营救友人所致。

---

① 《大复集》,卷三十五。

其嘉靖十一年(1532)为王九思所写《渼陂先生集序》有云：

> 我明文章之盛莫极于弘治时，所以反古昔而变流靡者，惟
> 时有六人焉。北郡李献吉、信阳何仲默、鄠杜王敬夫、仪封王
> 子衡、吴兴徐昌谷、济南边廷实，金辉玉映，光照宇内，而予亦
> 幸窃附于诸公之间。乃于所谓孰是孰非者，不溺于剖劂，不怵
> 于异同，有灼见焉。于是后之君子言文与诗者，先秦两汉魏晋
> 盛唐，彬彬然盈乎域中矣。①

对"前七子"的特点、作用及地位作了精要概括，并以之自豪。

今观康海存世之作，显然文胜于诗，而文中又以被废后诸书札
更为慷慨激切。从其《制策》及《答王汝言》诸书，可知海本重道崇
贤，严君子小人之辨，究心于国计民生，有经世济务之大志。但因
性格亢直，敢言无忌，触冒奸权，招众嫉，终被潜为党刘瑾而被毁
弃。故其后期答致亲朋好友之文，多倾心吐胆，抒发胸中块垒之
作，看似放纵不羁，而沉实激越，不乏豪壮之气，可见"七子"的另一
风貌。其《与彭济物》《与王子衡》《答蔡承之石冈书》等，皆为此类
作品。如答《王子衡》有云：

> 在省时，会近山尚书、济物总制，俱道雅意隆笃。细得近
> 山言，深服公所以处我者有礼也。近济物以他人之谋，将致我
> 幕下，昨已为数言绝之，颇涉峻厉。於乎，彼殆以我为何人耶！
> 大丈夫出处自有礼义，岂私好私与者寻隙抽衅附会可致耶？
> 兄与我有骨肉之分，当悯惜至此丘壑之下，凡有志天下国家者
> 岂所忍居。苟有所不可，则亦宁死守而不易耳。平生碌碌，别

---

① 《四库全书·集部六·别集类五·对山集》，卷三。以下所引《对山集》皆同此版本。

无他事，维此点检最熟，而又失之，死无面目见先人于地下也。……

　　去秋有一客相过，极言彼所以拳拳于仆之意。方在杯酒间，仆变色大骂，声彻四邻。仆岂彼之所宜论耶？昨见自彼为者云，彼已深含于我。此不知仆正欲其含也。即此可以再见不肖之心矣。①

于此可见康海之为文及为人。

　　总之，前七子的倡言复古，强调学习古人的法式规矩，正是古代散文进入后期，作家们着重于向后看，开始致力于寻求写作规范的第一个突出表现。

第二节　"唐宋派"的主张与实践

　　与"前七子"时代相近，而观点主张和创作倾向上与之相对立者，有后代所称"唐宋派"，代表人物是王慎中、唐顺之、茅坤。

一　王慎中

　　王慎中（1509—1559），字道思，号遵岩居士，后号南江，晋江（福建泉州）人。嘉靖五年（1526）进士，累官至河南参政，因忤权要而落职。《明史·文苑传·王慎中传》称："慎中为文，初主秦、汉，谓东京下无可取。已，悟欧、曾作文之法，乃尽焚旧作，一意师仿，尤得力于曾巩。""壮年废业，益肆力古文，演迤详赡，卓然成家，与顺之齐名，天下称之曰王、唐，又曰晋江、毗陵。家居，问业者踵至。"

　　对照王慎中《再上顾未斋》所云：

―――――――――

① 　《对山集》，卷二。

某少无师承,师心自用,妄意于文艺之事,自十八岁谬通
仕籍,即孳孳于觚翰方册之间,盖勤思竭精者十有余年,徒知
掇摭割裂以为多闻,模效仿依以为近古。……二十八岁以来,
始尽取古圣贤经传及有宋诸大儒之书,闭门扫几,伏而读之,
论文绎义,积以岁月,忽然有得。追思往日之谬,其不为大贤
君子所弃而终于小人之归者,幸矣。愧惧交集,如不欲生,乃
尽弃前之所学,潜心钻研者又二年于此矣。①

与本传所述正相应。

　　其所谓"忽然",并不忽然,所云"二十八岁以来"的情况,就是
"忽然"的原因。而其"所得"为何? 于《曾南丰文粹序》中,有较详
说明。此文视野较广,由三代论及西汉,又由宋论及当代。由于表
达上多用反复转折之长句,意思不够显豁,大体不过谓:有才为文
者,应该"会通于圣人之旨","本于学术而足以发挥乎道德"。西汉
以来,做到这一点者,数人而已,宋代之最杰出者,曾巩一人而已。
仅能"悦世之耳目者",不过是取之于外,近代以来,为文之弊尤甚。
这即是他长期钻研之"所得"。以此文为基点,结合《遵岩集》中其
他文章,可以看出王慎中在其思想及为文观念上,有以下几点:

　　其一,受道学影响甚深。他所理解的道学,既包括程朱理学,
亦包括王阳明心学。其《与朱镇山》中有云:

　　　自邹鲁以后,天下言道德学问所出,而以其地之盛为名者
曰濂、洛、关、闽。盖千百年之间,能以地系于学问以名者,仅
四而已,吾闽与焉,岂不盛哉!②

---

　　①　《四库全书·集部六·别集类五·遵岩集》,卷二十一。以下所引《遵岩集》皆
同此版本。
　　②　同上,卷二十二。

而《送朱镇山先生序》又曰；

> 道学衰绝之久，近世余姚王阳明氏始倡不传之学，而吉安诸名家，能广其学以继其传。①

可见王慎中心目中，程朱、阳明与"六艺"中所发挥的道德，乃是混而为一的，皆是对"道"的体现。而曾巩之文与之最为接近，故推为首。基于此，他对人对己，皆强调以志于"道"为第一目的，在《与林观颐》中，谓："所为古文者，非取其文词不类于时，其道乃古道也。""足下好古文，直好其词不类于时耳，如是，则意亦仅以异于时。故仆愿足下姑置得失，而专力于道。苟于道有得，虽不吾问，足下将自得之。"②

其二，他毕竟研习了大量前代典籍，所以并没有像道学家一样，完全否定"文"的价值与意义。为当代道学名家薛瑄所写《薛文清公全集序》中，一方面赞扬了道学与朱熹，一方面又指出："近世乃有诡于知道而不能为文，顾谓不足为也。其弊将使道与文为二物，亦可患也。"③其所谓"将使道与文为二物"，并不是像道学家主张的"文""道""合一"，"文"可以从"道"中自然溢出，而是主张像韩、柳、欧、苏那样，使"道"与"文"统一起来。《与刘白川书·其二》有云："某不揣，窃有志于古人之道而学其学，既为其学，则其于言也，亦必合乎古，而不敢苟。此某之志也。"④

其三，基于上面一点，并受时代潮流影响，他提出并重视为文之法度规矩。在《与江午坡书·一》中有谓："其作为文字，法度规

---

① 《遵岩集》，卷十。
② 同上，卷二十三。
③ 同上，卷九。
④ 同上。

矩,一不敢背于古,而卒归于自为其言。此在前世为公共之物,而在今日,亦为不传之秘,欲以语人,都无晓者。"①《与邹一山书·一》又专论法度与约放问题:"大抵文字之事,有约有放。若约以法度,则一字轻着不得,若放而为之,则无不可如意。观兄此诗,殆有意于放,正不当于字句得失论之也。然古人有放者矣,骤而读之,浩乎若不可诘,徐究细玩,乃无一语为恨,此则真能放者。吾辈未到彼岸,尤须以法度自饰,庶可无败耳。"②

其四,出于以上观念,他自然对"前七子"剿袭模拟、取貌遗神以及时下之俗滥文字,取批判否定态度。如《与陆贞山》有云:"观兄文力,真可并驱两汉矣,犹若不忘乎近时李空同、康对山之所为者,何也?弟才质驽下,近学六经两汉,而力不能及,然窃自谓非近时流习所能惑矣。"③这是对李梦阳的公开否定。其《寄道原弟书·八》论及学文事,有谓:

> 交游中语云:"总是学人,与其学欧、曾,不若学马迁、班固。"不知学马迁莫如欧,学班固莫如曾。今我此文正是学马、班,岂谓学欧、曾哉?但其所学非今人所谓学。今人何尝学马、班,只是每篇中,抄得三五句《史》《汉》全文,其余文句,皆举子对策与写柬寒温之套,如是而谓之学马、班,亦可笑也。④

亦是对"前七子"之徒的批评。正因如此,他也就受到了时辈的攻击。如《与林观颐》有谓:"仆所为文,求合于古而已,初不求时人之知也。然文字既出,不免为时人见,则莫不以为迂腐朽烂,群讥而

---

① 《遵岩集》,卷九。
② 同上。
③ 同上。
④ 《遵岩集》,卷二十四。

簇笑。"然这并不足以动摇他的态度,在《与程习斋》中他说:"区区一得之见,则非苟同前人、踵故习、为耳食之说者,而未知与四方同志之士有合与否? 若公鉴评以为不谬,则仆亦可托以自信矣。俗学渐渍耳目之深且久,难以人人有合,惟有识者同之,斯为不孤耳。"①

王慎中《遵岩集》经其子与婿整理删削,存文不算太多。总起来看,行文比较雅正、质实、清醇,体现了他的文学观念。有些篇章,如《海上平寇记》颇有声势,《游笋江记》写景、写感,有仿《醉翁亭》痕迹,《龙岩书屋记》《潜源记》等,皆在经营布局上颇下功夫。然皆难以达到前代经典作家水平。其《与李中溪书》中,自诩《明伦堂记》"此文乃明道之文,非徒词章而已。其义则有宋大儒所未发,其文则曾南丰《筠州》《宜黄》二学记文也"②。其实,该作并未有超过前人深度,文字亦仅质实畅达而已。其《与蔡鹤峰》自道为何佩甫所写碑文极生动感人,检读原文,实亦平平。

要之,王慎中在反对"前七子"之"文必秦、汉",将视野拓宽到唐宋名家,是有贡献的,但其《寄道原弟书·八》中所引"总是学人"的话,道出了他与"前、后七子"的共同处,也反映了此时期散文发展的基本趋势。

二 唐顺之

唐顺之(1507—1560),字应德,一字义修,世称荆川先生,武进(今属江苏)人。嘉靖八年(1529)进士,仕至右春坊右司谏,因疏事,触怒皇帝,罢职。居阳羡山中十余年。嘉靖三十七年(1558)再度出仕,官至右佥都御史、凤阳巡抚。

唐顺之的思想及为文观念比较复杂。第一,因时代环境影响,

---

① 《遵岩集》,卷二十四。
② 同上,卷二十二。

受道学熏染很深，尤以晚年为甚。其《与王尧衢书》有云：

> 诗文六艺与博杂记问，昔尝强力好之，近始觉其羊枣、昌歜之嗜，不足饥饱于人，非古人切问近思之义。于是取程、朱诸先生之书，降心而读焉。初未尝觉其好也，读之半月矣，乃知其旨味隽永，字字发明古圣贤之蕴，凡天地间至精至妙之理，更无一闲句闲语。……此类之书，皆近世英敏材辨之士以为老生烂语，至束阁不肯观。虽其苦心敝精于文字间，而竟不免老而无所闻，有可痛者。①

这方面，他与王慎中是一致的。而在接受道学之文章观上，他比起王氏又有过之而无不及，竟由崇尚道学而否定文学的审美价值。如《与蔡白石郎中》有谓：

> 窃谓兄以聪明绝世之资，而消磨剥裂于风云月露虫鱼草木之间，以景差、唐勒、曹植、萧统为圣人，而冀为其后，此其轻重岂特隋侯之珠弹雀而已，亦可惜也。……倘兄以为宇宙内事与吾分内事，尽于风云月露草木之间，则足矣，不然，则亦不可以不深思君子进德修业欲及时也。②

再进而他反对人们学习书画。在《与田巨山提学》中，批评对方"以好画之故，至欲手自摹拓"，有谓：

> 吾辈年已长大，虽笼聚精神，早夜矻矻从事于圣贤之后，

---

① 马信美、黄毅点校：《唐顺之集》，浙江古籍出版社，2014年，213页。以下所引此书皆同此版本。

② 同上，253页。

尚惧枉却此生,则虽诗文与记诵便可一切罢去,况更有赘日剩力为此舐笔和墨之事乎?①

出于这样的原因,在评价前人作品时,他走向极端,把道学家说教性的所谓"性理诗",视为旷世绝作,《与王遵岩参政》中,赞扬邵雍之诗胜过杜甫,为三代之下所未有。

第二,由于他早年即有意于为文,后又受王慎中影响,不仅熟谙秦汉典籍,且深受唐宋名家的熏陶,因而突破理学观念的局限,重视文章的写作,表达出尽力从事的愿望。如在《答王南江提学》中有云:

> 仆于文字素非所长,然以猥尝受教于兄,且幽居少事,欲以灌园余力时一为之,又以为既樗散无所用世,幸未即老死,二三年之后或为天所牖,使少有知识,尚当托之于文字,虽不敢望于行远,庶几达鄙陋之意焉,是以不能息心于此。②

后来,他曾在多处表示对早年学文成就不足的悔愧,甚至欲尽焚旧稿,如《答王尊岩》中,言及友人请王慎中为自己文集写序时,有云:

> 仆旧从兄学为文章,有一二仅得处,尽是兄之指教。但才既不长,又不能竭精力以从事,是以遂成废罢……近来自观旧稿,支离叛道之言篇篇有之,理既不当,文亦未工,赧然尽欲焚烧而后为快,缘颇为人抄录,无可奈何。盖以吾今日文字伎俩,须并却三四年精力,专于此一事,自谓可望于古人阃域。③

---

① 《唐顺之集》,208 页。
② 同上,188 页。
③ 同上,274 页。

于对自己的否定中，表达的正是对为文的重视。

第三，像王慎中一样，唐顺之所学之文及为文观念，前后有所变化。李开先《康王王唐四子补传》，言及唐顺之有云：

> 文则初学《史》《汉》，后会王遵岩于南都，尽变其说，意颇讶之。王云：此难以口舌争也，第归取七大家文读之，当自有得。唐子犹不谓然，但素信其才识，如其言而读其书，数月后尽得其法，方知向之所谓学《史》《汉》者，特得其皮毛，而七大家文真得《史》《汉》之骨髓者也。后复见遵岩，意投语合，遂皆以文章擅天下。①

证之以唐顺之的自述，可见李之所言不虚。其《答顾东桥少宰》云："仆迂戆无能人也，过不自量，尝从诸友人学为古文诗歌，追琢刻镂亦且数年，然材既不近，又牵于多病，遂不成而罢去。"②《与两湖书》则谓：

> 以应酬之故，亦时不免于为文，每一抽思，了了如见古人为文之意，乃知千古作家别自有正法眼藏在。盖其首尾节奏，天然之度，自不可差，而得意于笔墨蹊径之外，则惟神解者而后可以语此。近时文人说秦说汉说班说马，多是呓语耳。③

《答皇甫百泉郎中》谈到近时所作，又有谓：

> 其于文也，大率所谓宋头巾气习，求一秦字汉字语了不可

---

① 《唐顺之集》，1063 页。
② 同上，179 页。
③ 同上，221 页。

得。凡此皆不为好古之士所喜,而亦自笑其迂拙而无成也。追思向日请教于兄,诗必唐文必秦与汉云云者,则已茫然如隔世事,亦自不省其为何语矣。①

基于以上情况,使他为文的见解与主张,与王慎中在反对"前七子"的"文必秦汉、诗必盛唐"与机械摹古方面完全一致了。

第四,他还提出了一个重要与新鲜的观点:特别强调诗文写作,要出自作家本身固有的内在精神,表现出特有本色。在《答茅鹿门知县·二》中,于此有详细论述:

> 就文章家论之,虽其绳墨布置、奇正转折自有专门师法,至于中一段精神命脉骨髓,则非洗涤心源,独立物表,具今古只眼者,不足以与此。今有两人,其一人心地超然,所谓具千古只眼人也,即使未尝操纸笔呻吟学为文章,但直据胸臆,信手写出,如写家书,虽或疏卤,然绝无烟火酸馅习气,便是宇宙间一样绝好文字。其一人犹然尘中人也,虽其专学为文章,其于所谓绳墨布置则尽是矣,然番来覆去不过是这几句婆子舌头语,索其所谓真精神与千古不可磨灭之见,绝无有也,则文虽工,而不免为下格。此文章本色也。……
>
> 且夫两汉而下,文之不如古者,岂其所谓绳墨转折之精之不尽如哉?秦汉以前,儒家者有儒家本色,至如老庄家有老庄本色,纵横家有纵横本色,名家、墨家、阴阳家皆有本色。虽其为术也驳,而莫不皆有一段千古不可磨灭之见,是以老家必不肯剿儒家之说,纵横家必不肯借墨家之谈,各自其本色而鸣之为言。其所言者,其本色也,是以精光注焉,而其言遂不泯于世。

---

① 《唐顺之集》,256 页。

唐、宋而下，文人莫不语性命谈治道，满纸炫然，一切自托于儒家，然非其涵养畜聚之素，非真有一段千古不可磨灭之见，而影响剿说，盖头窃尾，如贫人借富人之衣，庄农作大贾之饰，极力装做，丑态尽露，是以精光枵焉，而其言遂不久湮废。……后之文人欲以立言为不朽计者，可以知所用心矣。①

《与洪方洲书·又》中再申此论：

近来觉得诗文一事，只是直写胸臆，如谚语所谓开口见喉咙者，使后人读之如真见其面目，瑜瑕俱不容掩，所谓本色，此为上乘文字。扬子云闪缩谲怪，欲说不说，不说又说，此最下者，其心术亦略可知。眉山子极有见，不知韩子、荆国何取焉？近来作家如吹画壶——小儿所吹泥鼓，俗谓之画壶。糊糊涂涂不知作何调，又如村屠割肉，一片皮毛，斯益下矣。②

两文中，所谓"精神命脉骨髓"，所谓"真精神与千古不可磨灭之见"，所谓"精光"，即指文章所应含蕴且为作者独有的内在精神。所谓"本色"，即指作家在作品中，应将这种独有精神自然而然地表达出来。这种意思，在韩愈《答李翊书》中已讲得极明白。唐顺之在这里，将李梦阳辈形式上的摹古，用自己的理解和语言强调和表达出来，有很强的现实性与积极意义。同时，他与王学左派之王畿关系颇密，其"本色"说，似乎透露出李贽"童心说"之几微信息。

第五，在向古人学习的范围与方法上，与"前七子"虽有重大不同，但基于回顾总结前人创作规范的大趋势，唐顺之也极其重视法

---

① 《唐顺之集》，294 页。
② 同上，299 页。

度问题,并且强调法与自然的统一。在《文编序》中,他明确地讲:
"不能无文,而文不能无法。是编者,文之工匠,而法之至也。"[1]于
《董中峰侍郎文集序》中又详论曰:

> 汉以前之文,未尝无法而未尝有法,法寓于无法之中,故
> 其为法也密而不可窥。唐与近代之文,不能无法,而能毫厘不
> 失乎法,以有法为法,故其为法也严而不可犯。密则疑于无所
> 谓法,严则疑于有法而可窥。然而文之必有法,出乎自然而不
> 可易者,则不容异也。且夫不能有法,而何以议于无法?有人
> 焉,见夫汉以前之文疑于无法,而以为果无法也,于是率然而
> 出之,决裂以为体,饾饤以为词,尽去自古以来开阖首尾经纬
> 错综之法,而别为一种臃肿窘涩浮荡之文。其气离而不属,其
> 声离而不节,其意卑,其语涩,以为秦与汉之文如是也。……
> 呜呼!今之言秦与汉者纷纷是矣,知其果秦乎汉乎否也?[2]

这里提出"法"的问题,作为学古的条件之一,对后世如"桐城派"者
之讲"义法"影响甚大。同时,他又认为,秦汉文"法寓于无法之
中",所以不容易看到,学到。唐与近代之文,"以有法为法",所以
既可学又必学。"前七子"的问题正出在不知秦汉文有法,而生硬
摹古。其对"前七子"的批评有一定道理,但其意乃在宣扬"唐宋
派"的法度观。

另外,唐顺之还提出了与文章写作相关的一些具体问题:

其一是举业与德性,实即制艺与文章的关系。他的观点是,关
键不在于举业的教与学,而在于教与学者的动机与态度。在《答俞

---

① 《唐顺之集》,450 页。
② 同上,465 页。

教谕》中谓:"经义策试之陋,稍有志者莫不深病之矣。虽然,春诵夏弦秋礼冬书,固古之举业也,固未尝去诵与书也。苟无为己之心,则弦诵礼书亦只为干禄之具;苟真有为己之心,则经义策试亦自可正学以言。""古人于艺,以为聚精会神,极深研幾之实,而今人于艺,则以为溺心玩物,争能好胜之具。此则古与今之不同,而非所以为艺与德之辨也。"①唐顺之被后人视为制艺大家,同时又以倡唐宋古文著名,恐怕与他这种观点有关。

其二是他强烈批评时人滥刻文集的风气。在《答王遵岩》中谓:

> 仆居闲偶想起宇宙间有一二事,人人见惯而绝是可笑者。其屠沽细人,有一碗饭吃,其死后则必有一篇墓志;其达官贵人与中科第人,稍有名目在世间者,其死后则必有一部诗文刻集,如生而饭食死而棺椁之不可缺。此事非特三代以上所无,虽唐、汉以前亦绝无此事。幸而所谓墓志与诗文集者,皆不久泯灭,然其往者灭矣,而在者尚满屋也。若皆存在世间,即使以大地为架子,亦安顿不下矣。此等文字,倘家藏人蓄者,尽举祖龙手段作用一番,则南山煤炭竹木当减价矣。②

出语可谓辛辣之极。

其三是他特论铭与史之别而反对虚腴之伪。于《按察司照磨吴君墓表》中言:"古者秉是非之公,以荣辱其人,故史与铭相并而行。其异者,史则美恶兼载,铭则称美而不称恶。""后世史与铭皆非古矣,而铭之滥且诬也尤甚。汉蔡中郎以一代史才自负,至其所

---

① 《唐顺之集》,194 页。
② 同上,275 页。

为碑文,则自以为多愧辞。""呜呼! 试点检前后所为铭,其如中郎之愧辞者,有之乎无也? 余进位于朝,不能信予夺于其史,退而处于乡,不能信予夺于其铭,是余罪也。虽然,予夺非予之所敢也,是以欲绝笔于铭焉。其或牵于一二亲故之请,有不能尽绝者,则谨书其姓名里宦世系卒葬月日,此外则不敢轻置一言。"[1]以上都属有益于时的见解。

唐顺之的创作实践同样有复杂与多面性。最见其本色且占份额最大者为其书函,其中写给亲朋知友者,多为不拘一格,舒放自如,直抒胸臆之作,上引诸文即见此特点,另如《与董后峰宪副》:

> 野人一入仕途,百般悔吝,禅家所谓猢狲入布袋,真可一笑也。塞上风尘,寒侵病骨,远忆姊夫坐享园池之乐,何如何如! 不久亦当图解缰脱锁之计。盖楼筑至栽花种树布满园中,虽不能与东邻争胜,亦与公各适其适,而时相过从也。兴言及此,已觉神驰。[2]

但亦有写得比较严正激昂者,如《与胡柏泉参政》:

> 天下事鱼烂极矣,非特边陲戎狄之患然也。愚夫知其必有隐忧,而恃禄固宠之士无人敢出一口气,间有一人慷慨言之,而出身任事,则众共恶之,必挤去之而后已。嗟乎,此祸机之所以成于壅蔽,而志士之所为扼腕也![3]

亦有谦卑恭谨者,如与严嵩父子诸书。诸记一般写得认真而谨慎,

---

① 《唐顺之集》,713 页。
② 同上,350 页。
③ 同上,262 页。

《西峪草堂记》首段写得精洁而较有气势；《永嘉袁君芳洲记》在构思布局上亦相当用心，用语清顺简练，是不错之作；至于曾为人称道之《任光禄竹溪记》，着意写竹且有所寄托，但成色上并未超出前人类似作品；《叙广右战功》写人叙事有生动之处，然总体上显得冗琐，既达不到韩、柳之简劲，又距司马迁之宏肆甚远。

　　总起来说，唐顺之作品中，有一部分体现了他所倡导之"本色"，而整体上并未显示出他所力主的"真精神与千古不可磨灭之见"，表现出理论与实践之间的脱节。不独唐顺之为然，亦是此时期多数固守古文传统作家之通病。

三　茅坤

　　茅坤（1512—1601），字顺甫，号鹿门，浙江归安（湖州市）人。嘉靖十七年（1538）进士，曾任青阳、丹徒知县，但仕途坎坷，四十多岁即落职家居，年九十而卒。

　　茅坤生年较晚且寿长，故其为文时代以李攀龙、王世贞为首的"后七子"已经崛起，并对王、唐为文取向加以批判否定，而他却坚持并发展了王、唐的观点。《明史·文苑传·茅坤传》称："坤善古文，最心折唐顺之。"这确属实情。茅坤在《奉韩敬堂少宗伯》中，回顾了早年学文及受唐顺之之助的情形：

> 　　仆少习举子业，颇自刻励，衣不解带，榻不设枕者四、三年。又好湛深之思，于六籍百氏书及古之文章家之旨，所当印心处，往往中夜起而露坐，甚且遗矢犹于厕中闭目冥思。独哦独语，客间过之，每对面不之见。①

---

① 《茅鹿门先生文集》卷八，《续修四库全书》第一千三百四十四册，上海古籍出版社，1999年，578页。以下所引《茅鹿门先生文集》皆同此版本。

又言：入仕后，因父母继没，守丧积毁，几于辞官不做，为丹徒令，又患失眠，前后皆得唐顺之为之解。其《与徐天目宪使论文书》又极力推崇王与唐，有曰：

> 独于文章之旨，犹未及扣历城公之深。适过兄得解囊中之录本读之，内有论次本朝名家，大较首何、李而退唐、王。仆之私，窃以秦汉来文章名世者，无虑数十百家，而其传而独振者惟史迁、刘向、班掾、韩、柳、欧、苏、曾、王数君子为最。何者？以彼独得其解故也。……故仆之愚，谓本朝之文崛起门户，何、李诸子亦一时之隽也。若按欧、曾以上之旨，而稍稍揣摩古经术之遗以为折衷者，今之唐、王是也，恐未可尽左袒而弃之。……仆之愚，于王未敢论，若唐武进于文章家之旨，即未得谓之正宗，当亦庶几羽翼也已。[1]

徐天目即"后七子"之一的徐中行，故文中对李、王适度肯定，重点实在推崇王、唐。余如《与王东台太仆书》谓：

> 仆尝同荆川中丞论本朝文章之运数，以奇崛魁垒之材奋起其间，不无其人，而至于独超匠心，得古作者之旨而折衷其至，独遵岩公于当世可谓渡海之筏也。[2]

明确赞扬王世贞。《复沂水宋大尹书》则直谓：

> 世之所竞摹《史记》摹《汉书》，纵极其工，当亦优人者之貌

---

① 《茅鹿门先生文集》，卷四，503 页。
② 同上，505 页。

孙叔敖焉耳，而况其所摹者，特句字之诘屈聱牙而已。仆窃
耻之。①

对李、何的批评，到了"耻之"的程度。

茅坤对王、唐文章观念的坚持与发展，表现为：他将唐顺之所
强调为文之"精神命脉骨髓""千古不可磨灭之见"，具体归纳为
"旨"与"至"两个要点。关于"旨"，即他所谓孔子"其旨远"之旨、
"古作者之旨"，于《文旨赠许海岳沈虹台二内翰先生》有详细论述，
其略曰：

> 孔孟没而《诗》《书》六艺之学不得其传，秦皇帝又从而燔
> 之，于是文章之旨散逸残缺。汉兴始诏求亡经，而海内学士稍
> 得以沿六艺之遗而转相授受。西京之文号为尔雅，其最者贾
> 谊、晁错、董仲舒、司马迁、刘向、扬雄、班固是也。魏晋宋齐梁
> 陈隋之间，斯道几绝，唐韩愈氏出，始得上接孟轲，下按扬雄而
> 折衷之。五代之间寖微寖灭，欧阳修、曾巩及苏氏父子兄弟
> 出，而天下之文复趋于古。数君子者，虽其才之所授小大不
> 同，而于六艺之学可谓共涉其津，而趋其波者也。由此观之，
> 文章之或盛或衰，特于其道何如耳。

然后，他将项籍、陈胜等草莽英雄，比之为非正统，而将汉、唐、
宋等朝比之为正统。续论曰：

> 本朝刘、宋尝拓门户。弘治正德间，北地李梦阳攘袂而呼
> 曰："文在是矣。"倡者叱咤，听者辟易，于今学者犹剿而附焉。

---

① 《茅鹿门先生文集》，卷八，571页。

嗟呼！间以之按六艺之遗及西京以来作者之旨，然乎否邪？得非向所谓草莽而窃者邪？《传》不云乎？圣人没而微言绝。此予所以尝私为之累欷而不能已也。[①]

看来，他所谓为文之旨，即继承发展"六艺"之道。这一点，在《与慎山泉侍御论文书》中，概括得很明白："为文必溯六艺之深，而折衷于道，斯则天下者之正统也。其间雄才侠气，姗韩、欧，骂苏、曾而不能本之乎六艺者，草莽偏陲项羽、曹操以下是也。"[②]关于"至"，即文章写作所应达到的目标与高度。其意为何？在《与蔡白石太守论文书》中亦有详论，其略曰：

> 近代以来，学士大夫之操觚为文章无虑数十百家，其以云吻雾噏虎啮鸷攫之材，扬声艺林者，亦星见踵出。然于其所谓万物之情各有至者，或在置而未及也。近独从荆川唐司谏上下其论，稍稍与仆意相合。仆少喜为文，每谓当跌宕激射似司马子长，字而比之，句而亿之，苟一字一句不中其累黍之度，即惨恻悲凄也，唐以后，若薄不足为者。独怪荆川疾呼曰："唐之韩犹汉之马迁，宋之欧曾二苏，犹唐之韩子，不得致其至，而何轻议为也。"仆闻而疑之，疑而不得，又蓄于心而徐求之，今且三年矣。近乃取百家之文之深者，按覆之，卧且哈而餐且噎焉，然后徐得其所谓万物之情，自各有其至。因而悟曩之所谓司马子长者，眉也，发也。而唐司谏及仆所自持，始两相印而无复异。

然后举鲁迅《汉文学史纲要》曾引赞扬司马迁写人物生动形象的一

---

① 《茅鹿门先生文集》，卷十四，650页。
② 同上，卷四，507页。

段话,续曰:

> 若此者何哉? 盖各得其物之情而肆于心故也,而固非区区句字之激射者。
>
> 昔人尝谓:善诗者画,善画者诗。仆谓其于文也亦然。今夫天地之间,山川之所以寥廓,日月之所以升沉,神鬼之所以幽眇,草木之所以蕃蔚,鲑鮋之所以悲啸,九州之所以声名,文物四裔之所以椎髻被发,以及圣帝明王忠贤孝子羁臣寡妇谗夫佞幸幽人处士释友仙子之异其行,礼乐律历兵革封禅天官卜筮农书稗史之异其术,宴歌游览行旅蒐狩问释讥嘲咏物赋情吊古伤今成败得失之异其感,彼皆各有其至,而非借耳佣目所可紊乱增葺于其间者。学者苟各得其至,合之于大道,而迎之于中,出而肆焉,则物无逆于其心,心无不解于其物,而譬释氏说佛法,种种色色,逾玄逾化矣。

从这篇滔滔宏论中,可以看出,茅坤之所谓"至",即"各得其物之情而肆于心"。

一方面强调文之"旨",即体现孔子"六艺"之道,实即我们所讲具有实用性的思想政治内容;一方面强调文之"至",即生动地表现出天地万物之情,实即我们所讲具有审美性的对客观对象的审美体验与审美表现。这远远超出了王、唐,是对经典作家真精神的新概括,是对前代作家创作经验内在实质的总结与发掘,是前所未有的卓越之见。

基于这样的认识,于当时,茅坤对中国古代散文作出了两点突出贡献。

较次一点,是充分揭示、阐发、推扬了《史记》在中国散文史上的地位、意义与价值。《史记》具有历史与文学双重性质,但魏晋以前，对其文学价值的认识与衡估极其不足，甚至放在《汉书》之下。至唐代，刘知幾始对其史学上之发凡起例给予充分而全面的赞赏与肯定，韩、柳深受其泽被且给以高度评价，但只以"深雄雅健"概括之。此后对其写作上的成就，认识、理解、评价日益加深提高，但亦未达到应有程度。至明代中期，文章家们回顾总结前代遗产时，似乎忽然发现了这个久已存在的瑰宝，一时间，研读、评点、论说《史记》之风大盛，使之成为显学。其突出代表人物，茅坤之前为归有光，茅坤在赞赏、推扬《史记》方面，则成为与归有光同样具代表性的先驱人物之一。除在论文中时时以《史记》为范例，还写有多篇专文论及《史记》，对其评价之高，钦敬之挚，颂美之至，为前所未有。如谓：

> 太史公之文，汉西京以来绝调也。仆尝妄谓，千余年间，世之学士大夫知好之，而未必能言之。即醇如刘向，博如班固，奇如韩愈，逸如欧阳修，道如苏氏兄弟，似登其堂而阗其室矣，然亦才指各有所近，不可不谓之异曲而同工，而要其不相授受处，则犹然在也。①

于《史记评林序》又谓："太史公司马迁之抽石室而次《史记》也，凌轶百代，而西京以下绝无有阗其室而入其解者。""孔氏没而上下二千年来，此其风骚之极者已。"②他又曾自撰《史记抄》一百卷，而于《刻史记抄引》中云：

> 予少好读《史记》，数见缙绅学士摹画《史记》为文辞，往往

---

① 《茅鹿门先生文集》，卷五《与凌太学书》，523 页。
② 《茅鹿门先生文集》，卷五，640 页。

1204 / 中国古代散文发展史新编

专求之句字音响之间,而不得其解。譬之写像者,特于须眉颧频耳目口鼻貌之外见者耳。而其中之神,所当然怒而裂眥,喜而解颐,悲而疾首,思而抚膺,孝子慈孙之所睹而潸然涕洟,骚人墨士之所凭而凄然吊且赋者,或耗焉未之及也。……

其所论大道而折衷于六艺之至,固不能尽如圣人之旨,而要之,指次古今,出入风骚,譬之韩白提兵而战河山之间,当其壁垒部曲,旌旗钲鼓,左提右挈,中权后劲,起伏翱翔,倏忽变化,若一夫剑舞于曲旃之上,而无不如意者。西京以来,千年绝调也。[①]

凡此种种,对理解《史记》之价值,普及《史记》之影响,推进作家学习《史记》之精神,皆有极大之裨益。

更重要的一点是,于确定"唐宋八大家"在中国散文史上的经典性地位,起了决定性作用,其标志即《八大家文抄》之编成与流布。南宋及元代作家,大多赞扬钦慕以韩、柳为代表的八家的成就与地位,而自"前七子"倡言"文必秦汉",对唐宋文多予以漠视甚至否定。王慎中起而批判,并让唐顺之细读七大家文,虽未言七家为何,想必包括八大家中人。据茅坤言,他又深受唐之启发影响,而与之相投契,故对八大家之认识有共同处。唐曾编《文编》,选文范围由周及宋,重点在唐宋,而茅之《八大家文抄》既受唐之影响,又自有所见。茅编此书并非偶然,既出于学养基础,又有现实针对性。其《评司马子长诸家文》曾云:

屈宋以来,浑浑灏灏,如长川大谷,探之不穷,揽之不竭,蕴藉百家,包括万代者,司马子长之文也。闳深典雅,西京之

---

① 《茅鹿门先生文集》,卷三十一,《续修四库全书》第一千三百四十五册,127页。

中独冠儒宗者，刘向之文也。斟酌经纬，上摹子长，下采刘向父子，勒成一家之言者，班固也。吞吐骋顿，若千里之驹，而走赤电、鞭疾风，常者山立，怪者霆击，韩愈之文也。巉岩崱屴，若游峻壑削壁，而谷风凄雨四至者，柳宗元之文也。遒丽逸宕，若携美人宴游东山，而风流文物，照耀江左者，欧阳子之文也。行乎其所当行，止乎其所不得不止，浩浩洋洋，赴千里之河而注之海者，苏长公也。呜呼！七君子者，可谓圣于文矣。

其余若贾、董、相如、扬雄诸君，可谓才问炳然西京矣，而非其至者。曾巩、苏辙至矣，巩尤为折衷于大道而不失其正，然其才或疲苶而不能副焉。[1]

对诸家文之评断与形容，或稍有偏宕，而大体得其精神特点之要。鉴于前七子等“世之操觚者，往往谓文章与时相高下，而唐以后且薄不足为”；又动辄“曰吾《左》、吾《史》与《汉》矣，已而又曰，吾黄初建安矣”。本着“孔子之所谓其旨远，即不诡于道也；其辞文，即道之灿然若象纬者之曲而布也”[2]。他特取八大家而编为《文抄》。据《四库提要》，明初朱右曾编《八先生文集》，而书未流行。而茅坤此书一出，即广为传布，《明史》本传称：“其书盛行海内，乡里小生无不知茅鹿门者。”即便今天，言古代散文者，无不首推“唐宋八大家”。说明茅坤在衡定八家在散文史上的地位，并推广普及其影响上，总前人之见为己之识，贡献突出，功不可没。

茅坤的文章实践远不如其理论观念之高，意识到者未曾做到，没有写出多少传世之作，大体追随古文家的路子，力求表达之形象生动，行文之意度波澜，及语势上的充畅明顺。论文诸作写得较

① 《茅鹿门先生文集》，卷三十，115 页。

② 《茅鹿门先生文集》，卷十四，648 页。

好,而以《评司马子长诸家文》为最;书序如《与甥董进士书》,言家事己事,亲切自然;《赠画像者蔡少壑序》写蔡之作画情状颇为生动传神,且于起伏中层层推进,见经营布置之匠心;其祭文如《祭林如斋年兄文》流畅清丽,华而不靡,《祭朱九疑年兄文》全用散体,而感情真切;题跋文如《题方朔蟠桃图》:

> 嗟呼! 闻君一窃炙于汉天子之侧,胡为再窃桃于西王母之庭? 为德似秽,善谑不经,不知之者呼之为滑稽之雄,知之者呼之为岁星之精。予将乘元气兮游太清,东访君兮赤城。君其遗我一颗兮,共尔弄丸而习长生。[①]

仿善戏谑者,灵动而自然。至于屠隆所写《行状》中,称其"作《岛人传》《三益先生传》以见志",二传不仅难望陶渊明之项背,与前人同类之作比,亦相形见绌。

统观以王、唐、茅为代表的所谓"唐宋派",与"前七子"之标榜"文必秦汉",生硬地拟古、摹古,甚至以剽袭古人字句为学文之正途,大有不同。为文观念上,主张得古人之"精神命脉骨髓""千古不可磨灭之见",要有"本色",归纳出"旨"与"至"两个要点,皆属卓越之见。进一步阐发出《史记》文章方面的成就与影响,尤其是大力强调"唐宋八大家"乃古文传统真正继承者,突出了其不朽地位,扩大了其流布范围,这都是不可抹杀的功绩。但从散文发展的角度看,他们与"前七子"仍有共同点,这就是都在"回头看",希望从前人那里找规矩与法度,二者只不过是浅与深,"皮毛"与"精神"的差别,体现着同样的时代大趋势。

---

① 《茅鹿门先生文集》,卷三十一,《续修四库全书》第一千三百四十五册,134 页。

第三节 "后七子"对"前七子"之承续

嘉靖、隆庆年间,与茅坤相交错,有"后七子"兴起,代表人物为李攀龙、王世贞。

一 李攀龙

李攀龙(1514—1570),字于鳞,号沧溟,历城(济南历城)人。嘉靖二十三年(1544)进士,曾任刑部主事、顺德知府、陕西提学副使。告归十年,隆庆改元,又出任河南按察使等职。

据《明史·文苑传·李攀龙传》,其居刑曹期间,先后与谢榛、王世贞、宗臣、梁有誉、徐中行、吴国伦定交结社。"诸人多少年,才高气锐,互相标榜,视当世无人,七才子之名播天下。""其持论谓文自西京,诗自天宝而下,俱无足观,于本朝独推李梦阳。诸子翕然和之,非是,则诋为宋学。攀龙才思劲鸷,名最高,独心重世贞,天下并称王、李。又与李梦阳、何景明并称何、李、王、李。"可见在为文主张和创作倾向上,他们和"前七子"无基本不同。李攀龙在《送王元美序》中,批评"唐宋派"说:

> 今之文章,如晋江、毗陵二三君子,岂不亦家传户诵?而持论太过,动伤气格,惮于修辞,理胜相掩。彼岂以左丘明所载为皆侏离之语,而司马迁叙事不近人情乎?故同一意一事而结撰迥殊者,才有所至不至也。后生学士,乃唯众耳是寄,至不能自发一识,浮沈艺苑,真为(伪)相含,遂令古之作者谓千载无知己。

又批评时风谓:

世之儒者,苟治牍成一说,不惮侪俗,比之俚言而布在方策者耳。复以易晓忘其鄙倍,取合流俗,相沿窃誉,不知其非。及见能为左氏、司马文者,则又猥以不便于时制,徒敝精神,何乃有此不可读之语,且安所用之?①

王世贞《李于鳞先生传》则载,李攀龙:

以为记述之文,厄于东京,班氏姑其佼佼者耳。不以规矩,不能方圆,拟议成变,日新富有。今夫《尚书》《庄》《左氏》《檀弓》《考工》、司马,其成言班如也,法则森如也,吾摭其华而裁其衷,琢字成辞,属辞成篇,以求当于古之作者而已。②

这些话,说明了李攀龙追踪"前七子"崇古摹古的观点和情况。反映于写作实践,李攀龙在字模句拟,化简易为艰深上,比李梦阳有过之而无不及,《明史》本传谓其"文则聱牙戟口,读者至不能终篇"。此非后人追论,而是时人相当普遍的评价。

今观攀龙之文,无论记叙论说,皆以此为尚,可随便拈出一例,如《送宁津县训导张伯寿序》,赞扬张伯寿祖父张鼎,当其因坚持直行,遭受迫害时:

公方谓:固且愈于次趋宦门,卑疵而前,蠵趋而言,唯苞苴是先,以偷谀于傍,幸色少假,恃以无患,一中目摄,躬不自措,苶然无丈夫颜而日夏畦者哉!吾宁为此不为彼矣!③

————————

① 包敬第标校:《沧溟先生集》,上海古籍出版社,2014年,491页。以下所引《沧溟先生集》皆出此版本。
② 《四库全书·集部六·别集类五·弇州山人四部稿》卷八十三。
③ 《沧溟先生集》,518页。

意思不过是张鼎宁愿坚持气节而受祸，亦不会做攀附权贵之卑鄙小人。对伺候权贵者的丑态，完全可以用浅明的语言加以描述，却偏偏要以僻辞奥字构造成艰涩戟口的长句。李攀龙所以坚持这种为文取向，且受到一部分人的宗法，可能原因有二：一是当时进入所谓"雅文学"圈子中的文人，已无力达到经典作家水平，又不能体认到他们经艰苦努力所形成的传统，亦不愿顺应大众化的审美需求，却自命不凡，争强好胜，于是乘人们对"台阁体"之平庸、科制文之俗滥的不满，模拟更久远的秦汉文字，标示更高古的格调而以之自负。如其《答冯通府》有谓：

> 文，大业也；校文，大役也。秦汉以后无文矣。今目古今文十卷有之乎？明兴，一二君子天启其衷，辄窥此契。然而一经传诵，动骇耳目，未尝不以为不近人情者。不知千有余岁，精气旋复，遂跨迁、固，势必至尔。滔滔者天下皆是也，而谁以易人哉？①

明显以超越司马迁、班固自比。二是他所写这类不今不古，遗神取形的文字，在审美上有一定特点，艰涩之中，颇有可品嚼之余味，这恰恰投合了与他同类同调文人之同好，于是在同一圈子中，就彼此推扬，沾沾自喜，俨然成为引人注目的流派。

当然，李攀龙的作品也不可一概而论，有些文字写得相当质简，如《送右都御史太仓王公总督蓟辽序》，赞扬王世贞父亲之治绩：

> 公既以御史按楚中，先御史所为按楚中者，犹是苴屦载路，囷囷成市也。则为听：在大辟，当，报之；若未当者，戍；将

---

① 《沧溟先生集》，766 页。

遣,若未隶尺藉者,徒。未送者凡千人,一旦论出之,委枉椿被
地矣。①

虽以涩拙为尚,而颇有表现力。他大量与友朋的书简,吐情道志,
兼及家事时政,也就不刻意仿古。如《与吴明卿书》:

> 元美书来,丞言足下似欲据子相上游者。乃足下亦自谓
> 宗、谢所不及,而梁、徐未远过也。明卿,明卿!亡赖哉?三子
> 者,不可谓非海内名家矣。眇君子(指谢榛)虽耄,而绳墨犹
> 存,明卿今见其胜之尔。即一日千里,某何敢私诸二三兄弟
> 乎?子相复言某在郡何状,岂犹不理兹多口?日足下由邢、襄
> 间得为某瓯臾者殊深,何但元美干城吾道也?②

有用语典古余习,却也给人信手随宜之感。《与王元美·又》末
节云:

> 雨雪入关,道经二华,遥见三峰插天,白云如练,往来其下,
> 秀色射人。长安、咸阳即复萧索,徒见汉家诸陵返照而已。③

写景状物,相当明畅有致。

二　王世贞

王世贞(1526—1590),字元美,号凤洲,又号弇州山人,太仓

---

① 《沧溟先生集》,484 页。
② 同上,790 页。
③ 同上,826 页。

（江苏太仓）人，嘉靖二十六年（1547）进士，曾任刑部主事。其父王忬为严嵩害死。穆宗隆庆初，父冤得雪，再度出仕，官至南京刑部尚书。

其《王氏金虎集序》曾自述与李攀龙相契结社情形：

> 时有濮阳李先芳者，雅善余，然又善济南李攀龙也。因见攀龙于余。余二人者相得甚欢。间来约曰："夫文章者天地之精而不朽之盛举也。今世所慕说贵人，沾沾自喜，夸诩其粗而龁吾精，以为无益世治乱。即季札所陈兴衰大端，又曷故焉？夫君子得志则精涣而为功，不得志则业敛而为言。此屈信之大变，通于微权者也。《诗》《书》吾窃有志焉，而未之逮也。……《书》变而《左氏》、《战国》乎，而法极司马《史》矣！生亦有意乎哉？"

> 于是吾二人者，益日切劘为古文辞。众大謹呶詈之，虽濮阳亦稍稍自疑，引辟去。而徐中行、梁有誉来。已，宗臣来。已，吴国伦来。其人咸慷慨自信，于海内亡所许可，独称吾二人者千古耳。……①

这段话，说明了王世贞与李攀龙所以交合的共同基础。还透露出一个关键信息，即传统的亦宦亦文的士大夫中，开始有了向专业为文方向之转变，在重文上，比韩、柳有进一步发展。此后依然有从政为主兼及为文者，有亦政亦文者，但毕生基本专意于为文，渐成潮流。

王世贞寿命较长，后期影响更大。《明史·文苑传》载："世贞始与李攀龙狎主文盟，攀龙殁，独操柄二十年。才最高，地望最显，声华意气笼盖海内。一时士大夫及山人、词客、衲子、羽流，莫不奔走门下。片言褒赏，声价骤起。其持论，文必西汉，诗必盛唐，大历

---

① 《四库全书·集部·弇州山人四部稿》，卷七十一。

以后书勿读,而藻饰太甚。晚年,攻者渐起,世贞顾渐造平淡。病
亟时,刘凤往视,见其手苏子瞻集,讽玩不置也。"所述基本符实。

王世贞在理论观点及创作实践上,大体有以下特点:

其一,为文虽不同于李攀龙之泥古不化、艰涩戟口,但二人的
关系,不像李、何后来有所分歧,其对李攀龙始终不渝地持赞赏、推
扬、支持、肯定态度。不但因为文观念上观点一致,而且由于彼此
皆以不世出之才自居。《书与于鳞论诗事》中,世贞曾忆及嘉靖三
十八年(1559)二人之夜酒对谈:

> 于鳞睨谓余曰:"吾起山东农家,独好为文章,自恨不得一
> 当古作者。既幸与足下相下上,当中原并驱,时一扫万古,宁
> 独人间世哉? 奈何不更评榷所至,而令百岁后传耳者执柔翰
> 而雌黄其语也?"余唯唯。

然后二人先论诗,再论文:

> (世贞)曰:"子匠心而材古也,其工极矣。予之错于材也。
> 世无通于古者,以故,无称子亦无称我。然而世之疑子也甚于
> 我,即百千万年,而其疑子也又甚于我。虽然,谓子逾胜我者,
> 独子乎我心耳!"于鳞大悦,曰:"有是哉!"吾二人之穷也,而足
> 相乐矣。更起迭为寿,质明而罢。
>
> 后旬日,书来言:"快极矣,兹夕之千古也,岂直爽鸠之乐
> 哉!"又一日,于鳞因酒,踞谓余曰:"夫天地偶而物无孤美者,
> 人亦然。孔氏之世,不乃有左氏乎?"余瞠目直视之,不答。李
> 遽曰:"吾失言,吾失言。向者言老聃耳!"[①]

---

① 《四库全书·集部·弇州山人四部稿》,卷七十七。

李虽云失言，其下意识中，实以二人相拟于孔子与左丘明。故在世贞《祭李于鳞文》中，称："兰金协契，山水齐徽。惟余二人，开辟所希。"①正因如此，世贞与李攀龙一同推崇"前七子"之李、何，一同批驳"唐宋派"，还极力为李攀龙行文之弊进行辩护，与汪伯玉书有云："世眼矄矄，谓此子文多诘曲聱牙，即一二稍习太史者：'我太史氏无是也。'不知于鳞法多自左丘、子长、韩非、《吕览》，渠固未尽习也。"②

其二，王世贞之为文观念，前后有变化。早年与李攀龙倡言复古，狂傲而自信，曾谓："李献吉劝人勿读唐以后文，吾始甚狭之，今乃信其然耳。"③"唐之文庸"，"宋之文陋"，"元无文"④。其《读书后》一书中，对唐宋名家尤多所挑剔，特以对苏轼的批评为甚，《书贾谊传及苏轼所著论后》谓："苏氏之工于揳事，急于持论，而不尽悉故实者，此也。"⑤《书苏子瞻诸葛亮论后》称："苏子者，一妄庸人呓语也。"⑥至后期则有所不同，这既与其视野逐渐开阔，受"唐宋派"影响有关，亦与时代思想潮流的变化有关。至明代中后期，道学观念的束缚，在文学领域已被冲破，对王世贞来说，已没有了对理学家的崇拜，除对周、张、程、朱给予一定程度的肯定外，对一般之道学家流，于《札记内篇一百三十六条》之末条，曾予以严厉批评：

今之谈道者吾惑焉。有鲜于学而逃者，有拙于辞而逃者，有骛于名而趣者，有縻于爵而趣者。欲有所为而趣者，是陋儒之粉饰，而贪夫之渊薮也。⑦

① 《四库全书·集部·弇州山人四部稿》，卷一百零五。
② 同上，卷一百十九。
③ 同上，卷一百四十四《艺苑卮言》一。
④ 同上，卷一百四十六《艺苑卮言》三。
⑤ 《四库全书·集部六·别集类五·读书后》，卷二。
⑥ 同上。
⑦ 《四库全书·集部·弇州山人四部稿》，卷一百三十九。

综合起来，就使王世贞之文学观念及对有关作家的态度，皆有所变化。就苏轼说，王世贞对其评赏有了根本不同。其《苏长公外纪序》，对其作了全面赞扬，美颂之词连绵不断，且自悔曰："吾之少壮时，与于鳞习为古文辞，其于四家殊不能相入。晚而稍安之，毋论苏公文，即其诗，最号为雅变杂糅者，虽不能为吾式，而亦足为吾用。其感赴节义，聪明之所溢散，而为风调才技，于余心时有当焉。"因之，他收集有关苏轼之年谱、传记等资料，编为《苏长公外纪》，且曰："置之山房之几，暇日抽一卷，佐一觞，其不贤于山胾海错者几希。"①不仅如此，对同时代的作家也变得宽和包容，如《吴中往哲像赞》，对唐寅、文徵明、祝枝山、沈周、归有光，皆有序有赞②。尤其是对曾予以尖锐批评的归有光，在《书归熙甫文集后》忆其接触归氏文的过程，甚至有自我检讨之意。

其三，王世贞亦相当重视法度问题。除《李于鳞先生传》有所谓"其成言班如也，法则森如也"外，在其《艺苑卮言》中论及为文时，专列一条云："首尾开阖、繁简奇正，各极其度，篇法也。抑扬顿挫、长短节奏，各极其致，句法也。点缀关键、金绮石彩，各极其造，字法也。篇有百尺之锦，句有千钧之弩，字有百炼之金。文之与诗固异象，同则圣门一。"③说明，在寻求前人写作的法度规则方面，他与时代潮流是一致的。

其四，在诸文体中，特别强调书信的价值。在《尺牍清裁序》中，他盛赞先秦以来的书信文："烂漫数行，遥裔千里。蓄止寒暄，情专问慰。只事兴端，片物托绪。""其造色也，炯兮隋珠之忽投；其寄惊也，袅兮春丝之不断。是用河岳虽移，漆胶愈结；徘徊吟咀，情

---

① 《四库全书·集部·弇州山人四部稿·弇州续稿》，卷四十二。
② 同上，卷一百四十七。
③ 同上，卷一百四十四。

事更绝。"①《重刻尺牍清裁小序》,则说明了对杨慎之书加以改编,大大增其篇幅的原因,并首次将书信文定名为尺牍。在为凌稚隆所编其父凌约言之书札集而写《凤至阁抄简序》中,再论尺牍谓:"书牍自东京而上之,其大者宏设广譬,畅利遒达,往往足以明志;细至于单辞片情,亦靡不宛然丽尔,彬彬称文质也。"②再后,为凌稚隆之子写《凌玄旻赫递书序》,进一步提出,书牍为诸文体之最:

> 夫书牍何以最他文也? 人固有隔千里、异胡越,大之不能抒丹素,细之不能讯暄凉矣。得尺一之札而若觌,是以笔为面也;有卒然讷于口,不能以辞通矣,归而假尺一之札,上之而若契,是以笔为口也。故夫他文之为用方,而书牍之用圆也。意不尽则文,尽则止;繁简因浓淡而摹,而不务强其所未至。故夫它文之为体方,而书牍之体圆也。书牍之所称最他文,有以也。③

不仅指出了书牍文之表意抒情为其他文体所不及,且所谓"方""圆"之别,指书牍文可以不像高文大册受种种规矩束缚,写起来更为自由灵活。前此我们曾论及,在古代散文中,序、记、题跋类作品,写起来更为自由,更能表情达志,因而更具审美意义。王世贞对尺牍的重视,透露出即使固守古文传统的作家,亦开始重视个性化、性灵化、审美化的信息。

其五,王世贞在同时期的作家中,散文作品数量之巨、品类之全、题材内容之丰富广泛,可说首屈一指。其《弇山别集》《觚不觚

---

① 《四库全书·集部·弇州山人四部稿》,卷六十四。
② 同上,卷六十五。
③ 同上,卷六十八。

录》属史著，不论。《弇州山人四部稿》一百七十四卷，除赋部、诗部五十四卷，《弇州续稿》二百零七卷，除赋、诗二十五卷，其余所谓文部、记部全属散体之文，此外还有《读书后》八卷。内容上，除论、说、序、记、题跋、碑传等等，还包括诗文评、画论、书法论，旁涉佛经道藏，甚至草木虫鱼字词之诠释，可谓广博之极。行文风格，不像李攀龙那样古奥艰涩，能做到明顺畅达，有些篇章还运用排偶，讲究藻饰，对如何为文，可说烂熟到触手成章的地步。这些，当属王世贞可肯定称扬处。然而，总体来看，其作品并不属上乘，思想见解，无多少深刻独到，艺术表达，亦无属于自己的显著特色。故归有光讥其为"妄庸巨子"。"巨子"者，言其作品之多，影响之大；"庸"者，即平庸无特色；"妄"者，则谓其对唐宋名家多偏激不当之论。这样的评价，未免过苛。平实而论，王世贞的作品，应属良莠杂糅。大量应酬之作或流于俗滥，而一些序、记、题跋、书启，还是写得清通雅致、真切恳挚的。庭园记颇为泛泛，其中也有些佳章秀句，如他写有《弇山园记》八篇，其《记八》之末段云：

> 吾尝以春日泛舟，处处皆奇花卉色，芬馣目鼻，当欲谢时，寄命微飔，每过，酒杯衣裾皆满。花事稍阑，浓绿继美，往往停桡柳阴箕蒢以取凉，适黄鸟弄声，嘈嘈可爱。
>
> 薄暝，峰树皆作紫翠，观少选，月出，忽尽变。而玉玲珑嵌空，掩映千态。倒影插波，下上竞色。所不受影者，如金在镕，万颖射目，回桨弄篙，逬逸琐碎，惊鳞拨剌，时跃入舟。间一奏声伎，棹歌发于水，则山为之答，鼓吹传于崦，则水为之沸。
>
> 圆魄之夕，鸣鸡自狎，毋论达丙，而亡倦色。即暑光隐约浮动，客犹不忍言去也，曰：吾不惮东曦，安能使东曦之为西魄也。[1]

---

① 《弇州续稿》，卷五十九。

有传神出韵之笔。

三　宗臣

宗臣(1525—1560)，字子相，号方城山人，兴化(今属浙江)人。嘉靖二十九年(1550)进士，官至福建提学副使。年止三十六岁。

宗臣有武略，曾御倭有功，然亦尽心文事。其《刻文训叙》，详述少时苦读情形。《读太史公杜工部李空同三书序》言及所受熏陶：

> 余采艺林，抽绎千古，盖史迁其至哉，诗则工部。余束发而读二书，今十五年矣。寒可无衣，饥可无食，陆可无车，水可无楫，而二书不可以一时废也，辟之手足耳目焉！余诚何心哉？怒读之则喜，愁读之则欢，困读之则苏，悲读之则平。徐而读之，则万虑以澄，百节以融，耳目以通，腑肺以清。急而读之，则兰桂倏馨，云霞倏生，凤鸟倏翔，蛟龙倏鸣。远而读之，则天以之青，日以之明，江以之流，海以之停。洸洸洋洋，总总鳞鳞，二书何书哉！余读李献吉书，盖次二书焉。①

这是对真正进入陶醉状态的描述，说明了其审美涵养所自来。正因如此，使他对文学创作，有极强烈的追求。王世贞《宗子相集序》载："吴生暨天目徐生来。子相才高而气雄，自喜甚。尝从吴一再论诗，不胜，覆酒盂啮之裂。归而淫思竟日夕，至喀喀呕血也。"②也正因如此，他虽受李梦阳、李攀龙影响，而为文取向上，反对一味

---

① 《四库全书·集部六·别集类五·宗子相集》，卷十三。
② 《四库全书·集部·弇州山人四部稿》，卷六十五。

摹古。在其《总约八篇·谈艺第六》中有谓：

> 夫六经而下，文岂胜谈哉。左马之古也，董贾之浑也，班扬之严也，韩柳之粹也，苏曾之畅也，咸炳炳朗朗，千载之所共嗟也。然其文，马不袭左，而班不袭扬也，柳不袭韩，而曾不袭苏也。何也？不得不同者文之精也，不得不异者文之迹也。论文而至于举业，其视文既已远矣，文而袭者舛也，况拾世俗之陈言庸语而掇以成文，又舛之舛者也。①

由于上述原因，宗臣在"后七子"中，散文作品属最出色者。大部分文章清畅流丽，相当富有气势。尤其书札作品，大多清峻典雅，有韵有致。如《报元美》：

> 三月驿书，草草不尽。后数日，闻海寇寇吴中，太仓急。仆披衣中夜立，为足下彷徨行。累遣奴往讯，奴惧不敢问舟，未尝不对客唏嘘也。昨，护戎回，知吴中大定，使持手书又至，大慰。新诗佳帛，厚我厚我！我进使者问，知足下戒期北上，邮书已去，来谕，乃欲仆一会者，甚厚念也。谨敕小奴迟君江浒。
>
> 闻足下已纳吴姬，复有广陵之娉。向诗曾"听玉人箫"者，真听之矣，君当重谢我诗谶也。而广陵人乃顾不得听焉，大恨大恨！②

简明，亲切，率而无拘。为人所称道之《报刘一丈》，描绘官场小人

---

① 《宗子相集》，卷十三。
② 同上，卷十四。

巴结权贵之丑态：

> 今世之所谓孚者，何哉？日夕策马候权者之门。门者故
> 不入，则甘言媚词作妇人状，袖金以私之。即门者持刺入，而
> 主者又不即出见。立废厩中仆马之间，恶气袭衣袖，即饥寒不
> 可忍，不去也。抵暮，则前所受赠金者出报客，曰："相公倦，谢
> 客矣。客请明日来。"即明日，又不敢不来。夜披衣坐，闻鸡鸣
> 即起盥栉，走马抵门，门者怒曰："为谁？"则曰："昨日之客来。"
> 则又怒曰："何客之勤也？岂有相公此时出见客乎！"客心耻
> 之，强忍而与言曰："亡奈何矣，姑容我入。"门者又得所赠金，
> 则起而入之。又立向所立废厩中。幸主者出，南面召见，则惊
> 走匍匐阶下。主者曰："进。"则再拜，故迟不起，起则上所上寿
> 金。主者故不受，则固请。主者故固不受，则又固请，然后命
> 吏内之。则又再拜，又故迟不起，则五六揖始出。出揖门者
> 曰："官人幸顾我，他日来，幸亡阻我也。"门者答揖。大喜奔
> 出。马上遇所交识，即扬鞭语曰：适自相公家来，相公厚我，
> 厚我。且虚言状。即所识亦心畏相公厚之矣。相公又稍稍语
> 人曰：某也贤，某也贤。闻之者亦心计交赞之。
> 此世所谓上下相孚也。长者谓仆能之乎？[1]

以浅俗语言绘声绘形，毕肖如现。与前引李攀龙《送宁津县训导张
伯寿序》中用艰涩语言所述类似情状，恰成对比。

综括起来，总倾向上，"后七子"应是"前七子"的强化与延续，
散文发展中从前人寻求创作规范的又一群体性表现。另有一点，
值得注意。文学史上，自"建安七子""竹林七贤"，到所谓"八大"，

---

[1] 《宗子相集》，卷十四。

皆是因其为人为文风格气度之相近,被给予的称号,彼此间并未结成社团。而"后七子"之间非仅是观点、文风之相投,已具有结社性质,且呈现出宗派的排他性,典型者为对谢榛的态度。谢氏本为"七子"之一,后因不甚明了的原因,攀龙为之写《戏为绝谢茂秦书》,极尽嘲讽之能事,将之排除于"七子"之外。王世贞等群起而攻之,态度之激烈,到了人身攻击程度,王世贞致李攀龙信中有谓:"老谢此来,何名狼狈失策,六十老翁,何不速死,辱我五子哉! ……真负心汉。遇虬髯生,当更剜去左目耳!"①文人结诗社,前已有之,而此等宗派的狭隘性,尚为首见,对其创作自有负面影响。

第四节 归有光及明代后期
传统古文之作

一 归有光对古文题材的局部开拓

归有光(1506—1571),字熙甫,号震川,昆山(江苏昆山)人。出身寒儒之家。《明史·文苑传·归有光传》称其:"九岁能属文,弱冠尽通五经、三史诸书。"二十三岁乡试中举人,名大著。但八次会试不第,嘉靖四十四年(1565),岁六十,始中三甲进士。后曾任县令及京职。

归有光生活年代,与唐顺之、李攀龙相当,早于王世贞和茅坤,因而与"唐宋派"及后七子相交错。他对后七子有尖锐批评,如《项思尧文集序》中谓:

> 盖今世之所谓文者难矣。未始为古人之学,而苟得一二

---

① 《四库全书·集部·弇州山人四部稿》,卷一百十七。

妄庸人为之巨子，争附和之，以诋排前人。……文章至于宋元诸名家，其力足以追数千载之上，而与之颉颃；而世直以蚍蜉撼之，可悲也。①

据《明史》本传，所谓"庸妄巨子"，即指王世贞。由此，并因文章观与王、唐相近，或将其视为"唐宋派"代表人物之一。其实，就所存文字看，归氏偶有提及唐顺之，而与王、唐并无接近和交往，故《明史·文苑传》谓"归有光颇后出，以司马、欧阳自命"，且在排序中列于茅坤、李攀龙、王世贞后。可见，他实为具有相对独立性的作家。

此时期，于沿袭古文传统的作家中，虽"唐宋派"与"前、后七子"观点主张旗帜鲜明，创作实绩皆属平平。而归有光，虽立论不多，却作品特色突出，是唯一有局部拓展并超越前人者。其所以能取得这样的成就与地位，基于他特有的思想、文章观念及丰厚的学养。

其一，特定家庭环境促成其高远之志。归有光虽出身于寒素之家，但自视为"吴中著姓"，"《诗》《书》之业""世有承传"。因而，他自己和他的家庭，皆希望他能通过读书，走上仕宦之路，成就一番事业。如《项脊轩志》载有其祖母对他所寄期望。他自己也多次表白："余少不自量，有用世志。"②"余少时有狂简之志，思得遭明时，兴尧、舜、周、孔之道，尝鄙管、晏不足为。"③这为其一生为人为文奠定了基础。

其二，他一生与科举有着不解之缘，对科举制度及科举文有比

---

① 周本淳校点：《震川先生集》，上海古籍出版社，2007 年，21 页。以下所引此书皆同此版本。
② 《沈次公先生诗序》，《震川先生集》，30 页。
③ 《梦鼎堂记》，同上，432 页。

较清醒的认识,并从中汲取了有益营养。在当时的条件下,归有光实现理想抱负的唯一途径,是走科举之路。因此,乡试中举人前不说,直至中进士前,近四十年间八次应会试,并以读书、授徒为务,即使出仕之后,亦曾参与为乡试出策问题目。但他对科举有自己的看法:首先,并不完全否定科举制度本身。其为长兴令时所写《浙江乡试录后序》有云:"国家有天下二百年,学校以养之,选举以进之,高爵以崇之,厚禄以优之:所待士如此其至也。"①《送吴纯甫先生会试序》亦谓:"予惟国家以科目收天下之士,名臣将相,接踵而兴;豪杰之士,莫不自见于其间。"②《送计博士序》则谓:"宋之大儒,始著书明孔、孟之绝学,以辅翼遗经。至于今,颁之学官,定为取士之格,可谓道德一而风俗同矣。"③然而对科举之弊,又极其深恶痛绝。如《陆允清墓志铭》所谓:"天下之学者,莫不守国家之令式以求科举。然行之已二百年,人益巧而法益弊。"④对其所谓之"弊",论述极多,大要一是败坏人材,如《山舍示学者》云:"近来一种俗学,习为记诵套子,往往能取高第。""此学流传,败坏人材,其于世道,为害不浅。夫终日呻吟,不知圣人之书为何物,明言而公叛之,徒以为攫取荣利之资。""其得之者,亦不过醖豢富贵,荡无廉耻之限,虽极显荣,祇为父母乡里之羞。"⑤《与潘子实书》则云:

> 科举之学,驱一世于利禄之中,而成一番人材世道,其敝已极。士方没首濡溺于其间,无复知有人生当为之事。荣辱得丧,缠绵萦系,不可脱解,以至老死而不悟。⑥

① 《梦鼎堂记》,《震川先生集》,41 页。
② 同上,187 页。
③ 同上,212 页。
④ 同上,473 页。
⑤ 同上,151 页。
⑥ 同上,149 页。

二是败坏文风,其《跋小学古事》有云:"自科举之习日敝,以记诵时文为速化之术。"①《送国子助教徐先生序》进一步指出:"夫科举之所为式者,要不违于经,非世俗所谓柔曼、觖觫、媚悦之辞以为式也。……今以柔曼、觖觫、媚悦之辞相夸,而以得者骄其未得者。"②《陆允清墓志铭》亦谓,于今科举之弊,在于"相与剽剥窃攘,以坏烂熟软之词为工,而六经圣人之言,直土梗矣"③。但即使如此,他对科举之文,有自己的主张,在《示徐生书》中,他教育对方,为科举文之要在学习六经:

> 六经之言,何其简而易也! 不能平心以求之,而别求讲说,别求功效,无怪乎言语之支,而蹊径之旁出也。生其敏励以翼志,静默以养实,检约以远耻,凝神定气于千载之上,六经之道,必有见乎其心矣。苟唯浮逞哗哗,与庸同事,而口舌是恣,曰"吾有以异于人人",则非独生欺予,予亦欺生也。④

《送国子助教徐先生序》中,引名成谊叔者为例说:

> 南阳成谊叔欲应举,而郡先辈无为进士业者。谊叔乃曰:"四书、五经,吾师也。文无过于《史》《汉》、韩、柳,科举之文何难哉?"谊叔竟以取进士,为当世名卿。嗟夫! 诚使学校之官,修明经史,而略其末流,使士不求准式于五经、四书、《史》《汉》之外,天下士风庶几少变,而人才可观矣。

---

① 《梦鼎堂记》,《震川先生集》,120 页。
② 同上,263 页。
③ 同上,472 页。
④ 同上,150 页。

由此可见,在归有光看来,学习经书、古文与从事科举,不但不相矛盾,而且实为其正途。这就不难明白何以如《明史》所言,在当时,他于"制举义"及古文俱为大家。

其三,与上两点相联系,使归有光毕生致力于先代经、史及唐宋经典名家的研习,继承了传统的"文""道"统一观,尤其尽心于对《史记》的刻苦钻研。于嘉靖三十六年(1557)五十二岁时所写《几铭》中,他对自己研习经史的情形作高度概括:

> 惟九经诸史,先圣贤所传。少而习焉,老而弥专,是皆吾心之所固然,是以乐之不知其岁年。[①]

在其文章中,尤其是与知交同好的书简中,不但对韩、柳、欧、苏、曾、王诸家屡加赞赏,而且处处以他们作为衡己和论人之作的标准,因而对他们所主张贯彻的内容与形式,"文"与"道"相统一的文章观有较正确的领会。在《雍里先生文集序》中有云:

> 以为文者,道之所形也。道形而为文,其言适与道称,谓之曰:其旨远,其辞文,曲则中,肆而隐。是虽千万言,皆非所谓出乎形,而多方骈枝于五脏之情者也。故文非圣人之所能废也。[②]

于《山斋先生文集序》中又谓:

> 余尝谓士大夫不可不知文,能知文而后能知学古。故上

---

① 《梦鼎堂记》,《震川先生集》,652页。
② 同上,25页。

焉者能识性命之情，其次亦能达于治乱之迹，以通当世之故，而可以施于为政。顾徒以科举剿窃之学以应世务，常至于不能措手。若大理，所谓有用者，非有得于古文乎？[①]

这恐怕即来自其种种熏陶之所得。

而更为突出的是，他有着对《史记》的酷好。在《五岳山人前集序》中，特别强调地表示：

> 余固鄙野，不能得古人万分之一，然不喜为今世之文。性独好《史记》，勉而为文，不《史记》若也。[②]

在《花史馆记》中，他借妹婿对《史记》之痴，表达自己对《史记》所好之深与挚。其文云：

> 子问居长洲之甫里，余女弟婿也。余时过之，泛舟吴淞江，游白莲寺，憩安隐堂，想天随先生之高风，相与慨然太息。子问必挟《史记》以行。余少好是书，以为自班固已不能尽知之矣。独子问以余言为然。间岁不见，见必问《史记》，语不及他也。会其堂毁，新作精舍，名曰花史馆。盖植四时之花木于庭，而庋《史记》于室，日讽诵其中，谓人生如是足矣，当无营于世也。[③]

其余，在各类文章中，言及受《史记》影响及对《史记》特有所悟处甚夥。《与王子敬》小简云："《天官》《封禅》《河渠》《平准》书奉去。子

---

① 《梦鼎堂记》,《震川先生集》,24 页。
② 同上,27 页。
③ 同上,388 页。

长大手笔,多于黄圈识之。看过,仍乞付来。"①表明他读《史记》下力之深。另一《与王子敬》简,提到所写《太仆寺志》云:"中间反复致意,自以为得龙门家法,可与知者道也。"②

统而观之,归有光在研读学习经籍与古文时,有几点值得注意:之一是不拘成说,具有大胆怀疑精神。其文集中有"经解"一卷,收论《易》《书》及诸子之作,明确地提出了与邵雍、朱熹等名儒不同之见。如《荀子叙录》,批评宋儒对荀子取否定态度,指出:"学者之于古人之书,能不惑于流俗而求自得于心者,盖少也。"③怀疑乃创新与突破之基础,正因有了这种精神,才使他在摹古成习的时代,于创作上能有所拓展与创造。

之二是强调学习古人应着重理解其内在精神,而不能仅满足于外在的形摹句拟。在《尚书别解序》中曾谓:

> 余尝谓观书,若画工之有画耳、目、口、鼻、大、小、肥、瘠无不似者,而人见之,不以为似也。其必有得其形而不得其神者矣。余之读书也,不敢谓得其神,乃有意于以神求之云。④

求"神"即理解掌握其内在精神,在《五岳山人前集序》中他引东施效颦的故事,以东施"知美矉而不知矉之所以美",说明"夫知《史记》之所以为《史记》,则能《史记》矣"。所谓"知《史记》之所以为《史记》",即懂得造成《史记》审美表现力的种种内在因素,才能明白《史记》获得审美效果之原因,从而不是从形式而是从精神上学得《史记》之为文。正是基于这种观点,他才力诋"前、后七子",在

---

① 《梦鼎堂记》,《震川先生集》,864 页。
② 同上,869 页。
③ 同上,20 页。
④ 同上,50 页。

《与沈敬甫十八首》小简中谓:"今世相尚以琢句为工,自谓欲追秦、汉,然不过剽窃齐、梁之余,而海内宗之,翕然成风,可谓(为)悼叹耳。"①

之三是受时代大趋势所限,虽重视为文之内在精神,亦同时重视法度规矩。前引文中已提及他以得"龙门家法"自居,在《与沈敬甫四首》中亦曾强调:

> 为文须有出落,从有出落至无出落,方妙。敬甫病自在无出落,便似陶者苦窳,非器之美。所以古书不可不看。②

所谓"出落",即为文之基本法度,而这种出落,他认为亦必从古人作品中获得。

其四,归有光还有特殊的一点,即家族观念很强,亲情深而且浓。

前曾论及,中国社会以自然状态的小农经济为主体,以宗法性的家庭为基本单位。因此在相沿两千年的传统观念中,特别重视维护宗法的礼制及父母子女兄弟之间的伦理关系。宗法制度及相关的礼制、伦理道德观念,固然有其扼杀个性,掩盖矛盾,虚伪矫饰等极其消极的一面,亦有培养增强人们之亲情、温情、仁爱之情的一面。归有光因其特殊的家族及家庭环境,恰恰形成并发展了具有积极性的后一方面。他写有一篇《家谱记》,前面一段云:

> 归氏至于有光之生,而日益衰。源远而未分,口多而心异。自吾祖及诸父而外,贪鄙诈戾者,往往杂出其间。率百人而聚,无一人知学者;率十人而学,无一人知礼义者。贫穷而

---

① 《梦鼎堂记》,《震川先生集》,866 页。
② 同上,902 页。

不知恤，顽钝而不知教；死不相吊，喜不相庆；入门而私其妻子，出门而诳其父兄；冥冥汶汶，将入于禽兽之归。平时呼召友朋，或费千钱，而岁时荐祭，辄计杪忽。俎豆壶觞，鲜或静嘉。诸子诸妇，班行少缀。乃有以戒宾之故，而改将事之期；出庖下之餕，以易荐新之品者。而归氏几于不祀矣。

这是对上述消极面的切身体验。下面则曰：

小子顾瞻庐舍，阅归氏之故籍，慨然太息流涕曰：嗟乎！此独非素节翁之后乎，而何以至于斯也？父母兄弟，吾身也；祖宗，父母之本也；族人，兄弟之分也：不可以不思也。思则饥寒而相娱，不思则富贵而相攘；思则万叶而同室，不思则同母而化为胡、越：思不思之间而已矣。……

有光每侍家君，岁时从诸父兄弟执觞上寿，见祖父皤然白发。窃自念，吾诸父兄弟，其始一祖父而已。今每不能相同，未尝不深自伤悼也。然天下之事，坏之者自一人始，成之者亦自一人始。仁孝之君子，能以身率天下之人，而况于骨肉之间乎？古人所以立宗子者，以仁孝之道责之也。宗法废而天下无世家，无世家而孝友之意衰。风俗之薄日甚，有以也。[1]

则是对上述第二方面的体认、感慨与强调。这不是迂腐，没有矫伪，而是出于内心的真实感受。基于此，他于父母、子女之爱，夫妇伉俪之情，特别深浓。其《与王子敬四首》之一云：

儿子《圹志》，附去二通，其一与子钦。去年令读《骚》，即

---

① 《梦鼎堂记》，《震川先生集》，436 页。

此时也。兼以时序相感，痛不忍言。此亦至情，尝为人所嘲笑，岂皆无人心者哉？[1]

《与沈敬甫七首》亦有云：

> 痛苦之极，死者数矣。吾妻之贤，虽史传所无，非溺惑也。《世美堂记》，可为知者道。人固有对面不相知者，亡妻幸遇我耳。作罢，与儿子呜咽也。[2]

《与沈敬甫二首》又有云：

> 日苦一日，思深如海，尽变为苦水，如何如何！[3]

这都是具有普世价值的人类最可珍贵的情感，只不过在归有光身上集中体现出来。

总括以上几点，使归有光，不是在其立论主张，而是在其创作实践中，体现出超出同时代作家的两个鲜明突出的特色。

第一是，除纯应用性公文，无论是序、记、传、状、论、说，皆"能脱去数百年排比习""八代间语"及故求艰涩或熟烂冗凡之风，而写得简括、精当、质实，蕴有真醇之情。如《陶庵记》：

> 余少好读司马子长书，见其感慨激烈，愤郁不平之气，勃勃不能自抑。以为君子之处世，轻重之衡，常在于我，决不当以一时之所遭，而身与之迁徙上下。设不幸而处其穷，则所以

---

① 《梦鼎堂记》，《震川先生集》，872 页。
② 同上，873 页。
③ 同上，874 页。

平其心志,怡其性情者,亦必有其道。何至如闾巷小夫,一不快志,悲怨憔悴之意,动于眉眦之间哉?盖孔子亟美颜渊,而责子路之愠见,古之难其人久矣。

已而观陶子之集,则其平淡冲和,潇洒脱落,悠然势分之外,非独不困于穷,而直以穷为娱。百世之下,讽咏其词,融融然尘查俗垢与之俱化。信乎古之善处穷者也!推陶子之道,可以进于孔氏之门。而世之论者,徒以元熙易代之间谓为大节,而不究其安命乐天之实。夫穷苦迫于外,饥寒惛于肤,而情性不挠。则于晋、宋间,真如蚍蜉聚散耳。

昔虞伯生慕陶,而并诸邵子之间。予不敢望于邵,而独喜陶也;予又今之穷者,扁其室曰陶庵云。①

就内容说,虽对司马迁有微辞,对陶渊明的理解亦不够全面,但表达的感情恳挚深切,行文干净利落,畅明通达,一无冗言赘语,堪称佳作。其《送昆山县令朱侯序》首段云:

江南诸郡县,土田肥美,多粳稻,有江海陂湖之饶。然征赋繁重,供内府,输京师,不遗余力。俗好媮靡,美衣鲜食,嫁娶葬埋,时节馈遗,饮酒燕会,竭力以饰观美。富家豪民,兼百室之产,役财骄溢;妇女、玉帛、甲第、田园、音乐,拟于王侯。故世以江南为富,而不知其民实贫也。其俗选懦,畏避科徭,以保身全家为念,故其事天子之命吏尤恭顺,号为易治。而吏于其土者,必进士之才良者得之。然率不过一考,即迁以去。数十年来,江南之俗与其吏治如此。②

---

① 《梦鼎堂记》,《震川先生集》,426 页。
② 同上,254 页。

写江南诸县之风习与实况，委婉，着实，极具概括力。《见村楼记》写故友李中丞之子延宾所筑之楼：

> 有楼翼然，出于城闉之上。前俯隍水，遥望三面，皆吴淞江之野。塘浦纵横，田塍如画，而村墟远近映带。延宾日焚香洒扫读书其中，而名其楼曰见村。余闻过之，延宾为具饭。念昔与中丞游，时时至其故宅所谓南楼者，相与饮酒论文。忽忽二纪，不意遂已隔世。今独对其幼子饭，悲怅者久之。[①]

用的则是另一副笔墨。先是娓娓写如画之风色景物，然后抚今追昔，怀念故人，深挚的情感自然流溢。其余如《吴纯甫行状》，不着意于铺叙罗列生平事迹，而用精要笔墨，紧扣代表性细节，写出其为人的突出特色，简短的篇幅表现出极强的综括能力。凡此种种，皆显示出他研习前代经典作家之得力处。

第二方面，更具个人特色的作品，为写家人亲情的文字。这类作品的独到之处，一在于从日常生活的深处细处着笔，不着痕迹地表露出彼我之间浓厚真切的深情，一在于他善于捕捉住看似最为普通而易被人忽略的细节，以极洗炼的笔墨凸显出来，使人物的心理性格毕肖如现。最为人传诵者，如《项脊轩记》：

> 项脊轩，旧南阁子也。室仅方丈，可容一人居。百年老屋，尘泥渗漉，雨泽下注，每移案，顾视无可置者。又北向，不能得日，日过午已昏。余稍为修葺，使不上漏；前辟四窗，垣墙周庭，以当南日；日影反照，室始洞然。又杂植兰桂竹木于庭，旧时栏楯，亦遂增胜。借书满架，偃仰啸歌，冥然兀坐。万籁

---

① 《梦鼎堂记》，《震川先生集》，370 页。

有声,而庭阶寂寂,小鸟时来啄食,人至不去。三五之夜,明月半墙,桂影斑驳。风移影动,珊珊可爱。然予居于此多可喜,亦多可悲。

先是,庭中通南北为一。迨诸父异爨,内外多置小门墙,往往而是。东犬西吠,客逾庖而宴,鸡栖于厅。庭中始为篱,已为墙,凡再变矣。家有老妪,尝居于此。妪,先大母婢也,乳二世,先妣抚之甚厚。室西连于中闺,先妣尝一至。妪每谓余曰:"某所,而母立于兹。"妪又曰:"汝姊在吾怀,呱呱而泣。娘以指扣门扉曰:'儿寒乎? 欲食乎?'吾从板外相为应答。"语未毕,余泣,妪亦泣。

余自束发读书轩中,一日,大母过余曰:"吾儿,久不见若影,何竟日默默在此,大类女郎也?"比去,以手阖门,自语曰:"吾家读书久不效,儿之成,则可待乎?"顷之,持一象笏至,曰:"此吾祖太常公宣德间执此以朝,他日,汝当用之。"瞻顾遗迹,如在昨日,令人长号不自禁。

后又写:

余既为此志后五年,吾妻来归。时至轩中从余问古事,或凭几学书。吾妻归宁,述诸小妹语曰:"闻姊家有阁子,且何谓阁子也?"其后六年,吾妻死,室坏不修。其后二年,余久卧病无聊,乃使人复葺南阁子,其制稍异于前。然自后余多在外,不常居。

庭有枇杷树,吾妻死之年所手植也,今已亭亭如盖矣。[1]

---

① 《梦鼎堂记》,《震川先生集》,429 页。

先写轩,简明、生动、传神。然后由"予居于此多可喜,亦多可悲",转入写人。以老妪的述说,道出母亲对自己关爱之深,又忆及祖母的眷眷之心及期望之切,最后附记对亡妻的追悼怀念。文章用平实浅白的语言,写极普通的日常生活细节,无形容,无描摹,然令人读来感由衷出,品味不尽。所以有如此的魅力,原因在于,全篇字字句句无不渗透着作者痛彻肺腑的真情,在看似平常的娓娓陈述中,支支节节,无不隐含着作者精心的构置与经营。再如《寒花葬志》:

> 婢,魏孺人媵也。嘉靖丁酉五月四日死,葬虚丘。事我而不卒,命也夫!
> 婢初媵时,年十岁,垂双鬟,曳深绿布裳。一日天寒,爇火煮荸荠熟,婢削之盈瓯。予入自外,取食之,婢持去不与。魏孺人笑之。孺人每令婢倚几旁饭,即饭,目眶冉冉动,孺人又指余以为笑。
> 回思是时,奄忽便已十年。吁! 可悲也已。[①]

两三镜头,一二细节,便把少年丫鬟天真、可爱、幼稚的心理与形象,栩栩如生地展现出来,再衬以妻子之笑,更使境界全出,深情自见。文字虽短,堪称少见绝作。此外,如《先妣事略》《世美堂后记》《亡儿𬸦孙圹志》《女如兰圹志》等,皆属此类作品。

如前所述,从《史记》到唐宋八大家,古代散文发展已达到顶峰,在题材范围、表现技巧等方面没剩多少余地。归有光平生酷慕《史记》,又精熟唐宋古文,且注重求其"神",因而在写作上,能取得前述第一方面的成就。但他生活的时代不是司马迁的时代,没有

---

① 《梦鼎堂记》,《震川先生集》,536 页。

司马迁所凝聚并体现的那种时代精神,也没有司马迁的生活经历和情感世界。因而也就不可能有司马迁那样宏阔的视野,壮伟的精神,纵横恣肆而又变化多端的笔力,即使与八大家相比,也难以达到他们的广度与深度。而且他所谓得"龙门家法",能求前代名家之"神",基本限于为文的大体规律及表情达意的形式技巧,与"前、后七子"比较起来,实为"大巫"与"小巫"、"百步"与"五十步"之别。不过对家人亲情、生活细部,前人散文作品中尚未有充分体现,而归有光由于自己的生活经历,对此感受特别深切,于是他就将多年积累的学养,从前人习得的艺术经验,运用在这一方面,写出一些令人叹赏的篇章,在散文的发展上拓出一块小而深的新天地,确立了其在明代散文领域的特有地位。所以归有光最有影响的还是这些属于第二方面的文字。

二 明代后期传统古文发展概况

从万历至崇祯,为明代后期,清兵入京后的南明诸政权,亦可归入此期。这一时段,亦有不少固守传统的作家出现,如《明史·文苑传》云:"至启、祯时,钱谦益、艾南英淮北宋之矩矱,张溥、陈子龙撷东汉之芳华。"其中钱谦益由明而入清,其余作家,虽在理论观念与创作实践上各有不同取向,但大体以继承前代传统为主。与前此不同的是,他们都处于明清鼎革之际,在为人为文上,表现了对国事时政的关注,积极投入现实政治斗争。更有一批作家,与宋元之际的文天祥、谢枋得、郑思肖相似,在民族危亡的关头,大义凛然,舍生取义,在文学史上,留下万古不灭光焰。也正因此,中后期以"前、后七子""唐宋派"为代表兴起的寻求创作规范之趋势被打断,至清代"桐城派"出现,才有进一步体现。此外,此期产生了一部奇特而伟大的作品《徐霞客游记》,既具科学意义,又富文学价值,对后世影响甚大。

1. 夏完淳及其稍前的作家

明末政治斗争、民族斗争尖锐，产生了直接参与其中的文社与相关作家。

张溥（1602—1641），字天如，太仓（江苏太仓）人。《明史·文苑传》载其："幼嗜学，所读书，必手抄。抄已，朗诵一过，即焚之，又抄，如是者六七始已。右手握管处，指掌成茧。冬日手龟，日沃汤数次。"崇祯初，他曾以兴复古学为名，组织"复社"。进士及第后，交游日广，名声日大。其为文取向与一般古文家不同，颇重视东汉及魏晋文。收集编辑《汉魏六朝百三名家集》，书中有不少"题辞"，论文兼论世，写得短小精悍，有不少真知灼见。其引人注目的作品为《五人墓碑记》，乃为吴县市民颜佩韦等五人而写。东林党人周顺昌受阉宦迫害，五人者聚众抗议，被捕诛死。张溥为之写此碑，记其事，褒赞其节义，慷慨激昂，有很强的政治性，成传世名文。

陈子龙（1608—1647），字卧子，松江华亭（上海松江）人。早年与夏允彝等结为"幾社"，与张溥之复社相应，论学议政。崇祯十年（1637）进士，任绍兴推官，因平乱功，擢兵科给事中。清兵入京，事南明弘光朝，就抗清部署屡上疏，并谏言福王，勿图苟安。为权奸所嫉，不得不求终养而去。南都沦亡后，积极参与抗清复明活动，谋划于松江等地，联络太湖之兵，准备起事，因事泄被俘，投水殉国。清乾隆四十一年（1776），谥"忠裕"，后人称陈忠裕公。《明史》本传称其："生有异才，工举子业，兼治诗赋古文，取法魏晋，骈体尤精妙。"其实，陈子龙除与张溥一样取法魏晋外，亦好古文，对"前、后七子"相当推崇。但他散文方面的影响，不如诗歌大，更多地因其抗清之节烈表现而彰著。

夏允彝（？—1645），字彝仲，松江华亭人。《明史》有传，附《陈子龙传》后，载其"弱冠举于乡，好古博学，工属文"。时张溥等结复社，允彝与陈子龙等"亦结幾社相应和"。崇祯十年（1637），与陈子龙同榜进士,授长乐知县,善决疑狱。清兵入京并南下,允彝与史可法谋复兴。福王立弘光朝,擢其为吏部考功主事,因丁母艰,未赴。南都沦陷,乃赋绝命词,投水而死。

夏完淳(1631—1647),字存古,允彝之子。幼聪慧,有神童名,曾师事陈子龙。弘光朝,因父荫授中书。清兵攻陷南京后,随其父从事抗清活动。允彝死,与陈子龙共谋起事,上书监国之鲁王,被遥授编修。事败被俘,坚贞不屈而就义,时年仅十七,为抗清斗争中最突出的少年作家。

今存完淳诗赋较多,散文作品,量少而精,皆激昂慷慨、为国尽忠尽义之辞。其就义前两年所写《大哀赋序》有云:

> 余始成童,便膺多难,揭竿报国,束发从军。朱雀戈船,萧萧长往;黄龙战舰,茫茫不归。两镇丧师,孤城溃版。三军鱼腹,云横歇浦之帆;一水狼烟,风动秦房之火。戎行星散,幕府飙离。长剑短衣,未识从军之乐;青磷蔓草,先悲行路之难。
>
> 故国云亡,归乡已破。先君绝命,哭药房于九渊;慈母披缁,隔祇林于百里。羁旅薄命,漂泊无家。万里风尘,志存复楚;三秦壁垒,计失依刘。蜀帝子规,千山俱哭;吴江精卫,一水群飞。哭海岛之田横,尚无其地;葬平陵之翟义,未有其人。天晦地冥,久同泉下;日暮途远,何意人间。鲁酒楚歌,何能为乐;吴歈越唱,祇令人悲。已矣何言,哀哉自悼。聊为此赋,以舒郁怀。[①]

沉郁顿挫,全为国破家亡、壮志未酬之悲情。其于狱中所写《土室余论》,表达了同样的情怀:

---

① 《续修四库全书·夏内史集》,卷一。

呜呼，淳固知生不如死久矣！特以国难家仇，未能图报，忠臣孝子，自当笑人。故饮恨吞生，苟全性命。湖中之起，身在行间，不忘丧元；独当一面，江东岭表，日月双悬。先文忠为国死，淳也为国生。于是七尺受一命之荣，九重蒙三锡之典，恨不灭此朝食，下报幽冥。

噫！以淳拜命蜡丸，执戈幕府，成仁一死，抑亦何言。呜呼！家仇未报，臣功未成，赍志重泉，流恨千古。今生已矣，来世为期；万岁千秋，不销毅魄；九天八表，永厉英魂。先文忠得为皇明臣，淳也得为先文忠子，吞声归冥，含笑入地。呜呼，淳今死矣，抑又何言！①

面对死亡的威胁，表示即使此生赍志而没，来生亦继续抗敌报国。可谓忠肝义胆，义薄云天。其《狱中上母书》，除表达对母亲的拳拳之心，于嘱托后事一段云：

淳死之后，新妇遗腹得雄，便以为家门之幸，如其不然，万勿置后。会稽大望至今而零极矣，节义文章如我父子者几人哉！立一不肖后，如西铭先生，为人所诟笑，何如不立之为愈耶？呜呼，大造茫茫，总归无后。有一日中兴再造，则庙食千秋，岂止麦饭豚蹄，不为馁鬼而已哉？若有妄言立后者，淳且与先文忠在冥冥诛殛顽嚚，决不敢舍兵戈天地。②

借传嗣事，进一步表明其立志之坚决彻底。《遗夫人书》则是另一副笔墨：

---

① 《续修四库全书·夏内史集》，卷九。
② 同上。

三月结褵，便遭大变，而累淑女相依外家。未尝以家门盛衰，微见颜色。虽德曜齐眉，未可相喻。贤淑和孝，千古所难。不幸至今，吾又不得不死。吾死之后，夫人又不得不生。上有双慈，下有一女，则上养下育，托之谁乎？然相劝以生，复何聊赖。芜田废地，已委之蔓草寒烟；同气连枝，原等于隔肤行路。青年丧偶，才及二九之期；沧海横流，又丁百六之会。茕茕一人，生理尽矣。

呜呼！言至此，肝肠寸寸断，执笔心酸，对纸泪滴。欲书，则一字俱无；欲言，则万般难吐。吾死矣，吾死矣，方寸已乱。平生为他人指画了了，今日为夫人一思，究竟便如乱丝积麻。身后之事，一听裁断，我不能道一语也，停笔欲绝。

去年江东储嗣诞生，各官封典俱有。我不曾得夫人，夫人，汝亦明朝一命妇也。吾累汝，吾误汝，复何言哉！呜呼，见此纸，如见吾也。[①]

与前几文相比，可见出一少年雄杰，感情深挚浓郁的一面。

完淳此类之作，与文天祥作品极其相类，英风豪气，飒然纸上。完淳及前述几位作家的作品，皆不仅以文辞胜，更由其内在精神，让人激昂感佩。古代散文之作用与地位，不仅决定于其审美价值，同时也决定于其社会意义，这乃出于本身固有性质。

2. 徐弘祖

此时期，还产生了一个被称为"千古奇人"者，著一"千古奇书"，这就是徐弘祖及其《徐霞客游记》。

徐弘祖（1586—1641），字振之，号霞客，江阴（江苏江阴市）人。出身于世家望族，至弘祖时，家道虽有中落，亦属于士大夫阶层，以

---

① 《续修四库全书·夏内史集》，卷九。

耕读为务,孝义为重,且与当世名儒陈继儒、黄道周皆有交往。

徐弘祖之所以引人注目,关键在于其不朽名著《徐霞客游记》。与其时代相近之钱谦益,断言此书"当为古今游记之最"①,为学者公认之定论。

此书之所以获如此之高赞誉,首要前提在所"记"之"游"。中国古代历史上好游、善游、以游名世者多矣,除神话传说中人物外,如首开壮游之例的司马迁,通西域的张骞、班超,作《水经注》的郦道元,赴天竺求经的玄奘,写游记的圣手柳宗元等等,皆为人所熟知。而徐霞客与他们都有所不同。首先,其游踪之广非诸人可及。除《游记》所载各地外,据其自言,先后还曾历览较近的太湖、洞庭、西湖等山水佳丽之境,遍访齐、鲁、燕、冀诸多名胜古迹。前述诸人可能在某一方向上超出其游屐所履,而总合起来,无一人能达到如此广大的范围。其次,前人之"游"多有功利性目的或特殊社会背景,唯独霞客,目的就在"游"之本身,既不求"立德""立功",亦不求"立言"。正因如此,通过游,亲自历览祖国的名山大川,就成为其人生目的、终极归趋、生命价值的体现。为此他专心笃志,涉难历险,穷毕生之岁月,殚全部之心力,直至付出整个生命而后止。

徐霞客何以如此笃志于"游"? 整部《游记》中无一处明确解释,后人包括当代研究者的论断,都是从不同角度分析。结合其远近的社会文化背景,可以看到以下几点:

其一,体现出一种强烈的自主人格精神。通过"学而优则仕",以期达到"修、齐、治、平",是古代士人最常规的人生选择,至明代中后期,几乎成为读书人的必经之路。而徐霞客虽对政局国事并非漠不关心,且不乏正确判断,在其《粤西游日记》《滇游日记》中涉

---

① 《徐霞客传》,钱仲联标校:《牧斋初学集》,上海古籍出版社,2009年,1596页。

及不少对边务的看法；对以刚直耿介著称，最后壮烈殉国的黄道周，他钦仰备至，称其"字画为馆阁第一，文章为国朝第一，人品为海宇第一，其学问直接周、孔，为古今第一"[①]。但是在人生道路的选择上，他坚持自己的自主意志，完全置世俗意识于不顾，放弃举业，专志于游，显示出超世脱俗的人格精神。这表现出下章将要论述到的，与商品经济发展相关联的其与张扬个性、背叛传统之精神趋向的一致性。

其二，体现出一种高层次的、多方面的文化追求。首先，把自然山水作为正面的观览与考察对象。作为一种文化现象，这既是对已有传统的继承与发展，又是在原基础上的升华与提高。其次，据传记材料和《游记》本身，徐霞客在寄意亲践、亲历祖国自然山川的同时，还有着广泛的文化情趣，对名人法帖及碑刻的爱好与收集就是其中之一。因之，徐霞客在探奇访胜的过程中，只要遇到有价值的碑刻、题辞等，无不千方百计地收集整理。最典型者，如《粤西游日记一》载：至桂林后，为能摹拓水月洞中陆游与范成大的遗刻，从五月十九日至六月八日，与拓工往复周旋，辗转十余次，其所费精力、代价以及执着程度，令人由衷感佩。另外，在其游程中，每到一处，只要有名僧高释、学者文士，皆悉心诚意地与之通款酬对。由此，更可看出霞客之游，非一般旅游，反映着一种广泛的文化追求。再次，霞客之游，带有科学考察的性质，体现了严肃求实的科学精神。他对所到之处的山态水势、方物地俗，皆作详实细密的观察辨证，往往以确凿的根据，纠正历史记载之讹、口耳相传之谬。以致被一些学者视为实学之先驱，朴学之前奏。

其三，体现出一种对外在自然界倾心向往的审美追求。徐霞

---

① 朱惠荣整理：《徐霞客游记·滇游日记七》，中华书局，2009 年，514 页。以下所引此书皆同此版本。

客之笃志于"睹青天而攀白日","朝碧海而暮苍梧",一个无可置疑的原因,是他受到祖国雄奇壮丽而又千姿百态的自然山川之美的吸引。任何读《徐霞客游记》的人都会感受到,他所以不计艰难危苦,不惜身家性命,逢险必涉,闻奇必趋,正是为了亲身体味险中之美,领略奇中之胜。这种追求,不仅是对前代文人山水审美意识的继承,更是一种超越。因为前代游记作者大多是对无限江山中一溪一壑的欣赏把玩,而霞客却是把整个生命投入到对无限江山之无止境的追寻中,在这种追寻中体味其无穷无尽之美。

总之,徐霞客之许身山水,不是出于简单的癖好,而是其人格追求、文化追求、审美追求的综合体现。

从另一方面说,《游记》之"记",是徐霞客整个"游"程的记录与展现,因而与其内容结合在一起,也就具有了多方面的意义和价值,在地理学、历史学、方志学、民俗学等等方面皆有其独到的贡献。而单从"记"本身来说,虽然如《四库全书总目提要》所说"未尝有意于为文",实际亦有与众不同的文学成就与特色。

其一,它虽为游记,却具有自叙传性质。因为历览名山大川是徐霞客毕生的追求,生命的寄托,那么,践履这一理想,就成了他全部生活的主要内容。当他用日记的形式,记载下游历的过程,也就自然地记下了以游历为中心的全部生活。具体说,就是不只记载了他观览的客观对象,同时记载了他探寻这些对象的历程。为探寻所做的种种准备,探寻中所经历的种种曲折,尤其是其中的心路变化:起程时的兴奋,遇阻时的忧闷,受挫时的顽强,涉险时的镇定,逢奇时的激动,以及达到目标时心醉神迷般的欣喜与快慰。总之,其心绪的起伏,情感的波澜,无不诉诸笔端。这样,一部《游记》,看起来满篇写的是山是水,而实际展现的是徐霞客其人其事,他的理想追求、人格精神。所以与一般游记比,其《游记》文字上似乎显得委细琐碎,但让人读起来觉得更为生活化、真切化,富有亲切感和动人力量。

其二,文章的组织结构具有创造性,做到了宏观与微观、主体与客体的有机统一。如前所述,除极边远地区,东南部大半个中国的名山大川,特别是楚、粤、黔、滇的山水胜迹、地区方俗,皆为徐霞客所饱览。如何将如此丰富的景观再现出来,既能描述其全貌,又能刻画出其细部,既要写出其所见,又要写出其所感,这对任何一个作家来说都是一个难题。

就前一方面说,整体上他用欧、苏时滥觞,陆游、范成大时发展了的日记形式,作为基本结构方式,即以游历的过程,作全文的轴线。大的单元,按游览的目标或地域相区分,每一单元基本都是从起程着笔,然后按游历路线次第写来,直到整个游程的结束。细部上,对一山一水、一岩一洞、一古迹、一名胜,或有目的的探访,或偶然邂逅起兴,亦皆由始至末,娓娓写其历览过程。以此为主干,再随机插入他的感受、体验、考辨、论议、生活细节、相关活动等等。这样的结构组织方式,就使得一部煌煌六十余万字的巨著,既再现了他大半生的经历,涵容了大半个中国山川胜境,汇集了丰富的科学资料,又使千姿百态景观中,每一或雄、或险、或峭、或奇、或秀、或丽、或幽、或隐之独有特色,千差万别的地俗方物人情风习,以及它们之来龙去脉、历史沿革,都昭昭然呈现在读者眼前。给人以条理井然而不芜乱,委曲细致而不繁碎之感。这样的写法很好地解决了宏观与微观的结合,对前人同样体式的作品,作了革命性的推进。

就后一方面说,整部《游记》的内容写山写水,但与《水经注》之类作品有重大不同。不是以山、水为纲领,顺着山与水的脉络写出自己的考辨、体验与感受。反之,是以自己的游踪为纲领,写所到之处、所见之景,同时再写出对客观对象的考察、辨析及主体的认知与心境,这样就将观览者的主体活动和主观感受与景物的客观形态,更紧密地融汇为一体,展现出来的是眼中之景,景中之感,使人读来也就如同亲历亲受。这种写法实际上是前代名家之山水亭台记的扩大化与综合化,也属一种创造。

其三,写景状物,简洁质朴,生动传神,具有很高审美价值。徐霞客虽"未尝有意于为文",但由于他有很高的文化修养,雄厚的古文功底,又在游程中受如此丰富的山水胜境之熏陶,也就赋予其《游记》以很高的审美价值。其审美表现上的特点为:既在大轮廓勾勒上,呈现出祖国山川雄奇壮丽之美,又特别善于以洗炼的笔墨,三言两语,点染出所历景观特有的意境和韵趣。如写峭壁:"一转山腋,两壁峭立亘天,危峰乱叠,如削如攒,如骈笋,如挺芝,如笔之卓,如幞之欹。洞有口如卷幕者,潭有碧如澄靛者。"[1]写峰态:"隔龙湫,与独秀相对者,玉女峰也。顶有春花,宛然插髻。"[2]写村居:"三仰之下为小桃源,崩崖堆错,外成石门。有地一区,四山环绕,中有平畦曲洞,围以苍松翠竹,鸡声人语,俱在翠微中。"[3]写泛流:"浮云已尽,丽日乘空,山岚重叠竞秀,怒流送舟,两崖岸浓桃艳李,泛光欲舞;出坐船头,不觉欲仙也!"[4]写观瀑:"势既高远,峡复逼仄,荡激怒狂,非复常性。散为碎沫,倒喷满壑,虽在数十丈之上,犹霏霏珠卷氄集。滇中之瀑,当以此为第一。惜悬之九天,蔽之九渊,千百年莫之一睹!"[5]诸如此类,《游记》中处处皆是,不胜枚举。如聚散为整,当为写山水胜境之大观。

如此看来,徐弘祖为特立独行之奇人,《徐霞客游记》为古今罕有之奇书,虽非散文专著,在散文史上却有着不可忽视之价值。

---

① 《游雁宕山日记》,《徐霞客游记》,4 页。
② 同上。
③ 《游武彝山日记》,《徐霞客游记》,14 页。
④ 《游太华山日记》,同上,31 页。
⑤ 《游滇日记十一》,同上,608 页。

第三章　向个性化与审美化偏移

——散文发展中的新趋势

在"前、后七子""唐宋派"倡言复古,用心于探寻散文写作规范的同时,随着以东南部地区为主的商品经济之繁荣,城市之兴起,市民阶层的出现与扩大,思想领域有了个性意识之觉醒。反映于诗文创作,由明代中期到后期,逐渐酝酿产生了以强调伸张个性、抒发性灵为特征的一批作家和流派。因为文学的特质本就与作家的个性与感情息息相关,这些作家的文学观念和创作追求正与之相应,因而其作品的审美因素增强,文学色彩加浓,推动古代散文在艺术化上明显前进了一步,表现了向审美化偏移的趋势。从某种意义上说,正是它们,与几百年后的现代散文有着前后承接的关系。正因如此,这部分作家和作品,在整个明清时期应予特别注意。

此类作家,明代中期就已出现,引人注目者为唐寅、祝允明,其后的突出代表是徐渭、汤显祖,接着是以三袁为代表的公安派,以钟惺、谭元春为代表的竟陵派,最晚的是张岱。

第一节　放废"礼法"的唐寅、祝允明

自明代中后期,江浙一带,吴中地区,出现了一个文化发展高

潮，一时间文人辈出，才子会聚，在文坛上闪出耀眼光芒。据《明史·文苑传·徐祯卿传》：祯卿为吴县人，"与里人唐寅善，寅言之沈周、杨循吉，由是知名"；"少与祝允明、唐寅、文徵明齐名，号'吴中四才子'。"《文徵明传》又载："吴中自吴宽、王鏊以文章领袖馆阁，一时名士沈周、祝允明辈与并驰骋，文风极盛。"王世贞《吴中往哲像赞》中，收集了吴中地区自明初周寿谊、高启以下一百十二人之画像，逐个予以介绍评赞，既表明景仰之情，又引以为家乡的骄傲。虽不纯属文人，但以文人为主。

何以会出现这种现象？显然与当时当地经济的发达有必然联系。明代中后期，江南地区市场经济有相当充分的发展，城镇化兴起，市民阶层活跃，已是史学界共识，上引作家的作品中亦有反映，如归有光《送昆山县令朱侯序》有云："江南诸郡县，土田肥美，多粳稻，有江海陂湖之饶。""俗好媮靡，美衣鲜食，嫁娶葬埋，时节馈遗，饮酒燕会，竭力以饰观美。富家豪民，兼百室之产，役财骄溢；妇女、玉帛、甲第、田园、音乐，拟于王侯。"商品经济繁荣，带来的消极后果是生活奢靡、人欲横流。而积极结果：第一为文化的普及提供了物质基础；第二则在思想精神领域，引起了对宗法礼教束缚的冲击，促进了个体意识觉醒。

所谓"吴中四才子"，即这种时代背景下较早出现的代表性人物。具体情况各有不同。徐祯卿早年与唐寅等交好，后成为"前七子"之一。另一人为文徵明。

文徵明（1470—1559），初名璧，字徵明，因以字行，更字徵仲，别号衡山，长洲（江苏苏州）人。出身仕宦之家，早年学文于吴宽，学书于李应祯，学画于沈周。屡举而不第。《明史·文苑传·文徵明传》言及其文名之盛及个性特点："四方乞诗文书画者，接踵于道，而富贵人不易得片楮，尤不肯与王府及中人……外国使者道吴门，望里肃拜，以不获见为恨。文笔偏天下，门下士赝作者颇多，徵明亦不禁。"其子文嘉所作《先君行略》则云:"为文醇雅典则,其谨严处一字不苟。故一时文章多以属公,而独持文柄者垂六十年。"①

文徵明生年晚于祝允明,然寿考极长,九十而卒。他早年与唐、祝交谊甚深。六十七岁时所写《题希哲手稿》忆及彼此交游:

> 时君年甫二十有四,同时有都君元敬者,与君并以古文名吴中。其年相若,声名亦略相下上,而祝君尤古邃奇奥,为时所重。又后数年,某与唐君伯虎亦追逐其间,文酒倡酬,不间时日。于时年少气锐,倜然皆以古人自期。既久困场屋,而忧患乘之,志皆不遂……寻皆相继下世,余视三君,最为庸劣,而仕亦最后。呜呼,三君已矣! 其风流文雅照耀东南,至今犹为人歆美。②

其写给王鏊《上守溪先生书》,言及其学文情形及志趣所在:

> 承命献其所为文。窃念某自早岁即有志于是,侍先君宦游四方,既无师承,终鲜丽泽,伥伥数年,靡所成就。年十九还吴,得同志者数人,相与赋诗缀文。于时年盛气锐,不自量度,倜然欲追古人及之。
>
> 未几,数人者或死或去,其在者抑或叛盟改习,而某亦以亲命选隶学官。于是有文法之拘,日惟章句是循,程式之文是习。而中心窃鄙焉,稍稍以其间隙,讽读《左氏》《史记》、两汉书及古今人文集,若有所得。亦时时窃为古文词。一时曹耦,莫不非笑之以为狂,其不以为狂者,则以为矫为迂。

---

① 《四库全书·集部六·别集类五·甫田集》附录。
② 同上,卷二十三。

惟一二知已怜之，谓以子之才，为程文无难者，盍精于是，俟他日得为隽，为古文非晚。某亦不以为然，盖程式之文有工拙，而人之性有能有不能，若必求精诣，则鲁钝之资，无复是望。就而观之，今之得隽者，不皆然也，是殆有命焉。苟为无命，终身不第，则亦将终身不得为古文，岂不负哉？用是，排群议，为之不顾。而志则分矣！

缘，彼此皆无所成，而长老先生或见其所作，从而称之于人以为能，而不知者以为真能也。遂相率走求其文，往往至于困塞。某不能逆其意，皆勉副之所求，皆饯送悼挽之属，其又下，则世俗所谓别号，率多强颜不情之语。凡某所谓文，率是类也。呜呼，是尚得为文乎？①

可见，文徵明早年确与唐寅、祝允明相投契，而他们志同道合之基础，正在于"以古人自期"，"侗然欲追古人及之"。而这一点，与时风时俗之精习程式之文，通过科举走向仕途，恰相背反。由此出发，他不但对"程式之文""中心窃鄙焉"，且表示即使终身不第，亦不愿随时俗而放弃攻研古文。也正因此，被讥为狂，为矫，为迂，后虽掌文柄垂六十年，对自己大量的应酬之作，仍不以为意，鄙之为："是尚得为文乎？"这都体现出一种反时尚、反传统的精神。

这种精神的形成，思想基础出于对道学家的反感，在《晦庵诗话叙》中其有云：

夫自朱氏之学行世，学者动以根本之论劫持士习，谓六经之外非复有益，一涉词章，便为道病。言之者自以为是，而听之者不敢以为非。虽当时名世之士，亦自疑其所学非出于正

---

① 《四库全书·集部六·别集类五·甫田集》，卷二十五。

而有悔，却从前业小诗之语沿讹踵敝，至于今渐不可革。呜呼，其亦甚矣！[①]

由此可见，文徵明不像唐、祝那样狂放不羁，而在反传统的大趋向上，与他们则基本一致。

"四才子"中，放废礼法，张扬个性方面更突出者为唐寅与祝允明。

一　唐寅

唐寅(1470—1523)，字伯虎，后更字子畏，晚号六如居士，吴县(苏州)人。据《明史·文苑传·唐寅传》：

> 性颖利，与里狂生张灵纵酒，不事诸生业。祝允明规之，乃闭户浃岁。举弘治十一年经试第一，座主梁储奇其文，还朝示学士程敏政，敏政亦奇之。未几，敏政总裁会试，江阴富人徐经贿其家僮，得试题，言者劾敏政，语连寅，下诏狱，谪为吏。寅耻不就，归家益放浪，宁王宸濠厚币聘之，寅察其有异志，佯狂使酒，露其丑秽。宸濠不能堪，放还。筑室桃花坞，与客日般饮其中，年五十四而卒。

考祝允明《唐子畏墓志并铭》，有谓：

> 一意望古豪杰，殊不屑事场屋。其父德广，贾业而士行，将用子畏起家致举业，归教子畏，子畏不得违父旨。德广尝语人："此儿必成名，殆难成家乎？"父没，子畏犹落落。一日，余谓之曰："子欲成先志，当且事时业。若必从己愿，便可褫襕襆，烧

---

① 《四库全书·集部六·别集类五·甫田集》，卷十七。

科策。今徒籍名泮庐，目不接其册，子则取舍奈何？"子畏曰：
"诺。明年当大比，吾试捐一年力为之。若弗集，一掷之耳！"①

由此可知，唐寅实商人家庭出身，其蔑视时俗，放纵行迹，恐与此有
关系。《明史》本传又谓：

> 寅诗文，初尚才情，晚年颓然自放，谓后人知我不在此。
> 论者伤之。吴中自枝山辈以放诞不羁为世所指目，而文才轻
> 艳，倾动流辈，传说者增益而附丽之，往往出名教外。

祝氏之《墓志》亦有云：

> 其应世文字诗歌，不甚措意，谓后世知不在是，见我一斑
> 已矣。奇趣时发，或寄于画，下笔辄追唐、宋名匠。既复为人
> 请乞，烦杂不休，遂亦不及精谛且已。四方慕之，无贵贱贫富
> 日诣门征索文辞诗画，子畏随应之而不必尽所至，大率兴寄遐
> 邈，不以一时毁誉重轻为趣舍。……
>
> 子畏罹祸后，归心佛氏，自号六如，取四句偈旨。治圃舍北
> 桃花坞，日般饮其中。客来，便共饮；去，不问。醉便颓寝。②

王世贞《吴中往哲像赞》则有评赞云："先生才高，少嗜声色，既
坐废见，以为不复收，益放浪名教外。"
由上引材料，可知唐寅为人为文之最突出特点，即本传所谓为
世所指目之"放诞不羁"。本传曾引其语曰："后人知我不在此。"祝

---

① 《四库全书·集部六·别集类五·怀星堂集》，卷十七。
② 同上。

氏《墓志》亦引其言："后世知不在是,见我一斑已矣。"其所谓"不在此""不在是"者,显然指其诗文书画。那么,他自认所"在"的是什么? 可能另有高远之志。但或因受有挫折,是以"兴寄遐邈,不以一时毁誉重轻为趣舍",索性"放浪名教外",具纵情于任己而为的独立不羁之精神。

唐寅存留下来的散文作品不多,观由后人所整理之《六如居士集》,所反映思想及为人并不像上引资料那么极端,有着多侧面的复杂性,但基本倾向有开个性张扬之先的性质。总而览之,可见出以下几点:

其一,对传统儒家思想仍取肯定态度。如《送徐朝咨归金华序》有云:

> 余少读潜溪先生所著书,深叹服其根本仁义,鼓吹礼乐,以为一代儒宗。及南游金华,见其乡士大夫,皆彬彬尚实,古朴大雅,有潜溪先生遗风。

然后称:

> 朝咨君少精璧经,著声场屋间,天性诚笃峭整。他日继郡公轨范,上弼唐虞,下阜民物,沛仁义礼乐之教于天下,则知金华士大夫之学业远有自云。[1]

其二,早年亦曾有慷慨激越为身为国建功立业之壮志。其《与吴天官书》,先言当前乃"有志功名之士,扼腕攘袂之秋也"。然后云:

---

① 应守岩校点:《六如居士集》,西泠印社出版社,2012 年,177 页。以下所引此书皆同此版本。

若肆目五山,总辔辽野,横被六合,从驰八极。无事悼情,慷慨然诺,壮气云蒸,烈志风合。戮长狼,令赤海,断修蛇,使丹岳。功成事遂,身毙名立。斯亦人生之一快,而寅之素期也。……人生若朝露,百年犹飞电。一旦先犬马,何从效分寸哉?使童牛蹢躅于重基,狐狸跳梁于元穸,皮毛并没,草木同尘。雍门援琴,吁其伤矣!墨子悲丝,殊乎昨矣!华省陈莛,不可作矣! 虫悲风暄,时代及矣!此寅所以抚案而思,仰天而叹,不能不为之愤悒而哀伤也!

然后表示:

寅窃不料反顾微躯,块然一物,若得充后陈之清问,被壁上之余光,则枯骨不朽。[1]

显然是希望身为宰相的吴宽,能够予以提携。

其三,唐寅对科场所遭冤抑极其悲愤,亦曾有靠立言而垂名后世之雄心。其《与文徵明书》乃仿司马迁《报任安书》之作。先忆及早年家世的困顿及豪侠性行 ,又述及文名鹊起后之盛况,然后讲科场横祸的起因及惨状:

墙高基下,遂为祸的。侧目在旁,而仆不知,从容晏笑,已在虎口。庭无繁桑,贝锦百匹,谗舌万丈,飞章交加。至于天子震赫,召捕诏狱,身贯三木,卒吏如虎,举头抢地,溃泗横集。而后昆山焚如,玉石皆毁,下流难处,众恶所归。……兹所经由,惨毒万状,眉目改观,愧色满面。衣焦不可伸,履缺不可

① 《六如居士集》,165 页。

纳。僮奴据案,夫妻反目,旧有狞狗,当户而噬。反视室中,瓯瓯破缺,衣履之外,靡有长物。西风鸣枯,萧然羁客,嗟嗟咄咄,计无所出。将春掇桑椹,秋有橡实,余者不遑,则寄口浮屠,日愿一餐,盖不谋其夕也。

满纸惨凄,丝毫不见人们心目中之潇洒倜傥形象。然后又讲,既然如此,何以"不自引决"?

> 窃窥古人,墨翟拘囚,乃有薄丧;孙子失足,爰著兵法;马迁腐戮,《史记》百篇;贾生流放,文词卓落。不自揆测,愿丽其后,以合孔氏不以人废言之志。亦将隐括旧闻,总疏百氏,叙述十经,翱翔蕴奥,以成一家之言。传之好事,托之高山,没身而后,有甘鲍鱼之腥,而忘其臭者,传诵其言,探察其心,必将为之抚缶命酒,击节而歌呜呜也。
>
> ……仆一日得完首领,就柏下见先君子,使后世亦知有唐生者! 岁月不久,人命飞霜。何能自戮尘中,屈身低眉,以窃衣食,使朋友谓仆何? 使后世谓唐生何? 素自轻富贵犹飞毛,今而若此,是不信于朋友也。寒暑代迁,裘葛可继,饱则夷犹,饥乃乞食,岂不伟哉! 黄鹄举矣,骅骝奋矣,吾卿岂忧恋栈豆吓腐鼠邪? 此外无他谈。①

话说得激昂慷慨,似乎又见其不甘平庸狂傲不羁的精神。由此可见,他早年或确实有所抱负,而亲遭官场险恶之摧辱,于是甘心于浮浪放诞,反而成反传统潮流之代表。

其四,除上述见其思想性格之复杂层面外,唐寅的其他文字,

---

① 《六如居士集》,166 页。

皆透露出脱落世俗、任性不拘的基本特色。如《答文徵明书》,可能是回复文氏对其劝戒之作,有云:

> 操奇邪之行,驾孟浪之说,当诛当放,载在礼典,寅固知之。然山鹊暮暄,林鹍夜眠,胡鹰耸翮于西风,越鸟附巢于南枝。性灵既异,趋从乃殊。是以天地不能通神功,圣人不能齐物致,农种粟,女造布,各致其长焉。……寅束发从事二十年矣,不能剪饰,用触尊怒。然牛顺羊逆,愿勿相异也。[①]

实等于表示自己本性难移,希对方予以谅解。其为袁臣器所写《中州览胜序》,赞扬袁四出游历,篇末云:

> 臣器所从魏地来,今不知广陵有中散之遗声欤?彭城,项氏之都也,今麋鹿有几头欤?黄河,故宣房之基在否欤?大梁,墟中有持盂羹为信陵君祭欤无也?臣器其为我重陈之,余他日当参验其言。[②]

表明所赞赏的历史人物,为蔑视礼法之嵇康,尚气之项羽,恃才之贾谊,重士爱士之孟尝。皆与其个性气质相谐。其为洪伯周所写《爱溪记》,强调"爱之而不失,资之而不穷,惟取天地自然而然者为能"。赞赏洪伯周的生活情调:"弄长竿之清风,披蓑笠之烟雨,飘然波涛,邈焉寒暑,势不可夺,强不可挠。"表示:

> 余谓文士之处世,失其所爱与资,奔走于不可得已之间,

---

① 《六如居士集》,170 页。
② 同上,181 页。

> 俯仰于无可奈何之际,盖心兹恐惧,身措无地,安能上传而下
> 育也!得其所爱与资,而非其道,以富贵自炫,而骄其妻妾,齐
> 人也。[①]

表达的亦是对任性自适与坚守自我人格的肯定。

唐寅之文,为其内在精神的外在表现。祝允明称:"子畏为文,或丽或淡,或精或泛,无常态,不肯为锻炼功,其思常多,而不尽用。"(参见《墓志》)或是就其诗文词赋总体而论,单就其散文说,则不为时代潮流所左右,既非崇秦汉,亦谈不上宗唐宋,而是凭自己的修养与兴致,随机而为。既能写出典雅藻丽的骈体四六,亦能写出质实恳切意气跌宕的散体文章,甚至也可信手写出极为俚俗之语,如其《伯虎自赞》:

> 我问你是谁?你原来是我。我本不认你,你却要认我。
> 嘻!我少不得你,你却少得我。你我百年后,有你没了我。[②]

写法虽可能从佛家偈语来,而通俗到完全像今天的大白话。

总之,唐寅的思想和文章,虽尚未完全脱出传统观念的笼罩,亦无足以名世之佳篇,却较早表现出抒张个性,冲破礼法束缚的倾向,又加上他在诗文书画上皆显示出少有的天资与才气,恰恰迎合了在当时社会背景下必然要出现的思想潮流。因之,其人其文也就成了反映新思潮、新趋势的标志,产生了远远超过其本身固有特质的影响。这就使他和祝允明的事迹,如《明史》所云:"倾动流辈,传说者增益而附丽之。"而唐寅似乎特色更突出,所以关于他的传

---

① 《六如居士集》,186 页。
② 同上,218 页。

说更多,仅《六如居士集》"附录"中,所收集见于明代后期及清初笔记、诗话、题跋中有关各种评论、传说,就有近四十页之多,尚不包括被冯梦龙写入《三言》中有关唐伯虎的故事。

二 祝允明

祝允明(1460—1526),字希哲,生而枝指,故自号枝山,又号枝指生,长洲人。早年举于乡,而久不第,后授广东兴宁知县,曾以捕盗善治著名,后迁应天通判,以病辞归。

允明与唐寅友善,二人性行相近,因而后人往往将之并提并论。《明史·文苑传·祝允明传》载:

> 五岁作径尺字,九岁能诗。稍长,博览群集,文章有奇气,当筵疾书,思若涌泉。尤工书法,名动海内。好酒色六博,善新声,求文及书者踵至,多赂妓掩得之。恶礼法士,亦不问生产,有所入,辄召客豪饮,费尽乃已,或分与持去,不留一钱。晚益困,每出,追呼索逋者相随于后,允明益自喜。

充分可见其与唐寅相类处。唯祝允明存留作品较多,反映其思想观念及文章特色更为充分。

思想观念上,他也是崇信传统思想的。如《别郑惟益语》:

> 存心莫若宽仁,果行莫若义礼,传家莫若俭勤,教子莫若经史,睦族莫若容忍,居乡莫若廉惠,作善天降百祥,敢以献于郑子。[①]

---

① 《四库全书·集部六·别集类五·怀星堂集》,卷九。

内容全符合传统意识。然而，他何以像唐寅一样，亦取纵诞不羁、放浪人生的态度？自有其深刻原因。

其一，祝允明像当日的阮籍、嵇康之反名教一样，勘破了道学家所鼓吹的名教礼法之虚伪。他写有一篇《烧书论》，希望再有一嬴政来烧掉所列大量当代书籍。立论的根据就是："圣训在淑身不淑口。吾见淑口也众，而身之鲜。"[①]淑身就是躬行实践，淑口就是以空言骗人。基于此，他对道学作了强烈批判，在《答张天赋秀才书》中云：

> 世人为事，类欲先立门户。幸足下务其实，毋尸其名。凡人好大，指一而期之，指一而誉之，且哄尔不怡然。从究之，口百而身一者，亦几希矣。其口，最以所谓道学者为高，然以仆论之，最非美者，道学也。道学奚不美乎？为之非诚，其病不胜，故为不美也。[②]

所谓"为之非诚"，即仅凭空言而陷入虚伪。进一步他写有《学坏于宋论》，谓：

> 凡学术尽变于宋，变辄坏之。经业自汉儒讫于唐，或师弟子授受，或朋友讲习，或闭户穷讨，敷布演绎，难疑订讹，益久益著。宋人都掩废之，或用为己说，或稍援它人，皆当时党类，吾不知果无先人一义一理乎？亦可谓厚诬之甚矣。其谋深而力悍，能令学者尽弃祖宗，随其步趋，讫数百年不悟不疑而愈固。……呜呼！试一阅两汉魏晋六代隋唐遵圣之学，其义指

---

① 《四库全书·集部六·别集类五·怀星堂集》，卷十。
② 同上，卷十二。

理致度数章程，为何等精密弘博。宋人之劳，不见何处及之，况并之，又况以为过之乎？此非空言可强辩解也。①

其所谓宋学，即指道学家之论。再进一步，他又扩大范围，写《戏论》。谓上古亦有谐谑之"戏"，如孔子谓言偃之治上都，"割鸡焉用牛刀"，不过是夸大性之比喻形容，而后世却将严肃的礼乐、刑政、道德、伦理、学术、文章等等，皆演变成虚假的、骗人的形式，结果导致人与人之间：

> 务谲欺以相为：君以戏臣，臣以戏君，父戏子，子戏父，夫戏妇，妇戏夫。族属友朋邻同尔我，交逐逐用此戏，天下日走息戏中。……各趣戏无已时，乃移戏以争，争以反，反以乱，天地不见所以救饬，人人不知死所。②

切中了礼法名教虚伪性之一面。其《烧书论》亦属于愤激之辞，在他看来：

> 所谓相地风水术者，所谓阴阳涓择芜鄙者，所谓花木水石园榭禽虫器皿饮食诸谱录题咏不急之物者，所谓寓言志传人物以文为戏之效尤毙琐者，所谓古今人之诗话者，所谓杜甫诗评注过誉者，所谓细人鄙夫铭志别号之文、富子室庐名扁记咏为册者，所谓诗法文法评诗论文识见卑下僻缪党同自是者，所谓坊市妄人纂集古今文字识猥目暗略无权度可笑者，所谓滥恶诗文妄肆编刻者，所谓浙东戏文乱道不堪污视者，所谓假托

---

① 《四库全书·集部六·别集类五·怀星堂集》，卷十。
② 同上，卷十。

神仙修养诸门下劣行怪者,所谓谈经订史之肤碎所证不过唐宋之人所由不过举业之书者,所谓山经地志之荒诞尘游宦历之夸张者,所谓相形禄命课卜诸伎之荒乱者,所谓前人小说资力已微更为剽窃润饰苟成一编以猎一时浮声者,所谓纂言之凡琐者,所谓类书之复陋者,所谓僧语道术之茫昧者,所谓扬人善而过实专市己私毁人短而非真公拂人性者。

诸如其类的书籍,皆属应烧之列。其中虽不无偏激之处,而针对的是当时社会背景下文化方面的冗滥现象,表达的是对这种现象的深恶痛绝。

出于对道学所强调的礼法名教之激愤,对冗滥文化之不满,他不但在文章中予以激烈的批评,在行为上也要与之背道而驰,其为人的放纵不羁,实质上正是他表示反抗的方式。

其二,与其勘破名教礼法的虚伪性直接相关,是在新时代背景下有了个性意识的觉醒。其《答郑河源敬道书》,专门表达自己为人处世的态度,自认为属于"狂者""狷者"之类。所谓狂者,即认定了的事情"必为之";所谓狷者,即"其事可捐者捐去不复望于同,不可捐则以死期之"。其中,他特别强调:

> 然而必为之者何也?……独求不逆我道,不反我志,不羞我心,不负我天,故冒然往为之。

然后又讲:

> 然其为不即去也,正以去不洞朗,更是逆道反志故尔。①

---

① 《四库全书·集部六·别集类五·怀星堂集》,卷十二。

可见他自命之为狂为狷,与孔子所谓"不得其中则狂狷乎"不同,实为立身处世中,不计穷达祸福,必坚持个人之独立意志,明显体现了个体意识的觉醒。

以上两方面相结合,决定了祝允明对科举和举业之文的态度及其文章观念。其《答人劝试甲科书》,解释了自己虽曾一度参加乡试并中举人,然后绝不参加会试的原因:

> 求甲科之方,所业是也。今仆于是诚不能矣。漫读程文,味若咀蜡,拈笔试为,手若操棘,则安能与诸英角逐乎? 挟良货而往者,纷纭之场恒十失九,况柠橐钝手,本无所持,乌有得理,斯亦不伺智则后定也。又况年往气瘁,支体易疲,寒辰促晷,安能任此剧劳哉! 窗几摹制,尤恐弗协时格,矧于苟且求毕,宁能起观劳而无功? 何必强勉。①

表达的主要是对程文的厌恶。《答张天赋秀才书》则对科举制度及科举文进行了更尖锐的批判,谓古来的"征辟举聘之制":

> 一坏于对策,又坏于科举,终大坏于近时之科举矣。且科举者,岂所谓学耶? 如姑即以论其业,从隋唐以至乎杪宋,则极靡矣。今观晚宋所谓科举之文者,虽至为猥浇,亦且猎涉繁广,腐绮伪珍,纫缀钿镂,眩曜满眼,以视近时亦不侔矣。其不侔者,愈益空欸,至于蕉萃菱槁,如不衣之男,不饰之女,甚若纸花土兽而更素之,无复气彩骨毛,岂壮夫语哉? ……今为士,高则诡谈性理,妄标道学,以为拔类;卑则绝意古学,执夸举业,谓之本等。就使自成语录,富及百卷,精能程文,试夺千

---

① 《四库全书·集部六·别集类五·怀星堂集》,卷十二。

魁,竟亦何用!①

既然如此反对科举与程式之文,必然要涉及文章写作问题。所以在此《书》中,他亦正面表达了自己的文章观,其大要是:"文章者,物之至精",必有则,有容,有定,既不可"徇今反古",又应"自信而自遂"。特别提出"耳目奴心"与"心奴耳目"问题:

> 大都欲务为文者,先勿以耳目奴心,守人馂语,偎人脚汗。不能自得,得而不能透心者,心奴于耳目者也。请吾汝德(张天赋字)自以吾目累察而上之,观宋人文无若观唐文,观唐文无若观六朝晋魏,大致每如斯以上之,以极乎六籍。审能尔,是心奴耳目,非耳目奴心,为文弗高者未之有也。至乎元与本朝之文,虽佳者,亦无必多视,其否者,请与绝迹,毋令厕我面侧。终日跨蹇驽,不越数堠;一乘飞黄,便自千里。安可忽诸!

耳目接触的仅是外在形式,心乃主体之内在精神及独有体验,将二者比之为主奴关系,新鲜、恰当而又巧妙。话中虽有崇古倾向,也说明他对经典作家作品确有深切体会。

仅从上引诸文之片段,即可看出,《明史》本传称其"思如泉涌","文章有奇气",确实言之不虚。但祝允明作品所具有的新特色,不在于传统的论说、书序、传状、碑志,而在于那些随感性作品,其较明显的新倾向,是开始向主体的内心感受偏移。如《偶然书》:

> 秋日,与客午食罢。客去,席地而卧。既六关未息,喜怒恒怀,寐去易境,情随见迁。寤而更追昔事,以为真喜怒,亦能

---

① 《四库全书·集部六·别集类五·怀星堂集》,卷十二。

知其妄矣。时仰视庭下，木阴过半，日加申矣。内外寂谧，悦怿无限。谓境加美加恶，咸不是适焉。世何负于人哉？廓然感荷，第未及坐忘耳！①

表述的纯属内心感受。再如《丁卯年生日记》：

> 舟自东海西归，冬曦满船。逆风栗栗，引满一盏，拥被蓬底。
>
> 嗟乎！吾与斯人之徒四十八年，汩汩其湛湛，扰扰其止止。谁为之哉？我为之哉。嘻！且奈何？亦无必如之何矣。自其近也，吾生有终，阖辟亦有终。自其远也，阖辟无涯，吾生亦无终。吾尝有窥焉，如斯而已矣。是日为予生辰，故语至此。②

舟行恰逢生日，引发对人生之感悟。笔法、内容、格调，与上文全同。《冬夕起坐小记》：

> 夕坐恒多，为夕坐语亦多，又奚啧哉乃已。
>
> 岁子月旁死魄，在京旅，宵分起。星檐风牖，与神鬼语；枯简黟编，寻圣人迹。混极造，运河山，蒸黎禽虫，道器政治，今昔事行百千万亿，何为其纷纷梦丝飞尘野马乎？吾无百千万亿情，日治于一，吾适于此讨之。③

自叹，自道，长短错落，意到笔随，所记全为自己之思绪与情怀。《题草书后》：

---

①　《四库全书·集部六·别集类五·怀星堂集》，卷二十一。
②　同上。
③　同上。

> 多处不可多，少处不可少；大处不可大，小处不可小。胸
> 中要说话，句句无不好；笔墨几曾知，闭眼一任扫。①

语极浅，意极精，平易直白中，道出坚强的自信、独有的豪纵精神。此外，如《丁未年生日序》《自送会试序》《梦述》《所事儒教鬼神解》等，皆属此类。这类作品在其整体著述中所占比例甚小，但都是立足主体，自抒情怀，随感而发，几与传统文章观中"开物成务""化成天下""移风易俗"之论无涉，而从效果看，却自然成文，有天籁之韵，审美价值不减而有加。他之所以能写出这样的作品，显然与其个体意识的增强直接相关。这在古代散文的发展上，透出新趋向的苗头，已开公安派"独抒性灵"之先声。

第二节　个性意识的进一步发展及雅俗藩篱之突破
——徐渭、汤显祖、李贽

进入晚明，个体意识逐渐觉醒，不受传统羁縻的疏宕精神有进一步发展；而且在士大夫文人中，有人不再轻视世俗流行的文学形式，开始将之吸收提升到他们的创作之中。反映出这种倾向的代表性作家，有徐渭、汤显祖、李贽。

一　徐渭

徐渭（1521—1593），字文长，别号天池山人、田水月、青藤道士等，山阴（浙江绍兴市）人。少以才名，但屡试不第。后入浙闽总督胡宗宪幕，甚受礼重。胡因党严嵩被黜，渭自戕未遂，后得狂疾。

---

① 《四库全书·集部六·别集类五·怀星堂集》，卷二十六。

又因杀继妻,囚狱八九年。

徐渭以"狂"名,其狂,一是四十余岁后确有狂疾,一是为人为文具有狂傲特点。两种狂,皆是其抒张个性的愿望要求与当时社会各种复杂矛盾冲突所造成的结果。所谓"抒张个性的愿望要求",指他以才学自负,有远大志向,期望得到社会认可,能任性自适地生活。所谓"各种复杂矛盾冲突",指在残酷社会现实面前,他的愿望要求,全碰壁而落空。具体地说,他本指望通过科举而求取功名,结果却是"举于乡者八而不一售"①。他有士人的傲骨,认为"自媒者当衾影而惭,奔竞者宜闭户而入"②,但却又不得不随同流俗,上书达官贵人,自媒自诉,以求进用。他关心世事,论兵论政皆有真知灼见,学富五车,下笔千言,有极高文学艺术造诣,却只能屈居于幕僚之位,为人捉刀,自云:"渭于文不幸若马耕耳。"③他早年笃志于学,不以治生业为念,结果却导致"骨肉煎逼,其豆相燃,日夜旋顾,惟身与影"(参见《上提学副使张公书》)。晚年更加困顿,以至于"帱莞破弊,不能再易,至藉稿寝"④。他思想上,本来笃信传统观念,《赠李长公序》中曾谓:"盖天下之事,无一不成于道,败于不道,而道莫要于孝弟。"赞扬李"敦信义习礼让"⑤。《赠光禄少卿沈公传》中,又赞其"要卒归于孝忠"⑥。然而,实际的经历告诉他,世情并非如此。在《送山阴公序》之篇首,言及人们讲"礼"之虚伪性,《赠成翁序》中更进一步发挥曰:"予惟天下之事,其在今日,鲜不伪者也。"⑦

上述这一切矛盾冲突会聚起来,使徐渭愤激于心,更加狂与

①　《自为墓志铭》,《徐渭集》,中华书局,1983 年,638 页。
②　《上提学副使张公书》,同上,1106 页。
③　《抄代集小序》,同上,536 页。
④　陶望龄著:《徐文长传》,中华书局,1983 年,1339 页。以下所引此书皆同此版本。
⑤　同上,562 页。
⑥　同上,624 页。
⑦　同上,907 页。

傲。陶望龄《徐文长传》云,其晚年"日闭门与狎者数人饮噱,而深恶诸富贵人,自郡守丞以下求与见者,皆不得也","人多以是怪恨之"。袁宏道之《徐文长传》则谓:

> 文长既已不得志于有司,遂乃放浪曲蘖,恣情山水。走齐鲁燕赵之地,穷览朔漠。其所见山奔海立,沙起云行,风鸣树偃,幽谷大都,人物鱼鸟,一切可惊可愕之状,一一皆达之于诗。其胸中又有一段不可磨灭之气,英雄失路托足无门之悲,故其为诗,如嗔如笑,如水鸣峡,如种出土,如寡妇之夜哭,羁人之寒起。

引陶望龄的话说:

> 先生数奇不已,遂为狂疾,狂疾不已,遂为图圄。古今文人牢骚困苦,未有若先生者也。①

于此正可找到徐渭之狂与奇的原因。

徐渭的思想观念相当开阔,他崇信儒家之道,也吸收了道、释的营养,其《三教图赞》有云:"三公伊何? 宣尼、聃、昙。"②于儒学的系统中,他讥讽朱熹的道学,尊信王阳明的心学,在《送王新建赴召序》中称:"我阳明先生之以圣学倡东南也,周公孔子之道也。"③而于王学中,他又视偏重自然人性论的王畿为师。这种情况,自然影响到他的文学艺术观。在他的文学观上,有两个突出特点:

其一,尚真,尚情,尚自然,尚独出己意。其《赠成翁序》云:"今

① 《徐文长传》,1342 页。
② 同上,583 页。
③ 同上,531 页。

天下事鲜不伪者,而文为甚。夫真者,伪之反也。故五味必淡,食斯真矣;五声必希,听斯真矣;五色不华,视斯真矣。凡人能真此三者,推而至于其他,将未有不真者。"既然讲真,就必然重视人的自然本性,《读龙惕书》是与其师季本讨论心学的文章,特别强调"自然"乃人之本性。所谓"惕"即是要人们重视与加强自身的修养工夫,目的亦是为了恢复人的自然本性。所以他说:"惕之与自然,非有二也。自然惕也,惕亦自然也。"①观点与李贽的自然人性论极为接近。基于此,论及文学与艺术创作时,就特推崇"自然天成",在《评朱子论东坡文》中说:写文章"极有布置而了无布置痕迹者,东坡千古一人而已"。谓朱熹对苏轼的批评:"乃是盲者摸索,拗者品评,酷者苛断。"②既曰"天成",所言所行,就必须自然地出乎个人的品质修养,所以他又特别强调,文与艺必出于己。在《跋张东海草书千文卷后》,论及书法艺术时说:

> 夫不学而天成者尚矣,其次则始于学,终于天成。天成者非成于天也,出乎己而不由于人也。敝莫敝于不出乎己而由乎人,尤莫敝于罔乎人而诡乎己之所出。凡事莫不尔,而奚独于书哉?③

《书田生诗文后》中,表彰其作品:

> 师心横从,不傍门户,故了无痕凿可指。诗亦无不可模者,而亦无一模也。④

---

① 《徐文长传》,677 页。
② 同上,1096 页。
③ 同上,1091 页。
④ 同上,976 页。

《叶子肃诗序》话说得更尖锐：

> 人有学为鸟言者，其音则鸟也，而性则人也。鸟有学为人言者，其音则人也，而性则鸟也。此可以定人与鸟之衡哉？今之为诗者，何以异于是。不出于己之所自得，而徒窃于人之所尝言，曰：某篇是某体，某篇则否；某句似某人，某句则否。此虽极工逼肖，而已不免于鸟之为人言矣。[①]

因为注重人的自然本性，因而徐渭论诗论文，皆尚情感之抒发，尤其出于其狂放不羁的性格，对世俗人情的表达就特别赞赏，在为海樵山人陈鹤所写的《曲序》中，专门讲到：

> 语曰，睹貌相悦，人之情也。悦则慕，慕则郁，郁而有所宣，则情散而事已。无所宣或结而疹，否则或潜而必行其幽。是故声之者，宣之也。此岂能人人尽道之哉！[②]

"宣之"即宣人之情。《选古今南北剧序》讲得更彻底：

> 人生堕地，便为情使。聚沙作戏，拈叶止啼，情昉此已。迨终身涉境触事，夷拂悲愉，发为诗文骚赋，璀灿伟丽，令人读之喜而颐解，愤而眦裂，哀而鼻酸，恍若与其人即席挥麈、嬉笑悼唁于数千百载之上者，无他，摹情弥真则动人弥易，传世亦弥远，而南北剧为甚。……嗟嗟！回文锦、白头吟、断肠诗、胡笳十八拍，未易更仆数。情之所钟，宁独在我辈！且孟才人歌

---

① 《徐文长传》，519 页。
② 同上，530 页。

《何满子》罢,脉者谓肠已断不可复药。情之于人甚矣哉![1]

可见徐渭重"情"之深。

其二,徐渭是打破雅俗文学界线的标志性作家。他不但自己写被上层士大夫视为市井文学的杂剧,如《四声猿》《歌代啸》,而且对民间作品的价值给予极高评价。其《奉师季先生书》三谓:

> 乐府盖取民俗之谣,正与古国风一类。今之南北东西虽殊方,而妇女儿童、耕夫舟子、塞曲征吟、市歌巷引,若所谓竹枝词,无不皆然。此真天机自动,触物发声,以启其下段欲写之情,默会亦自有妙处,决不可以意义说者。不知夫子以为何如?[2]

陈鹤性格与徐渭相近,徐渭为之所写《陈山人墓表》中描述说:

> 其所自娱戏,虽琐至吴歈越曲,绿章释梵,巫史祝咒,棹歌菱唱,伐木挽石,薤辞傩逐,侏儒伶倡,万舞偶剧,投壶博戏,酒政阄筹,稗官小说,与一切四方之语言,乐师矇瞍,口诵而手奏者,一遇兴至,身亲为之,靡不穷态极调。[3]

是对陈鹤的肯定,也相当于夫子自道。徐渭所以重视赞赏这类出于下层的作品,原因正在于这些作品符合其上述第一点之文学艺术观,而且体现更为充分。在《西厢序》中,他谓:

---

① 《徐文长传》,1296 页。
② 同上,458 页。
③ 同上,640 页。

世事莫不有本色,有相色。本色犹俗言正身也,相色,替身也。替身者,即书评中婵作夫人终觉羞涩之谓也。婵作夫人者,欲涂抹成主母而多插带,反掩其素之谓也。故余于此本中贱相色,贵本色,众人啧啧者我呴呴也。岂惟剧者,凡作者莫不如此。嗟哉,吾谁与语! 众人所忽,余独详;众人所旨,余独唾。嗟哉,吾谁与语![1]

高度赞赏《西厢记》,正在于其所体现的"本色",本色即自然之真相。其《题昆仑奴杂剧后》,共写了六段话,反复强调的亦是"本色"[2]。虽讨论的是戏剧写作问题,但说明在徐渭心目中,已没有雅俗的界线,而且所谓"越俗越雅",更是前所未有的惊人之论。

徐渭是艺术修养极全面的作家,据陶望龄《徐文长传》:"(徐)尝言吾书第一,诗二,文三,画四,识者许之。"尚未涉及戏剧方面的成就。其个性突出,锋芒毕露,特色最著者,当为诗。袁宏道《徐文长传》载当诗道荒秽之时,获此奇秘,如魇得醒。"两人跃起,灯影下读复叫,叫复读,僮仆睡者皆惊起。"即指初读其《阙编》诗集时的情形。

至于其散文创作,渭自称"少知慕古文词,及长益力"(参见《自为墓志铭》),并在《纪知》中云:"唐先生顺之之称不容口,无问时、古,无不啧啧,甚至有不可举以自鸣者。"[3]今观其存留文章,实各种体类皆擅。其代胡宗宪所写《进白鹿表》,极受胡及神宗皇帝称赏,不过是用精熟骈体媚上之作,实不足数。其余之书、记、序、跋等皆有佳品:如《上提学副使张公书》,虽为干谒求用,而滔滔汩汩,自述身世、处境、抱负、志愿,婉转恳切中不乏慷慨之气;《借竹

---

① 《徐文长传》,1089 页。
② 同上,1092 页。
③ 同上,1334 页。

第三章　向个性化与审美化偏移 / 1269

楼记》全以对话形式，表达玄杳超脱之见；《百昌斋记》写来率性任意；《豁然亭记》写景、叙事、发感融而为一，皆为佳作。

特色突出者，当是其题跋、尺牍类小品。此类作品，或俗或雅，皆随兴而发，不拘格套，最能见其率性任真之个性特点。如《谢某》：

> 百顷澄潭，平铺縠敏；万章古木，上拂云光。莽沙苇之龙葱，纷水离之交复。双阑虹卧，下捧蛟鼍；五彩翚飞，上织乌兔。如斯绝景，岂曰人间；回讯良朋，始知天上。宛乘楂以犯斗，俨骑鲤以拂波。网得巨鳞，吸甘露之仙酏；俎烹伏卵，杂温汤之早瓜。曜灵西驰，朗魄东陟。乘凉殿角，赠芍药以言归；拂袖渔舟，怅桃花之旧路。①

向友人回顾共游之快，虽用四六，而写景状物，畅快流丽。《上郁心斋》为狱中求助之作，正文用骈体自辩杀妻之事，附言却有云：

> 谢太傅夫人刘，颇禁其嬖。太傅戚称后妃《关雎》《螽斯》不妒之德于其前，夫人曰："二诗是何人所作？"戚等对曰："周公。"夫人曰："可知，若是周姥，必不如此作。"妇护妇，世之常情也。偶用古人，比伦多失，不暇详择，乞原恕。②

事关性命，尚引典以戏谑，可见其不羁。至于写给友人的短札，皆兴随意到，信手挥洒，有韵致绝佳者。如《答张太史——当大雪晨，惠羔羊半臂及菽酒》：

---

① 《徐文长传》，453 页。
② 同上，885 页。

仆领赐至也,晨雪,酒与裘,对症药也。酒无破肚脏,罄当归瓮;羔半臂非褐夫所常服,寒退,拟晒以归。西兴脚子云:"风在戴老爷家过夏,我家过冬。"一笑。①

信笔写来,附以谐趣,显示出其特有的性格、风神。此类作品,对后人影响极大。

二　汤显祖

　　汤显祖(1550—1616),字义仍,号若士,临川(江西临川县)人。二十一岁中举,三十四岁为进士,次年任南京太常博士,升礼部祠祭司主事。万历十九年(1591),因上《论辅臣科臣疏》,尖锐抨击朝政,贬雷州徐闻典史,迁浙江遂昌令。万历二十六年(1598),离职家居,读书著述为务。

　　汤显祖在中国文学史上,是与关汉卿相并肩具有里程碑意义的戏剧大师,其《牡丹亭》与王实甫《西厢记》是古典戏曲中传之不朽之双璧。二者的不同在于:一是汇聚传承了历代积累起来的审美与艺术修养,被逼入市井而创作出绝世精品;一是已进身于士大夫行列,受传统文学艺术成果全面泽被,又汲取融会了曾被视为世俗作品之精华,而铸造出前所未有之艺术结晶。

　　有人谓,汤显祖"以其余绪为传奇"②,其说不确。汤显祖从早年就有兴趣于戏曲创作。其戏曲作品,应是他整个人生观艺术观的必然产物。对其诗文亦当作如是观。

　　汤显祖的世界观大体以传统文化为基底,儒为主,又吸收了释、道营养。所继承的主要是它们的优秀养分,有着对国事民瘼的

---

①　《徐文长传》,1017 页。

②　邹迪光著:《临川汤先生传》,徐朔方笺校,《汤显祖诗文集》,上海古籍出版社,1982 年,1511 页。以下所引此书皆同此版本。

关心,因上《论辅臣科臣疏》而遭贬就是典型事例,在为遂昌令期间,亦多善政。只是因为勘破了官场的虚伪腐朽,而甘心退出仕途,如《答余中宇先生》有云:"某颇有区区之略,可以变化天下。恨不见吾师言之,言之又似茫然者,今之世卒卒不可得行。"①即使居家期间,与人书信往还中亦不忘世事。如《答丁右武》:"乱世思才,治世思德。惟中世无所思。然吾辈不能不为世思也。高卧北窗,亦何可便得。"②《答李孟白》中又关心:"民其鱼乎,民靡孑乎?"③当然,他也同样有时代局限,如早年尽心于科举以求取功名,家居后亦不断勉励门人走同样的道路。

汤显祖之思想与性格中最引人注目者,乃上承唐寅,下启公安三袁,体现时代新思潮之观念与特点的强烈的个性意识之张扬。这一点,贯穿在其一生言行之中。如,他中举后已声名大著,但考取进士前后,绝不肯攀附权贵,不接受身居首辅之位的张居正、申时行、张四维等人的招拢。在《睡庵文集序》中表示:"纵横俯仰,概不由人。"④在《萧伯玉制义题词》中畅言:"不颠不狂,其名不彰。"⑤再如,在刚刚入仕任太常博士时,刑部尚书舒位写信劝他:"以方壮宜近老成人,今满朝斗气者多恶少,今幸以为戒,勿与亲。"而他在《答舒司寇》中加以反驳:"盖少壮多下位,与物论近,与老成更历之论远。""故其气英。""斗诚有之,未足为定也。""人各有心,明公以诸言事者多恶少,正恐诸言事者闻之,又未肯以诸大臣为善老耳。"末更云:"知好斗之祸烈于好色,正不知好得之讥深于好斗耳。"⑥气盛言锐,个性极为鲜明。弃官家居,直至老年,犹傲骨不改,如

---

① 《临川汤先生传》,1244 页。
② 同上,1394 页。
③ 同上,1397 页。
④ 同上,1015 页。
⑤ 同上,1100 页。
⑥ 同上,1220 页。

《答王宇泰》有云：

> 来教令仆稍委蛇郡县，或可助三径之资，且不致得嗔。宇泰意良厚。第仆年来衰愦，岁时上谒，每不能如人。且近莅吾土者，多新贵人，气方盛，意未必有所把。而欲以三十余年进士，六十余岁老人，时与末流后进，鱼贯雁序于郡县之前，却步而行，诚自觉其不类。因以自远。①

自负自强的同时，表现为对世俗庸琐之辈的鄙夷不屑。在《答马心易》中，以尖刻的语言，直刺："此时男子多化为妇人，侧行俯立，好语巧笑，乃得立于时。不然，则如海母目虾，随人浮沉，都无眉目，方称盛德。"②

与坚持个性张扬直接相关，是对人对事之尚真嫉伪。他在《答王宇泰太史》中，首倡"真人""假人"之说：

> 世之假人，常为真人苦。真人得意，假人影响而附之，以相得意。真人失意，假人影响而伺之，以自得意。……仆不敢自谓圣地中人，亦几乎真者也。南都偶与一二君名人而假者，持平理而论天下大事，其二人裁伺得仆半语，便推衍传说，几为仆大庆。彼假人者，果足与言天下事软哉？然观今执政之去就，人亦未有以定真假何在也。大势真之得意处少，而假之得意时多。③

真与假不仅关乎为人品质，亦涉及内在精神与外在名位问题。在

---

① 《临川汤先生传》，1425 页。
② 同上，1402 页。
③ 同上，1236 页。

《寄李宗诚》中，他谓："人生精神不欺人，为生息之本。功名即真，犹是梦影，况伪者乎？"①真假亦关乎学术与观念，因之汤显祖对道学之只尚空谈，极为厌憎，斥之为假道学。在《答陈古池》中云：

> 夫道，视不可见，听不可闻，体物不可遗。讲者不知是讲体是讲物。讲物则不尽，讲体则不能。弟所以迟领教于门下耳。②

《答岳石帆》中则谓：

> 《狂狷辨》极中当今假道学之病。狂者嘐嘐古人，狂者言行不掩，假道学亦然。至于行似廉洁，则侵狷久矣。独狷者踽凉，假道学亦踽踽凉凉。……然假道学终不可绝，彼假中亦有光景滋味也。③

末句实为对假道学之刻骨讽刺。在《答诸景明》中又谓：

> 真心是道场。道人成道，全是一片心耳。④

观点与同时代的李贽极相近，所以他对李贽很是赞佩。在《答管东溟》中云："听以李百泉之杰，寻其吐属，如获美剑。"《寄石楚阳苏州》中又特嘱："有李百泉先生者，见其《焚书》，畸人也。肯为求其

---

① 《临川汤先生传》，1257 页。
② 同上，1367 页。
③ 同上，1342 页。
④ 同上，1343 页。

书寄我骀荡否？"①《牡丹亭》中杜丽娘经典性的唱词："一生儿爱好是天然"，可作为汤显祖思想理念的枢纽。因为"天然"即是真，人的"情"与"欲"皆出于天然，崇尚天然，才能做到个性的自由舒张。

汤显祖的文学观，直接导源于其整体思想观念，同时又与他的为文经历及博通前代文学遗产有关。后一点，在其与友人的书信中多有自述。《复费文孙》言及：少曾"为时文字所縻"，中举后"闭户阅经史几遍"，成进士，又"理成前绪"②。《与陆景邺》言之更详：

> 仆少读西山《正宗》，因好为古文诗，未知其法。弱冠，始读《文选》。辄以六朝情寄声色为好，亦无从受其法也。规模步趋，久而思路若有通焉，年已三十四十矣。前以数不第，展转顿挫，气力已减，乃求为南署郎，得稍读二氏之书，从方外游。因取六大家文更读之，宋文则汉文也。气骨代降，而精气满劲。行其法而通其机，一也。则益好而规模步趋之，思路益若有通焉，亦已五十矣。学道无成，而学为文。学文无成，而学诗赋。学诗赋无成，而学小词。学小词无成，且转而学道。犹未能忘情于所习也。③

可见其文学基底之全面与丰厚。以上两方面结合起来，就形成了他超越时流卓见独具的文学观。总括起来，特堪注意者有以下几点：

其一，最突出者，是他把"情"在人生和艺术作品中的价值地

---

① 《临川汤先生传》，1246 页。
② 同上，1306 页。
③ 同上，1338 页。

位,几乎推到了极致。在《寄达观》中,他弃理而取情,谓:

> 情有者理必无,理有者情必无。真是一刀两断语。使我
> 奉教以来,神气顿王。谛视久之,并理亦无,世界身器,且奈之
> 何。……白太傅苏长公终是为情使耳。①

《耳伯麻姑游诗序》则云:

> 世总为情,情生诗歌,而行于神。天下之声音笑貌大小生
> 死,不出乎是。因以憺荡人意,欢乐舞蹈悲壮哀戚鬼神风雨鸟
> 兽,摇动草木,洞裂金石。其诗之传者,神情合至,或一至焉;
> 一无所至,而必曰传者,亦世所不许也。②

为人熟知的《牡丹亭记题词》更可说是一曲"情"的赞歌:

> 情不知所起。一往而深,生者可以死,死可以生。生而不
> 可与死,死而不可复生者,皆非情之至也。……嗟夫,人世之
> 事,非人世所可尽。自非通人,恒以理相格耳。第云理之所必
> 无,安知情之所必有邪?③

此外,汤氏论及情处尚多。陆机虽早有"诗缘情以绮靡"之论,而
视情为人生及艺术作品第一要义,汤当为首创,与传统所谓"诗
言志",文之用在"移风易俗""开物成务""化成天下"等说,显然
大异其趋。这明显是将文学由服务于教化而偏移向主体表达的

---

① 《临川汤先生传》,1268 页。
② 同上,1050 页。
③ 同上,1093 页。

标志。

其二,尚"灵气""灵性",进而尚"奇士""奇才"。其为丘毛伯所写《合奇序》云:

> 世间惟拘儒老生不可与言文。耳多未闻,目多未见,而出其鄙委牵拘之识,相天下文章,宁复有文章乎? 予谓文章之妙不在步趋形似之间。自然灵气,恍惚而来,不思而至。怪怪奇奇,莫可名状,非物寻常得以合之。苏子瞻画枯株竹石,绝异古今画格,乃愈奇妙。若以画格程之,几不入格。米家山水人物,不多用意,略施数笔,形像宛然。正使有意为之,亦复不佳。故夫笔墨小技,可以入神而证圣。自非通人,谁与解此。[①]

《张元长嘘云轩文学序》继续发挥其说:

> 天下大致,十人中三四有灵性。能为伎巧文章,竟伯什人乃至千人无名能为者。则乃其性少灵者与? 老师云:性近而习远。今之类士者,习为试墨之文,久之,无往而非墨也。犹为词臣者习为试程,久之,无往而非程。宁惟制举之文,令勉强为古文词诗歌,亦无往而非墨程也者。则岂习是者必无性与? 何离其习而不能言也? ……盖十余年间,而天下始好为才士之文,然恒为世所疑异,曰:"乌用是决裂为,文故有体。"嗟,谁谓文无体耶? 观物之动者,自龙至极微,莫不有体。文之大小类是,独有灵性得自为龙耳![②]

---

① 《临川汤先生传》,1077 页。
② 同上,1078 页。

反积习与守墨程,称能张灵性者为龙。其《序丘毛伯稿》则重点论"奇士":

> 天下文章所以有生气者,全在奇士。士奇则心灵,心灵则能飞动,能飞动则下上天地,来去古今,可以屈伸长短生灭如意,如意则可以无所不如。彼言天地古今之义而不能皆如者,不能自如其意者也。不能如意者,意有所滞,常人也。……是故善画者观猛士剑舞,善书者观担夫争道,善琴者听淋雨崩山。彼其意诚欲愤积决裂,挛庈关接,尽其意势之所极,必以开发于一时,耳目不可及而怪也。[1]

所谓"奇才""奇士",皆与"灵气""灵性"相关,有此者即为"奇才""奇士",否则便为"常人""庸人",写不出好文章。何谓"灵"? 他没有正面解释,实际上也无法解释,但从反面可得到说明,有"灵气""灵性"者,即不受规矩格套墨程之羁縶,而能自由地抒张自己的心意者。用今天的话说,就是能自主地张扬个性者。

其三,反对摹古,力主创新。汤显祖由于博览群籍,对中国文学的发展了如指掌,因而对以摹古为诗文写作方向者极为不屑。在《答王澹生》中,有云:

> 弟少年无识,尝与友人论文,以为汉宋文章,各极其趣者,非可易而学也。学宋文不成,不失类鹜;学汉文不成,不止不成虎也。因于敝乡帅膳郎舍论李献吉,于历城赵仪郎舍论李于麟,于金陵邓孺孝馆中论元美,各标其文赋中用事出处,及增减汉史唐诗字面处,见此道神情声色,已尽于昔人,今人更

无可雄。妙者称能而已。①

这段话极值得注意。因对方为王世贞之子,话说得相当委婉,实际意思却很明显,"前、后七子"以尊崇汉文唐诗名世,一度为文坛宗主,而仅凭自己腹中学问,即可指证他们不过拾前人牙慧,得其皮毛。其《答张梦泽》中有云:

> 我朝文字,宋学士而止。方逊志已弱,李梦阳而下,至琅邪,气力强弱巨细不同,等赝文尔。②

对李、王等否定更为彻底。然而,更要紧的是前文后面的一句:"此道神情声色,已尽于昔人,今人更无可雄。"等于说,古诗文的写作,前人已达最高峰,再无从超越。这是超过伦辈而有自知之明的卓见。也许正因如此,在《答张梦泽》中,他不同意为自己印行"长行文字"(即古文作品),并言及:"元以前文字,除名人外,不可多见。""其中文字不让名人者,往往而是。然皆湮没无能为名。"既然摹古之途不可取,又意识到诗文写作"已尽于昔人,今人更无可雄",于是在努力方向上,只有另辟蹊径,寻求创新。这大概是他致意于传奇性戏曲作品的原因之一。

除以上三点外,汤显祖在诸多方面还吸收并发展了前人的重要观点。如在《答吕姜山》中提出:"凡文以意、趣、神、色为主。"③反对过于计较韵律。在《王季重小题文字序》中指出:"迷之以传注括帖","蹭蹬出没于校试之场","生于隐屏,山川人物居室游御鸿

---

① 《临川汤先生传》,1234 页。
② 同上,1365 页。
③ 同上,1337 页。

显高壮幽奇怪侠之事，未有睹焉"①，乃为文之三累。《答刘子威侍御论乐》《与吴亦勉》等文中，主张学习吸收边地民间音乐，阅读"异书稗说未经世目者"，都属卓越之见。

总以上诸端，汤显祖在文学观念及思想观念上，都已融入新的社会思潮，因而与具有类似趋向的作家同声相应、同气相求，存在或远或近的关联与交游。除前述李贽外，作为前辈的徐渭常主动给他写信，赞其"真奇才也，生平不多见"②。他亦对徐渭极其关心，在《寄余瑶圃》中云："徐天池后必零落，门下弦歌清暇，倘一问之。"③与公安三袁，皆有书信往还。不但给王思任的文集写序，二人亦有亲切的文字交往。这表明摆脱传统羁縻，抒张个性，已成为一强大趋势，推动着中国古代散文在其后期，朝着个体的抒情表志，与进一步审美化偏移。

汤显祖的文章与其深厚学养及主导思想相关，有个人鲜明特色。他亦曾有志于立言之标志的史书写作，但因不得其位，未能如愿。又多次表示不善且不喜为"长行文字"，还曾言："仆极不喜为人作诗古文序。"④"弟从来不能于无情人作有情语也。"⑤"文字谀死佞生，须昏夜为之。"⑥因此，除如《论辅臣科臣疏》这样个别的论政篇章，及应科举不得不写的策论，少数出于无奈的应酬文字，其散文作品，多为不拘格套，不因袭模仿的适性任意之作。其中尤以数量甚大的尺牍最堪赞赏。

这类作品中，关于国事家常、谈艺论文、友朋交流、师生互勉、抒情言志、倾泻激愤，内容上几乎无所不包；表达上长则千

---

① 《临川汤先生传》，1074 页。
② 同上，1543 页。
③ 同上，1331 页。
④ 同上，1387 页。
⑤ 同上，1388 页。
⑥ 同上，1336 页。

言,短则数语,散骈不拘,雅俗并行,表面看似信手随笔,实则基于深厚审美素养,随物赋形,恰到恰止,自然天成中蕴意精醇,近乎字字珠玑,篇篇皆富韵致。在《与刘君东》中他言及:"屠长卿曾以数千言投弟,弟以八行报之,渠颇为怪。弟云:古人书,上云长相思,下云加餐饭,足矣。此世人所不解也。"①最能表明其为文特点。

正因如此,他因人因事因关系的不同,为文风格也各异其趣。对上层人物,他往往用典整的骈体行文,如《谢陈玉又垒相公》《答袁沧孺邑侯》《答骆台晋督学》诸作,典实琳琅,对仗工稳,有六朝《文选》余韵。有些虽不用严格的骈体,亦写得相当雅丽。如《与史玉池给谏》:

> 香兰之渚,芙蓉之庵,常有道心人宅之。兑泽弥深,乾时欲及,观生进退,良已裕如。青山著述,白日褆修,又知非肤涉所能窥,流论所能干也。门下其亦有以振我。道大为容,时清难俟,善卷之迹,何堪久怀?②

其中"兑泽""乾时""观生"皆暗用《易》语,"善卷"则出自庄子。选词用语,亦相当考究。而对知己人道家常,诉心愫,则完全用另一种口吻,如写给王思任的《答山阴王遂东》:

> 自分衰弃已久,无缘名字复通显者。不谓采幽抉微,极意提奖。重以太夫人徽音之示,佳状琳琅,披文相质,易以应命,附名碑阴不朽,良幸。

---

① 《临川汤先生传》,1386 页。
② 同上,1285 页。

又谕因贫折腰,待稍治生,当归读书。此诚言也。某少壮时即妄意此道,苦无师傅。至博士为郎南都,读书稍畅,又以流去岭海。幸得小县,乃更不习为吏,去留无所当。弃官一年,便有速贫之叹。斗水经营,室人交谪。意志不展,所记书亦尽忘。忽偶有承应文字,或不得已,竭蹶成之,气色亦复何如。欲恣读书,治生诚急。门下可谓通人。但读书人治生,不可得饶。

世路良难,吏道殊迫,相为勉之。①

正因全用家常语言,感情特显恳切深挚。《与宜伶罗章二》对下层人说话,用语更加通俗:

章二等安否,近来生理何如?《牡丹亭》记,要依我原本,其吕家改的,切不可从。虽是增减一二字以便俗唱,却与我原做的意趣大不同了。往人家搬演,俱宜守分,莫因人家爱我的戏,便过求他酒食钱物。如今世事总难认真,而况戏乎?若认真,并酒食钱物也不可久。我平生只为认真,所以做官做家,都不起耳。《庙记》可觅好手镌之。②

浅俗程度,一目了然。其为文简练精醇处,更值叹赏。如《寄万二愚》:

读兄大疏,甚善。一不负江西,二不负友,三不负髯。闻新太宰清,新御史大夫明,或能久兄。兄亦可效外人法,移病去官。已作殿中侍御史,不为朝廷用,更何如!③

---

① 《临川汤先生传》,1303 页。
② 同上,1462 页。
③ 同上 1240 页。

简明而斩截。《答平昌孝廉》写于遂昌令任上:

> 诸君贫而病,令尹病而贫。山水寥寥,爱莫能助。方自恨弦歌浅韵,诸君那得澹台也。①

只六句,意足便止,而同样富有韵致。《与门人余成辅》:

> 足下何似? 膏火自煎,净其膏而火自恬。人生,火传也。惜薪修祜,古有名言,念之。②

语短而意深,精醇之至。

汤显祖这些作品,挥洒自如,变化无方,而又意蕴深厚,充分体现了其伸张个性、崇尚自然、惟情是重的思想观念,对推动其后小品文的发展,起了很大作用。

三 李贽

李贽(1527—1602),字宏甫,号卓吾,又有温陵居士、百泉居士、龙湖叟等别号,晋江(福建泉州晋江)人。二十六岁中举,以河南辉县教谕入仕,做到云南姚安知府。五十四岁辞官。人生道路坎坷,从仕只为糊口。辞官后四方游走,致力于著述讲学。思想属于以泰州学派为代表的王学左派,又接受禅宗影响,一度出家。是杰出的思想家,反礼教、反道学、张扬个性的社会新思潮之突出代表,核心思想为自然人性论,被官方视为异端,七十六岁被诬入狱,不堪凌辱而自杀。

---

① 《临川汤先生传》,1280 页。
② 同上,1374 页。

李贽主要是一位思想家,但由其哲学观派生之文学观,对散文及中国文学的影响甚巨。最著名的是其《童心说》。文中先谓:

> 夫童心者,真心也,若以童心为不可,是以真心为不可也。夫童心者,绝假纯真,最初一念之本心也。若失却童心,便失却真心;失却真心,便失却真人。人而非真,全不复有初矣。

然后,指出失去童心的原因,在于从小到大,学者“以多读书识义理障其童心矣”。反复阐述了失去童心之严重危害。再次申论:

> 天下之至文,未有不出于童心焉者也。苟童心常存,则道理不行,闻见不立,无时不文,无人不文,无一样创制体格文字而非文者。诗何必古选?文何必先秦?降而为六朝,变而为近体,又变而为传奇,变而为院本,为杂剧,为《西厢记》,为《水浒传》,为今之举子业。皆古今至文,不可得而时势先后论也。

再后,提出:六经、《论》《孟》皆非“圣人之言”,即使为圣人所著,亦仅为启发和纠正弟子之偏颇,却成为“道学家之口实,假人之渊薮”。感叹说:

> 呜呼!吾又安得真正大圣人童心未曾失者而与之一言文哉!①

这是建立在自然人性论基础上的文学观,上承唐寅、汤显祖、徐渭

---

① 陈仁仁校释:《焚书·续焚书校释》,岳麓书社,2011 年,170 页。以下所引此书皆出于此版本。

尚真反伪之精神,下启公安派张扬个性之"独抒性灵"说。

作为思想家,李贽的作品多属学术性质,代表作主要有《焚书》《藏书》。作为文章看,以观点鲜明、尖锐犀利为主要特点。有些篇章,颇近后世之杂文。如其《杂说》,借对《西厢记》《拜月亭》《琵琶记》的评论,论为文曰:

> 世之真能文者,比其初皆非有意于为文也。其胸中有如许无状可怪之事,其喉间有如许欲吐而不敢吐之物,其口头又时时有许多欲语而莫可所以告语之处。蓄极积久,势不能遏。一旦见景生情,触目兴叹,夺他人之酒杯,浇自己之垒块,诉心中之不平,感数奇于千载。既已喷玉唾珠,昭回云汉,为章于天矣,遂亦自负,发狂大叫,流涕恸哭,不能自止。宁使见者闻者切齿咬牙,欲杀欲割,而终不忍藏于名山,投之水火。[①]

承韩愈的"不平则鸣",道出了文章出于内心郁愤之一端,类西人"愤怒出诗人"之说。亦可见其行文横恣激昂之一面。再如《题孔子像于芝佛院》:

> 人皆以孔子为大圣,吾亦以为大圣;皆以老、佛为异端,吾亦以为异端。人人非真知大圣与异端也,以所以闻于父师之教者熟也;父师非真知大圣与异端也,以所以闻于儒先之教者熟也;儒先亦非真知大圣与异端也,以孔子有是言也。其曰"圣则吾不能",是居谦也。其曰"攻乎异端",是必为老与佛也。
>
> 儒先臆度而言之,父师沿袭而诵之,小子沿袭而听之。万口一词,不可破也;千年一律,不自知也。不曰"徒诵其言",而

---

① 《焚书·续焚书校释》,168 页。

曰"已知其人";不曰"强不知以为知",而曰"知之为知之"。至今日，虽有目，无所用矣。

余何人也，敢谓有目？亦从众耳。既以众而圣之，亦从众而事之，是故吾从众事孔子于芝佛之院。[1]

李贽晚年曾寓居湖北龙湖芝佛院，其时他名义上已出家为僧，但依然着儒巾并在佛堂挂孔子像。此文即为此而作，目的不在反孔，而在批判不究根底、盲从附众之腐儒。将辛辣的讽刺寓于委婉的论议之中。

还值得注意的是：在李贽，已把仅奉诗文为正宗的雅文学家们视为不入流的戏曲、小说，放在了与诗文等列的地位，甚至将其价值置于六经、《论》《孟》等经典之上，这是一种标志性变化，不仅是李贽的卓见，亦是文学发展的必然。对后来的中国文学，有决定性的影响。

第三节　抒张个性与主体化的进一步发展
——公安派与竟陵派的为文主张与创作实践

一　公安三袁之"独抒性灵"

"公安派"是继"后七子"兴起的一个文学流派，因其代表人物袁宗道、袁宏道、袁中道兄弟皆为公安（湖北公安县）人，故称公安派。三人中袁宏道的成就最高，影响最大。

1. 袁宏道

袁宏道（1568—1610），字中郎，号石公，又号六休。据其弟《吏

---

① 《焚书·续焚书校释》，627 页。

部验封司郎中中郎先生行状》，他万历十六年（1588）中举，二十年（1592）为进士，二十三年（1595）授吴县令，年余辞职。后两度入都任职，做到吏部验封主事摄选曹事。三十七年（1609）南归，次年卒。

公安派上承徐渭、汤显祖，以李贽的哲学思想为基础，将社会新思潮在文学领域直接而集中地突显出来。袁氏兄弟尤其是袁宏道，与李贽关系极密切。据《行状》，他在中举后：

> 闻龙湖李子冥会教外之旨，走西陵质之。李子大相契合……留三月余，殷殷不舍，送之武昌而别。先生既见龙湖，始知一向掇拾陈言，株守俗见，死于古人语下，一段精光不得披露。至是浩浩焉如鸿毛之遇顺风，巨鱼之纵大壑，能为心师，不师于心；能转古人，不为古转。发为语言，一一从胸襟流出，盖天盖地，如象截急流，雷开蛰户，浸浸乎其未有涯也。

可见其受李贽影响之深。此后，二人书信往还不断。宏道任吴县令时给李贽信中有云："幸床头有《焚书》一部，愁可以破颜，病可以健脾，昏可以醒眼，甚得力。"①可见其对《焚书》之赞赏与精熟。袁宏道也从徐谓那里受到强烈影响，从其所写《徐文长传》可以见之：

> 余一夕坐陶太史楼，随意抽架上书，得《阙编》诗一帙，恶楮毛书，烟煤败黑，微有字形。稍就灯间读之，读未数首，不觉惊跃，急呼周望："《阙编》何人作者？今邪古邪？"周望曰："此余乡徐文长先生书也。"两人跃起，灯影下读复叫，叫复读，僮

---

① 《李宏甫》，袁伯城校笺，《袁宏道集笺校》，上海古籍出版社，2008年，221页。以下所引此书皆同此版本。

仆睡者皆惊起。盖不佞生三十年,而始知海内有文长先生。噫,是何相识之晚也。

传后的评论中又说:"先生诗文崛起,一扫近代芜秽之习,百世之下,自有定论。""余谓文长文无之而不奇者也。"①可见其对徐渭极为崇敬。此外,宏道与汤显祖之间亦有文字交流。

以袁宏道为代表的公安派之文学观,核心是:"独抒性灵,不拘格套。"这首见之于宏道的《叙小修诗》,其中赞扬袁中道诗:

> 大都独抒性灵,不拘格套,非从自己胸臆流出不肯下笔。②

"性灵"问题汤显祖已明确提出,强调其在文学创作中的决定作用。袁宏道把它作为自己文学观的核心点,更加突出出来,实际是个体意识进一步张扬的体现。

所谓"独抒性灵",就是下文的"非从自己胸臆流出不肯下笔",就是强调诗文创作必须抒写自己独有的感受、真实的感情。实质是要求作家将立足点和出发点,放在主体自身的感受体验上,而且要做到"任吾真率",如在《识张幼于箴铭后》所说:"性之所安,殆不可强,率性而行,是谓真人。"③而做到这一点的背后,有一个潜在前提,就是个体意识的自觉。袁宏道在多处表达了个体意愿至上的人生态度,如致《龚惟长先生》有谓:

> (人生)真乐有五,不可不知。目极世间之色,耳极世间之声,身极世间之鲜,口极世间之谭,一快活也。堂前列鼎,堂后

---

① 《袁宏道集笺校》,715 页。
② 同上,187 页。
③ 同上,194 页。

度曲，宾客满席，男女交舄，烛气薰天，珠翠委地，金钱不足，继以田土，二快活也。箧中藏万卷书，书皆珍异；宅畔置一馆，馆中约真正同心友十余人，人中立一识见极高，如司马迁、罗贯中、关汉卿者为主，分曹部署，各成一书，远文唐宋酸儒之陋，近完一代未竟之篇，三快活也。千金买一舟，舟中置鼓吹一部，妓妾数人，游闲数人，泛家浮宅，不知老之将至，四快活也。然人生受用至此，不及十年，家资田地荡尽矣。然后一身狼狈，朝不谋夕，托钵歌妓之院，分餐孤老之盘，往来乡亲，恬不知耻，五快活也。士有此一者，生可无愧，死可不朽矣。①

其言虽带有顺口而说之戏谑性质，足可表明其人生取向之一端。在其尺牍《徐汉明》中，论及四种处世态度，独取"适世"一种，所表达亦是同样意思。《潘去华》中又有云：

　　　夫今之为阁部大臣子者，大则荫卿贰，小亦二千石而上，可谓荣且遇矣。然而有志之士，宁求一举，宁作一秀才，虽公车屡诎，不以此易彼，何也？以男儿各有出身之路也。②

《朱虞言司理》又有云：

　　　惠开有言："人生不得行胸臆，纵年百岁犹为夭。"今有怀不能宣，有性命不能保，纵三公犹为贱也，况乃区区一令乎？③

在尺牍《管东溟》中，更直接讲：

---

　①　《袁宏道集笺校》，205 页。
　②　同上，244 页。
　③　同上，247 页。

> 生三十年,头毛种种,纵不能骖鸾驾鹤,逍遥云海,亦当率行胸怀,极人间之乐。奈何低眉事人,苦牛马之所难,貌妾妇之所羞乎?①

凡此,都表明了他自主意愿第一的人生态度。这种人生态度恰是当时时代背景下,张扬个性思潮的集中反映。正是在这样的基础上,才可能派生出"独抒性灵"的文学观。二者的关系,从他的尺牍《与张幼于》中约略可以看出:

> 昔老子欲死圣人,庄生讥毁孔子,然至今其书不废;荀卿言性恶,亦得与孟子同传。何者?见从己出,不曾依傍半个古人,所以他顶天立地。今人虽讥讪得,却是废他不得。……
> 公谓仆诗亦似唐人,此言极是。然要之幼于所取者,皆仆似唐之诗,非仆得意诗也。夫其似唐者见取,则其不取者断断乎非唐诗可知。既非唐诗,安得不谓中郎自有之诗,又安得以幼于之不取,保中郎之不自得意耶?仆求自得而已,他则何敢知。近日湖上诸作,尤觉秽杂,去唐愈远,然愈自得意。②

求"自得意",就必然要求"独抒性灵"。以"独抒性灵"为主旨,又必然派生出相关的文学观点。

首先就是"不拘格套"。因为"格套"自然是对性灵的束缚。针对当时文坛的流行趋向而言,"格套"为何?其一就是以古为准的剽袭模拟,即"前、后七子"的"文必秦汉,诗必盛唐"。对此,袁宏道进行了尖锐批判,在《叙小修诗》中说:

---

① 《袁宏道集笺校》,292 页。
② 同上,501 页。

盖诗文至近代而卑极矣。文则必欲准于秦汉,诗则必欲准于盛唐,剿袭模拟,影响步趋,见人有一语不相肖者,则共指以为野狐外道。曾不知文准秦汉矣,秦汉人曷尝字字学六经欤?诗准盛唐矣,盛唐人曷尝字字学汉魏欤?秦汉而学六经,岂复有秦汉之文?盛唐而学汉魏,岂复有盛唐之诗?

为江盈科所写《雪涛阁集序》又说:

近代文人,始为复古之说以胜之。夫复古是已,然至以剿袭为复古,句比字拟,务为牵合,弃目前之景,摭腐滥之辞。有才者诎于法,而不敢自伸其才;无之者,拾一二浮泛之语,帮凑成诗。智者牵于习,而愚者乐其易,一唱亿和,优人驺子,皆谈雅道。吁,诗至此,抑可羞哉!夫即诗而文之为弊,盖可知矣。①

"格套"之二,与模古直接相关,是企图从前人那里寻找固定的法度,作为模仿的门径。袁宏道极反对这一点,在《答张东阿书》中说:

仆窃谓王、李固不足法,法李唐犹法王、李也。唐人妙处,正在无法耳。如六朝、汉、魏者,唐人既以为不必法;沈、宋、李、杜者,唐人虽慕之,亦决不肯法。此李唐所以度越千古也。②

《雪涛阁集序》中,又有更深透的论述:

---

① 《袁宏道集笺校》,709 页。
② 同上,753 页。

夫法因于敝而成于过者也。矫六朝骈丽钉饾之习者，以流丽胜，钉饾者固流丽之因也，然其过在轻纤。盛唐诸人，以阔大矫之。已阔大矣，又因阔而生莽。是故续盛唐者，以情实矫之。已实矣，又因实生俚。是故续中唐者，以奇僻矫之。然奇则其境必狭，而僻则务为不根以相胜，故诗之道，至晚唐而益小。有宋欧、苏辈出，大变晚习，于物无所不收，于法无所不有，于情无所不畅，于境无所不取，滔滔莽莽，有若江河。今之人徒见宋之不唐法，而不知宋因唐而有法者也。如淡非浓，而浓实因于淡。然其敝至以文为诗，流而为理学，流而为歌诀，流而为偈诵，诗之弊又有不可胜言者矣。

不但其对六朝至宋的诗文流变概括大体符实，对法的看法论述亦颇有辩证性。

既然反摹古，反法度规矩，必然涉及古今之变。袁宏道明确地反对以古贱今，认为古今之变，乃时势使然，不可以此分高下。在《雪涛阁集序》中曾说：

> 文之不能不古而今也，时使之也。……夫古有古之时，今有今之时，袭古人语言之迹，而冒以为古，是处严冬而袭夏之葛者也。

在尺牍《丘长孺》一文中，更详论之曰：

> 大抵物真则贵，真则我面不能同君面，而况古人面貌乎？唐自有诗也，不必《选》体也；初、盛、中、晚自有诗也，不必初、盛、也；李、杜、王、岑、钱、刘，下迨元、白、卢、郑，各自有诗也，不必李、杜也。赵宋亦然。陈、欧、苏、黄诸人，有一字袭唐者

乎？又有一字而相袭者乎？至其不能为唐，殆是气运使然，犹唐之不能为《选》，《选》之不能为汉魏耳。……诗之奇之妙之工之无所不极，一代盛一代，故古有不尽之情，今无不写之景。然则古何必高，今何必卑哉？[1]

对法他亦作如是观，在为王辂所写《叙竹林集》中，云：

> 善画者，师物不师人；善学者，师心不师道；善为师者，师森罗万像，不师先辈。法李唐者，岂谓其机格字句哉？法其不为魏，不为六朝之心而已。是真法者也。……今之作者，见人一语肖物，目为新诗，取古人一二浮滥之语，句规而字矩之，谬谓复古，是迹其法，不迹其胜者也，败之道也。[2]

《行状》曾赞扬宏道"能为心师，不师于心；能转古人，不为古转"，用今天的话来说，颇有"古为今用"性质。

除上述之外，以"独抒性灵"为基础，袁宏道之文学思想还有两点可注意。第一，强调为文必需有自然的"韵""趣"。在《叙陈正甫会心集》中，明确谈到：

> 世人所难得者唯趣，趣如山上之色，水中之味，花中之光，女中之态，虽善说者不能下一语，唯会心者知之。……
>
> 夫趣得之自然者深，得之学问者浅。当其为童子也，不知有趣，然无往而非趣也。面无端容，目无定睛，口喃喃而欲语，足跳跃而不定，人生之至乐，真无逾此时者。孟子所谓不失赤

---

① 《袁宏道集笺校》，283 页。
② 同上，700 页。

子之心，老子所谓能婴儿，盖指此也。……山林之人，无拘无缚，得自在度日，故虽不求趣而趣近之。①

既可看到其所受老庄和禅宗的影响，又见出对司空图"味外之味""韵外之致"的承传。第二，他既提倡新奇，又反对滥用新奇。在《答李元善》中说：

> 文章新奇，无定格式，只要发人所不能发，句法字法调法，一一从自己胸中流出，此真新奇也。近日有一种新奇套子，似新实腐，恐一落此套，则尤可厌恶之甚。②

意谓新奇非刻意求之可得，"从自己胸中流出"，自然成新。与元好问所谓"一语天然万古新"同调。

袁宏道之"独抒性灵，不拘格套"，不仅具有纠正"前、后七子"以来拟古、摹古时风的针对性，而且具有打破传统的"文以贯道"观念的革新意义。在古代散文的创作高峰期已过之后，作家们各自寻求写作方向之际，他强调主体感受，主体对客观事物审美体验，对古代散文向着进一步审美化、艺术化偏移，起了很大的推动作用。

袁宏道的创作实践，与其理论主张相一致，形成自己鲜明的特色，取得相当高的成就。其创作成就以游记最出色，书牍序跋次之，传记又次之。

袁宏道随其仕历，游踪甚广，吴越、匡庐、京畿、嵩华，将所到之处的风物、景观、方俗、观感，皆形诸笔墨，有不少佳篇，如《满井游记》：

---

① 《袁宏道集笺校》，463 页。
② 同上，785 页。

燕地寒，花朝节后，余寒犹厉。冻风时作，作则飞沙走砾，局促一室之内，欲出不得。每冒风驰行，未百步，辄返。

廿二日，天稍和，偕数友出东直，至满井。高柳夹堤，土膏微润，一望空阔，若脱笼之鹄。于时冰皮始解，波色乍明，鳞浪层层，清澈见底，晶晶然如镜之新开而冷光之乍出匣也。山峦为晴雪所洗，娟然如拭，鲜妍明媚，如倩女之靧面而髻鬟之始掠也。柳条将舒未舒，柔梢披风，麦田浅鬣寸许。游人虽未盛，泉而茗者，罍而歌者，红妆而蹇者，亦时时有。风力虽尚劲，然徒步则汗出浃背。凡曝沙之鸟，呷浪之鳞，悠然自得，毛羽鳞鬣之间，皆有喜气。始知郊田之外，未始无春，而城居者未之知也。

夫能不以游堕事，而潇然于山石草木之间者，惟此官也。而此地适与余近，余之游将自此始，恶能无记？己亥之二月也。①

将京郊乍暖还寒时节，天清野旷，万物复苏，生机始发，春光初露的动人景象，及游人物类欣然怡然之情态，全都融入自己主体的感受之中，以清新娟洁的语言描摹展现出来。文末又附之自己的感慨，留以余味。其《西湖二》，又题《晚游六桥待月记》，先以"西湖最盛，为春为月。一日之盛，为朝烟，为夕岚"，总概对西湖风光的体会。然后写所逢特殊景观：

今岁春雪甚盛，梅花为寒所勒，与杏桃相次开发，尤为奇观。……湖上由断桥至苏堤一带，绿烟红雾，弥漫二十余里。歌吹为风，粉汗为雨，罗纨之盛，多于堤畔之草，艳冶极矣。

① 《袁宏道集笺校》，681 页。

最后转入主要题旨：

> 然杭人游湖，止午未申三时，其实湖光染翠之工，山岚设色之妙，皆在朝日始出，夕舂未下，始极其浓媚。月景尤不可言，花态柳情，山容水意，别是一种趣味。此乐留与山僧游客受用，安可为俗士道哉！①

同样是融主体的感慨于景色的描述之中。《虎丘》写月夜听曲一段：

> 布席之初，唱者千百，声若聚蚊，不可辨识。分曹部署，竞以歌喉相斗。雅俗既陈，妍媸自别。未几而摇头顿足者，得数十人而已。已而明月浮空，石光如练，一切瓦釜，寂然停声，属而和者，才三四辈。一箫，一寸管，一人缓板而歌，竹肉相发，清声亮彻，听者魂销。比至夜深，月影横斜，荇藻凌乱，则箫板亦不复用；一夫登场，四座屏息，音若细发，响彻云际，每度一字，几尽一刻，飞鸟为之徘徊，壮士听而下泪矣。②

虽以描摹客观景物为主，而层层递进，愈进愈精的摹写，更见出袁宏道组织构造与语言铸炼的能力。张岱说："古人记山水手，太上郦道元，其次柳子厚，近时则袁中郎。"确为的见。

袁宏道的书牍文，亦极有特色。其《丘长孺》谓：

> 弟作令，备极丑态，不可名状。大约遇上官则奴，候过客

---

① 《袁宏道集笺校》，423 页。
② 同上，157 页。

则妓,治钱谷则仓老人,谕百姓则保山婆。一日之间,百暖百寒,乍阴有阳,人间恶趣,令一身尝尽矣。苦哉,毒哉!①

写自己做县令的窘境,生动,着实,深切。《与张幼于》针对为文摹古者而写:

> 粪里嚼渣,顺口接屁,倚势欺良,如今苏州投靠家人一般。记得几个烂熟故事,便曰博识;用得几个见成字眼,亦曰骚人。计骗杜工部,囤扎李空同,一个八寸三分帽子,人人戴得,以是言诗,安在不诗哉?

冷嘲热骂,肆言无忌,全因对此辈的憎恶之深,典型地代表了其不顾雅俗、率性任真的风格。

其传记文不多,最有影响者为《徐文长传》。前有叙,后有论,主体部分夹叙夹议。最见特色者,是对传主事迹的叙述中,抑制不住倾慕之情,竟把插入的评论,变成生动流利、激昂慷慨的颂美。

论袁宏道,还有两点应提及:其一,肯定和赞赏他的张个性,尚主体,信手信腕,直抒胸臆,只是就其反传统,求革新,为散文发展辟出一新方向而言,并不意味着袁宏道的人生态度是远离现实,只求个人的快意自适。其实,在袁宏道的为人处世及思想底蕴中,有亦堪叹赏的另一方面。如其为吴令,一方面大诉其苦,一方面又大有为人称许之治绩。如晚年所写《与黄平倩》,言及在京过闲适生活的同时:

> 但每日一见邸报,必令人愤发裂眦。时事如此,将何底

---

① 《袁宏道集笺校》,208 页。

止? 因念山中殊乐,不见此光景也。然世有陶唐,方有巢由,万一世界扰扰,山中人岂得高枕? 此亦静退者之忧也。[①]

可见其关心时政世事之一斑。

其二,袁宏道之观点和文风,前后有所变化。早年之作,师心信口,摆脱羁紫,英姿骏发,真情流泻,固然写出一些佳篇妙句,给人耳目一新之感,对扭转时风居功至伟。但究竟有过于粗率任性,浅露直白,根柢不足之弊。他在前引《张幼于》中曾自谓:

> 至于诗,则不肖聊戏笔耳。信心而出,信口而谈。世人喜唐,仆则曰唐无诗;世人喜秦汉,仆则曰秦汉无文;世人卑宋黜元,仆则曰诗文在宋元诸大家。

然后括之曰:

> 不肖恶之深,所以立言亦自有矫枉过正之过。[②]

而十余年后,态度就有变化。于北京期间,《答王以明》有云:

> 近日始读书,尽心观欧九、老苏、曾子固、陈同甫、陆务观诸公文集,每读一篇,心悸口怯,自以为未尝识字。[③]

给《冯琢庵师》中又谓:

---

① 《袁宏道集笺校》,1611 页。
② 同上,501 页。
③ 同上,772 页。

宏近日始读李唐及赵宋诸大家诗文,如元、白、欧、苏,与李、杜、班、马真足雁行,坡公尤不可及。宏谬谓前无作者,而学语之士,乃以诗不唐文不汉病之,何异责南威以脂粉,而唾西施之不能效颦乎?①

因之写作态度也有变化,尺牍《与黄平倩》中云:

诗文是吾辈一件正事,去此无可度日者,穷工极变,舍兄不极力造就,谁人可与此道者?如白、苏二公,岂非大菩萨?然诗文之工,决非以草率得者,望兄勿以信手为近道也。②

另一《与黄平倩》中亦有曰:

弟自入德山后,学问乃稳妥,不复往来胸臆间也。③

当然,这不表明其"独抒性灵,不拘格套"的基本观点有改变。明确以上两点,才真正能够认识与评价袁宏道之全部。

2. 袁宗道 袁中道

袁宗道

袁宗道(1560—600),字伯修,号石浦,于三袁中年最长。万历十四年(1586),二十七岁中进士,授庶吉士,任翰林院编修,后曾充东宫讲官,官至右庶子。

其思想及文学观皆较宏道保守,这可见于《真正英雄从战战兢兢来》《刻文中子序》《刻文章辨体序》《士先器识而后文艺》等文。

---

① 《袁宏道集笺校》,780 页。
② 同上,1258 页。
③ 同上,1600 页。

其思想大体是由儒入佛，如《说书类》有云："三教圣人，门庭各异，本领是同。所谓学禅而后知儒，非虚语也。"①他同样与李贽有较多交往，但从文集中与李贽的五封信看，内容主要是谈学佛学禅。《杂说》②中虽曾全文引用《童心说》（文中称《说童心》），亦只属于介绍王学与禅学关系，未涉及伸张个性，反传统问题。

袁宗道体现出公安派之观点者，主要在于对"前、后七子"摹古、拟古之反对与批判，集中见之于其杂说《论文》篇。意见大体不出宏道之论议，唯对语言方面的论述较之更为突出。如从古今变化上立论，有谓：

> 今人读古书，不即通晓，辄谓古文奇奥，令人下笔不宜平易。夫时有古今，语言亦有古今；今人所诧谓奇字奥句，安知非古之街谈巷语耶？……左氏去古不远，然《传》中字句，未尝肖《书》也。司马去左亦不远，然《史记》句字，亦未尝肖《左》也。至于今日，逆数前汉，不知几千年远矣。自司马不同于左氏，而今日乃欲兼同左、马，不亦谬乎？中间历晋、唐，经宋、元，文士非乏，未有公然捃扯古文，奄为己有者。③

宏道文中，尚未有专门论及此点者。

袁宗道的散文创作，以讲说及应酬类文字居多。游记文数量相当大，但艺术成色不足，少数篇章较优，如写京郊之《极乐寺纪游》：

> 高粱桥水，从西山深涧中来，道此入玉河。白练千匹，微

---

① 钱伯城标点：《白苏斋类集》，上海古籍出版社，1989年，237页。以下所引此书皆出于此版本。
② 同上，307页。
③ 同上，283页。

风行水上,若罗纹纸。堤在水中,两波相夹,绿杨四行,树古叶繁,一树之荫,可覆数席,垂线长丈余。岸北佛庐道院甚众,朱门绀殿亘数十里,对面远树,高下攒簇,间以水田。西山如螺髻,出于林水之间。①

有韵有趣,与宏道之作略近。其尺牍作品,不如宏道之恣肆无拘,然平畅自然,代表作《寄三弟》,长达两千余言,由丧女说起,谈身世变化,处世态度,退隐打算,兄弟情怀。称中郎"心和而骨傲,不堪折腰之苦,遂发病耶!既病矣,自宜解官,岂容以七尺殉一官也"。又嘱告:"以弟之才,久不得意,其磊块不平之气,固宜有此。然吾弟终必达,尚当静养以待时,不可便谓一发不中,遂息机也。"②絮絮而言,素朴而恳切,与上引其《论文》观点相一致。

袁中道

袁中道(1570—1626),字小修,晚号凫隐居士。三十四岁中举,四十六岁始中进士,次年任徽州府教授,官至南京吏部郎中。

中道为人处世态度上,与两位兄长有同有不同。不同之处在于:其一,青少年时期比较豪纵。一方面表现为有声色之好。其《殷生当歌集小序》尝云:"才人必有冶情。""丈夫心力强盛时,既无所短长于世,不得已逃之游冶,以消磊块之气。古之文人皆然。"③《玉泉拾遗记》有云:"予于世间之声色,非淡然忘情者也,又非能入其中而不涉者也。……回思向时与尘务相弊锻,以丘山之苦,易毫发之乐者,直如狂如醉,追悔莫及。"④直到晚年《与钱受之》尚言:

---

① 《白苏斋类集》,192 页。
② 同上,229 页。
③ 钱伯城点校:《珂雪斋集》,上海古籍出版社,1989 年,472 页。以下所引此书皆出于此版本。
④ 同上,656 页。

"惟见妖冶龙阳，犹不能无动。"①另一方面是多交而好游。《送石洋王子下第归省序》云："予少喜游，所之辄与其知名士往来，故交游几遍天下。"②《书唐医册》云："予少时失意好游，南走吴越，北走九边，以少泄其雄心。"③《寄长孺》云："追思少年浪游海内，所交者皆一时之英雄豪杰。"④《居游柿录》亦载："当少年时，意气如得霜鹰，视东游海上，北走大漠，如几席前。"⑤

其二，与两兄相比，举业极不顺利，成为心理上很大负担。《送兰生序》写于成进士之后，其中言及早年抱负及累年之苦："中郎以二十举于乡，廿四而成进士。随取即获，有若承蜩。""予下帷多年，沉思谛想，焚君苗之砚，见子云之肠，甚矣苦也。"⑥多年举业未就所造成的心灵痛苦，文中亦多有述及。如《游岳阳楼记》篇末云："至若予者，为毛锥子所窘，一往四十余年，不得备国家一亭一障之用。玄鬓已皤，壮心日灰。近来又遭知己骨肉之变，寒雁一影，飘零天末，是则真可哭也，真可哭也！"⑦《复段公》中则感叹："自笑袁小修苦心三十年，尚不博一第。"⑧《答秦中罗解元》又云："弟已如孤雁天末，哀云唤雨。且老矣病矣，一生心血，半为举子业耗尽，已得痼疾，如百战老将，满身箭瘢刀痕，遇风雨辄益其痛。"⑨以上两点，都对中道之生活与写作产生重大影响。此外，宗道、宏道皆四十余岁即早逝，而中道活至五十七岁，虽不算老寿，留下作品自然较多。

① 《珂雪斋集》，1102 页。
② 同上，445 页。
③ 同上，881 页。
④ 同上，1043 页。
⑤ 同上，1300 页。
⑥ 同上，448 页。
⑦ 同上，651 页。
⑧ 同上，1035 页。
⑨ 同上，1053 页。

袁中道的文学观，大体不出"独抒性灵，不拘格套"的基点，因而对袁宏道的文学观念及创作实践皆取肯定与赞扬态度。在《解脱集序》中曰：

> 文章之道，本无今昔，但精光不磨，自可垂后。唐宋于今，代有宗匠。隆及弘、嘉之间，有缙绅先生倡言复古，用以救近代固陋之习，未为不可。而剽袭格套，遂成弊端。后有朝官，递为标榜，不求意味，惟仿字句，执议甚狭，立论多矜。后生寡识，互相效尤。……中郎力矫敝习，大格颓风。昔昌黎文起八代之衰……今之整刷，何以异此。①

《阮集之诗序》《吴表海先生诗序》《宋元诗序》《中郎先生全集序》，皆表达了类似意思。于《江进之传》后，针对中郎及公安派作品"俚易"特点，又曾立论：

> 古之诗文大家籍中，有可爱语，有可惊语，亦间有可笑语。良以独抒机轴，可惊可爱与可笑者，或合并而出，亦不暇拣择故也。然有俚语，无套语。俚语虽可笑，多存韵致；套语虽无可笑，觉彼胸中，烂肠三斗，未易可去。是以文人有俚语，无套语也。人情好检点，见其有可笑语，遂不复读其可爱可惊之语，而彼无可爱可惊并无可笑者，专以套语为不痛不痒之章，作乡愿以欺世。当时俗人，因无可检点，反以加于真正文人之上。及至百年后，人心既虚，其可爱可惊之精光，人争喜之；并其可笑者，亦任之不复加刺，故共相推尊。②

---

① 《珂雪斋集》，451 页。
② 同上，727 页。

另外,其《答王天根》,赞扬汤显祖之文并为其"流便易读"辩:

> 读《玉茗堂集》,沉着多于痛快,近调稍入元、白,亦其识高才大,直写胸臆,不拘盛唐三尺,不觉其有类元、白,非学之也。今人见诗家流便易读者,即以为同于元、白,然则诗必诘曲赘牙,至于不可读,然后已耶?且元、白又何易及也![①]

为汤氏辩即为中郎辩。《答蔡观察元履》中,言及刻集事,又曾作雅俗之辨云:

> 不肖谬谓垂世之业,亦必置其身于世间毁誉称讥之外,而后一段精光不可磨灭。而有意于不朽者,其势且速之朽。故往往冲口信笔,不复删汰。以为果出雅士之口,即俗亦雅也;果出俗士之口,即雅亦俗也。[②]

总之,中道对中郎始终持赞佩态度,其《答须水部日华》中,断言:"本朝数百年来,出两异人,识力胆力,迥超世外,龙湖、中郎非与?"[③]

在继承发挥中郎观点的基础上,中道之文学观念中,有以下三点可予注意:

第一,据中郎所谓"独抒性灵","从胸臆中流出",提炼出"精光"说。首先,在《解脱集序》中提出:"夫文章之道,本无今昔,但精光不磨,自可垂后。"其后,《四牡歌序》中,称赞刘元定:"屡变而精

---

① 《珂雪斋集》,1042 页。
② 同上,1063 页。
③ 同上,1046 页。

光始出,信笔挥洒,乃见诗人之致。"①于《中郎先生全集序》云:"先生出而振之,甫乃以意役法,不以法役意,一洗应酬格套之习,而诗文之精光始出。"于《李温陵传》云:"其为文不阡不陌,抒其胸中之独见,精光凛凛,不可迫视。"②此外,屡屡论及"精光"者尚多。仅由上引诸例可知,中道所谓"精光",就主体言,实指其所独有的真情、真意、真性灵;就在客体之诗文中的表现而言,则指其感人、动人,使人可喜可爱可惊,而具永恒审美价值与精神意蕴之最精粹篇章。这不仅是对中郎观点的继承、发挥,而且是进一步的提炼。

第二,首次明确提出,"小文小说"之价值不低于"高文大册"。《答蔡观察元履》中,谈到编集问题时有云:

> 　　近阅陶周望祭酒集,选者以文家三尺绳之,皆其庄严整栗之撰,而尽去其有风韵者。不知幸尔无意之作,更是神情所寄,往往可传者托不必传者以传,以不必传者易于取姿,炙人口而快人目。班、马作史,妙得此法。今东坡之可爱者,多其小文小说,其高文大册,人固不深爱也。使尽去之,而独存其高文大册,岂复有坡公哉?……
>
> 　　偶检平倩及中郎诸公小札戏墨,皆极其妙。石簀所作有游山记及尺牍向时相寄者,今都不在集中,甚可惜。后有别集未可知也。此等慧人,从灵液中流出片语只字,皆具三昧,但恨不多,岂可复加淘汰,使之不复存于世哉!③

文中为"小文小说"张目,充分赞赏其不亚于"高文大册"之价值,为

①　《珂雪斋集》,452页。
②　同上,719页。
③　同上,1044页。

文学史中首见，即汤显祖、袁宏道亦未有此论。他能说出这番话，实为时代与文章发展趋势使然，对散文发展之新潮流、新趋势具有承上启下之意义。

第三，他从文章变化的角度判断"公安派"之出现，又意识到可能产生的流弊，但未能给出解决问题的正确答案。其《雪花赋引》谓：

> 天下无百年不变之文章。有作始，自有末流；有末流，还有作始。……
>
> 是故性情之发，无所不吐，其势必互异而趋俚。趋于俚，又将变矣。作者始不得不以法律救性情之穷，法律之持，无所不束，其势必互同而趋浮。趋于浮，又将变矣。作者始不得不以性情救法律之穷。夫昔之繁芜，有持法律者救之；今之剽窃，又将有主性情者救之矣。此变之势也。[①]

以变化的观点论文，颇有见地。但其中存在循环论之弊，似乎文章只在"法律"与"性情"之间变来变去。其所谓"法律"似指"七子"之复古与讲求"格套"，而"性情"似指中郎及公安之特征。对中郎的肯定与赞扬，几乎皆从矫"法律"之弊而立论。依上述逻辑，公安所主之"性情"，又将如何呢？他认为亦有其"疵"与弊，这就是欠含蓄而浅露俚易。其《阮集之诗序》有谓：

> 国朝有功于风雅者，莫如历下。其意以气格高华为主，力塞大历后之窦。于时宋元近代之习，为之一洗。及其后也，学之者浸成格套，以浮响虚声相高；凡胸中所欲言者，皆郁而不

---

① 《珂雪斋集》，459 页。

能言,而诗道病矣。先兄中郎矫之,其意以发抒性灵为主,始大畅其意所欲言,极其韵致,穷其变化,谢华启秀,耳目为之一新。及其后也,学之者稍入俚易,境无不收,情无不写,未免冲口而发,不复检括,而诗道又将病矣。①

于《寄曹大参尊生》中又言及自己:"少年勉作词赋,至于作诗,颇厌世人套语,极力变化,然其病多伤率易,全无含蓄。盖天下事,未有不贵蕴藉者,词意一时俱尽,虽工不贵也。近日始细读盛唐人诗,稍悟古人盐味胶青之妙。"②此外,对中郎及公安之后学之弊,尤多警戒。《中郎先生全集序》有谓:"至于一二学语者流,粗知趋向,又取先生少时偶尔率易之语,效颦学步。其究为俚俗,为纤巧,为莽荡,譬之百花开,而棘刺之花亦开;泉水流,而粪壤之水亦流。乌焉三写,必至之弊耳,岂先生之本旨哉!"

既然如此,应如何来矫正主"性情"者之弊?中道并没有明确提出结论,而论述中实际已给出答案,这就是回到或曰学习盛唐。于《蔡不瑕诗序》云:"诗以三唐为的,舍唐人而别学诗,皆外道也。""昔吾先兄中郎,其诗得唐人之神,新奇似中唐,溪刻处似晚唐,而盛唐之浑含尚未也。自嵩华归来,始云吾近日稍知作诗。天假以年,盖浸浸乎未有涯也。"然后告诫其子侄:"若辈当熟读汉魏及三唐人诗,然后下笔。切莫率自胗臆,便谓不阡不陌,可以名世也。"③在《吴表海先生诗序》中亦曾言:"先兄之诗若文,不取程于世匠,而独抒新意。其实得唐人之神,非另创也。然学之者,往往失之。"④

---

① 《珂雪斋集》,462页。
② 同上,1029页。
③ 同上,458。
④ 同上,465页。

他指出公安后学可能出现的流弊是对的,而给出的这个答案是错误的。袁宏道"独抒性灵,不拘格套"的观点主张及相应的创作实践,是时代发展所形成的个性张扬之新思潮带来的结果与表现,哪能仅归之于"唐人之神"? 而且他对俚易与雅俗的看法、论述也与前引种种辩解相矛盾。这些言论出自其晚年,反映出思想观念向着保守的传统意识之回归。这种保守性,不只表现在其诗文观上,亦表现在其他方面。如其《游居柿录》卷九言及李贽所批《水浒传》及《金瓶梅》,有云:

> 大都此等书,是天地间一种闲花野草,即不可无,然过为尊荣,可以不必。往晤董太史思白,共说诸小说之佳者,思白曰:"近有一小说,名《金瓶梅》,极佳。"予私识之。后从中郎真州,见此书之半,大约模写儿女情态具备,乃从《水浒传》潘金莲演出一支。……追忆思白言及此书曰:"决当焚之。"以今思之,不必焚,不必崇,听之而已。……但《水浒》,崇之则诲盗,此书诲淫,有名教之思者,何必务为新奇,以惊愚而蠹俗乎?[1]

观点不但与李贽大相悖谬,也与袁宏道之赞《金瓶梅》"满纸烟霞"相左。

在创作实践上,中道自谓不如中郎,但亦有一定成就与特色。写得较好者为传记。如《关木匠传》《一瓢道士传》《回君传》等,皆能抓住传主为人性格之突出特征,写得颇为传神。《李温陵传》《江进之传》用笔简括,前者叙、议、论相间,后者先叙后论,皆寄有深情。亭台记篇数不多,亦有特点,如《清荫台记》,写得相当简括、干净,反映了晚年恬静心情。《远帆楼记》有写景佳句,《听雨堂记》以

---

[1] 《珂雪斋集》,1315 页。

子瞻、子由作比，寄寓兄弟深情，《砚北楼记》则以全记中郎之语为主。尺牍类作品，内容相当广泛，虽不如中郎之时时见不可磨灭之"精光"，亦皆自胸臆中流出。

其记游或游记之作，数量庞大为诸作之最。中道一生好游，其原因是多方面的。在其《寄祈年》中，曾言及自己安于山居的原因，提出五宜山居：一是"吾赋性坦直，不便忍默，与世人久处，必招愆尤"。二是可免繁华之习染。三是有利于专心研习佛法。四是"尽捐嗜欲，可望延年"。五是可避人搅扰，得读书之乐①。五宜居山之因，实亦好游之因。此外，还讲到，中郎之逝，曾使他痛不欲生，只有借出游，方能略为排解。中道一生游踪极广，东至吴越，南至楚中，北至燕郊京畿，东至齐鲁泰绎。踪至笔亦至，随游随记，有单篇，有成组，有系列。凡山光水态，夏云秋雨，春月冬风，各因时因地因景色之异，着力描摹，并穿插以心绪感想，挥发论议。有平叙，有形容，有繁细累叠处，亦有简约清括处。总体上不如前人及中郎作品之精美出色，亦有不少可供欣赏之段落、篇章。如早年所写《游荷叶山记》：

> 山之苍苍，水之晶晶，树之森森，自少至长，习而安之，不见有异。今偶游焉，而觉其幽静蓊郁，爱玩不能舍去。久矣夫，予之在城市也！
>
> 俄而月色上衣，树影满地，纷纶参差，或织而帘，又写而规。至于密树深林，迥不受月，阴阴昏昏，望之若千里万里，窅不可测。划然放歌，山应谷答，宿鸟皆腾。噫嘻！予生于斯，长于斯，游戏于斯，二十余年，而犹有不尽之景乎！②

---

① 《珂雪斋集》，1016 页。
② 同上，532 页。

清新而雅致。《游德山记》：

> 夜中雨滴竹叶，时复铿然。晓，枕上闻黄鹂声，入耳圆滑。起视，初日出松中，一山雾露。出殿右披，遍岭仍多修竹，间以古树。下岭得少平地，有老桂三株，可庵。复登岭觅孤峰路，稍倦，则倚竹息。时有流泉出竹中，与风篁相和。[1]

亦清丽可喜。

集中另有《游居柿录》一部，是特殊的日记性作品。内容与多篇游记有重出之处，可能先写有简单日记，后又加工整理而成单独完整篇章。此作所记，始于万历三十六年（1608）十月，终于万历四十六年（1618）十一月，逐年逐月记其行程游程，亦记心路变化。随行迹所至，亦泛记所见所闻名胜古迹、方物时俗、名人书画，以及奇闻异事。文中边记边议边评，涉猎范围甚广。柿，为小木片，"柿录"，即散碎记录。

这部作品，内容较《入蜀记》《出蜀记》详细丰富，与《徐霞客游记》相类，而无其对山川地貌之科学考察性质。写作特点为完全立足于作者主体，仅记述个人经历行踪与所感兴趣之事物对象，不涉及社会事务及时事政治。从另一方面体现了士人个体意识之加强，又反映了其题材视野之狭窄。从体裁类型上说，它对推动日记体作品的发展有一定意义。从艺术价值来说，个别优秀章节可作为小品文欣赏。

二　竟陵派的"孤行静寄"

"公安派"主张率性任真，"信心而出，信口而说"，但矫枉过正

---

[1]　《珂雪斋集》，557 页。

就会近于浅俗随便,其后学没有三袁根柢,作品更易流于浮薄轻率。面对公安派的流弊,于是有竟陵派兴起。

"竟陵派"的代表人物是钟惺、谭元春。两人都是竟陵(湖北天门市)人,故称竟陵派。

1. 钟惺

钟惺(1574—1624),字伯敬,号退谷,临终受戒,自起法名断残。万历三十一年(1603)中举,三十八年(1610)进士,官至福建提学佥事。

钟惺本有用世之志,据谭元春《退谷先生墓志铭》,他在任行人职时,"思有用于当世,与一二同官讲求时务"[①]。而当万历末叶,朝政混乱,颓势已成,非人力可挽回,钟惺亦有所自知,于《与蔡敬夫又》中曾云:"惺无经世才志,而处一面实心实政,未必后人;然非惺之所近。若论最后着,恐终当属诗文。"[②]

竟陵派之引人注目主要在其诗论和诗作,尤其是由钟惺与谭元春合编充分体现其观点之《诗归》。当时人一般是诗文合论的,而且钟惺在其尺牍《与谭友夏》中还曾有"文之难于诗也"的说法[③],表明对文亦非常重视。因而,他对散文的观念亦可由其诗论中体现出来。

钟惺生活的时代与"公安派"相近,在南京任职期间曾与袁中道为同僚且有友好交往,距"后七子"亦不远。在"独抒性灵"与反对摹古方面,他与"公安派"的观点相当接近。如对其中进士之座主雷思霈极其敬佩,终身以师事之,而雷之为文,即属"公安派"。钟惺于《先师雷何思太史集序》中,引雷氏语曰:"不泥古学,不蹈前

① 陈杏珍标校:《谭元春集》,上海古籍出版社,1998年,680页。
② 李先耕、崔重庆标校:《隐秀轩集》,上海古籍出版社,1992年,464页。以下所引皆同于此版本。
③ 同上,461页。

良，自然之性，一往奔诣。"①即"公安"核心观点。他于《陪郎草序》中说："夫诗道，性情者也。发而为言，言其心之所不能不有，非谓其事之所不可无而必欲有言也。以为事之所不可无而必欲有言者，声誉之言也。不得已而有言，言其心之所不能不有者，性情之言也。"②于《与高孩之观察》中论诗之"厚"时，又说："从古未有无灵心而能为诗者，厚出于灵，而灵者不即能厚。……然必保此灵心，方可读书养气，以求其厚。若夫以顽冥不灵为厚，又岂吾孩之所谓厚哉！"③这些皆与"公安"之观点相通。但钟惺又反对一味学"公安"，在《问山亭诗序》中有一段话：

> 今称诗不排击李于鳞，则人争异之；犹之嘉、隆间不步趋于鳞者，人争异之也。或以为著论驳之者，自袁石公始。……夫于鳞前，无为于鳞者，则人宜步趋之。后于鳞者，人人于鳞也，世岂有于鳞哉？势有穷而必变，物有孤而为奇。石公恶世之群为于鳞者，使于鳞之精神光焰，为复见于世。李氏功臣，孰有如石公者？今称诗者，遍满世界，化而为石公矣，是岂石公意哉？④

意思是：当初"七子"风靡流行，袁中郎起而辟之；今天人人学"公安"，正与"七子"之风靡流行同。这既不符合袁中郎之初衷，亦不符合"势有穷而必变"的文章发展规律。而且钟惺与"竟陵派"的出现，正当"公安派"之末流显现出其弊病之时，因之他将"七子"与"公安"结合在一起进行了批判，于《诗归序》中有云：

---

① 《隐秀轩集》，262 页。
② 同上，275 页。
③ 同上，474 页。
④ 同上，254 页。

今非无学古者，大要取古人之极肤、极狭、极熟，便于口手者，以为古人在是。使捷者矫之，必于古人外自为一人之诗以为异；要其异，又皆同乎古人之险且僻者，不则其俚者也；则何以服学古者之心？①

所指既包括"前、后七子"，又包括"公安派"。于《再报蔡敬夫》中云："常愤嘉、隆间名人，自谓学古，徒取古人极肤极狭极套者，利其便于手口，遂以为得古人之精神，且前无古人矣。而近时聪明者矫之，曰：'何古之法？须自出眼光。'不知其至处又不过玉川、玉蟾之唾余耳，此何以服人？"②等于上段引文之注释。其《与王稚恭兄弟》，着重指出公安之流弊："学袁、江二公，与学济南诸君子何异？恐学袁、江二公，其弊反有甚于学济南诸君子也。眼见今日牛鬼蛇神，打油定铰，遍满世界，何待异日？慧力人于此尤当紧着眼。大凡诗文，因袭有因袭之流弊，矫枉有矫枉之流弊。前之共趋，即今之偏废；今之独响，即后之同声。此中机捩，密移暗渡，贤者不免，明者不知。"③因之，可以说钟惺及"竟陵派"，实具有既针对"前、后七子"，又针对"公安"流弊，对诗文发展进行纠偏的意向。

这种纠偏，体现在文学观念上，大要有二：其一，有着向前代经典作家之外在形式与内在精神相统一、实用与审美相统一回归的倾向。其《南州草序》云：

昔人谓"文章经国之大业，不朽之盛事"，此合体用兼华实之言。惜今人于所谓立言不朽者，直以词赋之言当之。无论视立言为浮且浅，适使簿书俗吏视文士为无用，则此语为之，

---

① 《隐秀轩集》，235 页。
② 同上，470 页。
③ 同上，463 页。

此不讲于经国二字之义也。然谓文士为无用，而欲专以无文矫之，此亦不足以服文士之心。愚以为：文不同，有知其不可见于事而姑托之言者，有不甘徒托之言，且欲见诸事，而卒以空言终者，凡此皆文士之文，不足道也。世不有已见于事，又能出之为言，意所已及，手能追之，足所既至，口能道之，真至畅达，按之有绪，读之成章，使天下谓用世者不必不文，而能文者不必不能用世。欲求其人以实之，而未易言也。①

话虽然说得比较拗口，意旨却很明确，即：以"体用兼华实"来解释曹丕的名言。既不同意"谓文士为无用"，又不赞成"卒以空言终"的"文士之文"，而以"用世者不必不文，而能文者不必不能用世"为理想境界。这显然是前代经典作家所已达到的那种形式与内容、实用与审美相统一的境界。这种观点，体现在其许多论诗论文的作品之中。如《报蔡敬夫大参》有云："风雅世务，达人不分为二也。"②《东坡文选序》，就"东坡之文似战国"，别发为论，谓："有东坡文，而战国之文可废也。"理由就是：战国之文，虽然从内容上"非纵横则名法"，然而"其文终古不可废者，以其雄博高逸之气，纡回峭拔之情，常存于天地之间也"。不足之处，在于他们所表达的内容，"于先王之仁义道德、礼乐刑政无当焉"。而如果"今且有文于此，能全持其雄博高逸之气，纡回峭拔之情，以出入于仁义道德、礼乐刑政之中，取不穷而用不敝，体屡迁而物多姿，则吾必舍战国之文从之，其惟东坡乎"③。这说明他不只要求内容与形式的统一，而且内容上还要求符合儒家的传统观念。此外，在《三注抄序》中，论裴松之《三国志注》、刘孝标《世说新语注》、郦道元《水经注》，

---

① 《隐秀轩集》，270 页。
② 同上，495 页。
③ 同上，240 页。

称"注者之精神,有能自立于所注者之中,而又游乎其外者也"①。
《放言小引》中,谓所谓"放",乃:"胸中真有,故而能言其所欲言,即
所谓中伦之言,了然于心,又了然于口与手者是也。苟为无本,而
以无忌惮之心出之,则处士横议而已。诐淫邪遁,皆横之属也,遁
矣,又乌乎放哉?"②诸论皆是此种观点的发挥。正是基于此,他反
对袁中道"小说小文"重于"高文大册"的说法,反对"公安派"之讲
求"韵""趣"。于上引《东坡文选序》中谓:

> 今之选东坡文者多矣。不察其本末,漫然以趣之一字尽
> 之。故读其序记论策奏议,则勉卒业而恐卧。及其小牍小文,
> 则捐寝食徇之。以李温陵心眼,未免此累,况其下此者乎? 夫
> 文之于趣,无之而无之者也。……故趣者,止于其足以生而
> 已。今取其止于足以生者,以尺东坡之文,可乎哉?

似仅就对东坡文的态度而言,实代表了钟惺整体的观点。总之,上
述倾向,反映着某种向传统文学观念回归的趋势,一定程度影响到
其散文创作。

其二,向传统文学观念的回归,反映在理论与创作实践上,
就转化为继承古人"真精神"的追求。但凭钟惺之才力、学力、识
力,及其视野情怀,难以达到经典作家之高度。尤其是他不能不
受时代背景及社会新思潮所制约,又要反对"七子"复古的极肤、
极狭、极熟,又要避免"公安派"之流于俚俗,就使得他与同道谭
元春走向极为狭窄的道路,即"幽情单绪,孤行静寄"。如《诗归
序》所云:

---

① 《隐秀轩集》,237 页。
② 同上,262 页。

内省诸心,不敢先有所谓学古不学古者,而第求古人真诗所在。真诗者,精神之所为也。察其幽情单绪,孤行静寄于喧杂之中,而乃以虚怀定力,独往冥游于寥廓之外。

何谓"幽情单绪,孤行静寄",在其诗论和文论中,都没有明确解释。唯《与谭友夏·又》中曾云:"弟近答友人书亦云:'我辈诗文到极无烟火处便是机锋。'此语甚深,可思也。"[①]《隐秀轩集自序》谈到自己学文经历,亦有云:"侧闻近时君子有教人反古者,又有教人泥古者,皆不求诸己,而皆舍所学以从之。庚戌以后,乃始平心静气,虚怀独往,外不敢用先人之言,而内自废其中枢之思,务求古人精神所在。"[②]谭元春《退谷先生墓志铭》又曾称道他:"尝恨世人闻见汩没,守文难破,故潜思遐览,深入超出,缀古人之命脉,开人我之眼界。"综合这些说法,可知所谓"幽情单绪,孤行静寄",大意即不接受前人今人"泥古""反古"的影响,而全凭自己的"虚怀独往""潜思遐览",使写出的诗文达到"极无烟火处"的境界,从而收到"缀古人之命脉,开人我之眼界"的效果。这种"极无烟火处",当然避免了"前、后七子"的肤、狭、熟,"公安"的俗与俚,但另一方面又必然走向冷、僻、幽、峭,甚至怪、奇、生、涩。这是否就是古人的"真精神",实在要画一个问号。

这样,钟惺和"竟陵派"在理论上,就呈现为两种倾向:一是在艺术趣味上追求进一步的升华和提高,希望能够做到意境创造上幽深集永,孤诣独到,表现方法与语言运用上避熟就生,舍易求艰。二是在如何实现这一目标方面,所指引的方向为:向自己内心开掘,即所谓"孤行静寄""虚怀独往"。但是钟惺没有意识到,只有从

---

① 《隐秀轩集》,473 页。
② 同上,259 页。

时代发展的大潮流、新趋势中汲取新精神,才能赋予作品以活力与生机,在这方面,他并没有比李贽和"公安派"更进一步。在意境创造、表现方法、语言运用方面,希望通过自己开辟的方向,到达所谓的"极无烟火处",并非继承古人传统、促进散文发展的正确道路。

创作实践方面,钟惺虽以诗名,而篇幅上散文远过于诗。其作品总体上情况比较复杂,有平平之作,亦有特色鲜明,堪予称赏的篇章,具体看:

其少量关于时事世务的应用文字,文学价值不高;论史的《史怀》,从收入《隐秀轩集》者看,有自己的见解,行文比较畅朗,但不属于"幽情单绪,孤行静寄"之作。序类文章,除应酬者外,书序大多借以谈诗论文,写得相当认真,有自己独到见解,结构组织相当考究,行文亦有质简孤峭特色。如《诗归序》,相当简明质实,《荔枝咏小引》,通篇以美人为荔枝之比,颇有佳致。为谭元春所写《简远堂近诗序》:

> 诗,清物也。其体好逸,劳则否;其地喜净,秽则否;其境取幽,杂则否;其味宜淡,浓则否;其游止贵旷,拘则否。之数者,独其心乎哉!市,至嚣也,而或云如水。朱门,至礼俗也,而或云如蓬户。乃简栖、遥集之夫,必不于市、于朱门;而古称名士风流,必曰门庭萧寂,坐鲜杂宾,至以青蝇吊客,岂非贵心迹之并哉?①

有简质峭拗特色。传、志、祭文,乃钟惺努力学古人真精神的作品,其《与谭友夏·又》中,谈及为魏太易所写墓志,自称"似有笔力",又谓为谭素臣所写行状"不记其一二细事小语,点染着色,似得略

---

① 《隐秀轩集》,249 页。

处反详之法",总括称:"弟文虽不佳,然似不易削,削则不成丝理。"①相当自信自诩。观其《……魏长公太易墓志铭》,确实写得谨整,而且能于细处显示出其人之性格特征。

书启题跋是钟惺文之大宗。除几篇写给关系较疏且地位较高者的启,用典雅的四六骈体外,其余写给知交家人之尺牍,皆用浅畅语体,因人因事,长短不拘,直抒胸臆,舒卷自如。与"公安派"风格无大差异,既不见幽峭,又不见险拗。有些题跋文,如《自题诗后》《自题像》则写得相当疏宕潇洒。

园亭记、游记是又一大宗,亦属自负自赏的用力之作。有些作品,如游泰山所写《岱记》,在《与谭友夏》中,自称:"岱游自可千古,记若诗亦如之。""《岱记》成,觉老子犹不甚惫。"②文章规模相当宏大,写其三四日间游山历程,对所经景点逐一点评并抒发感受。篇后还有长篇附记③。叙写中极注意构句用语的简劲质古,而未免有累垛繁赘之嫌,很难称为佳作。即使谭元春,亦批评说:"《岱记》佳矣,然山记只在升降伸缩,固应有以意应,以气应,以消息应,而不必以字句应者,此不可不参也。"④而其较优秀的作品当为《游武夷山记》《梅花墅记》等。尤其《浣花溪记》常为人称道,其中写溪水:

> 纤秀长曲,所见如连环,如玦如带,如规如钩,色如鉴,如琅玕,如绿沉瓜,窈然深碧,萦回城下者,皆浣花溪委也。……
> 溪时远时近,竹柏苍然,隔岸阴森者尽溪,平望如荠,水木清华,神肤洞达。⑤

---

① 《隐秀轩集》,461 页。
② 同上,472 页。
③ 同上,333 页。
④ 《谭元春集》,763 页。
⑤ 同上,328 页。

形容描写生动别致,行文畅朗清丽,有神有韵,不见"孤峭"风格。
《夏梅说》更见特色:

> 梅之冷,易知也,然亦有极热之候。冬春冰雪,繁花粲粲,
> 雅俗争赴,此其热时也。三四五月,累累其实,和风甘雨之所
> 加,而梅始冷矣。花实俱往,时维朱明,叶干相守,与烈日争,
> 而梅之冷极矣。故夫看梅与咏梅者,未有于无花之时者也。
>
> 张谓《官舍早梅》诗所咏者,花之终,实之始也。咏梅而及
> 于实,斯已难矣,况叶乎? 梅至于叶而过时久矣。廷尉董崇相
> 官南都,在告,有《夏梅》诗,始及于叶。何者? 舍叶无所为夏
> 梅也。予为梅感此谊,属同志者和焉,而为图卷以赠之。
>
> 夫世固有处极冷之时之地,而名实之权在焉。巧者乘间
> 赴之,有名实之得,而又无赴热之讥,此趋梅于冬春冰雪者之
> 人也,乃真附热者也。苟真为热之所在,虽与地之极冷,而有
> 所必辩焉。此咏夏梅之意也。[1]

由"梅之冷"写起,联系张谓始咏"花之终,实之始",董崇相"始及于
叶"。借写梅而讽世,立意峭,寄寓深。用语似生拗简僻而内含张
力、耐人品味。颇有"孤诣独到"之处,为其可称赏的代表作。

2. 谭元春

谭元春(1586—1637),字友夏,有时以家居所在地寒河自称。
万历三十三年(1605),方十六七岁,与钟惺相识,由于志趣相投,成
终生挚友。钟惺对其非常推重,在《报蔡敬夫大参》中言:"吾邑谭
元春字友夏者,异人也。比于某,真所谓十倍曹丕。"[2]此后,谭之

---

① 《谭元春集》,583 页。
② 同上,459 页。

声名鹊起，至万历四十二三年，二人合编之《诗归》成，广为流传，于是钟、谭并列，被称为"竟陵派"，诗文视为"竟陵体"。

谭元春在为人上与钟惺有所不同，钟对人比较冷峻，谭则喜好交游；钟晚年信佛，而谭则偏爱庄子。最大差异是钟惺走科举道路比较顺利，而谭元春则坎坷终生，屡试不第，直至四十一岁，钟惺已逝，他始得中举，崇祯十年（1637），已五十一岁，犹上京赴试，病死于途。举业成为谭元春一生的最大心结，同时也是影响其人生出处的一大矛盾点。他与钟惺都是崇尚古文的，因而对科举及制科文极为厌憎，在《金正希文稿序》中曾言：

> 呜呼！天下之人，怵于昔人久定之名，动于今人易售之路，而不暇自伸其才力精魄，以争奇人魁士之所不能致，又不暇自理其喧寂歌哭，以挽神鬼人妖之所不能夺，而日夜艰瘁，灯寒斋苦，从俗所与，为制科之文，毕委心力以求之。究竟命数，所幸所不幸，与此何涉哉？而予私计之，凡此心力之耗，与人世声色货财，同一苦毒。使其欲为古文字，则将舍此而别有古文，苟真有志性命也，不舍此将无以学道。由此言之，彼耗心力于举业者，其于人世嗜欲，以何分别而独得美名也乎？①

似对举业事看得已极透彻，然而却又始终不能摆脱其羁縻，如其《自订制艺序》所云："于诸生时弃时取，于其业时作时止，于世所号为名文章者时效时鄙。"②其间虽曾如《奏记蔡清宪公前后笺札·其三》所云："自哂三年内沾沾鸡肋也"，下决心"若三年后仍如此，则愿广给笔札，闭门无营，就天所付之一窍，充而成之"③。结果于

---

① 《谭元春集》，629 页。
② 同上，636 页。
③ 同上，756 页。

天启三年(1623)去京应试,几酿大祸。天启七年(1627),由李明睿赏识,得中乡试第一。至此,他仍不甘心,在《答韩求仲书》中表示:"身亦颠毛荡然,左车牙豁去,改头换面,犹不离臭帤。""虽然,当以勇行之,明年办青鞋布袜,遍游吴越,击空明而叩寂寞,决当从苕上始矣。"①但最终会试未及参加,而命殒途中。由此,既可见传统文化制度对士人影响之深,又可见谭元春在传统与反传统之间,矛盾挣扎的纠结与痛苦。

谭元春的文学观,与钟惺大体一致。其《诗归序》称,过去人所传文选、诗删之类,"不暇求于灵迥朴润"。然后又曰:

> 夫真有性灵之言,常浮出纸上,决不与众言伍,而自出眼光之人,专其力,壹其思,达于古人,觉古人亦有炯炯双眸从纸上还瞩人,想亦非苟然而已。……人咸以其所爱之格,所便之调,所易就之字句,得其滞者、熟者、木者、陋者,曰:"我学之古人。"自以为理长味深,而传习之久,反指为大家、正宗。……呜呼!此所以不信不悟,而有才者至欲以纤与险厌之,则亦若人之过也。

> 夫滞、熟、木、陋,古人以此数者收浑沌之气,今人以此数者丧精神之原;古人不废此数者为藏神奇、藏灵幻之区,今人专借此数者为仇神奇、仇灵幻之物。而甚至,以代所得名之一人,与一时所同名之数人,及人所得名之篇,与篇所得名之句,皆坚守庄诵,而不敢扬言之,不过曰:"古今人自有笃论。"夫人有孤诣,其名必孤,行于古今之间,不肯遍满寥廓,而世有一二赏心之人,独为之咨嗟傍徨者,此诗品也。譬如狼烟之上虚空,袅袅然一线耳,风摇之,时散时聚,时断时续,而风定烟接

---

① 《谭元春集》,778页。

之时,卒以此乱星月而吹四远。彼号为大家者,终其身无异词,终其古无异词,而反以此失独坐静观者之心,所失岂但倍也哉?

讲到选文标准,又曰:

> 法不前定,以笔所至为法;趣不强括,以诣所安为趣;词不准古,以情所迫为词;才不由天,以念所冥为才。恬一时之声臭,以动古今之波澜,波澜无穷而光采有主。古人进退焉,虽一字之耀目,一言之从心,必审其轻重深浅而安置之。[①]

此一大篇论述,与钟惺同名之文意思基本相同。宗旨是学习古人"真精神",核心观点是倡导"孤行静寄"的为文方向,批判矛头主要指向"七子"的"滞、熟、木、陋"。稍有不同的是:

其一,他另提出一"灵迥朴润"的说法,而实质与"孤行静寄"无大差别。所谓"灵",即从"公安派"延续而来的"独抒性灵";"迥",即异,即"孤诣"独到;"朴"是个新词,而据其《朴草序》云:"诗者,性情之物,而性情者,皆朴之区也。"[②]可见"朴"与真实相联系,有"真性情"之意,而非质朴之"朴"。至于"润",在其《奏记蔡清宪公前后笺札》其四曾有云:"至于山水花木之间,宜秀宜润。秀有近于媚而实非媚,润有似于软而实非软。"[③]可见,"润"与"秀"相联系,有清秀润泽意,与钟惺所主张的清新而不着痕迹亦相近。

其二,对"公安派"的态度有别。其所谓"有才者至欲以纤与险厌之"似指"公安派",而如果这也算缺点,他也将之归到了"七子"

---

① 《谭元春集》,593 页。
② 同上,678 页。
③ 同上,758 页。

的账上,谓"亦若人之过也"。联系此篇以外的文章看,除其在《袁中郎先生续集序》赞中郎之善于"自悔",并对那些"于所为翰墨游戏,易于触目者,则赏之不去口,传之不崇朝,而法之不遗力"的追随者表示批评外①,更多地表现了对袁中郎的肯定与尊崇。如《与王以明》有云:

> 中郎先生知不肖姓名,未得亲见其为快语从其口中出,汤临川曾寄《谭子五篇序》,竟未报书,汤先生亦死。②

对未能与袁宏道、汤显祖亲自交纳深表遗憾。于《答袁述之》又有云:

> 君家先生所处之地,所谓天下莫不与也,弟辈今日所谓孰能与之也。尝谓爱古人者,绝不宜护其短。传世者之精神,其佳妙者,原不能定为何处,在后人各以心目合之;而若其所不足,人当指为疵类者,夫安知后世之传不即在此?而又安知古人所以坚取后世名者不明,留此一段以发其所议,而因以传其佳妙耶?无论古人之深远,与近日君家先生之灵奇,必有出于此者。……
>
> 如弟与君家先生,恨未尝纳交,然得与吾兄为知己,则亦有通家之道。所以不掩其疵类,益成其灵奇者,若或交之也耳。夫推人以成己之高,有之矣;诋呵不可朽之前辈,以成一敢说人、能说人之声,虽愚者知其不可。……且君家先生神灵炯炯,决与弟辈相关,岂肯虚就世上之浮名,而不信弟辈为真

---

① 《谭元春集》,599 页。
② 同上,752 页。

爱者哉？······

今人所云云，是以庸人待尊先生也，尊先生决恨之无疑也。聪明才人，同是天地所私，岂肯复作异同，与造化相反哉？亦惟省之念之而已。①

这封信或者与有人指责钟、谭对"公安"的批评有关。意在表明：一则袁中郎在地位名声上都属不朽之前辈，自己难与比肩；二则即使对之有所批评，也是出于爱护，而非借攻击前人以抬高自身；三则谓被自己指为"疵类"处，未必不正是足以留传后世的佳处妙处；四则将袁中郎与其属于"庸人"的追随者区别开来。由此足见谭元春对袁中郎的崇敬。其中值得注意者有两点：

一是上述第三点恰恰被他说中，他所曾指的"疵类"，真正是袁中郎作品的佳处。如在前引《袁中郎先生续集序》中，他否定袁的"游戏笔墨"，反复讲到中郎之"悔"，谓其对《瓶花》《破砚》《潇碧》诸集，皆有所悔。不管他所说之悔，是否出于中郎本心，就散文而论，袁中郎流芳后世之作，如《虎丘》《满井游记》《徐文长传》及《与张幼于》等，皆出于《潇碧》《破砚》等集，而后期作品，则可供称道者几稀。

二是其"君家先生神灵炯炯，决与弟辈相关"语，极为紧要。无论当时和后世，无论肯定和否定者，一般都将"竟陵"与"公安"并论，视"竟陵"为"公安"的承续者，其核心原因之一，即"竟陵派"实际上承接并延续了"公安派"符合时代大潮的张扬个性之精神。钟惺所谓"孤行静寄"，谭元春所谓"灵迥朴润"，都隐含了对主体个性之肯定。这一点，在谭元春身上体现得比钟惺更明显。试看其《诗归序》中关于选诗标准的"法不前定，以笔所至为法"一节，完全同

①　《谭元春集》，770 页。

于"公安"之论。其《汪子戊巳诗序》云："夫作诗者，一情独往，万象俱开，口忽然吟，手忽然书。即手口原听我胸中之所流，手口不能测；即胸中原听我手口之所止，胸中不可强。"①简直像出于中郎之口。尤其是谭氏言论中，更透露出对主体生命意识的强调。如其《答钟伯敬书》，乃为钟惺因丧子之痛转向诵经礼佛而作，其中讲，自己见友人之死：

> 因思世界之治不治，文章之法不法，游止之快不快，竹木之秀不秀，鬼神之灵不灵，日月星辰之变不变，总无一关切。而犹有敬身醒眼，闲步朗怀，不敢自蹈于非礼之动自蹈于有庆之物者，以为不如是，无以毕我二三十年，一二十年中有生之味趣耳。②

在他看来，唯有生命及"有生之味趣"最为重要。其《答刘同人书》中，言及对"进取"的态度：

> 至于进取一途，本其所热，而性不耐烦，轻就易去。又所见人世君子，皆以劳役博科名，以耻辱博三公，以负心之事博义称，以人之死博安常，抑其心之所热以就冰雪，曰："何必富贵乎?"而天分不高，屡抑屡起，始知伪隐者之亦难，真不仕者果为奇士也。念自有所动，此岂待人劝哉? 但高兴为之不妨，高兴止之亦可，唐人所谓"行藏由兴不由身"，仆今者盖用之矣。③

"由兴不由身"，虽引唐人语，实表现了谭元春理想的人生观与处世

---

① 《谭元春集》，622 页。
② 同上，774 页。
③ 同上，776 页。

观。凡此都是对主体生命意识及自我意愿的重视与强调,是对"公安派"张扬个性之承接。

总起来说,在文学观念上,他与钟惺对"公安"之不满,主要在于其抒泄真性情时,过于粗率直露,即所谓的"俗"与"俚",因而想向传统文士所矜持的"雅"回归。但他们又不赞成"前、后七子"形式上摹古的"滞、熟、木、陋",于是就提倡学习古人的"真精神"。可是,由于所处的时代究竟与汉魏及唐宋名家已经不同,他们既主出自肝膈的情性,又要避免俚俗,既尚回归古人,又要防止流于滞、熟、木、陋,这就使之不得不走向幽峭涩僻的窄窄之路。但他们终究从古人那里有所得益,再加上所处时代变化的影响,也使其较优秀的作品,在意境与表达方式和语言运用上,呈现出一些独有的特色。

谭元春的散文创作,同样比较复杂。其中有些确实得古人之沾溉,如《退谷先生墓志铭》,以扎实谨严笔墨,写出了钟惺为人为文的特点①。而《谭叟诗引》更可称道:

> 隔寒河四五村,有谭叟者,教童子村中,或邀其童子去,不得馆,即行吟沟坞间,称诗里中。里中人辄笑骂之曰:"牛亦自称作诗耶?"叟闻之大笑。常袖其诗过予,予多外出,叟即袖其诗去。后数月复来,又不值,又去,如是者三年,无倦容怒色。园丁问翁何事,亦不告以袖中物。一日逢舍弟,搜袖中良久,出一帙投之,曰:"尔兄归,为我示之。"舍弟手其本,荒荒然无全纸,笑而应之曰:"诺。"
>
> 予客归,舍弟出其帙如叟旨。予性不敢妄测人高下,虽褐夫星卜,必凝思穷幅,度其所以笔起墨止。故得叟诗,即屏人深读。其蛙蛙之音,唾败之习,已了半帙,予犹望其能佳。而

---

① 《谭元春集》,680 页。

最后乃得《老夫病起》三诗,如闻其呻吟,如见其枯槁,如扶筇待老友至,如白发妻在旁,喃喃不已。人固贵自量,予虽年如叟,病如叟,不能为此奥语也。自是始与叟往来如三党。久之,阅一诗,复佳,又阅一诗,复佳。积之得二十三首,刻焉。叟僵羸如柴,举止语气如初不识字人,听予去取其诗,皆茫然,觉非其初意。

叟名学,未有字,或呼为讷庵。谭居士曰:安知古工诗者,不尽如此叟欤?①

文名为"引",实近小传。以简畅笔墨,写谭叟独具特色的性格形象及读其诗作的过程与感受,历历如睹,置历代名家所赞赏的谭元春诸作中,亦为上品。

其书牍、题跋、诗文序,有的清明晓畅,浅白如家常语,有的则相当雅丽,如《夕岚草序》:

文之妙在缥渺依稀之间,如昔人所云"夕岚无处所",又云"苍翠难强名",皆妙境也。然在山中,独坐寂然,鸡鸣不寐,披衣傍皇,及斜晖倒壁,灯火未发,尔时友朋不见,童仆不知,平日思议格格,忽然如粒米珠泉,报我以光影,是则我辈一部全文也。

予过谢应侯焉支山下,草堂高纳,万瓦低争,古木云岚,不以城市而去。出而望之,江汉夜明。扃户焚香,篆烟绕卷。应侯读书其中,作文其处,文亦如是。又尝骑一驴走九峰山,山中光影多如是,文亦如是。予告之曰:匪朝伊夕,不须定为坐何山,山何时。概目之以"夕岚"。②

---

① 《谭元春集》,676 页。
② 同上,834 页。

全文以"夕岚"起，以"夕岚"结，虽是为人之诗文集作序，倒像是自己所写抒情赏景文字。更见其特色的，是他有意追求幽峭孤僻而略带生涩折拗的文章，如《自题秋冬之际草》：

> 昔人言："秋冬之际，尤难为怀。"以之命篇，非是之谓也。何尝快？独无忧。予之为怀，良易矣。
>
> 然则曷取焉？夫已冬而秋，不犹之方春而夏乎？莺花藻野，则春全在夏矣；红黄振谷，则秋不遽冬矣。故君子际之，以答岁也。况独往苦少，同志苦多，泛则方舟，登或共屐，非甚喑滞，其何默焉？然当斯际也以游，则山澹澹而不至于癯，水宕宕而不至于嬉，故渊明所谓"良辰入奇怀"，灵运所谓"幽人尝坦步"。每临境下笔，皆抱此想矣。[①]

虽然句法的拗折，意绪的间断、跳跃，让人读起来觉得有些艰涩。然而，艰涩之外，可品出隽永的意味，确有值得称赏之处。

谭元春好游，又像钟惺一样特别赞赏郦道元之《水经注》，因之，不但接续了"公安派"传统，写有不少游记，而且在审美体验与表达方式、语言运用上，显示着自己的特色。如其《游玄岳记》，以游程为线，以感受写所见，描述所历各景观。虽整体上略嫌繁累，而不乏精彩处。且看其写系马峰一段：

> 过系马峰，忽一岩奇甚，连延数处，怪石与树与草与涧，若一心一手，彼隙则此充之。与王子复返其起处，详观焉：岩未穷，即为神威观，有落叶数十片，背正红，点桥前小池，若朱鱼垂空。过观十余里，桃李花与映山红盛开，如春；接叶浓荫，行

---

① 《谭元春集》，814 页。

人渴而憩，如夏；虫切切作促织吟，红叶委地，如秋；老槐古木，铁干虬蟠，叶不能即发，如冬。深山密径，真莫能定其四时。①

观察细致，描摹生动，手法新颖别致，构造自然而精工。《再游乌龙潭记》写游潭遇雨：

> 客乃移席新轩，坐未定，雨飞自林端，盘旋不去，声落水上，不尽入潭，而如与潭击。雷忽震，姬人皆掩耳欲匿至深处。电与雷相后先，电尤奇幻，光煜煜入水中，深入丈尺，而吸其波光以上于雨，作金银珠贝影，良久乃已。潭龙窟宅之内，危疑未释。是时风物倏忽，耳不及于谈笑，视不及于阴森，咫尺相乱。而客之有致者，反以为极畅，乃张灯行酒，稍敌风雨雷电之气。忽一姬昏黑来赴，始知苍茫历乱，已尽为潭所有，抑或即为潭所生。而问之女郎来路，曰：“不尽然。”不亦异乎？②

写风雨雷电，惊心动魄，声色俱盛。女郎之来，突兀而诡奇，留下恍惚迷离之余韵。凡此，见不出“幽情单绪”，确为孤诣独到之佳品。

第四节　小品文的兴盛及主要代表作家

明代中、后期，兴起一个写作小品文的高潮。据研究者考证，“小品”一词，源自佛经的翻译，或经节略的较简译本，称之为“小品”。以“小品”名文，不知起于何时。袁中道《答蔡观察元履》中，

---

① 《谭元春集》，546 页。
② 同上，557 页。

曾以"小文小说"与"高文大册"对比，肯定前者的价值。陈继儒在其《晚香堂集》卷一中有《苏长公小品序》一文，其中云："《兰亭》不入《帖》，李杜不入《选》，无可选也。长公集亦然。如欲选长公之集，宜拈其短而隽异者置前，其策论封事，多至数万言，为经生之所恒诵习者，稍后之。如读佛藏者，先读《阿含》小品，而后徐及于五千四十八卷，未晚也。此读长公法也。"①谭元春在《古文澜编序》中，有"不苟经世，不厌寻幽，始乎诏疏，讫于小品，辑为一书"②之语，可见当时用"小品"名文已相当普遍，意指与"诏疏""策论封事"之类"经世"之作不同的"小文小说"。此类作品形式上的特征是篇幅短小，因此有的研究者，把"小品文"的范围划得非常广泛，甚至扩大到先秦，凡短小精悍者，皆归入其中。据笔者所知，自"小品"被移入文章领域，从古至今，并没有人对其作出明确严格为世所公认的定义。学术观点，见仁见智，无可厚非。但笔者认为：在人们的心目中，小品文的特征，不只在于篇幅之小，更主要的是与其小相结合的内容性质。它不同于官方文书、严肃论著等载"道"工具，而属作者适情任性之作。因而题材内容无所拘禁，表达形式不讲格套，更易见出作者性灵，具有更多审美因素，更强审美价值。这样的作品，早已有之，而随着时代的发展，到了明代后期，特别昌盛起来。这有着特定的原因。关键因素是以商品经济的发达繁荣为背景的个性解放思潮之兴起。这种思潮，启发了文人们抒张个性的要求，使他们随兴会际遇，自由地倾泄胸臆中的真情，摹写感兴趣的事物，反映想反映的社会生活场景。日居月诸，前积后累，自然地造成了此类作品的兴盛繁荣。

这些作品，在正统的古文家眼里，不认为是文章的正宗。但体

---

① 《丛书集成三编》第五十一册，中华书局出版社，1985 年，381 页。
② 《谭元春集》，601 页。

现了新的时代精神，推进了散文写作向个性化审美化的偏移，不仅是明代散文中的亮光，也是整个时代散文发展中有进展意义的突破。明代中后期小品文作者甚众，风格成就各异，除前已论及者外，以下选影响较大、有突出代表性者略作介绍。

一　李流芳

李流芳（1575—1629），字长蘅，嘉定（上海嘉定）人。《明史·文苑传》载其："万历三十四年举于乡。工诗善书，尤精绘事。天启初，会试北上，抵近郊闻警，赋诗而返，遂绝意进取。"其诗文重情，于《沈巨仲诗草序》云："余往时情疵，好为情语，有《无题诗》数十篇，尝自命曰：'仆本恨人，终为情死。'至取二语刻为印记佩之。无何，而自笑其疵。"[①]

他与钟惺、谭元春友善，散文以小品文胜。游记以篇幅短小、生动隽永为特色，如《游虎山桥小记》：

> 是夜，至虎山，月初出，携榼坐桥上小饮。湖山寥廓，风露浩然，真异境也！居人亦有为游者，三五成队，或在山椒，或依水湄。从月中相望，错落掩映，歌呼笑语，都疑人外。予数过此，爱其闲旷，知与月夕为宜，今始得果此缘。
>
> 因忆闲孟、子薪、无际、彦逸皆贪游好奇，此行竟不得共。闲孟以病挟；子薪、彦逸俱东；无际虽倦游，意犹飞动，以逐伴鞅鞅而去，尤可念也。清缘难得，此会当与诸君共惜之。[②]

用笔简洁、浅明而传神，先写景，后寄情，皆真切而动人。尤其是其

---

① 　陶继明、王光乾校注：《嘉定李流芳全集》，上海古籍出版社，2013年，199页。以下所引此书同此版本。
② 　同上，216页。

书画题跋，即兴发挥，简短隽永，既与画面相映，又可独立成篇。如《江南卧游图·虎丘》之题词：

> 虎丘，宜月，宜雪，宜雨，宜烟，宜春晓，宜夏，宜秋爽，宜落木，宜夕阳，无所不宜；而独不宜于游人杂沓之时。盖不幸与城市密迩，游者皆以附膻逐臭而来，非知登览之趣者也。
>
> 今年八月，孟阳过吴门，余挐舟往会。中秋夜，无月。十六日，晚霁，偕游虎丘，秽杂不可近，掩鼻而去。今日为孟阳书此，不觉放出山林本色矣。
>
> 　　　　　　　　　　　　丁巳九月六日，清溪道中题。①

只看画，或可见所描摹景色之优美；读此跋，方知作画的背景与心情，愈能体味画面之意境，领略其中所"放出山林本色"。单作独立散文欣赏，亦属绝伦之作。如《题云山图》：

> 甲子嘉平月九日，大雪，泊舟阊门，作此图。忆往岁在西湖遇雪，雪后两山出云，上下一白，不辨其为云为雪也。余画时，目中有雪而意中有云。观者指为《云山图》，不知乃画雪山耳。放笔一笑。②

寥寥几笔，既写出所见胜景，又点出画面意趣所在。题跋中还表明，其为人并不只寄情山水，实极关切时政。如《题山水册》有云：

> 余以病且感时事，久罢公车。丁卯十月，送计偕者于吴

---

①　《嘉定李流芳全集》，292 页。
②　同上，319 页。

门,闻有旨忍痛毁珰祠,无不额手。余虽垂老投闲,幸作太平民矣。舟中连日觉耳目清明,笔墨快适。适有宋笺册数帧,纵笔点染,不觉其竟。因复记此,以为它年佳话也。①

不只表明了李流芳的为人处世态度,亦表明了当时大多数小品文作家的处世态度,可供后世批评家们参考。

二　王思任

王思任(1575—1646),字季重,初号遂东,晚号谑庵,山阴人。万历二十三年(1595)进士,曾任兴平、当涂、青浦知县,后任袁州推官等职。清兵南下,弘光帝被俘,思任弃家入山,鲁王于绍兴监国,聘其为礼部侍郎兼翰林学士。清兵入浙,闭门不出,清人招纳,大书"不降"而拒。次年感疾,绝食而死。张岱《王谑庵先生传》称:"先生初为县令,意轻五斗,儿视督邮,淹蹇宦途,三仕三黜。""五十年内,强半林居,乃遂沉湎曲蘖,放浪山水,且以暇日闭户读书。"②

王思任具有鲜明的性格特征,是对晚明散文发展起重要作用的作家。他的民族气节,于坚拒不降,绝食而死已表现得很充分,文章中亦有多方面体现,如对岳飞、文天祥等爱国志士极度崇敬,对抗清中壮烈殉难的张氏一家给予激昂慷慨地颂扬。尤其当弘光帝被俘后,马士英逃奔至浙,王思任痛加斥责,义正辞严,人心为之大快。王思任又极其关心民生疾苦。其早年所写《简周玉绳·又》中有云:"此时海内第一急务,在安顿穷人。"③又云:"驿递乃穷人

---

① 《嘉定李流芳全集》,358 页。
② 《琅嬛文集》,浙江古籍出版社,2016 年,372 页。
③ 《谑庵文饭小品》卷一,《续修四库全书》第一千三百六十八册。以下所引《谑庵文饭小品》皆同此版本。

大养济院,穷人无归,乱矣。"①《游杭州诸胜记》言及,莲池师"敕予,做官以痛苦百姓皮肉为主"②。某些论者的意识中,似乎晚明小品作家,总与远离现实,只图悠然自适相联系,纯属误解。其实,不只王思任,此时期以小品名世者,大多皆有着家国情怀与济世之念,与传统文人相比,只不过有了明显的个体意识觉醒与自主自立追求而已。

王思任性格上的一大特点,是喜谑,善谑。张岱说他:"聪明绝世,出言灵巧,与人谐谑,矢口放言,略无忌惮。""人方耽耽虎视,将下石先生,而先生对之调笑狎侮,谑浪如常,不肯自贬损也。晚乃改号谑庵,刻《悔谑》,以志己过,而逢人仍肆口诙谐,虐毒益甚。"(参见《王谑庵先生传》)钱谦益说他:"有隽才,居官通脱自放,不事名检。性好谑浪,居恒与狎客纵酒,谈笑大噱。遇达官大吏,疏放绝倒,不能自禁。好以诙谐为文。"③二者皆将其"谑"与对"达官大吏"的态度联系起来。诙谐与幽默相近,风格上属于喜剧范畴,本质特征是对庄重严肃的主题,以嘲戏调侃的方式表达出来,不但达到既定目的,而且取得令人开怀解颐的效果。中国自古就有这样的传统。《晏子春秋》和《滑稽列传》所载诸端皆是,《毛颖传》亦为适例。如果诙谐与调笑,只是为了取媚于对方,那是人格的卑下;如果面对"达官大吏","耽耽虎视,将下石"者,仍然敢于"矢口放言,略无忌惮","调笑狎侮,谑浪如常",则是对权势者的藐视,对传统的轻蔑,除了聪明灵巧外,依靠的主要是对自己人格精神之坚定自信和识见的高超、胸怀的阔达。王思任之"谑",为第二类情况。其《屠田叔笑词序》有云:

---

① 《谑庵文饭小品》,卷一。
② 《谑庵文饭小品》,卷三。
③ 《列朝诗集小传·丙集·王金事思任》,上海古籍出版社,1983 年,574 页。

海上憨先生老矣,历尽寒暑,勘破玄黄,举人间世一切蛤蟆傀儡马牛魑魅抢攘忙迫之态,用醉眼一缝,尽行囊括。日居月诸,堆堆积积,不觉胸中五岳坟起,欲叹则气短,欲骂则恶声有限,欲哭则为近于妇人,于是破涕为笑。极笑之变,各赋一词,而以之囊天下之苦事。上穷碧落,下索黄泉,旁通八极,由佛圣至优旃,从唇吻至肠胃,三雅四俗,两真一假,回回演戏,绦龙打狗,张公吃酒,夹槽带清,顿令蛤蟆肚瘪,傀儡线断,马牛筋解,魑魅影逃,而憨老胸次,亦复云去天空,但有欢喜种子,不知更有苦矣。①

论的是憨先生,实道出了自己所以喜谑善谑的实质。不只如此,他甚至以其谑,用为对付"魑魅"们的手段。《王谑庵先生传》即载有其任当涂令时,凭其谐谑,破除了贪官与太监企图开矿敛财的阴谋。这一基本性格特点,使他许多文章皆透出诙谐风韵,可以说是中国文学中滑稽诙谐一流的继承与发扬。

王思任在主体精神方面,上承徐渭、汤显祖,与同时代的"公安""竟陵"相一致,崇尚个性的张扬、意志的独立。而且视界更宏阔,视宇宙万物为一体;追求更高远,重生命更重精神;气度更雄放,以居高临下、狂宕不羁的态度看待对象和事物。在这种精神的主导下,文学观上,他反因袭,崇自然,尚独创,多有超越传统的独到之见。其《啜墨阁近稿序》云:

文章之道,敷则可涂,饰则可洗,同则可裁,直则可尽,晦则可怨。自北地以来,名人轰起,执此绳之,吾俱不能无褊心

---

① 任远点校:《王季重十种》,浙江古籍出版社,2010 年,22 页。以下所引此书同此版本。

焉。文章，公事也，亦我事也。我有寸心，安能承奉众口哉！①

北地即李梦阳，"名人轰起"，即如"前、后七子"者纷纷追随其因袭摹古之说，"执此绳之"，即以文章之道来衡量，"褊心"即否定、不赞成之心。他所以有此态度，即由于文章"亦我事也。我有寸心，安能承奉众口哉"。《倪翼元宦游诗序》又言：

> 诗以言己者也；而今之诗则以言人也。自历下登坛，欲拟议以成其变化，于是开叔敖抵掌之门，莫苦于今之为诗者。曰如何而汉魏，如何而六朝，如何而唐宋，古也，今也，盛也，晚也，皆拟也。人之诗也，与己何与？②

历下，即李攀龙。文章表达了与上文同样的态度。另在《朱宗远定寻堂稿序》中，更特别强调：

> 造物者既以我为人矣，舌自有声，手自有笔，心自有想，何以拟之议之为，而必欲相率相呼以为拟议之人？③

由于反对因袭模拟，所以他特重独创自立，于《偶居集序》有云：

> 豪杰之士，陆梁跳跃，耻一字不出于己，命一笔欲高于人。读今人未见之书，行古人未到之路，渊蠖其心，木鸡其守，灵鼍其舌，崛虎其睛，于是命古而古，命今而今，命文而文，命什而

---

① 《王季重十种》，19 页。
② 同上，25 页。
③ 同上，39 页。

什,瀇漾莽溔,播腾鼓翕,而后为合喙鸣。①

他重视独创,并不是没有原则,而遵循着两点,一是出于自然,于《王大苏先生诗草序》云:

> 盖生动者,自然之妙也。孩儿出壳,声笑宛怡;若塑罗汉,穷工极巧,究竟土坯木梗耳。唐人之诗,韵流趣盎,亦祇开口自然,莫强于今日之诗,玄深白浅,法度文章,何如捏作,要不过恶墨汁之图傅也。②

二是注重精神,在《刘雪湖梅谱序》中云:"天下有必传之心,无必传之人。何也?心可以入万世,而人必不可出百年。"③所谓"心",即内在精神。

同时,他强调对人之情与性的表现。在《落花诗序》中谓:

> 性之初,于食色原近。告子曰"食色性也",其理甚直。而子舆氏出而讼之,遂令覆盆千载,此人世间一大冤狱也。《国风》好色而不淫,若非魁三百篇者乎?未得《关雎》,不胜其哀哀之旨。向使不必得之,又得之即不寿,参差其语,文王将默默已耶?宁不知"倾城与倾国,佳人难再得",武帝雄风大略,开口称善,五脏俱见;至姗姗来迟,叹与烛荧惚恍,而读者先已心伤矣。此皆性之所呼也。若必建鼓而别之曰"文王德也,武帝色也",武帝诚已具服,而文王独非人也哉?何以窈窕之必

---

① 《王季重十种》,68页。
② 同上,86页。
③ 同上,102页。

训幽闲也？何以知佳侠之不为樗木也？是伯鸾必见赏，而奉倩必见诛也。甚矣，宋先生之拘也。①

如此明确地反道学，为人之食色本性翻案，前此少见，与"五四"的启蒙思想大有接近处。

　　基于以上观念，他对科举制度持批判态度，在《李太虚大椿堂集序》中，引李之言曰：

　　　　大城若干，小邑如许，备虏者陟，杀虏者封，是以虏为事，虏不足虑矣。奈何来俱猬缩，去则燕嬉，穷年竟日？以八股三场，五花四考，软媚人之筋骨，而耗劳人之神沈为此！②

将抗敌之无力，归因于科举。在《铨史纪名序》中又谓：

　　　　三代以前，吏治无所悬绝，即汉、唐、宋来，以小吏起家作三公者，比比有之。高皇帝任官之初，犹行古道。而近日明经取士，非举业不抡，非科甲不贵，妄一少年，突取青紫，临政视事，不知挈令为何物，以故怀刷舞文者，得关其请，而吏治乃大坏。③

将吏治大坏，亦归因于科举。正因如此，他自己早年虽以举业之文得盛名，成进士后"房书出，一时纸贵洛阳。士林学究以至村塾顽童，无不口诵先生之文"。但他并不以此自负，反而在《与翁文澜》中，致意其儿师云："教之古艺，渠必夺帜中原。不可专勖烂时文

　　①　《王季重十种》，15页。
　　②　同上，57页。
　　③　同上，101页。

也。"(《谑庵文饭小品》卷一)

查继佐《罪惟录·传十八·记王思任》称其:"十余岁,洞《易》义,通《性理》《纲目》《史》《汉》《左》《国》诸书。"说明他有丰厚的知识积累,又加上他对当时的通俗文艺极其熟稔,可于尺牍中随手引用《水浒》人物,亲自批点过《牡丹亭》《西厢记》。以这两方面为基础,在上述文学观念主导下,就使王思任的散文呈现出多方面风格,对晚明小品的发展起了很大推进作用。

其一,用极其浅白的口语写下了许多俗下文字,尤以尺牍为然。如其《简米仲诏》:

> 越人嚼笋,闽人嚼蔗,渐老渐甜。不想奉崔魏诸公,主何意见? 就中少年新进甚多,今日银艾,明日就想犀玉,邀呵过棋盘街。尚书阁老,是个孩子,难道有大半世做去,早早回家,有何意趣? 打"选官图"者,不上五六掷,就到太师,出局矣。忙些什么?
>
> 又做官如游山,一步一步上去,历过艰难,闪跌几次,方知荆棘何以刺人,危险何以惕人,幽奇何以快人,转折何以练人。渐渐登峰造极,方有受用。今一见山麓,就要飞至山顶,山顶之上,又往那走? 此皆不明之故也。年兄终日太仆,决不转动,譬之山腰看人,从高跌下,暴痛绝命,可怜可笑也。
>
> 若弟又鲇鱼上竹竿,可笑之甚矣。偶发名言,不是妒口也。我两个老人家,终有意思在。(《谑庵文饭小品》卷一)

不仅书信如此信手随口,即使传统的赞颂体,亦任意随性,化雅为俗,如《谑庵自赞》:

> 遂初服,四十五。发见白,齿渐龋。兴还高,人不腐。舌

如风,笑一肚。要读书,恨愚鲁。半通今,半博古。友子瞻,师杜甫。性喜客,肯作主。酒不让,棋堪赌。爱山水,怕官府。奉高堂,居乐土。迟起床,早闭户。任天公,皆有数。不告贫,不诉苦。(《谑庵文饭小品》卷一)

风格颇近现代之打油诗。其记游类作品,亦有用此类行文风格者。如《游满井记》,重点不在写风物,而极力描写游人喧闹繁杂之世俗相:

> 游人自中贵外贵以下,巾者,帽者,担者,负者,席草而坐者,引颈勾肩履相错者,语言嘈杂。卖饮食者,邀诃好火烧、好酒、好大饭、好果子。贵有贵供,贱有贱鬻。势者近,弱者远,霍家奴,驱逐态甚焰。有父子对酌、夫妇劝酬者,有高髻云鬟,觅鞋寻珥者,又有醉詈泼怒,生事祸人,而厥天陪乞者。传闻昔年有妇,即此坐蓐,各老姬解襦以帷者,万目睽睽,一握为笑。而予所目击,则有软不压驴,厥夫扶掖而去者,又有脚子抽登复堕,仰天丑露者,更有喇唬恣横,强取人衣物,或狎人妻女,又有从傍不平,斗殴血流,折伤至死者。一国狂惑。予与张友买酌苇盖之下,看尽把戏乃还。(《谑庵文饭小品》卷三)

写法上开张岱《西湖七月半》之先,虽描摹生动,有罗列之嫌,无其精整圆熟而已。

其二,王思任亦能继承苏欧传统,写出简明晓畅,鲜明生动,雅而不俗,文而不涩,带自己特色的作品。如《游杭州诸胜记》写西湖一段:

> 西湖之妙,山光水影,明媚相涵,图画天开,镜花自照,四

时皆宜也。然涌金门苦于官皂,钱塘门苦僧、苦客,清波门苦鬼。胜在岳坟,最胜在孤山与断桥。

吾极不乐豪家徽贾,重楼架舫,优喧粉笑,势利传杯,留门趋入。所喜者,野航两棹,坐恰两三,随处夷犹,侣同鸥鹭。或柳堤鱼酒,或僧屋夜蔬。可信可宿,不过一二金,而轻移曲探,可尽两湖之致。(《谑庵文饭小品》卷三)

简洁明畅,表达的情趣,亦开张岱之先。其《二还亭记》《通明亭记》等,皆属此类作品。

其三,王思任最富个人特色的,是那些以狂放情怀、雄肆气魄、劲健笔墨所写游记类作品。其"放浪山水",既属兴趣爱好,又是不满现实的寄托,还有着深层次的思想底蕴。《游唤序》有云:

> 天地定位,山泽通气,事毕矣,而又必生人,以充塞往来其间。则人也者,大天,大地,大山,大水之所托以恒不朽者也。人有两目,不第谓其昼视日,夜视月也;又赋之两足,亦不第欲其走街衢田陌,上长安道已也。……
>
> 夫天地之精华,未生贤者,先生山水。故其造名山大川也,英思巧韵,不知费几炉冶,而但为野仙山鬼蛟龙虎豹之所啸据,或不平而争之,非樵牧则缁黄耳。而所谓贤者,方如儿女子守闺阈,不敢空阔一步,是蜂蚁也,尚不若鱼鸟,不几于负天地之生,而羞山川之好耶?
>
> 病老将至,秉烛犹迟。郄诜言:山行一度,洗尽五年尘土肠胃。吾欲七千由旬中贤者,共识其大,无被尘土竟埋其眼足也。[1]

---

[1] 《王季重十种》,20页。

这等于说，人，才是大地山川的主人，其贤者就应该放眼空阔处，以洗尽尘世秽浊的污染。这乃是对大自然审美观上的新高度。有这样的底蕴，又确具丰厚学养，加上鄙视"七子"形式上的摹古，追求古人的"真精神"，所以表达上，除叙述描写中自然而随意地运用大量典实外，句法构造方面，力求精练简括，甚至有着思路跳跃，遣词用语方面，多用拟人化的手段，多将名词作动态应用，多新辟新铸，极力提高其表现的张力。从而总体上形成一种坚挺、峭拔、险拗，别有韵致的风格，如张岱所谓"笔悍而胆怒，眼俊而舌尖"。此外，再结合其"目空千古，胆压九州"（参见《谑庵文饭小品·海峤杂咏小引》）的豪纵，灵动善谑的才情，落拓不羁的个性，就使他笔到神出，赋予其作品特殊兴味，特殊魅力。此类作品数量甚大，如《唤游》之《剡溪》：

> 浮曹娥江上，铁面横波，终不快意。将至三界址，江色狎人，渔火村灯，与白月相上下，沙明山静，犬吠声若豹，不自知身在析桐也。
>
> 昧爽，过清风岭，是溪江交代处，不及一唁贞魂。山高岸束，斐绿叠丹，摇舟听鸟，杳小清绝，每奏一音，则千峦苗答。秋冬之际，想更难为怀。不识吾家子猷，何故兴尽雪溪？无妨子猷，然大不堪戴。文人薄行，往往借他人爽厉心脾，岂其可！
>
> 过画图山，是一兰苕盆景。自此万壑相招赴海，如群诸侯敲玉鸣裾。逼折久之，始得豁眼一放地步。山城崖立，晚市人稀。水口有壮台作砥柱，力脱帻往登，凉风大饱。城南百丈桥，翼然虹饮，溪逗其下，电流雷语。移舟桥尾，向月碛枕漱取酣。而舟子以为何不傍彼岸，方喃喃怪事我也。[1]

---

① 《王季重十种》，108 页。

融述行,绘景,抒感受,发论议为一体,行文极简括,用语亦新异、脱俗,略有生涩而富表现力。《徐伯鹰天目记游诗序》则写得更为成熟,特色亦更显著:

> 尝欲佞吾目,每岁见一绝代丽人,每月见一种异书,每日见几处山水,逢阿睹举却,遇纱帽则逃入深竹。如此,则目著吾面,不辱也。
>
> 徐伯鹰铁脊万丈,突中时魔,大蠡出镇;短后削归,绝无矜拂之意。每至我草亭,谈谐索酒,玄对会稽千万峰,辄半晌痴去。
>
> 无何,伯鹰出走,两月不晤。忽从天目言旋,以记绘其象,以诗绣其神。吾读之,若瀑落冰壶,若霞飞鹤背;若半夜招提,妙香清梵,梦魂犹冷;若坐松风于老岩古壁之下,嚼梅蕊,嗅雪兰,时有山鸟赠舌;又若松风溪月,谡谡溶溶也。
>
> 伯鹰曰:"色易衰,书易倦,无斁无妒,世间惟山水。吾偶思天目,即抽胫诣之,以雨濛故,仅放只眼。"嗟呼! 造物何常,人心不足。使当日生人之初,增设四眼,尽如苍颉,犹以为未供其观也;使人人而皆只眼,至玉垒分面称孤,则亦相安无越思矣。伯鹰曰:"然。吾第欲还我双眼,所愿一眼如天,一眼如海。"问曰:"何须恁底睁大?"曰:"不但看山水,亦看伊也。"①

既写其人,又写其诗、其文,又写自己感受,又写对山水之酷爱,对话中还带谐趣。《游唤》之《小洋》篇,起首曰:

---

① 《王季重十种》,51 页。

由恶溪登括苍，舟行一尺，水皆污也。天为山欺，水求石放，至小洋而眼门一辟。

可见其雄放、简劲，具有独创精神的语言表现力。下面一段：

落日含半规，如胭脂初从火出。溪西一带，山俱似鹦鹉绿，鸦背青。上有猩红云五千尺，开一大窦，逗出缥天，映水如绣铺赤玛瑙。

日益曶，沙滩色如柔蓝懈白，对岸沙则芦花月影，忽忽不可辨识。山俱老瓜皮色。又有七八片碎剪鹅毛霞，俱金黄锦荔，堆出两朵云，居然晶透葡萄紫也。又有夜岚数层斗起，如鱼肚白，穿入出炉银红中，金光煜煜不定。盖是际天地山川，云霞日采，烘蒸郁衬，不知开此大染局作何制！[①]

用绚烂的色彩，生动而奇特的比喻，写日落时云霞满天的辉煌壮丽景观，令人叹为观止。

以上三点中，尤以一、三两点，对后人影响较大，张岱明显受其影响，刘侗则在构词用语上承续发展了其格调传统。

三　刘侗

刘侗（1593—1636），字同人，号格庵，麻城（湖北麻城）人。崇祯初入太学，七年中进士。在京期间，与于奕正相识，成莫逆交。与谭元春相交甚深，或被视为“竟陵派”作家。

刘侗之引人注目，主要是因为《帝京景物略》一书。中国古代，属于地志而又有极高艺术性与审美价值的作品，最著名的是《水经

---

① 《王季重十种》，133 页。

注》与《洛阳伽蓝记》，该书是与二者遥相承绪之作。但与《水经注》以水道为线索，《伽蓝记》以"伽蓝"为中心不同，从书名即可看出，它以介绍描绘北京地区的"景物"为主旨。其具体内容包括山水风光、庵院寺庙、名胜古迹。书为刘侗与于奕正合作。据刘侗之《序》，于奕正着重实地考察，刘侗主要负责文字撰写。二人对此书的写作，下了很大心力，态度极为认真。于奕正所写《略例》有谓："成斯编也良苦。景一未详，裹粮宿春；事一未详，发箧细括；语一未详，逢襟捉问；字一未详，动色执争。历春徂冬，铢铢絪絪而帙成。"①

全书由一百三十多个单篇组成，每篇写一景点，附以大量相关诗作。可谓有严密组织的景观记、游记之集合。虽有地志性质，但为以审美的角度，对一个地区的风物所作全面描绘与记述，在散文史上属别有意义的开拓。这部书艺术上有很高成就并独具特色：

首先，它极善于捕捉景物的突出特点，以洗炼的笔墨予以点染描绘。如《极乐寺》，写高梁桥水畔之松、梅、柳：

> 松之老也秃，梅之老也秃，柳之老也，逾细叶而长丝。②

前两者之"秃"，与后者之"细叶而长丝"，形成鲜明对比。写《红螺崄》之山：

> 山头苦乱，目不给瞬也，正复爱其历乱。山涧苦喧，耳不

---

①　孙小力校点：《帝京景物略》，上海古籍出版社，2001年。以下所引此书皆同此版本。
②　同上，286页。

给聒也，正复爱其怒喧。山路苦陡，趾不给错也，正复爱其陡绝耳。①

山头的特点在"乱"，山涧在"喧"，山路在"陡"，似乎不是什么优点，但分别又以主体感受，写其"苦"中之可爱。《白石庄》则即柳的时节之变着笔：

> 庄所取韵皆柳，柳色时变，闲者惊之。声亦时变也，静者省之。春，黄浅而芽绿，浅而眉，深而眼。春老，絮而白。夏，丝迢迢以风，阴隆隆以日。秋，叶黄而落，而坠条当当，而霜柯鸣于树。②

用新颖而贴切的形容，写同一对象在春、夏、秋不同的情韵。给人印象极美、极佳，而特色鲜明。

其次，它善于以特有的笔法，生动的描摹，增强表达效果，创造出动人的意象、意境。如《极乐寺》写寺前景色：

> 岸北数十里，大抵皆别业、僧寺，低昂疏簇，绿树渐远，青青漠漠，间以水田，界界如云脚下空。③

展现出俯瞰式的画面。《水尽头》中一段：

> 然春之花，尚不敌其秋之柿叶，叶紫紫，实丹丹。风日流

---

① 《帝京景物略》，512 页。
② 同上，288 页。
③ 同上，287 页。

美,晓树满星,夕野皆火。香山曰杏,仰山曰梨,寿安山曰柿也。①

写秋日之柿,实丹如星,叶盛如火,灿人眼目,而又以春之花、香山之杏、仰山之梨,遥相对比,更强化了给人的印象。《狄梁公祠》写柳林:

> 柳林如新井庵松,照行人衣,白者皆碧。柳株株皆蝉,噪声争夕,无复断续,行其下,语不得闻。②

声色如现,使人有亲入其境之感。

再次,特堪称道者,是它在语言运用上别创新格:尽力避艰求易,去熟就生,着意词性的灵活变化,多用重文叠字。组句不循常规,该斩截时斩截,该绵延时绵延,长短相间,参差错落,在看似生拗的构造中,形成特有的顿挫感、节奏美。除前引文字外,如《三圣庵》:

> 德胜门东,水田数百亩,沟浍浍川上,堤柳行植,与畦中秧稻,分露同烟。春绿到夏,夏黄到秋。都人望有时:望绿浅深,为春事浅深;望黄浅深,又为秋事浅深。望际,闻歌有时:春插秧歌,声疾以欲;夏橘槔水歌,声哀以啴;秋酺赛社之乐歌,声哗以嘻。然不有秋也,岁不辄闻也。
>
> 有台而亭之,以极望,以迟所闻者。三圣庵,背水田庵焉。门前古木四,为近水也,柯如青铜亭亭。台,庵之西。台下亩,

① 《帝京景物略》,385 页。
② 同上,476 页。

方广如庵,豆有棚,瓜有架,绿且黄也,外与稻场同候。台上亭,曰"观稻"。观不直稻也,畦陇之方方,林木之行行,梵宇之厂厂,雉堞之凸凸,皆观之。①

风格与"竟陵"相近,胜过"竟陵";似受王思任熏陶,又不同于王。显示出其语言上的锻炼工夫和其具有的而前代名家所没有的特色。

第五节 张 岱
——晚明散文趋向审美化、艺术化之集中代表

晚明小品文作家中成就最大者为张岱。他的作品,在古代散文发展史上,具有向审美化、艺术化方向转变的标志性意义,堪称"五四"以来现代散文之前驱。张岱取得这种成就与地位,有时代与历史的多重原因。

一 其人与其世

张岱(约1595—约1679),又名维城,字宗子,又字石公,号陶庵,晚年又号蝶庵,山阴人。有研究者认为,他卒于八十八或九十三岁。

了解张岱其人的枢纽,是其《自为墓志铭》,文云:

蜀人张岱,陶庵其号也。少为纨绔子弟,极爱繁华。好精舍,好美婢,好娈童,好鲜衣,好美食,好骏马,好华灯,好烟火,好梨园,好鼓吹,好古董,好花鸟,兼以茶淫橘虐,书蠹诗魔。

---

① 《帝京景物略》,49页。

劳碌半生,皆成梦幻。年至五十,国破家亡,避迹山居。所存者,破床碎几,折鼎病琴,与残书数帙,缺砚一方而已。布衣疏食,常至断炊。回首二十年前,真如隔世。

常自评之,有七不可解:向以布韦而上拟公侯,今以世家而下同乞丐,如此则贵贱紊矣,不可解一。产不及中人,而欲齐驱金谷,世颇多捷径,而独株守于陵,如此则贫富舛矣,不可解二。以书生而践戎马之场,以将军而翻文章之府,如此则文武错矣,不可解三。上陪玉皇大帝而不诌,下陪悲田院乞儿而不骄,如此则尊卑溷矣,不可解四。弱则唾面而肯自干,强则单骑而能赴敌,如此则宽猛背矣,不可解五。夺利争名,甘居人后;观场游戏,肯让人先?如此则缓急谬矣,不可解六。博弈摴蒱,则不知胜负,啜茶尝水,则能辨渑淄,如此则智愚杂矣,不可解七。有此七不可解,自且不解,安望人解?故称之以富贵人可,称之以贫贱人亦可;称之以智慧人可,称之以愚蠢人亦可;称之以强项人可,称之以柔弱人亦可;称之以卞急人可,称之以懒散人亦可。学书不成,学剑不成,学节义不成,学文章不成,学仙学佛、学农学圃俱不成。任世人呼之为败子,为废物,为顽民,为钝秀才,为瞌睡汉,为死老魅也,已矣。

初字宗子,人称石公,即字石公。好著书,其所成者,有《石匮书》《张氏家谱》《义烈传》《琅嬛文集》《明易》《大易用》《史阙》《四书遇》《梦忆》《说铃》《昌谷解》《快园道古》《傒囊十集》《西湖寻梦》《一卷冰雪文》行世。……

甲申以后,悠悠忽忽,既不能觅死,又不能聊生,白发婆娑,犹视息人世。恐一旦溘先朝露,与草木同腐,因思古人如王无功、陶靖节、徐文长皆自作墓铭,余亦效颦为之。甫构思,觉人与文俱不佳,辍笔者再;虽然,第言吾之癖错,则亦可传也已。曾营生圹于项王里之鸡头山,友人李研斋题其圹曰:"呜呼！有明著述鸿儒陶庵张长公之圹。"伯鸾,高士,冢近要离,余故有取于项里也。明年,年跻七十,死与葬,其日月尚不知也,故不书。铭曰：

穷石崇,斗金谷。盲卞和,献荆玉。老廉颇,战涿鹿。赝龙门,开史局。馋东坡,饿孤竹。五羖大夫,焉肯自鬻？空学陶潜,枉希梅福。必也寻三外野人,方晓我之衷曲。①

此文与《自题小像》《蝶庵题像》,皆为自嘲自谑之作。嘲谑中寓有生活的真实与复杂沉挚的感情。所以称之为"枢纽",是因为结合其他作品,从中可以解读出：

第一,张岱一生确实经历了由"极爱繁华"到"国破家亡""常至断炊"的"真如隔世"之变。这种剧变,留给他心灵的创伤之深,之巨,当可以想象。

第二,当明清鼎革之际,他以一介布衣、文弱书生,确实投入到抗清的斗争。所谓："以书生而践戎马之场,以将军而翻文章之府",所谓："盲卞和,献荆玉。老廉颇,战涿鹿。"结合路伟、马涛点校《琅嬛文集》所载《上鲁王》六《笺》,可知当南明弘光朝覆溃,清兵南下时,他曾组织绍兴军民奋起抗敌,并亲赴台州海上,劝鲁王至绍兴监国。然后,不但出谋划策,而且请求率兵出斩祸国奸佞马士英。后因受诽谤排挤,看透鲁王之腐败不可为,无奈才辞职而入山。这表明他不只是卓越文人,亦是民族意识极强的爱国志士。也是自认"称之以强项人可"的原因。

第三,他之所以没有像祁彪佳、王思任一样,随鲁王政权的覆灭而殉国,隐忍以存生,乃另有抱负,即完成他所极重视的记载有明一代的史书《石匮书》。所谓"弱则唾面而肯自干","赝龙门,开

---

① 夏咸淳辑校：《张岱诗文集》(增订本),上海古籍出版社,2014 年,373 页。

史局"，"必也寻三外野人，方晓我之衷曲"，即指此。《石匮书》是张岱极重视的一部著作，在其《石匮书自序》中有云："第见有明一代，国史失诬，家史失谀，野史失臆，故以二百八十二年总成一诬妄之世界。余家自太仆公以下，留心三世，聚书极多。余小子苟不稍事纂述，则茂先家藏三十余乘，亦且荡为冷烟、鞠为茂草矣。余自崇祯戊辰，遂泚笔此书，十有七年而遽遭国变。携其副本，屏迹深山，又研究十年，而甫能成帙。""事必求真，语必务确，五易其稿，九正其讹，稍有未核，宁阙勿书。故今所成书，上际洪武，下讫天启，后皆阙之，以俟论定。"①又于沈抄本中之《讳日告文》（其母陶氏忌日祭文）中云，当鲁王政权崩溃：

> 儿见时势如此，欲捐躯报国，蹑巫咸之遗者数矣。乃自想国亡身亡，故是臣节，古人有田子春、陶靖节辈避迹山居，力田自食，亦不失为义士，或亦可以不死。又以儿著《石匮书》，记大明事实，纂辑至隆庆矣，三五年方得卒业，故忍死须史，或亦可以不死。又以鲁王在澥外，唐王在闽西，粤、滇、黔奉大明正朔犹半天下焉，恢复中原尚亦有待，或亦可以不死。故转展蹢躅，尚未死焉。
>
> 虽然，去年遭变，下薙发之令，儿有言曰："发随头并落，家与国偕亡。"至今万死一生，儿发尚在。有劝儿为僧者，儿素不佞佛，亦不耐僧。有劝儿曰："太史公作《史记》，不惜腐刑，去此数茎发何难耶？"儿曰："太史公以刑余辱及先人。夫刑余之人，人犹人也；薙此数茎发，则非人矣。仁人志士至欲以头殉发，他非所论矣。"故儿穴居野处，邀天之幸，俟发禁稍弛，儿尚可存活。如其不然，《石匮书》不成，后人或有续成之者，恢复

---

① 栾保群注：《娜嬛文集》，故宫出版社，2012 年，1 页。

有日，亦斆陆放翁之诫子，令其在家祭时汲汲一告也。①

此皆说明，他之所以隐忍苟活，意在完成《石匮书》。至于所谓"必也寻三外野人，方晓我之衷曲"，"三外野人"乃著《心史》沉井之郑思肖名号。此语表明，他正是以《石匮书》比之《心史》，以己比之于郑思肖其人。他所以选项王里建生圹，表明其复明之心不死；李长祥为圹所作题辞及所谓："五羖大夫，焉肯自鬻？"又皆表明了至死不渝的骨气。凡此可见，张岱的"节义"思想浓重强烈，较之慷慨就义之张煌言、夏允彝父子毫不逊色。

第四，他之自承"少为纨绔子弟"，是实情，亦非实情。所谓"是实情"：所罗列一切爱好，确为豪门纨绔子弟之习尚，张岱本人确有这种种习尚。所谓"非实情"：其一，张岱并非真正"纨绔子弟"。张岱的家庭，虽为名门世家，其高、曾、祖三代皆为进士，为显宦，但他们皆为人为官清正，并非仗势欺人、鱼肉乡里之辈，因而其家族属于所谓的书香门第，且"以检朴世其家"。而至张岱父亲，已经"暮年身无长物"，"家日落矣"②。以生于这样的家庭，自称"纨绔子弟"，显属自嘲。其二，张岱所罗列种种爱好，并非像真正纨绔子弟那样，着意于纵情声色，沉溺物欲，夸示豪奢，实为对这些对象文化层次上的喜好、欣赏与追求。"茶淫橘虐，书蠹诗魔"固不必说，所好之"精舍""美婢""鲜衣""美食""骏马""华灯""烟火""梨园""鼓吹""古董""花鸟"等等，在《陶庵梦忆》中，皆有记载描写，概属此种情形。以"美食"为例，《乳酪》篇记载了其自制"乳酪"的过程及对其色香味品鉴，笔法细腻而生动。哪里是写满足口腹之欲的食品，简直是对一种艺术品及其制作过程的审美欣赏。晚明时期

---

① 路伟、马涛点校：《嫏嬛文集》，浙江古籍出版社，2016年，322页。
② 《家传》，《嫏嬛文集》，181页。

的东南地区,随着商品经济的发展,市场的繁荣,行业分工愈趋专门化,社会文化愈益普及化、大众化。在这种背景下,一部分士大夫文人的生活情趣在原有基础上,进一步转向城市生活,不但传统的琴棋书画、纸墨笔砚、文物古玩,旁及山石竹木、花草虫鱼、饮馔器皿,甚至歌舞楼台、梨园技艺,皆成为带有审美意味的欣赏对象。相应地,有关行业的从业者,不但对所从事的对象更加专精,成为当行的专门家、艺术家,而且培养成以之自豪,以之自重,愿以性命为之的癖好。张岱于《陶庵梦忆》中,诸如《吴中绝技》《砂罐锡注》《闵老子茶》《诸工》等篇,对之皆有记载。张岱早年以"纨绔子弟"自命诸爱好,皆是此种习性之反映。其所谓:"夺利争名,甘居人后;观场游戏,肯让人先?"足以说明其爱好的性质。不过要满足诸种爱好,非有相当的财力基础不可,而以张岱之趋于没落的家世,为之实难,故他又有"产不及中人,而欲齐驱金谷","穷石崇,斗金谷"之语。

第五,从文中张岱自列之著述,可见其知识之渊博,涉猎范围之广泛,文化底蕴之丰厚,这正是他在散文写作上能够卓然自树,有所突破创新的基础之一。

第六,文中所谓"七不解",反映了张岱于所处时代及个人生活与思想中的种种矛盾。他所谓:"有此七不可解,自且不解,安望人解?"表明了这种种矛盾使他陷入的困惑。这些在当时,就张岱来说,确实是不可理解的,而今天看来,正是由时代与历史原因所造成。在面临这种时代大变局时,张岱虽然作出了自己的抉择,即使今天来说,这种抉择亦无可厚非,但从张岱所信奉的"节义"观来说,他仍感到有所不足,因而对自己仍以"废物""顽民""钝秀才""瞌睡汉""死老魅"自讽自嘲,于此亦可见其内心矛盾痛苦之深。

从以上几点出发,方可理解张岱之全人。如果仅凭几部作品,视其为反映明末士人"闲适"情趣的小品文代表作家,据此大加赞扬者固非,以此而不以为然者亦非。

二 思想观念与文学观

张岱的思想基底仍属儒家传统,但他像徐渭一派作家一样,受明代中后期个性解放思潮影响极深。

对于明代流行之道学,张岱认为有真、伪之分。于其所著《石匮书·儒林列传总论》中曾谓:"道学之号至姚江而始振,然姚江之弟子尽多伪学,此即以假道学而开门户之渐。东林之号至端文(顾宪成)而始成,然端文之弟子更多伪人。""自万历丙午以来,龙战六十余年,河北贼与朝廷朋党共乱天下,道学之为害,可胜道哉?"[①]于《传》末的评论中又曰:"昔人言:晋人清谈,宋人道学,后遂以亡其国。夫清谈如谢太傅,道学如程明道,国且依赖。至如清谈之变为月旦,道学之变为党锢,此皆其末流,不足道也。"因而他对真诚信奉道学者,视为真正的儒者加以尊崇,以至于把其曾祖张元汴亦列入《儒林列传》。然而他的思想受个性解放思潮熏陶实深。这种思潮的突出代表李贽,在《石匮书》中被收入《文苑列传》,张岱赞其:"为文不阡不陌,抒其胸中之独见,精光凛凛,不可迫视。而好恶颇与人殊,诗不多作,大有神境。""气既激昂,行复诡异,斥异端者,日益侧目。"《传》后评论又曰:"李温陵发言似箭,下笔如刀,人畏之甚,不胜其服之甚;亦惟其服之甚,故不得不畏之甚也。异端一疏,瘐死诏狱。温陵不死于人,死于口;不死于法,死于笔。温陵自死已耳,人岂能死之哉!"[②]于此可见张岱思想之所趋。

受其思想之内在精神所支配,张岱在文章观上,有两大明显倾向。一是对充斥有明一代,因科举制度而盛行之八股时文,取严厉

---

① 《续修四库全书》第三百二十册,61页。
② 同上,136页。

批判态度。在《石匮书·文苑列传总论》中,他喻八股为"泥佛彩花",谓:

> 我明自高皇帝开国,与刘青田定为八股文字。专精亶力,一题入手,全于心灵筋脉声口骨节中揣摩刻画,较之各样文体,此为最难。三场取士,又专注头场。二百八十二年以来,英雄豪杰,埋没于八股中,得售者什一,不得售者什九,此固场屋中之通病也。
>
> 百年以前,风气初开,尚无剿袭之弊,后自演习既久,房书社稿,充栋汗牛。好古力学之士,呕血刿心,屡遭辣刷,而少年稚子,熟读房书社稿数百余篇,便能联翩飞去。李卓吾曰:"吾熟读烂时文百余首,进场时,做一日誊录生,便高中矣。"此虽戏言,委是实录。
>
> 故使后世帝王开科取士,仍用时文,则家诵户弦,世世不衰,帖括之力,犹足以主持久远。若一朝更变,屏弃八股,时则时文虽如山积,见之者如敝帚败屦,不待秦火,而决不复留半字矣,焉能与元曲唐诗共有千古哉?是以我明人物,埋没于帖括中者甚多,我明文章埋没于帖括中者亦甚多。盖近世学者除四书、本经之外,目不睹非圣之书者,比比皆是,间有旁及古文,怡情诗赋,则皆游戏神通,不著要紧。其所造诣,则不问可知矣。①

对八股文批判之尖锐、深刻、着实,较近现代毫不逊色。

二是对有明一代的诗文家,包括"台阁体""前、后七子""唐宋派"等,皆取比较宽容客观的态度,该肯定之处,给予肯定,不足之

---

① 《续修四库全书》第三百二十册,88页。

处,亦指出其所不足。不过对徐渭、汤显祖、袁宏道等主张抒张性灵、张扬个性诸家,更多地予以推扬赞赏。如《石匮书·文苑列传·归有光刘凤汤显祖徐渭袁宏道列传》后之评论有云:

> 归熙甫、刘子威、汤义仍、徐文长、袁中郎,皆生当王、李之世。故诗文崛起,欲一扫近代芜秽之习。……而刘子威但为佶屈聱牙,不足以屈服王、李,文长、义仍各以激昂犄角其间,未能取胜,而中郎以通脱之姿,尖颖之句,使天下文人始知疏瀹心灵,搜剔慧性,以荡涤模拟涂泽之病,其功则更在归、刘、汤、徐之上矣。故文长之赏识熙甫,与中郎之赏识文长,针芥相投,水乳忽合,理则应然,何足为怪哉![①]

因为张岱承受发扬了徐渭、李贽、袁宏道之影响,在其文艺观中,便显示了两个突出点:

其一,诗文作者必须有出自心灵、超脱世俗的独立不羁之精神。对此,他以"冰雪之气"喻之。其《一卷冰雪文序》中云:"鱼肉之物,见风日则易腐,入冰雪则不败,则冰雪之能寿物也。今年冰雪多,来年谷麦必茂,则冰雪之能生物也。盖人生无不藉此冰雪之气以生,而冰雪之气必待冰雪而有,则四时有几冰雪哉? 若吾之所谓'冰雪'则异是。……冰雪之在人,如鱼之于水,龙之于石,日夜沐浴其中,特鱼与龙不之觉耳。"然后曰:

> 故知世间山川云物、水火草木、色声香味,莫不有冰雪之气,其所以恣人挹取,受用之不尽者,莫深于诗文。盖诗文只此数字,出高人之手,遂现空灵,一落凡夫俗子,便成臭腐。此

---

① 《续修四库全书》第三百二十册,145 页。

其间真有差之毫厘,失之千里。

然后又曰:

> 剑之有光芒,与山之有空翠,气之有沆瀣,月之有烟霜,竹之有苍倩,食味之有生鲜,古铜之有青绿,玉石之有胞浆,诗之有冰雪,皆是物也。[①]

其《一卷冰雪文后序》中,又进一步解释说:

> 至于余所选文,独取冰雪。而今复以冰雪选诗者,盖文之冰雪,在骨在神,故古人以玉喻骨,以秋水喻神,已尽其旨。[②]

由此可见,其所谓"是物",即指"冰雪之气",即如骨似玉之作者独有之精神。

其二,于诗文创作,强调在继承前代遗产、借鉴别人经验基础上,必须"自出手眼",以"我"为主。其《又与毅儒八弟》中,论及编诗之选本,有云:"前见吾弟选《明诗存》,有一字不似钟、谭者,必弃置不取。今幾社诸君子,盛称王、李,痛骂钟、谭。而吾弟选法,又与前一变,有一字似钟、谭者,必弃置不取。钟、谭之诗集仍此诗集,吾弟手眼仍此手眼,而乃若飞蓬,捷如影响,何胸无定识,目无定见,口无定评,乃至斯极耶?"然后,比喻说:"吾浙人极无主见,苏人所尚,极力摹仿。如一巾帻,忽高忽低;如一袍袖,忽大忽小。苏人巾高袖大,浙人效之,俗尚未遍,而苏人巾又变低,袖又变小矣。"

---

① 《张岱诗文集》,184 页。
② 同上,224 页。

最后,特别强调:

> 愿吾弟自出手眼,撇却钟、谭,推开王、李,毅儒、陶庵还其为毅儒、陶庵,则天下能事毕矣。[1]

虽仅就选诗立论,而道出了张岱"自出手眼"的基本态度。在《琅嬛诗集自序》中,张岱又详细叙及学诗及自选其诗的过程。讲到:"余少年喜文长,遂学文长诗,因中郎喜文长诗,而并学喜文长之中郎诗。""后喜钟、谭诗","举向所为似文长者悉烧之","非钟、谭则一字不敢置笔。刻苦十年,乃向所为学钟、谭者,又复不似"。"余于是知,人之诗文,如天生草木花卉,其色之红黄、瓣之疏密,如印板一一印出,无纤毫稍错。世人即以他木接之,虽形状少异,其大致不能尽改也。""余今乃大悟,简余所欲烧而不及烧者悉存之,得若干首,抄付儿辈,使儿辈知其父少年亦曾学诗,亦曾学文长之诗,亦曾烧诗之似文长者,而今又复存其似文长之诗。存其似者,则存其似文长之宗子;存其似之者,则并存其宗子所似之文长矣。"末了又补充云:

> 向年余老友吴系曾梦文长,说余是其后身,此来专为收其佚稿。及余选《佚稿》,而其所刻诸诗,实不及文长以前所刻之诗,则是文长生前已遂不及文长矣。今日举不及文长之文长,乃欲以笼络不必学文长而似文长之宗子,则宗子肯复受哉?古人曰:"我与我周旋久,则宁学我。"[2]

全文的要点,即在最后一句,亦即前述:自出手眼。这应是整个张

---

[1] 《张岱诗文集》,313 页。
[2] 同上,474 页。

岱创作的主导观念。

三　散文创作的实践及杰出成就

　　基于张岱主导性的思想观念文章观念,丰厚的学养,特有的习性,广博的生活面,对大众文艺的爱好与熟稔,多方面涵育而成的审美水平,及时代大变局给予其心灵的巨大创痛,使他在创作实践上,取得多方面成就。其聚几十年精力所写成之巨著《石匮书》,谷应泰曾据以修《明史纪事本末》,毛奇龄编修《明史》亦曾求之借鉴,为文谨重通达,属史学范围,可不置论。他亦写有不少骈体文,化板滞为灵动,变奥涩为明快,甚受后人赞赏。但最有突破意义者为其小品性质作品,最著者为《陶庵梦忆》,其次为《西湖寻梦》及《琅嬛文集》中的某些篇章。张岱在《梦忆序》中云:

　　　　陶庵国破家亡,无所归止,披发入山,骇骇为野人。故旧见之,如毒药猛兽,愕窒不敢与接。作《自挽诗》,每欲引决,因《石匮书》未成,尚视息人世。……

　　　　鸡鸣枕上,夜气方回,因想余生平,繁华靡丽,过眼皆空,五十年来,总成一梦。今当黍熟黄粱,车旅蚁穴,当作如何消受?遥思往事,忆即书之,持向佛前,一一忏悔。……偶拈一则,如游旧径,如见故人,城郭人民,翻用自喜,真所谓痴人前不得说梦矣。

　　　　昔有西陵脚夫,为人担酒,失足破其瓮,念无以偿,痴坐伫想曰:"得是梦便好。"一寒士乡试中举,方赴鹿鸣宴,恍然犹意非真,自啮其臂曰:"莫是梦否?"一梦耳,惟恐其非梦,又惟恐其是梦,其为痴人则一也。余今大梦将寤,犹事雕虫,又是一番梦呓。①

---

① 《张岱诗文集》,195 页。

《西湖梦寻序》又云:

> 余生不辰,阔别西湖二十八年,然西湖无日不入吾梦中,而梦中之西湖,实未尝一日别余也。
>
> 前甲午、丁酉,两至西湖,如涌金门,商氏之楼外楼,祁氏之偶居,钱氏、余氏之别墅,及余家之寄园,一带湖庄,仅存瓦砾。则是余梦中所有者,反为西湖所无。及至断桥一望,凡昔日之歌楼舞榭,弱柳夭桃,如洪水淹没,百不存一矣。余乃急急走避,谓余为西湖而来,今所见若此,反不若保吾梦中之西湖为得计也。
>
> 因想余梦与李供奉异,供奉之梦天姥也,如神女名姝,梦所未见,其梦也幻。余之梦西湖也,如家园眷属,梦所故有,其梦也真。今余僦居他氏,已二十二载,梦中犹在故居。旧役小傒,今已白头,梦中仍是总角。凤习未除,故态难脱。而今而后,余但向蝶庵岑寂,蘧榻纡徐,惟吾旧梦是保,一派西湖景色,犹端然未动也。儿曹诘问,偶为言之,总是梦中说梦,非魇即呓也。
>
> 余犹山中人,归自海上,盛称海错之美,乡人来共舐其眼。嗟嗟!金齑瑶柱,过舌即空,则舐眼亦何救其馋哉?①

梦,是人类精神与心理生活中的普遍现象。梦的成因,为千古之谜,历来有种种猜测,因而造出了无数神奇的故事、传说。直到弗洛伊德,才揭示出,它乃人类历史演进中,被抑制本能所形成潜意识之反映。中国古代作家特爱写梦,借以表达"真中之幻","幻中之真"。张岱亦是如此,前半生喜爱的生活与环境皆已成幻成梦,

---

① 《张岱诗文集》,232 页。

今之忆"梦"，寻"梦"，正是为了保存梦中之实之真。因对昔日痛惜之深，依恋之深，所以虽谓"偶拈一则"，"忆即书之"，不自觉间，即发挥其全部天赋才华，会聚其多年陶铸累积之艺术修养，写出近乎篇篇锦绣、字字珠玑之绝世佳品。

总览张岱以《陶庵梦忆》为代表的散文作品：首先，题材内容丰富而广泛。除山川风物外，于明末江南地区的社会生活，尤其因长时期经济繁荣所形成的时尚、风俗、民情，如其《自为墓志铭》中述及所曾爱好的诸端：精舍、美婢、娈童、鲜衣、美食、骏马、华灯、烟火、梨园、鼓吹、古董、花鸟等等，大都展现于笔墨之中。看张岱的作品，就足以大体了解其时的社会风貌。其次，对上述一切，张岱是以深深的怀旧之情，用艺术家的审美眼光加以再现的。由于他精神上深得晚明个性抒张派真传，艺术修养上有深厚积累，兼取众家之长，于是无论抒情、叙事，还是景色人物描摹，不但超出晚明诸家之上，即使与散文史上的名家比，亦有独到之处。具体说来：

其一，他不但对涉及众多人物、景象之大场面大镜头，极具概括力和表现力，同时又能大处着眼，细处落笔，以独有的视角和语言运用的精深造诣，给予传神写照。如《西湖七月半》写杭人于特殊时日游湖之景观：

西湖七月半，一无可看，止可看看七月半之人。看七月半之人，以五类看之：其一，楼船箫鼓，峨冠盛筵，灯火优傒，声光相乱，名为看月而实不见月者，看之。其一，亦船亦楼，名娃闺秀，携及童娈，笑啼杂之，环坐露台，左右盼望，身在月下而实不看月者，看之。其一，亦船亦声歌，名妓闲僧，浅斟低唱，弱管轻丝，竹肉相发，亦在月下，亦看月而欲人看其看月者，看之。其一，不舟不车，不衫不帻，酒醉饭饱，呼群三五，跻入人丛，昭庆、断桥，嚣呼嘈杂，装假醉，唱无腔曲，月亦看，看月者亦看,不看月者亦看,而实无一看者,看之。其一,小船轻幌,净几暖炉,茶铛旋煮,素瓷静递,好友佳人,邀月同坐,或匿影树下,或逃嚣里湖,看月而人不见其看月之态,亦不作意看月者,看之。

杭人游湖,巳出酉归,避月如仇。是夕好名,逐队争出,多犒门军酒钱。轿夫擎燎,列俟岸上。一入舟,速舟子急放断桥,赶入胜会。以故二鼓以前,人声鼓吹,如沸如撼,如魇如呓,如聋如哑,大船小船一齐凑岸,一无所见,止见篙击篙,舟触舟,肩摩肩,面看面而已。少刻兴尽,官府席散,皂隶喝道去,轿夫叫,船上人怖以关门,灯笼火把如列星,一一簇拥而去。岸上人亦逐队赶门,渐稀渐薄,顷刻散尽矣。①

先用特殊笔法,把五类不同人物区划开来,分别以不同的态度,不同的笔调,将其形貌、心情、动态一一生动描摹。然后总括起来,以讽刺的口吻,对杭人游湖的过程,及其蜂屯蚁聚、嘹呫喧腾的场面活画出来,让人历历如睹,切切如闻。再如《扬州清明》,写清明日"城中男女毕出,家家展墓","靓妆藻野,袨服缛川",以及货郎、博徒等纷纷凑集。然后概述曰:

是日,四方流寓及徽商西贾,曲中名妓,一切好事之徒,无不咸集。长塘丰草,走马放鹰;高阜平岗,斗鸡蹴踘;茂林清樾,劈阮弹筝。浪子相扑,童稚纸鸢,老僧因果,瞽者说书。立者林林,蹲者蛰蛰。日暮霞生,车马纷沓。宦门淑秀,车幕尽开,婢媵倦归,山花斜插,臻臻簇簇,夺门而入。②

———————————

① 马兴荣点校:《陶庵梦忆》,中华书局,2007 年,83 页。以下所引此书皆同此版本。

② 同上,66 页。

所写场面与《西湖七月半》相类，而更为简括。这样笔墨，如果没有超群出众的文字功力，对描述对象的掌控把握、组织再现水平，写来谈何容易。此外，如《虎丘中秋夜》《绍兴灯景》《西湖香市》诸篇，皆为此类作品。

其二，对山川景色的描绘，张岱亦不饶前人。如《白洋潮》写钱塘观潮：

> 见潮头一线从海宁而来，直奔塘上。稍近，则隐隐露白，如驱千百群小鹅，擘翼惊飞。渐近，喷沫冰花蹴起，如百万雪师蔽江而下，怒雷鞭之，万首镞镞，无敢后先。再近，则飓风逼之，势欲拍岸而上，看者辟易，走避塘下。潮到塘，尽力一礴，水击射溅起数丈，着面皆湿。旋卷而右，龟山一挡，轰怒非常，炮碎龙湫，半空雪舞，看之惊眩，坐半日，颜始定。[①]

写惊心动魄之壮观景象，与枚乘《七发》以下类似作品，大异其趣。而《湖心亭看雪》，则绘出一幅夜游西湖的雪景图：

> 崇祯五年十二月，余住西湖。大雪三日，湖中人鸟声俱绝。是日，更定矣，余拏一小舟，拥毳衣炉火，独往湖心亭看雪。雾凇沆砀，天与云与山与水，上下一白。湖上影子，惟长堤一痕，湖心亭一点，与余舟一芥，舟中人两三粒而已。[②]

天水云山"上下一白"的背景，与以"痕""点""芥""粒"所形容之堤、亭、舟、人相映相衬，选语用字之精妙，描景状物之传神，令人叹为

---

① 《陶庵梦忆》，36 页。
② 同上，43 页。

观止。与柳宗元《永州八记》比，笔墨不同，而成就不逊。《湘湖》则用对比且拟人手法，写出另一种景色：

> 盖西湖止一湖心亭为眼中黑子，湘湖皆小阜、小墩、小山，乱插水面，四围山趾，棱棱砺砺，濡足入水，尤为奇峭。余谓西湖如名妓，人人得而媟亵之；鉴湖如闺秀，可钦而不可狎；湘湖如处子，眠娗羞涩，犹及见其未嫁时也。①

三篇文章，描绘不同景观，皆能传达出其特有的意境韵致。

其三，对人物形象描写刻画属张岱之长项，笔下写有众多不同类型人物，有近亲挚友，有交情深厚的下层艺人，皆能捕捉住其独有特点，突显出其个性，气质，风神。《韵山》写其祖父：

> 大父至老，手不释卷。斋头亦喜书画、瓶几布设，不数日，翻阅搜讨，尘堆研表，卷帙正倒参差。常从尘砚中磨墨一方，头眼入于纸笔，潦草作书生家蝇头细字。日晡向晦，则携卷出帘外，就天光。爇烛，榮高，光不到纸，辄倚几携书就灯，与光俱俯。每至夜分，不以为疲。②

一个笃于学问的老书生形象，卓然而出。《周宛委墓志铭》，写其人"蹇傲佯狂"，"一肚皮怨天尤人、磊砢不平之气，时时陡发"。其中一段云：

> 余尝造其庐，先生见余至，必仓忙扶杖而来，袖其所著书，

---

① 《陶庵梦忆》，62 页。
② 同上，74 页。

出以示余。余捧读之，皆残编断简，恶楮毛书，窜改涂抹，烟煤败黑，微有字形。余不能句，先生寻行觅字，为余诵之。读至刻画深沉，翻驳痛快，则握拳透爪，啮齿穿龈，嚘嗜咨嗟，唾洟满面。听其奇论，真动地惊天。自午至酉，连读数帙，虽舌敝耳聋，不以为疲也。[①]

一个愤世嫉俗、痴迷于为文者的形象，跃然纸上。因有"好美婢""好梨园"之癖，故张岱与名伶名妓名艺人皆为知交，深获其人之心。《朱楚生》写一女优：

> 色不甚美，虽绝世佳人无其风韵。楚楚谡谡，其孤意在眉，其深情在睫，其解意在烟视媚行。性命于戏，下全力为之……
>
> 楚生多坐驰，一往深情，摇飏无主。一日，同余在定香桥，日晡烟生，林木窅冥，楚生低头不语，泣如雨下。余问之，作饰语以对。劳心冲冲，终以情死。[②]

人物的神情意态、气质风韵及钟情之深，不但跃然如现，而且让人与作者同样为之爱怜痛惜。《王月生》写当时之名妓：

> 寒淡如孤梅冷月，含冰傲霜，不喜与俗子交接，或时对面同坐起，若无睹者。
>
> 有公子狎之，同寝食半月，不得其一言。一日，口嗫嚅动，闲客惊喜，走报公子曰："月生开言矣！"哄然以为祥瑞。急走

---

① 《张岱诗文集》，377页。

② 《陶庵梦忆》，68页。

伺之，面頳，寻又止，公子力请再之，蹇涩出二字曰："家去。"①

先总概其性格，深含赞赏。然后只取一细节，加以印证，极具戏剧性的描述中，流露出对贵公子的强烈讽刺。此类作品，为前所绝无。最著名之篇，无如《柳敬亭说书》：

> 南京柳麻子，黧黑，满面疤癗，悠悠忽忽，土木形骸。善说书，一日说书一回，定价一两。十日前送书帕下定，常不得空。南京一时有两行情人：王月生、柳麻子是也。
>
> 余听其说"景阳岗武松打虎"白文，与本传大异。其描写刻画，微入毫发，然又找截干净，并不唠叨。勃夬声如巨钟。说至筋节处，叱咤叫喊，汹汹崩屋。武松到店沽酒，店内无人，謈地一吼，店中空缸空甓皆瓮瓮有声。闲中着色，细微至此。
>
> 主人必屏息静坐，倾耳听之，彼方掉舌。稍见下人咕哗耳语，听者欠伸有倦色，辄不言，故不得强。每至丙夜，拭桌剪灯，素瓷静递，款款言之。其疾徐轻重，吞吐抑扬，入情入理，入筋入骨，摘世上说书之耳而使之谛听，不怕其咋舌死也。
>
> 柳麻子貌奇丑，然其口角波俏，眼目流利，衣服恬静，直与王月生同其婉娈，故其行情正等。②

柳敬亭其人、其神、其技，在简括传神的笔墨中卓然而出。吴伟业、黄宗羲皆曾写《柳敬亭传》，与之不可同日而语。

其四，与其"好美食""好花鸟"相对应，对于花果木石这些属于生活细部的事物，像前述一样，张岱亦以审美眼光进行观照，以清

---

① 《陶庵梦忆》，95 页。
② 同上，62 页。

丽的语言,准确、生动、细致地写出其佳处、美处,可赏可爱之处。如写春笋:

> 形如象牙,白如雪,嫩如花藕,甜如蔗霜,煮食之无可名言,但有惭愧。①

写奇砚:

> 赤比马肝,酥润如玉,背隐白丝类玛瑙,指螺细篆。面三星愤起如弩眼,着墨无声而墨沈烟起……②

写菊花:

> 花大如瓷瓯,无不球,无不甲,无不金银荷花瓣,色鲜艳,异凡本,而翠叶层层无一叶早脱者。③

此类文字亦足令人叹赏。

其五,张岱虽广受前代名家泽被,然而在行文风格、艺术表现方面,不趋不附,顺应时代的发展,形成自己特点。远处说,不求唐文的健劲、炼净,宋文的疏宕、放纵;近处说,不像"公安"那么率意,"竟陵"那么拗峭。他所追求和擅长的,是用虽经锤炼,却富生活本色的语言,传达出本色生活的事实。因而使其作品自然真切,有天然韵趣。如《张东谷好酒》载,全家皆不用酒,有客亦然:

---

① 《天镜园》,《陶庵梦忆》,40页。
② 《天砚》,同上,20页。
③ 《菊海》,同上,80页。

山人张东谷，酒徒也，每悒悒不自得。一日起谓家君曰：
"尔兄弟奇矣！肉只是吃，不管好吃不好吃；酒只是不吃，不知
会吃不会吃。"二语颇韵，有晋人风味。而近有伧父载之《舌华
录》曰："张氏兄弟赋性奇哉！肉不论美恶，只是吃；酒不论美
恶，只是不吃。"字字板实，一去千里，世上真不少点金成铁
手也。①

张东谷之言，与《舌华录》所记，差别在哪里？ 张之话，出自"酒徒"
本性，口吻毕肖，而《舌华录》化其有个性韵致之语为板实叙述，则
味同嚼蜡。再如《扬州瘦马》写卖妾的丑恶风习（待卖为妾的妇女
称"瘦马"）：

扬州人日饮食于瘦马之身者数十百人。娶妾者切勿露
意，稍透消息，牙婆驵侩咸集其门，如蝇附膻，撩扑不去。黎
明，即促之出门，媒人先到者先挟之去，其余尾其后接踵伺之。
至瘦马家，坐定，进茶，牙婆扶瘦马出曰："姑娘拜客。"
下拜。曰："姑娘往上走。"走。曰："姑娘转身。"转身向明
立，面出。曰："姑娘借手睄睄。"尽褫其袂，手出、臂出、肤亦出。
曰："姑娘睄相公。"转眼偷觑，眼出。曰："姑娘几岁了？"曰几岁，
声出。曰："姑娘再走走。"以手拉其裙，趾出。……曰："姑娘请
回。"一人进，一人又出，看一家必五六人，咸如之。②

无任何形容描摹，即将以活人当商品买卖的场面、过程活画出来。
即使现当代作家，亦少见这种笔墨。《宁了》写一只小鸟的故事：

---

① 《菊海》，《陶庵梦忆》，96页。
② 《陶庵梦忆》，69页。

大父母喜蓄珍禽……一异鸟名宁了，身小如鸽，黑翎如八哥，能作人语，绝不含糊。呼滕婢，辄应声曰："某丫头，太太叫。"有客至，叫曰："太太，客来了，看茶。"有一新娘子善睡，黎明辄呼曰："新娘子，天明了，起来罢！太太叫，快起来！"不起，辄骂曰："新娘子，臭淫妇！浪蹄子！"新娘子恨甚，置毒药杀之。[1]

全用本色语言写来，令人读之兴味盎然。

总之，张岱的作品，融通了前辈名家作品之精华，又发挥了独创之精神，推进了审美表现向细密化、日常化、社会化方向的发展。使他不但被视为小品作家的圣手，而且成为散文新拓展的突出代表。

明末还有一些可称道的小品文作家和作品，如祁彪佳的《寓山注》，魏学洢的《核舟记》，黄淳耀的《李龙眠画罗汉记》等，都是散文发展新潮流、新趋势中的产物。令人遗憾的是，明清鼎革的大变局，打断了散文发展的这一线索，直至"五四"以后，现代新散文出现，才接续张大了相关传统。

---

[1]　《菊海》，《陶庵梦忆》，53 页。

第四章　向固有"道统""文统"回归

——清代初期的散文

公元 1644 年,李自成攻入北京,崇祯自缢,吴三桂引清兵入京,明基本灭亡,建立了满族掌权的清朝。这是元代以后,又一个由少数民族统治整个中国的专制王朝,也是中国最后一个帝制王朝。

元与清,皆是由经济文化相对落后的少数民族入主中原,统治以汉人为主体的广大地区。它们的入主,都打断了中国,尤其是江南地区商品经济的发展,影响了社会向近代化转变的势头,这是不争的事实。仅就与古代散文发展相关的思想文化方面来说,清与元有两点不同:

其一,元之灭宋有一较长过程,元人接受承袭中华政教文化传统,亦有一个由浅入深之较长过程,而清则不同。明朝表面上亡于被称为"流贼"的李自成农民起义,清人入京之后,立即为崇祯帝治丧,对明宗室取优抚态度,在政权机构、政教制度上基本依循明制,且以为明复仇号召天下,为其建立自己的异族政权,披上了除旧鼎新,符合朝代更迭正统性与正当性之外衣。而且,清初之顺治、康熙,虽为少数民族,登位之后,却真心诚意并认真刻苦地致力于汉民族经籍文化的研习,且以之昭示天下,他们这方面达到的造诣也确乎不亚于一般汉族士大夫。不管其动机如何,这在笼络汉族官僚及部分士人,使之归顺拥戴上,确实起到一定作用。

其二,清朝对汉人尤其是汉族士大夫实行高压与笼络并行之两面政策,更为坚决、彻底。一方面,推行"薙发令"及制造残忍严酷的"文字狱",为历史上前所未有;另一方面,清廷立朝不久即恢复科举制度,然后多次开"博学宏词科"以延览士人,对坚持不仕之明遗民取较宽容态度,对下层百姓许诺"永不加赋"。两种手段双管齐下,遂使清王朝的统治较快地得以稳定。同时,使作为汉族文化精英之士人,既看到出仕谋宦的希望,又不敢轻议国是,转而埋头于古典经籍的考据与整理,促进了"汉学"或称"朴学"的兴起。

在这种大背景下,晚明散文那种抒张个性、向审美化艺术化发展的势头被遏止,古代散文又回归到强调与重视道统与文统的轨道,并沿着这条轨道进入其终结期。与古代散文上升、前进、达到隆盛状态相比,这时期的散文当然没有了蓬勃的生机和旺盛的活力,然而亦显示出与其终结期相对应的特点。如果超越所处时代的历史、政治、文化因素造成的种种具体潮流、倾向、派别间的嬗变和纷争,从总体趋向上进行观察,这时期的散文发展呈现出两大显著特色:一是试图承明代"前、后七子"及"唐宋派"之绪,进一步对整个古代散文的发展作全面总结,找出散文写作的基本规律,确定为规范,用来指导自己的实践。作为这种倾向的突出表现,是"桐城派"的兴起和绵延。二是散文写作中呈现出一种回光返照的状态,整个古代散文发展历程中曾经出现的主要代表性倾向,都有人出来继承、倡导而一现其亮色:除"桐城派"树立传统古文的大纛外,喜尚骈文,甚至为其争正宗地位者有之;坚持抒张性灵,我行我素、不计较雅俗、以本色为文者亦有之。这两种倾向,也有逐步的演变过程。大体说来,清初至康熙之世为初期,基本上以向古文传统回归为主导。所谓乾嘉盛世为中期,在古文界,"桐城派"大张旗帜,确立了其宗主地位,而同时有骈文的中兴,袁枚、郑燮的出现。道、咸、同、光为末期,桐城虽势大而实衰,随着西学的东渐,改革声日高,开始向近代转变,最终产生以梁启超为代表的"新文体"。

清初作家基本上是由明入清者,他们在政治态度上,有的坚不出仕,甚至志图恢复;有的虽已投顺新朝,但存在着悔愧与思想矛盾;稍后出者,则心安理得地接受新朝为正统。这些作家中,一部分主要是思想家、哲学家、经学家,不致意为文,也有为文的观点与主张,以顾炎武、黄宗羲、王夫之、朱彝尊为代表;大部分则以诗文名世,虽也参与政治,但以文学创作为主,这个群体相当庞大。两部分人中,虽有个别例外,在为文观念与创作实践上,有一基本共同点,就是:否定晚明小品一派,以继承唐宋名家为己任,表面上似乎追求回归到经典作家的既有传统,实质上与韩、柳、欧、苏等有着重大不同。韩、柳诸家是既重道,又重文的,在他们的潜在意识中,甚至文重于道,他们是真正的文道统一论者。而这时期的作家们,作为主导性倾向,却有意或无意地忽视和抹杀重文的一面,把"文以载道"奉为最高宗旨。这有两方面原因:其一,明末清初,社会矛盾和民族矛盾激化,大部分士人都卷入到关系国家民族生死存亡的政治斗争中,客观形势的发展,冲断了作家文人关于如何对待古代传统的争论,也冲断了抒张个性、抒张性灵的创作势头,散文创作的题材内容向社会性、政治性更强的方向发展,因而在许多作家的观念中,更重视和强调作品的现实实用价值,否定和反对为文而文的倾向,而这些政治性、实用性的内容,在当时的观念中,皆属于"道"的范畴。其二,明代已强化了理学的地位,正统派的作家受其影响,有"文以害道"的意识,视"公安""竟陵"等抒张性灵的主张为异端。入清后,统治者不但接续了明代的传统,而且认为理学观念正好拿来作为钳制人们思想的武器,于是推崇理学为儒学思想之正宗。随附新朝的作者们,也就纷纷以宣扬"文以载道"为宗旨。以上二者,皆以回归古文正统为旗号,又因唐宋古文名家观念中,本来就含有重道之一面,于是就把"文以载道"的观念,归在了他们头上。对这一点,今天的研究者,应辨别清楚。

第一节　思想家与学者之文章观与作品

顾炎武、黄宗羲、王夫之是由明入清、坚不出仕的遗民作家,他们都是著名的学者、思想家,亦擅诗文。他们民族意识强烈,关心社会现实,文学思想上共同的倾向是主张经世致用,作品以政论、史论、杂说、传记为主,亦有序、记。题材切近现实,语言质实充畅,风格刚健浑厚,虽不锋芒毕露,往往尖锐深刻。

一　顾炎武

顾炎武(1613—1682),原名绛,字忠清,明亡,改名炎武,字宁人,号亭林,晚年曾化名蒋山佣,昆山(江苏昆山市)人。

顾炎武是明末清初的著名学者、思想家与实践活动家。出身仕宦家庭,自幼受其母及祖父教育熏陶,形成强固的儒家观念。其《华阴王氏宗祠记》中谓:"夫子所以教人者,无非以立天下之人伦;而孝弟,人伦之本也。""是故有人伦,然后有风俗;有风俗,然后有政事;有政事,然后有国家。"①《子胥鞭平王之尸辨》有云:"人之大伦曰君臣,曰父子。"②在此基础上,又形成他以天下为己任的雄心壮志,于《病起与蓟门当事书》中谓:"天生豪杰,必有所任。""今日者拯斯人于涂炭,为万世开太平,此吾辈之任也。"③《与人书七》又

---

① 华忱之点校:《顾亭林诗文集》,中华书局,1959 年,109 页。以下所引此书同此版本。
② 同上,128 页。
③ 同上,48 页。

云："匹夫之心,天下人之心也。""人虽微,言虽轻,或藉之而重。"①
《日知录·卷十三·正始》中亦云："有亡国,有亡天下。""保天下,
然后知保其国。保国者,其君其臣肉食者谋之;保天下者,匹夫之
贱与有责焉耳矣。"②正是根据这些话,后人总括出"天下兴亡,匹
夫有责"的名言。

顾炎武崇信程、朱,极重节义观念。清兵南下,他与归庄等积
极参加抗敌的军事斗争。失败后,周游四方以图恢复,其间两度入
狱,晚年定居陕西华阴。经人举荐,清廷先后延揽他应博学宏词科
和加入史局,皆遭坚拒,其《与叶讱庵书》云："去冬韩元少书来,言
曾欲与执事荐及鄙人,已而中止。顷闻史局中复有物色及之者。"
"(先姚)国亡绝粒,以女子而蹈首阳之烈。临终遗命,有'无仕异代'
之言,载于志状,故人人可出而炎武必不可出矣。……七十老翁何
所求? 正欠一死! 若必相逼,则以身殉之矣!"③同时,对易代之际未
能坚守气节而降清者,给予强烈讽刺,在《广宋遗民录序》中云:

> 余尝游览于山之东西,河之南北二十余年,而其人益以不
> 似。及问之大江以南,昔时所称魁梧丈夫者,亦且改形换骨,
> 学为不似之人。而朱君乃为此书,以存人类于天下,若朱君
> 者,将不得为遗民矣乎?④

顾炎武看到天下大势已去,晚年致力著述。但他为学的取向与时
流不同,极力反对明代以来之大谈心性,亦反对时文,反对帖括,反

---

① 《顾亭林诗文集》,48 页。
② 栾保群、吕宗力校点:《日知录集释》,上海古籍出版社,2006 年,755 页。以下
所引此书同此版本。
③ 《顾亭林诗文集》,53 页。
④ 同上,33 页。

对讲学,反对语录,认为这皆属空疏之学。在《与友人论学书》中,指斥今之君子,"聚宾客门人之学者数十百人","皆与之言心言性,舍多学而识,以求一贯之方,置四海之困穷而不言,而终日讲危微精一之说"。感叹说:"呜呼! 士而不先言耻,则为无本之人;非好古而多闻,则为空虚之学。以无本之人,而讲空虚之学,吾见其日从事于圣人而去之弥远也。"① 与此相反,他倡导并致力于"实学",所谓"实学"即以儒家经典为本原的经世致用之学。在为其祖父所写《三朝纪事阙文序》中,忆及早年为学情况有云:

> 臣祖年益老,更日以科名望臣。又当先帝颁《孝经》《小学》厘正文字之日,臣乃独好五经及宋人性理书,而臣祖乃更诲之,以为士当求实学,凡天文、地理、兵农、水土,及一代典章之故不可不熟究。②

在《与友人书三》中更谓:"孔子之删述六经,即伊尹、太公救民于水火之心,而今之注虫鱼、命草木者,皆不足以语此也。""愚不揣,有见于此,故凡文之不关于六经之指、当世之务者,一切不为。"③《与友人书八》中又谓:"引古筹今,亦吾儒经世之用。"④ 故他在《天下郡国利病书序》中曰:

> 感四国之多虞,耻经生之寡术,于是历览二十一史以及天下郡县志书,一代名公文集及章奏文册之类,有得即录,共成

---

① 《顾亭林诗文集》,40 页。
② 同上,154 页。
③ 同上,91 页。
④ 同上,93 页。

四十余帙。一为舆地之记，一为利病之书。①

可见顾炎武所谓"实学"，乃针对时代的需要，而致力于"经世致用"，有很强的现实针对性。他注重考证训诂，亦是为了从经籍的本原找出确定根据。从学术发展的取向上来说，其"实学"具有开清代"朴学"或"汉学"之先声的意义，故梁启超称其为清代学术"启蒙期"之代表。

由顾炎武为学的基本指向——经世致用，即可判断出，其文章观主要偏向于文章的社会意义与实用价值。检阅其著作中之论文篇章，可以看到，不乏可重视见解：如痛批时文之弊，倡导独创精神，反对因袭摹仿。在《日知录·卷十六·程文》中称："文章无定格，立一格而后为文，其文不足言矣。""欲振今日之文，在毋拘之以格式，而俊异之才出矣。"②《文人摹仿之病》中谓："近代文章之病，全在摹仿，即使逼肖古人，已非极诣，况遗其神理而得其皮毛者乎？"③此外，他重申了孔子的"辞达"说，于《文章繁简》中谓："辞主乎达，不论其繁与简也。繁简之论兴而文亡矣。"④他还强调为文应当"志以帅气"⑤，"士当以器识为先"⑥。都是极有见地的观点。

然而，在顾炎武的文章观中，最重要的乃是他又回归到"文以明道"的传统上，比八大家以来倒退了一步，否定文章写作中对客观对象审美趣味与审美价值的追求。这一点，在《与人书二十五》中，讲得极简截明确：

---

① 《顾亭林诗文集》，131 页。
② 《日知录集释》，953 页。
③ 同上，1097 页。
④ 同上，1099 页。
⑤ 《顾亭林诗文集》，93 页。
⑥ 同上，96 页。

> 君子之为学，以明道也，以救世也。徒以诗文而已，所谓"雕虫篆刻"，亦何益哉！①

《与潘次耕札》中又有谓：

> 凡今之所以为学者，为利而已，科举是也。其进于此，而为文辞著书一切可传之事者，为名而已，有明三百年之文人是也。君子之为学也，非利己而已也，有明道淑人之心，有拨乱反正之事，知天下之势之何以流极而至于此，则思起而有以救之。不敢上援孔、孟，且六代之末，犹有一文中子者，读圣人之书，而惓惓以世之不治、民之无聊为亟。②

等于退回到王通，而整个否定了有明三百年之文人。这种观点，在《与友人论学书》中又有进一步发挥：

> 窃以为圣人之道，下学上达之方，其行在孝弟忠信；其职在洒扫应对进退；其文在《诗》《书》、三《礼》《周易》《春秋》；其用之身，在出处、辞受、取与；其施之天下，在政令、教化、刑法；其所著之书，皆以为拨乱反正，移风易俗，以驯致乎治平之用，而无益者不谈。一切诗、赋、铭、颂、赞、诔、序、记之文，皆谓之巧言而不以措笔。③

有这样基本的文艺观，所以顾氏对晚明抒张个性、抒张性灵一派的作家及作品，采取了完全否定态度并严加抨击，如《日知录》卷十八

---

① 《顾亭林诗文集》，98 页。
② 同上，166 页。
③ 同上，135 页。

《李贽》谓："自古以来，小人之无忌惮而敢于叛圣人者，莫甚于李贽。然虽奉严旨，而其书之行于人间自若也。""推其作俑之由，所以敢于诋毁圣贤而自标宗旨者，皆出于阳明、龙溪禅悟之学。后之君子悲神州之陆沉，愤五胡之窃据，而不能不追求于王、何也。"①于《钟惺》篇则称："其罪虽不及李贽，然亦败坏天下之一人。"②文中虽未言及"公安派"等人，对其态度自然可见。

顾氏的观念，出于时代的原因，完全可以理解。作为一代伟大思想家，他在学术上的贡献虽是值得赞赏和充分肯定的，但是从古代散文发展的角度看，他的观点实是扭转整个后期发展方向的一个标志，对其片面性和消极影响，不可视而不见，避而不谈。

就创作实践看，顾炎武穷毕生精力所著之《日知录》，不仅有很高的思想与学术价值，表达上亦能做到简约明达。一些书启，有的能熟练应用骈体，有的平实亲切而富有感情。早年所写论说文章，如《郡县论》《形势论》等，滔滔汩汩，气势充畅，颇有苏洵风韵。他轻易不为人写传状碑志，但为抗清志士所写《吴同初行状》及《书吴潘二子事》，皆深挚而沉痛。亦写有少量庵堂记、游记，表现出相当强的描摹水平，但意皆不在描摹与欣赏，而别有所托。如《五台山记》主旨不是写风物，而是进行考实戳穿佛徒神化其地的传说；《复庵记》则是赞扬明末遗民不忘恢复的精神。这一切说明顾炎武并不是没有足够的艺术修养，而是基于自己的主导观念，不愿致力于笔墨文字之间。因而，在散文史上，他也就没有留下名篇佳作。

二　黄宗羲

黄宗羲(1610—1695)，字太冲，号南雷，又号梨洲，余姚(浙江

---

① 《日知录集释》，1069 页。
② 同上，1071 页。

余姚县)人。

他与顾炎武同为明末清初著名学者、思想家,同为早年积极投入抗清斗争,后期坚持不仕,具有民族气节的代表人物。不过二人在生平行迹、思想学术取向与成就,文学观念等方面,有同有不同。

就黄宗羲来说,其父黄尊素为东林党骨干人物之一,在与阉党的斗争中,受残害而死。黄宗羲青年时期曾凭着侠义血性进京为父申雪,魏忠贤倒台之后,仍与阉党余孽作斗争。清兵南下,他积极投入以鲁王为监国的抗清斗争,备经艰难险阻。只因大势不支,且清人以拘捕其老母相威胁,才不得不返乡归隐,转而致力讲学著述。康熙时曾以博学宏辞相招,后又欲延揽其入史局,皆坚拒不就。

思想观念上,黄宗羲与顾炎武皆以孔孟之道为信仰、以六经为依归,但对道学,顾氏崇信程、朱,斥王阳明心学为玄虚,而黄氏却极力推扬王学。在其《明儒学案序》改本中谓:

> 盈天地皆心也,人与天地万物为一体,故穷天地万物之理,即在吾心之中。后之学者,错会前贤之意,以为此理悬空于天地万物之间,吾从而穷之,不几于外乎? 此处一差,则万殊不能归一。夫苟工夫着到,不离此心,则万殊总为一致。①

明显是主张心、理合一,偏向王学的。在《余姚县重修儒学记》中,更极力鼓吹王阳明对儒学的贡献:"阳明先生者出,以心学教天下,示之作圣之路,马医夏畦,皆可反身听取,步趋唯诺,无非大和真觉。""阳明非姚江所得私也。天下皆学阳明之学,志阳明之志。"②

---

① 《黄梨洲文集》,中华书局,1959 年,380 页。以下所引此书同此版本。
② 同上,396 页。

社会政治观上,黄宗羲继承并发挥了孟子民贵君轻、社稷为重的思想,于《明夷待访录》中,尖锐批判了君主的集权专制,提出了君臣关系、各种体制设施及其作用之完整而系列的设想,在《题辞》中,自谓"条具为治大法","持此以遇明主,伊吕事业不难致也"①。其中所包涵的内容和精神,被后世学者认为体现了民主主义因素,具有思想启蒙意义。近代的改革家和革命者,曾利用它来作为反对君主专制制度的宣传武器。

有关文章与文学,黄宗羲涉猎的范围与关注程度,远较顾炎武为多为重。不但为别人之诗文集写了大量的序,而且亲自编著了规模宏大的《明文海》。观念上,他也提出了一些符合文艺本质与规律的观点。其中最有价值的,是强调了情感在诗文创作中的决定作用。为黄尚质所写《景州诗集序》中,明确提出:"诗以道性情。""诗人萃天地之清气,以月露风云花鸟为其性情,其景与意不可分也。月露风云花鸟之在天地间,俄顷灭没,而诗人能结之不散。常人未尝不有月露风云花鸟之咏,非其性情,极雕绘而不能亲也。"②在《黄孚先诗序》中又有云:

> 情盖难言之矣。情者,可以贯金石,动鬼神。古之人情,与物相游而不能相舍,不但忠臣之事其君,孝子之事其亲,思妇劳人,结不可解,即风云月露,草木虫鱼,无一非真意之流通,故无溢言曼辞以入章句,无谄笑柔色以资应酬。唯其有之,是以似之。今人亦何情之有?情随事转,事因世变,干啼湿哭,总为肤受,即其父母兄弟,亦若败梗飞絮适相遭于江湖之上,劳苦倦极,未尝不呼天也,疾痛惨怛,未尝不呼父母也,然而习心

---

① 《黄梨洲文集》,382 页。
② 同上,338 页。

幻结,俄顷销亡,其发于心著于声者,未可便谓之情也。由此论之,今人之诗,非不出于性情也,以无性情之可出也。[1]

其颂古非今的倾向不可取,而对情的强调确得其要。对文,他实持同样见解,在《论文管见》中有云:

> 文以理为主,然而情不至,则亦理之郭廓耳。庐陵之志交友,无不呜咽;子厚之言身世,莫不凄怆;郝陵川之处真州,戴剡源之入故都,其言皆能恻恻动人。古今自有一种文章不可磨灭,真是天若有情天亦老者。而世不乏堂堂之阵,正正之旗,皆以大文目之,顾其中无可以移人之情者,所谓刲然无物者也。[2]

《明文案序上》,论及各家文选及自己的选文标准时,亦有云:

> 夫其人不能及于前代而其文反能过于前代者,良由不名一辙,唯视其一往情深,从而捃摭之。钜家鸿笔以浮浅受黜,稀名短句以幽远见收。
>
> 今古之情无尽,而一人之情有至有不至。凡情之至者,其文未有不至者也。天地间街谈巷语,邪许呻吟,无一非文,而游女、田夫、波臣、戍客,无一非文人也。试观三百年来,集之行世藏家者不下千家,每家少者数卷,多者至于百卷,其间岂无一二情至之语,而埋没于应酬讹杂之内? 堆积几案,何人发视? 即视之而陈言一律,旋复弃去。向使涤其雷同,至情孤露,不异援溺人而出之也。[3]

---

① 《黄梨洲文集》,343 页。
② 同上,480 页。
③ 同上,387 页。

可见有情无情，情至与不至，乃是黄宗羲选文之重要标准之一。黄宗羲能有这样的观点，不见得不受明末抒发性灵一派影响，亦与他之崇尚王学不无关系。

此外，他反对制艺时文、房书选家；反对假古文之名剿袭、模拟，追求形似。主张为诗为文"要皆自胸中流出"[①]，谓："以己之性情，顾使之耳目口鼻皆非我有，徒为殉物工具，宁复有诗乎？"[②]不但不反对写风云景物，而且认为"山川文章，相藉而成"[③]，"文人与山水相为表里"[④]。以《史记》为例，指出："叙事须有风韵，不可担板。"强调作者写作前必须具备丰厚的积累，而且必须专心致志，谓："学文者须熟读三史八家，将平日一副家当，尽行籍没，重新积聚，竹头木屑，常谈委事，无不有来历，而后方可下笔。"（参见《论文管见》）认为不同文类有不同特点，诗、词、曲"各有本色，假借不得"[⑤]。凡此等等，皆有一定见地。

然而，受其思想基础与时代环境影响，其文学观存在很大矛盾，主导倾向与顾炎武相同，要求回归到"文以载道"的目标上。在《陈葵献偶刻诗文序》中，劈头即谓：

> 周元公曰："文所以载道也。"今人无道可载，徒欲激昂于篇章字句之间，组织纫缀以求胜，是空无一物而饰其舟车也，故虽大辂馀艎，终为虚器而已矣。[⑥]

《与李杲堂陈介眉书》中又直言：

---

① 《李杲堂文抄序》，《黄梨洲文集》，340 页。
② 《金介山诗序》，同上，361 页。
③ 《朱岷左先生近诗题辞》，同上，339 页。
④ 《靳熊封游黄山诗文序》，同上，365 页。
⑤ 《胡子藏院本序》，同上，377 页。
⑥ 《黄梨洲文集》，342 页。

大凡古文传世,主于载道,而不在区区之工拙。①

黄宗羲论文,常讲有超越时代,千古不可变之文,所指即所谓"载道"之文,此点于《庚戌集自序》体现得最明显:

> 余观古文,自唐以后为一大变。唐以前字华,唐以后字质;唐以前句短,唐以后句长;唐以前如高山深谷,唐以后如平原旷野:盖画然若界限矣。然而文之美恶不与焉。其所变者词而已,其所不可变者,虽千古如一日也。得其不可变者,唐以前可也,唐以后亦可也;不得其所不可变,而以唐之前后较其优劣,则终于愦愦耳。

然后转入对明文的论述,谓:

> 夫明文自宋、方以后,直致而少曲折,奄奄无气,日流肤浅,盖已不容不变。使其时而变之者,以深湛之思一唱三叹而出之,无论沿其词与不沿其词,皆可以救弊。乃北地欲以二三奇崛之语,自任起衰,仍不能脱肤浅之习,吾不知所起何衰也?若以修辞为起衰,盍思昌黎以上之八代,除俳偶之文之外,词何尝不修,非有如唐以后之格调也?而昌黎所用之词,亦即八代来相习之词也。然则,后世以起衰之功归昌黎者,何也?

黄氏并没有对提出的问题给出答案,意思却很明白:所以称昌黎"文起八代之衰",不在于修辞的变化,而在于他的"道济天下之溺",振起了文之"不可变者"的传统。所以下面又指出,明代虽产

---

① 《黄梨洲文集》,461 页。

生了不同的作家及派别：

> 皆各有至处，顾未可以其词之异同而有优劣其间。自此意不明，末学无知之徒，入者主之，出者奴之，入者附之，出者污之，不求古文原本之所在，相与为肤浅之归而已矣。

于是说到自己的作品及编集情形，曰：

> 念六十年来所成何事？区区无用之空言，即能得千古之所不变者已非始愿。吾闻先圣以庚戌生，其后朱子亦以庚戌生，论者因谓朱子发明先圣之道，似非偶然。余独何人？以此名集，所以志吾愧也。①

表明自己之为文，正是要继承朱熹，以"发明先圣之道"为目标。整篇文章反反复复，意皆在说明，能够做到"千古如一日"、得"古文原本之所在"的文章，乃"载道"之文。

因为黄氏如此重视"文以载道"，所以他之讲"诗以道性情"，最终也要归之于"道"上。在《马雪航诗序》中有云：

> 盖有一时之性情，有万古之性情。夫吴歈越唱，怨女逐臣，触景感物，言乎其所不得不言，此一时之性情也。孔子删之，以合乎兴、观、群、怨、思无邪之旨，此万古之性情也。吾人诵法孔子，苟其言诗，必当以孔子之性情为性情。如徒逐于怨女逐臣，逮其天机之自露，则一偏一曲，其为性情亦末矣。②

---

① 《黄梨洲文集》，385 页。
② 同上，364 页。

既然以"文以载道"为总目标,在讲到作家为文前提的学业积累和思想修养时,虽然涉及经史百家八大家文集,首先强调的是必以六经为本,而且要把经术的精神融会在自己的意识之中。在《论文管见》中,即直接而明确地讲:

> 文必本之六经,始有根本。唯刘向、曾巩多引经语,至于韩、欧,融圣人之意而出之,不必用经,自然经术之文也。近见巨子,动将经文填塞,以希经术,去之远矣。

既然以"载道"为文之指归,必然重视文章的实用价值。在《高元发三稿类存序》中说:"场屋架缀经义之士取宠哗世,将无古文一道,徒为观美之具,无裨实用。"[①]于《今水经序》中更云:

> 古者儒墨诸家,其所著书,大者治天下,小者以为民用。盖未有空言无事实者也。后世流为词章之学,始修饰字句,流连光景,高文巨册,徒充污惑之声而已。[②]

这方面,亦表现了与顾炎武的共同性。由于在学界的地位,黄宗羲上述观点,对此后清代散文的发展趋向,产生相当大的影响。

除学术性的论著,黄宗羲的散文作品,数量不算太少,内容性质基本与其主导性的文学观相符合。就社会价值与思想意义来说,最引人注目的是《明夷待访录》一些篇章,如极为人所称道之《原君》,先由君主之所以产生说起:

---

① 《黄梨洲文集》,333 页。
② 同上,381 页。

　　　　有生之初，人各自私也，人各自利也，天下有公利而莫或兴之，有公害而莫或除之。有人者出，不以一己之利为利，而使天下受其利，不以一己之害为害，而使天下释其害，此其人之勤劳必千万于天下之人……

谁是这样的人？他所举出的就是尧、舜、禹。然后直指三代以后的君主曰：

　　　　后之为人君者不然，以为天下利害之权皆出于我，我以天下之利尽归于己，以天下之害尽归于人，亦无不可。使天下之人不敢自私，不敢自利，以我之大私为天下之大公。始而惭焉，久而安焉，视天下为莫大之产业，传之子孙，受享无穷。汉高帝所谓"某业所就，孰与仲多"者，其逐利之情，不觉溢之于辞矣。此无他，古者以天下为主，君为客，凡君之所毕世而经营者，为天下也。今也以君为主，天下为客，凡天下之无地而得安宁者，为君也。是以其未得之也，屠毒天下之肝脑，离散天下之子女，以博我一人之产业，曾不惨然，曰："我固为子孙创业也。"其既得之也，敲剥天下之骨髓，离散天下之子女，以奉我一人之淫乐，视为自然，曰："此我产业之花息也。"然则为天下之大害者，君而已矣。向使无君，人各得自私也，人各得自利也。呜呼，岂设君之道固如是乎！①

对君主集权专制之本质，认识与揭露达到前所未有的高度，言词虽质直浅白，而尖锐、犀利亦可谓无以复加。

　　黄宗羲写有不少传状碑志，与其写史注重"事功节义"的观点

---

　　① 段志强译注：《明夷待访录》，中华书局，2011年，6页。

相一致,如《申自然传》《钱忠介公传》《王义士传》《陈齐莫传》《两异人传》等,皆记抗清义士事迹,多有慷慨激昂笔墨。此外,亦有写具特殊性格或特殊才艺人物之作品,其中之《柳敬亭传》尤可注意。此《传》后有附记云:

> 偶见梅村集中《张南垣》《柳敬亭》二传,张言其艺而合于道,柳言其参宁南(左良玉)军事,比之鲁仲连之排难解纷。此等皆失轻重……皆是倒却文章家架子。余因改二传。其人本琐琐不足道,使后生知文章体式耳。

以吴伟业所作柳传,与宗羲之改作对照,从文章之材料剪裁、结构组织及文字的起伏跌宕富有声色上来说,黄作确有优于吴作之处,如写柳之善于说书一段:

> 敬亭既在军中久,其豪猾大侠杀人亡命流离遇合破家失国之事,无不身亲见之,且五方土音,乡俗好尚,习见习闻。每发一声,使人闻之,或如刀剑铁骑,飒然浮空;或如风号雨泣,鸟悲兽骇。亡国之恨顿生,檀板之声无色,有非莫生(指前曾指导柳之莫有光)之言可尽者矣。[①]

笔法颇得《史记》及古文家风韵。说明在为文上他是崇尚"八大家"的,就柳传来看,行文上确也接近古文家修养。但黄氏之意并不在此,就其谓柳"本琐琐不足道",且于《传》末感叹说:"嗟呼!宁南身为大将,而以倡优为腹心,其所摄官,皆市井若己者,不亡何待乎?"知所谓"文章架子""文章体式",实指不应该为柳敬亭之类小人物

---

① 《黄梨洲文集》,86 页。

或无关道德教化者写传，则表现了文章观的片面性。

此外，所写《姚沉记》写余姚水灾之重，人民之惨，绘声绘形，体现了对民生的关心；《万里寻亲记》写其六世祖黄玺历尽千辛万苦而寻兄的曲折经历，表彰了兄弟间友于恺悌之情；《小园记》自然质朴，叙议相间；杂著中之《七怪》对世相有尖锐讽刺；《怪说》自述生平经历及处世态度，似从容自然而寄寓深切感慨。以上篇章都表现出了较高的文字表达水平，就文章的造诣来说，皆有可取之处。

三 王夫之

王夫之(1619—1692)，字而农，号薑斋，晚居石船山，世称船山先生，衡州(湖南衡阳)人。是与顾炎武、黄宗羲齐名的思想家、哲学家，尤以哲学思想上具有唯物主义倾向著称。早年中乡试，准备参加会试，因李自成破京城而返。张献忠入衡州，强迫征用，得计而脱。清兵南下，积极参与反抗运动，桂王建永历政权，间道投奔，拜行人之职。桂王政权内部矛盾重重，夫之多次谏争，几陷于死，见势不可为，而返乡归隐，于石船山读书著述十七年。临终前，撰《自题墓石》，称"有明遗臣行人王夫之"，铭曰：

> 抱刘越石之孤愤，而命无从致；希张横渠之正学，而力不能企。幸全归于兹丘，固衔恤以永世。①

可见其民族气节之坚定。

王夫之的思想和学术观念，以维护推扬正统儒学为宗旨，如《老庄申韩论》中有云：

---

① 《王船山诗文集》，中华书局，1962 年，116 页。以下所引此书同此版本。

建之为道术，推之为治法，内以求心，勿损其心，出以安天下，勿以贼天下，古之圣人，仁及万世，儒者修明之而见诸行事，唯此而已。[①]

对后期儒学，他宗法道学，于道学中又特别推崇张载，反对和批判王阳明之心学。在《张子正蒙注·序论》中谓：

自汉魏以降，儒者无所不淫，苟不抉其跃如之藏，则志之摇摇者差之黍米，而已背之霄壤矣。此《正蒙》之所由，不得不异也。宋自周子出，而始发明圣道之所由，一出于太极阴阳人道生化之终始。二程子引而伸之，而实之以静一诚敬之功。然游、谢之徒且歧出，以趋于浮屠之蹊径，故朱子以格物穷理为始教，而槩括学者于显道之中。乃其一再传而后，流为双峰、勿轩，诸儒逐迹躡影，沈溺于训诂，故白沙起而厌弃之。然遂启姚江王氏阳儒阴释诬圣之邪说，其究也，为刑戮之民，为阉贼之党，皆争附焉，而以充其无善无恶圆融理事之狂妄，流害以相激而相成。则中道不立，矫枉过正，有以启之也。……呜呼！张子之学，上承孔孟之志，下救来兹之失，如皎日丽天，无幽不烛，圣人得起，未有能易焉者也。[②]

可见，王夫之在张载理气合一的基础上，融会濂、洛、闽，发展出其道器合一、名实合一、体用合一，侧重现实实践的道学理论体系。

出于上述思想，王夫之的文学观，以道学家的观点为主调，但也有某种复杂性。他因生长在楚、湘之地，且生平遭际与屈原

---

① 《王船山诗文集》，5 页。
② 《续修四库全书》第九百四十五册，593 页。

有近似处，故特别赞赏《离骚》，进而对由骚体延伸发展出的赋体文有所偏爱。在其《读通鉴论》中，言及汉灵帝及蔡邕时，曾论之曰：

> 夫文赋亦非必为道之所贱也。其源始于楚骚，忠爱积而悱恻生，以摇荡性情而伸其隐志，君子所乐尚焉。流及于司马相如、扬雄，而讽谏亦行乎其间。六代之衰，操觚者始取青妃白，移宫换羽，而为不实之华。然而雅郑相杂，其不诡于贞者，亦不绝于世夫。①

这或者是王夫之文集中，颇多赋作的原因之一。

但王夫之文学观之核心，仍然是道学家所强调的，服务于政治教化之"文以载道"。其《殷浴日时艺序》重点不言时艺，而言经世与重道。上来即曰："家则堂南归，以《春秋》教授，则未知其所授者以道圣人经世之意邪，其以为所授者羔雁之技邪？夫必有辨。谢侍郎卖卜，与子言孝，与弟言弟，则授以道矣。"又曰："文非道也，而所以御之择之者，岂非道哉？""以意征言，将期于道。"②《读通鉴论》中，论及陆机，亦有曰：

> 君子之有文，以言道也，以言志也。道者，天之道；志者，己之志也。上以奉天而不违，下以尽己而不失，则其视文也，莫有重焉。③

直接提出文以"言道"。在这方面，王夫之的要求甚苟，整个《读通

---

① 《续修四库全书》第九百四十九册，600页。
② 《王船山诗文集》，45页。
③ 《续修四库全书》第九百四十九册，656页。

鉴论》及《宋论》中,凡涉及为文者,他皆以是否符合圣道、是否有助于时政为标准,所最为称道者为陆贽,称其为"三代以下,一人而已"。赞扬陈子昂亦着眼于其政治态度,谓其"非但文士之选"。对于他甚为钦赏的人物,如有不合于"道"之理念者,亦不惜对之批评,如对陶渊明之不仕而隐他是赞赏的,但对其"岂能为五斗米,向乡里小儿折腰",却持批评态度,谓:"此言出而长无礼者之傲,而乐称之,则其言过矣。"①尤其极端而过分的是,他出于道学家偏见,视诗文写作为"劳视听,玩时日,妨远略"②。他还对"八大家"中之三苏,极尽挞伐之能事。苏洵屡屡被其斥为倡邪说淫辞的"小人"不说,在论及科举以言取人之不当时,他曾发一篇宏论,由唐之元、白至宋之二苏,皆予以否定。先言:

> 观其应制之策与登科以后慷慨陈言,持国是,规君过,述民情,达时变,洋洋乎其为昌言也,而抑引古昔,称先王,无悖于往圣之旨,则推重于有道之士,而为世所矜尚宜矣。推此志也,以登三事、任密勿、匡主而庇民有余裕焉。

这是就其策论文章而言,转而即批判其人说:

> 此数子者,类皆酒肉以溺其志,嬉游以荡其情,服饰玩好书画以丧其守。凡此,非得美官厚利,则不足以厌其所欲,而精魄既摇,廉耻遂泯,方且号于人以为清流之津径,而轻薄淫佚之士,乐依之以标榜为名士。如此而能自树立,以为君之心膂,国之桢干,民之荫藉者,万不得一。

---

① 《续修四库全书》第四百五十册,30 页。
② 同上,239 页。

那么,这些人何以会被重视并被标榜? 他分析说:

> 文章之用,以显道义之殊涂,宣生人之情理,简则难喻,重则增疑。故工文之士,必务推荡宛折、畅快宣通,而后可以上动君听,下感民悦,于是游逸其心于四维,上下古今巨细,随触而引申,一如其不容已之藏,乃为当世之所不能舍,苏轼所谓"行云流水,初无定质"者是也。始则覃其心以达其言,既则即其言以生其心,而淫佚浮曼、矜夸傲辟之气,日引月趋,以入于酒肉嬉游服饰玩好书画之中,而必争名竞利以求快其欲。此数子者,皆以此为尚者也,而抑博览六籍,诡遇先圣之绪说以济其辩,则规君过、陈民情、策国事皆其所可,沈酣以入,痛快以出,堂堂乎言之,若《伊训》《说命》《七月》《东山》之可与颉颃矣。正人君子安得不敛衽以汲引为同心,而流传简册,浅学之士能勿奉为师表乎?

其最后的结论是:

> 乃有道者沈潜以推其隐,则立心之无恒,用情之不正,皆可即其述古昔、称先王之中,察见其诐淫,况其滥于浮屠、侈于游冶者,尤不待终篇,而知其为羊膻蚁智之妄人哉![①]

一大篇言辞,要义不过谓元、白、二苏等,仅只是凭其文章之工,而骗取名位的"羊膻蚁智之妄人",须靠"有道者""以推其隐",即识破他们的内在本质。对于与其时代较近的李贽、"公安""竟陵"各派,他更取蔑视态度。于《读通鉴论》中曾谓:"自苏洵氏而淫辞逞。近

---

① 《续修四库全书》第四百五十册,230 页。

有李贽者,益鼓其狂澜,而惑民倍烈。"①在《显考武夷府君行状》中,赞扬其仲父牧斋"诗绍黄初、景龙,视'公安''竟陵'蔑如也"②。

王夫之不失为有见地的思想家、哲学家,但其文学观不但没有脱出道学家之窠臼,且有过之无不及,对其极端性、片面性及在散文发展上的消极影响,不应也不必为贤者讳。

王夫之与某些理学家一样,文学观念与写作实践,存在一定矛盾。学术性的著作不说,其长篇的《读通鉴论》《宋论》,大的结构上以史为纲,借论史人、史事以抒发自己的学术观、社会观、政治观。行文往往滔滔成势,时有激昂慷慨之笔。其余类型的作品,有些亦具一定的特色。如《船山记》,借景物环境的抒写,寄寓自己的处世态度。先写山之平淡无奇:

> 船山,山之岑有石如船,顽石也,而以之名。其岗童,其溪渴,其靳有之木不给于荣,其草瘭靡纷披而恒若凋,其田纵横相错而陇首不立,其沼凝浊以停而屡竭其濒,其前交蔽以绫送远之目,其右迤于平芜而不足以幽,其良禽过而不栖,其内趾之狩者与人肩摩而不忌,其农习视其塍埒之坍谬而不修,其俗旷百世而不知琴书之号。然而予之历溪山者十百,其足以栖神怡虑者,往往不乏,顾于此阅寒暑者十有七,而将毕命焉,因曰此吾山也。

然后述山林之士,各有所选,而自己:

> 虽欲选之而又奚以为? 夫如是,船山者即吾山也,奚为而不可也? 无可名之于末世,偶然谓之,歘然忘之,老且死,而船

---

① 《续修四库全书》第四百五十册,13 页。
② 《王船山诗文集》,23 页。

山者仍还其顽石。严之濑、司空之谷、林之湖山，天与之清美之风日，地与之丰洁之林泉，人与之流连之追慕，非吾可者，吾不得而似也。吾终于此而已矣。[①]

不重风物描摹，不追求韵致，意在抒发自己的情志，而韵致自在其中。《小云山记》则偏于写景色：

天宇澄清，平烟幂野，飞禽重影，虹雨明灭，皆迎目授朗于曼衍之中。……春之云，有半起而为轮囷，有丛岫如雪而献其孤黛。夏之雨，有亘白，有漩渡，有孤枭，有隙日旁射，耀其晶莹。秋之月，有澄淡，而不知微远之所终。冬之雪，有上如暝下如月万顷，有夕灯烁素悬于泱莽。山之观奚止也。[②]

笔法炼精峭洁，颇有"竟陵"风味。

此外，其《种竹亭稿序》简丽雅洁之中蕴有绵绵深情，《六十初度答徐蔚子启》以纯熟四六骈体行文，《丙寅岁寄弟侄》全用浅白家常话絮絮道来，《示子侄》又改为节奏鲜明的四字短句。凡此，说明王夫之的文字修养相当深厚，风格丰富而多变化，不可因其文学观的狭隘性，而予以轻视。

第二节　以诗文创作为主的作家群体

明代中后期，虽然政治腐朽、国势衰颓，但随着东南地区经济

---

① 　《王船山诗文集》，40 页。
② 　同上，41 页。

的繁荣、城市化的发展、文化的普及,特别是印刷术的空前发达,出现了一个文学写作高潮。不但科班出身的文人墨客中,名家辈出,流派众多,彼此互争高低,较长论短;即使一般的官僚政客、社会名流,也都热衷于舞文弄墨、写诗赋文,以至于到了家自作文,人自为诗,而且皆要衰集,要刻板,要流布的程度。在这样的情况下,其中的姣姣者也就形成了一个相当庞大的作家群体。

这个群体中时代稍晚的部分,在明清鼎革之际受到强烈冲击,政治取向和写作趋向或有不同,而在清朝的统治逐渐稳定以后,他们依然是文坛的主体,随后才又扩展到全国范围。《清史稿·文苑传》序言云:"清代学术超汉越宋,论者至欲特立清学之名,而文学并重,亦足于汉唐宋明以外,别树一宗。呜呼,盛矣!"其后又曰:"谦益归命,以诗文雄于时,足负起衰之责,而魏(禧)、侯(方域)、申(涵光)、吴(嘉纪),山林遗逸,隐与推移,亦开风气之先。"所指即这一群体。除文中提到的外,还有众多大大小小的诗文作家,如吴伟业、龚鼎孳、宋琬、施闰章、汪琬、归庄、周容、傅山、王猷定,及稍后的陈维松、尤侗、邵长蘅、屈大均、唐甄、王士祯等等,队伍相当庞大;而且这些人大多作品数量多,品类全,题材丰富。这部分人中的突出者,名高望重,为时流所趋,有的被比作当代的韩、欧,其余作者也各有一定特色。单从所处时代看,他们的作品,在继承发扬古代传统,反映现实状貌,抒发个人情志方面,皆有可称道的成就与价值;但放到整个古代散文发展的大系统中来衡量,除了作家、作品的数量优势,实无多少质的突破,别说"超汉越宋""别树一宗",即使与明末的归有光、张岱比,艺术成就上,亦未见得有高出之处。总体上考察,这个群体在本时期的发展趋势,大体是由激烈抗争逐步转向甘心随附,在向古文传统回归的名义下,像顾、黄、王一样,更加强调"文以载道"之指归。下面选取重点作家予以印证。

一 时代较早,属跨代性质的作家

1. 钱谦益

钱谦益(1582—1664),字受之,号牧斋,又自称蒙叟、虞山老民、绛雪老人、东涧遗老等,常熟(江苏常熟市)人。明万历三十八年(1610)进士,授翰林院编修。天启、崇祯年间,时起时落。甲申后,入南明弘光朝,任礼部尚书兼翰林院学士。清兵南下,迎降,被任命为礼部侍郎管秘书院事,《明史》副总裁。不足半年,请辞而归。暗中与抗清人士联络,参与郑成功反清复明的斗争,无果而终。乾隆三十四年(1769),下"谕旨",斥其为"有才无行之文人",责令毁禁其著作。钱谦益在民族斗争中的反复变化,乃文人在历史重要关头往往有动摇不定表现之一例,不必为之讳,亦不必深责、深辩。

钱谦益在明末清初文坛上地位甚高,声望甚著,被视为一代宗主。其《送南昌丁景吕序》,引时人之语曰:"虞山先生,今之昌黎、庐陵也。"①《清史稿·文苑传》对其评价,亦见此意。其文集中的许多文章,也表明大量前辈、平辈及后学之名人文士,对之赞赏、推许有加。钱氏获得这样的地位,除才高学富,与其进取顺利,地位较高,得与士林名流交游外,还有两点和时势政治相关的因素。

其一,在阉党与东林党的斗争中,他坚定地站在了东林一面。其《顾端公文集序》及《顾母王夫人寿序》,皆提及少时即与顾宪成相识,被顾"呼为小友"。在为缪昌期所写《行状》中,又言及与东林相关人物的交谊,以至于"自时厥后,予两人取次为党人射的。党人之忌余甚于公,而其恨公而欲杀之也,尤亟于予"。当缪昌期被

---

① 钱仲联标校:《牧斋有学集》,上海古籍出版社,1996 年,903 页。以下所引此书皆同此版本。

捕时,尚以钱氏得免为幸,"曰:'虞山免矣。'喜见颜间"①。因此东林主要代表人物及与之相关者,皆视钱氏为知己,他们被害又得申雪后,子弟多求钱氏为之写碑志以昭传后世,而谦益亦尽心为之撰著,如杨涟、周顺昌、高攀龙、邹元标、黄尊素,皆是如此。因这些人物在世人心目中都是忠正刚烈之君子,谦益作为他们的同流,自然也就受到仰重,增其人望,也因此与他们的后人结下相当深厚的情谊,如黄宗羲即因此与钱氏交往颇深,至宗羲之子,亦延续不断。

其二,钱谦益早期对抗清取强烈而明确的态度。自万历末年,在文章中对建州女真即以夷、虏为称,后更直斥为"酋奴",天启、崇祯间,对抗清斗争中壮烈殉国的忠义刚烈之士,他更是怀着钦敬之情,以慷慨激越的言辞,为之立传写志。典型者为对孙承宗的态度。孙氏既是取钱氏为进士的恩师,又是曾主持辽东事务的名臣,后阖家牺牲在清兵屠刀之下。钱谦益先是写《上高阳师相书》进御敌之策,后又为之写《少师高阳公奏议序》,再则撰长达三万六千余言的《孙公行状》,还著有《高阳孙氏阖门忠孝记》,以详细的笔墨,具体描述了清兵攻陷高阳时,孙承宗及其"子五人孙六人与从子孙八人""妇女童稚",前仆后继,争先就义的惨烈情状,读之令人感慨唏嘘。孙氏之外,他还写有与上文类似的《莱阳姜氏一门忠孝记》,并在此期间,凡为抗清而死节者,不管有名无名,皆为之或写碑或立传。对甲申殉难的李邦华,不但为之撰神道碑,又为其文集写序,赞之为当代之文天祥。另外,鉴于明末局面与南宋有近似之处,他在多篇文章中对抗金抗元之英烈人物如岳飞、陈亮、文天祥等,皆倾情叹赏,感慨系之。在国运濒危,民族意识高涨的情况下,钱谦益的这种表现,自然受到士君子所仰重。虽然他一度的动摇

---

① 钱仲联标校:《牧斋初学集》,上海古籍出版社,2009年,1245页。以下所引此书皆同此版本。

降顺,遭时人和后人的鄙薄谴责,但在自我辩解与悔愧的交织之中,他最终又回到抗清的道路上,并对坚持抗战到底的瞿式耜、路振飞等表达出真挚深切的悼念赞佩。这或是他能获得黄宗羲、归庄等遗民作家之谅解和乾隆之极度憎恶的原因。

以上两点都属外部因素,真正确定钱谦益文坛宗主地位的,还是他所倡导的文学观念与诗文创作实践。钱氏评诗论文的言论极其繁富,基本要点,有以下几方面:

第一,钱谦益为文经历时段很长,由万历后期直至清初,其间各种流派的影响依然存在,作家们的创作倾向纷杂繁复。钱氏经长期探索、与众多作者广泛交流,形成其主导性的文学观念,这就是恢复唐宋以来古文家所形成的文道统一的传统。这体现在两个方面:其一,坚持"文"以贯"道",即诗文写作要服从于政治教化。在《苏州府重修学志序》中,他引朱伯原的话说:"为文足以贯道,为经足以通理。"①在《张异度文集序》中,他搬出贯道说的提出者王通,曰:"文乎!文乎!文中子必有取焉尔矣。"然后曰:

> 今吾异度之文,非仁人孝子之法言,则劳人志士之苦语,使读之者修然而思,矍然而作,其关于风教也,微且远矣。岂犹夫俪花斗叶,以词赋为能事者哉?②

于《十峰诗序》中,则感叹说:

> 呜呼!诗道大矣,非端人正士不能为,非有关于忠孝节义纲常名教之大者,亦不必为。③

---

① 《牧斋初学集》,852 页。
② 同上,949 页。
③ 《牧斋有学集》,813 页。

其二,强调"文"以贯"道"的同时,又特别重视诗文之抒发情志的作用。在《爱琴馆评选诗慰序》中讲:

> 夫诗者,言其志之所之也。志之所之,盈于情,奋于气,而击发于境风识浪奔昏交凑之时世,于是朝庙亦诗,房中亦诗,吉人亦诗,棘人亦诗,燕好亦诗,穷苦亦诗,春哀亦诗,秋悲亦诗,吴咏亦诗,越吟亦诗,劳歌亦诗,相春亦诗。……古之为诗者,学溯九流,书破万卷,要归于言志永言,有物有则,宣导情性,陶写物变。学诗之道,亦如是而止。①

大大拓展了诗的表现范围。于《陆敕先诗稿序》中,又专门讲"情":

> 佛言众生为有情,此世界为情世界。儒者之所谓五性,亦情也。性不能不动而为情,情不能不感而缘物,故曰情动于中而形于言。诗者,情之发于声音也。古之君子,笃于诗教者,其深情感荡,必著见于君臣朋友之间……由今思之,能使人色飞骨惊,当飨而叹,闻歌而泣,皆情之为也。②

有了"情",也就有了感人的力量,有了艺术价值与审美价值。以上皆以诗为言,其论文亦如是。在《王元昭集序》中,明确地讲:"古之作者,本性情,导志意,谰言长语,《客嘲》《僮约》,无往而非文也。"③因为意识到文学的审美意义,于是在写作题材上他专门论及超乎实用之外的客观对象。在《李君实恬致堂集序》曰:

---

① 《牧斋有学集》,713 页。
② 同上,824 页。
③ 《牧斋初学集》,932 页。

余惟唐、宋以来，名人魁士，以风流儒雅为宗者，若李沂公、米南宫、赵魏公之流，其标置欣赏，往往在勋名德业之外，无当于世用，而世顾不可少焉者，何也？草之有秋兰也，木之有古松老梅也，味之有苦茗也，臭之有名香也，于世用亦复无当，而世亦不可少焉。……文章者，天地英淑之气，与人之灵心结习而成者也。与山水近，与市朝远；与异石古木哀吟清唳近，与尘磕远；与钟鼎彝器法书名画近，与时俗玩好远。故风流儒雅、博物好古之士，文章往往殊邈于世。其结习使然也。①

以上两方面结合起来，就使得钱谦益在"文"与"道"的统一、实用与审美的结合上，认识和体会虽远未达到韩、柳、欧、苏的高度，但总是较为接近。

第二，基于上述主导观念，钱谦益理出了诗文发展之统系。在《袁祈年字田祖说》中，他归纳说：

"三百篇"，诗之祖也；屈子，继别之宗也；汉、魏、三唐以迨宋、元诸家，继祢之小宗也。六经，文之祖也；左氏、司马氏，继别之宗也；韩、柳、欧阳、苏氏以迨胜国诸家，继祢之小宗也。古之人所以驰骋于文章，枝分流别，殊涂而同归者，亦曰各本其祖而已矣。②

粗略地概括了诗文的源与流。此外，他在不同场合，针对不同对象，对以古文为主体的诗文发展系统作了更充分的论述。《答山阴

---

① 《牧斋初学集》，906页。
② 同上，826页。

徐伯调书》中，言及自己学文的经历有云：早年热衷于学习李攀龙、王士贞。后来：

> 为举子，偕李长蘅上公车，长蘅见其所作，辄笑曰："子他日当为李、王辈流。"仆骇曰："李、王而外，尚有文章乎？"长蘅为言唐、宋大家，与俗学迥别，而略指其所以然。仆为之心动，语未竟而散去。浮湛里居又数年，与练川诸宿素游，得闻熙甫之绪言，与近代剽贼雇赁之病。临川汤若士寄语相商曰："本朝勿漫视宋景濂。"于是始覃精研思，刻意学唐、宋古文，因以及金、元元裕之、虞伯生诸家，少得知古学所从来，与为文之阡陌次第。①

于《复李叔则书》中，则更深入地阐述了古文的发展变化脉络：

> 文章之变，不可胜穷。文至于昌黎，止矣。陆希声言：李元宾于退之，所得不同，不可以相上下。叔则谓：唐、宋之文，不尽于八家。此知其变者也。是故论唐文，韩、柳之前，未尝无陈拾遗、燕、许、曲江也，未尝无权礼部、李员外、李补阙、独孤常州、梁补阙也，未尝无颜鲁公、元容州也。元和以还，与韩、柳挟毂而起者，指不可胜屈也。宋初庐陵未出，未尝无杨亿、王禹偁也，未尝无穆修、柳开也。庐陵之时，未尝无石介、尹洙、石曼卿也。眉山之时，未尝无二刘三孔也。眉山之学，流入于金源，而有元好问。昌黎之学，流入于蒙古，而有姚燧。盖至是文章之变极矣。②

---

① 《牧斋有学集》，1346 页。
② 同上，1343 页。

对于诗,他于《虞山诗约》《曾房中诗序》等,亦有较详细勾勒。在《陶仲璞遁园集序》中,则高度概括地说:"诗至于香山,文至于眉山,天下之能事尽矣。"①于《李笠翁传奇叙》中,又扩而大之:"古今文章之变,至于宋词元曲而极矣。"②在钱氏之前,论文者尚未有人对古代诗文的发展,作出这样系统的疏理与论断。尤其钱氏还能脱开固守正统之士大夫文人成见,对元杂剧给予极高评价。在《题徐阳初小令》中云:

> 词曲虽小道,求其清新华艳,负歌山曲海之名,亦岂易言哉!昔人言关汉卿杂剧可继《离骚》。汉卿仕元为太医院尹,一散吏耳,马致远为江浙行省属,张小山以路吏转首领官,郑德辉杭州小吏,宫大用钓台山长。元时中外雄要之职,皆其国人为之。中州人每每沈抑簿书,老于布素,穷困不得志,其词曲独绝于后世。③

同时,或许受李贽、袁中郎影响,在《李笠翁传奇叙》中,还赞扬《金瓶梅》及演义小说《三国演义》,并对李渔之传奇给予充分肯定。这对文学史的发展具有探后性质,在当时亦属难得。

第三,基于以上观念,钱谦益特别强调作家要有所成就,必需先具备深厚的学养,充分的积累。具体到论文上,他继承了韩愈"养其根而俟其实,加其膏而希其光"的精神,反复论说学养之重要。于《复徐巨源书》有云:

---

① 《牧斋初学集》,918 页。
② 钱仲联标校:《牧斋杂著》,上海古籍出版社,2007 年,528 页。以下所引此书皆同此版本。
③ 《牧斋初学集》,1791 页。

窃观古人之文章，衔华佩实，画然不朽。或源或委，咸有根底。韩、柳所读之书，其文每胪陈之。宋景濂为《曾侍郎志》，叙古人读书为学之次第，此唐、宋以来高曾之规矩也。宋人传考亭、西山读书分年之法，盖自八岁入小学，迨二十四五，经经纬史，首尾钩贯，有失时失序者，更展三年，则三十前已办也。自时厥后，储峙完具，逢源肆应，富有日新，举而措之而已耳。眉山兄弟，出蜀应举，盖已在学成之后。方希古负笈潜溪，前后六载，学始大就，皆此法也。去古日远，学法芜废。自少及壮，举其聪明猛利朝气方盈之岁年，耗磨于制科帖括之中。年运而往，交臂非故。顾欲以余景残晷，奄有古人分年程课之功力，虽上哲亦有所不能。[①]

又，前引《答山阴徐伯调书》中，曾言"仆之文章，自断不如古人者有四"，其中三条，皆与学养之积累直接相关，如所谓：

古人学问，自羁贯就傅以往，岁有程，月有要，年未及壮，而九经、三史、四部之枢要，已总萃于胸中。其有著作，叩囊发匮，举而措之而已耳。

又讲切身体会：

仆初学为古文，好欧阳公《五代史记》，以为真得太史公血脉。五十余，系请室，为稼轩读《史记》《汉书》，深悉其异同曲折，前此皆茫如也。乱后废业，老归空门。世间文字，杳如积劫。两年来课稚孙读书，偶翻注疏，《左》《国》诸书，划然眼开。

---

① 《牧斋有学集》，1323 页。

始知七十年来，读书皆沉埋霾雾中，乃今心期目舒，自具手眼，如东坡所谓观书眼如月者；惜乎老将至而耄及也。以今日读书之眼，覆视少作，如醒时人忆醉语。

现身说法，深切着实，针对当时文坛，确属有的之见。

第四，论及明代文学，钱谦益的核心观点，大要不外两点：推崇以古文为主体的古学，力批以"七子"为代表的俗学。其一，他在《复李叔则书》中谓："本朝之文，祖唐而祢宋，凿凿乎统系具在，图牒可征。"接着又说："今将询于介众，谋之道路，家自立埠，人各宾尸，而茫然未有适从。"那么，按他的理解，这个系统应是什么样的？于《读岂凡先生息斋集质言》中有云：

> 盖常循览三百年来文体，凡三变矣。国初之文，自金华、乌伤迤东里、茶陵，衔华佩实，根本六经三史，号为正脉。北地起而以叫号剽夺之学，创立古文，雄树坛坫，信阳和之。遂谓文靡于隋，其法亡于韩愈。轻材讽说之徒，转相仿效，而文体一变。嘉靖之初，晋江、毗陵，被除俗学，归原经术。南沙、浚谷，侠毅扶轮，为一时之盛。历下、弇山出，盛推北地，以雄词盛气，凌压古人，佐之以大涵、云杜，异口同音，一唱百和，而文体再变。万历以来高邑起于北，临川雄视于南，厌时人以赁耳佣目，刻意涤除，文体几于三变矣。①

从此文看，钱氏乃视宋濂至李东阳为文之"正脉"，"唐宋派"之王慎中、唐顺之为正脉之继承者，前两变皆指"前、后七子"之变正为俗。第三变则指以赵南星、汤显祖为代表者，又恢复到正脉的传统。三

---

① 《牧斋杂著》，600 页。

变中之"正脉"，即明文之统系。其二，钱谦益所谓"正脉"，主体乃是以宋濂到王慎中、唐顺之、茅坤、归有光为代表的传统古文，他又称之为古学。上述引文虽没明确提出这一点，但引文下面，紧接着有云：

> （岂凡）乃能超然玄览，笃信古学，奉韩、欧为祖祢，而师友在震川、鹿门之间，岂非豪杰之士，后五百年间出者哉？今其文具在，盖莫不发源经史，而取裁于八大家，落材取实，遡流穷源，有典有则，有伦有要，沨沨乎洋洋乎先民之规矩，盛世之型范也。昔在王、李狎主齐盟，茗上茅鹿门先生独唱明八大家之学，标举关键，为后学眼目。岂凡，鹿门之外孙也。先河后海，其所从来远矣。

再证之以《读宋玉叔文集题辞》所云：

> 余之从事于斯文，少自省改者有四。弱冠时，熟烂空同、弇州诸集，至能阍数行墨。先君子命曰："此毘陵唐应德所云，三岁孩作老人形耳。"长而读归熙甫之文，谓有一二妄庸人为巨子，而练川二三长者，流传熙甫之绪言。先君子之言益信。一也。少奉弇州《艺苑卮言》，如金科玉条。及观其晚年论定，悔其多误后人，思随事改正。而其赞熙甫则曰："千载有公，继韩、欧阳。余岂异趋，久而自伤。"盖弇州之追悔俗学深矣。二也。午、未间，客从临川来，汤若士寄声相勉曰："本朝文，自空同已降，皆文之舆台也。古文自有真，且从宋金华着眼。"自是而指归大定。三也。毘陵初学《史》《汉》为文，遇晋江王道思，痛言文章利病，始幡然改辙。……由是而益知古学之流传，确有自来。四也。①

---

① 《牧斋有学集》，1588 页。

由此可知,钱氏所视为古学古文之统系即唐、宋以来所形成古文之传统,而继承和发扬这一传统者,其所最推重的核心人物则为归有光。钱谦益写有多篇赞扬归有光的文字,早年所写《题归太仆文集》,即有云:

> 熙甫生与王弇州同时,弇州世家膴仕,主盟文坛,海内望走,如玉帛职贡之会,惟恐后时。而熙甫老于场屋,与一二门弟子,端拜雒诵,自相倡叹于荒江虚市之间。……以熙甫追配唐、宋八大家,其于介甫、子由,殆有过之无不及也。士生于斯世,尚能知宋、元大家之文,可以与两汉同流,不为俗学所渐灭,熙甫之功,岂不伟哉![1]

后于《新刻归震川先生文集序》中,又进一步曰:"余服膺先生之书,不为不专且久,丧乱废业,忽忽又二十年,今乃始旋其面目,旷然知先生所以为文之宗要,岂不幸哉!""余少壮汩没俗学,中年从嘉定二三宿儒游,邮传先生之讲论,幡然易辙,稍知向方,先生实导其前路。启、祯之交,海内望祀先生,如五纬在天,芒寒色正,其端亦自余发之。"[2]末段既云归氏实自己为文之先导,又谓推尊归氏由己为始。其对归有光的评价虽有过高及欠中肯綮处,但将之归为古文统系之代表,则不为错。

钱氏对明文发展的梳理,有一点值得注意。即他虽将传统古文视为主流和主体,但视野宏阔,态度宽容,对凡是为文上有所创造、有所贡献者,皆给予适当赞赏与肯定。尤其是上一章所论,以抒张性灵为核心,向个性化审美化偏移的一派作家,从唐

---

① 《牧斋初学集》,1759 页。
② 《牧斋有学集》,729 页。

寅、祝枝山，到汤显祖、李贽、"公安"三袁等，他大多都持积极推许态度。有的将之归入到了唐宋古文家的统系之中，如汤显祖，其作品的突出特点在倡导人性中的天然之情，而于《汤义仍先生文集序》中，钱氏却称："义仍之于古文，可谓变而得正。""后有君子，好学深思，从事于义仍之文，得其所谓有物者，而察其所未至，因以探极指要，而知古文复兴之幾。"①又于《列朝诗集小传·汤遂昌显祖》中曰："世但赏其词曲而已，不能知其所已就，而又安能知其所未就，可不为三叹哉?"②有的虽意识到其特征之所在，但亦勉强与古文的统系联系起来，如对"公安"三袁，称中郎之论出，"天下之文人才士始知疏瀹心灵，搜剔慧性，以荡涤模拟涂泽之病，其功伟矣"③。在《复遵王书》中又曰："袁氏兄弟，则从眉山起手，眼明手快，能一洗近代窠臼。"④这些论说，一方面标出了三袁的贡献与特点，一方面又把他们纳入眉山的统系之下。至于对当时被视为异端的李贽，钱氏更是多处予以热情的赞扬，除在《陶不退阆园集序》《松影和尚报恩诗草序》中极加推崇外，于《列朝诗集小传·异人三人》中，又专列《卓吾先生李贽》一传，在当时实属难得。钱谦益于所处时代，当然不可能有今天的理论视野，也就不可能意识到散文发展趋势中大的区别，但他能对非古文正统的为文倾向持这种态度，堪称颇有眼光。其三，钱谦益所极力批判的对象，主要是李、何、李、王之摹古、拟古的文学主张，因与其所尊崇的古学相对立，他称之为俗学、谬学。由前面的引文可以看出，凡论及古文古学的文字，谦益几乎从不放过对李、何、李、王的批评，更有不少篇章，集中对之加以抨击。其最有代

---

① 《牧斋初学集》，905 页。
② 《列朝诗集小传》，上海古籍出版社，1983 年，564 页。
③ 同上，567 页。
④ 《牧斋有学集》，1359 页。

表性者如《答唐训导论文书》,有云:

　　自唐、宋以迄国初,作者代出,文不必为汉而能为汉,诗不
必为唐而能为唐,其精神气格,皆足以追配古人。其间为古学
之蠹者,有两端焉:曰制科之习比于俚,道学之习比于腐。斯
二者,皆俗学也。然而文章之脉络,画然如江河之行地,代有
其人,人有其传,固非俗学之可得而乱也。

　　弘、正之间,有李献吉者,倡为汉文杜诗,以叫号于世,举
世皆靡然而从之矣。然其所谓汉文者,献吉之所谓汉而非迁、
固之汉也;其所谓杜诗者,献吉之所谓杜而非少陵之杜也。彼
不知夫汉有所以为汉,唐有所以为唐,而规规焉就汉、唐而求
之,以为迁、固、少陵尽在于是,虽欲不与之背驰,岂可得哉!
献吉之才,固足以颠顿驰骋,惟其不深惟古人著作之指归,而
徒欲高其门墙,以压服一世,矫俗学之弊,而不自知其流入于
缪,斯所谓同浴而讥裸裎者也。

　　嘉靖之季,王、李间作,决献吉之末流而扬其波,其势益
昌,其缪滋甚。弇州之年,既富于李,而其才气之饶,著述之
多,名位之高,尤足以号召一世。然其为缪则一而已。今观弇
州之诗,无体不具,求其名章秀句,可讽可传者,一卷之中,不
得一二。其于文,卑靡冗杂,无一篇不偭背古人矩度,其规摹
《左》《史》,不出字句,而字句之讹缪者,累累盈帙。闻其晚年
手《东坡集》不置,又亟称归熙甫之文,有久而自伤之语。然而
岁月逾迈,悔之无及,亦足悲矣!

　　……

　　嗟夫! 古学一变而为俗,俗学一变而为缪。缪之变也,不
可胜穷。五方之音,变而为鸟语;五父之逵,变而为鼠穴。譬
诸病症,愈变愈新。自良医视之,其所由传染,要不离于本病

而已。谁生厉阶？至今为梗。岂能不追叹于献吉哉！[①]

自"唐宋派"、"公安派"以来，就不断有对"前、后七子"的批判，钱氏之论，可说是对前此所作批判的继承发扬与更加系统化。他所以这样做，一方面是出于对古文传统的强调与维护，一方面也是由于李、何、李、王的流毒太深，以致在钱氏当时尚有相当影响。除对"七子"的诋訾之外，钱氏对与"公安"相接近的钟、谭也进行了强烈的抨击，甚至诋之为鬼为妖。其原因大概与二人所主张的孤行静寄、幽僻冷峭，离钱氏所维护的古文传统，相距太远。

除以上四点，钱氏论文，尚有不少有价值见解。如在《范玺卿诗集序》中，强调不同作者，各有特点，不必强求其似。在《周孝逸文稿序》及《答徐祯起书》中，重申曹植、韩愈的文气说。在《汤义仍先生文集序》中，首引《易》之"言有物"，开方苞"义法说"之先。在《再答苍略书》中，首提"六经之中皆有史"，亦开章学诚"六经皆史"说之先。皆可称道。

钱谦益在观念主张上虽力倡恢复传统古文，而其散文作品，却繁富而庞杂。就体裁品类而论，诸体皆备；就语言形式而言，散、骈、雅、俗，皆得其用；就篇幅而说，长文短章，各极其致。至于行文风格，有激昂慷慨之论说，有严正谨重之碑志，有清丽简净之记述，有婉转深切之书序，有率意自然之题跋，亦有尖锐犀利之讽刺。然而，这些方面又存在与钱氏相近及其稍后文人之通病，即当时虽文誉甚高，而足以传世名篇太少，放到散文史上，给人总的印象是量胜于质。就钱氏所有作品而论，堪令人赞赏者，应该还是那些反映了时代精神，表彰在反阉党及抗清斗争中节烈之士的作品。如他为瞿式耜所写之《浩气吟序》：

---

① 《牧斋有学集》，1700 页。

呜呼！九域飙回，三精雾塞。寝庙之玉衣晨举，昭陵之石马宵驰。扶日月于南交，画乾坤于北户。崎岖庸、蜀，实仗老臣；收拾管、邕，岂惟一旅。夫何桂山云扰，漓水波翻。四郊断蚁子之援，三都成鱼烂之溃。谋人之军师国邑，我则死之；下可见天地祖宗，事已毕矣。于是慷慨誓死，豫暇赋诗。嚼张巡之齿牙，曼声长咏；握鲁公之拳爪，运笔横飞。伟彼义人，慨然赴难。抗词同日，洵芝焚而蕙叹；合口唱酬，譬金春而玉应。遗言付嘱，副墨流传。壁漫窗涂，星纬芒角于字里；墨陈纸故，雷风发作于行间。亦曰念哉，吁其悲矣！

　　昔者睢阳苦战，更楼起横笛之吟；越石重围，长啸发《扶风》之咏。以至空坑被执，《吟啸》之集频烦；柴市归全，《正气》之歌激越。其人为宇宙之真元气，其诗则今古之大文章。吐辞而神鬼胥惊，摇笔而星河如覆。况复流连警跸，沈痛提封。死不忘君，没而犹视。人言天荒地老，斯恨何穷；我谓劫尽灰飞，是诗不泯。伊余晼晚，遘此痻瘁。皓首师生，肠断寝门之哭；萧晨冰雪，神伤绝命之词。灯火青荧，须眉如见；窗櫺寂历，叹噎有闻。庸表汗青，长留碧血。呜呼！八百三十纪之算，鸿朗庄严；一千一百字之章，鼎钟铭勒。岂徒托诸诗史，终有考于斯文。①

　　《浩气吟》为瞿式耜绝命之作，此序将之比为文天祥之《正气歌》，行文虽用骈体，而慷慨激越，沉痛悲悼之深情，渗透于字里行间，应属钱氏佳篇之一。

　　钱谦益是明末清初最具代表性的作家，其文学观念和主张，既具有对前此阶段诗文创作进行归纳总结的性质，又奠定了清初文

---

　　① 《牧斋有学集》，742 页。

坛的主导倾向，在文学史散文史上的地位不容忽视。

2. 吴伟业

吴伟业（1609—1671），字骏公，号梅村，江南太仓（今江苏太仓）人。早年师从张溥，为复社重要成员。崇祯四年（1631），二十三岁，中进士，授编修，官至左庶子。弘光朝，入为少詹事，两月辞归。清顺治九年（1652），被荐入京，授秘书院侍讲，升国子监祭酒。丁母艰而归，居家著述十余年而卒。伟业后半生内心存有明显矛盾纠结，一方面为没能坚持民族志节而悔愧，一方面随顺甚至赞颂新朝之治。此乃面临政权转换，尤其是异族与汉族间之转换时，文人士子常态表现之一种，宋、元之间有，明、清之间更多有。

吴伟业的主要成就在诗，其《圆圆曲》颇近《长恨歌》风神，有些作品，亦得少陵余脉。存文数量亦不少。为文观念，基本继承古文传统。其一，主导思想大体符合文道统一观。于《两郡名文序》言："君子之为学，期于明道而已，不以得失为毁誉也。"①《孙孝给赠言序》又有曰："昔之所谓世家者，非独以其醲厚也，盖有文辞之事焉。""《传》曰：'非文辞不为功。'诚信然哉！"②其二，明确倡导符合上述观念之古文，极力批评应用于科举之制艺帖括时文。其《古文汇抄序》云："古文之名何昉乎？盖后之君子论其世，思以起其衰，不得已而强名之者也。""先儒谓三代无文人。""西京以下班班矣……初非以其文名之也。自魏、晋、六朝工于四六骈偶，唐、宋巨儒始为黜浮崇雅之学，将力挽斯世之颓靡而轨之于正，古文之名乃大行，盖以自名其文之学于古耳。其于古人之曰经曰史者，未敢遽以文名之。南宋后，经生习科举之业，三百年来，以帖括为时文，人皆趋今而去古，间有援古以入今，古文时文或离或合，离者病于空

---

① 李学颖标校集评：《吴梅村全集》，上海古籍出版社，1990年，740页。以下所引此书皆同此版本。

② 同上，759页。

疏,合者病于剽窃。彼其所谓古文,与时文对待而言者也,盖古学之亡久矣!"①其间,还曾言及自己的切身体会。在《德藻稿序》中曰:"吾之致力于应举,一二年耳,至今山陬穷邑,知吾名字,尚以制科之时文。吾为诗古文词二十年矣,而闾巷之小生以气排之,而诋吾空言为无用。盖天下之士,知制义之可贵,而不思古学之当复,其为日也久矣。"②于《严修人宜雅堂集序》中,在赞扬清初恢复古制时,进一步申论曰:

> 昔者孔子既没,异端繁兴,西汉二三醇儒,始号为黜百家,尊经术,而唐之贞元、宋之嘉祐,作者又起而力扶其衰敝,浸寻乎元季、明初诸儒,讲求条贯于六艺之微言。先民之要指,亦既彰切著明矣。乃三百年来,不免汩没于帖括之时文。夫帖括者,摘裂经传,破碎道术,朱考亭氏早鳃然忧之,虽其中非无卓然名家而超轶绝群之才,拨去筌蹄,不害于所为古学,然敝一世以趋之,而人才之磨耗固已多矣。

> 国家兴制改令,大复乎汉、唐之旧,而有司之奉行不精,体裁之沿袭未化,顾亦足以破往时夸曲支离之见,而学者之聪明材辨,无所复用,将一出之于古文。于是数年之间,操觚立言者相望而起,岂非化民成材已然之明验耶?所谓古之制复行于今者,此也。③

于此,不但可见吴氏尊崇古文之观念,亦可见其对清廷笼络手段,并非仅违心应付,实已有所心动。

吴伟业所为古文,多质实畅达。如《赵孟迁诗序》:

---

① 《吴梅村全集》,716 页。
② 同上,745 页。
③ 同上,687 页。

孟迁酒人也,而长于诗。孟迁则曰:"吾诗人也。诗非酒不豪,非酒不恣,非酒不足以尽其淋漓惝恍、奔蒡诞宕之致。"吾取其诗读之,若是乎深有得于酒者。或曰:孟迁尝与军,当横刀会饮时,高吟瞪目,老兵詟坐。今虽袴褶不完,蹩蹩焉为道旁所摧笑,然孟迁不以屑也。每痛饮大嚼,裸袒叫咷,摇头而歌,四座尽惊,意气自若。此其为人,忧患哀怒、机利变巧不入其胸中,而皆逃之于酒、托之于诗者耶!孟迁乎,吾乌足以知之?[①]

全文二三百字,虽曰诗序,而人物之性格风貌,传神以出,应该说继承了传统古文的特点。其《柳敬亭传》《张南垣传》,一为说书艺人、一为民间园艺家立传,皆为尽心尽力之作。选材、结构、笔墨,都符合古文中传记类作品之体式,在吴氏的文章中,应属上乘。但比之张岱的《柳敬亭》,写其超凡技艺及性格形貌特征,声色毕肖,传神如睹,水平远逊不只一筹。其卒前不久所写《与子暻疏》,回顾一生经历,心态变化,将国事、家事、个人立身处世之道、心情精神的矛盾痛苦糅为一体,以朴素自然的语言娓娓道来,感情之深切,内容之着实,当为伟业所有文章之最。姑选其写崇祯朝以后部分来看:

南中立君,吾入朝两月,固请病而归。改革后,吾闭门不通人物,然虚名在人,每东南有一狱,长虑收者在门,及诗祸史祸,惴惴莫保。十年,危疑稍定,谓可养亲终身,不意荐剡牵连,逼迫万状。老亲惧祸,流涕催装,同事者有借吾为剡矢,吾遂落觳中,不能白衣而返矣。

---

① 《吴梅村全集》,711 页。

先是吾临行时以怫郁大病，入京师而又病，蒙世祖皇帝抚慰备至。吾以继伯母之丧出都，主上亲赐丸药。今二十年来，得安林泉者，皆本朝之赐。惟是吾以草茅诸生，蒙先朝巍科拔擢，世运既更，分宜不仕，而牵恋骨肉，逡巡失身，此吾万古惭愧，无面目以见烈皇帝及伯祥诸君子，而为后世儒者所笑也。

吾归里得见高堂，可为无憾。既奉先太夫人之讳，而奏销事起。奏销适吾素愿，独以在籍部提牵累，几至破家；既免，而又有海宁之狱，吾之幸而脱者几微耳。无何陆垫告讦，吾之家门骨肉当至糜烂，幸天子神圣，烛奸反坐，而诸君子营救之力亦多，此吾祖宗之大幸，而亦东南之大幸也。

……

吾同事诸君多不免，而吾独优游晚节，人皆以为后福，而不知吾一生遭际，万事忧危，无一刻不历艰难，无一刻不尝辛苦，今心力俱枯，一至于此，职是故也。岁月日更，儿子又小，恐无人识吾前事者，故书其大略，明吾为天下大苦人，俾诸儿知之而已。[①]

就文字说，虽只平平叙述，无波澜，无形容，而深切着实，堪称其文章中之佳作；就内容说，虽感慨沉痛，自谓"大苦人"，而与当时诸多节烈之士，甚至宁愿沦落沉埋者比，悔愧与感恩并存，只能是可理解而不值得称扬同情。

二 虽跨代，已归属清初的作家

这部分作家亦属由明入清，但后半生主要生活于清代，可归入清初作家，代表人物为"古文三大家"及"北宋南施"。

---

① 《吴梅村全集》，1131页。

1. 侯方域

侯方域(1618—1654),字朝宗,商丘(河南商丘市)人。出身世家,父祖皆为显宦。方域夙慧早露,在乡曾组织文社曰雪苑社。崇祯十年(1637)赴南京参加乡试,未中。与复社文人相交,参与反对阉党余孽阮大铖的斗争,文名更著,与冒辟疆、方以智、陈贞慧,并称"复社四公子"。弘光朝,阮大铖当权,几遇害,适清兵南下,随回乡读书著述。顺治八年(1651),参加河南乡试,中副榜。其间,往来吴、越,与江南名士相交游,为文坛所重。年三十七卒。

侯方域亦属由明入清作家,一方面有故国之思,写有不少表彰悼念节烈之士的文章,还曾写信给吴伟业,劝其决不可应荐仕清。但后来自己不但参加了乡试,对新朝抱有希望,还劝友人于安定下来的太平之世,应有所作为,在《拟上遣官致祭先师孔子阙里群臣谢表》中,建议清廷加强文治。其《王猛论》暗含以古喻今之意,有谓"猛处天下分崩之时,其志未尝不在中原,及其不得已而见用于异国,犹惓惓不能忘,猛盖识大义者也。""其出而相苻坚者,猛之不得已也。"又谓:"猛存,则以秦存晋,猛亡,犹欲以秦存晋,是则吾之所为识大义者也。"[1]表达了一种利用异族政权未尝不可振兴中原,延续汉族正统的观点,这是在少数民族入主中原后,不少汉族士人为自己出仕从宦寻找心理慰藉的代表性观念。

自宋荦合刻侯方域、魏禧、汪琬《三家文抄》,并于《侯朝宗本传》中称:"明文极弊,以迄于亡。朝宗始倡韩、欧之学于举世不为之日,遂以古文雄一时。"[2]于是视侯、魏、汪为清初古文三大家,尤以方域最工,几为成说。宋荦之论虽有过誉,而侯氏之被称许,确有一定根据。

---

① 王树林:《侯方域全集校笺》,人民文学出版社,2013 年,383 页。以下所引此书皆同此版本。
② 同上,1186 页。

侯方域的文学观点基本承绪古文正统,归纳起来有以下几点:

其一,重道亦重文。在其《宋牧仲文序》中,曾以射为喻,谓即使其巧能中秋毫,而无明确鹄的,亦无意义。推而论曰:

> 巧者聪明之小者也。学者之为经书之文,非如他体之文,求以名世已也。盖代言而述圣贤之旨,思以翼道也,是有鹄焉。苟其未合,虽有大聪大明者出,亦犹乎秋毫之中也。①

其友人徐作肃中举后,为之所作《赠徐子序》,论及文与道的关系,有云:

> 或曰:"徐子所遇者,文也,非道也。"曰:"否!徐子之文,寓于道者也。往者大雅不作,浮艳具陈,十年以来,天下之人,淫词诐说,榛莽塞路。当是时,小生末儒,挟一组织故册子,篇章之积不能以寸,稍稍规而摹之,取富贵如寄。徐子辄闭门高卧,不肯出也。已而,天子下诏书褒崇典型,厘正繁芜,徐子乃奋起与昌明之运会。……息卤莽之心,务滋植之业,谁之力欤?徐子之文,将不得为其道乎哉?"②

然而,他所谓"翼道""寓于道",又不只限于发挥维护名教纲维之教条,从而否定表现个人之情性与山川之风物。在《与陈定生论诗书》中云:

> 今夫日月与山水者,天地之色也;光者,日之色也;阴者,

---

① 《侯方域全集校笺》,527页。
② 同上,10页。

月之色也。山之色,烟云互变;水之色,澄碧相接。若尽欲刊落而空之,举目暗淡,何古何今?

又论及"气象"曰:

> 阛阓冕旒,固属气象。水鸥风燕,得意容与,容非气象耶?推而至于太原真人之褐裘,曲江仙侣之彩笔;任城豪饮,斗落参回;玉门愁月,练白霜皎:皆能以其气象为气象。当其绝胜,变动难拘,是惟心知其意者,触通而已。①

所言就不属于"翼道""寓道",表达了对抒发情志,描摹山水风物之作的肯定。虽属论诗,当亦与文相通。

其二,强调作者必有主体之内在精神,为文必靠这种精神对外之发扬。侯方域在韩愈尚"气"的基础上,提出了一种"气""骨"说。在《与任王谷论文书》中云:

> 大约秦以前之文主骨,汉以后之文主气。秦以前之文,若六经,非可以文论也,其他如《老》《韩》诸子,《左传》《战国策》《国语》,皆敛气于骨者也;汉以后之文,若《史》、若《汉》、若八家,最擅其胜,皆运骨于气者也。②

其所谓"骨"即由信仰、原则转化形成的主体之内在精神,"气"即由内在精神外扬,所形成的感人动人之气势力量。所谓"敛气于骨",即这种气势力量,自然蕴含于主体精神之内。所谓"运骨于气",即将主体

---

① 《侯方域全集校笺》,174 页。
② 同上,136 页。

之内在精神挥发出来，化之为感人、动人之文。所以他接着解释说：

> 敛气于骨者，如泰华三峰，直与天接，层岚危蹬，非仙灵变
> 化，未易攀陟。寻步计里，必蹶其趾。姑举明文如李梦阳者，
> 亦所谓蹶其趾也。运骨于气者，如纵舟长江大海间，其中烟屿
> 星岛，往往可自成一部会。即飓风忽起，波涛万状，东泊西注，
> 未知所底。苟能操舵觇星，立意不乱，亦自可免漂溺之失，此
> 韩、欧诸子，所以独嵯峨于中流也。

末了又谓："今之为文，解此者罕矣！高者又欲舍八家，跨《史》《汉》
而趋先秦，则是不筏而问津，无羽翼而思飞举，岂不怪哉！"与前面
所谓"寻步计里，必蹶其趾"，皆是对七子之类的批判。他这种对古
文的理解，显然要比一般论者深刻得多。

其三，侯方域之为文和对为文的体会认识，有前后变化，有深
入丰富的过程。在上引文中，他曾回顾：

> （早年为文）皆从嬉游之余，纵笔出之，以博称誉，塞诋让；
> 间有合作，亦不过春花烂熳，柔脆飘扬，转目便萧索可怜。近
> 得贾君开宗、徐君作肃，共相磋磨，乃觉文章有分毫进益。

在《楼山堂遗集序》中，悼念吴应箕之死，亦回顾说：

> 吴子尝云："文章韩、欧、苏没后，几失其传，吾之文足起而
> 振之。"余时方没于六朝，不知其善，亦不取视也。今知之，欲
> 与之言，而吴子死久矣！[1]

---

① 《侯方域全集校笺》，84 页。

从这两段话中，可见侯之早年，曾受六朝影响，为文满足于浮漫华靡，后来才致力于向韩、欧、苏为代表的传统古文学习。学习所得为何？一是前面所讲，对"骨"与"气"的体会与认识。二是欧、苏所倡导的自然天成，随机而变。三是如"唐宋派"所主张的，要从前人那里寻求为文之"法度""规矩"。后两点，可见之于其《倪涵谷文集序》：

> 公（指倪元璐）教余为文，必先驰骋纵横，务尽其才，而后轨于法。所谓驰骋纵横者，如海水天风，涣然相遭，喷薄吹荡，渺无涯际；日丽空而忽暗，龙近夜以一吟；耳凄兮目骇，性寂乎情移。文至此，非独无不尽，且欲舍吾才而无从者。此所以卒与法合，而非仅雕镂组练，极众人之炫耀为也。今夫雕镂以章金玉之观，组练以侈锦绣之华而已。若运刀尺于虚无之表，施机杼于縠纹之上，未有不力穷而巧尽者也。故苏子曰："风行水上者，天下之至文也。"……
>
> 自文正公殁，而天下失其宗。十年以来，后起之俊秀，乃务求繁淫怪诞，以示吾之才高而且博，而先民之规矩荡然无复存者矣！夫以天下之真才，未有肯叛于法者，凡法之亡，由于其才之伪也。[①]

上述第三点，虽与寻求创作规范之大趋势相合，有一定消极性，但与前两点相融合，仍使他对古文的见解迥出流辈之上。

由于有以上认识体会，使侯方域将前辈古文大家的精神糅入创作实践中，再加时代环境的影响，就使其写出的文章超出当时一般水平，成为引人注目的名家之一。

---

① 《侯方域全集校笺》，54 页。

侯氏于古文各体皆有一定成就与特色。其政论、史论、人物论、策论等,大多明快俊利,气势充畅,敢议敢断,有些还颇为雄放恣肆,近于老苏与大苏之间,有书生意气本色。书、序、记是其为文大宗,一般不拘格套,因人、因事、因时,随分所宜,构思富变化,行文畅达而简质。如《赠徐子序》,开首即曰:

> 侯子既放,而有喜色。或问焉,曰:"徐子遇也。"

"放"即没有考取,"遇"即中举,意谓己落选照样为朋友喜。然后围绕"君子忧夫道之不彰,不忧身之不遇,道在其友与在其身,一也"展开论说,既见其豁达胸怀,又见其惟道是重。《阳羡燕集序》,先叙当时燕集,后回忆十几年前同样之集,再就燕集抒发感慨,最后引王导语,发而为论:

> 昔王茂弘过江宴新亭,坐中有泪下者,茂弘正色曰:"何至作楚囚相对!"论者壮之。然其后因循以为乐郊,高者耽胜于兰亭,下者乃荒湎于桃叶。庚清鲍俊,抑且徒然,若夫西湖赏眺,遂至直作汴州,益复不足道。然则新亭之泣,盖终愈于《子夜》之歌也!呜呼!今之江左视昔日又何如?诸君而绎余言,其尚亦当吟而辍、当醉而醒也哉![①]

短短篇幅中,层层推进,往昔古今对比,叙、议、感、叹相间,婉转曲折中,寄寓着既伤痛又悲壮激励之情。《与吴骏公书》,论吴伟业之出仕有三不可,二不必,云云,颇学贾谊《治安策》笔法。其《壮悔堂记》,借由"杂庸堂"改筑"壮悔堂",写其由"傲睨若是"至"稍稍知自

---

① 《侯方域全集校笺》,100 页。

创艾"的心路历程,有深湛之思,亦见行文起伏回环之致。至于其《癸未去金陵日与阮光禄书》,乃传世名篇。其始曰:

> 执事,仆之父行也。神宗之末,与大人同朝,相得甚欢。其后,乃有欲终事执事而不能者,执事当自追忆其故,不必仆言之也。大人削官归,仆时方少,每侍,未尝不念执事之才而嗟惜者弥日。

语极恭,而对阮大铖为人之不满,惋惜中含而不露。然后讲到赴金陵日,父亲所嘱仅及成勇、方孔炤而不涉于阮,又曰:

> 执事与方公同为父行,理当谒,然而不敢者,执事当自追忆其故,不必仆言之也。今执事乃责仆与方公厚,而与执事薄,噫!亦过矣。

态度基本与上文同。再后,言及阮企图利用方域,消弥正派士人对其排诋,因遭方域之拒而致其恨怒,欲加陷害,细述其事曰:

> 昨夜方寝,而杨令君文聪叩门过仆,曰:"左将军兵且来,都人汹汹。阮光禄扬言于清议堂,云子与有旧,且应之于内。子盍行乎?"仆乃知执事不独见怒而且恨之,欲置之族灭而后快也。仆与左诚有旧,亦已奉熊尚书之教,驰书止之。其心事尚不可知,若其犯顺,则贼也。仆诚应之于内,亦贼也。士君子稍知礼义,何至甘心作贼!万一有焉,此必日暮途穷,倒行而逆施,若昔日干儿义孙之徒,计无复之,容出于此,而仆岂其人耶?何执事文织之深也!
>
> 窃怪执事常愿下交天下士,而展转蹉跎,乃至嫁祸而灭人

之族，亦甚违其本念。倘一旦追忆天下士所以相远之故，未必不悔，悔未必不改。果悔且改，静待之数年，心事未必不暴白。心事果暴白，天下士未必不接踵而至执事之门，仆果见天下士接踵而至执事之门，亦必且随属其后，长揖谢过，岂为晚乎？而奈何阴毒左计，一至于此！

仆今已遭乱无家，扁舟短棹，措此身甚易。独惜执事忮机一动，长伏草莽则已，万一复得志，必至杀尽天下，以酬其宿所不快。则是使天下士终不复至执事之门，而后世操简书以议执事者，不能如仆之词微而义婉也。[①]

这篇言辞，有剖白，有讥刺，有劝说，揭露阮大铖的险恶用心，指责其不知自悔，反欲"必至杀尽天下，以酬其宿所不快"。全文辞婉而义正，语顺而刺深，有回环跌宕之致，明显看出所受欧阳修熏陶影响。

其传记作品成就较高，影响较大。《李姬传》写名伎李香有识人之鉴且重节义，文辞简洁，叙事得其要。《马伶传》写艺人马锦于竞艺受挫后，为演好严嵩形象，甘心至相国门下为奴三年，砥砺揣摩，终于技压群伶。叙事曲折，剪裁得当，有传奇色彩。其《郭老仆墓志铭》实类传记，写一郭姓仆人，曾侍奉其祖及父。一华山道人曾谓其父曰："此仆当济公于难者也，幸善视之。"然后，记仆之事曰：

老仆殊不事事，司徒公（方域之父）尝遣视南圃之墅，久之，所司皆荒失。命人迹之，则老仆自携琵琶，与一妇人饮于鹿邑之城门楼。司徒公怒斥之，不使近。戊辰，赴官京师，老

---

① 《侯方域全集校笺》，123 页。

仆固请从，至则日酣饮于城隍市。司徒公朝所命，老仆暮归，醉而尽忘之。司徒公怒而骂，老仆则倚壁而鼾，鼾声与司徒公之骂声更相间也。积二岁余，以为常。

司徒公为乌程相所构下狱，顾谓诸仆曰："尔辈皆衣食我，今谁当从乎？"老仆泣拜于堂下。司徒公熟视曰："嘻！尔岂其人耶？"老仆前曰："主人盛时，安所事老仆，老仆亦酣醉耳；今老仆且先犬马死，主人又患难，岂尚不尽心力？主人不忆老道士言乎？"自此不饮酒，亦不与其家相通，从司徒公于狱者七年。乌程相与韩城相相继秉政，皆苛深，托诸缇校诇察，在事士大夫，亲朋奴仆，往往避匿去。老仆尝衣敝衣，星出月入，以事司徒公。

初，燕女有姚氏者，数嫁不终，饶于财，每曰："我当嫁官人耳。"老仆乃伪为官人，娶之。日取其财，易酒食交欢缇校者，故得终始不及于难。后姚氏察知其伪，大哭骂老仆，以手提其耳，啮其面，面上痕常满。及司徒公出视师，以老仆为军官，冠将军冠、服将军服以见姚氏，姚氏则大喜。①

前后对比中，写老仆形象如画，且插入骗娶姚氏女一节，体现了其"当其闲漫纤碎处，反宜动色而陈，凿凿娓娓"的主张，较韩愈类似文远为粗涩，而颇有相近处。

其杂著类作品，如《悯獐》《卢告》仿柳宗元寓言，《蹇千里》仿韩愈《毛颖传》，精炼深刻难及，亦颇有意味。

总之，因侯方域之观点与作品接近古文正统，且痛诋"公安""竟陵"一路，故为其后尚古文者所肯定称扬，成为明末清初与"桐城派"之间讲究文统的衔接点。

---

① 《侯方域全集校笺》，534 页。

2. 魏禧

魏禧(1624—1680),字冰叔,又字叔子,号裕斋,因书斋名"勺庭",人称勺庭先生,宁都(江西宁都县)人。与兄祥、弟礼,世称"宁都三魏"。明亡,入山隐居,与丘维屏等九人研习《易经》,号称"易堂九子"。年近四十,出游吴、越、江、淮,结交名人高士,名声甚著。康熙十七年(1678),被荐博学鸿辞,坚以疾辞。

魏禧对明清鼎革之际战乱造成的苦难亲遭亲受,曾谓其侄曰:"自汝生至今时,皆与忧患为终始。其间治乱、成败、安危、愉戚之故,虽百岁之老,所经历有未及此三十年间者。"①处于这样的时代,他的思想和信仰基本不出传统的儒家观念,对道学,特重真伪而取不同态度,扬言:"敬真道学,甚于敬忠臣孝子。""恶假道学,甚于恶乱臣贼子。"②

针对当时现实,魏禧思想中有两点甚为突出:其一是特重人之志节。于《日录·史论》中有云:"文士见轻君相,正以无志节耳。"③于《答杨友石书》中言:

> 窃观二十年来,刀锯鼎镬森列罗布,蹈义于前,趣死于后,而天下士激发而起,其无所知名者,甘死如饴,百折而气不挫,往往崛出于通都大邑穷乡僻壤之间。④

于《南北史合注序》中感叹曰:

> 崇祯季年以来,邪正之混淆,党人之相倾,国是之颠错,封

---

① 胡守仁等校点:《魏叔子文集》,中华书局,2003 年,578 页。以下所引此书同此版本。
② 《日录·里言》,《魏叔子文集》,1090 页。
③ 同上,1142 页。
④ 同上,241 页。

疆之坏,仗节死义、叛降卖国者真伪之相乱,譬如云霞倏忽无定形,而海市蜃气变幻不可方物。①

于《听鹂轩诗序》,言及江阴人民之抗清,则赞扬说:

> 吾闻江阴多志士,甲乙间婴城而守,甘死祸如饴,到阖门数十人趣死无噍类者不胜数。今其遗民剩夫,当犹然有存。②

其二是深切关心民间疾苦。《与友人论省刑书》言及战乱造成的苦难有云:

> 且今何时日,足下不亲见之乎?贵家世官,误触禁网,妻子没为官奴,下卒厮厮,皆得役作答骂。平居乡城,突如遭兵寇,老妻艾妾,弱女文子,系颈贯手,累累如猪羊,践藉摧拉,无所不至。已或卖为人奴婢,蓬头跣趾,衣袴穿空;又或流落倡户,辱门灭性。当今之时,祸来无方,流矢在前,白刃在后,虽有铁室,莫知所蔽。吾兢兢战战,早夜思修德爱人,利济庶物,觊要天赦,犹恐德不胜罪,十五未免,况于残贼天地所爱之人,痛刻人父母之子,任性恣情,无有厌限,以结人怨而干天怒?禧窃夜不寐,三数思忖,殊可寒心。③

在《答翟韩城书》中反复嘱其"以好士爱民为大"④。

基于以上观念,魏禧亦曾有济世之志。《答南丰李作谋书》中

---

① 《魏叔子文集》,406 页。
② 同上,405 页。
③ 同上,253 页。
④ 同上,271 页。

有谓:"仆生十一二岁,即思求友,得交志行纯笃者若而人。年二十一,丁国变,则慨然愿交奇伟非常之士。""所以恢弘其志气,砥砺其实用者,虽不能尽变化其气质之鄙陋,而身受诸君子之教,则既已多矣。"①因此,他为学上,嗜史书,爱《左传》,喜作策论,好谈古议今,议政论兵。然而,面对当时的现实,实无可作为,于是只能感慨:"少负志,壮而无所发,不得不寄之文章。"②

关于为文,魏禧曾自云:"幼习帖括,病废以来,始学古文。"(参见《答翟韩城书》)经博览研习及多方交流切磋,形成了相当丰富的文学观。

第一,笃守"文以载道"的观念,虽重文更重道。在《恽逊庵先生文集序》中明确讲:"惟文章以明理适事,无当于理与事,则无所用文,故曰文者载道之器。"③于《答蔡生书》中曰:"文章之本,必先正性情,治行谊,使吾之身不背于忠孝信义,则发之言者必笃实而可传","轨于义理而无隐怪之失"④。皆就"道"而言。而于《甘健斋轴园稿叙》又强调"文"之重要,称:"至于宋、明儒者,则又以文章为玩物丧志而不屑,自二三大儒外,类取足道其意而止,卑弱、肤庸、漫衍、拘牵之病随在而有,读者不数行辄掷去,或相与揶揄厌薄之以为戒。""呜呼,则亦不文之过也矣!""文以明道,而繁简、华实、洪纤、夷险、约肆之故,则必有其所以然。""文不如是,不可以明道。"⑤

但魏禧之文道观,与韩、欧体现了实用与审美并重且相统一的文道观有所不同,他更强调的是"文者载道之器",因而更偏重于

---

① 《魏叔子文集》,269 页。
② 《复都昌曹九萃书》,《魏叔子文集》,279 页。
③ 同上,401 页。
④ 同上,264 页。
⑤ 同上,433 页。

"道",颇近于先秦时期之"为实用而求审美"。其所谓"文",基本只是求文章的通达,带有拒斥文章审美价值的倾向。如《上郭天门老师书》所论:

> 今海内狼藉烂漫,人有文章,卑者夸博矜靡,如潘、陆、谢、沈,浮藻无质,不足言矣。高人志士寄情于彭泽之篇,发愤于汨罗之赋,固可以兴顽懦,垂金石,禧窃以为非其至也。文之至者,当如稻粱可以食天下之饥,布帛可以衣天下之寒,下为来学所禀承,上为兴王所取法,则一立言之间,而德与功已具。①

这种观点,与顾炎武基本相同,属于明末清初代表性观点。

第二,在上述文道观基础上,他于《答施愚山侍读书》中又提出:"为文之道""在于积理而练识"。

关于"积理",在《宗子发文集序》中谓:"文章之能事在于积理。""文章格调有尽,天下事理日出而不穷,识不高于庸众,事理不足关系天下国家之故,则虽有奇文与《左》《史》、韩、欧阳并立无二,亦可无作。""夫理固非取办临文之顷,穷思力索以求其必得。""人生平耳目所见闻,身所经历,莫不有其所以然之理,虽市侩优倡大猾逆贼之情状,灶婢丐夫米盐凌杂鄙亵之故,必皆深思而谨识之,酝酿蓄积,沈浸而不轻发。及其有故临文,则大小浅深,各以类触,沛乎若决陂池之不可御。"②可见其所谓"理",既包括"关系天下国家之故",又包括融含于日常生活中之"事理",即我们今天所谓事物的内在联系、规律、原则等。关于这些,作家不能在临文的关头

---

① 《魏叔子文集》265 页。
② 同上,411 页。

才去思考、发掘，而必须靠了平时观察、体会、感受的积累，然后才能从容裕如地加以表达发挥。关于"练识"，其《答施愚山侍读书》有云："所谓练识者，博学于文，而知理之要；练于物务，识时之所宜。理得其要，则言不烦，而躬行可践；识时宜则不为高论，见诸行事而有功。是故好奇异以为文，非真奇也。至平至实之中，狂生小儒皆有所不能道，是则天下之至奇也。"[1]可见其所谓"练识"，乃指在"积理"的基础上，提炼出"理之要""时之宜"。只有具备了这样的条件，才能于"至平至实"之中，写出"天下至奇"之文。这是对"文""道"关系的进一步发挥，有其独到之见。

第三，崇尚秦、汉、唐宋八大家文，对古文的发展及如何继承古文传统有卓越见地。

魏禧早年学科帖出身，后来则极为崇尚古文。不仅否定帖括文，于《内篇一集自叙》及《内篇二集自序》中，皆极批制举业与八股文误人误国之深，于《日录·杂说》中直言："欲知古文，远于时文而已矣。"[2]《答汪次舟书》则进一步对六朝张华、潘岳、沈约等人之文，批之为"适足资天下诟厉，为士君子所不道"，称古之人"其文章与六经、《左》《史》并垂宇宙"[3]。在《与王若先》中谓："日读西汉文，殊叹息。大须熟读唐宋八家，乃见其妙。"[4]《日录·杂说》中更对"八大家"逐人论赞，并指出其不同风格特点。

在如何对待和学习古人上，他表达出一些值得称道的见解。其一，明确地意识到古文的发展至唐宋，已没剩多少供后人超越的余地。其《答蔡生书》有云：

---

① 《魏叔子文集》，288 页。
② 同上，1125 页。
③ 同上，249 页。
④ 同上，314 页。

仆尝言曰：文章之变，于今已尽，无能离古人而自创一格者。独识力卓越，庶足与古人相增益。

《与诸子世杰论文书》中又曰：

吾每谓文字，古人格调已尽，无复更有。唐宋大家，率皆割取甘腴，特出意煎烹，登俎成味，譬犹蜂采百花为蜜，娄生聚五侯之馔为鲭。

言前人所未曾言，表现了同时代中人少有的自知之明。其二，虽然如此，在如何学习古人上，他反对因袭模仿，要求有自己的独创性。《答孔正叔》中云：

善为文者，以六经为寝庙，《左》《史》为堂奥，唐宋大家为门户。然读《左》《史》，则欲去其诬滥不经，唐宋大家则欲去其偏见卮言与文士之溪径，才人之气习。夫非以求胜古人也，后之学者必有以胜古人，而后古人可学而至。[①]

于《溉堂续集叙》又记其言曰："学古人之文者，纵不得抗衡古人，亦当为其子孙，不当为奴婢。"[②]在《日录·杂说》中进一步解释说："盖为子孙则有得于古人真血脉，为奴婢则依榜古人作活耳。"其三，主张学习古人，必寻其源流所自出，全面接受熏陶，不能仅学其形式而遗其精神。在《学文堂文集序》中云：

---

① 《魏叔子文集》，360 页。
② 同上，454 页。

世人于唐宋大家学大家,所以终其身不能至。五经而下,秦、汉而上,皆大家所自出,逐其流而遗其源,固未有能达者。①

《日录·杂说》则载:

> 或问:"学古人而不袭其迹,当由何道?"曰:"平时不论何人何文,只将他好处沈酣,偏历诸家,博采诸篇,刻意体认。及临文时,不可着一古人名文在胸,则触手与古法会,而自无某人某篇之迹。盖模拟者,如人好香,遍身便佩香囊;沈酣而不模拟者,如人日夕住香肆中,衣带间无一毫香物,却通身香气迎人也。"②

皆为有识之见。

第四,既讲法度,又重视变化。南宋以来,言古文者开始从前代典范作家中寻求写作的法度,愈往后言之论之者愈多。魏禧亦是既重法度,又强调变化的论者之一。其在《陆悬圃文叙》中有云:

> 予尝与论文章之法。法譬诸规矩,规之形圆,矩之形方。而规矩所造,为椭,为掣,为眼,为倨句磬折,一切无可名之形,纷然各出。故曰规矩者,方圆之至也。至也者,能为方圆,能不为方圆,能为不方圆者也。使天下物形,不出于方,必出于圆,则其法一再用而穷。言古文者,曰伏,曰应,曰断,曰续。人知所谓伏应,而不知无所谓伏应者,伏应之至也。人知所谓

---

① 《魏叔子文集》,392 页。
② 同上,1123 页。

断续,而不知无所谓断续者,断续之至也。……山以不变为法,水以善变为法。……今夫文,何独不然？故曰：变化者,法之至也。此文之法也。①

论旨不在否定法度规矩,而在强调运用法度能变化到让人觉不出法度规矩之存在的程度。此外魏禧论及法度处尚多,甚至具体到字法、句法,总体上,充分显示出向寻求写作规范发展的大倾向。

魏禧对自己的为文相当自负。于其自叙及书信中,多与唐宋名家并比。今天看,在当时的作家中,他的作品有相当成就,而瑕瑜互见。

其《与诸子世杰论文书》中自谓："吾每好穷古今治乱得失,长议论,吾文集颇工论策。""吾诸论亦私自谓苏氏后恐无其偶。"②魏氏此类作品,大多立论意旨明确,行文畅达,能提出自己观点,有可肯定处,但并无超异特出之见。至于意度波澜,纵横跌宕,气势声色,与苏洵、苏轼同类之作不可同日语,实属其作品中较弱部分。

其书、序数量很大。内容言志,言情,论文,论诗,论人,论事,论时,论世;行文随遇而发,长短不拘。较优之作,如《上郭天门老师书》,倾心吐腑,深切恳挚,为动情动人之力作。《寄兄弟书》,叙平居之怡乐,外行之辛苦,兄弟之情谊,平实亲切,而情态宛然③。较质简颇雄劲者,如《复六松书》,因来函中有"子不以死友许我"语而曰：

死友一语,此仆十数年来最伤心事。每登高望远,辄怆然涕下,有子昂"天地悠悠"之叹。吾辈德业相劝,无儿女态,然

① 《魏叔子文集》,428页。
② 同上,283页。
③ 同上,290页。

气谊所结，自有一段贯金石，射日月，齐生死，诚一专精，不可磨灭之处。此在千百世后犹得而想见之，况指顾数十年之间耶？

仆于天性骨肉中颇不可解。外此，则一腔热血亦欲一用，非用之于君，则用之于友，悠悠泛泛无所用之，又安能禁宝剑沈埋之恨？仆所以期待二三至友者，颇不以世人所谓遂足相许。①

笔墨颇得古人筋脉。

魏禧记类作品不算太多，但足以见其为文特色。有部分作品虽不着意模仿，而无意中露出因袭痕迹，但亦有较为近古而笔墨相当圆熟之作，如《尤展成像记》，质简而又比较细致传神。《画猫记》则简短而深刻：

壬子六月，宿与日并直危。俗传二危合，画猫，鼠辄辟去。吴中王忘庵故工是，宗人石园自昆山买舟来乞画，画成予适至，属记之：竖尾，侧首，耸身，左顾而攫，两目横横射人。

猫类虎，礼，迎猫除田鼠，并虎祀。近世猫失其职，与鼠朋为奸，食主人之食，不除其害，又益害焉，不虎而鼠矣。郅都寓像，边人不敢射，似固有胜真者；抑忘庵志在除害，画有神，不以日与？

是日也，予亦索忘庵画，石园记之。②

创意构思难说不受前人寓言启发，而文笔表现了较高水平。

① 《魏叔子文集》，259 页。
② 同上，737 页。

魏禧最受人称赏者为传记之作。其《大铁椎传》写奇人异士，形象突出，声色俱盛，有传奇色彩，题材与唐宋传奇中某些作品相类，而笔法上颇能追《史记》之质古。《江天一传》，以江天一为主，附写陈继遇、吴国祯、佘元英等人，实为抗清中节烈义士之合传。传记诸作的总倾向，与前述思想观念相一致，大体不是记载民族斗争中壮烈殉国志士之事迹，就是为民间有特操的布衣立传。这是魏禧传记在取材上的特色。在构思与笔法上魏氏亦相当用心。如其《谢廷诏传》，就采取了先抑后扬的方法，加深了读者对人物的印象。

3. 汪琬

汪琬（1624—1690），字苕文，号钝庵，又称钝翁，晚年隐居尧峰山，世称尧峰先生，长洲（江苏苏州）人。顺治十二年（1655）进士，官至户部主事。康熙十八年（1679）举博学鸿词，授编修，纂修《明史》，两年后辞职归乡。

自宋荦《国朝三家文抄》流布，后世即以侯、魏、汪作为清初古文三大家并称。其实，汪琬与侯、魏有质的不同。清人入主中原，正像元之代宋一样，对士大夫文人来说，面临的是象征着国家的皇朝政权之覆灭及被视为异族者对华夏之邦的统治，是关系着他们气节荣辱的重大变局。面对这样的变局，明末的士人们，除当即誓死不屈壮烈殉难者外，总归起来有三种抉择：一是忍辱负重，图谋恢复，或甘做遗民，终身不仕。前者如顾炎武、黄宗羲，后者如张岱、魏禧。二是迫于形势及身家的安危，不得不依顺归附，而首鼠两端，心怀愧悔，始终处于矛盾纠结之中，如钱谦益、吴伟业辈，侯方域亦属于此流。三是看到大势所趋，甘心投身新朝，以求自己的功名利禄，汪琬就是此类代表之一。

据汪琬之生平，比夏完淳尚大七年，入清当在二十几岁后，已属成人无疑，对清兵南下时之残酷屠戮，民众所受苦难之重，当不只耳闻，更应是目睹亲历，而统览现存汪琬之文，对此未见任何正面反映与指斥，相反连篇累牍的是对顺治、康熙及新朝和相关人物的颂美。其康熙初年所写《代鱼给谏奏疏序》曾概括说："君臣上下之间，励精图治，方以唐虞三代为法，此虽贞观有所不能及。"①清立朝尚不及二十年，即作此论断，可谓媚谀之至。稍后之《孝陵于役诗后序》则曰："臣窃惟世祖章皇帝以威德抚有中夏，西逾僰筰，东极瓯闽，诸僭逆草窃之属，罔不泥首归命。当是之时，内而公卿百执事，外而督抚而下诸臣，凡所简任，必极一时人才之选，故能协力同心，以左右太平之治。""至于亲政以后十余年之间，天人洽和，朝野宁谧。人主能优游垂拱，数与文学之士修举明堂郊社之仪，幸太学，耕藉田，虽制作未备，而规摹已弘远矣。假使降年稍永，即唐虞三代之盛无难致者。"②称扬之辞，亦可算无以复加。至于"冲天一怒为红颜"开关迎降的吴三桂，至今为举世公认的汉奸，而汪氏在《郁林集序》中则大加赞颂。早年降清的洪承畴为三桂同类人物，他则写有《代寿洪太傅七十序》。与此相对，在《嗜退轩记》中，则称坚持抗清的郑成功为"凶逆"、为"贼"。对于汪琬来说，更视为无上荣耀的是康熙两次南巡，一次得亲赐御墨，一次能够接驾。所写《御书阁记》，详细记述了康熙亲赐御书的内容及过程，其诚惶诚恐、感激涕零的心态毕现无遗。康熙所谓："编修汪琬久在翰院，文名甚著。近又闻其居乡，不与闻外事，是诚可嘉。"③"文名甚著"出自御口，自然抬高其身价；"不与闻外事"，表明知其对新朝已死心塌地，是对汪琬的褒奖，亦是对其余文人的警示。

汪琬的这种政治态度可以理解并带有某种必然性。因为清朝的统治者，对汉人尤其作为精英层的士大夫，采取高压与笼络并行

---

① 李圣华：《汪琬全集笺校》，人民文学出版社，2010 年，562 页。
② 同上，604 页。
③ 同上，1477 页。

政策，明朝实际上亡于农民起义，他们代明之后，打出了为明帝复仇的旗号，而且自顺治以来的帝王们，致力于中华传统文化的研习，有心于继承宋、明以来的道统与文统，以中华文明的传承者自居，开国不久即恢复了科举，并特开博学鸿词科，以超常规的手段招揽知名文人。就当时汉族的士大夫来说，除少数如李贽那样带有朦胧启蒙气息的反传统、张个性的"异端"及徐光启那样开始融通西学者外，基本主体早已没有了先秦诸子那种敢为帝王师，以思想与政治体系的设计者自居的自信与精神，亦没有了汉代那种敢于纵论天下大事的气魄，也没有了唐宋大家那种广聚博取勇于自立的创造性，受每况愈下的科举制度的影响，基本上以追求功名利禄为人生的指归。以此，他们必有所依附。面对当时的客观形势，无奈之下，只有接受清朝为新的宗主，因而在清廷统治基本稳固之后，也就先后走上与汪琬同样的道路，或为避高压而转向考据经传注疏的实学，或甘心情愿地作新朝的顺民及御用文人。

就古代散文的发展来说，问题不在于以汪琬为代表的作者政治态度的转变，而在于由这种转变而带来的对散文发展大趋势的影响，即：更加强调文章的载道功能和润色鸿业作用，削弱或贬斥进一步的审美追求，转向对写作法度规则的重视与探寻。汪琬的文学观相当紊乱而矛盾，基本上是迎合清代统治者倡导的道学传统，往往又因人因事而异，大体疏理起来，以下几点比较明确：

第一，将文章分为依据经典维护道学的载"道"之文与只凭才气有所寄托的立言意之文。推崇前者，主张恢复到以文附道的旧轨。这一点，在《答陈蔼公论文书一》中讲得很清楚：

> 尝闻儒者之言曰："文者，载道之器。"又曰："未有不深于道而能文者。"仆窃谓此言亦少夸矣。古之载道之文，自六经、《语》《孟》而下，惟周子之《通书》、张子之《东西铭》、程子之传

注,庶几近之。虽《法言》《中说》,犹不免后人之议,而况它文乎?至于为文之有寄托也,此则出于立言者之意也,非所谓道也。如屈原作《离骚》,则托诸美人香草,登阆风,至悬圃,以寄其佯狂;司马迁作《史记》,则托诸游侠、货殖、聂政、荆卿轻生慕义之徒,以寄其感激愤懑者,皆是也。

　　……仆尝遍读诸子百氏、大家名流与夫神仙浮屠之书矣,其文或简炼而精丽,或疏畅而明白,或汪洋纵恣,逶迤曲折,沛然四出而不可御,盖莫不有才与气者在焉。惟其才雄而气厚,故其力之所注,能令读之者动心骇魄,改观易听,忧为之解颐,泣为之破涕,行坐为之忘寝与食。斯已奇矣,而及其求之以道,则小者多支离破碎而不合,大者乃敢于披猖磔裂,尽决去圣人之畔岸,而翦拔其藩篱,虽小人无忌惮之言,亦常杂见于中,有能如周、张诸书者,固仅仅矣。然后知读者之惊骇改易,类皆震于其才,慑于其气而然也,非为其于道有得也。①

于《王敬哉先生集序》中,对此作了进一步的发挥,并表明了自己的主张与追求所在:

　　琬闻之:"文者,贯道之器。"故孔子有曰:"文不在兹乎?"孔子之所谓文,盖谓《易》《诗》《书》《礼》《乐》也,是岂后世辞赋章句,区区俪青妃白之为与?……

　　夫日月星辰,天之文也;山川草木,地之文也;《易》《诗》《书》《礼》《乐》诸经,人之文也。人之有文,所以经纬天地之道而成之者也。使其遂流于晦且乱,则人欲日炽,彝伦日斁,天

---

　　① 李圣华:《汪琬全集笺校》,人民文学出版社,2010年,480页。以下所引此书皆同此版本。

地之道将何所托以传哉？嗣后陵迟益甚，文统、道统于是岐而为二，韩、柳、欧阳、曾以文，周、张、二程以道，未有汇其源流而一之者也。其间厘别义理之丝微，钻研问学之根本，能以其所作进而继孔子者，惟朱徽国文公一人止耳。……今距文公又五百年所矣，而继之者无其人。或有其人矣，而琬僻处海陬，犹未有见焉。此所以日夜流连太息，不能无望于世之学者也。……

语云："贤者识其大者，不贤者识其小者。"琬亦尝好学深思，力期从事于此，固不敢自安于不贤，而气昏质惰，虽欲勉进贤者之域，以求孔子之所谓文，而终不能逮也。①

在《文戒示门人》中，更据此种理论，指摘为文追求新奇者为"乱道"、为"妖"、为"贼"。其所谓"贯道之器"之文，主张上与理学家"文以害道"说基本无二。在这样的基础上，要想做到"文统"与"道统"的"汇其源流而一"，根本是不可能的。他的这种观点，实属为文观念的倒退。

第二，倡导诗文写作以"润色鸿业"为宗旨，为诗应"温柔敦厚"，为文应"怨而不怒"。

在其《与金秀才书》中，驳"文士无用"论，且以麒麟、凤皇自比。谓它们看起来不如牛马鸡豕之有用，然而人们对牛马鸡豕"无郑重爱惜之者。若麒麟、凤皇则不然，非盛世不出，非圣人不生。西汉之时，偶一见之，词臣至为之置对，天子至为之改年"，"见尊尚如此"。然后曰："琬尝度：吾党之力不能胜重而致远，其学不能谐世而取容，读书求道，积有岁月，是固薪为麒麟、凤皇之无用，而不薪为马牛鸡豕之有用者也。"那么，麒麟、凤皇的价值究竟何在，宋琬又何以有愿为二者之追求？最后，他道出其底里：

---

① 《汪琬全集笺校》，1430 页。

> 异时国家修文偃武,求所谓祯祥之符以润色太平若麒麟、凤皇然者,非吾与足下而谁?[①]

清楚表明,在汪琬看来,读书为学以至整个人生宗旨,就是希望作为朝廷的"祯祥之符以润色太平"。在其他文章中,也多次以这样的目标与友人相勉,《愚山先生诗序》有谓:"异时以其章句登诸明堂清庙,被诸箫管瑟琴,以润色天子太平之治者,非先生而谁?"[②]《山薑书屋诗稿序》则曰:"庶几得与王先生左推右挽,以阐扬《三百篇》之指归,而辅翼圣天子,为润色太平之助,不亦休哉!"[③]这和他迎合新朝的政治态度是一致的,与屈原、司马迁及唐宋名家作品的内在意蕴与实际表现完全异趣。正因如此,在论诗上,他将之分为台阁与山林二体,反对因"激切""拙直""指斥时事"而称扬杜甫为"诗史",反复倡导"温柔敦厚"之诗风。于《程周量诗集序》云:"孔子曰:'温柔敦厚,诗教也。'""古之诗人,不欲直陈其时事之非,而暴扬其君臣、父子、兄弟、夫妇、朋友之过,故不得已而多设辟喻以发之。其辞怨而不怒,哀而不伤,使人求之于咏歌绵绎之外,而能推明其所以然,此诗教之善也。"[④]为文亦然,在《跋拟明史侯岐曾传后》中,对侯曾岐因抗清而死节事,不叹清人杀戮之残,却赞扬曾岐之子能够"怨而不怒"。

第三,在对前代作家的评论上表现出相当强的审美判断力。

汪琬虽有上述为文观念,但毕竟在学习前代遗产上下过苦功,不能不受到历代名家名作所累积起来的审美表现水平的熏陶,从而形成相当高的审美判断力。如《答陈蔼公论文书一》,虽对诸子

---

① 《汪琬全集笺校》,492 页。
② 同上,1440 页。
③ 同上,1454 页。
④ 同上,612 页。

百家及屈原、司马迁以来诸大家,指责"非为其于道有得也",而却又肯定其"才雄而气厚",并对他们作品的艺术感染力深有感赞。于《与周处士书》中又云:"前御史奖仆过当,仆且信且疑,退而复取韩、欧阳集,伏读而深思之,未尝不叹其才识之练达,意气之奔放,与夫议论之超卓雄伟,真有与《诗》《书》六艺相表里者,非后世能文章家所得望其肩项也。"①在《题刘须溪评班马异同》中,盛赞"子长叙法之妙","可谓史传绝调"。不只是古文,对他所曾一度否定的"俪青妃白"之作,亦有所取,《与友人论广文选书》有云:"孝穆既书序雅才,晋安亦词赋妙手,河朔则子升、伯起彼此齐名,东南则江总、阴铿后先驰誉。莫不笔摇风雨,气蕴山川,操觚之美,于焉观止。"②这说明他理论上的观念掩盖不住在审美意识上所受的古人陶冶。

第四,明确提出学习古人法度的问题。

由所处时代环境制约及其文学观念拘限,使汪琬及同类人物,在文章写作上虽相当努力,相当自负,而不可能再有唐宋及前代名家的创造精神,于是他们沿明代"唐宋派"的趋向,更重视向前人学习和讲求为文之法度规矩。汪琬这方面态度非常明确,其《答陈蔼公书二》有专门论述,曰:

> 如以文言之,则大家之有法,犹弈师之有谱,曲工之有节,匠氏之有绳度,不可不讲求而自得者也。后之作者惟其知字而不知句,知句而不知篇,于是有开而无阖,有呼而无应,有前后而无操纵顿挫,不散则乱,辟诸驱乌合之市人,而思制胜于天下,其不立败者几希。古人之于文也,扬之欲其高,敛之欲

---

① 《汪琬全集笺校》,466 页。
② 同上,508 页。

其深，推而远之欲其雄且骏。……而及其变化离合，一归于自然也，又如神龙之蜿蜒而不露其首尾。盖凡开阖呼应、操纵顿挫之法，无不备焉，则今之所传唐宋诸大家举如此也。

此后又曰："前明二百七十余年，其文尝屡变矣，而中间最卓卓知名者，亦无不学于古人而得之。""前贤之学于古人者，非学其词也，学其开阖呼应、操纵顿挫之法而加变化焉，以成一家之言是也。"①此外，他于《拾瑶录序》中谓："予谓为诗文者，必有其原焉。""为诗文者，要以义理、经济为之原。"②带有总体上总结文章写作规律性质，与"桐城派"刘大櫆的提法相当接近，故"桐城派"的后学刘声木，将他列入桐城源头之一。

汪琬的散文创作，与其文学观大体相应。有相当多的篇幅，属润色鸿业，赞颂圣恩之作，如《御书阁记》《恭迎大驾始末记》《宝翰堂记》等；其他类型文章，如《孝陵于役诗后序》《克勒马传》《祭季给事文》《问亭诗序》等，虽不直接有关天子，亦含类似内容。有些杂著，如《答穷文》《二禽戒二首》纯属仿作，《释呆》似有新意，实亦由《解嘲》《进学解》脱胎而来，借自嘲而自鸣。

其书、序、记，数量最大，成就亦较高，虽曾被叶燮、阎若璩讥刺为受制科文影响、沿袭前人套路，而在谋篇行文上，确实受韩、柳、欧、苏等泽被，而得其风神余韵。有的迂徐婉折，有的顺达畅朗，有的炼简洁净，不乏描摹生动或颇富宏阔概括力的文字。如《送王进士之任扬州序》：

> 诸曹失之，一郡得之，此十数州县之庆也；国家得之，交游

---

① 《汪琬全集笺校》，484 页。
② 同上，2162 页。

失之,此又二三士大夫之憾也。吾友王子赒上,年少而才,既举进士于甲第,当任部主事,而用新令出为推官扬州,将与吾党别。吾见憾者方在东市,而庆者已翘足企首,相望江淮之间矣。王子勉旃!事上宜敬,接下宜诚,莅事宜慎,用刑宜宽,反是罪也。吾告王子止此矣。

朔风初劲,雨雪载途,遥策而行,努力自爱。[1]

可谓语少而情深,言简而意赅。《游马驾山记》之主体部分:

予入山,与诸子循邓尉之阴,前行数十步,辄有平原曲涧,回流倒影,澂沏见底,心稍稍喜。于时游人舆者、骑者、屟而从者,不绝于道。既至山麓,则其境益奇,界以短畦,藩以丛竹,栽通小径,不能受舆骑,率皆舍而徒步矣。前后梅花多至百许树,芗气蓊勃,落英缤纷,入其中者,迷不知出。稍北折而上,望见山半累石数十,或偃或仰,小者可几,大者可席,盖《尔雅》所谓礐也。于是遂往列坐其地,俯窥旁瞩。濛然鹃然,曳若长练,凝若积雪,绵谷跨岭,无一非梅者;加又有微云弄白,轻烟缭青,左澂湖以为镜,右崇嶂以为屏,水天浩漾,苍翠错互。然则极尉邓、玄墓之观,孰有尚于兹山者邪?惜乎地深且远,莫有治庐其阯者,故不能信宿于此,以穷其幽,尽其变,此则予之恨也。[2]

虽文字稍繁,不如柳宗元之幽峭峻洁,然写石态梅姿,相当传神,绘山光水色,相当诱人。

---

[1] 《汪琬全集笺校》,540 页。
[2] 同上,703 页。

其传状碑志，有不少应酬附时之作，然清朝为维护自己的正统地位，亦倡导忠孝节烈，故汪琬亦写有一些关于明末反阉党、殉明朝的节烈之士的作品，《周介石公遗事》正面写周顺昌被捕时引起的苏州民变，始末曲折，绘声绘色，虽稍繁细，而相当有感染力。《江天一传》内容较魏禧同名之作更为全面集中，写其慷慨就义一段：

> 大帅购天一甚急，天一知事不可为，遽归，属其母于天表，出门大呼："我江天一也。"遂被执。有知天一者欲释之，天一曰："若以我畏死邪？我不死，祸且族矣。"遇金事公于营门，公目之曰："文石，女有老母在，不可死。"笑谢曰："焉有与人共事，而逃其难者乎？公幸勿为我母虑也。"至江宁，总督者欲不问，天一昂首曰："我为若计，若不如杀我；我不死，必复起兵。"遂牵诣通济门。既至，大呼高皇帝者三，南向再拜讫，坐而受刑。观者无不叹息泣下。[①]

写人物精神气魄甚为雄壮。然与魏作比，魏之重点在表彰其抗清之烈，而汪传篇末却以"盖其人好奇尚气类如此"括之，显然有冲淡重点，为清人回护意。不只此篇，同类作品皆有类似痕迹。

汪琬以麒麟、凤皇自比，曾言自己为文"从庐陵入，非从庐陵出者"[②]，"俨然自居东坡"[③]，皆属不自量语。后世往往有推其文在侯、魏上之论，其实是囿于清文之主潮，而忽视了彼此间质的差别。

4. 宋琬

清初文坛上，有"北宋南施"之称，宋指宋琬，施指施闰章。

---

① 《汪琬全集笺校》，720 页。
② 《汪琬全集笺校·与梁曰缉论类稿书》。
③ 《汪琬全集笺校·薛大武画山水记》。

宋琬(1614—1673)，字玉叔，号荔裳，莱阳（山东莱州）人。顺治四年（1647）进士，授户部主事，官至四川按察使。仕途颇为坎坷，曾两度受诬入狱。亦曾南游吴、越。

宋琬虽生年较早，在思想观念与政治态度上，与汪琬基本相似。其《武举会试录后序》中称："天既命我皇上，宅兹中土，奄甸虏万姓，越荒徼内外，罔有不宾赆琛玉，而栈航至者络绎踵附。"①诸拟《谢表》不说，其诸寿序，多以颂上赞世开首，如"新天子御极之三年，方外悉朝、民用大醻，天下熙然称治"②之类。在《胡怡斋诗序》中，同样为吴三桂大唱赞歌；其父宋应亨，于清兵破莱阳时殉死，而他在《益咏堂纪略》中，概述其父生平，丝毫不言及抗清死难之大节。在思想上，他同样崇尚理学。于《宋容庵四书本义序》云："呜呼！阳明既没，理学之不明也久矣！吾师胡此庵先生，毅然以为己任。""先生尝语人曰：'他日绍明吾志者，其惟二宋乎？'盖一指容庵，次则予小子琬也。"③于《大司成胡公寿序》又有云："至濂、洛诸儒之学出，而圣道昌矣。伊川之后有考亭，考亭之后有蔡九峰。他如杨时、游酢、李侗、谢良佐辈，皆渐摩绪论，以践圣贤之阈。明代理学不绝如发，赖阳明、龙溪诸君子维持不衰，以至于今。"④

宋琬主要以诗名，散文亦有影响。文学观上，崇尚"文以载道"，于《董苍水诗序》有云："盖君子之为学也，非徒文焉而已，将以蕲至于圣人之道也。"⑤对前代作者，既批"七子"，又否"公安"与"竟陵"。主要观点，概见于《答曹峨眉书》：

---

① 马祖熙标校：《安雅堂全集》，上海古籍出版社，2007 年，574 页。以下所引此书皆同此版本。
② 《冯太夫人八秩寿序》，《安雅堂全集》，583 页。
③ 《安雅堂全集》，393 页。
④ 同上，582 页。
⑤ 同上，397 页。

夫今之为古文者众矣，非剿拾剽贼，即袭取大家皮毛。于是学韩、柳者，失之支离寒涩，如口吃人作吴侬语，口期期不似也。学欧、苏者，非浅则俗，即极力摹仿，终不脱学究气习，甚且骂当世以为无人，毁先辈如攻仇敌，固一时风气使然哉！适足见其骄矜满假，夜郎自大之丑耳。阁下盛年得志，好学深思，合观诸作，未尝依傍古人门户，而绳尺矩矱，无一不循乎法度。……

　　弟少而从事于帖括之业，古文辞间一为之，顾独喜六朝声偶之体。既而悔其少作，一切弃去，今虽稍稍变易，终不能闯入古人堂奥。……甚矣！此道之难言也。惟是读唐、宋、元、明大家之作有日，尝服膺叹息，赫然以为不可及者，今或能指其一二镈漏之迹。而平昔视为淡然漠然、无声色滋味之可喜者，今乃以为绝妙。方知古人之文，愈淡愈远，愈简愈高，或此是衰迟以来之进步，未可知也。①

从中可知，第一，宋琬反对时习，崇尚古文，同时虽主张不“依傍古人门户”，但又提倡“绳尺矩矱，无一不循乎法度”。第二，学文经历前后有发展变化，曾“从事于帖括之业”，一度“喜六朝声偶之体”，最后才希望“闯入古人堂奥”，体会到古人文之“绝妙”。

　　其创作实践，成就不算太高，除部分依仿性作品，亦有些篇章段落，形象性与表现力上能得古人之仿佛。如《湖上奇云记》之写西湖夏日之云：

　　有云起自西南隅，所谓两高峰者忽然不见，须臾，西北亦然，不肤寸合矣。日车亏蔽，微露其半，倒影下射，作紫磨金

---

① 《安雅堂全集》，614 页。

色。云之为状，深厚不测，峦回嶂复，咫尺万重。其西南缺处，与天相接，奇峰突兀，若犯狻猊之竦立；而却顾其西北，则云脚插于湖中，以意度之，其下正玛瑙寺也。蜿蜿蜒蜒，飞而上腾，若蛟龙之怒而不蟠，又若猛兽穹龟，深目长胆，负重而趋走者。迤而南，是为中峰，尊岩戍削，酷似华山之苍龙岭。峰侧觚棱隐隐象楼台，疑为仙人之所居。立者如鹤，飞者如鸢；植而高者，如羽葆之肝；舒且卷者，如九斿之旍。其最异者，云之象山者，苍翠空濛；云之象树者，蒨蒨青葱。而山坳树杪，各以白云缭之，正如深冬积雪，山林皆冒絮也。山之麓，有崦有峪，有壑有塍，有惟田家篱落者，有似酒帘之摇曳者，有似彴略之断续者，纷纶倏忽，变幻俄顷，虽王维、荆浩殆未能图绘其仿佛也。呜呼异哉！[①]

虽略有繁芜之弊，而形容描写尚生动可赏。其余如《报钱湘灵书》，写狱中环境之劣，处境之苦，心情之恐惴，具体真切，似开方苞《狱中杂记》之先。另有一些骈体书启、题辞，相当清畅。

5. 施闰章

施闰章（1618—1683），字尚白，一字屺云，号愚山，宣城（安徽宣城）人。顺治六年（1649）进士，授刑部主事，曾出使广西，任职山东、江西，康熙十八年（1679）应博学鸿词科，授翰林院侍讲，纂修《明史》。

施闰章像汪琬、宋琬一样，易代之后，已视清为继明之正统皇朝，甘心为之效顺尽忠。其《陈总戎战功纪略序》，极称陈赞伯之战功，有云：

---

① 《安雅堂全集》，434 页。

明末,寇大扰,其先公蒙难,愤不共天。聚乡人杀贼歼其渠,群贼必欲得公甘心。公脱身独走,冲虎豹,披榛莽,饥三日夜,至生啖野彘肩,堕瞀井深穴中,伏匿得免,可谓万死余生矣。然终不肯黄项老牖下,转徙川蜀。国家拓定蜀土,仗剑效顺,累功,札授都督同知金书,公始以敢战闻。①

说明陈是因对抗农民起义军而投清。

施闰章屡称其家世崇理学,理学内部虽有朱、陆之争及由此发展而来的朱学与王学之争,而施氏则认为二者大同而小异,既尊崇王学,写有《祭王阳明先生文》,赞其"续嗣绝学",又称"朱子为孔孟后一人",著《朱陆异同略》,谓:"朱、陆之立教不同,其同归于性学一也。其归既同,而不能无异者,同源而异流,其从入之门径异也。"②

其文学观,亦以"文以载道"为主导,于《陈征君士叶文集序》云:"文者,道之见于言者也。""文以载道,而气行乎其中。"③《海岱人文序》更直谓:"文者,载道之器也。"④他这种观念,当然符合明末清初文学思想之主潮。如前所述,这种思潮,与唐宋名家实用与审美并重的文道统一观是背道而驰的。然而,值得称道的是,施闰章有意无意地表现出某些溢出主导观念以外的观点:其一,鼓吹"文以载道"的同时,无意间透出了道学家乃造成文之"日靡"的原因。在《吴舫翁集序》中,有段很有意思的话:

文之传后者,以道存也。近世文与道二,盖自有宋诸儒来

---

① 《施愚山先生学余文集》卷三,《清代诗文集汇编》第六十七册,上海古籍出版社,2010年,8页。以下所引《施愚山先生学余文集》皆同此版本。

② 同上,卷二十五,8页。

③ 同上,卷四,4页。

④ 《施愚山先生外集·试院冰渊》卷二,《清代诗文集汇编》第六十七册,1页。以下所引《施愚山先生外集》皆同此版本。

矣,以其湛深性学,不沾沾小言,故别创为语录。后之工文者,若惟恐其淩也,相戒不敢涉一语,文之所以日靡也。今使司马、扬、班之俦与濂、洛诸贤絜絜比迹,其轻重必有辨矣。①

本意显然是强调,如果明道,就可以写出不亚于司马、扬、班的文章,但却道出了正是因为道学家"别创为语录",造成了"文之所以日靡"。不管是否出于本意,所言确为事实。从潜意识的层面,施闰章已意识到道学对文章之危害。其二,他与汪琬一再倡导为文以润色鸿业、歌颂太平不同,继承了韩、欧之"不平则鸣""穷愁著书"说。其《宋荔裳北寺草序》,乃为宋琬被谤入狱之诗而作,其中以邹阳、司马迁等为比,谓:"古今虽不侔,皆能粲然以文辞自表暴,若天之启其衷而故幽忧之、困辱之,以发其不平。而若人者,身当其时,蹐天踽地,旁皇悲吟,泣数行下,及其事后脱然痛定,晏处之日,覆览其蒙难之作,未尝不欲泣且歌,慷慨大啸呼,以为平生不及也。"②其《王山长集序》则谓:"(山长)累数千百言,怒嬉歌哭,笔墨淋漓,或以为愤时嫉俗,而不知其胸中郁结积累使然也。风之始发也,调调刁刁耳,及其郁极而怒号,发林木,扬沙石,摧山堙谷,河海倒流,砉然作雷霆剑戟之声,岂有意为之哉?……向使山长弱冠上公车,早岁释褐,浮沉于手版簿领之间,求如此之穷愁著书,岂可得哉!"③显然,这已溢出了"载道"范围。其三,他主张"自出杼柚",自然为文。在《王山长集序》中,引山长之言曰"士贵各言所志耳",又称赞其"为诗古文也,多自成杼柚,不假绳削"。于《绥庵诗稿序》中亦谓:"诗以自然为至,以深造为工。"④其《绿晓堂诗序》篇末又

---

① 《施愚山先生学余文集》,卷五,8 页。
② 同上,卷四,7 页。
③ 同上,16 页。
④ 《施愚山先生学余文集》,卷六,1 页。

有云："夫无意为文而文生，所谓天下之至文也。"①这些虽不是施闰章之主导性观念，而能有此种种意识，与他所受前代名家之熏陶大有关系。在《续苏长公外纪序》中，他曾言及：

> 余多病寡欢，以读书为卧游，尝取古能言之家，有得于笔墨之外者。以文则蒙庄、司马太史、苏端明，以诗则陶靖节、王右丞、李供奉、韦左司、白香山，以记则柳柳州，皆诵之，超然泠然，可以解忧，可以愈疾。然合论数家，或有独诣无兼长，求其旁见侧出，嬉笑怒骂，各极才趣，自有文人以来，子瞻一人而已。②

文章虽以赞扬苏轼为主，从引文，可以见出其对传统名家名作含茹之广，亦可见出对此类作品"笔墨之外"（即思想内容之外）的审美价值深有体会。这应是他在论文和写作实践中，能溢出"载道"局限的原因所在。

另外，施闰章与稍前作家有所不同，他虽然反对剽袭模拟，依傍古人，"肤立而毛附"③，然而对明代中后期的文派之争，能取超然的宽容并蓄态度，既不一概抹杀，亦不盲目追随，该肯定的皆予以适当肯定。如他追悼李攀龙，为之补碑文并写《祭李于麟先生墓文》，又为何景明写《重刻何大复先生诗集序》。对王世贞、王慎中、谭元春皆正面予以提及，还为于奕正写《书于司直哀辞后》。这种态度，在当时也属难得。

在上述观念支配之下，施闰章的散文创作成就不亚于所谓清

---

① 《施愚山先生学余文集》，卷六，6页。
② 《施愚山先生学余文集》，卷三，12页。
③ 《与彭禹峰》，《施愚山先生学余文集》，卷二十七，12页。

初古文三大家,在运思谋篇与行文笔墨上,不依仿古人而略得其风色。

其作品以序数量最大,有应酬文字,亦有严肃认真之作,一般既针对具体对象,又借机发表自己观点。写法上有随机性变化,但大体是先就某方面的问题作泛概性论议,再引入相关对象作赞述评说。主要特点是将议论评说与形象性描述融而为一,这于前所节引者已可概见。为徐调伯所写《岁星堂诗序》亦可为例,其文前半部分曰:

> 文辞之卓然表见于世者,有二焉:其一曰可喜,清词丽句目眩情移者是也;其一曰可畏,劲气雄风惊魂动魄不可逼视者是也。人情好投以所喜而避其所畏,故竞为软美涂饰之辞,夸世弋名,譬犹燕赵之佳人、吴楚之艳质,粉白黛绿,争妍取怜,忽有伟人高官,佩剑顾盼非常,不知所从来,袒臂大呼,众皆溃散。其气量之大小强弱,盖若斯殊也。①

其后,才言及徐伯调属于后者,而大力予以评赞。

记类作品,除部分书院记宣扬儒家传统观念,亭台庵寺、游记之作,有不少写得圆熟老练,简明生动。如《全州古松记》:

> 自永至全,山行三百里,夹路皆古松合抱,不知其岁年。相传植自宋人,以衡南苦热,夏行多暍死也。观其礧砢连蜷,如羽骑卫士执戟比肩,又如婆娑醉翁联袂颓倚,其怪伟不可仿佛。高盖际天,垂萝覆地,云入焉而不得出,风出焉而不得息,予过之乐甚。

---

① 《施愚山先生学余文集》,卷七,19页。

然刳腹剥趾，燔折过半，为风雨所摧仆，委弃腐坏，十去其二三，匠人樵人，皆过而不睨焉。问之，则曰："此官松也，人无主者。"数年来，羽檄旁午，塘兵驿卒夜不得休，地无人烟，率取其脂以代灯烛，谓之松光，或釜鬻其下，又日夕畏虎，聚薪燎树，望之若烛龙然。

于乎！是松也，斫之则宫庙之材，蓄之则山川之望，尸祝之则栖正直之神，游憩之则为行旅之荫。而生非其地与其时，上之不得为材，下之不得为薪，其可惜哉！或曰：松有其脂，火则从之，是所谓自伐自煎也。虽然，植之者数百年矣，彼以其旦旦摧烧，为无既也哉！①

记述描写，简明生动，又寄以人才生不逢其时与地之感慨，是为优秀之作。余如《海镜亭记》《独树轩记》《就亭记》《愚楼记》《青溪庵记》等，皆与之相类。游记类作品，如《游西山记》《游五华记》，亦有佳处，而部分作品，颇有过分堆垛繁芜之嫌。

传状碑志，除为家人师友所写及部分应请而作外，题材内容上有与魏禧相近处，即很少为达官贵人树碑立传。总体来看，一部分为表彰历史与近世、包括为抗清而殉难的忠臣义士。如为李邦华所作《李忠肃传》、为袁继咸所作《九江总督袁公传略》，皆写得郑重而周详。一部分则是为身处下层之平民布衣而专心笃志或有特操异行者立传，使其勿为历史所泯没。如《杨老痴传》，写一民间诗人，淡然自守，乐于助人。以相当传神之笔墨，传其相当特出之个性。

书信诸作，内容广泛，大多推心置腹，情恳意挚。或清淳简朴，言短情深；或绵绵絮絮，辗转婉曲，洋洋千言，犹给人意有未尽之

---

① 《施愚山先生学余文集》，卷十三，1页。

感。前者如《与顾见山》：

> 九疑在几席间。获戾不少，硁硁如故，甚矣，愚山之愚也。佳什直逼古人，公余多暇，当更努力精进，剥去近今皮毛，不必尽求好看，便是杜工部堂奥。此语不敢为时贤道，见山必深知之。而仆复云尔，实恨有志未逮。当今同调如见山，安能多屈一指邪？①

后者如《寄魏凝叔》，当是与魏禧之初次通信。先言向慕之意，次表未能相交之憾，继申为文之见并论当世文风之弊，转而自述学文历程及寄文就教之愿，末表希能来访会聚之望。倾心吐腑之诚与愿作"倾盖"相交之恳，具见之言表②。此文当为施氏书信中压卷之作。

三　基本活动于清初的作家

清初后期，随着三藩的平定，新朝的统治相当稳固，社会亦趋于安定。文人士子之民族意识趋于淡薄，矢志不渝尚图恢复者如屈大均，文章多激昂慷慨悲愤壮烈之音，但由于雍、乾之后屡加毁禁，几近淹没，对后世影响不大，类似作者亦渐少渐稀。作家群体中的后起者，在清廷笼络之下，大多心安理得地走向仕途，以继承发扬"载道"的传统为宗旨和目标。具代表性者为朱彝尊、邵长蘅、王士禛。

1. 朱彝尊

朱彝尊（1629—1709），字锡鬯，号竹垞，秀水（浙江嘉兴市）人。

---

① 《施愚山先生学余文集》，卷二十七，10 页。
② 同上，卷二十八，6 页。

幼孤贫,年十七,入赘冯氏为婿。不习时文,而致力于经籍古学,曾设馆授徒,为人幕僚。游学四方,名声日高。年五十,以布衣应博学鸿词科,授翰林院检讨,与修《明史》,后充起居注日讲官。康熙三十一年(1692)归里,专心著述。康熙南巡江浙,献《经义考》,御赐"研经博物"以褒。

朱彝尊为清初经学大家,又博学多通,文学方面喜好诗词,编有《明诗综》《词综》,亦崇尚倡导古文。

思想观念坚持儒家正统,亦充分肯定道学,但认为应将道学纳入儒学体系,并反对道学内部程、朱与陆、王之争。其《史馆上总裁第五书》,论及《明史》写作,反对于《儒林传》外另立《道学传》,谓:"元修《宋史》,始以儒林、道学析而为两,言经术者入之儒林,言性理者别之为道学。""儒林足以包道学,道学不可以统儒林。""儒之为义大矣,非有逊让于道学也。""莫若合而为一,于篇中详叙源流所自,览者可以意得。"①于《传道录序》,先讲道学源流,接着指出,元明以来,科举以四书为先,经典传注一以朱子为准,结果是"行之久矣,言不合朱子,率鸣鼓百面而攻之"②,发展为道学内部的纷争。但他反对的并不是朱熹或道学本身,反而对朱熹赞赏有加,在《朱文公文抄序》中,驳斥陈亮对朱熹的攻击,赞扬:"夫子之文原本乎道,其辟二氏,崇经术,正人心,皆非得已。""惟不得已而为文,斯天下之至文矣。"③同样,他对王阳明亦极为推崇,在《王文成公文抄序》中感叹曰:"文成王先生揭良知之学,投荒裔,御大敌,平大难,文章卓然成一家之言,传所称三不朽者,盖兼有之。世儒讲学率寓之空言,先生则见诸行事者。"④

①　《曝书亭集》,卷三十二,《清代诗文集汇编》第一百十六册,8页。
②　同上,卷三十五,6页。
③　同上,卷三十六,2页。
④　同上,10页。

与其思想观念相一致，朱氏论文，以"文以载道"为核心，更明确地强调"道"为儒家之道，主张文必以六经为源。在《报李天生书》中直接提出："文章之本，期于载道而已。"①最能体现儒家之道者为经，故他称"六经"乃为文之源。《答胡司臬书》有云：

> 若仆之所见，秦汉唐宋虽代有升降，要文之流委而非其源也。颜之推曰："文章者，原出五经。"而柳子厚论文亦曰："本之《书》以求其质，本之《诗》以求其恒，本之《礼》以求其宜，本之《春秋》以求其动。"王禹偁曰："为文而舍六经，又何法焉？"李涂曰："经虽非为作文而设，而千万代文章从是出。"是则六经者文之源也，足以尽天下之情之辞之政之心不入于虚伪，而归于有用。②

由是，他论文反复强调必以经术为本，在《与李武曾论文书》中，作了充分阐述：

> 进学之必有本，而文章不离乎经术也。西京之文，惟董仲舒、刘向经术最纯，故其文最尔雅。彼扬雄之徒，品行自诡于圣人，务掇奇字以自矜，尚安知所谓文哉？魏晋以降，学者不本经术，惟浮夸是务，文运之厄数百年。赖昌黎韩氏始倡圣贤之学，而欧阳氏、王氏、曾氏继之，二刘氏三苏氏羽翼之，莫不原本经术，故能横绝一世。盖文章之坏，至唐始反其正，至宋而始醇。……北宋之文，惟苏明允杂出乎纵横之说，故其文在诸家中为最下。南宋之文，惟朱元晦以穷理尽性之学出之，故

---

① 《曝书亭集》，卷三十一，4页。
② 同上，卷三十三，4页。

其文在诸家中最醇。学者于此可以得其概矣。

　　以武曾之才,正不必博搜元和以前之文,但取有宋诸家,合以元之郝氏经、虞氏集、揭氏傒斯、戴氏表元、陈氏旅、吴氏师道、黄氏溍、吴氏莱,明之宁海方氏孝孺、余姚王氏守仁、晋江王氏慎中、武进唐氏顺之、昆山归氏有光诸家之文,游泳而绅绎之,而又稽之六经以正其源,考之史以正其事,本之性命之理,俾不惑于百家二氏之说以正其学。如是而文犹不工,有是理哉?[①]

依他这种观点,为文只要期于载道,本于经术,即足以"左右逢其源"。

　　在上述前提下,朱彝尊也主张"辞必己出",文成自然。在《答胡司臬书》中谓:"仆之于文,不先立格,惟抒己之所欲言,辞苟足以达而止。"于《禹峰文集序》,又发挥苏轼的观点,谓:"水之趋于壑也,无定势也。正出而为濫,县出而为沃,反出而为汍,尾出而为瀵,小波沦,大波澜,直波泾,无心而异焉者也。夫惟无心成文,辞必己出,革剿说雷同之弊,宣以天地自然之音,洵斯文之英绝者矣。"[②]这应是他文论中的亮点。

　　但因朱彝尊文学思想的核心以"载道"为宗,以经术为本,对秦汉唐宋名家虽加称扬,角度实只着眼于其载道作用,因之不仅将朱熹、王阳明与诸大家等列,且赞之为"最醇",又因苏洵"杂出乎纵横之说",而评为"最下"。因而对文章的审美价值与意义,采取的是忽视甚至否定态度。这直接影响到他散文创作的实践。

　　今观朱彝尊之文,学术性考据性作品外,文章数量不少,品类

---

①　《曝书亭集》,卷三十一,1 页。
②　同上,卷三十七,11 页。

齐备,总体上以简明畅达为特色,而富形象性与艺术感染力者几稀。如果沙中淘金:诸记中以《登峄山记》较佳,叙描简洁,颇有韵致。题名类作品,写来较为疏放,叙描兼具,与游记相近,如《题历下亭》:

> 康熙庚戌五月既望,泛舟莲子湖,眺北极台。时菡萏始舒,热风未甚,循湖而行,求七桥故址。俄而,雨骤至,复乘舟登历下亭,与客纵饮。既霁,泉泠泠注亭下,有鱼自溅,泳跃入阶除,童子烹以侑酒。盖客济南二年矣,乃得一醉兹亭焉。①

笔墨练净,情韵盎然,得古人风味。其余,如《亡妻冯孺人行述》,文字浅明,叙事委细,情深意恳,为出自真心的感人之作②。《醉司命辞》及《零丁为陆进士作》,皆为因民俗所写带谐谑性文字,虽非严肃古文,亦堪供欣赏。

2. 邵长蘅

邵长蘅(1637—1704),一名衡,字子湘,自号青门山人,毗陵(江苏常州)人。十岁为诸生,多次应试,或受挂碍,或遭落第,五十岁后绝意仕进,以布衣终老。宋荦任江苏巡抚,一度礼聘其为幕宾。长蘅虽一生未仕,然名声甚高,交游甚广,似属名士一流人物。

邵氏八、九岁即逢易代,童年虽目睹清兵南下给人民造成的苦难,然一生基本生活在新朝统治之下,故于处世态度上,已接受清廷为接续明朝之正统。其代汤斌为宋荦之父宋权所写《神道碑铭》载:宋权以巡抚之职守遵化时,与清兵相约共破李自成残部,及"王师入都,贼遁,公集将士谕曰:'我封疆臣,国亡,无所属,复故主

---

① 《曝书亭集》,卷六十八,6页。
② 同上,卷八十,5页。

仇者，即吾主也。'"清廷让其任"巡抚如故"，"公复抗疏以三事请。其一，首议崇祯庙号。""其二，请除苛赋、举遗逸。"且于文中论曰："呜呼！自古易姓之际，盖难言之。公以文臣当封疆寄，仓卒受事，不幸遭离阳九，天崩地坼。是时，在朝诸臣相率鼠窜鸟伏，甚者顿首贼庭、北面而劝进，污伪命者，比肩也。公明知大厦拉拸，犹欲以一木相搘拄……不得已，以报韩之心，为哭秦之举。既而归命本朝，首抗疏言人所不敢言。呜呼，可谓尽心矣！"①其《代宁陵县志序》就宁陵而曰："皇清受命统一，寓县两河之间，复为乐土。民生自童稚以至垂白，不见兵革五十年于兹矣。今览邑志所载，城隍峻深，廛市鳞比，学校署舍，以至道梵仙释之宫，有废毕举。加之年谷屡登，户口殷殖，其君子敦礼让、说诗书，其细民勤生力田，以致益臧。视史册所称古先王遗风，殆未远逊。"②虽有溢美，而大体近实。前文代表了许多降清文人的共同心态，灭明者非清，而是所谓"流贼"之农民起义，清之入主，乃替明复仇。后文表明，清人入主后，经四五十年之经营，社会渐趋稳定，也就逐渐赢得了士人之心。正是以上两点，使邵长蘅及与其相似文人，不再计较主朝者是否异族，并对后续的抗清活动取否定态度。

由于受明代及清初统治思想的熏陶，邵长蘅极重理学，尤其与周程张朱并列为六大家的邵雍与之同宗，他更以邵氏的后裔自居和自豪，于其家建"邵氏祠堂"，奉邵雍为始祖，先后写有《邵氏始祖康节公祠堂记》《重建始祖康节公祠堂记》《康节公当称先贤说》等。理学的核心要义，在强调"忠孝"大节，邵长蘅于刚刚过去的鼎革巨变中，对明代臣民中慷慨就义之士及守节不仕之遗民，既有耳闻目睹，又有广泛接触，故对"气节"问题特为重视，深有感慨，往往借对

---

　　① 《邵子湘全集·青门簏稿》卷十三，《清代诗文汇编》第一百四十五册，11页。以下所引邵子湘文皆出于此。
　　② 《青门旅稿》，卷三，25页。

历史或当代人物的评论,加以表露伸张。如《书颜鲁公祭濠州刺史墨迹后》,极赞颜真卿之"忠君爱国",赞其"忠诚贯金石"。而于《题赵子昂书过秦论后》云:"余独怪其以宋室遗裔,濡迹于元,出处大节不无可訾,乃世之称子昂者,喜其书画之精,而忘其人之大节之訾也。""士君子之出处可不慎夫!"①尤其在《书金溪两烈妇纪略后》中,涉及抗清志士揭重熙,因有名邓炅者,指责重熙"于家国无所济,而于乡邻大有所祸",长蘅痛加批斥曰:

> 呜呼!斯言也决天下后世忠义之防,而有志之士,为之扼腕累欷,泣下而不能止也。自古忠臣烈士,遭离百六,明知事不可为,然且逆天命、犯首祸,慷慨赴之,濒九死而不悔者,其心固有所大不忍也。人情莫亲于父母妻子,莫爱于身,夫人至捐躯命、忍其父母妻子以举事,而又遑计成败利害哉?今夫匹夫慕义,奋袂而起不旋踵,而巽懦观望、缩朒而不敢前者,则计较利害之念沮之也。而谓豪杰之士然乎哉!
>
> 以余所闻,中丞公告庙兴师,破家出走,崎岖江闽万山中,屡蹶屡奋,迫势穷力诎,计无复之,然后以一死谢天下。呜呼,处死如公,亦可告无罪矣!而炅犹云然。乡人以爱憎为毁誉,固如是哉!如炅言……偷生苟免,全躯保富贵之徒,皆可自诩明哲,而开门乞降卖君父以求荣者,且得以保境安民论功矣。是乌可哉!是乌可哉!②

凡此,可见邵长蘅对士大夫之"气节"的重视。明乎此,即可理解,其人何以一方面以皇清臣民自居,对仍坚持抗清者加以否定,曾

---

① 《青门旅稿》,卷十一,21 页。
② 同上,卷四,21 页。

谓:"郑氏余孽,跳梁海上,濒海郡县数中寇,吏民苦之。"①一方面又写了大量为反清而壮烈殉难者树碑立传的文章。这两方面,对邵长蘅来说,并不矛盾。

邵长蘅一生,不慕名利,脱落潇洒,独寄意于为文。尝自谓:"恬淡亡它嗜好,顾好为诗,又好攻古文辞。"(参见《青门老圃传》)又谓:"某虽世故脱落,而于文字小有宿缘。"(参见《奉答王阮亭先生书》)《青门旅稿自序》中更言:"嗟乎,士负七尺躯,进不能有所竖立,退不能岩栖谷饮,垂老矣,涸姓名于不仕不隐间,为乡里所笑,行自惭也。不幸如昌黎所云,衣食于奔走,学殖日落,而犹欲以是詹詹者与立言之士争身后名于万一,又重自悲也。虽然,某于此亦有可以自信不为流俗毁誉非笑之所移者,而况海内交游离合之迹,忠孝节烈之行事,与夫山川游览之胜,往往见于予文。"②表明其对为文的自信和自负。

邵长蘅在为文观念上,沿袭当时的主导倾向,强调以"载道"为宗旨,但由于重视广博的文化积累,人生观中有旷达一面,故并不完全受道学观念所拘囿,形成一些可贵见解:

首先,他主张"文以载道",但又承认存在"文"与"道"或合或离,或醇驳参杂的情况。对此,在《抄古文载序》中有详细论述。先断定:"文者载道之器。故文非道不立,道非文不行。"然后对道与文的发展情况作简明概括,最后总结评价说:

> 其道则君臣父子、礼乐政刑,其文则如日星、如河岳者,六
> 经四子之文是也。其于道或醇驳参,而其文足自名其家者,
> 迁、固、韩愈以下数十家之文是也。其文嶙峭魁伟,骇世之耳

---

① 《赠兵部尚书马公家传》,卷五,21 页。
② 《清代诗文集汇编》第一百四十五册,341 页。

目,而于道往往支离而叛去者,庄列诸子之文是也。若夫知乎道而啬乎文者,宋儒语录之文是也。修词者病剿,谈理者病伪,而文与道两失之者,末世之文是也,谓之无文可也。①

将古代文章概括为几种情况,认为真正做到文与道合堪称"文之极轨"的,只有唐虞三代之文,相当于说,这仅是一种理想境界。而对于道学家的"语录之文",则评为"知乎道而啬于文者"。对众所注目的大量古文家之文,则判定为"其于道或醇驳参"。因之在《与魏叔子论文书》中,提出了一种说法:"圣贤之文以载道,学者之文蕲弗叛道。"②与道学家之一味讲"文以载道",显然有重大不同。

其次,邵氏已能宏观上从纵向与横向两个角度,对古代文章的发展进行观察、总结和概括,进而指出当代为文应有的取向。其《三家文抄序》云:

论者谓文章与世递降,信夫!六经不可以文论。周秦而下,莫盛于西京,汉氏之东稍衰矣。沿至六朝,文几亡。唐振之,而唐之文不如汉。唐末更五代之乱,文又亡。宋振之,而宋之文不逮唐。历元讫明,而元明之文不逮宋。……是故通二千年之源流论,则后往往不及前。……画代而论,则一代有一代之文,不相借亦不相掩。不相借,故能各自成其家;不相掩,故能各标胜于一代。是故称汉氏者,必曰马、班、贾、董、刘向、扬雄矣。称唐氏者,必曰韩、李、柳州矣。称宋氏者,必曰欧、曾、苏氏父子矣。称金元氏,必曰元好问、虞集、黄溍诸家矣。称明氏,必曰宋濂、王守仁、归、唐诸家矣。假而举元明诸

① 《青门簏稿》,卷七,1页。
② 同上,卷十一,1页。

家上妃马、班、韩愈,不待识者知其不伦,顾沿而及焉,则孰有能遗之者哉?①

除论六朝及概曰后不及前有片面性外,所勾勒之发展轮廓及一代有一代之文的论断,大体准确。

其三,他主张为文既要从源头上培养其根本,又要讲究法则之变与不变。在《与魏叔子论文书》中,专门论述了这两个方面。先总的提出:"学文者必先浚文之源,而后究文之法。"然后讲:"浚文之源者何? 在读书,在养气。"就读书而论,他强调作家必须精心熟读六经、子、史及韩、柳、欧、苏、曾、王之文。就养气而说,他引述韩愈的观点而倡导:"涵泳道德之涂,葘畬六艺之圃,以充吾气也。"关于"究文之法",他提出:"至于文之法,有不变者,有至变者。"认为"定体""定格""定理",为"法之不变者";"若夫川横驰骛,变化百出,各视工力之所及,巧拙不相师,后先不相袭,此法之至变者也"。最后的结论是:

> 不浚其源而言文,譬之扬蹄涔之波者不识渤澥之广,炫萤尾之照者不睹日月之明,几文之成不能也。不究其法而言文,譬之骤新羁之驹而驰其衔辔,操匠郢之斤而辍其规矩,几文之成不能也。②

观点与魏禧相近,而对为文之要,概括更简明清晰。

此外,具体到对古文作家的评价上,邵最为推崇者为司马迁及唐宋八大家,而犹以韩、欧为最。于明代之文,则极力批判其形式

---

① 《青门剩稿》,卷四,5页。
② 《青门簏稿》,卷十一,1页。

上的剽袭模拟。如《重刻欧阳文忠公全集序》论及"可以成一家言，名当时而信后世"者，谓：

> 古称文章家足当此者，肯左、迁、固而下，唐则韩愈、柳宗元、李翱，而韩愈氏为最。宋则欧阳、苏氏父子、曾巩、王安石，而欧阳氏为最。故二氏之文焯然并行于世。①

《明文存序》论及明文，则曰：

> 近代之言文者：吾惑焉：六经不可学，学文当法迁、固，前人有为是言者，于是一二人力而为之，举世靡然从之。顾迁、固之本领不可得而窥，而迁、固之形模句字易袭也，识者乃从而诋其后，曰：赝《史》《汉》。诋之则思以救之，救之之道，舍欧、曾奚从？于是一二人力而为之，举世靡然从之。顾欧、曾之本领难窥，其形模句字易袭，犹之《史》《汉》也，识者又将从而诋其后，曰：赝八家。呜呼！本之不探，而徒相徇以貌，此亦一赝，彼亦一赝。吾惧相诋謷无已时也。②

足见他对明文之态度。总起来看，邵长蘅的文章观念中，无论对古代散文的发展历程和写作要求，都已带有总结归纳出基本规范的明显倾向。

《青门旅稿自序》中，长蘅所云："海内交游离合之迹，忠孝节烈之行事，与夫山川游览之胜，往往见于予文。"基本符合实际。其作品中数量大，成就高，为人所注目者为传记、碑志。这类作品，题材

---

① 《青门簏稿》，卷七，13 页。
② 《青门剩稿》，卷四，19 页。

内容相当广泛,但以记述易代之际的"忠孝节烈之行事",表彰英勇殉难的忠臣义士和守身不辱的遗民逸老为主。写法上效法迁、固,讲究章法布局,除传后附以论赞外,行文中亦叙议相间,尤注重于突出人物精神特色处着力。如其《答叶荃伯书》有云:"人苟大贤以下,自贤智豪杰,以至一才一艺之士,其生平必有一二独到处……其人毕生精神,亦全注于此,所以可传。作者从此摹画,乃与其人肖,事事笼统,反掩其真。"[①]其最为人传诵之作为《阎典史传》,写仅为典史(相当于县警察局长、典狱长)的阎应元,率江阴人民抗击清兵的事迹。文中先言当清兵南下时:

> 东南郡县守土吏,或降或走,或闭门旅拒,攻之辄拔,速者功在漏刻,迟不过旬日。自京口以南,一月间,下名城大县以百数。而江阴以弹丸下邑,死守八十余日而后下,盖应元之谋计居多。

中间插入劝降情节:

> 帅刘良佐拥骑至城下,呼曰:"吾与阎君雅故,为我语阎君,欲相见。"应元立城上与语。刘良佐者,故弘光四镇之一,封广昌伯,降本朝总兵者也,遥语应元:"弘光已走,江南无主,君早降,可保富贵。"应元曰;"某明朝一典史耳,尚知大义。将军胙土分茅,为国重镇,不能保障江淮,乃为敌前驱,何面目见吾邑士民乎!"良佐惭退。

后写战况之惨烈及应元殉死之悲壮:

---

① 《青门剩稿》,卷八,5页。

贝勒既觇知城中无降意，攻逾急。梯冲死士，铠胄皆镶铁，刀斧及之，声铿然，锋口为缺。炮声彻昼夜，百里内地为之震。城中死伤日积，巷哭声相闻。应元慷慨登陴，意气自若。旦日，大雨如注，至日中，有红光一缕起土桥，直射城西，城俄陷，大军从烟焰雾雨中蜂拥而上。应元率死士百人，驰突巷战者八，所当杀伤以千数。再退门，门闭不得出。

应元度不免，踊身投前湖，水不没顶。而刘良佐令军中，必欲生致应元，遂被缚。……见贝勒，挺立不屈，一卒持枪刺应元，贯胫，胫折，踣地。日暮，拥至栖霞禅院。僧夜闻大呼"速斫我"不绝口。俄而寂然，应元死。

凡攻守八十一日，大军围城者二十四万，死者六万七千，巷战死者又七千，凡损卒七万五千有奇。城中死者无虑五六万，尸骸枕藉，街巷皆满，然竟无一人降者。

最后论云：

予童时，则闻人啧啧谈阎典史事，未能记忆也。后五十年，从友人家，见黄晞所为《死守孤城状》，乃摭其事而传之。微夫应元，故明朝一典史也，顾其树立，乃卓卓如是。乌乎，可感也哉！[①]

叙述描写，声色俱盛，议论评说，慷慨激昂。其余，如其《与彭子》所云："《李忠文传》（即集中《李忠肃公传》）颇有关系，《八大山人传》描写近真。"[②]《青门老圃传》仿《五柳先生传》，自述自况，畅而不

---

① 《青门剩稿》，卷六，30 页。
② 《青门簏稿》，卷十一，16 页。

丽,恬然放旷中隐含不得其志的幽怨。

再一类为写"山川游览之胜"的游记作品。套路上,不取宋人逐日叙次汇而成篇的方式,而学柳宗元分景点、突出独有特色之笔法。除《庐山游记》六篇外,还有《飞来峰记》《夜游孤山记》等,叙游程,描景物,述感受,颇为生动形象,给人以亲睹亲历之感。但在精洁简净,意境幽深方面远逊于柳,亦欠晚明诸家同类作品之韵致。

邵长蘅的尺牍成就较高,简净,通脱,自然,富生活气息。如其《游庐山与人三首》,其一曰:

> 半月在山色水声中,杳然与尘世隔。觉有生以来,都无此乐,一入城市,便惘惘如梦境也。

其二曰:

> 铁壁峰斧劈千仞,猿鸟绝迹。峰顶有石楠二扇,櫺格方正,栏界宛然,若可开阖状。想太古仙人偶尔弄此狡狯,亦大费鬼工镂凿矣。不目见此,安信天壤间有此奇也。[①]

远比《庐山游记》之用力描摹简明而有韵致。又如《家报》:

> 七月二日,行东昌道中,久旱兼之骤风,尘沙扑面而眼耳鼻舌都满,徐文长所云"未开光明泥菩萨"也。忆诸兄此时,环坐小桥柳阴下,听残蝉断续声如咽,摇扇闲话桑麻晴雨,便是一幅桃源图。念至此,懊然神飞矣,惭甚妒甚。[②]

---

① 《青门簏稿》,卷十一,11 页。
② 同上,10 页。

再如《与金生四首》之一:

> 仆往在京师客王少詹所,常与冯圉芝共事。圉芝喜骂
> 人。仆戏改刘公荣语,规之曰:胜圉芝者不可骂,不如圉芝
> 者不必骂,是圉芝辈者,又不当骂。少詹以为名言。近来少
> 年喜诋诃前辈以立名,名未必成,先自陷轻薄。愿足下勿蹈
> 之也。①

这类作品,风格上皆与晚明诸家小品相近。邵氏在《与金生四首》
之三曾云:

> 昨见足下抨击袁中郎文,甚当。明季文章,自有此尖新一
> 派,临川滥觞,公安泛委,而倒澜于陈仲醇、王季重诸君。仆戏
> 谓,此文章家清客陪堂也,广座中忽发一趣语,亦足令贵客解
> 颐,然人品扫地矣。②

这是受当时主导潮流影响而形成的偏见,并未理解此派之内在实
质。其《书徐文长集后》曾称:"徐文长尺牍题跋,极有简韵,得苏黄
小品之遗。"③又曾言徐渭之文,乃得中郎发之而为世所重。汤显
祖、袁中郎、王思任一派,实皆由徐渭导其源,且诸人之人品皆无可
訾议。邵氏观念上对之加以否定,而创作实践,或不自觉间已受其
熏陶影响。

3. 王士祯

王士祯(1634—1711),字子真,又字贻上,号阮亭,又号渔洋山

---

① 《青门簏稿》,卷十一,13 页。
② 同上。
③ 《青门簏稿》,卷十一,26 页。

人。雍正朝因避皇帝讳,改其名为士正,乾隆朝再改为士祯。新城(山东桓台)人,缙绅世家。入清后,顺治十五年(1658)中进士,次年任扬州推官。康熙三年(1664),入朝为礼部主事,一路升迁,官至刑部尚书。

王士祯虽为明末显宦后裔,但从其文章与言论看,已没有了易代之际多数士人所表现出来的民族意识和节义观念,倒是处处表露着对新朝的颂美,如《渔洋文集》之第一篇《四川乡试录序》,开首即曰:"恭遇世祖章皇帝神武戡定,天清地宁,遗黎乂安。乃眷西顾,矢其文德。二十余年,渐已家习弦诵,户被诗书。"①据传记资料,康熙对王士祯的文才颇为欣赏,而他则对之感激涕零,如《恭跋钦赐御书后》云:

> 康熙庚辰夏六月廿八日,蒙恩赐御书"带经堂"扁额,谨纪述于《居易录》末卷。今年壬午四月六日,再蒙恩赐御书"信古斋"扁额。回忆戊午夏初蒙恩赐"存诚""格物"二扁,已二十五年矣。二十五年中,三蒙御笔题赐堂额,荣宠逾涯。视宋学士苏易简获赐飞白"玉堂之署"四字,一时辄为盛事,臣之蒙恩,何啻什倍。恭为摹刻,悬于蓬荜之居,而什袭御墨于宝椟。谨纪颁赐年月,以示子孙勿忘报称云。②

同一内容,又载之《香祖笔记》,可见其对康熙恩宠之珍视程度。

出于这样的心态,一方面他尽力于曾被任命的各种职守,一方面致力于自幼酷爱的以诗歌为主的文学,既没有遗民作家不甘随附新朝却又无可奈何的心结,又没有虽降附而心存悔愧的矛盾,坦

---

① 袁世硕主编:《王士祯全集》,齐鲁书社,2007 年,1523 页。以下所引此书皆同此版本。
② 同上,2280 页。

然安然地满足于诗酒酬唱、名士风流的生活境界。由于他有相当高的政治、社会地位，但为人比较谨重宽和，不像汪琬那么孤傲自负，如宋荦为之所写《墓志铭》："性好客，坐上恒满，谈言娓娓，至夜分不倦。""又好汲引士类，见人有一长，称之惟恐不及。以故远近士大夫咸归之。""同年钝翁汪公，性严厉，不轻许可人。多舍汪而就公，谓如坐春风中也。"①这就使他不仅和与其地位相近的宋荦、汪琬、施闰章、朱彝尊等深相投契，而且让比他早一辈的钱谦益、吴梅村等亦对之相当称赏，还能与身为布衣的魏禧、邵长蘅等结为挚友，更赢得所奖拔的后辈如惠栋等人的尊崇。再加上他本人确有一定的才气，创作上有一定成就，写出了数量庞大的作品。这一切综合起来，造就了其在文坛上的宗主地位，被视为泰山北斗似的人物。

从其《恭请酌定先师祀典疏》《请正从祀诸贤位号疏》《请增从祀理学真儒疏》诸文，及对顺、康两帝"右文崇儒"的赞颂，可见王士禛思想观念上承续着儒学正统，尊奉理学并反对理学内部的门户之争。其文学观方面，以论诗为主，特点突出且有一定影响者，为受司空图、严羽影响而提出的"神韵"说。在文章方面，基本上遂顺着当时的主潮，尊崇唐宋古文，强调宗经明"道"。其《半部集序》中有谓："论文者近取诸唐宋而已矣。"并进一步阐述说：

> 唐之古文，始于富嘉谟、吴少微，而不传，李华、萧颖士继之，亦不甚传，故唐之文断自退之。宋之古文，始于柳开、穆修、郑条，条无传，柳、穆之集具在，虽传矣而不足以传，故宋之文断自永叔。湜、翱、曾、苏已下，羽翼而发皇之，唐宋之文遂继西汉，而上追三代，佐佑六经。……元明作者大抵祖宋祧

---

① 《王士禛全集》，5117 页。

唐,万吻雷同,卒归率易。……故今之学者,为古文必宋,宋必欧阳,吾皆无取焉,恶其同也。本之乎六经,斟酌乎唐宋,劲而不诡,舒而不俗,可以传矣。①

《辛未科会试录后序》虽为时文而作,亦表达了其为文观点:

> 制艺之体,虽与古文异,要皆以阐明先圣之道。其为文也,根极乎性命,原本乎道德,经纬乎古今,求之六经以立其体,穷之诸史、百家以尽其变,所谓"根之茂者其实遂,仁义之人,其言蔼如也"。若夫支离谬悠以为奇,聱牙诘屈以为古,骫骳脂韦以诡遇而逢世,其为纤人曲学,又何疑焉?②

此外,在谈诗论文中,王士禛透露出极堪注意的新倾向,即与其人生观与处世态度相一致,不再纠结于伴随鼎革易代而来的义愤和郁闷,不再着重于对勇于抗争的忠义节烈之人与事的表彰,满足诗酒酬唱,田园山川之兴的同时,极力倡导颂美盛世之治的大雅之音。在为冯溥所写《佳山堂集序》中有云:

> 窃惟国家值休明之运,必有伟人硕德,以雄词钜笔,敷张神藻,耸功德于汉唐之上。使郡国闻之,知朝廷之大;四裔闻之,知中朝之尊;后世闻之,知昭代之盛。③

在《姜编修恺歌后序》中,举韩愈《圣德》诗、柳宗元《平淮西雅》为例云:

---

① 《王士禛全集》,1789 页。
② 同上,1791 页。
③ 同上,1536 页。

以是知帝王非常之功,必其文学之臣有非常之作,然后足以美盛德之形容,以声施于来禩。所谓鸿笔之人,为国云雨者也。皇上继序鸿业,今三十有七年,薄海内外悉臣。……而翰林编修姜宸英制《恺歌》十章以献。其命意铸辞,有愈、宗元之遗风,非魏晋六代以来词人所敢望者。以此铿锵金石,鼓吹轩陛,其谁曰不宜。①

尤值得玩味者,是其《葛庄诗序》,此文乃为刘玉衡尚未出仕时之《在园集》而作。篇末有云:

"在园"之义虽切,亦藉言其处,未言其出也。昌黎作《孟东野序》所谓"以诗鸣其不平"者耶?在园行且筮仕矣,使发其素所蕴蓄者,以鼓吹休明,赓扬治化,当必有什佰于此者。②

意思很明显,你原来写的东西,有"不平则鸣"意味,今后做官了,就应该用你的才气来"鼓吹休明,赓扬治化",它们的价值当高出这类作品十倍百倍。诸如此类的意思,在王氏的序、记中,比比皆是。这方面,他与汪琬所主张的"辅翼圣天子,为润色太平之助",态度与观点完全一致,提出的口号似乎更明确。这或者是他与汪琬性格迥异,却彼此最为知心的原因所在。汪琬和王士禛,是清代诗文发展的一个标志,标志着清初作家纷繁多样的思想倾向趋于结束,将要进入一个围绕"盛世之治"而发挥的新阶段。

---

① 《王士禛全集》,1994 页。
② 同上,1998 页。

王士禛主要以诗名,散文作品亦颇丰。其中墓志铭数量很大,多为达官贵人亲朋挚友而作,无显著特色。传记作品有求奇倾向,某些类似传奇。题跋多带考辨与品评性质,间有清简自然之作,如为朱缃所写《题枫香集》:

> 老夫年来,日早起坐堂皇,治司空城旦书,日昃归邸,便下帘投床酣睡,视吾舌虽在,不复阑及风雅矣。得子青新诗,如麻姑爪搔背,不禁结习复作,雨窗点笔,辄竟其卷。饮光胜尊,闻筝起舞,信有之乎! 同里老友王士禛书。[①]

其记游作品,品类多样,质量参差不一。有仿宋人逐日记叙,边述,边描,边议者,有前后关联成组者,亦有单独成篇者。可赏者如《玉泉游记》:

> 畅春御苑,在高梁桥西北十二里,即海淀也。淀有二:南淀旧为明戚畹李氏清华园,北淀为米氏勺园,亦曰风烟里。自苑西行,堤直如弦,高柳胁之,鬈鬒冥濛,不漏曦景。里许,折而北,堤柳相属,稻田弥望。数里,至瓮山。山下有耶律文正墓,公及夫人石像尚存田塍间。有圆静寺,不至。北上青龙桥,过桥,一山蜿蜒,即玉泉也。
>
> 山今为静明御园,缭垣周其趾。泉出其腹,万派竞发,细者如珠,散落不可社,大者如车轮。至桥西汇为潭,膏渟黛蓄,清不掩鳞。水由闸下入西湖,如辊雷喷雪。自是而西,沿青龙河行,泉与人时时争道。半里许,憩于石梁。梁下泉潄闸而出,响动岩谷,枚乘谓“淋淋如白鹭之下翔”也。园门东向,额

---

① 《王士禛全集》,2345 页。

"静明园"三大字,御书也。

> 堤行而南,历山村凡六七,桑柘鸡犬皆闲静。饭于西顶。日已暮,归过万寿寺,不及入。①

与《帝京景物略》所写之《玉泉山》相比,行文无其拗峭生涩韵趣,然而相当清通畅朗,显然属另一种风格。王氏之书札尺牍较有特色,有些写得相当矜持典雅考究,如《与冒襄》之三十二首,有的则自然而感情浓挚,如《与汪琬》二首之一:

> 嗟乎苕文,昔与同人,翱翔京洛,入则接席,出则连镳,睥睨时流,上下千古,意气何其盛也!自鄢陵读礼,颍川引疾,周量、家兄同时出使,弟既风尘憔悴,凄怆江潭,兄复放废支离,退归吴苑,又何衰也!

> 昨者,芜城暮雨,官阁孤檠相见,真喜如梦寐,尔时旧愁新感,触绪纷来,对此茫茫,百端交集。窃思百年之中,良会有几,毋论旧游云散,不可复得,即如此夕,剪烛听雨,共话长安旧事,老父稚子,欢若一家,岂非人生极乐?而今风流人远,伤心事多,人孰无情,独能堪此?

> 嗟乎苕文,忆弟客秋,病卧犀提阁中,几殆者数矣。病中百念灰冷,所不忘者,自老父老母之外,惟诸兄暨吾苕文、周量数子,惧不得复生相见,则愿来世得为眷属。今世之指天誓日号称朋友者多矣,恐合离死生之际,缱绻缠绵如吾两人者,未必多见也。

> 卜邻洞庭之约,数载于兹,灵威丈人,实闻斯语。比闻欲裁去李官,深惬麋鹿之性,便当一瓢一笠,从吾兄于七十二峰

---

① 《王士禛全集》,2051页。

之间。此愿不遂，为当奈何！①

当是吐自胸膈的真情文字，写来清畅雅丽而流露出如此浓重感伤情调者，于王士禛作品中，不属多见。

---

① 《王士禛全集》，2378 页。

第五章　对散文写作规范的探寻

——清代中期散文

　　由康熙,经雍正,至乾嘉时期,清政权的统治日益稳固,早期的激荡状态趋于平静,出现太平盛世景象。知识文化领域,清皇朝高压与笼络相结合的政策明显奏效,大部分士大夫文人的对抗情绪日渐消弭,接受了清廷承续历代皇朝的正统地位,不敢亦不愿轻议国事。有志于靠立言以立身的学者,注意力转向古代典籍文献的汇集、整理与辨析、考证,相关学术活动日益昌盛,风气日益浓厚。这种情况的出现,既为形势所迫,亦符合思想文化的发展趋势。

　　此期散文的发展,与这种趋势相一致。有志于古文写作的作家,接续明代"前、后七子"和"唐宋派"的讨论,更深入全面地对古代散文遗产作审视、研讨和总结,希望从中寻找出散文写作的基本规范,作为今后指导性准则。这种倾向成为理论探讨与创作追求的主潮,其突出代表就是"桐城派"。但当时亦非"桐城"的一统天下,此外尚有放纵不羁的袁枚,我行我素的郑燮,喜爱骈文的作家群体,显示出一定程度多元化状貌。

第一节　"桐城派"的理论和
实践及奠基作家

"桐城派"最初是由于几个作家皆出自桐城而得名。其所以被视为一个文学流派,则因为这几个作家虽有先后承绪与特点差异,但在观念与创作上,有大体相近的基本趋向。这与明代中后期之"前、后七子""唐宋""公安""竟陵"诸派有相类处,但与之又有极大不同,明代诸派皆存在时间较短,不久即被取代而消散,"桐城派"的影响却越来越大,追随者的范围越来越广。时限上,由清中叶至民初,延展二百五十余年,范围上,远远超出桐城而遍及全国。这不但在散文领域,即使在中国文学史甚至世界文学史上,都是一种特异现象。

出现这种现象,有着多方面现实的与深刻久远的历史原因,非轻易能够说清,大体上看,与古代散文发展的大趋势直接相关。

就古代散文的本体性质而言,实用与审美是矛盾的统一,实用必赖审美之助,审美效果亦与实用内容直接相关,但重实用者往往忽视审美之价值,重审美者又或脱离实用之意义。在其长期发展过程中,因应着不同的时代和思想潮流,各有所偏重的两方,经反复的冲突与磨合,到唐宋时期,在以韩、柳、欧、苏为代表的古文家那里,终于实现了实用与审美的平衡与统一,使散文创作达至辉煌的顶峰,并确立和形成了道统和文统相结合的传统。

但自南宋,情况有了重大变化。其一,宗法性的社会结构和君主集权制度开始趋于衰落,只是由于元与清两次经济与社会形态落后的少数民族之入主,阻断了这个衰落过程,使之得以绵连延续。其二,北宋后期至南宋,由传统儒学滋生出程、朱的道学或理学,不管它在哲学上有什么意义,其宗旨是以强化宗法性的道德伦理以挽救既有社会结构及政治体制的衰落，正因如此，由明至清，道学已取代传统儒学成为社会的统治思想。其三，就古代散文来说，自唐宋时期以古文为代表的作品达到顶峰之后，已无多少开拓创新的余地。虽然明代后期，一度在启蒙思想萌芽的影响之下，出现突破道统束缚，朝个性化、审美化发展的新倾向，但它本来就很难撼动既有传统，又逢清人的入主，民族矛盾的上升而被阻断。至于坚持古文传统的作家，自南宋、金、元、明至清初，虽力图有所作为，而终于意识到，实再无超越的可能，于是在大方向上开始了根本的转向：由发挥自己的创造精神，转向从前代经典作家那里寻求途径、法式，以之作为指导自己创作的准则和规范。这种寻求有个由浅入深的过程。在"前、后七子"那里，主要是字句的摹仿和剽袭；"唐宋派"则注重文章写作的首尾开阖、意度波澜以及如何遗貌而取神；明清之际的钱谦益、邵长蘅等人，已能从宏观上考察由古以来文章演变的线索，试图找出其中的规律。至"桐城派"，再深入一步，不仅试图从总体上概括出文章写作的"义法"，而且开始比较细致地解析构成古文的种种内在因素。这种转向及发展过程，是在前述的时代和思想背景下进行的，因而比起鼎盛时期的名家之真正追求文与道的统一，皆有着强调道统、甚至以道统支配文统的倾向。

这样看来，"桐城派"的理论观念和追求，具有对整个古代散文进行汇总式的归纳和总结的意义，又因为古代散文作为中国文学主干，乃中国社会和相应之思想观念的产物，那么，在"桐城派"出现之后，整个作家群体，除非能够做到基本或彻底摆脱沉积了几千年的传统观念及整个古代散文传统格局，如改良派之梁启超、"五四"新文化运动之主将们，则很难脱出其牢笼。这大概是在"桐城"之后，有志于古文写作的作者（包括晚至近代的许多作家），大多乐于接受其影响，甘愿做其追随者，甚或始终坚持其为古文或古代散文之正宗的原因之所在，也是"桐城派"能够在时间上延续并在空间上不断扩大其影响的原因之所在。

"桐城派"及其理论观念、创作实践，有前后承绪与发展过程。现就其奠基期的作家及其递进情况，作简要介绍。

一 戴名世

戴名世(1653—1713)，字田有，一字褐夫，晚年居南山读书著述，故世称南山先生，桐城(安徽桐城)人。耕读传家，早年入太学，后游历各地，授徒卖文为生。五十三岁中举，五十七岁成进士，任翰林院编修，两年后，因其《南山集》语涉南明，有反清倾向，被讦发为"语多狂悖"，遭斩，文集亦被毁禁。因文章确有价值和影响，故有人以宋潜虚之名加以印行，后人文中往往以宋潜虚代称其人。

戴名世思想观念中，有两点相当突出：其一，尊奉信仰理学，尤其推崇朱熹。在其亲自参与编纂并定稿的《四书朱子大全》之序中，有云："盖自二程子始发孔孟之秘于千载废坠之余，至朱子出而其学尤为纯粹以精。"①于《樊川书院碑记》中曰："呜呼！自孟子没而道术不传，两汉及唐虽有一二儒者间出，然而于孔孟之道未尝闻也。迨宋兴而诸儒继起，朱子之学尤为纯粹以精，距今凡五六百年，而天下莫不奉之为宗师，即至遐荒僻壤，山陬海澨，非朱子之道不遵也。可谓盛矣！"②

其二，存在强烈愤世嫉俗情绪。其《与刘大山书》直言："仆古文多愤时嫉俗之作，不敢示人，恐以言语获罪。"③《与何屺瞻书》又谓："于当世之故不无感慨怂恿，而其辞类有稍稍过当者。世且以

---

① 王树民编校：《戴名世集》，中华书局，1986 年，75 页。以下所引此书皆同此版本。
② 同上，431 页。
③ 同上，10 页。

仆为骂人,仆岂好骂人哉,而世遂争骂仆以为快。"①其所谓"骂人",即愤世嫉俗之言辞。阅其书、序、记诸作,处处皆流露着忧愤怨怼之情,绝不见对所谓太平盛世的颂美。其所以如此,一是因为他非世家大族出身,属士人之下层,个人遭遇相当坎坷;二是他自负才学,有述作之志,而受条件限制,连从容读书的处境都难得,因而产生壮志难酬之悒愤;三是他对清初表面稳定而实际存在的各种社会弊端亲经亲历,感受深切,更增郁愤情怀。这既见之其《与弟书》:

> 余生抱难成之志,负不羁之才,处穷极之遭,当败坏之世,而无数顷之田,一亩之宫,以托其身。乃且以授经客游,乞食于异方,岁得一镪两镪,不足具甘脆以养亲,而母子兄弟,累月逾时,音问隔绝,私自生伤乃至此。②

尤见之四十八岁所写《北行日纪序》。此文回忆几年前入京之过程,于行旅之艰难,世风之弊坏,人情之凉薄,记述详细而具体。试看相关段落:

> 方其始谋出门,多方假贷,经营数月,而后成行,行李略具而已。途中所食皆粗粝,往往阅月不能肉食。舟车之费皆从节啬,犹有资用乏绝之患。

说明其经济状况之艰窘。

> 其行以暑也,鸡未鸣即起,及早凉行数十里。日渐当午,

---

① 《戴名世集》,18页。
② 同上,14页。

则热气薰蒸，喘息皆欲绝。车马所践踏，尘土扬起扑面，目不能开。日晡，小歇，食于旅店，食中皆杂尘土，不能择也。每日行百余里而宿。西北方无床，以土为炕，壁虱之所聚处，噆人肌肤，遂成疮痏。至于舟行则不能设帷帐，蚊终夜集于身，以手扑之，血满掌。……陆行当严寒，手足皆僵如痿痹，冰结于髭髯，冷气彻骨。抵暮，以厚直买束薪烧之，良久乃得暖气，肌肤渐苏。寝才安，而围人已趣之起矣。

展现所经历之困苦。

关津之设也如密网，商贾之船皆早已输税，余舟次第过，逻者狰狞，林立岸上，一舟过辄一人跃入舟，衣被皆开视，势如虎狼。舟中人皆震恐，虽无丝毫之匿，亦必稍稍赂之乃去。

透露出所谓"太平之世"下层人民所受之欺凌。

余之游四方，以卖文为生。自文体之坏也，是非工拙，世无能辨别，里巷穷贱无聊之士，皆学应酬之文，以游诸公卿贵人之门。然必济之以狡谲谀佞，其文乃得售，不然，虽司马子长、韩退之复生，世皆熟视之若无睹。

而余文章之名故在四方，所至必有主人延掌书记，或遣子弟受学，然大抵皆出于耳食，计日佣赁而已，未有行度外之事而给余养亲隐居读书之费者。而倡优便嬖之徒居其门下者，辄倾囷倒廪以与之而无所惜。……士大夫中虽号为深交，平日以文章道义相砥砺，一旦出而连城数百里，世俗所称美仕，然亦罕有念及憔悴穷愁之故人以一函来问，即余亦未尝一往谒也。

直接道出文风与世风之弊及人情的凉薄。最后则感叹曰：

> 余抱区区无用之学，举世不知之技，以浮沉于游士幕客之间，所谓操隋侯之珠而以弹雀者也。至是而愧悔交集，不觉其汗之浃背矣！①

于此文可见其幽愤之深及何以如此之深的原因所在。

以上两方面相结合，再加上一生主要从事的是授徒与卖文，就基本决定了戴名世的为文观念。综归起来，表现为以下几点：

第一，坚持文以明道。这一点，在《困学集自序》中讲得很明确："呜呼！学以明道也，道以持世也。""昔之君子好古之道，辄亦好古之文，以古之文所以明古之道也。"②于《蔡瞻岷文集序》中又曰："学莫大于辨道术之邪正，明先王大经大法，述往事，思来者，用以正人心而维持名教也。"③其余，如在《与刘大山书》中有言："至若吾辈之所为者，乃先王之遗，将以明圣人之道，穷造化之微，而极人情之变态。"于《张贡五文集序》中，又曾引陆机之语："苟背义而丧道，文虽爱而必捐。"④皆说明，在他看来，道重于文。当然，生在戴名世的时代，不可能完全不懂"道"不可取代于文，因而他在《与何屺瞻书》中言及："圣人之道衰，至宋之儒者而发皇恢张，始以大明于天下，故学者终其身守宋儒之说足以。至于文章之道，未有不纵横百家而能成一家之文者也。"表明他并未被道学家完全蒙住眼睛。

第二，对待古文与时文的态度，处于矛盾状态。鉴于其"君子

---

① 《戴名世集》，291 页。
② 同上，77 页。
③ 同上，79 页。
④ 同上，64 页。

好古之道,辄亦好古之文,以古之文所以明古之道"的观点,戴名世喜好并有志于古文写作。于《答张氏二生书》曾言:"不佞自初有知识即治古文,奉子长、退之为宗师。"①在《唐宋八大家文选序》中又曰:"余少好古,而尤嗜八家之文。"②《书归震川文集后》更曰:"余从事于古文有年矣,虽不能为古人之文,而窃知之不同于众人。最后得归震川之书,有惬于心,余好之。""震川好《史记》,自谓得子长之神。""震川独得其神于百世之下,以自奋于江海之滨,当是时,王、李声名震动天下,震川几为所压,乃久而其光益著,而是非以明,然后知伪者之势不长,而真者之精气照耀人间而不可泯没也。"③基于此,他对时文明确地取否定、指斥态度。《与白兰生书》云:

> 今之世所习者时文耳,时文之徒未闻有廓然远见,卓然独立者也。即其所习之文,不过记诵熟烂之辞,互相抄袭,恬不为耻,然亦止用是以为禽犊而所以邀虚名。④

进一步,他甚至称:"四书五经之蟊贼莫甚于时文,而其于五经尤甚。"⑤由于时文因科举而生,科举产生进士,他推而感叹:"卒亡明者,进士也。"⑥

　　然而,事情有其复杂性,戴名世虽厌恶时文,而又不得不靠授徒与卖文为生,于是不但要教人时文,还须自己写作以示范,还要编选与时文相关的房书、墨卷、经义、选本,并为此类书籍写序加以

----

① 《戴名世集》,21 页。
② 同上,63 页。
③ 同上,419 页。
④ 同上,17 页。
⑤ 《四家诗义合刻序》,《戴名世集》,35 页。
⑥ 《三山存业序》,《戴名世集》,58 页。

推扬。其《自订时文全集序》,集中倾诉了这种矛盾与痛苦。首先曰:

> 余少而多病,家又贫,未尝从塾师学为时文也。稍长,病有间,因穷六经之旨,稍见端倪,而旁及于周、秦、汉以来诸家之史,俯仰凭吊,好论其成败得失,间尝作为古文以发抒其意。将欲闭户著书,以自见于后世……区区之志如此而已。

然后言情况的变化:"先君子束脩之入不足以给饔飧,余亦谋授徒以养亲。""既以此教授,则不当以苟且之术贻误生徒。而世所雕刻流传习熟人口者,诸生以余教诚故不学,而余不得已,间尝自有所作,示诸生以为之式。"朋友不但催迫多作,而且"为叙而行之于世。海内学者,翕然信之,不以为非,转相购买,几于家有其书矣"。最后,复感叹说:

> 呜呼! 余非时文之徒也,不幸家贫,无他业可治,乃以时文自见。失足落人间,究无救于贫困,而人世得失荣辱之境,其为幻妄,夫何足道,虚名虽盛,而谤谤亦随之……余今已年垂五十矣,抱其区区无用之书,手持而食,杂于市人村竖之间,拥褐高吟,与二三子讲艺于尘嚣杂遝之地,不亦愚且惑之甚乎! 行且举手谢时人以去,山林杳冥,穷居不出,尚欲一酬曩昔之志,而此集也,视之已不啻遗迹,亦何所用其喋喋为? 而特书其为时文之本末,以告海内学者,庶几其悲余之志也。①

话虽如此说,他对时文还是有自己的想法。认为时文可救,救之途

① 《戴名世集》,117 页。

径,即在于学古文之法。这种见解,集中体现在《甲戌房书序》中:

> 自科举取士而有所谓时文之说,于是乎古文乃亡。夫所谓时文者,以其体而言之,则各有一时之所尚者,而非谓其文之必不可以古之法为之也。今夫文章之体至不一也,而大约以古文之法为之者,是即古文也。故吾尝以谓时文者,古文之一体也。……世俗之言既举古文、时文区画而分别之,则其法必自有所为时文之法。然而其所谓时文之法者陋矣,谬悠而不通于理,腐烂而不适于用,此竖儒老生之所创,而三尺之童子皆优为之。……
>
> 由此观之,是竖儒老生之为六经及左、庄、马、班诸书蟊贼也。然则何以救之? 亦救之以古文之法而已矣。[1]

这种观点,他在多处又有所发挥,大要不外乎将古文之法度精神移于时文之中。进而,他具体探讨了如何用古文之法来改造时文的途径,于《有明历朝小题文选序》谓:"世之学者,从数千载之后而想象圣人之意代为立言,而为之摹其精神,仿佛其语气,发皇其义理,若是者谓之经义。""其道譬之于画家之写生者也。写生之技莫妙于传神,然亦莫难于传神。"因而又详论如何"传神之道"[2]。在《唐宋八大家文选序》中,讲自己编此书情况,有云:

> 一二学徒复请余为之评点论次,于是闲昼无事,乃执笔为著明其指归,与夫起伏呼应、联络宾主,抑扬、离合、伸缩之法,务使览者一望而得之。

---

① 《戴名世集》,88 页。
② 同上,98 页。

其意亦在以古文家之法,为学时文者指示门径。

第三,有志于写史,既凭之立言以传后世,又借以推扬忠孝大节,贬斥卖主求宠、负义背恩者流。其《史论》开首即曰:

> 昔圣人何为而作史乎?夫史者,所以纪政治典章因革损益之故,与夫事之成败得失,人之邪正,用以彰善瘅恶,而为法戒于万世。[①]

至于自己写史之志,则见之于《赠刘言洁序》:

> 自朱子没后,群史繁秽,意中时时欲勒成一书,以继《纲目》之后。而有明一代之史,世无能命笔者,更经一再传,则终沦散放失,莫可稽考。当仿"太史公书",网罗论次,既成,则以藏之名山,传之其人。平生之志,如此而已。[②]

《与余生书》中,则更具体说到关注南明史事及急于收集史料的原因,话虽多,核心意思是:

> 老将退卒,故家旧臣,遗民父老,相继渐尽,而文献无征,凋残零落,使一时成败得失,与夫孤忠效死,乱贼误国,流离播迁之情状,无以示于后世,岂不可叹也哉![③]

他史虽未写成,但从收集的材料与所写传记,倾向性明显可见。如《弘光乙酉扬州城守纪略》,极赞史可法之忠烈,载其面对清豫王反

---

① 《戴名世集》,403 页。
② 同上,137 页。
③ 同上,2 页。

复劝降而不屈，只提出一个要求："城亡与亡，吾死无恨。但扬州既为尔有，当待以宽大，而死守者我也，请无杀扬州人！"接着补充说："初，高杰兵之至扬州也，士民皆迁湖潴以避之，多为贼所害，有举室沦丧者。及北警戒严，郊处人谓城可恃，皆相扶携入城，不得入者稽首长号，哀声震地，公辄令开城纳之。至是城破，豫王下令屠之，凡七日乃止。"①《王学箕传》载，其人死而不从薙发令，自言："有不足惜者三，有可已者三。"传后之赞云："杜子美诗曰：'丧乱死多门。'明之士民死于饥馑，死于盗贼，死于水火，后又死于恢复，几无孑遗，又多不薙发死。此亦自古之所未有也。"②无异对清廷之残忍的直接揭露。

与表彰节烈相对应的是对变节者的指斥。在史论《八月庚申及齐师战于乾时我师败绩》一文中，他先讲："《春秋》之义，莫大于复仇，仇莫大于国之夺于人而君父之死于人也。"然后指责鲁桓公死于齐人，而庄公"不惟忘其仇，而又报之德焉"。最后感叹说："呜呼！庄公之事，吾无论矣。后之臣子有遭其国亡其君死，而忘其仇而事其仇，且其国之亡也，彼实有以致之亡，君之死也，彼实有以致之死。然则彼亦与于逆乱者耳，又安知所谓仇耶？"③明显是借古以讽今。于《跋赵孟𫖯画》云："余以子昂负极恶大罪，后世皆赏其书画，而不复更知其人。夫书画虽工，曷足道哉！然今世无不为子昂者。"④与上文同意。又有直指其人其事者，如《弘光朝伪东宫伪后及党祸纪略》载：

> 钱谦益本东林党魁，文章气节名天下，先帝时为邪党

① 《戴名世集》，350 页。
② 同上，210 页。
③ 同上，409 页。
④ 同上，420 页。

挤之几死。及上即位,起礼部尚书,乃与诸邪党合。大兵
之至也,谦益降。且献阮氏及妃嫔数人于豫王为贽。阮氏
者,诸生阮晋之女,谦益选为帝妃,与诸妃嫔皆未入宫,至
是献之。①

似纯客观记述,而对钱的态度昭然若揭。于《书阎宁前墓志后》则
拿黄道周与钱谦益对比,正面予以贬斥:

> 当明之末,受之与文明(即黄道周)同党相善,两人俱以文
> 章气节名天下,迨夫晚节末路,受之身败名辱,为天下所嗤笑,
> 而文明致命成仁,星寒岳震。②

此种评赞讥刺与慨叹,于所写传记随处多有。凡此种种,与清廷统
治直相抵牾,必为其难容,所以他之以"语多狂悖"被杀,绝非误判
和偶然。

戴名世的创作实践,与其思想观念和文章观念相一致。成就
与影响较大者为传记诸作,大部分乃为抗清志士及烈妇孝子而写。
著名者如《画网巾先生传》,写一匿名书生,于薙发令下后,仍坚持
服明朝衣冠。后被逮,强制除去用以束发之网巾,则于其额头画一
网巾。清总兵强令其薙发,遂与其二仆皆不屈而死。死后被人称
之为"画网巾先生"。传中附叙一士卒宁死"不能俯仰事降将"及揭
重熙等凛然死节事。此类作品,情节的选择,章法的组织,场面的
气势烘托,颇得《史记》精神。

序记之作,较有特色者,如《西园记》:

---

① 《戴名世集》,372 页。
② 同上,396 页。

呜呼！此故魏国之园也，小子执笔流涕而为之记。

　　先是余自枞阳浮江至金陵，取陆道往句曲，因周览其山川，慨然太息。问道旁父老："有山童然，有墙颓然者，何也？"曰："孝陵也。""草间冢累累然，或且发掘者，何也？"曰："故王侯将相之墓也。""断石砌道，有文字款识者，何也？"曰："故碑碣也。"以为余指曰，某方山，某栖霞，某牛首，余慨叹上马而去。

　　已自句曲回江宁，寓西园，留信宿。园今属吾县吴氏，自其司马公居此凡数十年，而古松数株在其中，世传为六朝松云。呜呼！自六朝至魏国，世已几变，自魏国至今，世又已几变，其市朝第宅改矣，人民谣俗异矣，魏国失官，其泽既已斩矣。凡治乱兴亡之故，盖难言者，而此松犹存，此吾之所以悲也。

　　因记而书之于壁。①

文中之魏国，指南宋力主抗金之名臣，封魏国公之张浚。此作非一般之园林亭台记，借张浚之遗迹，表面抒发朝代兴替之叹，实寄故国沦于异族之悲。笔法简洁别致，感情沉痛深挚。再如《忧庵记》：

　　戴子所居曰忧庵。客问之曰："吾子素无环堵之室，顾不审忧庵何在也？"戴子曰："忧庵者，无之而不在也。余好游，时时行役四方，水行乘舟，舟中即忧庵也；陆宿逆旅，逆旅即忧庵也。或授经于人家，必有书室以居其先生，书室即忧庵也。或朋友宦游而从之行，则所驻者为行台为公署，行台公署即忧庵也。必择一亩之地，经营绸缪，构屋数楹始颜之曰忧庵，则是

---

　　①　《戴名世集》，266页。

庵也无日而可得矣。"

客曰："庵之义则吾既得闻之矣，敢请其忧。"戴子曰："吾之生也与忧俱，凡数十年于今矣，吾故以忧名吾庵，志其实也。"

客曰："子之忧何如？"戴子曰："五行之乖沴入吾之膏肓，阴阳之颠倒蛊吾之志虑，元气之败坏毒吾之肺肠。纠纷郁结，彷徨辗转，辍耕陇上，行吟泽畔，或歌或哭，而莫得其故，求所以释之者而未能也。"

客曰："是为有忧疾矣，吾请为子治之。吾将以泰华为莞簟而寝子，以江海为羹汤而饮子，且以唐虞三代之帝王为之医，以皋、夔、稷、契、伊尹、周公为之调料，以井田、学校、封建为之药饵，以仲尼、孟轲为之针砭，如是而子之疾其瘳矣乎？"戴子恍然而悟，欣然而作曰："疾痛愁苦，病者之所自知也；切脉按方，医者之所能也。吾闻医门多疾，疾之奇未有如余者，吾之疾而吾自莫之知，疾且益殆。今客嘉惠鄙人，而得国医以愈吾疾，吾忧庵之号请从此去矣。"[1]

全文构造颇为别致，表现了其既属于家，又属于国的忧愤之深。末节以儒家之理想为解忧之方，略带陈腐气，但总起来说，还算佳作。

其寓言杂说，如《醉乡记》《鸟说》《盲者说》《邻女说》等，多属抒发愤世嫉俗情绪之作，笔法上明显依仿唐宋名家，虽有针对性和一定特色，难算有新创意之上品。

有些论者称戴名世为"桐城派"先驱。其实，总体来看，他的人生取向及处世态度，与桐城诸大家并不相同，但他既属桐城人，又与早年之方苞有很深的交谊，且在以古文改造时文方面开"桐城"

---

[1] 《戴名世集》，388 页。

之先路，这样的定位也算有一定依据。

二　方苞

方苞（1668—1749），字凤九，一字灵皋，晚号望溪，桐城人。

人生遭逢有戏剧性变化。中年之前，其处境、志趣、为文观念、名声地位，皆与戴名世相近，唯愤世嫉俗情绪不如戴之强烈，故二人相交甚笃。《南山集》案发，方苞因曾为之作序，被牵连入狱。吏议原拟重罪，后经时相李光地进说，戴名世问斩，康熙硃批"戴名世案内方苞，学问天下莫不闻"，不但赦其罪，且召入南书房供职。此后，步步迁升，历仕康、雍、乾三朝，官至内阁学士兼礼部侍郎。戴、方两人，固然案情不同，然一杀，一反拔擢，可谓对士人高压与笼络政策之典型。方苞在《圣训恭纪》中说："所以矜恤臣苞者，使天下万世孤微厄穷之士闻之，莫不忾然于圣主之德意，而发其中诚。"[1]正道出了这种做法的目的与效果。

方苞早年境况，文中多有记述。《泉井乡祭田记》谓："自余毁齿及成童，先君子尤穷空。冬无棉，日不再食者，旬月中必再三遭。"[2]后不得不外出授徒为生，如《与谢云墅书》所云：

> 仆以窭穷，授经客游以自活，近十年矣；资求于人，不得任胸臆，鸡鸣而起，惫精越神，舍己所务，以事人之事。其得执古人书，沈潜反复者，计唯山行水涉、旅宿余间，与夫向晦独坐、人事歇息之候耳；而又婴久痼之疾，每作辄数月，坐起眠食，昏惫不得宁。世间百物人情所喜好者，贱贫、羁旅、憔悴之身既一无所觊，独于古人之书，自谓可以饱足其嗜好，与世无争，而

---

①　刘季高校点：《方苞集》，上海古籍出版社，2008 年，516 页。以下所引此书皆同此版本。

②　同上，416 页。

其艰难不获行意,至于如此。彼造物者之苦其生,亦甚哉!①

《与万季野先生书》中,对这种境况有同样的表述,又表明了其坚定不移的志向:

> 以此知士有志于古人之道,不独既成而行有命,其成与否亦天所命也。然行之以不息,要之以至死,其有得于身与有得与后,则吾不敢知!②

处境如此,难免不激起一定程度的愤世情绪,如《与徐贻孙书》有谓:

> 苞尝叹近世人为交,虽号以道义性命相然信者,察其隐私,亦止借为名声形势。其确然以道相刻砥,见有利,止之勿趋;见有害,勉之勿避,谅其人之必从而后无悔心者,无有也。③

《与刘函三书》又云:

> 仆自客游以来,所见当世士大夫不少,与之虚言理道,或论他人出处去就,其言侃然,其状毅然,虽好疑者不忍谓其欺。及观其临事,或至近之理,蔽而不察;微小之利,系而不舍。④

在这样的情况下,方苞只有靠志趣相投的知交,来互相切磋并获得

---

① 《方苞集》,652 页。
② 同上,173 页。
③ 同上,666 页。
④ 同上,643 页。

友朋之乐，其《赠魏方甸》有云：

> 余穷于世久矣，而所得独丰于友朋。寓金陵，则有同里刘
> 古塘，高淳张彝叹；至京师，则有青阳徐讷孙，无锡刘言洁，北
> 平王或庵及邑子左未生、刘北固；而吴、越、淮、扬间，暂游而志
> 相得者又三人。虽贫贱羁旅，未尝一日而无友朋之乐也。①

其中虽没提到戴名世，而在《祭左未生文》中则言及之："余于故里，
兄事者三：宋、刘赍志，今君亦熸。"②"宋"，即指代戴名世之宋潜
虚。《书先君子家传后》更专门对之痛悼：

> 此亡友宋潜虚作也。潜虚少时文，清隽朗畅；中岁，少廉
> 悍；晚而告余曰："吾今而知优柔平中，文中之盛也，惟有道者
> 几此，吾心慕焉，而未能。"
> 然世所见潜虚文，多率而应酬之作。其称意者，每椟而藏
> 之，曰："吾岂求知于并世之人哉？度所言果不可弃，终无沈没
> 也。"是篇，其中岁所作，自谓称意，椟而藏之者。
> 潜虚死无子，其家人言：椟藏之文近尺许，淮阴某人持
> 去。或曰尚存，或曰已失之矣。呜呼！是潜虚所自信为终不
> 沈没者，其果然也邪？③

在戴名世人被杀，文集被毁禁情况下，写出这样的文字，可见二人
交情之深笃。《南山集》案后，方苞虽因被拔擢而感激涕零，尽心尽
职，写了大量颂时颂圣之作，其内心并不平静。《与刘紫函书》曾道

---

① 《方苞集》,186 页。
② 同上,471 页。
③ 同上,632 页。

出当时心境：

> 若仆迄年为人数中不足置之人，死不足塞责，而又不可即死，犹逐逐众人中，语言饮食，每见天日之光，辄悚然自愧畏，所以措置此心者，不大难乎？行身至此，尚欲抗言先圣之经以示来者，即此自觉愚妄，无羞恶之心。但念先世四百年为清门，一旦以别族疑罪，尽室播迁，不得奉丘墓；惟于斯道粗有所明，使后世读其书而知其所承学于祖父者，犹或可覆盖前行之恶耳。①

《翰林编修查君墓志铭》又有言：

> 及余脱刑部籍，圣祖仁皇帝召入南书房。中贵人气焰赫然者朝夕至，必命事专及于余，乃敢应唯敬对，外此不交一言。又夙畏风歂，常着缁布小冠。诸内侍多窃笑，或曰："往时查翰林慎行性质颇类此，而冠饰亦同。"②

可见其惟恭惟谨的状况。

思想观念上，方苞同样尊信理学，对程、朱与阳明采取兼容态度。《再与刘拙修书》曾述及自己的思想历程，并借对黄宗羲、颜元的批评，表达对理学的态度：

> 仆少所交，多楚、越遗民，重文藻，喜事功，视宋儒为腐烂，用此年二十，目未尝涉宋儒书。及至京师，交言洁与吾兄，劝

---

① 《方苞集》，663 页。
② 同上，275 页。

以讲索，始寓目焉。……然尚谓自汉、唐以来，以明道著书为己任者众矣，岂遂无出宋五子之右者乎？二十年来，于先儒解经之书，自元以前所见者十七八。然后知生乎五子之前者，其穷理之学未有如五子者也；生乎五子之后者，推其绪而广之，乃稍有得焉。其背而驰者，皆妄凿墙垣而殖蓬蒿，乃学之蠹也。

夫学之废久矣，而自明之衰，则尤甚焉。某不足言也，浙以东，则黄君蘂洲坏之；燕、赵间，则颜君习斋坏之。……如二君者，幸而其身枯槁以死，使其学果用，则为害于斯世斯民，岂浅小哉！①

在《重建阳明书院记》中，则调和王学与程、朱的矛盾而为阳明申辩：

鄙儒肤学，或剿程、朱之绪言，漫诋阳明以钓声名而逐势利。……

嗟呼！贸儒耳食，亦知阳明氏揭良知以为教之本指乎？有明开国以来，淳朴之士风，至天顺之初而一变。……士大夫之务进取者，渐失其羞恶是非之本心，而轻自陷于不仁不义。阳明氏目击而心伤，以为人苟失其本心，则聪明入于机变，学问助其文深，不若固守其良知，尚不至梏亡而不远于禽兽。②

《鹿忠节公祠堂记》又有曰：

① 《方苞集》，174页。
② 同上，411页。

阳明氏所自别于程、朱者,特从入之径涂耳;至忠孝之大原,与自持其身心而不敢苟者,则岂有二哉?①

于此见其对理学较戴名世更为诚笃。上述方苞的境况与理念,对其文章观及创作实践,有着多方面的深刻影响。

方苞与戴名世的重要交合点,是对古文与时文的态度。他像戴名世一样,时文、古文兼善,且以之名世。就时文说,曾被称为"江东第一能文之士"②,就古文说,据《安溪李相国逸事》载:

> 戴名世以《南山集》下狱,上震怒。吏议身磔族夷,集中挂名者皆死。他日上言:"自汪霦死,无能古文者。"公曰:"惟戴名世案内方苞能。"叩其次,即以名世对。③

足见其在为文上名望影响之大。就总倾向而言,他崇尚古文而不喜时文。《答申谦居书》中有谓:"艺术莫难于古文。自周以来,各自名家者,仅十数人,则其艰可知矣。""盖古文之传,与诗赋异道。魏、晋以后,奸金污邪之人而诗赋为众所称者有矣,以彼瞑瞒于声色之中,而曲得其情状,亦所谓诚而形者也。""若古文则本经术而依于事物之理,非中有所得不可以为伪。""未闻奸金污邪之人而古文为世所传述者。"④于《古文约选序例》则云:"《太史公自序》'年十岁,诵古文',周以前书皆是也。自魏晋以后,藻绘之文兴。至唐,韩氏起八代之衰,然后学者以先秦盛汉辨理论事,质而不芜者为古文。盖六经及孔子、孟子之书之支流余肄也。""窃惟承学之士

---

① 《方苞集》,412 页。
② 《记时文稿兴于诗三句后》,《方苞集》,809 页。
③ 《方苞集》,686 页。
④ 同上,164 页。

必治古文。"①相反，对时文基本取否定态度。于《溧阳会业初编序》曰："自帖括之学兴，而古人所以为学之遗教堕坏尽矣。""今世之为时文者，其用意尤奇，以为此以取名致官而已，其是与非不必问也。""若余则劳苦忧病，患日力之不足；有晷刻之暇，必并力于先儒解经之言，而其所得，往往与科举之士所守者异道。"②其《何景桓遗文序》，写何某一生沉溺于时文制艺，夭死前犹希得方苞为之写序，否则有死不瞑目之憾。开首即曰：

> 余尝谓害教化人材者无过于科举，而制艺则又甚焉。盖自科举兴，而出入于其间者，非汲汲于利则汲汲于名者也。八股之作，较论、策、诗、赋为尤难。就其善者，其持之有故，其言之成理，故溺人尤深，有好之老死而不倦者焉。

然后就继而感叹曰：

> 夫死生亦大矣，生中道夭，不以为大戚，而独惓惓于制艺之文。盖科举结习入人之深如此……③

甚而，他认为时文乃使人遭难之因，于《与刘大山书》云：

> 抑吾更有疑焉，自有知识，所见同学诸君子，凡以时文发名于世者，不惟其身之抑塞，而骨肉天属多伏忧患，遘惨伤，使其心恕焉若无以自解；独吾兄所遇近顺，而亦微有不快于心

---

① 《方苞集》，612页。
② 同上，625页。
③ 同上，609页。

者。岂区区者而能为祟邪？抑猎取古圣贤人之言以取资于世，而践于身者不能实，是谓欺德，而为造物者所不祐邪？①

虽然态度如此，然而科举乃当时士人求取功名必走之路，方苞又曾以教授应举之徒为谋生之资，形势所迫，他也就像戴名世一样，不但自己要写作时文，还要指点别人如何写作时文，还要为众多时文集作序，直到晚年，还奉皇帝之命编选集时文之大成的《四书文选》。面对这样的矛盾，出路何在？他和戴名世的观点一致：以古文之法写时文。这，一则体现于《进四书文选表》。文中先载明："乾隆元年六月，钦奉圣谕，命臣苞精选前明及国朝制义，以为主司之绳尺，群士之矩矱。"然后发挥说：

> 臣闻：言者，心之声也。古之作者，其气格风规，莫不与其人之性质相类。而况经义之体，以代圣人贤人之言，自非明于义理，挹经史古文之精华，虽勉焉以袭其形貌，而识者能辨其伪，过时而无存矣。

其后，于"凡例"第一条，回顾明及清初制义文之发展情况及取舍原则，指出："正、嘉作者，始能以古文为时文，融液经史，使题之义蕴隐显曲畅，为明文之极盛。"于第二条，先引用韩愈、李翱的话，提出"依于理以达乎其词者则存乎气"，又分别论述说："欲理之明，必溯源六经，而切究乎宋、元诸儒之说；欲辞之当，必贴合题义，而取材于三代、两汉之书；欲气之昌，必以义理洒濯其心，而沈潜反覆于周、秦、盛汉、唐、宋大家之古文。兼是三者，然后能清真古雅而言

---

① 《方苞集》，679 页。

皆有物。"①凡此种种，核心意思，即倡导效法古文来写时文。二则体现于大约写于同时期的《礼闱示贡士》。文中先引雍正之圣训："制义以清真古雅为宗。"又引乾隆的谆谕："文以载道，与政治相通，务质实而言必有物。"然后阐述说：

> "清"非浅薄之谓，五经之文，精深博矣，津润辉光，而清莫过焉。"真"非直率之谓，左、马之文，怪奇雄肆，浓郁斑烂，而真莫过焉。欧、苏、曾、王之文，无艰词，无奥句，而不害其为"古"。管夷吾、荀卿、《国语》《国策》之文，道琐事，述鄙情，而不害其为"雅"。至于"质实而言有物"，则必智识之高明，见闻之广博，胸期之阔大，实有见于义理，而后能庶几焉。是又清真之根源也。

特别指出："自科举之法兴，王、钱诸先正始具胚胎，谨守理法。至于唐、归，然后以古文为时文，理精法备，而气益昌。"再次明确强调"以古文为时文"的方向②。此外，在其大量书、序等文中，表达此意者，在在多有。

方苞与戴名世之不同，在于戴仅讲"古文之法"，而其"法"为何，并没说明。方氏的一大创举，则是在古文发展史上，第一次概括标举出"义法"说。在《又书货殖传后》中谓：

> 《春秋》之制义法，自太史公发之，而后之深于文者亦具焉。义即《易》之所谓"言有物"也，法即《易》之所谓"言有序"也。义以为经而法纬之，然后为成体之文。

---

① 《方苞集》，578 页。
② 同上，775 页。

这是方苞对"义法"简要的说明和完整的定义。然后就《货殖传》为例云:"是篇两举天下地域之凡,而详略异焉。""两举庶民经业之凡,而中别之。""是篇大义,与《平准》相表里,而前后措注,又各有所当如此,是之谓'言有序'。"后又宕开说:"夫纪事之文成体者,莫如左氏,又其后,则昌黎韩子,然其义法,皆显然可寻。惟太史公《礼》《乐》《封禅》三书,及《货殖》《儒林》传,则于其言之乱杂而无章者寓焉。"①其中对何谓"言有序"作了解释,而对何谓"言有物"并未说明。

在此外的多篇文章里,他反复论及"义法"。据其定义,义与法虽分有所指,然而二者又是一个统一体,且义为经,法为纬,即法是从属服务于义的,如《书五代史安重诲传后》所说:"法之变,盖其义有不得不然者。"②因之,在他的行文中,无论是单讲"物",或单讲"序",或二者兼论,往往统以"义法"括之。

"义法"说是方苞文章观之核心,在当时及后世有重大影响,应予充分注意:

其一,自南宋至明末清初,诗文作者们开始转向寻求写作的"法度""规矩""准则""规范",不同的作家和流派,从不同的角度、侧面提出了许多见解与说法,而方苞第一个在古文领域,将之高度提炼概括为"义法",并给出简明的定义。在散文发展的大趋势中,这是创举,不能不引起世人的注目,而且起到了奠定"桐城派"理论基础,确立"桐城派"地位与影响的作用。

其二,"义法"说在如何继承学习前代遗产方面,具有指明导向的积极作用,然而其消极面更大于积极面。

首先,关于"法",即"言有序",他讲得比较明确充分,除涉及取

---

① 《方苞集》,58页。
② 同上,64页。

材详略外,如《书五代史安重诲传后》所谓:"一篇之中,脉相灌输,而不可增损。然其前后相应,或隐或显,或偏或全,变化随宜,不主一道。"如《书汉书霍光传》所谓:"古之良史,于千百事不书,而所书一二事,则必具其首尾,并所为旁见侧出者,而悉著之。其事之表里可按,而如见其人。"①如《书萧相国世家后》所谓:"柳子厚称太史公书曰'洁',非谓辞无芜累也,盖明于体要,而所载之事不杂,其气体最为洁耳。"②此外,还讲到"严谨""雅驯"等。凡此,说明所谓"言有序",实乃承绪了"唐宋派"关于为文讲究"首尾开阖错综之法"的主张,而将之提高到古文写作基本原则的高度,是追求散文写作规范的进一步发展。然而方苞所谓"言有序",关涉的主要是文章的选材取舍,章法布局,气脉贯注,语言繁简,风格雅俗等问题,这虽影响到文章的审美效果,却并不包括决定文章艺术价值之审美表现力的全部因素。要之,他所关心讲求的只是文章的表达方式,而非其整个的艺术水准。显然与唐宋古文名家的创作追求并不吻合。

其次,关于"义",即"言有物",于《又书货殖传后》既未解释,亦未举例。那么,何谓"言有物"? 在《进四书文选表》论及"理""辞""气"时曾谓:"兼是三者,然后能清真古雅而言皆有物。"在《杨千木文稿序》中又说:左、马、班的"纪事之文",荀卿、董仲舒的"道古之文",管仲、贾谊的"论事之文","凡此皆言有物者也"③。《礼闱示贡士》中又曾云:"文以载道,与政治通,务质实而言必有物。""至于质实而言有物……实有见于义理,而后能庶几焉。""必贯穿经史,包罗古今,周察事情,明体达用,然后能质实而言有物。"总此数端,可见所谓"言有物",涉及范围极其广泛,而加以提炼概括,不外乎

---

① 《方苞集》,62 页。
② 同上,55 页。
③ 同上,608 页。

贯彻经典之精神、道学家之义理，切于世务之实用，以达到"文以载道"之目的。

　　"文以载道"是久已有之的传统观念，他何以另发新义，突出"言有物"之重要而稀言"文以载道"呢？究其原因，首先，与方苞之笃信理学有关。道学家或称理学家，就是因为他们讲求"义理"，而"物理"属义理内涵之一。方苞之讲"义法"虽曰从《春秋》发掘出来，讲"言有物"虽曰从《易传》发掘出来，实际皆受理学的启发与影响。理学家特重"格物致知"，其中之"物"，郑玄、朱熹皆释为"事也"。即此，浅俗地理解，"言有物"，当即"言必有事"，亦即言必有充实的内容。但在理学家那里，"格物"并非单纯地重视"事""物"，目的在于求得"事之理""物之理"。故方苞在论及文时，皆将"事""物"与"理"结合在一起，如"讲明于事物之理而求以济用"，"古文则本经术而依于事物之理"，"明诸心以尽在物之理"，"所为时文，则穷理尽事"等等。其所以如此，一则符合理学观念，二则"道"的概念较为原则抽象，而事理、物理则比较具体切于实用。再则，他受道学家"文以害道"说的影响，他不愿将"道"与"文"并列，因而通过"言有物"来讲文章的体道作用，强调其与政治相通的实用价值；通过"言有序"来讲文章在表达上的规范与要求，而将偏于审美性追求之"文"排除在外。这种倾向，在其多篇文章中均有表述。如《传信录序》，开首即云："古之所谓学者，将明诸心以尽在物之理而济世用，无济于用者，则不学也。""自学废而仕亦衰，博记览，骛词章，嚣嚣多言而不足以建事平民，是不知学之用也。"[1]《储执礼文稿序》记其兄方舟的教训曰："儒者之学，其施于世者，求以济用，而文非所尚也。"[2]《熊偕吕遗文集》云：

---

[1] 《方苞集》，603 页。

[2] 同上，95 页。

余客游四方，与当世士大夫往还日久，始知欧阳公所云："勤一世以尽心于文字者，于世毫无损益，而不足为有无。"洵足悲也。故中岁以后，常阴求行身不苟，而有济于实用者。①

借欧阳修之口，以表达自己的观点。其《万季野墓表》载，万斯同与之相交：

每曰："子于古文，信有得矣。然愿子勿溺也！唐宋号为文家者八人，其于道粗有明者，韩愈氏而止耳！余则资学者以爱玩而已，于世非果有益也。"余辍古文而求经义自此始。②

《书韩退之学生代斋郎议后》特别强调：

自魏、晋以还，尚浮言，别流品，而隋、唐益厉之以科举，于是乎学者舍其所当习，而骛于无实之文词。……而先王之道郁不行者，越数百年。夫所贵夫豪杰之士者，谓能识道之归，而不溺于所习也。③

仅以上几条，已可看出，在方苞的思想基底里，有无实用价值乃最高标准，以此来衡量，不仅诗不必学，古文亦不如宗经明道重要。这一点，在《杨千木文稿序》里，表达得更明确：

自周以前，学者未尝以文为事，而文极盛。自汉以后，学者以文为事，而文益衰。其故何也？文者，生于心而称其质之

---

① 《方苞集》，97页。
② 同上，332页。
③ 同上，109页。

大小厚薄以出者也。戋戋焉以文为事，则质衰而文必敝矣。

强烈而明确地反对"以文为事"。如果说单纯地为文而文，就像后世所说"为艺术而艺术"写不出好作品，是对的；但若说不可"以文为事"，则既片面，又不符合实际。既然他有上述观念，也就以之作为衡量和品评作家的标准。在《答申谦居书》中，讲"古文与诗赋异道"，"若古文则本经术而依于事物之理"。然后评八家之文曰：

> 韩子有言："行之乎仁义之途，游之乎《诗》《书》之源。"兹乃所以能约六经之旨以成文，而非前后文士所可比并也。姑以世所称唐宋八家言之，韩及曾、王并笃于经学，而浅深广狭醇驳等差各异矣。柳子厚自谓取原于经，而掇拾于文字间者，尚或不详。欧阳永叔粗见诸经之大意，而未通其奥颐。苏氏父子则概乎其未有闻焉。

然后总结说：

> 以是观之，苟志乎古文，必先定其祈向，然后所学有以为基，匪是，则勤而无所。

其所谓"祈向"，即追求之方向与宗旨，即"约六经之旨"，"依于事物之理"。又曾专评柳文曰：

> 子厚自述为文，皆取原于六经，甚哉，其自知之不审也！彼言涉于道，多肤末支离而无所归宿，且承用诸经字义，尚有未当者。盖其根源杂出周、秦、汉、魏、六朝诸文家，而于诸经，

特用为采色声音之助尔。①

其论归有光亦有曰：

> 震川之文于所谓有序者，盖庶几矣，而有物者，则寡焉。又其辞号雅洁，仍有近俚而伤于繁者。

然后追求其原因谓：

> 抑所学专主于为文，故其文亦至是而止与？②

凡此，再结合前述其所谓"言有序"之特点，可见方苞之不取"文以载道"之成说，而另创"言有物"，目的是与"文""道"并重、强调二者相结合统一者区界开来，实质上比前说更重道及道所从出之儒家经典。

总括以上几点，可以看出，方苞之提出"义法"说，不仅只是为了解决如何以古文之法写时文的问题，实具有承续明代诸家的探讨，从先秦以来至秦、汉、唐、宋诸经典作家作品中，概括提炼出关于散文写作之内容、形式、风格等方面的基本法则，加以规范化甚至定型化的意义。主导倾向上，与唐宋名家之追求实用性与审美性的统一与平衡相比，有着倒退化与狭窄化的性质。他的这种观念与提法，对此后相当长时期中，古文写作基本趋势的形成，具有引领作用，其消极影响不可低估。

方苞所创"义法"说固有重大局限，但亦有一定积极面，其终身

---

① 《书柳文后》，《方苞集》，112 页。
② 《书归震川文集后》，同上，117 页。

从事古文研习，必当受熏染陶冶而有所得，再加受其生活经历影响，所以方苞在创作上也就有其成就与特色。

统观其保留下来的作品，除哀辞、祭文外，基本全属古文。非文学性的奏札，表现了对时政民瘼的关心；序、书、题跋多谈经义，论文章，忆旧事，抒心怀，有些述及亲情及友朋交谊者，写得相当真切深挚。他曾称"纪事之文成体者，莫如左氏，又其后，则昌黎韩子"，"其义法，皆显然可寻"。因此，他最着力者为记事类作品，包括传记、逸事、碑志等。其中写得最好的应属于"逸事"诸篇，而尤以《左忠毅公逸事》为著。此文借史可法为衬来写左光斗，取材精审，谋篇深细，笔简语洁，而人物之凛凛气节、矍灼风神毕呈毕现。如写史可法乔装入狱探视一节：

> （狱卒）引入，微指左公处，则席地倚墙而坐，面额焦烂不可辨，左膝以下，筋骨尽脱矣。史前跪，抱公膝而呜咽。公辨其声，而目不可开，乃奋臂以指拨眦，目光如炬，怒曰："庸奴！此何地也？而汝来前。国家之事，糜烂至此，老夫已矣！汝复轻身而昧大义，天下事谁可支拄者？不速去，无俟奸人构陷，吾今即扑杀汝！"因摸地上刑械，作投击势。史噤不敢发声，趋而出。后常流涕述其事以语人曰："吾师肺肝，皆铁石所铸造也。"①

其"义法"说的要义之一，是重视材料的详略取舍，认为该详处不厌其详，该简处必求其简，一切皆以能体现其人的精神风貌为准。这种主张，不但于此文见之，亦体现在一些碑志作品中。如《杨千木墓志铭》突显其人之豪侠重义，特写杨为戴名世收尸一事：

---

① 《方苞集》，237 页。

君少慕侠客之义，常冒颠危，脱人于急难，而不拘小节，礼法之士多毁之。余以戴名世《南山集》牵连，始识君于刑部狱中。君名世友也，以计偕抵京，会狱起，即止不去。有司以大逆当名世极刑，圣祖仁皇帝宽法改大辟，而众犹荡恐。刻日行刑，亲戚奴仆皆避匿。君曰："孰谓上必使人觇视者？其然，固无伤。"独赁栈车，与名世同载，捧其首而棺敛焉。用是名动京师，诸公贵人争求识面，谢弗通。①

面对大逆之案，敢如此担当，实属难得，确能见其为人之特色。方苞在墓志中，敢于写下这样的情节，亦属不易。其余，如《田间先生墓表》《陈驭虚墓志铭》皆能体现他所主张的"谨严""体要""雅洁"等要求。方苞的再一名篇为《狱中杂记》，乃其因《南山集》案入狱十五个月，所亲见、亲闻者纪实之作，以记述为主，又夹叙夹议。写狱中种种奸弊、种种秽污、种种酷虐，至今读来，仍给人毛骨悚然之感。开首以入狱后"见死而由窦出者日四三人"写起，以与杜君的对话道出其缘由。然后逐次写所见所闻内情。如以下一节：

凡死刑狱上，行刑者先俟于门外，使其党入索财物，名曰斯罗，富者就其戚属，贫则面语之。其极刑，曰："顺我，即先刺心，否则四支解尽，心犹不死。"其绞缢，曰："顺我，始缢气绝，否则三缢加别械，然后得死。"惟大辟无可要，然犹质其首。用此富者赂数十百金，贫亦罄衣装，绝无有者，则治之如所言。主缚者亦然，不如所欲，缚时即先折筋骨。每岁大决，勾者十四三，留者十六七，皆缚至西市待命。其伤于缚者即幸留，病数月乃瘳，或竟成痼疾。余尝就老胥而问焉："彼于刑者缚者，

---

① 《方苞集》，739 页。

非相仇也,期有得耳;果无有,终亦稍宽之,非仁术乎?"曰:"是立法以警其余且惩后也;不如此,则人有倖心。"主梏扑者亦然。余问同逮以木讯者三人:一人予三十金,骨微伤,病间月;一人倍之,伤肤,兼旬愈;一人六倍,即夕行步如平常。或叩之曰:"罪人有无不均,既各有得,何必更以多寡为差?"曰:"无差,谁为多与者?"孟子曰:"术不可不慎。"信夫![1]

全文事繁而细,头绪纷杂,然叙次井然,似不见法,然谨严有法。此文的社会意义,大于其艺术价值。它以详实的材料,揭示出专制集权制度下,即使表面有清平之治,其基底上,实存在如此之污浊黑暗。其余作品,也有可称述之处,大体上也不过能做到追踪古人而已。

因其提出的"义法"说及创作上的实绩,方苞理所当然地被视为"桐城派"的奠基人及开山宗主。

三 刘大櫆

刘大櫆(1698—1779),字才甫,一字耕南,号海峰,亦桐城人。耕读世家,二十余岁为诸生,边攻举业,边课徒教授。人生道路不顺利,三十岁后,两应乡试,皆中副榜而不得举;乾隆初被荐博学鸿词科,被黜;乾隆十五年(1750)被荐"经学",又被黜。六十岁后,方被任命为黟县教谕,不久去职。一生除授徒讲学外,即为人幕宾。

刘大櫆生当盛世,以艰苦力学自负,曾云:"櫆之从事于此,不可谓不久。方其尽心力而求之,轩皇以来,圣经贤传,以及百氏诸家之辞章,为日星、川岳、牛鬼、蜉蝣,种种形神,世既有其书无不

---

[1] 《方苞集》,709 页。

求;求而得之,而不知其解者盖寡。"①早年即以文名著,其《再与吴阁学书》,谓吴曾称"桐城刘生者,今之昌黎也"②。某翰林则将其"夸道于冠裳稠叠之中,谓古之杰魁之士庄周、司马迁复生于世"③。他也曾有雄伟抱负,"思以泽及斯民为任"④,叹古文之衰,"思有以振兴追蹑之"⑤。

在这样的情况下,他早年有通过科举或应荐而求取功名之心,甚至以韩愈为比,上书居高位者以干谒求助,如《与吴阁学书》有云:

> 夫负异怀奇之士,非无丝粟之能可采取者,莫不攘臂慷慨,咸思自致于青云。而樬居闲处约,困不自聊,日月无穷,岁复一岁,欲往京师应举求官,念无扳联之亲、投契之旧,朝夕薪刍食物之资无所取给,诚恐一日失所,饥寒并迫,惶惶焉无可告诉。今则翻然矣,勃然矣。荷名公以为知己,既有推引之力,又有哀怜之意,窃用私心自喜,以为获所依归。夫负贩之徒,苟急所图,奋身以往,犹不可遏,况当路施仁有明公者以为之主也?⑥

可见"自致于青云""应举求官",并非为其所鄙,而是志之所在,意之所图。此文外,如《与李侍郎书》《与盐政高公书》《与某翰林书》,皆表达了同样的态度。

---

① 《与左君书》,吴孟复标点,《刘大櫆集》,上海古籍出版社,1990年,112页。以下所引刘大櫆文皆出此版本。

② 《刘大櫆集》,107页。

③ 《与某翰林书》,《刘大櫆集》,110页。

④ 《程易田诗序》,同上,58页。

⑤ 《汪在湘文序》,同上,54页。

⑥ 《刘大櫆集》,105页。

然而,他的一生,屡奋屡踬,始终碌碌困于下层,因而自然产生强烈的怀才不遇、愤世嫉俗的情绪。这种情绪作为一种心结,贯穿在他的记、序、书诸作,甚至碑、传中亦有流露。最突出者,如《答吴殿麟书》。这是一封答书,对方的来信可能表达了对刘氏处境的不平与抚慰,故曰来书"大抵闵我之穷,愤我之屈"。接着表明:"仆虽穷,要无足矜;非有屈,又何能愤邪?"他提出的理由:一是古之君子,向不计较富贵贫贱,一切归之于天命;二是"君子乐天知命,不为愚氓之冷暖而惰其操持"①。显示为一种超然的豁达。而豁达用以解脱的是什么,不言而自见,正是内心的郁愤。其《与周君书》,则直接抒发其牢骚愤世情绪。开篇即曰:

> 仆赋资椎鲁,又生长穷乡,不识机宜,不知进退,惟知慕爱古人,务欲一心进取,而与世俗不相投合。心甚方,虽凿之不圆;舌甚钝,虽磨之不利。单身孑立,无亲旧以为攀援,无钱财以资结纳,无华颜软语以媚悦贵人之耳目。日在京师与缙绅大夫相接见,而舛庆乖违,不得其欢心,而祗逢其怒气。自分委泥涂、填沟壑,蓬累终身,无复悔恨。

又曰:

> 方今之世,龙自幽虬于岩穴,而云不为兴;蛇自蟠屈于渊菹,而雾不为起。云雾亦时有,徒自为昏蒙否塞,虽有龙蛇之才能,无由自表见也,与螟蚁何以异乎?

然后直指科举之弊:

---

① 《刘大櫆集》,116页。

有司者,美恶出于其心,取舍凭于其臆,毁白以为黑,誉浊以为清,以嫫母为西施,以毛嫱为魔女。今天下草茅卑贱之士,鹑衣系履,人所未知,虽复修身洁行,诵诗读书,明于先王之道,深于六艺之旨,出入于周、秦、汉、唐、左、马、孟、韩之文,欲拾取科名以求自通于朝籍,而与衡文者素无芭苴之旧,则其人必有聋聩瞀瞒之疾,是兰茝膻腒不如溷厕郁栖之美也。

其后,泛而言之,形容人们的势利之争:

狗方啮骨,复有一狗睨其旁,则掀唇历齿,狺狺相拒,惟恐其夺之也。人固无庸此骨也,故虽乞者过之若无睹;而狗顾以其骨诧人。夫人之宁为乞者而不得为旁睨之狗也,明矣。而子将导我其何之?

最后表示:

仆年已过五十,所谓无闻而不足畏者。回思幼小时,耳目聪明,筋骨壮健,出与群儿辈应举,阅数十寒暑,卒无所成。人生鲜至八九十者,百年则更鲜矣。今已去其大半,精气销亡,鬓发凋落,岂可迷不知耻,复使之趋走尘埃,烦乱其心肠,拘牵其耳目,而劳若其筋骨哉![1]

通篇所抒发愤世情绪之强烈,较戴名世有过之无不及。但与戴比较起来,他之愤世立足的基本点,是个人处境之不顺,毫不涉及民族意识的内涵,与屈原、贾谊、司马迁相较,更无其深厚的社会与时

---

① 《刘大櫆集》,120 页。

代意蕴。这或者是在愤世嫉俗的同时,他又有不少颂世媚时之作的原因。

刘大櫆的思想观念,大体不出传统儒学与理学的范畴,在《辨异》中,他讲:"有天地然后万物生矣","而人为贵"。

> 于是有五常之性,曰仁、曰义、曰礼、曰智、曰信;于是有七发之情,曰:喜、怒、哀、惧、爱、恶、欲。循是而往焉,于是有学以为人之术:曰格物,曰致知,曰诚意,曰正心,曰修身,曰齐家、治国、平天下。
>
> ……
>
> 是故尧、舜、禹、周、孔子,吾儒之于道,顺而睐之者也,故其所从事者实,而其言归于有用。老、庄、佛,异氏之于道,逆而睨之者也,故其所从事者虚,而其言归于无用。[①]

体现的都是儒学与理学的基本观念。然而,或是由于其特有的人生遭际,或是受当时盛行的考据训诂之风的影响,他思想观念的某些方面,又有溢出于死守经学教条与理学成规之处。其一,在儒学与理学的大框架之内,他主张人们可以有不同的思想与理论倾向,而不必按个人之所好,互相纷争,强求观点的统一。在《息争》中,他指出:"下逮有宋,有洛、蜀之党,有朱、陆之同异。为洛之徒者,以排击苏氏为事,为朱之学者,以诋诹陆子为能。"然后以孔子对待其有不同偏长,或对自己学说有不同理解的弟子之态度为例,云:

> 吾以为天地之气化,万变不穷,则天下之理亦不可以一端尽。……然而孔子未尝区别于其间,其道固有以包容之也。

---

① 《刘大櫆集》,8页。

夫所恶于杨、墨者，为其无父无君也；斥老、佛者，亦曰弃君臣、绝父子，不为昆弟、夫妇，以求其清净寂灭。如其不至于是，而吾独何为訾警之？……

是故知道者视天下之歧趋异说，皆未尝出于吾道之外，故其心恢然有余。夫恢然有余，而于物无所不包，此孔子之所以大而无外也。①

这是在尊崇儒学的大前提下，提倡学术观点的自由发挥，在当时有积极意义。其二，在上述思想的基底上，对于传统经、史中的一些沿传成说，他往往敢于提出自己的见解，甚至具有挑战权威的意味。如其《焚书辨》《井田》《读伯夷传》《书荆轲传后》等皆有自己的新见。其《难言》三篇及《续难言》，皆学韩非的驳论，是挑战传统成说之作，《续泰伯高于文王》，则直接点名批评朱熹"泰伯""以天下让商"的说法。尤堪注意者，是他或受这种观点的支配，在其思想及作品中，明显受有庄子影响，大有把庄子的世界观、人生观融入结合到儒学思想体系，将庄子文章风格化入行文表达之中的倾向。

刘大櫆的文章观，承绪了方苞而又有所发展。第一，他与方、戴一样，推崇古文，否定时文，主张以古文改造时文。在《赠张清少序》中，曾言及自己的基本文章观：

今夫学者将以修其德，德成而言可不立也。不幸见之于言，则根之以六经之旨，参之以诸史百子，以杜其歧趋，以稽其治乱成败之纪；出入乎周、秦、汉、唐之著述，以驰骋乎古今之变，而斟酌乎长短、丰约、大小之所宜，浸淫乎闻见，而金铿玉

---

① 《刘大櫆集》，17页。

跃,踔厉飙发乎文章。①

这是总体上讲文章之地位与价值。于《严遥青诗序》又云："自有书
契以来,则已有文章之学。""文王、周公系《易》,孔子成《春秋》,皆
以大圣之才,躬亲著作,故其文辞炳然如日月之光,照耀中天而流
传于万世。""历战国、嬴秦迄汉之中叶而衰;唐宋之英贤,奋乎百世
之下,振起颓废,而能者不过数人。"②这是追述古文的发展。《汪
在湘文序》中则述及自己与当代:

> 余穷无所用于世,晏居独处,尝取三代、秦、汉以来贤人志
> 士之所为文章,伏而读之,慨然想见其用心,欣然有慕乎作者
> 之能事,间亦盗剽仿效拟作以自娱嬉。窃叹古之为文者,蜀
> 山、秦陇,江、河之渎也,后之人骤以为部娄、污渠。思有以振
> 兴追蹑之,而苦才力之不逮,徒怀虚愿,谁其助予?……
> 甚矣,文之难言也。欧、苏既没,其在明代,惟归氏熙甫一
> 人。然熙甫求为进士而不得,劳其心于八比时文,而以其余力
> 作为古文,故其置身不及唐以上。然则,古文之衰五百余
> 年矣。③

这是讲古文的衰落与时文的兴起。《张俊生时文序》则直接对时文
进行尖锐批评:

> 今之时文,号称"经义"。以余观之,如栖群蝇于圭璧之

---

① 《刘大櫆集》,140 页。
② 同上,74 页。
③ 同上,54 页。

上，有玷污而无洗濯。虽古圣之言，光如日月，极人世之能，不足使之晦蚀；而时文自为其不道之言，究何补于经哉？[①]

凡此可见，他尊崇的是古文，否定的是时文。颇有意味的是，他有一组为他人之时文所写的序，通篇避而不谈时文，却顾左右而言他，《宋运夫时文序》《綦自堂时文序》《叶书山时文序》皆属此类；另一部分则借言时文而论古文。如《东皋先生时文序》，先云"文自东汉以降，而韩愈振其衰。士不好古耳，好而求之，未有不至者也"。下曰：

> 乡举里选之制废，以文辞取士，至有明而其术穷。爰取四子之书，创为八比之文，家诵户习。而能者出于其间，若唐氏、归氏，其资之于古者既深，则其垂之于后必远也。沿用既久，后学厌弃先矩，乃更旁罗经史，以相附益，炫其采色音声，而于古圣立言之旨，寖以违戾。迄今而承袭舛讹，先民之遗学扫地尽矣。

然后赞扬对方："不为宋、元诸儒之所屏蔽，而行之以古作者之文。""非唐、归之文，而唐、归无以过之，超然能复古者也。"[②]在批判时文的同时，等于明确地倡导以古文来改造时文。《徐笠山时文序》亦曰："明人以时文取士，其亦有追步古文，而不为世俗之文者矣，而其人不及二三人，其文不能数十首也。"[③]同于上文之旨。《方晞原时文序》亦有曰："晞原志在返古，独从余相为劃切。遵唐、归之

---

① 《刘大櫆集》，104 页。
② 同上，92 页。
③ 同上，93 页。

道轨，而不惑于世俗之趋尚。"①亦有以古文改造时文之意。凡此，皆表现了刘大櫆与方苞观点态度的一致性。

第二，刘大櫆对方苞观点既有继承，又有发展。这主要体现在其《论文偶记》中。此文采用语录体形式，共三十二条，可能为刘氏讲学授徒中，对古文写作观点的表述，或由弟子们记载下来，或由刘氏自己边讲边记录而成，具随感性质。其中有自相抵牾处，有纷乱错杂处，亦有语焉不详处，但细加寻绎，可见出对方苞的"义法"说的继承与发展。

对方苞观点的继承，主要体现在对与"言有物"相关联之义理与实用的接受与肯定。如第三条有云："盖人不穷理读书，则出词鄙倍空疏。人无经济，则言虽累牍，不适于用。故义理、书卷、经济者，行文之实。"②其所谓"书卷"，即方氏所主张的以经术为本；所谓"经济"，即方氏所谓"与政治通"的经世济时之用。

对方苞的发展与补充，核心的一点是：方苞否定"以文为事"，反对着意求"文"，而刘大櫆则针对性地强调文之重要。如紧接第三条上述引文后，曰："若行文自另是一事。"第四条中又曰："明义理、适世用，必有待于文人之能事。"③于第五条专讲："当日唐、虞纪载，必待史臣。孔门贤杰甚众，而文学独称子游、子夏。可见自古文字相传，另有个能事在。"④所谓另有之"能事"，显然指有意求"文"和善于为"文"。这表明在刘大櫆观念中，对文之内涵、意义与价值的认识与评估，均比方苞有所加深与扩大。

其次，至于如何为文，刘大櫆不再仅讲"言有序"，而高一个层

---

① 《刘大櫆集》，97 页。
② 王水照编：《历代文话》第四册，复旦大学出版社，2007 年，4105 页。以下所引此书皆同此版本。
③ 同上。
④ 同上。

次,提出"神""气"说。于第三条中,明确讲:"行文之道,神为主,气辅之。""气随神转,神浑则气灏,神远则气逸,神伟则气高,神变则气奇,神深则气静,故神为气之主。"①于第七条又云:"神只是气之精处。古人文章可告人者惟法耳;然不得其神而徒守其法,则死法而已。""论气不论势,文法总不备。"②于第八条又专门论气:"今粗示学者,古人行文至不可阻处,便是他气盛。非独一篇为然,即一句有之。古人下一语,如山崩,如峡流,觉阑当不住,其妙只是个直的。"③至于何谓"神",何谓"气",他并没有明确界说,但总括其上下文,按今天的观点论:所谓"神",似指由作者之才性、气质、修养所涵融团聚而形成的主体之精神;所谓"气",则是这种主体精神在行文中自然之外显与流泻。显然是对方苞"言有序"所包含内容的加深与升华。

再次,刘大櫆不只抽象地谈论神与气,而是将之贯穿到具体的为文之法中。在方苞及前人所论及的首尾开阖详略措注之外,他特别提出音节(或节奏)与字句。于第十二条中讲:"文章最要节奏。"第十三条则曰:"神气者,文之最精处也;音节者,文之稍粗处也;字句者,文之最粗处也。然论文而至于字句,则文之能事尽矣。盖音节者,神气之迹也;字句者,音节之矩也。神气不可见,于音节见之;音节无可准,以字句准之。"并于第十四条总结说:"积字成句,积句成章,积章成篇。合而读之,音节见矣;歌而咏之,神气出矣。"④这些是刘大櫆特有之论。

另外,在第二十九条中,他言及:"凡行文多寡短长,抑扬高下,无一定之律而有一定之妙,可以意会而不可以言传。"⑤由第十六

---

① 《历代文话》第四册,4105 页。
② 同上。
③ 同上。
④ 同上。
⑤ 同上。

至第二十七条,从不同的角度,总结出文贵奇、贵高、贵大、贵远、贵简、贵变、贵瘦、贵华、贵参差等要求。这些要求虽有胪列及不够精准处,但对初学者来说,不失为指导性准则。

总以上诸端,可以看出,比起方苞的"义法"说,无论题材内容与表达形式,都要深入、全面、具体得多,显然是对古人散文创作规范总结探寻中由形式到精神、由现象到本质的进一步发展。不过要附带说明,刘氏虽然在重文上较方苞有所开拓,所着眼的仍主要是合于义理、服从于政教方面的属于"道统"之文,而对涉及个体性灵抒张及偏于审美追求的文章,仍受理学观念约束,被其排除在正统的古文之外。

刘大櫆的散文创作,受个人境遇、情感心结的影响,及思想观念、为文观念支配,有自己的特色。首先,因其视野比较宏阔,一定程度上突破理学拘禁,注重讲求神、气,故不像方苞那样谨重和以"清真古雅"为尚,有些作品写得相当雄肆奔放,有些用既有论题,借古人笔法,抒心头郁愤,有些于小题材中,以大的时空角度,表达较深意蕴。如《天道》上、中、下三篇,用《天问》句法,承司马迁精神,论天道与人事无涉,甚至否定"积善之家,必有余庆;积不善之家,必有余殃"[1]之古训,滔滔侃侃,看似正面立论,实借以抒发天命不公、天道不可信之情怀。为出使琉球之徐亮直所写《海舶三集序》,则与题材相称,笔下流荡出雄肆之气。如其第一段,写海上惊涛骇浪之险及徐之镇定自若:

乘五板之船,浮于江淮,滃然云兴,勃然风起,惊涛生,巨浪作,舟人仆夫失色相向,以为将有倾覆之忧、沈沦之惨也。又况海水之所汩没,渺尔无垠,天吴睒赐,鱼鼍撞冲,人于其

---

① 《刘大櫆集》,1页。

中，萍飘蓬转，一任其挂罥奔驰，曾不能以自主，故往往魄动神丧，不待樯摧橹折，而梦寐为之不宁。顾乃俯仰自如，吟咏自适，驰想于沆瀁之墟，寄情于霞虹之表，翩然而藻思翔，蔚然而鸿章著，振开、宝之余风，有仿佛乎杜甫、高、岑之什，此所谓神勇者矣！①

风格远不是"雅洁"二字所能形容。其园林亭台轩堂记，往往借记为论，以小见大，甚至接受庄子影响，从超时空的角度，抒发对人生的感悟和感慨。如《无斋记》，即糅入庄子的虚无观，以寄托自己的身世与世情之感。如其《一掌园记》：

> 吹竽、走狗、蹴鞠之人非昔，而齐之名不废；超足而射、铫铫殷殷者非昔，而韩、魏之名不废；击筑、椎埋、屠狗之徒，其骨已朽，而燕、赵之名，至今学士大夫饫闻而喜称之。然则所谓物者无不亡，则独其名为可以永久欤！夫山渊之平，田海之迁，大地之浑合，曾不能以自主，而况于一园之兴废欤？其为终始可胜计哉？
>
> 余伯父以一掌之地为园，命余为之记。余不及以为，已而废为居室。则向之名花异草，春兰秋菊之芳香，莲叶之亭亭，游鱼之隐见而浮沉，今皆不可复识，独其名犹在余意中。余记之，盖以志余之感，而亦非以为欲存其名于永久也。②

记一掌之园，纵则追忆及春秋、战国，横则联系及齐、韩、燕、赵，无非是感叹人世之变幻无常。于此可见其视野及思路确有其宏

---

① 《刘大櫆集》，56 页。
② 同上，328 页。

阔处。

其次,在为文之法上,刘大櫆的一大特点,是主张将"神""气"落实到音节与字句,于写作实践中,确实努力贯彻这一主张,并且取得成效。从某些作品里,明显可以看出用词造句甚为考究的痕迹。如《王天孚诗序》有云:

> 余读其诗,稽其平生之履迹。入巴蜀,探峨眉,下三峡,走金陵,泛秦淮,涉桃叶之渡,至于燕京,上黄金台,睹宫阙之宏壮。①

《海日楼诗序》亦有云:

> 周君家贫,尝西之秦、陇,度函谷关,上慈恩之塔,历鸿门楚、汉交争之地,南浮江湘,过巴陵、洞庭,登岳阳楼以望君山,则所谓山川淑灵之气,尽寓之于目而得之于心矣。一日,与余抵掌当时之务,究切利病,指次贤能,得失判决乎当前,高下胪列于胸臆,澜而有本,矗而不诬,余乃知君为天下之才也。②

下笔时,显然曾尽心斟酌。至于所谓音节,并非只体现于某些句法的押韵合辙,近乎骈俪,主要是注重于行文的起伏顿挫中形成节奏,读起来,能给人既跌宕变化而又平快畅朗之感。除前节引诸文,如《无斋记》之一段:

> 横目二足之民,瞀然不知无之足乐,而以有之为贵。有食

---

① 《刘大櫆集》,67页。
② 同上,68页。

矣,而又欲其精;有衣矣,而又欲其华;有室矣,而又欲其壮丽。明童艳女之侍于前,吹竽击筑之陈于后,而既已有之,则又不足以厌其心志也。有家矣,而又欲有国;有国矣,而又欲有天下;有天下矣,而又欲九夷八蛮无不宾贡;九夷八蛮无不宾贡矣,则又欲长生久视,历万祀而不老。以此推之,人之歆羡于富贵佚游而欲其有之也,岂有终穷乎?①

平畅中有变化而整齐的节奏在。刘大櫆没有专门讲章法布局问题,其实,这方面他承前人传统,也相当考究,于其书序诸文皆有表现。《送姚姬传南归序》写得典古而有婉转曲折之致,几篇求助的上书,亦于委婉中倾心而见意。

其三,与方苞不同,刘大櫆写有不少游记。诸短篇于景色描写中多寄寓感慨,挥发议论。大型长篇,如《游黄山记》,虽叙次清晰,体现了总体的结构掌控能力,部分段落,如云海一节,景物描摹亦相当出色,显示了一定的审美表现水平;但通篇像游程记录,且不乏累叠、重复、杂遝之病,似乎勾勒出黄山之貌,而未能突出整体之"神",不算佳作。传、状、碑志中的某些作品,如《章大家行略》《下殇子张十二郎圹铭》,论者谓得归有光薪传,颇近《项脊轩志》《寒花葬志》,其实二者相较,刘氏只见模仿痕迹,得其皮毛而已。联想到《论文偶记》二十九条的一段话:

> 学者求神气而得之于音节,求音节而得之于字句,则思过半矣。其要只在读古人文字时,便设以此身代古人说话,一吞一吐,皆由彼而不由我。烂熟后,我之神气即古人之神气,古人之音节都在我之喉吻间,合我喉吻者,便是与古人神气音节

---

① 《刘大櫆集》,324 页。

相似处,久之自然铿锵发金石声。①

扩而言之,这段话,可代表刘大櫆、"桐城派"及明、清以来正统派文人之典型的奴化心态,即散文写作上,以循古人道路、升古人堂奥为目标。自"前、后七子"的剽袭模拟,到"桐城派"的寻求准则,都体现着这一宗旨。虽然汲取总结前人创作经验,试图确立创作规范,对继承发扬既有传统有一定积极意义,并且在此基础上不能说没有写出具相当质量的作品;但在既有道路上沿袭探寻,不思根本的改革创新,别说难以超越,即使在追踪前人上也不会有大的出息。

刘大櫆与方苞有很深的渊源,方苞在《与魏中丞》中曾说:"及门刘生大櫆者,天资超越,所为古文,颇能去离世俗蹊径,而命实不犹。弟举以鸿博,已入彀,而或检去之,两中副车。"②方苞死后,大櫆写《祭望溪先生文》痛悼。他与姚鼐伯父姚范交情甚笃,姚鼐则以师辈视之。所以"桐城"后学视其为"桐城派"中坚,确符实际。

四 姚鼐

姚鼐(1731—1815),字姬传,又字梦谷,书斋名惜抱轩,故人称惜抱先生,桐城人。乾隆二十八年(1763)中进士,入翰林院为庶吉士,散馆,任礼部主事、刑部郎中等职,《四库全书》馆开,任纂修官,不久,告病归,时四十四岁。后历主扬州梅花、南京钟山诸书院,讲学著述终其一生。

姚鼐生当康、雍、乾、嘉四朝,处清代最盛之世,科举与从仕之途皆相当顺利,无方苞、刘大櫆之曲折坎坷,对皇朝的太平之治诚

---

① 《历代文话》,4117 页。
② 《方苞集》,801 页。

心颂美，并极力鼓吹尽忠爱主之心。

姚鼐受家庭环境及个人趋好影响，志不在官场，而在学术与古文的研讨及写作。其所处思想文化背景与明末清初已大有不同。由顾、黄、王"经世致用"的"实学"辗转发展而来的、以考证训诂为中心的"朴学"或称"汉学"，大为炽盛。这是由于清代严酷的思想统治，逼使学者们把精力转向古代经籍研究整理的结果，内在地又涵有双层深刻意义：一则如梁启超在《清代学术概论》中所论，性质与欧洲之文艺复兴相近，在复古的名义下，含有怀疑、创新与实事求是之科学精神；二则具有随着君主集权专制制度即将走向终结，从而对传统文化遗产进行全面梳理总结之深远意义。"朴学"所以又被称为"汉学"，因其主导倾向与汉儒之专注于经、传的训诂相近，而与"宋学"实即理学之专讲"性命""良知"之"义理"相对立，矛头往往直指程、朱或陆、王。有些学者如戴震，则不只从治学的态度上批评宋儒，甚至溢出学术之外，直接斥责其以"天理"否定人欲，等于以理代"法"而杀人。面对这样的趋势与氛围，姚鼐观念与态度上存在矛盾：

首先，他出于维护清朝以理学作为社会统治思想的立场，承继和延续方苞、刘大櫆之观念，崇尚宋明理学的态度更为明确坚定，因而将"汉学"作为"异端"进行抨击。如其《赠钱献之序》，从回顾儒学发展的角度立论，谓：

> 唐一天下，兼采南北之长，定为义、疏，明示统贯，而所取或是或非，未有折衷。宋之时，真儒乃得圣人之旨，群经略有定说；元、明守之，著为功令。……
>
> 明末至今日，学者颇厌功令所载为习闻，又恶陋儒不考古而蔽于近，于是专求古人名物、制度、训诂、书数，以博为量，以窥隙攻难为功，其甚者欲尽舍程、朱而宗汉之士。枝之猎而去

其根,细之蒐而遗其钜,夫宁非蔽与?[①]

话说得比较平稳,除崇程、朱为"真儒"外,论述有一定客观性。《复蒋松如书》大体重复上述意思,一方面赞扬宋儒:

> 逮宋程、朱出,实于古人精深之旨,所得为多,而其审求文辞往复之情,亦更为曲当,非如古儒者之拙滞而不协于情也,而其生平修己立德,又实足践行其所言,而为后世之所向慕。

一方面批评汉学:

> 然今世学者,乃思一切矫之,以专宗汉学为至,以攻驳程、朱为能,倡于一二专己好名之人,而相率而效者,因大为学术之害。

最后表明自己的态度:

> 鼐往昔在都中,与戴东原辈往复,尝论此事,作《送钱献之序》发明此旨,非不自度其力小而孤,而义不可以默焉耳。[②]

批判的力度上有所增加。其几篇与袁枚的书信,本为讨论"礼"学而发,然于《再复简斋书》之末,忽然涉及汉、宋之争:

> 儒者生程、朱之后,得程、朱而明孔孟之旨,程、朱吾父师

① 刘季高标校:《惜抱轩诗文集》,上海古籍出版社,1992 年,110 页。以下所引此书皆同此版本。
② 同上,95 页。

也。然程、朱言或有失，吾岂必曲从之哉？正之可也，正之而诋毁之，讪笑之，是诋讪父师也。且其人生平不能为程、朱之行，而其意乃欲与程、朱争名，安得不为天之所恶！故毛大可、李刚主、程绵庄、戴东原，率皆身灭嗣绝，此殆未可以为偶然也。①

对汉学者抨击之激烈，远远超出学术讨论范围，而近乎诅咒。晚年所写《程绵庄文集序》更大褒程、朱，称："天下之学，必有所宗。论继孔孟之统，后世君子必归于程、朱者，非谓朝廷之功令不敢违也，以程、朱生平行己立身，固无愧于圣门，而其论说所阐发，上当于圣人之旨，下合乎天下之公心者，为大且多。""若其他欲与程、朱立异者，纵于学者有所得焉，而亦不免贤智者之过。其下则肆焉为邪说，以自饰其不肖者而已。"②《安庆府重修儒学记》则扩大范围，论及陆、王：

> 昔当朱子时，有象山、永嘉之学，杂出而争鸣。至明而阳明之说，本乎象山。其人皆有卓出超绝之姿，而不免贤者之过。及其徒沿而甚之，乃有猖狂妄行，为世道之大患者。夫乃知朱子之教之为善也。近时阳明之焰熄，而异道又兴。学者稍有志于勤学法古之美，则相率而竞于考证训诂之涂，自名汉学，穿凿琐屑，驳难猥杂。其行曾不能望见象山、阳明之伦，其识解更卑于永嘉，而辄敢上诋程、朱，岂非今日之患哉？③

其中，所谓"有猖狂妄行，为世道之大患者"，显指李贽、三袁等张扬

---

① 《惜抱轩诗文集》，101页。
② 同上，268页。
③ 同上，369页。

个性一流人物,与从事汉学者,同视为"异道"。总括上引诸文,所谓"真儒""父师""学宗",与"邪说""异道""大患"相对,态度立场既分明又坚定。姚鼐这种对理学的尊尚推崇,不仅关乎汉学,实影响到其包括文学在内的思想观念之各个方面。

其次,姚鼐虽对"汉学"之指斥程、朱取敌视态度,但"汉学"家们在经学及整个学术发展上取得的成就乃是无法抹杀的,而且考证训诂已成为弥漫整个学术界的风气,其中许多堪称"汉学"的代表性人物,如戴震、段玉裁、孙星衍等,不但与姚鼐有所接触,且在居官或经学的研讨中,与之有较深的过往甚至交谊。这些因素综合起来,对姚鼐不可避免地产生熏陶影响,使之不得不正视和肯定考证训诂在学术研究中的价值和意义。如他写有多篇考证辨析古籍的文字,敢于疑古立新之论,明显看出所受汉学家启发。其《尚书辨伪序》乃为唐石岭而作,有云:

> 昔阎百诗之斥伪《古文》,专在考证,其言良为明切;而长沙唐石岭先生,作《尚书辨伪》,其辨多以义理、文章断之。先生在远,不得见阎氏之书,而能自断于此,可谓有识矣。①

其用意虽在强调"义理""文章",比起"考证"更重要,然又不能不承认阎氏之考证"良为明切",且不得不承认,唐氏"既未见阎氏之书,故言亦不能无误"。另外,他虽然对戴震之否定程、朱强烈不满,然在《书考工记图后》中,则言及二人切磋学问的关系,并肯定其在考证方面的成绩,谓:"休宁戴东原作《考工记图》。余读之,推考古制信多当,然意有未尽者。"随后就《考工记》之具体问题提出商榷意见,最后曰:

---

① 《惜抱轩诗文集》,251 页。

　　　　然其大体善者多矣。余往时与东原同居四五月，东原时
　　始属稿此书，余不及与尽论也。今疑义蓄余中，不及见东原而
　　正之矣，是可惜也。①

亦可见他曾与戴震有共同兴趣及所受戴氏影响。

　　基于以上两点，加之他对古文的爱好与重视，姚鼐才提出了被
"桐城"后学视为圭臬的著名论断："学问之事有三：义理、考证、文
章是也。"(参见《尚书辨伪序》)于《述庵文抄序》中，又对此详论
之曰：

　　　　鼐尝论学问之事，有三端焉：曰义理也，考证也，文章也。
　　是三者苟善用之，则皆足以相济；苟不善用之，则或至于相害。
　　今夫博学强识而善言德行者，固文之贵也；寡闻而浅识者，固
　　文之陋也。然而世有言义理之过者，其辞芜杂俚近，如语录而
　　不文；为考证之过者，至繁碎缴绕，而语不可了当。以为文之
　　至美，而反以为病者，何哉？其故由于自喜之太过而智昧于所
　　当择也。②

于《复秦小岘书》又曰：

　　　　鼐尝谓天下学问之事，有义理、文章、考证三者之分，异趋
　　而同为不可废。一涂之中，歧分而为众家，遂至于百十家。同
　　一家矣，而人之才性偏胜，所取之径域，又有能有不能焉。凡
　　执其所能为，而訾其所不为者，皆陋也，必兼收之乃足为善。③

---

　　①　《惜抱轩诗文集》，76 页。
　　②　同上，61 页。
　　③　同上，104 页。

将"考证"与义理、文章并列,作为学问的基本内容,既表现了其矛盾,又表明了在时代大趋势下思想观念的发展。应注意的是:以上三处皆明讲,义理、考证、文章,分为三事。所谓三者"皆足以相济",乃谓义理、考证乃写好文章之基础,文章又为表达义理、考证之必备条件。所谓"同为不可废","必兼收之乃足为善",指应具备三方面之修养,并非云好的文章,必同时包含三项内容,这是研究姚鼐之观点者不应误读的。

于三者之中,姚鼐是更偏好于文章,尤其是古文的。如《复汪进士辉祖书》所云:"独仰慕古人之谊,而窃好其文辞。"[①]他生在古文大家辈出的桐城,在《刘海峰先生八十寿序》中,曾回忆程晋芳、周永年有云:"维盛清治迈逾前古千百,独士能为古文者未广。昔有方侍郎,今有刘先生,天下文章,其出于桐城乎?"而他则回答:千余年来,桐城所在的黄、舒地区为浮屠之宗,"夫释氏衰歇,则儒士兴,今其时矣"[②]。显示了继方、刘而振兴古文的雄心,并谓此语受到"乡人"的广泛赞赏。"桐城派"之名,或由此而来。

姚鼐尊方苞为"宗伯",曾亲受学于刘大櫆,其为文观念有自己特色,基本沿袭方、刘而又有重大深化与发展。

首先,由于他极推重理学家之"义理",因而不再只讲"言有物"与"书卷、经济",更强调以"明道"为志。在《复汪进士辉祖书》中有言:

> 夫古人之文,岂第文焉而已。明道义,维风俗以诏世者,君子之志,而辞足以尽其志者,君子之文也。达其辞则道以明,昧于文则志以晦。鼐之求此数十年矣。

---

① 《惜抱轩诗文集》,89页。
② 同上,114页。

集中说明其所以为文,志即在于"明道"。故在《祭刘海峰先生文》中,上来即曰:"自圣有道,道存乎文。"然后回忆与刘的交往,又云:"昔我伯父,始与并兴。和为文章,执圣以绳。""召我总角,左右是膺。贱子即冠,于京复见。先生执手,为我嗟叹。嗣学古人,以任道期。"①谈文而不离言道。于《庐州府志序》有云:"夫文学者,所以兴德义,明劝戒,柔驯风气,登长才杰,于为政之事,似赊而实切者也。"②强调的是同一观点。《复钦君善书》讲得更为彻底:

> 夫文技耳,非道也,然古人藉以达道。其后文至而渐与道远,虽韩退之、欧阳永叔,不免病此,况以下者乎?③

可见,在重"道"上,他远远超过方、刘。正基于此,姚鼐在对待由理学延伸发展出来的明清制艺、时文的态度,也就与戴、方、刘等前辈不同,不是出于对时文的厌弃而主张以古文改造时文,反而是希望用古文来维护时文的存在与发展。这一点,在其《停云堂遗文序》中表达得极明确:

> 士不知经义之体之可贵,弃而不欲为者多矣!美才藻者,求工于词章声病之学;强闻识者,博稽于名物制度之事;厌义理之庸言,以宋贤为疏阔,鄙经义为俗体。……夫如是,则经义安得而不日陋?苟有聪明才杰者,守宋儒之学,以上达圣人之精,即今之文体,而通乎古作者文章极盛之境,经义之体,其高出词赋笺疏之上倍蓰十百,岂待言哉?可以为文章之至高,

---

① 《惜抱轩诗文集》,246页。
② 同上,255页。
③ 同上,291页。

又承国家法令之所重，而士乃反视之甚卑，可叹也。①

于《陶山四书义序》中，更直接为八股文作辩护。先提出其根据："论文之高卑以才也，而不以其体。"然后曰：

> 明时定以经义取士，而为八股之体。今世学古之士，谓其体卑而不足为。吾则以谓此其才卑而见之谬也。使为经义者，能如唐应德、归熙甫之才，则其文即古文，足以必传于后世也，而何卑之有？故余生平不敢轻视经义之文，尝欲率天下为之。②

出于此种观点，谈及印书时，专门提到："经义实古人之一体，刻《震川集》者，元应载其经义，彼既录其寿序矣，经义之体，不尊于寿序乎？"（参见《复秦小岘书》）总以上所引，可以看出，姚鼐受理学观念之支配，大方向上，仍沿袭着"文"服务于"道"的原则，比起韩、柳、欧、苏，有退无进。

其次，姚鼐在沿袭传统观念的同时，深入到古文写作的实际，却又能提出新见，较前人有所超越。这表现在以下两方面：

其一，将为文要领明确归纳为"道与艺合，天与人一"，"文与质备"。在《敦拙堂诗集序》中有云：

> 言而成节合乎天地自然之节，则言贵矣。其贵也，有全乎天者焉，有因人而造乎天者焉。今夫六经之文，圣贤述作之文也。独对于《诗》，则成于田野闾阎、无足称述之人，而语言微妙，后世能文之士，有莫能逮，非天为之乎？

---

① 《惜抱轩诗文集》，53 页。
② 同上，270 页。

然是言《诗》之一端也,文王、周公之圣,大、小《雅》之贤,扬乎朝廷,达乎神鬼,反复乎训诫,光昭乎政事,道德修明,而学术该备,非如列国《风》诗采于里巷者可并论也。夫文者,艺也。道与艺合,天与人一,则为文之至。世之文士,固不敢于文王、周公之比,然所求以几乎文之至者,则有道矣;苟且率意,以觊天之或与之,无是理也。①

核心观点在"道与艺合,天与人一,则为文之至"。其中"道与艺合",等同于"文道合一",不是新提法。至于"天与人一",则具新意。文章先将"合乎天地自然之节"作为"言"(即"文")的最高标准。然后又将之分为两类:"全乎天者","因人而造乎天者";前者他举《风》诗为例,后者以六经及"圣贤述作之文"为准。从下文的论述看,前者与后者是不可"并论"的。因而得出"道与艺合,天与人一,则为文之至"的论断。其所谓"天",盖指"天然""天赋",具有客观存在、客观生成之意义;所谓"人",则指人的主观修养及努力。他之所以不取"全乎天者",因为它出于下层人民的生发,具有偶然性,而赞赏"因人而造乎天者",也即"天与人一"者,是经人为努力而达到自然天成境界。正因如此,他才认为"道与艺合,天与人一",是达到"为文之至"的正确道路,而"苟且率意,以觊天之或与之,无是理也"。至于"文与质备"的提出,则见于《荷塘诗集序》,其言曰:

　　夫诗之至善者,文与质备,道与艺合,心手之运,贯彻万物,而尽得乎人心之所欲出。若是者,千载中数人而已。②

---

　①　《惜抱轩诗文集》,49页。
　②　同上,50页。

其中"心手之运"以下的话,含"天与人一"之义。"文与质备"虽似老生常谈,而在此处,"质"除讲文采与质实的对立外,还含有作家之内在素质修养之义。这见之于此文篇首所论:

> 古之善为诗者,不自命为诗人者也。其胸中所蓄,高矣、广矣、远矣,而偶发之于诗,则诗与之为高广且远焉,故曰善为诗也。曹子建、陶渊明、李太白、杜子美、韩退之、苏子瞻、黄鲁直之伦,忠义之气,高亮之节,道德之养,经济天下之才,舍而仅谓之一诗人耳,此数君子岂所甘哉? 志在为诗人而已,为之虽工,其诗则卑且小矣。余执此以衡古人之诗之高下,亦以论今天下之为诗者。

所强调者,即为作家之整体内在修养。此处虽论诗,根据他"诗之与文,固是一理,而取径则不同"①的观点,所论自然与文相通。据以上所论,姚鼐能将古来诗文写作的要领,作如此简明的概括,相当难能可贵,也应属创造性成果。

其二,姚鼐第一次从审美风格上,将文章归纳为阳刚与阴柔两大类,并认为两者虽难以相兼,而不可偏废。其于《海愚诗抄序》中有云:

> 吾尝以谓文章之原,本乎天地;天地之道,阴阳刚柔而已。苟有得乎阴阳刚柔之精,皆可以为文章之美。阴阳刚柔,并行而不容偏废。②

---

① 《与王铁夫书》,《惜抱轩诗文集》,289 页。
② 同上,48 页。

《复鲁絜非书》则对此作了更充分的论述：

> 鼐闻天地之道，阴阳刚柔而已。文者，天地之精英，而阴阳刚柔之发也。……自诸子而降，其为文无弗有偏者。其得于阳与刚之美者，则其文如霆，如电，如长风之出谷，如崇山峻崖，如决大川，如奔骐骥。其光也如杲日，如火，如金镠铁。其于人也，如凭高视远，如君而朝万众，如鼓万勇士而战之。其得于阴与柔之美者，则其文如升初日，如清风，如云，如霞，如烟，如幽林曲涧，如沦，如漾，如珠玉之辉，如鸿鹄之鸣而入寥廓。其于人也，漻乎其如叹，邈乎其如有思，暖乎其如喜，愀乎其如悲。观其文，讽其音，则为文者之性情形状举以殊焉。
>
> 且夫阴阳刚柔，其本二端，造物者糅而气有多寡进绌，则品次亿万，以至于不可穷，万物生焉。故曰："一阴一阳之为道。"夫文之多变，亦若是已。糅而偏胜可也，偏胜之极，一有一绝无，与夫刚不足为刚，柔不足为柔者，皆不可以言文 。①

论中可注意者有三：一是他第一次不言"道"，而将"文"与"美"联系起来，正面肯定文学的审美价值。称"文章之原，本乎天地"，"文者，天地之精英，而阴阳刚柔之发也"，这显然与所谓"夫文技耳，非道也"，及传统的视文章为"小道"相矛盾。二是他将文章之美的品格，归纳为"阳刚""阴柔"两类，表现了审美体验与审美表现水平的提高与发展。三是他对不同美的描述形容中，既然用山川自然为比，这就否定了理学家的"文以害道"说。而且谓："其于人也，漻乎其如叹，邈乎其如有思，暖乎其如喜，愀乎其如悲。观其文，讽其音，则为文者之性情形状举以殊焉。""造物者糅而气有多寡进绌，

---

① 《与王铁夫书》，《惜抱轩诗文集》，93 页。

则品次亿万，以至于不可穷，万物生焉。"那么就应该承认晚明诸家抒张性灵，描摹山川风物的作品亦在其中，而不该将之斥为异端——虽然他自己并未明确地意识到这一点。

以上两端，乃姚鼐文学观中极有价值之见解。他所以能出此论，当与多年来广泛研习经典名家之作所受熏陶有关，抑或与其和袁枚、王禹卿等不为传统观念拘羁的作家多所交游，一定程度受到他们的影响有关。在人们的思想意识中，往往由于不同方面的作用，而出现自觉或不自觉的牴牾与矛盾，这并不足怪。姚鼐就属此种情形。然而令人遗憾的是，姚鼐本人并未将他上述观点，贯彻到全部的理论与创作当中，而其后继者，往往并未汲取吸收其观念中这些属于积极性的因素，反而继承和强化了消极方面的因素。

第三，姚鼐还有一大功绩，即对古代散文（主要是古文）写作规律及规范的总结与探寻，较之明代诸派及方苞、刘大櫆，有了更进一步的推进，使之更加明确化、系统化。这主要体现于他编定的《古文辞类纂》一书。

该书在文章的发展线索上，把自战国秦汉、唐宋八大家、归有光至"桐城派"的方苞、刘大櫆，确定为代表中国古代散文发展方向的正宗"文统"。体裁形式上，把所有的文章品种，归纳为论辩、序跋、奏议、书说、赠序、诏令、传状、碑志、杂记、箴铭、颂赞、辞赋、哀祭十三类。虽然在品类的确定及入选篇目上，有不当和欠缺。如"诏令"用途极窄，审美价值不高，列为一大类，显有尊尚皇权之嫌；列入"辞赋"且将屈原诗作全部收入，而一概摒斥骈文，体例未免淆乱；韩愈之《祭十二郎文》、欧阳修之《醉翁亭记》《秋声赋》等脍炙人口的名篇皆被黜落，不知出于何种原因。但总起来说，具有化繁为简，挈纲提要的优点。在该书之《序目》中，他又将散文写作的组成要素加以提炼概括，并大体论及其间的关系：

所以为文者八：曰神、理、气、味，格、律、声、色。神、理、气、味者，文之精也；格、律、声、色者，文之粗也。然苟舍其粗，则精者亦胡以寓焉？学者之于古人，必始而遇其粗，中而遇其精，终则御其精者而遗其粗者。①

文中对八字诀的具体内涵，未作阐释，读者固可见仁见智。而结合其文集来看，论及"神"处极少，《复鲁絜非书》中，有"文之至者通乎神明，人力不及施也"之语。何谓"通乎神明"？同文中，有谓"文者，天地之精英"，《敦拙堂诗集序》则又曾曰："合乎天地自然之节，则言贵矣。""天与人一，则为文之至。"《答鲁宾之书》亦曾云："夫天地之间，莫非文也。故文之至者，通于造化之自然。"②《与王铁夫书》论文章之境，亦以"有若自然生成者"为高。总此，则其所谓"神"，当与"天"相通，指文章能达到"造化之自然"的化境。"理"，当然为义理之"理"。至于"气"，文集中有多处言之，《答翁学士书》中有云：

文字者，犹人之言语也，有气以充之，则观其文也，虽百世而后，如立其人而与言于此；无气，则积字焉而已。意与气相御而为辞，然后有声音节奏高下抗坠之度，反复进退之态，采色之华。③

由此看，"气"当为生命与生机不可或缺之气。《答鲁宾之书》中，又有云："气充而静者，其声闳而不荡。志章以检者，其色耀而不

---

① 《古文辞类纂》，上海古籍出版社，2016 年，22 页。以下所引此书皆同此版本。
② 《惜抱轩文集》，103 页。
③ 同上，84 页。

浮。"①"气"与"志"相并，意当与前同。《海愚诗抄序》又有"不可一世之气勃然动乎纸上而不可御"的话，此所谓"气"，当与"力拔山兮气盖世"之"气"等，乃指人之内在勃勃生机之外现、外泄者。"味"或称"义味"，《海愚诗抄序》有云："味之而奇思异趣角立而横出焉！"《答苏园公书》赞对方之诗曰："使人初对，或淡然无足赏；再三往复，则为之欣忭恻怆，不能自已。此是诗家第一种怀抱，蓄无穷之义味者也。"②显然，它是指文章应具有供人品味之蕴蓄丰富的内涵。"格"指格式、体制；"律"指文律、规则；"声""色"则不必再加解释。以上一点，姚鼐可谓对古文写作具体的规律与规范，作了迄今为止，最为全面系统而又简明扼要的归纳与总结。

与《古文辞类纂》相关，还涉及姚鼐对"为文之法"的态度。于该书《序目》中有言：

> 鼐少闻古文法于伯父薑坞先生及同乡刘耕南先生，少究其义，未之深学也。其后游宦数十年，益不得暇，独以幼所闻者置之胸臆而已。乾隆四十年，以疾请归，伯父前卒，不得见矣。刘先生年八十，犹喜谈说，见则必论古文。后又二年，余来扬州，少年或从问古文法。……于是以所闻习者，编次论说，为《古文辞类纂》。③

说明此书乃讲论"古文法"之作。而其文集中《答翁学士书》则明确反对讲"为文之法"。先云："承教勉以为文之法。"然后谓："（诗文）声色之美，因乎意与气而时变者也，是安得有定法哉！"如何理解二

---

① 《惜抱轩文集》，103 页。
② 同上，294 页。
③ 《古文辞类纂》，1 页。

者之间的矛盾？关键在于，翁方纲所勉的"为文之法"，如其提倡的"肌理说"，乃一家一派所主张的理论与教条，而姚鼐所认为的"法"，乃为文的基本原则与规范，故他既承认有法，又谓文无"定法"。在《敦拙堂诗集序》中曾讲，古人之作，"非钜才而深于其法者不能"。于《复鲁絜非书》亦曾谓：人之学文，应做到"布置取舍、繁简廉肉不失法"。在《复刘明东书》中则告诉对方：其诗作"于杜公排律布置局格，开阖起伏、变化而整齐处，未有得也。大约横空而来，意尽而止，而千形万态，随处溢出，此他人诗中所无有，惟韩文时有之，与子美诗同耳"[①]。此皆是又讲"法"又讲无"定法"。

第四，在行文与语言风格上，姚鼐延续了"桐城派"传统，力主质实、谨重、简要、雅驯，尽量发挥文字本身的表现力，而不应追求华藻。在其为汪志伊所写《稼门集序》中说：

> 天下所谓文者，皆人之言书之纸上者尔。言何以有美恶？当乎理，切乎事者，言之美也。今世士之读书者，第求为文士……徒为文而无当乎理与事者，是为不足观之文尔。

然后称赞对方之诗与文："无錾鈨组绣之华，而有经理性情之实。"最后言，读其作品，"窃叹以为古今所贵乎有文章者，在乎当理切事，而不在乎华辞，尚书得之矣"[②]。所谓"当理切事"，自然应归于"质实"。其《答鲁宾之书》谓：

> 《易》曰："吉人之词寡。"夫内充而后发者，其言理得而情当，理得而情当，千万言不可厌，犹之其寡矣。

---

① 《惜抱轩文集》，290 页。
② 同上，273 页。

虽不论长短，以"理得而情当"为标准，其崇尚简要之旨甚为明切。此外，在《复鲁絜非书》中，又以"吐辞雅驯不芜"为学文目标之一，称："古今至此者，盖不数数得。"亦可看出他之主张所在。

　　总上诸端，可以看出，姚鼐的为文观念和理论，虽有其局限与片面性，而从另一方面说，可谓对古文创作的经验与法则，进行了全面、系统的总结。不但是对自方苞以来"桐城派"文论的最高发展，而且是自明代"前、后七子""唐宋派"等开始从古代遗产寻求创作的法度、规律以来，经过曲曲折折的反复，不断地否定之否定，逐步由浅入深、由偏及全而形成的最后的理论性结论。这个结论，可以看作是自从在古代散文的发展进程中，作家们的注意力转移到探寻创作规范以来，所得到的不是很全面（尚不包括骈文及偏于抒张个性更重审美追求之一派），但基本上比较完备的总括。姚鼐能做到这一点，固然由于汲取了前人成果，受到师友影响，加之个人的勤奋努力，也与时代的大趋势，即前所云思想文化方面已发展到对前代遗产进行汇集式的清理总结有关。姚鼐的工作，可视为这种汇集性总结之一端。

　　姚鼐的散文创作成就，不如其理论上贡献大，亦没能将他总结体验出的认识，完全贯彻到实践之中。但终究因视野更为广阔，感受体验上有进一步升华，所以写出一些相当出色的作品。其大量的传状碑志，扼要简明，而拘于格套，无显著特色。书序之作，质实明顺中抒怀吐衷、谈学论艺，颇有起伏婉转之致，个别作品如《复鲁洁非书》，糅形象于论说之中，气势奔放，声色俱盛，属少见佳作。诸记雅洁清峻，最见其考证上的修养、审美表现水平与语言锤炼的功力，显示出独有的个性特色。其中的压卷之作为《登泰山记》：

　　　　泰山之阳，汶水西流，其阴，济水东流。阳谷皆入汶，阴谷
　　皆入济，当其南北分，古长城也。最高日观峰，在长城南十

五里。

　　余以乾隆三十九年十二月，自京城乘风雪，历齐河、长清，穿泰山西北谷，越长城之限，至于泰安。是月丁未，与知府朱孝纯子颍由南麓登。四十五里，道皆砌石为磴，其级七千有余。泰山正南面有三谷。中谷绕泰安城下，郦道元所谓环水也，余始循以入。道少半，越中岭，复循西谷，遂至其巅。古时登山，循东谷入，道有天门。东谷者，古谓之天门溪水，余所不至也；今所经中岭及山巅崖限当道者，世皆谓之天门云。道中迷雾冰滑，磴几不可登。及既上，苍山负雪，明烛天南。望晚日照城郭，汶水、徂徕如画，而半山居雾若带然。

　　戊申晦，五鼓，与子颍坐日观亭待日出。大风扬积雪击面。亭东自足下皆云漫，稍见云中白若樗蒱数十立者，山也。极天云一线异色，须臾成五采。日上，正赤如丹。下有红光动摇承之，或曰："此东海也。"回视日观以西峰，或得日，或否，绛皓驳色，而皆若偻。亭西有岱祠，又有碧霞元君祠。皇帝行宫在碧霞元君祠东。

　　是日观道中石刻，自唐显庆以来。其远古刻尽漫失，僻不当道者皆不及往。山多石少土，石苍黑色，多平方，少圆。少杂树，多松，生石罅，皆平顶。冰雪，无瀑水，无鸟兽音迹。至日观数里内无树，而雪与人膝齐。桐城姚鼐记。[1]

　　叙次清晰，句句着实。写观感，描景物，极炼、极简，惜墨如金；极素、极朴，无铺陈藻饰。然字字如精钢美玉，含潜在之张力，使对象之特色、境韵毕呈、毕现。当为明清以来，少有的既具自己个性又堪与经典名家比肩的文字之一。

---

　　① 《惜抱轩文集》，220页。

由于姚鼐在理论上的贡献，创作上的成就，再加上他讲学四十余年，弟子遍天下，于是也就超越了方苞、刘大櫆，成为"桐城派"最有代表性的宗主式人物。

第二节 "桐城派"的延续与影响之扩大

姚鼐讲学四十余年，其门下弟子众多，有桐城人，亦有桐城以外之江、浙人。另外，以恽敬、张惠言为代表的"阳城派"，理论观念及创作倾向虽与"桐城派"有差别，也有相近处，或被视为"桐城"分支。两者相结合，使"桐城派"的影响得以延续和扩大。

一 姚鼐主要的及门弟子

"桐城派"的后学一般将方东树、管同、姚莹、梅曾亮视为姚鼐四大弟子，亦有人以刘开取代姚莹。他们因出身、经历、处境不同，理论观点与创作取向各有偏重，但在宗法与推扬、维护"桐城派"传统上基本一致。

1. 方东树

方东树(1772—1851)，字植之，晚年慕卫武公老而好学，以"仪卫"名轩，世称仪卫先生，桐城人。为诸生时，曾受业姚鼐。屡试不第，五十岁后绝意科举。辗转多地，授徒，为幕客，困顿坎坷终其生。

方东树在姚门弟子中年最长，寿至八十，虽身处下位，而笃志好学，尽心于为文著述，尝曰："每自念，吾今日死，明日而吾尚存也；曷为明日死，今日而吾先亡乎？"[1]其对"桐城派"之继承与发

---

① 《考槃集文录·未能录序》，《续修四库全书》第一千四百九十七册，上海古籍出版社，286 页。又见《答姚石甫书》，356 页。以下所引此书皆同此版本。

展,主要表现在以下几方面：

第一，承姚鼐之绪，致力于对专注考证训诂之"汉学"的批评，更加坚定地推扬程、朱理学。为此曾写《汉学商兑》一书，于《汉学商兑后序》中，像姚鼐一样，从经学发展的过程着眼立论，谓至唐代虽将群经"为之定本定注"，"然其于周公、孔子之用，犹未有以明之也"。继曰：

> 及至宋代，程、朱诸子出，始因其文字以求圣人之心，而有以得于其精微之际，语之无疵，行之无弊，然后周公、孔子之真体大用，如拨云雾而睹日月。……
>
> 道隐于小成，辨生于末学，惑中于狂疾，诞起于妄庸。自南宋庆元以来，朱子既殁之后，微言未绝。复有钜子数辈蜂起于世，奋其私智，尚其边见，逞其驳杂，新慧小辨，各私意见，务反朱子。其所谓道非道，而所言之题，不免于非，其于道，概乎未尝有闻焉者也。逮于近世，为汉学者，其蔽益甚，其识益陋。其所挟惟取汉儒破碎穿凿谬说，扬其波而汩其流，抵掌攘袂，明目张胆，惟以诋宋儒、攻朱子为急务。要之，不知学之有统，道之有归，聊相与逞志快意，以骛名而已。①

此种论述，篇中多有。其对"汉学"之无"及于用"的指责，有一定的道理，而对"汉学"家之治学态度及取得成就所作批评，实属偏见。其所以攻击如此之激烈，根本原因在于他们冒犯了他极其尊奉的理学正统。

第二，明确地提出了"桐城派"古文的传承体系。前此，在方苞、刘大櫆、姚鼐之间，虽显示出理念与创作上的承续发展，但没有

---

① 《考槃集文录》，300 页。

谁自命彼此构成一个文派,而方东树首先将他们关联起来,确定为一个古文的传承系统。其于《望溪先生年谱序》中云:

> 以古文一道论之,能得古作者义法气脉、韩欧相传之统绪,在明推归太仆熙甫,昔人号称绝学。惟望溪克承继之,实能探得其微文大义、不传之秘,以尊成大业。望溪后则有刘学博海峰、姚刑部惜抱,学者宗之,以比扬、马、韩、欧,并称曰方、刘、姚,翕然无异论。①

于《刘梯堂诗集序》中,论及桐城人才辈出时,又曰:

> 自明及我朝之兴至今日,五百年间,成学治古文者,综千百计而未有止极。为之者众,则讲之益精;造之愈深,则传之愈远。于尤之中又等其尤者,于是则有望溪方氏、海峰刘氏、惜抱姚氏三先生出,日久论定,海内翕然宗之,特著其氏而配,称之曰方、刘、姚,以比于古之班、扬、韩、欧云。方、刘、姚之为儒,其所发明,足以衷老、庄之失;其文所取法,足以包屈、宋之奇。盖非特一邑之士,而天下之士,亦非特天下之士,而百世之士也。虽其人气象不侔,学问造诣不侔,文章体态不侔,要其足通古作者之津,而得其真,无不若出于一师之所传。呜呼,岂妄称哉! 岂妄称哉!②

在《书姚惜抱先生墓志后》,则进一步扩而大之,将桐城三家纳入整个古文的沿传系统,谓:"唐以前无专为古文之学者,宋以前无专揭

---

① 《考槃集文录》,316 页。
② 同上。

古文为号者。""自明朱右伯贤定选唐宋韩、柳、欧、曾、苏、王六家文,其后茅氏坤析苏氏而三之,号曰八家。五百年来,海内学者奉为准绳,无敢异论。""近世论者,谓八家后于明推归太仆震川,于国朝推方侍郎望溪、刘学博海峰以及先生而三焉。""则所谓众著于天下人之公论也。"①这应是立足于"桐城派"观点,所归纳的关于古文发展之统系,此后几成为研习"桐城派者"之定论。

第三,承继了"桐城派"的为文观念,并提出有重要价值之新见。方东树基本沿袭了方、刘、姚的主导性观点:为文的宗旨在于明道,尊经,适世用;学习古人应求其"深妙之心",得其真精神,而不可仅摹其形貌。然在此基础上,他有两点新发挥:

其一,将"明道""适用"的宗旨,与讲求"义法"等写作的规范统一起来。在《书惜抱先生墓志后》中,先讲:

> 盖文无古今,随事以适当时之用而已。然其至者乃并载道与德以出之,三代秦汉之书可见也。顾其始也,判精粗于事与道;其末也,乃区美恶于体与词;又其降也,乃辨是非于义与法。噫! 论文而及于体与词、义与法,抑末矣。而后世至且执为绝业专家,旷百年而不一觏其人焉,岂非以其义法之是非、词体之美恶,即为事与道显晦之所寄,而不可昧而杂、冒而托邪? 文章者,道之器;体与词者,文章之质。范其质,使肥瘠修短合度,欲有妍而无媸也,则存乎义与法。

其后又曰:

> 学博论文主品藻,侍郎论文主义法。要之,不知品藻,则

---

① 《考槃集文录》,332 页。

其讲于义法也愍；不解义法，则其貌夫品藻也滑耀而浮。先生后出，尤以识胜，知有以取其长济其偏、止其敝。此所以配为三家，如鼎足之不可废一。凡若此者，皆学者所共见，所谓天下之公言也。

此皆是为写作宗旨与具体要求之统一而作辩。

其二，尤属新见的是：在明道与适用上，特别强调文的重要，提出"文章之事，别有渊源授受"（参见《姚石甫文集序》），"文章之家，杰然自为一宗"。将文分为"致用之文"与"作者之文"，否定前者而只取后者。此点集中体现于《切问斋文抄书后》。《文抄》为陆朗甫所编，陆有论文语，曰：

> 道在立言，不必求之于字句。又曰：文之至者，皆无意于为文。无意为文，而法从文立，往往与先秦两汉唐宋大家模范相同。

方东树则针锋相对地予以驳斥。首先指出："洎孔氏之门，始以文为教，四科之选，聿有专能。自是以来，文章之家，杰然自为一宗而不可没，固为其能载道以适于用也。凌夷至于秦汉，道德泯然绝矣，而去古未远，文章犹盛。""魏晋以降，道丧文敝，日益卑陋。"韩愈出而复古，文起八代之衰。然后展开论述说：

> 退之论文，自六经，左、史、庄、屈、相如、子云数人而外，其他罕称焉。于是重古文者以文为上，非祖述六经、左、史、庄、屈、相如、子云者，不得登于作者之录。重用者以致用为急，但随时取给，不必以文字为工。二者分立交相持。世浅识之士，眩瞀惶惑，莫知所宗，苟事调停，终未得理。间尝折衷斯义，以

为：必重古文而后谓之文乎，则自东汉以来至于今，又将以至于万世而无穷，天下所用以治百官、察万民者，一日不可无，而安能待之遥遥不世出之作者乎？但使"有用"即与"作者"无异，则自东汉至于今，工为致用之文，不知几千百人，而何以都不传于后，而独此寥寥数作者，光景常新，久而不敝，而为人所循诵法传乎？可知文章之道，别有能事，而不得以不知而作者强预之也。

陆氏又谓："有用之文如布帛菽粟，华文无实者如珠玉锦绣，虽贵而非切需。"吾又以为不然。使世之人皆惟是取给于布帛菽粟而已，则是禹可以恶衣承祭，而不必致孝乎鬼神，而山龙华虫之饰，与夫珍错玉食之供，凡三代圣王典礼之盛，皆可废也。且夫菽粟入口，隔宿而化为朽腐矣，吾人三年不制，衣则垢敝鹑结矣。是故今日之菽粟，非昨日之菽粟也；已敝之布帛，非改为之布帛也。此随时取给之文，所以不传于后世也。若夫作者之文则不然，其道足以济天下之用，其词足以媲坟典之宏，茹古含今，牢笼百氏，与六经并著，与日月常昭，而曷尝有无实之言，不试而云者乎？今不悟俗学凡浅不能为是，而徒指夫獧子浮华无用之文以为口实，是尚不足以杜少知之口，而何以服作者之心乎？……俗言易胜，缪种易传，播之来学，将使斯文丧坠，在兹永绝，亦文章之阨会也。……

然则如之何而可？曰：在《易》之《家人》曰："言有物。"《艮》曰："言有序。"夫有物则有用，有序则有法。有用尚矣，而法不可偕。必有以矫而正之，讲明切究，遵乎轨迹以会其精神，使夫古人音响之节，律法之严，学者有所望而取则焉。岂可以随俗恒言，任意驱役楮墨乎？作者之徒，宜谨之于此。[①]

---

① 《考槃集文录》，335 页。

此论的一大亮色,在于将纯粹"实用"之文与"作者之文"即古文区别开来。这是前人未尝论及的,是对"桐城派"文章观的一大补充。但他仍然将文与载道联为一体,所强调的仅是"有用"之外,还必须讲究"言有序""品藻""格、律、声、色"等为文之法,而对于溢出于"道"的作品,仍在排斥之列。也许正因如此,"桐城派"的后学及追随者,才视桐城之文为古文乃至古代散文之正宗。

由于以上几方面的建树,使方东树在"桐城"三大家后有较重要地位。至于方东树散文创作的实践,所可称道者为:因其生活的年代已进入清之晚期,延至鸦片战争之后,所写某些作品,如《化民正俗对》《戒食鸦片文》《病榻罪言》等,题材内容上,表现了对国事民瘼的关切,甚至提出应对外国侵略者之策。而在文章特点上,他并没有接续"桐城"雅洁练净的传统,以铺陈形容排比为能事,不论书函,论说,传志,往往下笔不能自休,汩汩漫漫,动辄数千言,虽形成一定气势,难免枝蔓芜赘之弊,无多少可称赏处。

2. 管同

管同(1780—1831),字异之,上元(南京市)人。从学于姚鼐,道光五年(1825)中举,安徽巡抚邓廷桢聘为其子之师,陪邓子赴京途中病死。

管同对姚鼐极尊崇,处处以"吾师"称之,在《公祭姚姬传先生文》中,推扬说:"公生则为师于一时,死则为师于百世。是身没而常不朽,而谁谓公亡?"[1]其思想观念,继姚鼐之绪,以道学为宗,《书苏明允辨奸论后》有云:"道学之尊,犹天地日月也。"[2]文章观亦以"桐城派"为古文之正统,于《国朝古文所见集序》有谓:

---

[1] 《因寄轩文初集》,《清代诗文集汇编》第五百三十二册,上海古籍出版社,325页。以下所引《因寄轩文初集》皆同此版本。以下所引此书皆同此版本。

[2] 《因寄轩文二集》,《清代诗文集汇编》第五百三十二册,上海古籍出版社,332页。以下所引《因寄轩文二集》皆同此版本。以下所引此书皆同此版本。

予幼闻人言：古文辞之善，或并世而数人，或数十年而一人，或数百年而后有一人。自明归太仆有光死，而世无人焉，侯、魏与汪皆不得接乎文章之统，他何论哉？及予受学桐城姚先生，先生之文出于刘学博，学博之文源于方侍郎。是三公者，吾党以为继太仆矣。[①]

《公祭姚姬传先生文》亦有曰：

近代文士，曰刘曰方，及公自桐城再起，遂乃轶二子而继韩、欧阳。

可见他对"桐城派"在古文统系中的地位，看法与方东树完全一致。

单就管同的文学观念而论，有两点值得注意：其一，他承续了姚鼐文章有阳刚阴柔之美的观点并偏于崇尚阳刚一面。其《与友人论文书》有云：

仆闻文之大原出于天，得其备者，浑然如太和之元气，偏焉而入于阳，与偏焉而入于阴，皆不可以为文章之至境。然而，自周以来，虽善文者亦不能无偏。仆谓与其偏于阴也，则无宁偏于阳。何也？贵阳而贱阴，信刚而绌柔者，天地之道而人之所以为德者也。孔子曰："吾未见刚者。"曾子曰："士不可以不宏毅，任重而道远。"圣贤论人，重刚而不重柔，取以毅而不取巽顺。夫为文之道，岂异于此乎？古来文人陈义吐辞，徐婉不失态度，历代多有；至若骏桀廉悍，称雄才而足号为刚者，千百年而后一遇焉耳。甚矣，阳之足贵也。

---

① 《因寄轩文二集》，331 页。

他又将此与孟子养气说结合起来：

> 孟子所云"以直养而无害"是也。日蓄吾浩然之气，绝其
> 卑靡，遏其鄙吝，使夫为体也常宏，而其为用也常毅，则一旦随
> 其所发，而至大至刚之概，可以塞乎天地之间矣。如此，则学
> 问成而其文亦随之以至矣。①

后来，于《又答念勤书》，则对自己的观点做了修正，云：

> 仆幼为文章，私特谓文贵宏毅，具所答《友人论文书》。近
> 乃知文人之心，控引天地，囊括万物，神机开阖，不知其故，乃
> 能尽文章之极致，而宏毅特其一端耳。②

所以有此改变，或与同《书》前面所云："体不直不可以为杰，势不曲
不可以为妍。""养气必盛，而储思必深。思深矣，而气不盛，弱焉而
已尔；气盛矣，而思不深，平焉而已尔。"体会到两方面必须兼具之
必要。这一点，可视为对其师承的延续与体悟。

其二，总起来看，在为文观念上，较方东树偏于保守。前论方
氏在重视文章之明道、适用的同时，特别强调文之重要，而管氏则
与之不同，有明显的重道而贬文倾向，这一点，恰恰充分地体现在
其《方植之文集序》中。文章开首即曰："古之所谓三不朽者，首立
德，次立功，又其次乃立言。夫苟能立功矣，言不出可也。""苟能立
德矣，功不著亦可也。"然后谓：

---

① 《因寄轩文初集》，296 页。
② 同上，300 页。

其立言也，皆有故而非得已：明道以教人也，记事以传世也，吟咏讴歌以陈情而见志也。非是，苟无作者也。……惟有故而非得已，是以出言必当，而其后必传。

自周之衰，士大夫舍本逐末，诸子百家创说著书，其言虚伪庞杂，文辞工而多失立言之旨。秦汉以降，士益专力为文。有为文而犹托于立言者，荀、韩、杨、李是也；有为文而直外立言者，相如、邹、枚，文章之士是也。自文章之士出，世爱玩焉，而知道者深诟病之。嗟夫！士生于世，上之不能修孔、颜之德，次之不能建禹、皋、周、召之功，敝精疲神，作为文字，使爱者与俳优并畜，而憎者至以相訾謷，其亦可谓愚也夫！其亦可谓愚也夫！[①]

此文写于道光七年（1827），而方东树之论则发之于管同已逝之后，不过，亦可见二者观点之异趋。此外，他在《送李海帆为永州府知府序》中，区分"圣贤之文"与"文士之文"，贬后者而崇前者。在《赠汪平甫序》中，将事物分为外在之形与内在之情（实即道德修养），而谓："文也者，在外者也；在外也者，春华而云丽，钟铿而琴和，炳然匋然，皆形耳，而岂情也哉？"希望对方"用司马迁、韩愈之作以形其情；越司马迁、韩愈之志，程而朱之，周而孔之，尧舜而汤禹之，以情其形"[②]。实即以司马迁、韩愈之文，来表达周、孔、程、朱之道。在《答甘畤人书》中，又大批"诗贵性灵，不取学问"之说，而称闻之于师。可见他是承受发展了姚鼐与桐城文学观中较消极之一面。

管同的散文作品，序、记较有特色。有些体现了对宏肆之气的

---

① 《因寄轩文二集》，349 页。
② 同上，347 页。

追求，如《宝山记游》：

> 宝山县城临大海，潮汐万态，称为奇观。而予初至县时，顾未尝一出，独夜卧人静，风涛汹汹，直逼枕簟，鱼龙舞啸，其声形时入梦寐间，意洒然快也。
>
> 夏四月，荆溪周保绪自吴中来。保绪故好奇，与予善。是月既望，遂相携观月于海塘。海涛山崩，月影银碎，寥阔清寒，相对疑非人世境，予大乐之。不数日，又相携观日出。至则昏暗，咫尺不辨，第闻涛声若风雷之骤至。须臾天明，日乃出，然不遽出也，一线之光，低昂隐见，久之而后升。……及其大上，则斑驳激射，大抵与月同，而其光侵眸，可略观而不可注视焉。
>
> 后月五日，保绪复邀予，置酒吴淞台上。午晴风休，远波若镜，南望大洋，若有落叶十数，浮泛波间者。不食顷，已皆抵台下，视之，皆莫大舟也。苏子瞻记登州之境，今乃信之。①

虽有欠简净，而写景状物，声色颇盛。其余，如《抱膝轩记》写居处之厌陋，环境之吵杂，及在容膝之地仍怡然专志于诵读，相当传神。《因寄轩记》则简明洁净，从容抒写，较有风致。《登扫叶楼记》学王安石《游褒禅山记》、苏轼《石钟山记》笔法，记以寓论，亦得其仿佛。但有的作品，如《饿乡记》，摹前人之形式，表道学之观念，不伦不类，大失其意趣。

另外，管同生活的时代，已近专制王朝之趋近没落，他对之有所预感，如《上方制军论平贼事宜书》有云："国家承平百七十年矣，长吏之于民，不富不教，而听其饥寒，使其冤抑，百姓之深知忠义者，盖已鲜矣。天下幸无事，畏软隐忍，无敢先动，一旦有变，则乐

---

① 《因寄轩初集》，307 页。

祸而或乘以起。而议者皆曰：'必无是事。'彼无他，恐触忌讳而已。"①因而写了《拟言风俗书》《拟筹积贮书》《禁用洋货议》《与朱幹臣书》等关心时事政务的文章。

3. 姚莹

姚莹（1785—1853），字石甫，号展堂，桐城人，姚范曾孙，姚鼐侄孙。嘉庆十三年（1808）进士，历任多职，后擢台湾道，鸦片战争爆发，屡败犯台英军。因受"冒功""杀俘"之诋毁，一度被系狱，经多方救助，发往四川任职，又为总督所忌，曾差使西藏，后补蓬州。咸丰初，起用为广西按察使，参加镇压太平军之役，战败，复任湖南按察使，卒于任。

姚莹早年师从姚鼐，为姚门四大弟子之一。思想观念与为文观念承绪"桐城"正统。他综方、刘、姚之见，在《与吴岳卿书》中，提出学问之"要端有四，曰：义理也，经济也，文章也，多问也"②。于《复陆次山论文书》，引"所闻于先正者"曰：

> 大抵才、学、识三者先立其本，然后讲求于格、律、声、色、神、理、气、味八者以为其用，尤以绝嗜欲、淡荣利，荡涤其心志，无一毫世俗之见于乎其中，多读书而久久为之，自有独得，非岁月旦夕所可几也。仆之所闻如是而已。近代方望溪最善此事，其言以义法为主，虽非文章之极诣，然涂轨莫正于此。③

可谓对桐城文章观的简要概括。于《复杨君论诗文书》中又有曰：

---

① 《因寄轩初集》，298页。
② 《东溟文集·外集》，《续修四库全书》第一千五百十二册，上海古籍出版社，449页。以下所引《东溟文集》皆同此版本。以下所引此书皆同此版本。
③ 《东溟文集·文后集》，563页。

诗文者,艺也;所以为之善者,道也。道与艺合,斯气盛矣。文与六经无二道也,诗之与文,尤无二道也。凡此皆有得于天而又得于人者是也。①

重复标举了姚鼐"道与艺合""天与人一"的观点。在"文"与"道"的关系上,他比起其前辈,更强调载道之重要,这于其《赠王杙序》《与张阮林论家学书》《复杨君论诗文书》《复吴子方书》等文,皆有充分表述。如《与张阮林论家学书》有云:

君子立学,传于后世者道也,而不在文;功也,而不在德。道、功,天下之公也;文、德,一人之私也。道足以继先哲,功足以被来兹,若此者已,不必传天下。传之文者,载道以行,舍道以为文,非文也,技也耳。②

《复吴子方书》则诉其心腑曰:

仆少即好为诗古文之学,非欲为身后名而已,以为文者,所以载道,于以见天地之心,达万物之情,推明义理,羽翼六经,非虚也。③

然而,他所谓"道",并非仅指传统的儒家之道,尤重的是理学家之道,于《再复赵分巡书》曾言:

莹于经术之文尝慕董胶西、刘中垒,于论事之文尝慕贾长

---

① 《东溟文集·外集》,452 页。
② 《东溟文集》,394 页。
③ 《东溟文集·外集》,453 页。

沙、苏眉山父子，非徒悦其文章，以为数子之学皆精通明达，所谓其"言有物"者。至于天人之际，性命之微，则非殚究于濂、洛、关、闽，不足以定极中至正之归。①

他非但宗法程、朱，亦崇奉阳明。于《检身纲目说》中，将不忠、不孝、不友、不仁、不义、不信、不智、不公、不敬、不诚列为人之十大罪，将仁、义、礼、智、信称为"五德"，归于"天理"所发，谓其"未尝不具于人心，稍欲求之，直取诸怀耳"②。足见所受理学习染之深。凡此，看出姚莹得桐城之嫡传，所取又有所偏重。

　　姚莹的散文创作成就不高。几篇论说文章，明快畅朗，颇有气势。某些记作，如《游榄山记》《粤东学使后园记》，写特定时地景物，显示出一定的审美表现水平。为亲友所写哀祭文，如《祭刘明东文》《祭张亨甫文》《祭兄伯符文》，皆用散体，寓挚情深痛于追往忆昔的陈述之中，虽如祭兄文等过于琐细，而受韩愈、归有光影响，至为明显。

　　文集中收有大量涉及时事政务的议、状，属方东树所谓"致用"之文。此外，亦有写给师友之谈论时务及倾诉仕途遭际、心曲态志的书函。这类文字有颇可注意处：

　　其一，此类文字，少曲折委婉之致，多激昂慷慨之气，忠贞刚正之辞，如《复管异之书》《再与方植之书》皆是。

　　其二，姚莹所处时代进入晚清，经鸦片战争，内忧外患，危机重重，作为敏感的文人，他已意识到最后一个专制王朝不可避免的衰颓之势。在《复座师赵分巡书》中曾云：

　　念本朝忠厚之恩，痛天下贪婪之敝，因循宽纵，殷鉴在元，

　　① 《东溟文集》，400页。
　　② 同上，378页。

财尽兵骄,何以守国？溃痈之患已形,厝薪之势弥急,而二三执政,方且涂饰为文,讳言国势。大体既昧,小节徒拘,忠志不存,空言掣肘。其当官有言责者,微文琐屑,几等弹蝇,更生之封事不闻,贾谊之痛哭安在？肉食者鄙,未能远谋;窃钩者诛,可为太息。嗟呼！杞忧不妄,阮哭非狂。当今即有一二慷慨忠义之士,稍识事体者,混迹侪人之中、困塞风尘之际耳。①

此语当在他已任台湾道,尚未发生鸦片战争之前,此后之悲观情绪更可想见。

其三,面对此种局面,他仍存尽忠报国之心,虽历经颠踬困顿,仍不改其衷。晚年所写《与陈梁叔书》有云：

足下似但知鄙人之迹,而未见其心,又习见近世仕宦者善为趋避,而于古人风义品节之详,尚有未深究也。

世之善于仕宦者,大抵见利则趋,利犹未形,而先求其径以逢之,则趋利之术愈工;见害则避,害犹未见,而先计其势以远之,则避害之术愈巧。此皆世所谓智者也。古之君子则不然,其就也其去也无所固,必一准乎义而已。

阿谀容与以求悦于上,矫饰诈伪以取誉于下,如此者固生平所不屑为,即交游中,未尝不谓某之屡任屡踬,有由然也。夫乌知众人所谓失者,未必非其所自得者乎！自省数十年中,不动心于祸福者久矣。臣之事君犹子事父,父受人言,不悦其子而鞭挞之、冻馁之者,世尝有之矣,子不能以鞭挞、冻馁而怨其父;君受人言,不悦其臣而诛罚之、贬黜之者,世亦有之矣,臣乌得以诛罚、贬黜而怨其君哉？

---

① 《东溟文集·外集》,456 页。

　　　　若以当其事者道有不合,而为去就之计,则又末矣。身当
　　　三黜,自反皆无咎于心,既习见之,展氏所谓"焉往而不三黜"
　　　也。历观古来贤哲,大抵名位盛则思止足而乞身,未有处谴谪
　　　之地而求退者也。①

此信或因对方见其虽尽心尽职,却屡受贬黜,因而劝其退出仕途而
作,他则表示即使遭受委曲,亦无怨无悔,仍要坚持为君为国之大
义。其中属于愚忠成分固不可取,而在当时局面下,不计个人祸福
的精神却值得赞赏。

　　其四,他已意识到打开封闭自守,了解外部情势之必要。其在
蜀赴藏期间,曾著《康輶纪行》一书,于《复光律原书》中,论之曰:

　　　　夫海夷之技,未有大胜于中国也,其情形地势且犯兵家大
　　　忌,然而所至望风披靡者,何也? 正由中国书生狃于不勤远
　　　略,海外事势夷情,平日置之不讲,故一旦海舶猝来,惊若鬼
　　　神,畏如雷霆,夫是以偾败至此耳。既震其积威,复中之以邪
　　　教,几何其不胥中国而沦于鬼魅乎? 自古兵法,先审敌情,未
　　　有知己知彼而不胜,瞆瞆从事而不败者也。英吉利、佛兰西、
　　　米利坚,皆在西洋之极,去中国五万里。中国地利人事,彼日
　　　夕探习者已数十年,无不知之。而吾中国曾无一人焉留心海
　　　外事者,不待兵革之交,而胜负之数已较然矣。澳门夷人至于
　　　著书,笑中国无人留心海外,宜其轻中国而敢肆猖獗也。
　　　　莹实痛心,故自嘉庆年间,购求异域之书,究其情事。近
　　　岁始得其全。于海外诸洋,有名大国,与夫天主教、回教、佛
　　　教,一一考其事实,作为图说,著之于书,正告天下。欲吾中国

---

　　① 《东溟文集·文外集》,621 页。

童叟，皆习见习闻，知彼虚实，然后徐筹制夷之策。是诚喋血饮恨而为此书，冀雪中国之耻，重边海之防，免胥沦于鬼蜮，岂得已哉！①

其看法与做法，实已开洋务派之先河。正因如此，他与当时的先觉之士，大有同气相求之感。其《汤秋海传》中，有云：

> 道光初，余至京师，交邵阳魏默深、建宁张亨甫、仁和龚定庵及君。……是四人者，皆慷慨激厉，其志业才气，欲凌轹一时矣。世乃习委靡文饰，正坐气薾耳。得诸子者大声振之，不亦可乎。②

此外，他与林则徐既有类似遭遇，亦有书信往来。

其五，姚莹虽有救世爱国之心，但却将世事的衰颓归咎于对理学的非议，且将挽救大势的希望，寄托在理学观念与地位的恢复。在其《复黄又园书》中，就黄所集《近思录》而云：

> 窃叹海内学术之敝久矣！自四库馆启之后，当朝大老皆以考博为事，无复有潜心理学者，至有称诵宋、元、明以来儒者，则相与诽笑。是以风俗人心日坏，不知礼义廉耻为何事。至于外夷交侵，辄皆望风而靡，无耻之徒，争以悦媚夷人为事，而不顾国家之大辱。岂非毁讪宋儒诸公之过哉？足下独善所师，崇尚得其正轨……以为读此，然后有以反其陷溺之初心。心地明而后廉耻立，庶几有人思雪国家之大耻，而立天下之纲纪也。③

---

① 《东溟文集·文后集》，556页。
② 同上，588页。
③ 《东溟文集·文外集》，625页。

这或可以称之为"理学救国"论，它不只是姚莹的局限，亦是许多士人的共同局限。

总以上数端，以姚莹为苗头，可以看出古代散文写作的趋势将发生重大变化。文章之士，在追寻前人写作规范的同时，于题材内容和着眼点上，开始向关注王朝盛衰、国家命运、民族危亡方面偏移，至于抒发性灵、抒张个性，对山川风物、内心情愫的审美体验、审美观照、审美表现，则相对地置于度外。同时，在观念上革新与保守的交织之中，古代散文也逐渐向其终结期过渡。

4. 刘开

刘开(1784—1824)，字明东，又字方来，号孟涂，桐城人。少孤贫，从事举子业，但终身未仕。

姚莹《惜抱先生与管异之书跋》云：当姚鼐在钟山时，"异之与梅伯言、方植之、刘孟涂，称姚门四杰"[①]。而刘开于《刘氏支谱后序》自云："（十岁）诵经传及先贤遗言，十二学为诗古文辞，年十有四，谬为先达姚姬传先生所知，称为国士。"[②]《刘孟涂集》中载有《姚姬传先生手书》："承寄文，命意遣词俱善。世不可无此议论，亦不可无此文。尽力如此做去，吾乡古文一脉，庶不至断绝矣，岂独鼐一人之幸也哉！"[③]可能为刘开初为姚鼐所知而写，此后，开即从学于姚。由此可见，当初刘开在姚门弟子中有重要地位。而刘开亦以姚鼐及"桐城"传人自居。所写《姬传先生八十寿序》《祭姬传夫子文》，极赞姚鼐在学术文章发展上的贡献，表达如蔡邕对王粲式的知遇之恩，在《与阮芸台宫保论文书》中，针对阮元的批评，从文章发展史的角度，对方苞以来"桐城派"的古文统系作辩护。其

---

① 《东溟文集·文后集》，583 页。
② 《刘孟涂集》，《续修四库全书》第一千五百十册，上海古籍出版社，384 页。以下所引此书皆同此版本。
③ 同上，402 页。

古文作品，除行文上更多宏肆之气，不像姚、方那样追求雅洁、质醇外，营构与格局，大体亦符合"桐城"轨途。但由于其思想观念与为文观念有溢出"桐城"传统之处，故为"桐城"之后继者所不取，以姚莹代其"四杰"之一的位置。

所谓刘开在观念上溢出"桐城"传统之处，主要在以下几点：

其一，在"汉学"与"宋学"的关系上，他未取一味崇尚宋儒理学，而排诋考据训诂学派的态度，表达了一种折衷调和立场。于《学论上》曾谓："夫道无不在，汉、宋儒者之言，皆各有所宜，不可偏废也。""朱子与康成，固异世相需者也。有得于先圣之微言者，不可遗前代之礼制；有识量之渊雅者，不可无道义之权衡。二者恒相需为用。今不各从其善，而徒挟门户之私是，所争者小而所失者大也。"①于《论学中》又谓："夫宋之与汉也，其学固有大小缓急之殊也，其交相为用一也。合之则两得，离之则两失。有大贤者出，兼汉宋之长而折衷于孔孟。不快一时之论，而先百年之忧。取汉儒之博，而去其支离；取宋贤之通，而去其疏略。本之以躬行，导之以恻怛，论笃而心公。然后众议可得而定，积学不至于偏。"②这种态度，从当时的情况来说亦属公允，但难以为尊崇理学者所取。

更何况，刘开在肯定宋学的同时，其思想观念中，实透露出反理学倾向。在其《读诗说上》，将"天理"与"人情"视为对立的两端："古之教者，始于人情，故论平而行之有效；后之教者，纯以天理，故论高而行之无功。古之为教，使人乐之；后世为教，使人苦之。"然后极论诗之对人情的感化诱导作用，而曰："夫温柔敦厚者，诗之旨也；缠绵悱恻者，诗之情也。人必有缠绵悱恻之实意，而后可炳为事功，蕴为道德，否则，铺张砥砺亦伪而已。""后之才士，既不知古

---

① 《刘孟涂集》，328 页。
② 同上，329 页。

第五章　对散文写作规范的探寻　/　1555

人之所以为诗故,流荡而不知检;后之儒者,又摈诗为词章,而不知因人情而示之则,故并置《三百篇》之宗旨,而不以之为教。于是专以礼义之说防闲天下,而天下终决而去之。是强制其心,而非性所乐从也,是以能暂而不能久,阳奉以名而阴咈以实也。"①于《读诗说中》,更直指程、朱曰:"君子之为教也,其过者抑而裁之,其不及者诱而进之,以明吾道,以伸吾学,要期于有济而已。程、朱之教人也,以穷理主敬为宗。夫主敬则诚善矣,而初学者或不能致其力。程、朱之言如此,孔子所以教人者如彼,故因《论语》之言而推衍之,使后之君子有所折衷焉。"②这种对程、朱的非议,更不能为宗法理学者所接受。

其二,在散体与骈体,实即古文与骈文之间,亦取调和折衷态度,与"桐城派"主流的立场不同。在《与王子卿太守论骈体书》中,他从文章的发展史出发,论骈与散各有所由,各有所取,应两者并重,不必偏废。其言曰:

> 夫文辞一术,体虽百变,道本同源。经纬错以成文,玄黄合而为采,故骈之与散,并派而争流,殊涂而合辙。二枝并秀,乃独木之荣;九子异形,本一龙之产。故骈中无散,则气壅而难疏;散中无骈,则辞孤而易瘠。两者但可相成,不可偏废。……物之然否因乎地,言之等量判乎人。世儒执墟曲之见,腾坎井之波,宗散者鄙俪词为俳优,宗骈者以单行为薄弱,是犹恩甲而仇乙,是夏而非冬也。夫骈散之分,非理有参差,实言殊浓淡。或为绘绣之饰,或为布帛之温,究其要归,终无异致,推厥所自,俱出圣经。……所可言者,一以理为宗,一以

---

① 《刘孟涂集》,323 页。
② 同上,324 页。

辞为主耳。夫理未尝不藉乎辞,辞亦未尝能外乎理,而偏胜之弊,遂至两歧。始则土石同生,终乃冰炭相格。求其合而一之者,唯通方之识、绝特之才乎!①

其论虽不如今天之清晰,大体合乎实际,尤其意识到文章写作,不但只求其表达的简明畅朗,亦应有对艺术性之审美追求。故他既致力于古文的写作,同时亦写骈文,而且其骈体文,不求用典的丰富与言辞的古雅,只重其节奏与文采。试看其《书洛神赋后》一文:

余读曹子建《洛神赋》,见其吐泄芳华,备陈容饰,钩神绘影,骋色摹声,亦既尽瑰质之奇矣。至动无常则,若危若安,进止难期,若往若还,乃辍卷而叹曰:此实天人之逸致,非世人之所有也。

夫风诗有如云之称,屈子有目成之喻。宋玉《神女》之制,精而未详;相如《长门》之篇,哀而不艳。《登徒》一赋,状微笑流眄之神;《招魂》累言,标遗视腾光之美。文通抽思于《丽色》,繁钦饰藻于《定情》。赵皇后之临风欲仙,李夫人之绝世独立。虽皆穷极妙丽,刻露精诚,助彼艳情,夺人志魄;然名媛旷代,尤物移人,靡曼艳逸,世尚见之。至子建此语,则精彩动摇,神光离合,体非常度,态异恒情。侧出横生,无非姿媚;前辉后映,初无定形。是非仙灵,诚莫能当矣。夫乞重芳草,托辞美人,本属寓言,原非事实。或前而却,有近夫狐疑;将飞未翔,亦得之想象。子建岂必亲见宓妃,而目所未接,神能代传。

盖才人壮物,有过之无不及也。故语高则九野之表逊其峻,穷隐则八幽之下让其深;论秋则无霜而寒,雕春则不花而媚。往往境之所无,笔能有之;力之所穷,思能造之。片石零柯

① 《刘孟涂集》,424页。

滋其润,腐骨枯魄被其温。何况佳丽也哉! 何独洛神也哉!①

用浅明的骈体,盛叹曹植于若有若无、恍惚迷离之中,塑造出洛神超逸不凡而又曼妙动人的形象。尤其值得称赏的是,他由此而引申出,艺术家可凭丰富的想象,使自己的笔墨达到无往而不能的境界。显然,据"桐城"家法,这是既不肯又不屑于追求的。

其三,他固然肯定与接受方、刘、姚所总结之前人写作的基本规范,但反对以之作为固定的"作文之法",从而规模甚或超越古人。在《复陈编修书》中,针对对方"所示作文之法",他以用兵为例,明确提出"兵无常形,文无定法"。在他看来,古人"二气四时、群变万化之触于心者,皆可得之以为文焉。自唐宋以降,世之考文辞者不可胜数,然终身为之而不知其法者,比比皆是。求有人焉,得前人意义,不失古人矩矱,已罕遇可贵矣。而能夺其才力,倾其蕴蓄,出其陆离光怪,泄其悲愤幽郁,以自成一家之言,前后不必同辙,彼此不妨异趣……"更难能可贵的是,他所说的以下一段话:

> 八家未出之前,法未备而文日益奇;八家既行之后,法愈密而文日益下。非法之足妨文也,众美既具,奇无可加,夫如是,故取境也难。且古贤独擅之长既不可与争工,兼取各家之长,以归一人之镕铸,则力又有所不逮。于是偏于才者,或纵横求异,不知古人之去取裁制,而决裂乎法外;偏于学者,或平易近理,不知古人之波澜变化,而拘守于法中。曾子固醇而不肆,苏明允肆而不醇,兼之者仅韩昌黎也。此在昔人尚以为难,况后世之啬于才而弱于学者哉?②

---

① 《刘孟涂集》,415页。
② 同上,338页。

这等于宣布,仅仅依靠寻求前人创作规范,而希图追踪或超越前人已无可能。此乃少有的远见卓识。不知"桐城派"的三个创始人是否意识到了这一点,或者意识到了而没有明说。但恐怕为"桐城"的后继者们难以接受。

以上几点,表明刘开的视野较为广阔,见解较为明智,并不足以总体上断其为异端,否定他为"桐城"的传人之一。

5. 梅曾亮

梅曾亮(1786—1856),字伯言,江苏上元(南京市)人,因祖居安徽柏枧山,故以"柏枧山房"名其文集。早岁受学于舅氏侯子有及母亲侯芝,二十岁开始师从姚鼐。三十五岁中举,三十七岁中进士,注官县令,因需远任而告病回乡。其间曾主讲书院,先后入安徽巡抚邓廷桢、江苏巡抚陶澍幕府。四十九岁,纳赀为户部郎中,至六十四岁,辞职家居。咸丰三年(1853),太平军攻占南京,逃难至淮安,直至病逝。

梅曾亮生当清代中、晚期之交,亦曾有用世之志,《上汪尚书书》有云:"以为士之生于世者,不可苟然而生。上之则佐天子,宰制万物,役使群动;次之则如汉董仲舒、唐之昌黎、宋之欧阳修,以昌明道术、辨析是非治乱为己任。"[1]早期曾写有《民论》《士论》《臣事论》等,在《上方尚书书》中,指出时弊在官吏"习故态",而不能"任劳怨",建议"一切尽人才为先,鼓众心为本"[2]。鸦片战争期间还写信给友人,提出对抗英军之术。后在为邓廷桢所写《墓志铭》中,记述了邓任两广总督期间与林则徐一同发起禁烟运动,及抗击英军的事迹。所写《正气阁记》,高度赞扬了为抗击英军而死节的葛云飞、杨庆恩。尤其难能可贵的是,在《记日本国事》一文中,根

---

① 彭国忠、胡晓明校点:《柏枧山房诗文集》,上海古籍出版社,2012 年,24 页。以下所引此书皆同此版本。

② 同上,19 页。

据传闻，竟赞扬海外"蕞尔之夷"的优长之处，实为前所少有。然其所处时代已远非乾嘉盛世，鸦片战争与太平军起义之前已衰象呈露。在《答王鹏云》中，他自述云：

> 曾亮居京师二十年，静观人事，于消息之理有所悟，久无进取之志。虽名官，直一旅客耳。每自思念：即此当教官作，何不可过？遂心中都无一事，每夜到枕即睡，每饭三碗可，不须鱼肉。见者误以为能自优渥，不知乃全得力于惰窳无耻——可一笑也。①

所谓"于消息之理有所悟"，实即对清廷及国势的衰变已有所感悟，对居身的进退产生悲观消极情绪。此文写于其六十二岁，代表了晚年心态，所以三年以后即辞官归里。

梅曾亮于姚鼐及门弟子中年最少，且寿较长，晚岁，好友管同已逝，姚莹及方东树皆在外地，惟独他居京二十余年，结交广泛，故在"桐城派"的发展中居有承上启下地位。他的思想及文章观念，基本延续了姚鼐及"桐城"的统系。

首先，他对姚鼐极为尊崇。在其用骈体所写《姚姬传先生八十寿序》中，对姚鼐的处世、德行、人品进行了全面赞扬，讲到文章学术方面的贡献，云：

> 自经师异派，曲学华离，综夫九流，盖有三道：曰义理焉，曰文章焉，曰考证焉。咸墨守输攻，出奴入主：为词宗者，务华绝根；谈朴学者，忘经数典。先生挺桐一元，兼包三昧。风来水面，悟成章于自然；天来山中，参博物之微旨。欲使辅嗣

---

① 《柏枧山房诗文集》，39页。

执卷,不笑康成;范宣宗经,亦知庄子。故其论思六艺,雕琢百家;阙疑斯慎,非坤乾而不征;圆机所流,说云汉而无碍。存大体于碎义,贾孔不能溺其心;辨古书于群言,邹鲁不能眯其目。及乎微之发覆,世昌子美之诗;欧阳代兴,人学退之之步。黜险怪而弗录,刘昼惭其大愚;耻骩骳而弗珍,虞初别于小说。述者谓明,学者宗之。此即随流平进,润色鸿业,其所成就,又多乎哉![①]

在《陈石士先生授经图记》中,则借陈氏而颂扬姚鼐曰:

> 桐城姚姬传先生,以名节、经术、文章高出一世。门下士,进者如钱南园侍御、孔扬约编修,皆不幸早世,而抱遗经、守师说、自废于荒江穷巷之中者,又不为人所从信。惟今侍讲学士陈公,方受知于圣主,而以文章诏天下之后进,守乎师之说,如规矩绳墨之不可逾。及乙酉科,持节校士于两江,两江人士,莫不访求姚先生之传书轶说,家置户习,以冀有冥冥之合于公,而先生之学,遂愈彰于时。[②]

此外,论及姚门弟子的书函、文章中,多将他们的成长归之于姚氏的培养。如为陈用光所写《墓志铭》,特指出:"及壮,师桐城姚学士鼐,以为古文词必扶植理道,缘经术为义法宗。"[③]

其次,思想倾向及学术观念,依然以崇尚孔孟及理学为宗。五十岁时,写有《台山氏论日本训传书后》一文,云:日本近有《论语训传》一书,"诋诃程朱,上及孟子"。"至其妄诞,则以性善为妄说,

---

① 《柏枧山房诗文集》,393 页。
② 同上,235 页。
③ 同上,275 页。

以私欲为天理,以人欲净则不可以为人。而宋儒所谓'人欲净,天理行',乃释氏断烦恼、修菩提之说,不可以言圣人之道。"今天看,这种对理学的批判,恰切中要害。而梅氏则抨击其为"异端之尤",谓:"日本书,向未多见,使其学术如此,则不如无书之为愈也。"进一步扩及国内,表示:"是书也,今跨海而来吾国,岂吾之学术风气相为感召者乎? 是书之妄不足攻,而使吾之得见是书为可虑也。""异端之生,自失吾心之是非始,而学者苟且,日从事于琐琐训诂之间,未有不疏于义理而驯至无是非者。"①既见其思想的保守,更见其对理学观念崇信之笃。其《太乙山房时义序》,论及陈用光之文,亦曾云:"一衷宋五子之说,故其文质而不华,正而不阿。"②侧面见其对程、朱理学的态度。

不只对理学持坚定信仰,对孔孟之传统思想,梅氏亦坚持其纯正性。《论语说》即着重辨析庄子的旷达不属正统道学的范围。文章主要由《论语》所载曾皙"浴于沂、风乎舞雩、咏而归"生发出来,论之曰:

> 如庄子者,犹未能平其心者也。今如点之所言,游而乐焉,归且咏而不失其乐焉,浩浩然无所恋于其始也,熙熙然无所歉于其终也,是岂可强为之哉! 其于死生富贵,不足以动其中也久也,是故其心平,而其气充。其气充,故凡物之去来消长,不足以盛衰吾气。此则贤人学道之所得,非旷达所能几,而圣人以深许之者欤!
>
> 吾观庄子书十余万言,大旨欲薄富贵齐死生。而圣人之道则异是:义重而重,义轻而轻。其不苟于万钟千驷也,视之

---

① 《柏枧山房诗文集》,128 页。
② 同上,375 页。

与箪食豆羹无异也；其不苟于金革白刃也，视之与揖让周旋无异也。而务为达者，乃始矫而轻之。夫始矫而轻之，其意固重之矣。[1]

意谓庄子之旷达，乃故为轻富贵之词，其过激言论，透露出似轻实重之意，不若孔、曾之完全出于自然。前此，他还曾写有《读庄子书后》，赞扬：“《庄子》者，文之工者也。”然重点在反对“世之言庄子者，必以道归之”。批评说：

> 凡宋人之所以为说，悉举而曲傅之庄子，曰：如是则理精。夫书自六经以外，其理之纯而无疵者，寡矣。冒天下之不是而必快其意之所安，立言者固时有是。若行不至周孔，文不至六经，而以中庸自居，是选懦不自树立者之所为，非所谓雄俊之君子也。不然，则言之纯、义之精，未有如今所谓经义者矣，而岂得为立言乎哉！[2]

明显是因为唐宋名家如苏轼者，曾受庄子影响，而特意将庄子与孔、孟之道划清界限。

由于尊崇理学，对于汉学、宋学之争，梅曾亮亦遵从“桐城”立场，崇宋而抑汉。其论说文字甚多，而以《九经说书后》最具代表性：

> 昔侍坐于姚姬传先生，言及于颜息斋、李刚主之非薄宋儒，先生曰：“息斋犹能溪刻自处者也。若近世之士，乃以所得

---

① 《柏枧山房诗文集》，17页。
② 同上，84页。

之训诂文字讪笑宋儒。夫程、朱之称为儒者,岂以训诂文字哉?今无其躬行之难,而执其末以讥之,视息斋又何如也?"因出《九经说》相授,曰:"吾固不敢背宋儒,亦未尝薄汉儒。吾之经说,如是而已。"

昔李文贞、方侍郎苞,以宋、元诸儒议论糅合汉儒,疏通经旨,惟取义合,不名专师,其间未尝无望文生义、揣合形似之说。而扶树道教,于人心治术有所裨益,使程、朱之学远而益明,其解虽不尽合于经,而不失圣人六经治世之意,则固可略小疵而尊大体。弃短取长,积义成章,治经之道,固如是也。

后之学者,辨汉宋、分南北,以实事求是为本,以应经义不倍师说为宗。其始亦出于积学好古之士为之倡,而末流浸以加厉:言《易》者首虞翻而黜王弼,言《春秋》者屏左氏而遵何休。至前贤义理之学,涉之惟恐其污,矫之惟恐其不过。以便抵巇,周内其言语文字之疵,以诡责名义,骇误后学。相寻逐于小言辟说,而不要其统;党同妒真,而不平其情。安其所习,毁所不见,终以自蔽。此其患,未可谓愈于空疏不学者也?[①]

从追踪源头上说,似较客观,而推尊理学,偏袒宋学的态度至为明显。

第三,在为文观念上,梅氏很少照搬方、刘、姚之成说,但在具体的论述中,基本上体现着"桐城"的家法。如其《送张渔篁序》,有谓:

自旷达之说兴,而人始欲以仕者之荣兼隐者之乐。南皮之游,金谷之酒,山简之池,谢安之墅,浩、衍之清谈,标高揭

---

① 《柏枧山房诗文集》,119页。

胜,流风相师。于是记述之繁,多出于亭馆、山水、花木之事,
叩景揣色,藻缛万千,巧谈工夸,缘饰政经。嗟夫！古之人不
如是也。

　　成都张渔簧博学深识,文质直有古风,顾常慨然于世之为
无益之文者多也。夫无益之文,足以滋无益之事。若此者,可
谓能知政矣。①

由政论文,由文论政,对无益之文的批判,正体现了"言有物"的精
神与主张。至于刘大櫆倡导的"书卷、经济"与姚鼐提出的要领,亦
体现于一些具体论述之中。如其《与孙芝房书》有云:

　　古文与他体异者,以首尾气不可断耳。有二首尾焉,则断
矣。退之谓六朝文杂乱无章,人以为过论。夫上衣下裳,相成
而不复也,故成章。若衣上加衣,裳下有裳,此所谓无章矣。
其能成章者,一气者也。欲得其气,必求之于古人,周秦汉及
唐宋人文,其佳者,皆成诵乃可。……出于口,成于声,而畅于
气。夫气者,吾身之至精者也。以吾身之至精,御古人之至
精,是故浑合而无有间也。国朝人文,其佳者固有得于是矣,
诵之而成声,言之而成文。而空疏寡情实者,盖亦有焉,则闻
见少而蓄理不当也。……古文而成体,非博学心知其意者
不能。②

既讲到"气",又讲到"理",且论及"声"。至于"成章""成体",亦与
"格""律"规矩暗合。

---

① 《柏枧山房诗文集》,51页。
② 同上,42页。

第四，在观点主张上，梅曾亮亦有越出其前辈者。其一，看到时代的发展，提出"通时合变"的准则。在《覆上汪尚书书》中有云："夫君子在上位，受言为难；在下位，则立言为难。立者非他，通时合变，不随俗为陈言者是已。"①在《答宋丹木》中又曰："文章之事，莫大乎因时。"②其二，论诗论文皆强调性情之真。在《太乙山房文集序》中，开门见山即提出：

> 见其人而知其心，人之真者也。见其文而知其人，文之真者也。人有缓急刚柔之性，而其文有阴阳动静之殊。譬之查梨橘柚，味不同而各符其名、肖其物；犹裘葛冰炭也，极其所长而皆见其短。使一物而兼众味与众物之长，则名与味乖，而饰其短，则长不可以复见，皆失其真者也。失其真，则人虽接膝而不相知；得其真，虽千百世上，其性情之刚柔缓急见于言语行事者，可以坐而得之。盖文之真伪，其轻重于人也固如此。

其三，与前一点相关，他提出"学同而文不必同"，认为即使同一流派的人，也不必前倡后随，雷同附和，而应该表达出自己的个性。同在上文中，他论陈用光之文，谓："公之学，固出于姚先生，而文不必同。然前乎先生者，有方望溪侍郎、刘海峰学博，其文皆较然不同。盖性情异，故文亦异焉。其异也，乃其所以为真欤！"这一点相当重要，其前尚未有人明确指出。

在散文写作上，梅曾亮有自己走过的道路，也显示了某些特点。其《复陈伯游书》曾云："某少喜骈体之文，近始觉班、马、韩、柳之文为可贵。盖骈体之文如俳优登场，非丝竹金鼓佐之，则手足无

---

① 《柏枧山房诗文集》，30 页。
② 同上，37 页。

措。其周旋揖让，非无可观，然以之酬接，则非人情也。"①于《管异之文集书后》则讲到所受管同影响：

> 曾亮少好骈体文，异之曰："人有哀乐者，面也。今以玉冠之，虽美，失其面矣。此骈体之失也。"余曰："诚有是，然《哀江南赋》《报杨遵彦书》，其意固不快耶？而贱之也？"异之曰："彼其意固有限。使有孟、荀、庄周、司马迁之意，来如云兴，聚如车屯，则虽百徐、庾之词，不足以尽其一意。"余遂稍学为古文词。异之不尽谓善也，曰："子之文病杂，一篇之中，数体互见，武其冠，儒其衣，非全人也。"余自信不如异之深，得一言为数日忧喜。②

于《与容澜止书》，则言及他学古文曾下的苦功，及发生的巨大变化：

> 曾亮十三四学执笔为诗文，见时贤集多快语无忌惮，大以为佳。二十余，见吴县王惠川，云："君博览而不循本，未终卷已易他书，不足为学也。读书当先其古者，专治一书，熟其神情词气，再易他书。数年后，视近人当何如耳！"其时闻若言，面赤汗沾衣也。稍取《史记》，点定两三次，继以《汉书》及先秦子书，渐及诸史，数年前所叹赏者渐化去，无顾藉心。尝除夕阅旧作，诗文不可者，裂下燃炉中，下布栗子数十，且燃且阅，遂尽无一纸存者。时栗子大熟矣，作爆竹声，惊起触人面。是

---

① 《柏枧山房诗文集》，20页。
② 同上，109页。

后,人皆戒子弟以无交梅、管两生,两生多误人。管生乃异之也。[①]

于此,可见入姚门后,曾亮学古文所作出的努力,及能取得相当成就的原因。

梅曾亮的散文作品相当丰富,经多年磨炼,在恪守"桐城"家法的前提下,有一定成就与特点。关于论说性文字,在《与姚柏山书》中曾言及自己的观点:

> 文章至极之境,非可骤喻。以言有用,则论事者为要耳。宋人文,明健酣适,然时失之冗。战国策士文,可谓雄矣,然抑扬太甚,有矜气,令人生不信心。简而明,多而不令人厌生者,惟汉人耳。苟得其意,而为宋人之文从字顺,论事之道,莫善于是矣。[②]

大意应是于汉人之"简而明"中,糅以宋人之文从字顺。他所写的一些史论、时论,确实做到了这一点。如《论魏其侯灌夫事》:

> 婴能散千金之赏,而不应武安之求田,非忿其怙势哉?然以蚡临况为幸,何其卑也!灌夫驰吴军,视死如归,可谓壮士。以慕势,卒死于权。呜呼,势力之怵于人也,甚死生哉![③]

斩截简短,又带雄肆气,有近王安石处。其《观渔》:

① 彭国忠、胡晓明校点:《柏枧山房诗文集》,上海古籍出版社,2012年,27页。
② 同上,32页。
③ 同上,8页。

渔于池者沈其网,而左右縻之。网之缘出水可寸许,缘愈狭,鱼之跃者愈多。有入者,有出者,有屡跃而不出者,皆经其缘而见之。

安知夫鱼之跃而出者,不自以为得耶? 又安知夫跃而不出,与跃而反入者,不自咎其跃之不善耶? 而渔者视之忽,不加得失于其心。

嗟夫! 人知鱼之无所逃于池也,其鱼之跃者可悲也,然则人之跃者何也?[①]

不知所抒感慨,是出于士人难逃科举制度之网,抑或人人皆难逃富贵势利之网。但行文确实具有"简而明"的特色。其《惜字纸说》,借故乡之风俗,感叹重留人字迹之纸,却不知重写字留迹之人,亦属言简意深之名篇。其书、序之作,除部分应酬文字,或谈诗论文,或追旧忆昔,或寄托希望,或切论时事。由于对经典名作烂熟于心,大多能随文生变,婉转曲折,前映后衬,吐情深挚,文畅意足。除已引者外,如《赠陈仲韩序》《赠孙秋士序》《阮小咸诗集序》等皆是。其传、志诸作,数量甚大,除少数作品具"简而明"特点外,多数平平。梅曾亮记类文章不多,但可看出追踪姚鼐,求雅洁质实倾向。这种特色较明显者,如《游小盘谷记》:

江宁府城,其西北包庐龙山而止。余尝求小盘谷,至其地,土人或曰无有。惟大竹蔽天,多岐路,曲折广狭如一,探之不可穷。闻犬声,乃急赴之,卒不见人。

熟五斗米顷,行抵寺,曰归云堂。土田宽舒,居民以桂为业。寺旁有草径,甚微。南出之,乃坠大谷。四山皆大桂树,

---

① 《柏枧山房诗文集》,6页。

随山陂陀，其状若仰大盂。空响内贮，礐欿不得他逸，寂寥无声，而耳听常满。渊水积焉，尽山麓而止。由寺北行至庐龙山，其中阮谷洼隆，若井灶鼅腭之状。或曰："遗老所避兵者，三十六茅庵，七十二团瓢，皆当其地。"

日且暮，乃登山循城而归。暝色下积，月光布其上，俯视万影摩荡，若鱼龙起伏波浪中。诸人皆曰："此万竹蔽天处也。所谓小盘谷，殆近之矣。"[①]

风格近姚，而与唐宋大家同类作品异趣。

总之，梅曾亮以其观念、作品成就及所处时代与环境，于"桐城"的承绪衍袭上，在姚门弟子中，居有重要地位。

二　与"桐城派"有关涉之"阳湖派"

嘉庆年间，文坛上出现了阳湖派，代表人物为恽敬、张惠言、吴德旋、王灼、陆继辂等。因都是阳湖（江苏常州市武进区）人，故世称阳湖派。后世论者，或视其为"桐城"分支，或视为与"桐城"相抗。其实，他们在文章观念与创作倾向上与"桐城"有同有异，彼此关系上，亦有一些牵涉。

1. 恽敬

恽敬（1757—1817），字子居，号简堂，又自号古山。乾隆四十八年（1783）中举，后任浙江富阳、江西新喻、瑞金等多处地方官。于吴城同知任上，因受诬告而罢职。

恽敬在为人为官，为学为文上，皆表现出比较复杂的两面性。

其为人为官，一方面以亢直敢断，刚强自负被称，另一方面，观其《太子少师体仁阁大学士戴公神道碑铭》对皇清之治大加赞颂，

---

① 《柏枧山房诗文集》，221 页。

恭顺之至;《上汪瑟庵侍郎书》《上董庶林中堂书》对居上位之达官贵人讲究"居下之道",以似倨实媚的方式,表达出一种逢迎而求知赏的态度。

为学上,与"桐城派"之坚持崇奉理学,强烈抵拒汉学不同,表现了一种"非汉非宋",独立不羁的态度。其《答方九江书》云:"人以恽子居为宋学者固非,汉唐之学者亦非,要之男儿必有自立之处,不随人作计,如蚊之同声,蝇之同嗜,以取富贵名誉也。"①因而,他既不宗奉汉学,而又写有不少关于经、史、子集的考证辨析文章;对程、朱、陆、王则有肯有否,表达出自己的看法;对释、道之书亦加博览,有所弃取。在《答姚秋农》中,概括总结说:"敬三十后,遍观先儒之书,陆、王固偏,程、朱亦不无得此遗彼之说。合之《大学》《中庸》,觉圣贤与程、朱、陆、王下手有偏全大小之分。佛、道二氏之书,不足言矣。"②这是他的"自立",与"桐城"主导倾向不同处。然而,其最终指归,仍在宗奉传统的孔、孟之道。在《原命》中,论形与气、性与情,核心却用来阐述儒家基本道德观,谓:"仁也,义也,礼、智与信也,五者与气俱者也。""五者与形俱者也。""知命为仁、义、礼、智、信之中,而性之善见;知性为仁、义、礼、智、信之中,而情之善见。"③于《先贤仲子庙立石文》则云:"夫圣人之道,五伦而已。不辨于君臣,则父子、兄弟、夫妇、朋友之伦不序;不辨于去就死生,则君臣之伦不明。"④于《金刚经书后一》曰:"凡敬之为言,以明孔子之道。如是,佛之言与后之为佛者,窃孔子之言以为言,皆莫外乎孔子之道而已。"⑤凡此,说明在根本观念上,他与"桐城

---

① 万陆等标校:《恽敬集》,上海古籍出版社,2013 年,517 页。以下所引此书皆同此版本。
② 同上,520 页。
③ 同上,15 页。
④ 同上,194 页。
⑤ 同上,119 页。

派"并无二致。

恽敬重文重于从仕,在《答顾研麓》中有云:"敬于诗文,埋头三十年,以顽钝无所得,然好之不已。"①于《与赵石农》又曰:"以恽子居三十年埋头故纸中,燕齐之士当亦为之短气也。"②既表明了他之所好,又表明他之自信。

在为文观念上,他同样表现出复杂矛盾的多重性:

第一,强调"自立",笃于自信,不乏有价值见解,敢于横议名家。

恽敬在《大云山房文稿初集自序》末,总括自己为文的原则云:"曰自己出,毋剿意,毋剿辞是也。曰审势,能审势,故文无定形,古之作者言无同声,章无同格是也。"③所谓"自己出",即表明在学文与为文上,能坚持独立的见解与追求。此外,他还提出了许多值得肯定的观点。如《上曹俪笙侍郎书》云:"古文,文中之一体耳,其体至正。不可余,余则支;不可尽,尽则敝;不可为容,为容则体下。"④"不可余",即应求简洁;"不可尽",即应含蓄蕴藉;"不可为容",即避免追求华饰。《与舒白香》中提出:"文章之事,工部所谓天成,着力雕镌,便觌面千里。俪体尚然,何况散行? 然此事如禅宗箍桶脱落,布袋打失之后,信口接机,头头是道,无一滴水外散,乃为天成。若未到此境界,一松口便属乱统矣。"⑤《与来卿》谓:"古文之诀,欧阳文忠公已言之,曰多读书,多作文耳。"⑥这些,虽非创意,皆属可取之见。此外,《上举主陈笠帆先生书》中对当时文事之弊,《与卫海峰同年书》中对"寿序"之诐,进行了尖锐批判,皆甚着实。

---

① 《恽敬集》,475 页。
② 同上,509 页。
③ 同上,3 页。
④ 同上,133 页。
⑤ 同上,484 页。
⑥ 同上,527 页。

正因其豪于"自立",笃于自信,因而对自己的为文,往往孤高自赏,于表面的谦辞之后,多自我夸诩,如在《上举主陈笠帆先生书》中自谓:

> 　　敬自能执笔之后,求之于马、郑而去其执,求之于程、朱而去其偏,求之于屈、宋而去其浮,求之于马、班而去其肆,求之于教乘而去其罔,求之于菌芝步引而去其诬,求之于大人先生而去其饰,求之于农圃市井而去其陋,求之于恢奇吊诡之技而去其诈悍。淘汰之,播扬之,摩揣之,衅沐之,得于一是而止。是故"质诸鬼神而无疑,百世以俟圣人而不惑",窃有志焉而未逮也。

　　虽谦曰"未逮",流露的实是自高自满。甚至在自定《文稿》中的篇章之后以自注的形式,或在给师友信函中,对具体作品自赞自赏。如《上举主陈笠帆先生书》其二,言及所写戴衢亨《神道碑铭》云:"通篇不书文端(戴之谥号)一事,故用排比法叙次家世、科名、官位,然后提笔作数十百曲,皆盘空捣虚,左回右转,令其势稽天匝地,以极震荡之力焉。此法近日诸家无人敢为,亦无人能为也。"①
　　也正因如此,在《与纫之论文书》《上秦小岘按察书》《上曹俪笙侍郎书》《上举主陈笠帆先生书》等文中,对自"桐城"之方、刘、姚,上推至本朝之侯、魏、汪、邵,再上推至明之"唐宋派",再上推至欧阳、三苏、韩、柳等古文名家,甚至同属"阳湖"的文友吴德旋、王灼等,皆于不同程度的肯定中有所褒贬。在《上举主陈笠帆先生书》其二中则谓:"自南宋以后,束缚修饰,有死文无生文,有卑文无高文,有碎文无整文,有小文无大文。"于《与舒白香》中更称:"最粗

---

　　① 《恽敬集》,349页。

者,如袁中郎等乃卑薄派,聪明交游客能之;徐文长等乃琐异派,风狂才子能之;艾千子等乃描摹派,占毕小儒能之。"如此等等,虽不能谓其目空一切,但唯我独尚之意甚明。

第二,在基本的衡文标准上,他虽意识到作家精神修养的决定作用,形式上不可剿袭模拟,但仍注重于言辞的表达与外在的风貌与格调。

《与纫之论文书》中,论文之本末,以"辞达而已矣"为基本根据,谓:"圣人之所谓达者何哉? 其心严而慎者,其辞端;其神暇而愉者,其辞和;其气灏然而行者,其辞大;其知通于微者,其辞无不至。"称"此其本也"。虽由作者之心、神、气、智出发,而仍落脚在"辞"上。最后归纳其"要"为:"气澄""无滓而能厚","质整""无裂而能变",涉及的仍是整体的气格风调①。《上曹俪笙侍郎书》中,论及古文,首先提出"其体至正"。"正"在哪里? 不外是"不可余""不可尽""不可为容",实质皆属文辞表达上的要求。对诸家的褒贬,皆以此为据。后面又补充说:"其体之正,不特遵岩、震川以下未之有变,即海峰、姬传亦非破坏典型、沈酣淫诐者,不可谓传之尽失也。"他们的毛病,仅在于"其薄、其瑕、其小为之"。这些人"如能尽其才与学以从事焉","不患其传之尽失也"。那么,"所谓才与学者何哉"? 他借曾巩的话给出答案:"曾子固曰:'明必足以周万事之理,道必足以适天下之用,智必足以通难知之意,文必足以发难显之情。'如是而已。"其中固然也涉及"理""道""智"等内在修养,但他的目的,最终亦只是为了"传"古文之"至正",亦即表达上所确定的标准与要求。凡此可见,恽敬衡文的真正着眼点,仍在文辞的表达与外在的风貌与格调。

第三,恽敬像许多古代作家一样,存在严重的崇古意识,且表

---

① 《恽敬集》,128 页。

现出单纯着眼于风貌格调的文章发展观与传承观。

在《大云山房文稿二集自序》中，他认为，就古代著作说："六艺要其中，百家明其际会；六艺举其大，百家尽其条流。""故修六艺之文，观九家之言，可以通万方之略。后世百家微而文集行，文集敝而经义起，经义散而文集益漓。"然后，展开论述说：

> 敬观前世，贾生自名家、从横家入，故其言浩汗而断制；晁错自法家、兵家入，故其言峭实；董仲舒、刘子政自儒家、道家、阴阳家入，故其言和而多端；韩退之自儒家、法家、名家入，故其言峻而能达；曾子固、苏子由自儒家、杂家入，故其言温而定；柳子厚、欧阳永叔自儒家、杂家、词赋家入，故其言详雅有度；杜牧之、苏允明自兵家、从横家入，故其言纵厉；苏子瞻自从横家、道家、小说家入，故其言逍遥而震动。至若黄初、甘露之间，子桓、子建气体高朗，叔夜、嗣宗情识精微，始以轻隽为适意、时俗为自然，风格相仍，渐成轨范，于是文集与百家判为二途。熙宁、宝庆之会，时师破坏经说，其失也凿；陋儒襞积经文，其失也肤。后进之士，窃圣人遗说，规而画之，睇而斫之，于是经义与文集并为一物。太白、乐天、梦得诸人，自曹魏发情；静修、幼清、正学诸人，自赵宋得理。递趋递下，卑冗日积。是故，百家之敝，当折之以六艺；文集之衰，当起之以百家。①

我们固然不能要求古人能像今天一样，从历史的发展、社会思想的演变、审美能力艺术表达水平累积提高的流程，结合作家所处时代与环境，来判定其思想艺术特点及其在文学史上的定位，但恽敬此论，即使有着希望从古代遗产中广泛汲取营养的可取之处，依然存

---

① 《恽敬集》，277 页。

在两个问题：其一，仅从作家、作品的格调风貌上显示出曾受到前人某些影响，即断定其从某家某派入，得其传承，形成相应特点。此种论断未免简单、片面而武断。其二，按其对古代散文发展进程的陈述，似乎堕入九斤老太的逻辑：一代不如一代。而反过来说，则是越古越好。正是基于这种观点，使他在《游通天岩记》中，得出"凡状山水，莫善于《尔雅》，而《说文》次之"的怪论，并于该作中开笔即谓："岩，岸也；岸，水厓而高者。有垠堮者曰厓，无垠堮而平曰汀。是故岩、岸、厓皆际水者也，其不际水者曰礦。礦，石山也。"①便将游记写成字书。

第四，他虽以文"自己出""文无定形"自尚，但实际上并未像韩愈那样假复古之名而求创新，在崇古意识支配下，仅以达到古人某种境界为标的，学到古人某些章法而得意。如《与黄香石》中，叙及其《同游海幢寺记》，曾总括说："敬古文法尽出子长，其孟坚以下，时参笔势而已。"②然而，即以该文说，实属平平，且有芜累之弊，他却自我张扬：

> 此文儒为主中主，禅为主中宾，琴与诗为宾中主，画与棋与酒为宾中宾。其序次，前五节皆以禅消纳之，为后半生发无和尚（"无和尚"为海幢寺主持）张本。而儒止瞥然一见，如大海中日影，大山中雷声。此子长《河渠》《平准书》，《伯夷》《屈原贾生列传》法也。海幢形势佳胜，先于独游时写足，人同游后不必烦笔墨，此子长《项羽本纪》《李将军列传》法也。③

于此可见，即使对于所崇拜的古人，并未得其真精神，所着意的亦

---

① 《恽敬集》，401页。
② 同上，395页。
③ 同上，519页。

只是章法笔墨而已。再如《答来卿》其二讲学古文之法,先有云:

> 须平日穷理极精,临文夷然而行,不责理而理附之;平日养气极壮,临文沛然而下,不袭气而气注之。则细入无伦,大含无际,波澜气格,无一处是古人,而皆古人至处矣。

明确地以"古人至处"为追求目标。下面则讲如何看古人之文:

> 今举看文之法为吾婿言之。譬如《史记·李将军列传》:"匈奴惊,上山阵。"一"山"字便是极妙法门。何也? 匈奴疑汉兵有伏,以岗谷隐蔽耳。若一望平原,则放骑追射矣。李将军岂能百骑直前,且下马解鞍哉? 使班孟坚为之,必先提清汉与匈奴相遇山下,亦文中能手。史公则于"匈奴惊"下销纳之,剑侠空空儿也。此小处看文法也。《史记·货殖列传》千头万绪,忽叙忽议,读者几于入武帝建章宫、炀帝迷楼,然纲领不过"昔者"及"汉兴"四字耳,是史公胸次真如龙伯国人,可块视三山,杯看五湖矣。此大处看文法也。[①]

所谓小处指用字造语,大处亦不过指章法布局而已。

总以上几点,与"桐城派"之奉唐宋八大家为圭臬,视归有光为先导相比,恽敬除时界上推得更远,范围拓展得更宽,在追摹古人方面,两者并无二致。故他在明清诸家中,对"桐城"三大家,褒过于贬,多所首肯。然而在如何师法古人方面,恽敬之论说,有凌杂偏狭之弊,反而不如方苞之"义法"说,姚鼐之"八字"论,在概括总结前人写作规范方面,更为简整明确。

---

① 《恽敬集》,531 页。

创作实践方面,恽敬因着眼范围更为宽广,且能放胆恣肆,无所拘忌,故有其长处。其长篇论说,包括类似性质的书函,往往气势充畅,委婉曲折;较短的考辨、书后、杂说,则斩截简断:两者皆给人自信满满之感。碑志注重章法布局,且有意讲求变化。传状、记事,优秀者颇能生动传神,如《前翰林院编修洪君遗事述》,写洪亮吉:

> 君长身,火色,性超迈,歌呼饮酒,怡怡然。每兴至,凡朋侪所为皆掣乱之为笑乐。而论当世大事,则目直视,颈皆发赤,以气加人,人不能堪。会有与君先后起官者,文正公(洪之座主朱珪)并誉之,君大怒,以为轻己,遂怏怏不乐。君于是复乞病假,行有日矣,留书上成亲王并当事大僚言事。成亲王以闻,有旨军机大臣召问。即日,覆奏落职,交军机大臣会同刑部治罪。君就逮西华门外都虞司,群议汹汹,谓且以大不敬伏法。君之友中书赵君怀玉,见君缧绁藉稿坐,大哭投于地,不能言。君笑,字谓赵君曰:"味辛今日见稚存死耶,何悲也?"顷之,承审大臣至,有旨,毋用刑。君闻宣,感动大哭,自引罪。①

写人物形貌、个性、心理情绪变化,皆相当鲜明突出。记事文字中,亦有简约浅明,不刻意追求章法布局、遣词造语,而思想内容与叙事艺术皆可赞许者,如《书山东知县事》:

> 山东知县者老矣,以进士授知县,在县八年。
> 县之人有仇大姓者,诬以不轨,列头目数十人,上变于巡抚。巡抚下上变者于狱,檄按察使,督府都司以三百人驰掩

---

① 《恽敬集》,403页。

之。按察使先令健步夜驰三百里，密檄县为备。

知县得檄，惊曰："奈何？此良民也。"因问健步，兵去县几何，曰："昨发，度行不过百里，今去当二百里耳。"于是，知县从健步，跨一马疾迎兵。于百里外见按察使，曰："大人所捕反者，非反者也，知县能呼之来；若兵往，不能无惊窜，窜则反实矣。"按察使怒曰："此大事，县何脱？尔少误，当坐纵反者断头。"知县叩头曰："知县在县久，此数十人如家之人耳，妇稚、耕种、牧养能悉数之，岂不知反不反哉？如一人逃去，愿以八口殉，非直断头也。大人其驰使白察院，急止兵。大人单车来，此数十人迎马首矣。"于是复上马疾驰反县，亲至诸应捕者家，曰："灭门矣，速从我可活。"乃群至县，按察使亦至县。知县引而前，众皆跪号哭。按察使愕然，良久，令众至所司投狱，具情白于巡抚。巡抚以属司道府，司道府治，无一验，悉纵也，而毙上变者于狱。盖自始变至事白，不及十日。大吏遂皆以知县为能。

更一年，巡抚、按察使相继迁去。会大计，主者当知县年老官，勒休。①

集中写一人一事，虽有起伏曲折，而简单浅明。知县无姓无名，而其品德及令人同情的命运，却感人至深。其记游作品，除前述不足外，亦有颇具表现力者，如《游庐山后记》之云：

> 忽白云如野马傍腋驰去，视前后人在绡纨中。云过，道旁草木罗罗然，而涧声清越相和答。……经庐山高石坊，石势秀伟不可状，其高峰皆浮天际，而云忽起足下，渐浮渐远，峰尽

---

① 《恽敬集》，188 页。

没。闻云中歌声,华婉动心,近在隔涧,不知为谁者。云散,则一石皆有一云缭之。忽峰顶有云飞下数百丈,如有人乘之行,散为千百,渐消至无一缕。盖须臾之间已如是。[①]

笔墨不超前人,于其文中亦有可取。

2. 张惠言

张惠言(1761—1802),字皋文。少孤贫力学,乾隆五十一年(1786)中举,嘉庆四年(1799)进士,初为庶吉士,后授翰林院编修。

惠言致力于经学,同时是词人、古文家。与恽敬交谊甚厚,曾谓:"凡余之友,未有如子居之深相知者。"[②]但他不像恽敬之苛责于人,勇于自是,而主张存异求同,如于《赠毛洋溟序》有谓:"古之学于道而庶几古人者,虽有不同,其必无互相为是非者耶!"[③]

其思想观念,更明确地强调笃守周、孔之道。在《庄达甫摄山采药图序》中云:"古之君子,汲汲忧乐于天下者,诚以道存也,不以遇不遇异其志,又不当以吾身之衰而有自安之心。"不赞成庄氏"道之行不行未可知","而区区摄生之谋"[④]。《答钱竹初大令书》中又云:"君子之正性命也,为明道也,为行道也。故曰:'朝闻道,夕死可矣。'无益于天地万物而私其身以长存,君子以木石之生,犹之乎腐草之萎尔已。"反对钱氏"为神仙之术","以求长生之日久"[⑤]。基于对先王之道的崇信,他在《原治》中,特别强调礼之重要:"先王之制礼也甚繁,而其行之也甚易,其操之也甚简,而施之也甚博。"认为:"礼止乱之所由生,犹防止水之所自来

---

　　① 《恽敬集》,391 页。
　　② 《送恽子居序》,黄立新校点,《茗柯文编》,上海古籍出版社,2015 年,28 页。以下所引《茗柯文编》皆同此版本。
　　③ 《茗柯文编》,70 页。
　　④ 同上,119 页。
　　⑤ 同上,150 页。

也。坏国破家亡人，必先去其礼；礼不去，而风俗隳、国家败者，未之有也。"①因为笃于传统，他对程、朱理学也就予以首肯，在《嘉善陈氏祠堂记》中，赞扬"先儒程子、朱子之流泽长，而乡先生世能振之"②。

或许因为自己出身于下层，深知民间疾苦，所交又多为地方官吏，所以在时政观上，特别关注朝廷之选人、用人，在《上阮中丞书》中，通篇以如何用药为比，强调"方今之务，未有先焉者也"③。在《送左仲甫序》中又云："方今大患，在天下之才不足以任天下之事。夫上之所取，下之所习，无事之所养，有事之所用。今国家求政事之选，而于时文诗赋取之，其不足以得士也明矣。夫时文诗赋，非一日之功也。士盖有数十年为之，而幸一日之得焉，自非有过人之资，未有能通世务知治乱者也。其有能通世务知治乱者，其见弃于时文诗赋而不获选者，则亦多矣。"④而所被选、被用者，不外是为官为吏，尤其是地方官吏，因此，他又特别关注"吏道"。为此，他不但写有《原治》，又写有《吏难》三篇。在《送张文在分发甘肃序》中，更深为感慨地说："呜呼！今之有志于吏道者鲜矣。"而其所谓"吏道"，综合有关各文来看，不外乎为吏者有为民父母、泽及于人之心，做到使百姓各安其业，"有贫富而无冻馁"。而现实的情况却是：

今各省自州县至丞尉，谒吏部而出者，岁数百余人，其人皆有司牧之责，其间亦有知名义、识廉耻者。然吾观其所以进争尺寸之捷，较出入之势、进退之械，则未有不求熟者。及其

---

① 《茗柯文编》，116页。
② 同上，155页。
③ 同上，148页。
④ 同上，125页。

选而得官，则哗然曰："某地善，某地恶。"……问其所以为善恶者，则非政之险易也，非民之淳浇也，曰"某地官富"，曰"某地官贫"。呜呼！士未莅官，未治民，而所汲汲者如此；古之良有司，其终不可见乎！①

正是基于此，他才写出了矛头直指巡抚级大僚，揭露其草菅人命，视防洪大事如儿戏的《书山东河工事》，着力于《济南知府庄君传》等赞颂良吏的作品，及一系列写给出任地方官之友人的赠序。这方面的思想，为张惠言所独有，恽敬及"桐城"作家之所无。

张惠言在《文稿自序》中，述及自己学文的历程，云：

> 余少学为时文，穷日夜力，屏他务，为之十余年，乃往往知其利病。其后好《文选》辞赋，为之又如为时文者三四年。余友王悔生，见余《黄山赋》而善之，劝余为古文，语余以所受其师刘海峰者。为之一二年，稍稍得规矩。已而思古之以文传者，虽于圣人有合有否；要就其所得，莫不足以立身行义，施天下致一切之治。荀卿、贾谊、董仲舒、扬雄以儒，老聃、庄周、管夷吾以术，司马迁、班固以事，韩愈、李翱、欧阳修、曾巩以学，柳宗元、苏洵、轼、辙、王安石虽不逮，犹各有所执持，操其一以应于世而不穷，故其言必曰"道"。道成而所得之浅深醇杂见乎其文，无其道而有其文者，则未有也。

其后，又总括说："然余之知学于道，自为古文始。"②于《送徐尚之序》又有云：

---

① 《茗柯文编》，29页。
② 同上，121页。

余少学诗,不成。年三十余,始为古文,愧未闻道,而尚之独见许,亟称之。于其别也,(董)超然曰:"子不可无言。"余曰:"然。"乃谂之曰:"古之以文传者,传其道也。夫道,以之修身,以之齐家、治国、平天下,故自汉之贾、董,以逮唐宋文人韩、李、欧、苏、曾、王之俦,虽有淳驳,而就其所学,皆各有以施之天下,非是者其文不至,则不足以传今。"①

可见他为文的基本观念,仍是传统的"文以明道"。这一点,讲得比恽敬更明确。在其《送钱鲁斯序》中,同样讲及其学文的过程,谓鲁斯"尝受古文法于桐城刘海峰先生",从而劝他为古文,他为之三年而有得。后两人再次见面论文,鲁斯以学书为比而论古文:

"夫意在笔先者,非作意而临笔也。笔之所以入,墨之所以出,魏、晋、唐、宋诸家之所以得失,熟之于中而会之于心。当其执笔也,繇乎其若存,攸攸乎其若行,冥冥乎,成成乎,忽然遇之,而不知所以然,故曰意。意者,非法也,而未始离乎法。其养之也有源,其出之也有物,故法有尽而意无穷。吾于为诗,亦见其若是焉。岂惟诗与书,夫古文,亦若是则已耳。"呜呼,鲁斯之于古文,岂曰法而已哉!②

借钱鲁斯的话来表达自己的观点,即:为文既要讲法,又不应受法的束缚,而应做到"法有尽而意无穷","意在笔先",法随意变。这是张惠言为文的第二个基本点。与恽敬的"文无定形"大体一致。

张惠言为文,不像恽敬,动辄以得自某家某篇之章法而自炫,

---

① 《茗柯文编》,204页。
② 同上,71页。

大体上依其基本的思想观念文章观念，应时之要而作。总体特点可以质简明畅概括之。基本上诸体皆备，而以记事为长。

其《书刘海峰文集后》有云："余学为古文，受法于执友王明甫；明甫古文法受之其师刘海峰。""海峰之文，有学《庄子》《史记》为之者，弗至也。学欧阳、王介甫为之，时至焉。学归熙甫，辄至焉。名取远，迹取迩，其效然耶？"①或受其影响，张惠言作品中，有走归有光所开拓路数，用以表达家人亲情的文字，如《先妣事略》：

> 惠言年九岁，世父命就城中与兄学。逾月，时乃一归省。一日，暮归，无以为夕飧，各不食而寝。迟明，惠言饿不能起。先妣曰："儿不惯饿惫耶？吾与而姊而弟，时时如此也！"惠言泣，先妣亦泣。时有从姊乞一钱，买糍啖惠言。比日映，乃得贳贷得米，为粥而食。
>
> 惠言依世父居，读书四年。反，先妣命授翊书。先妣与姊课针黹，常数线为节，每晨起尽三十线，然后作炊。夜则然一灯，先妣与姊相对坐，惠言兄弟持书倚其侧，针声与读声相和也。漏四下，惠言姊弟各寝，先妣乃就寝。②

笔法类归氏，而精醇韵味次之。其余有特色者，如《书左仲甫事》载：

> 霍丘知县阳湖左君，治霍丘既一载，其冬，有年父老数十人来自下乡，盛米于筐，有稻有秔，豚蹄鸭鸡，伛偻提携，造于县门。

---

① 《茗柯文编》，183 页。
② 同上，96 页。

君呼之入，曰："父老良苦，曷为来哉?"顿首曰："边界之乡，尤扰益偷。自耶之至，吾民无事，得耕种吾田。吾田幸熟，有此新谷，皆耶之赐，以为耶尝。"君曰："天降吾民丰年，乐与父老食之。且彼家畜，胡以来?"则又顿首曰："往耶未来，吾民之猪、鸡、鹅、鸭，率用供吏，余者盗又取之。今视吾圈栅，数吾所育，终岁不失一，是耶为吾民畜也;是耶物，非民物也。"君笑而受之，劳以酒食，皆歌舞而去，曰："本以奉耶，反为耶费焉。"①

以浅俗生动的笔墨，写出良吏与普通百姓间欢洽相得的情景。《周维城传》写恽敬为富阳知县时，有姓周名丰字维城的商人轻利而重德。末段云：

　　丰于乡里，能行其德，有长者行。尝有与同贾者归，丰既资之，已而或检其装，有丰肆中物，以告丰。丰急令如故藏，诚勿言;其来，待之如初。高傅占言曰:富阳人多称丰能施与好义，然丰尝曰："吾愧吴翁、焦翁。"吴翁者，徽州人，贾于富阳，每岁尽，夜怀金走里巷，见贫家，嘿置其户中，不使知也。焦翁者，江宁人，挟三百金之富阳贾，时江水暴发，焦急呼渔者，拯一人者与一金，凡数日，得若干人，留肆中饮食之，俟水息，赍遣之归，三百金立罄。二人者，今以问富阳人，不能知也。②

不但为商人立传，且一传而赞三人。其《陈长生传》：

---

①　《茗柯文编》，129页。
②　同上，81页。

余故居南郊德安里,邻有陈长生者,与兄奉母以居。无妻子,有室一楹,园地以棱计者十。兄偻且病,常给爨守舍;而长生力治地,种菜卖之,得钱,且为人赁佣以充食。长生为人少言多笑,即有陵之,大恚,辄复笑,即已,未尝校。其为佣勤甚,他佣所苦弗欲,悉任长生,长生皆为之无忿。主人善之,或侈与直,则计其佣之数取之,而反其余,笑曰:"此足矣。"固与之,则又笑,委之去。及其于所债直皆然,人谓长生痴也。

　　余幼时儿嬉,日过其门,门前树瓜瓠之属,夏秋之交,编竹为架垂垂然。时见长生兄弟奉母坐其下,手一盂饭,蔬一盆,且语且食。长生或时时抗声歌,则格格笑,母与兄皆笑。其后予徙居城中,岁时至旧庐,恒过访焉。

　　十余年,其母死,鬻其园地之半以敛焉,而葬于其室前。家益贫,兄病益甚,长生晨则食其兄,而出力作,暮归,扶持之甚备。兄困,意不当,辄怒詈长生,每彻旦,比屋闻者咸不平,而长生未尝有言。年余,兄死,则又鬻其园地以敛,而葬于母旁。数月,长生亦死,邻人鬻其居以葬焉。①

据传后之论,其意或用以印证孟子之"性善"论,且写长生其人,以今天观点看,缺乏刚强的反抗精神。但为一极普通的贫苦农民作传,在前人作品中,亦属罕见。

据《送钱鲁斯序》《文稿自序》《书刘海峰文集后》,张惠言之为古文,确实直接受到刘大櫆影响,且他在《书刘海峰文集后》还曾提到:"本朝为古文者十数,然推方望溪、刘海峰。""明甫又言:海峰为古文既成,乃著籍为望溪弟子。呜呼,两人故相为先后哉!"恽敬

---

　　① 《茗柯文编》,212 页。

虽对方、刘、姚三家皆有所批评，而褒过于贬。故简单地断定"阳湖派"为"桐城"之支派不确，谓二者之间并无关涉亦不妥。

第三节　"桐城派"以外另具特色的两个作家

清代中期，"桐城派"的理论、创作和影响，虽占据主流地位，但并不是一枝独秀，还有许多其他不成派的作家、作品，在创作倾向上与之立异争长，其中最具特色者为袁枚与郑燮。

一　袁枚

袁枚(1716—约1797)，字子才，号简斋，钱塘(浙江杭州市)人。少聪慧，七岁受《论语》《大学》，十二岁为秀才，十八岁受知于尚书程元章，命其就学万松书院，山长杨绳武见其十四岁所作《高帝》《郭巨》二论，赞曰："文如项羽用兵，所过无不残灭。"①二十岁赴广西叔父袁鸿处，鸿时为巡抚金铁之幕宾。金命枚作《铜鼓赋》，挥笔立就，金铁大为称赏。次年为乾隆元年(1736)，征博学鸿词，金铁即专札举荐。时应征者二百余人，皆老学宿儒，袁枚年最少。虽落榜，而名声大震。他于《广西巡抚金公神道碑》中云："天下骇然，想见其人。广西自高爵以下至于流外，惊来问讯。"②于《德山公手书诗卷跋》又谓："虽廷试报罢，而从此名声起公卿间。"③乾隆三年(1738)中举，四年(1739)进士，选翰林院庶吉士。散馆外放，先后任溧水、江浦、沐阳、江宁知县，皆有政绩。在江宁任，巡抚尹

①　《杨文叔先生文集序》，周本淳标校，《小仓山房诗文集》，上海古籍出版社，1988年，1933页。以下所引《小仓山房诗文集》皆同此版本。
②　《小仓山房诗文集》，1207页。
③　同上，1773页。

继善曾荐为高邮刺史，未就，而以病请辞，时方三十三岁。后被起用，赴陕西，不久父逝，丁艰，同时以养母求辞，获准。从此结束仕宦生涯，居江宁小仓山购筑之随园，以吟咏著述终其生。故人又以"随园"称之。

袁枚在清中期文坛上，属特立孤行之士。首先表现在处世立身的抉择上。他身处国势鼎盛的乾隆朝，受到上层权要如尹继善、鄂尔多等的知赏推扬，亦有治政能力，然而甫过三旬，即决定辞官，不及四旬而如愿退出仕途。何以作出这种抉择？他的解释是：

第一，不耐官场应酬，知难而退。《答陶观察问乞病书》中云：

> 窃自念曰：苦吾身以为吾民，吾心甘焉。尔今之昧宵昏而犯霜露者，不过台参耳，迎送耳，为大官作奴耳。彼数百万待治之民，犹齁齁熟睡而不知也，于是身往而心不随，且行且愠。而孰知西迎者，又东误矣；全具者，又缺供矣；怵人之我先者，已落人之后矣。不踡膝奔窜，便瞠目受嗔。及至日昳始归，而环辕而号者，老弱万计争来牵衣，忍不秉烛坐判使宁家耶？判毕入内，簿领山积，又敢不加朱墨围略一过吾目耶？甫脱衣息，而驿券报某官至某所，则又蘧然觉，齿然行，一月中失膳饮节，违高堂定省者，旦旦然矣，而还眼课农巡乡如古循吏之云乎哉？
>
> 且一邑之所入有限，而一官之所供无穷。供而善，则报最在是；供而不善，则下考在是。仆平生以智自全，得不小小俯仰同异？然而久之，情见势屈，非逼取其不肖之心而丧斯所守，必大招夫违俗之累而祸厥身。[①]

---

① 《小仓山房诗文集》，1482 页。

于《再答陶观察书》又曰：

> 今仆在官，官未必重；去官，官未必轻。州县中岂遽少仆哉？非特州县也，就令仆一岁九迁，骤膺公卿之位，自问何以立功，何以报主？……事君量而后入，不入而后量。漆雕开不能自信，夫子不知，而开独知之。仆之不能自信，亦公所不知，而仆自知之也。夫是，故知难而退也。①

第二，报国并非为官一途，自信可胜以文章报国之任。同是《再答陶观察书》，先云："尝谓功业报国，文章亦报国，而文章之著作为尤难。""且所谓以文章报国者，非必如《贞符》《典引》刻意颂谀而已，但使有鸿丽辨达之作，踔绝古今，使人称某朝有某氏，则亦未必非邦家之光！"而后曰：

> 若夫仆之所自信者，则固有在矣。《周官》三百六十，谓非其人莫任者，今无有也。唐、宋来几家文字，非其人莫任者，诚有之矣。仆幼学徐、庾、韩、柳之文及三唐人诗，每摇笔，觉此境非难到……舍得为不为，当可去不去，公其谓我何！

第三，追求抒张个性、纵意自适的生活境界。其《释官一篇送李晴江》，就李晴江之解官，而表达自己的心声。先泛论曰："心，天官也。耳、目、口、鼻，五官也。公、卿、大夫，百官也。天官、五官，岂我有哉？天与之。百官岂我有哉？人与之。""有天官而后有五官，有五官而后有百官。以公、卿、大夫，易耳、目、口、鼻，愚者不为也。以耳、目、口、鼻，易其心，愚者亦不为也。乃以公、卿、大夫之故，而

---

① 《小仓山房诗文集》，1484 页。

累其身,并累其心,是以千金之珠易土苴也。"然后就李而曰:

> 以无官之先生,而人必与之官,先生不辞;以有官之先生,
> 而人不与之官,先生不慊。吾知之矣,我之生也,是天之有求
> 于我也。畀之耳、目、口、鼻以粉饰太虚,而非我有所求于天
> 也。我之仕也,是人之有求于我也,畀之爵、禄、车、马以受其
> 利济,而非我有求于人也。……今之人已无求于先生,今之天
> 犹有求于先生。于是,有鼻而且甘乎椒桂,有目而且玩乎白
> 云,有耳而且耽乎松泉,有口而且论乎是非。而且耳不随人
> 听,目不随人视,四支不随人约束。卧,可也;坐,可也;居,可
> 也,行,可也。一日,可也;百年,可也。不以百官病其五官,而
> 五官全;不以五官病其天官,而先生全。①

表达的完全是一种随心适意的追求。朱筠曾指责袁枚:"自谓循
吏、儒林、隐逸三者兼之。""君子之处世,不可示人;隐而示人,尤未
可也。"他于《答朱竹君学士书》回复说:

> 书中以隐目枚,似非知枚者。当今天下有道,枚何敢隐?
> 即或希踪巢、由,而巢、由者,圣世之隋民,非枚所喜。枚鲜兄
> 弟,母老,以是辞官,非隐也。若勖以韬晦,使人不知其美云
> 云,斯言也,得毋有绳息妫以眩楚子者乎?②

在《山问》中,袁枚更以假设对问形式,表达了类似观点。谓:"石隐
之流,非我也。""朱绂之困,非我也。""君子之立身也,才欲其大,志

---

① 《小仓山房诗文集》,1174 页。
② 同上,1557 页。

欲其小,能欲其多,事欲其少。故名成而身乐,心安而境好。"又就所处时代曰:"当今尧酼舜醢,夔拊龙言,礼明乐备,云动雷屯。家家鹤膝,处处瑶琨。来未必有我,去未必无人。"表明自己的态度:

> 与其搏币扶翼,知寻布肘;曷若勇夫重闭,圣人不手? 与其王孙自厉,执铎将撒;曷若中年病忘,养空而游? 我是以立身乎黠痴之半,食饮乎清浊之间。……竹素供奉,烟云周旋。逢衣浅带,槽丘老焉。①

总以上三端可以看出,袁枚所以在盛年退出仕途官场,非隐遁以求逸世,非出于对现实的不满与激愤,乃于所谓太平盛世环境中,追求纵情适意,满足其所喜所爱。故在处世上,他上可以为达官显贵接纳称赏,亦敢于直言相谏;下可以广交社会各阶层人物,并乐于汲引后进。与志趣相投者彼此互相切磋,对非议者不以为意而我行我素。这种态度背后,明显受有嵇、阮独立不羁、任性放诞的影响,体现在特殊条件下,对晚明抒张个性思潮的接受与承绪。正是这一点,直接或间接地决定了他的思想与文学观念,支配了他诗文创作的实践。

与其人生道路抉择上的自主自信、独立不羁相一致,袁枚在社会思想与学术观点上,亦有超越流俗,孤诣独到之处。固然,受时代和历史因素的制约,他在思想基底上,亦然崇信孔、孟之道,曾倡言:"孔子之道,历万世而无弊。"②"古今来尊之而不虞其过者,孔子一人而已。"③"六经之道,如帝都然,仰而朝宗者,舟帆马车,各

---

① 《小仓山房诗文集》,1162 页。
② 《答施兰垞论诗第二书》,《小仓山房诗文集》,1507 页。
③ 《宋儒论》,同上,1606 页。

以其具行,要其能至已耳。"①在与别人的论辩中,也大多引孔、孟言论事迹为据。同时,在《与湖北巡抚庄公书》《上两江制府黄太保书》等多篇论及政事的文章中,皆以"察吏安民""爱民忧国"为诫。而在这两个大前提下,他的思想观念,表现出多方面的特异性。

其一,面对当时激烈的"汉学"与"宋学"之争,超越门户,表现出通达而客观的见解。在《征士程绵庄先生墓志铭》中,曾引程廷祚的话:"墨守宋学,已非,有墨守汉学者,为尤非。"出于这种基本立场,他对笃于治经,致力笺、疏的汉学家,直言批评,且为宋学辨。惠栋对他曾"恳恳以穷经为勖",而他在《答惠定宇书》中回答说:

> 孔子道不行,方雅言《诗》《书》《礼》以立教,而其时无六经名。后世不得见圣人,然后拾其遗文坠典,强而名之曰"经",增其数曰六,曰九,要皆后人之为,非圣人意也。是故真伪杂出而醇驳互见也。夫尊圣人,安得不尊六经?然尊之者,又非其本意也。震其名而张之,如托足权门者,以为不居至高之地,不足以躏轹他人之门户,此近日穷经者之病,蒙窃耻之。

又曰:

> 闻足下与吴门诸士,厌宋儒空虚,故倡汉学以矫之,意良是也。第不知宋学有弊,汉学更有弊。宋偏于形而上者,故心性之说近玄虚;汉偏于形而下者,故笺注之说多附会。……宋儒廓清之功,安可诬也!②

---

① 《征士程绵庄先生墓志铭》,《小仓山房诗文集》,1240 页。
② 《小仓山房诗文集》,1528 页。

惠栋又责"疑经者非圣无法"。他于《答定宇第二书》中再申前论，并进一步谓："六经中惟《论语》《周易》可信，其他经多可疑。""其疑乎经，所以信乎圣也。"①袁枚虽然由于历史局限，未能看到汉学家在考据、训诂、辨证真伪方面，对传承古代遗产上的价值与意义，但对经学家们泥古倾向的批评，是中肯的。

对宋学，他亦取该肯定者肯定、该批评者批评的态度。而对于宋学的追随者唯宋儒是尊、抹杀一切的做法，亦作了尖锐激烈的批判。在《宋儒论》中，他回顾了理学形成与发展过程，然后提出自己的论断："讲学在宋儒可，在今不可；尊宋儒可，尊宋儒而薄汉、唐之儒则不可；不尊宋儒可，毁宋儒则不可。……孔子之道若大海然，万壑之所朝宗也。汉、晋、唐、宋诸儒，皆观海赴海者也。""有源而无流，沟井之水也；有本而无末，槁暴之木也。安得不考名物象数于汉儒，不讨论润色于晋、唐之儒乎?"又曰："然则宋儒之于圣道，其果至矣乎? 曰：难言也。""宋儒虽贤，其能在颜、闵上哉? 其能符圣心而毫厘不失哉? 后世学者未必能胜宋儒，亦未必不如宋儒。要惟是其言，而不必迂拘墨守；非其言，而不必菲薄诋呵。"再进一步指出："自时文兴，制科立，《大全》颁，遵之者贵，悖之者贱，然后束缚天下之耳目聪明，使如僧诵经、伶度曲而后止。此非宋儒过，尊宋儒者之过也。"②在当时应是比较客观的抵实之论。

尤其引人注目的是，在《代潘学士答雷翠庭祭酒书》中，他对理学家提出的"道统"说，作了尖锐有力的批驳。文中，开宗明义即表示，来书"云由周公而上，道统在上；由孔、孟以至程、朱，道统在下，汉、唐君臣无与焉。是说也，蒙不谓然"。然后论述说：

---

① 《小仓山房诗文集》，1530 页。
② 同上，1559 页。

夫道无统也,若大路然。尧、舜、禹、汤、孔子,终身由之者
也。……彼合乎道,则以道归之;彼不合乎道,则自弃乎道耳。
道固自在,而未尝绝也。后儒沾沾于道外增一"统"字,以为今
日在上,明日在下,交付若有形,收藏若有物。道甚公,而忽私
之;道甚广,而忽狭之。陋矣!三代之时,道统在上,而未必不
在下。三代以后,道统在下,而未必不在上。合乎道,则人人
可以得之;离乎道,则人人可以失之。昔者秦烧《诗》《书》,汉
谈黄老,非有施雠、伏生、申公、瑕丘之徒负经而藏,则经不传;
非有郑玄、赵岐、杜子春之属琐琐笺释,则经虽传不甚明。千
百年后,虽有程、朱奚能为?程、朱生宋代,赖诸儒说经都有成
迹,才能参己见成集解;安得一切抹杀,而谓孔、孟之道直接
程、朱也?^①

这是未见前人所发之论。凡此,皆表现出袁枚远高于时流的识见。

其二,除对"汉学""宋学"的评判外,在更广大的范围内,袁枚
也表现出敢于突破传统观念的怀疑与创造精神。在《答戴敬咸孝
廉书》中说:"鄙意以为尚论者,必发千古不可不发之论,而后可以
自存其说。"^②此类论说,必然是新鲜而又有价值的,而袁枚多有。
除上引对"道统"说的批判外,如在《慰王麓园丧子书》中,明确反对
"不孝有三,无后为大"的传统观念。先引经据典,谓:"有子与无
子,非圣贤意也。"然后曰:

说者动以无后为不孝云云,不知孝者人所为,有后无后者
天所为。待天而后成孝,非教也。商臣、盗跖,皆有后者也,得

① 《小仓山房诗文集》,1517页。
② 同上,1540页。

谓之孝乎？邓攸、羊祜，皆无后者也，得谓之不孝乎？……

闻足下丧爱子，毁过盲夏，过矣。足下之齿犹未也。为邑令，邑中人皆足下子；使子孙祀我，不如使桐乡人祀我。于足下何忧？①

这种观点，当时应属破格之卓见。再如其《史学例议序》提出："古有史而无经。《尚书》《春秋》，今之经，昔之史也。《诗》《易》者，先王所存之言，《礼》《乐》者，先王所存之法，其策皆史官掌之。"②早于章学诚之"六经皆史"说。再如其《佛者九流之一家论》，论对佛氏的态度，既不赞同韩愈之"毁"，亦不赞同白居易之"佞"，而取北朝高谦之"九流之一家"说，谓："夫九流者，君子之所不得已而存焉者也。三代下，四民不足尽天下之民，于是阴阳、星巫、佛老诸家兴焉。如人身之有胼指赘疣，如家人之有赢仆、有隋游子弟，亦皆不得已而存焉者也。倘必欲灸除而攻去之，奚能哉，奚必哉？"③《答汪大绅书》，重申了这种观点，并补充谓："至于人之好尚，各有所癖，好佛者亦犹好弈好锻好结氂之类，所谓小是不必是，小非不必非，友朋不争以全交也。"末段且曰：

仆尝问彭尺木曰："佛戒嫁娶欤？"曰："然。""佛戒杀欤？"曰："然。""人人可以成佛欤？"曰："然。"然则万国九州，不四五十年，人类灭绝，盈天地间不过鸟兽草木；而佛之塔庙，何人建造？佛之金像，何人供奉？佛之经典，何人传诵？岂非其说愈行，而其法愈坏！又何必周武帝之毁沙门、销佛像，韩昌黎之

---

① 《小仓山房诗文集》，1537页。
② 同上，1381页。
③ 同上，1580页。

火其书、庐其居哉？即以佛之道还治佛之身,而佛穷矣。①

这种主张虽不必然可取,亦属别开生面。总之,不盲从,不迷信,敢于独抒己见,是袁枚思想性格中的一重要特点。

其三,尤其突出的是,在当时的环境中,袁枚与理学家的宗旨针锋相对,极其强调人之"情"与"欲"的必然性与合理性。《再答彭尺木进士书》中,他说:"宋儒先学佛,后学儒,乃有教人瞑目静坐,认喜怒哀乐未发时气象。此皆阴染禅宗,不可为典要。"论曰:

> 寡欲之说,亦难泥论。孔子"食不厌精,脍不厌细",未尝非饮食之欲也;而不得谓孔子为饮食之人也。文王"优哉游哉,展转反侧",未尝非男女之欲也;而不得谓文王为不养大体之人也。何也?人欲当处,即是天理。素其位而行,如其分而止。圣贤教人,不过如是。若夫想西方之乐,希释梵之位,居功德之名,免三涂之苦,是则欲之大者,较之饮食男女,尤为贪妄。②

"人欲当处,即是天理",是对理学家的"以天理灭人欲"说直截了当的反驳。在《清说》中,他更打出圣人的旗号而立论:

> 天下之所以丛丛然望治于圣人,圣人之所以殷殷然治天下者,何哉?无他,情欲而已矣。老者思安,少者思怀,人之情也;而老吾老以及人之老,幼吾幼以及人之幼者,圣人也。好货好色,人之欲也;而使之有积仓,有裹粮,无怨无旷者,圣人

---

① 《小仓山房诗文集》,1928 页。
② 同上,1571 页。

也。使众人无情欲，则人类久绝而天下不必治；使圣人无情欲，则漠不相关，而亦不肯治民。……自有矫清者出，而无故不宿于内，然后可以寡人之妻，孤人之子，而心不动也；一饼饵可以终日，然后可以浚民之膏，减吏之俸，而意不回也；谢绝亲知，僵仆无所避，然后可以固位结主，而无所踌躇也。彼不欲立矣，而何立人？己不欲达矣，而何达人？故曰不近人情者，鲜不为大奸。①

说得何等深切痛快，真正揭出了古往今来一切伪君子的面目。其《读胡忠简公传》，更借胡铨之事迹，为重情者大肆张目：

> 或惜公在广州恋黎倩，为朱子所讥。呜呼！即此可以见公之真也。从古忠臣孝子，但知有情，不知有名。为国家者，情之大者也；恋黎倩者，情之小者也。情如雷如云，弥天塞地，迫不可遏，故不畏诛，不畏贬，不畏人訾议，一意孤行，然后可以犯天下之大难。古之人苏武娶胡妇，关忠武请秦宜禄妻，袁粲八关斋与张淹私进鱼肉。彼其日星河岳之气，视此小节如浮云轻飙之过太虚。而腐儒矜矜然安坐而捉搦之，譬凤皇已翔云霄，而莺鸠犹讥其毛羽有微尘，甚无谓也！②

明乎此，则知袁枚的思想观念，远非斤斤于拘守理学观念与教条者所可比。

在文学观与文章观上，与其个性特色、思想观念相一致，袁枚亦多特殊之见。第一，他意识到存在两种"文以明道"观，一是文与

---

① 《小仓山房诗文集》，1614 页。
② 同上，1816 页。

道相辅相成、自然统一的"明道"观，一是经学家尤其是理学家用以强制约束作家自主创作的"明道"观。明确地倡导前者，而否定后者。在《虞东先生文集序》中，他说：

> 文章始于六经，而范史以说经者入《儒林》，不入《文苑》，似强为区分。然后世史家俱仍之而不变，则亦有所不得已也。大抵文人恃其逸气，不喜说经。而其说经者，又曰：吾以明道云尔，文则吾何屑焉？自是而文与道离矣。不知六经以道传，实以文传。《易》称修词，《诗》称词辑，《论语》称为命，至于讨论、修饰，而犹未已。是岂圣人之溺于词章哉？盖以为无形者道也，形于言谓之文。既已谓之文矣，必使天下人矜尚悦绎，而道始大明。若言之不工，使人听而思卧，则文不足以明道，而适足以蔽道。①

显然，这是认为文与道本来是相辅相成的，只是由于东汉以后，有了说经者与文人之分化，从而造成了"文与道离"。在《答友人论文第二书》中，他又说了一段话：

> 三代后，圣人不生，文之与道离也久矣。然文人学士必有所挟持以占地步，故一则曰明道，再则曰明道，直是文章家习气如此。而推究作者之心，都是道其所道，未必果文王、周公、孔子之道也。夫道若大路然，亦非待文章而后明者也。"仁义之人，其言蔼如"，则又不求合而合者。若矜矜然认门面语为真谛，而时时作学究塾师之状，则持论必庸而下笔多滞，将终

---

① 《小仓山房诗文集》，1380 页。

其身得人之得，而不自得其得矣。①

这段话，表面看起来反对"明道"说，实际上是有所为而发，针对的是在理学家影响下，文人学士不得不以"明道"作为"门面语"，并不是否定"文"与"道"自然地结合与统一。何以如此说？其一，他告诉我们"文人学士"所以一再以"明道"相标榜，原因是"必有所挟持以占地步"，实即借此以表明立场，免招致经学家尤其是理学家的攻击，实乃不得已而为之。其二，他在讲了"推究作者之心，都是道其所道，未必果文王、周公、孔子之道也"之后，接着说"仁义之人，其言蔼如"，这是引用韩愈的话，接着又说，"则又不求合而合者"。意谓那些"道其所道"的作者，虽然"未必果文王、周公、孔子之道"，而对于"文王、周公、孔子之道"，未必不像韩愈一样，是"不求合而合"的。其三，他最后指出，如果"认门面语为真谛，而时时作学究塾师之状"，即把假话当真话，满足于讲说陈腐的经义教条，其结果"将终其身得人之得，而不自得其得矣"。总此可知，袁枚所反对的，不是韩、柳、欧、苏等文与道自然统一的传统，而是理学家强制以"明道"观念对作家抒张个性、自道其道的束缚。在明、清时代理学昌炽的背景下，袁枚能有这样的意识，发出这样的议论，实属难能可贵。

第二，反对片面地追求文章的"适用"与"明道"功能，明确强调其审美价值与意义。在《虞东先生文集序》中，袁枚已经指出："必使天下人矜尚悦绎，而道始大明。若言之不工，使人听而思卧，则文不足以明道，而适足以蔽道。"所谓"矜尚悦绎"，即艺术表达上带来的审美效果。于《再答陶观察书》中，他提出了"文章报国"说，谓："但使有鸿丽辨达之作，踔绝古今，使人称某朝有某氏，则亦未必非邦家之光！"所谓"鸿丽辨达之作"，无疑是具有艺术与审美价

---

① 《小仓山房诗文集》，1546 页。

值的作品。在《答友人论文》第二书中，反驳对方"散文多适用，骈体多无用"时，又专门论述曰：

> 夫物相杂谓之文。布帛菽粟文也，珠玉锦绣亦文也，其他浓云震雷，奇木怪石，皆文也。足下必以适用为贵，将使天地之大，化工之巧，其专生布帛菽粟乎？抑能使有用之布帛菽粟，贵于无用之珠玉锦绣乎？人之一身，耳目有用，须眉无用，足下其能存耳目而去须眉乎？

然后举韩、柳对比，谓韩愈之《平淮西碑》《顺宗实录》为有用，而柳宗元："穷兀困悴，仅形容一石之奇，一壑之幽，偶作《天说》诸篇，又多谲诡悖傲，而不与经合。然其名卒与韩峙，而韩且推之畏之者，何哉？"由此出结论："文之佳恶，实不系乎有用与无用也。"既然不系乎有用与无用，又决定于什么？自然是其艺术与审美价值。在此之前，很少有作家如此明目张胆地将艺术与审美，放在衡量文章优劣的第一位。

第三，尖锐而强烈地反理学之虚伪，主张诗文必表达人的性情之真，并特别为男女之情爱作辩解。《答程蕺园论诗书》，针对程晋芳"来谕谆谆教删集内缘情之作，云'以君之才之学，何必以白傅、樊川自累'"，回答说：

> 足下之意，以为我辈成名必如濂、洛、关、闽而后可耳。然鄙意以为得千百伪濂、洛、关、闽，不如得一二真白傅、樊川。以千金之珠，易鱼之一目，而鱼不乐者何也？目虽贱而真，珠虽贵而伪故也。

就诗的本质而论曰：

且夫诗者由情生者也。有必不可解之情,而后有必不可朽之诗。情所最先,莫如男女。古之人,屈平以美人比君,苏、李以夫妻喻友,由来尚矣。……若夫迁袭经文,貌为理语者,虽未尝不窜名儒林,然非顽不知道,即懦不任事,赃私诡谀,史难屈指。白傅、樊川耻之,仆亦耻之。……缘情之作,纵有非是,亦不过《三百篇》中“有女同车”“伊其相谑”之类,仆心已安矣,圣人复生,必不取其已安之心而掉罄之也。宋儒责白傅杭州诗忆妓者多,忆民者少。然则文王“寤寐求之”,至于“转展反侧”,何以不忆王季、太王而忆淑女耶?孔子厄陈、蔡,何以不思鲁君而思及门弟子耶?……

　　善乎郑夹漈曰:“千古文章,传真不传伪。”古人之文醇驳互殊,皆有独诣处,不可磨灭。自义理之学明,而学者率多雷同附和,人之所是是之,人之所非非之,问其所以是所以非之故,而茫然莫解。[①]

《再与沈大宗伯书》为艳体诗作辩,亦表达了同样的观点[②]。这种为缘情艳诗张目的论说,除六朝人外,殊为少见。

　　第四,除以上三点外,袁枚还发表了诸多不同流俗、突破传统成见的议论,不乏卓识灼见。如对骈文、古文、时文皆有自己独到的看法。《书茅氏八家文选》谓:

　　一奇一偶,天之道也;有散有骈,文之道也。文章体制,如各朝衣冠,不妨互异,其状貌之妍媸,固别有在也。[③]

---

① 《小仓山房诗文集》,1801 页。
② 同上,1504 页。
③ 同上,1813 页。

于《胡稚威骈体文序》，专论骈体，称："骈体者，修词之尤工者也。"
"散行可蹈空，而骈文必征典。"①勾勒出骈体的演变线索及在清代
的发展情况，表明振兴骈体的愿望。《与程蕺园书》中专论古文，拿
古文与考据对比，谓："古文之道，形而上，纯以神行，虽多读书，不
得妄有摭拾。韩、柳所言功苦，尽之矣。考据之学，形而下，专引载
籍，非博不详，非杂不备，辞达而已，无所为文，更无所为古也。"于
《与孙俌之秀才书》，亦专论古文，谓："此体最严，一切绮语、骈语、
理学语、二氏语、尺牍词赋语、注疏考据语，俱不可以相侵。以故北
宋后，遂至希微而寥寂焉。"又称："夫古文者，即古人立言之谓也。
能字字立于纸上，则古矣。今之为文者，字字卧于纸上。夫纸上尚
不能立，安望其能立于世间乎？"②《答袁蕙缵孝廉书》《胡勿厓时文
序》《与俌之秀才》第二书皆专论时文，大意谓时文乃应科举、求功
名必攻习之工具，达到目的后即可放弃，有谓："譬如祭者未荐牲
牢，先陈刍狗，固明知其无益而用之也。""仆劝吾子勿绝时文，乃正
所以绝之也。"再如，他于《答友人论文第二书》中，公然反对韩愈
"文起八代之衰"的论断，而谓"八代固未尝衰也"，从发展观上立
论曰：

> 文章之道，如夏、殷、周之立法，穷则变，变则通。西京浑
> 古，至东京而渐漓。一二文人，不得不以奇数之穷，通偶数之
> 变。及其靡曼已甚，豪杰代雄，则又不屑雷同，而必挽气运以
> 中兴之。徐、庾、韩、柳，亦如禹、稷、颜子，易地则皆然者也。

再如，于《书茅氏八家文选》中，反对"唐宋八大家"之说，谓此种提

---

① 《小仓山房诗文集》，1398 页。
② 同上，1859 页。

法,乃"明代门户之习",并不符合实际。又谓:"若鹿门所讲起伏之法,吾尤不以为然。六经、三《传》,文之祖也,果谁为之法哉? 能为文,则无法如有法;不能为文,则有法如无法。"凡此,皆表现了袁枚善于独立思考,敢于挑战前人成说的勇气。

袁枚在《答程鱼门书》中曾自诩:"文章幼饶奇气,喜于论议,金石序事,微微可诵。古人吾不知,视本朝三家,非但不愧而已。"[①]并非狂言妄语,他的作品确有成就与特色。

"喜于论议"为袁枚文章的一大特点。他不但写有不少专题性史论、时论、思想观念论,而且在书信、序说、书后、题跋中,亦多论辩文字。此类文章涉及方面极广,以见解新锐,文笔犀利,灵俏洒脱见长。尤其因其观点多与流俗相左,故好而且善于驳论。凡此,于前所摘引例据,已皆可印证。姑再看其《答彭尺木进士书》对佛徒生死观之批判:

来书云:生死去来,不可置之度外。尤谬。天下有不可不置之度内者,"德之不修,学之不讲"是也。有不可不置之度外者,"死生有命,富贵在天"是也。若以度外之事,而度内求之,是即出位之思,妄之至也。虽然,"富而可求也,虽执鞭之士,吾亦为之"。使佛果能出死入生,仆亦何妨援儒入墨! 而无如二千来,凡所谓佛者,率皆支离诞幻,如捕风然,视之而不见,听之而不闻,祷之而不应。如来、释迦与夏畦之庸鬼,同一虚无,有异端之虚名,无异端之实效,以故智者不为也。试思居士参稽二十年,自谓深于彼法者矣。然而知生之所由来,能不生乎? 知死之所由去,能不死乎? 如仆者自暴自弃,甘心为门外人矣。然而不知生之所由来,便不生乎? 不知死之所

① 《小仓山房诗文集》,1520 页。

由去，便速死乎？生死去来，知之者与不知者无以异也。盖亦听其自生自死，自去自来而已矣。

《易》曰："乾坤毁，则无以见《易》。"言乾坤有时而生死也。《诗》曰："高岸为谷，深谷为陵。"言陵谷有时而来去也。生死去来，天地不能自主，而况于人？居士宁静寡欲，有作圣基，惜于生死之际，未免有己之见存，致为禅氏所诱。有所慕于彼者，无所得于此，故也。独不见孟子之论生死乎？曰："夭寿不贰，修身以俟之。"陶潜之论生死乎？曰："浮沉大化中，不恋亦不惧。"士君子纵不能学孟子亦当法渊明。名教中境本廓然，奚必叛而他适？昔曹孟德聘虞翻，翻笑曰："孟德欲以盗贼余赃污人耶？"居士招我之意，有类孟德，故敢诵仲翔之语以奉谢。①

逻辑之明析，笔锋之犀利，可见一斑。其随笔、杂感之类作品，内容之着实，见解之深切，放言之大胆，于《黄生借书说》可见之，因已为传世名篇，兹不赘引。

袁枚作品中，以碑志、传状、记事之作数量最为庞大。所涉对象，上至内阁大学士、总督、巡抚，下至逸人奇士，包括医生、画家、棋手、商贾，甚至厨师。写法上亦有自己特色。他所谓古人立言，"立于纸上"，今人为文，"卧于纸上"，颇类西人写人物有"圆"与"扁"之说。又于《亡姑沈君夫人墓志铭》载："枚剪髫时，好听长者谈古事，否则啼。姑为捃撷史书稗官，儿所能解者，呢呢娓娓不倦。"②于《补萝先生墓志铭》载：先生"与余及李晴江交尤密。朝夕过从，听谈三朝典故及前辈流风，如上阳宫人说开元遗事。灯炧酒

---

① 《小仓山房诗文集》，1569页。
② 同上，1265页。

阑,谐谑杂作,诵俳优小说数千言"①。说明袁枚因所受熏陶,对稗官既喜爱又熟悉。故在诗文外,他还写有小说集《子不语》。此数端,对其碑志、传状类作品不可能没有影响。在此类作品中,袁枚除遵守固有的成规与格式外,特别注重细节的选择,传主风貌个性的突出,情节安排的曲折起伏。典型者为姚启圣、李卫、于成龙诸人之传。单叙一人一事者,如《书鲁亮侪》已成传诵名篇。与之极相类者,有《书朱山》:

> 湖州朱君名山者,以进士选台湾诸罗令。诸罗近海,俗悍难治。君到,谒庙毕,即诣狱,问吏:"彼累累者何囚耶?"曰:"窃贼。"曰:"吾以为巨盗耳!若小窃,何系焉?"召而集于庭,畀以十金曰:"与汝作佣,与汝约,再犯者死。"应声曰:"唯。"乃悉纵之。邑之人相与匿笑,以为君书生,泥于古故然。
>
> 亡何,所纵者犯法,君语行杖者曰:"立法之始,不可宽也。"钛其足,而杖之毙。亡何,又毙一贼。邑之人股栗,相与骇曰:"是非书生,乃一健吏。"亡何,又获贼,方喝杖,而疑之曰:"汝面有泪痕,何耶?"曰:"自分必死,适与母诀,故悲。"侦之,果一妪抱裹尸席哭而来。君曰:"勿杀,渠有孝心,尚可悛改。"再畀十金,曰:"汝持金贩他方,勿居此,为老捕捉搁也。"仍纵之。
>
> 故事,台湾道巡县,供张华侈。有某公者将至,吏以旧例白,君不可,馈粟十斛,羊四羫。某公衔之。俄而檄命造册将丈其邑田。君争曰:"台湾一府皆滨海斥卤之地,与他府不同。康熙清丈时,原留余地济贫氓,今或有浮漏处,而生齿日繁。丈之将于民大病。"抗册不上。巡道符下如火,督愈急。诸绅

① 《小仓山房诗文集》,1272 页。

士谋赂万金以免。君又不可,曰:"我在此,不使诸君贿上游。"铤行矣,半途夺归。

某大怒,撫他事申督抚,劾之。委员逮君,诸罗民数万,汹汹然揭竿起,将逐委员。君晓之曰:"诸百姓抗王章生事,是杀我,非爱我也。"再三言且泣。诸百姓曰:"若然,则我等护公往鞫。有不测,愿同公死。"甫登舟,担服(猴)脯糗粮者,压其舱几满。出海,一男子透水上,手饼金为献。问何人,曰:"公所敕养母贼也。受公金贩鱼漳浦,得十倍利,已成家矣。今闻公行,老母命来报恩。"君笑曰:"汝改行与否,我实未知。手中金,安知非又偷而遗我乎?"拒不受。曰:"公勿受,是仍以贼待我也。归何颜见母!不如死。"趯然蹈于海。舟人救之,腹膨亨矣。君不得已受之。

到省,颂系月余,狱不具。会福建将军新公入觐,密以其事奏。天子召见,复原官,再迁泺州知州。顺道还家,异至一大宅,门墙巍峨,君不肯入,曰:"此非我家。"舆人笑不言。已而夫人子妇出迎曰:"嘻!此前年君罢官时,诸罗人送我家居此也。并券在焉。"出而视之,购价万金。[①]

写朱山果断强项,诚心爱民,形象性格突出,情节起伏曲折,前照后应。成色不亚《书鲁亮侪》。余如《书麻城狱》,极类公案小说。《书马僧》叙事诡谲跌宕,亦自谓"事类小说"。

袁枚思想观念的突出特点之一是重情,故其文章中,自然不乏抒发亲情、友情之佳作。其《祭妹文》,论者公认为继韩愈《祭十二郎文》后,少有之名篇。《韩蚓哀辞》亦有与《祭妹文》相近处。其实,不只是专门抒情的哀祭文字,其各体文章中,往往都融进自己

---

① 《小仓山房诗文集》,1748页。

的深情。如《征士程绵庄先生墓志铭》,有一段专讲与程延祚的交往:

> 余同试保和殿,通数语。已而官白下,相与为忘年交。得谢后,买山随园,所居宅相邻,益亲。每读书疑,必质先生。先生有所作,必袖来,或遣苍头索跋语。人疑两人异好尚,胡为交颇欢。因念唐时韩、柳治文章,殷、陆治经,所学不同,而韩、柳集中折服乃尔。况余不及韩、柳而先生远过殷、陆,则余之降心以从者宜也。然先生诚何所昵而殷于余耶?岂不以孤奏《咸池》之音,肯一过听者已难得耶?又岂不以年已颓暮,荷道甚重,不得不择一后死者望其能张而传之耶?呜呼!今遗墨尚存,先生不可复见,而余亦将老矣。
>
> 淮安有先生族孙鱼门,恢奇多闻,每假馆余所。三人连日夜语,蝉嫣不忍别。或漏尽送先生出,则两人者重剪灯对数海内人物,必首先生。数毕,又未尝不歔嘘叹息,忧先生之衰。今先生果卒,而鱼门亦远官京师,凭其棺而哀者,独余耳。夫天之岁月,原不能为贤者假借。先生卒时,年已七十七矣,似可殁而宁焉。然终竟生人如是,不使一日居石渠、东观,羽仪我圣朝,而又不使知所藏何山,所传何人,竟溘然以归冥漠。然则贤人之在世,与其毕生甘苦,可以光日月、垂宇宙者果不足恃,如飘风轻云之一过而已耶?天下学者闻之,宜何如悲,又岂独余与鱼门之泪涔涔下也![1]

墓志本是为使逝者德业垂之金石而作,在本段中,则似作者已化为主体,将之写成自己追旧忆昔、感慨人生难恃的抒情文字。其《先

① 《小仓山房诗文集》,1741 页。

姒章太孺人行状》,虽像一般行状一样陈述母亲一生事迹,而又不同于一般的行状,而是"墨泪交挥",以素朴的语言,絮絮细述母亲的温婉、明慧的性行及对自己的深切关爱,笔法似韩非韩、似归非归,字字饱蘸深情,像一篇母亲颂,又像一篇悲悼文。《重到沐阳图记》为重游曾任知县二年的故地而作,其中段云:

> 越翌日,入县署游观,到先人秩膳处,姊妹斗草处,昔会宾客治文卷处,缓步婆娑,凄然雪涕,虽一庑湢、一井匽,对之情生,亦不自解其何故。有张、沈两吏来,年俱八旬。说当时决某狱,入帘荐某卷,余全不省记,憬然重提,如理儿时旧书,如失物重得。
>
> 邑中朱广文工诗,吴中翰精赏鉴,汪叟知医,解、陈二生善画与棋,主人喜论史鉴,每漏尽,口犹澜翻。余或饮,或吟,或弈,或写小影,或评书画,或上下古今,或招人来,或呼车往,无须臾闲。遂忘作客,兼忘其身之老且衰也。[①]

平平写来,琐琐述旧,不言情而浓情自在。

其园亭轩堂记,萧散自然,尤以《所好轩记》为佳:

> 所好轩者,袁子读书处也。袁子之好众矣,而胡以书名?盖与群好敌而书胜也。其胜众好奈何?曰:袁子好味,好色,好葺屋,好游,好友,好花竹泉石,好珪璋彝尊、名人字画,又好书。书之好无以异于群好也,而又何以书独名?曰:色宜少年,食宜饥,友宜同志,游宜晴明,宫室花石古玩宜初购。过是,欲少味矣。书之为物,少壮、老病、饥寒、风雨,无勿宜也。

---

① 《小仓山房诗文集》,1844 页。

而其事又无尽，故书胜也。

虽然，谢众好而昵焉，此如辞狎友而就严师也，好之伪者也。毕众好而从焉，如宾客散而故人尚存也，好之独者也。昔曾暂嗜羊枣，非不嗜脍炙也，然谓之嗜脍炙，曾暂所不受也。何也？从人所同也。余之他好从同，而好书从独，则以所好归书也固宜。

余幼爱书，得之苦无力。今老矣，以俸易书，凡清秘之本，约十得六七。患得之，又患失之。苟患失之，则以"所好"名轩也更宜。[1]

率性直书，简明畅朗，个性特色鲜明。下笔似不见着力处，而文字功力自在其中。风调韵味，与晚明小品相近，而又有自己特色。

姚鼐《袁随园君墓志铭》称其"足迹造东南山水佳处皆遍"。其游记诸作，以善于捕捉景物特色为长。如《浙西三瀑记》，写天台石梁之瀑：

> 平叠四层，至此会合，如万马结队，穿梁狂奔。凡水被石挠必怒，怒必叫号，以崩落千尺之势，为群礁砢所挡蔽，自然拗怒郁勃，喧声雷震，人相对不闻言语。余坐石梁，恍若身骑瀑布上。走山脚仰观，则飞沫溅顶，目光炫乱，坐立俱不能牢，疑此身将与水俱去矣。

写雁宕大龙湫之瀑：

> 未到三里外，一匹练从天下，恰无声响。及前谛视，则二

---

① 《小仓山房诗文集》，1775 页。

十丈以上是瀑，二十丈以下非瀑也，尽化为烟，为雾，为轻绡，为玉尘，为珠屑，为琉璃丝，为杨白花。既坠矣，又似上升；既疏矣，又似密织。风来摇之，飘散无着；日光照之，五色映丽。或远立而濡其首，或逼视而衣无沾。

写青田石门洞之瀑：

乃其瀑在石洞中，如巨蚌张口，可吞数百人。受瀑处，池宽亩余，深百丈。疑蛟龙欲起，激荡之声，如考钟鼓于瓮内。此又石梁、龙湫所无也。[1]

写三处瀑布的形态感受，各尽其妙，充分显示了其审美观察力与审美表现水平。

袁枚的为人、观念、文章风格，与当时的主流倾向明显不同，而其散文创作的成就，绝不在主流作者之下。从散文发展的大趋势看，他与晚明的小品文作家有相近处，显然为古代散文向现代散文转化的承接者之一。

二　郑燮

郑燮（1693—1765），字克柔，号板桥，人多以号称，兴化（江苏泰州）人。

板桥主要以书画名，亦善诗、词，时有“诗书画三绝”之誉。为文数量虽然不多，但别开生面，把浅白通俗的家常语，正式引入文章之中，在清代散文中闪出特殊的光彩，在散文的发展上，有另辟蹊径的重要意义。

---

[1]　《小仓山房诗文集》，1786 页。

在为人和为文上,他和袁枚有共同之处,属于孤诣独到,率性任真,抒张性情的一派。袁枚有《投郑板桥明府》诗云:"郑虔三绝闻名久,相见邗江意倍欢。遇晚共怜双鬓短,才难不觉九州宽。红桥酒影风灯乱,山左官声竹马寒。底事误传坡老死,费君老泪竟虚弹。"①《随园诗话》卷九载其事曰:"兴化郑板桥作宰山东,与余从未识面。有误传余死者,板桥大哭,以足蹋地,余闻而感焉。后廿年,与余相见于卢雅雨席间,板桥言:'天下虽大,人才屈指不过数人。'余故赠诗云:'闻死误抛千点泪,论才不觉九州宽。'"②板桥亦有《赠袁枚》云:"室藏美妇邻夸艳,君有奇才我不贫。"③可见二人之互惜互通。但两者在生平遭际、思想及为文观念上,有同又有不同。

首先,与袁枚二十一岁即文名大震年未四旬即退出仕途不同,板桥则早年颇为坎坷,"四十外乃薄有名"④。据卞孝萱编《郑燮简谱》:板桥出生于寒素之家,四岁丧母,靠父亲课徒为生,约二十一岁学画。二十四岁始中秀才。二十六岁设塾授徒。三十一岁父卒,生活拮据,开始在扬州卖画。四十岁中举。四十四岁中进士。五十岁后任范县、潍县令。六十岁以疾辞职。此后以书画为生并扬名于世⑤。

其次,在社会与思想观念上,板桥与袁枚有相近处,对朝廷并无怨诽不满,对传统观念亦取高度尊崇态度。如于《板桥自叙》曾云:"乾隆十三年,大驾东巡,燮为书画史,治顿所,卧泰山绝顶四十

① 《小仓山房诗文集》,315 页。
② 卞孝萱、卞岐编:《郑板桥全集》(增补本)第二册,凤凰出版社,2012 年,139 页。以下所引《郑板桥全集》皆同此版本。
③ 《郑板桥全集》第一册,108 页。
④ 《刘柳村册子》,《郑板桥全集》第一册,297 页。
⑤ 《郑板桥全集》第二册,322 页。

余日，亦足豪矣。"又云："板桥康熙秀才，雍正壬子举人，乾隆丙辰进士。"①两者皆治为印章，表明以之为荣。他对孔子及传统的经典甚为崇尚。在《焦山别峰庵雨中无事书寄舍弟墨》中，将孔子之删诗书，比之为烧书，谓："孔子烧其可烧，故灰灭无所复存，而存者为经，身尊道隆，为天下后世法。"又谓，汉儒诸作"虽有些零碎道理，譬之六经，犹苍蝇声耳，岂得日月经天，江河行地哉"。又谓："六经之文，至矣尽矣。"②在《潍县署中与舍弟墨》第二书之《书后又一纸》中，又有曰："天生圣人亦屡矣，未尝生孔子也。及生孔子，天地亦气为之竭而力为之衰，更不复能生圣人。"③对理学，他亦不取肯定态度，于《范县署中寄舍弟墨第五书》言及南宋时事，有曰："讲理学者，推极于毫厘分寸，而卒无救时济变之才。"④《板桥自叙》中又曰："理学之执持纲纪，只合闲时用着，忙时用不着。"

　　然而，与袁枚之广交达官贵人、社会名流不同，基于其出身与经历，板桥对下层人民，尤其是农民的艰辛劳苦，有充分了解，深切同情，真心实意的尊重。在《范县署中寄舍弟墨》中，言及本族人的生活情况：

　　　　可怜我东门人，取鱼捞虾，撑船结网，破屋中吃秕糠，啜麦粥，搴取荇叶蕴头蒋角煮之，旁贴荞麦锅饼，便是美食，幼儿女争吵。每一念及，真含泪欲落也。⑤

于《范县署中寄舍弟墨第四书》，说得更为普遍和痛切：

---

① 《郑板桥全集》第一册，295 页。
② 同上，237 页。
③ 同上，249 页。
④ 同上，245 页。
⑤ 同上，240 页。

嗟乎！嗟乎！吾其长为农夫以没世乎！我想天地间第一等人，只有农夫，而士为四民之末。农夫上者种地百亩，其次七八十亩，其次五六十亩，皆苦其身，勤其力，耕种收获，以养天下之人。使天下无农夫，举世皆饿死矣。吾辈读书人，入则孝，出则弟，守先待后，得志泽加于民，不得志修身见于世，所以又高于农夫一等。今则不然，一捧书本，便想中举、中进士、作官，如何攫取金钱、造大房屋、置多田产。起手便错走了路头，后来越做越坏，总没有个好结果。……愚兄平生最重农夫，新招佃地人，必须待之以礼。彼称我为主人，我称彼为客户，主客原是对待之义，我何贵而彼何贱乎？要体貌他，要怜悯他。有所借贷，要周全他。不能偿还，要宽让他。尝笑唐人《七夕》诗，咏牛郎织女，皆作会别可怜之语，殊失命名本旨。织女，衣之源也，牵牛，食之本也，在天星为最贵。天顾重之，而人反不重乎！①

以农业经济为主体的中国社会，自古就有重农传统。晁错之重农抑商，是为巩固对社会的统治立说；不少诗人如白居易、李绅、聂夷中，写了些同情、哀怜农民的作品；但像郑板桥这样，把农夫赞为"天地间第一等人"，且设身处地为之着想者，极为少见。正因如此，在其为官时，才能写出"衙斋卧听萧萧竹，疑是民间疾苦声。些小吾曹州县吏，一枝一叶总关情"②这样的题画诗。这为板桥思想中的一大亮点。

第三，为人为文中，贯穿着狂放不羁、执意自肆、超越流俗、勇于创新的精神，是板桥与袁枚最为相通之处。但在板桥来说，这种

---

① 《郑板桥全集》第一册，243 页。
② 同上，338 页。

精神的形成，又有其特有的基础。

一方面，与其人生经历中，由艰苦奋发而来的自立自强精神有关。如《板桥自叙》曾云：

> 幼时殊无异人处，少长，虽长大，貌寝陋，人咸易之。又好大言，自负太过，漫骂无择。诸先辈皆侧目，戒勿与往来。然读书能自刻苦，自愤激，自竖立，不苟同俗，深自屈曲委蛇，由浅入深，由卑及高，由迩达远，以赴古人之奥区，以自畅其性情才力之所不尽。

在《刘柳村册子》中，对此又有进一步表白：

> 板桥最穷苦，貌又寝陋，故长不合于时；然发愤自雄，不与人争，而自以心竞。……庄生谓鹏："怒而飞，其翼若垂天之云。"古人又云："草木怒生。"然则万事万物何可无怒耶？板桥书法以汉八分杂入楷行草，以颜鲁公《座位稿》为行款，亦是怒不同人之意。

文中之"怒"，有愤怒意，更主要是指"奋发努力"之精神。其题画诗："咬定青山不放松，立根原在破岩中。千磨万击还坚劲，任尔东西南北风。"[①]正是这种精神之写照。这种与"怒"相关联的"自雄""自以心竞""自竖立"，自然转化为"不苟同俗""不同人""自立门户""自畅其性情才力"的追求。如《范县署中寄舍弟墨》第三书有云："总是读书要有特识，依样葫芦，无有是处。""竖儒之言，必不可听，学者自出眼孔，自树脊骨读书可尔。"

---

① 《郑板桥全集》第一册，357页。

再一方面,则是受到前辈以张扬个性为特色的作家、艺术家之影响。这些作家、艺术家,除八大山人、石涛等之外,他最赞赏者为徐渭。他曾治印章自称为"青藤门下牛马走"①。袁枚《随园诗话》卷六,则误传为"徐青藤门下走狗郑燮"②。而其题画文有云:"徐文长、高且园两先生不甚画兰竹,而燮时学之弗辍,盖师其意,不在迹象间也。文长、且园才横而笔豪,而燮亦有倔强不驯之气,所以不谋而合。"③

总之,不管来由如何,板桥与袁枚之思想性格,在狂放不羁、超越流俗上,有心犀相通之处。

文艺观及文章观方面,板桥与袁枚之不同大于相同。其一,与袁枚不赞成"适用"相反,板桥极重视诗文及艺术作品的社会功能。他在《后刻诗序》中云:

> 古人以文章经世,吾辈所为,风月花酒而已。逐光景,慕颜色,嗟困穷,伤老大,虽刳形去皮,搜精抉髓,不过一骚坛词客尔,何与于社稷生民之计、《三百篇》之旨哉!④

《潍县署中与舍弟》第五书又有云:

> 写字作画是雅事,亦是俗事。大丈夫不能立功天地,字养生民,而以区区笔墨供人玩好,非俗事而何? 东坡居士刻刻以天地万物为心,以其余闲作为枯木竹石,不害也。若王摩诘、赵子昂辈,不过唐、宋间两画师耳! 试看其平生诗文,可曾一

---

① 《郑板桥全集》第三册,173 页。
② 《郑板桥全集》第二册,139 页。
③ 《郑板桥全集》第一册,354 页。
④ 同上,269 页。

句道着民间痛痒?①

《与江昱、江恂书》则以佛之大乘与小乘作比,论作家与作品:

> 文章有大乘法,有小乘法。大乘法易而有功,小乘法劳而无谓。五经、《左》《史》《庄》《骚》、贾、董、匡、刘、诸葛武乡侯、韩、柳、欧、曾之文,曹操、陶潜、李、杜之诗,所谓大乘法也。理明词畅,以达天地万物之情,国家得失兴废之故。读书深,养气足,恢恢游刃有余地矣。六朝靡丽,徐、庾、江、鲍、任、沈,小乘法也。取青配紫,用七谐三,一字不合,一句不酬,撚断黄须,翻空二酉。究何与于圣贤天地之心、万物生民之命?凡所谓锦绣才子者,皆天下之废物也,而况未必锦绣者乎!此真所谓劳而无谓者矣。且夫读书作文者,岂仅文之云尔哉!将以开心明理,内有养而外有济也。得志则加之于民,不得志则独善其身,亦可以化乡党而教训子弟。②

正反两方面,其意全在申论文章与艺术作品的社会功能与社会效用。

讲"经世"作用时,他又特别强调文章之切于日用家常。这是板桥文艺思想独有的重要特点。前引《焦山别峰庵雨中无事书寄舍弟墨》中,在称颂"六经之文,至矣尽矣"后,接着特别讲:"又有至之至者:浑沦磅礴,阔大精微,却是家常日用,《禹贡》《洪范》《月令》,'七月流火'是也。"说明他在经典中最推崇的即为有"家常日用"价值者。引申到文学中,他于《板桥自叙》中专门标示:"文必切

---

① 《郑板桥全集》第一册,252页。
② 同上,255页。

于日用。"又引古人为证:"贾、董、匡、刘之作,引绳墨,切事情。至若韩信登坛之对,孔明隆中之语,则又切之切者也。"还提及:"板桥《十六通家书》,绝不谈天说地,而日用家常,颇有言近指远之处。"

其二,与袁枚视时文制艺为用毕即弃的工具不同,他对之完全予以正面的肯定。在《潍县署中与舍弟》第五书中讲:"无论时文、古文、诗歌、词赋,皆谓之文章。今人鄙薄时文,几欲摒诸笔墨之外,何太甚也,将毋丑其貌而不鉴其深乎?愚谓本朝文章,当以方百川制艺为第一,侯朝宗古文次之,其他歌诗辞赋,扯东补西,拖张拽李,皆拾古人之唾余。"《板桥自叙》中又曰:"明清两朝,以制艺取士,虽有奇才异能,必从此出,乃为正途。其理愈求而愈精,其法愈求而愈密。鞭心入微,才力与学力俱无可恃,庶几弹丸脱手时乎!若漫不经心,置身甲乙榜之外,辄曰'古学',天下人未必许之,只合自许而已。"其《题高凤翰画册》(五)又云:

　　近日诗古家骂秀才,骂制艺,几至于不可耐。不知诗古不从制艺出,皆无伦杂凑。满口山川风月,满手桃柳杏花,张哥帽,李哥戴,直是不堪一笑耳。圣天子以制艺取士,士以此应之。明清两朝士人,精神会聚,正在此处。①

所以,依他看来,时文制艺之作用与价值,远在古文与诗赋之上。这样的观点,正是他一贯的重视"日用家常"观念的体现。在当时,通过科举而求取功名乃士人之"正途",而要达此目的,非靠制艺时文不可。当然,也不能否认,这也反映了由于时风的影响,板桥的见解与视野,有其局限与片面性。

除以上两点重大不同外,正像在思想观念和为人上两人有互

---

①　《郑板桥全集》第一册,460页。

通处,在文艺观和文章观上,板桥也有与袁枚相近或相类的地方。与他讲究读书要有"特识"一样,在为文上,也强调和追求"自树其帜","自立眼孔",发挥创造精神。在《板桥自叙》中明确表示:"板桥诗文,自出己意。"反对一味追古摹古,称:"或有自云高古而几唐宋者,板桥辄呵恶之曰:'吾文若传,便是清诗清文;若不传,将并不能为清诗清文也。何必侈言前古哉!'"在《与丹翁书》中提出:"千古好文章,只是即景即情,得事得理,固不必引经断律,称为辣手也。"①《乱兰乱竹乱石与汪希林》之题画辞则谓:"掀天揭地之文,震电惊雷之字,呵神骂鬼之谈,无古无今之画,原不在寻常眼孔中也。"②就书画文统而论之,皆崇尚骋情任性,不拘成格之作。

还有一点,板桥也像袁枚一样,有着对通俗文艺的重视爱好,不过更偏重在词曲方面。《板桥自叙》中曾云:"平生不治经学,爱读史书以及诗文词集,传奇说薄之类,靡不览究。"《新修城隍庙碑记》则提到:"金、元院本,演古劝今,情神刻肖,令人激昂慷慨,欢喜悲号,其有功于世不少。至于鄙俚之私,情欲之昵,直可置复(弗?)论耳。"③《扬州竹枝词序》用骈体行文,对好友董伟业所作《扬州竹枝词》深加赞赏:

> 招尤惹谤,割舌奚辞;识曲怜才,焚香恨晚。盖广陵风俗之变,愈出愈奇;而董子调侃之文,如铭如偈也。更有失路名流,抛家荡子,黄冠缁素,皂隶屠沽,例得载于诗篇,并且标其名目。譬夫酿家纪叟,青莲动问于黄泉;乐部龟年,杜甫伤心于江上。琵琶商妇,白老歌行;石鼎轩辕,昌黎序次。修翎已失,犹怜好鸟之音;碧叶虽凋,忍弃名花之本? 酒情跳荡,市上

---

① 《郑板桥全集》第一册,261 页。
② 同上,357 页。
③ 同上,305 页。

呼驴;诗兴颠狂,坟头拉鬼。于嬉笑怒骂之中,具萧洒风流之致。身轻似叶,原不借乎缙绅;眼大如箕,又何知夫钱房。①

正因如此,他自己创作了民间曲调《道情十首》,并于十几年间"屡抹屡更",在社会各阶层中广为传唱。

板桥的文章观也存在复杂性与多样性。一般性论文时,他极倡"经世"之说,似乎置作品的审美价值于不顾,而涉及文章的具体写作,则透露出另外的观点。例如《仪真县江村茶社寄舍弟》有这样一段文字:

> 江雨初晴,宿烟收尽,林花碧柳,皆洗沐以待朝暾,而又娇鸟唤人,微风叠浪,吴楚诸山,青葱明秀,几欲渡江而来。此时坐水阁上,烹龙凤茶,烧夹剪香,令友人吹笛,作《落梅花》一弄,真是人间仙境也。嗟呼! 为文者不当如是乎? 一种新鲜秀活之气,宜场屋,利科名,即其人富贵福泽享用,自从容无棘刺。……吾弟为文,须想春江之妙境,抱先辈之美词,令人悦心娱目,自尔利科名,厚福泽。或曰:吾子论文,常曰生辣,曰古奥,曰离奇,曰淡远,何忽作此秀媚语? 余曰:论文,公道也;训子弟,私情也。②

显然,这是在讲求文章的实用价值同时,又重视其审美价值与审美意义,并表明在他的艺术修养中,存有很强的审美意识与很高的审美境界。再如,前所引文中他曾痛责王维,而于《南垞诗抄序》中却云:"游山诗,以谢灵运、王维为最,而少陵次之。""惟谢与王,为当

---

① 《郑板桥全集》第一册,274 页。
② 同上,236 页。

行本色,与郦道元《水经注》、柳子厚《石渠》《铁炉步》《袁家渴》诸记,可称古今四绝。处处挨写,尺寸万变,非躁心尽释,才学铸镕,莫能为之。"①可见,就艺术论艺术,板桥体现的是另一种观点。

在创作实践方面,其散文作品,数量不多,除几篇书、序、碑、记、题跋外,最有影响者为《与舍弟书十六通》及某些画作的题辞。这类作品所以引人注目,一是因其显出特殊品格:纵恣坦荡,无拘无束,通己情,抒己意,个性胸次毕现于纸上,而其情意中又蕴含着"言近指远"的深切内容。二是正像他糅合真草隶篆而创造出一种独自成家的书体一样,在语言形式上创造出了一种浅白家常、放纵自然,却又逸韵横生、意味隽永的文字风格。这两点糅合在一起,就带来某种特殊的魅力。如广为传诵之《范县署中寄舍弟墨第四书》,谈家事极琐细,甚至嘱咐到:

> 天寒冰冻时,穷亲戚朋友到门,先泡一大碗炒米送手中,佐以酱姜一小碟,最是暖老温贫之具。暇日咽碎米饼,煮糊涂粥,双手捧碗,缩颈而啜之,霜晨雪早,得此周身俱暖。

以古文家眼光看,这哪里能算文章。《潍县寄舍弟墨》第三书甚至有这样的话:

> 又有五言绝句四首,小儿顺口好读,令吾儿且读且唱,月下坐门槛上,唱与二太太、两母亲、叔叔、婶娘听,便好骗果子吃也。②

似乎更等而下之。但这正是最贴近生活的本色语言,充满了生活

---

① 《郑板桥全集》第一册,287 页。
② 同上,250 页。

情趣的天籁。从古代散文的语言发展上来说,这才是真正的破格,真正的创新。在板桥笔下,不只家书这样写法,公告性文字也这样写法,如《板桥笔榜》(又题《板桥润格》):

> 大幅六两,中幅四两,小幅二两,条幅对联一两,扇子斗方五钱。

> 凡送礼物、食物,总不如白银为妙;公之所送,未必弟之所好也。送现银,则中心喜乐,书画皆佳。礼物既属纠缠,赊欠尤为赖帐。年老神倦,亦不能陪诸君子作无益语言也。①

书画题跋也这样写法,如《靳秋田索画》:

> 终日作字画,不得休息,便要骂人;三日不动笔,又想一幅纸来,以舒其沉闷之气,此亦吾曹之贱相也。今日晨起无事,扫地焚香,烹茶洗砚,而故人之纸忽至。欣然命笔,作数箭兰、数竿竹、数块石,颇有洒然清脱之趣。其得时得笔之候乎!索我画,偏不画,不索我画,我偏要画,极是不可解处,然解人于此但笑而听之。②

书的序言也这样写法,如《与舍弟书十六通小引》:

> 板桥诗文,最不喜求人作叙。求之王公大人,既以借光为可耻;求之湖海名流,必至含讥带讪,遭其荼毒而无可如何。总不如不叙为得也。几篇家信,原算不得文章,有些好处,大

---

① 《郑板桥全集》第一册,296 页。
② 同上,353 页。

家看看,如无好处,糊窗糊壁,覆瓿覆盎而已,何以叙为!

可以看出,正是在这等文字中,见出板桥的真性格,见出板桥文章的不同寻常处。论者往往将板桥家书,比之于颜延之的《庭诰》及颜之推的《颜氏家训》。其实,《庭诰》只是在琐琐言家事,《颜氏家训》只是语言较为浅近,皆绝无如此潇洒活泼的真精神,棱棱如现的活个性。只有在张岱的作品中,似乎见到过这种文字的面目。

第四节　骈文的中兴与汪中

自唐代古文运动取得成功,骈体文一度受到摒斥,但作为一种有特色的文体形式,它一直在特定领域(如诏诰、哀诔、铭赞等)被沿用,而且不断有喜爱和擅长写作的作家出现。进入明代,人们总结探寻古代散文写作规范,首先把注意力放到散体古文上。然而于占主流地位的古文之外,骈体仍为一些作者所青睐,至清代,颇有所谓"中兴"之势。

明末清初有些作者即表现出对骈文的兴趣,如朱彝尊、毛奇龄等,还出现了主要致力于骈体的作家,代表人物为陈维崧、吴绮。

陈维崧(1625—1682),字其年,号迦陵,为明末南京著名的四公子之一陈贞慧之子。易代后,门户中衰,然以名家子,负其才艺,落拓不羁,游走文人名士间。年五十四尚为诸生,康熙十八年(1679)为宋荦所荐,应博学宏词,擢翰林检讨,四年后病逝。

陈维崧能诗,善词,尤以俪体擅名。其《词选序》曾云:"客或见今才士所作文间类徐、庾俪体,辄曰:此齐、梁小儿语耳! 是语也,予大怪之。""夫客又何知? 客亦未知开府《哀江南》一赋、仆射在河北诸书,奴仆《庄》《骚》,出入《左》《国》,即前此史迁、班掾诸史书,未见礼先一饭。"①表现了对骈体的推重。但维崧之骈体，可称者实不过藻饰之丽，典实之丰，偶对之熟练精工。其《吴园次林蕙堂全集序》，批评当世文章并以之自傲云：

> 宿儒老子，高谈《内则》《归藏》；末学小生，粗识《孝经》《论语》。上车不落，便尊唐宋而薄周秦；体中何如？辄誉开元而卑大历。是则胸无故实，苛鲜缥缃；裸民诮雾縠为太华，矉女憎西施之巧笑。此其为弊一也。或则仅解虫镌，差工獭祭；悔读《南华》之卷，不精《尔雅》之篇。仿兰成碑版之作，祇堪借面吊丧；效醴陵离别之言，仅可送人作郡。不知六诗三笔，每每以古郁称奇；四库五车，往往以沉雄入妙。徒组细笙簧之是侈，将风云月露其奚为？……成都粉水，弱锦濯而宁鲜；河北花笺，钝笔描而失丽。益成掎扯，劣得揣摩。此其为弊二也。以兹二弊，足概百家，今吾讵有是乎？②

被批评的反面，即所肯定的正面。由此说明陈维崧及吴绮之骈文，不出上述特点。通览陈氏作品，亦不出此范围。至于其颇为人称道之《与芝麓先生书》《上合肥先生书》，内容稍为深切沉挚，但不过是对新朝及龚鼎孳的称颂，家世寥落的痛惜，经历坎坷的倾诉，目的在于希望得到援手提携，如后文所云："方今成均广辟，石鼓宏鸣。六馆之侧，负笈者三千；四库之旁，横经者十九。若获策其谫劣，竭此涓埃，一观太学之碑，便脱诸生之籍。未知此语，果合事宜？伫望台裁，以为进止。"③较之徐、庾之作，不可同年而语。汪

---

① 《湖海楼全集》，《清代诗文集汇编》第九十六册，495 页。以下所引此书皆同此版本。
② 《湖海楼全集·俪体文集》，576 页。
③ 同上，692 页。

琬称赞他："排偶之文,芊绵凄恻,几于凌徐扳庾。""盖自开、宝以后七百余年,无此等作矣。"(参见《说铃》)未免过誉。

吴绮,字园次,与陈维崧并称,其骈文以清丽为主要特点,深切性更次于陈。

至清中期,汉学兴盛。汉学家们重学问,重考证、训诂、音韵之学,反对宋学的空疏,相应地也就不崇尚以意、气为主的唐宋八大家之文,不欣赏信奉程朱理学的"桐城派"。风气所及,他们中的许多人,也就赞赏和喜爱多用典实、讲究音律的六朝之俪体。乾嘉时期以骈文擅名的作者很多。著名者为胡天游,字稚威,他的《一统志序》很受人称赏。洪亮吉,字稚存,是工于考据的名学者,骈文亦写得相当清丽。袁枚作《胡稚威骈体文序》,认为奇偶并存乃自然现象,又称:"骈体者,修词之尤工者也。"并将骈体与博学联系起来,谓:"散行可蹈空,而骈文必征典。骈文废,则悦学者少为文者多,文乃日敝。"赞扬胡天游的骈文水平之高,陈维崧、吴绮皆难与之比并,如果上推,可与李商隐、唐四家之徐、庾、燕、许相接近。文末还表达了自己写作骈体的兴趣与愿望①。袁枚也确实写了不少骈文,其中有的比较古奥典雅,有的清倩流丽。稍后之刘开、李兆洛皆重视骈文,且有调和古文与骈文对立的倾向。刘开的观点,已见前引《与王子卿太守论骈体书》,李兆洛亦与之相似,且编有《骈体文抄》,将骈体溯源到先秦,选文则收秦、汉诸名家之作。而真正显示出清代骈文成就者,为早于刘开、李兆洛,几近与洪亮吉同时的汪中。

汪中(1744—1794),字容甫,江都(江苏扬州)人。为乾嘉时期著名学者,经、史、子、集、金石、舆地、方志等方面的考据训诂,皆有精诣独到的成就。与王念孙王引之父子、刘台拱交谊甚厚,受到洪亮吉、杭世骏、卢文弨、孙星衍、梁玉绳、段玉裁、毕沅、阮元等诸大

---

① 《小仓山房诗文集》,1398 页。

家的推重。然其生平及为人为学有与众不同处。

其一,汪中虽聪颖好学,然一生困顿多累,沉于下僚,只能在艰苦侘傺的境遇中为学为文。他七岁丧父,家极贫,全靠母亲艰难支撑。在《先母邹孺人灵表》中有云:"母教女弟子数人且缉屦以为食,犹思与子女相保。直岁大饥,乃荡然无所托命矣。再徙城北,所居止三席地,其左无壁,覆之以苫。日常使姊守舍,携中及妹,俦然丐于亲故,率日不得一食。归则籍稿于地。每冬夜号寒,母子相拥,不自意全济。比见晨光,则欣然有生望焉。"①而且"是时吾母子方流离乞食,而三族之富人,无问者"②。他始受教于母,后靠售书为生,因与书贾交,借以得遍阅经史百家,才学大进。年二十补附学生,三十四岁选拔贡生。此后因疾患,未再参加科举,数为显宦作幕僚。其间,为李惇所写《大清故候选知县李君之铭》有云:"时古学大兴,元和惠氏、休宁戴氏咸为学者所宗。自江以北,则王念孙为之唱,而君和之,中及刘台拱继之。并才力所诣,各成其学,虽有讲习,不相依附。"③《与朱武曹书》,与对方以"锲而不舍"相勉,有谓:"中尝有志于用世,而耻为无用之学。故于古今制度沿革、民生利病之事,皆博问而切究之,以待一日之遇。下至百工小道,学一术以自托。平日则自食其力,而可以养其廉耻,即有饥馑流散之患,亦足以卫其生。何苦耗心劳力饰虚词以求悦世人哉?"④最后,他在为人校书时,病逝于杭州西湖。这种人生屯邅的遭际,既使之取得了学术上的卓越成就,亦造成了他桀骜不羁的气格,又使之心中常怀对身世处境的慨愤不平。

其二,汪中与其他经学家有所不同,不仅在考释经史上不弱于

---

① 《述学》,《续修四库全书》第一千四百六十五册,421页。
② 《与剑潭书》,《续修四库全书》第一千四百六十五册,433页。以下所引皆同此版本。
③ 同上,410页。
④ 同上,434页。

侪辈，而且在为文上能独树一帜。如王念孙在《述学序》中有言："余与容甫交垂四十年，以古学相砥厉。余为训诂、文字、声音之学，而容甫讨论经史，榷然疏发，挈其纲维。余拙于文词，而容甫澹雅之才，跨越近代。"又曰："自元明以来，说经者多病凿空，而矫其失者，又蹈株守之陋。为文者虑袭欧、曾、王、苏之迹，而志乎古者，又貌为奇傀，而俞失其真。""其为文则合汉、魏、晋、宋作者，而铸成一家之言。渊雅醇茂，无意摩放而神与之合。盖宋以后，无此作手矣。"①阮元于《容夫先生小传》，则称其"于文镕铸汉、唐，成一家言"②。此皆经学家自愧弗如之论。

据王引之所作《行状》，汪中早年曾致意为文，"年二十，应提学试，试《射雁赋》第一，补附学生。诗古文词日益进"。后因作《哀盐船文》，受杭世骏称赏，"由是名大显"。而"年二十九始治经术"③。汪中《与巡抚毕侍郎书》则言及："中少日学问，实私淑诸顾宁人处士，故尝推六经之旨，以合于世用。及为考古之学，惟实事求是，不尚墨守。所为文，恒患意不称物，文不逮意，不专一体。"④既表明了其治经的目的与特点，亦表明了其为文的目的与特点。今考汪中之散文作品，有其独具特色：

其一，选材与表达上，往往出人意表，以特殊的素材，表达特有的意绪。如：取《列子·说符》篇之寓言，作《狐父之盗颂》；一反历来对黄祖杀祢衡之非议，以赞赏态度写《吊黄祖文》；《自序》不直叙生平，却讲与刘孝标之"四同五异"；于江宁旧地，有无数帝王卿相、文人名士，皆不予措意，而写《经旧苑吊马守真文》。所以如此，皆与其身世之悲、遭际之痛、不平之愤，直接相关。如《狐父之盗颂》有云：

---

① 《与剑潭书》，385 页。
② 同上，446 页。
③ 同上，442 页。
④ 同上，433 页。

彼盗之食，于何乃得？外御国门，内意窟室；勇夫寝戈，暴客是御；国有常刑，在死不赦。惟得之艰，致忘其身；既渐既炊，以济路人；舍之何咎，救之何报？悲心内激，直行无挠。吁嗟子盗，孰如其仁。用子之道，薄夫可敦！①

狐父之盗"孰如其仁"的行为，与前引"吾母子方流离乞食，而三族之富人，无问者"恰成对比。《吊黄祖文》之所以为黄祖翻案，乃因祢衡虽以"杯酒失意"被杀，而黄祖对祢衡来说，却"犹有赏音之遇"，"祢生可以不恨"。而相对于自己："束发依人，蹉跎自劾。逮于长大，几更十主。何尝不赋《鹦鹉》于广庭，识丰碑于道左。而醉饱过差，同其狷狭；飞辩骋辞，未闻心赏。"②亦具对比性意义。至于《自序》中与刘孝标的比较：其"四同"，皆为生平遭遇的坎坷与不幸。其"五异"则为，孝标尚有显赫的家世，几度受到王侯的敬重，晚年生活安逸，著作广泛传扬，声名未遭非议，而此皆为己所无。所以他最后的感叹是："嗟呼！敬通穷矣，孝标比之则加酷焉，余于孝标抑又不逮。"③关于马守真，为明末名妓，因善画兰，又以马湘兰为名。汪中既赞赏其才情，又同情其命运，并将之与自己联系起来，于《吊文》之序有云：

余单家孤子，寸田尺宅，无以治生，老弱之命，悬于十指。一从操翰，数更府主，俯仰异趣，哀乐由人。如黄祖之腹中，在本初之弦上。静言身世，与斯人其何异？④

---

① 《与剑潭书》，414 页。
② 同上。
③ 《与剑潭书》，424 页。
④ 同上，441 页。

正是出于"怜以同病",他才不吊名人名士,而吊此名妓。凡此,说明汪中不像一般的文章家,为文而文,所作皆有感而发。

其二,他虽以善写骈俪见称,但"不主一体",亦不专主某家。临材应境,可散可骈,可直抒心怀,可形容描摹,亦可纵笔驰骋,雄肆勃发。如代毕沅所作《黄鹤楼铭》,其序言纯用散体:

> 江出峡,东至于巴丘,沅、湘二水入焉,又东至于夏口,汉水入焉。于是西自岷山西,南至牂牁南,自桂岭西北,自嶓冢,五水所经半天下,皆汇于是以注于海。而江夏黄鹄山当其冲,江环其三面,再折而后东,故地形称险焉。县因山为城,山之西有矶,起于江中。石立如植,激水逆行恒数里,于形为尤险。其上为楼,咸取于山以为名。始自孙吴,郦氏著之,齐、梁二书,并载其迹。于后,楼之兴废,史莫能记。①

质简扼要,与古文无异。其《广陵对》,为与侍郎朱珪的对话,从天文地利说起,历述自秦汉直至近代,在历史事变的重大关头,广陵曾起作用、所作贡献,及其中奋其智勇、尽其节义、卓荦不凡、垂范千古的英烈之士。极言广陵人之可重可敬。全文洋洋三千余言,一气呵成,而条贯清晰,起伏有致,长言短句,累叠成势,给人酣畅淋漓之感。如言南宋、南明两节:

> 宋氏积衰,元兵南伐,势若摧枯,列郡土崩,不降则溃。其有孤城介立,血战经年,泊行在失守,三宫北迁,而焚诏斩使,勇气弥厉,忠盛于张巡,守坚于墨翟,则李庭芝乘城百战,国亡与亡也。

---

① 《与剑潭书》,411 页。

当明季世，流寇滔天，南郡草创，奸人在朝，方镇擅命，国势殆哉，不可为矣。其有上匡暗主，下抚骄将，内揽群策，外抗天兵，鞠躬尽力，死而后已。则史可法效命封疆，终为社稷臣也。

如此写来，以至于最后侍郎赞曰："子之张广陵也，辞富而事核，可谓有征也。"①此文不但见出汪中积学之丰赡，亦可见出其对汉、唐文章的镕铸与糅合。

其三，他虽以写骈体著称，但所为文，本着"恒患意不称物，文不逮意"之精神，仅取俪体形式，以反映现实，表达感受，而不满足于排比典实，饾饤辞藻。如著名的《哀盐船文》，乃为仪征盐船遭大火，焚舟一百三十余艘，溺死一千四百人而作。其中写火灾现场的惨烈情状：

> 于斯时也，有火作焉。摩木自生，星星如血。炎光一灼，百舫尽赤。青烟映映，熛若沃雪。蒸云气以为霞，炙阴崖而焦螫。始连樯以下碇，乃焚如以俱没。
>
> 跳踯火中，明见毛发。痛暑田田，狂呼气竭。转侧张皇，生涂未绝。倏阳焰之腾高，鼓腥风而一咙。洎埃雾之重开，遂声销而形灭。齐千命于一瞬，指人世以长诀。……衣缯败絮，墨查炭屑，浮江而下，至于海而不绝。
>
> 亦有没者善游，操舟若神，死丧之威，从井有仁，旋入雷渊，并为波臣。又或择音无门，投身急濑，知蹈水之必濡，犹入险而思济。挟惊浪以雷奔，势若隮而终坠；逃灼烂之须臾，乃同归乎死地。

---

① 《与剑潭书》，406 页。

积哀怨于灵台，乘精爽而为厉。出寒流以浃辰，目暘暘而犹视。知天属之来抚，愁流血以盈眦，诉强死之悲心，口不言而以意。若其焚剥支离，漫漶莫别，圜者如圈，破者如块。积埃填窍，捪指失节，嗟狸首之残形，聚谁何而同穴。收然灰之一抔，辨焚余之白骨。呜呼，哀哉！

然后又痛惜死者之无辜：

且夫众生乘化，是云天常，妻孥环之，绝气寝床。以死卫上，用登明堂，离而不惩，祀为国殇。兹也无名，又非其命，天乎何辜，罹此冤横！……人逢其凶也邪？天降其酷也邪？夫何为而至于此极也哉！①

像这样的文章，其思想性与艺术性，远非六朝，亦非清代骈文诸家可比。杭世骏称其"惊心动魄，一字千金"，可谓的评。

总起来看，汪中散文的成就主要在于骈文，骈文的成就又在于：他不是一味依傍古人，而是内容上取材于现实，情感上吐自肺腑，艺术表现上多自我铸造。

除乾嘉外，晚清还有一些专以六朝为依归的骈文作品，虽然表面看起来不乏丽辞壮采，构造似乎极为精工，然不能与汪中相提并论。所以清代虽号称骈文中兴，其实只有汪中的作品真正发出了一片亮采，总体上终不能说又有了什么新的突破和发展。

---

① 《与剑潭书》，424页。

第六章　古代散文终结期的
总趋势与三种倾向

——晚清散文

　　据历史家的观点,明代中后期,中国已纳入世界发展的大格局。自道光二十年至辛亥革命推翻帝制,属清王朝后期,亦即中国历史的近代时期。此时随着西方资本主义势力的入侵,中国建立在小农经济上的宗法社会形态及以此为基础的君主专制制度之弱点,暴露无余。同时,清王朝的各种社会矛盾也日益尖锐。在内忧外患的夹击之下,最后一个君主专制王朝,由衰落而走向崩溃,已成必然之势。面对这种形势,士大夫中的有识之士,开始意识到政治改革的必要,并从追求政体的改良,发展到政体的彻底革命。

　　在以上背景下,散文发展的总趋势转向更重视现实实用性,关心国事的发展,民族的危亡,而私家的命运、个人的情愫,悲欢离合的抒发,山川风物的鉴赏,艺术表现上的审美追求,相应地降至次要地位。文章的写作,先后呈现为三种代表性倾向:对改革的呼唤与期待;在新形势下依然坚持沿袭古文家明道、载道的传统与路数;政治上追求改良与革新的同时,文体与文风上亦实现着改革与创新。随着这三种倾向的发展,古代散文也就走向终结,开始了向现代文章的转化。

第一节　开改革之先声的
两个代表性作家

清代中、晚期之交，出现了两个代表改革之先声，对后世影响较大的作家：龚自珍与魏源。

一　龚自珍

龚自珍（1791—1841），字瑟人，号定庵，又名易简，字伯定，亦名巩祚，仁和（浙江杭州市）人。早年，从外祖段玉裁学。嘉庆二十三年（1544）中举，座主为王引之。任内阁中书。道光九年（1829）中进士，奉旨以知县用，呈请仍任中书。后擢宗人府主事，改礼部主事祠祭司行走，补主客司主事。四十八岁，辞职归里，五十岁就丹阳书院讲席，至八月病逝。

龚自珍出身仕宦家庭，祖、父皆中进士任京职及地方官。他青年时期，随父游走京、徽、上海等地，从仕后又任京职十余年，故对清廷面临忧患及官场内幕有深切了解体验。由于外祖段玉裁为训诂学大家，中举之座主王引之亦为经学大师，与学界名流如阮元等皆有交往。在他们熏陶影响之下，他对经学、史学、名物训诂亦有广泛兴趣爱好，虽从专门家来看造诣尚浅，但涉猎知识门类甚为广博。尤其二十八岁后，与刘逢禄相识，转而崇信今文学派，而今文学的兴起，又对学术与时政的改革起了推动作用。梁启超在《清代学术概论》中，以清代朴学的兴起比之为西方的文艺复兴，将之分为启蒙、全盛、蜕变、衰落四期。曾论之曰：

> 综观二百余年之学史，其影响及于全思想界者，一言以蔽之，曰"以复古为解放"。第一步，复宋之古，对于王学而得解

放。第二步，复汉唐之古，对于程朱而得解放。第三步，复西汉之古，对于许郑而得解放。第四步，复先秦之古，对于一切传注而得解放。①

其第三、四步，即指蜕变期之今文学的兴起。其后又曾专论龚氏曰："龚自珍，既受训诂学于段，而好今文，说经宗庄（存与）、刘（逢禄）。""往往引《公羊》义讥切时政，诋排专制。""晚清思想之解放，自珍确与有功焉。光绪间所谓新学家者，大率人人皆经过崇拜龚氏之一时期。初读《定庵文集》，若受电然。""今文学派之开拓，实自龚氏。"②

以上家世背景及其经历学养，对龚自珍的思想、学术、政治观念、个性、抱负、文章风格的形成，皆有极大影响。

首先，陶铸出他超迈自负的性格及在学术和政治上的雄心壮志。在《古史钩沈论二》中，龚氏有云：

> 梦梦我思之，如有一介故老，攘臂河洛。悯周之将亡也，与典籍之将失守也，搜三十王之右史，拾不传之名氏，补《诗》《书》之隙罅，逸于后之剔钟彝以求之者；以超辰之法，禳不显之年月，定岁名之所在，逸于后之布七历以求之者；为礼家之儒，为小节之师，为考订之大宗，逸于后之弥缝同异以求之者；明象形，说指事，不比形声，不谭孳生，雅本音，明本义，逸于后之据引申假借以求之者；本立政，作周官，述周法，正封建之里数，逸于后之杂真伪以求之者；诵《诗》三百，篇纲于义，义纲于人，人纲于纪年，明著竹帛，逸于后之据断章升谏以求之者；呜

---

① 《清代学术概论》，上海古籍出版社，1998年，7页。
② 同上，75页。

第六章　古代散文终结期的总趋势与三种倾向 / 1633

呼！周道不可得而见矣，阶孔子之道求周道，得其宪章文、武者何事，梦周公者何心，吾从周者何学？逸于后之谭性命以求之者。辞七逸而不居，负六失而不恤，自珍于大道不敢承，抑万一幸而生其世，则愿为其人欤！愿为其人欤！①

"逸"为超出、胜过意，"失"指前面曾指出治学者的六种错失（摘文未引）。所谓"辞七逸而不居，负六失而不恤"，表明了其在学术上超越前人的抱负与志愿。其《壬癸之际胎观》第九，则讲到"大人之志"云："群言之名物也无算数，非圣人所名；圣何名？名之曰我。""生亦多矣，大人恃者此生；身亦多矣，大人恃者此身。恃焉尔，欲其留也；留焉尔，欲其有为也；有为焉尔，不欲以更多也。是之谓大人之志。"②意谓大人之志，不过欲以"此生""此身"而"有为"。《与吴虹生书》（二），讲到中进士后是外放还是留京继续任职时，有云："男子初生，以桑弧蓬矢，射天地四方，何必一生局促软红尘土中，以为得计乎？"③凡此，都可见其之"壮心勃勃"。

其次，龚自珍之"有为"与"壮心"，目标并不在于动摇或更替清王朝的君主集权专制，反而是感受到"治世"名义下的衰象，极力想挽救其衰颓，避免其崩溃。在《乙丙之际箸议第七》中，引前代教训而曰：

拘一祖之法，惮千夫之议，听其自弊，以俟踵兴者之改图尔。一祖之法无不弊，千夫之议无不靡，与其赠来者以劲改革，孰若自改革？抑思我祖所以兴，岂非革前代之败耶？前代所以兴，又非革前代之败耶？何莽然其不一姓耶？天何必不

① 王佩诤校：《龚自珍全集》，上海古籍出版社，1975年，21页。以下所引此书皆同此版本。
② 同上，19页。
③ 同上，348页。

乐一姓耶？鬼何必不享一姓耶？奋之,奋之！将败则豫师来姓,又将败则豫师来姓。《易》曰:"穷则变,变则通,通则久。"非为黄帝以来六七姓括言之,为一姓劝豫也。①

这些正是梁启超所谓读之"若受电然"的言论。然而,他对改革的呼唤,"奋之,奋之"的号召,皆为何而发？为"我祖"。"我祖"者何？正谓大清王朝。通览《龚自珍全集》,除《升平分类读史雅诗自序》《皇朝硕辅颂二十一首序》等整篇性作品外,其余篇章中,颂美清廷之言辞亦比比皆是:如《地丁正名》有谓:"我仁皇帝革二千年之苛政,此配天之实也。"②《刘礼部庚辰大礼记注长编序》有谓:"我朝列祖列宗大慈、大孝、大法、大守之原,至尊至重,礼官不能详也。礼官所能记载,迹焉而已。"③《说居庸关》则有谓:"生我圣清中外一家之世,岂不傲古人哉！"④皆体现了对清王朝的态度。

但龚自珍已对构成清王朝危机的种种因素有较深的体察。于青年时期所写之《明良论》即指出了治政为政上所存弊端。如《明良论》(二)指责为官者之不知廉耻:

　　窃窥今政要之官,知车马服饰、言词捷给而已,外此非所知也;清暇之官,知作书法、赓诗而已,外此无所问也。堂陛之言,探喜怒为之节,蒙色笑,获燕闲之赏,则扬扬然以喜,出夸其门生、妻子;小不霁,则头抢地而出,别求夫可以受眷之法,彼其心岂真敬畏哉？问以大臣应如是乎？则其可耻之言曰:

---

① 《龚自珍全集》,5页。
② 同上,97页。
③ 同上,198页。
④ 同上,136页。

我辈祇能如是而已。①

《明良论三》论以资格用人之不当,《明良论四》论不重大臣之权,而以胥吏之例而待之。其后所写《乙丙之际箸议》则从师儒不敬其业,国家不重人才的培养使用等方面,指出所存在弊病。《西域置行省议》揭露出社会上普遍存在的腐败情形:

> 自乾隆末年以来,官吏士民,狼艰狈蹙,不士、不农、不工、不商之人,十将五六,又或飧烟草,习邪教,取诛戮,或冻馁以死,终不肯治一寸之丝、一粒之饭以益人。承乾隆六十载太平之盛,人心惯于泰侈,风俗习于游荡,京师其尤甚者。②

以上是见之于其公开论议者,而在与朋友的私人信函中,亦多方言及。如《与人笺五》谈人才之培养,作前后对比曰:"彼其时,何时欤?主上优闲,海宇平康,山川清淑,家世久长,人心皆定,士大夫以暇日养子弟之性情,既养之于家,国人又养之于国,天胎地息,以深以安,于是各因其性情之近,而人才成。"但现在"遂乃缚草为形,实之腐肉,教之拜起,以充满于朝市,风且起,一旦荒忽飞扬,化而为沙泥"③。《与人笺八》于社会风习之劣,则有曰:

> 开辟以来,民之骄悍,不畏君上,未有甚于今日中国者也。今之中国,以九重天子之尊,三令五申,公卿以下,舌敝唇焦,于今数年,欲使民不吸鸦片烟而民弗许;此奴仆踞家长,子孙

---

① 《龚自珍全集》,31页。
② 同上,105页。
③ 同上,338页。

棰祖父之世宙也。即使英吉利不侵不叛，望风纳款，中国尚且可耻而可忧，愿执事且无图英吉利。①

激愤而痛切。凡此种种，使他不断有"哀哉""殆夫"之叹。因而，虽居官位不高，他仍发议论，上书提建议，从各个不同方面做出自己的努力。如其《上大学士书》有云：

> 夫有人必有胸肝，有胸肝则必有耳目，有耳目则必有上下百年之见闻，有见闻则必有考订同异之事，有考订同异之事，则或胸以为是、胸以为非，有是非则必有感慨激奋。感慨激奋而居上位，有其力，则所是者依，所非者去；感慨激奋而居下位，无其力，则探吾之是非，而昌昌大言之。……中书仕内阁，糜七品之俸，于今五年，所见所闻，胸弗谓是；同列八九十辈安之，而中书一人，胸弗谓是；大廷广众，苟且安之，梦觉独居，胸弗谓是；入东华门，坐直房，错然安之，步出东华门，神明湛然，胸弗谓是；同列八九十辈，疑中书有痼疾，弗辨也，然胸弗谓是。如衔鱼乙以为茹，如藉猬粟以为坐，细者五十余条，大者六事。兹条上六事，愿中堂淬厉聪明，焕发神采，赐毕观览。②

这是龚自珍自任内阁中书五年来，对内阁存在问题所作观察，形成的意见，憋在胸中，不吐不快，因而有以上的论述与说明。仅此一斑，即可见他对时政及王朝命运之关切。再如《送钦差大臣侯官林公序》，乃为林则徐奉命广州禁烟而作，不但表达了对林的希望与祝愿，而且对其此行提出诸多具体建议，谓："献三种决定义，三种

---

①　《龚自珍全集》，341 页。
②　同上，318 页。

旁义，三种答难义，一种归墟义。"①而林则徐在复信中谓："责难陈义之高，非谋识宏远者不能言，而非关注深切者不肯言也。"②于此，又可见龚氏对国事极为关切之一斑。

凡此，从宗旨与动机上来说，龚自珍固然有着为清王朝的危机而忧心，力图尽心挽救之用意，但他陈述与揭示的种种现实状态，清廷从上到下、从内到外难以挽回的必然衰落之趋势，以及对改革振兴的呼吁，确实具有开近代启蒙先声之意义。而且，在当时外侮凌迫的形势之下，他所关切的国事，远已超过清政权的存亡，具有了事关民族命运之大局的意义，以今天观点看，亦值得予以充分肯定与重视。

其三，龚自珍文章在正面论述中，并未表明对理学的态度，但从总体的议论来看，他强烈批判禁锢个性、压抑人才之正常发展，主张个人性情的自然形成与抒张。其《与江子屏笺》中，建议江藩将其《国朝汉学师承记》，改名为《国朝经学师承记》，谓对"汉学"之提法有十不安，其第九条云："本朝别有绝特之士，涵咏白文，创获于经，非汉非宋，亦惟其是而已矣，方且为门户之见者所摈。"③说明在他看来，汉、宋之争已成过去，不应再加执着，其中自然包含着对理学的不以为意。在《乙丙之际箸议》第九中，他将社会分为治世、乱世、衰世三等，论及衰世对待人才的态度，有云：

> 当彼其世也，而才士与才民出，则百不才督之缚之，以至于戮之。戮之非刀、非锯、非水火；文亦戮之，名亦戮之，声音笑貌亦戮之。戮之权不告于君，不告于司市，君大夫亦不任

---

① 《龚自珍全集》，165 页。
② 同上，171 页。
③ 同上，346 页。

受。其法亦不及要领,徒戮其心,戮其能忧心、能思虑心、能作为心、能有廉耻心、能无渣滓心。又非一日而戮之,乃以渐,或三岁而戮之,十年而戮之,百年而戮之。才者自度将见戮,则早夜号以求治,求治而不得,悍悍者则早夜号以求乱。[①]

所论对人才的压制与扼杀,实即对人之个性的压制与扼杀。与之相关,他还写有《宥情》一文,对人自然发生的情感予以肯定和理解[②]。在《长短言自序》中,又进一步述说:"情之为物也,亦尝有意乎锄之矣;锄之不能,而反宥之;宥之不已,而反尊之。龚子之为《长短言》何为者耶?其殆尊情者耶!""惟其尊之,是以为《宥情》之书一通;且惟其宥之,是以十五年锄之而卒不克。"[③]与之相关,他还写有《论私》,揭露有人假"大公无私"之名以售其奸,肯定人人有"私"的存在及"私"的正当性。而"私"总是与"情"与"欲"相关联。这些,虽未正面涉及理学,皆与理学之压抑与否定人的个性与情欲的要求,正相悖反。从另一方面表现出龚自珍开近代个性解放之先声。

文章观方面,龚自珍少有专门论述,不过从有关言论中,透露出其基本倾向:与尊信今文学的整体态度相一致,超越唐宋、东汉,而崇尚西汉以上之古,这种崇古之中,又包含着文章应顺应自然表达的要求。如其《述思古子议》,乃为反对有关科举之"功令"而作。用"观古子""聪古子""思古子"等一系列假设名义来表达自己的观点,其中有曰:

> 言也者,不得已而有者也。如其胸臆本无所欲言,其才武

---

① 《龚自珍全集》,6 页。
② 同上,89 页。
③ 同上,232 页。

又未能达于言，强之使言，茫茫然不知将为何等言；不得已，则又使之姑效他人之言；效他人之种种言，实不知其所以言。于是剽掠脱误模拟颠倒，如醉如癫以言，言毕矣，不知我为何等言。今天下父兄必使髫卯之子弟执笔学言，曰：功令也，功令实观天下之言。……曰：功令兼观天下怀人、赋物、陶写性灵之华言。夫童子未有感慨，何必强之为若言？然则天下之子弟，心术坏而义理锢者，天下之父兄为之。父兄咎功令，宜变功令。变之如何？汉世讽书射策，皆善矣。①

虽仅就科举文而论，目标明确指向复古。其为胡培翚所作《绩溪胡户部文集序》涉及范围更广，其论曰：

古之民莫或强之言也。忽然而自言，或言情焉，或言悟焉，或言事焉。言之弗同，既皆毕所欲言而去矣。后有文章家，强尊为文章祖，彼民也生之年，意计岂有是哉？且夫天地不知所由然，而孕人语言；人心不知所由然，语言变为文章。其业之有籍焉，其成之有名焉，縠为若干家，厘为总集若干，别集若干。又剧论其业之苦与甘也，为书一通。又就已然之迹，而画其朝代，条其义法也，为书若干通。异人舆者，又必有异之者，曾曾云礽，又必有祖祢之者。日月自西，江河自东，圣知复生，莫之奈何也已！

其意思很明确：文章是适应人之表达的需要而自然发生的。只是后来有所谓"文章家"出现，强尊古人自然表达之作为"文章祖"，然后又分为不同的家，有了各种不同文集，有了谈论甘苦、划分时代、

---

① 《龚自珍全集》，123 页。

讲究义法的文论著作。前承后继，层层相因，形成不同的文派系统。按文章发生的本质来说，这些都是没有必要的，然而已成了圣人也"莫之奈何"的事实。其后，又表白自己虽"不彀于言"而"言满北南"，却向来不像韩、柳那样"以论文名"，写类似著作。再后，赞扬胡氏之作："言之质矣，粹然胡子之言也。""是谓七十子苗裔之言，是谓礼家大宗之言。其言式古训、力威仪焉。""谭山水，问掌故，求建置，辨沿革，又胡子所言不一言者也。"这些，强名之为文章，"岂可"又"岂不可"？最后，希望胡氏"率是以言，继是以言，勤勤恳恳，以毕所欲言，其胸臆涤除余事（指文章）之甘苦与其名，而专一以言"①。由此看来，龚自珍在崇古、尊古名义下，强调的是文章的自然生发，对唐、宋以来，尤其明、清各派之讲求义法规矩，皆不以为意。在其《定庵八箴》中，有《文体箴》一条，其中云："呜呼！予欲慕古人之能创兮，予命弗丁其时。予欲因今人之所因兮，予苶然而耻之。耻之奈何？穷其大原。"最后总括曰："文心古，无文体，寄于古。"②可印证其上述之观点。此外，作为经学家，他还主张文与学"同驱并进"。在《与人笺一》中有云：

　　　　客言：足下始工于文词，近习考订。仆岂愿通人受此名哉！又云：足下既习考订，亦兼文词。又岂愿望通人受此名哉！……古人文、学，同驱并进，于一物一名之中，能言其大本大原，而究其终极；综百氏之所谭，而知其义例，遍入其门径，从我而笔钥之，百物为我隶用。苟树一义，若浑浑圆矣，则文儒之总也。③

---

① 《龚自珍全集》，207 页。
② 同上，418 页。
③ 同上，336 页。

表明他有将文词与考证融而为一的观点。

　　龚自珍于其文章，自视甚高，对同期文家，不放于眼中。曾著《识某大令集尾》，对恽敬大加贬斥，谓其文章："东云一鳞焉，西云一爪焉，使后世求之而皆在，或皆不在。""竟效施优之言，以迄于今死。"①而于《己亥六月重过扬州记》中，则记自己名声传扬之盛况："郡之士皆知余至，则大欢。有以经义请质者，有发史事见问者，有就询京师近事者，有呈所业若文、若诗、若笔、若长短言、若杂著、若丛书乞为序、为题辞者，有状其先世事行乞为铭者，有求书册子、书扇者，填委塞户牖，居然嘉庆中故态。"②无形中透露出他对自己文具盛名之自负。

　　具体考察其作品，因过于求古，且受佛经句法影响，部分论著存有晦涩而欠显豁之弊，但其记、序、碑、传，确又有不拘俗套、自具个性的显著特色。如其《说京师翠微山》，为游记性质，而写法别致：

　　　　翠微山者，有藉于明，有闻于朝，忽然慕小，感慨慕高，隐者之所居也。

　　　　山高可六七里，近京之山，此为高矣。不绝高，不敢绝高，以俯临京师也。不居正北，居西北，为伞盖，不为枕障也。出阜城门三十五里，不敢远京师也。僧寺八九架其上，构其半，庐其趾，不使人无攀跻之阶、无喘息之憩，不孤巉，近人情也。与香山静宜园，相络相互，不触不背，不以不列于三山为怼也。与西山亦离亦合，不欲为主峰，又耻附西山也。草木有江东之玉兰，有蘋婆，有巨松柏，杂华靡靡芬腴。石皆黝润，亦有文采

---

　　①　《龚自珍全集》，240 页。
　　②　同上，183 页。

也。名之翠微，亦典雅，亦谐于俗，不以僻俭名其平生也。

最高处曰宝珠洞，山趾曰三山庵。三山何有？有三巨石离立也。山之蓋有泉，曰龙泉，澄澄然渟其间，其鹜之也中矩。泉之上有四松焉，松之皮白，皆百尺；松之下，泉之上，为僧庐焉。名之曰龙泉寺，名与京师宣武城南之寺同，不避同也。寺有藏经一分，礼经以礼文佛，不则野矣。寺外有刻石者，其言清和，康熙朝文士之言也。龙泉，寺八九，何以特言龙泉？龙泉迟焉，余皆显露。无龙泉，则不得为隐矣。

余极不忘龙泉也，不忘龙泉，尤不忘松。昔者余游苏州之邓尉山，有四松焉，形偃神飞，白昼若雷雨，四松之蔽可千亩。平生至是，见八松矣。邓尉之松放，翠微之松肃；邓尉之松古之逸，翠微之松古之直。邓尉之松，殆不知天地为何物；翠微之松，天地间不可无是松者也。[①]

边叙述，边论说，或以论说代叙描，论说叙描中似寄托某些人生的感悟，感悟又不明言，而借近乎拟人化的描述体现出来。与传统的记游文笔法迥异。不知为何，笔调上倒与明末之小品作家相似。其《说昌平州》《说居庸关》诸作皆与之相类。此文远不如《说天寿山》之简明生动，然独有特点突出，故引以为例。

其送序之作，写得相当老到，表达上亦有个性。如其《送夏进士序》：

乾隆中，大吏有不悦其属员者，上询之，以书生对。上曰：是胡害？朕亦一书生也。大吏悚服。呜呼，大哉斯言！是其炳六籍，训万祀矣。

---

① 《龚自珍全集》，133 页。

嘉庆二十二年春，吾杭夏进士之京师，将铨县令，纡道别余海上。相与语，益进。睟然愉，谡然清，论三千年史事，意见或合或否，辄呀然以欢。予曰：是书生，非俗吏。海上之人以及乡之人，皆曰非俗吏。之京师，京师贵人长者，识予者，皆识进士，亦必曰非俗吏也。

虽然，固微窥君，若惧人之訾其书生者，又若有所讳夫书生者，暴于声音笑貌焉。天下事，舍书生无可属，真书生又寡，有一于是，而惧人之訾己而讳之耶？且如君者，虽百人訾之，万人訾之，啮指而自誓不为书生，以喙自卫，哓哓然力辩其非书生，其终能肖俗吏之所为也哉？为之而不肖，愈见其拙，回护其拙，势必书生与俗吏两无所据而后已。噫！以书生之声音笑貌加之以拙，济之以回护，终之以失所据。果尔，则进士之为政也病矣。

新妇三日，知其所自育；新官三日，知其所与。予识进士十年，既庆其禄之及于吾里有光，而又恐其信道不笃，行且前而一却也。于其行，恭述圣训，以附古者朋友赠行之义。①

全文围绕书生与俗吏为论，回环往复，舒放自如，既有曲折之致，又不失条贯明晰。

其碑、传、状写法亦有特色。如为今文学大家庄存与所写《神道碑铭》，开篇先发论曰：

卿大夫能以学术开帝者，下究乎群士，俾知今古之故，其泽五世十世；学足以开天下，自韬污受不学之名，为有所权缓亟轻重，以求其实之阴济于天下，其泽将不惟十世。以学术自

①　《龚自珍全集》，164 页。

任,开天下知古今之故,百年一人而已矣;若乃受不学之名,为有所权以求济天下,其人之难,或百年而一有,或千载而不一有,抑或百年数数有。虽有矣,史氏不能推其迹,门生、学徒、愚子姓不能宣其道,若是,谓之史之大隐。有史之大隐,于是奋起不为史而能立言者,表其灼然之意,钓日于虞渊,而悬之九天之上,俾不得终隐焉而已矣。[①]

先有这样一篇雄肆之论,然后再详述其事迹,自然更能为碑主生色。为其忘年交王昙所写《王仲瞿墓表铭》,写王受压抑打击后“君亦自问已矣,乃益放纵。每会谈,大声叫呼,如百千鬼神,奇禽怪兽,挟风雨、水火、雷电而下上,座客逡巡引去,其一二留者,伪隐几,君犹手足舞不止。以故大江之南,大河之北,南至闽、粤,北至山海关、热河,贩夫驺卒,皆知王举人。言王举人,或齿相击,如谭龙蛇,说虎豹”[②]。写其人狂恣形貌,极富声色。其《杭大宗逸事状》用条列法写杭世骏几件逸事,其倔强性格及与乾隆的对答,生动而传神。其《书叶机》写一雄杰之士,在抗击海寇中的壮勇表现,豪气逼人。《吴之癯》写吴郡一癯人,仅记其贬人贬世之言,已个性突显。纯粹的记述之中,亦似有所寄寓。而尤具特色者,为《记王隐君》:

> 于外王父段先生废簏中,见一诗,不能忘;于西湖僧经箱中,见书《心经》,囊且半,如遇簏中诗也,益不能忘。
> 春日,出螺师门,与轿夫戚猫语,猫指荒冢外曰:“此中有人家,段翁来杭州,必出城访其处,归不向人言。段不能步,我

①　《龚自珍全集》,141 页。
②　同上,145 页。

异往,独我与吴轿夫知之。"循冢得木桥,遇九十许人,短褐曝日中。问路焉,告聋。予心动,揖而徐言:"先生真隐者。"答曰:"我无印章。"盖隐者与印章声相近。日晡矣,猫促之,怅然归。

明年,何布衣来,谈古刻,言:"吾有宋拓李斯郎邪石。吾得心疾,医不救,城外一翁至,言能活之。两剂而愈。曰:'吾为此拓本来也。'入室,径携去。"他日,见马太常,述布衣言。太常俯而思,仰而掀髯曰:"是矣!是矣!吾甥锁成,尝失步入一人家,从灶后隘户出,忽有院宇,满地沿皆松花石。循读书声,遂入室,四壁古锦囊,囊中贮金石文字。案有《谢朓集》,借之不可,曰:'写一本赠汝。'越月往视,其书类虞世南。曰:'蓄书生乎?'曰:'无之。'指墙下锄地者:'是为我书。'出门,遇梅一株,方作华。窃负松花石一块归。"

若两人所遇,其皆是欤?予不识锁君,太常、布衣皆不言其姓,而吴轿夫言:仿佛姓王也。西湖僧之徒,取《心经》来,言是王老者写。参互求之,姓王何疑焉?惜不得锄地能书者姓。

桥外,大小两树依倚立,一杏,一乌柏。[1]

写一隐者,恍惚迷离,始终不见其人,然又显示出真正隐者之高洁。前此亦未见如此笔法。

当然,龚自珍最为传诵之文章,还是《病梅馆记》:

> 江宁之龙蟠,苏州之邓尉,杭州之西溪,皆产梅。
>
> 或曰:梅以曲为美,直则无姿;以欹为美,正则无景;以疏

---

[1] 《龚自珍全集》,174 页。

为美,密则无态。固也。此文人画士,心知其意,未可明诏大号,以绳天下之梅也;又不可以使天下之民,斫直、删密、锄正,以殀梅、病梅为业以求钱也。梅之欹、之疏、之曲,又非蠢蠢求钱之民,能以其智力为也。有以文人画士孤癖之隐,明告鬻梅者,斫其正,养其旁条,删其密,夭其稚枝,锄其直,遏其生气,以求重价。而江、浙之梅皆病。文人画士之祸之烈至此哉!

予购三百盆,皆病者,无一完者。既泣之三日,乃誓疗之、纵之、顺之。毁其盆,悉埋于地,解其棕缚,以五年为期,必复之全之。予本非文人画士,甘受诟厉,辟病梅之馆以贮之。呜呼! 安得使予多暇日,又多闲田,以广贮江宁、杭州、苏州之病梅,穷予生之光阴,以疗梅也哉![1]

文中全言梅,无一语涉及社会世事,然感慨愤切,痛何如之。对照前引《乙丙之际箸议》第九中,对抑制扼杀人才的揭露批判,其所蕴含反对戕害扼杀,主张顺应自然,让人之个性得以自由抒张的寓意至为明显。赞赏其文,将其与龚氏倡导个性解放的要求相联系,自有其合理性与必然性。

统而观之,与其思想发展上开改革之先声相关,龚自珍不失为晚清散文中,显示出特色与亮色的作家。

二 魏源

魏源(1794—1857),字默深,邵阳(湖南邵阳)人。年十五,补县学弟子员。二十岁,举明经。次年,随父入都,从刘逢禄学今文《公羊》学,与龚自珍相交。道光二年(1822)中举。九年(1829),以

---

[1] 《龚自珍全集》,186 页。

内阁中书舍人候补。其间曾参与陶澍、林则徐等关于漕、河、盐、兵等多方面政事改革的论议。道光二十五年（1845）中进士，以知州用，权扬州东台县事。二十九年（1849），知扬州兴化县事。后补高邮州，不久以驿递迟误免官，侨居兴化至病逝。

　　魏源与龚自珍一样，属于近代思想发展的先驱性人物。基本政治立场亦在于维护清王朝的统治，力图挽救其危亡。如有慨于鸦片战争失败，而著《圣武记》，记述满清自兴起至道光间历次重要战功，于《叙》有云："战胜庙堂者如之何？曰圣清尚矣。""昔帝王处蒙业久安之世，当涣汗大号之日，必虩然以军令饰天下之人心，皇然以军食延天下之人材。人材进则军政修，人心肃则国威遒，一喜四海春，一怒四海秋。五官强，五兵昌，禁止令行，四夷来王，是之谓战胜于庙堂。是以后圣师前圣，后王师前王，师前圣前王，莫近于我烈祖神宗矣。"①于《国朝古文类抄叙》，论及文章的发展，又有曰："矧我圣清皥皥二百载，由治平、升平而进于太平，元气长于汉，经术盛于唐，兵力、物力、幅员雄于宋，列圣御制诗文集，康熙图书、乾隆四库官书，尤富轹万古。生其间者，其气昌明，其声宫喤，其见闻混芒，则其文不当驾两汉、两晋、三唐而上乎？其进退去取，不亦视汉、晋、三唐更难乎？"②对清廷拥戴颂美态度甚明。其基本思想亦不出传统观念，如《默觚上·学篇十三》有云：

　　　　孔子登东山而小鲁，登泰山而小天下，况君子登颜、孟之东山，登周公、孔子之泰山乎？牺、农、黄、唐、禹、汤、文、武，圣之高、曾也；周、孔，圣之祖父也；颜、曾，圣之宗子也；孟子，圣之别子也。使我后人道腴而义粱，诗冠而礼裳，非数圣人孰菑

---

　　①　《魏源集》，中华书局，2009年，166页。以下所引此书皆同此版本。
　　②　同上，228页。

畚之而衣被之乎？①

不仅宗周、孔，对道学亦取全面吸收态度，写有《周程二子赞》《程朱二子赞》《朱子赞》《朱陆异同赞》《王文成公赞》，分别对他们的思想从不同角度加以肯定。

魏源与龚自珍同样生活于清王朝日渐衰颓、即将崩溃的时代，同样感受到面临的危机，尤其他生存时期较龚为长，亲身经历了鸦片战争全过程及太平天国的起义，危机与忧患感更为浓重，因而与龚氏一样，意识到改革与更新的必要与急迫性。但他与龚同中又有不同。首先，他与龚自珍一样，是主张变革更新的。于《默觚下·治篇五》有云：

> 三代以上，天皆不同今日之天，地皆不同今日之地，人皆不同今日之人，物皆不同今日之物。……气化无一日不变者也，其不变者道而已。势则日变而不可复者也。天有老物，人有老物，文有老物。柞薪之木，传其火而化其火；代嬗之孙，传其祖而化其祖。古乃有古，执古以绳今，是为诬今；执今以律古，是为诬古。诬今不可为治，诬古不可以语学。
>
> ……天下事，人情所不便者变可复，人情所群便者变则不可复。江河百源，一趋于海，反江河之水而复归于山，得乎？履不必同，期于适足；治不必同，期于利民。②

但他又不赞成像王安石那样急骤的变法。在《默觚下·治篇四》云："医之活人，方也；杀人，亦方也。人君治天下，法也；害天下，亦

---

① 《魏源集》，30页。
② 同上，47页。

法也。不难于得方，而难得用方之医；不难于立法，而难得行法之人。""君子不轻为变法之议，而惟去法外之弊，弊去而法仍得其初矣。不汲汲求立法，而惟求用法之人，得其人自能立法矣。"①这同龚自珍立意多以王安石为榜样，显然有区别。其次，龚氏强烈而明确地呼唤变法更新，但他论著的重心多放在对时弊的揭示与批判，意在强调改革的必要。魏源在主张变更的同时，却多致力于改革时政的筹划与论议，提出变更的方法与方向。这可以见之于其《筹河篇》《筹漕篇》《筹鹾篇》《军储篇》，及关于水利、海运问题之诸论。其三，尤其值得称道的是，魏源鉴于鸦片战争失败的教训，写了《海国图志》这一巨著，介绍、评论了世界上各大洋诸国的地理位置、风俗、人情，为前此少有之舆地著作，既有知己知彼之用，又有开国人眼目之价值。与此同时，还根据新的世界形势，提出具有开放意义的应对之方略。如《海国图志叙》中，关于"师夷长技以制夷"②的主张，及《道光洋艘征抚记上》"论曰"中，关于同意开市与夷人通商贸易的主张。这些皆较龚氏之论，更为深切着实，实开洋务派之先声。此外，还有一点魏源不如龚氏，即在对待传统观念上比较保守，没有表现出突破理学束缚而追求个性自由抒张的要求。其《致龚定庵信》曾云："近闻兄酒席谭论，尚有未能择言者，有未能择人者。夫促膝之言，与广廷异；密友之争，与酬酢异。苟不择地而施，则于明哲保身之义，深恐有失，不但德性之疵而已。"③虽有诚其不要锋芒毕露之关爱，亦存劝其勿须张扬个性之嫌疑。

龚与魏都同时是经学家及考证训诂学者，都崇信今文之公羊学，目的是假复西京之古为名，像董仲舒、刘向那样，以经学来解决时政问题。这一点，魏源表达得较龚自珍更为明确。其《刘礼部遗

---

① 《魏源集》，45 页。
② 《魏源集》，206 页。
③ 同上，924 页。

书序》，在追述经学演变过程时，有云：

今日复古之要，由诂训声音以进于东京典章制度，此齐一
变至鲁也；由典章制度以进于西汉微言大义，贯经术政事文章
于一，此一变至道也。

清之兴二百年，通儒辈出。若所见之世，若所闻之世，若
所传闻之世，则有若顾、江、戴、段、庄明三《礼》六书，阎、陈、
惠、张、孙、孔述群经家法，于东京之学，盖尽心焉。求之西汉
贾、董、匡、刘所述，七十弟子所遗，源流本末，其尚尽合乎？其
未尽合乎？有潜心大业之士，矻矻然，竺竺然，由董生《春秋》
以窥六艺、以求圣人统纪，旁搜远绍，温故知新，任重道远，死
而后已，虽盛业未究，可不谓明允笃志君子哉？[①]

借对刘逢禄的赞扬，表达了其"贯经术政事文章于一"的宗旨。在
《默觚上·学篇九》中，更将此观点，扩大到整个经学的研究：

曷谓道之器？曰"礼乐"；曷谓道之断？曰"兵刑"；曷谓道
之资？曰"食货"。道形诸事谓之治；以其事笔之方策，俾天下
后世得以求道而制事，谓之经；藏之成均、辟雍、掌以师氏、保
氏、大乐正，谓之师儒；师儒所教育，由小学进之国学，由侯国
贡之王朝，谓之士。士之能九年通经者，以淑其身，以形为事
业，则能以《周易》决疑，以《洪范》占变，以《春秋》断事，以《礼》
《乐》服制教化，以《周官》致太平，以《禹贡》行河，以《三百五
篇》当谏书、以出使专对，谓之以经术为治术。曾有以通经致
用为诟厉者乎？以诂训音声蔽小学，以名物器服蔽三《礼》，以

---

① 《魏源集》，241 页。

象数蔽《易》，以鸟兽草木蔽《诗》，毕生治经，无一言益己，无一事可验诸治者乎？[①]

一大篇议论的核心，即阐明学习经典的目的，在于"通经致用"。这一点，就其自身来说，乃由学者而变为时代先驱的关键之所在。

基于魏源的政治思想学术观念，及受形势发展影响，他的文章观进一步朝否定审美价值，强调实用意义方面偏移。这集中表现在对道与文关系的看法上。其《默觚上·学篇二》云：

有凤皇之德，而后其羽可用为仪，未有燕雀其质，而鸾皇其章者。飘风不可以调宫商，巧妇不可以主中馈，文章之士不可以治国家。将文章之罪欤？文之用，源于道德而委于政事，百官万民，非此不丑；君臣上下，非此不牖；师弟友朋，守先待后，非此不寿。夫是以内鬘其性情而外纲其皇极。其缊之也有原，其出之也有伦，其究极之也动天地而感鬼神，文之外无道，文之外无治也。经天纬地之文，由勤学好问之文而入，文之外无学，文之外无教也。执是以求今日售世哗世之文，文哉！文哉？[②]

表面看起来，既大讲文章之作用，又谓"文章之士不可以治国家"，似乎存在着矛盾。实际上他是将"文章之士"，与"文"区别开来。在他看来，文与道完全是合一的，文源于道，而"文之外无道"。而"文章之士"却离开道，而只为"售世哗世之文"，其所为之文，也就不可称之为文，自然他们也就不可以治国家。所谓"售世哗世"之

---

①　《魏源集》，22页。

②　同上，5页。

文,当然是指受世人欢迎的华美之文。在《国朝古文类抄序》中,他又指出:"整齐文字之学,自夫子纂六经始。后世尊之为经,在当日夫子自视,则亦一代诗文之汇选,本朝前之文献而已。""宋、景、枚、马以后,不知约六经之旨成文,而文始不贯于道;萧统、徐陵以后,选文者不知祖《诗》《书》文献之谊,瓜区豆剖,上不足考治,下不足辨学,而总集始不秉乎经。"然后曰:"畸于虚而言之无物,畸于实而言无心得,是皆道所不存,不可以为文。"观点与前文完全一致。

受以上观念支配,又由于他没有龚自珍追求个性抒张的雄肆卓厉之气,所以在其大量应用性文字外,各体文章,如论、议、序、记、碑、传等,皆以简括、质实、明畅、通达为特色。这些作品,虽无足以传诵之佳篇,但反映出散文发展的基本倾向,亦堪注意。另有个别记叙篇章,如《道光洋艘征抚记》上、下两篇,记述了鸦片战争由发生至结束的全过程,逐月甚至逐日记载战事的变化与进展,对爱国将领军民之忠烈,误国误民要员之枉私、昏庸与怯懦,写来详实而致密,且行文中,往往贯注进自己的感情,而声色俱盛。如上篇末所载三元里人民抗英之事迹:

> 洋兵亦日肆淫掠,与粤民结怨。及讲和次日,洋兵千余,自四方炮台回至泥城淫掠。于是三元里民愤起,倡义报复,四面设伏,截其归路。洋兵终日突围不出,死者二百,殪其渠师曰伯麦、霞毕,首大如斗,夺获其调兵令符,黄金宝敕,及双头手炮。而三山村亦击杀百余人,夺其二炮及枪械千。义律驰赴三元里救应,复被重围,乡民愈聚愈众,至数万。义律告急于知府余保纯。是时讲和银尚止送去四分之一,又福建水勇是日亦至。倘令围歼洋兵,生获洋人,挟以为质,令其退出虎门,而后徐与讲款,可一切惟我所欲。此粤事第七转机。

而诸帅不及此也，反遣余保纯驰往，解劝竟日，始翼义律出围回船。十七日，洋船渐次退出，其大船有滞浅沙者，各乡民复思截而火之，祁贡谕始解散。而新安县武举人庾体群，亦于初四夜半，以火舟三队，自穿鼻洋乘潮攻洋船于虎门，轰其后舱，双桅飞起空中，全船俱毁，余船皆弃椗窜遁。又佛山义勇，亦截击于龟冈炮台，据上风纵毒烟以眯敌目，歼杀数十，又破其应援之杉板洋舟。大帅先后奏闻，诏责诸将调集各省官兵反不如区区义勇，其一切交部议处。义律亦惭愤，强出伪示，言百姓此次刁抗，蒙大英官宪宽容，后毋再犯。粤民愤甚，复回檄诟之曰："尔自谓船炮无敌，何不于林制府任内攻犯广东？尔前日被围时，何不能力战自拔，而求救于首府？此次由奸相受尔笼络，主款撤防，故尔得乘虚深入。倘再犯内河，我百姓若不云集十万众，各出草筏，沉沙石，整枪炮，截尔首尾，火尔艘舰，歼尔丑类者，我等即非大清国之子民。"是时南海、番禺二县团勇三万六千，昼夜演练。义律侦知内河已有备，竟不敢报复。然自是知粤市之不可复开，翻然思变计，不逾月遂复有厦门之事。[①]

内容及表达皆堪称精彩。

第二节 "桐城派"古文的继起与延续

道光、咸丰以后，以曾国藩及其幕僚与门生为核心，又出现了"桐城派"的复兴，似乎"桐城"古文的观念与范式，成为中国古代散文代表性标准。其余势甚至延展至民国初期。

---

① 《魏源集》，184 页。

一　曾国藩与"桐城"的复兴

1. 曾国藩其人

曾国藩(1811—1872),初名子城,中进士后改名国藩,字伯涵,号涤生,湘乡(湖南省娄底市双峰县)人。道光十四年(1834)中举。十八年(1838)为进士。同年,入翰林院为庶吉士,次年散馆,授翰林院检讨。此后,历任内阁学士、礼部侍郎兼兵部、工部、刑部、吏部侍郎等职。咸丰二年,四十二岁,丁母忧期间,太平天国起义军攻入湖南,奉旨"帮同办理本省团练",开始投入抗拒、剿灭起义军的斗争,官职不断升迁。同治三年(1864),五十四岁,攻陷南京,太平天国覆灭,时任钦差大臣、协办大学士、两江总督,被加赏太子太保,封一等侯爵,次年封毅勇侯。然后,又奉命进剿捻军,任直隶总督,改两江总督。同治十一年(1872),六十二岁病逝,追赠太傅,谥文正。

曾国藩一生,以四十二岁为界,前半生基本上是一个恪守传统礼法,以修身治国为目标的士大夫文人。于二十八岁中进士之年所写《五箴》之《立志箴》有云:"荷道以躬,舆之以言。一息尚存,永矢弗谖。"①三十五岁时所写《答刘孟容》又言及:"仆之所志,其大者盖欲行仁义于天下,使凡物各得其分;其小者则欲寡过于身,行道于妻子,立不悖之言以垂教于宗族乡党。其有所成欤,以此毕吾生焉;其无所成欤,以此毕吾生焉。"②写于咸丰元年(1851,四十一岁)的日记则载:"坐右为联语,以自箴云:不为圣贤,便为禽兽;莫问收获,但问耕耘。"③此皆足以表明其人生取向。其后半生则集

---

① 李瀚章编撰、李鸿章校勘:《曾文正公全集》第十册,同心出版社,2014年,286页。以下所引此书皆同此版本。
② 《曾文正公全集》第十一册,12页。
③ 《曾文正公全集》第十五册,254页。

中致力于剿灭太平天国及捻军起义的战争,因而被视为挽救即将覆灭之满清王朝的中兴第一功臣。

太平天国的起义,有其合理性与必然性,但像历代的农民起义一样,因无足以改变既有社会体制与政治体制的先进思想观念及路线纲领,失败也有其必然性。曾国藩能取得对起义军的胜利,除了其政治智慧与军事才能,关键不在于镇压手段的残酷,而是作为悠久的传统文化(包括作为当时社会统治思想之道学)的虔诚信奉者,使之洞彻造成清王朝日趋衰败的种种弊端,如:是非不明,用人不当,对百姓盘剥过甚,朝臣腐败到"绝无廉耻",官兵腐化到漫无纪律、"懦于御贼而勇于扰民",皇帝则难以听谏,或听而不能行,如此等等,这既见之于他《应诏陈言疏》《议汰兵疏》《敬陈圣德三端预防流弊疏》《备陈民间疾苦疏》等奏章①,亦见之于他写给友人的诸多书札,如《复胡莲舫》《复彭丽生》《复龙翰臣》《与王璞山》《与沈幼丹》诸函。因而,当他受命参与到对太平军的战争时,即利用当政者不得不赋予的权力,汲取传统文化的部分精华,相对独立地组织了自己掌控的湘军,奖拔人才,团结志同道合者,在力所能及的范围内,摒除或避免了固有的积弊。其中,尤其注重为了赢得民心,而严明军纪。如《与刘印渠》有云:"军行战胜,尤须坚明约束,无令骚扰地方。"②《与张石卿制军》有曰:"练勇之举,亦非有他,只以近日官兵在乡不无骚扰……民间倡为谣言,反谓兵不如贼匪之安静。国藩痛恨斯言,恐民心一去,不可挽回,誓欲练成一旅,秋毫无犯,以挽民心,而塞民口。每逢三八操演,集诸勇而教之,反复开说至千百语,但令其无扰百姓。"③他不但"反复开说",还用浅俗语言,编成歌谣,加以熏陶,如所作《爱民歌》,其中有云:"第一扎营不

---

① 《曾文正公全集》第一册,《奏稿一》。
② 同上,52页。
③ 同上,69页。

要懒,莫走人家取门板。莫拆民房搬砖石,莫踹禾苗坏田产。""第二行路要端详,夜夜总要支帐房。莫进城市占铺店,莫向乡间借村庄。""第三号令要严明,兵勇不许乱出营。走出营来就学坏,总是百姓来受害。"①除了质的不同,风格颇与"三大纪律八项注意"相类。正是凭了这些,经过艰苦竭蹶的努力,十余年的奋战,才挽救清王朝于垂危一线之中。

曾国藩取得了对太平军的胜利后,曾一度认为有了"中兴"气象,如同治元年《致严仙舫》有云:"今朝廷清明,三奸破碎,人心思治,自是中兴气象。"②同年,《复李希庵中丞》亦言"中兴之机决可操胜券"③。然而,不久就意识到清王朝依然处于"末世"状态。在同治四年(1865)所写《复李眉生》中,感叹战后所看到的景象:"所至之处,老幼困踣,奄奄垂尽,山童地赤,诛求无已,实目不忍睹耳!"④同年所写《复李宫保》则云:"惟末世气象,丑正恶直,波澜撞激,仍有寻隙报复之虑。"⑤同治五年(1866)所写《复郭筠仙中丞》,借郭嵩焘关于言路之论,发挥说:"性理之说,愈推愈密。苛责君子,愈无容身之地;纵容小人,愈得宽然无忌。"⑥同治十年(1871)《复袁小午讲学》,更讲:"内患虽平,外忧未艾。彼狡焉者虽隔数万里,而不啻近逼卧榻,非得后进英俊宏济时艰,世变正未可知。"⑦这都说明,他对清王朝面临危机,仍有清醒认识。

2. 曾国藩的思想与学术观念

曾国藩虽以军功而获得显赫的政治地位、社会名望,然他并未

① 《曾文正公全集》第十四册,305 页。
② 《曾文正公全集》第十二册,303 页。
③ 同上,311 页。
④ 《曾文正公全集》第十三册,74 页。
⑤ 同上,75 页。
⑥ 同上,125 页。
⑦ 同上,401 页。

以此自得，而深有不满足感。其《求阙斋日记》同治八年（1869）有云："余日衰老而学无一成，应作之文甚多，总未能发奋为之。忝窃虚名，毫无实际，愧悔之至！老迈如此，每日办官事尚不能毕，安能更著述邪？"①次年又记："念此生学问文章，一无所成，愧悔无已。"②同治十年（1871），死前，尚有云："通籍三十余年，官到极品，而学业一无所成，德行一无可许，老大徒伤，不胜悚惶惭赧！"③这些感叹，出自诚心，并非虚语。所以有如此感慨，乃因他既立志要为"圣贤"，要"荷道以躬，舆之以言"，也就不但着意于"事功"，且以"立德""立言"自期。其青年时期即致力于经、史、古文的学习，其中举座师为汉学大师王引之，在训诂、考据方面亦必定对之有所影响，后又师从理学大家唐鉴，穷力于程朱理学的研讨。这使他对传统的思想学术文章，皆形成浓厚兴趣与相当丰厚的修养。后半生，虽以戎马生涯为主，亦未放弃对学术文章的学习与关注，其《经史百家杂抄》二十六卷及简编本，即成书于其间。

　　曾国藩生活的时代，汉学的鼎盛期已过，成就被公认，流弊渐明显；道学内部，程朱、陆王之间的分歧有所消弭；汉学、宋学之争趋于弱化；文学领域对古代散文创作规范的总结接近完成。在这样的背景下，曾国藩治学又追求"深""博"，于上述诸方面皆有涉猎，遂逐渐形成自己为学的基本倾向与定见：在坚定维护周、孔传统礼法前提下，立场虽有一定偏重，但对分歧的各方，取兼收并蓄、协调融合的态度。具体论述，散见于论文、书札、笔记、日记等著述之中。大体反映出其主导观念者，为写于咸丰九年（1859）的《圣哲画像记》。文章篇首有序曰："国藩志学不早，中岁侧身朝列，窃窥陈编，稍涉先圣昔贤魁儒长者之绪。""余既自度其不逮，乃择古今

---

① 《曾文正公全集》第十五册，278 页。
② 同上，279 页。
③ 同上。

圣哲三十余人，命儿子纪泽图其遗像，都为一卷，藏之家塾。后嗣有志读书，取足于此，不必广心博骛，而斯文之传，莫大乎是矣。"然后，对所选之人依次论列评骘，指出所以入选原因：

文王拘幽，始立文字，演《周易》。周、孔代兴，六经炳著，师道备矣。

秦汉以来，孟子盖与庄、荀并称。至唐，韩氏独尊异之。……后之论者，莫之能易也。兹以亚于三圣人后云。

左氏传经，多述二周典礼，而好称引奇诞；文辞烂然，浮于质矣。太史公称庄子之书皆寓言，吾观子长所为《史记》，寓言亦居十之六七。班氏闳识孤怀，不逮子长远甚，然经世之典，六艺之旨，文字之源，幽明之情状，粲然大备。……

诸葛公当扰攘之世，被服儒者，从容中道。陆敬舆事多疑之主，取难驯之将，烛之以至诚，譬若御骜马登峻坂，纵横险阻，而不失其驰，何其神也！范希文、司马君实遭时差隆，然坚卓诚信，各有孤诣。其以道自持，蔚成风俗，意量亦远矣。……

自朱子表章周子、二程子、张子，以为上接孔孟之传，后世君相师儒，笃守其说，莫之或易。乾隆中，闳儒辈起，训诂博辨，度越昔贤；别立徽志，号曰汉学，摈有宋五子之术，以谓不得独尊。而笃信五子者，亦屏弃汉学，以为破碎害道，断断焉而未有已。吾观五子立言，其大者多合于洙泗，何可议也？……

西汉文章，如子云、相如之雄伟，此天地道劲之气，得于阳与刚之美者也：此天地之义气也。刘向、匡衡之渊懿，此天地温厚之气，得于阴与柔之美者也：此天地之仁气也。东汉以还，淹雅无惭于古，而风骨少隤矣。韩、柳有作，尽取杨、马之雄奇万变，而内之于薄物小篇之中，岂不诡哉！欧阳氏、曾氏皆法韩公，而体质于匡、刘为近。文章之变，莫可穷诘。要之，不出此二途，虽百世可知也。

　　余抄古今诗，自魏晋至国朝，得十九家，盖诗之为道广矣。嗜好趋向，各视其性之所近，犹庶羞百味，罗列鼎俎，但取适吾口者，哜之得饱而已。……唐之李、杜，宋之苏、黄，好之者十而七八，非之者亦且二三。余惧庄子不解不灵之讥，则取足于是，终身焉已耳……

　　欲周览经世大法，必自杜氏《通典》始矣。马端临《通考》，杜氏伯仲之间，郑氏《志》非其伦也。百年以来，学者讲求形声、故训，专治《说文》，多宗许、郑，少谈杜、马。吾以许、郑考先王制作之源，杜、马辨后世因革之要，其于实事求是一也。

　　先王之道，所谓修己治人、经纬万汇者，何归乎？亦曰礼而已矣。……我朝学者，以顾亭林为宗，国史《儒林传》褒然冠首，吾读其书，言主礼俗教化，则毅然有守先待后、舍我其谁之志，何其壮也！……而秦尚书蕙田，遂纂《五礼通考》，举天下古今幽明万事，而一经之以礼，可谓体大而思精矣。吾图画国朝先正遗像，首顾先生，次秦文恭公，亦岂无微旨哉？桐城姚鼐姬传，高邮王念孙怀祖，其学皆不纯以礼。然姚先生持论宏通，国藩之粗解文章，由姚先生启之也。王氏父子，集小学训诂之大成，忧乎不可几已。故以殿焉。

然后，根据姚鼐对学问的区分，结合孔门之四科，对以上所选人物加以归纳：

　　姚姬传氏，言学问之途有三：曰义理，曰词章，曰考据。……如文、周、孔、孟之圣，左、庄、马、班之才，诚不可以一方体论矣。至若葛、陆、范、马，在圣门则以德行而兼政事也；周、程、张、朱，在圣门则德行之科也：皆义理也。韩、柳、欧、曾、李、杜、苏、黄,在圣门则言语之科也,所谓词章者也。许、郑、杜、马、顾、秦、姚、王,在圣门则文学之科也;顾、秦于杜、马为近,姚、王于许、郑为近:皆考据也。此三十二子者,师其一人,读其一书,终身用之,有不能尽。

再后,他专门批判了佛徒之祈望福报,论及天命不可强求,而谓:

> 古之君子,盖无日不忧,无日不乐。道之不明,己之不免为乡人,一息之或懈,忧也;居易以俟命,下学而上达,仰不愧而俯不怍,乐也。自文王、周、孔三圣人以下,至于王氏,莫不忧以终身,乐以终身,无所于祈,何所为报?己则自晦,何有于名?惟庄周、司马迁、柳宗元三人者,伤悼不遇,怨悱于简册,其于圣贤自得之乐,稍违异矣。然彼自惜不世之才,非夫无实而汲汲时名者比也。苟汲汲于名,则去三十二子也远矣。

最后,他以铭赞方式结语曰:

> 文周孔孟,班马左庄,葛陆范马,周程朱张,韩柳欧曾,李杜苏黄,许郑杜马,顾秦姚王。三十二人,俎豆馨香。临之在上,质之在旁。①

此文虽以论列人物为主,实有对近三千年的思想学术文章,作总括式勾勒的性质。从他筛选出的三十二个自认为具有标杆式的人物,又表明了其在思想学术、文学上的基本观念与态度,即:宗周孔,尊经史,尚礼法,崇才学,重文章。同时,文中也显示了他对汉

---

① 《曾文正公全集》第十册,364页。

学、宋学及道学的基本看法。可以作为理解曾氏思想学术的总体纲领。

3. 曾国藩的文章观、写作实践及其影响

曾氏之文章观，与其整体学术观相一致，基本承续姚鼐而又有所补充发挥。在《圣哲画像记》中，他就有云："国藩之粗解文章，由姚先生启之也。"于《致刘孟容》中则曰："仆早不自立，自庚子（道光二十年[1840]，三十岁）以来，稍事学问，涉猎于前明、本朝诸大儒之书，而不克辨其得失。闻此间有工为古文诗者，就而审之，乃桐城姚郎中鼐之绪论，其言诚有可取。于是取司马迁、班固、杜甫、韩愈、欧阳修、曾巩、王安石及方苞之作，悉心而读之。"① 说明其所受姚鼐影响之早与深。故他于咸丰八年（1858）、九年（1859）之间所写《欧阳生文集序》中，详述了"桐城派"的形成与影响之扩大，赞扬了姚鼐的贡献：

> 乾隆之末，桐城姚姬传先生鼐，善为古文辞。慕效其乡先辈方望溪侍郎之所为，而受法于刘君大櫆及其世父编修君范。三子既通儒硕望，姚先生治其术益精。历城周永年书昌，为之语曰："天下之文章，其在桐城乎！"由是学者多归向桐城，号"桐城派"。犹前世所称江西诗派者也。
>
> 姚先生晚而主钟山书院讲席。门下著籍者，上元有管同异之、梅曾亮伯言，桐城有方东树植之、姚莹石甫。四人者称为高第弟子。各以所得授徒友，往往不绝。在桐城者，有戴钧衡存庄，事植之久，尤精力过绝人，自以其邑先正之法，禅之后进，义无所让也。
>
> 其不列弟子籍，同时服膺，有新城鲁仕骥絜非、宜兴吴德

---

① 《曾文正公全集》第十一册，6 页。

旋仲伦。絜非之甥为陈用光硕士。硕士既师其舅，又亲受姚先生之门。乡人化之，多好文章。硕士之群从，有陈学受艺叔、陈溥广敷，而南丰又有吴嘉宾子序，皆承絜非之风，私淑于姚先生。由是江西建昌，有桐城之学。

仲伦与永福吕璜月沧交友，月沧之乡人有临桂朱琦伯韩、龙启瑞翰臣，马平王锡振定甫，皆步趋吴氏、吕氏，而益求广其术于梅伯言。由是桐城宗派，流衍于广西矣。

昔者，国藩尝怪姚先生典试湖南，而吾乡出其门者，未闻相从以学文为事。既而得巴陵吴敏树南屏，称述其术，笃好而不厌。而武陵杨彝珍性农、善化孙鼎臣芝房、湘阴郭嵩焘伯琛、溆浦舒焘伯鲁，亦以姚氏文家正轨，违此则又何求？最后得湘潭欧阳生。生，吾友欧阳兆熊小岑之子，而受法于巴陵吴君、湘阴郭君，亦师事新城二陈。其渐染者多，其志趋嗜好，举天下之美，无以易乎桐城姚氏者也。

当乾隆中叶，海内魁儒畸士，崇尚鸿博，繁称旁证，考核一字，累数千言不能休。别立帜志，名曰"汉学"。深摈有宋诸子义理之说，以为不足复存，其为文尤芜杂寡要。姚先生独排众议，以为义理、考据、词章，三者不可偏废。必义理为质，而后文有所附，考据有所归。一编之内，惟此尤兢兢。当时孤立无助，传之五六十年，近世学子，稍稍诵其文，承用其说。道之废兴，亦各有时，其命也欤！①

此后，吴敏树曾写信与欧阳小岑及曾国藩本人，表示自己不愿归"桐城"之列，且批评姚鼐类创《江西宗派图》之吕本中。曾国藩在《复吴南屏》中，对吴不愿胪列于"桐城"予以理解，并表示自己"往

---

① 《曾文正公全集》第十册，363页。

在京师,雅不欲混入梅郎中之后尘"。但反对吴氏之贬低姚鼐,谓:
"姚惜抱氏虽不可遽语于'古之作者',尊兄至比之吕居仁,则亦未
为明允。惜抱于刘才甫不无阿私,而辨文章之源流,识古书之真
伪,亦实有突过归、方之处。尊兄鄙其宗派之说,而并没其笃古之
功,揆之事理,宁可谓平?"①其同治九年(1870)又有《复吴南屏》,
再次论及姚鼐曰:"姚氏则深造自得,词旨渊雅。其文为世所称
者……皆义精而词俊,复绝尘表。""其论文亦多诣极之语,国史称
其有古人所未尝言,鼐独扶其微而发其蕴。""要之方氏而后,惜抱
固当为百余年正宗。"②

　　曾国藩所以推崇姚鼐并联及于"桐城派",原因大体有三:其
一,如《欧阳生文集序》中所云:于"汉学"昌盛,深摒义理之学时,
"姚先生独排众议,以为义理、考据、词章,三者不可偏废。必义理
为质,而后文有所附,考据有所归"。这与他"一宗宋儒,不废汉
学"③的态度深相符契。其二,赞赏服膺姚氏文章分阴阳刚柔之
说。除前文有所论及外,在咸丰九年(1859)之《与张廉卿》又讲:
"昔姚惜抱先生论古文之途,有得于阳与刚之美者,有得于阴与柔
之美者,二端判分,画然不谋。"④于《日记》中,又对阳刚阴柔之美
在文章风格中的具体体现作了阐述。在上引《圣哲画像记》中,论
两汉扬雄、司马相如及刘向、匡衡的作品,则进一步将"阳与刚之
美"与"天地之义气","阴与柔之美"与"天地之仁气"联系起来,把
美学风格的形成,提升到奠基于儒家基本观念的高度。其三,他之
推崇姚鼐,除"善为古文辞"外,更在于其"持论闳通","辨文章之源
流",论文"多诣极之语","有古人所未尝言"。这些实即指姚氏对

---

　　①　《曾文正公全集》第十一册,331页。
　　②　《曾文正公全集》第十三册,169页。
　　③　《复颍州府夏教授书》,《曾文正公全集》第十二册,372页。
　　④　《曾文正公全集》第十二册,275页。

古文创作规范之系统全面的总结。他所编纂之《经史百家杂抄》近于《古文辞类纂》的扩大，体例上几乎完全承袭姚编，只不过将其所归纳的十三种文体，调整删并为十一种，选篇上增加了经、史内容。至于"神、理、气、味、格、律、声、色"的八字诀，不但曾专门提及，在许多论文的篇章中更有所体现。

　　曾氏对姚鼐及"桐城派"的补充与发挥，首要的是对姚氏未充分论述的文与道的关系进行了深入探讨。这方面，基于对古文悠久传统的体察，他特别强调文与道的统一。较早时期，于道光二十三年（1843，三十三岁）所写《致刘孟复》，对此有较详论述。文中先由读历代著名作家作品之体会言起，谓："古之知道者，未有不明于文字者也。能文而不能知道者，或有矣，乌有知道而不明文字者乎？"然后，从文字的发生立论，谓："古圣观天地之文、兽逸鸟迹，而作书契，于是乎有文。文与文相生而为字，字与字相续而成句，句与句相续而成篇，口所不能达者，文字能曲传之。故文字者，所以代口而传之千百世者也。""然则，此句与句续，字与字续者，古圣之精神语笑胥寓于此。差若毫厘，谬以千里。词之缓急，韵味之厚薄，属文者一不慎，则规模立变；读书者一不慎，则鲁莽无知。故国藩窃谓，今日欲明先王之道，不得不以精研文字为要务。"其后，在回顾评述了古来作者作品的发展情形后，作出论断说：

　　　　即书籍而言道，则道犹人心所载之理也，文字犹人身之血气也，血气诚不可以名理矣，然舍血气则性情亦胡以附丽乎？今世雕虫小夫，既溺于声律绘藻之末，而稍知道者，又谓读圣贤书，当明其道，不当究其文字。是犹论观人者，当观其心所载理，不当观其耳目言动血气之末也，不亦诬乎？知舍血气无以见心理，则知舍文字无以窥圣人之道矣。

尤难能可贵的是，写到这里，竟把矛头指向了他所深许的道学开山之祖：

> 周濂溪氏称文以载道，而以"虚车"讥俗儒。夫"虚车"诚不可，无车又可以远行乎？孔孟没而道至今存者，赖有此行远之车也。吾辈今日苟有所见，而欲为行远之计，又可不早具坚车乎哉？故凡仆之鄙愿，苟于道有所见，不特见之，必实行之，不特身行之，必求以文字传之后世。虽曰不逮，志则如斯。①

严格的逻辑，扎实的事据，恰切的比喻，皆在说明，道离不开文，"文"与"道"是互相依存的关系。其后，在推重"文""道"统一的基础上，他又意识到"文"与"道"可有所分。咸丰八年（1858）《与刘霞仙》有云：

> 自孔孟以后，惟濂溪《通书》、横渠《正蒙》，道与文可谓兼至交尽。其次如昌黎《原道》、子固《学记》、朱子《大学序》，寥寥数篇而已。此外则道与文竟不能不离而为二。鄙意欲发明义理，则当法《经说》《理窟》及各语录札记。欲学为文，则当扫荡一副旧习，赤地新立，将前此所业，荡然若丧其所有，乃始别有一番文境。望溪所以不得入古人之阃奥者，正为两下兼顾……②

同治九年（1870）所写《复刘霞仙中丞》又有云："国藩窃惟，道与文之轻重，纷纷无有定说久矣。""自周公而下，惟孔孟道与文俱至，吾

---

① 《曾文正公全集》第十一册，6 页。
② 同上，200 页。

辈欲法孔孟，固将取其道与文而并学之。其或体道而文不昌，或能文而道不凝，则各视乎性之所近。苟秉质诚不足与言文则已，阁下既自度可跻古人，又何为舍此而他求哉？若谓专务道德，文将不期而自工，斯或上哲有，然恐亦未必果为笃论也。"①由此看来，他亦承认，离开"道"，"文"仍有其独立存在价值。正因如此，他在同年所写《复吴南屏》中，曾感叹说：

> 国藩尝好读陶公及常、白、苏、陆闲适之诗，观其博揽物态，逸趣横生，栩栩焉神愉而体轻，令人欲弃百事而从之游。而惜古文家少此恬适之一种，独柳子厚山水记破空而游，并物我而纳诸大适之域，非他家所可及。②

由此可见，他也重视并追求文章比较单纯的审美价值。也正因此，他劝人写作注意"声色""腴润"。如《与吴子序》谓："退之论文，先贵沉浸浓郁，含英咀华。陆士衡、刘舍人辈，皆以骨肉停匀为上。姬传先生亦以格律、声色与神理、气味四者并称。阁下之文，有骨无肉，似宜于'声''色'二字少加讲求。"③于《复吴子序》中又云："清劲为尊兄本色，所短者乃在声色之间。弟尝劝人读《汉书》《文选》，以日渐于腴润。"④此皆见出，他对"文"一方面的重视与强调。

其次，承"桐城派"之主张"言有序"，他亦讲究文章的法度规矩。一方面总体上反对写文章专从为文之"法"着手。在《湖南文征序》中谓："窃闻古之文，初无所谓法也。""后人本不能文，强取古人所造而模拟之，于是有合有离，而法不法名焉。""若其不俟模拟，

---

① 《曾文正公全集》第十三册，167页。
② 同上，169页。
③ 同上，307页。
④ 同上，336页。

人心各具自然之文,约有二端:曰理,曰情。二者人人之所固有。就吾所知之理,而笔诸书而传诸世;称吾爱恶悲愉之情,而缀辞以达之,若剖肺肝而陈简策。斯皆自然之文。"①另一方面,讲到文章的具体写作,又非常注重章法的考究。于其晚年所写《复陈右铭太守》中云:"仆昔备官朝列,亦尝好观古人之文章,窃以自唐以后,善学韩公者莫如王介甫氏,而近世知言君子,惟桐城方氏、姚氏所得尤多。因就数家之作而考其风旨,私立禁约,以为有必不可犯者,而后其法严而道始尊。"观其所述私立之"禁约",除切戒剽窃模拟外,所言皆属文章之首尾开阖、波澜起伏之类。其《日记》中记读文作文之体会,亦有云:"古文之道,谋篇布势是一段最大工夫。""古文之道,布局须有千岩万壑,重峦复嶂之观,不可一览而尽,又不可杂乱无纪。""为文全在气盛,欲气盛全在段落清。每段分束之际,似断不断,似咽非咽,似吞非吞,似吐非吐。""每段张起之际,似承非承,似提非提,似突非突,似纾非纾。"②如此等等,皆属具体章法问题。

此外,他作为政治家,颇重案牍之文;出于个人爱好,对赋作多所欣赏;对赠序之作,甚不为意;虽致力于古文,对骈体亦取容受态度。

总览曾国藩之文章观,基本上承绪了"桐城派"的理论与观念,视"桐城"作家为古文之正宗,实质上反映了对以"桐城派"为代表的、对古代散文创作规范所作总结的接受与再肯定。

曾国藩对古文之道虽有诸多论述,然而他自己的写作实践,或受政治军事生涯影响,并未取得多大成就。所存留作品,以应用性的奏议、书札数量最大,少数文章中,堪称佳作足以流传后世者几稀。单篇论说文章,如《原才》,就内容说,立意明确,现实针对性

---

① 《曾文正公全集》第十册,430 页。
② 《曾文正公全集》第十五册,300 页。

强；就文笔说，简洁完整，清晰明畅。然在类似作品中，与诸名家
比，亦属平平。此外，其《湘乡昭忠祠记》，追述湘军兴起及转战之
始末，赞扬其将士奋勇战死之惨烈，学韩愈笔法，写得悲壮慷慨，如
果不计内容性质，应是相当有力之作。其诸多书札中，亦有个别感
情浓郁深挚之品，如咸丰七年(1857)《与李次青》所表述之两个"三
不忘"①。其任直棣总督期间，所写《将赴天津示二子》，内容近于
遗书，虽较为繁细，而相当感人②。

　　曾国藩虽文章成就不像其后学赞扬得那么突出，但对晚清散
文的发展，影响甚为巨大。这主要因为，凭其政治地位与社会声
望，以理学为基底，通过对以姚鼐为最高代表之"桐城派"的推崇及
其源流的疏理，再附丽以他所作补充与发挥，确立了"桐城派"在古
文甚至整个散文中的正宗地位，引领其知交及门生纷纷趋附，促成
了所谓"桐城"之复兴。以致后学者中许多人，虽眼界有所开阔，题
材内容有所拓展，而在基本观念与路数上，直至民初以后，尚未能
脱出"桐城"筋脉。这很难说是其功绩还是消极影响。

二　曾国藩的后学及"桐城派"的延续

　　与曾国藩时代相近并且与曾氏交密的古文家有郭嵩焘、吴敏
树，而曾氏之后，追随者有人称四大弟子之张裕钊、吴汝纶、黎庶
昌、薛福成。其中除吴敏树"不愿在桐城诸君子灶下讨生活"外，皆
尊崇曾氏而宗法"桐城"。

　　曾氏以后，与散文发展有关者，出现两种情况。其一，文章的
观念理论无新的突破。自曾国藩对"桐城派"尤其是姚鼐的理论体
系进行总括及补充以后，其后学们虽有局部的发挥，如张裕钊之论

---

① 《曾文正公全集》第十一册，199 页。
② 《曾文正公全集》第十四册，379 页。

"意""气""辞""法",吴汝纶之倡"醇厚",而总体的体系上,并没有新的发明和进展。创作实践上,后学们虽写出了些颇可称道的作品,同样于前人亦无所超越。其二,社会情势有重大变化。太平天国和捻军起义被平定以后,国内矛盾暂时趋缓,而随着西方资本主义势力在军事、经济、文化上的入侵,中国进一步纳入世界大局之中,民族矛盾上升到主要地位,如何应对外侮,救亡图存,成为人心所系。传统的士大夫文人,还希望在维护清王朝统治的前提之下,取不得不正视之西方之长,以挽救不可挽救之危机。曾国藩时已有开办制造厂、派遣留学生之举,此后则有了李鸿章、张之洞等为代表的洋务运动。在这新的时代背景下,曾门弟子中的许多人,如吴汝纶、黎庶昌、薛福成,活动与创作,也不得不向着同一方向转移,在作品的题材内容上显示出相应的特色,有些作品能给人耳目一新之感。

再后的作家,如林纾、严复、马其昶、姚永概等,在介绍引入西方思想文化上,亦能符合时代潮流,但在为文观念上,却株守"桐城"家法,呈现出保守性。

1. 郭嵩焘

郭嵩焘(1818—1891),字伯琛,号筠仙,晚号玉池老人,湘阴(湖南湘阴县)人。道光二十七年(1847)进士,太平军兴,曾入曾国藩幕府,后任广东巡抚、兵部侍郎,出使英法大臣。以病辞归,主讲城南书院,仍关心外事,多所论议。

郭嵩焘与曾国藩为至交,且为儿女亲家。思想观念崇尚道学,其《船山祠碑记》有云:"自有宋濂溪周子倡明道学,程子朱子继起修明之,于是圣贤修己治人之大法,烂然昭著于天下,学者知所归矣。"[①]曾

---

① 《养知书屋文集》,《清代诗文集汇编》第六百七十四册,684 页。以下所引《养知书屋文集》皆同此版本。

国藩《欧阳生文集序》将之归为"桐城派"在湖南的传播者之一。

郭嵩焘之引人注目者,主要在于后期所写对外事务方面的观点和文章。在应对洋人的基本方略上,他主张讲求理与势,其《拟销假论洋务疏》有云:

> 窃谓办理洋务,一言以蔽之,曰讲求应付之方而已矣。应付之方,不越理势二者。势者,人与我共之者也。有彼所必争之势,有我所必争之势,权其轻重,时其缓急,先使事理了然于心。彼之所必争,不能不应者也;彼所必争而亦我之所必争,又所万不能应者也。宜应者许之,更无迟疑;不宜应者拒之,亦更无屈挠。斯之谓势。理者,所以自处者也。自古中外交兵,先审曲直,势足而理固不能违,势不足而别无可恃,恃理以折之。①

这是出于他多年实践经验的务实之见。

在如何适应新的世界形势方面,他极力主张拓宽视野,掌握了解西方的真实具体情况,学习其科学技术以为我用。在《书〈海国图志〉后》中曾谓:魏氏此书,"大旨在考览形势,通知洋情,以为应敌制胜之资"。赞赏其"师夷人长技以制夷"的观点,称"其议论乃卓绝天下"②。据此,他在《伦敦致李伯相》中,长篇累牍,不厌其烦地介绍了英国火车、轮船、电报的发展历史,引述英国友人的建议、日本虚心踏实学习西方科技的态度及做法,主张选拔培养"少年才俊",赴英学习"相度煤铁及炼冶诸法及兴修铁路及电学,以求实用"。反复批判了反对者的种种谬说,以及国人习用洋货甚至吸食

---

① 《养知书屋文集·郭侍郎奏疏》,312 页。
② 《养知书屋文集》,408 页。

鸦片反而拒斥其科学技术的愚蒙。又写了类似的《铁路议》《铁路后议》。

他的一些主张和建议，往往遭到无远见朝臣的讥刺与毁谤，而其忠心一片，实已超出对清廷的维护，显示出重民族大义的爱国情怀。《复曾沅甫宫保》针对俄国在东北挑起的事端，提出四条意见，然后表示："此四说皆人所不敢言，而顾言之无忌者，蹇蹇老臣，常有取于张江陵（张居正）之言：愿身化为稿荐，任人溲溺其上，终教人凭以安寝而已。"①为国为民，态度之恳切激昂，着实让人感动。

另外，在其《铁路议》中，言及山西陕西人，"世守商贾之业，惟其性朴而心实也"②。与传统观念中之鄙视商人者比，反映了随时代的变化，士大夫对商业及商人观念之变化。《铁路后议》则言及："泰西立国之势，与百姓共之。国家有所举废，百姓皆与其议；百姓有所为利害，国家皆与赞其成而防其患。"③似乎朦胧地意识到民主制度的优越。

郭嵩焘此类文章，反映不出"桐城"的"义法"与"雅洁""醇厚"风格，在内容与题材上，反映出文章写作趋向的转变。

2. 黎庶昌

黎庶昌（1837—1897），字莼斋，贵州遵义人。同治初，方二十六岁，以廪贡生应诏上书，论列时政。受朝廷知赏，着"以知县用，发交曾国藩军营差遣委用"，从而入曾国藩幕。后历署吴江、青浦诸邑。光绪二年（1876），郭嵩焘出使英国，调其任参赞，历比、瑞、葡、奥诸邦。回国后晋升道员。光绪七年（1881），充出使日本大臣，因丁忧而归。光绪十七年（1891），除川东道，政绩甚著，因疾去官，不久病卒。

① 《养知书屋文集》，480页。
② 同上，710页。
③ 同上，712页。

黎庶昌甚受曾国藩赏识,同治四年(1865),曾氏在《与张廉卿》函中云:"后生为古文者,遵义黎庶昌、桐城吴汝纶可望有成。"①黎庶昌对曾国藩亦极为尊崇,编有曾氏《年谱》,写有《曾太傅毅勇侯别传》。

黎庶昌的思想学术及文章观念,近乎完全是对曾国藩的承袭。写有《周以来十一书应立学官议》,提出在十三经之外,应将《庄子》《楚辞》《史记》《汉书》、许慎《说文解字》、萧统《文选》、杜诗、韩文、杜佑《通典》、司马光《资治通鉴》、马端临《文献通考》十一书,称为"亚经",列于学官,"俾天下人士,益隆所习,咸驰骛乎通儒,于以广术兴微,翼赞圣业"。实际是根据《圣哲画像记》所论,而加以隐括。且文中直接云:"往者尝与曾文正公讨论群籍,公独以谓:子若《庄子》,辞若《离骚》,集若《文选》,史若两司马、班氏,小学若许氏,典章若杜氏、马氏,诗文若子美杜氏、昌黎韩氏,所谓旷代命世大才也。跻其书以配经典,谁曰不宜?"②可见其对曾氏观点的承绪。其《图画章句三大儒遗像记》,在传承传注阐发推扬儒家经典的贡献上,将子夏、郑玄、朱熹并列,与曾氏之宗宋而不废汉的态度相吻合。

在文章观方面,黎庶昌亦完全以曾国藩与"桐城派"姚鼐为依归。曾编《续古文辞类纂》。据其《续古文辞类纂叙》,体例上基本综合姚氏《类纂》及曾氏《经史百家杂抄》,文中又特别赞扬了姚、曾二氏的贡献,讲及自己的获益及编此书目的,曰:

> 文章之道,莫大乎与天下为公,非可用一人一家之私议。自刘向父子总《七略》、梁昭明太子集《文选》而后,先古文章始

---

① 《曾文正公全集》第十三册,70 页。
② 《拙尊园丛稿》,《续修四库全书》第一千五百六十一册,284 页。以下所引此书皆同此版本。

有所归。宋欧阳氏表章韩愈、明茅顺甫录八家而后,斯文之传,若有所属。姚先生兴于千载之后,独持灼见,总括群言,一一衡量其高下,铢黍之得,毫厘之失,皆辨析之,醇驳较然。由是古今之文章,谬悠殽乱莫能折衷一是者,得姚先生而悉归论定。即其所自造述,亦浸淫近复于古。然百余年来,流风相师传,嬗赓续沿,流而莫之止,遂有文敝道丧之患。至湘乡曾文正公出,扩姚氏而大之,并功、德、言为一涂,絜揽众长,轹归掩方,跨越百氏,将遂席两汉而还之三代,使司马迁、班固、韩愈、欧阳修之文绝而复续,岂非所谓豪杰之士大雅不群者哉?盖自欧阳氏以来一人而已。

余今所论纂,其品藻次第,一以昔闻诸曾氏者述而录之。曾氏之学,盖出于桐城,固知其与姚先生之旨合,而非广己于不可畔岸也。循姚氏之说,屏弃六朝骈丽之习,以求所谓神、理、气、味、格、律、声、色者,法愈严而体愈尊。循曾氏之说,将尽取儒者之多识格物,博辨训诂,一内诸雄奇万变之中,以矫桐城末流虚车之饰。其道相资,无可偏废。故既叙述略例,亦明夫不敢封己抱残,守一先生家言,暖暖姝姝,而私自悦以足也。

其后,又补充说:

桐城宗派之说,流俗相沿已逾百岁,其敝至于浅弱不振,为有识所讥。读曾文正公暨吴南屏二家之书,断断之辨,自可以止。然工输虽巧,不用规矩准绳,又可乎哉?本朝文章,其体实正自望溪方氏,至姚先生而辞始雅洁,至曾文正公始变化以臻于大桐城之言,乃天下之至言也。昔孔子论文,义主修辞,而以立诚为本。昌黎韩氏则曰,沈浸浓郁,含英咀华。未有辞不工且雄,而文能造其极者。余今所论纂,博观慎取,盖亦有年。凡神、理、气、味、格、律、声、色,有一不备者,文虽佳不入。[①]

可见黎庶昌之理论观念,宗姚、曾二氏,几乎一无变化。其在出使日本期间,亦与友人谈诗言文,论及"桐城"。如为日人藤野海南所写《海南文集序》有云:"海南闇然内修,不自表襮,于文章颇趣桐城,亦取曾文正公阴阳刚柔之说以自辅,为文醇实有法度。"[②]凡此,可见黎庶昌乃曾氏之后,桐城文派的有力推动者。

黎氏后半生从事外务,出使西欧、日本,眼界大开,思想有所变化,与洋务派时流相合,大体主张"因势救变",学习西人之长以图强。光绪十年(1884),写《敬陈管见折》,有云:"《易》曰:'物穷则变,变则通,通则久。'处今时势,诚宜恢张圣量,稍稍酌用西法,不必效武灵之变服,但当求秦穆之荣怀,中外协办图谋,犹不失为善国。若徒因循旧贯,意气相高,援汉家法度以自解,臣虑后悔仍未已也。"[③]然后就练水师、筑铁路、修治京师街道、优礼各国公使、保护商务、豫筹度支、请亲藩游历欧洲等,提出自己的建议。其为日人宫城冈所写《尊攘纪事序》,回顾了日本明治维新的过程与经验,针对国人视洋人为夷狄的情绪说:"夷不夷亦因心之异视已耳,于人国无与。孔子作《春秋》,明王道,制义法,诸侯用夷礼则夷之,进于中国则中国之。可知夷狄无定名定形,褒讥予夺,一本政教而言,非谓舍己以外,综地球七万里,而皆可禽扰兽畜也。"[④]用孔子的话,辨明对洋人应取之态度。

---

① 《拙尊园丛稿》,288 页。
② 同上,384 页。
③ 同上,361 页。
④ 同上,366 页。

就写作实践说，黎庶昌属曾门后学中成就较高者。早年成名之作《上穆宗皇帝书》，激昂慷慨，见解深刻，辞锋犀利，文畅气盛，《答李勉林观察书》曾自谓"颇自傅于苏子瞻、陈同甫一流"①，确乎言之不虚。后期之作，多以古文笔法，写海外见闻与风物。如《巴黎大赛会纪略》，所谓"大赛会"，即后之"万国博览会"，今之"世博会"。文章规模极其宏大，将整个会场之布置，各国展区之所在，展品之特色，按大区小片，厅堂池馆，琳琳琅琅，依次写来。极琐细而又极清晰，极富声色而又不芜杂。章法上明显受《尚书·康诰》、韩愈《画记》影响，而又加以渲染，带有新的时代特色。虽略有复叠处，实为难得力作。再如《卜来敦记》：

> 卜来敦者，英国之海滨胜境也。距伦敦南一百六十余里，轮车可两点钟而至，为国人游息之所。后带冈岭，前则石岸巉然。好事者凿岸为巨厦，养鱼其间，注以源泉，涵以玻璃，四洲之物，奇奇怪怪，无不毕致。又架木为长桥，斗入海中数百十丈，使游者得以攀援凭眺。桥尽处有作乐亭，余则浅草平沙，绿窗华屋与水光掩映，迤逦一碧而已。人民十万，栉比而居，衢市纵横，日辟益广。其地固无波涛汹涌之观、估客帆樯之集，无机匠厂师之兴作、杂然而尘鄙也，盖独以静洁胜。每岁会堂散后，游人率休憩于此。方其风日晴和，天水相际，邦人士女，联袂嬉游，衣裙杂袭，都丽如云。时或一二小艇，掉漾于空碧之中，而豪华巨家，则又鲜车怒马，并辔争驰，以相遨放。迨夫暮色苍然，灯火灿列，音乐作于水上，与风潮相吞吐，夷犹要眇，飘飘乎有遗世之意矣。
>
> 余至伦敦之次月，富绅阿什伯里导往游焉，即叹为绝特殊

---

①　《拙尊园丛稿》，291 页。

胜，自是屡游不厌。再逾年而之他邦，多涉名迹，而卜来敦未尝一日去诸怀，其移人若此。英之为国，号为盛强杰大，议者徒知其船坚炮巨，逐利若驰，故尝得志海内，而不知其国中之优游暇豫，乃有如是之一境也。昔荀卿氏论立国惟坚凝之难，而晋栾鍼之对楚子重，则曰好以众整，又曰好以暇。夫维坚凝斯能整、暇。若卜来敦者，可以觇人国已。①

此当为最早以传统游记笔墨，写国外风物之作品。简洁明畅，意趣盎然，堪称佳作。篇末缀以论议，假海外之闻见，励国人以自强，更寓有深意。于此亦可见黎庶昌之胸怀。

3. 薛福成

薛福成（1838—1894），字叔耘，号庸庵，江苏无锡人。同治四年（1865），以副贡生入曾国藩幕府。曾卒，又入李鸿章幕。光绪元年（1875）上《应诏陈言疏》，进"治平六策""筹海防密议十条"。八年（1882），因处理朝鲜事务功，迁道员，十年（1884），授宁绍台道。其间曾取得抗击法军入侵的胜利。十四年（1888），除湖南按察使，次年，以三品京堂任出使英、法、义、比四国大臣。在任五年期满，升都察院左副都御史，光绪二十年（1894）回国，同年病逝于上海。

薛福成生当内外矛盾交织的末世，有济时之志，"慨然欲为经世实学"。据其《上曾侯相书》附言云："余上此书于宝应舟次，文正一见，大加奖誉，邀余径入莫府办事。""厥后余从公八年，前后出入莫府共事者三十余人，多一时贤俊。余颇得晨夕晤谈，以扩见闻，充器识，皆文正提奖之力也。"②可见其对曾国藩的感激崇敬，及所受影响之深。

---

① 《拙尊园丛稿》，365 页。
② 《续修四库全书》第七百三十八册，228 页。

薛氏在思想上，同样信奉宗法传统的儒学与道学，其《宁波府学记》，开篇即论定："圣人之道之在天下，犹日月之悬于太清也。"然后从远古追述起，谓："三代之隆，修明不懈，则天下皆大治。及我夫子虽不得位，而推阐至精，立万世准，为生民未有之盛。盖尧舜集上古圣人之大成，而夫子又集尧、舜、禹、汤、文、武、周公之大成者也。"然后言及孟子之排杨墨，韩愈、程、朱之排佛老，进一步讲到世界上耶稣、穆斯林等宗教之传播，曰："近者异教阑入中国，有卫道之责者，方悆然忧之。然彼教可来，则吾教亦必往。"断言："数百年后，谓圣人之道，如日月之遍照乎八荒，岂非可豫必者哉？"①更是道前人所未道。

其《季弟遗集序》自述，少时其弟季怀"好攻古文辞"，他以为"时变方殷"，"当薪以有用之学表见于时"，不当"矻矻于文艺之末"。而季怀告之："文之至者通乎道，古文于文体最尊，且自古夷艰泽世之伟人，无文不行。"他才"稍稍致力古文辞"。又曰："其后，余佐曾文正公幕府，携季怀同往。闻公论文之旨，以谓圣门四教冠以文，文者道德之钥，而经济之舆也。故其尚论古今与求贤之法，一以文为之的。而幕府之得人独盛，凡魁闳瑰伟能文之士，辐凑并进，余与季怀颇得广所未闻，讲明涂径，而为之益劬。"②说明了他在为文上所受曾国藩的熏陶与影响。所以，后来他写《寄龛文存序》云：

> 国朝康雍之间，桐城方望溪，独以朴学治古文辞，继明归震川氏，以上接韩、欧阳之绪。至乾隆中叶，而姬传姚先生踔起，先生亲受业望溪弟子刘君大櫆，及其世父编修君范。其论

①　《续修四库全书》第七百三十八册，160页。
②　同上，72页。

古文曰：义理、考据、辞章，三者缺一不可。一时著籍门下高第弟子，各以所习相传授，自淮以南，上溯长江，西至洞庭、沅、沣之交，东尽会稽，南逾服岭，言古文者，必宗桐城，号"桐城派"。其渊源所渐远矣。

厥后，流衍益广，不能无羸弱之病，曾文正公出而振之。文正一代伟人，以理学、经济发为文章，其阅历亲切，迥出诸先生上。早尝师义法于桐城，得其峻洁之诣。平时论文，必导源六经、两汉，而所选《经史百家杂抄》，蒐罗极博，《文选》一书，甄录至百余首。故其为文，气清体闳，不名一家，足与方、姚诸公并峙。其尤晓然者，几欲跨越前辈。

余谓自"桐城派"盛行，而海内假托者亦众，近世高材生言古文者，或遂厌弃桐城。然以文正之贤，不能不取义法于桐城，继乃扩充以极其才，然则桐城诸老所讲之义法，虽百世不能易也。①

篇末，又特别申明："予壮岁获游曾文正公之门，粗闻绪论，顾以世事役役，大惧不能卒业。""故道予志所欲就而未逮者以勖之。"表明所宗法者已完全是"桐城"与曾氏观点。

然薛福成虽受"桐城"及曾氏陶冶，作品却诚如黎庶昌在《庸庵文编序》中所言，"所习者经世要务"，"不规规于桐城论文"②。今总览所存留诸作，大体有以下数端：

第一，由于早年即"慨然欲为经世实学"，加之长期在曾国藩、李鸿章幕府，处理及代笔奏疏、公文、书函，对天下政事时务，有相当深入细致的了解，因而自早期的《上曾侯相书》、光绪初年的《应

---

① 《续修四库全书》第七百三十八册，208 页。
② 同上，113 页。

诏陈言疏》及后期的某些作品,往往能总揽大局,援据事实,深切剖析,发为闳论,动辄滔滔万言,虽曰醇厚,而不乏曲折慷慨之致。前期如同治六年(1867)所写《中兴叙略》,以赞颂曾国藩为中心,简括回顾平定太平军全过程,颇学汉人笔法,叙中有议,行文有雄肆激昂之气,体现了曾氏所倡"桐城"古文风格①。晚年(光绪十七年,1891)所写《强邻环伺谨陈愚计疏》,分析了鸦片战争以来,英、法、俄从南北两方日益侵逼之形势,称"此殆宇宙之奇变,古今之创局也"。批驳了不敢正视这种现实的观点,提出"励人才""整武备""浚利源""重使职"四条应对之方,指出"傥因循而不早为计,则敌已迫矣,患已深矣,儳焉不可终日矣"②。见解深刻,言辞犀利,态度恳切,不失为好文。

第二,反映揭示出面临末世危局,清廷统治者仍然挟种族偏见、用人不当,内部矛盾重重的事实。如《书汉阳叶相广州之变》,记述了广东巡抚叶名琛狂妄无知、妄自尊大,却受皇帝嘉宠,面对英人的挑衅与进攻,时人嘲之曰:"不战不和不守,不死不降不走;相臣度量,疆臣抱负;古之所无,今之所有。"③文中对此记述详尽曲折而生动。再如《书长白文文端公相业》与《书宰相有学无识》乃两相对应之文。前者赞扬文庆不计满、汉,建议重用曾国藩、李鸿章、左宗棠等,挽救了清廷之危局。后者则揭露了祁隽藻、陆蕴章挑拨咸丰与曾、李等汉臣关系,袒护畏懦无能之何桂清辈的行为。暴露出清廷既不得不重用曾、李,又对之心怀疑忌的矛盾。尤其可注意的是,薛福成连续写了九篇《书汉书外戚传后》,又写了《书汉书元后传后》《书五代史唐家人传后》《书明史熹宗懿安张皇后传后》,专言后妃事,再联系《书太监安得海伏法事》,是否对同治大行

① 《续修四库全书》第七百三十八册,32、34 页。
② 同上,303 页。
③ 同上,146 页。

后慈禧之垂帘有所讽示,颇难断定。

第三,薛福成自入李鸿章幕,就对洋务多所了解参与,又出使西欧五年,对以英、法为主的各国历史文化、社会情况、先进技术,及对中国之图谋用心,有相当深入的实地观察,眼界得以开阔,思想有所开放,因而写了不少介绍海外情况,吸收外国经验,保护在外侨民,应对侵略图谋的奏疏、信函和文章。其中反映了他思想观念的变化,如《英吉利用商务辟荒地说》,据英人经验而云:

> 夫商为中国四民之殿,而西人则恃商为创国造家、开物成务之命脉,迭著神奇之效者,何也?盖有商则士可行其所学而学益精,农可通其所植而植益盛,工可售其所作而作益勤,是握四民之纲者商也。此其理为从前九州之内所未知,六经之内所未讲。西洋创此规模,实有可操之券,不能执崇本抑末之旧说以难之。……盖在太古,民物未繁,可关闭独治,老死不相往来,若居今日万国相通之世,圣人复生,必不置商务为缓图。傥以其为西人所尚而忽之,则以中国生财之极富,不数十年而渐输海外,中国日贫且弱,西人日富且强,斯固西人所大愿也。①

对固有传统观念,无疑是革命性变化。再如《西法为公共之理说》,先述西方科技发达之现实,然后论曰:

> 夫西人之商政兵法,造船制器,及农、渔、牧、矿诸务,实无不精,而皆导其源于汽学、光学、电学、化学,以得御水、御火、御电之法。斯殆造化之灵机,无久而不泄之理,特假西人之专

---

① 《续修四库全书》第七百三十八册,316 页。

门名家以阐之。乃天地间公共之理，非西人所得而私也。中国缀学之士聪明才力，岂逊西人，特无如少年精力，多縻于时文试帖小楷之中，非若西洋亿兆人之奋其智慧，专攻有用之学，遂能直造精微。斯固无庸自讳，亦何必自画也。

然后引中国古代文化科技方面的成就，申论之：

> 昔者宇宙无制作，中国圣人仰观府察，而西人渐效之。今者西人踵中国圣人之制作而研精不辍，中国又何尝不可因之。若怵他人之我先，而不欲自形其短，是讳疾忌医也。若谓追随不易，而虑始终不能胜人，是因噎废食也。夫青出于蓝而胜于蓝，冰凝于水而寒于水。巫臣教吴而弱楚，武灵变服以灭胡，盖相师者未必无相胜之机。吾又安知千百年后，华人不因西人之学，再辟造化之灵机，俾西人色然以惊，羍然而企也？[1]

见识中允平正，语简而论辟，且以鼓舞民族自信心为宗旨，联系今日现实，不能不感佩作者之远见卓识。再如其《西洋诸国为民理财说》，言西方各国赋税繁而且重，"而民不甚以为病者何也？以其取之于民，而仍用之于民也"。然后举例说：

> 余观诸国出款以水陆兵费为最钜，实皆自养本国之民。他如养老济贫之费，分民子弟入学堂之费，岁支不下一二千万两。水陆兵丁赡老恤伤之费，文武官致仕后半俸之费，岁支亦不下一二千万两。用意可谓至厚。其或造一炮台也，制一铁甲船也，动费千百万金，而金工木工石工，开矿之工、熔炼之

---

① 《续修四库全书》第七百三十八册，317 页。

工,无不获利矣。通一电线也,动费千百万金,而巧者朴者富者贫者,学通格致者,无不仰食矣。……且彼取诸贫民者,较富民为轻,所以养护贫民者则甚备。

其后总括说:

> 平时谋国精神,专在藏富于商,其爱之也若子,其汲之也若水,盖其绸缪商政,所以体恤而扶植之者,无微不至。宜其厚输而无怨也。①

中国传统文化中,被称赏者有所谓"民本"思想,而这种思想的本质,乃立足于统治者的立场,从"水能载舟,亦能覆舟"的角度考虑。薛福成对资本主义制度榨取剩余价值的本质,诚无所知,而他从现象出发,倡导真正立足于民的主张,却是直到今天亦可予以赞赏的。其《论中国在公法外之害》,就清廷当政者不愿接受"万国公法",致使"西人谓中国为公法外之国,公法内应享之权利阙然无与",带来外交上种种弊害。表明不管当政者承认与否,中国融入世界大局已是既定现实,国人应意识到这种新的世态,正确地予以应对。

第四,作为古文家,面对新的时代、前所未有的见闻,他突破传统格局,写出不少具有新鲜特色的作品。如其《送日本某居士东归序》,用的是传统体裁形式,而赋予了新的内涵,放眼世界,纵论天下大势,倡导中外文化交流。其《观巴黎油画记》:

> 光绪十六年春闰二月甲子,余游巴黎蜡人馆。见所制蜡

---

① 《续修四库全书》第七百三十八册,324 页。

人，悉仿生人形体态度，发肤颜色，长短丰瘠，无不准肖。自王公卿相，以至工艺杂流，凡有名者，往往留像于馆。或立或卧，或坐或俯，或笑或哭，或饮或博，骤视之，无不惊为生人者。余极叹其技之奇妙。译者称西人绝技，尤莫逾油画，盍驰往油画院，一观普法交战图乎？

其法为一大圜室，以巨幅悬之四壁，由屋顶放光明入室。人在室中，极目四望，则见城堡冈峦，溪间树林，森然布列。两军人马杂遝，驰者、伏者、奔者、追者、开枪者、燃炮者、搴大旗者、挽炮车者，络绎相属。每一巨弹堕地，则火光迸裂，烟焰迷漫。其被轰击者，则断壁危楼，或黔其庐，或赭其垣。而军士之折臂断足，血流殷地，偃仰僵仆者，令人目不忍睹。仰视天，则明月斜挂，云霞掩映；俯视地，则绿草如茵，川原无际。几自疑身外即战场，而忘其在一室中者。迨以手扪之，始知其为壁也，画也，皆幻也。

余闻法人好胜，何以自绘败状，令人丧气若此。译者曰：所以昭炯戒，激众愤，图报复也。则其意深长矣。普法之战，迄今虽为陈迹，而其事信而有征。然则此画果真邪，幻邪，幻者而同于真邪，真者而托于幻邪？斯二者盖皆有之。[1]

以传统古文笔墨，写前所未睹之艺术品，简洁、生动、明畅，光、色、形象，晃然如呈读者目前。末了再缀以自己感受，更增加了作品的意蕴。其《白雷登海口避暑记》写海外景色风情，与黎庶昌《卜来敦游记》，异趋而同调。

第五，其《出使四国公牍序》，详细辨析了公牍文的各种分支，尤其论述了"照会"的作用与写作要求、注意事项，当属作者新见。

---

① 《续修四库全书》第七百三十八册，268 页。

这印证了我们在绪论中提出的观点：除论、说、叙、记、抒情等基本类型外，文章的具体的细微分支，当随社会生活的日益繁复，层出不穷，或生或灭，没有必要细加追究。如果像吴讷《文章辨体》、徐师曾《文体明辨》那样，意图将所有文体网罗殆尽，只能是治丝愈棼。

4. 林纾　严复

进入十九世纪二十世纪之交，经中日甲午战争、戊戌变法、八国联军之役，外国资本主义之侵凌日逼，中国最后一个君主集权专制王朝的落后性暴露无遗，崩溃指日可待，中国即将迎来两千余年所未有之历史大变局。在这种形势下，中国古代散文也将进入其终结期。于西学东渐的大趋势中，作为古文中最后的有总括性之"桐城派"，其后期人物，如郭嵩焘至薛福成，在救亡图存、中西交流方面有其贡献。及其末流，亦曾起过积极作用，但由于思想体系的保守性及抱残守缺的固执，最终竟疏离于时代潮流之外。其中最有代表性人物为林纾及严复。

林　纾

林纾（1853—1924），字琴南，号畏庐，闽县（福建福州市）人。少家贫而嗜读，曾得《史》《汉》等书残本，穷研而悟为文之法，又曾从薛则柯学欧文杜诗。光绪八年（1882）中举，屡应会试，不第。曾被荐经济"特科"，不就。以文名，入京，先后任五城中学国文教员、京师大学堂教授，宣扬"桐城"及古文义法，反对新文化运动，以清廷遗老而终。

林纾于《桐城吴先生点勘〈史记读本〉序》曾谓："余生平所嗜书，曰《左氏传》《史记》《汉书》、韩愈氏之文。"[①]在此基础上，因与吴汝纶、姚永概、马其昶等相交往，接受并承续了"桐城派"的理论

---

① 《清代诗文集汇编》第七百七十五册，611 页。

与观念,对之深加推赏。其《赠姚君壹序》有云:

> 余观唐宋之文盛矣,而享大名者,唯韩、柳、欧、曾。宁此千余年间,独四子能文耶? 顾望岳而群山失其崇,见海而百川隘其流也。故明之归、唐,清之方、姚,穷老尽气以四子为归。而两朝中能文者,亦骈列而不可尽数,咸莫据其能古之名,能古者必曰归、唐、方、姚,若毗于唐宋四子焉。①

《与姚叔节书》中,针对时人对"桐城"的攻击,又有曰:

> 古人因文以见道,匪能文即谓之知道。盖古文之境地,高言论约,不本于经术,为言弗腴,不出于阅历,其事无验。唐之作者林立,而韩、柳传,宋之作者亦林立,而欧、曾传。正以此四家者意境、义法皆足资以导后生而进于古,而所言又必衷之道,此其所以传也。……
>
> 桐城之派,非抱惜先生所自立。后人尊惜抱为正宗,未敢他逸而外轶,转转相承,而姚派以立。仆生平未尝言派,而服膺惜抱者,正以取径端而立言正。②

《慎宜轩文集序》又有云:

> 方沧溟、弇州之昌于明也,天下文章宗匠,若无敢外二子而立。而震川则恂恂于昆山,以老孝廉起而与抗,二子卒莫之胜者,固不能以淫丽以蔑天下之正宗也。袁、赵、蒋三家之昌

① 《清代诗文集汇编》第七百七十五册,619 页。
② 同上,615 页。

于乾嘉之间也,浮嚚者群哅而和之,阳湖诸老,复各树一帜,争
为长雄。惜抱伏处钟山,无一息曾与之竞。不三十年间,诸子
光焰皆熸,而天下正宗尊桐城焉。归、姚二公岂蓄必胜之心,
而古文一道,又岂为竞胜之具。然人卒莫胜者,载道之文,固
非缔句绘章者之所能掩也。①

可见林纾对"桐城"之宗承态度。林氏还曾将在京师大学堂所讲授
之讲义,整理为《畏庐论文》(即《春觉斋论文》),以"桐城"的观念为
基础,结合自己学习和写作的经验感受,论古文写作之应有宗旨,
核心要点,体裁分类,乃至具体到章法字句的应用,当是中国近代
以来,既有文艺理论性质又有指导实践意义的第一部写作课教材。

　　林纾因长期受经典名家的陶冶,加之勤苦磨炼,形成了较高的
艺术修养、审美表现水平,故在古文的写作实践上,取得相当的成
就,写出了一些在内容意蕴与表达上皆堪称赏的作品。如其《徐景
颜传》:

　　徐景颜,江南苏州人。早岁习欧西文字,肄业水师学堂,
每曹试,必第上上。筝琶箫笛之属,一闻辄会其节奏,且能以
意为新声。治《汉书》绝熟,论汉事,虽纯史之家,无能折者。
年二十五,以参将副水师提督丁公为兵官。

　　壬辰,东事萌芽,时景颜归,辄对妻涕泣,意不忍其母。母
知书明礼,方以景颜为怯弱,趣之行。景颜晨起,就母寝拜别。
持箫入卧内,据枕吹之。初为徵声,若泣若诉。越炊许,斗变
为惨厉悲健之音,哀动四邻。掷箫索剑,上马出城。是岁,遂
死于大东沟之难。

---

① 《清代诗文集汇编》第七百七十五册,646页。

论曰：余戚林少谷都督，于大东沟之战，所领兵舰碎于敌炮。都督浮沈海中，他舟曳长绳援之，都督出半身推绳，就水上拱揖俾勿援。如是三四，终不就援以死。又杨雨亭镇军，军覆威海，时以手枪，内向龈腭之间，弹发入脑，白浆溃出鼻窍，下垂径尺许，端坐不仆，日人惊以为神。二公皆闽人，与景颜均从容就义者也。恒人论说，以威海之役，诋全军无完人，至三公之死节，亦不之数矣。呜呼！忠义之士，又胡以自奋也。[1]

乃为甲午海战烈士立传。写徐景颜，简而极富声色。论中补叙林、杨之死，惨烈而震人心魄。体现了作者激越的爱国情怀。又如其《苍霞精舍后轩记》：

建溪之水，直趋南港始分二支。其一下洪山，而中洲适当水冲。洲上下联二桥，水穿桥抱洲而过，始汇于马江。苍霞洲在江南桥右偏，江水所经也。洲上居民百家，咸面江而门。余家洲之北，湫溢苦水，谋适垲爽，即今所谓苍霞精舍者。

屋五楹，前轩种竹数十竿，微飔略振，秋气满于窗户，母宜人生时之所常过也。后轩则余与宜人联楹而居。其下为治庖之所。宜人病，常思珍味。得，则余自治之。亡妻纳薪于灶，满则苦烈，抽之，则又莫适于火候，亡妻笑。母宜人谓曰："尔夫妇呶呶何为也，我食能几，何事求精？尔烹饪岂亦有古法耶？"一家相传以为笑。宜人既逝，余始通二轩为一，每从夜归，妻疲不能起，余即灯下教女雪诵杜诗，尽七八首始寝。亡妻病革，屋适易主。乃命舆至轩下，藉荐舆中，扶掖以去。至新居十日，卒。

---

① 《清代诗文集汇编》第七百七十五册，587 页。

孙幼毂太守、力香雨孝廉，即余旧居为苍霞精舍，聚生徒，课西学，延余讲《毛诗》《史记》，授诸生古文。间五日一至。栏楯楼轩一一如旧，斜阳满窗，帘幔四垂，鸟雀下集，庭墀阒无人声。余微步廊庑，犹谓太宜人昼寝于轩中也。轩后严密之处，双扉阖焉。残针一，已锈矣，和线犹注扉上，则亡妻之所遗也。

呜呼！前后二年，此轩景物已再变矣。余非木石人，宁能不悲？归而作后轩记。

忆旧怀人，写家人亲情。笔法有归有光风致，喁喁徐徐，再点染以景色风物，悲切中更增加动人情趣。其记游类小品，如《记云栖》：

五云山之大，不能穷也，可至者，山西北之云栖坞耳。

戊戌四月十日，同李拔可、郑稚星、林晚翠，命舆沿江干行，过六和塔，至梵村，右转，入竹径，道侧小碑，署曰“云栖”。

万竹扫天，中无杂树，幽阒露微径，青湿如新过雨。泉声瀏瀏，泻竹根而下，小溪宛延，抱竹南逝，丛苇覆翳，不知其流所极。竹断处，见天如覆盂，不半里，风篁作声，又入幽阒中矣。竹身大可盈握，细叶触风，仰见碎光摇动者，天也。洗心亭面北而构，寒泉前渟如镜，细藻萦回水底，缕缕可数。泉脉西来，绝驶，坠落其中，如鸣佩环。一径北趣，入苍碧中，始见杂树。或篁或杉或椵或楠之属，交植不辨柯叶。惟宏师塔前巨杉四，编竹护其根，直上天际。中荫小亭，御碑存焉。更数十武，始至寺。[①]

以竹为主，间以泉溪杉木，极写清幽之趣。诸如此类作品，多以洗

---

① 《清代诗文集汇编》第七百七十五册，595 页。

炼笔墨，写出幽美迷人之胜境。

　　由以上诸例，可见林纾在古文上所达之造诣。但这除受到"桐城"古文家如吴汝纶、马其昶等赞扬外，林纾在一般读者中，所以名声陡起，原因并不在此。乃在于他并不通西文，而借通者之口头转述，竟用文言译出英、美、法之文学名著，达一百七十余部。这种做法，创中西文化交流史上之奇迹。此事不可小觑。其一，其所译虽为文学作品，而借生动画面，有吸引力的故事，使眼界初开之国人，得以对西方之社会风貌，人文习俗，历史文化及地理山川等诸多方面，获得新鲜知识、感性印象。这自然在粗通文墨的群体中，受到广泛欢迎，引起巨大反响。而从社会效应上说，于中西交流，比一般的叙述介绍，所做贡献更为巨大。其二，众所周知，将一种文字译为另一种文字，对文学著作来说，殊非易事，以今天之专精外文者，尚感困难。而林纾仅凭别人之转述，将之传译出来，相对于原著，或有不够精准处，然能使生活场景、人物形象、心理曲折、情感波澜、自然风光，栩栩展现，实具有艺术再创造性质。如果没有深厚的文字功力，相当高的艺术修养，审美体验与审美表现水平，绝对难以做到。前面所以不嫌繁赘地摘引林纾的一些作品，正是用以说明他确已具备了这些条件。其《红冷生传》讲到男女情爱，曾自云："吾非反情为仇也，顾吾偏狭善妒，一有所狎，至死不易志。"然后讲到："生好著书，所译《巴黎茶花女遗事》尤凄惋有情致。尝自读而笑曰：'吾能状物态至此，宁谓木强之人，果与情为仇也耶？'"①虽专就情而论，亦表明他对自己的体验能力与表现能力，有所自觉。特殊的时代环境，给林纾提供了际遇，使他发挥自己的才能，做出难得的贡献，对此，不应予以忽视。

　　令人遗憾的是，林纾晚年竟堕为清朝遗老，极力反对新文化运

---

① 《清代诗文集汇编》第七百七十五册，577 页。

动。直至 1922 年所写《御书记》，尚用"宣统"年号，对溥仪赐其"贞不绝俗"四字感恩不尽，且于篇末云："呜呼！布衣之荣，至此云极。一日不死，一日不忘大清。死必表于道曰：清处士林纾墓。示臣之死生固与吾清相终始也。"①

其所以如此，与所受传统观念熏陶过深极有关系。他所崇扬的"桐城派"，本就以道学为基底，而道学的要义即在维护宗法制度之下的伦常。前引《赠姚君蒉序》中就有云："古于文者，必先古其心，与谊彝常之理、周孔之道谨笃不悖。"在其为京师某学校所写《同学录序》中，又有云："余莅此校匆匆四年矣，所职则发扬宋五子之学，治文则宗仰八家，归于醇正之域。""呜呼！世乱极矣。藩镇据有分域，余不之畏，所畏伦纪尽斁，将自即于禽兽为可悲也。……斥孔子之道为拘挛，则伦纪几乎熄矣。余为此惧，日省省焉，不敢惜其残年，为诸生策勉，俾不为瞽说之所夺。""考亭当伪学之禁，属弟子尊闻行知，不必及其门。余非考亭，其望诸生则蔡元定也。"②所谆谆不忘者，皆为道学家及道学家所谓"伦纪"。此种"伦纪"之首，即为"忠君"，君的地位，在国家民族利益之上。这正是他始终不忘光绪、宣统，至死也要为"清臣"的关键。

既然如此，他也就必然反对革命，维护与"伦纪"相关的旧秩序、旧风习、旧观念。至于新文化运动之提倡以白话取代文言，更是从根本上否定了古文继续存在与发展的基础，必然招致其反对与攻击。其以"伦纪"为核心的保守观念与言论，除散见者外，集中体现于写给蔡元培的《答大学堂校长蔡鹤卿太史书》，文长不录。

---

① 《清代诗文集汇编》第七百七十五册，677 页。
② 同上，646 页。

严 复

严复(1854—1921),字又陵,又字幾道,侯官(福建福州)人。像林纾一样,家贫而好学。十四岁入福州船政学堂,毕业后曾在军舰实习。光绪三年(1877),派赴英国海军学校学习。其间与郭嵩焘相交,讨论中西学术异同。光绪五年(1879)毕业回国,任船政学校教习。六年(1880),李鸿章办北洋水师学堂,任其为总教习,后升总办(即校长)。二十四年(1898)戊戌政变前,被光绪诏见,写《拟上皇帝万言书》。两年后,义和团运动爆发,辞职回上海,写文译书。宣统元年(1909),被赐进士出身,任学部名词馆总纂等职。辛亥革命后,袁世凯为总统期间,任京师大学堂校长、总统府顾问。思想渐趋保守,因有"国人识度不适于共和"语,被列名"筹安会"成员,并不出于其衷。但主张尊孔复古,反对新文化运动。后病逝于福州。

因学养及身所经历,严复对中国面临的危机有深切感受与认识,屡言存在"亡国灭种"危险,极力鼓吹维新变法,尤其在引进西学方面做出了特殊贡献。由于精通西文,且广泛研读西方学术名著,故在对待西方思想文化的态度上,不仅与魏源之主张"以夷之长技以制夷"不同,亦与郭嵩焘、李鸿章等洋务派之倡导修铁路、开矿产、立电信、办商务等技术层面有别,而是致力于将西方自然科学、社会科学及政教制度的先进成果与优长之处介绍过来,以期打破守旧官僚、文人的愚盲自是,逐步实现中国的自强自立自富。陈宝琛称:"六十年来,治西学者无其匹也。"①梁启超赞其"于中学西学,皆第一流人物"②。皆言之不虚。对于推进维新,引进西学,严复的贡献表现于两个方面:

---

① 《严君幾道墓志铭》,《清代诗文集汇编》第七百七十册,160 页。
② 《与新民论所译〈原富〉书》,《清代诗文集汇编》第七百七十九册,51 页。

一为甲午战争后,针对时势写了不少论说文章,包括《拟上皇帝万言书》《论世变之亟》《救亡决论》《原强》《辟韩》《西学通门径功用说》等。在这些文章中,他根据自己的观察和了解,极论中国面临的危险,对比中西在学术与政教取向上的不同,强调西学及西方政教制度的优点,指出中国长期以来所形成的积弊,驳斥了顽固守旧排外者的盲昧无知,积极提出救亡图存的建议和主张。这些文章,援古论今,深切着实,既大处着眼,观点明确,又剖析细致,凿凿有据。如其《论世变之亟》,抉发出中西之别的关键在于"自由"与否:

今之称西人者,曰彼善会计而已,又曰彼擅机巧而已。不知吾今滋之所见闻,如汽机兵械之伦,皆其形下之粗迹,即所谓天算格致之最精,亦其能事之见端,而非命脉之所在。命脉云何? 苟扼要而谈,不外于学术则黜伪而崇真,于刑政则屈私以为公而已。斯二者,与中国理道,初无异也,顾彼行之而常通,吾行之而常病者,则自由不自由异耳!

夫自由一言,真中国历古圣贤之所深畏,而从未尝立以为教者也。彼西人之言曰:惟天生民,各具赋畀,得自由者,乃为全受。故人人各得自由,国国各得自由,第务令无相侵损而已。侵人自由者,斯为逆天理,贼人道。其杀人伤人及盗蚀人财物,皆侵人自由之极致也。故侵人自由,虽国君不能。而其刑禁章条,要皆为此设耳。中国理道,与西法最相似曰恕、曰絜矩。然谓之相似者则可,谓之真同,则大不可也。何则? 中国恕与絜矩,专以待人及物而言,而西人自由,则于及物之中,而实寓所以存我者也。自由既异,于是群异丛然而生。粗举一二言之。则如中国最重三纲,而西人首明平等。中国亲亲,而西人尚贤。中国以孝治天下,而西人以公治天下。中国尊主,而西人隆民。中国贵一道而同风,而西人喜党居而州处。

中国多忌讳,而西人众议评。其于财用也,中国重节流,而西人重开源;中国追淳朴,而西人求欢娱。其接物也,中国美谦屈,而西人务发舒;中国尚节文,而西人乐简易。其于为学也,中国夸多识,而西人尊新知。其于祸灾也,中国委天数,而西人恃人力。若此之伦,举有以中国之理相抗,以并存于两间,而吾实未敢遽分其优绌也。①

曰"未敢遽分其优绌",实已道出其优绌。其对"自由"的理解,核心在于,承认人之天赋有别,尊重"自我"的存在与价值。在阐述上,文中尚多概括之论。如《救亡决论》,核心观点为"废八股""讲西学",论八股之三大害为:锢智慧,坏心术,滋游手。其论第一害有云:

今夫生人之计虑智识,其开也,必由粗以入精,由显以至奥,层累阶级,脚踏实地,而后能机虑通达,审辨是非。方其为学也,必无谬悠影响之谈,而后其应事也,始无颠倒支离之患。何则?其所素习者然也。而八股之学大异是。垂髫童子,目未知菽粟之分,其入学也,必先课之以《学》《庸》《语》《孟》,开宗明义,明德新民,讲之既不能通,论之乃徒强记。如是数年后,行将执简操觚,学为经义,先生教之以擒挽之死法,弟子资之以剽窃以成章,一文之成,自问不知何语。迨夫观风使至,群然挟兔册,裹饼饵,逐队唱名,俯首就案,不违功令,皆足永售。谬种流传,羌无一是。如是而博一衿矣,则其荣可以夸乡里。又如是而领乡荐矣,则其效可以觇民社。至于成贡士,入词林,则其号愈荣,而自视也亦愈大。出宰百里,入主曹司,珥

① 《严幾道全集》,《清代诗文集汇编》第七百七十九册,16页。

笔登朝，公卿跬步，以为通天地人之谓儒。经朝廷之宾兴，蒙皇上之亲策，是朝廷固命我为儒也。千万旅进，人皆铩羽，我独乘龙，是冥冥中之鬼神，又许我为儒也。夫朝廷鬼神，皆以我为儒，是吾真为儒，且真为通天地人之儒。从此天下事来，吾以半部《论语》治之足矣，又何疑我哉，又何疑我哉？做秀才时，无不能做之题，做宰相时，自无不能做之事。此亦其所素习者然也。谬妄糊涂，其曷足怪？①

叙引陈述，细致恺切，字字中肯，令人无可置疑，亦无可辩驳。凡此，皆极有洞彻力，说服力。

其另一更为突出的贡献，在于花大力气将近代西方关于自然科学及人文社科方面的名著，译介过来，如分属生物学、经济学、社会学、逻辑学之《天演论》《原富》《群学肄言》《社会通诠》《法意》《穆勒名学》等。其《西学通门径功用说》中，曾对西方专门学科及综合学科之作用、意义、价值予以简明介绍，谓："人道始于一身，次于一家，终于一国。故最要莫急于奉生，教子孙次之，而人生有群，又必知所以保国善群之事。学之此，殆庶几矣。"②他从事译介的目的，正在于让国人为己为国，得以大体了解这些新知。这是自魏晋大量译入佛书以来，近代文化史上，前所未有之创举。

在为文上，严复亦有自己的观点。第一，重实用。在其《救亡决论》中，批判八股危害后，有一段话说：

超俗之士，厌制艺则治古文词，恶试律则为古今体。鄙折卷者，则争碑板篆隶之上游；薄讲章者，则标汉学考据之赤帜。

---

① 《严几道全集》，《清代诗文集汇编》第七百七十九册，19 页。
② 同上，42 页。

于是此追秦汉，彼尚八家；归、方、姚、刘，恽、魏、方、龚；唐祖李、杜，宋祢苏、黄；七子优孟，六家鼓吹。魏碑晋帖，南北派分；东汉刻石，北齐写经。戴、阮、秦、王，直闯许、郑；深衣几幅，明堂两个。钟鼎校铭，珪琮著考；秦权汉日，穰穰满家。诸如此伦，不可殚述。然吾得一言以蔽之，曰无用。非真无用也，凡此皆富强而后，物阜民康，以为怡情遣日之用，而非今日救弱救贫之切用也。

态度斩然而明确，反映了清末以来文章写作上，适应时代要求之大趋势。

第二，他之反对治古文，学古诗，搞考据，只是因为在当前形势下，将精力集中于这些方面，没有实用价值与意义，而在具体的应用上，则持相反的意见，仍视古文为正宗。这一点，尤其体现在他对译文的见解上。在其《天演论》之《译例言》中，明确提出："译事三难：信、达、雅。"其前二条，讲以达而求信。第三条专讲"雅"，云：

> 《易》曰"修辞立诚"，子曰"辞达而已"，又曰"言之无文，行之不远"。三者乃文章正轨，亦抑为译事楷模。故信、达而外，求其尔雅。此不仅期以行远已耳，实则精理微言，用汉以前字法句法，则为达易，用近世利俗文字，则求达难，往往抑义就词，毫厘千里。审择于斯二者之间，夫有所不得已也，岂钩奇哉？不佞此译，颇贻艰深文陋之讥，实则刻意求显，不过如是。又原书论说，多本名数格致，及一切畴人之学，倘于之数者向未问津，虽作者同国之人，言语相通，仍多未喻，矧夫重译也耶？[①]

---

① 《严幾道全集》，《清代诗文集汇编》第七百七十九册，85 页。

于《与新民论所译〈原富〉书》,针对梁启超"文笔太多渊雅","一翻殆难索解"的批评,他又有一大段辩说,云:

> 窃以谓文辞者,载理想之羽翼,而以达情感之音声也。是故理之精者,不能载以粗犷之词,而情之正者,不可达以鄙倍之气。中国文之美者,莫若司马迁、韩愈。而迁之言曰:其志洁者称物芳。愈之言曰:文无难易,惟其是。仆之于文,非务渊雅也,务其是耳。且执事既知文体变化,与时代之文明程度为比例矣,而其论中国学术也,又谓战国隋唐为达于全盛,而放大光明之世矣。则宜用之文体,舍二代其谁属耶?
>
> 且文界复何革命之与有?持欧洲挽近世之文章,以与其古者较,其所进者在理想耳,在学术耳。其情感之高妙,且不能比肩古人,至于律令体制,直谓之无几微之异可也。若夫翻译之文体,其在中国,则诚有异古所云者矣,佛氏之书是已。然必先为之律令名义,而后可以喻人。设今之译人,未为律令名义,闯然循西文之法而为之,读其书者,乃悉解乎?殆不然矣。若徒为近俗之辞,以取便市井乡僻之不学,此于文界,乃所谓陵迟,非革命也。
>
> 且不佞之所从事者,学理邃颐之书也,非以饷学童而望其受益也。吾译正以待多读中国古书之人,使其目未睹中国古书之人,而欲稗贩吾译者,此其过在读者,而译者不任受责也。夫译著之业,何一非以播文明思想于国民,第其为之也,功候有深浅,境地有等差,不可浑而一之也。慕藏山不朽之名誉,不必也,苟然为之,言庞意纤,使其文之行于时,若蜉蝣旦暮之已化,此报馆之文章,亦大雅之所讳也。故曰声之眇者,不可同于众人之耳;形之美者,不可混于世俗之目,辞之衍者,不可

> 同于庸夫之听。非不欲其喻诸人人也,势不可耳。①

这里涉及的已不仅是译文问题,而关系到整体的对文章之看法,甚至延及对文界革命的态度。其大体的意思仍以古文为文章之正宗。出于此,故其所译诸书,以文笔古雅为人所称,即前述诸篇论说文章,虽尖锐犀利、气势滔滔、慷慨激昂,就章句笔法而论,仍属古文体式。究其原因,固与长期所受熏陶有关,恐怕也受有"桐城"末代人物之影响。如他与林纾既为同乡,又为知交,林纾曾为之写《尊疑译书图记》《江亭饯别图记》,后文讲"余与严子为谊三世"②。他去世后,林纾写有《告严幾道文》,将之比为柳宗元,云严氏一月前"尚以诗寿予七十",且诗中以林比之为韩愈。严复与吴汝纶关系亦非同一般,其所译《天演论》《原富》,皆请吴为之作序。由此可见,他与"桐城"有相当深之渊源。

至于他后期沦为守旧一派,原因或有二端。其一,他虽呼吁维新,推介西学,抨击国学种种弊端,而始终并未否定周孔之道与帝制。于《译天演论自序》曾云:"今夫六艺之于中国也,所谓日月经天,江河行地者尔,而仲尼之于六艺也,《易》《春秋》最严。"然后以西人名学与之比附,谓:"顾吾古人之所得,往往先之,此非傅会扬己之言也。"再引述西人学术上的成就,断言:"必谓彼之所明,皆吾中土所前有,甚者或谓其学皆得于东来,则又不关事实,适用自蔽之说也。夫古人发其端,而后人莫能竟其绪,古人拟其大,而后人未议其精,则犹之不学无术,未化之民而已。"③意谓古人不差,仲尼高明,只是后人未能承绪、近代落伍而已。于《救亡决论》中,他极叹中国之衰,而赞扬康熙之勤学与博通,叹曰:"嗟嗟! 处今日而

---

① 《严幾道全集》,《清代诗文集汇编》第七百七十九册,51 页。
② 《清代诗文集汇编》第七百七十五册,592 页。
③ 同上,84 页。

言救亡,非圣祖复生,莫能克矣。"希望寄托在皇帝身上。其二,辛亥革命后,政局混乱,他没有先进的理想与信念,迷茫惑乱之中,在观念上未免回到原有之底色,自有可理解处。

总而言之,严复晚年,虽思想倒退,恋念古文,但其引进西学的功绩不会泯没。新文化运动的口号之一,是标举西方之"赛先生"与"德先生",而这方面,严复实为先驱。

第三节　梁启超与古代散文的
终结及向现代转化

一　清朝覆灭前的社会文化背景与散文写作的总趋势

自明代中后期,中国已纳入世界大格局,有了与西方经济、文化上的接触与交流。以鸦片战争为标志,清王朝与西方资本主义势力开始正面碰撞。此后,经太平军起义、英法联军入京、中法战争,至中日甲午海战失败、八国联军入侵、日俄争夺东北,六十余年中,如果说西方国家,起初只是谋取经济上的利益、文化上的渗透,后来则勘透了清皇朝政治上的腐朽,国力上的衰弱,因而在获得割地、赔款之外,确实有了瓜分中国,使之殖民化的野心。

面对这种前所未有的"亡国灭种"危机,在中国社会上,呈现以下情况:最基层的劳苦大众感受到生计的日益艰难与困窘,除了滋生某种盲目的排外情绪,精神上仍处于缺乏觉悟的麻木状态。属于满族的最高统治者及依附于它的官僚集团,为了自己狭隘的私利,对外宁愿苟且忍辱,对内仍希图依靠传统思想观念和政治手段,维护自己的统治地位,保持已不可能再保持的社会秩序;统治集团中的少数人物,在中外强弱悬殊的对比中,看到危机的客观存在,希望在借鉴西方的科学技术而不改变既有的社会体制与君主集权的专制制度的情况下，挽救清王朝覆灭的命运，这就是所谓"洋务运动"和"中学为体，西学为用"。而在传统的"士大夫"中，除少数顽固地抱残守缺、坚持守旧者外，属中下层的知识精英，面对亡国的严重威胁，则爱国热情空前高涨，热血喷涌，奋然而起，要求政治与社会制度的革新。起初大部分人原本只求在保存帝制前提下，实现"变法维新"；然随着顽固守旧的统治势力之反对与镇压，其中的先觉者，于是走向将种族革命与政治革命相结合，彻底推翻帝制实现共和的道路。

此时，无论是维新派还是革命派，在思想文化上，表现出两个突出的新特点：

其一，中西思想观念更加深入地贯通与结合。他们的代表人物，如康有为、梁启超、章炳麟，都有深厚的中学功底，康、梁以崇奉今文"公羊学"起家，章氏则曾从学于汉学大师俞樾七年之久，在音韵训诂小学方面，有孤诣独到成就。但继严复将西方自然科学与人文科学的代表性著作译介过来后，他们对西方的哲学、历史、社会政治学说有了更加深入的了解，而且这些人多曾亲自游历过欧美各国，进行实地考察，章炳麟虽未曾到过欧美，亦曾三次旅日。维新后的日本，实际上成了将西方思想输入中国的转运站，中国革新派了解西学的窗口，即使梁启超，亦是于旅日期间得以更为熟悉西方的思想文化与社会情势。这样，就使这些一心救亡图存的爱国志士，将从传统文化中所汲取的精髓，与由西学获得的滋养结合起来，形成强化了进一步追求革新的取向。这种贯通与结合，与洋务派主张的"中学为体，西学为用"有质的不同。当然，由于学养、经历与所受影响的不同，他们之间，也存在改良与革命、维新与推翻帝制的原则分歧，在共同与守旧派斗争的同时，彼此间也有尖锐的分歧与冲突。

其二，随着时代的发展，在与统治者、守旧派及彼此间的斗争中,所采取的工具与手段,有了巨大变化。最重要的是,在固有的传统中,作者表达自己的思想观点,彼此之间进行交流,主要靠了上书、论议、信函等。除了长篇的专著外,多数短篇文章,仅靠传抄、驿递及文集的出版得以传播流行。重要消息的流布亦仅依靠范围极其狭窄的官方邸报。而到了当时,除仍沿用传统形式,随着科学技术的发展,在电报、电话外,有了大量民间出版的报章刊物,即现在所谓的“媒体”。这些报刊,除刊布消息而外,作者的思想观点,对时事的评述,不同意见的论辩,皆得借以及时表达。如梁启超、章炳麟皆曾任不同报刊的主编或主撰,他们的大量文章和著述,都是借报刊得以流布。这在思想文化传播上,是革命性的变化。这种变化,不只是手段问题,它对文章的写作,无论内容与形式,都有深远而巨大的影响。其次,从孔子在杏坛授徒以来,到宋、明、清的书院,多是以师徒间的授受与对答为主,而到此时,则有了不同形式的大规模集会,讲演成为发表政治学术观点的新方式,许多讲演记录下来,发表在报刊上,便是文章。再次,在传统观念中,朋党是招到抨击的贬义词,虽然汉末的清流,宋代变法与反变法两派,明末的东林,皆涉及党争,但皆不愿背负朋党之名。而此时,受西方政体形式影响,各种大大小小的会、党,则堂而皇之地登上政治舞台,如强学会、维新会(保皇会)、同盟会、光复会,皆成为有共同政见者联络同志,号召群众的社团。不同的会、党往往主办报刊,作为发表自己观点主张的喉舌,更增加了报刊的重要性。

基于以上的思想和文化背景,当时的散文写作呈现出新的趋向与重大转折。扼要来说:题材内容上,以经世济时、救亡图存、革新求变为核心主旨,不仅是论说性的作品,即使述事、随感、游记,甚至学术性著作亦直接间接地服务于这一主旨,如康有为的《大同书》、谭嗣同的《仁学》、邹容的《革命军》及梁启超的大量作品,皆属此类。至于用来援为立说依据者,则远远超出原来“中学”

"国学"之域界,凡西洋、东洋、北美、南亚,只要史实、观念、制度、典章能印证自己主张者,皆可拿来应用。行文风格上,不管原来的根基如何,取向如何,一般不再刻意追求雅洁、高古、醇厚、含蓄,而以慷慨激越、热情迸涌、犀利明快、晓畅洞达为主调。如康有为的《公车上书》、章炳麟的《驳康有为论革命书》《革命军序》、梁启超的《少年中国说》,乃至陈天华、秋瑾的白话文章,皆具此特点。至于文章的体式、构造、笔法,由于作者们的立意不主于为文,不志于明道,面对的是各种不同文化层次的受众,目的在传布自己的主张,驳斥对立的观点,唤起更多的追随者,启发鼓舞其志气,因而也就不执着于标举汉魏、崇奉唐宋,追踪流派,考究义法,计较阴阳刚柔,只要能达到既定宗旨,不管什么体裁体式,不讲奇偶雅俗、文言白话,皆可混合杂糅,随文而变。以上三方面结合起来,就呈现出文体、文风改革创新的总倾向。这从根本上动摇了沿传两千余年的古代散文之固有传统,为文章写作向新时代转化奠定了基础。

在这时期的作家群体中,最能反映出上述倾向与特点者,当为梁启超。

二 梁启超的散文作品及其标志性意义

1. 梁启超其人

梁启超(1873—1929),字卓如,号任公,亦曾自号饮冰子、饮冰室主人,并曾用多个笔名,新会(广东新会县)人。

五岁读《四书》《诗经》,六岁通五经,十二岁补博士弟子员,十七岁中举。十八岁识康有为,拜其为师。十九岁求康有为于广州设"万木草堂",并从其研习经史典籍,论议国事,助其校勘《新学伪经考》,分纂《孔子改制考》。1895 年,二十三岁,入京会试,适甲午战败,朝廷准备签订割地、赔款的"马关条约",于是由康有为起草万言的《公车上书》,要求"拒和、迁都、变法",由启超奔走联络,一千多名在京举人联署并集会请愿。七月，组织强学会，并主办《中外公报》。是年，与谭嗣同相识交游。二十四岁，在上海开办旬刊《时务报》，发表《变法通议》，与黄遵宪等交游。二十五岁，于上海办"不缠足会"，创设大同译书局，倡设女学堂，孙中山于日本为华侨子弟办大同中学，曾拟聘梁氏为校长。是年秋，受黄遵宪、谭嗣同之邀，赴湖南任"时务学堂"主讲，鼓吹变法与种族革命，蔡锷为高材生之一。1898 年，二十六岁，二月入京，三月协助康有为成立保国会，四月，光绪下《定国是诏》决定变法，五月，被光绪召见，命以六品衔办理译书局事务。八月，政变发生，光绪被软禁，启超避往日本公使馆，在日人帮助下逃往日本。十月，在日本创办《清议报》。

1911 年辛亥革命成功，次年由日本回国。从 1898 年至 1912 年，旅日的十四年期间，主要从事读书著述，主持《新民丛报》，创办《新小说报》，继续鼓吹维新立宪。其间曾出游北美，在各地讲演，为维新会（保皇会）募捐造势。虽与孙中山为首的革命派有所接触，但难以调和二者的分歧，从而与章太炎主笔的《民报》，就立宪与共和问题展开激烈论战。《新民丛报》于上海支社遭火被焚后停刊，又曾组织政闻社，发行《改造》杂志。

1913 年袁世凯正式任中华民国大总统，梁启梁先被任命为司法总长，后改币制局总裁，不久辞职。1915 年，袁世凯图谋恢复帝制，梁启超与蔡锷策划反袁的护国运动。1916 年，赴云南参加护国军，任参谋总长。1917 年张勋复辟，梁氏通电反对，并参与冯玉祥、段祺瑞的讨伐行动。段任内阁总理期间，其为财政总长，孙中山被选为军政大元帅后辞职。

1918 年底至 1920 年初，出游欧洲，历英、法、意、比、荷、瑞士、德等国。其间极关注欧战后巴黎和会情形，曾将会上关于将德国在山东利益转让日本事，电告国内，对促成"五四"运动，起了相当的作用。

1920年后，虽仍然关心并参与时政，但主要精力转向教育与著述。写了大量学术著作，先主讲南开大学，后主持清华研究院，曾任北京图书馆长。直至病逝前，仍坚持完成《辛稼轩年谱》①。

梁启超为中国近代史上最重要的学者型政治家或曰政治家型学者之一，同时又是推动古代散文向现代转化的标志性作家。

政治观念上，梁启超早年极其崇拜康有为，与康氏一起，以今文公羊学为工具，吸收西学影响，主张在维持帝制前提下，实行改良主义性质的君主立宪，被人并称为康、梁。与康有为不同的是，康氏始终坚持其保皇的立场不变，而梁启超则能因应形势的发展，转变其立场与观念。其最早之表现，见之于1902年所写《保教非所以尊孔论》。文前有一简短说明云："此篇与著者数年前之论正相反对，所谓我操我矛以伐我者也。今是昨非，不敢自默。其为思想之进步乎，抑退步乎，吾欲以读者思想之进退决之。"②文中且有云："持保教论者，辄欲设教会，立教堂，定礼拜之仪式，著信仰之规条，事事仿佛、耶，惟恐不肖。此靡论其不能成，即使能之，而诬孔子不已甚耶！"不但与其以前之观点，如1899年作《论支那宗教改革》所表达，1901年所写《南海康先生传》中称康为"孔教之马丁路得也"③不同，尤与康有为之主张设孔教会，奉孔子为教主的做法大相径庭。不止如此，在此一时期的文章中，梁启超还表现了对革命派之提倡排满、实行各省自立主张的同情。这是康、梁之间最早的分歧，引起康有为极大不满，并写文对之强烈批评。此后梁氏虽

---

① 以上内容，主要据丁文江、赵丰田编：《梁任公先生年谱长编（初稿）》，中华书局，2010年。
② 张品兴主编：《梁启超全集》第二册，北京出版社，1999年，765页。以下所引此书皆同此版本。
③ 《梁启超全集》第一册，481页。

然仍坚持了君主立宪的基本立场,甚至在辛亥革命前,还提出过所谓的"虚位共和"。而在辛亥革命成功后,态度立即有了改变,于《新中国建设问题》之"叙言"中云:"十年来之中国,若支破屋于淖泽之上,非大乱后不能大治,此五尺之童所能知也。武汉事起,举国云集响应,此实应于时势之要求,冥契乎全国民心理之所同然,是故声气所感,不期而洽乎中外也。"并于胪列了种种可能选择的政体后,谦虚地表示:"夫民主共和制之种种不可行也既如彼,虚君共和制之种种不能行也又如此,于是乎吾新中国建设之良法殆穷。夫吾国民终不能以其穷焉而弃不建设也,必当思所以通之者,吾思之思之,既竭吾才矣,而迄未能断也。"①其后,他反帝制、反复辟的立场更为坚定,且付诸自己的实践行动。其 1920 年著《清代学术概论》中,述及其事云:

> 启超既日倡革命排满共和之论,而其师康有为深不谓然,屡责备之,继以婉劝,两年间函札数万言。启超亦不慊于当时革命家之所为,惩羹而吹齑,持论稍变矣。然其保守性与进取性常交战于胸中,随感情而发,所执往往前后相矛盾,尝自言曰:"不惜以今日之我,难昔日之我。"世多以此为诟病,而其言论之效力亦往往相消,盖生性之弱点然矣。②

其所谓"弱点",实正为优点,用今天的话说,可谓"与时俱进"。如果不如此,则梁启超不会成为今日之梁启超。

辛亥革命后,国家又陷入南北对立、军阀割据的混乱状态,梁氏由于缺乏先进的社会理想,苦于寻找不出国家的出路,困惑迷

---

① 《梁启超全集》第四册,2433 页。
② 《梁启超全集》第五册,3066 页。

茫,于是想退出政治活动,转而致力于社会教育与学术研究。其1915 年所写《吾今后所以报国者》有云:"吾二十年来之生涯,皆政治生涯也。""吾喜摇笔弄舌,有所论议,国人不知其不肖,往往有乐倾听之者。""吾今体察既确,吾历年之政治谭,皆败绩失据也。""故吾自今以往,不愿更多为政谭,非厌倦也,难之故慎之也。政谭且不愿多作,则政团更何有? 故吾自今以往,除学问上或与二三朋辈结合讨论外,一切政治团体之关系,皆当中止。"最后又曰:"自今以往,吾何以报国者? 吾想之,吾重思之,吾犹有一莫大之天职焉。夫吾固人也,吾将讲求人之所以为人者而与吾人商榷之。吾中国国民也,吾将讲求国民所以为国民者与吾国民商榷之。"①在次年所编集的有关反袁护国运动的文集《盾鼻集》中,更明确地表示:

> 吾以为中国今后之大患在学问不昌,道德沦坏,非从社会教育痛下工夫不可救。故吾愿献身于此,觉其关系视政治为尤重大也。今蔡君既以养病闲居,吾亦将从事于吾历年所经营之教育事业,且愿常为文字以与天下相见,若能有补国家于万一,则吾愿遂矣。②

这些话表明,梁启超的后半生由政治活动为主,转变为以教育和学术著述为主。

据梁启超的生平经历可知,他早年即打下深厚的国学功底,所精熟的不只是儒家典籍,对于庄、墨、管、韩,乃至佛学,皆有研习。其以"饮冰室"自号,即取于《庄子》:"我朝受命而夕饮冰,我其内热欤。"③于《亡友夏穗卿先生》中,又回忆说:"墨子主张兼爱,常说

---

① 《梁启超全集》第三册,2805 页。
② 同上,2930 页。
③ 《自由书·叙言》,《梁启超全集》第一册,336 页。

'兼以易别',所以墨家叫做'兼士',非墨家便叫做'别士'。我是心醉墨学的人,所以自己号称'任公',又自命为'兼士'。"①从名号上便可看出其学术取向与所受影响。他于"万木草堂"便接触到西学,旅日期间又大量涉猎西方著述,通过报刊向国人转加介绍,内容非常广泛,包括希腊、意大利之历史,法国的大革命,英国的政治,从柏拉图、亚里士多德到霍布斯、斯宾诺莎、培根、笛卡尔、康德、卢梭、达尔文的学说及著作。在此基础上,他后期的学术研究,虽以传统思想文化为主,然而有两个基本特点:其一,中西融会贯通,借鉴西方近代兴起的观念与方法,研究总结祖国文化遗产。其早年之《〈西学书目表〉后序》曾云:"舍西学而言中学者,其中学必为无用;舍中学而言西学者,其西学必为无本。无用无本,皆不足以治天下。"②后来,则发展到反对骨子里守旧,形式上西化,提倡超越中西之上的科学精神。在《科学精神与东西文化》中,批评张之洞的"中学为体,西学为用":"以为我们科学虽不如人,却还有比科学更宝贵的学问,什么超凡入圣的大本领,什么治国平天下的大经纶,件件都足以自豪。对于这些粗浅的科学,顶多拿来当一种补助学问就够了。"然后倡导"科学精神"并界说:"有系统之真知识,叫做科学;可以教人求得有系统之真知识的方法,叫做科学精神。"认为这种科学精神,是不分中西的。在西方,只是在文艺复兴后,"所谓科学者,才种下根苗;讲到枝叶扶疏,华实烂漫,不过最近一百年内的事"③。中国的学术不但同样可以有这种精神,说不定可以后来居上。他的名著《清代学术概论》,别具慧眼,将清代学术比之为西方的文艺复兴,正是这种融贯中西的观念与观点的产物,《中国历史研究法》等一系列作品亦是如此。与其同时的王国维,

---

① 《梁启超全集》第九册,5206 页。
② 《梁启超全集》第一册,85 页。
③ 《梁启超全集》第七册,4005 页。

也是靠了这种融通中西的科学精神，确立了在中国近代学术史上不可动摇的先驱者地位。其二，他之研究学术，不是为研究而研究，正像其热衷于政治活动一样，是为了用新的观念、方法与视野，重新整理传统文化遗产，以开发民智，"有补国家于万一"，是出于爱国情怀的另一方面的努力。

2. 梁启超的文章观及其散文创作的特点与意义

梁启超虽然主要是政治家和学者，但有着雄厚渊博的文学修养，他能诗、能词，熟悉并重视小说的作用还曾亲自操刀，对戏剧、传奇亦有浓厚兴趣，精心为《桃花扇》作注，对古代一些重要的作家作品，也有专门研究。至于文章，更是职业作手。

在《〈晚清两大家诗抄〉题辞》中，他说过一段话："文学是一种'技术'，语言文学是一种'工具'。""我因为在新旧文学过渡期内，想法教我们把向来公用的工具，操练纯熟，而且得有新式运用的方法，来改良我们的技术，所以要编这部书。"[①]其中特别重要的一句，是明确提到，自己处在"新旧文学过渡期内"，也就等于说自己是"过渡期"的作家。这是极其恰切的自我定位。既然自承是"新旧文学过渡期"的作家，必对旧的有所了解与批判，对新的有所理解与追求。

就文学与文章观来说，梁启超确实表现有新的独到见解：

其一，将文学的本质定性为传达表现人的情感。在《中国韵文里头所表现的情感》第一节中，他先论情感：

> 天下最神圣的莫过于情感。用理解来引导人，顶多能叫人知道那件事应该做，那件事怎样做法，却是被引导的人到底去做不去做，没有什么关系；有时所知道的越发多，所做的倒

---

① 《梁启超全集》第九册，4927 页。

越发少。用情感来激发人，好像磁力吸铁一般，有多大分量的磁，便引多大分量的铁，丝毫容不得躲闪。所以情感这种东西可以说是一种催眠术，是人类一切动作的原动力。

　　情感的性质是本能的，但他的力量，能引人到超本能的境界；情感的性质是现在的，但他的力量，能引人到超现在的境界。我们想入到生命之奥，把我的思想行为和我的生命迸合为一，把我的生命和宇宙和众生迸合为一，除却通过情感这一关门，别无他路。所以情感是宇宙间一大秘密。

然后，进一步说：

　　情感教育的最大利器，就是艺术。音乐、美术、文学，这三件法宝，把"情感秘密"的钥匙都掌住了。艺术的权威，是把那霎时间便过去的情感，捉住他令他随时可以再现；是把艺术家自己"个性"的情感，打进别人们的"情阈"里头，在若干期间内占领了"他心"的位置。因为他有恁么大的权威，所以艺术家的责任很重，为功为罪，间不容发。[1]

在这里，他是把整个文学归入艺术的一大门类。如此重视情感，并将之与文学的本质联系起来，与传统的"诗言志""文以载道"说大相径庭，是前所未有的。这种观点，只是在托尔斯泰的《艺术论》中，才有过明确的表达。与此相关，他明确肯定美与审美的价值与意义。在《美术与生活》中说："'美'是人类生活一要素，或者还是各种要素中之最要者。倘若在生活全部内容中，把'美'的成分抽出，恐怕便活得不自在，甚至活不成！"然后，他把"美"与趣味联系

---

① 《梁启超全集》第七册，3921 页。

起来,谓:"感觉器官敏则趣味增,感觉器官钝则趣味减;诱发机缘多则趣味强,诱发机缘少则趣味弱。专从事诱发以刺激各人器官不使钝的有三种利器:一是文学,二是音乐,三是美术。""概而言之,审美本能,是我们人人都有的。但感觉器官不常用或不会用,久而久之麻木了。一个人麻木,那人便成了没趣的人,一个民族麻木,那民族便成了没趣的民族。"①文章虽然重点讲美术,但明确地将文学包括在内。这种对情感、趣味及审美之感染熏陶作用的重视,对其提倡小说和为文的取向皆有极大影响。

其二,在梁启超的观念之中,已有了纯文学与应用文学之分,并对古文取否定态度。在《清代学术概论》之三十一节,论及清代文学不发达的原因,提到:"当时诸大师方以崇实黜华相标榜,顾炎武曰:'一自命为文人,便无足观。'所谓'纯文艺'之文,极所轻蔑。"②《为什么要注重叙事文字》是应文学会之邀所做讲演,在文前的说明中,亦有云:"文学会所要求者谅来是纯文学方面的讲题,但我对应用文学方面有点意见。""至于纯文学的讲题,过几天若有机会或者再和诸君聚谈一回也可以。"③可见,在他的观念中,有"纯文学"与"应用文学"之分,将散文既归之于文学,又归于应用文学之列。于其《国学入门书要目及其读法》中,他把书目分为五类,甲类为"修养应用及思想史关系书类",乙类为"政治史及其他文献学书类",丙类为"韵文书类"。于丙类之后,专有所说明云:

> 本门所列书,专资学者课余讽诵陶写情趣之用,既非为文学专家说法,尤非为治文学史者说法,故不曰文学类而曰韵文类。文学范围,最少应包含古文(骈、散文)及小说。吾以为苟

---

① 《梁启超全集》第七册,4017 页。
② 《梁启超全集》第五册,3107 页。
③ 《梁启超全集》第九册,4934 页。

非欲作文学专家,则无专读小说之必要。至于古文,本不必别学。吾辈总须读周秦诸子、《左传》《国策》、四史、《通鉴》及其关于思想、关于记载之著作,苟能多读,自能属文,何必格外标举一种名曰古文耶?故专以文鸣之集不复录。《文选》及韩、柳、王集聊附见耳。①

可见,他实视韵文为纯文学,而将古文视为附属于经、史之应用文学,且对之基本取否定态度。在《王荆公》之第二十一章“荆公之文学”中,曾对八大家文有适当之肯定,而于《中国之武士道》一书之“凡例”则云:“本编所采皆先秦名文,教者宜择其中长篇授学徒口诵,以启发其文学之天才,胜于读词胜理疏之八家也。”②明确地对八家文取否定态度。对于以推崇古文著名的“桐城派”,在《清代学术概论》之十九节,于其形成与发展有专门论述,其结论云:

> 平心论之,“桐城”开派诸人,本狷洁自好,当“汉学”全盛时而奋然与抗,亦可谓有勇。不能以其末流之堕落归罪于作始。然此派者,以文而论,因袭矫揉,无所取材;以学而论,则奖空疏、阏创获,无益于社会。且其在清代学界,始终未尝占重要位置,今后亦断不复能自存,置之不论焉可耳。

虽然有一定程度一定方面的肯定,而总的态度上,则甚不以为意。他所以有这种态度与观点,一方面受西学影响,一方面也与当代思潮的影响有关,如他对古文与“桐城派”的否定,就与新文化运动代表人物的言论极为相近。

---

① 《梁启超全集》第七册,4239 页。
② 《梁启超全集》第三册,1387 页。

其三，对于属"应用文学"之散文，为了宣传政治上的革新及适应新式媒体的需要，他开创并倡导一种"过渡期"的新文体。在早年所写《湖南时务学堂学约》之第六条"学文"中即有云："学者以觉天下为任，则文未有舍弃也。传世之文，或务渊懿古茂，或务沉博绝丽，无之不可。觉世之文，则辞达而已矣。当以条理细备，词笔锐达为上，不必求工也。"①所谓"传世之文"，或近于纯文学的，"觉世之文"则当指所倡导的新式的"应用之文"。于1899年所写《自由书》之"叙言"又自述云："每有所感，应时援笔，无体例，无宗旨，无次序，或讲学，或记事，或抄书，或用文言，或用俚语，惟意所之。"②这种文章，自是他所提倡者。于《清议报一百册祝辞并论报馆之责任及本馆之经历》第四节"《清议报》之性质"中，论及该报所刊文章的特点，又有云：饮冰室之《自由书》"以精锐之笔，说微妙之理，谈言微中，闻者足兴"；"《少年中国说》《呵旁观者文》《过渡时代论》等，开文章之新体，激民气之暗潮"③。直接标举自己已"开文章之新体"。其后，于1910年《币制条议》的前言中称："篇中之文，务取通俗，几于参用白话，凡欲使读者了解而已，若律以文章义法，惟有惭赧。"④《宪政浅说》的"例言"亦谓："行文力求流畅，务使读者引兴弥长，乐而忘倦。"故最后，在《清代学术概论》第二十五节，回忆在日本期间，"专以宣传为业"，办《新民丛报》《新小说》，对其文章特点总结说：

> 启超夙不喜"桐城派"古文，幼年为文，学晚汉魏晋，颇尚矜炼，至是自解放，务为平易畅达，时杂以俚语韵语及外国语法，

---

① 《梁启超全集》第一册，109页。
② 同上，336页。
③ 同上，478页。
④ 《梁启超全集》第四册，1980页。

纵笔所至不检束,学者竞效之,号新文体。老辈则痛恨,诋为野狐。然其文条理明晰,笔锋常带情感,别有一种魔力焉。①

这既是他的自述,又是对自己所主张与倡导的文章观之表白。

梁启超的散文创作,与其文学观相对应,作为过渡期新文体之典型标本者,当为《少年中国说》。此文写于1900年,是戊戌变法失败后,为鼓舞国人士气而作。文章一开首即曰:

> 日本人之称我中国也,一则曰老大帝国,再则曰老大帝国。是语也,盖袭欧西人之言也。呜呼! 我中国果老大矣乎? 梁启超曰:恶! 是何言? 吾心目中有一少年中国在!

然后,用一系列对比,言人之老与少的不同,引述典故,叹老大之可悲,再论中国非老,乃处少年时代。指出:"夫以如此壮丽浓郁、翩翩绝世之少年中国,而使欧西日本谓我老大者何也? 则以握此国权者,皆老朽之人也。"于极力形容此类人物形态心灵之卑鄙丑陋后,归结曰:

> 彼辈者,积其数十年之八股、白折、当差、捱俸、手本、唱诺、磕头、请安,千辛万苦,千苦万辛,乃始得此红顶花翎之服色、中堂大人之名号。乃出其全副精神,竭其毕生力量,以保持之。如彼乞儿,拾金一锭,虽轰雷盘旋其顶上,而两手犹紧抱其荷包,他事非所顾也,非所知也,非所闻也。于此而告之以亡国也,瓜分也,彼乌从而听之,乌从而信之? 即使果亡矣,果分矣,而吾今年既已七十矣八十矣,但求其一两年内,洋人

---

① 《梁启超全集》第五册,3100 页。

不来,强盗不起,我已快活过了一世矣。若不得已,则割三头两省之土地奉申贺敬,以换我几个衙门,卖三几百万之人民作仆为奴,以赎我一条老命,有何不可?有何难办?呜呼,今之所谓老后、老臣、老将、老吏者,其修身齐家治国平天下之手段,皆具于是矣。西风一夜催人老,调尽朱颜白尽头,使走无常当医生,携催命符以祝寿。嗟乎,痛哉!以此为国,是安得不老且死,且吾恐其未及岁而殇也。

然后转向未来,向少年一代激励呼号:

> 梁启超曰:造成今日之老大中国者,则中国老朽之冤业也;制出将来之少年中国者,则中国少年之责任也。彼老朽者何足道,彼与此世界作别之日不远矣,而我少年乃新来而与世界为缘。……若我少年者,前程浩浩,后顾茫茫。中国而为牛、为马、为奴、为隶,则烹脔鞭棰之惨酷,惟我少年当之;中国称霸宇内,主盟地球,则指挥顾盼而尊荣,惟我少年享之。于彼气息奄奄,与鬼为邻者何与焉?彼而漠然置之,犹可言也;我而漠然置之,不可言也。使举国之少年而果为少年也,则吾中国为未来之国,其进步未可量也;使举国之少年而亦老大也,则吾中国为过去之国,其渐亡可翘足而待也。故今日之责任,不在他人,而全在我少年。少年智则国智,少年富则国富,少年强则国强,少年独立则国独立,少年自由则国自由,少年进步则国进步,少年胜于欧洲,则国胜于欧洲,少年雄于地球,则国雄于地球。红日初升,其道大光;河出伏流,一泻汪洋;潜龙腾渊,鳞爪飞扬;乳虎啸谷,百兽震惶;鹰隼试翼,风尘吸张;奇花初胎,矞矞皇皇;干将发硎,有作其芒;天戴其苍,地履其黄;纵有千古,横有八荒;前途似海,来日方长。美哉,我少年

中国，与天不老！壮哉，我中国少年，与国无疆！①

其文笔与《清代学术概论》中所总结之"新文体"完全一致。梁启超不只一次地说，"吾富于感情人也"，"我是个感情生活的人"，此文虽有内在的逻辑，然而其笔之所至，意之所之，几乎全凭情感的奔涌流泻。什么"义法"、规矩、辞藻的考究，全不顾及。除他提及与之并列的文章，另如《论中国之将强》《说希望》，皆是可与之媲美的作品。此类文章，不仅是他所开创的"新文体"的标本，同时也是"过渡期"与其相似相近的其他作家作品的代表。

　　但如果认为梁启超的作品都属此种类型，那就错了，梁氏的文章，也体现着文体与风格的多样性。除学术性著作不论外，如其《新民说》，就以内容广，视野宽，思虑精，条目清，论述细为特点；《三十自述》则写得恳挚、真切、质实而简畅；《上鄂督张制军书》，指斥张之洞，则尖锐，犀利，辛辣，极尽嘲讽之能事。不止如此，既然是"过渡期"作家，也就有着向新时代接近靠拢的一面。其1918年所写《欧游心影录》，不但全用白话，有些部分，已绝类现代的散文。如其上篇"楔子"中，写法国白鲁威一段：

　　　　白鲁威离巴黎有二十分钟火车，是巴黎人避暑之地。我们的寓庐，小小几间朴素楼房，倒有个很大的院落，杂花丰树，楚楚可人。当夏令时，想是风味绝佳，可惜我都不曾享受。到得我来时，那天地肃杀之气，已是到处弥满。院子里那些秋海棠、野菊，不用说早已萎黄凋谢。连那十几株百年合抱的大苦栗树，也挺不过霜威风力，一片片的枯叶蝉联飘堕，层层堆叠，差不多把我们院子变成黄沙荒碛。还有些树上的叶，虽然还

----

①　《梁启超全集》第一册，406 页。

赖在那里挣他残命,却都带一种沉忧凄断之色,向风中战抖的作响,诉说他魂惊望绝。到后来索性连枝带梗滚掉下来,象也知道该让出自己所占的位置,教后来的好别谋再造。

　　欧北气候,本来森郁,加以今年早寒,当旧历重阳前后,已有穷冬闭藏景象。总是阴霾霾的欲雨不雨,间日还要涌起濛濛黄雾。那太阳有时从层云叠雾中瑟瑟缩缩闪出些光线来,象要告诉世人,说他还在那里,但我们正想要去亲炙他一番,他却已躲得无影无踪了。①

读来已感觉不到与现代作家作品的差别。还有,他在《自由书》中所收集的文章,及《伤心之言》中的几个短篇,虽用的是半文不白文体,亦类似鲁迅的杂感,至于1926年所写《无业游民与有业平民》,则全属现代模样:

　　有一句俗话说得好,"一品大百姓",这是表示平民最高贵的意思。平民何以最高贵呢?因为他们"自食其力",或耕田,或做工,或做卖买,总是各人靠自己气力换饭吃,替社会上做一部分的事,才得社会上一部分的报酬。

　　做官的,带兵的,当议员的……种种阔人,以及他们的附属品,什么太太、奶奶、少爷、小姐,他们自以为高贵,也许有人错信他们是高贵,其实这班人最是下贱不过的。因为他们都靠人养活,笼着手不做事,只会张着嘴吃饭。

　　笼着手怎么会有饭吃呢?饭,不会从天下掉下来,你想,一粒米送到一个人的嘴唇边,要经过多少人工呀!笼着手吃饭的人,吃的不是饭,是别人家的血,是别人家的汗。别人家

---

① 《梁启超全集》第五册,2908页。

的血汗怎么会得着吃？不外两种把戏，一是骗，二是抢。骗，
是光棍行为。抢，是强盗行为。做官的、带兵的、当议员
的……以及他们的太太、奶奶、少爷、小姐，吃要吃顶好的，穿
要穿顶好的，住要住顶好的，从那里得来？都是从骗和抢得
来。所以他们不是光棍，便是强盗，不是强盗，便是光棍。光
棍强盗，都是世界上最下贱的人。

　　　　唉，真倒霉，中华民国的生命，全部掌管在这班最下贱的
人手里。……①

这样的文章，同样读来已感觉不到与现代作家作品的差别。

　　总之，梁启超的文学及文章观念及其开创的新文体，不仅是
"新旧文学过渡期"的标志，同时也是整个古代散文走向终结的标
志，同时又显露出向现代散文转化的某些萌芽。

---

　　① 《梁启超全集》第九册，4892 页。

结　语

　　随着"五四"新文化运动的兴起，白话取代文言，古代散文走完了它的历史行程。但作为中国文学最基本的文体形式之一，它绵延了近三千年之久，这在世界各国、各民族中，是独一无二的。自先秦以来，经一代又一代的层层累积，古代散文已成为一个巨大的矿藏与宝库，其作家之众多，体裁样式之丰富，内容意蕴之深厚，艺术成就之高超，语言文字之精美，无不令人叹服倾倒。它虽然已成为历史遗产，然而是中国作家提高审美体验与审美表现水平，取之不竭、用之不尽的源泉。现代文学开辟期的名家巨匠，包括那些攻击旧文学的先驱，莫不曾受其哺乳与滋养。除那些偏重审美性的散文名家外，鲁迅的杂感，实际上继承发展了其审美与实用相统一的特质，毛泽东的某些政论，亦透露出受古代名家名作影响的痕迹。而当代自命为"大师"，或被套上"大师"光环的文人，有谁又写出过堪与贾谊、司马迁、韩、柳、欧、苏相媲美，让人百嚼而不厌的篇章？我这样说的目的，不是崇古非今，而在于套用一句俗话：只有站在巨人的臂膀上，才能达到超越巨人的高度。至于像我这样的一般读者，则将之视为学文及获得审美愉悦、审美享受的永远生机不息的园田。